DAS BUCH

Eines Nachts im Oktober beobachtet der junge Tyler Dupree gemeinsam mit seinen Freunden, den Zwillingen Jason und Diane, den Abendhimmel – als etwas Unglaubliches geschieht: Der Himmel verdunkelt sich, und die Sterne erlöschen. Am nächsten Tag geht zwar die Sonne auf, aber die Lichteinstrahlung ist merkwürdig gefiltert, die Satellitenverbindungen sind ausgefallen, der Mond ist verschwunden. Ein gigantischer Energieschirm hat sich um die Erde gelegt – die Menschheit ist vom Rest des Universums abgeschnitten. Jahre vergehen, in denen sich das Leben auf dem Planeten radikal verändert. Jahre, in denen Tyler, Jason und Diane gemeinsam mit vielen anderen das Rätsel dieses unheimlichen »Spins« zu lüften versuchen. Ein Rätsel, das in die ferne Zukunft reicht und jede menschliche Vorstellungskraft sprengt ...

Dieser Band versammelt erstmals Robert Charles Wilsons preisgekrönte Romane »Spin«, »Axis« und »Vortex« – die Spin-Trilogie, ein atemberaubendes Abenteuer, das in der Geschichte der Science Fiction seinesgleichen sucht.

DER AUTOR

Robert Charles Wilson, geboren 1953 in Kalifornien, wuchs in Kanada auf und lebt mit seiner Familie in der Nähe von Toronto. Er zählt zu den bedeutendsten Autoren der modernen Science Fiction. Er hat zwölf Romane veröffentlicht, darunter den Bestseller »Die Chronolithen«, der 2001 auf der *New-York-Times*-Bestenliste stand. Neben zahlreichen Nominierungen wurde er mehrfach für seine Romane ausgezeichnet, unter anderem mit dem Philip K. Dick Award, dem John W. Campbell Award und dem Hugo Award.

Mehr zu Robert Charles Wilson und seinen Romanen erfahren Sie auf:

diezukunft.de

ROBERT CHARLES WILSON

SPIN
DIE TRILOGIE

ROMAN

WILHELM HEYNE VERLAG
MÜNCHEN

Titel der Originalausgaben:

SPIN, AXIS, VORTEX

Deutsche Übersetzung von Karsten Singelmann (*Spin*, *Axis*)
und Marianne und P. H. Linckens (*Vortex*)

MIX
Papier aus verantwor-
tungsvollen Quellen
FSC® C014496

Verlagsgruppe Random House FSC® N001967

2. Auflage
Taschenbuchausgabe 4/2016
Copyright © 2005, 2007, 2011 by Robert Charles Wilson
Copyright © 2016 der deutschen Ausgabe und der Übersetzung
by Wilhelm Heyne Verlag, München,
in der Verlagsgruppe Random House GmbH,
Neumarkter Straße 28, 81673 München
Printed in Germany
Umschlaggestaltung: Nele Schütz Design, München
Satz: Schaber Datentechnik, Austria
Druck und Bindung: GGP Media GmbH, Pößneck

ISBN: 978-3-453-31719-2

www.diezukunft.de

SPIN

Wir alle fallen, und ein jeder landet irgendwo.

Diane und ich mieteten uns also ein Zimmer im dritten Stock eines im Kolonialstil gehaltenen Hotels in Padang, wo wir für eine Weile unbemerkt bleiben würden.

Für neunhundert Euro die Nacht kauften wir uns Ungestörtheit und einen Balkonausblick auf den Indischen Ozean. Bei gutem Wetter – und daran hatte in den letzten Tagen kein Mangel geherrscht – konnten wir den nächstgelegenen Teil des Torbogens sehen: eine wolkenfarbene vertikale Linie, die sich aus dem Horizont erhob und, immer weiter aufsteigend, im blauen Dunst verschwand. So eindrucksvoll allein dies schon wirkte, war es doch nur ein Bruchteil des gesamten Bauwerks, den man von der Westküste Sumatras aus sehen konnte. Das entferntere Ende des Torbogens tauchte bis zu den unterseeischen Gipfeln des Carpenter Ridges hinab, überspannte den Mentawai-Graben wie ein in einer flachen Pfütze stecken gebliebener Ehering. Auf dem Land hätte er sich von Bombay an der Ostküste Indiens bis nach Madras im Westen erstreckt. Oder sagen wir, ganz grob geschätzt, von New York bis nach Chicago.

Diane hatte den Nachmittag auf dem Balkon verbracht, schwitzend im Schatten eines Sonnenschirms mit ausgeblichenen Streifen. Die Aussicht faszinierte sie, und ich war froh und erleichtert darüber, dass sie – nach allem, was geschehen war – noch immer Vergnügen an solchen Dingen empfinden konnte.

Bei Sonnenuntergang setzte ich mich zu ihr. Sonnenuntergang war die schönste Zeit. Ein Frachter, der an der Küste entlang zum Hafen von Teluk Bayur schipperte, wurde auf dem dunklen Wasser zu einer sanft dahingleitenden Lichterkette. Das nahe Bogenende schimmerte wie ein roter Nagel, der den Himmel ans Meer befestigte. Wir beobachteten, wie der Schatten der Erde, während die Stadt dunkel wurde, an dem Pfeiler emporkletterte.

Es war eine, nach dem berühmten Zitat von Arthur C. Clarke, »von Magie nicht zu unterscheidende« Technologie. Was sonst, wenn nicht Magie, würde den steten Fluss der Luft und des Meeres vom Golf von Bengalen bis zum Indischen Ozean ermöglichen, gleichzeitig aber Überwasserfahrzeuge in gänzlich unvertraute Häfen transportieren? Und was war das für ein Wunder der Ingenieurskunst, das ein Bauwerk mit einem Radius von eintausend Kilometern sein eigenes Gewicht tragen ließ? Woraus war es gemacht, wie stellte es das alles an?

Jason Lawton wäre vielleicht in der Lage gewesen, diese Fragen zu beantworten. Aber Jason war nicht bei uns.

Diane lümmelte auf einem Liegestuhl, ihr gelbes Sommerkleid und der breite Strohhut wurden in der zunehmenden Dunkelheit zu bloßen Schattenrissen. Ihre Haut war rein, glatt, nussbraun. Es war bezaubernd, wie das letzte Licht in ihren Augen glänzte, doch ihr Blick war immer noch wachsam – daran hatte sich nichts geändert.

Sie sah zu mir hoch. »Du bist schon den ganzen Tag so zapplig.«

»Ich überlege, ob ich etwas schreibe«, erwiderte ich. »Bevor es anfängt. Memoiren sozusagen.«

»Angst davor, dass du alles verlierst? Aber das ist irrational, Tyler. Es ist nicht so, dass deine Erinnerung gelöscht würde.«

Nein, nicht gelöscht, aber möglicherweise eingetrübt, geschwächt, verwischt. Die anderen Nebenwirkungen der Substanz waren vorübergehend und zu ertragen, doch die Möglichkeit eines Gedächtnisverlustes schreckte mich.

»Außerdem«, fuhr sie fort, »spricht alles dafür, dass es gut geht. Das weißt du selbst am besten. Ein Risiko gibt es zwar … aber es ist eben nur ein Risiko, und ein kleines noch dazu.«

Und sofern dieser Fall bei ihr eingetreten war, konnte man eigentlich nur froh darüber sein.

»Trotzdem«, sagte ich. »Mir ist wohler, wenn ich etwas aufschreibe.«

»Also, du musst nicht, wenn du jetzt noch nicht möchtest. Du weißt selber, wann du bereit bist.«

»Nein, ich will es tun.« Jedenfalls redete ich mir das ein.

»Dann muss es heute Abend sein.«

»Ich weiß. Aber in den nächsten Wochen …«

»Wirst du zum Schreiben wahrscheinlich keine Lust haben.«

»Es sei denn, ich kann nicht anders.« Schreibwut gehörte zu den harmloseren der möglichen Nebenwirkungen.

»Mal sehen, was du denkst, wenn die Übelkeit einsetzt.« Sie schenkte mir ein Lächeln. »Vermutlich haben wir alle etwas, das wir nicht loslassen wollen.«

Das war eine beunruhigende Bemerkung, ich mochte gar nicht darüber nachdenken.

»Was soll's«, sagte ich. »Vielleicht sollten wir einfach anfangen.«

Die Luft roch nach Tropen, vermischt mit dem Chlor aus dem Hotel-Swimmingpool drei Stockwerke unter uns. Padang war ein bedeutender internationaler Hafen, voll mit Ausländern: Indern, Filipinos, Koreanern, sogar versprengten Amerikanern wie Diane und ich; Leuten, die sich keinen Luxustransit leisten konnten und nicht die Voraussetzungen für von der UN anerkannte Umsiedlungsprogramme erfüllten. Es war eine lebendige, aber oft auch gesetzlose Stadt, vor allem seit die New Reformasi in Jakarta an die Macht gekommen waren.

Das Hotel jedoch war sicher, und jetzt waren auch die Sterne in ihrer ganzen verstreuten Pracht aufgezogen. Der Scheitelpunkt des großen Bogens bildete den hellsten Fleck am Himmel, ein fein geformtes silbernes U (wie Unbekannt, Unkenntlich), verkehrt herum aufgemalt von einem legasthenischen Gott. Ich hielt Dianes Hand, während wir zusahen, wie er verblich.

»Woran denkst du?«, fragte sie.

»Daran, wie ich das letzte Mal die alten Sternbilder gesehen habe.« Jungfrau, Löwe, Schütze – das Lexikon des Astrologen, nur noch eine Fußnote in den Geschichtsbüchern.

»Sie hätten von hier aus allerdings anders ausgesehen, oder? Südliche Halbkugel?«

Ja, vermutlich.

Dann, in der vollkommenen Dunkelheit der Nacht, gingen wir zurück ins Zimmer. Ich schaltete das Licht ein, während Diane die Jalousien herunterließ und dann Spritze und Ampullenkasten auspackte, in deren Gebrauch ich sie eingewiesen hatte. Sie füllte die sterile Spritze, runzelte die Stirn, ließ fingertippend eine kleine Blase heraustreten. Es sah alles recht professionell aus, doch ihre Hand zitterte.

Ich zog mein Hemd aus und legte mich aufs Bett.

»Tyler ...« Plötzlich war sie diejenige, die Bedenken hatte.

»Keine Diskussionen mehr. Ich weiß, worauf ich mich einlasse. Und wir haben das alles ein Dutzend Mal besprochen.«

Sie nickte, dann rieb sie meine Armbeuge mit Alkohol ein. Sie hielt die Spritze in der rechten Hand, mit der Nadel nach oben. Die Flüssigkeit darin wirkte so unschuldig wie Wasser.

»Das ist so lange her«, sagte sie.

»Was?«

»Dass wir die Sterne beobachtet haben, damals.«

»Es freut mich, dass du es nicht vergessen hast.«

»Natürlich hab ich's nicht vergessen. So, und jetzt mach eine Faust.«

Der Schmerz war nicht der Rede wert. Jedenfalls am Anfang.

DAS GROSSE HAUS

Ich war zwölf und die Zwillinge waren dreizehn, in jener Nacht, als die Sterne vom Himmel verschwanden.

Es war Oktober, wenige Wochen vor Halloween, und wir drei waren für die Dauer einer »Geselligkeit nur für Erwachsene« in den Keller des Lawton'schen Hauses – wir nannten es das Große Haus – beordert worden.

In den Keller verbannt zu sein bedeutete jedoch keine Strafe. Nicht für Diane und Jason, die einen großen Teil ihrer Zeit freiwillig dort verbrachten, und schon gar nicht für mich. Zwar hatte ihr Vater eine genau definierte Grenze zwischen der Erwachsenen- und der

Kinderzone des Hauses abgesteckt, doch in dem uns zugewiesenen Bereich hatten wir eine brandneue Spielkonsole, DVDs und sogar einen Billardtisch ... und keinerlei Beaufsichtigung außer durch eine der Damen vom Partyservice, eine Mrs. Truall, die jede Stunde einmal nach unten kam, um sich vom Kanapeedienst zu erholen und uns mit neuen Informationen über den Verlauf der Party zu versorgen (ein Mann von Hewlett-Packard hatte sich mit der Frau eines *Post*-Kolumnisten danebenbenommen; ein betrunkener Senator hatte sich in den Hobbyraum verirrt). Alles, was uns fehlte, sagte Jason, war Ruhe – auf der Anlage im Wohnzimmer lief Tanzmusik, die durch die Decke dröhnte wie der Herzschlag eines Monsters – und ein freier Ausblick auf den Himmel.

Ruhe und Ausblick: typisch für Jason, dass er beides wollte.

Diane und Jason waren im Abstand von wenigen Minuten geboren worden, sie waren aber offenkundig keine eineiigen Zwillinge; tatsächlich wurden sie von niemandem außer ihrer Mutter als »die Zwillinge« bezeichnet. Jason pflegte zu sagen, sie seien das Produkt eines »in gegensätzlich disponierte Eizellen eingedrungenen dipolaren Spermiums«. Diane, deren IQ zwar ebenso eindrucksvoll war wie Jasons, die sich aber eines zurückhaltenderen Vokabulars bediente, verglich sich und ihren Bruder mit »zwei Gefangenen, die aus ein und derselben Zelle ausgebrochen sind«.

Ich bewunderte sie beide.

Jason war mit seinen dreizehn Jahren nicht nur beängstigend klug, sondern auch körperlich überaus fit – gar nicht mal sehr muskulös, aber dennoch kräftig und mit einigen Erfolgen in der Leichtathletik. Er war schon damals über eins achtzig groß, eher mager, die harsche Knochigkeit des Gesichts ausbalanciert durch ein etwas schiefes, aber aufrichtiges Lächeln. Seine Haare waren blond und borstig.

Diane war gut zehn Zentimeter kleiner, rundlich allenfalls im Vergleich zu ihrem Bruder, und sie hatte eine dunklere Haut. Ihr Teint war makellos rein, abgesehen von den Sommersprossen rund um die Augen, die sie als »meine Waschbärenmaske« bezeichnete. Was mir an Diane am meisten gefiel – und ich hatte ein Alter erreicht, in dem derlei Details eine kaum verstandene, aber unbestreitbare Bedeutung annahmen –, das war ihr Lächeln. Sie lächelte selten, aber wenn, dann war es spektakulär. Sie war überzeugt (zu Unrecht), dass ihre Zähne zu weit vorstanden, und hatte sich daher angewöhnt, die Hand vor den Mund zu halten, wenn sie lachte. Ich brachte sie gern zum Lachen, doch es war ihr Lächeln, nach dem ich mich im Geheimen sehnte.

Eine Woche zuvor hatte Jason von seinem Vater ein teures astronomisches Fernglas geschenkt bekommen. Nun spielte er die ganze Zeit damit herum – nahm etwa das gerahmte Reiseplakat über dem Fernseher ins Visier und gab vor, er würde von unserer Washingtoner Vorstadt aus Cancun ausspähen –, und schließlich erhob er sich und sagte: »Wir sollten mal einen Blick auf den Himmel werfen.«

»Nein«, erwiderte Diane sofort. »Es ist kalt draußen.«

»Nun ja, die erste klare Nacht in dieser Woche. Außerdem ist es höchstens ein bisschen kühl.«

»Auf dem Rasen war heute Morgen eine Eisschicht.«

»Frost.«

»Es ist schon nach Mitternacht.«

»Aber Freitag, Wochenende.«

»Wir sollen den Keller nicht verlassen.«

»Wir sollen die Party nicht stören. Niemand hat was davon gesagt, dass wir nicht nach draußen dürften. Es wird uns auch niemand sehen – falls du Angst hast, erwischt zu werden.«

»Ich hab keine Angst, erwischt zu werden.«

»Wovor hast du dann Angst?«

»Davor, dass mir die Füße abfrieren, während du mir die Ohren vollplapperst.«

Jason wandte sich mir zu. »Was ist mit dir, Tyler? Willst du dir den Himmel angucken?«

Ich wurde oft aufgefordert, bei den Meinungsverschiedenheiten der Zwillinge den Schiedsrichter zu machen, was mir ziemlich unangenehm war. Für mich gab es in diesen Situationen nichts zu gewinnen. Ergriff ich Jasons Partei, lief ich Gefahr, Diane vor den Kopf zu stoßen; wenn ich aber allzu oft für Diane entschied, würde es – nun ja, ziemlich offensichtlich wirken. Ich sagte: »Ich weiß nicht, Jase, es ist wirklich ziemlich kühl da draußen. Ich …«

Diane erlöste mich aus meiner Verlegenheit. Sie legte mir die Hand auf die Schulter und sagte: »Lass nur. Ein bisschen frische Luft ist wahrscheinlich besser, als wenn er die ganze Zeit rumjammert.«

Also holten wir unsere Jacken aus dem Kellerflur und gingen durch die Hintertür nach draußen.

Das Große Haus war nicht so gewaltig, wie der ihm zugedachte Spitzname es nahelegen mochte, aber doch größer als das Durchschnittsheim in dieser mittel bis gut situierten Wohngegend. Außerdem stand es auf einem ziemlich großen Grundstück. Eine ausgedehnte, sanft ansteigende und überaus gepflegte Rasenfläche ging hinter dem Haus in ein sich selbst überlassenes Fichtenwäldchen über, das an einen leicht verschmutzten Bach grenzte. Zum Sternegucken suchte Jason einen Platz irgendwo auf halbem Weg zwischen dem Haus und den Bäumen aus.

Es war bislang ein schöner Oktober gewesen, erst gestern hatte eine Kaltfront dem Nachsommer den Garaus gemacht. Diane schlug demonstrativ die Arme umeinander und zitterte vor sich hin, doch das tat sie nur, um Jason zu strafen – die Nachtluft war kühl, aber nicht unangenehm. Der Himmel war kristallklar, und das Gras einigermaßen trocken, wenn es auch zum Morgen hin wieder Frost geben mochte. Kein Mond und nicht die Spur einer Wolke. Das Große Haus war erleuchtet wie ein Mississippi-Dampfer und warf ein grelles gelbes Licht auf den Rasen, aber wir wussten aus Erfahrung, dass man in einer Nacht wie dieser im Schatten eines Baumes so vollständig verschwand, als wäre man von einem schwarzen Loch verschluckt worden.

Jason lag auf dem Rücken und richtete sein Fernglas auf den Sternenhimmel.

Ich saß im Schneidersitz neben Diane und sah, wie sie eine Zigarette aus ihrer Jackentasche zog, vermutlich von ihrer Mutter geklaut

(Carol Lawton, eine Kardiologin und nominelle Exraucherin, hielt Zigarettenpackungen in ihrer Frisierkommode, ihrem Schreibtisch und einer Küchenschublade versteckt – das wusste ich von meiner Mutter). Sie steckte sie sich zwischen die Lippen, zündete sie mit einem durchsichtig roten Feuerzeug an – die Flamme bildete sekundenlang den hellsten Punkt ringsum – und blies eine Rauchwolke in die Luft, die rasch in der Dunkelheit zerstob.

Sie bemerkte, dass ich sie beobachtete. »Möchtest du mal ziehen?«

»Er ist zwölf Jahre alt«, sagte Jason. »Er hat schon genug Probleme. Auf Lungenkrebs kann er da gut verzichten.«

»Klar«, stieß ich hervor. Jetzt war es zu einer Ehrensache geworden.

Amüsiert reichte Diane mir die Zigarette. Ich inhalierte vorsichtig und schaffte es, keinen Hustenanfall zu kriegen.

Sie nahm sie zurück. »Übertreib es nicht.«

»Tyler«, sagte Jason, »weißt du irgendetwas über die Sterne?«

Ich schluckte eine Lunge voll klarer, kalter Luft. »Ja, natürlich.«

»Ich meine nicht das, was du in deinen billigen Taschenbüchern liest. Kannst du mir irgendwelche Sterne *nennen*?«

Ich wurde rot und hoffte, dass er das im Dunkeln nicht sehen würde. »Arkturus«, flüsterte ich. »Alpha Centauri. Sirius. Der Polarstern …«

»Und welcher davon«, fragte Jason, »ist die Heimat der Klingonen?«

»Sei nicht gemein«, sagte Diane streng.

Die Zwillinge waren beide außerordentlich intelligent für ihr Alter. Ich war auch kein Dummkopf, aber ich konnte mich nicht mit ihnen messen – das war uns allen klar. Sie besuchten eine Schule für Hochbegabte, ich fuhr mit dem Bus zur Staatlichen Schule. Und das war nur einer von diversen unverkennbaren Unterschieden zwischen uns. Sie wohnten in dem Großen Haus, ich wohnte mit meiner Mutter in dem Bungalow am östlichen Rand des Grundstücks. Ihre Eltern hatten beide einen tollen Beruf, meine Mutter machte bei ihnen das Haus sauber ... Irgendwie gelang es uns, diese Unterschiede zwar anzuerkennen, aber nicht ständig darauf herumzureiten.

»Okay«, sagte Jason nach einer Weile, »kannst du mir den Polarstern zeigen?«

Der Polarstern, auch Nordstern genannt. Ich hatte über die Sklaverei und den Bürgerkrieg gelesen. Dabei war ich auf ein Lied der flüchtigen Sklaven gestoßen:

Wenn die Sonne wiederkehrt, beim Schrei der ersten Wachtel,
Folge dem Trinkkürbis.
Der alte Mann erwartet dich, er trägt dich in die Freiheit,
Wenn du dem Trinkkürbis folgst.

Wenn die Sonne wiederkehrt – das hieß, nach der Wintersonnenwende. Wachteln überwintern im Süden. Der Kürbis war der Große Wagen, und das breite Ende der Schüssel zeigte zum Polarstern, gerade nach Norden, dort, wo die Freiheit wartete ... Ich fand den Großen Wagen und fuchtelte hoffnungsfroh in die entsprechende Richtung.

»Siehste?«, sagte Diane zu Jason, als hätte ich einen strittigen Punkt zwischen ihnen geklärt, von dem ich nichts wusste.

»Nicht schlecht«, konzedierte Jason. »Weißt du, was ein Komet ist?«

»Ja.«

»Willst du mal einen sehen?«

Ich nickte und streckte mich neben ihm aus, immer noch den beißenden Geschmack der Zigarette im Mund, worüber ich mich jetzt doch ärgerte. Jason zeigte mir, wie ich die Ellbogen auf den Boden zu stützen hatte, dann ließ er mich das Fernglas an die Augen führen und die Schärfe einstellen. Aus den Sternen wurden zuerst verschwommene Ovale, dann Stecknadelköpfe, viel zahlreicher, als man mit bloßem Auge sehen konnte. Ich schwenkte das Glas, bis ich den Punkt gefunden hatte – oder gefunden zu haben glaubte –, den

Jason mir zeigen wollte: ein winziger phosphoreszierender Knoten vor dem tiefschwarzen Himmel.

»Ein Komet«, sagte Jason.

»Ich weiß. Ein Komet ist eine Art staubiger Schneeball, der auf die Sonne zufällt.«

»So könnte man sagen.« Er klang etwas höhnisch. »Weißt du, wo die Kometen herkommen, Tyler? Sie kommen aus dem äußeren Sonnensystem – aus einer Art eisigem Halo um die Sonne, der von der Umlaufbahn des Pluto bis halb zum nächsten Stern reicht. Wo es kälter ist, als du dir vorstellen kannst.«

Ich nickte – mit etwas Unbehagen. Ich hatte genug Science Fiction gelesen, um mir eine Vorstellung von der schier unfassbaren Weite des Nachthimmels machen zu können. Das war etwas, worüber ich manchmal gerne nachdachte, wenn es auch – etwa nachts, wenn das Haus ganz still war – ein bisschen beängstigend war.

»Diane?«, fragte Jason. »Willst du auch mal gucken?«

»Muss ich?«

»Nein, natürlich musst du nicht. Wenn es dir lieber ist, kannst du da sitzen bleiben, dir die Lunge ausräuchern und dummes Zeug erzählen.«

»Klugscheißer.« Sie drückte die Zigarette ins Gras und streckte die Hand aus. Ich gab ihr das Fernglas.

»Sei bloß vorsichtig damit.« Jason war völlig vernarrt in sein Fernglas. Es roch noch immer nach Zellophan und Styroporverpackung.

Sie stellte die Schärfe ein und blickte nach oben. Eine Zeit lang blieb sie still. Dann sagte sie: »Weißt du, was ich sehe, wenn ich mit so einem Ding die Sterne ansehe?«

»Was denn?«

»Na, die Sterne, weiter nichts.«

»Benutze deine Fantasie.« Jason klang ehrlich verärgert.

»Wenn ich meine Fantasie benutzen kann, wozu brauche ich dann ein Fernglas?«

»Ich meine, denke nach über das, was du siehst.«

»Oh«, erwiderte sie. Dann: »Oh. *Oh!* Jason, ich sehe …«

»Ja, was?«

»Ich glaube … ja … es ist Gott! Und er hat einen langen weißen Bart. Und er hält ein Schild in der Hand. Und auf dem Schild steht … JASON IST EIN TROTTEL!«

»Sehr witzig. Gib es zurück, wenn du nichts damit anzufangen weißt.«

Er streckte die Hand aus, doch sie ignorierte ihn. Sie saß aufrecht da und richtete das Fernglas auf die Fenster des Großen Hauses.

Die Party war seit dem späten Nachmittag im Gange. Meine Mutter hatte mir erzählt, Feste bei den Lawtons seien »teure Quatschrunden für hohe Tiere«, aber da sie einen feinen Sinn für Übertreibungen besaß, war man gut beraten, alles ein bisschen tiefer zu hängen. Die meisten Gäste, hatte Jason gesagt, waren Leute aus der Raumfahrtindustrie oder der Politik. Nicht die alteingesessene Washingtoner Gesellschaft, sondern gut betuchte Newcomer mit Westküstenwurzeln und Verbindungen zur Waffenindustrie. E. D. Lawton, Jasons und Dianes Vater, richtete derlei Veranstaltungen alle drei bis vier Monate aus.

»Alles wie immer«, sagte Diane hinter dem Doppeloval des Fernglases. »Im Erdgeschoss wird getrunken und getanzt. Mehr getrunken als getanzt zur Zeit. Sieht allerdings so aus, als würde die Küche schließen. Ich glaube, die Cateringleute wollen nach Hause. Im Hobbyraum sind die Vorhänge zugezogen. E. D. ist in der Bibliothek, zusammen mit ein paar Anzugträgern. Igitt! Einer von ihnen raucht Zigarre.«

»Dein Ekel wirkt nicht gerade überzeugend, Miss Marlboro.«

Diane fuhr fort, die Fenster zu katalogisieren, während Jason an meine Seite rutschte. »Da zeigt man ihr das Universum«, flüsterte er, »und sie zieht es vor, eine Dinnerparty auszukundschaften.«

Ich wusste nicht, was ich darauf antworten sollte. Wie so vieles von dem, was Jason von sich gab, klang es witzig und klüger als alles, was ich zu sagen hatte.

»Mein Zimmer«, sagte Diane gerade. »Leer, Gott sei Dank. Jasons Zimmer, auch leer, abgesehen von der *Penthouse* unter der Matratze.«

»Haha. Das ist ein gutes Fernglas, aber so gut auch wieder nicht.«

»Carols und E. D.s Schlafzimmer, leer. Das Gästezimmer ...«

»Na, was?«

Aber Diane erwiderte nichts. Sie saß ganz still, das Fernglas vor den Augen.

»Diane?«, sagte ich.

Sie schwieg weiter. Dann, nach einigen Sekunden, schüttelte sie sich, drehte sich um und warf – *schleuderte* fast – Jason das Fernglas zu, der sogleich protestierte, offenbar ohne zu begreifen, dass Diane etwas zutiefst Beunruhigendes gesehen hatte. Ich machte schon den Mund auf, um sie zu fragen, ob alles in Ordnung sei ...

Da verschwanden die Sterne.

Es war keine große Sache.

Viele sagen das, viele von denen, die es gesehen haben. Es war keine große Sache. Wirklich nicht, und ich spreche hier als Zeuge: Ich hatte, während Diane und Jason sich in den Haaren lagen, den Himmel beobachtet. Da war nichts als ein kurzes seltsames Gleißen, das sich, ein Nachbild der Sterne hinterlassend, grün phosphoreszierend meiner Netzhaut aufprägte. Ich blinzelte. Jason sagte: »Was war das? Ein Blitz?« Und Diane sagte überhaupt nichts.

»Jason«, stieß ich hervor, noch immer blinzelnd.

»Was? Diane, ich schwöre dir, falls du eine von den Linsen kaputt gemacht hast ...«

»Halt den Mund«, unterbrach ihn seine Schwester.

Und ich sagte: »Hört auf. *Seht doch.* Was ist mit den Sternen passiert?«

Beide wandten ihren Kopf zum Himmel.

Von uns dreien war allein Diane bereit zu glauben, dass die Sterne tatsächlich »ausgegangen« seien – ausgelöscht wie Kerzen im Wind. Das sei unmöglich, erklärte Jason entschieden: Das Licht dieser Sterne sei, je nach Quelle, fünfzig oder hundert oder hundert Millionen Lichtjahre unterwegs gewesen; garantiert hätten sie nicht allesamt in einer unendlich komplizierten Folge, die darauf angelegt war, den Erdlingen als gleichzeitig zu erscheinen, aufgehört zu leuchten. Außerdem, warf ich ein, war auch die Sonne ein Stern, und *die* schien ja noch, jedenfalls auf der anderen Seite des Planeten – oder nicht?

Doch, natürlich. Und falls nicht, sagte Jason, wären wir bis zum Morgen alle erfroren.

Also war es logischerweise so, dass die Sterne immer noch schienen, wir sie aber bloß nicht sehen konnten. Sie waren nicht verschwunden, sondern verdunkelt, verdeckt: eine Sternfinsternis. Ja, der Himmel war plötzlich zu einer schwarzen Leere geworden – aber das war nur ein Rätsel, keine Katastrophe.

Ein anderer Aspekt von Jasons Kommentar allerdings hatte sich in meiner Fantasie festgesetzt: wenn nun die Sonne *tatsächlich* verschwunden war? Ich stellte mir vor, wie Schnee durch ewige Dunkelheit rieselte und wie dann die Luft, die frierende Luft, selbst zu einer Art Schnee würde, bis die ganze menschliche Zivilisation unter dem Zeug, das wir atmen, begraben wäre. Da war es doch besser, entschieden besser, anzunehmen, die Sterne seien »verfinstert« worden. Aber wovon?

»Nun, offensichtlich von etwas Großem. Und Schnellem. Du hast gesehen, wie es passiert ist, Tyler. War es alles gleichzeitig, oder hat sich irgendetwas über den Himmel bewegt?«

Ich erwiderte, die Sterne hätten aufgeleuchtet und wären dann ausgegangen, alle gleichzeitig.

»Scheiß auf die blöden Sterne«, sagte Diane. (Ich war schockiert: Diane benutzte solche Ausdrücke normalerweise nicht, während Jase und ich recht locker damit umgingen, seit wir ein zweistelliges Alter erreicht hatten; vieles hatte sich verändert in diesem Sommer.)

Jason hörte die Unruhe in ihrer Stimme. »Ich glaube nicht, dass man sich Sorgen machen muss«, sagte er, obwohl ihm offenkundig selbst nicht ganz wohl war.

Diane machte ein missmutiges Gesicht. »Mir ist kalt«, erklärte sie.

Also beschlossen wir, ins Große Haus zurückzugehen und zu gucken, ob die Nachricht schon bei CNN oder CNBC angekommen war. Während wir über den Rasen liefen, war der Himmel fast unerträglich in seiner vollkommenen Schwärze, gewichtslos, aber trotzdem schwer, und dunkler, als ich je einen Himmel gesehen hatte.

»Wir müssen es E. D. erzählen«, sagte Jason.

»Erzähl du es ihm«, gab Diane zurück.

Jase und Diane nannten ihre Eltern beim Vornamen, weil Carol Lawton den Anspruch hatte, einen progressiven Haushalt zu führen. Die Realität war allerdings ein bisschen komplexer. Carol war nachgiebig, nahm aber nicht viel Anteil am Leben der Zwillinge, während E. D. sich systematisch einen Erben heranzog. Dieser Erbe war Jason, versteht sich. Jason verehrte seinen Vater. Diane hatte Angst vor ihm.

Und ich war nicht so blöd, mein Gesicht in der Erwachsenenzone zu zeigen, schon gar nicht im alkoholisch fortgeschrittenen Stadium einer Party bei den Lawtons; also drückten Diane und ich uns vor der Tür des Zimmers herum, in dem Jason seinen Vater aufgestöbert hatte. Wir konnten keine Einzelheiten ihres Gesprächs aufschnappen, aber der Ton in E. D.s Stimme war schwerlich zu verkennen: leidend, ungeduldig, cholerisch. Jason kam mit rotem Gesicht und nahezu weinend in den Keller zurück, worauf ich mich etwas umständlich verabschiedete und auf die Hintertür zuging.

Diane holte mich im Flur ein. Sie fasste mich am Handgelenk, als wolle sie uns miteinander verketten. »Tyler«, sagte sie. »Sie wird kommen, oder? Die Sonne, meine ich. Am Morgen. Ich weiß, das ist eine bescheuerte Frage. Aber die Sonne *wird* aufgehen, stimmt's?«

Sie klang völlig hilflos. Ich wollte irgendetwas Flapsiges sagen – *falls nicht, werden wir alle tot sein* –, aber ihre Angst weckte auch in mir Zweifel. Was genau hatten wir gesehen, und was bedeutete es? Jason war es offensichtlich nicht gelungen, seinen Vater davon zu überzeugen, dass etwas Bedeutsames am Nachthimmel geschehen war, also machten wir uns womöglich völlig unnötig Sorgen. Was aber, wenn die Welt wirklich vor ihrem Ende stand – und nur wir drei wussten davon?

»Wird schon alles gut gehen«, sagte ich.

Sie sah mich durch strähnige Haare hindurch an. »Glaubst du?«

Ich versuchte zu lächeln. »Zu neunzig Prozent.«

»Aber du wirst bis zum Morgen aufbleiben, nicht wahr?«

»Vielleicht. Wahrscheinlich.« Tatsächlich war mir nicht nach Schlafen zumute.

Sie machte die Telefoniergeste mit Daumen und kleinem Finger. »Kann ich dich später anrufen?«

»Klar.«

»Ich werde wahrscheinlich nicht schlafen. Und – ich weiß, das klingt blöd – falls ich doch einschlafe, kannst du mich dann anrufen, sobald die Sonne aufgeht?«

Ich sagte ihr, dass ich das tun würde.

»Versprochen?«

»Versprochen.« Ich freute mich riesig über diese Bitte.

Das Haus, in dem meine Mutter und ich wohnten, war ein hübscher Schindelbungalow auf der Ostseite des Lawton'schen Grundstücks. Ein kleiner, von einem Kiefernholzgeländer umzäunter Rosengarten fasste die Vordertreppe ein – die Rosen selbst hatten bis weit in den Herbst hinein geblüht, waren aber nach dem kürzlichen Kälteeinbruch verwelkt. In dieser mondlosen, wolkenlosen, sternenlosen Nacht leuchtete die Verandalampe wie ein Signalfeuer.

Leise trat ich ein. Meine Mutter lag schon längst im Bett. Das kleine Wohnzimmer war penibel aufgeräumt, abgesehen von einem einzelnen leeren Schnapsglas auf dem Abstelltisch: Sie war eine Fünf-Tage-Abstinenzlerin, gönnte sich am Wochenende jedoch ein bisschen Whisky. Sie sagte oft, dass sie nur zwei Laster habe, und der Whisky am Samstagabend sei eines davon. (Als ich sie einmal fragte, welches denn das andere sei, sah sie mich lange an und sagte dann: »Dein Vater.« Ich fragte nicht weiter.)

Ich legte mich mit einem Buch auf das Sofa und las, bis Diane anrief, etwa eine Stunde später. Das Erste, was sie sagte, war: »Hast du den Fernseher an?«

»Sollte ich?«

»Lass nur. Es läuft nichts.«

»Na ja, es ist zwei Uhr morgens.«

»Nein, ich meine, wirklich absolut nichts. Auf dem lokalen Kabelsender zeigen sie Infomercials, aber sonst nichts. Was bedeutet das, Tyler?«

Es bedeutete, dass sämtliche Satelliten in der Umlaufbahn um die Erde zusammen mit den Sternen verschwunden waren. Telekommunikation, Wetterbeobachtung, Militärsatelliten, das GPS-System: Alles war im Handumdrehen abgestellt worden. Aber davon wusste ich nichts, und schon gar nicht hätte ich es Diane erklären können.

»Könnte alles Mögliche bedeuten.«

»Es ist ein bisschen unheimlich.«

»Wahrscheinlich nichts, was einem Sorge machen müsste.«

»Hoffentlich nicht. Ich bin froh, dass du noch wach bist.«

Eine Stunde später rief sie noch einmal an, hatte Neues zu berichten. Das Internet hatte ebenfalls den Geist aufgegeben. Und im Lokalfernsehen gab es erste Meldungen über gestrichene Flüge vom Reagan-Airport und den regionalen Flughäfen, verbunden mit der Mahnung an Reisende, sich vorab über ihre Flüge zu erkundigen.

»Aber die ganze Nacht sind Düsenjets geflogen.« Ich hatte ihre Positionslichter vom Schlafzimmerfenster aus gesehen, falsche Sterne in rascher Bewegung. »Militär vermutlich. Es könnte irgendein Terroranschlag sein.«

»Jason hängt in seinem Zimmer am Radio. Holt sich Sender aus Boston und New York rein. Er meint, es würde von militärischen Aktivitäten und Flughafenschließungen gesprochen, aber nicht von Terrorismus – und kein Wort über die Sterne.«

»Irgendjemand muss es aber bemerkt haben.«

»Falls ja, reden sie jedenfalls nicht drüber. Vielleicht haben sie ja *Anweisungen*, nicht darüber zu reden. Vom Sonnenaufgang ist übrigens auch nicht die Rede.«

»Warum auch? Die Sonne geht in, was, einer Stunde auf? Das heißt, das sie bereits über dem Meer aufsteigt. Vor der Atlantikküste. Schiffe, die dort unterwegs sind, müssen sie gesehen haben. *Wir* werden sie auch sehen, schon bald.«

»Hoffentlich.« Diane klang ängstlich und verlegen zugleich. »Ich hoffe, du hast recht.«

»Du wirst sehen.«

»Ich mag deine Stimme, Tyler. Hab ich dir das schon mal gesagt? Du hast so eine beruhigende Stimme.«

Selbst wenn das, was ich sagte, der reinste Schwachsinn war.

Aber das Kompliment berührte mich mehr, als ich sie merken lassen wollte. Ich dachte darüber nach, nachdem sie aufgelegt hatte. Spielte es mir immer wieder in Gedanken vor, wegen des warmen Gefühls, das es in mir auslöste. Und ich fragte mich, was es bedeutete. Diane war ein Jahr älter als ich und dreimal so klug – warum also hatte ich plötzlich das Gefühl, ich müsse sie beschützen, und warum wünschte ich mir, sie wäre bei mir, damit ich ihr Gesicht berühren und ihr versichern könne, es sei alles gut? Ein Rätsel, das fast so beunruhigend und fast so verwirrend war wie das, was mit dem Himmel geschehen war.

Sie rief um zehn vor fünf wieder an, als ich, gegen meine Absicht und noch vollständig angezogen, gerade dabei war einzuschlafen. Ich fummelte das Telefon aus meiner Hemdtasche. »Hallo?«

»Ich bin's nur. Es ist immer noch dunkel, Tyler.«

Ich blickte zum Fenster, ja, dunkel. Dann zum Wecker. »Noch nicht ganz Sonnenaufgangszeit, Diane.«

»Hast du geschlafen?«

»Nein.«

»Ja, hast du. Du Glücklicher. Es ist immer noch dunkel. Und kalt. Ich hab aufs Thermometer vor dem Küchenfenster geguckt. Knapp über null. Ist das normal, dass es so kalt ist?«

»Gestern Morgen war es genauso kalt. Ist sonst noch jemand wach bei euch?«

»Jason hat sich mit dem Radio in seinem Zimmer eingeschlossen. Meine Eltern schlafen wohl und, äh, erholen sich von der Party. Ist deine Mutter wach?«

»Nicht um diese Zeit. Nicht am Wochenende.« Ich warf einen nervösen Blick zum Fenster. Inzwischen musste doch irgendein Stück Helligkeit am Himmel zu sehen sein. Selbst eine bloße Andeutung von Tageslicht hätte erheblich zur Beruhigung beigetragen.

»Du hast sie nicht geweckt?«

»Was soll sie denn tun, Diane? Machen, dass die Sterne zurückkehren?«

»Wohl nicht.« Sie machte eine Pause. »Tyler«, sagte sie dann.

»Ich bin noch da.«

»Was ist deine erste Erinnerung?«

»Wie meinst du – heute?«

»Nein. Das Erste, woran du dich in deinem Leben erinnerst. Ich weiß, es ist eine blöde Frage, aber ich glaube, mir würde es besser gehen, wenn wir einfach fünf oder zehn Minuten über was anderes reden könnten als über den Himmel.«

»Meine erste Erinnerung?« Ich dachte nach. »Das müsste in L. A. gewesen sein, bevor wir nach Osten gezogen sind.« Als mein Vater noch lebte und für E. D. Lawton in ihrer gemeinsamen Start-up-Firma in Sacramento arbeitete. »Wir hatten so eine Wohnung mit langen weißen Vorhängen im Schlafzimmer. Das Erste, woran ich mich richtig erinnern kann, ist, wie sich diese Vorhänge im Wind bauschten. Es war ein sonniger Tag, das Fenster war offen, und es war ein bisschen windig.« Die Erinnerung wurde von einem unerwartet wehmütigen Gefühl begleitet, wie ein letzter Blick auf eine entschwindende Küste. »Wie sieht's bei dir aus?«

Dianes erste Erinnerung spielte ebenfalls in Sacramento, allerdings auf vollkommen andere Weise. E. D. hatte seine beiden Kinder mit in die Fabrik genommen und gab ihnen eine Führung, wollte offenbar schon damals Jason auf seine Rolle als Erbe vorbereiten.

Diane war fasziniert von den riesigen perforierten Sparren, den Spulen mit mikrodünnen Aluminiumfasern, dem unablässigen Lärm. Alles war so groß, dass sie fest glaubte, irgendwo einen Märchenriesen zu finden, an die Wand gekettet, ein Gefangener ihres Vaters.

Es war keine schöne Erinnerung. Sie sagte, sie habe sich als fünftes Rad am Wagen gefühlt, verlassen, ausgesetzt inmitten einer riesigen, furchterregenden Maschinerie.

Wir sprachen noch eine Weile darüber. Dann sagte Diane: »Sieh dir den Himmel an.«

Ich blickte zum Fenster. Über den westlichen Horizont tropfte gerade genug Licht, um die Schwärze in ein tintenfarbenes Blau zu verwandeln.

Ich verbarg meine Erleichterung.

»Na, da hast du wohl recht gehabt«, sagte sie, plötzlich ganz vergnügt. »Die Sonne geht doch noch auf.«

Natürlich war es gar nicht die Sonne. Es war eine Hochstaplersonne, eine clevere Fälschung. Aber das wussten wir damals noch nicht.

IN KOCHENDEM WASSER ERWACHSEN WERDEN

Von jüngeren Leuten werde ich oft gefragt: Warum seid ihr nicht in Panik verfallen? Warum ist *niemand* in Panik verfallen? Warum gab es keine Plünderungen, keine Aufstände? Warum hat eure Generation klein beigegeben, warum seid ihr in den Spin hineingeglitten, ohne auch nur den leistesten Protest zu erheben?

Manchmal sage ich: Aber es *sind* doch schreckliche Dinge passiert.

Manchmal sage ich: Wir haben ja nicht begriffen, was los war. Und was hätten wir daran auch ändern können?

Und manchmal gebe ich das Gleichnis vom Frosch zum Besten. Wenn du einen Frosch in kochendes Wasser wirfst, hüpft er wieder heraus. Wirfst du den Frosch aber in einen Topf mit angenehm warmem Wasser, das du langsam immer weiter erhitzt, dann ist der Frosch tot, bevor er begriffen hat, dass man ihm an den Kragen will.

Die Auslöschung der Sterne geschah zwar nicht allmählich und unauffällig, doch für die meisten von uns hatte sie zunächst keine katastrophalen Auswirkungen. Als Astronom oder Verteidigungspolitiker oder als Beschäftigter in der Telekommunikations- beziehungsweise Raumfahrtbranche hat man die ersten Tage des Spins vermutlich in einem Zustand äußerster Erregung verbracht – für den Busfahrer oder den Angestellten in einem Burger-Restaurant aber war das alles mehr oder weniger warmes Wasser.

Die englischsprachigen Medien bezeichneten es als den »October Event« – das »Oktober-Ereignis« (»Spin« hieß es erst ein paar Jahre später), und seine erste und offensichtliche Wirkung war die vollständige Vernichtung der Milliarden Dollar schweren Weltraumsatelliten-Industrie. Der Verlust der Satelliten bedeutete das Ende des Satellitenfernsehens, das Ende der Direktübertragungen per Satellit; er machte das gesamte Fernsprechsystem unberechen- und GPS-Lokalisierer unbrauchbar; er kappte das World Wide Net, ließ den Großteil der avanciertesten Rüstungstechnologie auf einen Schlag veralten, beschnitt die Möglichkeiten globaler Überwachung und Aufklärung und zwang die Wetteransager, Isobare auf Landkarten zu zeichnen, anstatt geschmeidig durch die von Wettersatelliten gelieferten CGI-Bilder zu gleiten. Wiederholte Versuche, Kontakt mit der Internationalen Raumstation aufzunehmen, waren erfolglos. In Canaveral (wie in Baikonur und Kourou) angesetzte kommerzielle Raketenstarts wurden auf unbestimmte Zeit verschoben.

Es bedeutete, auf lange Sicht, eine ungute Entwicklung für GE Americom, AT&T, COMSAT und Hughes Communications, um nur einige zu nennen.

Und tatsächlich ereignete sich viel Schreckliches in der Folge jener Nacht, wenn auch das meiste im Blackout der Medien unterging. Nachrichten verbreiteten sich wie Geflüster, zwängten sich durch transatlantische Fiberoptikkabel, anstatt durch den Weltraum zu hüpfen: Es dauerte fast eine Woche, bis wir erfuhren, dass ein pa-

kistanischer Hatf-V-Flugkörper mit nuklearem Sprengkopf, versehentlich oder auf Grund von Fehlberechnungen abgeschossen in den
verwirrenden ersten Augenblicken des Ereignisses, vom Kurs abge-
kommen war und ein landwirtschaftlich genutztes Tal im Hindukusch ausgelöscht hatte. Es war der erste in einem Krieg gezündete
atomare Sprengkörper seit 1945, und so tragisch dieser Vorfall war,
konnten wir angesichts der vom Verlust der Telekommunikation
verursachten globalen Paranoia froh sein, dass so etwas nur einmal
passierte. Einigen Berichten zufolge standen wir damals kurz davor,
Teheran, Tel Aviv und Pjöngjang zu verlieren.

Vom Sonnenaufgang beschwichtigt, schlief ich bis mittags durch.
Nachdem ich aufgestanden war und mich angezogen hatte, fand ich
meine Mutter, noch in ihrem gesteppten Morgenmantel, im Wohnzimmer, wie sie mit gerunzelter Stirn auf den Fernseher starrte. Ich
fragte sie, ob sie schon gefrühstückt hätte, und sie verneinte. Also
bereitete ich uns beiden etwas zum Mittagessen.

Sie wird in jenem Herbst fünfundvierzig Jahre alt gewesen sein.
Hätte man von mir verlangt, sie mit einem Wort zu beschreiben,
dann hätte ich vielleicht »ausgeglichen« gesagt. Sie war kaum einmal
wütend, und das einzige Mal in meinem Leben, wo ich sie habe weinen sehen, war in der Nacht, als die Polizei bei uns klingelte (das war
noch in Sacramento) und ihr mitteilte, dass mein Vater in der Nähe
von Vacaville tödlich verunglückt war, auf der Heimfahrt von einer
Geschäftsreise. Sie hat, glaube ich, großen Wert darauf gelegt, mir
nur diesen Aspekt ihres Wesens zu zeigen. Es gab durchaus noch andere. Im Wohnzimmer stand ein gerahmtes Foto, Jahre vor meiner
Geburt aufgenommen, das eine Frau zeigte, die so schön und furchtlos vor der Kamera stand, dass ich völlig von den Socken war, als sie
mir sagte, es sei ein Porträt von ihr.

Offensichtlich gefiel ihr nicht, was sie da im Fernsehen sah. Ein
Lokalsender brachte Nachrichten nonstop, wiederholte von Kurz-
wellenradio und Amateurfunkern übermittelte Berichte und Geschichten sowie leicht verzerrte Ruhe-bewahren-Appelle seitens der

Regierung. »Tyler.« Sie forderte mich mit einer Handbewegung auf, Platz zu nehmen. »Letzte Nacht ist etwas passiert. Es ist schwer zu erklären …«

»Ich weiß. Ich hab davon gehört, bevor ich schlafen gegangen bin.«

»Du wusstest davon? Und hast mich nicht geweckt?«

»Ich war mir nicht sicher …«

Aber ihre Verärgerung wich so schnell, wie sie gekommen war. »Ist schon gut, Ty. Vermutlich hab ich nichts verpasst. Es ist komisch … mir ist, als würde ich immer noch schlafen.«

»Es sind nur die Sterne«, sagte ich, vollkommen idiotisch.

»Die Sterne und der Mond«, korrigierte sie mich. »Hast du das mit dem Mond nicht gehört? Niemand kann mehr die Sterne und den Mond sehen.«

Das mit dem Mond war natürlich ein wichtiger Hinweis.

Ich blieb eine Weile bei meiner Mutter sitzen, gebannt auf den Fernseher starrend, dann stand ich auf (»Komm diesmal nach Hause, bevor es dunkel wird«, sagte sie mit ernster Miene) und ging zum Großen Haus hinüber. Ich klopfte an der Hintertür, der, die sonst Koch und Maid benutzten, wenn auch die Lawtons peinlich darauf bedacht waren, niemals von einem »Dienstboteneingang« zu sprechen. Es war auch die Tür, durch die meine Mutter an den Wochentagen das Haus betrat, um den Haushalt der Lawtons zu führen.

Mrs. Lawton ließ mich herein, sah mich ausdruckslos an, winkte mich nach oben. Diane schlief noch, ihre Zimmertür war geschlossen. Jason hatte gar nicht geschlafen und anscheinend auch nicht die Absicht, es zu tun. Ich fand ihn in seinem Zimmer, vor dem Radio.

Jasons Zimmer war eine Aladin'sche Höhle voll luxuriöser Gerätschaften, dergleichen ich selber heiß begehrte, ohne doch die Hoffnung zu haben, sie jemals zu besitzen: der Computer mit einer ultraschnellen ISP-Verbindung zum Beispiel, oder der Fernseher, zwar aus zweiter Hand, aber doppelt so groß wie der, der unser Wohnzimmer schmückte.

Nur für den Fall, dass er es noch nicht gehört hatte, informierte ich ihn: »Der Mond ist verschwunden.«

»Interessant, nicht wahr?« Jason stand auf, streckte sich, fuhr sich mit den Fingern durch das ungekämmte Haar. Er hatte sich seit gestern Abend nicht umgezogen, was von einer für ihn ganz untypischen Geistesabwesenheit zeugte. Obwohl erwiesenermaßen ein Genie, hatte Jason sich in meiner Gegenwart noch nie wie ein solches benommen – will sagen, er benahm sich nicht wie die Genies, die ich aus dem Kino kannte: Er blinzelte nicht ständig, stotterte nicht, schrieb keine algebraischen Gleichungen an die Wände. Jetzt jedoch wirkte er mächtig zerstreut. »Der Mond ist natürlich *nicht* verschwunden – wie könnte er auch? Dem Radio zufolge werden die üblichen Gezeiten an der Atlantikküste gemessen. Also ist der Mond noch da. Und wenn der Mond noch da ist, dann sind es auch die Sterne.«

»Aber warum können wir sie dann nicht sehen?«

Er warf mir einen verärgerten Blick zu. »Woher soll ich das wissen? Ich sage nichts weiter, als dass es wenigstens teilweise ein *optisches* Phänomen ist.«

»Sieh mal aus dem Fenster, Jase. Die Sonne scheint. Was soll das für ein optischer Trick sein, der die Sonnenstrahlen durchlässt, aber die Sterne und den Mond verschluckt?«

»Noch einmal, wie soll ich das wissen? Aber was ist die Alternative, Tyler? Jemand hat Mond und Sterne in einen großen Sack gesteckt und ist damit weggelaufen?«

Nein, dachte ich. Es war die Erde, die im Sack steckte, aus irgendeinem Grund, den nicht einmal Jason erraten konnte.

»Trotzdem ein guter Hinweis«, sagte er, »das mit der Sonne. Keine optische Barriere, sondern ein optischer *Filter*. Interessant.«

»Und wer hat ihn dort hingetan?«

»Woher soll ich …« Er schüttelte gereizt den Kopf. »Deine Schlussfolgerungen gehen zu weit. Wer sagt, dass *irgendjemand* ihn dort hingetan hat? Es könnte ein Naturereignis sein, das einmal in einer Milliarde Jahren vorkommt, wie dass sich die Magnetpole umkehren. Es ist ein ziemlich großer Sprung zu der Annahme, dass irgendeine steuernde Intelligenz dahintersteckt.«

»Es könnte aber der Fall sein.«

»Vieles könnte der Fall sein.«

Angesichts des Spottes, den ich für meine Science-Fiction-Vorliebe hatte einstecken müssen, vermied ich es, das Wort »Außerirdische« auszusprechen. Aber natürlich war es genau das, woran ich als Erstes denken musste. Ich und auch viele andere Leute. Und selbst Jason musste zugeben, dass die Möglichkeit, außerirdische Wesen wären hier am Wirken, nicht völlig an den Haaren herbeigezogen war.

»Trotzdem«, sagte ich, »muss man sich fragen, warum sie so was tun würden.«

»Es gibt nur zwei stichhaltige Gründe. Um etwas vor uns zu *verstecken*. Oder um *uns* vor *etwas anderem* zu verstecken.«

»Was sagt denn dein Vater dazu?«

»Ich habe ihn nicht gefragt. Er hängt den ganzen Tag am Telefon. Versucht wahrscheinlich, so schnell wie möglich eine Verkaufsorder für seine GTE-Aktien zu platzieren.« Das war offenbar ein Witz. Ich wusste nicht genau, wovon er redete, aber es war für mich der erste Hinweis darauf, was der verlorene Zugang zum Weltraum für die Luft- und Raumfahrtindustrie im Allgemeinen und für die Familie Lawton im Besonderen bedeutete. »Ich hab letzte Nacht nicht geschlafen. Hab Angst gehabt, ich könnte was verpassen. Manchmal beneide ich meine Schwester. *Weck mich, wenn jemand die Sache aufgeklärt hat.*«

Ich begehrte sofort auf gegen diese, wie ich fand, abschätzige Bemerkung über Diane. »Sie hat auch nicht geschlafen.«

»Ach? Tatsächlich? Und woher willst *du* das wissen?«

Ertappt. »Wir haben ein bisschen am Telefon geredet …«

»Sie hat dich angerufen?«

»Ja, kurz vor Sonnenaufgang.«

»Herrgott, Tyler, du wirst ja ganz rot.«

»Gar nicht wahr.«

»O doch.«

Ein schroffes Klopfen an der Tür erlöste mich: E. D. Lawton, der aussah, als habe er auch nicht viel Schlaf gekriegt.

Jasons Vater war eine einschüchternde Erscheinung. Er war groß, breitschultrig, schwer zufrieden zu stellen, leicht zu verärgern. An den Wochenenden fegte er durch das Haus wie eine Sturmfront, Blitz und Donner verbreitend. (Meine Mutter hatte einmal gesagt: »E. D. gehört nicht zu den Personen, deren Aufmerksamkeit man zu erregen wünscht. Ich habe nie verstanden, warum Carol ihn geheiratet hat.«) Er war nicht gerade der klassische Selfmade-Geschäftsmann – sein Großvater, Gründer einer sagenhaft erfolgreichen Anwaltskanzlei in San Francisco, hatte die meisten von E. D.s frühen Projekten vorfinanziert –, aber es war ihm gelungen, sich ein lukratives Geschäft mit Höheninstrumenten und Leichter-als-Luft-Technologie aufzubauen, und das alles auf die harte Tour, ohne direkte Beziehungen zur Industrie, jedenfalls am Anfang.

Er betrat Jasons Zimmer mit mürrischem Gesicht, sah mich kurz an, seine Augen blitzten. »Tut mir Leid, Tyler, aber du wirst jetzt nach Hause gehen müssen. Ich habe einiges mit Jason zu besprechen.«

Jase protestierte nicht, und ich war meinerseits nicht übermäßig scharf darauf zu bleiben. Also schlüpfte ich in meine Stoffjacke und verschwand durch die Hintertür nach draußen. Den Rest des Nachmittags verbrachte ich am Bach, warf Steine und beobachtete die Eichhörnchen, wie sie für den nahenden Winter vorsorgten.

Die Sonne, der Mond und die Sterne.

In den folgenden Jahren wuchsen Kinder auf, die niemals den Mond mit eigenen Augen gesehen hatten; Menschen, die nur fünf oder sechs Jahre jünger waren als ich, kannten die Sterne praktisch nur aus alten Filmen und einer Hand voll immer falscher werdender Klischees. Einmal, ich war etwa Mitte dreißig, spielte ich einer jüngeren Frau den Song »Corcovado« von Antonio Carlos Jobim vor – die Version mit Gesang: »Quiet nights of quiet stars« –, und sie fragte mich, ehrlich verblüfft: »Waren die Sterne denn *laut*?«

Aber wir hatten noch etwas verloren, etwas, das nicht so offensichtlich war wie die paar Lichter am Himmel – ein verlässliches Gefühl der Verortung. Die Erde ist rund, der Mond umkreist die Erde, die Erde umkreist die Sonne: das war alles an Kosmologie, was die meisten Leute kannten oder kennen wollten, und ich bezweifle, dass auch nur einer von hundert nach Abschluss der Highschool noch groß darüber nachdachte. Aber sie waren doch vor den Kopf gestoßen, als ihnen diese bescheidene Sicherheit weggenommen wurde.

Eine offizielle Erklärung zur Sonne erhielten wir erst in der zweiten Woche nach dem Oktober-Ereignis.

Die Sonne schien sich auf ihre angestammte Weise zu bewegen. Sie ging auf und unter, wie es den Ephemeriden entsprach, die Tage wurden in natürlicher Präzession kürzer; es gab nichts, was auf einen solaren Notstand schließen ließ. Vieles auf unserem Planeten, auch das Leben selbst, hängt von Beschaffenheit und Menge der die Erdoberfläche erreichenden Sonnenstrahlung ab, und daran hatte sich offenbar nichts geändert – was wir mit bloßem Auge von der Sonne sehen konnten, deutete auf denselben gelben Stern der G-Klasse hin, zu dem wir unser ganzes Leben lang hinaufgeblinzelt hatten.

Was ihm allerdings fehlte, das waren Sonnenflecken, Protuberanzen, Reflexlichter.

Die Sonne ist ein unruhiges Ding, stürmisch, gewalttätig. Sie kocht, sie brodelt, sie schäumt über mit gewaltigen Energien; sie badet das Sonnensystem in einem Strom aufgeladener Partikel, die uns töten würden, wären wir nicht durch das Magnetfeld der Erde geschützt. Aber seit dem Oktober-Ereignis, so verkündeten die Astronomen, war die Sonne eine geometrisch vollkommene Kugel von stetig gleicher und makelloser Helligkeit. Und aus dem Norden kam die Nachricht, dass die Aurora borealis, die Nordlichter – Produkt des Zusammentreffens unseres Magnetfelds mit jenen aufgeladenen Sonnenpartikeln – vom Spielplan verschwunden waren wie ein schlechtes Broadway-Stück.

Weitere Änderungen am Nachthimmel: keine Sternschnuppen mehr. In früheren Zeiten lagerte die Erde pro Jahr fast vierzig Millionen Kilo Weltraumstaub an, der Großteil davon entstand durch atmosphärische Reibung. Damit war es nun vorbei – keinerlei wahrnehmbare Meteoriten drangen während der ersten Wochen des Oktober-Ereignisses in die Atmosphäre ein, nicht einmal die mikroskopisch kleinen, die sogenannten Brownlee-Partikel. Astrophysikalisch gesprochen, herrschte eine ohrenbetäubende Stille.

Auch Jason hatte keine Erklärung dafür.

Die Sonne war also nicht die Sonne. Aber sie schien weiter, mochte sie auch eine Fälschung sein, und während sich ein Tag über den anderen schichtete, wurde die Verwirrung zwar nicht geringer, doch die öffentliche Erregung ebbte ab. (Das Wasser kochte nicht, es war nur warm.)

Aber welch reichhaltige Quelle für *Gespräche* bot das doch alles. Nicht allein das Himmelsrätsel, nein, auch seine unmittelbaren Folgen: der Zusammenbruch der Telekommunikation; die Tatsache, dass Kriege in anderen Weltgegenden nicht mehr per Satellit übertragen wurden, dass die GPS-gesteuerten »intelligenten« Bomben unversehens strohdumm geworden waren; der Fiberoptik-Goldrausch. Mit deprimierender Regelmäßigkeit erfolgten die Erklärungen aus Washington: »Derzeit gibt es keinerlei Hinweise, die auf feindselige Absichten irgendeiner Regierung oder anderer Kräfte schließen lassen.« Und: »Die besten Köpfe unserer Zeit bemühen sich darum, die möglichen negativen Auswirkungen dieser Hülle, die unsere Sicht auf das Universum versperrt, zu verstehen, zu erklären und schließlich gegebenenfalls rückgängig zu machen.« Beschwichtigender Wortsalat von einer Regierung, die noch immer hoffte, einen Feind, ob irdischer oder anderer Natur, ausfindig zu machen, der zu einer solchen Tat imstande war. Aber dieser Feind blieb hartnäckig im Dunkeln. Man begann, von einer »hypothetischen steuernden Intelligenz« zu sprechen. Unfähig, hinter die Mauern unseres Gefängnisses zu blicken, mussten wir uns darauf beschränken, seine Ränder und Ecken zu kartographieren.

Jason zog sich nach dem Ereignis fast einen Monat lang in sein Zimmer zurück. Während dieser Zeit konnte ich nie direkt mit ihm sprechen, bekam ihn allenfalls flüchtig zu Gesicht, wenn die Zwillinge vom Minibus der Rice Academy abgeholt wurden. Aber Diane rief mich fast jeden Abend auf meinem Handy an, gegen zehn oder elf, wenn wir einigermaßen sicher sein konnten, ungestört zu bleiben. Und ihre Anrufe bedeuteten mir viel, aus Gründen, die ich mir noch immer nicht recht eingestehen mochte.

»Jason hat eine ziemlich miese Laune«, sagte sie mir einmal. »Er meint, wenn wir nicht genau wüssten, ob die Sonne die Sonne ist, dann wüssten wir im Grunde gar nichts.«

»Vielleicht hat er recht.«

»Aber es ist fast eine religiöse Angelegenheit für ihn. Er hat Karten immer so geliebt – wusstest du das, Tyler? Selbst als kleines Kind hatte er es schon raus, wie eine Landkarte funktioniert. Er wusste immer gern, wo er war. Es gibt den Dingen Sinn, pflegte er zu sagen. Gott, ich hab ihm immer so gern zugehört, wenn er über Karten redete. Ich glaube, das ist der Grund, warum er jetzt so durchdreht, mehr als die anderen. Nichts ist da, wo es sein soll. Er hat seine Landkarte verloren.«

Natürlich gab es bereits den einen oder anderen Hinweis. Noch vor Ablauf der ersten Woche hatte das Militär begonnen, Überreste herabgestürzter Satelliten zu bergen – Satelliten, die sich bis zu jener Oktobernacht in stabiler Umlaufbahn befunden hatten, dann aber vor Morgengrauen zurück auf die Erde gefallen waren. Und einige von ihnen hinterließen Trümmer, die erschreckende Erkenntnisse bargen. Doch diese Information wurde selbst dem Haushalt eines E. D. Lawton mit seinen außerordentlich guten Beziehungen erst nach einer gewissen Zeit zugänglich.

Unser erster Winter der dunklen Nächte war klaustrophobisch und fremd. Der Schnee kam früh: Wir wohnten in Pendelentfernung von Washington, D.C., aber zu Weihnachten sah unsere Gegend eher aus wie Vermont. Und die Nachrichten blieben unheilvoll: Ein mit heißer Nadel gestricktes Friedensabkommen zwischen Indien und Pakistan verhinderte nicht, dass jederzeit neue Kampfhandlungen ausbrechen konnten; das von der UN gesponserte Dekontaminierungsprojekt im Hindukusch hatte bereits Dutzende von Leben gekostet, zusätzlich zu den ursprünglichen Opfern. In Nordafrika schwelten Buschfeuerkriege, während sich die Armeen der Industrienationen zurückzogen, um sich neu zu gruppieren. Der Ölpreis schoss in die Höhe – zu Hause ließen wir den Thermostaten ein paar Grad unterhalb angenehmer Temperaturen, bis die Tage wieder länger wurden (als die Sonne zurückkehrte und die erste Wachtel schrie).

Aber angesichts der unbekannten und kaum begriffenen Bedrohungen gelang es der Menschheit immerhin, keinen globalen heißen Krieg vom Zaun zu brechen – das sei zu unserer Ehre festgehalten. Wir stellten uns um und machten weiter, und im Frühling sprach man bereits von der »neuen Normalität«. Auf lange Sicht würden wir vielleicht einen noch höheren Preis für das zahlen müssen, was dem Planeten zugestoßen war … aber auf lange Sicht, wie es so schön heißt, müssen wir ohnehin alle sterben.

Ich sah die Veränderung an meiner Mutter; mit der Zeit wurde sie ruhiger, und das warme Wetter, als es dann endlich kam, zog ihr einiges an Spannung aus dem Gesicht. Und ich sah die Veränderung an Jason, der sich aus der meditativen Einkehr zurückmeldete. Allerdings machte ich mir Sorgen um Diane, die sich weigerte, überhaupt noch über die Sterne zu reden, und mich stattdessen in letzter Zeit wiederholt gefragt hatte, ob ich an Gott glaubte – ob ich glaubte, dass Gott verantwortlich sei für das, was im Oktober geschehen war.

Darüber könne ich nichts sagen, erklärte ich ihr. Meine Familie war nicht sehr religiös. Das Thema machte mich ehrlich gesagt ein bisschen nervös.

In jenem Sommer fuhren wir drei zum letzten Mal mit unseren Fahrrädern zur Fairway Mall.

Wir hatten diesen Ausflug schon hundert-, ja tausendmal gemacht. Die Zwillinge wurden allmählich ein bisschen zu alt dafür, aber in den sieben Jahren, die wir gemeinsam auf dem Grundstück des Großen Hauses wohnten, war es zu einem Ritual geworden, zur unverzichtbaren Sommersamstagsunternehmung. An regnerischen oder brüllend heißen Wochenenden ließen wir es schon mal ausfallen, doch wenn das Wetter okay war, zog es uns wie eine unsichtbare Hand zum Treffpunkt am Ende der langen Lawton-Auffahrt.

An diesem Tag wehte ein sanfter Wind, und das Sonnenlicht verlieh allem, was es berührte, eine tiefe organische Wärme. Es war, als wolle das Klima uns beruhigen: Der Natur ging es, zehn Monate nach dem Ereignis, recht gut, danke der Nachfrage – auch wenn wir (wie Jason bisweilen sagte) jetzt ein *gehegter* Planet waren, ein von unbekannten Kräften bestellter Garten, kein Flecken kosmischen Wildwuchses mehr.

Jason fuhr ein teures Mountainbike, Diane das etwas weniger hermachende Gegenstück für Mädchen. Mein Fahrrad war ein Klappergestell, das meine Mutter in einem Secondhand-Laden gekauft hatte. Egal. Worauf es ankam, das war der Kiefernduft in der Luft und die vor uns aufgereihten leeren Stunden. Ich empfand es so, Diane empfand es so, und ich glaube, auch Jason empfand es so, obwohl er zerstreut und sogar ein bisschen verlegen wirkte, als wir aufsattelten. Ich schrieb es dem allgemeinen Stress oder – es war August – der Aussicht auf das neue Schuljahr zu. Jase befand sich in einem beschleunigten akademischen Zug an der Rice Academy, einer Eliteschule mit hohen Ansprüchen. Letztes Jahr hatte er seine Mathe- und Physikkurse spielend leicht absolviert – er hätte sie genauso gut unterrichten können –, aber im nächsten Semester war ein Schein in Latein zu erwerben. »Es ist nicht mal eine lebende Sprache«, sagte er. »Wer zum Teufel liest schon Latein, von klassischen Philologen mal abgesehen? Das ist, als würde man FORTRAN lernen. Alle wichtigen Texte wurden schon vor langer Zeit übersetzt. Macht es mich zu einem besseren Menschen, wenn ich Cicero im

Original lese? Cicero, um Gottes willen! Der Alan Dershowitz der Römischen Republik.«

Ich nahm das alles nicht besonders ernst; eine unserer Lieblingsbeschäftigungen auf diesen Ausflügen bestand darin, uns in der Kunst des Klagens zu üben. (Ich hatte keine Ahnung, wer Alan Dershowitz war, irgendein Junge aus Jasons Schule, vermutete ich.) Aber heute war seine Laune doch recht unberechenbar. Auf den Pedalen stehend, radelte er ein Stück vor uns her.

Der Weg zur Mall zog sich an Grundstücken mit dichtem Baumbestand und Pastellhäusern mit gepflegten Gärten und eingelassenen Sprinklern entlang, die Regenbögen in die morgendliche Luft zeichneten. Das Sonnenlicht mochte gefälscht sein, gefiltert, aber es brach sich noch immer in Farben, wenn es durch herabfallendes Wasser drang, und es fühlte sich nach wie vor wie ein Segen an, wenn wir aus dem Schatten der Eichen auf den glitzernd weißen Bürgersteig fuhren.

Nach zehn oder fünfzehn Minuten bequemer Fahrt türmte sich der höchste Abschnitt der Bantam Hill Road vor uns auf – letztes Hindernis und wesentlicher Markstein auf dem Weg zur Mall. Die Bantam Hill Road war sehr steil, aber auf der anderen Seite wartete dann eine schön lange, sanfte Abfahrt bis zu den Parkplätzen der Mall. Jason hatte bereits ein Viertel des Anstiegs bewältigt.

Diane sah mich verschmitzt an. »Fahren wir um die Wette«, sagte sie.

Das war ziemlich schrecklich. Die Zwillinge hatten im Juni Geburtstag; ich erst im Oktober. Jeden Sommer waren sie also nicht nur ein, sondern zwei Jahre älter als ich: sie waren vierzehn geworden, während ich noch vier frustrierende Monate lang zwölf blieb. Der Unterschied machte sich auch als körperlicher Vorteil bemerkbar. Diane wusste, dass sie mich bergauf nicht schlagen konnte, aber sie trat dennoch energisch in die Pedale, und ich versuchte seufzend, meine quietschende alte Kiste auf ein konkurrenzfähiges Tempo zu steigern. Es war kein wirklicher Wettkampf. Diane hob sich aus dem Sattel ihrer strahlenden Maschine aus mattgeschliffenem Aluminium, und als sie die Steigung in Angriff nahm, hatte sie bereits einen mächtigen Schwung aufgebaut. Drei kleine Mädchen, die damit beschäftigt waren, Kreidemuster auf den Bürgersteig zu malen, sprangen eilig aus dem Weg. Sie warf einen Blick zu mir zurück, halb ermunternd, halb spöttisch.

Die steile Straße raubte ihr natürlich den Schwung, doch sie schaltete in einen tieferen Gang und ließ die Beine geschmeidig ihre Arbeit verrichten. Jason, inzwischen oben angelangt, hatte angehalten und hielt sich mit einem langen Bein im Gleichgewicht, während er belustigt zurückblickte. Ich mühte mich weiter, aber nach der Hälfte des Anstiegs schwankte mein Rad mehr, als dass es sich voranbewegte, und ich war gezwungen, abzusteigen und den Rest des Weges zu Fuß zu gehen.

Als ich endlich ankam, grinste mir Diane entgegen.

»Hast gewonnen«, sagte ich.

»Tut mir Leid, Tyler. Es war nicht gerade fair.«

Ich zuckte verlegen mit den Achseln.

Die Straße endete hier in einer Sackgasse, in der Baugrundstücke abgesteckt, aber noch keine Häuser errichtet worden waren. Die Mall lag westlich am Fuße eines langen sandigen Abhangs. Ein ausgestampfter Pfad schnitt durch struppige Bäume und Beerenbüsche. »Wir sehen uns unten«, rief Diane und rollte wieder davon.

Wir schlossen unsere Räder ab und betraten das gläserne Hauptschiff der Mall. Die Mall war ein beruhigender Ort, hauptsächlich weil sie sich seit letztem Oktober so wenig verändert hatte. Zeitungen und Fernsehen mochten nach wie vor in ständiger Alarmbereitschaft sein – die Mall lebte in seliger Abkehr von der Realität. Der einzige Hinweis darauf, dass in der Welt draußen etwas schiefgelaufen sein könnte, war das Fehlen von Satellitenschüsseln im Angebot der Elektronikmärkte und ein ganzer Schwung von »Oktober«-Titeln in der Auslage des Buchladens. Jason schnaubte angesichts eines Paperbacks mit blau-goldenem Hochglanzcover, ein Buch, das den Anspruch erhob, das Oktober-Ereignis mit biblischen Prophezeiungen zu erklären. »Die einfachste Sorte Prophezeiung«, sagte er, »ist die, die etwas vorhersagt, was bereits geschehen ist.«

Diane sah ihn genervt an. »Auch wenn du nicht daran glaubst, brauchst du dich noch längst nicht darüber lustig zu machen.«

»Genau genommen mache ich mich nur über den Einband lustig. Das Buch selbst habe ich ja nicht gelesen.«

»Solltest du vielleicht.«

»Warum? Was verteidigst du denn hier?«

»Ich verteidige gar nichts. Aber vielleicht hat Gott etwas mit dem vergangenen Oktober zu tun. Das scheint mir keine so lächerliche Vorstellung zu sein.«

»Nun, tatsächlich ist das, ja, doch, eine ziemliche lächerliche Vorstellung.«

Sie verdrehte die Augen und stapfte, vor sich hinseufzend, voraus. Jase stellte das Buch zurück ins Regal.

Ich sagte ihm, dass die Leute meiner Meinung nach einfach nur verstehen wollten, was geschehen sei, und dass es deshalb solche Bücher gebe.

»Oder vielleicht wollen sie auch nur so tun, als würden sie verstehen wollen. Das nennt man Realitätsverweigerung. Willst du mal was wissen, Tyler?«

»Klar.«

»Behältst du's für dich?« Er senkte die Stimme so, dass Diane, ein paar Schritte von uns entfernt, ihn nicht hören konnte. »Es ist noch nicht öffentlich bekannt gegeben.«

Eines der erstaunlichen Dinge an Jason war, dass er tatsächlich oft über wirklich bedeutende Informationen verfügte, die dann erst ein oder zwei Tage später in den Nachrichten auftauchten. In gewisser Weise war die Rice Academy nur seine Tagesschule, seine eigentliche Ausbildung fand unter Anleitung seines Vaters statt, und E. D. wollte ihm von Anfang an ein Verständnis dafür vermitteln, wie Geschäft, Wissenschaft und Technologie sich mit politischer Macht überschneiden. E. D. hatte sich die entsprechenden Erkenntnisse höchstselbst zunutze gemacht: Der Verlust der Telekommunikationssatelliten hatte einen riesigen neuen, sowohl zivilen als auch militärischen Markt für die Höhenballons (»Aerostaten«) eröffnet, die seine Firma herstellte. Eine Nischentechnologie wurde zum Renner, und E. D. war ganz vorn mit dabei. Und manchmal vertraute er seinem vierzehnjährigen Sohn Geheimnisse an, die er einem Konkurrenten nicht im Traum verraten würde.

E. D. wusste natürlich nicht, dass Jason diese Geheimnisse gelegentlich an mich weitergab. Ich behielt sie allerdings aufs Gewissenhafteste für mich. (Wem hätte ich sie auch schon verraten können? Ich hatte sonst keine richtigen Freunde; wir lebten in einer Gegend, in der soziale Unterschiede haarscharf wahrgenommen und bewertet wurden, und ernste, lerneifrige Söhne von alleinerziehenden, berufstätigen Müttern standen in der Beliebtheitsskala nicht sehr weit oben.)

Jason flüsterte jetzt fast. »Du hast von den drei russischen Kosmonauten gehört? Die im letzten Oktober gerade im Weltraum waren?«

In der Nacht des Ereignisses verschwunden und für tot erklärt. Ich nickte.

»Einer von ihnen lebt. Lebt und ist wieder in Moskau. Die Russen sagen nicht viel. Aber es geht das Gerücht, dass er komplett verrückt geworden ist.«

Ich starrte ihn mit großen Augen an, doch mehr wollte er nicht herausrücken.

Es dauerte zwölf Monate, bis die Wahrheit ans Licht kam, und als sie endlich öffentlich gemacht wurde (als Fußnote in einer europäischen Geschichte der frühen Spin-Jahre), musste ich an den Tag in der Mall denken.

Folgendes war geschehen: Drei russische Kosmonauten hatten sich, von einem Aufräumeinsatz in der moribunden Internationalen Raumstation zurückkehrend, in der Nacht des Oktober-Ereignisses in der Erdumlaufbahn befunden. Kurz nach Mitternacht Ostküstenzeit stellte der Einsatzkommandant, ein gewisser Oberst Leonid Glawin, fest, dass der Funkkontakt zur Bodenstation abgerissen war.

Er unternahm wiederholte, stets erfolglose Versuche, ihn wiederherzustellen. So beunruhigend das für die Kosmonauten schon gewesen sein muss, es wurde alles sehr schnell noch schlimmer: Als die Sojus von der Nachtseite des Planeten in den Sonnenaufgang flog, schien es, als sei der Planet, den sie umkreiste, durch eine lichtlose schwarze Kugel ersetzt worden. Oberst Glawin sollte es später auf genau diese Weise beschreiben: als eine Schwärze, eine Abwesenheit, sichtbar nur, wenn sie vor die Sonne trat, eine permanente Eklipse. Der schnelle Zyklus von Sonnenaufgang und Sonnenuntergang bot den einzig überzeugenden Anhaltspunkt dafür, dass die Erde überhaupt noch existierte. Abrupt erschien das Sonnenlicht hinter dem Umriss der Scheibe, keinerlei Reflexion in die Dunkelheit darunter werfend, und verschwand ebenso plötzlich, sobald die Raumkapsel wieder in die Nacht glitt.

Das Entsetzen der Kosmonauten muss unvorstellbar gewesen sein.

Nachdem sie eine Woche lang um die leere Dunkelheit gekreist waren, entschlossen sie sich, lieber einen Wiedereintritt ohne Beistand der Bodenstation zu versuchen, als weiter im Weltraum zu bleiben oder an die leere Raumstation anzudocken; lieber auf der Erde – oder dem, was aus der Erde geworden war – sterben, als in der völligen Einsamkeit des Alls zu verhungern. Ohne Anleitung vom Boden und ohne visuelle Orientierungspunkte waren sie jedoch gezwungen, sich auf Berechnungen zu stützen, die sie von ihrer letzten bekannten Position aus extrapolierten. So trat die Sojus-Kapsel in einem gefährlich steilen Winkel in die Atmosphäre ein, wurde von extremen Fliehkräften geschüttelt und verlor während des Abstiegs einen unverzichtbaren Fallschirm.

Die Kapsel schlug auf einem bewaldeten Hang im Ruhrtal auf. Wassily Golubjew wurde sofort getötet, Walentina Kirchoff erlitt eine schwere Kopfverletzung und starb nach wenigen Stunden. Der benommene Oberst Glawin, der lediglich ein gebrochenes Handgelenk und geringfügige Abschürfungen zu beklagen hatte, schaffte es, das Raumfahrzeug zu verlassen und wurde schließlich von einer deutschen Rettungsmannschaft aufgefunden und den Russen übergeben.

Nach wiederholten Befragungen kam man zu dem Schluss, dass Glawin in der Folge seines Martyriums den Verstand verloren hatte. Der Oberst erklärte beharrlich, dass er mit seiner Crew drei Wochen in der Umlaufbahn verbracht hätte, aber das war ganz offensichtlich Irrsinn. Denn die Sojus-Kapsel war, wie das ganze andere künstliche Weltrauminventar, noch in der Nacht des Oktober-Ereignisses auf die Erde zurückgestürzt.

Zu Mittag aßen wir im Food Court in der Mall, wo Diane drei Mädchen entdeckte, die sie aus der Academy kannte. Sie waren schon etwas älter, unfassbar kultiviert und mondän in meinen Augen, mit blau oder rosa getönten Haaren, die teuren Schlaghosen ganz tief auf der Hüfte sitzend, um die blassen Hälse Kettchen mit winzigem Goldkreuz. Diane zerknüllte ihre Taco-Verpackung und ging zu ihrem Tisch rüber. Kurz darauf steckten sie alle vier die Köpfe zusammen und lachten. Plötzlich sahen mein Burrito und die Pommes ziemlich unappetitlich aus.

Jason wertete aus, was er in meinem Gesicht sah. »Weißt du«, sagte er sanft, »das ist halt unvermeidlich.«

»Was ist unvermeidlich?«

»Sie lebt nicht mehr in unserer Welt. Du, ich, Diane, das Große Haus und das Kleine Haus. Samstags in die Mall, sonntags ins Kino. Das hat funktioniert, solange wir Kinder waren. Aber wir sind keine Kinder mehr.«

Waren wir das nicht mehr? Nein, natürlich nicht – aber hatte ich mir auch überlegt, was das bedeutete oder bedeuten konnte?

»Sie hat jetzt schon seit einem Jahr ihre Periode«, fügte Jason noch hinzu.

Ich erbleichte. Das war mehr, als ich wissen musste. Und dennoch: Ich war eifersüchtig, dass er es wusste und ich nicht. Sie hatte mir nichts von ihrer Periode oder ihren Freundinnen von der Rice Academy erzählt. All die Vertraulichkeiten, die sie mir am Telefon mitgeteilt hatte, waren, das begriff ich plötzlich, Kinderkram: Geschichten über Jason und ihre Eltern und darüber, was sie beim

Abendessen nicht gemocht hatte. Hier war der Beweis, dass sie ebenso viel verborgen wie mitgeteilt hatte; hier manifestierte sich eine Diane, die ich nie kennen gelernt hatte.

»Wir sollten wieder nach Hause fahren«, sagte ich zu Jason.

Er warf mir einen mitleidigen Blick zu. »Wenn du möchtest.« Er stand auf.

»Sagst du Diane Bescheid, dass wir gehen?«

»Ich glaube, sie ist beschäftigt, Tyler. Könnte mir vorstellen, dass sie noch etwas vorhat.«

»Aber sie muss mit uns zurückfahren.«

»Nein, das muss sie nicht.«

Ich war empört. Sie konnte uns nicht einfach fallen lassen, das war ihrer nicht würdig. Ich erhob mich und ging hinüber. Diane und ihre drei Freundinnen schenkten mir ihre volle Aufmerksamkeit. Ich wandte mich direkt an Diane, ignorierte die anderen. »Wir fahren nach Hause.«

Die drei Rice-Mädchen lachten lauthals los. Diane lächelte nur peinlich berührt und sagte: »Okay, Ty. Klasse. Wir sehen uns dann später.«

»Aber …«

Aber was? Sie sah mich schon nicht mal mehr an.

Als ich wegging, hörte ich, wie eines der Mädchen Diane fragte, ob ich »noch ein anderer Bruder« sei. Nein, erwiderte sie. Nur ein Junge, den sie kenne.

Jason, der ein etwas unangenehmes Mitgefühl an den Tag legte, bot mir an, auf der Rückfahrt die Räder zu tauschen. Sein Fahrrad interessierte mich zwar momentan herzlich wenig, aber ich dachte, dass so ein Fahrradtausch vielleicht eine ganz gute Möglichkeit wäre, meine Gefühle zu verbergen.

Also kämpften wir uns wieder hinauf zum höchsten Punkt der Bantam Hill Road, von wo sich der Asphalt wie ein schwarzes Band nach unten bis zu den von Bäumen beschatteten Straßen erstreckte. Das Mittagessen fühlte sich an wie ein unter meinen Rippen eingegrabener Schlackenstein. Ich nahm die steile Neigung der Straße sorgsam in Augenschein.

»Lass einfach rollen«, sagte Jason. »Nur zu. Du musst dich reinfallen lassen.«

Würde die Geschwindigkeit mich ablenken? Konnte mich irgendetwas ablenken? Ich hasste mich dafür, dass ich mir erlaubt hatte zu glauben, ich stünde im Mittelpunkt von Dianes Welt.

Wo ich doch nur ein Junge war, den sie kannte … Aber es war wirklich ein wunderbares Fahrrad, das Jason mir da geliehen hatte. Ich stand auf den Pedalen, forderte die Schwerkraft heraus. Die Reifen knirschten auf dem staubigen Asphalt, doch die Kette und die Kugellager waren wie Samt, völlig leise, abgesehen von einem feinen Schnurren. Der Wind rauschte an mir vorbei, als ich Geschwindigkeit aufnahm. Ich flog an adrett bemalten Häusern vorbei, in deren Auffahrten teure Autos parkten; ich war einsam, aber frei. Als ich dem unteren Ende näher kam, drückte ich die Handbremse, nahm etwas Schwung heraus, ohne eigentlich langsamer zu werden. Ich wollte nicht anhalten, es war eine schöne Fahrt.

Aber die Straße wurde eben, und schließlich bremste ich und kam leicht schwankend zum Stehen, den linken Fuß auf den Asphalt setzend. Ich sah zurück.

Jason stand, mein altes Klapperrad unter dem Hintern, ganz oben auf der Bantam Hill Road, so weit entfernt, dass er aussah wie ein einsamer Reiter in einem alten Western. Ich winkte. Jetzt war er an der Reihe.

Jason war diesen Hügel sicher schon tausendmal hinauf- und hinuntergefahren. Aber noch nie auf einem schrottigen Secondhand-Fahrrad.

Er passte besser auf das Fahrrad als ich. Er hatte längere Beine, bei ihm sah es nicht so aus, als würde der Rahmen ihn überragen. Allerdings hatten wir bisher noch nie die Räder getauscht, und ich musste an all die Fehler und kleinen Eigenheiten denken, die dieses Rad auszeichneten und die ich genauestens kannte, an die ich meinen Fahrstil angepasst hatte – indem ich etwa vermied, scharf nach rechts zu lenken, weil der Rahmen etwas verzogen war, indem ich mich immer auf plötzliche Wackler gefasst machte, indem ich stets daran dachte, dass die Gangschaltung ein Witz war. Jason wusste das alles nicht; die Abfahrt konnte heikel werden. Ich wollte ihm sagen, dass er es langsam angehen sollte, aber selbst wenn ich geschrien hätte, hätte er mich nicht gehört, ich war einfach zu weit weg. Er hob die Füße an wie ein großes, linkisches Kind. Das Rad war schwer, es brauchte ein paar Sekunden, um richtig in Gang zu kommen, und ich wusste, wie schwer es erst sein würde, es zum Halten zu bringen. Es war reine Masse, ohne jede Grazie. Meine Hände spannten sich um imaginäre Bremsen.

Ich glaube, Jason ahnte erst, dass er ein Problem hatte, als er etwa drei Viertel der Strecke zurückgelegt hatte. Das war der Moment, als die roststarre Kette riss und gegen seinen Knöchel peitschte. Er war jetzt so nahe, dass ich sehen konnte, wie er zusammenzuckte und kurz aufschrie. Das Rad wackelte, aber wie durch ein Wunder gelang es ihm, es aufrecht zu halten.

Ein Ende der Kette verfing sich am Hinterrad und schlug gegen die Speichen, ein Geräusch, das an einen kaputten Presslufthammer erinnerte. Zwei Häuser weiter hielt sich eine Frau, die gerade ihren Garten jätete, die Ohren zu und drehte sich nach dem Lärm um.

Es war wirklich erstaunlich, wie lange Jason die Kontrolle über das Rad behielt. Ohne ein Athlet zu sein, war er doch eins mit seinem langen, schlaksigen Körper. Er streckte die Beine von sich, um das Gleichgewicht zu halten – die Pedale waren nutzlos geworden –, und steuerte mit dem Vorderrad eisern geradeaus, während das Hinterrad blockierte und über den Asphalt schleifte. Er hielt stand. Was mich besonders erstaunte, war die Art, wie sein Körper sich nicht etwa versteifte, sondern sich sogar zu entspannen schien, als sei er mit der Lösung eines zwar schwierigen, aber interessanten Problems beschäftigt, als hege er die unerschütterliche Überzeugung, dass das Zusammenwirken seines Verstands, seines Körpers und der Maschine, auf der er saß, ihn jegliche Herausforderung würde meistern lassen.

Es war die Maschine, die zuerst versagte. Das um sich schlagende lose Ende der schmierigen Kette zwängte sich zwischen Reifen und Rahmen. Das Hinterrad, ohnehin schon außer Gefecht gesetzt, verbog sich immer mehr und klappte schließlich zusammen, abgerissenes Gummi und freigesetzte Kugellager durch die Gegend schleudernd. Jason flog vom Rad und purzelte durch die Luft wie eine aus dem Fenster geworfene Schaufensterpuppe. Zuerst prallten seine Füße auf den Asphalt, dann die Knie, die Ellbogen, der Kopf, während das zerdetschte Fahrrad an ihm vorbeisegelte und am Straßenrand zum Liegen kam, das Vorderrad drehte sich immer noch klappernd weiter. Ich ließ sein Fahrrad fallen und lief zu ihm.

Er wälzte sich herum und blickte auf, kurzzeitig verwirrt. Hemd und Hose waren zerrissen. Seine Stirn und die Nase waren aufgeschürft und bluteten heftig. Auch ein Knöchel war aufgerissen. Seine Augen tränten vom Schmerz. »Tyler«, sagte er. »Oh, uh, uh … tut mir leid, das mit deinem Rad, ey.«

Ich will diesen Vorfall nicht überbewerten, aber ich musste doch so manches Mal daran denken in den folgenden Jahren – Jasons Maschine und Jasons Körper, aneinander gekettet in riskanter Beschleunigung, und sein unbeirrbarer Glaube daran, dass er die Situation bewältigen könne, ganz allein, solange er sich nur entschlossen genug bemühte, solange er nur nicht die Kontrolle verlor.

Wir ließen das völlig zerstörte Fahrrad im Rinnstein liegen, und ich schob Jasons Luxusgerät für ihn nach Hause. Er trottete neben mir her. Er hatte offensichtlich Schmerzen, versuchte es sich aber nicht anmerken zu lassen. Die rechte Hand hielt er vor die blutende Stirn, so als brumme ihm der Kopf, was er vermutlich auch tat.

Als wir uns dem Großen Haus näherten, sprangen Jasons Eltern beide die Verandatreppe herunter und kamen uns in der Auffahrt entgegen. E. D. Lawton, der uns von seinem Arbeitszimmer aus beobachtet haben musste, sah wütend und besorgt aus; er schürzte den Mund und runzelte die Stirn, dass die Brauen sich über die blitzenden Augen wölbten. Jasons Mutter, ein Stück dahinter, war distanzierter, weniger interessiert, vielleicht sogar ein bisschen betrunken, dem Schwanken nach zu urteilen, mit dem sie aus der Tür gekommen war.

E. D. nahm Jason – der plötzlich viel jünger und weniger selbstsicher wirkte – in Augenschein und wies ihn dann an, ins Haus zu gehen und sich sauber zu machen.

Dann wandte er sich mir zu.

»Tyler«, sagte er.

»Sir?«

»Ich nehme an, du warst nicht verantwortlich für diesen Vorfall. Das hoffe ich jedenfalls.«

Hatte er bemerkt, dass mein Fahrrad fehlte und Jasons unbeschädigt war? Wollte er mir irgendwelche Vorwürfe machen? Ich wusste nicht, was ich sagen sollte. Ich sah den Rasen an.

E. D. seufzte. »Lass mich dir etwas erklären. Du bist Jasons Freund. Das ist gut. Jason braucht das. Aber du musst begreifen, dass deine Anwesenheit hier – deine Mutter weiß das sehr gut – mit gewissen Verpflichtungen verbunden ist. Wenn du mit Jason zusammensein willst, erwarte ich von dir, dass du auf ihn Acht gibst. Ich erwarte, dass du vernünftige Entscheidungen triffst. Vielleicht kommt Jason dir wie ein gewöhnlicher Junge vor. Aber das ist er nicht. Jason ist hoch begabt und er hat eine große Zukunft vor sich. Wir können nicht zulassen, dass das in irgendeiner Form gefährdet wird.«

»Genau«, schaltete sich Carol Lawton ein, und jetzt wusste ich mit Gewissheit, dass sie getrunken hatte. Sie legte den Kopf schief und taumelte fast in das Kiesbett, dass die Auffahrt von der Hecke trennte. »Genau, er ist ein verdammtes Genie. Er wird das jüngste Genie am MIT sein. Mach ihn nicht kaputt, Tyler, er ist zerbrechlich.«

E. D. wandte den Blick nicht von mir ab. »Geh wieder rein, Carol«, sagte er tonlos. Dann: »Haben wir uns verstanden, Tyler?«

»Ja, Sir.«

Ich hatte E. D. überhaupt nicht verstanden. Aber ich wusste, dass jedenfalls ein Teil dessen, was er gesagt hatte, wahr war. Ja, Jason war etwas Besonderes. Und ja, es war meine Aufgabe, auf ihn aufzupassen.

ZEIT AUS DEN FUGEN

Die Wahrheit über den Spin hörte ich fünf Jahre nach dem Oktober-Ereignis, in einer bitterkalten Winternacht, während einer Rodelparty. Natürlich war es Jason, von dem ich sie erfuhr.

Der Abend begann mit einem Essen bei den Lawtons. Jason war von der Universität gekommen, um die Weihnachtsferien zu Hause zu verbringen, daher hatte die Mahlzeit etwas Feierliches, obwohl sie »im Kreis der Familie« stattfand – ich war auf Jasons Drängen eingeladen worden, vermutlich gegen den Willen von E. D.

»Deine Mutter sollte auch hier sein«, flüsterte Diane, als sie mir die Tür aufmachte. »Ich habe versucht, E. D. dazu zu bewegen, sie einzuladen, aber …« Sie zuckte mit den Achseln.

Das sei schon in Ordnung, erwiderte ich. Jason wäre bereits vorbeigekommen, um Hallo zu sagen. »Sie fühlt sich sowieso nicht wohl.« Sie hatte sich mit Kopfschmerzen ins Bett gelegt. Außerdem hatte ich keinen Anlass, mich über E. D. zu beklagen: Erst letzten Monat hatte er angeboten, für mich die Studiengebühr an der medizinischen Fakultät zu übernehmen, falls ich die Aufnahmeprüfung bestand, »weil«, wie er sagte, »das deinem Vater gefallen hätte«. Es war eine sowohl großzügige als auch emotional zweifelhafte Geste – freilich eine, die abzulehnen ich mir keinesfalls leisten konnte.

Marcus Dupree, mein Vater, war E. D. Lawtons engster – manche sagen: einziger – Freund gewesen, damals in Sacramento, als sie Aerostat-Überwachungsgeräte an das Wetteramt und die Grenzpolizei verkauften. Meine eigenen Erinnerungen an ihn waren bruchstückhaft und vermutlich geformt von den Geschichten, die mir meine Mutter erzählt hatte – wenn ich mich auch genau an das Klopfen an der Tür erinnere, in jener Nacht, in der er starb. Er war der einzige Sohn einer französisch-kanadischen, später nach Maine gezogenen, mittellosen Familie gewesen, stolz auf sein Ingenieurspatent, begabt, aber in Geldfragen heillos naiv: Er hatte seine ganzen Ersparnisse bei Aktienspekulationen verloren und meiner Mutter eine Hypothek hinterlassen, die sie nicht tragen konnte.

Als sie in den Osten zogen, engagierten Carol und E. D. meine Mutter als Haushälterin, was womöglich E. D.s Versuch war, sich ein lebendes Andenken an seinen Freund zu schaffen. War es von Bedeutung, dass E. D. sie nie vergessen ließ, wer ihr diesen Gefallen getan hatte? Dass er sie fortan wie ein Haushaltszubehör behandelte? Dass er eine Art Kastenwesen pflegte, in dem die Familie Dupree ganz klar der zweiten Kategorie angehörte? Vielleicht, vielleicht auch nicht. Großzügigkeit jeglicher Art ist ein seltenes Tier, pflegte meine Mutter zu sagen. Womöglich bildete ich mir also das Vergnügen nur ein, das er an der intellektuellen Kluft zwischen Jason und mir zu haben schien, und auch seine scheinbare Überzeugung, dass ich qua Geburt dazu bestimmt sei, Jason als Folie zu dienen, gleichsam als Maßstab der Normalität, an dem man Jasons Besonderheit ablesen konnte.

Zum Glück wussten Jason und ich beide, dass das Blödsinn war.

Diane und Carol saßen schon am Tisch, als ich Platz nahm. Carol war erstaunlicherweise nüchtern, oder jedenfalls nicht so betrunken, dass man es merkte. Sie hatte ihre Arztpraxis vor einigen Jahren aufgegeben und blieb in letzter Zeit meistens zu Hause, um nicht das Risiko einzugehen, mit Alkohol am Steuer aufgegriffen zu werden. Sie lächelte mir flüchtig zu. »Tyler«, sagte sie. »Willkommen.«

Ein paar Minuten später kamen Jason und sein Vater, stirnrunzelnd und bedeutungsvolle Blicke wechselnd, die Treppe herunter – offensichtlich lag irgendetwas an. Jason nickte zerstreut, als er sich auf den Stuhl neben mich setzte.

Wie die meisten Veranstaltungen der Lawtons verlief dieses Abendessen in freundlicher, aber gezwungener Atmosphäre. Wir reichten einander die Erbsen und machten Smalltalk. Carol war abwesend,

E. D. ungewöhnlich still. Diane und Jason versuchten immer mal wieder, sich um die Konversation verdient zu machen, doch es war offenkundig etwas zwischen Jason und seinem Vater zur Sprache gekommen, auf das keiner von beiden näher eingehen wollte. Jase wirkte so angespannt, dass ich mich, als der Nachtisch kam, fragte, ob er vielleicht krank sei – kaum einmal nahm er die Augen von seinem Teller, den er wiederum praktisch nicht angerührt hatte. Als es Zeit war, zur Rodelparty aufzubrechen, erhob er sich nur mit deutlichem Widerwillen und schien im Begriff, sich zu entschuldigen, doch E. D. sagte: »Lass nur, nimm dir einen Abend frei, das wird dir guttun.« Ich fragte mich: freinehmen *wovon*?

Zu der Party fuhren wir in Dianes Auto, einem bescheidenen kleinen Honda, ein typisches »Mein erstes Auto«-Auto, wie Diane sich ausdrückte. Ich saß hinter dem Fahrersitz, Jason vorne neben seiner Schwester, die Knie gegen das Handschuhfach gedrückt.

»Was war los?«, fragte ihn Diane. »Hat er dir den Hintern versohlt?«

»Schwerlich.«

»Du benimmst dich aber so als ob.«

»Tatsächlich? Tut mir leid.«

Der Himmel, versteht sich, war dunkel. Unser Scheinwerferlicht strich, als wir nach Norden bogen, über verschneite Rasenflächen, über eine Wand laubloser Bäume. Wir hatten vor drei Tagen Rekordschneefälle gehabt, gefolgt von einem Kälteeinbruch, der den Schnee überall dort, wo die Schneepflüge nicht hingekommen waren, unter einer Eishaut einbalsamiert hatte. Nur wenige, vorsichtig fahrende Autos kamen uns entgegen.

»Was war's denn dann? Etwas Ernstes?«

Jason zuckte mit den Achseln.

»Was? Seuchen? Hungersnöte?«

Wieder zuckte er mit den Achseln und schlug den Kragen seiner Jacke hoch.

Auf der Party war er nicht viel besser drauf. Andererseits war es auch keine besonders tolle Party.

Es war ein Treffen ehemaliger Rice-Klassenkameraden von Jason und Diane, ausgerichtet von der Familie eines Rice-Absolventen, der gerade von irgendeiner Eliteuniversität für die Ferien mach Hause gekommen war. Seine Eltern versuchten, den Abend einigermaßen respektabel zu gestalten: mit Fingerfood, heißem Kakao und Schlittenfahren auf dem sanften Hügel hinter dem Haus. Doch für die Mehrzahl der Gäste – ernste Wohlstandskinder, die schon im Zahnspangenalter in Zermatt oder Gstaad Ski gelaufen waren – war es nur ein weiterer Trinkanlass. Draußen, unter bunten Lichtergirlanden, zirkulierten mehr oder weniger heimlich die Flachmänner, und im Keller verkaufte ein Typ namens Brent Ecstasy.

Jason suchte sich einen Sessel in irgendeiner Ecke und blickte jeden finster an, der ein freundliches Gesicht machte. Diane stellte mir ein großäugiges Mädchen namens Holly vor und verließ mich dann, während Holly einen Monolog über sämtliche Filme, die sie in den letzten zwölf Monaten gesehen hatte, vom Stapel ließ. Fast eine Stunde trieb sie mich durchs Zimmer, nur hin und wieder innehaltend, um sich ein Stück Sushi von einem Tablett zu schnappen. Als sie mal aufs Klo musste, huschte ich hinüber in Jasons Schmollecke und bat ihn flehentlich, mit mir nach draußen zu gehen.

»Ich hab keine Lust zum Rodeln.«

»Ich auch nicht. Tu mir einfach einen Gefallen, okay?«

Also zogen wir unsere Stiefel und Jacken an und trotteten nach draußen. Die Nacht war kalt und windstill. Ein halbes Dutzend Rice-Schüler stand in einem Nebel von Zigarettenrauch auf der Veranda und starrte uns an. Wir folgten einem Pfad im Schnee, bis wir mehr oder weniger für uns waren, auf einem kleinen Hügel, von wo aus wir einigen halbherzigen Rodlern zusehen konnten, wie sie durch den Schein der Weihnachtsbeleuchtung schlitterten. Ich erzählte Jason von Holly, die sich an mich geheftet hatte wie eine Klette. Achselzuckend erwiderte er: »Jeder hat so seine Probleme.«

»Was zum Teufel ist eigentlich los mit dir heute Abend?«

Bevor er antworten konnte, klingelte mein Handy. Es war Diane, die vom Haus aus anrief. »Wo seid ihr hin? Holly ist ziemlich sauer. Sie einfach so stehen zu lassen. Ziemlich unhöflich, Tyler.«

»Da muss doch noch jemand anders sein, den sie zutexten kann.«

»Sie ist einfach unsicher. Sie kennt hier kaum jemanden.«

»Tut mir leid, aber inwiefern ist das mein Problem?«

»Ich dachte nur, mit euch beiden könnte es passen.«

Ich blinzelte. »Es könnte mit uns passen?« Wie sollte man das interpretieren, wenn nicht … »Soll das heißen, du wolltest uns verkuppeln?«

Sie zögerte ein, zwei lange Sekunden. »Ach, komm, Tyler, reg dich nicht auf.«

Seit fünf Jahren tauchte Diane mal mehr, mal weniger scharf auf meiner Bildfläche auf. Es hatte Zeiten gegeben – vor allem, nachdem Jason auf die Uni gegangen war –, in denen ich mir wie ihr bester Freund vorgekommen war. Sie rief an, wir redeten, wir shoppten oder sahen uns Filme an. Wir waren Freunde. Kumpel. Sofern es irgendeine sexuelle Spannung gab, schien sie ganz auf meiner Seite zu liegen, und ich war sorgfältig darauf bedacht, sie zu verbergen, weil selbst diese Teilintimität fragil war – das wusste ich, ohne dass man es mir sagen musste. Was immer Diane bei mir suchte, es hatte nichts mit irgend gearteter Leidenschaft zu tun.

E. D. hätte natürlich kein Verhältnis zwischen mir und Diane geduldet, es sei denn, es war kindlicher Natur, fand unter Aufsicht statt und barg keine Gefahr, unerwartete Wendungen zu nehmen. Aber auch Diane schien die Distanz zwischen uns ganz gut in den Kram zu passen, und so sah ich sie manchmal monatelang fast gar nicht, allenfalls, dass ich ihr von ferne zuwinkte, wenn sie auf den Rice-Bus wartete (solange sie noch auf die Academy ging). Während dieser Phasen rief sie nicht an, und wenn ich mal, was selten genug vorkam, die Kühnheit besaß, bei ihr durchzuklingeln, war sie nicht zum Reden aufgelegt.

Während dieser Zeit ging ich gelegentlich mit Mädchen von meiner Schule aus, schüchternen Mädchen zumeist, die eigentlich (oft genug explizit) lieber von Jungen mit höherem Popularitätsgrad ausgeführt worden wären, sich aber mehr oder weniger damit abgefunden hatten, ein gesellschaftliches Leben zweiter Wahl zu führen. Keine dieser Verbindungen war von Dauer. Als ich siebzehn war, verlor ich meine Unschuld an ein hübsches, verblüffend großes Mädchen namens Elaine Bowland; ich versuchte mir einzureden, dass ich in sie verliebt sei, aber nach acht oder neun Wochen gingen wir mit einer Mischung aus Bedauern und Erleichterung wieder auseinander.

Nach jeder dieser Episoden rief Diane ganz unerwartet an, und wir redeten; ich erwähnte dann Elaine Bowland oder Toni Hickock oder Sarah Burstein, und Diane kam irgendwie nie so recht dazu, mir zu erzählen, wie *sie* die Pause in unserer Beziehung verbracht hatte, aber das machte nichts, denn schon bald waren wir wieder in unserer Blase gelandet, frei schwebend zwischen Romanze und Heuchelei, Kindheit und Reife.

Ich bemühte mich, nicht mehr zu erwarten. Doch ich konnte nicht aufhören, mit ihr zusammen sein zu wollen. Und mir schien, dass auch sie meine Gesellschaft suchte; schließlich kam sie immer wieder auf mich zurück. Ich hatte gesehen, wie sie sich entspannte, wenn ich da war, ihr spontanes Lächeln, wenn ich den Raum betrat, als wolle sie sagen: Oh, gut, Tyler ist da. Wenn Tyler da ist, kann nichts passieren.

»Tyler?«

Ich fragte mich, was sie Holly erzählt hatte. Tyler ist echt nett, aber er läuft mir schon seit Jahren ständig nach. Ihr beide würdet toll zusammenpassen …

»Tyler?« Sie klang bekümmert. »Tyler, wenn du nicht reden möchtest …«

»Nein, möchte ich eigentlich nicht.«

»Dann gib mir bitte Jason.«

Ich reichte ihm das Handy. Jason hörte eine Weile zu, dann sagte er: »Wir sind hier auf dem Hügel. Nein. Nein. Komm doch auch raus. So kalt ist es auch wieder nicht. Nein.«

Ich wollte sie nicht sehen, ich schickte mich an wegzugehen. Jason warf mir das Handy zu und sagte: »Sei kein Arsch, Tyler. Ich muss mit dir *und* Diane reden.«

»Worüber?«

»Über die Zukunft.«

Das war eine ärgerlich kryptische Bemerkung. »Dir ist vielleicht nicht kalt, mir schon.« Saumäßig kalt.

»Es geht hier um Wichtigeres als die Probleme, die du mit meiner Schwester haben magst.« Er wirkte auf fast komische Weise ernst. »Und ich weiß, was sie dir bedeutet.«

»Sie bedeutet mir gar nichts.«

»Das wäre nicht einmal dann wahr, wenn ihr nur Freunde wärt.«

»Wir *sind* nur Freunde.« Ich hatte eigentlich noch nie mit ihm über Diane gesprochen; das war ein Thema, das wir bei unseren Gesprächen mühsam umschifften. »Frag sie doch selbst.«

»Du bist sauer, weil sie dich dieser Holly vorgestellt hat.«

»Ich möchte das nicht diskutieren.«

»Aber sie wollte damit doch nur ein frommes Werk tun. Dianes neue Masche. Sie hat all diese Bücher gelesen.«

»Was für Bücher?«

»Apokalyptische Theologie. Meistens irgendwelche Bestseller. Du weißt schon: C. R. Ratel, ›Beten in der Finsternis‹, die Absage an das weltliche Ich. Du musst mehr Nachmittagsfernsehen gucken, Tyler. Sie wollte dich nicht kränken. Das war als Geste gedacht.«

»Und dadurch wird es besser?« Ich machte einige weitere Schritte von ihm weg, in Richtung Haus, und fragte mich, wie ich ohne Auto nach Hause kommen wollte.

»Tyler.« Irgendetwas in seiner Stimme veranlasste mich, stehen zu bleiben. »Tyler. Hör zu. Du hast mich gefragt, was mit mir los ist.« Er seufzte. »E. D. hat mir etwas über das Oktober-Ereignis erzählt. Es ist noch nicht für die Öffentlichkeit freigegeben. Ich habe ihm versprochen, dass ich nicht darüber rede, aber ich werde dieses Versprechen brechen. Ich werde es brechen, weil es nur drei Leute auf der Welt gibt, die ich als Familie empfinde. Einer davon ist mein

Vater, die anderen beiden seid ihr, du und Diane. Also könntest du vielleicht noch ein paar Sekunden Geduld mit mir haben?«

Ich sah Diane, die den Hang hinaufgestapft kam, damit beschäftigt, sich in ihren Parka zu zwängen, einen Arm drin, einen Arm draußen.

Ich sah Jason, sah seinen entschieden unglücklichen Blick im trüben Lampenlicht. Es machte mir Angst, und ungeachtet meiner Gefühle erklärte ich mich bereit, ihn anzuhören.

Jason flüsterte Diane etwas zu, als sie uns erreichte. Sie blickte ihn mit großen Augen an, dann trat sie etwas zurück, hielt etwa gleichen Abstand zu uns beiden. Jason begann zu sprechen, sanft, methodisch, fast beschwichtigend, berichtete von einem Albtraum, als handle es sich um eine Gutenachtgeschichte.

Er hatte das alles natürlich von E. D. gehört.

Für E. D. war es gut gelaufen nach dem Oktober-Ereignis. Kaum waren die Satelliten ausgefallen, stellte *Lawton Industries* auch schon Pläne für eine sofort installierbare, praktische Ersatztechnologie vor: Höhenaerostaten, technisch avancierte Ballons, die auf unbestimmte Zeit in der Stratosphäre schweben konnten. Fünf Jahre später trugen E. D.s Aerostaten Telekom-Nutzlasten und Leitungsverstärker, ermöglichten Multipointstimmen- und Daten-Übertragungen, bewerkstelligten fast alles (außer GPS und Astronomie), was konventionelle Satelliten auch gekonnt hätten. E. D.s Macht und Einfluss waren schnell gewachsen. Erst vor Kurzem hatte er eine Raumfahrt-Lobbygruppe, die Perihelion-Stiftung, gegründet, und er hatte die Regierung bei einer Reihe von Projekten beraten, die nicht in der Öffentlichkeit verhandelt wurden. In diesem Fall ging es um das ARV-Programm – Automated Reentry Vehicle, also automatisierte Wiedereintrittsfahrzeuge – der NASA.

Die NASA hatte ihre ARV-Sonden in den letzten Jahren immer weiter verfeinert, um den Oktoberschild zu untersuchen. Konnte man ihn durchdringen? Konnten nützliche Daten von außerhalb gewonnen werden?

Der erste Versuch war buchstäblich ein Schuss ins (Dunkel-) Blaue, eine einfache ARV-Nutzlast auf einer aufpolierten Lockheed Martin Atlas 2AS, hinaufgeschleudert in die absolute Dunkelheit über der Vandenberg Air Force Base. Anfangs hatte es nach einem Fehlschlag ausgesehen. Der Satellit, der eine Woche in der Umlaufbahn hätte bleiben sollen, stürzte wenige Augenblicke nach dem Start unweit der Bermudas in den Atlantik. Als ob er, sagte Jason, gegen die Oktober-Ereignis-Grenze gestoßen und zurückgeprallt wäre.

Aber er war *nicht* abgeprallt. »Als sie ihn bargen, konnten sie die Daten einer ganzen Woche downloaden.«

»Wie ist das möglich?«

»Die Frage ist nicht, was *möglich* ist, sondern was *passiert* ist. Und *passiert* ist eben, dass die Nutzlast sieben Tage in der Umlaufbahn verbracht hat und in derselben Nacht zurückgekehrt ist, in der sie gestartet war. Woher wissen wir, dass es so war? Weil jedes Mal das Gleiche passiert ist, bei jedem Start, den sie danach unternommen haben – und sie haben es noch mehrmals versucht.«

»*Was* ist passiert? Wovon sprichst du, Jase? Zeitreisen?«

»Nein ... eigentlich nicht.«

»*Eigentlich* nicht?«

»Lass ihn einfach erzählen«, sagte Diane ruhig.

Es gebe alle möglichen Hinweise auf das, was tatsächlich geschehen ist, berichtete Jason. Beobachtungen vom Boden aus schienen darauf hinzudeuten, dass die Trägerraketen beschleunigt hatten, bevor sie hinter der Barriere verschwanden – so, als seien sie hineingezogen worden. Doch die sichergestellten Borddaten zeigten keinen solchen Effekt. Die jeweiligen Beobachtungen ließen sich nicht miteinander vereinbaren: Vom Boden aus gesehen, waren die Satelliten mit Beschleunigung in die Barriere geflogen und dann fast sofort zur Erde zurückgefallen, während die Satelliten selbst behaupteten, sie seien glatt und reibungslos in ihre vorgesehene Umlaufbahn gelangt, dort den geplanten Zeitraum über verblieben und mittels eigenem Antrieb Wochen oder Monate später wieder zurückgekehrt. (Wie bei dem russischen Kosmonauten, dachte ich, dessen offiziell nie bestätigte oder dementierte Geschichte zu einer Art modernen Sage geworden war.) Und wenn man annahm, dass beide Datensätze zutreffend waren, dann gab es nur eine Erklärung: Außerhalb der Barriere herrschte eine andere Zeit.

Oder, von einem anderen Blickwinkel aus gesehen: Auf der Erde verging die Zeit langsamer als im übrigen Universum.

»Versteht ihr, was das bedeutet?«, fragte Jason. »Vorher sah es so aus, als steckten wir in einer Art elektromagnetischem Käfig, der die zur Erde gelangende Energie regulierte. Und das trifft auch zu. Aber es ist im Grunde nur ein Nebeneffekt, ein kleiner Ausschnitt eines sehr viel größeren Bildes.«

»Nebeneffekt wovon?«, fragte ich.

»Von dem, was man als *Zeitgradient* bezeichnet. Versteht ihr? Für jede Sekunde, die auf der Erde vergeht, vergeht außerhalb der Barriere sehr viel mehr Zeit.«

»Das ergibt doch keinen Sinn. Was soll das für eine Physik sein, die da am Wirken ist?«

»Leute, die erheblich mehr Erfahrung haben als ich, plagen sich momentan mit dieser Frage ab. Aber die Vorstellung eines Zeitgradienten hat etwas für sich. Wenn es ein zeitliches Gefälle zwischen uns und dem Universum gibt, dann würde die zu einem bestimmten Zeitpunkt an die Erdoberfläche gelangende Umgebungsstrahlung – Sonnenlicht, Röntgenstrahlen, kosmische Strahlung – proportional beschleunigt werden. Und die Sonnenstrahlen eines Jahres, auf zehn Sekunden kondensiert, wären unmittelbar tödlich. Die elektromagnetische Barriere um die Erde verbirgt uns also nicht, sie *beschützt* uns. Sie schirmt diese ganze konzentrierte – und ich vermute mal: blauverschobene – Strahlung ab.«

»Das gefälschte Sonnenlicht.« Diane hatte es kapiert.

»Genau. Sie haben uns falsches Sonnenlicht gegeben, weil der echte Stoff tödlich wäre. Gerade mal genug davon, und zwar ordnungsgemäß verteilt, um die Jahreszeiten nachzuahmen, Ackerbau möglich zu machen und so etwas wie Wetter zu fabrizieren. Die Gezeiten, unsere Flugbahn um die Sonne – Masse, Impuls, Anziehungskraft –, all diese Dinge werden manipuliert, nicht nur, um uns abzubremsen, sondern auch, um uns währenddessen am Leben zu erhalten.«

»*Manipuliert*«, sagte ich. »Es ist also kein Naturereignis. Es ist *gemacht*, ein Werk der Technik.«

»Ich glaube, das müssen wir uns eingestehen, ja.«

»Es wird uns *zugefügt*.«

»Manche sprechen von einer hypothetischen Steuerintelligenz.«

»Aber wozu das alles? Was ist damit bezweckt?«

»Ich weiß es nicht. Niemand weiß es.«

Diane starrte ihren Bruder durch die kalte Winterluft hindurch an. Zitternd schlug sie die Arme um ihren Parka. Nicht so sehr wegen der Temperaturen, sondern weil sie auf die entscheidende Frage gekommen war: »Wie viel Zeit, Jason? Wie viel Zeit vergeht dort draußen?«

Jason zögerte, sichtlich unwillig, ihr zu antworten. »Viel Zeit«, murmelte er schließlich.

»Sag's uns einfach«, sagte sie entschieden.

»Nun ja, es gibt alle möglichen Messungen. Aber beim letzten Start, da haben sie ein Kalibrierungssignal von der Mondoberfläche abprallen lassen. Der Mond entfernt sich jedes Jahr ein wenig von der Erde, wusstet ihr das? Um eine winzig kleine, aber messbare Strecke. Wenn man diese Strecke misst, gewinnt man einen groben Kalender, der umso genauer ist, je mehr Zeit verstreicht. Nehmt das zusammen mit anderen Indikatoren, zum Beispiel die Bewegung nahegelegener Sterne …«

»*Wie viel Zeit*, Jason?«

»Seit dem Oktober-Ereignis sind fünf Jahre und ein paar Monate vergangen. Außerhalb der Barriere stellt sich das als ein Zeitraum von etwas über fünfhundert Millionen Jahren dar.«

Ich wusste nicht, was ich sagen sollte. Mir fiel absolut nichts ein. Ich war sprachlos. Keines Gedankens fähig. Es gab in diesem Moment nicht das geringste Geräusch, nichts als die Leere der Nacht.

Diane allerdings blickte geradewegs ins furchterregende Herz der Sache: »Und wie lange bleibt uns noch?«

»Auch das weiß ich nicht. Kommt drauf an. Zu einem gewissen Grad sind wir durch die Barriere geschützt, doch wie wirksam ist dieser Schutz? Einigen Tatsachen jedenfalls müssen wir ins Auge sehen: Die Sonne ist sterblich, wie alle anderen Sterne. Sie verbrennt Wasserstoff, sie expandiert und wird immer heißer. Die Erde existiert in einer Art bewohnbaren Zone innerhalb des Sonnensystems, und diese Zone bewegt sich stetig nach außen. Wie gesagt, wir sind geschützt, vorläufig sind wir auf jeden Fall sicher. Aber irgendwann wird die Erde in die Heliosphäre der Sonne eintreten, wird von ihr verschluckt werden. Ab einem gewissen Punkt gibt es schlicht und einfach kein Zurück mehr.«

»Wie *lange, Jase?*«

Er sah sie mitleidig an. »Vierzig, vielleicht fünfzig Jahre. Ungefähr.«

4×10^9 n. Chr.

Die Schmerzen waren schwer zu ertragen, selbst mit Hilfe des Morphiums, das Diane für lächerlich viel Geld in einer Apotheke in Padang erstanden hatte. Das Fieber war noch schlimmer.

Es war nicht durchgehend da. Es kam in Wellen, in Clustern, in Blasen von Hitze und von Lärm, der unerwartet in meinem Kopf explodierte. Mein Körper wurde in der Folge launenhaft, unberechenbar. Eines Nachts griff ich nach einem nicht vorhandenen Glas Wasser, zerschlug eine Nachttischlampe und weckte dadurch das Paar im Nebenzimmer.

Am nächsten Morgen, vorübergehend wieder klar im Kopf, konnte ich mich nicht mehr an den Vorfall erinnern. Aber ich sah das geronnene Blut auf meinen Fingerknöcheln, und ich hörte, wie Diane den wütenden Concierge entschädigte.

»Hab ich das wirklich getan?«, fragte ich sie.

»Bedauerlicherweise ja.«

Sie saß in einem Korbsessel neben dem Bett. Sie hatte Essen aufs Zimmer kommen lassen, Rührei und Orangensaft, daher vermutete ich, dass es Morgen war. Der Himmel hinter den hauchdünnen Vorhängen war blau. Die Balkontür stand offen, ließ angenehm warme Luft und den Geruch des Meeres herein. »Tut mir leid«, sagte ich.

»Du warst nicht bei dir. Ich würde sagen, vergiss es. Aber anscheinend hast du das bereits.« Sie legte eine Hand auf meine Stirn. »Und es ist noch nicht vorbei, fürchte ich.«

»Wie lange?«

»Bis jetzt eine Woche.«

»Erst eine Woche?«

»Erst eine Woche.«

Ich war noch nicht einmal halb durch.

Aber die klaren Momente waren nützlich fürs Schreiben. Graphomanie ist eine von mehreren Nebenwirkungen der Substanz. Als Diane der gleichen Tortur ausgesetzt war, schrieb sie den Satz »Bin ich nicht meines Bruders Hüterin?« Hunderte von Malen in nahezu identischer Schrift auf vierzehn Seiten Schreibpapier. Meine Schreibwut war allerdings ein bisschen zielgerichteter. Ich stapelte handbeschriebene Seiten auf dem Nachttisch, während ich auf die nächste Fieberattacke wartete, las noch einmal durch, was ich geschrieben hatte in dem Versuch, es für die Zukunft festzuhalten.

Diane verbrachte den Tag draußen. Als sie wiederkam, fragte ich sie, wo sie gewesen sei.

»Kontakte knüpfen«, erklärte sie mir. Sie sagte, sie habe Verbindung mit einem Transitmakler aufgenommen, einem Minang namens Jala, dessen Import-Export-Unternehmen als Tarnung für die weitaus lukrativere Emigrationsvermittlung diente. Jeder kenne Jala, sagte Diane. Außer uns bewarben sich auch noch einige verrückt-utopistische Kibbutzim um Plätze, daher war der Handel noch nicht in trockenen Tüchern, aber sie war vorsichtig optimistisch.

»Sei auf der Hut«, sagte ich. »Es könnte immer noch jemand nach uns suchen.«

»Nicht, soweit ich erkennen kann, aber …« Sie zuckte mit den Achseln. Warf einen Blick auf den Notizblock in meiner Hand. »Schreibst du wieder?«

»Lenkt mich von den Schmerzen ab.«

»Kannst du den Kugelschreiber einigermaßen halten?«

»Fühlt sich an wie unheilbare Arthritis, aber ich komm schon zurecht.« Bisher jedenfalls, dachte ich. »Die Ablenkung ist es in jedem Fall wert.«

Aber das war es natürlich nicht allein. Und es ging auch nicht einfach um Graphomanie. Das Schreiben war eine Möglichkeit, das als bedroht Empfundene zu objektivieren.

»Es ist wirklich sehr gut«, sagte Diane.

Ich sah sie entsetzt an. »Du hast es *gelesen*?«

»Du hast mich darum gebeten. Angefleht hast du mich, Tyler.«

»War ich im Delirium?«

»Offenbar. Zu dem Zeitpunkt hast du allerdings einen recht vernünftigen Eindruck gemacht.«

»Ich habe beim Schreiben nicht an ein Publikum gedacht.« Ich war schockiert, weil ich nicht mehr wusste, dass ich es ihr gezeigt hatte. Was mochte mir noch alles bereits entfallen sein?

»Dann werde ich nicht wieder reinsehen. Aber was du da schreibst …« Sie legte den Kopf schief. »Ich wundere mich und fühle mich geschmeichelt, dass du so starke Gefühle für mich hattest, damals schon.«

»Das kann dich kaum überrascht haben.«

»Mehr als du glaubst. Aber es ist paradox, Tyler. Das Mädchen, von dem du erzählst, ist gleichgültig, beinahe grausam.«

»So habe ich dich nie gesehen.«

»Es ist nicht deine Sicht, die mir Sorgen macht. Sondern meine.«

Ich hatte mich im Bett aufgesetzt, ein Akt der Stärke, wie ich mir einbildete, Beleg für meinen Stoizismus. Vermutlich war es aber eher Beleg dafür, dass die Schmerzmittel vorübergehend ihre Wirkung taten. Ich zitterte. Zittern war das erste Anzeichen für ein Wiederaufleben des Fiebers. »Willst du wissen, wann ich mich in dich verliebt habe? Vielleicht sollte ich darüber schreiben. Es ist wichtig. Das war, als ich zehn war …«

»Tyler, Tyler. Kein Mensch verliebt sich mit zehn Jahren.«

»Es war, als St. Augustine starb.« St. Augustine war ein lebhafter schwarzweißer Springer-Spaniel mit Stammbaum gewesen, ein Tier, das Diane besonders ans Herz gewachsen war. St. Dog, Heiliger Hund, hatte sie ihn genannt.

Sie zuckte zusammen. »Das ist makaber.«

Aber es war mir ernst. E. D. hatte den Hund spontan gekauft und nach Hause gebracht, wahrscheinlich, weil ihm etwas Dekoratives für den Kamin vorschwebte, zusammen mit einem Paar schöner alter Feuerböcke. Aber St. Dog hatte sich gegen dieses Schicksal aufgelehnt. Er war zwar durchaus dekorativ, aber auch neugierig und stellte allerlei Unfug an. Nach einiger Zeit hatte E. D. die Nase voll von ihm; Carol ignorierte ihn; Jason mochte ihn, konnte aber nichts mit ihm anfangen. Es war Diane, damals zwölf, die sich seiner annahm. Sie brachten aneinander das Beste zum Vorschein. Sechs Monate lang folgte St. Dog ihr überallhin, außer in den Schulbus. An Sommerabenden spielten die beiden zusammen auf dem großen Rasen, und dort bemerkte ich Diane zum ersten Mal auf diese besondere Weise – zum ersten Mal empfand ich Freude, ihr einfach nur zuzusehen. Sie rannte mit St. Dog durch die Gegend, bis sie nicht mehr konnte, und St. Dog wartete immer geduldig, während sie Atem schöpfte. Sie kümmerte sich aufopfernd um den Hund, war seine zentrale, wenn nicht die einzige Bezugsperson, hatte sogar ein Gespür dafür, wie er aufgelegt war (was umgekehrt natürlich ebenso galt).

Ich hätte nicht sagen können, warum mir das an ihr gefiel. Aber in der angespannten, emotional aufgeladenen Welt der Lawtons schuf sie damit eine Oase unkomplizierter Zuneigung. Als Hund wäre ich vielleicht eifersüchtig gewesen, so aber gewann ich den Eindruck, dass Diane etwas Besonderes war, in nicht unerheblicher Hinsicht anders als ihre Familie. Sie begegnete der Welt mit einer emotionalen Offenheit, die die anderen Lawtons verloren oder nie besessen hatten.

St. Augustine starb unerwartet und viel zu früh – er war kaum aus dem Welpenstadium heraus – im Herbst jenes Jahres. Diane war untröstlich, und ich begriff, dass ich in sie verliebt war … Nein, so klingt es wirklich makaber. Ich verliebte mich nicht in sie, weil sie um ihren Hund trauerte. Sondern ich verliebte mich in sie, weil sie *fähig* war, um den Hund zu trauern, während alle anderen entweder gleichgültig oder sogar heimlich erleichtert waren, dass St. Augustine endlich wieder aus dem Haus verschwunden war.

Sie wandte sich vom Bett ab, blickte zum sonnigen Fenster. »Es hat mir das Herz gebrochen, als er starb.«

Wir begruben St. Dog in dem Wäldchen hinter dem Rasen. Diane errichtete aus Steinen einen kleinen Grabhügel, den sie in jedem Frühjahr erneuerte, bis sie zehn Jahre später von zu Hause fortging.

Und sie betete am Grab, immer zum Wechsel der Jahreszeiten, still, die Hände gefaltet. Zu wem sie betete und wofür, das weiß ich nicht. Ich weiß nicht, was man macht, wenn man betet. Ich glaube nicht, dass ich dazu in der Lage wäre.

Aber das war der erste Hinweis für mich, dass Diane in einer Welt lebte, die größer war als das Große Haus, in einer Welt, in der Freud und Leid sich so schwerfällig bewegten wie die Gezeiten, mit dem Gewicht eines ganzen Ozeans dahinter.

In der Nacht kehrte das Fieber zurück. Ich erinnere mich an nichts mehr außer an eine stetig – in Stundenabständen – wiederkehrende Angst, dass die Substanz mehr Erinnerung löschen würde, als ich je wiedererlangen könnte; ein Gefühl von unwiederbringlichem Verlust, verwandt mit jenen Träumen, in denen man vergebens nach einer verlorenen Brieftasche, einer Uhr, einem wertvollen Besitz, dem Gefühl für sich selbst sucht. Ich meinte zu spüren, wie das marsianische Mittel in meinem Körper arbeitete, wie es neue Angriffe startete und vorläufige Waffenstillstände mit meinem Immunsystem vereinbarte, zelluläre Brückenköpfe errichtete, feindliche Chromosomsequenzen isolierte.

Als ich wieder zu mir kam, war Diane nicht da. Vom Schmerz abgeschirmt durch das Morphium, das sie mir gegeben hatte, stieg ich aus dem Bett und schaffte es, zur Toilette zu gehen. Danach schlurfte ich auf den Balkon hinaus.

Abendessenszeit. Die Sonne war noch da, aber der Himmel zeigte bereits ein dämmriges Blau. Die Luft roch nach Kokosmilch und Dieseldämpfen. Im Westen glitzerte der große Torbogen wie gefrorenes Quecksilber.

Plötzlich spürte ich wieder den Wunsch zu schreiben, wie ein Echo des Fiebers. Ich trug den Notizblock bei mir, den ich schon zur Hälfte mit kaum zu entzifferndem Gekritzel bedeckt hatte. Ich würde Diane bitten müssen, mir einen neuen zu kaufen. Vielleicht gleich mehrere. Die ich dann mit Worten bedecken würde.

Worte wie Anker. Um Boote der Erinnerung festzumachen, die anderenfalls vom Sturm weggespült würden.

WELTUNTERGANGSGERÜCHTE ERREICHEN DIE BERKSHIRES

Nach der Rodelparty sah ich Jason einige Jahre lang nicht. Wir blieben aber in Kontakt und trafen uns wieder in dem Jahr, in dem ich meinen Abschluss in Medizin machte, in einem für den Sommer gemieteten Haus in den Berkshires, etwa zwanzig Minuten von Tanglewood entfernt.

Ich war ausreichend beschäftigt gewesen. Ich hatte vier Jahre lang das College besucht, nebenbei Freiwilligendienst in einer Klinik geleistet und, lange bevor ich ihn absolvieren sollte, mit der Vorbereitung für den MCAT, den Aufnahmetest fürs weiterführende College, begonnen. Mein Notendurchschnitt, das MCAT-Ergebnis sowie ein Stapel Empfehlungsschreiben meiner bisherigen Dozenten und anderer ehrwürdiger Personen (E. D.s Freigebigkeit nicht zu vergessen) verschafften mir Zugang zur medizinischen Fakultät SUNY in Stony Brook, wo vier weitere Studienjahre abzuleisten waren. Das lag jetzt hinter mir, ich hatte fertig studiert, aber noch warteten mindestens drei Jahre Facharztausbildung auf mich, bevor ich praktizieren konnte.

Was mich in die Mehrheit der Menschen einreihte, die ihr Leben weiterhin so lebten, als hätten sie noch nie vom bevorstehenden Ende der Welt gehört.

Vielleicht wäre alles anders gewesen, wenn man den Weltuntergang auf Tag und Stunde genau vorausberechnet hätte. Dann hätten wir uns alle ein Leitmotiv – von Panik bis hin zu frommer Resignation – wählen und die menschliche Geschichte mit einem angemessenen Sinn fürs Timing, den Blick immer auf die Uhr gerichtet, zu Ende bringen können.

Aber womit wir es hier zu tun hatten, war nur eine – allerdings hohe – Wahrscheinlichkeit, dass wir irgendwann ausgelöscht würden, in einem stetig lebensfeindlicher werdenden Sonnensystem. Gut, vermutlich konnte nichts uns auf Dauer vor der expandierenden Sonne schützen, die wir alle auf den von Weltraumsonden aufgenommenen NASA-Bildern gesehen hatten – aber vorerst waren wir abgeschirmt, aus Gründen, die niemand erklären konnte. Die Krise, falls es denn eine solche gab, war nicht zu greifen, der einzige den Sinnen zugängliche Hinweis war die Abwesenheit der Sterne – Abwesenheit als Hinweis, Hinweis auf Abwesenheit.

Wie also gestaltet man ein Leben, über dem drohend die Möglichkeit der Auslöschung schwebt? Diese Frage definierte unsere Generation. Für Jason war es nicht weiter schwierig, wie es schien; er hatte sich kopfüber in das Problem gestürzt: Binnen Kurzem *wurde* der Spin sein Leben. Und auch für mich war es, vermute ich, relativ einfach. Ich hatte ohnehin eine Neigung für die Medizin gehabt, und das schien jetzt, in der Atmosphäre einer vor sich hinköchelnden Krise, eine besonders glückliche Wahl zu sein. Vielleicht stellte ich mir vor, Leben zu retten, sollte das Ende der Welt sich als nicht nur hypothetisch erweisen, aber auch nicht auf einen Schlag erfolgen. Aber kam es darauf noch an, wenn wir sowieso alle zum Untergang verdammt waren? Warum ein einzelnes Leben retten, wenn bald darauf *alles* Leben ausradiert würde? Aber natürlich *retten* wir Ärzte im Grunde kein Leben, sondern verlängern es günstigstenfalls, und wenn das nicht klappt, geben wir Schmerzmittel. Das ist am Ende vielleicht das Nützlichste von dem, was wir gelernt haben.

Außerdem waren College und weiterführendes Studium eine lange, aufreibende, aber willkommene Ablenkung von allem anderen Leid der Welt gewesen.

Ich kam also zurecht. Jason kam zurecht. Aber viele Menschen hatten große Schwierigkeiten. Diane war eine von ihnen.

Ich war gerade dabei, mein Einzimmer-Apartment in Stony Brook auszuräumen, als Jason anrief.

Es war früher Nachmittag. Die von der Sonne nicht zu unterscheidende optische Illusion strahlte. Der Hyundai war beladen und bereit, die Fahrt nach Hause anzutreten. Mein Plan sah vor, dass ich ein paar Wochen bei meiner Mutter verbringen und dann noch ein oder zwei Wochen gemütlich mit dem Auto durch die Gegend fahren würde. Dies war die letzte freie Zeit, die ich vor Antritt meiner Assistenzarztstelle in Harborview in Seattle haben würde, und ich hatte die Absicht, sie zu nutzen, um ein wenig von der Welt zu sehen, jedenfalls von dem Teil der Welt, der zwischen Maine und dem Staat Washington lag. Aber Jason hatte andere Vorstellungen. Und er ließ mich kaum mein Hallo-wie-geht's aussprechen, kam gleich zur Sache.

»Tyler, diese Gelegenheit ist zu gut, als dass man sie verpassen darf. E. D. hat ein Sommerhaus in den Berkshires gemietet.«

»Ach ja? Schön für ihn.«

»Aber er kann es nicht nutzen. Letzte Woche hat er ein Aluminiumpresswerk in Michigan besichtigt und dabei ist er von einer Ladeplattform gefallen und hat sich die Hüfte angebrochen.«

»Oh, tut mir leid.«

»Es ist nichts Ernstes, die Heilung schreitet voran, aber er muss noch eine Weile auf Krücken gehen, und er will nicht den ganzen

Weg nach Massachusetts kutschieren, nur um dort herumzusitzen und Percodan zu lutschen. Und Carol war von Anfang an nicht so furchtbar begeistert von der Idee.« Was mich nicht weiter überraschte – Carol Lawton war zur Gewohnheitstrinkerin geworden. Ich konnte mir nicht vorstellen, was sie in den Berkshires hätte anfangen wollen, außer vielleicht noch ein bisschen mehr zu trinken. »Die Sache ist die«, fuhr Jason fort, »er kann nicht mehr von dem Vertrag zurücktreten, das Haus steht also drei Monate lang leer. Daher dachte ich, wo du doch gerade deinen Abschluss gemacht hast, wir könnten vielleicht wenigstens ein paar Wochen zusammen verbringen. Vielleicht Diane überreden, auch zu kommen. Vielleicht mal ein Konzert besuchen. In den Wäldern spazieren gehen. Wie in alten Zeiten. Tatsächlich bin ich schon auf dem Sprung dorthin. Was sagst du, Tyler?«

Ich war im Begriff, ihm abzusagen. Aber dann dachte ich an Diane. Ich dachte an die wenigen Briefe und Anrufe, die wir zu den üblichen Anlässen gewechselt, und an all die unbeantworteten Fragen, die sich zwischen uns aufgehäuft hatten. Ich wusste, es wäre klüger gewesen abzusagen. Aber es war zu spät. Mein Mund hatte bereits ja gesagt.

Also verbrachte ich noch eine weitere Nacht auf Long Island, dann zwängte ich meine letzten Habseligkeiten in den Kofferraum des Autos und folgte dem Northern State Parkway bis zum Long Island Expressway.

Der Verkehr war nicht der Rede wert, und das Wetter schon fast unglaubwürdig schön. Es war ein strahlend blauer Nachmittag. Ich wollte das Morgen an den Meistbietenden verkaufen und mich für immer am, im oder auf dem zweiten Juli niederlassen. Ich fühlte mich so besinnungslos, so glücklich wie lange nicht mehr.

Dann schaltete ich das Radio ein.

Ich war alt genug, mich an die Zeit zu erinnern, als eine »Radiostation« noch ein Gebäude mit einem Sender und einer Turmantenne war, als der Radioempfang von Stadt zu Stadt mal besser, mal schlechter war. Viele solcher Stationen existierten immer noch, doch das Analogradio des Hyundais hatte etwa eine Woche nach Ablauf der Garantie den Geist aufgegeben. Damit blieb das Digitalprogramm (übertragen durch einen oder mehrere von E. D.s Aerostaten in der Hochatmosphäre). Üblicherweise hörte ich Jazz-Downloads aus dem zwanzigsten Jahrhundert, eine Vorliebe, die ich beim Stöbern in der Plattensammlung meines Vaters erworben hatte. Das, so redete ich mir gern ein, war sein wahres Erbe: Duke Ellington, Billie Holiday, Miles Davis. Musik, die schon alt war, als der junge Marcus Dupree sie entdeckt hatte, verstohlen weitergegeben wie ein Familiengeheimnis. Was ich jetzt, in diesem Moment, hören wollte, war »Harlem Air Shaft«, aber bei der Wartung des Wagens vor Reiseantritt waren meine Einstellungen gelöscht und ein Nachrichtenkanal einprogrammiert worden, den ich irgendwie nicht wieder los wurde. Also musste ich mir alles Mögliche über Naturkatastrophen und Prominente, die in irgendwelche Skandale verwickelt waren, anhören. Und es war auch vom Spin die Rede.

Inzwischen nannten wir es den Spin.

Obwohl der größere Teil der Welt nicht daran glaubte.

Die Umfragen waren ziemlich eindeutig. Die NASA hatte noch in jener Nacht, als Jason Diane und mich eingeweiht hatte, Datenmaterial der Orbitalsonden veröffentlicht, Ergebnisse, die bald durch eine Reihe von europäischen Erhebungen bestätigt wurden. Dennoch sah nur eine Minderheit der europäischen und nordamerikanischen Bevölkerung acht Jahre, nachdem sie über den Spin informiert worden war, diesen als »eine Bedrohung für sich oder ihre Familien« an. Und in weiten Teilen Asiens, Afrikas und des Nahen Ostens betrachteten stabile Mehrheiten die ganze Angelegenheit als amerikanische Verschwörung oder einen Unfall, ein fehlgeschlagener Versuch, ein Verteidigungssystem in der Art von SDI zu installieren.

Ich hatte Jason einmal gefragt, warum das so war. Er sagte: »Bedenke, was das ist, das sie da glauben sollen. Wir haben es, global gesehen, mit einer Bevölkerung zu tun, die ein fast noch vor-newton-

sches Verständnis von Astronomie hat. Was brauchst du denn w
über den Mond und die Sterne zu wissen, wenn du ganz dav
ansprucht bist, ausreichend Biomasse zusammenzukratzen, um dich
und deine Familie zu ernähren? Um diesen Leuten irgendetwas Sinn-
volles über den Spin zu erzählen, musst du ganz weit ausholen. Die
Erde, musst du ihnen zuerst einmal sagen, ist einige Milliarden Jahre
alt. Lass sie sich an der Vorstellung von ›einige Milliarden Jahre‹
abarbeiten. Da hat man viel zu schlucken, vor allem, wenn man in
einer muslimischen Theokratie, einem animistischen Dorf oder einer
Schule im Bible Belt unterrichtet worden ist. Dann erzähl ihnen,
dass die Erde nicht unveränderlich ist, dass es ein Zeitalter, länger als
das unsere, gegeben hat, in dem die Meere Dampf und die Luft Gift
waren. Erzähl ihnen, wie das Leben spontan entstanden ist und sich
über drei Milliarden Jahre sporadisch entwickelt hat, bevor das erste
als Mensch zu bezeichnende Wesen zustande gekommen ist. Sprich
dann über die Sonne, davon, dass auch die nicht ewig besteht, sondern als eine sich zusammenziehende Wolke aus Gas und Staub begonnen hat und eines Tages, in ein paar Milliarden Jahren, expandieren, die Erde verschlucken, ihre äußeren Schichten absprengen
und zu einem kleinen Klumpen ultradichter Materie zusammen-
schrumpfen wird. Einführung in die Kosmologie, nicht wahr? Du
kennst das alles aus diesen Paperbacks, die du früher gelesen hast,
für dich ist das selbstverständlich, aber für die meisten Menschen ist
es ein völlig neuer Blick auf die Welt und vermutlich verstößt es gegen
ihre zentralen Glaubensdogmen. Also lass sie das erst mal langsam
begreifen. Lass es sich setzen. Dann rück mit der *wirklich* schlechten Nachricht raus: Die *Zeit selbst* ist flüssig und unberechenbar.
Die Welt, die so unerschütterlich wirkt – trotz all dem, was wir eben
gelernt haben –, ist kürzlich in eine Art kosmischen Kaltraum eingeschlossen worden. *Warum* hat man das mit uns gemacht? Das
wissen wir nicht genau. Wir glauben, es wurde bewirkt – und zwar
bewusst bewirkt – von Wesen, die so mächtig und unzugänglich
sind, dass man sie durchaus als Götter bezeichnen könnte. Und wenn
wir die Götter verärgern, entziehen sie uns vielleicht den Schutz-

schild, und dann werden recht bald die Berge zu schmelzen und die Meere zu kochen anfangen. Aber glaubt nicht unseren Worten. Ignoriert den Sonnenuntergang und den Schnee, der im Winter auf die Berge fällt, wie eh und je. Wir haben Beweise. Wir haben Berechnungen, logische Schlussfolgerungen, Fotos, die von Maschinen aufgenommen wurden. Forensische Beweise höchsten Kalibers.« Jason legte die traurig fragende Variante seines Lächelns auf. »Und doch ist die Jury nicht überzeugt.«

Und es waren nicht nur die Unwissenden, die sich nicht überzeugen ließen. In diesem Moment beklagte sich im Radio der Vorstandsvorsitzende eines Versicherungskonzerns über die wirtschaftlichen Auswirkungen »dieses ständigen unkritischen Geredes über den sogenannten Spin«. Die Menschen fingen an, die Sache ernst zu nehmen, sagte er, und das sei schlecht fürs Geschäft. Es mache die Leute leichtsinnig. Es leiste der Unmoral, dem Verbrechen, dem Schuldenmachen Vorschub. Schlimmer noch, es verfälsche alle Versicherungsstatistiken. »Falls die Welt nicht in den nächsten dreißig oder vierzig Jahren untergeht«, sagte er, »könnten wir vor einer Katastrophe stehen.«

Wolken begannen von Westen her aufzuziehen. Eine Stunde später war der prachtvolle blaue Himmel vollständig bedeckt, und erste Regentropfen klatschten auf die Windschutzscheibe. Ich schaltete die Scheinwerfer an.

Im Radio war man von den Versicherungsstatistiken zum nächsten Thema übergangen. Ein Thema, das in letzter Zeit die Schlagzeilen beherrscht hatte: die Silberkästen, so groß wie eine ganze Stadt, die außerhalb der Spin-Barriere schwebten, Hunderte von Kilometern über beiden Polen der Erde. Die in fester Position schwebten, nicht etwa in einer Umlaufbahn kreisten. Ein Objekt kann in einer festen Umlaufbahn über dem Äquator hängen – geosynchrone Satelliten hatten das früher getan –, aber den elementaren Bewegungsgesetzen zufolge gibt es nichts, das in einer festen Position über den Polen des Planeten »kreisen« könnte. Und trotzdem hingen dort diese Dinger, entdeckt von einer Radarsonde und kürzlich fotografiert während einer unbemannten Flyby-Mission – eine weitere Schicht im Rätselwerk des Spins, und ebenso unbegreiflich für die verwirrten Massen, zu denen in diesem Fall auch ich zählte. Ich wollte mit Jason darüber reden. Ich glaube, ich wollte, dass er mir das alles genau erklärte.

Es regnete in Strömen, und Donner grummelte in den Hügeln, als ich endlich vor E. D. Lawtons Sommermietshaus in der Nähe von Stockbridge hielt, ein englisches Cottage im ländlichen Stil, die Außenverkleidung arsengrün gestrichen, gelegen in einem etwa hundert Morgen großen Stück geschützten Waldes. Es leuchtete in der Dämmerung wie eine Sturmlaterne. Jason war schon da, sein weißer Ferrari parkte unter einer Überdachung, von der es nur so heruntertropfte.

Er musste mein Auto gehört haben, denn die große Eingangstür ging auf, bevor ich klopfen konnte. »Tyler!«, rief er grinsend.

Ich trat ein und stellte meinen regenfeuchten Koffer auf dem Fliesenboden der Diele ab. »Lange nicht gesehen, Jase.«

Wir waren über E-Mail und Telefon in Verbindung geblieben, aber von einigen kurzen Feiertagsbesuchen im Großen Haus abgesehen, war dies das erste Mal seit acht Jahren, dass wir uns zusammen in einem Raum befanden. Vermutlich hatte die Zeit bei uns beiden ihre Spuren hinterlassen, eine unauffällige Bestandsaufnahme sollte das bestätigen. Ich hatte ganz vergessen, wie eindrucksvoll sein Äußeres war. Er war schon immer groß gewesen, stets entspannt in seinem Körper ruhend; das war immer noch so, obwohl er ein bisschen magerer als früher wirkte, nicht zerbrechlich, aber in einem zerbrechlichen Gleichgewicht, wie ein auf dem Kopfende stehender Besenstiel. Seine Haare bildeten ein gleichmäßiges Stoppelfeld von einem knappen Zentimeter Länge. Und obwohl er einen Ferrari fuhr, legte er nach wie vor keinen Wert auf einen wie auch immer gearteten persönlichen Stil: Er trug abgerissene Jeans, einen ausgebeulten, zerfransten Strickpullover und billige Halbschuhe.

»Hast du unterwegs gegessen?«, fragte er.

»Spätes Mittagessen.«

»Hungrig?«

War ich nicht, aber ich gestand, dass ich ziemlich scharf auf eine Tasse Kaffee war. Das Medizinstudium hatte mich in die Koffeinabhängigkeit getrieben. »Du hast Glück«, sagte Jason. »Ich hab auf der Fahrt hierher ein Pfund Guatemaltekischen gekauft.« Die Guatemalteken, unbekümmert um das Ende der Welt, ernteten also immer noch Kaffeebohnen. »Ich setz eine Kanne auf. Dann zeig ich dir alles.«

Wir machten einen Rundgang durchs Haus. Es hatte eine gewisse Zwanzigstes-Jahrhundert-Verspieltheit, mit apfelgrün und herbstorange gestrichenen Wänden, soliden antiquarischen Möbeln, Messingbetten und Spitzenvorhängen vor bauchigem Fensterglas, an dem unablässig der Regen herabströmte. Moderne Annehmlichkeiten in der Küche und im Wohnzimmer – großer Fernseher, Musikanlage, Internetanschluss. Behaglich im Regen. Nach unten zurückgekehrt, schenkte Jason den Kaffee ein. Wir saßen am Küchentisch und brachten uns auf den neuesten Stand.

Was seine Arbeit betraf, äußerte sich Jason unbestimmt, aus bescheidener Zurückhaltung oder aus Sicherheitsgründen. In den acht Jahren, nachdem die wahre Natur des Spins enthüllt worden war, hatte er einen Doktortitel in Astrophysik erworben, dann aber die Universität verlassen, um, in vorerst noch nachgeordneter Position, in E. D.s Perihelion-Stiftung einzutreten. Vielleicht kein schlechter Zug, war E. D. doch inzwischen ein hochrangiges Mitglied von Präsident Walkers Sonderausschuss für Globale Umweltkrisenplanung. Laut Jase stand Perihelion kurz davor, von einer Raumfahrt-Expertenkommission in ein offizielles Beratungsgremium umgewandelt zu werden, ausdrücklich autorisiert, politische Vorgaben zu machen.

»Ist das denn legal?«

»Sei nicht naiv, Tyler. E. D. hat sich von Lawton Industries zurückgezogen. Er hat seinen Vorstandsposten niedergelegt, und seine

Anteile werden treuhänderisch verwaltet. Unseren Anwälten zufolge ist er konfliktfrei.«

»Und was machst du bei Perihelion?«

Er lächelte. »Ich höre den Älteren aufmerksam zu und mache höfliche Vorschläge. Aber erzähl mir von der Medizin.«

Er fragte mich, ob ich es widerwärtig fände, derart viel menschliche Schwäche und Krankheit zu Gesicht zu bekommen. Also erzählte ich ihm von meinem Anatomieseminar im zweiten Jahr. Zusammen mit einem Dutzend anderer Studenten hatte ich eine menschliche Leiche seziert und deren Inhalt nach Größe, Farbe, Funktion und Gewicht sortiert. Keine angenehme Erfahrung. Der einzige Trost lag in der Wahrheit und der einzige Verdienst im Nutzen. Aber es war auch ein Meilenstein, ein Gang auf die andere Seite. Jenseits dieses Punktes war von der Kindheit nichts mehr übrig.

»Herrgott, Tyler. Willst du vielleicht etwas Stärkeres als den Kaffee da?«

»Ich sag nicht, dass es eine große Sache war. Das ist ja das Schockierende daran. Es war keine große Sache. Du gehst da rein und hinterher ins Kino.«

»Aber ein weiter Weg vom Großen Haus.«

»Ein weiter Weg. Für uns beide.« Ich hob meine Tasse.

Dann tauschten wir Erinnerungen aus, und die Spannung in unserer Unterhaltung verflüchtigte sich. Wir sprachen von den alten Zeiten. Dabei folgten wir, wie ich bald merkte, einem bestimmten Muster. Jason erwähnte einen Ort – den Keller, die Mall, den Bach im Wäldchen –, und ich erzählte eine Geschichte dazu: Wie wir uns einmal an dem Spirituosenschrank vergangen hatten; wie wir einmal ein Rice-Mädchen namens Kelley Weens beobachtet hatten, als sie eine Packung Kondome aus der Drogerie klaute; wie Diane uns in dem einen Sommer unbedingt aus dem lyrischen Werk von Christina Rossetti vorlesen musste, atemlos, als habe sie etwas Bedeutendes entdeckt.

Der große Rasen, gab Jason vor. Die Nacht, als die Sterne verschwanden, sagte ich.

Und dann waren wir für eine Weile still.

»Sie ist immer noch dort unten?« Das war das Letzte, was ich gehört hatte, übermittelt von meiner Mutter. Diane besuchte ein College im Süden und studierte etwas, das ich mir nicht richtig hatte merken können: Urbane Geographie, Ozeanographie oder irgendeine andere abwegige Ographie.

»Ja, immer noch.« Jason rutschte auf seinem Stuhl herum. »Weißt du, Ty, bei Diane hat sich vieles verändert.«

»Na, das muss einen nicht unbedingt überraschen.«

»Sie ist mehr oder weniger verlobt. Will heiraten.«

Ich trug's halbwegs mit Fassung. »Tja, schön für sie.« Welchen Grund hätte ich gehabt, eifersüchtig zu sein? Ich hatte keine Beziehung mehr zu Diane – hatte nie eine gehabt, jedenfalls nicht in der engeren Bedeutung des Wortes. Und ich war einmal fast selbst verlobt gewesen, in Stony Brook im zweiten Jahr, mit einer Studentin namens Candice Boone. Es hatte uns Spaß gemacht, einander »Ich liebe dich« zu sagen, bis wir dessen irgendwann überdrüssig wurden. Ich glaube, bei Candice begann der Überdruss zuerst.

Und dennoch: *mehr oder weniger* verlobt? Wie ging das denn?

Ich war versucht zu fragen, aber Jason fühlte sich sichtlich nicht wohl mit der Wendung, die unser Gespräch genommen hatte. Eine weitere Erinnerung stellte sich ein: Einmal, noch im Großen Haus, hatte Jason eine Freundin mit nach Hause gebracht, um sie seiner Familie vorzustellen. Er hatte sie im Schachklub von Rice kennen gelernt, ein einfaches, aber nettes Mädchen, zu schüchtern, um viel zu sagen. Carol war an jenem Abend relativ nüchtern, aber E. D. war mit dem Mädchen sichtlich nicht einverstanden, behandelte sie demonstrativ unfreundlich, und als sie gegangen war, scholt er Jason dafür, »so ein Exemplar ins Haus zu schleppen«. Mit einem großen Verstand, so E. D., sei eine entsprechende Verantwortung verbunden. Er wolle nicht, dass Jason in eine konventionelle Ehe gelockt würde, wolle nicht mit ansehen müssen, wie er »Windeln an die Wäscheleine« hänge, anstatt sich »in der Welt einen Namen zu machen«.

Die meisten an Jasons Stelle hätten wohl aufgehört, ihre Freundinnen mit nach Hause zu bringen.

Jason aber hatte einfach aufgehört, Freundinnen zu haben.

Das Haus war leer, als ich am nächsten Morgen aufwachte.

Auf dem Küchentisch lag eine Nachricht: Jason war losgefahren, um Vorräte fürs Grillen zu besorgen. *Bin mittags zurück oder auch später.* Jetzt war es halb zehn. Ich hatte luxuriös lange geschlafen, schon überkam mich Sommerferienträgheit.

Das Haus schien sie zu befördern. Die Stürme der letzten Nacht waren weitergezogen, eine angenehme Morgenbrise wehte durch die Kattunvorhänge, das Sonnenlicht legte Unregelmäßigkeiten in der Maserung der Arbeitsplatte in der Küche bloß. Ich frühstückte gemütlich am Fenster und beobachtete die Wolken, die wie stattliche Schoner über den Horizont segelten.

Kurz nach zehn klingelte es an der Tür, und ich bekam kurz Panik bei dem Gedanken, dass es Diane sein könnte. Hatte sie spontan beschlossen, ein bisschen früher zu kommen? Nein, es war »Mike, der Gartenmann« mit Halstuch und ärmellosem T-Shirt, der mir Bescheid geben wollte, dass er jetzt den Rasen mähen werde – er wolle niemanden aufwecken, aber der Mäher sei ziemlich laut; er könne aber auch am Nachmittag wiederkommen, falls das ein Problem sei. Überhaupt kein Problem, sagte ich, und ein paar Minuten später fuhr er die Konturen des Grundstücks mit einem uralten grünen John Deere ab, der die Luft mit brennendem Öl einfettete. Immer noch ein wenig schläfrig, fragte ich mich, wie diese Gartenarbeit sich wohl im Angesicht dessen ausnehmen würde, was Jason gerne als das »Universum im Ganzen« bezeichnete. Für das Universum im Ganzen war die Erde ein Planet kurz vor dem Stillstand. Die Grashalme dort draußen im Garten waren über Jahrhunderte gewachsen, in ihrer Bewegung ebenso majestätisch gemessen wie die Evolution der Sterne. Mike, eine vor einigen Milliarden Jahren geborene Naturgewalt, mähte sie mit unendlicher Geduld. Die abgetrennten Halme fielen, von der Schwerkraft leicht angehaucht, über viele, viele Jahre hinweg zwischen Sonne und Lehmboden, einem Boden, in dem Methusalemwürmer wühlten, während anderswo in der Galaxis womöglich ganze Reiche aufstiegen und wieder vergingen.

Jason hatte natürlich recht: Es war schwer, an so etwas zu glauben. Oder nein, nicht daran »zu glauben« – die Menschen glauben ja an alles mögliche unplausible Zeug –, sondern es als grundlegende Wahrheit über die Welt zu akzeptieren. Ich saß auf der Veranda, an der von dem dröhnenden Deere abgewandten Seite des Hauses, die Luft war kühl, und die Sonne, als ich ihr mein Gesicht zukehrte, fühlte sich gut an, obwohl ich wusste, was es war – gefilterte Strahlung für eine Welt im Spin, eine Welt, in der Jahrhunderte verjubelt wurden, als sei's nur eine Sekunde.

Kann nicht wahr sein. Ist aber wahr.

Ich dachte wieder an mein Studium, an das Anatomieseminar, von dem ich Jason erzählt hatte. Candice Boone, meine Beinahe-Verlobte, hatte mit mir diesen Kurs besucht. Während des Sezierens hatte sie sich gelassen gezeigt, doch hinterher nicht mehr. Ein menschlicher Körper, sagte sie, sollte Liebe enthalten, Hass, Mut, Feigheit, Seele, Geist – nicht diese schleimige Ansammlung von blauen und roten Imponderabilien. Ja. Und wir sollten nicht gegen unseren Willen in eine tödliche Zukunft gezerrt werden.

Aber die Welt ist, wie sie ist, und sie lässt nicht mit sich verhandeln. Etwas in der Art sagte ich zu Candice.

Sie erklärte, ich sei »kalt«. Mag sein, aber ich glaube, ich war mit dieser Bemerkung dem, was man als Weisheit bezeichnen könnte, näher gekommen als je zuvor.

Der Morgen schritt voran. Mike war mit dem Rasen fertig und fuhr wieder weg, hinterließ eine von feuchter Stille erfüllte Luft. Nach einer Weile raffte ich mich auf und rief meine Mutter in Virginia an, wo das Wetter, wie sie sagte, weniger einladend als in Massachusetts war, noch immer bewölkt nach einem Sturm in der Nacht, der einige Bäume und Strommasten gefällt hatte. Ich berichtete, dass ich sicher in E. D.s Sommerhaus angekommen sei. Sie fragte, was Jason für einen Eindruck mache, obwohl sie ihn vermutlich vor nicht allzu langer Zeit selbst gesehen hatte, während einem seiner Besuche im Großen Haus. »Älter«, erwiderte ich. »Aber immer noch Jase.«

»Macht er sich Sorgen wegen dieser China-Sache?«

Meine Mutter war seit dem Oktober-Ereignis zum Nachrichtenjunkie geworden, hatte ständig CNN laufen, nicht aus Vergnügen, ja nicht mal wegen eines Bedürfnisses nach Information, sondern in erster Linie zur Beruhigung, zur Rückversicherung, so wie ein mexikanischer Dorfbewohner ständig ein Auge auf den nahen Vulkan haben mag, in der Hoffnung, dass der noch nicht angefangen hat zu rauchen. Die China-Sache sei im gegenwärtigen Stadium nur eine diplomatische Krise, sagte sie, obwohl einige Säbel schon sanft rasselten. Es ging um irgendeinen strittigen Satellitenstart, den die Chinesen planten. »Du solltest Jason danach fragen.«

»Hat E. D. dir mit diesem Zeug Angst gemacht?«

»Nein. Hin und wieder höre ich einiges von Carol.«

»Ich weiß nicht, wie weit du dem trauen solltest.«

»Ach komm, Ty. Sie trinkt, aber sie ist nicht blöd. Ich übrigens auch nicht, jedenfalls nicht sehr.«

»Das wollte ich damit überhaupt nicht sagen.«

»Das meiste, was ich dieser Tage über Jason und Diane höre, kommt von Carol.«

»Hat sie gesagt, ob Diane in die Berkshires kommt? Von Jason kriege ich keine richtige Antwort.«

Meine Mutter zögerte. »Diane ist in den letzten Jahren ein bisschen unberechenbar gewesen. Daran liegt es vermutlich.«

»Was genau bedeutet unberechenbar?«

»Ach, na ja. Keine großen Erfolge am College. Ein paar Probleme mit dem Gesetz …«

»Mit dem *Gesetz*?«

»Ich meine, sie hat keine Bank ausgeraubt oder so, aber sie ist ein paarmal festgenommen worden, wenn NK-Versammlungen außer Kontrolle geraten sind.«

»Was zum Teufel hat sie bei NK-Versammlungen gemacht?«

Erneute Pause. »Du solltest wirklich Jason danach fragen.«

Die Absicht hatte ich.

Sie hustete – ich stellte sie mir vor, mit einer Hand über dem Telefon, den Kopf diskret zur Seite gedreht –, und ich fragte: »Wie fühlst du dich?«

»Müde.«

»Irgendwas Neues vom Doktor?« Sie war wegen Anämie in Behandlung. Flaschen voller Eisentabletten.

»Nein. Ich werde einfach alt, Ty. Früher oder später werden wir alle alt. Ich erwäge, in den Ruhestand zu gehen. Wenn du das, was ich tue, Arbeit nennen willst. Jetzt, wo die Zwillinge weg sind, sind ja nur noch Carol und E. D. zu versorgen, und E. D. auch kaum noch, seit die Sache in Washington angelaufen ist.«

»Hast du ihnen gesagt, dass du ans Aufhören denkst?«

»Noch nicht.«

»Es wäre nicht mehr das Große Haus ohne dich.«

Sie lachte, nicht unbedingt glücklich. »Ich glaube, vom Großen Haus habe ich genug. Für ein Leben reicht es, danke sehr.«

Aber sie sprach dann nie wieder von ihrem Plan. Ich glaube, es war Carol, die sie zum Bleiben überredete.

Jason kam irgendwann nachmittags zurück. »Ty?« Seine übergroßen Jeans hingen an den Hüften wie die Takelage eines in die Flaute geratenen Schiffes, und sein T-Shirt war gesprenkelt mit diversen Soßenflecken. »Hilf mir mal eben mit dem Grill, ja?«

Ich ging mit ihm nach draußen. Es handelte sich um den üblichen Propangasgrill. Jason hatte noch nie einen benutzt. Er öffnete das Ventil, drückte den Zündknopf und zuckte zusammen, als die Flammen hochzüngelten. Dann grinste er mir zu. »Wir haben Steaks. Wir haben einen Dreibohnensalat aus dem Delikatessenladen.«

»Und kaum Mücken.«

»Ja, hier wurde im Frühling gesprüht. Schon Hunger?«

Hatte ich. Irgendwie war ich beim Verdösen des Nachmittags hungrig geworden. »Grillen wir für zwei oder drei?«

»Ich warte noch immer darauf, dass ich was von Diane höre. Wahrscheinlich erfahren wir's nicht vor heute Abend. Also nur wir beide zum Essen, denke ich.«

»Vorausgesetzt, die Chinesen schmeißen uns nicht vorher eine Bombe auf den Kopf.« Nur so als Köder.

Jason schnappte zu. »Machst du dir Sorgen wegen der Chinesen? Das ist nicht mal mehr eine Krise. Wurde beigelegt.«

»Was für eine Erleichterung.« Ich hatte von der Krise und von ihrer Beilegung an ein und demselben Tag erfahren. »Meine Mutter hat darüber gesprochen. War wohl in den Nachrichten.«

»Das chinesische Militär will die polaren Artefakte unter Beschuss nehmen. Sie haben Raketen mit atomaren Sprengköpfen startbereit auf ihren Rampen in Jiuquan stehen. Das Kalkül ist: Wenn sie die Polargeräte zerstören, dann reißen sie damit vielleicht den ganzen Oktoberschutzschirm ein. Natürlich gibt es keinen Grund zur Annahme, dass das funktioniert. Wie groß ist die Wahrscheinlichkeit, dass unsere Waffen einer Technologie etwas anhaben können, die imstande ist, Zeit und Gravitation zu manipulieren?«

»Also haben wir den Chinesen gedroht, und sie haben klein beigegeben?«

»Ein bisschen war's so. Ein bisschen Peitsche, aber auch ein bisschen Zuckerbrot. Wir haben angeboten, sie mit an Bord zu nehmen.«

»An Bord?«

»Sie dürfen mitmachen bei unserem eigenen kleinen Projekt zur Rettung der Welt.«

»Jetzt machst du mir aber wirklich ein bisschen Angst, Jase.«

»Reich mir mal die Zange da. Tut mir leid, ich weiß, das klingt geheimnisvoll. Ich darf eigentlich gar nicht über diese Dinge sprechen. Mit niemandem.«

»Aber bei mir machst du eine Ausnahme?«

»Bei dir mache ich immer eine Ausnahme.« Er lächelte. »Wir reden beim Essen drüber, ja?«

Ich ließ ihn allein am Grill, eingehüllt von Rauch und Hitze.

Zwei aufeinander folgenden amerikanischen Regierungen war von der Presse vorgeworfen worden, sie würden »nichts gegen den Spin tun«. Aber diese Kritik disqualifizierte sich selbst, denn niemand wusste, was man denn überhaupt tun könne. Und jede offen aggressive Vorgehensweise – wie die von den Chinesen vorgeschlagene – wäre völlig unkalkulierbar gewesen.

Perihelion machte sich für einen anderen Ansatz stark.

»Die Leitmetapher«, sagte Jason, »ist nicht die Schlacht. Sondern Judo. Das Gewicht und den Schwung eines größeren Gegners nutzen und gegen ihn wenden. Das ist es, was wir mit dem Spin machen wollen.«

Er erzählte mir das ganz lakonisch, während er sein Steak mit chirurgischer Präzision zerschnitt. Wir aßen in der Küche, hatten aber die Hintertür offen gelassen. Eine riesige Hummel, so fett und gelb, dass sie wie ein in der Luft schwebendes Wollknäuel aussah, prallte gegen das Fliegengitter.

»Versuch mal«, sagte er, »den Spin nicht als Überfall, sondern als Chance zu verstehen.«

»Eine Chance, um was zu tun? Vorzeitig zu sterben?«

»Eine Chance, die Zeit für unsere eigenen Zwecke zu nutzen, auf eine Weise, die vorher gar nicht denkbar gewesen wäre.«

»Ist nicht Zeit das, was sie uns weggenommen haben?«

»Im Gegenteil. Außerhalb unserer kleinen Erdblase haben wir Millionen von Jahren, mit denen wir etwas anfangen können. Und wir haben ein Werkzeug, das gerade über solche großen Zeiträume hinweg extrem verlässlich funktioniert.«

»Werkzeug?«, fragte ich verwirrt, während er einen weiteren Rindfleischwürfel aufspießte. Es war eine Mahlzeit, die sich auf das Wesentliche konzentrierte: ein Steak auf dem Teller, eine Flasche Bier daneben. Keine Beigaben, abgesehen vom Dreibohnensalat, von dem er sich eine sehr bescheidene Portion nahm.

»Ja, ein Werkzeug, ein sehr naheliegendes: Evolution.«

»Evolution?«

»Wir werden uns nicht vernünftig unterhalten können, Tyler, wenn du immer nur das wiederholst, was ich sage.«

»Okay, also, Evolution als Werkzeug … Ich verstehe aber nicht, wie wir uns in dreißig oder vierzig Jahren so weit entwickeln können, dass es irgendetwas bewirkt.«

»Nicht wir, um Gottes willen, und mit Sicherheit nicht in dreißig oder vierzig Jahren. Ich spreche von einfachen Lebensformen. Ich spreche von Äonen. Ich spreche vom Mars.«

»Mars.« Hoppla.

»Stell dich nicht so begriffsstutzig. Denk nach!«

Der Mars war ein in funktioneller Hinsicht toter Planet, auch wenn er einstmals primitive Vorformen des Lebens aufgewiesen haben mochte. Außerhalb des Spins hatte er sich seit dem Oktober-Ereignis, gewärmt von einer expandierenden Sonne, über Millionen von Jahren »entwickelt«. Den jüngsten Orbitalfotos zufolge war er immer noch ein toter, ausgetrockneter Planet. Hätte er einfaches Leben und ein entsprechend günstiges Klima besessen, wäre aus ihm, so vermutete ich, inzwischen ein üppiger grüner Urwald geworden. Aber ersteres war nicht der Fall und folglich alles andere auch nicht.

»Früher hat man hier und da über Terraformung gesprochen«, sagte Jason. »Erinnerst du dich an die spekulativen Romane, die du damals gelesen hast?«

»Ich lese sie immer noch, Jase.«

»Nur zu. Wie würdest du es anfangen, wenn du den Mars terraformen solltest?«

»Ich würde versuchen, eine ausreichend große Menge von Treibhausgasen in die Atmosphäre zu bekommen, damit er sich aufwärmt. Das ganze gefrorene Wasser entbinden. Einfachste Organismen aussäen. Aber selbst wenn man die optimistischsten Annahmen zugrunde legt, dauert das …«

Er lächelte.

»Du veräppelst mich.«

»Nein.« Das Lächeln verflog. »Überhaupt nicht. Das ist alles ganz und gar ernst gemeint.«

»Aber wie soll das …?«

»Beginnen würden wir damit, dass wir, aufeinander abgestimmt, eine Reihe von Raumfahrzeugen losschicken, die künstlich hergestellte Bakterien transportieren. Einfacher Ionenantrieb und langsames Gleiten zum Mars hin. Möglichst kontrollierter Aufprall, den die Einzeller überleben können, und ein paar größere Nutzlasten mit Sprengkopf, um die Organismen unter die Oberfläche des Planeten zu bringen, wo wir Wasservorkommen vermuten. Um auf Nummer sicher zu gehen, machen wir das mehrmals von verschiedenen Abschussstellen aus und mit einem ganzen Spektrum von in Frage kommenden Organismen. Das Ziel ist, genügend organische Tätigkeit loszutreten, um den in die Kruste eingeschlossenen Kohlenstoff zu lösen und in die Atmosphäre zu blasen. Dann alles ein paar Millionen Jahre sacken lassen – Monate in unserer Zeit –, anschließend neue Messungen machen. Ist es ein wärmerer Planet geworden mit dichterer Atmosphäre und vielleicht ein paar Teichen mit halbflüssigem Wasser, wiederholen wir den ganzen Zyklus, diesmal mit vielzelligen, für die dortige Umwelt konstruierten Pflanzen. Wodurch etwas Sauerstoff in die Luft gelangt, der den atmosphärischen Druck um ein paar Millibar nach oben schraubt. So oft wiederholen wie nötig. Weitere Millionen Jahre hinzufügen und umrühren. Und schon hast du dir in vertretbarer Zeit – so wie unsere Uhren eben die Zeit messen – einen bewohnbaren Planeten gezaubert.«

Es war eine atemberaubende Idee. Ich kam mir vor wie einer dieser Stichwortgeber in einem viktorianischen Abenteuerroman: *»Es war ein kühner, ja tollkühner Plan, den er ersonnen hatte, aber ich konnte beim besten Willen keinen Schwachpunkt darin finden …«*

Außer einem. Einem grundlegenden Schwachpunkt.

»Jason, selbst wenn das möglich wäre – was hätten wir davon?«

»Wenn der Mars bewohnbar ist, könnten Menschen dort leben.«

»Wir alle, sieben oder acht Milliarden?«

Er schnaubte. »Kaum. Nein, nur einige Pioniere. Zuchtexemplare, wenn man es ganz nüchtern betrachtet.«

»Und was sollen die da machen?«

»Leben, sich vermehren und sterben. Millionen von Generationen in jedem von unseren Jahren.«

»Zu welchem Zweck?«

»Um der menschlichen Rasse eine zweite Chance im Sonnensystem zu verschaffen. Und im besten Fall – nun, sie werden alles Wissen zur Verfügung haben, das wir ihnen mitgeben können, plus ein paar Millionen Jahre, um es weiterzuentwickeln. Innerhalb der Spin-Blase haben wir nicht genug Zeit, um zu ergründen, wer die Hypothetischen sind oder warum sie das mit uns machen. Unsere marsianischen Erben haben vielleicht eine bessere Chance. Vielleicht können sie uns ein wenig das Denken abnehmen.«

Oder das Kämpfen um unsere Existenz?

(Das war übrigens das erste Mal, dass ich den Ausdruck »die Hypothetischen« gehört hatte – die hypothetischen Steuerintelligenzen, die unsichtbaren und weitgehend theoretischen Wesen, die uns in unsere Zeitgruft eingesperrt hatten. Der Name setzte sich in der Öffentlichkeit erst einige Jahre später durch. Ich konnte mich allerdings damit gar nicht anfreunden. Ich empfand die Bezeichnung als zu distanziert, zu abstrakt. Die Wahrheit war bestimmt weitaus komplexer.)

»Es existiert also ein Plan, all diese Dinge tatsächlich *ins Werk zu setzen*?«

»O ja.« Jason hatte sein Steak zu drei Vierteln aufgegessen; er schob den Teller von sich. »Es ist gar nicht mal so teuer. Die einzig problematische Sache ist, widerstandsfähige Einzeller zu basteln. Die Marsoberfläche ist kalt, trocken, praktisch luftlos und wird jedes Mal, wenn die Sonne aufgeht, von sterilisierender Strahlung überschwemmt. Immerhin haben wir eine ganze Menge von Extremophilen, mit denen wir arbeiten können – Bakterien, die im antarktischen Packeis oder im Ausfluss von Atomreaktoren leben. Alles andere ist erprobte Technologie. Wir wissen, dass Raketen funktionieren. Wir wissen, dass organische Evolution funktioniert. Das einzig wirklich Neue ist unsere Perspektive. Imstande zu sein, die Ergebnisse einer extremen Langzeituntersuchung schon Wochen oder Monate nach dem Start auszuwerten. Das ist ... einige nennen es ›teleologische Technik‹.«

»Das ist beinahe das Gleiche«, sagte ich, das neue Wort ausprobierend, das ich von ihm gelernt hatte, »wie das, was die Hypothetischen tun.«

»Ja.« Jason hob die Augenbrauen zu einem Gesichtsausdruck, den ich nach all den Jahren immer noch schmeichelhaft fand: Überraschung, Respekt. »Ja, in gewisser Weise ist es das wohl.«

Ich habe einmal ein interessantes Detail über die erste bemannte Mondlandung im Jahre 1969 gelesen. Damals, so hieß es in dem Buch, hätten sich viele Ältere – im neunzehnten Jahrhundert geborene Männer und Frauen, alt genug, sich noch an eine Welt ohne Automobile und Fernseher zu erinnern – geweigert, der Berichterstattung Glauben zu schenken. Worte, die in ihrer Kindheit nur im Zusammenhang mit einem Märchen Sinn ergeben hätten (»zwei Männer sind heute Abend auf dem Mond spazieren gegangen«), traten ihnen nunmehr als Tatsachen entgegen. Das konnten sie nicht akzeptieren. Es widersprach ihrem Gefühl dafür, was vernünftig war und was nicht.

Mir erging es jetzt genauso.

Wir werden den Mars terraformen und kolonisieren, sprach mein Freund Jason, und er litt keineswegs unter Wahnvorstellungen – jedenfalls nicht mehr als die klugen und mächtigen Menschen, die seine Überzeugung offensichtlich teilten. Das Ganze war also ernst gemeint, und es musste, auf irgendeiner bürokratischen Ebene, sogar schon angelaufen sein.

Nach dem Essen machte ich, solange es noch hell war, einen Spaziergang. Mike, der Gartenmann, hatte gute Arbeit geleistet: Der Rasen leuchtete wie das Modell eines Mathematikers, Hege und Pflege einer Grundfarbe. Dahinter krochen schon die Schatten in den Wald. Diane würde es hier gefallen, kam es mir in den Sinn. Wieder dachte ich an jene Sommerzusammenkünfte am Bach, Jahre war es jetzt her, als sie uns aus alten Büchern vorgelesen hatte. Einmal, als wir über den Spin sprachen, zitierte sie einen Vers des englischen Dichters A. E. Housman:

Der Grizzlybär ist wild und groß,
Verschlingt das Kind, lässt's nicht mehr los.
Das Kind hat nicht mal wahrgenommen,
Wie's in den Bauch des Bär'n gekommen.

Jason telefonierte gerade, als ich durch die Küchentür wieder ins Haus trat. Er sah mich an, dann drehte er sich weg und senkte die Stimme.

»Nein«, sagte er. »Wenn es so sein muss, aber – nein, ich verstehe. Ist gut. Ich hab ist gut gesagt, oder? Ist gut heißt ist gut.« Er steckte das Telefon in die Tasche.

»War das Diane?«

Er nickte.

»Kommt sie?«

»Sie kommt. Aber es gibt ein paar Dinge, die ich erwähnen möchte, bevor sie hier ist. Das, worüber wir beim Essen gesprochen haben – davon dürfen wir ihr nichts sagen. Und übrigens auch sonst niemandem. Das sind keine für die Öffentlichkeit bestimmten Informationen.«

»Du meinst, sie sind unter Verschluss?«

»Formal gesehen, ja, vermutlich.«

»Aber du hast *mir* davon erzählt.«

»Ja. Das war ein Staatsverbrechen.« Er lächelte. »Und ich vertraue darauf, dass du es für dich behältst. Nur ein bisschen Geduld – in ein paar Monaten wird sich CNN damit überschlagen. Außerdem habe ich Pläne mit dir, Ty. Irgendwann in nächster Zeit wird Perihelion Kandidaten für ein extrem raues Siedlungsprojekt prüfen. Wir werden Ärzte aller Fachrichtungen an Ort und Stelle brauchen. Wäre es nicht toll, wenn du das machen könntest, wenn wir zusammen arbeiten könnten?«

Ich erschrak. »Ich hab gerade erst meine Prüfung gemacht, Jase. Ich habe noch keinerlei Praxis.«

»Alles zu seiner Zeit.«

»Du vertraust Diane nicht?«

Sein Lächeln verrutschte. »Nein, ehrlich gesagt. Nicht mehr. Nicht in dieser Sache.«

»Wann wird sie hier sein?«

»Morgen Vormittag.«

»Und was ist es, das du mir nicht sagen willst?«

»Sie bringt ihren Freund mit.«

»Ist das ein Problem?«

»Du wirst schon sehen.«

NICHTS HAT BESTAND

Ich erwachte, und mir war klar, dass ich nicht darauf vorbereitet war, sie wiederzusehen.

Erwachte in E. D.s plüschigem Sommerhaus in den Berkshires, die Sonne schien durch filigrane Spitzenjalousien, und ich dachte: Genug von dem Quatsch! Ich hatte die Nase voll davon. All der selbstsüchtige Blödsinn der letzten acht Jahre, bis hin zu der Affäre mit Candice Boone, die meine Lebenslügen schneller durchschaut hatte als ich. »Du bist ein bisschen fixiert auf diese Lawtons, wie?«, hatte sie einmal angemerkt. Ach, wie kommst du denn darauf?

Ich konnte nicht im Ernst behaupten, dass ich noch in Diane verliebt war. Die Beziehung zwischen uns war nie so eindeutig gewesen. Wir waren beide hinein- und wieder herausgewachsen, wie Weinreben, die durch einen Gitterzaun ranken. Aber in den besten Zeiten war es eine echte, eine enge Verbindung gewesen, getragen von einem in seiner Gewichtigkeit und Reife fast beängstigendem Gefühl. Weshalb ich so sehr darauf bedacht gewesen war, es zu tarnen – es hätte sonst auch ihr Angst gemacht.

Immer noch ertappte ich mich dabei, dass ich imaginäre Gespräche mit ihr führte, meistens spät in der Nacht, als eine Art Bühnengeflüster zum sternenlosen Himmel. Ich war egoistisch genug, sie zu vermissen, doch auch vernünftig genug zu wissen, dass wir in Wirklichkeit nie zusammen gewesen waren. Ich war voll und ganz bereit, sie zu vergessen.

Ich war nur nicht darauf vorbereitet, sie wiederzusehen.

Als ich nach unten kam, um mir Frühstück zu machen, saß Jason bereits in der Küche. Er hatte die Tür geöffnet. Frische Luft zog durchs Haus. Ich dachte ernsthaft daran, meine Tasche in den Kofferraum des Hyundais zu werfen und einfach wegzufahren. »Erzähl mir von dieser NK-Sache«, sagte ich.

»Liest du eigentlich überhaupt irgendwelche Zeitungen? Oder werden die Medizinstudenten in Stony Brook in Isolation gehalten?«

Natürlich wusste ich ein bisschen was über NK, eben das, was ich in den Nachrichten gehört oder aus Unterhaltungen in der Mensa aufgeschnappt hatte. Ich wusste, dass NK für »New Kingdom«, »Neues Königreich« stand. Ich wusste, dass es sich um eine vom Spin inspirierte christliche Bewegung handelte – nominell christlich jedenfalls, von Seiten der Kirche, egal welcher Strömung, wurde sie scharf abgelehnt. Ich wusste, dass sie vor allem die Jungen und Unzufriedenen anlockte. Im ersten Jahr in Stony Brook hatten zwei Typen aus meinem Semester das Studium abgebrochen und sich für NK entschieden, hatten eine ungewisse akademische Karriere gegen eine etwas weniger fordernde Erleuchtung eingetauscht.

»Es ist im Grunde eine millenaristische Bewegung«, sagte Jason. »Kommt ein bisschen spät, was das Millenium angeht, aber genau rechtzeitig zum Ende der Welt.«

»Ein Kult, mit anderen Worten.«

»Nein, eigentlich nicht. NK ist ein Schlagwort für das gesamte christlich-hedonistische Spektrum, es ist also kein Kult, obwohl einige kultartige Gruppen dazugehören. Es gibt keinen Führer. Keine heilige Schrift. Nur ein paar abseitige Theologen, mit denen die Bewegung lose assoziiert wird – C. R. Ratel, Laura Greengage, solche Leute.« Ich hatte deren Bücher in den Drugstores gesehen. Spin-Theologie mit Fragezeichentiteln: Erleben wir die Wiederkunft Christi? Überleben wir das Ende der Zeit? »Und auch kein großes Programm, abgesehen von einer Art Wochenendkommunalismus. Aber was die Massen anzieht, das ist nicht die Theologie. Hast du schon mal Berichte oder Bilder von diesen NK-Versammlungen gesehen, vor allem die, die sie Ekstasis nennen?«

Das hatte ich, und anders als Jason, dem die Angelegenheiten des Fleisches doch immer eher fremd geblieben waren, konnte ich die Faszination nachvollziehen. Was ich gesehen hatte, war eine Videoaufzeichnung einer Zusammenkunft in den Cascades, aus dem Sommer letzten Jahres. Es hatte ausgesehen wie eine Mischung aus einem Baptistenpicknick und einem Grateful-Dead-Konzert. Eine sonnige Wiese, Blumen, zeremonielle weiße Gewänder, ein Typ mit null Prozent Körperfett, der auf einem Schofar blies. Bei Einbruch der Dunkelheit brannte ein großes Feuer, und für die Musiker war eine Bühne errichtet worden. Dann fielen die Gewänder und das Tanzen begann. Und auch einige intimere Handlungen.

Bei aller von weiten Teilen der Medien bekundeten Abscheu – das Ganze hatte auf mich rührend unschuldig gewirkt. Keine Predigten, nur ein paar hundert Pilger, die der Auslöschung ins aufgerissene Maul lächelten und ihren Nächsten so liebten, wie sie selbst geliebt werden wollten. Der Film war auf DVD gebrannt worden und kursierte landesweit in den Studentenwohnheimen, unter anderem auch in Stony Brook. Kein Sexualakt ist so Garten-Eden-mäßig, dass ein einsamer Medizinstudent sich dazu nicht einen runterholen könnte.

»Schwer, sich vorzustellen, dass Diane von so etwas wie NK angezogen wird.«

»Im Gegenteil, Diane repräsentiert das Zielpublikum. Sie hat eine Todesangst vor dem Spin und allem, was er für die Welt impliziert. NK ist ein Schmerzmittel für Leute wie sie. Es verwandelt das, wovor sie am meisten Angst haben, in einen Gegenstand der Anbetung, die Eingangstür ins Königreich des Himmels.«

»Wie lange ist sie schon dabei?«

»Inzwischen fast ein Jahr. Seit sie Simon Townsend kennen gelernt hat.«

»Simon ist ein NKler?«

»Simon, fürchte ich, ist ein *hundertfünfzigprozentiger* NKler.«

»Hast du ihn schon einmal gesehen?«

»Sie hat ihn letzte Weihnachten mit ins Große Haus gebracht. Ich glaube, sie wollte sich das Feuerwerk ansehen. E. D. hält natürlich gar nichts von Simon. Seine Einstellung war ziemlich offensichtlich.« Jason zuckte kurz zusammen, offenbar bei der Erinnerung an einen Wutanfall, der selbst für E. D.s Verhältnisse spektakulär gewesen sein musste. »Aber Diane und Simon haben das NK-Ding durchgezogen – nämlich die andere Wange hingehalten. Sie haben ihn praktisch zu Tode gelächelt. Ich meine, buchstäblich. Er war nur noch einen sanften, vergebenden Blick von der Herzstation entfernt.«

Eins zu null für Simon, dachte ich. »Ist er gut für sie?«

»Er ist genau das, was sie will. Und er ist das Letzte, was sie braucht.«

Sie trafen nachmittags ein, knatterten die Auffahrt hoch in einem fünfzehn Jahre alten Tourenwagen, der mehr Öl zu verbrennen schien als der Rasenmäher von Mike, dem Gartenmann. Diane saß am Steuer. Sie hielt an und stieg auf der abgewandten Seite des Autos aus, verdeckt vom Dachgepäckträger, während Simon, schüchtern lächelnd, uns direkt vor die Augen trat.

Er war ein gut aussehender Mann. Eins fünfundachtzig oder etwas drüber; dünn, aber kein Schwächling; ein etwas pferdeähnliches Gesicht, was jedoch durch die ungebärdigen goldblonden Haare gut ausbalanciert wurde. Sein Lächeln offenbarte einen Spalt zwischen den oberen Schneidezähnen. Er trug Jeans, ein kariertes Hemd und um den linken Oberarm ein blaues, wie ein Tourniquet gebundenes Tuch; das war ein NK-Emblem, wie ich später erfuhr.

Diane kam um den Wagen herum und stellte sich neben ihn, beide sahen zur Veranda herauf, wo Jason und ich sie erwarteten. Auch sie trug die aktuelle NK-Mode: kornblumenblaues, bodenlanges Kleid, blaue Bluse und ein alberner schwarzer, breitkrempiger Hut, von der Art, wie ihn die Amish-Männer tragen. Aber die Sachen standen ihr, oder besser gesagt, sie verliehen ihr einen angenehmen Rahmen, deuteten auf robuste Gesundheit und bäuerliche Sinnlichkeit. Ihr Gesicht war so lebendig wie eine ungepflückte Beere. Sie schirmte ihre Augen gegen die Sonne ab und grinste – besonders in meine Richtung, wie ich glauben wollte. Mein Gott, dieses Lächeln. Irgendwie echt und schelmisch zugleich.

Ich begann mich sehr verloren zu fühlen.

Jasons Handy trillerte. Er zog es aus der Tasche und sah auf das Display.

»Muss ich entgegennehmen«, flüsterte er.

»Lass mich hier jetzt nicht allein, Jase.«

»Geh nur kurz in die Küche. Bin gleich wieder da.«

Er tauchte ab, gerade als Simon seinen großen Matchbeutel mit Schwung auf die Holzbretter der Veranda hievte und sagte: »Du musst Tyler Dupree sein.«

Er streckte die Hand aus. Ich schüttelte sie. Er hatte einen festen Händedruck und einen honigsüßen Südstaatenakzent, die Vokale wie poliertes Treibholz, die Konsonanten höflich wie eine Visitenkarte. Aus seinem Mund klang mein Name hundertprozentig nach Cajun, obwohl meine Familie nie weiter südlich als bis nach Millinocket gekommen war. Diane schnellte hinter ihm hoch, schrie »Tyler!« und packte mich in einer wilden Umarmung. Plötzlich hatte ich ihr Haar im Gesicht, und alles, was ich noch registrieren konnte, war ihr sonniger, salziger Geruch.

Wir zogen uns auf angemessenen Armlängenabstand zurück. »Tyler, Tyler«, rief sie, als hätte ich mich in etwas überaus Bemerkenswertes verwandelt. »Du siehst gut aus nach all den Jahren.«

»Acht«, sagte ich, um irgendetwas zu sagen. »Acht Jahre.«

»Wow, ist das wahr?«

Ich half ihnen, das Gepäck reinzutragen, führte sie in den Salon mit direkter Verbindung zur Veranda und eilte dann davon, um Jason zu holen, der in der Küche mit seinem Handy interagierte. Er kehrte mir den Rücken zu, als ich reinkam.

»Nein«, sagte er gerade. Seine Stimme klang angespannt. »Nein … nicht einmal das State Department?«

Ich erstarrte. Das State Department. Auweia.

»Ich könnte in ein paar Stunden da sein, falls – oh, verstehe. Okay. Nein, das ist in Ordnung. Aber haltet mich auf dem Laufenden. Genau. Danke.«

Er steckte das Telefon weg und bemerkte, dass ich da war.

»War das E. D.?«, fragte ich.

»Sein Assistent.«

»Alles in Ordnung?«

»Na komm, Tyler, soll ich dir etwa alle Geheimnisse verraten?« Er versuchte sich an einem Lächeln, nicht sehr erfolgreich. »Ich wünschte, du hättest das nicht mitgehört.«

»Ich hab nur gehört, wie du angeboten hast, nach D.C. zu kommen und mich hier mit Simon und Diane allein zu lassen.«

»Tja … werde ich vielleicht müssen. Die Chinesen stellen sich störrisch.«

»*Störrisch?* Was heißt das?«

»Sie weigern sich, den geplanten Raketenstart ganz abzublasen. Sie wollen sich diese Option offenhalten.«

Den nuklearen Angriff auf die Spin-Artefakte, meinte er. »Ich nehme an, irgendjemand versucht gerade, ihnen das auszureden?«

»Die Diplomatie läuft auf vollen Touren. Sie ist nur nicht gerade sehr *erfolgreich.* Die Verhandlungen sind offenbar festgefahren.«

»Also – na ja, *Scheiße,* Jase! Was bedeutet es, wenn sie tatsächlich losschlagen?«

»Es würde bedeuten, dass zwei thermonukleare Fusionswaffen in unmittelbarer Nähe zu unbekannten, mit dem Spin in Verbindung stehenden Vorrichtungen zur Detonation gebracht werden. Was die Folgen betrifft – nun, das ist eine interessante Frage. Aber noch ist es nicht passiert. Wird es wahrscheinlich auch nicht.«

»Du sprichst hier vom Weltuntergang. Oder vom Ende des Spins …«

»Nicht so laut, bitte. Wir haben Gäste, erinnerst du dich? Außerdem solltest du nicht überreagieren. Was die Chinesen beabsichtigen, ist übereilt und wahrscheinlich sinnlos, aber selbst wenn sie es in die Tat umsetzen, wird es nicht zur Selbstauslöschung kommen. Was immer die Hypothetischen sind, sie werden sich zu verteidigen wissen, ohne uns dabei zu vernichten. Außerdem sind die Polarartefakte nicht zwangsläufig die Vorrichtung, die den Spin ermöglicht. Sie könnten auch Beobachtungsplattformen sein, Kommunikationsapparate oder vielleicht sogar Lockvögel.«

»Wenn die Chinesen nun doch losschlagen, wie viel Vorwarnungszeit kriegen wir dann?«

»Kommt drauf an, wen du mit ›wir‹ meinst. Die Öffentlichkeit wird vermutlich nichts erfahren, nicht bevor es vorbei ist.«

Das war der Moment, in dem ich begriff, dass Jason nicht einfach nur der Lehrling seines Vaters war, sondern bereits begonnen hatte, sich seine eigenen Verbindungen nach ganz oben zu schaffen. Später sollte ich viel mehr über die Perihelion-Stiftung und die Arbeit, die Jason dort machte, erfahren, vorerst aber gehörte dies alles für mich zu Jasons Schattenleben. Schon als Kind hatte er bereits ein solches Leben geführt: Außerhalb des Großen Hauses war er das Mathe-Wunderkind gewesen, das die private Eliteschule so spielend leicht absolvierte wie ein Masters-Titelträger die Hindernisse eines Minigolfplatzes; zu Hause aber war er einfach Jase, und wir hatten sehr darauf geachtet, dass es so blieb.

Und es war immer noch so. Aber er warf nun einen größeren Schatten. Er verbrachte seine Tage nicht mehr damit, die Lehrer an der Rice Academy zu beeindrucken. Jetzt war er damit beschäftigt, sich in eine Position zu bringen, von der aus er Einfluss auf den Verlauf der menschlichen Geschichte nehmen konnte.

Er fügte hinzu: »Falls es passiert, dann werde ich vorgewarnt, ja. *Wir* werden vorgewarnt. Aber ich möchte nicht, dass Diane sich darüber Sorgen macht. Oder Simon.«

»Na toll. Dann denk ich einfach eine Weile nicht mehr daran. Ist ja nur das Ende der Welt.«

»Es ist nichts dergleichen. Bisher ist nichts passiert. Beruhige dich, Tyler. Gieß etwas zu trinken ein, wenn du dich unbedingt beschäftigen musst.«

So gelassen er sich auch gab, seine Hand zitterte doch ein bisschen, als er vier Whiskygläser aus dem Küchenschrank holte.

Ich hätte einfach abhauen können. Ich hätte aus der Tür gehen, in meinen Hyundai steigen und eine hübsche Strecke hinter mich gelegt haben können, bevor ich auch nur vermisst worden wäre. Ich stellte mir Diane und Simon vor, wie sie im Wohnzimmer ihr Hippie-Christentum praktizierten, und Jason, wie er in der Küche Weltuntergangsbulletins auf seinem Handy entgegennahm … Wollte ich wirklich meine letzte Nacht auf Erden mit diesen Leuten verbringen?

Aber mit wem denn sonst? Ganz im Ernst: wer sonst?

»Wir haben uns in Atlanta kennen gelernt«, sagte Diane. »An der Georgia State University gab es ein Seminar über Alternative Spiritualität. Simon war da, um sich C. R. Ratels Vortrag anzuhören. Ich hab ihn dann in der Mensa gefunden. Er saß ganz für sich an einem Tisch und las in ›Wiederkunft Christi‹, und ich war auch allein, also hab ich mein Tablett ihm gegenübergestellt, und wir sind ins Gespräch gekommen.«

Diane und Simon saßen nebeneinander am Fenster, auf einem plüschig gelben, nach Staub riechenden Sofa. Diane lehnte bequem an der Seite, Simon saß aufrecht, wie sprungbereit. Sein Lächeln machte mir langsam Angst. Es ging einfach nie weg.

Wir hielten uns an unseren Getränken fest, während sich die Vorhänge im Luftzug bauschten und eine Bremse am Fliegengitter summte. Es war schwer, eine Unterhaltung zu führen, wenn es so viele Themen gab, die man nicht berühren durfte. Ich machte einen Versuch, Simons Lächeln zu kopieren. »Du bist also Student?«

»War ich«, korrigierte er.

»Und was hast du zuletzt so gemacht?«

»Bin gereist. Hauptsächlich.«

»Simon kann es sich leisten zu reisen«, sagte Jason. »Er hat geerbt.«

»Halt dich zurück.« Die Schärfe in Dianes Stimme zeigte an, dass es eine ernsthafte Warnung war. »Dieses eine Mal, Jason, ja?«

Aber Simon zuckte nur mit den Achseln. »Lass nur, es stimmt ja. Ich habe ein bisschen Geld auf die Seite gelegt. Diane und ich nutzen diese Möglichkeit, um uns das Land anzusehen.«

»Simons Großvater«, erklärte Jason, »war Augustus Townsend, der Pfeifenreinigerkönig von Georgia.«

Diane verdrehte die Augen. Simon, weiterhin die Ruhe selbst – er wirkte immer mehr wie eine Art Heiliger –, sagte: »Das ist lange her. Inzwischen sollen wir sie eigentlich gar nicht mehr Pfeifenreiniger nennen. Es sind ›Chenillestiele‹.« Er lachte. »Und hier sitze ich, Erbe eines Chenillestielvermögens.« Eigentlich sei es ein Geschenkartikelvermögen, erläuterte Diane später. Augustus Townsend hatte zwar mit Pfeifenreinigern angefangen, das große Geld aber damit verdient, dass er Pressblechspielzeug, Armbänder und Plastikkämme an Billigläden im ganzen Süden geliefert hatte. In den 1940er Jahren hatte die Familie in den gesellschaftlichen Kreisen von Atlanta eine prominente Rolle gespielt.

Jason ließ nicht locker: »Simon selbst hat dagegen keine berufliche Laufbahn eingeschlagen. Er ist ein freier Geist.«

»Ich glaube nicht, dass irgendeiner von uns ein wirklich freier Geist ist«, erwiderte Simon, »aber es ist richtig, ich strebe keine Karriere an. Vermutlich klingt das ein bisschen faul, wenn ich das sage. Nun, ich *bin* faul. Das ist mein hartnäckigstes Laster. Doch ich frage mich, welchen Nutzen egal welcher Beruf auf lange Sicht haben soll. Angesichts der Umstände. Nichts für ungut.« Er wandte sich mir zu. »Du machst Medizin, Tyler?«

Ich nickte. »Grad mit dem Studium fertig. Was die berufliche Laufbahn angeht ...«

»Nein, ich finde das großartig. Wahrscheinlich die wertvollste Beschäftigung auf dem Planeten.«

Jason hatte Simon vorgeworfen, zu nichts nütze zu sein. Simon hatte geantwortet, dass berufliche Tätigkeit im Allgemeinen zu nichts nütze sei – ausgenommen eine Tätigkeit wie die meine. Stoß und Gegenstoß. Es war, als würde man eine in Ballettschuhen ausgetragene Kneipenschlägerei beobachten.

Dennoch verspürte ich überraschend den Wunsch, für Jase um Verständnis zu bitten. Es war weniger Simons Weltanschauung, die ihm ein Ärgernis war, als vielmehr dessen bloße Anwesenheit. Diese Woche in den Berkshires war als Wiedersehen gedacht gewesen, für Jason und Diane und mich, eine Rückkehr in die Behaglichkeit unserer Kindheit. Stattdessen mussten wir es uns gefallen lassen, auf engem Raum mit Simon eingesperrt zu sein, den Jason offensichtlich als Eindringling sah, als eine Art Yoko Ono mit Südstaatenakzent.

Ich fragte Diane, wie lange sie schon unterwegs seien.

»Ungefähr eine Woche«, erwiderte sie, »aber wir werden den Großteil des Sommers auf Reisen sein. Jason hat dir sicherlich von New Kingdom erzählt. Nun, in Wirklichkeit ist es ziemlich wunderbar, Ty. Wir haben Internetfreunde im ganzen Land. Leute, bei denen wir ein, zwei Tage pennen können. Wir werden also zu Konklaven und Konzerten fahren, von Maine bis Oregon, von Juli bis Oktober.«

Jason sagte: »Da dürftet ihr ja eine Menge Kosten für Unterkunft und Kleidung sparen.«

»Nicht jede Konklave ist eine Ekstasis«, gab Diane zurück.

»Wir werden allerdings überhaupt nicht viel zum Reisen kommen«, sagte Simon, »wenn uns dieses alte Auto, das wir da haben, zusammenbricht. Der Motor hat Fehlzündungen, und der Benzinverbrauch ist katastrophal. Leider verstehe ich nicht viel von Autos. Kennst du dich mit Motoren aus, Tyler?«

»Ein bisschen.« Ich begriff, dass das eine Einladung war, mit Simon nach draußen zu gehen, damit Diane einen Waffenstillstand mit ihrem Bruder aushandeln konnte. »Wir können uns das ja mal ansehen.«

Der Tag war immer noch klar, warme Luft kam vom smaragdgrünen Rasen jenseits der Auffahrt heraufgeweht. Ich hörte, wie ich zugeben muss, mit geteilter Aufmerksamkeit zu, als Simon die Motorhaube seines alten Fords öffnete und die Probleme aufzählte, die er mit dem Auto hatte. Wenn er so wohlhabend war, wie Jason angedeutet hatte, warum kaufte er sich dann keinen besseren Wagen? Aber womöglich war das Erbe ja schon halb aufgebraucht, oder es war fest angelegt in Treuhandfonds.

»Ich schätze, ich mache hier einen ziemlich dämlichen Eindruck«, sagte Simon. »Vor allem in der Gesellschaft, in der ich mich befinde. Was Wissenschaft oder Technik angeht, war ich schon immer ein bisschen unterbelichtet.«

»Ich bin auch kein Experte. Selbst wenn wir diesen Motor dazu bringen, reibungsloser zu laufen, solltest du ihn mal in einer richtigen Werkstatt untersuchen lassen, bevor du größere Strecken in Angriff nimmst.«

»Danke, Tyler.« Er sah mit kulleräugiger Faszination zu, wie ich den Motor inspizierte. »Den Rat werde ich beherzigen.«

Als Verursacher des Übels schienen mir am ehesten die Zündkerzen in Frage zu kommen. Der Wagen hatte etwa hunderttausend Kilometer auf dem Buckel. Ich benutzte das Werkzeugset aus meinem eigenen Auto, um eine der Kerzen herauszuziehen, und zeigte sie ihm. »Das hier ist der größte Teil deines Problems.«

»Das Ding da?«

»Und seine Freunde. Die gute Nachricht ist, die Ersatzteile sind nicht teuer. Die schlechte Nachricht ist, es wäre besser, wenn du das Auto nicht mehr fährst, bis wir die neuen Teile eingesetzt haben.«

»Hmm.«

»Wir können mit meinem Wagen in die Stadt fahren und Ersatzteile holen, falls du bereit bist, bis morgen früh zu warten.«

»Ja, sicher. Das ist sehr freundlich. Wir hatten auch nicht die Absicht, sofort wieder wegzufahren. Es sei denn, Jason besteht darauf.«

»Jason wird sich beruhigen. Er ist nur …«

»Du brauchst nichts zu erklären. Er hätte es lieber, wenn ich nicht hier wäre. Das verstehe ich, es schockiert oder überrascht mich nicht. Diane fand nur, dass sie keine Einladung annehmen könne, die mich ausdrücklich nicht einschließt.«

»Tja … gut für sie.« Vermutlich.

»Aber ich könnte mir genauso gut irgendwo in der Stadt ein Zimmer nehmen.«

»Dazu besteht keine Veranlassung«, sagte ich und fragte mich im gleichen Atemzug, wie es um Gottes willen dazu hatte kommen können, dass dieser Simon Townsend ausgerechnet von mir zum Bleiben gedrängt wurde. Ich weiß nicht, was genau ich mir von einem Wiedersehen mit Diane versprochen hatte, jedenfalls hatte Simons Anwesenheit mögliche verschwiegene Hoffnungen gleich wieder zunichtegemacht. Gut so, vermutlich.

»Ich nehme an«, sagte Simon, »Jason hat mir dir über New Kingdom gesprochen. Das ist ein Streitpunkt zwischen uns.«

»Er hat mir erzählt, dass ihr damit zu tun habt.«

»Ich will hier keine Werbung machen, aber falls dir irgendetwas an der Bewegung Sorgen bereitet, kann ich sie dir vielleicht nehmen.«

»Alles, was ich über NK weiß, ist das, was ich im Fernsehen sehe, Simon.«

»Einige Leute bezeichnen es als christlichen Hedonismus. Ich ziehe den Namen New Kingdom vor. Das bringt es im Grunde auf den Punkt. Den Chiliasmus wachsen lassen, indem man ihn lebt, hier und jetzt. Das Dasein der letzten Generation so idyllisch sein lassen wie das der allerersten.«

»Aha. Tja, Jason hat wenig Nachsicht mit Religion.«

»Ja, das ist richtig, aber weißt du was, Tyler? Ich glaube, es ist gar nicht die Religion, die ihn so aufregt.«

»Nicht?«

»Nein. Ich bewundere Jason Lawton, und das nicht nur, weil er so klug ist. Er ist einer der Eingeweihten, wenn du mir die Vokabel gestattest. Er nimmt den Spin ernst. Es gibt, na, acht Milliarden Menschen auf der Erde? Und so ziemlich jeder davon weiß, dass die Sterne und der Mond vom Himmel verschwunden sind. Und doch verschließen sie sich dieser Realität. Nur wenige von uns glauben wirklich an den Spin. NK nimmt ihn ernst. Und Jason tut es auch.«

Das entsprach auf fast schockierende Weise dem, was Jason gesagt hatte. »Nun, allerdings nicht im gleichen … *Stil*.«

»Das ist der springende Punkt. Zwei Visionen, die um öffentliche Zustimmung wetteifern. Über kurz oder lang werden die Menschen sich der Realität stellen müssen, ob sie wollen oder nicht. Und sie werden sich entscheiden müssen zwischen einem wissenschaftlichen Verständnis und einem spirituellen. Das macht Jason Sorge. Denn wenn es um die Frage von Leben und Tod geht, dann obsiegt immer der Glaube. Wo würdest *du* die Ewigkeit lieber verbringen? In einem irdischen Paradies oder einem sterilen Labor?«

Die Antwort schien mir nicht so klar auf der Hand zu liegen, wie Simon offenbar meinte. Ich musste an Mark Twains Antwort auf eine ähnliche Frage denken: im Himmel, des Klimas wegen, in der Hölle, der Gesellschaft wegen.

Im Innern des Hauses fand eine unüberhörbare Diskussion statt – abwechselnd Dianes schimpfende Stimme und die mürrischen, monoton vorgetragenen Antworten ihres Bruders. Simon und ich holten uns zwei Klappstühle aus der Garage, setzten uns in den Schatten des Carports und warteten darauf, dass die Zwillinge fertig würden. Wir unterhielten uns über das Wetter. Das Wetter war sehr schön. In diesem Punkt bestand Konsens zwischen uns.

Der Lärm im Haus ebbte schließlich ab, und nach einer Weile trat ein etwas ernüchtert wirkender Jason nach draußen und lud uns ein, ihm mit dem Grill zu helfen. Wir folgten ihm nach hinten und setzten unsere Unterhaltung fort, während der Grill heiß wurde. Auch Diane kam jetzt nach draußen, mit gerötetem Gesicht, aber sichtlich triumphierend. So hatte sie schon früher immer ausgesehen, wenn sie aus einem Streit mit Jason siegreich hervorgegangen war: ein bisschen überheblich, ein bisschen überrascht.

Dann setzten wir uns an den Tisch auf der Terrasse. Es gab Huhn, Eistee und die Überreste des Dreibohnensalats. »Habt ihr etwas dagegen, wenn ich ein Gebet spreche?«, fragte Simon.

Jason verdrehte die Augen, nickte aber tolerant.

Simon senkte feierlich den Kopf. Ich machte mich auf eine Predigt gefasst, aber alles, was er sagte, war: »Gib uns den Mut, die Fülle anzunehmen, die du uns an diesem und jedem anderen Tag vorsetzt. Amen.«

Ein Gebet, das nicht Dankbarkeit ausdrückte, sondern den Wunsch nach Mut. Sehr zeitgenössisch. Diane lächelte mir über den Tisch hinweg zu. Dann drückte sie Simons Arm, und wir machten uns über das Essen her.

Es war noch recht früh, als wir fertig waren, die Sonne verweilte im Westen, die Mücken bereiteten sich erst noch auf ihre abendliche Aktivität vor. Der Wind hatte sich gelegt, in der abkühlenden Luft lag etwas zart Gedämpftes.

Anderswo allerdings überschlugen sich die Ereignisse.

Was wir nicht wussten – was selbst Jason, trotz all seiner tollen Beziehungen, noch nicht wusste –, war, dass zwischen dem ersten Bissen Hühnerfleisch und dem letzten Löffel Dreibohnensalat die Chinesen die Verhandlungen abgebrochen und den sofortigen Start eines mit thermonuklearen Sprengköpfen ausgestatteten Gespanns von Dong-Feng-Raketen angeordnet hatten. Die Flugkörper waren ungefähr im selben Moment aufgestiegen, als wir die zweite Runde Heineken aus der Kühltasche gezogen hatten, eisig grüne, raketenförmige Flaschen, von denen das Schwitzwasser tropfte.

Wir räumten den Tisch frei. Ich erwähnte die verschlissenen Zündkerzen und meinen Plan, am nächsten Morgen mit Simon in die Stadt zu fahren. Diane flüsterte ihrem Bruder etwas zu, dann, nach einer gewissen Pause, stieß sie ihn mit dem Ellbogen an. Jason nickte, wandte sich an Simon und sagte: »Gleich hinter Stockbridge gibt es einen von diesen Automobilgroßmärkten, der bis neun geöffnet hat. Wie wär's, wenn wir da jetzt gleich hinfahren?«

Es war ein Friedensangebot, wie widerwillig auch immer. Simon erholte sich ziemlich schnell von seiner Überraschung und erwiderte: »Ich werde ganz bestimmt keine Fahrt in diesem Ferrari da ausschlagen, falls es das ist, was du mir anbietest.«

»Ich kann dir gern zeigen, was er so alles hergibt.« Beschwichtigt von der Aussicht, mit seinem Auto angeben zu können, ging Jason ins Haus, um seine Schlüssel zu holen. Simon warf uns einen Na-Donnerwetter-Blick zu, dann folgte er ihm. Ich sah Diane an. Sie grinste, stolz auf diesen Triumph der Diplomatie.

Anderswo näherten sich die Dong-Feng-Raketen der Spin-Barriere, passierten sie und flogen auf ihre programmierten Ziele zu. Seltsam die Vorstellung, wie sie über eine plötzlich dunkle, kalte, bewegungslose Erde hinwegschossen, allein ihrer Programmierung folgten, sich auf die gesichtslosen Artefakte ausrichteten, die Hunderte von Kilometern über den Polen hingen.

Wie die Aufführung eines Dramas ohne Publikum, zu schnell für das menschliche Auge.

Der Konsens – hinterher – ging dahin, dass die Explosion der chinesischen Sprengköpfe keine Auswirkung auf den ungleichen Zeitfluss gezeitigt hätte. Was dagegen betroffen war (und zwar erheblich), das war der visuelle Filter, der die Erde umgab. Nicht zu reden von der menschlichen Wahrnehmung des Spins.

Wie Jason schon vor Jahren erläutert hatte, bedeutete das temporale Gefälle, dass gewaltige Mengen blauverschobener Strahlung die Oberfläche unseres Planeten überschwemmt hätten, wenn sie nicht von den Hypothetischen gefiltert und kontrolliert worden wäre. Mehr als drei Jahre Sonnenschein auf jede vergehende Sekunde: genug, um alles Leben auf der Erde auszurotten, genug, um den Boden unfruchtbar zu machen und die Meere zum Kochen zu bringen. Die Hypothetischen, die den zeitlichen Einschluss der Erde ins Werk gesetzt hatten, hatten uns auch vor dessen tödlichen Nebenwirkungen geschützt. Mehr noch, sie kontrollierten nicht nur, wie viel Energie zur Erde gelangte, sondern auch, wie viel von der Hitze und dem Licht des Planeten in den Weltraum zurückgestrahlt wurde. Vielleicht war das der Grund dafür, dass das Wetter in den letzten Jahren so angenehm … durchschnittlich gewesen war.

Der Himmel über den Berkshires jedenfalls war so ungetrübt wie Waterford-Kristall, als die chinesischen Sprengköpfe ihr Ziel erreichten, um 19:55 Uhr Ostküstenzeit.

Ich saß mit Diane im Wohnzimmer, als das Telefon klingelte.

Hatten wir vor Jasons Anruf irgendetwas bemerkt? Eine Veränderung des Lichts, so unauffällig wie das Gefühl, eine Wolke hätte sich vor die Sonne geschoben? Nein. Nichts. Meine ganze Aufmerksamkeit war auf Diane gerichtet. Wir schlürften Mixgetränke und redeten über Lappalien: Bücher, die wir gelesen, Filme, die wir gesehen hatten. Die Unterhaltung war elektrisierend, nicht wegen der Themen, um die es ging, sondern wegen des Tonfalls, wegen dieses bestimmten Rhythmus, in den wir verfielen, sobald wir allein waren, jetzt wie früher. Jedes Gespräch zwischen Freunden oder Liebenden schafft sich seinen eigenen fließenden oder stockenden Rhythmus, verborgenes Sprechen, das wie ein unterirdisches Gewässer selbst unter dem banalsten Wortwechsel mitfließt. Was wir sagten, was wir aussprachen, war platt und konventionell, aber der Subtext war tief und reichlich tückisch.

Schon bald flirteten wir miteinander, als hätten Simon Townsend und die vergangenen acht Jahre keinerlei Bedeutung. Zuerst im Scherz, dann vielleicht nicht mehr im Scherz. Ich sagte ihr, dass sie mir gefehlt habe. Sie sagte: »Es gab Zeiten, wo ich mit dir reden wollte. Unbedingt. Aber ich hatte deine Nummer nicht, oder ich dachte mir, du bist bestimmt zu beschäftigt.«

»Du hättest meine Nummer herausfinden können. Und ich war nicht zu beschäftigt.«

»Du hast recht. In Wahrheit war es mehr ... moralische Feigheit.«

»Bin ich denn so furchteinflößend?«

»Nicht du. Unsere Situation. Ich hatte wohl irgendwie das Gefühl, ich müsste mich bei dir entschuldigen. Und ich wusste nicht, wie ich das anfangen sollte.« Sie lächelte matt. »Ich glaube, ich weiß es immer noch nicht.«

»Es gibt nichts, wofür du dich entschuldigen müsstest, Diane.«

»Danke, dass du das sagst, aber ich denke anders darüber. Wir sind keine Kinder mehr. Es ist uns möglich, mit einer gewissen Einsicht zurückzublicken. Wir waren uns so nahe, wie man es, ohne Berührung, nur sein kann. Aber diese Berührung, das war genau das, was uns nicht möglich war. Wir konnten nicht einmal darüber reden. Als hätten wir ein Schweigegelöbnis abgelegt.«

»Seit der Nacht, als die Sterne verschwanden«, sagte ich mit trockenem Mund, entsetzt über mich selbst, erschrocken, erregt.

Diane wedelte mit der Hand. »Diese Nacht – weißt du, was für Erinnerungen ich an diese Nacht habe? Jasons Fernglas. Ich hatte es auf das Große Haus gerichtet, während ihr beiden in den Himmel gestarrt habt. An die Sterne kann ich mich wirklich überhaupt nicht erinnern. Woran ich mich erinnere, ist, dass ich plötzlich Carol in einem der hinteren Zimmer mit jemandem vom Partyservice gesehen habe. Es sah aus, als würde sie sich an ihn ranmachen.« Sie lachte verschämt. »Das war meine eigene kleine Apokalypse. Alles, was ich schon damals an dem Großen Haus hasste, an meiner Familie, das verdichtete sich in dieser einen Nacht. Ich wollte einfach so tun, als würde das alles nicht existieren. Keine Carol, kein E. D., kein Jason …«

»Kein ich?«

Sie rückte auf dem Sofa heran und legte, da es jetzt diese Art von Gespräch geworden war, eine Hand auf meine Wange. Ihre Hand war kühl – die Temperatur des Drinks, den sie gehalten hatte. »Du warst die Ausnahme. Ich hatte Angst. Du warst unglaublich geduldig. Ich habe das sehr geschätzt.«

»Aber wir konnten …«

»Uns nicht berühren.«

»Ja. E. D. hätte es niemals zugelassen.«

Sie zog ihre Hand zurück. »Wir hätten es vor ihm verheimlichen können, wenn wir gewollt hätten. Aber du hast recht, E. D. war das Problem. Er hat alles kontaminiert. Es war obszön, wie er deine Mutter gezwungen hat, ein Leben zweiter Klasse zu führen. Das war so entwürdigend. Darf ich das beichten? Ich habe es absolut gehasst, seine Tochter zu sein. Am abscheulichsten fand ich die Vorstellung, dass, falls zwischen uns, na ja, irgendwas entstehen würde, es für dich vielleicht nur eine Möglichkeit wäre, dich an E. D. Lawton zu rächen.« Sie ließ sich zurücksinken, offenbar selbst ein bisschen überrascht.

»Natürlich wäre es nicht so gewesen.«

»Ich war verwirrt.«

»Ist es das, was NK für dich ist? Rache an E. D.?«

»Nein.« Sie lächelte. »Ich liebe Simon nicht, weil er meinen Vater wütend macht. So simpel ist das Leben nicht, Ty.«

»Ich wollte damit nicht andeuten …«

»Aber du siehst, wie schwierig das ist? Ein gewisser Verdacht scheint dir naheliegend und setzt sich in deinem Kopf fest. Nein, NK hat nichts mit meinem Vater zu tun. Sondern damit, die Göttlichkeit in dem zu entdecken, was mit der Erde geschehen ist. Und diese Göttlichkeit im täglichen Leben auszudrücken.«

»Vielleicht ist der Spin auch nicht so simpel.«

»Wir werden entweder ermordet oder verwandelt, sagt Simon.«

»Er hat mir erzählt, ihr errichtet den Himmel auf Erden.«

»Ist es nicht das, was den Christen aufgegeben ist? Das Königreich Gottes schaffen, indem sie ihm in ihrem Leben Ausdruck verleihen?«

»Oder jedenfalls dazu tanzen.«

»Jetzt klingst du wie Jason. Klar, ich kann nicht alles an der Bewegung gutheißen. Letzte Woche waren wir auf einem Konklave in Philadelphia und haben dort ein anderes Paar kennen gelernt, in unserem Alter, freundlich, intelligent – lebendig im Geist, nannte Simon sie. Wir sind zusammen essen gegangen und haben über die Parusie gesprochen. Dann haben sie uns in ihr Hotelzimmer eingeladen und plötzlich fingen sie an, Kokslinien auf den Tisch zu streuen und Pornovideos abzuspielen. Es werden auch alle möglichen Randgruppen von NK angezogen, keine Frage. Und für die meisten von ihnen existiert die Theologie kaum, außer als verschwommenes Bild vom Garten Eden. Aber in ihren besten Ausprägungen ist die Bewegung all das, was sie zu sein beansprucht – ein echter, lebendiger Glaube.«

»Glaube woran? Ekstasis? Promiskuität?«

Ich bedauerte meine Worte in dem Moment, als ich sie ausgesprochen hatte. Diane schien verletzt. »Ekstasis bedeutet nicht Promiskuität. Jedenfalls nicht, wenn sie gelingt. Aber im Leib Gottes ist keine Handlung verboten, solange sie nicht der Rachsucht oder der Wut entspringt, solange sie sowohl göttliche als auch menschliche Liebe ausdrückt.«

In diesem Augenblick klingelte das Telefon. Ich muss etwas schuldbewusst dreingeblickt haben. Diane sah mein Gesicht und lachte.

Jasons erste Worte, als ich abnahm: »Ich habe gesagt, es würde eine Vorwarnung geben. Tut mir Leid. Ich hatte unrecht.«

»Was?«

»Hast du den Himmel nicht gesehen, Tyler?«

Also gingen wir nach oben, um uns ein Fenster zu suchen, von dem aus man den Sonnenuntergang sehen konnte.

Das Schlafzimmer nach Westen war großzügig geschnitten, mit einer Mahagoni-Chiffoniere, einem Bett mit Messinggeländer und großen Fenstern. Ich zog die Vorhänge auf. Diane stockte der Atem.

Da war keine untergehende Sonne. Oder, besser gesagt, da waren gleich mehrere.

Der gesamte westliche Himmel war erleuchtet. Statt einer einzelnen Sonnenkugel war ein rötlich schimmernder Bogen zu sehen, der sich über mindestens fünfzehn Grad des Horizonts erstreckte, und was in ihm enthalten war, das sah aus wie eine flackernde Vielfachbelichtung von einem Dutzend oder mehr Sonnenuntergängen. Das Licht war erratisch, es loderte auf und verblasste wie ein fernes Feuer.

Endlos lange starrten wir hin. Schließlich sagte Diane: »Was ist das, Tyler? Was geschieht da?«

Ich erzählte ihr von den chinesischen Atomsprengköpfen.

»Jason wusste, dass das passieren könnte?«, fragte sie, gab sich dann aber gleich selbst die Antwort. »Natürlich.« Das seltsame Licht verlieh dem Zimmer einen rosenfarbenen Anstrich und legte sich über ihre Wangen wie ein Fieber. »Wird es uns umbringen?«

»Jason glaubt es nicht. Es wird den Leuten allerdings eine Heidenangst einjagen.«

»Aber ist es gefährlich? Strahlung oder irgendwas?«

Ich bezweifelte es. Aber ausschließen konnte man es natürlich nicht. »Probier doch mal das Fernsehen«, sagte ich. In jedem Schlafzimmer gab es einen in die Walnusstäfelung eingelassenen Plasmabildschirm. Ich nahm an, dass jede auch nur annähernd tödliche Strahlung die Übertragung von Funkwellen verhindern würde.

Aber das Fernsehen funktionierte gut genug, um uns Nachrichtenbilder von Menschenmassen zu zeigen, die in den Städten Europas zusammenströmten (wo es bereits dunkel war, jedenfalls so dunkel, wie es in dieser Nacht werden würde). Keine tödliche Strahlung, aber jede Menge Panik. Diane saß regungslos auf der Bettkante, die Hände im Schoß gefaltet, sichtlich verängstigt. Ich setzte mich neben sie und sagte: »Wenn das wirklich irgendwie tödlich wäre, würden wir jetzt schon nicht mehr leben.«

Draußen stolperte der Sonnenuntergang der Dunkelheit entgegen. Das diffuse Leuchten löste sich in mehrere klar geschiedene Sonnen auf, alle geisterblass, und dann plötzlich in eine Spirale von Sonnenlicht, wie eine strahlende Feder, die sich über den ganzen Himmel bog und ebenso jäh wieder verschwand.

Wir saßen Hüfte an Hüfte, während der Himmel sich verdunkelte.

Dann traten die Sterne hervor.

Es gelang mir, Jason noch einmal zu erreichen, bevor Netze zusammenbrachen. Simon hatte gerade die Zündkerzen für sein Auto bezahlt, erzählte er, als der Himmel explodierte. Die Straßen aus Stockbridge heraus waren bereits verstopft, das Radio berichtete von vereinzelten Plünderei en in Boston und zum Erliegen kommendem Verkehr auf allen Hauptstraßen, daher war Jason auf den Parkplatz eines Motels gefahren und hatte für die Nacht ein Zimmer für sich und Simon gemietet. Am nächsten Morgen, sagte er, werde er wahrscheinlich nach Washington müssen, aber vorher werde er Simon noch beim Haus absetzen.

Dann gab er sein Telefon an Simon weiter und ich meins an Diane. Ich verließ das Zimmer, während sie mit ihrem Verlobten sprach. Das Haus schien bedrohlich groß und leer. Ich wanderte herum und machte überall Licht an, bis sie mich rief.

»Noch einen Drink?«, fragte ich.

»O ja.«

Kurz nach Mitternacht gingen wir nach draußen.

Diane ließ sich nichts anmerken. Simon hatte sie mit New-Kingdom-Weisheiten aufgebaut. In der NK-Theologie gab es keine konventionelle Wiederkunft Christi, keine Entrückung, kein Armageddon – der Spin war all dies zusammengenommen, die indirekte Erfüllung der alten Prophezeiungen. Und wenn Gott die Leinwand des Himmels benutzt, um uns die nackte Geometrie der Zeit aufzumalen, so Simon, dann tut er das eben und all unsere Furcht – unsere Ehrfurcht – ist dem Vorgang vollkommen angemessen. Doch sollten wir uns von diesen Gefühlen nicht überwältigen lassen, denn der Spin ist letzten Endes ein Akt der Erlösung, das letzte und beste Kapitel der menschlichen Geschichte.

Oder so etwas in der Art.

Wir gingen also nach draußen, um den Himmel zu beobachten, weil Diane das für eine mutige und spirituelle Handlung hielt. Der Himmel war wolkenlos, und die Luft roch nach Kiefern. Der Highway war weit weg, doch hin und wieder hörten wir leise Autohupen und Sirenen.

Unsere Schatten tanzten um uns herum, je nachdem, welcher Teil des Himmels aufleuchtete, mal im Norden, mal im Süden. Wir saßen auf dem Rasen, einige Meter vom Schein der Verandalampen entfernt, Diane lehnte sich gegen meine Schulter, und ich legte den Arm um sie. Wir waren beide ein bisschen betrunken.

Trotz all der Jahre emotionaler Kälte, trotz unserer Vergangenheit im Großen Haus, trotz ihrer Verlobung mit Simon Townsend, trotz NK und Ekstasis und sogar trotz der atomaren Verunstaltung des Himmels war ich hochempfänglich für das Gefühl, das der Druck ihres Körpers neben mir auslöste. Und das Seltsame war, dass sich alles vollkommen vertraut anfühlte, die Rundung ihres Arms unter meiner Hand, das Gewicht ihres Kopfes an meiner Schulter, ja selbst der Geruch ihrer Furcht: nicht neu entdeckt, sondern erinnert. Sie fühlte sich genauso an, wie sie sich schon immer in meiner Vorstellung angefühlt hatte.

Der Himmel versprühte merkwürdiges Licht. Nicht das reine Licht des Spin-Universums, das uns auf der Stelle getötet hätte. Nein, es war eine Serie von Schnappschüssen des Himmels, aufeinander folgende, zu Mikrosekunden komprimierte Mitternächte, Nachbilder, die wie ein Blitzlicht verblassten; dann derselbe Himmel ein Jahrhundert oder ein Jahrtausend später, wie die Schnittfolge eines surrealen Films. Einige der Einstellungen waren verschwommene Langbelichtungen, Sternen- und Mondlicht als geisterhafte Kugelformen oder Kreise oder Krummschwerter. Andere waren gestochen scharfe, schnell verblassende Standbilder. Nach Norden hin wurden die Linien und Kreise schmaler, die Radien kleiner, während sich die Äquatorsterne ruhelos zeigten und in ihrem Tanz riesige Ellipsen beschrieben. Vollmonde, Halbmonde und abnehmende Monde blinkten in blassoranger Durchsichtigkeit von einem Horizont zum anderen. Die Milchstraße war ein weiß fluoreszierendes Band, mal heller, mal dunkler, entzündet von flackernden, sterbenden Sternen. Mit jedem Hauch der sommerlichen Luft wurden Sterne geschaffen und Sterne zerstört.

Und alles war in Bewegung.

Bewegte sich in gewaltigem Flirren und verschlungenen Tänzen, die immer größere, noch unsichtbare Kreise andeuteten. Der Himmel über uns schlug wie ein Herz.

»So lebendig«, flüsterte Diane.

Es gibt ein Vorurteil, das uns die Beschränktheit unserer Wahrnehmung aufdrängt: Dinge, die sich bewegen, sind lebendig; die es nicht tun, sind tot. Der lebendige Wurm windet sich unter dem toten, statischen Stein. Sterne und Planeten bewegen sich, jedoch nur nach den ewigen Gesetzen der Gravitation: Ein Stein mag fallen, aber er ist nicht lebendig, und orbitale Bewegung ist nichts anderes als dieses Fallen, ins Unendliche verlängert.

Wird aber unsere Eintagsfliegenexistenz gedehnt – wie es die Hypothetischen bewirkt hatten –, dann verwischt sich der Unterschied. Sterne werden geboren, leben, sterben und hinterlassen ihre Asche zugunsten neuer Sterne. Die Summe ihrer Bewegungen ist keineswegs simpel, sondern unvorstellbar komplex, ein Tanz der Anziehung und Umlaufgeschwindigkeit, schön, aber furchterregend.

Furchterregend, weil die Sterne, wie ein Erdbeben, in ihrem Todeskampf das verflüssigen, was fest sein soll. Furchterregend, weil unsere tiefsten organischen Geheimnisse, unsere Paarungen, unsere chaotischen Akte der Fortpflanzung, gar keine Geheimnisse sind, wie sich herausstellt: Auch die Sterne bluten und liegen in Geburtswehen. *Alles fließt, nichts hat Bestand.* Ich konnte mich nicht erinnern, wo ich das gelesen hatte.

»Heraklit«, sagte Diane.

Es war mir nicht bewusst, dass ich es laut ausgesprochen hatte.

»All die Jahre«, sagte sie, »damals im Großen Haus, all die vergeudeten Scheißjahre über wusste ich …«

Ich legte ihr einen Finger auf die Lippen. Ich wusste, was sie gewusst hatte.

»Ich will wieder rein«, sagte sie. »Ich will zurück ins Schlafzimmer.«

Wir zogen nicht die Jalousien vor. Die wirbelnden Sterne warfen ihr Licht ins dunkle Zimmer, dessen Muster in unscharfen Bildern über meine und Dianes Haut strichen, so wie Großstadtlichter durch ein regennasses Fenster leuchten: still, geschlängelt. Wir sprachen nicht, denn Worte wären hinderlich gewesen. Worte wären Lügen gewesen. Wir liebten uns wortlos, und erst als es vorbei war, war in mir der Gedanke: Lass dies Bestand haben. Nur dies.

Wir schliefen, als der Himmel sich schließlich verdunkelte, als das Feuerwerk abflaute und verschwand. Der chinesische Angriff erwies sich mehr oder weniger als Geste. Tausende waren infolge der globalen Panik ums Leben gekommen, aber es hatte keine unmittelbaren Todesopfer auf der Erde gegeben – und vermutlich auch nicht unter den Hypothetischen.

Die Sonne ging am nächsten Morgen pünktlich auf.

Das Klingeln des Telefons weckte mich. Ich war allein im Bett. Diane nahm den Anruf in einem anderen Zimmer entgegen und kam dann herein, um mir zu sagen, dass Jase dran gewesen sei; die Straßen wären frei, und er sei hierher unterwegs.

Sie war geduscht und angezogen und roch nach Seife und gestärkter Baumwolle. »Und das war's?«, sagte ich. »Simon kreuzt wieder auf, und du fährst weg? Was letzte Nacht war, bedeutet gar nichts?«

Sie setzte sich neben mich aufs Bett. »Was letzte Nacht war, hat nie bedeutet, dass ich nicht mit Simon wegfahren würde.«

»Ich dachte, es hätte mehr bedeutet.«

»Es hat mehr bedeutet, als ich ausdrücken kann. Aber es löscht die Vergangenheit nicht aus. Ich habe Versprechen abgegeben, und ich habe einen Glauben, und diese Dinge ziehen gewisse Grenzen in mein Leben.«

Sie klang nicht sehr überzeugt. Ich sagte: »Einen Glauben. Sag mir, dass du nicht an diesen Scheiß glaubst.«

Sie erhob sich stirnrunzelnd. »Vielleicht nicht. Aber vielleicht muss ich mit jemandem zusammensein, der daran glaubt.«

Ich packte meine Sachen und verstaute den Koffer im Hyundai, noch bevor Jase und Simon angekommen waren. Diane sah mir von der Veranda aus zu.

»Ich ruf dich an«, sagte sie.

»Tu das«, erwiderte ich.

Ich zerbrach eine weitere Lampe während einer meiner Fieberanfälle. Diesmal gelang es Diane, den Schaden vor dem Concierge zu verheimlichen. Sie hatte das Reinigungspersonal bestochen, die schmutzige Bettwäsche jeden zweiten Morgen vor der Tür gegen saubere auszutauschen, damit die Zimmermädchen nicht hereinkämen und mich im Delirium vorfänden. Im städtischen Krankenhaus waren in den vergangenen sechs Monaten Fälle von Denguefieber, Cholera und menschlichem KVES aufgetreten, und ich wollte nicht in der Epidemiologiestation neben einem Quarantänefall aufwachen.

»Was mir Sorge macht«, sagte Diane, »ist, was alles passieren könnte, wenn ich nicht da bin.«

»Ich kann auf mich aufpassen.«

»Nicht wenn das Fieber zuschlägt.«

»Dann kommt es einfach auf Glück und Timing an. Hast du die Absicht, irgendwohin zu gehen?«

»Nur das Übliche. Aber ich meine, in einem Notfall. Oder falls ich aus irgendeinem Grund nicht ins Zimmer zurückkann.«

»Was für ein Notfall?«

Sie zuckte mit den Achseln. »Das ist rein hypothetisch«, sagte sie in einem Ton, der vermuten ließ, dass es alles andere als das sei.

Aber ich drang nicht weiter in sie. Es gab nichts, was ich zur Verbesserung der Situation beitragen konnte – außer zu kooperieren.

Ich ging in die zweite Woche der Behandlung, näherte mich der Krisis. Das sich in meinem Blut und Gewebe ansammelnde marsianische Präparat hatte einen kritischen Pegel erreicht. Selbst wenn das Fieber nachließ, fühlte ich mich desorientiert, verwirrt. Die rein körperlichen Nebenwirkungen waren auch kein Spaß: Gelenkschmerzen, Gelbsucht, Ausschlag – sofern man mit »Ausschlag« den Vorgang bezeichnen will, bei dem einem die Haut abpellt, Schicht um Schicht, und rohes Fleisch, fast wie eine offene Wunde, freigelegt wird. In einigen Nächten schlief ich vier oder fünf Stunden – fünf war der

Rekord, glaube ich –, bevor ich in einem Brei von Hautpartikeln aufwachte, die Diane dann aus dem blutverschmierten Bett entfernte, während ich mich wie ein Arthritiker so lange auf einen Stuhl setzte.

Ich begann selbst meinen klarsten Momenten zu misstrauen. Denn oft war das, was ich empfand, eine rein halluzinatorische Klarheit: die Welt überhell und extrem scharf in ihren Konturen, Worte und Erinnerungen wie die Zahnräder eines durchdrehenden Motors. Schlimm für mich. Schlimmer noch vielleicht für Diane, die Bettschüsseldienste verrichten musste in der Zeit, in der ich inkontinent war. In gewisser Weise erwiderte sie damit einen Gefallen. Ich war bei ihr gewesen, als sie diese Qvälerei selbst durchlebt hatte. Aber das war viele Jahre her.

Meistens schlief sie nachts neben mir, obwohl ich nicht weiß, wie sie das aushielt. Sie hielt sorgsam Abstand – manchmal war schon der Druck des Baumwolllakens so schmerzhaft, dass mir die Tränen kamen –, aber allein ihre Gegenwart war beruhigend.

In den wirklich schlimmen Nächten, wenn man damit rechnen musste, dass ich um mich schlug und ihr dabei wehtun konnte, rollte sie sich auf der Couch neben der Balkontür zusammen.

Sie erzählte nicht viel über ihre Ausflüge nach Padang. Ich hatte eine annähernde Vorstellung davon, was sie dort machte: Kontakte knüpfen zu Zahl- und Frachtmeistern, die Kosten und Bedingungen für einen Transit auskundschaften. Gefährliche Arbeit. Wenn es etwas gab, das mir mehr zu schaffen machte als die Wirkungen der Droge, dann war es das Wissen darum, dass Diane in einer potenziell gewalttätigen asiatischen Halbwelt herumzog, mit nicht mehr Schutz als einer Dose Tränengas und ihrem beträchtlichen Mut.

Aber selbst dieses Risiko war besser, als aufgegriffen zu werden.

Sie – die Agenten der Regierung Chaykin oder ihrer Verbündeten in Jakarta – waren aus einer Reihe von Gründen an uns interessiert. Wegen des Präparats natürlich, aber, wichtiger noch, auch wegen diverser digitaler Kopien der marsianischen Archive, die wir mit uns führten. Und herzlich gern hätten sie uns auch über Jasons letzte Stunden befragt: über den Monolog, den ich mitgehört und aufgezeichnet hatte, über all das, was er mir über das Wesen der Hypothetischen und des Spins erzählt hatte. Wissen, das nur Jason besessen hatte.

Ich schlief und erwachte, und sie war nicht mehr da.

Eine Stunde brachte ich damit zu, die Bewegung der Balkonvorhänge zu beobachten, sah das Sonnenlicht den sichtbaren Fuß des Torbogens emporwandern und träumte dabei von den Seychellen.

Schon mal auf den Seychellen gewesen? Ich auch nicht. Was in meinem Kopf ablief, war ein alter Dokumentarfilm, den ich früher auf PBS gesehen hatte. Die Seychellen sind tropische Inseln, Heimat von Schildkröten und der Coco de Mer und einem Dutzend verschiedener seltener Vogelarten. Geologisch gesehen sind sie das, was von dem Kontinent übrig geblieben ist, der einst Asien und Südamerika miteinander verband, lange vor der Entwicklung des modernen Menschen.

Träume, hatte Diane einmal gesagt, seien wild gewordene Metaphern. Der Grund, warum ich von den Seychellen träumte (ich stellte mir vor, wie sie es mir erklärte), war, dass ich mich versunken fühlte, uralt, ausgestorben.

Wie ein untergegangener Kontinent, überflutet in der Erwartung meiner eigenen Verwandlung.

Ich schlief wieder ein, erwachte, und sie war immer noch nicht da.

Wachte im Dunkeln auf, noch immer allein, und wusste, dass mittlerweile zu viel Zeit vergangen war. Schlechtes Zeichen. Bisher war Diane immer vor Anbruch der Dunkelheit zurückgekehrt.

Ich hatte mich im Schlaf heftig gewälzt. Das Baumwolllaken lag zerknüllt auf der Erde, kaum zu erkennen im von der Gipsdecke reflektierten Licht, das von der Straße hereinfiel. Mir war kalt, aber ich war zu wund, um mich hinunterzubeugen und es wieder aufzuheben.

Der Himmel draußen war außerordentlich klar. Wenn ich die Zähne zusammenbiss und meinen Kopf nach links neigte, konnte ich durch die Balkontür einige helle Sterne sehen. Ich unterhielt mich mit dem Gedanken, dass einige dieser Sterne jünger waren als ich.

Ich versuchte, nicht darüber nachzudenken, wo Diane war und was ihr vielleicht zugestoßen sein mochte.

Und schließlich schlief ich wieder ein. Das Sternenlicht brannte durch meine Augenlider, phosphoreszierende Geister schwebten durch die rötliche Dunkelheit.

Morgens.

Zumindest dachte ich, dass es Morgen sei. Hinter dem Fenster war jetzt Tageslicht. Jemand, wahrscheinlich das Zimmermädchen, klopfte von draußen an die Tür und sagte etwas Gereiztes auf Malayisch. Und ging wieder weg.

Jetzt war ich doch wirklich besorgt, auch wenn die Sorge sich in dieser speziellen Phase der Behandlung als verworrene Übellaunigkeit ausdrückte. Was fiel Diane ein, so unerträglich lange wegzubleiben, und warum war sie nicht hier, um mir die Hand zu halten und die Stirn zu kühlen? Die Vorstellung, dass ihr etwas geschehen sein könnte, war unwillkommen, unbewiesen, wurde vom Gericht gar nicht erst zugelassen.

Dennoch: Die Wasserflasche neben dem Bett war mindestens seit gestern oder noch länger leer, meine Lippen so spröde, dass sie fast aufplatzten, und ich konnte mich nicht mehr erinnern, wann ich zuletzt zur Toilette gehumpelt war. Wenn ich nicht wollte, dass meine Nieren völlig zusammenklappten, dann musste ich mir Wasser aus dem Bad holen.

Aber es war schon schwer genug, sich auch nur aufzusetzen, ohne loszuschreien. Die simple Aufgabe, die Beine über die Seite der Matratze zu heben, war fast nicht zu bewältigen, es fühlte sich an, als seien meine Knochen und Knorpel durch zerbrochenes Glas und rostige Rasierklingen ersetzt worden.

Und als ich mich abzulenken versuchte, indem ich an etwas anderes dachte – die Seychellen, den Himmel –, wurde selbst dieses bescheidene Schmerzmittel von der Linse des Fiebers verzerrt. Ich stellte mir vor, Jasons Stimme von hinten zu hören, er bat mich, ihm etwas zu holen – einen Lappen, ein Ledertuch, seine Hände seien schmutzig –, und als ich aus dem Bad kam, hatte ich statt eines Glases mit Wasser einen Waschlappen in der Hand und war schon fast wieder im Bett, bevor ich meinen Irrtum bemerkte. Bescheuert. Noch mal von vorn. Diesmal die leere Wasserflasche mitnehmen. Bis zum Rand vollfüllen. Dem Trinkkürbis folgen.

Den Lederlappen hatte ich ihm im Schuppen hinter dem Großen Haus gereicht, wo die Gärtner ihre Geräte aufbewahrten. Jason muss ungefähr zwölf Jahre alt gewesen sein. Im Frühsommer, ein paar Jahre vor dem Spin.

Wasser schlürfen und die Zeit schmecken. Hier kommt die Erinnerung wieder.

Ich war überrascht, als Jason vorschlug, den Rasenmäher des Gärtners zu reparieren. Der Gärtner des Großen Hauses war ein reizbarer Belgier namens De Meyer, der eine Gauloise nach der anderen rauchte und stets missmutig mit den Achseln zuckte, wenn wir ihn ansprachen; er fluchte schon lange über den Mäher, dessen Motor stotterte und alle paar Minuten ausging. Warum diesem Mann einen Gefallen tun? Doch es war die intellektuelle Herausforderung, die Jase faszinierte. Er erzählte mir, er sei bis nach Mitternacht aufgeblieben, um sich im Internet über Benzinmotoren zu informieren. Seine Neugier war geweckt. Er sagte, er wolle sich so ein Ding mal in vivo ansehen. (Dass ich nicht wusste, was »in vivo« bedeutet, machte die Angelegenheit doppelt interessant.) Ich sagte, ich würde mit Freuden behilflich sein.

Tatsächlich tat ich nicht viel mehr als zuzuschauen, während er den Mäher auf einem Dutzend ausgebreiteter Seiten der *Washington Post* vom Vortag platzierte und mit seiner Untersuchung begann. Das geschah in dem muffigen, aber störungsfreien Geräteschuppen am hinteren Ende des Rasens, wo die Luft nach Öl und Benzin, Düngemittel und Herbiziden stank. Säcke voller Rasensamen und Borkenmulch beulten sich aus den Kiefernholzregalen, dazwischen die spatigen Klingen und die gesplitterten Griffe der Gartengeräte. Es war uns nicht erlaubt, im Schuppen zu spielen, und für gewöhnlich war er verschlossen – Jason hatte sich den Schlüssel von einem Brett hinter der Kellertür geholt.

Draußen war ein heißer Freitagnachmittag, und ich hatte nichts dagegen, mich dort drinnen aufzuhalten und ihm beim Arbeiten zuzusehen; es war sowohl lehrreich als auch auf seltsame Weise beruhigend. Zunächst legte er sich lang auf den Boden, um das Gerät zu inspizieren. Geduldig strich er mit den Fingern über die Motorhaube, machte die Schrauben ausfindig, dann löste er sie und legte sie beiseite, schön geordnet, und das Gehäuse, nachdem er es abgenommen hatte, gleich daneben.

Dann weiter ins Innenleben der Maschine hinein. Irgendwie hatte sich Jason den richtigen Gebrauch von Schraubenzieher und -schlüssel selbst beigebracht oder wusste intuitiv, wie man es macht. Manchmal ging er vorsichtig testend vor, doch niemals zaghaft. Er arbeitete wie ein Künstler oder Sportler – nuanciert, einsichtig, immer im Bewusstsein der eigenen Grenzen. Gerade hatte er alle Teile, zu denen er Zugang hatte, ausgebaut und sie wie bei einer anatomischen Illustration auf den ölverschmierten Seiten der *Post* ausgelegt, da ging quietschend die Schuppentür auf. Wir fuhren zusammen.

E. D. Lawton war früher als sonst nach Hause gekommen.

»Scheiße«, flüsterte ich, was mir einen strengen Blick von E. D. eintrug. Er stand in der Tür, in einem makellosen grauen Anzug, und begutachtete die Wrackteile, während Jason und ich auf unsere Füße starrten, ebenso schuldbewusst, als wären wir mit einer *Penthouse*-Ausgabe erwischt worden.

»Seid ihr dabei, das Ding zu *reparieren* oder es *mutwillig zu zerstören*?«, fragte er schließlich in einem Tonfall, der zu E. D. Lawtons stimmlichem Markenzeichen geworden war, eine Mischung aus Hochmut und Schärfe, über so lange Jahre perfektioniert, dass sie ihm zur zweiten Natur geworden war.

»Sir«, sagte Jason ergeben. »Wir reparieren es.«

»Verstehe. Ist es *euer* Rasenmäher?«

»Nein, natürlich nicht, aber ich dachte, Mr. de Meyer würde es vielleicht gefallen, wenn ich ...«

»Aber es ist auch nicht der Rasenmäher von Mr. de Meyer, nicht wahr? Mr. de Meyer besitzt keine eigenen Werkzeuge. Er müsste von der Sozialhilfe leben, wenn ich ihn nicht jeden Sommer einstellen würde. Zufällig ist es *mein* Rasenmäher.« E. D. schwieg, bis es fast schmerzhaft wurde. Dann sagte er: »Hast du das Problem ausfindig gemacht?«

»Noch nicht.«

»Noch nicht? Dann solltest du dich lieber ranhalten.«

Jason wirkte fast übernatürlich erleichtert. »Ja, Sir. Ich dachte, nach dem Abendessen könnte ich ...«

»Nein. Nicht nach dem Abendessen. Du hast ihn auseinandergenommen, also wirst du ihn jetzt in Ordnung bringen und wieder zusammensetzen. Dann kannst du essen.« Jetzt wandte E. D. seine überaus unwillkommene Aufmerksamkeit mir zu. »Geh nach Hause, Tyler. Ich möchte dich nicht wieder hier drinnen sehen. Du solltest es eigentlich besser wissen.«

Ich huschte hinaus, blinzelte in die grelle Nachmittagssonne.

Er erwischte mich nie wieder im Schuppen, aber nur, weil ich ihm von da an sorgsam aus dem Weg ging. Später am Abend war ich schon wieder da – nach zehn Uhr, nachdem ich von meinem Zimmerfenster aus gesehen hatte, dass noch immer Licht durch den Spalt unter der Schuppentür drang. Ich nahm ein übrig gebliebenes Hühnerbein aus dem Kühlschrank, wickelte es in Alufolie und schlich im Schutze der Dunkelheit hinüber. Ich machte mich flüsternd bemerkbar, und Jase löschte das Licht so lange, dass ich ungesehen reinschlüpfen konnte.

Er trug Maori-Tätowierungen aus Öl und Schmiere am Körper, und der Rasenmähermotor war erst halb wieder zusammengesetzt. Nachdem er gierig ein paar Bissen Hühnerfleisch verschlungen hatte, fragte ich ihn, warum es so lange dauerte.

»Einfach zusammensetzen könnte ich das Ding in fünfzehn Minuten. Aber es würde nicht funktionieren. Das Schwierige ist festzustellen, was genau da drinnen nicht in Ordnung ist. Und außerdem mache ich es immer schlimmer. Wenn ich versuche, die Benzinleitung zu reinigen, kommt Luft hinein. Oder das Gummi bricht. Kein einziges Teil ist in richtig gutem Zustand. Da ist ein Haarriss im Vergasergehäuse, aber ich weiß nicht, wie ich das dicht kriege. Ich hab keine Ersatzteile und nicht die richtigen Werkzeuge. Ich weiß nicht einmal, welches die richtigen Werkzeuge *wären*.« Sein Gesicht legte sich in Falten und für einen Moment dachte ich, er würde anfangen zu weinen.

»Dann gib doch einfach auf. Sag E. D., dass es dir leidtut, und lass es dir vom Taschengeld abziehen.«

Er starrte mich an, als hätte ich etwas zwar Ehrenhaftes, aber auch völlig Naives gesagt. »Nein, Tyler. Danke, aber das werde ich nicht tun.«

»Warum nicht?«

Er antwortete mir nicht. Legte nur das Hühnerbein beiseite und kehrte zu den verstreuten Scherben seines Eigensinns zurück.

Ich wollte gerade wieder gehen, als es ganz leise an der Tür klopfte. Jason bedeutete mir, das Licht zu löschen. Er machte die Tür einen Spalt auf und ließ seine Schwester herein.

Sie hatte offensichtlich große Angst, dass E. D. sie hier finden würde. Lauter als im Flüsterton wollte sie nicht sprechen. Aber auch sie hatte Jason etwas mitgebracht. Kein Hühnerbein, sondern einen kleinen drahtlosen Internetbrowser.

Jasons Gesicht hellte sich auf, als er das sah. »Diane!«, rief er.

Sie bedeutete ihm ruhig zu sein und lächelte nervös in meine Richtung. »Es ist nur so ein Gadget«, flüsterte sie und nickte uns beiden zu, bevor sie wieder nach draußen schlüpfte.

»Sie weiß es besser«, sagte Jason, als sie weg war. »Das Gadget ist trivial. Aber das Netzwerk, das ist nützlich. Es geht nicht um die technische Spielerei, sondern um das Netz.«

Innerhalb einer Stunde hatte er Verbindung mit einer Gruppe von Technikfreaks an der Westküste aufgenommen, die kleine Motoren für Wettkämpfe mit ferngesteuerten Robotern umbauten, und bis Mitternacht hatte er behelfsmäßige Reparaturen an dem einen Dutzend Schwachstellen des Rasenmähers vorgenommen. Ich verzog mich und beobachtete von meinem Zimmerfenster aus, wie er seinen Vater holte. E. D. kam in Pyjamas und offenem Flanellhemd aus dem Großen Haus gelatscht und sah mit verschränkten Armen zu, wie Jason den Mäher anließ, der darauf in einer für die Uhrzeit höchst unpassenden Weise losdröhnte. E. D. hörte es sich eine Weile an, zuckte dann mit den Achseln und forderte Jason auf, wieder mit ins Haus zu kommen.

Jason, der noch kurz an der Schuppentür verharrte, sah mein Licht über den Rasen hinweg und winkte mir unauffällig zu.

Natürlich waren es nur vorläufige Reparaturen. Der Gärtner mit den Gauloises tauchte am darauffolgenden Mittwoch wieder auf und hatte ungefähr die Hälfte des Rasens gemäht, als der Mäher aussetzte und endgültig den Geist aufgab. Aus dem Schatten der Bäume heraus lauschend, lernten wir mindestens ein Dutzend flämische Schimpfwörter. Jason, der ein nahezu eidetisches Gedächtnis hatte, fand besonderen Gefallen an der Wendung »Godverdomme mijn kloten miljardedju!« – wörtlich übersetzt (dem Holländisch-Englischen Wörterbuch in der Bibliothek der Rice Academy zufolge): »Gott verdamme meine Eier eine Milliarde Mal!«. In den folgenden Monaten benutzte er den Ausdruck jedes Mal, wenn ihm ein Schnürsenkel riss oder der Computer abstürzte.

Am Ende musste E. D. wohl oder übel in ein ganz neues Gerät investieren. Im Fachgeschäft teilte man ihm mit, dass eine Reparatur zu teuer wäre, es sei ein Wunder, dass das Ding überhaupt so lange durchgehalten habe. Ich erfuhr das von meiner Mutter, die es wiederum von Carol gehört hatte. Soviel ich weiß, hat E. D. die Angelegenheit später mit keinem Wort mehr erwähnt.

Jason und ich jedoch konnten uns noch ein paarmal darüber amüsieren – Monate später, als der Stachel gezogen war.

Als ich zum Bett zurückschlurfte, dachte ich an Diane, die ihrem Bruder ein Geschenk gemacht hatte, das nicht lediglich der Beschwichtigung diente, so wie meins, sondern das tatsächlich nützlich war. Aber wo war sie jetzt? Welches Geschenk würde sie mir bringen, mir meine Last zu erleichtern? Ihre bloße Gegenwart hätte mir schon genügt.

Tageslicht flutete in das Zimmer wie Wasser, wie ein leuchtender Fluss, in dem ich davontrieb, in dem ich langsam an den leeren Minuten ertrank.

Nicht jedes Delirium ist hell und hektisch. Manchmal ist es auch langsam, reptilienartig, kaltblütig. Ich beobachtete Schatten, die wie Eidechsen an den Zimmerwänden hochkrochen, und schon war eine Stunde vergangen. Noch einmal blinzeln, und die Nacht brach an, kein Sonnenlicht auf dem Torbogen, als ich meinen Kopf neigte, stattdessen dunkler Himmel, tropische Regenwolken, Blitze, nicht zu unterscheiden von den durchs Fieber erzeugten visuellen Stacheln, aber unverkennbarer Donner und plötzlich ein mineralischer Geruch von draußen, das Geräusch von Regentropfen, die auf den Beton des Balkons klatschten.

Und schließlich noch ein anderes Geräusch: eine Karte im Türschloss, das Quietschen der Angeln.

»Diane«, sagte ich (oder flüsterte ich, krächzte ich).

Sie kam ins Zimmer. Sie trug Straßenkleidung, eine Überjacke mit Lederapplikation und einen breitkrempigen Hut, von dem das Regenwasser tropfte. Sie stand neben meinem Bett.

»Es tut mir leid«, sagte sie.

»Brauchst dich nicht zu entschuldigen. Nur …«

»Ich meine, tut mir leid, Tyler, aber du musst dich anziehen. Wir müssen hier weg. *Sofort.* Unten wartet ein Taxi.«

Ich brauchte eine Weile, um diese Information zu verarbeiten. Unterdessen war Diane schon dabei, Sachen in den Koffer zu werfen: Kleidung, Dokumente – sowohl echte als auch gefälschte –, Speicherkarten, ein gepolstertes Gestell mit kleinen Flaschen und Spritzen.

»Ich kann nicht aufstehen«, versuchte ich zu sagen, aber die Worte kamen nicht richtig heraus.

Kurz darauf begann sie mich anzuziehen, und ich bewahrte mir ein bisschen Würde, indem ich meine Beine ohne Aufforderung anhob und die Zähne zusammenbiss, anstatt zu schreien. Ich setzte mich auf, und sie gab mir etwas Wasser aus der Flasche neben dem Bett. Dann führte sie mich ins Bad, wo ich ein dickflüssiges Rinnsal kanariengelben Urins von mir gab. »Verdammt«, sagte sie, »du bist völlig ausgetrocknet.« Sie gab mir mehr Wasser und eine Spritze mit Schmerzmittel, das in meinem Arm brannte wie Gift. »Tyler, es tut mir wirklich leid!« Aber doch nicht so sehr, dass sie davon abgelassen hätte, mich in einen Regenmantel zu zwängen und mir einen schweren Hut auf den Kopf zu setzen.

Ich war aufmerksam genug, die Besorgnis in ihrer Stimme zu hören. »Wovor laufen wir weg?«

»Sagen wir einfach, ich hatte eine Begegnung mit einigen unangenehmen Leuten.«

»Und wo wollen wir hin?«

»Ins Landesinnere. Beeil dich!«

Also hasteten wir den Hotelflur entlang und die Treppe hinunter ins Erdgeschoss. Diane schleifte den Koffer mit der linken und stützte mich mit der rechten Hand. Es war ein langer Marsch. Die Treppe vor allem. »Hör auf zu stöhnen«, flüsterte sie einige Male. Ich gehorchte. Glaube ich jedenfalls.

Dann hinaus in die Nacht. Regentropfen prallten auf den schmutzigen Bürgersteig, zischten auf der Motorhaube eines überhitzten, mindestens zwanzig Jahre alten Taxis. Der Fahrer sah mich aus dem Schutz seines Wagens misstrauisch an. Ich starrte zurück. »Er ist nicht krank«, sagte Diane und setzte eine imaginäre Flasche an den Mund. Der Fahrer blickte finster drein, akzeptierte aber die Geldscheine, die sie ihm in die Hand drückte.

Die Wirkung des Narkotikums setzte ein, während wir fuhren. Die nächtlichen Straßen von Padang rochen abgestanden, nach feuchtem Asphalt und fauligem Fisch. Ölteppiche teilten sich wie Regenbögen unter den Rädern des Taxis. Wir verließen das Touristenviertel mit seinen Neonlichtern und fuhren in das Gewirr der Läden und

Häuser hinein, das in den letzten dreißig Jahren um die Stadt herum gewachsen war, behelfsmäßige Slums, die peu à peu dem neuen Wohlstand wichen, den Bulldozern, die unter Abdeckplanen zwischen Blechdachhütten parkten. Mehrgeschossige Mietshäuser wuchsen wie Pilze aus dem Kompost der Sqattersiedlungen. Dann durchquerten wir das Industriegebiet, überall graue Mauern und Stacheldraht, und ich glaube, ich schlief wohl wieder ein.

Träumte nicht von den Seychellen, sondern von Jason. Von Jason und seiner Liebe zu Netzwerken (»nicht die technische Spielerei, sondern das Netz«), von den Netzwerken, die er geschaffen und bewohnt hatte, und davon, wo diese Netzwerke ihn hingeführt hatten.

UNRUHIGE NÄCHTE

Seattle, im September, fünf Jahre nach dem fehlgeschlagenen chinesischen Raketenangriff. Ein verregneter Freitag. Ich fuhr im Feierabendverkehr nach Hause. In meiner Wohnung angekommen, schaltete ich die Audioschnittstelle ein und rief eine Liste auf, die ich unter dem Titel »Therapie« zusammengestellt hatte.

Es war ein langer Tag in der Harborview-Notaufnahme gewesen. Zwei Schusswunden, ein Selbstmordversuch. An der Innenseite meiner Augenlider trieb sich noch eines der Bilder herum: Blut, das von den Rädern einer Rollbahre spritzt. Ich zog meine regenfeuchten Sachen aus, schlüpfte in Jeans und Pullover, goss mir etwas zu trinken ein und stellte mich ans Fenster, um das Flimmern der Stadt zu betrachten. Irgendwo da draußen war der lichtlose Raum des Puget Sound, von wogenden Wolken verdunkelt. Der Verkehr auf der I-5 war fast zum Stillstand gekommen, ein leuchtender roter Strom.

Mein Leben, im Wesentlichen so, wie ich es eingerichtet hatte. Und es hing ganz an einem Wort.

Dann sang Astrid Gilberto, voll Wehmut und ein bisschen falsch, über Gitarrenakkorde und Corcovado, aber ich war noch immer zu aufgedreht, um darüber nachzudenken, was Jason gestern Abend am

Telefon gesagt hatte. Zu aufgedreht sogar, um die Musik so zu hören, wie es ihr angemessen war. »Corcovado«, »Desafinado«, ein paar Stücke von Gerry Mulligan, ein paar von Charlie Byrd. Therapie. Aber alles verschwamm im Geräusch des Regens. Ich schob mir etwas zu essen in die Mikrowelle und verzehrte es, ohne es zu schmecken; dann begrub ich alle Hoffnung auf karmische Gelassenheit und beschloss, an Giselles Tür zu klopfen, zu sehen, ob sie zu Hause war.

Giselle Palmer wohnte drei Türen weiter im gleichen Flur. Sie öffnete mir in zerschlissener Jeans und einem alten Flanellhemd, was dafür sprach, dass sie einen häuslichen Abend verbringen wollte. Ich fragte sie, ob sie beschäftigt sei oder ob sie vielleicht Lust habe, ein bisschen mit mir abzuhängen.

»Ich weiß nicht, Tyler. Du siehst ziemlich düster aus.«

»Es ist eher so, dass ich mich in einem Konflikt befinde. Ich denke daran, die Stadt zu verlassen.«

»Tatsächlich? So eine Art Geschäftsreise?«

»Nein, ich meine endgültig.«

»Oh?« Ihr Lächeln verflog. »Wann hast du denn das entschieden?«

»Ich hab mich noch nicht entschieden. Das ist ja der springende Punkt.«

Sie machte die Tür weiter auf und winkte mich hinein. »Im Ernst? Wo willst du denn hin?«

»Lange Geschichte.«

»Soll heißen, du brauchst erst einen Drink, bevor du darüber reden kannst?«

»So ungefähr.«

Giselle hatte sich mir letztes Jahr bei einer Mieterversammlung im Keller des Hauses vorgestellt. Sie war vierundzwanzig und reichte mir ungefähr bis zum Schlüsselbein. Sie arbeitete in einem Restaurant in Renton, doch als wir anfingen, uns sonntagnachmittags zum Kaffee zu treffen, erzählte sie mir, sie sei »eine Nutte, eine Prostituierte. Das ist mein Nebenjob.«

Gemeint war damit, dass sie einem lockeren Kreis von Freundinnen angehörte, in dem die Namen älterer (gesellschaftsfähiger, in der Regel verheirateter) Männer zirkulierten, Männer, die bereit waren, gutes Geld für Sex zu zahlen, aber einen Horror vor dem Straßenstrich hatten. Als sie mir das erzählte, hatte sie ihre Schultern gestrafft und sah mich herausfordernd an, für den Fall, dass ich schockiert oder abgestoßen wäre. War ich aber nicht. Wir lebten schließlich in Spin-Zeiten. Leute in Giselles Alter schufen sich ihre eigenen Regeln, ungeachtet möglicher Folgen, und Leute wie ich enthielten sich eines Urteils.

Wir tranken weiterhin zusammen Kaffee und gingen auch manchmal zum Essen, und einige Male schrieb ich ihr eine Überweisung, die sie für ihre Blutuntersuchungen brauchte. Ihrem letzten Test zufolge war Giselle HIV-negativ, und die einzige übertragbare Krankheit, gegen die sie Antikörper entwickelt hatte, war der Westnilvirus. Mit anderen Worten: Sie war vorsichtig gewesen und hatte Glück gehabt.

Nun war es, berichtete Giselle, mit dem gewerblichen Sex allerdings so, dass er, selbst wenn er wie in ihrem Fall auf Amateurniveau betrieben wurde, das eigene Leben immer mehr prägte und vereinnahmte. Zusehends, sagte sie, werde man zu jemandem, der Kondome und Viagra mit sich herumträgt. Aber warum tat sie es dann, wenn sie doch auch, nur so als Beispiel, einen Nachtschichtjob bei Walmart antreten konnte? Das war eine Frage, die ihr nicht gefiel, die sie defensiv beantwortete: »Vielleicht ist es ein Tick. Oder vielleicht auch ein Hobby, nicht wahr, so wie Modelleisenbahnen.« Ich wusste jedoch, dass sie vor Jahren in Saskatoon vor einem Stiefvater davongelaufen war, der sie missbraucht hatte, und es war nicht schwer, daraus Schlüsse zu ziehen. Und natürlich hatte sie dieselbe Entschuldigung für riskantes Verhalten, wie wir sie alle, die wir in einem bestimmten Alter waren, hatten: die an Gewissheit grenzende Wahrscheinlichkeit unserer aller Auslöschung. Sterblichkeit übertrumpft die Moral, so hatte es ein Schriftsteller meiner Generation einmal ausgedrückt.

»Nun denn«, sagte sie jetzt, »wie betrunken soll es denn sein? Nur angeschickert oder sternhagelvoll? Vielleicht musst du's aber auch nehmen, wie's kommt. Die Bar ist im Moment etwas dünn bestückt.«

Sie mixte mir etwas, das hauptsächlich aus Wodka bestand und schmeckte, als sei es aus einem Benzintank gepumpt worden. Ich nahm die heutige Zeitung von einem Stuhl und setzte mich. Giselles Wohnung war recht anständig eingerichtet, aber mit dem Saubermachen hielt sie es nicht besser als ein College-Frischling im Studentenwohnheim. Bei der Zeitung war die Kommmentar- und Meinungsseite aufgeschlagen. Der Cartoon handelte vom Spin: die Hypothetischen waren als ein paar schwarze Spinnen gezeichnet, die die Erde mit ihren haarigen Beinen umklammerten. Der Text dazu: FRESSEN WIR SIE GLEICH ODER WARTEN WIR BIS ZUR WAHL?

»Das kapier ich überhaupt nicht«, sagte Giselle, ließ sich aufs Sofa nieder und deutete mit einem Fuß auf die Zeitung.

»Den Cartoon?«

»Die ganze Geschichte. Den Spin. ›Kein Zurück‹. Wenn ich die Zeitung lese, frag ich mich immer nur, äh … was ist los? Da ist irgendetwas auf der anderen Seite des Himmels und es ist uns nicht freundlich gesinnt. Das ist eigentlich alles, was ich weiß.«

Vermutlich hätte die Mehrheit der Menschheit diese Erklärung unterschreiben können, aber aus irgendeinem Grund – vielleicht war es der Regen, vielleicht das Blut, das heute in der Notaufnahme geflossen war – reagierte ich etwas ungehalten darauf. »So schwer ist es nicht zu verstehen.«

»Nein? Okay, warum passiert es also?«

»Um das *Warum* geht es nicht. Niemand weiß über das *Warum* Bescheid. Was aber das *Was* angeht …«

»Nein, ich weiß. Du brauchst mir keinen Vortrag zu halten. Wir stecken in einer Art kosmischem Sack, und das Universum gerät ins Trudeln, und so weiter und so fort.«

Was mich erneut reizte. »Du kennst doch deine eigene Adresse, oder?«

Sie nahm einen Schluck. »Natürlich.«

»Weil du nämlich gerne weißt, wo du bist. Ein paar Kilometer vom Meer entfernt, ein paar hundert Kilometer von der Grenze, ein paar tausend Kilometer westlich von New York, stimmt's?«

»Stimmt, na und?«

»Was ich damit sagen will: Die Leute können problemlos zwischen Spokane und Paris unterscheiden, aber wenn's um den Himmel geht, sehen sie nichts als einen großen, amorphen, rätselhaften Klecks. Wie kommt das?«

»Ich weiß nicht. Weil ich mein ganzes Wissen über Astronomie aus *Star Trek* bezogen habe? Ich meine, wie viel muss ich denn wirklich über den Mond und die Sterne wissen? Dinge, die ich nicht mehr gesehen habe, seit ich ein kleines Kind war. Sogar die Wissenschaftler geben zu, dass sie die Hälfte der Zeit gar nicht wissen, wovon sie reden.«

»Und das findest du in Ordnung?«

»Was für ne Scheißrolle spielt es denn, was ich finde? Hör zu, vielleicht sollte ich den Fernseher anmachen. Wir können uns einen Film angucken, und du erzählst mir, warum du die Stadt verlassen willst.«

Sterne sind wie Menschen, sagte ich ihr. Sie leben und sterben in voraussagbaren Zeiträumen. Die Sonne altert rapide, und je weiter das Altern voranschreitet, desto schneller verbraucht sie ihren Brennstoff, ihre Leuchtkraft nimmt alle Milliarden Jahre um zehn Prozent zu. Das Sonnensystem hat sich bereits so sehr verändert, dass die Erde unbewohnbar wäre, wenn der Spin von einem Tag auf den anderen aufhören würde. Kein Zurück mehr. »Das ist es, wovon in den Zeitungen die Rede ist. Es wäre gar nicht in den Nachrichten gewesen, wenn nicht Präsident Clayton in einer Rede offiziell zugegeben hätte, dass es nach Meinung der führenden Wissenschaftler keine Rückkehr zum *Status quo ante* geben könne.«

Worauf sie mich etwas unglücklich anstarrte »Dieser ganze Quatsch ...«

»Es ist kein Quatsch.«

»Kann sein, aber es bringt mir nichts.«

»Ich wollte nur erklären …«

»Scheiße, Tyler. Hab ich dich um eine Erklärung gebeten? Nimm deine Albträume und geh nach Hause. Oder gib Ruhe und erzähl mir, warum du aus Seattle wegwillst. Es hat mit deinen Freunden zu tun, nicht wahr?«

Ich hatte ihr von Jason und Diane erzählt. »Hauptsächlich mit Jason.«

»Das sogenannte Genie.«

»Nicht nur sogenannt. Er ist in Florida …«

»Macht da irgendwas für die Satellitenleute, hattest du erzählt, oder?«

»Verwandelt den Mars in einen Garten.«

»Das stand auch in der Zeitung. Ist das wirklich möglich?«

»Ich habe keine Ahnung. Jason scheint es zu glauben.«

»Aber würde es nicht ewig lange dauern?«

»Ab einer bestimmten Höhe geht die Uhr schneller.«

»Aha. Und wofür braucht er dich?«

Tja, wofür? Gute Frage. Ausgezeichnete Frage. »Perihelion will einen Arzt für die interne Ambulanz einstellen.«

»Ich dachte, du wärst nur ein gewöhnlicher praktischer Arzt.«

»Bin ich auch.«

»Was qualifiziert dich dann dafür, ein Astronautendoktor zu werden?«

»Absolut nichts. Aber Jason …«

»Tut einem alten Kumpel einen Gefallen? Tja, hätte man sich denken können. Gott segne die Reichen, hm? Bleibt alles im Freundeskreis.«

Ich zuckte mit den Achseln. Sollte sie es ruhig glauben. Nicht nötig, Giselle einzuweihen, und außerdem hatte Jason ohnehin nichts Genaueres gesagt … Aber bei unserem Gespräch hatte ich den Eindruck gewonnen, dass er mich nicht nur als Betriebsdoktor haben wollte, sondern auch als seinen Leibarzt. Denn er hatte ein gesundheitliches Problem. Ein Problem, das er dem Perihelion-Personal nicht anvertrauen wollte, über das er am Telefon nicht reden wollte.

Giselle war zwar der Wodka ausgegangen, aber nachdem sie ein wenig in ihrer Handtasche gewühlt hatte, brachte sie einen in einer Tamponschachtel versteckten Joint zum Vorschein. »Wird gut bezahlt, möchte ich wetten.« Sie knipste ein Plastikfeuerzeug an, hielt die Flamme an die eingedrehte Spitze des Joints und nahm einen tiefen Zug.

»Wir haben noch keine Details besprochen.«

Sie stieß den Rauch aus. »Irgendwie nicht normal. Vielleicht hältst du es deswegen aus, die ganze Zeit an den Spin zu denken. Tyler Dupree, Autismuskandidat. Das bist du nämlich, weißt du. Alle Anzeichen sind da. Ich wette, dieser Jason Lawton ist genauso. Ich wette, er kriegt jedes Mal einen Steifen, wenn er das Wort ›Milliarde‹ ausspricht.«

»Unterschätz ihn nicht. Er könnte tatsächlich dazu beitragen, die menschliche Rasse zu erhalten.« Wenn auch nicht jedes einzelne Exemplar.

»Also, wenn das kein Streberprojekt ist. Und seine Schwester, die, mit der du geschlafen hast …«

»Einmal.«

»Einmal. Die ist religiös geworden, stimmt's?«

»Stimmt.« War es wohl auch immer noch, soweit mir bekannt war. Seit jener Nacht in den Berkshires hatte ich nichts mehr von Diane gehört. Nicht dass ich mich nicht darum bemüht hätte. Mehrere E-Mails waren allerdings unbeantwortet geblieben. Auch Jason hörte nicht viel von ihr, aber Carol zufolge lebte sie mit Simon irgendwo in Utah oder Arizona, einem Staat im Südwesten jedenfalls, den ich nie besucht hatte und von dem ich keine Vorstellungen besaß. Dorthin hatte es sie nach dem Zerfall der New-Kingdom-Bewegung verschlagen.

»Das ist auch nicht so schwer zu verstehen.« Giselle reichte mir den Joint. So richtig wohl war mir nicht, was das Kiffen anging, aber Giselles Bemerkungen über Autismus und Strebertum hatten vielleicht doch einen wunden Punkt getroffen. Ich nahm einen ausführlichen Zug, und die Wirkung war genau die gleiche wie beim letzten

Mal in Stony Brook: augenblickliche Aphasie. »Es muss furchtbar für sie gewesen sein. Als das mit dem Spin passiert war, wollte sie nichts anderes, als nicht daran denken zu müssen, was aber das Letzte war, was du und ihre Familie zugelassen hätten. Ich wäre an ihrer Stelle auch religiös geworden. Im Scheißchor würde ich singen.«

Ich sagte (mit säuselnder Verzögerung): »Ist es wirklich so schwer, der Welt ins Auge zu blicken?«

Giselle streckte die Hand aus und nahm den Joint zurück. »Von meinem Standpunkt aus schon. Im Großen und Ganzen.« Sie wandte zerstreut den Kopf. Wind rüttelte am Fenster, als ärgerte er sich über die trockene Wärme in der Wohnung. Unangenehmes Wetter näherte sich vom Sund her. »Ich wette, das wird wieder einer von diesen Wintern. So ein richtig fieser. Ich wünschte, ich hätte hier einen Kamin. Musik könnte auch nichts schaden. Aber ich bin zu müde, um aufzustehen.«

Ich ging zu ihrer Musikanlage, rief den Download eines Stan-Getz-Albums auf, und schon bald erwärmte das Saxophon die Wohnung auf eine Weise, wie kein Kamin der Welt es vermocht hätte.

Sie nickte beifällig. Nicht unbedingt das, was sie selbst ausgewählt hätte, aber – ja doch, okay. »Er hat dich also angerufen und dir diesen Job angeboten.«

»Jawohl.«

»Und du hast ihm gesagt, dass du ihn annimmst?«

»Ich hab ihm gesagt, dass ich darüber nachdenke.«

»Und das tust du jetzt? Darüber nachdenken?«

Sie schien damit irgendetwas andeuten zu wollen, aber ich wusste nicht, was. »Ja, ich glaube schon.«

»Ich glaube, eher nicht. Ich glaube, du weißt schon, was du tun wirst. Weißt du, was ich glaube? Ich glaube, du bist hier, um dich zu verabschieden.«

Ich sagte ihr, das sei wohl möglich.

»Dann komm wenigstens rüber und setz dich neben mich.«

Ich ging schwerfällig zum Sofa. Giselle streckte sich aus und legte ihre Füße auf meinen Schoß. Sie trug Männersocken, flauschige

Argyles, was ein wenig albern aussah. Die Aufschläge ihrer Jeans rutschten über die Knöchel. »Für jemanden, der sich Schusswunden ansehen kann, ohne mit den Wimpern zu zucken, hast du es ziemlich gut drauf, allen Spiegeln aus dem Weg zu gehen.«

»Was soll das denn heißen?«

»Soll heißen, dass du offensichtlich noch nicht fertig bist mit Jason und Diane. Vor allem nicht mit ihr.«

Aber es war gar nicht möglich, dass Diane mir noch immer etwas bedeutete. Vielleicht wollte ich gerade dafür den Beweis antreten. Vielleicht war das der Grund, warum wir am Ende in Giselles Schlafzimmer stolperten, noch einen Joint rauchten, auf die rosa Bettdecke fielen, unter den regenblinden Fenstern miteinander schliefen und uns in den Armen hielten, bis wir eingeschlafen waren.

Aber es war nicht Giselles Gesicht, das mir im postkoitalen Traum erschien, und als ich ein paar Stunden später erwachte, dachte ich: Mein Gott, sie hat recht – ich gehe nach Florida.

Letztlich dauerte es dann noch einige Wochen, um alles zu arrangieren, sowohl auf Jasons Seite als auch im Krankenhaus. Während dieser Zeit sah ich Giselle noch einmal, aber nur kurz. Sie suchte nach einem Gebrauchtwagen, ich verkaufte ihr meinen. Ich wollte die Fahrt über Land nicht riskieren (die Steigerungsrate beim Straßenraub auf den Interstate-Highways lag im zweistelligen Bereich). Doch wir sprachen nicht mehr von der Intimität zwischen uns, die mit dem Regen gekommen und wieder gegangen war, ein Akt leicht betrunkener Freundlichkeit. Wessen Freundlichkeit? Vermutlich eher ihre.

Von Giselle abgesehen, gab es nur wenige Menschen in Seattle, denen ich auf Wiedersehen sagen musste, und in meiner Wohnung gab es, abgesehen von einigen – sehr leicht zu transportierenden – digitalen Dateien und ein paar Hundert antiken Platten, nichts Wesentliches, das ich behalten wollte. Am Tag meiner Abreise half Giselle mir, das Gepäck im Taxi zu verstauen. »Sea-Tac-Airport«, sagte ich zu dem Fahrer, und sie winkte mir zum Abschied nach, als das

Taxi in den Verkehr einfädelte, nicht übermäßig traurig, aber immerhin ein bisschen wehmütig.

Giselle war in Ordnung, und sie führte ein riskantes Leben. Ich hab sie nie wiedergesehen, aber ich hoffe, sie hat das Chaos überlebt, das später folgte.

Der Flieger nach Orlando war ein knarrender alter Airbus. Die Sitzbezüge waren abgenutzt und die in die Rückenlehnen eingelassenen Videobildschirme hätten längst erneuert werden müssen. Ich setzte mich auf meinen Platz zwischen einem russischen Geschäftsmann am Fenster und einer Frau mittleren Alters am Gang. Der Russe war mürrisch und legte wenig Wert auf Konversation, aber die Frau wollte reden: Sie war Freiberuflerin, fertigte medizinische Transkriptionen an; sie flog für zwei Wochen nach Tampa, um ihre Tochter und ihren Schwiegersohn zu besuchen. Sie hieß Sarah, und wir fachsimpelten ein wenig über medizinische Dinge, während das Flugzeug rumpelnd seine Reiseflughöhe ansteuerte.

In den fünf Jahren seit dem chinesischen Feuerwerk war reichlich Geld aus Bundesmitteln in die Luft- und Raumfahrtindustrie gepumpt worden. Nur wenig davon war allerdings dem kommerziellen Flugverkehr zugute gekommen, was zur Folge hatte, dass diese notdürftig aufpolierten Airbusse noch immer flogen. Der Großteil des Geldes war stattdessen in allerlei Projekte geflossen, die E. D. Lawton von seinem Washingtoner Büro aus leitete und Jason bei Perihelion in Florida ausgestaltete: Spin-Forschung und, seit Kurzem, das Mars-Projekt. Die Clayton-Administration hatte all diese Haushaltsposten durch einen willfährigen Kongress geschleust, der nur zu gern den Eindruck vermitteln wollte, er würde greifbare Maßnahmen gegen den Spin unterstützen. Das war gut für die öffentliche Moral. Und noch besser war, dass niemand sofort greifbare Ergebnisse erwartete.

Die Investitionen aus dem Bundeshaushalt hatten dazu beigetragen, die heimische Wirtschaft über Wasser zu halten, zumindest im Südwesten, im Großraum Seattle und im Küstengebiet von Florida.

Der Aufschwung, der damit angestoßen worden war, erwies sich jedoch als schleppend und prekär, und Sarah machte sich Sorgen um ihre Tochter: Ihr Schwiegersohn arbeitete als Installateur und war von seiner Firma, einem Erdgasunternehmen in der Gegend von Tampa, auf unbestimmte Zeit freigestellt worden. Sie lebten in einem Wohnwagen, bekamen Unterstützung aus einem Hilfsfond der Regierung und versuchten ihren dreijährigen Sohn, Sarahs Enkel Buster, halbwegs ordentlich großzuziehen.

»Ist das nicht ein seltsamer Name«, fragte sie, »für einen Jungen? Ich meine, *Buster*? Klingt wie ein Stummfilmstar. Aber irgendwie passt er sogar zu ihm.«

Ich sagte ihr, Namen seien wie Kleider: Du trägst sie oder sie tragen dich. Sie erwiderte: »Ja, ist das so, Tyler Dupree?«, und ich lächelte verlegen.

»Allerdings«, fuhr sie fort, »weiß ich nicht, warum junge Leute heutzutage überhaupt Kinder haben wollen. So schrecklich das klingt. Nichts gegen Buster natürlich. Ich liebe ihn von ganzem Herzen und hoffe, dass er ein langes und glückliches Leben haben wird. Aber man muss sich doch fragen: Wie stehen seine Chancen?«

»Die Menschen brauchen manchmal einen Grund, um zu hoffen«, sagte ich und fragte mich, ob es diese banale Weisheit gewesen war, die Giselle versucht hatte mir nahezubringen.

»Andererseits bekommen viele junge Leute *keine* Kinder, ich meine, mit voller Absicht nicht, sozusagen aus Rücksichtnahme. Sie sagen, das Beste, was man für ein Kind tun könne, sei, ihm all das Leid zu ersparen, das uns erwartet.«

»Ich bin mir nicht sicher, ob irgendjemand weiß, was uns erwartet.«

»Na ja, Sie wissen schon: der Punkt, von dem aus es kein Zurück mehr gibt und alles …«

»Diesen Punkt haben wir bereits passiert. Aber wir sind noch da. Aus welchem Grund auch immer.«

Sie wölbte die Augenbrauen. »Sie glauben, es gibt *Gründe*, Dr. Dupree?«

Wir plauderten noch ein bisschen, dann sagte sie: »Ich muss versuchen, ein bisschen zu schlafen«, und stopfte das mickrige Kissen in die Lücke zwischen Nacken und Kopfstütze. Jenseits des Fensters, halb verdeckt von dem gleichgültigen Russen, war die Sonne untergegangen, der Himmel rußschwarz geworden; es war nichts zu sehen außer der sich spiegelnden Deckenleuchte, die ich jetzt etwas dämpfte und auf meine Knie richtete.

Dummerweise befand sich mein gesamter Lesestoff in meinem Koffer. Aber im Sitz vor Sarah steckte eine Zeitschrift, also langte ich hinüber und schnappte sie mir. Die Zeitschrift, die ein schlicht weißes Titelblatt hatte, hieß *Gateway*, eine religiöse Publikation, vermutlich von einem früheren Fluggast zurückgelassen.

Ich blätterte darin und musste, unvermeidlich, an Diane denken. In den Jahren nach dem fehlgeschlagenen Angriff auf die Spin-Artefakte war die New-Kingdom-Bewegung mehr oder weniger zerbröselt – ihre Begründer verleugneten sie und ihr glücklicher Sexualkommunismus verpuffte unter dem Druck von Geschlechtskrankheiten und menschlicher Habgier. Heute wollte sich niemand mehr, schon gar nicht die Avantgarde der trendbewussten Religiosität, schlicht als »NKler« bezeichnen. Man gehörte den Hektorianern, den Preteristen (der radikalen oder gemäßigten Fraktion) oder den Wiederaufbauern des Königreichs an – nie aber einfach dem »Neuen Königreich«. Die Ekstasis-Veranstaltungen, die Diane und Simon in jenem Sommer unserer Begegnung in den Berkshires besucht hatten, gab es nicht mehr.

Keine der verbleibenden NK-Fraktionen verfügte über eine nennenswerte Anhängerschaft und den entsprechenden Einfluss. Die Southern Baptist Convention allein hatte mehr Mitglieder als sämtliche Kingdom-Sekten zusammen. Aber ihre millenaristische Ausrichtung hatte der Bewegung ein unverhältnismäßig großes Gewicht in der durch den Spin ausgelösten religiösen Weltuntergangsstimmung verliehen. So war es auf NK zurückzuführen, dass so viele Plakatwände an den Straßen verkündeten, die TRÜBSALZEIT sei angebrochen, und dass viele der alteingesessenen Kirchen sich gezwungen sahen, die Frage der Apokalypse neu zu stellen.

Gateway schien das Presseorgan einer Wiederaufbau-Fraktion von der Westküste zu sein, gerichtet an eine breite Öffentlichkeit. Neben einem Leitartikel, der das unselige Wirken von Calvinisten und Presbyterianern anprangerte, enthielt die Ausgabe drei Seiten mit Rezepten und eine Filmkritikkolumne. Was aber meine Aufmerksamkeit erregte, war ein Artikel mit der Überschrift »Blutopfer und die Rote Färse« – eine Geschichte über ein rotes Kalb, das »in Erfüllung der Prophezeiung« erscheinen und auf dem Tempelberg in Jerusalem geopfert werden würde; mit diesem Vorgang werde dann die Entrückung eingeleitet. Offenbar war der alte NK-Glaube, wonach der Spin ein Akt der Erlösung sei, aus der Mode geraten. »Denn wie ein Fallstrick wird er kommen / über alle die auf Erden wohnen«, Lukas 21:35. Ein Fallstrick, keine Erlösung. Lieber sich ein Tier zum Verbrennen suchen – die Trübsalzeit war wohl doch problematischer als erwartet.

Ich stopfte die Zeitschrift zurück in den Sitz, während das Flugzeug in Turbulenzen geriet. Sarah runzelte im Schlaf die Stirn, und der russische Geschäftsmann rief die Stewardess und bestellte sich einen Whisky Sour.

Das Auto, das ich am nächsten Morgen in Orlando mietete, wies zwei Einschusslöcher in der Beifahrertür auf, zwar verspachtelt und überlackiert, aber doch deutlich sichtbar. Ich fragte den Angestellten, ob er nichts anderes habe. »Ist zur Zeit das einzige auf dem Gelände«, erwiderte er. »Aber wenn es Ihnen nichts ausmacht, ein paar Stunden zu warten ...«

Nein, sagte ich, das ginge schon.

Ich nahm den Bee Line Expressway nach Osten und bog dann nach Süden auf die 95. Frühstückspause machte ich bei einem Denny's am Rande von Cocoa, wo die Kellnerin sehr freigebig mit der Kaffeekanne war, vielleicht, weil sie meine Heimatlosigkeit spürte. »Lange Fahrt?«

»Nicht mehr als eine Stunde noch.«

»Na, dann sind Sie ja praktisch *da*. Zu Hause oder in der Fremde?« Als sie merkte, dass ich darauf keine Antwort parat hatte, lächelte sie. »Das werden Sie schon noch rauskriegen, mein Lieber. Tun wir alle, früher oder später.« Als Gegenleistung für diesen Raststätten-Segen hinterließ ich ein absurd großes Trinkgeld auf dem Tisch.

Der Perihelion-Campus – von Jason beunruhigenderweise als »das Gelände« bezeichnet – lag ein ganzes Stück südlich von den Canaveral/Kennedy-Startrampen, wo die strategischen Planungen in physische Handlung umgesetzt wurden. Die Perihelion-Stiftung (inzwischen offiziell eine Regierungsbehörde) war kein Bestandteil der NASA, bildete aber mit dieser eine »Schnittstelle«, indem man sich gegenseitig Ingenieure und anderes Personal auslieh. In gewissem Sinne stellte sie eine bürokratische Schicht dar, die der NASA seit Beginn des Spins von mehreren aufeinanderfolgenden Regierungen übergestülpt worden war, um die erstarrte Raumfahrtbehörde in eine Richtung zu treiben, von der ihre alten Bosse noch nicht einmal geträumt hätten. E. D. saß dem Lenkungsausschuss vor, und Jason hatte faktisch die Kontrolle über die Programmentwicklung übernommen.

Es wurde jetzt wärmer, eine für Florida typische Hitze, die direkt aus der Erde zu steigen schien: Das feuchte Land schwitzte wie ein Bruststück auf dem Grill. Ich fuhr an zerfransten Palmen vorbei, trüben Surfer-Läden, überwucherten Straßengräben und mindestens einem Verbrechensschauplatz: Streifenwagen umzingelten einen schwarzen Pick-up, drei Männer standen über die heiße Motorhaube gebeugt, die Hände im Rücken gefesselt. Ein den Verkehr regelnder Polizist warf einen ausgiebigen Blick auf das Nummernschild meines Mietwagens – in seinen Augen blinkte ein unspezifischer, gewissermaßen vorsorglicher Verdacht – und winkte mich dann weiter.

Das Perihelion-»Gelände« erwies sich als weniger düster, als ich befürchtet hatte. Es war ein lachsfarbenes Industriezentrum, modern und sauber, inmitten einer tadellos gepflegten, sanft hügeligen Rasenfläche gelegen, abgezäunt, aber nicht völlig abweisend. Ein Wärter am Tor spähte in meinen Wagen, bat mich, den Kofferraum zu öffnen, tastete meine Koffer und Plattenkisten ab, dann händigte er mir einen befristeten Passierschein an einem Taschenclip aus und wies mir den Weg zum Besucherparkplatz (»hinter dem Südflügel, folgen Sie der Straße nach links, einen schönen Tag noch«). Seine hellblaue Uniform war vom Schweiß dunkel eingefärbt.

Ich hatte kaum mein Auto abgestellt, da kam Jason durch eine Glastür mit der Aufschrift ALLE BESUCHER MÜSSEN SICH RE-GISTRIEREN LASSEN, überquerte ein Stück Rasen und trat in die sengende Hitze des Parkplatzes. »Tyler!«, sagte er und blieb einen Meter vor mir abrupt stehen, als könne ich gleich wieder verschwinden, wie eine Fata Morgana.

»Hey, Jase«, sagte ich lächelnd.

»Dr. Dupree!« Er grinste. »Aber dieses Auto. Ein Mietwagen? Wir werden ihn nach Orlando zurückbringen lassen. Dir etwas Hübsche-res besorgen. Hast du schon eine Bleibe?«

Ich erinnerte ihn daran, dass er sich auch darum zu kümmern versprochen hatte.

»Oh, haben wir. Beziehungsweise: Wir tun es gerade. Handeln einen Leasingvertrag aus für ein kleines Häuschen, keine zwanzig Minuten von hier. Mit Meeresblick. Bezugsfertig in ein paar Tagen. In der Zwischenzeit brauchst du ein Hotel, aber das kriegen wir leicht ar-rangiert. Also, was stehen wir hier rum und absorbieren UV-Strah-lung?«

Ich folgte ihm in den Südflügel des Gebäudes. Dabei beobachtete ich seinen Gang – mir fiel auf, dass er eine Schlagseite nach links zu haben schien und fast ausschließlich seine rechte Hand einsetzte.

Die Klimaanlage überfiel uns, eine frostige Kälte, deren Geruch die Vermutung nahelegte, sie sei aus sterilen Gewölben tief unter der Erde gepumpt worden. In der Empfangshalle gab es sehr viel Granit und glänzende Fliesen. Und weiteres Wachpersonal, das aber zu formvollendeter Höflichkeit ausgebildet war. »Ich bin wirklich froh, dass du hier bist«, sagte Jason. »Ich habe zwar eigentlich keine Zeit, aber ich will dich herumführen. Wir machen den Schnelldurchgang. Ich hab Leute von Boeing im Konferenzraum sitzen. Einen aus Tor-rance und einen von der IDS-Gruppe in St. Louis. Xenon-Ion-Nachrüstungen, sind sie sehr stolz drauf, haben sie noch ein bisschen mehr Durchlauf rausgepresst, als würde es darauf wirklich ankommen. Wir brauchen keine Finesse, sag ich ihnen, wir brauchen Verlässlichkeit, Einfachheit ...«

»Jason.«

»Sie ... ja, was?«

»Hol mal Luft zwischendurch.«

Er warf mir einen verärgerten Blick zu. Dann gab er nach, lachte laut. »Tut mir Leid. Es ist nur, es ist wie ... weißt du noch, als wir Kinder waren? Jedes Mal wenn jemand ein neues Spielzeug hatte, musste er damit angeben?«

Für gewöhnlich war es Jase gewesen, der die neuen Spielzeuge hatte, oder jedenfalls die teuren. Aber ja, sagte ich, ich könne mich noch gut erinnern.

»Tja, es wäre sicher leichtfertig, es jemand anderem auf diese Weise zu beschreiben, aber was wir hier haben, Tyler, das ist die größte Spielzeugkiste der Welt. Lass mich damit angeben, okay? Danach kannst du dich erst einmal einrichten. Wir lassen dir ein bisschen Zeit, dich an das Klima zu gewöhnen.«

Also folgte ich ihm durch das Erdgeschoss aller drei Flügel, bewunderte brav die Konferenzräume und Büros, die riesigen Labore und technischen Werkstätten, in denen Prototypen konzipiert oder Aufgaben definiert wurden, bevor man Pläne und Zielvorgaben an die Leute mit dem großen Geld weitergab. Alles sehr interessant. Alles sehr verwirrend. Schließlich landeten wir in der Ambulanz, wo ich mit Dr. Koenig bekannt gemacht wurde, dem scheidenden Arzt, der mir ohne Begeisterung die Hand schüttelte und sich dann mit einem über die Schulter gesprochenen »Viel Glück, Dr. Dupree« davonmachte.

Unterdessen hatte sich Jasons Pager so oft gemeldet, dass er ihn nicht länger ignorieren konnte. »Die Boeing-Leute«, sagte er. »Man muss ihre PPUs bewundern, ohne die wären sie bestimmt längst trübsinnig geworden. Findest du allein zur Rezeption zurück? Sally wartet dort auf dich, meine persönliche Assistentin, sie wird dir ein

Zimmer besorgen. Wir können uns später noch unterhalten. Tyler, es ist wirklich schön, dich wiederzusehen!«

Noch ein Händeschütteln, seltsam kraftlos, und dann eilte er davon, immer noch mit der Neigung nach links, sodass ich mich nicht mehr fragte, ob er krank war, sondern wie krank er war und wie viel schlimmer es noch werden würde.

Auf Jasons Wort war Verlass. Nach weniger als einer Woche zog ich in ein kleines möbliertes Haus ein, das so zerbrechlich gebaut war, wie es hier in Florida üblich schien: nur Bretter und Latten, die Wände hauptsächlich Fensterfronten. Aber bestimmt war es teuer gewesen – die obere Veranda blickte über einen langen Abhang, vorbei an einem Gewerbegebiet, aufs Meer. Während dieser Woche wurde ich bei drei Gelegenheiten von dem wortkargen Dr. Koenig eingewiesen, der offensichtlich bei Perihelion nicht glücklich geworden war, mir seine Praxis aber sehr gravitätisch übergab, indem er mir die Krankenakten und seinen Assistentenstab nachdrücklich ans Herz legte. Am Montag empfing ich dann meinen ersten Patienten, einen jungen Metallurgen, der sich bei einem betriebsinternen Football-Spiel auf dem Südrasen den Knöchel verdreht hatte. Die Klinik war offenkundig »übertechnisiert«, wie Jason sich vielleicht ausgedrückt hätte, für die vergleichsweise triviale Arbeit, die hier verrichtet wurde. Aber Jason erklärte, er rechne mit Zeiten, in denen es schwierig werden könnte, »dort draußen« medizinische Versorgung zu erhalten.

Ich begann mich einzugewöhnen. Ich schrieb Rezepte aus oder verlängerte sie, gab Aspirin aus, sah die Krankenakten durch. Ich tauschte höfliche Floskeln mit Molly Seagram, meiner Empfangsdame, der ich (wie sie sagte) sehr viel besser gefiel als Dr. Koenig.

Abends ging ich nach Hause und sah zu, wie Blitze aus Wolken zuckten, die sich vor der Küste aufgebaut hatten wie riesige elektrifizierte Klipper.

Und ich wartete auf einen Besuch von Jason, doch der blieb aus, fast einen Monat lang. Dann, an einem Freitagabend nach Sonnenuntergang, stand er unangekündigt vor der Tür, in Freizeitkleidung (Jeans, T-Shirt), die ihn ein glattes Jahrzehnt jünger erscheinen ließ. »Dachte, ich schau mal vorbei. Wenn's dir recht ist?«

Selbstverständlich war es das. Wir gingen nach oben, holten uns zwei Flaschen Bier aus dem Kühlschrank und setzten uns auf den weiß getünchten Balkon. Nach einer Weile begann Jason Sachen zu sagen wie »Wirklich schön, dich wiederzusehen« oder »Toll, dich in der Mannschaft zu haben«, bis ich ihn unterbrach: »Hör auf. Diese blöden Begrüßungssprüche brauche ich nicht mehr. Ich bin's doch nur, Jase.«

Er lachte verlegen, und von da an war es leichter.

Wir schwelgten in Erinnerungen. Irgendwann fragte ich ihn: »Hörst du oft von Diane?«

Er zuckte mit den Achseln. »Eher selten.«

Ich hakte nicht nach. Dann, als wir beide ein paar Flaschen geleert hatten, die Luft kühler und der Abend still geworden war, fragte ich ihn, wie's ihm denn so gehe, ganz persönlich gesprochen.

»Viel zu tun gehabt«, erwiderte er. »Wie du dir gedacht haben wirst. Wir stehen kurz vor den ersten Saatabschüssen – wir sind weiter, als wir der Presse verraten haben, E. D. hat gern einen gewissen Vorsprung. Er ist die meiste Zeit in Washington. Clayton persönlich hält sich immer auf dem Laufenden, wir werden richtig verhätschelt von der Regierung, jedenfalls vorläufig. Aber dadurch bin ich sehr viel mit Geschäftsführungsscheiß befasst – ein Fass ohne Boden – anstatt mit der Arbeit, die ich tun möchte und tun *muss*, nämlich Projektplanung. Es ist …« Er wedelte mit den Händen.

»Stressig.«

»Ja, stressig. Aber wir machen Fortschritte. Ganz allmählich.«

»Mir ist aufgefallen, dass ich gar keine Akte von dir habe. In der Klinik. Von allen anderen Angestellten oder Verwaltungsbeamten gibt es Unterlagen. Nur von dir nicht.«

Er sah weg, dann lachte er, ein bellendes, nervöses Lachen. »Tja … ich hätt's ganz gern, wenn es so bleibt, Tyler. Bis auf Weiteres.«

»Dr. Koenig hatte andere Vorstellungen?«

»Dr. Koenig glaubt, dass wir alle ein bisschen verrückt sind. Was natürlich auch stimmt. Habe ich erzählt, dass er auf einem Kreuzfahrtschiff angeheuert hat? Kannst du dir das vorstellen? Koenig in einem Hawaiihemd, wie er Gravol-Pastillen an die Touristen ausgibt?«

»Sag mir einfach, was dir fehlt, Jason.«

Er blickte auf den sich verdunkelnden Himmel im Osten. Ein schwaches Licht hing dort ein paar Grad über dem Horizont, kein Stern, sondern vermutlich einer der Aerostaten seines Vaters. »Die Sache ist die«, sagte er fast flüsternd. »Ich habe ein bisschen Angst, dass ich gerade in dem Moment außer Gefecht gesetzt werde, wo wir erste Ergebnisse bekommen.« Er wandte sich wieder mir zu. »Ich möchte dir trauen können, Ty.«

»Keiner hier außer uns.«

Und dann endlich trug er seine Symptome vor – ruhig, fast schematisch, als kämen Schmerzen und Schwäche kein größeres emotionales Gewicht zu als den Fehlzündungen eines Motors. Ich versprach, einige Tests zu machen, die nicht in den Krankenblättern erscheinen würden. Er gab sein Einverständnis, und dann ließen wir das Thema und machten noch eine Flasche Bier auf, und schließlich dankte er mir und schüttelte mir die Hand, feierlicher vielleicht als nötig, und dann verließ er das Haus, das er für mich gemietet hatte, mein neues, unvertrautes Heim.

Ich ging zu Bett und hatte Angst um ihn.

UNTER DIE HAUT

Ich erfuhr eine Menge mehr über Perihelion von meinen Patienten: den Wissenschaftlern, die gerne redeten (anders als die Verwaltungsbeamten, die generell eher verschlossen waren), aber auch von den Familien der Belegschaft, die immer häufiger ihre eigenen, zunehmend leistungsschwächeren Krankenversicherungen kündigten, um sich der firmeninternen Versorgung anzuschließen. Plötzlich betrieb ich eine richtige Familienpraxis, und die meisten meiner Patienten waren Menschen, die der Realität des Spins tief ins Auge geblickt hatten, die ihm mit Mut und Entschlossenheit begegneten. »Der Zynismus wird am Eingangstor abgegeben«, sagte einmal ein Programmierer zu mir. »Wir wissen, dass es wichtig ist, was wir tun.« Das war bewundernswert. Und ansteckend. Nicht lange, und ich begann mich als einer von ihnen zu betrachten, als Teil der kollektiven Anstrengung, den menschlichen Einfluss in den tosenden Strudel der außerirdischen Zeit hineinwirken zu lassen.

Manchmal fuhr ich am Wochenende die Küste hinauf, um die Raketen abheben zu sehen – modernisierte Atlasse und Deltas, die von einer riesigen Anzahl neu errichteter Startrampen aus in den Himmel schossen –, und gelegentlich kam es in diesem Spätherbst oder Frühwinter vor, dass Jason seine Arbeit liegen ließ und mich begleitete. Die Nutzlasten waren einfache ARVs, Wiedereintrittsfahrzeuge, vorprogrammierte Erkundungsgeräte, unbeholfene Aussichtsfenster auf die Sterne. Ihre Bergungsmodule würden – sofern die Mission nicht scheiterte – im Atlantik oder in den Salzpfannen der westlichen Wüste niedergehen, gefüttert mit neuen Informationen über die Welt jenseits der Welt.

Mir gefiel die Erhabenheit, die das Ganze an sich hatte. Was Jase, nach eigenem Bekunden, faszinierte, war die »relativistische Zeitkluft«. Diese kleinen Nutzlastpakete verbrachten Wochen oder gar Monate hinter der Spin-Barriere, maßen die Entfernung zum sich zurückziehenden Mond oder das Volumen der expandierenden Sonne, würden aber (in unserem Bezugssystem) noch am selben Nachmittag zur Erde zurückfallen, Zauberflaschen, die mit mehr Zeit gefüllt waren, als sie schlechterdings enthalten konnten.

Und wenn dieser Wein dekantiert wurde, schossen auf den Fluren von Perihelion unvermeidlich die Gerüchte ins Kraut: Gammastrahlung angestiegen, wohl ein Hinweis auf irgendeine Katastrophe in der stellaren Nachbarschaft; neue Streifenbildung um den Jupiter, weil die Sonne mehr Hitze in seine stürmische Atmosphäre pumpt; ein riesiger neuer Krater auf dem Mond, der der Erde nicht mehr nur ein Gesicht zukehrte, sondern – in langsamer Rotation – jetzt auch seine dunkle Seite zeigte.

An einem Morgen im Dezember nahm Jason mich über den Campus mit zu einer Konstruktionsstätte, wo man die originalgetreue Nachbildung eines marsianischen Nutzlastträgers aufgebaut hatte. Er stand auf einer Aluminiumplattform in einer Ecke des in Sektoren unterteilten Raums, in dem ringsum weitere Prototypen zusammengesetzt wurden, um von Männern und Frauen in weißen Tyvek-Anzügen getestet zu werden. Das Gerät war erschreckend klein, fand ich, eine knubblige kleine Kiste mit einer Düse an einem Ende, nicht größer als eine Hundehütte, völlig unspektakulär unter dem erbarmungslosen Licht der Deckenlampen. Aber Jason präsentierte es mit elterlichem Stolz.

»Im Wesentlichen«, sagte er, »besteht es aus drei Teilen: Ionenantrieb und Reaktionsmasse, Bordnavigationssystem, Nutzlast. Der Großteil der Masse ist Motor. Keine Kommunikation – es kann nicht mit der Erde sprechen und braucht es auch nicht. Die Navigationsprogramme sind vielfach redundant, aber die Hardware selbst ist nicht größer als ein Handy und wird von Solarkollektoren gespeist.« Die Kollektoren waren noch nicht montiert, doch an der Wand hing die Skizze des fertig gestellten Vehikels, auf der die Hundehütte sich in eine Libelle à la Picasso verwandelt hatte.

»Sieht irgendwie nicht antriebsstark genug aus, um zum Mars zu kommen.«

»Die Antriebsleistung ist nicht das Problem. Ionenmotoren sind langsam, aber hartnäckig. Und das ist genau das, was wir wollen – einfache, robuste, haltbare Technologie. Der heikle Teil ist das Navigationssystem, das muss intelligent und autonom sein. Wenn ein Gegenstand die Spin-Barriere durchbricht, erfährt er das, was von manchen Leuten als ›zeitliche Beschleunigung‹ bezeichnet wird. Ein dummer Ausdruck, aber ganz anschaulich. Das Raumfahrzeug wird beschleunigt und erhitzt – nicht auf sich bezogen, sondern auf uns –, und das Gefälle ist extrem groß. Eine winzig kleine Veränderung der Geschwindigkeit oder der Flugbahn beim Start – etwas so Minimales wie ein Windstoß oder eine für Millisekunden aussetzende Treibstoffzufuhr an der Trägerrakete – macht es unmöglich vorherzusagen, nicht wie, aber *wann* das Fahrzeug in den äußeren Weltraum eintritt.«

»Warum ist das wichtig?«

»Das ist wichtig, weil der Mars und die Erde sich beide in elliptischen Umlaufbahnen befinden und mit unterschiedlicher Geschwindigkeit um die Sonne kreisen. Es gibt keine verlässliche Methode, die relativen Positionen der Planeten zu dem Zeitpunkt vorauszuberechnen, an dem das Fahrzeug die Umlaufbahn erreicht. Im Grunde ist es so, dass die Maschine den Mars in einem ziemlich überfüllten Himmel erst einmal finden und die Flugbahn dann selbst bestimmen muss. Also brauchen wir schlaue, flexible Software und einen robusten, haltbaren Antrieb. Zum Glück haben wir beides. Es ist eine tolle Maschine, Tyler. Von außen schlicht, aber unter der Haut blüht sie auf. Früher oder später, wenn sie sich selbst überlassen ist und nichts Entscheidendes schiefgeht, wird sie das tun, wofür sie gebaut wurde – und sich in einer Umlaufbahn um den Mars einrichten.«

»Und dann?«

Er lächelte. »Der Kern der Sache. Hier.« Er zog eine Reihe von Bolzen aus dem Modell und entfernte ein Stück Blech auf der Vorderseite; in der Öffnung erschien eine abgeschirmte Kammer, die in Sechsecke unterteilt war, wie eine Bienenwabe. In jedem der Sechsecke lag ein plumpes, schwarzes Oval. Ein Nest von Ebenholzeiern. Jason hob eines davon heraus. Es war so klein, dass man es in einer Hand halten konnte.

»Sieht aus wie ein schwangerer Dart-Pfeil.«

»Ist nur ein bisschen raffinierter als ein Dart-Pfeil. Wir streuen diese Dinger in die Marsatmosphäre. Wenn sie eine bestimmte Höhe erreicht haben, klappen sie Propellerflügel aus und trudeln dann den restlichen Weg nach unten. Wo man sie verstreut – an den Polen, dem Äquator –, hängt von der jeweiligen Nutzlast ab, davon, ob wir unter der Oberfläche nach Soleschlamm oder rohem Eis suchen, aber grundsätzlich ist der Vorgang immer der gleiche. Stell sie dir als Subkutannadeln vor, die dem Planeten Leben einimpfen.«

Dieses »Leben«, erfuhr ich, würde aus künstlichen Mikroben bestehen, deren genetisches Material aus Bakterien zusammengesetzt war, die man in den trockenen Tälern der Antarktis im Innern von Felsgestein entdeckt hatte, aus Anaerobiern, die fähig waren, in den Ausflussrohren von Atomreaktoren zu überleben, und aus Einzellern aus dem eisigen Schlamm am Grund der Barentsee. Diese Organismen sollten als Bodenaufbereiter dienen, man hoffte, sie würden gut gedeihen, während gleichzeitig die alternde Sonne die Marsoberfläche erwärmte und bislang eingeschlossenen Wasserdampf und andere Gase freisetzte. Als Nächstes würden komplett im Labor entstandene Sorten blaugrüner Algen folgen, einfache Photosynthetisierer, und dann schließlich komplexere Lebensformen, imstande, sich die Umweltbedingungen zunutze zu machen, die unter dem Einfluss der früheren Sendungen entstanden waren. Der Mars würde auch im besten Falle immer eine Wüste sein – alles freigesetzte Wasser würde nicht mehr als ein paar seichte, salzige und unstabile Seen ergeben –, aber das würde unter Umständen ausreichen, um einen halbwegs bewohnbaren Ort jenseits der Erde zu schaffen. Ein Ort, zu dem Menschen hinfliegen konnten, um dort zu leben, eine Million Jahrhunderte für jedes unserer Jahre. Ein Ort, an dem unsere marsianischen Vettern vielleicht die Zeit fanden, Rätsel zu lösen, an die wir uns allenfalls herantasten konnten.

Ein Ort, an dem wir – oder die Evolution in unserem Auftrag – ein Volk von Rettern erschaffen würden.

»Es ist schwer zu glauben, dass wir das tatsächlich vollbringen können …«

»*Falls* wir es können. Das ist keineswegs ausgemacht.«

»Aber davon abgesehen, als Mittel betrachtet, ein Problem zu lösen …«

»Es ist ein Akt der zielgerichteten Verzweiflung. Du hast völlig recht, sprich es nur nicht zu laut aus. Allerdings haben wir einen mächtigen Faktor auf unserer Seite.«

»Die Zeit?«

»Nein. Die Zeit ist ein nützlicher Hebel. Aber das aktive Ingrediens ist das Leben. Leben im abstrakten Sinne, meine ich: Replikation, Evolution, Komplexifikation. Die Eigenart des Lebens, Ritzen und Spalten zu besetzen, zu überleben, indem es das Unerwartete tut. Ich glaube an diesen Prozess – er ist robust, er ist hartnäckig. Kann er uns retten? Ich weiß es nicht. Aber es besteht eine reale Möglichkeit.« Er lächelte. »Wärst du der Vorsitzende des Haushaltsausschusses, würde ich mich weniger zurückhaltend ausdrücken.«

Er reichte mir den Pfeil, der überraschend leicht war, nicht mehr als ein Profi-Baseball wog. Ich versuchte mir vorzustellen, wie Hunderte davon aus einem wolkenlosen Marshimmel regneten, um den Boden mit dem Schicksal der Menschheit zu befruchten. Mit dem, was uns noch an Schicksal blieb.

E. D. Lawton besuchte das Gelände in Florida im darauf folgenden März, zur gleichen Zeit, als Jasons Krankheitssymptome wieder auftraten. Sie hatten sich mehrere Monate lang zurückgebildet.

Als Jason im letzten Jahr zu mir gekommen war, hatte er seinen Zustand zurückhaltend, aber systematisch beschrieben. Vorübergehende Schwäche und Taubheit in Armen und Beinen. Verschwommene Sicht. Gleichgewichtsstörungen. Gelegentliche Inkontinenz. Keines der Symptome stellte eine dauerhafte Behinderung dar, aber inzwischen traten sie zu häufig auf, als dass man sie ignorieren konnte.

Könne alles Mögliche sein, sagte ich zu ihm, obwohl er genauso gut wusste wie ich, dass es sich vermutlich um ein neurologisches Problem handelte.

Wir waren beide erleichtert, als die Bluttests den Verdacht auf multiple Sklerose bestätigten. Seit der Einführung chemischer Sklerostatine vor zehn Jahren war MS zu einer heilbaren (oder jedenfalls kontrollierbaren) Krankheit geworden. Eine der kleinen Ironien des Spins bestand darin, dass er für eine Reihe von medizinischen Durchbrüchen sorgte, die der Proteomforschung zu verdanken waren.

Unsere Generation – Jasons und meine – mochte dem Untergang geweiht sein, aber sie würde jedenfalls nicht mehr an MS, Parkinson, Diabetes, Lungenkrebs, Arteriosklerose oder Alzheimer sterben. Die letzte Generation der Industriegesellschaft würde vermutlich die gesündeste von allen sein.

Aber ganz so einfach war es natürlich auch nicht. Nach wie vor sprachen fast fünf Prozent der diagnostizierten MS-Fälle nicht auf Sklerostatine oder andere Therapien an. Kliniker gingen dazu über, solche Fälle als »polimedikationsresistente MS« zu bezeichnen, ja in ihr sogar eine gesonderte Krankheit mit gleicher Symptomatik zu sehen.

Jasons Erstbehandlung allerdings war wie erwartet verlaufen. Ich hatte ihm eine minimale Dosis Tremex verordnet, und seither befand er sich in vollständiger Remission. Jedenfalls bis zu der Woche, in der E. D. mit der Subtilität eines Tropensturms eintraf und parlamentarische Berater und Presseattachés wie zerfleddertes Altpapier durch die Flure wehte.

E. D. war Washington, wir waren Florida; er war Geschäftsführung, wir waren Wissenschaft und Technik. Jason balancierte ein wenig heikel zwischen den beiden Polen. Grundsätzlich war es seine Aufgabe, dafür zu sorgen, dass die Vorgaben des Lenkungsausschusses umgesetzt wurden, aber er war den Bürokraten oft genug auch entgegengetreten, sodass die Wissenschaftsleute aufgehört hatten, von Nepotismus zu sprechen, und dazu übergegangen waren, ihm Drinks zu spendieren. Das Problem bestand laut Jason darin, dass E. D. sich nicht damit zufrieden gab, das Mars-Projekt auf den Weg zu bringen, nein, er wollte es auch in allen Einzelheiten steuern, oft aus politischen Gründen, wenn er etwa Aufträge an zweifelhafte Anbieter vergab, um sich auf diese Weise die Unterstützung des Kongresses zu kaufen. Die Belegschaft spottete gern über ihn, schüttelte ihm aber auch ebenso gern die Hand, wenn er vor Ort war. Die diesjährige Stippvisite gipfelte in einer Ansprache im Perihelion-Auditorium. Wir fanden uns alle ein, folgsam wie Schulkinder, aber mit größerer, durchaus plausibler Begeisterung, und sobald das Publikum seine

Plätze eingenommen hatte, erhob sich Jason, um seinen Vater vorzustellen. Ich sah genau hin, als er die Stufen zur Bühne erklomm und vor das Mikrofon trat. Ich beobachtete, wie er die linke Hand schlaff auf Taillenhöhe hielt, wie er sich, etwas unbeholfen auf dem Absatz drehend, seinem Vater zuwandte und ihm die Hand schüttelte.

Er führte seinen Vater kurz, aber liebenswürdig ein, dann mischte er sich unter die Schar der Würdenträger, die am hinteren Ende der Bühne saßen. E. D. trat nach vorn. Er war in der Woche vor Weihnachten sechzig geworden, ging aber ohne Weiteres als vitaler Fünfziger durch: der Bauch unter dem dreiteiligen Anzug war flach, das schüttere Haar zu einem schneidigen Militärschnitt gestutzt. Was er vortrug, konnte man durchaus als Wahlkampfrede verstehen: Er pries die Regierung Clayton für ihren Weitblick, die versammelte Belegschaft für das Engagement, mit der sie die »Perihelion-Vision« verfolgte, seinen Sohn für seine »inspirierende Leitungstätigkeit« und die Ingenieure und Techniker dafür, dass sie »einen Traum zum Leben« erweckten und, »wenn es uns gelingt«, das Leben auf einen sterilen Planeten trugen, damit »neue Hoffnung für diese Welt, die wir noch immer als unsere Heimat bezeichnen«, sprießen ließen. Beifall, Winken, ein wildes Grinsen, und dann war er wieder verschwunden, weggezaubert von der Horde seiner Leibwächter.

Ich erwischte Jason eine Stunde später in der Managerkantine, wo er an einem kleinen Tisch saß und vorgab, in einem Sonderdruck der *Astrophysics Review* zu lesen.

Ich setzte mich auf den Stuhl ihm gegenüber. »Wie schlimm ist es denn?«

Er lächelte schwach. »Du meinst nicht etwa den Wirbelwindbesuch meines Vaters?«

»Du weißt, was ich meine.«

Er senkte die Stimme. »Ich habe die Medikamente brav genommen. Regelmäßig, jeden Morgen, jeden Abend. Aber es ist wieder da. Seit heute Morgen. Kribbeln im linken Arm, im linken Bein. Und es wird schlimmer. Fast stündlich. Schlimmer als je zuvor. Es ist, als würde Strom durch eine Seite meines Körpers laufen.«

»Hast du Zeit, in die Ambulanz zu kommen?«

»Zeit hab ich, aber …« Seine Augen glitzerten. »Ich weiß nicht, ob ich in der Lage bin. Ich will dich nicht erschrecken, aber ich bin froh, dass du hergekommen bist. Im Moment bin ich mir nicht einmal sicher, ob ich überhaupt laufen kann. Nach E. D.s Rede hab ich es noch bis hierher geschafft. Doch ich glaube, ich würde umfallen, wenn ich jetzt versuche aufzustehen. Gehen kann ich bestimmt nicht. Ty – *ich kann nicht gehen.*«

»Ich hol Hilfe.«

Er straffte sich. »Das tust du auf keinen Fall. Falls nötig, kann ich hier sitzen, bis niemand mehr da ist außer dem Nachtwächter.«

»Das ist doch absurd.«

»Oder du kannst mir *diskret* helfen aufzustehen. Wie weit ist die Ambulanz weg, zwanzig, dreißig Meter? Wenn du mich am Arm nimmst und ein heiter freundliches Gesicht machst, schaffen wir es vielleicht bis dahin, ohne allzu viel Aufmerksamkeit zu erregen.«

Letzten Endes erklärte ich mich damit einverstanden, nicht weil ich die Scharade guthieß, sondern weil es offenbar die einzige Möglichkeit war, ihn in mein Büro zu bekommen. Ich ergriff seinen linken Arm, er stützte seine rechte Hand auf die Tischkante und stemmte sich hoch. Es gelang uns, ohne größeres Schwanken durch die Cafeteria zu kommen, obwohl Jason den linken Fuß auf kaum zu übersehende Weise nachzog – zum Glück blickte niemand genauer hin. Im Korridor gingen wir dicht an der Wand entlang, wo das Schlurfen weniger auffällig war. Als plötzlich einer der Manager auftauchte, flüsterte Jason »Stopp!«, und wir stellten uns wie in beiläufiger Unterhaltung auf; Jason lehnte gegen einen Schaukasten, klammerte sich mit der rechten Hand so krampfhaft an dem Stahlregal fest, dass das Blut aus seinen Fingerknöcheln wich und ihm Schweißperlen auf die Stirn traten. Der Manager ging mit einem stummen Kopfnicken an uns vorbei.

Als wir schließlich den Eingang der Ambulanz erreichten, musste ich ihn bereits mehr oder weniger tragen. Zum Glück war Molly Seagram nicht am Platz – sobald ich die Tür geschlossen hatte, waren wir allein. Ich half Jason auf eine Liege in einem der Untersuchungszimmer, dann ging ich noch mal zum Empfang und hinterließ eine Notiz für Molly, damit gewährleistet war, dass wir ungestört blieben.

Als ich ins Untersuchungszimmer zurückkehrte, weinte Jason. Nicht laut heraus, aber ihm waren Tränen übers Gesicht gelaufen und hingen jetzt an seinem Kinn. »Es ist so furchtbar.« Er wollte mir nicht in die Augen sehen. »Ich konnte nichts machen. Tut mir so leid, aber ich konnte nichts dagegen machen.«

Er hatte die Kontrolle über seine Blase eingebüßt.

Nachdem ich ihm in einen Krankenhauskittel geholfen hatte, spülte ich seine Kleidung im Waschbecken des Sprechzimmers aus und legte sie zum Trocknen an ein sonniges Fenster im nur selten benutzten Lagerraum hinter den Arzneischränken. Da heute kein großer Betrieb herrschte, hatte ich eine passende Begründung, um Molly für den Rest des Nachmittags frei zu geben.

Jason gewann seine Fassung halbwegs zurück, wenn er in dem Papierkittel auch einigermaßen kläglich aussah. »Du hast gesagt, es sei eine heilbare Krankheit. Was ist falsch gelaufen?«

»Man kann die Krankheit *behandeln*. Meistens, bei der Mehrzahl der Patienten. Aber es gibt Ausnahmen.«

»Wie, und ich bin eine davon? Ich habe in der Arschkartenlotterie gewonnen?«

»Du hast einen Rückfall. Das ist typisch für die Krankheit – Phasen starker Behinderung, gefolgt von Abschnitten der Remission. Vielleicht sprichst du nur langsam auf die Behandlung an. In einigen Fällen muss das Medikament erst einen gewissen Pegel im Körper erreicht haben, bevor es richtig wirken kann.«

»Es ist sechs Monate her, seit du das Rezept ausgeschrieben hast. Und es geht mir schlechter, nicht besser.«

»Wir können dich auf ein anderes Sklerostatin setzen und sehen, ob das besser wirkt. Die sind aber chemisch alle sehr ähnlich.«

»Das Medikament zu wechseln würde also nichts bringen.«

»Vielleicht. Vielleicht auch nicht. Wir werden es versuchen.«

»Und wenn es nicht hilft?«

»Dann reden wir nicht mehr darüber, die Krankheit zu heilen, sondern darüber, sie zu managen. Selbst unbehandelt ist MS kein Todesurteil. Viele Leute erleben zwischen den Anfällen eine vollständige Remission und können ein relativ normales Leben führen.« Wenn auch, hütete ich mich hinzuzufügen, diese Fälle selten einen so aggressiven Verlauf aufwiesen, wie es bei Jason der Fall war. »Die übliche Rückfallbehandlung arbeitet mit einem Cocktail aus entzündungshemmenden Mitteln: selektive Proteininhibitoren und zielgerichtete CNS-Stimulanzien. Das kann sehr wirkungsvoll sein, um die Symptome zu unterdrücken und das Fortschreiten der Krankheit zu verlangsamen.«

»Gut«, sagte Jason. »Großartig. Schreib mir ein Rezept auf.«

»So einfach ist das nicht. Du könntest es mit Nebenwirkungen zu tun bekommen.«

»Welchen?«

»Vielleicht gar keinen. Vielleicht psychologischen Problemen – leichte Depressionen oder auch manische Phasen. Allgemeine körperliche Schwäche.«

»Ich wirke aber normal?«

»Aller Wahrscheinlichkeit nach.« Fürs Erste und vermutlich für weitere zehn oder fünfzehn Jahre, vielleicht sogar mehr. »Aber es ist eine Steuerungsmaßnahme, keine Heilung – ein Abbremsen, kein Anhalten. Die Krankheit wird zurückkehren, wenn du lange genug lebst.«

»Ein Jahrzehnt könntest du mir aber mit Sicherheit geben?«

»Soweit man sich in meinem Beruf überhaupt sicher sein kann.«

»Ein Jahrzehnt«, sagte er nachdenklich. »Oder eine Milliarde Jahre. Je nach Blickwinkel. Vielleicht reicht das. Es müsste reichen, glaubst du nicht?«

Ich fragte nicht: wofür reichen? »Aber inzwischen …«

»Kein ›Inzwischen‹, Tyler. Ich kann es mir nicht erlauben, mich von meiner Arbeit zu entfernen, und ich möchte nicht, dass irgendjemand davon weiß.«

»Es ist nichts, wofür man sich schämen müsste.«

»Ich schäme mich nicht dafür.« Er deutete auf den Papierkittel.

»Es ist scheißdemütigend, aber nicht beschämend. Es geht nicht um psychologische Probleme, es geht darum, was ich hier bei Perihelion mache. Was ich machen *darf*. E. D. hasst Krankheit, Tyler, er hasst jede Form von Schwäche. Er hat Carol von dem Tag an gehasst, als ihre Trinkerei zum Problem wurde.«

»Du glaubst also nicht, dass er Verständnis hätte?«

»Ich liebe meinen Vater, aber ich bin nicht blind für seine Fehler. Nein, er hätte kein Verständnis. Der ganze Einfluss, den ich bei Perihelion habe, hängt an ihm. Und das ist momentan ein bisschen heikel. Wir hatten in letzter Zeit einige Meinungsverschiedenheiten. Falls ich zur Belastung für ihn würde, würde er mich binnen einer Woche in irgendeine teure Klinik in der Schweiz oder auf Bali abschieben und sich sagen, dass es nur zu meinem Besten geschehe. Schlimmer noch, er würde es sogar *glauben*.«

»Was und wie viel du an die Öffentlichkeit dringen lässt, ist deine Sache. Aber du musst dich von einem Neurologen behandeln lassen, nicht von einem praktischen Arzt.«

»Nein.«

»Ich kann dich nicht guten Gewissens weiter behandeln, Jason, wenn du dich nicht zusätzlich einem Spezialisten anvertraust. Es war schon prekär genug, dich auf Tremex zu setzen, ohne vorher einen Hirnfachmann zu konsultieren.«

»Du hast die magnetische Resonanzspektroskopie und die Bluttests. Was brauchst du noch?«

»Am besten ein perfekt ausgestattetes Krankenhauslabor und einen Abschluss in Neurologie.«

»Blödsinn. Du hast selber gesagt, dass MS heutzutage keine so große Sache mehr ist.«

»Es sei denn, sie spricht nicht auf die Behandlung an.«

»Ich kann nicht ...« Er wollte weiter diskutieren, aber er war offensichtlich völlig erschöpft. Ermüdung konnte auch eines der Symptome seines Rückfalls sein; er hatte sich wenig Erholung gegönnt in den Wochen vor E. D.s Besuch. »Ich schlage dir folgende Abmachung vor: Ich lasse mich von einem Spezialisten begutachten, wenn du es diskret arrangieren kannst und wenn es nicht in meiner Perihelion-Akte auftaucht. Aber ich muss funktionstüchtig sein. Und zwar *morgen*. Funktionstüchtig heißt, ich kann ohne Hilfe laufen und pinkel mich nicht voll. Der Medikamentencocktail, von dem du gesprochen hast, wirkt der schnell?«

»Normalerweise ja, aber ohne neurologische Diagnostik …«

»Tyler, hör zu, ich weiß wirklich zu schätzen, was du für mich getan hast, aber ich kann mir, wenn es nötig ist, auch einen kooperations-willigeren Arzt kaufen. Behandle mich jetzt, dann geh ich zu einem Spezialisten, dann tue ich alles, was du für richtig hältst. Aber wenn du glaubst, dass ich im Rollstuhl und mit einem Katheter im Schwanz zur Arbeit erscheine, dann liegst du total daneben.«

»Selbst wenn ich dir sofort etwas verschreibe, wird es dir nicht über Nacht besser gehen. Das dauert ein paar Tage.«

»Ich könnte vielleicht einige Tage frei machen.« Er dachte darüber nach. »Okay«, sagte er schließlich. »Ich möchte die Medikamente haben, und ich möchte, dass du mich unauffällig hier rausschaffst. Wenn du das hinbekommst, begebe ich mich ganz in deine Obhut. Kein Widerspruch mehr.«

»Ärzte verhandeln nicht, Jase.«

»Akzeptier es so, oder lass es bleiben, Hippokrates.«

Ich gab ihm nicht gleich den ganzen Cocktail – ich hatte nicht alle Medikamente vorrätig –, aber ich verabreichte ihm ein CNS-Stimulans, das ihm für die nächsten Tage zumindest die Kontrolle über seine Blase und die Fähigkeit, ohne Hilfe zu gehen, zurückgeben würde. Die Nebenwirkung war ein gereizter, eisiger Gemütszustand, vergleichbar, habe ich mir sagen lassen, mit dem Ende eines Kokainrausches. Es erhöhte den Blutdruck und ließ dunkle Taschen unter den Augen wachsen.

Wir warteten, bis der Großteil der Belegschaft nach Hause gegangen und nur noch die Nachtschicht auf dem Gelände war. Jase bewegte sich steif, aber überzeugend am Empfang vorbei zum Parkplatz, winkte einigen spät Feierabend machenden Kollegen lächelnd zu und sank dann auf den Beifahrersitz meines Autos. Ich fuhr ihn nach Hause.

Er hatte mich mehrmals in meinem kleinen Haus besucht, aber ich war noch nie bei ihm gewesen. Ich hatte etwas erwartet, das seinem Status bei Perihelion entsprach, tatsächlich aber war seine Schlafstatt – denn viel mehr als schlafen tat er dort offenbar nicht – eine bescheidene Eigentumswohnung mit allenfalls einem viertel Blick aufs Meer. Eingerichtet hatte er sie mit einem Sofa, einem Fernseher, einem Schreibtisch, einigen Bücherregalen und einem Breitband-Medien/Internet-Anschluss. Die Wände waren kahl, außer über dem Schreibtisch, wo ein handgezeichnetes Schaubild festgeklebt war, das die Geschichte des Sonnensystems von der Geburt der Sonne bis zu ihrem Zerfall in einen weißen Zwerg zeigte, wobei sich die menschliche Geschichte an einem mit DER SPIN markierten Punkt von der Zeitgeraden abtrennte. Die Bücherregale waren voll mit Zeitschriften und wissenschaftlichen Texten, dazwischen genau drei gerahmte Fotos: E. D. Lawton, Carol Lawton und eine ziemlich spröde Aufnahme von Diane, die etliche Jahre alt sein musste.

Jason legte sich aufs Sofa, der Inbegriff eines Paradoxons: der Körper im Ruhezustand, die Augen in medikamentöser Hyperaufmerksamkeit geradezu gleißend. Ich ging in die kleine Küche und schlug ein paar Eier in die Pfanne (wir hatten beide seit dem Frühstück nichts gegessen), während Jason redete. Und redete. Und nicht aufhörte zu reden. »Natürlich«, sagte er irgendwann, »bin ich viel zu gesprächig, das ist mir vollkommen bewusst, aber an Schlaf ist im Moment nicht einmal zu denken. Lässt das irgendwann nach?«

»Wenn wir dich langfristig auf den Medikamentencocktail setzen, ja, dann wird die stimulierende Wirkung verschwinden.« Ich brachte ihm einen Teller Rührei ans Sofa.

»Es putscht wirklich auf. Wie diese Pillen, die manche Leute nehmen, wenn sie für eine wichtige Prüfung pauken. Aber für den Körper ist es beruhigend. Ich fühle mich wie eine Neonreklame auf einem leeren Gebäude. Hell erleuchtet, aber im Grunde hohl. Hey, die Eier sind sehr gut. Danke.« Er stellte den Teller beiseite. Er hatte gerade mal einen Löffel davon gegessen.

Ich saß an seinem Schreibtisch und betrachtete erneut die Skizze an der Wand, die karge Darstellung der Geschichte unseres Sonnensystems. Er hatte sie mit Filzstift auf gewöhnliches braunes Packpapier gezeichnet.

Jason folgte meinem Blick. »Offensichtlich«, sagte er, »erwarten sie, dass wir *irgendetwas* tun.«

»Wer?«

»Die Hypothetischen. Wenn wir sie denn so nennen müssen. Und das müssen wir wohl – alle tun es. Sie erwarten etwas von uns. Ich weiß nicht, was. Ein Geschenk, ein Zeichen, ein annehmbares Opfer.«

»Woher weißt du das?«

»Nun, es ist keine besonders originelle Vermutung. Warum ist die Spin-Barriere durchlässig für menschliche Artefakte wie Satelliten, nicht aber für Meteore oder gar Brownlee-Partikel? Offensichtlich handelt es sich gar nicht um eine *Barriere*, das war von Anfang an nicht der richtige Ausdruck.« Unter dem Einfluss des Stimulans schien Jason eine besondere Neigung für das Wort *offensichtlich* gefasst zu haben. »Offensichtlich«, sagte er, »ist es ein selektiver Filter. Wir wissen, dass er die zur Erde gelangende Energie filtert. Die Hypothetischen wollen also uns – oder jedenfalls die terrestrische Ökosphäre – erhalten, am Leben lassen. Aber warum gewähren sie uns Zugang zum Weltraum? Sogar nachdem wir versucht haben, die einzigen zwei spinbezogenen Artefakte zu bombardieren, die je gesichtet wurden? Worauf *warten* sie, Tyler? Was ist der Preis?«

»Vielleicht ist es kein Preis. Vielleicht ist es ein Lösegeld. Zahlt und wir lassen euch in Ruhe.«

Er schüttelte den Kopf. »Dafür, uns in Ruhe zu lassen, ist es zu spät. Jetzt brauchen wir sie. Und wir können die Möglichkeit noch immer nicht ausschließen, dass sie uns wohlgesonnen sind, oder zumindest gutartig. Ich meine, mal angenommen, sie wären nicht zu diesem Zeitpunkt aufgekreuzt. Was hätte uns erwartet? Es gibt viele Leute, die glauben, wir hätten vor unserem letzten Jahrhundert als lebensfähige Zivilisation gestanden, vielleicht sogar als Gattung. Globale Erwärmung, Überbevölkerung, das Sterben der Meere, der Verlust von Ackerland, die starke Zunahme von Krankheiten, die Drohung atomarer oder biologischer Kriegsführung ...«

»Wir hätten uns vielleicht selbst zerstört, aber es wäre wenigstens unsere eigene Schuld gewesen.«

»Stimmt das wirklich? *Wessen* Schuld denn genau? Deine? Meine? Nein, es wäre das Ergebnis relativ harmloser Entscheidungen von mehreren Milliarden Menschen gewesen: Kinder zu haben, mit dem Auto zur Arbeit zu fahren, den Job zu behalten, die kurzfristigen Probleme zuerst zu lösen. Wenn du an den Punkt gelangst, wo selbst deine trivialsten Handlungen womöglich mit dem Tod der Gattung bestraft werden, dann stehst du offensichtlich, ganz offensichtlich, an einem Scheideweg. Eine andere Art von Kein-Zurück-mehr.«

»Ist es denn besser, von der Sonne vernichtet zu werden?«

»Das ist ja noch nicht geschehen. Und wir wären nicht der erste Stern, der ausbrennt. Die Galaxis ist übersät von weißen Zwergen, die womöglich aus einmal bewohnbaren Planeten entstanden sind. Hast du dich je gefragt, was mit *denen* passiert ist?«

»Sehr selten.« Ich stand auf und ging zum Bücherregal, zu den Familienfotos. Da war E. D., in die Kamera lächelnd – ein Mann, dessen Lächeln nie so ganz überzeugend war. Seine physische Ähnlichkeit mit Jason war markant (war offensichtlich, hätte Jason vielleicht gesagt). Die gleiche Maschine, anderer Geist.

»Wie könnte das Leben eine stellare Katastrophe überstehen? Offensichtlich hängt das davon ab, was ›Leben‹ ist. Sprechen wir von organischem Leben oder von einer beliebigen Form von autokatalytischer Feedbackschleife? Sind die Hypothetischen organisch? Was übrigens für sich schon eine interessante Frage ist ...«

»Du solltest wirklich versuchen, ein bisschen zu schlafen.« Es war nach Mitternacht. Er verwendete Wörter, die ich nicht verstand. Ich betrachtete das Foto von Carol. Hier war die Ähnlichkeit subtiler. Der Fotograf hatte sie an einem guten Tag erwischt: Ihre Augen waren richtig geöffnet, nicht auf Halbmast, und obwohl ihr Lächeln unwillig war – ein kaum wahrnehmbares Heben der dünnen Lippen –, wirkte es nicht völlig unecht.

»Vielleicht nutzen sie die Sonne als Bergwerk. Wir haben aufschlussreiche Daten über Sonnenflackern. Offensichtlich erfordert das, was sie mit der Erde gemacht haben, große Mengen von Energie. Es ist das Gleiche, wie wenn du eine planetengroße Masse auf eine Temperatur nahe dem absoluten Nullpunkt herunterkühlst. Aber wo kommt die Energie her? Höchstwahrscheinlich von der Sonne. Wir haben eine markante Abnahme großen Sonnenflackerns seit dem Spin beobachtet. Irgendetwas, irgendeine Kraft oder Tätigkeit, nimmt womöglich Hochenergiepartikel auf, bevor sie in der Heliosphäre aufwogen. Die Sonne anzapfen, Tyler! Das ist ein Akt technologischer Hybris, der fast so erstaunlich ist wie der Spin selbst.«

Ich nahm Dianes Foto in die Hand. Es war vor ihrer Hochzeit mit Simon Townsend aufgenommen worden. Gut zum Ausdruck kam eine bestimmte charakteristische Unruhe, als habe sie gerade, von einem verwirrenden Gedanken überrascht, die Augen zusammengekniffen. Sie war schön, ohne sich Mühe zu geben, aber auch nicht ganz entspannt, voller Anmut, doch leicht aus dem Gleichgewicht geraten.

Ich hatte so viele Erinnerungen an sie. Nur waren sie inzwischen etliche Jahre alt, verschwanden in der Vergangenheit mit fast spinartiger Beschleunigung. Jason sah, dass ich das Bild in der Hand hielt, und war für einige segensreiche Augenblicke still. Dann sagte er: »Also wirklich, Tyler, diese Fixierung ist deiner nicht würdig.«

»Von einer Fixierung kann man schwerlich sprechen, Jase.«

»Warum? Weil du über sie weg bist, oder weil du Angst vor ihr hast? Aber ich könnte ihr die gleiche Frage stellen – falls sie sich mal melden würde. Simon führt sie an der kurzen Leine. Ich vermute, sie vermisst die alten NK-Zeiten, als die Bewegung noch voller nackter Unitarier und evangelikaler Hippies war. Der Preis der Frömmigkeit ist inzwischen ganz schön happig ... Aber sie spricht hin und wieder mit Carol.«

»Ist sie wenigstens glücklich?«

»Diane lebt unter Fanatikern. Sie ist vielleicht selber eine. Glück ist bei denen nicht vorgesehen.«

»Glaubst du, dass sie in Gefahr ist?«

Er zuckte mit den Achseln. »Ich glaube, sie führt das Leben, das sie für sich gewählt hat. Sie hätte andere Entscheidungen treffen können. Sie hätte zum Beispiel *dich* heiraten können, Tyler, wenn sie nicht diese lächerliche Vorstellung im Kopf gehabt hätte.«

»Vorstellung?«

»Dass E. D. dein Vater ist. Und sie deine leibliche Schwester.«

Ich trat allzu hastig vom Bücherregal weg, warf dabei die Bilder zu Boden. »Das ist doch lächerlich.«

»Vollkommen lächerlich. Aber ich glaube, endgültig verabschiedet hat sie sich davon erst, als sie auf dem College war.«

»Aber wie um Himmels willen kam sie denn darauf?«

»Es war ein reines Fantasiegebilde, keine Theorie. Denk mal nach. Es gab nie sehr viel Zuneigung zwischen Diane und E. D. Sie fühlte sich unbeachtet. Und in gewissem Sinne hatte sie recht. E. D. hat nie eine Tochter haben wollen, er wollte einen Erben, einen männlichen Erben. Er hatte hohe Erwartungen, und zufällig habe ich ihnen entsprochen. Diane war für ihn nur eine unnütze Ablenkung. Er erwartete, dass Carol sie aufzieht, und Carol ... Carol war dieser Aufgabe nicht gewachsen.«

»Und deshalb hat sie diese ... Geschichte erfunden?«

»Sie hat es als eine Schlussfolgerung angesehen. Es lieferte eine Erklärung dafür, dass E. D. deine Mutter und dich auf dem Grundstück hat wohnen lassen. Und es erklärte, warum Carol immerzu unglücklich war. Und vor allem fühlte sie sich selbst besser dabei. Deine Mutter war netter und herzlicher zu ihr, als Carol es je war. Ihr gefiel die Vorstellung, mit der Familie Dupree blutsverwandt zu sein.«

Ich sah Jason an. Sein Gesicht war bleich, die Pupillen geweitet, der Blick distanziert und aufs Fenster gerichtet. Ich rief mir in

Erinnerung, dass er mein Patient war, dass er eine psychologische Reaktion auf ein starkes Medikament zeigte, dass dies derselbe Mann war, der noch wenige Stunden zuvor angesichts seiner Inkontinenz in Tränen ausgebrochen war. »Ich sollte jetzt wirklich gehen, Jason.«

»Warum? Ist das alles so schockierend? Hast du gedacht, das Aufwachsen würde schmerzfrei verlaufen?« Dann plötzlich, noch bevor ich antworten konnte, wandte er den Kopf und blickte mir zum ersten Mal an diesem Abend in die Augen. »O je, mir kommt langsam der Verdacht, dass ich mich schlecht benommen habe.«

»Die Medikation ...«

»Ganz ungeheuerlich schlecht. Tyler, es tut mir Leid.«

»Du fühlst dich besser, wenn du eine Nacht geschlafen hast. Aber du solltest die nächsten paar Tage nicht zur Arbeit gehen.«

»Werde ich nicht. Kommst du morgen vorbei?«

»Ja.«

»Danke.«

Ich ging, ohne noch etwas zu sagen.

HIMMLISCHER GARTENBAU

Es war der Winter der Startrampen.

Neue Abschussrampen waren nicht nur in Canaveral, sondern auch in der Wüste im Südwesten, in Südfrankreich und Äquatorialafrika, in Jiuquan und Xichang in China und in Baikonur und Svobodny in Russland errichtet worden; Rampen für die Saatgutfrachten zum Mars und besonders große Rampen für die sogenannten Riesengestelle, gewaltige Trägerraketen, die menschliche Freiwillige zu einem halbwegs bewohnbaren Mars transportieren sollten, falls das grobe Terraformen von Erfolg gekrönt war. Die Rampen wuchsen in diesem Winter wie Eisen- und Stahlwälder, reich und üppig, verwurzelt in Beton, bewässert mit reichlichen Mitteln aus dem Bundesetat.

Die ersten Saatgutraketen waren in gewisser Weise weniger spektakulär als die für sie gebauten Abschussvorrichtungen. Es waren Trägerraketen vom Fließband, massengefertigt nach alten Titan- und Deltaschablonen, kein Gramm oder Mikrochip komplizierter als unbedingt nötig, und als der Winter in den Frühling überging, da bevölkerten sie ihre Rampen in geradezu beängstigender Anzahl, wie Baumwollhülsen vor dem Aufplatzen, auf dem Sprung, einem fernen, sterilen Boden Leben zuzuführen.

In gewissem Sinne herrschte auch Frühling im ganzen Sonnensystem – oder jedenfalls ein verlängerter Altweibersommer. Die bewohnbare Zone breitete sich nach außen aus, während die Sonne ihren Heliumkern erschöpfte, umfasste nach und nach den Mars, wie sie später auch den wasserhaltigen Jupitermond Ganymed umfassen würde, ein weiteres potenzielles Objekt zur Terraformung. Auf dem Mars hatten im Laufe von Millionen von wärmenden Sommern gewaltige Massen von gefrorenem CO_2 und wässrigem Eis begonnen, in die Atmosphäre zu sublimieren. Zu Beginn des Spins hatte der atmosphärische Druck auf Bodenhöhe ungefähr acht Millibar betragen, die Luft war ähnlich dünn wie auf der Erde etwa fünf Kilometer über dem Gipfel des Mount Everest. Inzwischen hatte der Planet, selbst ohne menschliche Intervention, ein Klima entwickelt, das dem einer in Kohlendioxid getauchten arktischen Bergregion entsprach – nach marsianischen Maßstäben ausgesprochen milde.

Und wir hatten die Absicht, diesen Prozess weiterzutreiben. Wollten die Luft des Planeten mit Sauerstoff anreichern, wollten seine Tiefebenen begrünen, wollten Teiche schaffen, wo gegenwärtig noch das periodisch tauende Eis in Geysire aus Wasserdampf ausbrach oder einen giftigen Schlamm bildete.

Wir waren gefährlich optimistisch in diesem Winter der Startrampen.

Am 3. März, kurz vor den geplanten ersten Saatgutstarts, rief Carol Lawton mich zu Hause an und berichtete mir, dass meine Mutter einen schweren Schlaganfall erlitten hätte und die Ärzte mit ihrem baldigen Tod rechneten.

Ich organisierte eine Vertretung bei Perihelion, fuhr nach Orlando und buchte den ersten Flug am Morgen nach D.C.

Carol holte mich am Reagan International ab, in offenbar nüchternem Zustand. Sie breitete die Arme aus, und ich schloss sie in meine, diese Frau, die mir in all den Jahren, in denen ich auf ihrem Grundstück gelebt hatte, nie anders als mit verwirrter Gleichgültigkeit begegnet war. Dann trat sie einen Schritt zurück und legte ihre zitternden Hände auf meine Schultern. »Es tut mir so Leid, Tyler.«

»Lebt sie noch?«

»Ja. Komm, draußen wartet ein Wagen auf uns. Wir können während der Fahrt reden.«

Ich folgte ihr zu einem Auto, das wohl von E. D. zur Verfügung gestellt worden war, eine schwarze Limousine mit Regierungsplakette. Der Fahrer sprach kaum ein Wort, während er mein Gepäck in den Kofferraum lud, tippte sich lediglich an die Mütze, als ich ihm dankte. Nachdem wir eingestiegen waren, fuhr er, ohne erst eine entsprechende Anweisung entgegenzunehmen, in Richtung George-Washington-Universitätsklinik.

Carol war dünner, als ich sie in Erinnerung hatte – sie versank wie ein Vogel in den Lederpolstern. Sie zog ein Baumwolltaschentuch aus ihrer winzigen Handtasche und betupfte sich die Augen. »Dieses lächerliche Geheule. Gestern habe ich meine Kontaktlinsen verloren. Praktisch aus den Augen rausgeweint, das musst du dir mal vorstellen. Es gibt Dinge, die man als selbstverständlich betrachtet. Für mich war es die Tatsache, dass ich deine Mutter im Haus hatte, die für Ordnung sorgte. Oder einfach das Wissen, dass sie in der Nähe war, auf der anderen Seite des Rasens. Ich bin nachts immer aufgewacht – ich schlafe nicht sehr gut, was dich vermutlich nicht überraschen wird –, ich bin also nachts aufgewacht und hatte das Gefühl, die Welt sei zerbrechlich, und ich könnte hindurchfallen, direkt durch den Fußboden durch, und ewig weiterfallen. Dann hab ich immer an sie gedacht, drüben im Kleinen Haus, mit ihrem gesunden Schlaf, tief und fest. Es war wie ein gerichtsverwertbarer Beweis. Beweisstück A, Belinda Dupree, oder: Es gibt einen inneren Frieden. Sie war der Grundpfeiler des ganzen Haushalts, Tyler, ob du es gewusst hast oder nicht.«

Vermutlich hatte ich es gewusst. Im Grunde war alles ein und derselbe Haushalt gewesen, wenn ich auch als Kind vorwiegend die Unterschiede wahrgenommen hatte: mein Haus, bescheiden, aber ruhig und friedlich, und das Große Haus, wo die Spielsachen teurer, die Auseinandersetzungen aber auch heftiger waren.

Ich fragte sie, ob E. D. im Krankenhaus gewesen sei.

»E. D.? Nein, der hat zu tun. Um Raumschiffe zum Mars zu schicken, muss man wohl ganz furchtbar oft in der Innenstadt essen gehen. Ich weiß, dass es das ist, was Jason in Florida festhält, aber ich glaube, Jason befasst sich mit der praktischen Seite der Angelegenheit – falls sie eine praktische Seite *hat* –, während E. D. mehr den Bühnenzauberer gibt, der das Geld aus allen möglichen Hüten zieht. Aber du wirst E. D. sicherlich bei der Beerdigung sehen.« Ich zuckte zusammen, worauf sie mich entschuldigend ansah. »Für den Fall, dass. Aber die Ärzte sagen …«

»Dass sie sich nicht wieder erholen wird.«

»Sie liegt im Sterben, ja. Das sag ich dir als Kollegin. Weißt du das noch, Tyler? Ich hatte mal eine Arztpraxis. Damals, als ich zu so etwas noch fähig war. Und jetzt bist du ein Arzt mit eigener Praxis. Mein Gott!«

Ich war dankbar für ihre Direktheit. Vielleicht hatte es mit der ungewohnten Nüchternheit, der Ernüchterung, zu tun. Da war sie wieder in der hell erleuchteten Welt, der sie zwanzig Jahre lang aus dem Weg gegangen war, und musste feststellen, dass diese Welt noch immer genauso schrecklich war, wie sie sie in Erinnerung hatte.

Wir betraten die Klinik. Carol hatte sich dem Pflegepersonal auf der Intensivstation bereits vorgestellt, daher gingen wir direkt zum Zimmer meiner Mutter. Als Carol an der Tür zögerte, sagte ich: »Kommen Sie mit rein?«

»Ich – nein, ich glaube nicht. Ich habe mich schon einige Male verabschiedet. Ich muss mich irgendwo aufhalten, wo es nicht nach Desinfektionsmitteln riecht. Ich werde auf dem Parkplatz mit den Rollbahrenschiebern eine rauchen. Treffen wir uns da?«

Ich nickte.

Meine Mutter war ohne Bewusstsein; an lebenserhaltende Apparate angeschlossen, die Atmung von einer Maschine reguliert, die mit jedem Heben und Senken des Brustkorbs ächzte. Ihre Haare waren weißer, als ich sie in Erinnerung hatte. Ich streichelte ihre Wange, aber sie reagierte nicht.

Aus einem fehlgeleiteten ärztlichen Instinkt heraus schob ich eins ihrer Augenlider nach oben, vermutlich mit der Absicht, die Erweiterung ihrer Pupillen zu kontrollieren. Aber sie hatte nach dem Schlaganfall Blutungen im Auge erlitten. Es war rot wie eine Kirschtomate.

Ich verließ das Krankenhaus gemeinsam mit Carol, lehnte aber ihre Einladung zum Essen ab und erklärte, ich würde mir selbst etwas machen. Sie sagte: »Es ist bestimmt etwas in der Küche deiner Mutter, aber wenn du ins Große Haus kommen möchtest, bist du mehr als willkommen. Auch wenn es momentan etwas unordentlich ist, jetzt wo deine Mutter sich nicht mehr darum kümmern kann. Aber ich bin sicher, wir können dir noch ein passables Gästezimmer anbieten.«

Ich bedankte mich, gab aber zu verstehen, dass ich lieber auf der anderen Seite des Rasens bleiben wolle.

»Gib Bescheid, falls du deine Meinung änderst.« Sie starrte von der Kiesauffahrt über den Rasen hinweg zum Kleinen Haus, als würde sie es seit Jahren zum ersten Mal wieder klar sehen. »Hast du noch einen Schlüssel?«

»Ja, hab ich.«

»Also gut. Dann lass ich dich allein. Das Krankenhaus hat beide Nummern, falls sich ihr Zustand verändert.« Sie umarmte mich wieder und stieg die Verandastufen mit einer Entschlossenheit hinauf, die vermuten ließ, sie habe das Trinken jetzt lange genug aufgeschoben.

Ich ging in das Haus meiner Mutter. Mehr ihres als meines, dachte ich, obwohl die Spuren meiner Anwesenheit nicht gelöscht worden waren. Als ich auf die Universität umgezogen war, hatte ich mein kleines Zimmer leergeräumt und alles eingepackt, was mir wichtig war, doch meine Mutter hatte das Bett stehen lassen und die entstandenen Lücken – die Holzregale, die Fensterbank – mit eingetopften Pflanzen aufgefüllt, die jetzt in ihrer Abwesenheit rasch eingingen. Ich goss sie erst einmal. Auch das übrige Haus war ordentlich und aufgeräumt. Diane hatte die haushälterische Tätigkeit meiner Mutter einmal als »linear« bezeichnet, womit sie wohl meinte: auf Ordnung bedacht, aber nicht besessen. Ich inspizierte das Wohnzimmer, die Küche, warf einen Blick in ihr Schlafzimmer. Nicht alles war an seinem Platz. Aber alles *hatte* seinen Platz.

Bei Einbruch der Dunkelheit zog ich die Vorhänge zu und schaltete alle Lampen in allen Zimmern ein, machte mehr Licht, als meine Mutter je, zu welcher Zeit auch immer, für angemessen gehalten hatte. Es war eine Deklaration gegen den Tod. Ich fragte mich, ob Carol das Leuchten über die winterbraune Kluft hinweg bemerken, und wenn ja, ob sie es tröstlich oder erschreckend finden würde.

E. D. kam an diesem Abend gegen neun Uhr nach Hause, und er besaß den Anstand, an die Tür zu klopfen und sein Mitgefühl auszudrücken. Er schien sich unbehaglich zu fühlen unter der Verandalampe, sein maßgeschneiderter Anzug leicht zerknittert. Sein Atem dampfte in der Abendkälte. Er tastete seine Taschen ab, an der Brust, an der Hüfte, unbewusst, als habe er etwas vergessen oder als wisse er einfach nicht, was er mit seinen Händen anstellen sollte. »Es tut mir Leid, Tyler«, sagte er.

Seine Beileidsbekundung schien mir doch reichlich verfrüht, so als ob der Tod meiner Mutter eine nicht nur unvermeidliche, sondern bereits vollendete Tatsache sei. Er hatte sie bereits abgeschrieben. Aber sie atmete noch, dachte ich, oder nahm jedenfalls noch

Sauerstoff auf, etliche Kilometer entfernt, ganz allein in ihrem Krankenhauszimmer. »Vielen Dank, Mr. Lawton.«

»Um Gottes willen, Tyler, sag E. D. zu mir. Alle anderen tun es auch. Jason hat mir erzählt, dass du gute Arbeit leistest unten bei Perihelion Florida.«

»Meine Patienten beschweren sich nicht.«

»Großartig. Jeder Beitrag zählt, und sei er noch so klein. Hör mal, hat Carol dich hier draußen untergebracht? Wir haben natürlich auch ein Gästezimmer für dich bereit, wenn du möchtest.«

»Ich bin zufrieden, so wie es ist.«

»Okay, das verstehe ich. Klopf einfach an die Tür, wenn du etwas brauchst, in Ordnung?«

Er schlenderte zurück zum Großen Haus. Es war viel und ausführlich über Jasons Genie geredet worden, sowohl in der Presse als auch in der Familie, aber ich rief mir jetzt in Erinnerung, dass auch E. D. auf diese Bezeichnung Anspruch erheben konnte. Er hatte aus einem Ingenieurspatent und reichlich geschäftlicher Begabung ein großes Industrieunternehmen gemacht und zu einer Zeit, als Americom und AT&T noch wie ein schreckenstarres Reh in den Spin blinzelten, aerostatgestützte Telekommunikationsbandbreite verkauft. Was ihm fehlte, war nicht Jasons Intelligenz, sondern Jasons Witz und Jasons unerschöpfliche Neugier in Bezug auf das physikalische Universum. Und vielleicht auch ein Schuss von Jasons Humanität.

Dann war ich wieder allein, zu Hause und doch nicht zu Hause. Ich saß auf dem Sofa und wunderte mich darüber, wie wenig sich dieses Zimmer verändert hatte. Früher oder später würde es meine Aufgabe sein, alles zu entsorgen, was sich im Haus befand, etwas, das ich mir kaum ausmalen konnte, eine Aufgabe, die noch schwerer, noch absurder war als die, Leben auf einem anderen Planeten zu entwickeln. Und vielleicht führte das Nachdenken über diesen Akt des Verschwindenlassens dazu, dass ich auf dem obersten Brett des Regals neben dem Fernseher eine Lücke bemerkte.

Es fiel mir deshalb auf, weil meines Wissens diesem Brett in all den Jahren, die ich hier gewohnt hatte, nie mehr als ein oberflächliches Abstauben zuteilgeworden war. Das oberste Brett war der Dachboden im Leben meiner Mutter. Ich hätte alles, was sich auf diesem Regalbrett befand, mit geschlossenen Augen und in der korrekten Reihenfolge aufzählen können: Ihre Highschool-Jahrbücher (Martell Secondary School in Bingham, Maine, 1975, 76, 77, 78); ihr Berkeley-Studienbuch (1982); ein Jadebuddha als Buchstütze; ihr Diplom in einem Plastikrahmen zum Hinstellen; die braune Fächermappe, in der sie Geburtsurkunde, Reisepass und Steuerdokumente aufbewahrte; sowie, gestützt von einem weiteren grünen Buddha, drei ramponierte New-Balance-Schuhkartons mit der jeweiligen Aufschrift ANDENKEN (AUSBILDUNG), ANDENKEN (MARCUS) und VERMISCHTES.

Aber jetzt stand die zweite Buddha-Statue schief und der Karton mit der Aufschrift ANDENKEN (AUSBILDUNG) fehlte. Ich nahm an, dass sie ihn selbst heruntergenommen hatte, obwohl ich ihn nirgends sonst im Haus gesehen hatte. Die einzige der drei Schachteln, die sie in meiner Gegenwart regelmäßig geöffnet hatte, war VERMISCHTES. Sie war vollgestopft gewesen mit Konzertprogrammen und Ticketabrissen, spröde gewordenen Zeitungsausschnitten (einschließlich der Todesanzeigen für ihre Eltern), eine Souvenir-Anstecknadel in Form des Schoners *Bluenose* von ihrer Hochzeitsreise in Nova Scotia, Streichholzbriefchen verschiedenster Hotels und Restaurants, die sie besucht hatte, Modeschmuck, ein Taufschein, sogar eine Locke meiner ersten Haare, aufbewahrt in einem mit einer Sicherheitsnadel verschlossenen Stück Wachspapier.

Ich nahm die andere Schachtel herunter, die mit der Aufschrift ANDENKEN (MARCUS). Ich war nie besonders neugierig gewesen, was meinen Vater betraf, und meine Mutter hatte auch nicht viel über ihn erzählt, nichts was über ein paar dürre persönliche Merkmale hinausging: ein gut aussehender Mann, Ingenieur von Beruf, sammelte Jazzplatten, E. D.s bester Freund auf dem College, aber ein schwerer Trinker und schließlich, eines Nachts auf der Heimfahrt von einem Elektroniklieferanten in Milpitas, ein Opfer seiner Leidenschaft für schnelle Autos. In dem Karton befand sich ein Packen Briefe in

Pergamentumschlägen, adressiert in einer schnörkellosen, sauberen Handschrift, die ihm gehört haben musste. Er hatte die Briefe an Belinda Sutton geschrieben, der Mädchenname meiner Mutter, an eine Adresse in Berkeley, die mir nichts sagte.

Ich öffnete einen der Umschläge, zog den vergilbten Bogen Papier heraus und faltete ihn auseinander.

Es war unliniertes Papier, aber die Handschrift zog sich dennoch in kurzen, sehr ordentlichen Parallelen über die Seite. *Liebe Bel,* las ich. *Ich dachte, gestern Abend am Telefon hätte ich bereits alles gesagt, aber ich kann nicht aufhören, an Dich zu denken. Dies zu schreiben ist so, als seist du mir näher, wenn auch nicht so nahe, wie ich mir wünschen würde. Nicht so nahe wie im letzten August! Jede Nacht, in der ich mich nicht neben dich legen kann, spiel ich mir diese Erinnerung vor wie ein Videoband.*

Es folgte noch mehr, aber ich las nicht weiter. Ich faltete den Brief zusammen und steckte ihn in seinen Umschlag zurück, machte den Karton zu und stellte ihn dahin, wo er hingehörte.

Am nächsten Morgen klopfte es an der Tür. Ich öffnete sie in der Erwartung, Carol oder einen Bediensteten aus dem Großen Haus vor mir zu sehen.

Aber es war nicht Carol. Es war Diane. Diane in einem mitternachtsblauen bodenlangen Rock und einer Bluse mit hohem Kragen. Sie rang die Hände unter der Brust und sah mich mit funkelnden Augen an. »Es tut mir so leid«, sagte sie. »Ich bin sofort gekommen, als ich davon hörte.«

Aber zu spät. Zehn Minuten vorher hatte das Krankenhaus angerufen. Belinda Dupree war gestorben, ohne das Bewusstsein wiedererlangt zu haben.

Bei der Trauerfeier hielt E. D. eine kurze, eher verlegene Ansprache und sagte nichts von Bedeutung. Ich sprach, Diane sprach, Carol wollte eigentlich sprechen, war aber am Ende zu sehr in Tränen aufgelöst oder zu alkoholisiert, um die Kanzel zu besteigen.

Dianes Rede war die bewegendste, angemessen und von Herzen kommend, ein Katalog der Freundlichkeiten, die meine Mutter über den Rasen exportiert hatte wie Geschenke aus einem reicheren, liebevolleren Land. Ich war ihr dankbar. Der Rest der Zeremonie wirkte im Vergleich dazu mechanisch: Flüchtig bekannte Gesichter lösten sich aus der Menge, um Erbauliches oder Halbwahres aufzusagen, und ich dankte ihnen und lächelte, dankte ihnen und lächelte, bis es Zeit war, zum Grab zu gehen.

Die Feier wurde am Abend mit einem Empfang im Großen Haus fortgesetzt, wo ich Beileidsbekundungen von E. D.s Geschäftspartnern, die ich alle nicht kannte, die aber zum Teil meinen Vater gekannt hatten, sowie von den Hausbediensteten entgegennahm, deren Trauer echter und schwerer zu ertragen war.

Partyserviceleute schlängelten sich mit gefüllten Weingläsern auf Silbertabletts durch die Menge, und ich trank mehr, als mir gut tat, bis Diane, die ebenfalls geschmeidig durch die Gästeschar geglitten war, mich von einer weiteren Runde »herzlicher Anteilnahme für Ihren schmerzlichen Verlust« fortzog und sagte: »Du brauchst frische Luft.«

»Es ist kalt draußen.«

»Wenn du so weitertrinkst, wirst du unleidlich. Bist schon auf dem besten Weg dazu. Komm, Ty. Nur ein paar Minuten.«

Also raus auf den Rasen. Den braunen Mittwinterrasen. Den gleichen Rasen, auf dem wir vor fast zwanzig Jahren die Anfangsmomente des Spins erlebt hatten. Wir schritten den Umkreis des Großen Hauses ab, schlenderten eigentlich eher, trotz der steifen Märzbrise und des körnigen Schnees, der sich auf allen geschützten und schattigen Stellen gehalten hatte.

Alles Naheliegende hatten wir bereits gesagt. Wir hatten biografische Daten abgeglichen: meine berufliche Laufbahn, der Umzug nach Florida, meine Arbeit bei Perhelion; ihr Leben mit Simon, der allmähliche Übergang von NK zu einer milderen Orthodoxie, die der Entrückung mit Frömmigkeit und Selbstzucht entgegensah. (»Wir

essen kein Fleisch«, hatte sie mir anvertraut. »Wir tragen keine
Kunstfasern.« Und wie ich so, ein bisschen benommen, neben ihr
ging, fragte ich mich, ob ich in ihren Augen abscheulich oder ab-
stoßend geworden war, ob sie die Schinken-und-Käse-Beimischung
meines Atems registrierte, oder die Baumwoll/Polyester-Jacke, die
ich trug.) Sie hatte sich nicht sehr verändert, war allerdings etwas
dünner als früher, dünner vielleicht als zuträglich, denn ihre Kinn-
linie zeichnete sich doch recht schroff vor dem hohen, engen Kragen ab.

Ich war noch nüchtern genug, ihr dafür zu danken, dass sie mich
nüchtern machen wollte.

»Ich musste da auch dringend weg. All diese Leute, die E. D. eingeladen hat. Keiner von denen hat deine Mutter in irgendeiner relevanten Weise gekannt, kein einziger. Die unterhalten sich alle über
Mittelzuweisungen oder Nutzlasttonnagen. Schließen Geschäfte ab,
oder bereiten sie vor.«

»Vielleicht ist das E. D.s Art, ihr Ehre zu erweisen. Den Leichen-
schmaus mit politischer Prominenz würzen.«

»Das ist eine sehr großmütige Interpretation.«

»Er macht dich immer noch wütend.« Und so leicht, dachte ich.

»E. D.? Natürlich. Obwohl es gütiger wäre, ihm zu vergeben. Was du
anscheinend getan hast.«

»Ich habe ihm weniger zu vergeben. Er ist ja nicht mein Vater.«

Ich hatte das ganz ohne Hintergedanken, ja ohne Absicht, ausgesprochen. Aber noch immer spukte das, was Jason mir vor einigen
Wochen erzählt hatte, in meinen Gedanken herum. Ich verschluckte
mich an der Bemerkung, wollte sie schon zurücknehmen, bevor ich
sie ganz ausgesprochen hatte, wurde rot, als sie heraus war. Diane
sah mich erst verständnislos an, dann weiteten sich ihre Augen und
ein Ausdruck trat in ihr Gesicht, in dem sich Zorn und Verlegenheit
so deutlich mischten, dass ich ihn trotz der trüben Lichtverhältnisse
ohne Schwierigkeiten interpretieren konnte.

»Du hast mit Jason gesprochen«, sagte sie kalt.

»Tut mir leid …«

»Wie muss man sich das genau vorstellen? Ihr beiden sitzt zusammen und macht euch über mich lustig?«

»Natürlich nicht. Er … Was Jason gesagt hat, das kam alles von den Medikamenten.«

Ein weiterer grotesker Fauxpas. Sie sprang sofort darauf an: »Was für Medikamente?«

»Ich bin sein praktischer Arzt. Manchmal verschreib ich ihm etwas. Ist das irgendwie wichtig?«

»Was sind das für Medikamente, die dich veranlassen, ein Versprechen zu brechen, Tyler? Er hat versprochen, dir nie etwas davon zu sagen … Ist Jason krank? Ist er deshalb nicht zur Beerdigung gekommen?«

»Er hat viel zu tun. Es sind nur noch wenige Tage bis zu den ersten Raketenstarts.«

»Aber aus irgendeinem Grund ist er bei dir in Behandlung.«

»Ich kann mich hier nicht über seine Krankengeschichte auslassen, das würde gegen die ärztliche Schweigepflicht verstoßen«, sagte ich, obwohl mir klar war, dass ich damit erst recht ihr Misstrauen erregen würde. Ich verriet sein Geheimnis gerade dadurch, dass ich darauf bestand, es zu wahren.

»Das wäre typisch für ihn, krank zu werden und keinem von uns etwas zu sagen. Er ist so, so *hermetisch verschlossen* …«

»Vielleicht solltest du die Initiative ergreifen. Ruf ihn einfach mal an.«

»Glaubst du denn, das tue ich nicht? Hat er dir das auch erzählt? Eine Zeit lang hab ich ihn jede Woche angerufen. Aber er hat dann einfach diesen hohlen Charme angeknipst und sich geweigert, irgendwas von Bedeutung zu sagen. Wie geht's, mir geht's gut, was gibt's Neues, nichts. Er will nichts von mir hören, Tyler, er ist voll auf E. D.s Seite. Ich bin ihm nur peinlich.« Sie machte eine kurze Pause. »Es sei denn, daran hätte sich etwas geändert.«

»Ich weiß nicht, was sich geändert hat. Aber vielleicht solltest du ihn besuchen, direkt mit ihm reden.«

»Wie sollte ich das anfangen?«

Ich zuckte mit den Achseln. »Nimm dir noch eine Woche frei. Flieg mit mir zurück.«

»Du hast gesagt, er hätte zu tun.«

»Sobald die Raketen gestartet sind, heißt es nur noch: abwarten und Tee trinken. Du kannst mit uns nach Canaveral kommen. Zusehen, wie Geschichte gemacht wird.«

»Diese Raketenstarts sind nutzlos«, erklärte sie, aber es klang wie etwas Angelerntes. »Ich würde schon gern, ich kann es mir nur nicht leisten. Simon und ich kommen zurecht, aber wir sind nicht reich. Wir sind keine Lawtons.«

»Ich spendier dir das Flugticket.«

»Du bist ein freigiebiger Betrunkener.«

»Ich mein es ernst.«

»Danke, aber nein. Das kann ich nicht annehmen.«

»Überleg es dir in Ruhe.«

»Frag mich noch mal, wenn du nüchtern bist.« Und dann, als wir die Stufen zur Veranda hinaufstiegen und das gelbe Licht auf ihre Augen fiel, sagte sie: »Ganz gleich, was ich einmal geglaubt haben mag – und ganz gleich, was ich vielleicht zu Jason gesagt habe ...«

»Du brauchst das nicht zu sagen, Diane.«

»Ich weiß, dass E. D. nicht dein Vater ist.«

Was ich allerdings interessant fand an diesem Widerruf, war die Art, wie sie ihn vorbrachte. Fest und entschieden. Als wisse sie es inzwischen besser. Als habe sie eine andere Wahrheit entdeckt, einen alternativen Schlüssel zu den Geheimnissen der Lawtons.

Diane ging ins Große Haus zurück. Ich beschloss, dass ich weitere Sympathiebekundungen nicht ertragen könne, und verzog mich ins Haus meiner Mutter, das überheizt und stickig wirkte.

Am nächsten Tag sagte Carol, dass ich mir ruhig Zeit damit lassen könne, die Sachen meiner Mutter auszuräumen, »etwas zu arrangieren«, wie sie sich ausdrückte. Mit dem Kleinen Haus würde nichts passieren, sagte sie. Warte einen Monat. Ein Jahr. Ich könne »etwas

171

arrangieren«, sobald ich Zeit dazu hätte und es keine seelische Belastung für mich darstellte.

Dass die seelische Belastung verschwinden würde, hielt ich für unwahrscheinlich; trotzdem bedankte ich mich für ihre Geduld und verbrachte den Tag damit, für den Rückflug nach Orlando zu packen. Mir machte die Vorstellung zu schaffen, dass ich etwas, das meiner Mutter gehört hatte, mitnehmen sollte; dass sie sich gewünscht hätte, ich würde ein Andenken an sie behalten und es meinerseits in einem Schuhkarton aufbewahren. Aber was? Eine ihrer Hummelfiguren, die sie geliebt hatte, die aber in meinen Augen nur teurer Kitsch waren? Den Kreuzstich-Schmetterling an der Wohnzimmerwand, den »Wasserlilien«-Druck im selbstgebastelten Rahmen?

Während ich noch mit mir zu Rate ging, tauchte Diane in der Tür auf. »Steht das Angebot noch? Der Flug nach Florida? War das dein Ernst?«

»Selbstverständlich.«

»Ich hab nämlich mit Simon gesprochen. Er ist zwar nicht übermäßig begeistert von dem Plan, aber er meint, er würde schon noch ein paar Tage allein zurechtkommen.«

Wie rücksichtsvoll von ihm, dachte ich.

»Also, es sei denn … ich meine, du hattest einiges getrunken …«

»Sei nicht albern. Ich ruf die Fluggesellschaft an.«

Ich buchte einen Platz auf Dianes Namen für den ersten Flug am nächsten Tag.

Dann packte ich zu Ende. Was die Besitztümer meiner Mutter betraf, so entschied ich mich schließlich für die beiden leicht angestoßenen Jadebuddha-Buchstützen.

Ich suchte im ganzen Haus, sah sogar unter den Betten nach, aber der fehlende Karton ANDENKEN (AUSBILDUNG) schien auf Dauer verschwunden zu sein.

Jason schlug vor, wir sollten uns Zimmer in Cocoa Beach nehmen und dort auf ihn warten, er werde dann am nächsten Tag zu uns stoßen. Er musste noch eine letzte Fragerunde mit den Medien bestreiten, hatte sich aber die Zeit vor den Starts freigehalten, weil er diese erleben wollte, ohne von einer CNN-Crew mit dümmlichen Fragen gelöchert zu werden.

»Toll«, sagte Diane, als ich diese Information an sie weitergab. »Dann kann ich ja all die dümmlichen Fragen selbst stellen.«

Es war mir gelungen, sie in Hinsicht auf Jasons Gesundheitszustand zu beruhigen: nein, er werde nicht sterben, und sofern es irgendwelche Signallichter in seiner Krankenakte gebe, sei das ganz allein seine Angelegenheit. Sie akzeptierte das oder schien es jedenfalls zu akzeptieren, wollte ihn aber trotzdem sehen, und sei es nur, um sich Gewissheit zu verschaffen – als habe der Tod meiner Mutter ihren Glauben an die Fixsterne des Lawton-Universums nachhaltig erschüttert.

Also nutzte ich meinen Perihelion-Ausweis und meinen Kontakt zu Jase, um uns zwei benachbarte Suiten in einem Holiday Inn mit Ausblick auf Canaveral zu mieten. Nicht lange, nachdem das Mars-Projekt ersonnen und die Einwände der Umweltschutzbeauftragten gehört und ignoriert worden waren, hatte man ein Dutzend Flachwasser-Abschussrampen errichtet und vor der Küste von Merritt Island verankert. Es waren diese Bauwerke, die wir von unserem Hotel aus besonders gut sehen konnten. Ansonsten bestand die Aussicht aus Parkplätzen, Winterstränden, blauem Wasser.

Wir standen auf dem Balkon ihrer Suite. Sie hatte geduscht und sich umgezogen, und wir wollten jetzt nach unten gehen, um uns den Herausforderungen des Hotelrestaurants zu stellen. Auf allen anderen Balkonen, soweit wir sie sehen konnten, drängten sich die Kameras und Fotoobjektive – das Holiday Inn war ein ausgewiesenes Pressehotel (Simon mochte den säkularen Medien misstrauen, aber Diane war plötzlich mittendrin statt nur dabei). Wir konnten die untergehende Sonne nicht sehen, doch fiel ihr Licht auf die fernen Startrampen und Raketen, was diese eher ätherisch als real erscheinen ließ, wie eine Schwadron von Riesenrobotern, die zu irgendeiner Schlacht im Mittelatlantischen Graben abmarschierten. Diane trat einen Schritt von der Brüstung zurück, als würde sie der Anblick erschrecken. »Warum sind es denn bloß so viele?«

»Ökopoiesis mit der Schrotflinte«, erwiderte ich.

Sie lachte, es klang ein bisschen vorwurfsvoll. »Ist das ein Ausdruck von Jason?«

War es nicht, jedenfalls nicht ganz. »Ecopoiesis« war ein Ausdruck, der von einem gewissen Robert Haynes im Jahre 1990 geprägt wurde, zu einer Zeit, als Terraformung noch eine rein spekulative Wissenschaft war. Gemeint war streng genommen die Schaffung einer sich selbst regulierenden anaerobischen Biosphäre, wo vorher keine existiert hatte, doch der moderne Sprachgebrauch bezeichnete damit jede rein biologische Einwirkung auf den Mars. Zur Begrünung des Mars waren zwei Varianten des planetarischen Bauens erforderlich: grobe Terraformung, um die Oberflächentemperatur und den atmosphärischen Druck zu erhöhen, bis annehmbare Lebensbedingungen entstanden; und Ökopoiesis, die Verwendung von mikrobischem und pflanzlichem Leben, um den Boden aufzubereiten und die Luft mit Sauerstoff anzureichern.

Die schwere Arbeit hatte der Spin schon für uns erledigt: Sämtliche Planeten des Sonnensystems – mit Ausnahme der Erde – waren durch die Ausdehnung der Sonne beträchtlich erwärmt worden. Was zu tun blieb, war die Feinarbeit – Ökopoiesis. Freilich gab es eine Vielzahl möglicher Wege dahin, viele Kandidaten unter den einzusetzenden Organismen, von felsenbewohnenden Bakterien bis hin zu Hochgebirgsmoosen.

»Schrotflinte also deshalb«, spekulierte Diane, »weil ihr sie alle losschickt.«

»So viele, wie's irgend geht, weil es bei keinem der Organismen eine Garantie gibt, dass er sich anpasst und überlebt. Einer aber schafft es womöglich.«

»Vielleicht mehr als einer.«

»Nichts gegen einzuwenden. Wir wollen ja ein Ökosystem, keine Monokultur.« Tatsächlich waren die Abschüsse zeitlich gestaffelt. Die erste Welle sollte nur anaerobe und photoautotrophe Organismen transportieren, simple Lebensformen, die keinen Sauerstoff benötigten und Energie aus Sonnenlicht gewannen. Sofern sie in ausreichend großer Anzahl gediehen und starben, würden sie eine Schicht von Biomasse schaffen, die komplexere Ökosysteme nähren konnte. Die nächste Welle, ein Jahr darauf, würde oxigenierende Organismen ins Spiel bringen, und mit den letzten unbemannten Abschüssen sollten primitive Pflanzen anreisen, um den Boden zu präparieren und Verdunstungs- und Niederschlagszyklen zu regulieren.

»Es kommt mir alles so unwahrscheinlich vor.«

»Na ja, wir leben auch in unwahrscheinlichen Zeiten. Aber du hast schon recht, es gibt keine Garantie, dass es funktionieren wird.«

»Und wenn nicht?«

Ich zuckte mit den Achseln. »Was hätten wir verloren?«

»Viel Geld. Viel Arbeitskraft.«

»Ich kann mir keine bessere Verwendung dafür vorstellen. Ja, es ist ein Vabanquespiel, alles andere als eine sichere Sache, aber der potenzielle Gewinn lohnt das Risiko in jedem Fall. Und es bringt allgemeinen Nutzen, bisher jedenfalls. Gut für die Moral zu Hause und eine günstige Gelegenheit, die internationale Zusammenarbeit zu fördern.«

»Aber ihr habt Leute in die Irre geführt. Ihr habt ihnen vorgegaukelt, dass der Spin etwas ist, das wir managen, das wir technisch in den Griff kriegen können.«

»Hoffnungen geweckt, meinst du.«

»Die falsche Sorte Hoffnung. Und wenn ihr scheitert, bleibt ihnen überhaupt keine Hoffnung mehr.«

»Was sollen wir denn deiner Ansicht nach tun, Diane? Uns auf unsere Gebetsteppiche zurückziehen?«

»Es würde sicherlich nicht bedeuten, dass man seine Niederlage eingesteht – das Beten, meine ich. Und wenn ihr erfolgreich seid, ist der nächste Schritt, Menschen loszuschicken?«

»Ja, wenn wir den Planeten begrünen können, schicken wir Menschen.« Ein viel schwierigeres, ethisch komplexes Vorhaben. Wir würden die Kandidaten in Zehnergruppen auf den Weg bringen. Sie würden eine unvorhersehbar lange Reise in engster Umgebung mit begrenzten Vorräten ertragen müssen. Sie würden ein atmosphärisches Abbremsen von nahezu tödlichem Delta v nach Monaten der Schwerelosigkeit zu erleiden haben, gefolgt von einem gefährlichen Abstieg zur Planetenoberfläche. Falls all das funktionierte und falls ihre karg bemessene Überlebensausrüstung den parallelen Abstieg schaffte und halbwegs in ihrer Nähe landete, würden sie als Nächstes Techniken und Fähigkeiten entwickeln müssen, um in einer Umgebung zu überdauern, die für eine menschliche Besiedlung nicht annähernd geeignet war. Ihre Mission bestand nicht darin, zur Erde zurückzukehren, sondern lange genug zu leben, um sich in ausreichender Zahl zu vermehren und ihren Nachkommen tragfähige Existenzbedingungen zu hinterlassen.

»Welcher zurechnungsfähige Mensch würde sich darauf einlassen?«

»Du würdest dich wundern.« Ich konnte zwar nicht für die Chinesen, die Russen oder irgendwelche anderen internationalen Freiwilligen sprechen, aber die nordamerikanischen Expeditionskandidaten waren ganz gewöhnliche, ja geradezu schockierend normale Männer und Frauen. Sie waren ausgewählt worden auf Grund ihrer Jugend, ihrer körperlichen Robustheit und ihrer Fähigkeit, Unannehmlichkeiten auch über längere Zeit zu ertragen. Nur wenige von ihnen waren Testpiloten bei der Airforce gewesen, aber alle besaßen das, was Jason als die »Testpilotenmentalität« bezeichnete, nämlich die Bereitschaft, ein gravierendes Risiko für Leib und Leben einzugehen, um etwas Spektakuläres zu erreichen. Und natürlich waren die meisten von ihnen dem Tode geweiht, ebenso wie die Mehrzahl der Bakterien, die wir nach oben schicken würden. Das Äußerste, was wir hoffen durften, war, dass eine Gruppe Überlebender, die durch die hoffentlich bemoosten Schluchten der Valles Marineris wanderte, auf eine ähnliche Gruppe von Russen oder Dänen oder Kanadiern treffen und eine lebensfähige marsianische Menschheit auf den Weg bringen würde.

»Und das kannst du alles *gutheißen*?«

»Mich hat niemand nach meiner Meinung gefragt. Aber ich wünsche ihnen alles Gute.«

Diane warf mir einen Das-reicht-nicht-Blick zu, entschied sich aber, das Thema nicht weiter zu vertiefen. Wir fuhren mit dem Fahrstuhl hinunter ins Foyer-Restaurant. Schon als wir uns hinter einem Dutzend von Fernsehtechnikern anstellten, um einen Tisch zugewiesen zu bekommen, muss sie die wachsende Erregung gespürt haben, und nachdem wir bestellt hatten, wandte sie den Kopf, lauschte nach Bruchstücken der Unterhaltungen ringsum – Wörter wie »Photodissoziation«, »kryptoendolithisch« und, ja, auch »Ökopoiesis« wehten von den Tischen der gedrängt sitzenden Journalisten herüber, die sich schon mal in den Jargon für den nächsten Tag einübten oder sich einfach zu verstehen mühten, wovon die Rede war. Dies war das erste Mal seit der Mondlandung vor über sechzig Jahren, dass die Aufmerksamkeit der Welt sich so ausschließlich auf ein Raumfahrtabenteuer konzentrierte, und der Spin verlieh dieser Zweitauflage etwas, das der Mondlandung gefehlt hatte: echte Dringlichkeit, ein globales Bewusstsein für das Risiko.

»Das alles ist Jasons Werk, nicht wahr?«

»Schon möglich, dass es auch ohne Jason und E. D. passieren würde. Aber es würde ganz anders vor sich gehen, vermutlich lange nicht so schnell und so effizient. Jase war von Anfang an im Zentrum des Geschehens.«

»Und wir an der Peripherie. Kreisen immerzu um das Genie herum. Ich verrate dir ein Geheimnis: Ich hab ein bisschen Angst vor ihm. Ihn nach so langer Zeit wiederzusehen. Ich weiß, dass er mich ablehnt.«

»Nicht dich. Deinen Lebensstil vielleicht.«

»Du meinst meinen Glauben. Es ist okay, darüber zu reden. Ich weiß, dass Jase sich ein bisschen ... ja, betrogen fühlt. Aber zu Unrecht. Jason und ich sind nie dem selben Weg gefolgt.«

»Im Grunde, weißt du, ist er immer noch einfach Jase. Der gute alte Jase.«

»Aber bin ich auch noch die gute alte Diane?«

Worauf ich nichts zu erwidern wusste.

Sie aß mit großem Appetit, und nach dem Hauptgericht bestellten wir noch Nachtisch und Kaffee. Ich sagte: »Was für ein Glück, dass du dir hierfür Zeit nehmen konntest.«

»Ein Glück, dass Simon mich von der Leine gelassen hat?«

»So habe ich das nicht gemeint.«

»Ich weiß. Aber in gewisser Weise ist es so. Simon hat mitunter einen Hang zum Kontrollieren. Er weiß gern, wo ich bin.«

»Ist das ein Problem für dich?«

»Du meinst, ist meine Ehe in Schwierigkeiten? Nein, ist sie nicht, und das würde ich auch nicht zulassen. Das heißt aber nicht, dass wir nicht hin und wieder verschiedener Meinung wären.« Sie zögerte. »Wenn ich darüber rede, erzähl ich es *dir*, okay? Nicht Jason. Nur dir.«

Ich nickte.

»Simon hat sich ein bisschen verändert, seit du ihm begegnet bist. Haben wir alle, alle, die in den alten NK-Tagen dabei waren. Bei NK ging es darum, jung zu sein und eine Gemeinschaft des Glaubens zu errichten, so etwas wie einen heiligen Raum, wo wir keine Angst voreinander haben mussten, wo wir einander umarmen konnten, nicht nur im bildlichen Sinne, sondern tatsächlich. Der Garten Eden auf Erden. Aber wir hatten uns etwas vorgemacht. Wir dachten, AIDS würde keine Rolle spielen, Eifersucht würde keine Rolle spielen – konnten sie ja gar nicht, weil wir das Ende der Welt erreicht hatten. Aber die Trübsalzeit ist lang, Ty. Die Trübsal ist Arbeit für ein ganzes Leben, und dafür müssen wir gesund und stark sein.«

»Du und Simon ...«

»Oh, wir sind gesund.« Sie lächelte. »Danke der Nachfrage, Dr. Dupree. Aber wir haben Freunde an AIDS und an Drogen verloren. Die Bewegung war eine Achterbahnfahrt, Liebe auf dem Weg nach oben und Trauer auf dem Weg nach unten. Das wird dir jeder sagen, der dabei war.«

Gut möglich, aber Diane war die einzige NK-Veteranin, die ich kannte. »Die letzten Jahre waren für niemanden leicht.«

»Simon hat sich schwergetan, damit fertig zu werden. Er glaubte wirklich, wir wären eine gesegnete Generation. Einmal hat er mir erzählt, dass Gott sich der Menschheit so weit genähert habe, dass es einem vorkomme, als würde man in einer Winternacht neben einem Ofen sitzen und könne sich praktisch die Hände am Königreich des Himmels wärmen. Wir haben alle so empfunden, aber bei Simon hat es wirklich das Beste in ihm hervorgebracht. Und als dann alles zerfiel, als so viele von unseren Freunden krank wurden oder in diese oder jene Abhängigkeit abdrifteten, da hat ihn das ziemlich tief getroffen. Das war auch die Zeit, als das Geld allmählich knapp wurde und Simon sich eine Arbeit suchen musste – wir beide mussten das. Ich hab ein paar Jahre lang aushilfsweise gearbeitet. Simon konnte keinen säkularen Job finden – er ist jetzt Hausmeister in unserer Kirche in Tempe, Jordan Tabernacle heißt sie, und sie bezahlen ihn, wenn sie können … Er lernt gerade für sein Installateurszeugnis.«

»Nicht gerade das Gelobte Land.«

»Ja, aber weißt du was? Ich glaube, so ist es auch nicht gedacht. Das sage ich ihm immer wieder. Vielleicht spüren wir, wie das Tausendjährige Reich sich nähert, aber es ist noch nicht da – wir müssen immer noch die letzten Minuten des Spiels zu Ende spielen, auch wenn das Ergebnis schon feststeht. Und vielleicht werden wir danach beurteilt. Wir müssen so spielen, als käme es noch darauf an.«

Wir fuhren hinauf zu unseren Zimmern. Diane blieb vor ihrer Tür stehen und sagte: »Jetzt merke ich wieder, wie gut es tut, mit dir zu reden. Wir konnten uns schon früher immer gut unterhalten, weißt du noch?«

Hatten uns unsere Ängste über das keusche Medium des Telefons anvertraut. Intimität auf große Entfernung. Das war ihr immer lieber gewesen. Ich nickte.

»Vielleicht können wir das wieder so machen«, sagte sie. »Vielleicht kann ich dich ab und zu von Arizona aus anrufen.«

Sie würde natürlich mich anrufen, weil es Simon womöglich nicht gefallen würde, wenn ich sie anriefe, das war klar. Ebenso wie der Charakter der Beziehung, die sie vorschlug. Ich sollte der platonische Kumpel sein, jemand Harmloses, dem man sich in schwierigen Zeiten anvertrauen kann, wie der schwule Freund der Hauptdarstellerin in einem Hollywoodfilm. Wir würden plaudern. Uns dies und jenes erzählen. Niemand würde irgendjemand wehtun.

Es war nicht das, was ich wollte oder brauchte. Aber das konnte ich dem etwas verlorenen, bittenden Blick, der auf mich gerichtet war, nicht entgegenschleudern. Stattdessen sagte ich: »Ja, natürlich.«

Sie grinste und umarmte mich und ließ mich im Flur stehen.

Ich blieb länger auf, als vernünftig gewesen wäre, hätschelte, eingebettet in Lärm und Gelächter aus angrenzenden Zimmern, meine angeschlagene Würde und dachte an all die Wissenschaftler und Ingenieure bei Perihelion, JPL und Kennedy, all die Zeitungsleute und Videojournalisten, die die Scheinwerfereffekte über den Raketen beobachteten, dachte an uns alle, die wir hier am äußersten Ende der Menschheitsgeschichte unsere Arbeit erledigten, die wir das machten, was von uns erwartet wurde: das Spiel zu Ende spielen, als komme es darauf noch an.

Jason traf am Mittag des folgenden Tages ein, zehn Stunden, bevor die erste Abschusswelle angesetzt war. Das Wetter war angenehm, heiter und windstill, ein gutes Omen. Unter all den über den Globus verteilten Raketenstartplätzen fiel lediglich der erweiterte Kourou-Komplex der Europäischen Raumfahrtbehörde in Französisch-Guayana aus, der infolge eines heftigen Märzsturmes gesperrt werden musste (die ESA-Mikroorganismen würden einen oder zwei Tage aufgehalten werden – oder eine halbe Million Jahre nach Spin-Zeit).

Jason kam geradewegs zu meiner Suite, wo Diane und ich auf ihn warteten. Er trug eine billige Plastikwindjacke und eine Marlins-Mütze, die er sich zur Tarnung tief ins Gesicht gezogen hatte. »Tyler«, sagte er, als ich die Tür aufmachte. »Tut mir leid. Wenn ich gekonnt hätte, wäre ich da gewesen.«

Bei der Trauerfeier. »Ich weiß.«

»Belinda Dupree war das Beste am ganzen Großen Haus. Das ist mein voller Ernst.«

»Ich danke dir«, sagte ich und trat beiseite.

Diane näherte sich mit einem wachsamen Gesichtsausdruck. Jason machte die Tür hinter sich zu. Sie standen einen Meter auseinander und musterten sich. Das Schweigen lastete schwer. Jason war derjenige, der es brach. »Mit diesem Kragen«, sagte er, »siehst du aus wie ein viktorianischer Bankier. Und du solltest ein bisschen zunehmen. Ist es so schwer, eine vernünftige Mahlzeit zu bekommen im Land der Kühe?«

»Mehr Kakteen als Kühe, Jase.«

Und dann lachten sie und fielen einander in die Arme.

Nach Einbruch der Dunkelheit setzten wir uns auf den Balkon und bestellten beim Zimmerservice ein Rohkost-Tablett (Dianes Wahl). Die Nacht war so dunkel wie jede andere sternenlose, spinverhüllte Nacht, aber die Startrampen wurden von gigantischen Scheinwerfern erleuchtet und ihre Spiegelungen tanzten in der sanften Dünung.

Jason ging jetzt seit einigen Wochen zu einem Neurologen. Die Diagnose des Spezialisten stimmte mit meiner überein: Jason litt an einer schweren und nicht auf Medikation ansprechenden multiplen Sklerose, und die einzig sinnvolle Behandlung war die Verordnung von Palliativen. Der Neurologe hatte sogar die Absicht gehabt, Jasons Fall den Gesundheitsämtern vorzustellen für deren laufende Studie über die bisweilen so bezeichnete AMS – atypische multiple Sklerose –, aber Jason hatte ihm das, mit Hilfe von Drohungen oder Bestechung, ausgeredet. Und vorläufig verschaffte ihm der neue pharmazeutische Cocktail eine stabile Remission – er war funktionstüchtig und beweglich wie zu besten Zeiten. Sollte Diane irgendeinen Verdacht gehegt haben, so wurde er rasch zerstreut.

Er hatte eine Flasche teuren, original französischen Champagner mitgebracht, um die Raketenstarts zu feiern. »Wir hätten auch VIP-Plätze haben können«, erklärte ich Diane. »Exklusive Sitzreihen vor dem Vehicle Assembly Building. Ellbogen reiben mit Präsident Garland.«

»Ach, wir haben einen guten Blick von hier«, sagte Jason. »Und der Vorteil ist, dass wir nicht als Requisiten für spektakuläre Fotos herhalten müssen.«

Diane zog einen Flunsch. »Ich bin noch nie einem Präsidenten begegnet.«

Der Himmel war natürlich dunkel, aber im Fernsehen – wir hatten den Apparat im Hotelzimmer laut aufgedreht, um den Countdown zu hören – wurde über die Spin-Barriere gesprochen, und Diane blickte nach oben, als sei diese plötzlich sichtbar geworden: der Deckel, der die Welt verschloss. Jason sah, wie sie den Kopf zurücklegte.

»Sie sollten nicht mehr Barriere dazu sagen«, brummte er. »Keine der Fachzeitschriften tut das noch.«

»Ach? Und wie sagen *die* dazu?«

Er räusperte sich. »Sie bezeichnen es als ›seltsame Membran‹.«

»O nein.« Diane lachte. »Nein, das ist ja schrecklich. Völlig unakzeptabel. Es klingt wie ein gynäkologisches Leiden.«

»Ja, aber ›Barriere‹ ist nicht korrekt. Es ist mehr wie eine begrenzende Schicht. Keine Grenzlinie, die man überschreitet. Es nimmt selektiv Objekte auf und beschleunigt sie ins äußere Universum. Der Vorgang ähnelt mehr einer Osmose als, sagen wir, dem Durchbrechen eines Zauns. Ergo Membran.«

»Ich hatte ganz vergessen, wie es ist, sich mit dir zu unterhalten, Jase. Es wird leicht ein bisschen surreal.«

»Still jetzt«, sagte ich. »Hört zu.«

Das Fernsehen hatte zur NASA-Leitung hinübergeschaltet; zu hören war eine ausdruckslose Kontrollzentrumsstimme, die rückwärts zählte.

Dreißig Sekunden. Zwölf Raketen standen aufgetankt und startbereit auf ihren Rampen. Zwölf simultane Raketenstarts, ein Unternehmen, das eine weniger ehrgeizige Raumfahrtbehörde als unausführbar und extrem gefährlich bewertet hätte. Aber wir lebten eben in risikofreudigen Zeiten.

»Warum müssen sie alle gleichzeitig aufsteigen?«, fragte Diane.

»Weil«, setzte Jason an, dann sagte er: »Nein, warte. Schau erst mal zu.«

Zwanzig Sekunden. Zehn. Jason stand auf und lehnte sich gegen die Balkonbrüstung. Die Hotelbalkone waren überlaufen. Der Strand war überlaufen. Tausend Köpfe und Objektive schwenkten in die gleiche Richtung. Schätzungen sprachen später von annähernd zwei Millionen Menschen im und um das Cape herum. Nach Polizeiberichten wurden in jener Nacht einhundert Brieftaschen entwendet. Es gab zwei Messerstechereien mit tödlichem Ausgang, fünfzehn versuchte Körperverletzungen und Vergewaltigungen und eine Frühgeburt (das Kind, ein Mädchen von vier Pfund, kam auf einer Tischplatte im International House of Pancakes in Cocoa Beach zur Welt).

Fünf Sekunden. Der Fernseher wurde still. Für einen Moment gab es kein Geräusch mehr außer dem Surren und Jaulen der Fotoapparate.

Dann plötzlich stand das Meer bis zum Horizont in Flammen.

Einzeln hätte keine dieser Raketen eine größere Menge beeindrucken können, selbst im Dunkeln nicht, aber jetzt gab es nicht nur eine Flammensäule, sondern fünf, sieben, zehn, zwölf. Die Startrampen wirkten vor dem dunklen Hintergrund kurzzeitig wie skelettierte Wolkenkratzer, bevor sie hinter Schwaden von verdampftem Meerwasser verschwanden. Zwölf Pfeiler aus weißem Feuer, Kilometer voneinander entfernt, aber perspektivisch zusammengerückt, stießen in einen Himmel, der von ihrem vereinten Licht indigoblau gefärbt wurde. Das Strandpublikum begann zu jubeln, und die Rufe verschmolzen mit dem Geräusch der Feststoffantriebe, die dröhnend Höhe suchten, ein dumpfes Hämmern, das einem das Herz zusammenpresste wie in Ekstase oder höchster Angst. Aber es war nicht nur das reine Spektakel, das wir bejubelten. Sicherlich hatte jeder von uns schon einmal einen Raketenstart gesehen, zumindest im Fernsehen, und obwohl dieser Massenstart großartig und laut war, lag das Bemerkenswerte hauptsächlich in seinem Ziel, in der zugrunde liegenden Idee: Wir waren nicht einfach nur im Begriff, die Fahne irdischen Lebens auf dem Mars zu hissen – wir widersetzten uns dem Spin.

Die Raketen stiegen auf (und als ich einen Blick durch die Balkontür warf, schossen auf dem Bildschirm ähnliche Raketen in den bewölkten Tageshimmel von Jiuquan, Svobodny, Baikonur und Xichang). Das grelle Licht legte sich in die Schräge und begann zu verblassen, während die Nacht vom Meer her zurückgeschwemmt kam. Der Lärm verbrauchte sich in Sand, Beton und kochendem Salzwasser. Ich meinte Feuerwerkskörper riechen zu können, die mit der Flut an den Strand getragen wurden, mir war, als sei es der angenehm schreckliche Gestank von Funken sprühenden Römischen Kerzen.

Tausend Kameras klickten wie sterbende Grillen und verstummten schließlich.

Der Jubel dauerte, in dieser oder jener Form, bis in die frühen Morgenstunden an.

Wir gingen ins Zimmer zurück, zogen die Jalousien vor die ernüchternde Dunkelheit und öffneten den Champagner. Wir sahen die Nachrichten aus Übersee – abgesehen vom französischen Regenaufschub waren alle Starts erfolgreich gewesen. Eine bakterielle Armada hatte Kurs auf den Mars genommen.

»Also, warum *müssen* sie denn nun alle gleichzeitig nach oben?«, fragte Diane erneut.

Jason warf ihr einen gedankenvollen Blick zu. »Weil sie ihr Ziel alle ungefähr zur gleichen Zeit erreichen sollen. Was durchaus nicht so einfach ist, wie es klingt. Sie müssen mehr oder weniger simultan in die Spin-Membran eintreten, andernfalls wären sie beim Austritt um Jahre oder sogar Jahrhunderte getrennt. Bei dieser anaerobischen Fracht ist das noch nicht so entscheidend, aber wir üben schon mal für die Zukunft, wenn es wirklich darauf ankommt.«

»Jahre oder *Jahrhunderte*? Wie ist das möglich?«

»Die Natur des Spins, Diane.«

»Sicher, aber Jahrhunderte?«

Er drehte seinen Stuhl in ihre Richtung, die Stirn gerunzelt. »Ich versuche gerade das Ausmaß deiner Unwissenheit zu ermessen …«

»Es ist nur eine Frage, Jase.«

»Zähl mir mal eine Sekunde vor.«

»Was?«

»Guck auf deine Armbanduhr, und zähl mir eine Sekunde vor. Nein, ich mach es. Achtung: ein-und-zwan-zig. Eine Sekunde. Klar?«

»Jason …«

»Hab ein bisschen Geduld. Über das Spin-Verhältnis bist du dir im Klaren?«

»So ungefähr.«

»Ungefähr reicht nicht. Eine terrestrische Sekunde entspricht 3,17 Jahren Spin-Zeit. Falls also eine unserer Raketen nur eine Sekunde nach den anderen in die Spin-Membran eintritt, erreicht sie die Umlaufbahn mehr als drei Jahre zu spät.«

»Nur weil ich bestimmte Zahlen nicht aufsagen kann …«

»Wichtige Zahlen, Diane. Angenommen, unsere Flotte ist gerade aus der Membran herausgekommen, genau jetzt.« Er stieß einen Finger durch die Luft. »*Eine Sekunde*, hier und weg. Für die Flotte waren das drei Jahre und ein paar Zerquetschte. Vor einer Sekunde waren sie in der Erdumlaufbahn, jetzt haben sie ihre Fracht auf der Marsoberfläche abgeliefert. Ich meine *jetzt*, Diane, buchstäblich *jetzt*, in diesem Augenblick. Es ist schon geschehen, es ist vollbracht. Lass also eine Minute auf deiner Uhr vergehen. Das wären ungefähr hundertneunzig Jahre auf einer Uhr dort draußen.«

»Das ist natürlich eine Menge, aber du kannst einen Planeten nicht in zweihundert Jahren völlig umwandeln, oder?«

»Im Moment läuft unser Experiment also seit zweihundert Spin-Jahren. In diesem Augenblick, beziehungsweise gerade eben, haben diejenigen bakteriellen Kolonien, die die Reise überlebt haben, sich seit zwei Jahrhunderten auf dem Mars fortgepflanzt. In einer Stunde werden sie seit elftausendvierhundert Jahren dort gewesen sein. Morgen um diese Zeit werden sie sich seit fast zweihundertvierundsiebzigtausend Jahren vermehrt haben.«

»Okay, Jase, ich begreife das Prinzip.«

»Nächste Woche um diese Zeit, 1,9 Millionen Jahre.«

»Okay.«

»In einem Monat, 8,3 Millionen Jahre.«

»Jason!«

»Nächstes Jahr um diese Zeit, einhundert Millionen Jahre.«

»Ja, aber …«

»Auf der Erde sind hundert Millionen Jahre ungefähr die Zeitspanne zwischen dem Hervortreten des Lebens aus dem Meer und deinem letzten Geburtstag. Einhundert Millionen Jahre reichen für diese Mikroorganismen aus, um Kohlendioxid aus den Kohlensäureablagerungen in der Kruste zu pumpen, Stickstoff aus Nitraten auszulaugen, Oxide aus dem Regolith freizusetzen und es anzureichern, indem sie in großen Massen sterben. Das freigesetzte CO_2 wirkt als Treibhausgas. Die Atmosphäre wird dichter und wärmer. In einem Jahr schicken wir eine Armada aus atmenden Organismen, und die werden damit beginnen, CO_2 in freien Sauerstoff umzuwandeln. Nach einem weiteren Jahr – oder sobald wir die entsprechende Spektralsignatur erkennen – führen wir Gräser, Pflanzen, andere komplexe Organismen ein. Und wenn sich auf diese Weise so etwas wie eine grob homöostatische planetarische Ökologie stabilisiert, schicken wir Menschen los. Weißt du, was das bedeutet?«

»Sag es mir«, sagte Diane missmutig.

»Es bedeutet, dass es innerhalb von fünf Jahren eine blühende menschliche Zivilisation auf dem Mars geben wird. Farmen, Fabriken, Straßen, Städte …«

»Dafür gibt es ein griechisches Wort, Jase.«

»Ja, Ecopoiesis.«

»Ich hatte mehr an ›Hybris‹ gedacht.«

Er lächelte. »Ich mache mir über vieles Gedanken. Aber ganz gewiss nicht darüber, ob ich gegen die Götter frevle.«

»Oder gegen die Hypothetischen?«

Das ließ ihn innehalten. Er lehnte sich zurück und nahm einen Schluck von seinem schon etwas abgestandenen Champagner. »Ich habe keine Angst, sie gegen mich aufzubringen«, sagte er schließlich. »Im Gegenteil. Wir tun vielleicht genau das, was sie von uns erwarten.«

Er erklärte sich nicht weiter dazu, und Diane nutzte die Gelegenheit, um das Thema zu wechseln.

Am nächsten Tag fuhr ich Diane nach Orlando, wo ihr Flugzeug nach Phoenix wartete.

Im Verlauf der letzten Tage war klar geworden, dass von der körperlichen Intimität, die wir in jener Nacht in den Berkshires, vor ihrer Heirat mit Simon, geteilt hatten, nicht mehr die Rede sein würde, weder in Andeutungen noch gar explizit. Gewürdigt wurde dieses Thema allenfalls in den halsbrecherischen Kapriolen, die unsere Unterhaltung mitunter schlagen musste, um es zu umgehen. Als wir uns vor der Sicherheitsschleuse des Flughafens ungelenk umarmten, sagte sie: »Ich ruf dich an«, und ich wusste, sie würde es auch tun – Diane machte wenige Versprechungen, nahm es mit diesen jedoch sehr genau –, aber ebenso war mir bewusst, wie viel Zeit vergangen war, seit ich sie zuletzt gesehen hatte, und wie viel Zeit vergehen würde, bevor ich sie wiedersah: keine Spin-Zeit zwar, aber etwas genauso unter den Händen Zerfallendes, etwas genauso Verzehrendes. Da waren kleine Falten um ihre Augen, um den Mund herum, nicht unähnlich denen, die ich jeden Morgen im Spiegel sah.

Verblüffend, dachte ich, wie geschäftig wir uns in Menschen verwandelt hatten, die einander nicht besonders gut kannten.

Es gab weitere Raketenstarts im Frühling und Sommer jenen Jahres, mit Beobachtungsgeräten im Gepäck, die Monate in einer hohen Erdumlaufbahn verbrachten und mit visuellen und spektralen Bildern vom Mars zurückkehrten – Schnappschüsse der Ökopoiesis.

Die ersten Ergebnisse waren nicht eindeutig: ein moderater Anstieg des atmosphärischen CO_2-Gehalts, was aber auch ein Nebeneffekt der Sonnenerwärmung sein konnte. Der Mars blieb, wenn man auch nur halbwegs plausible Maßstäbe anlegte, eine kalte, unwirtliche Welt. Jason räumte ein, dass sich die GEMOs – die genetisch veränderten Marsorganismen, die den Löwenanteil der ersten Saatgutfracht gestellt hatten – womöglich nicht gut an die tagsüber herrschende UV-Strahlung und den an oxydierenden Agenzien reichen Regolith des Planeten angepasst hätten.

Aber im Hochsommer sahen wir dann starke spektrographische Hinweise auf biologische Aktivität. Da war mehr Wasserdampf in einer dichteren Atmosphäre, mehr Methan, Äthan und Ozon, sogar ein winziger, aber nachweisbarer Zuwachs an freiem Stickstoff.

Bis Weihnachten waren diese, wenn auch noch immer subtilen, Veränderungen so dramatisch über das Niveau dessen hinausgewachsen, was der solaren Erwärmung hätte zugeschrieben werden können, dass kein Zweifel mehr bestehen konnte: Der Mars war ein lebendiger Planet geworden.

Die Startrampen wurden erneut bereitgemacht, neue Frachten mikrobischen Lebens waren gezüchtet und verpackt. Volle zwei Prozent des Bruttoinlandsprodukts der USA fielen in diesem Jahr auf spinbezogene Raumfahrtprogramme – in anderen Industrieländern war der Anteil ähnlich hoch.

Im Februar erlitt Jason einen Rückfall. Als er aufwachte, konnte er nicht mehr beide Augen gleichzeitig fokussieren. Sein Neurologe veränderte die Medikation und verordnete ihm vorübergehend eine Augenklappe. Jason erholte sich rasch, konnte aber fast eine Woche lang nicht zur Arbeit gehen.

Diane stand zu ihrem Wort. Sie begann, mich mindestens einmal im Monat anzurufen, meistens noch häufiger, oft spät Abends, wenn Simon am anderen Ende ihrer kleinen Wohnung schon schlief. Sie hatten ein paar Zimmer über einem Antiquariat in Tempe, das Äußerste, was sie sich leisten konnten von Dianes Gehalt und den unregelmäßigen Einkünften, die Simon vom Jordan Tabernacle nach Hause brachte. Bei warmem Wetter konnte ich im Hintergrund das Summen der primitiven Klimaanlage hören; im Winter lief das Radio leise mit, um das Geräusch ihrer Stimme zu tarnen.

Ich lud sie ein, anlässlich der nächsten Startserie wieder nach Florida zu kommen, aber das konnte sie natürlich nicht einrichten: Sie musste arbeiten, sie hatten am Wochenende Freunde von der Kirche zu Gast, Simon würde kein Verständnis dafür haben. »Simon macht eine kleine spirituelle Krise durch. Er versucht mit dem Messias-Problem klarzukommen.«

»Es gibt ein Messias-Problem?«

»Du solltest mal in die Zeitungen gucken«, sagte Diane, die offenbar eine etwas unrealistische Vorstellung davon hatte, inwieweit solche religiösen Streitfragen Thema in der kommerziellen Presse wurden, jedenfalls in Florida; drüben im Westen mochte es anders sein. »Die alte NK-Bewegung glaubte an eine Parusie ohne Christus. Das hat uns von den anderen abgehoben.« Das, dachte ich, und ihre Vorliebe für öffentliche Nacktheit. »Die frühen Autoren, Ratel und Greengage, sahen im Spin eine direkte Erfüllung der biblischen Prophezeiung – und das hieß, dass die Prophezeiung selbst neu definiert, von den historischen Ereignissen neu konfiguriert wurde. Es musste keine Trübsalszeit im wörtlichen Sinne mehr geben und nicht einmal eine physische Wiederkunft Christi. Das ganze Zeug in den Briefen an die Thessalonicher, an die Korinther und im Buch der Offenbarung konnte neu interpretiert oder ignoriert werden, denn der Spin war ein echter Eingriff Gottes in die Geschichte der Menschheit – ein greifbares Wunder, das Vorrang gegenüber der Schrift hat. So war uns die Freiheit gegeben, das Königreich auf Erden zu schaffen. Plötzlich waren wir selbst für unseren Chiliasmus verantwortlich.«

»Ich bin mir nicht sicher, ob ich dir folgen kann.« Tatsächlich hatte ich, seit das Wort »Parusie« gefallen war, mehr oder weniger nur noch Bahnhof verstanden.

»Es bedeutet – na ja, wichtig ist eigentlich nur, dass Jordan Tabernacle, unsere kleine Kirche, jeglicher NK-Doktrin offiziell abgeschworen hat, obwohl die Gemeinde zur Hälfte aus ehemaligen NK-Leuten wie Simon und mir besteht. Plötzlich gibt es also diesen ganzen Streit über die Trübsalszeit und darüber, wie sich der Spin zur biblischen Prophezeiung verhält. Und die Leute schlagen sich auf diese oder jene Seite. Bereaner gegen Progressive, Covenanter gegen Preteristen. Gibt es einen Antichrist, und wenn ja, wo ist er? Erfolgt die Entrückung vor der Trübsalzeit, währenddessen oder danach? Solche Themen. Vielleicht klingt es banal, aber die spirituellen Einsätze sind hoch und die Leute, die in diese Diskussionen verwickelt sind, stehen uns nahe, sind unsere Freunde.«

»Wo stehst du denn?«

»Ich persönlich?« Sie schwieg, und da war es wieder, das murmelnde Geräusch des Radios im Hintergrund, die Valiumstimme eines Sprechers, der die Spätnachrichten verlas: *Neueste Informationen über die Schießerei in Mesa …* Parusie ja oder nein. »Man könnte sagen, ich bin im Konflikt. Ich weiß nicht, was ich glaube. Manchmal vermisse ich die alten Zeiten. Das Paradies erfinden, während man das Leben lebt. Es scheint, als wäre …« Sie hielt inne. Jetzt war da noch eine andere Stimme, die das Murmeln des Radios verdoppelte: *Diane? Bist du immer noch auf?*

»Tut mir leid«, flüsterte sie. Simon auf Kontrollgang. Es war Zeit, unser telefonisches Stelldichein, ihren Akt körperloser Untreue, abzubrechen. »Ich ruf dich bald wieder an.«

Sie legte auf, bevor ich mich verabschieden konnte.

Die zweite Serie Saatguttransporte ging so reibungslos vonstatten wie die erste. Wieder wurde Canaveral von den Medien belagert, aber diesmal verfolgte ich das Ereignis auf einer großen Digitalprojektion im Perihelion-Auditorium. Es war ein Start bei Sonnenschein, und er ließ die Reiher in den Himmel über Merritt Island flattern wie helles Konfetti.

Ein weiterer Sommer des Wartens. Die europäische Weltraumbehörde ESA platzierte eine Reihe orbitaler Teleskope und Interferometer im Weltraum, und im September waren sämtliche Büros bei Perihelion mit hochauflösenden Bildern unseres Erfolges tapeziert. Ich rahmte mir eines davon für das Wartezimmer: eine farbgenerierte Wiedergabe des Mars, ein Ausschnitt, der Olympus Mons als eisige Silhouette zeigte, durchschnitten von frischen Entwässerungskanälen; Nebel, der wie Wasser durch Valles Marineris floss, grüne Kapillaren, die sich über Solis Lacus schlängelten. Das südliche Hochland der Terra Strenum war immer noch Wüste, aber die Krater dieser Region waren unter dem Einfluss eines feuchteren, windigeren Klimas fast bis zur Unsichtbarkeit erodiert.

Der Sauerstoffgehalt der Atmosphäre schwankte einige Monate lang, weil die Population der aeroben Organismen mal wuchs, mal wieder schrumpfte, aber im Dezember hatte er zwanzig Millibar überschritten und stabilisierte sich. Inmitten einer potenziell chaotischen Mischung von Treibhausgasen, eines instabilen hydrologischen Kreislaufs und neuartiger biogeochemischer Rückkopplungsschleifen entdeckte der Mars sein ureigenes Gleichgewicht.

Die positiven Meldungen taten Jason gut. Die Remission dauerte an, und er warf sich in einen fröhlichen, fast therapeutischen Arbeitsstress. Wenn er überhaupt Grund zum Verdruss sah, dann wegen der medialen Darstellung seiner Person als ikonenhaftes Genie der Perihelion-Stiftung, als wissenschaftliche Berühmtheit, als Aushängeschild für die Umwandlung des Mars. Dies ging mehr auf E. D.s Wirken als auf sein eigenes zurück: E. D. wusste, dass die Öffentlichkeit Perihelion mit einem menschlichen Gesicht verbinden wollte, einem vorzugsweise jungen Gesicht, klug, aber nicht einschüchternd, und schon zu Zeiten, da Perihelion nicht mehr als eine Raumfahrt-Lobbygruppe war, hatte er Jason beharrlich vor jede Kamera geschoben. Jason fand sich damit ab – er besaß ein Talent für anschauliche und geduldige Erklärungen, und er war einigermaßen fotogen –, aber er hasste die ganze Prozedur und verließ lieber den Raum, als dass er sich im Fernsehen sah.

Dies war das Jahr der ersten unbemannten NEP-Flüge, die Jason mit besonderer Aufmerksamkeit verfolgte. Es ging um die Schiffe, die Menschen zum Mars transportieren sollten und die im Gegensatz zu den vergleichsweise simplen Saattransportern neue Technologie darstellten. NEP stand für »nuclear electric propulsion« – »nuklear-elektrischer Antrieb«: Miniaturatomreaktoren speisten Ionentriebwerke, die weitaus schubkräftiger waren als diejenigen, die die Saatraumschiffe angeschoben hatten, stark genug, um gewaltige Nutzlasten zu ermöglichen. Doch diese Leviathane in eine Umlaufbahn zu bringen, erforderte größere Trägerraketen, als die NASA je an den Start gebracht hatte, erforderte, was Jason »heroische Ingenieursarbeit« nannte, heroisch teure obendrein. Angesichts der vorgelegten Kosten wurden selbst im weitgehend unterstützungswilligen Kongress erste Warnflaggen gehisst, doch die Kette der Erfolge ließ kritische Stimmen vorerst verstummen. Jason hatte allerdings Sorge, dass ein krasser Fehlschlag diesem Stillhalten ein Ende setzen würde.

Kurz nach der Jahreswende ging ein NEP-Testschiff im Weltraum verloren. Auf dem Capitol meldeten sich sogleich die Vertreter eines finanzpolitischen Konservativismus und erhoben ihre Vorwürfe, Abgeordnete von Bundesstaaten zumeist, die nicht nennenswert in die Raumfahrtindustrie investiert hatten. E. D.s Freunde im Kongress wiesen jedoch alle Schuldzuweisungen zurück, und schon eine Woche später erfolgte ein erfolgreicher Test, der der Kontroverse das Wasser abgrub. Dennoch meinte Jason, wir seien noch einmal haarscharf davongekommen.

Diane hatte die Debatte verfolgt, hielt sie aber für trivial. »Statt über solche Sachen«, sagte sie, »sollte Jason sich lieber Gedanken darüber machen, was für Auswirkungen diese Mars-Geschichte auf die Welt hat. Bisher haben sie ja nur gute Presse gehabt, nicht wahr? Alle sind begeistert, wir alle wollen etwas sehen, das uns – ich weiß nicht genau, wie ich es nennen soll – die *Potenz* der menschlichen

Rasse bestätigt. Aber die Euphorie wird sich früher oder später verbrauchen, und unterdessen entwickeln sich die Leute zu ausgebufften Spin-Experten.«

»Ist das so schlimm?«

»Wenn das Mars-Projekt scheitert oder nicht die Erwartungen erfüllt, dann ja. Nicht nur, weil die Leute enttäuscht sein werden. Sie haben die Umwandlung eines ganzen Planeten beobachtet, das heißt, sie gewinnen einen Maßstab, um den Spin zu erfassen. Der Spin ist nicht mehr bloß ein abstraktes Phänomen – ihr habt sie ins Auge der Bestie blicken lassen, zu eurem Besten, nehme ich an, aber wenn euer Projekt fehlschlägt, dann raubt ihr ihnen diesen Mut wieder, und dann ist es schlimmer als vorher, weil sie das Ding *gesehen* haben. Und sie werden euch für euer Scheitern nicht lieben, Tyler, denn ihre Angst wird größer sein als je zuvor.«

Ich zitierte das Gedicht von Housman, das ich vor langer Zeit von ihr gelernt hatte: *Das Kind hat nicht mal wahrgenommen / Wie's in den Bauch des Bär'n gekommen.*

»Das Kind beginnt sich einen Reim zu machen«, erwiderte sie. »Vielleicht kann man so die Trübsalszeit definieren.«

Vielleicht. Manchmal, wenn ich nachts nicht schlafen konnte, dachte ich an die Hypothetischen, wer oder was sie auch sein mochten. Es gab im Grunde nur eins, was man wirklich über sie sagen konnte: Sie waren nicht nur imstande, die Erde in diese seltsame Membran einzuschließen, sondern sie waren schon lange da draußen zugange, beherrschten uns, regulierten nach Gutdünken unseren Planeten und den Fluss der Zeit – seit fast zwei Milliarden Jahren.

Undenkbar, dass es etwas auch nur annähernd Menschliches war, das eine solche Geduld aufbrachte.

Jasons Neurologe wies mich auf eine klinische Studie hin, die in jenem Winter in der Ärztezeitschrift JAMA veröffentlicht worden war. Forscher an der Universität Cornell hatten einen genetischen Marker für akute medikamentenresistente MS entdeckt. Der Neurologe, ein freundlicher, korpulenter Floridianer namens David Malmstein, hatte Jasons DNA-Profil untersucht und die betreffende Sequenz darin gefunden. Ich fragte ihn, was das bedeutete.

»Das bedeutet, dass wir seine Medikation ein wenig spezifischer zuschneidern können. Es bedeutet außerdem, dass wir ihm nie die permanente Remission verschaffen können, die ein typischer MS-Patient erwarten darf.«

»Er scheint doch mittlerweile schon fast ein Jahr symptomfrei zu sein. Kann man das nicht als langfristig bezeichnen?«

»Seine Symptome sind unter Kontrolle, das ist alles. Die AMS brennt weiter, ungefähr wie ein Feuer in einem Kohlenflöz. Der Zeitpunkt wird kommen, wo wir es nicht mehr kompensieren können.«

»Der Punkt, an dem es kein Zurück mehr gibt.«

»Könnte man so sagen.«

»Wie lange wird er noch den Anschein von Normalität aufrechterhalten können?«

Malmstein dachte kurz nach. »Wissen Sie«, sagte er dann, »genau das hat Jason mich auch gefragt.«

»Und was haben Sie ihm gesagt?«

»Dass ich kein Hellseher bin. Dass AMS eine Krankheit ohne gesicherte Ätiologie ist. Dass der menschliche Körper seinen eigenen Kalender hat.«

»Ich vermute, die Antwort hat ihm nicht sonderlich gefallen.«

»Er hat sein Missfallen deutlich zum Ausdruck gebracht. Aber es ist wahr. Er könnte noch die nächsten zehn Jahre asymptomatisch herumlaufen. Oder er könnte Ende dieser Woche im Rollstuhl sitzen.«

»Haben Sie ihm *das* gesagt?«

»In einer freundlicheren Version. Er soll nicht die Hoffnung verlieren. Er besitzt Kampfgeist, und das zählt viel. Meine ehrliche Meinung ist die, dass er kurzfristig gut zurechtkommen wird – zwei Jahre, fünf Jahre, vielleicht auch mehr. Danach ist alles möglich. Ich wünschte, ich könnte eine bessere Prognose anbieten.«

Ich erzählte Jason nicht, dass ich mit Malmstein gesprochen hatte, aber ich sah, wie er in den folgenden Wochen seinen Arbeitseinsatz noch verdoppelte, seine Erfolge gegen die Zeit und die Sterblichkeit verbuchte: nicht die der Welt, sondern seine eigene.

Die Anzahl der Raketenstarts, von den Kosten nicht zu reden, steigerte sich rasant. Die letzte Welle der Saatguttransporte (die einzigen, die, jedenfalls teilweise, echte Saat enthielten) fand im März statt, zwei Jahre nachdem Jason, Diane und ich beobachtet hatten, wie ein Dutzend ähnliche Raketen von Florida aus zu dem damals noch unfruchtbaren Planeten aufbrachen.

Der Spin hatte uns den nötigen Hebel für eine lange Ökopoiesis geliefert. Doch nachdem wir die Samen komplexer Pflanzen auf den Weg gebracht hatten, wuchs dem richtigen Timing eine entscheidende Rolle zu. Wenn wir zu lange warteten, konnte uns die Entwicklung auf dem Mars aus den Händen gleiten: Eine essbare Getreidesorte würde, wenn sie sich eine Million Jahre lang wild entwickelte, am Ende unter Umständen kaum noch Ähnlichkeit mit ihrer Herkunftsform aufweisen, ja wäre vielleicht ungenießbar oder gar giftig geworden.

Das hieß, dass die Beobachtungssatelliten nur wenige Wochen nach der Saatgutarmada gestartet werden mussten, und die bemannten NEP-Schiffe, falls die Ergebnisse verheißungsvoll aussahen, unmittelbar danach.

Ich erhielt einen weiteren spätabendlichen Anruf von Diane, einen Tag nachdem die Beobachtungssatelliten aufgestiegen waren (ihre Datenpakete waren nach wenigen Stunden geborgen worden, befanden sich aber noch auf dem Weg nach Pasadena, um dort im JPL, dem »Labor für Düsenantrieb«, analysiert zu werden). Sie wirkte bedrückt, und als ich nachbohrte, gestand sie, dass sie vorübergehend entlassen worden war, mindestens bis Juni. Sie und Simon waren dadurch mit ihrer Miete in Rückstand geraten. E. D. konnte sie nicht um Geld bitten, und mit Carol zu reden war unmöglich. Im Moment versuchte sie Mut zu sammeln, um Jason anzusprechen, aber die damit verbundene Demütigung machte sie auch nicht fröhlicher.

»Um was für eine Summe geht es denn, Diane?«

»Tyler, ich wollte nicht …«

»Ich weiß. Du hast nicht gefragt. Ich mache ein Angebot.«

»Na ja … in diesem Monat, also, fünfhundert Dollar würden uns schon sehr weiterhelfen.«

»Das Pfeifenstielvermögen ist also aufgebraucht.«

»Simons Treuhandfonds ist ausgelaufen. Es ist schon noch Familienvermögen da, aber Simons Familie spricht nicht mit ihm.«

»Wenn ich dir einen Scheck schicke, würde er mitkriegen, was läuft?«

»Es würde ihm nicht gefallen. Ich hab mir gedacht, ich erzähl ihm, ich hätte eine alte Versicherungspolice gefunden und zu Geld gemacht. So was in der Richtung. Die Sorte Lüge, die nicht als Sünde zählt. Hoffe ich.«

»Ihr seid noch immer unter der Collier-Street-Adresse zu erreichen?« An die ich jedes Jahr eine höflich neutrale Weihnachtskarte schickte und von wo ich jedes Mal eine mit typischen Winter-Motiven zurückbekam, unterzeichnet mit *Alles Gute und Gottes Segen, Simon und Diane Townsend.*

»Ja«, sagte sie. Und dann: »Danke, Tyler. Vielen, vielen Dank. Weißt du, das ist unglaublich beschämend.«

»Es sind schwere Zeiten für viele.«

»Dir geht's aber gut?«

»Ja, mir geht's gut.«

Ich schickte ihr sechs Schecks, jeder auf den fünfzehnten des Monats vordatiert, Geld für ein halbes Jahr. Ich war mir nicht sicher, ob es unsere Freundschaft festigen oder vergiften würde. Oder ob es überhaupt eine Rolle spielte.

Die Messdaten zeugten von einer Welt, die noch immer trockener war als die Erde, aber bedeckt von Seen, die glänzenden türkisfarbenen Kupfertischintarsien ähnelten; ein von Wolkenbändern sanft umspielter Planet mit stürmischen Niederschlägen, die auf die dem Wind zugewandten Hänge uralter Vulkane gepeitscht wurden und

Flussbecken ebenso speisten wie schlammige Flachlanddeltas, so grün wie ein gepflegter Vorstadtrasen.

Die großen Trägerraketen standen aufgetankt auf ihren Plattformen; auf Startplätzen und Kosmodromen rund um die Welt bestiegen annähernd achthundert Menschen die Abschussrampen, um sich in schrankgroße Kammern einzuschließen und einem Schicksal ins Auge zu blicken, das alles andere als gewiss war. Die auf diesen Trägerraketen installierten NEP-Archen enthielten (zusätzlich zu den Astronauten) im Embryostadium befindliche Schafe, Rinder, Pferde, Schweine und Ziegen sowie die Mutterschöße aus Stahl, aus denen sie, mit etwas Glück, ins Leben geholt werden konnten; die Samen von zehntausend Pflanzen, die Larven von Bienen und anderen nützlichen Insekten, biologisches Frachtgut, das die Reise und die Härten der Wiedergeburt überstehen würde oder auch nicht; Archive menschlichen Wissens sowohl in digitaler Form (inklusive der Technik, es zu lesen) als auch auf eng bedrucktem Papier; und schließlich Bauteile und Vorräte für einfache Behausungen, Solarstromgeneratoren, Treibhäuser, Wasserreinigungsanlagen, Feldlazarette. In einem Best-Case-Szenario würden alle Schiffe innerhalb einer Zeitspanne von wenigen Jahren, je nach Durchquerung der Spin-Membran, in etwa die gleichen Äquatorialebenen erreichen; im schlechtesten Fall könnte sogar ein einziges Schiff, sofern es in einigermaßen intaktem Zustand landete, seiner Mannschaft die Mittel in die Hand geben, die Akklimatisierungszeit zu überstehen.

Also ging es einmal mehr ins Perihelion-Auditorium, zusammen mit all denen, die nicht an die Küste gefahren waren, um das Ereignis live mitzuerleben. Ich saß ganz vorn neben Jason, und wir reckten die Hälse, um die Videoeinspielung der NASA sehen zu können, eine spektakuläre Totale der Startrampen vor der Küste, Stahlinseln, durch gewaltige Gleisbrücken verbunden, zehn riesige Prometheus-Trägerraketen (»Prometheus« genannt, soweit sie von Boeing oder Lockheed-Martin gebaut worden waren; die Russen, die Chinesen und die Europäer verwendeten die gleichen Schablonen, nannten sie aber anders und strichen sie anders an), in Scheinwerferlicht getaucht und wie weiß getünchte Zaunpfähle in den blauen Atlantik hineingestellt. Viel war für diesen Augenblick geopfert worden: Steuern und Schätze, Küstenlinien und Korallenriffe, Karrieren und manch ein Menschenleben (am Fuße jeder Rampe vor Canaveral befand sich eine Tafel mit den Namen der fünfzehn Bauarbeiter, die während der Montage ums Leben gekommen waren). Jasons Fuß klopfte einen wilden Rhythmus, während der Countdown in die letzte Minute ging, und ich fragte mich schon, ob es symptomatisch sei, doch er fing meinen Blick auf und sagte: »Ich bin nur aufgeregt. Du etwa nicht?«

Es hatte bereits Probleme gegeben. Weltweit waren achtzig dieser großen Trägerraketen montiert und für einen aufeinander abgestimmten Start präpariert worden, und da es sich um eine Neukonstruktion handelte, traten hier und da noch Fehler auf. Für vier Raketen war der Start schon wegen technischer Schwierigkeiten abgeblasen worden, und drei hatten ihren Countdown – für einen Start, der eigentlich weltweit zur gleichen Zeit erfolgen sollte – aus den üblichen Gründen unterbrochen: unsichere Treibstoffleitungen, störungsanfällige Software. So etwas war unvermeidlich und in der Planung auch einkalkuliert worden, dennoch wirkte es wie ein schlechtes Vorzeichen.

So vieles musste in so kurzer Zeit geschehen. Was wir diesmal verpflanzten, das war ja keine Biologie, sondern menschliche Geschichte, und diese menschliche Geschichte, hatte Jason gesagt, brannte wie ein Feuer im Vergleich zum trägen Gang der Evolution. (Als wir noch viel jünger waren, nach Beginn des Spins, aber noch bevor er das Große Haus verließ, hatte Jason diesen Gedanken gern mit Hilfe einer kleinen Vorführung veranschaulicht. »Streck die Arme aus«, pflegte er zu sagen, »zu beiden Seiten«, und wenn man dann in der gewünschten Kreuzhaltung dastand, fuhr er fort: »Vom linken Zeigefinger quer über dein Herz hinüber bis zum rechten Zeigefinger, das ist die Geschichte der Erde. Weißt du, was die *menschliche* Geschichte ist? Die Geschichte der Menschheit ist der Nagel auf deinem rechten Zeigefinger. Und nicht mal der ganze Nagel. Nur das kleine weiße Stück. Das Stück, das du abschneidest, wenn es zu lang wird. Das ist die Entdeckung des Feuers und die Erfindung der Schrift und Galileo und Newton und die Mondlandung und der 11. September und letzte Woche und heute Morgen. Gemessen an der Evolution sind wir Neugeborene. Gemessen an der Geologie existieren wir noch kaum.«)

Dann verkündete die NASA-Stimme: »Zündung«, und Jason saugte Luft durch die Zähne ein und wandte den Kopf halb ab, als neun von zehn Trägerraketen – hohle, mit explosiver Flüssigkeit gefüllte Röhren, höher als das Empire State Building – entgegen aller Logik der Schwerkraft und Trägheit himmelwärts explodierten, Tonnen von Treibstoff verbrannten, um die ersten Zentimeter Höhe zu gewinnen, und Meerwasser verdampften, um einen Schallwirbel abzupuffern, der sie andernfalls in Stücke gesägt hätte. Und dann war es, als hätten sie sich Leitern aus Dampf und Rauch gebaut und erkletterten diese mit inzwischen deutlich wahrzunehmender Geschwindigkeit, während Feuerfedern die rotierenden Wolken überholten, die sie erzeugt hatten. Auf und davon, wie jeder andere erfolgreiche Start: schnell und lebhaft wie ein Traum, dann auf und davon.

Die letzte Trägerrakete wurde von einem fehlerhaften Sensor aufgehalten und startete zehn Minuten später. Ihre Nutzlast würde nun den Mars erst tausend Jahre nach der übrigen Flotte erreichen, aber dies, wie gesagt, war bei der Planung einkalkuliert worden und konnte sich sogar als vorteilhaft erweisen – als eine Art Neuinjektion irdischer Technologie und irdischen Wissens, nachdem die digitalen und die auf Papier gedruckten Bücher der ursprünglichen Kolonisten längst zu Staub zerfallen waren.

Augenblicke später schaltete die Videoübertragung nach Französisch-Guayana um, zum ehrwürdigen und vielfach ausgebauten Centre National d'Études Spatiales in Kourou, wo eine der großen Trägerrakten aus der Aerospatiale-Fabrik etwa dreißig Meter weit aufgestiegen war, dann den Anschub verloren hatte und in einem pilzförmigen Flammenmeer auf die Rampe zurückgekracht war.

Zwölf Menschen fanden den Tod, zehn an Bord der NEP-Arche und zwei auf dem Boden, aber es war die einzige offensichtliche Katastrophe der gesamten Startreihe, und so konnte man, alles in allem genommen, wohl doch von einem glücklichen Ausgang sprechen.

Freilich war das noch nicht das Ende der Übung. Bis Mitternacht – und dies schien mir der bislang deutlichste Indikator für die groteske Kluft zwischen terrestrischer und Spin-Zeit zu sein – würde die menschliche Zivilisation auf dem Mars entweder komplett untergegangen sein oder auf eine Geschichte von annähernd hunderttausend Jahren zurückblicken.

Das war, grob gerechnet, die Zeitspanne zwischen der Entstehung des Homo sapiens als individueller Spezies und gestern Nachmittag.

Es entschied sich also so allerlei, während ich von Perihelion zurück zu meinem gemieteten Heim fuhr. Ganze marsianische Dynastien stiegen auf und vergingen wieder, während ich darauf wartete, dass die Ampel umschaltete. Ich dachte an diese Existenzen – ganz und gar reale Menschenleben, jedes eingezwängt in eine Zeitspanne von weniger als einer Minute auf meiner Armbanduhr –, und mir wurde ein wenig schwummrig. Das Spin-Schwindelgefühl. Oder vielleicht ging es auch tiefer.

Ich sah die Ergebnisse, bevor sie öffentlich bekannt gemacht wurden.

Es war eine Woche nach den Prometheus-Starts. Jason war für 10 Uhr 30 in der Praxis angemeldet, vorbehaltlich neuer Nachrichten aus Pasadena. Er sagte den Termin zwar nicht ab, erschien aber eine ganze Stunde später, eine Aktenmappe in der Hand und offensichtlich mit der Absicht, über etwas ganz anderes zu sprechen als seine Medikamente.

»Ich weiß nicht, was ich der Presse sagen soll. Ich komme gerade aus einer Konferenz mit dem ESA-Direktor und ein paar chinesischen Bürokraten. Wir versuchen einen Entwurf für eine gemeinsame Erklärung der Staatsoberhäupter zu formulieren, aber kaum sind mal die Russen mit einer Wendung einverstanden, legen die Chinesen ihr Veto ein, und umgekehrt.«

»Eine Erklärung worüber?«

»Die Satellitendaten.«

»Ihr habt die Ergebnisse?«

Tatsächlich waren sie längst überfällig. Normalerweise gab das JPL seine Fotos schneller heraus und aus Jasons Worten folgerte ich, dass irgendjemand die Daten zurückgehalten hatte. Was wohl bedeutete, dass sie nicht den Erwartungen entsprachen. Schlechte Nachrichten vielleicht.

»Hier, schau.« Jason öffnete die Aktenmappe und entnahm ihr zwei Teleskopbilder. Es waren beides Ansichten vom Mars, aufgenommen aus der Erdumlaufbahn nach den Prometheusstarts.

Das erste Foto war atemberaubend, obwohl es sich oberflächlich nicht sehr von dem gerahmten Bild in meinem Wartezimmer zu unterscheiden schien: Ich konnte genug Grün ausmachen, um mich davon zu überzeugen, dass das exportierte Ökosystem noch immer intakt war, noch immer aktiv.

»Sieh ein bisschen genauer hin«, sagte Jason. Er fuhr mit dem Finger an der gewundenen Linie einer Flussebene entlang. Da waren grüne Flecken mit klaren, regelmäßigen Umgrenzungen. Je näher ich hinsah, desto mehr davon. »Landwirtschaft.«

Ich hielt den Atem an und überlegte, was das bedeutete. Jetzt gibt es zwei bewohnte Planeten im Sonnensystem, dachte ich. Nicht nur hypothetisch, sondern wahr und wahrhaftig. Das da waren Orte, wo Menschen lebten, Orte *auf dem Mars*.

Ich wollte nicht aufhören hinzustarren, aber Jason schob das Bild in seinen Umschlag zurück und zeigte mir das zweite Foto. »Dies hier«, sagte er, »wurde vierundzwanzig Stunden später aufgenommen.«

»Ich verstehe nicht.«

»Von derselben Kamera auf demselben Satelliten aufgenommen. Wir haben parallele Bilder, um das Ergebnis zu bestätigen. Es sah zuerst aus wie ein Fehler in der Bildverarbeitung, bis wir den Kontrast so weit hochgefahren haben, dass wir ein bisschen Sternenlicht erkennen konnten.«

Aber da war nichts zu sehen auf dem Foto. Ein paar Sterne und in der Mitte ein fettes Nichts in Form einer Scheibe. »Was ist das?«

»Eine Spin-Membran«, sagte Jason. »Von außen gesehen. Der Mars hat jetzt auch eine.«

4×10^9 n. Chr.

Von Padang aus reisten wir landeinwärts – so viel begriff ich –, es ging bergauf, über Straßen, die manchmal seidig glatt, manchmal uneben und von Schlaglöchern übersät waren. Irgendwann hielt das Auto vor einem Gebäude, das in der Dunkelheit wie ein Betonbunker aussah, offenbar aber (zu erkennen an dem unter einer grellen Wolframlampe aufgemalten roten Halbmond) eine medizinische Einrichtung war. Der Fahrer war sauer, als er sah, wohin er uns gefahren hatte – ein weiterer Beleg dafür, dass ich krank war, nicht nur betrunken –, doch Diane drückte ihm noch ein paar Geldscheine in die Hand, sodass er schließlich einigermaßen beschwichtigt davonfuhr.

Ich hatte Schwierigkeiten, mich auf den Beinen zu halten, lehnte mich gegen Diane, die mein Gewicht wacker trug, und so standen wir da in der feuchten Nacht auf einer leeren Straße. Mondschein bohrte sich durch die Wolkenfetzen. Vor uns war eine Klinik, auf der anderen Straßenseite eine Tankstelle und sonst nichts als Wald und flache Abschnitte, bei denen es sich um bewirtschaftete Felder handeln mochte. Es gab kein Anzeichen menschlichen Lebens, bis die Eingangstür der Klinik ächzend aufging und eine kleine, korpulente Frau in einem langen Rock und mit einer kleinen weißen Mütze eilig zu uns herauskam.

»Ibu Diane«, sagte die Frau aufgeregt, aber leise, als befürchte sie, man könne sie, selbst zu dieser einsamen Stunde, belauschen. »Willkommen!«

»Ibu Ina«, erwiderte Diane respektvoll.

»Und dies ist wohl …?«

»Pak Tyler Dupree. Von dem ich Ihnen erzählt habe.«

»Zu krank, um zu sprechen?«

»Zu krank, um irgendetwas Vernünftiges zu sagen.«

»Dann sollten wir ihn unbedingt nach drinnen schaffen.«

Diane stützte mich auf der einen Seite und die Frau, die sie Ibu Ina genannt hatte, packte meinen rechten Arm unter der Schulter. Sie war nicht mehr jung, aber bemerkenswert kräftig. Die Haare unter der Mütze waren grau und schon ausgedünnt. Sie roch nach Zimt. Der Art nach zu urteilen, wie sie die Nase rümpfte, roch ich nach etwas Unangenehmerem.

Dann waren wir im Gebäude, gingen an einem leeren, mit Rattan- und billigen Metallstühlen möblierten Wartezimmer vorbei zu einem dem Eindruck nach recht modernen Untersuchungszimmer, wo Diane mich auf einem gepolsterten Tisch ablud und Ina sagte: »Na, dann wollen wir mal sehen, was wir für ihn tun können.« Ich fühlte mich sicher genug, um das Bewusstsein zu verlieren.

Ich erwachte vom Klang eines Gebetsrufes, der von einer fernen Moschee herwehte, und vom Geruch nach frischem Kaffee.

Ich lag nackt auf einer Pritsche in einem kleinen Zimmer mit Betonwänden; durch das Fenster fiel Licht, eine blasse Vorahnung der Morgendämmerung. Es gab einen Türeingang mit einer Art Bambusvorhang, durch den ich hören konnte, wie jemand etwas Energisches mit Tassen und Schüsseln anstellte.

Die Kleidung, die ich gestern getragen hatte, war gewaschen worden und lag zusammengelegt neben der Pritsche. Ich befand mich zwischen zwei Fieberattacken – ich hatte gelernt, diese kleinen Oasen des Wohlbefindens als solche zu erkennen – und war kräftig genug, mich anzuziehen.

Ich balancierte gerade auf einem Bein und bemühte mich, das andere in meine Hose einzufädeln, als Ibu Ina durch den Vorhang spähte.

»Oh, Ihnen geht's gut genug, dass Sie stehen können«, sagte sie.

Kurzzeitig. Ich sank, erst halb angezogen, zurück auf die Pritsche. Ina betrat das Zimmer mit einer Schüssel Reis, einem Löffel, einem emaillierten Blechbecher. Sie kniete sich neben mich und deutete mit den Augen auf das Holztablett: Ob ich irgendetwas davon haben wolle?

Ich stellte fest, dass das der Fall war. Zum ersten Mal seit vielen Tagen hatte ich Hunger. Meine Hose saß lächerlich locker, meine Rippen stachen obszön hervor. »Danke«, sagte ich.

»Wir sind uns letzte Nacht vorgestellt worden.« Sie reichte mir die Schüssel. »Können Sie sich daran erinnern? Ich muss mich für die primitive Art der Unterbringung entschuldigen. Dieser Raum dient eher der Tarnung als der Bequemlichkeit.«

Sie mochte fünfzig oder sechzig Jahre alt sein. Ihr Gesicht war rund und faltig, die Züge in einem Mond aus braunem Fleisch konzentriert, was ihr etwas Apfelpuppenhaftes verlieh, akzentuiert noch durch den langen schwarzen Rock und die weiße Haube. Hätten die Amish-Leute in Westsumatra gesiedelt, würden sie vielleicht so etwas wie Ibu Ina hervorgebracht haben.

Sie sprach englisch mit singendem indonesischem Akzent, aber ihre Ausdrucksweise war untadelig. »Sie sprechen unsere Sprache sehr gut«, sagte ich, das einzige Kompliment, das mir auf die Schnelle einfiel.

»Danke, ich habe in Cambridge studiert.«

»Englisch?«

»Medizin.«

Der Reis war etwas fade, aber gut. Ich zeigte demonstrativ guten Willen, ihn aufzuessen.

»Vielleicht später mehr?«, fragte sie.

»Ja, danke.«

Ibu war ein Ausdruck des Respekts in der Sprache der Minangkabau, verwendet bei der Anrede von Frauen (das männliche Gegenstück war *Pak*). Woraus folgte, dass Ina eine Minangkabau-Ärztin war und wir uns im Hochland von Sumatra befanden, vermutlich in unmittelbarer Nähe zum Mount Merapi. Alles, was ich über Inas Volk wusste, stammte aus dem Reiseführer über Sumatra, den ich auf dem Flug von Singapur hierher gelesen hatte: Es gab mehr als fünf Millionen Minangkabau, die in Dörfern und Städten des Hochlands lebten; viele der besten Restaurants in Padang wurden von Minangkabau betrieben; sie waren berühmt für ihre matrilineare Kultur, ihren Geschäftssinn und ihre Vermischung von Islam und traditionellen *Adat*-Gebräuchen.

Alles keine Erklärung dafür, was ich im Hinterzimmer der Praxis einer Minang-Ärztin zu suchen hatte.

»Schläft Diane noch? Ich verstehe nämlich nicht …«

»Ibu Diane hat den Bus zurück nach Padang genommen, fürchte ich. Aber Sie sind hier sicher.«

»Ich hatte gehofft, dass auch sie sicher sein würde.«

»Sie wäre hier natürlich sicherer als in der Stadt, ganz bestimmt. Aber das würde keinem von Ihnen aus Indonesien heraushelfen.«

»Wie haben Sie Diane kennen gelernt?«

Ina grinste. »Reine Glückssache – oder hauptsächlich Glück. Sie war gerade in Verhandlungen mit meinem Exmann Jala, der, unter anderem, im Import-Export-Geschäft ist, als sich herausstellte, dass sich die New Reformasi ein bisschen allzusehr für sie interessierten. Ich arbeite ein paar Tage im Monat in einem staatlichen Krankenhaus in Padang und war entzückt, als Jala mich mit Diane bekannt machte, auch wenn er nur nach einem vorübergehenden Versteck für einen potenziellen Kunden gesucht hat. Es war so aufregend, der Schwester von Pak Jason Lawton zu begegnen!«

Das war in mehrerlei Hinsicht überraschend, wenn nicht erschreckend. »Sie haben von Jason gehört?«

»*Gehört*, ja – anders als Sie hatte ich nie die Ehre, mit ihm zu sprechen. Oh, aber wie begierig habe ich die Nachrichten über Jason Lawton in den frühen Tagen des Spins verfolgt! Und Sie waren sein Arzt. Und jetzt sind Sie hier im Hinterzimmer meiner Klinik!«

»Ich weiß nicht, ob Diane irgendetwas davon hätte erwähnen sollen.« Ich war mir absolut sicher, dass sie es besser nicht hätte tun sollen. Unser einziger Schutz war die Anonymität, und die war jetzt gefährdet.

Ibu Ina wirkte niedergeschlagen. »Natürlich wäre es besser gewesen, *diesen* Namen nicht zu erwähnen. Aber Ausländer mit rechtlichen Problemen sind in Padang gang und gäbe. Es gibt sogar einen ziemlich schrecklichen Ausdruck dafür: Dutzendware. Ausländer mit rechtlichen *und* gesundheitlichen Schwierigkeiten sind noch problematischer. Diane muss erfahren haben, dass Jala und ich große Bewunderer von Jason Lawton sind – es kann nur reine Verzweiflung gewesen sein, die sie bewogen hat, sich auf seinen Namen zu berufen. Und trotzdem mochte ich ihr nicht glauben, bis ich mir im Internet Fotografien angesehen habe. Ich nehme an, einer der Nachteile der Berühmtheit besteht darin, dass man ständig fotografiert wird. Jedenfalls war da ein Foto der Familie Lawton, aufgenommen in der Frühzeit des Spins, aber ich habe sie trotzdem erkannt: Sie hatte die Wahrheit gesagt! Und also musste es auch wahr sein, was sie mir über ihren kranken Freund erzählt hatte. Sie waren der Arzt von Jason Lawton. Und natürlich von dem anderen, dem noch berühmteren …«

»Ja.«

»Dem kleinen schwarzen faltigen Mann.«

»Ja.«

»Von dessen Medizin Sie krank geworden sind.«

»Dessen Medizin mich aber auch wieder gesund machen wird, hoffe ich.«

»Genau wie bei Diane, so hat sie jedenfalls gesagt. Das finde ich interessant. Gibt es wirklich noch ein Stadium des Erwachsenseins jenseits des Erwachsenseins? Wie fühlen Sie sich?«

»Könnte besser sein, ehrlich gesagt.«

»Aber der Prozess ist noch nicht beendet.«

»Nein, der Prozess ist nicht beendet.«

»Dann sollten Sie sich ausruhen. Kann ich Ihnen irgendetwas bringen?«

»Ich hatte Schreibhefte, Papier …«

»In einem Bündel bei Ihrem anderen Gepäck. Ich werde es holen. Sind Sie nicht nur Arzt, sondern auch Schriftsteller?«

»Nur zeitweilig. Ich muss einfach ein paar Gedanken zu Papier bringen.«

»Vielleicht können Sie, wenn Sie sich besser fühlen, einige dieser Gedanken mit mir teilen.«

»Vielleicht. Es wäre mir eine Ehre.«

Sie erhob sich wieder. »Vor allem über den kleinen schwarzen faltigen Mann. Den Mann vom Mars.«

In den folgenden Tagen schlief ich unregelmäßig, war beim Erwachen verblüfft über die vergangene Zeit, die plötzlich angebrochene Nacht oder den unerwarteten Morgen, und orientierte mich, so gut ich konnte, an den Gebetsrufen, den Verkehrsgeräuschen und an der Versorgung durch Ibu Ina, die mir Reis mit Curryeiern brachte und mich gelegentlich mit einem Schwamm wusch. Wir unterhielten uns, aber das Gesprochene rann durch mein Gedächtnis wie Sand durch ein Sieb, und an ihrem Gesichtsausdruck sah ich, dass ich mich gelegentlich wiederholte oder Dinge nicht mehr wusste, die sie mir erzählt hatte. Helligkeit, dann Dunkelheit, Helligkeit, dann Dunkelheit, und dann, plötzlich, Diane neben Ina am Bett kniend. Beide sahen mich ernst an.

»Er ist wach«, sagte Ina. »Bitte entschuldigen Sie mich. Ich lasse Sie beide allein.«

Dann war nur noch Diane neben mir.

Sie trug eine weiße Bluse, einen weißen Schal über ihren dunklen Haaren, bauschige blaue Hosen. Von der Aufmachung her wäre sie in Padang nicht besonders aufgefallen, wenn sie auch zu groß und zu blass war, um wirklich als Einheimische durchzugehen. »Tyler.« Die Augen waren blau und groß. »Achtest du auch auf deine Flüssigkeitsaufnahme?«

»Sehe ich so schlimm aus?«

Sie streichelte meine Stirn. »Es ist nicht leicht, stimmt's?«

»Ich habe nicht erwartet, dass es ohne Schmerzen abgeht.«

»Noch ein, zwei Wochen, dann ist es vorbei. Bis dahin ...«

Sie musste nichts weitersagen. Das Medikament arbeitete sich tief ins Muskelgewebe, ins Nervengewebe vor.

»Das hier ist aber ein guter Ort. Wir haben Krampflöser, Schmerzmittel. Ina weiß, was los ist.« Sie lächelte schief. »Trotzdem ... nicht unbedingt das, was wir geplant hatten.«

Unsere ursprünglichen Pläne waren auf Anonymität gegründet, jede der Bogen-Hafenstädte hätte für zahlungsfähige Amerikaner ein sicherer Ort zum Untertauchen sein sollen. Für Padang hatten wir uns nicht nur der Bequemlichkeit wegen entschieden – Sumatra war die am dichtesten beim Bogen gelegene Landmasse –, sondern auch wegen seines enorm schnellen wirtschaftlichen Wachstums und weil die jüngsten Probleme mit der New-Reformasi-Regierung in Jakarta die Stadt in eine für uns nützliche Anarchie gestürzt hatten. Ich würde die Drogenbehandlung in einem unauffälligen Hotel durchleiden, und wenn alles vorbei war – wenn ich buchstäblich generalüberholt war –, würden wir Plätze für die Überfahrt an einen Ort buchen, an dem uns kein Unheil erreichen konnte. So hatten wir es uns vorgestellt.

Womit wir nicht gerechnet hatten, das war die Rachsucht der Regierung Chaykin und ihre Entschlossenheit, an uns ein Exempel zu statuieren – sowohl für die Geheimnisse, die wir bewahrt, als auch für die, die wir bereits enthüllt hatten.

»Ich schätze, ich habe mich am falschen Ort ein bisschen zu auffällig benommen«, sagte Diane. »Ich hatte bei zwei verschiedenen *Rantau*-Kollektiven für uns gebucht, aber beide Abmachungen sind geplatzt, plötzlich wollten die Leute nicht mehr mit mir reden, und es war offensichtlich, dass wir viel zu viel Aufmerksamkeit erregten. Das Konsulat, die New Reformasi und die örtliche Polizei, alle haben sie unsere Beschreibung. Keine völlig *präzise* Beschreibung, aber nahe genug dran.«

»Und deshalb hast du diesen Leuten gesagt, wer wir sind.«

»Ich hab's ihnen gesagt, weil sie es ohnehin schon vermutet hatten. Nicht Ibu Ina, aber mit Sicherheit Jala, ihr Ex. Das ist ein ganz gerissener Bursche. Er betreibt eine relativ respektable Reederei. Ein Großteil der Beton- und Palmölladungen, die durch den Hafen von Teluk Bayur gehen, machen dabei Station in dem einen oder anderen von Jalas Lagerhäusern. Das *Rantau-gadang*-Geschäft erzielt zwar weniger Gewinn, ist aber dafür steuerfrei, und diese Emigranten-Schiffe kommen auch nicht leer zurück. Außerdem hat er noch einen flotten Nebenerwerb mit Schwarzmarktrindern und -ziegen.«

»Klingt wie jemand, der uns ohne Weiteres an die New Reformasi verkaufen würde.«

»Aber wir zahlen besser. Und bereiten ihm weniger Probleme mit den Gesetzen, solange wir nicht gefasst werden.«

»Was hält Ina davon?«

»Wovon? Dem *Rantau gadang*? Zwei ihrer Söhne und eine Tochter befinden sich in der Neuen Welt. Von Jala? Sie hält ihn für mehr oder weniger vertrauenswürdig – wenn man ihn kauft, dann bleibt er gekauft. Von uns? Sie glaubt, wir seien nicht weit vom Stand der Heiligkeit entfernt.«

»Wegen Wun Ngo Wen?«

»Hauptsächlich.«

»Was für ein Glück, dass du sie gefunden hast.«

»Es war nicht nur Glück.«

»Trotzdem sollten wir sehen, dass wir so bald wie möglich wegkommen.«

»Sobald es dir besser geht. Jala hat ein Schiff bereit. Die *Capetown Maru*. Das ist der Grund, warum ich zwischen hier und Padang hin- und hergependelt bin. Es gibt noch mehr Leute, die ich bezahlen muss.«

Aus Ausländern mit Geld verwandelten wir uns sehr schnell in Ausländer, die früher mal Geld hatten. »Trotzdem«, sagte ich, »ich wünschte ...«

»Ja, was?« Sie strich mit einem Finger über meine Stirn, hin und her, ganz langsam.

»Ich wünschte, ich müsste nicht alleine schlafen.«

Sie lachte kurz auf und legte ihre Hand auf meine Brust. Auf meinen ausgemergelten Brustkorb, auf die noch immer hässliche Krokodilhaut. Nicht gerade eine Anregung für Intimes. »Es ist zu heiß zum Kuscheln.«

»Zu heiß?«

Ich hatte die ganze Zeit gezittert.

»Armer Tyler.«

Ich wollte ihr sagen, sie solle vorsichtig sein. Aber vorher machte ich noch kurz die Augen zu – und als ich sie wieder öffnete, war sie nicht mehr da.

Schlimmeres würde unvermeidlich folgen, aber tatsächlich fühlte ich mich in den nächsten Tagen viel besser – das Auge des Sturms, wie Diane es genannt hatte. Es war, als hätten die marsianische Substanz und mein Körper einen vorläufigen Waffenstillstand ausgehandelt, Gelegenheit für beide Seiten, sich für die Entscheidungsschlacht zu sammeln. Ich versuchte, mir die Atempause zunutze zu machen.

Ich aß alles, was Ina mir anbot, und von Zeit zu Zeit lief ich im Zimmer hin und her, um ein wenig Energie in meine dürren Beine zu leiten. Hätte ich mich kräftiger gefühlt, wäre mir diese Betonschachtel (in der medizinischer Bedarf aufbewahrt worden war, bevor Ina sich ein an die Klinik angrenzendes alarmgesichertes Lager hatte bauen lassen) vielleicht wie eine Gefängniszelle vorgekommen, unter den gegebenen Umständen war sie sogar beinahe gemütlich. Ich stapelte unsere Hartschalenkoffer in eine Ecke und verwendete sie, auf einer Schilfmatte sitzend, als eine Art Schreibtisch. Das hohe Fenster ließ ein bisschen Sonnenlicht ins Zimmer strömen.

Und es ließ auch einen einheimischen Schuljungen ins Zimmer blicken, dessen Augen ich bereits zweimal auf mich gerichtet gesehen hatte. Als ich Ina davon berichtete, nickte sie, verschwand kurz und kehrte wenig später mit dem Jungen im Schlepptau zurück.

»Das ist En«, sagte sie und warf ihn mir, durch den Vorhang hindurch, praktisch in die Arme. »En ist zehn Jahre alt. Er ist sehr gescheit. Er möchte einmal Arzt werden. Außerdem ist er der Sohn meines Neffen. Unglücklicherweise ist er mit großer Neugier geschlagen, was manchmal zu Lasten der Vernunft geht. Er ist auf die Mülltonne geklettert, um zu sehen, was ich in meinem Hinterzimmer versteckt habe. Unverzeihlich. Entschuldige dich bei meinem Gast, En.«

En ließ den Kopf so tief hängen, dass ich Sorge hatte, seine riesige Brille würde ihm von der Nase rutschen. Er murmelte etwas vor sich hin.

»Auf Englisch«, sagte Ina.

»Sorry!«

»Nicht sehr elegant, aber inhaltlich korrekt. Vielleicht kann En etwas für Sie tun, Pak Tyler, um sein schlechtes Benehmen wieder gutzumachen?«

En war offensichtlich in der Bredouille. Ich versuchte, ihn daraus zu befreien. »Außer meine Privatsphäre zu achten, wüsste ich nichts.«

»Ganz bestimmt wird er Ihre Privatsphäre von nun an respektieren – *nicht wahr*, En?« En wand sich und nickte. »Außerdem habe ich eine Aufgabe für ihn. En kommt fast jeden Tag zur Klinik. Wenn ich nicht zu beschäftigt bin, zeige ich ihm ein paar Sachen. Das Schaubild der menschlichen Anatomie. Das Lackmuspapier, das im Essig seine Farbe verändert. En behauptet, dankbar zu sein für solche Gefälligkeiten.« Ens Nicken bekam einen beinahe spastischen Charakter. »Als Gegenleistung – und als eine Art Wiedergutmachung für seine grobe Missachtung der *Budi*-Gebote – wird En ab sofort als Beobachtungsposten für die Klinik dienen. En, weißt du, was das bedeutet?«

En hörte auf zu nicken und blickte argwöhnisch drein.

»Es bedeutet, dass deine Wachsamkeit und Neugier von nun an einem guten Zwecke dienen werden. Falls irgendjemand ins Dorf kommt und sich nach der Klinik erkundigt – jemand aus der Stadt, meine ich, vor allem, wenn er wie ein Polizist aussieht oder sich so benimmt –, wirst du *sofort* hergelaufen kommen und mir Bescheid sagen.«

»Auch wenn ich gerade in der Schule bin?«

»Ich bezweifle, dass die New Reformasi euch in der Schule belästigen werden. Wenn du in der Schule bist, konzentrier dich auf den Unterricht. Ansonsten, auf der Straße, an einem *Warung*, wo auch immer, sobald du etwas siehst oder mithörst, was mich oder die Klinik oder Pak Tyler – von dem du *nicht* sprechen darfst – betrifft, kommst du sofort hierher. Hast du verstanden?«

»Ja«, erwiderte En und murmelte noch etwas, das ich nicht verstand.

»Nein«, sagte Ina schnell, »Zahlungen sind damit nicht verbunden. Was für eine beschämende Frage! Allerdings, falls ich zufrieden bin, könnten gewisse Vergünstigungen folgen. Im Augenblick bin ich ganz und gar nicht zufrieden.«

En sauste davon, und sein übergroßes weißes T-Shirt flatterte hinter ihm her.

In der Dunkelheit einer regnerischen Nacht wusch mich Ibu Ina, rieb und spülte einen Sumpf abgestorbener Haut von meinem Körper.

»Erzählen Sie mir etwas von ihnen, an das Sie sich erinnern. Erzählen Sie mir, wie es war, zusammen mit Diane und Jason Lawton aufzuwachsen.«

Ich dachte darüber nach. Oder besser gesagt, ich tauchte in den trüben Teich der Erinnerung, um dort etwas Geeignetes für sie zu finden, etwas, das nicht nur wahr, sondern auch irgendwie bezeichnend war. Ich bekam nicht genau das zu fassen, was ich wollte, aber es trieb doch etwas an die Oberfläche: ein sternenheller Himmel, ein Baum. Der Baum war eine Silberpappel, dunkel und geheimnisvoll.

»Einmal sind wir zelten gefahren«, sagte ich. »Das war vor dem Spin, aber nicht lange.«

Es war angenehm, die tote Haut abspülen zu lassen, jedenfalls zuerst, denn die freigelegte neue Haut war extrem empfindlich. Die erste Berührung des Schwamms war lindernd, die zweite fühlte sich an wie Jod auf einer feinen Fleischwunde. Ina war sich dessen bewusst.

»Sie drei? Waren Sie nicht noch ein bisschen jung dafür, ein Zeltausflug, ich meine, nach den Gepflogenheiten dort, wo Sie herkommen? Oder sind Sie mit Ihren Eltern gefahren?«

»Nein. E. D. und Carol sind einmal im Jahr in die Ferien gefahren, zu den einschlägigen Urlaubsorten oder auf einem Kreuzschiff, vorzugsweise ohne Kinder.«

»Und Ihre Mutter?«

»Ist lieber zu Hause geblieben. Es war ein Ehepaar aus der gleichen Straße, das uns in die Adirondacks mitgenommen hat, zusammen mit ihren eigenen zwei Söhnen, Teenager, die nichts mit uns zu tun haben wollten.«

»Warum haben sie dann … oh, ich vermute, der Vater wollte sich bei E. D. Lawton einschmeicheln? Vielleicht, um ihn selbst um einen Gefallen bitten zu können?«

»So ungefähr. Ich habe nicht nachgefragt. Genauso wenig wie Jason. Diane mag es gewusst haben – sie hat auf solche Sachen geachtet.«

»Ist auch nicht so wichtig. Sie sind zu einem Zeltplatz in den Bergen gefahren? Jetzt mal auf die Seite drehen, bitte.«

»Einer von diesen Campingplätzen mit angeschlossenem Parkplatz. Nicht gerade unberührte Natur. Aber es war ein Wochenende im September, und wir hatten das Gelände fast für uns. Wir haben die Zelte aufgebaut und ein Feuer angemacht. Die Erwachsenen …« Jetzt fiel mir auch ihr Name wieder ein. »Die Fitches haben Lieder gesungen, und wir mussten beim Refrain mitsingen. Offenbar hatten sie schöne Erinnerungen an die Sommerlager ihrer Jugend. Im Grunde war es ziemlich deprimierend. Die Fitch-Söhne fanden es total schrecklich und haben sich die ganze Zeit mit Kopfhörern in ihrem Zelt versteckt. Die Eltern haben dann irgendwann aufgegeben und sind zu Bett gegangen.«

»Und haben euch drei beim Lagerfeuer zurückgelassen. War es eine klare Nacht oder eine regnerische, wie heute?«

»Eine klare Frühherbstnacht.« Ganz bestimmt nicht wie die jetzige, mit ihrem Froschgequake und dem aufs dünne Dach hämmernden Regen. »Kein Mond, aber eine Menge Sterne. Nicht warm, aber auch nicht richtig kalt, obwohl wir ein ganzes Stück weit oben in den Bergen waren. Windig. So windig, dass man der Unterhaltung der Bäume lauschen konnte.«

Ina lächelte. »Die Unterhaltung der Bäume? Ja, ich weiß, wie das klingt. Und jetzt auf die linke Seite, bitte.«

»Der Ausflug war langweilig gewesen, aber jetzt, wo wir drei unter uns waren, wurde es besser. Jason holte eine Taschenlampe, und wir gingen ein bisschen vom Feuer weg, zu einer Lichtung in einem Pappelhain, weg von den Autos und Zelten und Leuten, eine Stelle, wo der Hügel nach Westen hin abfiel. Jason zeigte uns, wie das Zodiakallicht am Himmel aufstieg.«

»Was ist das Zodiakallicht?«

»Sonnenlicht, das von Eispartikeln im Asteroidengürtel reflektiert wird. In sehr klaren, dunklen Nächten kann man es manchmal sehen.« Beziehungsweise konnte man, vor dem Spin. Gab es das Zodiakallicht immer noch, oder hatte der solare Druck das Eis weggefegt? »Es kam vom Horizont herauf wie Atem im Winter, weit entfernt, ganz zart und fein. Diane war fasziniert. Sie hörte zu, wie Jason es uns erklärte, und damals haben Jasons Erklärungen sie noch fasziniert – sie war dem noch nicht entwachsen. Sie liebte seine Intelligenz, liebte ihn *für* seine Intelligenz ...«

»Genau wie Jasons Vater vielleicht? Auf den Bauch jetzt bitte.«

»Aber nicht auf diese besitzergreifende Weise. Es war das reine kulleräugige Entzücken.«

»Entschuldigung, kulleräugig?«

»Große Augen machen. Jedenfalls, dann wurde der Wind stärker, und Jason richtete die Taschenlampe auf die Pappeln, damit Diane sehen konnte, wie die Zweige sich bewegten.« Und damit kehrte eine sehr lebendige Erinnerung an die junge Diane zurück: in einem Pullover, der mindestens eine Größe zu groß war, die Hände in Strickwolle vergraben, die Arme umeinander geschlungen, das Gesicht nach oben gerichtet und in den Augen die Spiegelung des Lichtkegels. »Er zeigte ihr, wie die großen Äste sozusagen in Zeitlupe schaukelten, während die Bewegung der Zweige viel schneller war. Das lag daran, dass jeder Ast und jeder Zweig eine Resonanzfrequenz besaß, wie Jason es nannte. Und diese Resonanzfrequenzen könne man sich als musikalische Noten vorstellen – die Bewegung des Baums im Wind sei eigentlich eine Musik, die das menschliche Ohr nur nicht wahrnehmen könne, der Baumstamm gebe den Bass vor, die Äste sängen die Tenorlinien und die Zweige spielten die Piccoloflöte. Oder man könne sie, sagte er, als reine Zahlen begreifen, jede einzelne Resonanz, vom Wind selbst bis zum Zittern eines Blattes, eine Berechnung innerhalb einer Berechnung innerhalb einer weiteren Berechnung.«

»Sie beschreiben das sehr schön.«

»Nicht halb so schön, wie Jason es beschrieben hat. Es war, als sei er in die Welt verliebt, jedenfalls in ihre Strukturen. Die Musik in ihr. Aua!«

»Entschuldigung. Und Diane war in Jason verliebt?«

»Verliebt darin, seine Schwester zu sein. Stolz auf ihn.«

»Und waren Sie darin verliebt, sein Freund zu sein?«

»Vermutlich.«

»Und verliebt in Diane.«

»Ja.«

»Und sie in Sie.«

»Vielleicht. Ich habe es gehofft.«

»Was, wenn ich fragen darf, ist dann schiefgelaufen?«

»Wie kommen Sie darauf, dass irgendetwas schiefgelaufen ist?«

»Sie sind offensichtlich noch immer verliebt. Sie beide, meine ich. Aber nicht so wie ein Mann und eine Frau, die seit vielen Jahren zusammen sind. Etwas muss Ihrem Zusammensein im Weg gewesen sein … Entschuldigen Sie, ich bin ganz furchtbar aufdringlich.«

Ja, etwas war uns im Weg gewesen. Vieles. Am augenfälligsten, nehme ich an, der Spin. Er hatte ihr so viel Angst gemacht, aus Gründen, die ich nie richtig begriffen hatte; als sei der Spin eine Herausforderung und eine Absage an alles, was ihr Sicherheit gab. Was gab ihr Sicherheit? Der ordentliche Gang des Lebens: Freunde, Familie, Arbeit – eine Art fundamentaler *Verständigkeit* in der Einrichtung der Welt, die im Großen Haus von E. D. und Carol Lawton bereits ziemlich prekär gewirkt haben muss, mehr ersehnt als wirklich gegeben.

Das Große Haus hatte sie betrogen, und schließlich hatte sogar Jason sie betrogen. Immer noch präsentierte er ihr wissenschaftliche Ideen wie ein ausgefallenes Geschenk, aber was früher zu ihrer Beruhigung beigetragen hatte – die behaglichen Durakkorde Newtons und Euklids –, wurde nun immer fremder und befremdlicher: die Planck-Länge (unterhalb derer sich die Dinge nicht mehr verhielten wie *Dinge*); schwarze Löcher, von ihrer eigenen unergründbaren Dichte in eine Sphäre jenseits von Ursache und Wirkung gebannt; ein Universum, das sich nicht nur immer weiter ausdehnte, sondern auch beschleunigte, seinem eigenen Verfall entgegen. Wenn sie ihre Hand auf das Fell ihres Hundes lege, so erzählte sie mir einmal, als St. Augustine noch lebte, dann wolle sie seine Wärme und Lebendigkeit spüren – nicht seine Herzschläge zählen oder sich die riesigen Zwischenräume zwischen den Atomkernen und den Elektronen vergegenwärtigen, die sein körperliches Dasein begründeten. St. Dog sollte er selbst und ein Ganzes sein, nicht die Summe seiner furchterregenden Teile, nicht ein flüchtiges evolutionäres Epiphänomen im Leben eines sterbenden Sterns. In ihrem Leben gebe es wenig genug Liebe und Zuneigung, daher müsse jedes bisschen davon gutgeschrieben und im Himmel eingelagert werden, als Vorrat für den Winter des Universums.

Als dann der Spin kam, muss er ihr wie eine monströse Bestätigung für Jasons Weltbild erschienen sein – um so mehr, als er sich so obsessiv damit beschäftigte. Offensichtlich gab es intelligentes Leben in anderen Teilen der Galaxis, und es hatte, ebenso offensichtlich, keinerlei Ähnlichkeit mit dem unserem. Es war stark und mächtig, erschreckend geduldig und absolut gleichgültig gegen den Schrecken, den es der Welt eingejagt hatte. Wenn man sich die Hypothetischen vorstellen wollte, konnte man sich vielleicht hyperintelligente Roboter oder undurchschaubare Energiewesen ausmalen, niemals aber die Berührung einer Hand, einen Kuss, ein warmes Bett oder ein tröstendes Wort.

Also hatte sie den Spin auf eine zutiefst persönliche Weise gehasst, und ich glaube, es war dieser Hass, der sie Simon Townsend und der NK-Bewegung in die Arme getrieben hatte. In der NK-Theologie wurde der Spin zu einem zwar heiligen, aber auch untergeordneten Ereignis erklärt: groß, aber nicht so groß wie der Gott Abrahams; schockierend, aber nicht so schockierend wie ein gekreuzigter Erlöser, wie eine leere Grabkammer.

Ich erzählte Ina einiges davon. Sie sagte: »Ich bin natürlich keine Christin. Ich bin nicht einmal muslimisch genug, um die örtlichen Behörden zufriedenzustellen. Vom westlichen Atheismus korrumpiert, das bin ich. Aber sogar im Islam gab es solche Bewegungen. Leute, die irgendwas über Imam Mehdi und Ad-Dajjal dahergeplappert haben, über Gog und Magog, die den See von Galiläa leer trinken. Weil sie dachten, damit könnten sie die Welt besser erklären. So. Ich bin fertig.« Sie hatte meine Fußsohlen abgerieben. »Haben Sie diese Dinge von Diane schon immer gewusst?«

In welchem Sinne gewusst? Gefühlt, vermutet, geahnt, aber *gewusst* – nein, das konnte ich nicht behaupten.

»Dann ist es vielleicht so, dass die marsianische Substanz Ihre Erwartungen erfüllt«, sagte Ina, als sie mit ihrem verchromten Topf voll warmem Wasser und ihren verschiedenen Schwämmen wieder ging. Darüber konnte ich dann im Dunkel der Nacht noch ein bisschen nachdenken.

Es gab drei Türen, durch die man Inas Klinik betreten oder verlassen konnte. Einmal, als ihr letzter angemeldeter Patient mit einem geschienten Finger gegangen war, führte sie mich durch das Haus.

»Dies ist das, was ich im Laufe meines Lebens aufgebaut habe«, sagte sie. »Wenig genug, mögen Sie denken. Aber die Menschen hier im Dorf brauchten etwas, das näher ist als das Krankenhaus in Padang – eine beträchtliche Entfernung, vor allem, wenn man mit dem Bus fahren muss oder die Straßen nicht verlässlich sind.«

Eine Tür war die Eingangstür, durch die ihre Patienten kamen und gingen.

Eine Tür war die Hintertür, metallverstärkt und stabil. Ina parkte ihr kleines Solarzellenauto auf dem festgetretenen Platz hinter der Klinik, und sie benutzte diese Tür, wenn sie morgens kam, und schloss sie wieder ab, wenn sie abends das Haus verließ. Die Tür befand sich gleich neben dem Zimmer, in dem ich lag, und ich war inzwischen so weit, dass ich das Geräusch ihres Schlüssels im Schloss erkannte, kurz nachdem, einen halben Kilometer entfernt, der erste Gebetsruf von der Dorfmoschee erklungen war.

Die dritte Tür war eine Seitentür, von einem kleinen Flur abgehend, der außerdem die Toilette und einige Vorratsschränke beherbergte. Hier nahm Ina Lieferungen entgegen, und es war auch die Tür, durch die En kam und ging.

En war genau so, wie Ina ihn beschrieben hatte: schüchtern, aber intelligent, klug genug jedenfalls, den medizinischen Grad zu erwerben, auf den er seine Hoffnungen gesetzt hatte. Seine Eltern waren nicht reich, sagte Ina, aber falls er ein Stipendium erringen konnte, das Vorstudium an der neuen Universität in Padang absolvierte, sich dort auszeichnete, eine Finanzierungsmöglichkeit für das Hauptstudium fand – »dann, wer weiß? Vielleicht hat das Dorf dann noch einen Arzt. So habe ich es jedenfalls damals gemacht.«

»Sie glauben, er würde zurückkommen und hier praktizieren?«

»Könnte durchaus sein. Wir gehen weg, wir kommen wieder.« Sie zuckte mit den Achseln, als sei das der natürliche Lauf der Dinge. Und für die Minang war es das auch: *Rantau*, die Tradition, junge Männer in die Fremde zu schicken, gehörte zum System des *Adat*, Brauch und Verpflichtung. *Adat*, wie auch der konservative Islam, hatte in den letzten dreißig Jahren unter dem Einfluss der Modernisierung gewisse Auflösungserscheinungen gezeigt, pulsierte aber noch wie ein Herz unter der Oberfläche des Minang-Lebens.

En war eingeschärft worden, mich nicht zu belästigen, doch allmählich verlor er seine Scheu vor mir. Mit Inas ausdrücklicher Erlaubnis konnte er, wenn ich gerade keinen Fieberanfall hatte, seinen englischen Wortschatz verfeinern, indem er mir Lebensmittel brachte und sie für mich benannte: *silomak*, klebriger Reis; *singgam ayam*, Curryhühnchen. Wenn ich »Danke« sagte, rief En »Bitte sehr!« und grinste, wobei er seine strahlend weißen, aber krumm und schief stehenden Zähne zeigte (Ina versuchte seine Eltern davon zu überzeugen, dass er eine Zahnklammer brauchte).

Ina selbst teilte sich mit Verwandten im Dorf ein kleines Haus; allerdings hatte sie in letzter Zeit in einem der Sprechzimmer der Klinik geschlafen, das auch nicht gemütlicher gewesen sein dürfte als meine trübe Zelle. Doch manchmal zwangen familiäre Verpflichtungen sie, über Nacht nach Hause zu gehen. In diesem Fall überprüfte sie meine Temperatur und meinen allgemeinen Zustand, versorgte mich mit Essen und Wasser und ließ mir für Notfälle einen Pager da. Und dann war ich allein, bis am nächsten Morgen ihr Schlüssel wieder im Türschloss klapperte.

Eines Nachts jedoch erwachte ich aus einem wilden, labyrinthischen Traum, aufgeschreckt durch das Rütteln der Seitentür, an deren Türknopf jemand vergeblich drehte, um sie zu öffnen. Nicht Ina. Falsche Tür. Falsche Tageszeit. Nach meiner Uhr war es Mitternacht, erst der Anfang der tiefsten Nacht; einige wenige Dorfbewohner würden noch bei dem einen oder anderen *warung* herumhängen, Autos auf der Hauptstraße fahren, Lastwagen versuchen, bis zum Morgen irgendeine ferne *desa* zu erreichen. Vielleicht war es ein Patient, der sie noch anzutreffen hoffte. Vielleicht auch ein Süchtiger auf der Suche nach Drogen.

Das Drehen am Knopf hörte auf.

Leise erhob ich mich, streifte Jeans und ein T-Shirt über. Die Klinik war dunkel, meine Zelle war dunkel, das einzige Licht lieferte der Mond durchs hohe Fenster … das plötzlich verdunkelt war.

Ich blickte auf und sah die Silhouette von Ens Kopf, der vor dem Fenster schwebte wie ein neuer Planet. »Pak Tyler«, flüsterte er.

»En! Du hast mich ganz schön erschreckt.« Tatsächlich waren mir vor Schreck sogar die Beine weich geworden – ich musste mich gegen die Wand lehnen, um nicht umzufallen.

»Lassen Sie mich rein!«

Also tappte ich barfuß los und entriegelte die Seitentür. Die hereinrauschende Brise war warm und feucht. En rauschte hinterher. »Ich muss mit Ibu Ina sprechen!«

»Sie ist nicht da. Was ist los, En?«

Er war äußerst beunruhigt. Er stieß seine Brille über den Nasenhöcker nach oben. »Aber ich muss mit ihr sprechen!«

»Sie ist heute über Nacht zu Hause. Du weißt, wo sie wohnt?«

Er nickte unglücklich. »Aber sie sagte, ich soll *hierher* kommen und ihr Bescheid sagen.«

»Was? Ich meine, wann hat sie das gesagt?«

»Wenn ein Fremder nach der Klinik fragt, soll ich herkommen und ihr Bescheid sagen.«

»Aber sie ist nicht …« Jetzt erst durchstieß die Bedeutung seiner Worte den Nebel des beginnenden Fiebers. »En, ist jemand in der Stadt, der sich nach Ibu Ina erkundigt?«

Stück für Stück entlockte ich ihm die Geschichte. En wohnte mit seiner Familie in einem Haus hinter einem *warung* (eine Art Imbissstand) mitten im Dorf, nur drei Häuser vom Büro des Bürgermeisters, dem *kepala desa*, entfernt. Wenn En nachts wach lag, konnte er von seinem Zimmer aus die Unterhaltung der Kunden am *warung* hören. Auf diese Weise hatte er sich einen enzyklopädischen, wenn auch kaum begriffenen Vorrat an Dorfklatsch angeeignet. Nach Einbruch der Dunkelheit waren es hauptsächlich die Männer, die noch draußen saßen, redeten und Kaffee tranken, Ens Vater, die Onkel und Nachbarn. Aber heute waren zwei Fremde in einem schnittigen schwarzen Auto angekommen, hatten sich, kühn wie Wasserbüffel, den Lichtern des *warung* genähert und, ohne sich vorzustellen, gefragt, wo die hiesige Klinik zu finden sei. Keiner der beiden war krank. Sie trugen Stadtkleidung, benahmen sich unhöflich und verhielten sich wie Polizisten, daher war die Wegbeschreibung, die sie von Ens Vater erhielten, vage und irreführend, sodass sie erst einmal genau in die falsche Richtung fahren würden.

Aber sie suchten nach Inas Klinik und würden sie zwangsläufig irgendwann finden; in einem Dorf dieser Größe konnte die Irreführung bestenfalls einen Aufschub bewirken. Also hatte En sich schnell angezogen, war ungesehen aus dem Haus geflitzt und, wie angewiesen, hierhergekommen, um die Abmachung mit Ibu Ina zu erfüllen und sie vor der Gefahr zu warnen.

»Sehr gut«, versicherte ich ihm. »Gute Arbeit, En. Jetzt musst du aber zu ihr nach Hause laufen und ihr alles erzählen.« Und unterdessen würde ich meine Sachen zusammenpacken und die Klinik verlassen. Mich in den benachbarten Reisfeldern verstecken, bis die Polizisten wieder verschwunden waren. Ich war kräftig genug, um das zu schaffen. Wahrscheinlich.

Aber En verschränkte die Arme und wich vor mir zurück. »Sie hat gesagt, ich soll *hier* auf sie warten.«

»Okay. Aber vor morgen Früh kommt sie nicht zurück.«

»Meistens schläft sie hier.« Er reckte den Kopf und versuchte an mir vorbei durch den dunklen Flur zu spähen, als könne sie jeden Moment aus dem Sprechzimmer kommen.

»Ja, aber nicht heute. Ehrlich. En, die Sache könnte gefährlich werden. Diese Leute sind möglicherweise Feinde von Ibu Ina, verstehst du?«

Aber eine blinde Starrköpfigkeit hatte von ihm Besitz ergriffen. So freundlich wir zuletzt miteinander umgegangen waren, traute En mir doch noch immer nicht über den Weg. Einen Moment zitterte er vor sich hin, die Augen weit aufgerissen wie ein Lemur, dann schoss er an mir vorbei, lief den mondbeschienenen Flur hinunter und rief: »Ina! Ina!«

Ich jagte hinter ihm her, machte dabei verschiedene Lampen an.

Und versuchte gleichzeitig, ein paar zusammenhängende Gedanken zu fassen. Die unfreundlichen Männer, die nach der Klinik suchten, konnten New Reformasi aus Padang sein, oder auch örtliche Polizei, oder aber sie arbeiteten für Interpol oder das US-Außenministerium oder irgendeine andere Einrichtung, die die Regierung Chaykin wie einen Hammer zu schwingen wusste.

Und falls sie nach mir suchten – bedeutete das, dass sie Jala, Inas Exmann, gefunden und verhört hatten? Bedeutete es, dass sie Diane bereits verhaftet hatten?

En stürzte in ein dunkles Sprechzimmer. Seine Stirn kollidierte mit den Haltern eines Untersuchungstisches, er prallte zurück und setzte sich auf den Hintern. Als ich bei ihm ankam, weinte er lautlos, völlig verunsichert. Der Striemen über seiner linken Augenbraue sah wüst aus, aber nicht gefährlich.

Ich legte meine Hände auf seine Schultern. »En, sie ist nicht hier. Wirklich wahr. Sie ist wirklich, ehrlich nicht hier. Und sie möchte unter Garantie nicht, dass du hier im Dunkeln sitzt und wartest, während irgendetwas Schlimmes passiert. Das würde sie wirklich nicht wollen, oder?«

»Uhum«, konzedierte En.

»Also läufst du jetzt nach Hause, okay? Du läufst nach Hause und bleibst dort. Ich kümmere mich hier um dieses Problem, und wir beide sehen dann Ibu Ina morgen wieder. Ja?«

En versuchte, den ängstlichen Blick gegen einen kritisch abwägenden zu tauschen. »Ich glaube ja«, sagte er.

Ich half ihm auf die Füße. Und dann ertönte vor der Klinik das Geräusch von Autoreifen, die auf dem Kies knirschten.

Geduckt eilten wir ins Empfangszimmer, wo ich durch die Bambusjalousien spähte, während En hinter mir stand, die kleinen Hände in mein T-Shirt gekrallt.

Das Auto lief im Leerlauf. Ich konnte die Marke nicht erkennen, aber es schien relativ neu zu sein, dem tiefblauen Glanz im Mondschein nach zu urteilen. Im Wageninnern leuchtete es kurz auf, vielleicht ein Zigarettenanzünder. Dann ein viel helleres Licht, eine Stablampe, die aus dem Beifahrerfenster gehalten wurde. Sie strahlte durch die Jalousie hindurch und warf wogende Schatten über die Hygieneplakate an der Wand gegenüber. Wir zogen die Köpfe ein.

»Pak Tyler«, wimmerte En.

Ich schloss die Augen und stellte fest, dass es mir schwer fiel, sie wieder zu öffnen. Hinter meinen Lidern sah ich Windmühlen und Sternregen. Das Fieber wieder. Ein kleiner Chor von inneren Stimmen wiederholte: *Das Fieber wieder, das Fieber wieder …* Mir zum Hohn.

»Pak Tyler!«

Das war verdammt schlechtes Timing. (*Schlechtes Timing, schlechtes Timing …*) »Geh zur Tür, En. Zur Seitentür.«

»Kommen Sie mit!«

Ein guter Rat. Ich warf noch einen Blick durchs Fenster. Der Scheinwerfer war ausgegangen. Dann führte ich En den Flur entlang, an den Vorratschränken vorbei, zur Seitentür, die er offengelassen hatte. Die Nacht war trügerisch still, trügerisch einladend; eine Fläche festgetretenen Bodens, ein Reisfeld, der Wald, Palmen, schwarz im Mondschein, ihre Kronen sanft hin und her wogend.

Zwischen uns und dem Auto befand sich das Klinikgebäude. »Lauf geradewegs zum Wald«, sagte ich.

»Ich kenne den Weg.«

»Halt dich von der Straße fern. Versteck dich, wenn nötig.«

»Kommen Sie mit mir.«

»Ich kann nicht«, sagte ich, und das war wortwörtlich gemeint. In meinem gegenwärtigen Zustand war die Vorstellung, hinter einem Zehnjährigen herzusprinten, völlig absurd.

»Aber …«

Ich gab ihm einen kleinen Stoß und sagte, er solle keine Zeit vergeuden.

Er rannte, ohne zurückzublicken, verschwand mit fast erschreckender Geschwindigkeit im Schatten, still, klein, bewundernswert. Ich beneidete ihn. In der darauf folgenden Stille hörte ich, wie eine Autotür geöffnet, dann wieder geschlossen wurde.

Der Mond war drei Viertel voll, er wirkte rötlicher und ferner als früher, zeigte ein anderes Gesicht, als ich aus meiner Kindheit in Erinnerung hatte. Kein Mann im Mond mehr, und diese dunkle ovale

Narbe auf der Oberfläche, dieses neue, aber inzwischen schon uralte *Mare*, war das Ergebnis eines gewaltigen Aufpralls, der vom Pol bis zum Äquator Regolith zum Schmelzen gebracht und die sanfte Spiralbewegung des Mondes von der Erde weg abgebremst hatte.

Hinter mir hörte ich die Polizisten – zwei, vermutete ich – gegen die Eingangstür hämmern. In barschem Ton begehrten sie Einlass, rüttelten am Schloss.

Ich fasste die Möglichkeit ins Auge loszurennen. Ich glaubte rennen zu können – nicht so flink wie En, aber jedenfalls weit genug. Bis zum Reisfeld etwa. Um mich dort zu verstecken und das Beste zu hoffen.

Doch dann dachte ich an das Gepäck im Zimmer. Gepäck, das nicht nur aus Kleidung bestand, sondern auch aus Notizheften und Disketten, kleinen Digitalspeichern und verräterischen Fläschchen mit durchsichtiger Flüssigkeit.

Ich kehrte um. Ins Haus zurück. Ich verriegelte die Tür hinter mir. Langsam schlich ich den Gang hinunter, lauschte nach den Geräuschen der Polizisten. Vielleicht umkreisten sie das Gebäude, vielleicht versuchten sie es noch mal an der Vordertür. Das Fieber steigerte sich jedoch ziemlich rapide und ich hörte alle möglichen Geräusche, von denen vermutlich nur die wenigsten nicht halluziniert waren.

In meinem Zimmer angekommen, bewegte ich mich mit Hilfe des Tastsinns und des Mondscheins. Ich öffnete einen der beiden Hartschalenkoffer und stopfte einen Stapel handbeschriebener Seiten hinein, machte ihn wieder zu, verschloss ihn, hob ihn an und geriet ins Schwanken. Ich packte den anderen Koffer fürs Gleichgewicht und stellte fest, dass ich kaum noch laufen konnte.

Ich stolperte beinahe über einen kleinen Plastikgegenstand, den ich als Inas Pager identifizierte. Ich blieb stehen, stellte die Koffer ab, hob den Pager auf und stopfte ihn mir in die Hemdtasche. Dann holte ich einige Male tief Luft und nahm die Koffer wieder auf; rätselhafterweise schienen sie jetzt sogar noch schwerer zu sein. *Du kannst es, du schaffst es*, sagte ich mir vor, aber die Worte klangen abgedroschen und wenig überzeugend, und sie hallten wider, als habe mein Schädel sich auf die Größe einer Kathedrale ausgedehnt.

Ich hörte Geräusche von der Hintertür, die Ina immer von außen mit einem Vorhängeschloss verriegelte: klirrendes Metall und das Ächzen des Riegels, vielleicht ein Brecheisen, zwischen die Bügel des Schlosses gebohrt und herumgedreht. Schon bald, unvermeidlich, würde das Schloss nachgeben und die Männer würden ins Gebäude gelangen.

Ich wankte zur dritten Tür, Ens Tür, die Seitentür, entriegelte sie und öffnete sie vorsichtig, im blinden Vertrauen darauf, dass niemand draußen stehen würde. Es war auch keiner da, beide Eindringlinge (falls es nur zwei waren) standen an der Hintertür. Sie flüsterten miteinander, während sie an dem Schloss zugange waren, trotz der Froschchöre und des Heulens des Windes waren ihre Stimmen schwach zu hören.

Ich war mir nicht sicher, ob ich es bis zum Reisfeld schaffen würde, ohne gesehen zu werden. Schlimmer noch, ich war mir nicht sicher, ob ich es schaffen würde, ohne hinzufallen.

Doch dann gab es einen lauten Knall – offensichtlich hatte sich das Schloss von der Tür verabschiedet. Der Startschuss, dachte ich. Du kannst das, dachte ich. Ich schnappte mir mein Gepäck und schwankte barfuß hinaus in die sternenklare Nacht.

GASTFREUNDSCHAFT

»Hast du das gesehen?«

Molly Seagram deutete, als ich die Ambulanz betrat, auf eine Zeitschrift auf dem Empfangstisch. Ihr Gesichtsausdruck sagte: schlechtes Juju, böse Vorzeichen. Ein monatlich erscheinendes Nachrichtenmagazin, auf dem Titel ein Bild von Jason. Überschrift: DIE SEHR PRIVATE PERSÖNLICHKEIT HINTER DEM ÖFFENTLICHEN GESICHT DES PERIHELION-PROJEKTS.

»Nichts Gutes, wenn ich dich recht verstehe?«

Sie zuckte mit den Achseln. »Nicht unbedingt schmeichelhaft. Lies selbst. Wir können uns beim Essen darüber unterhalten.« Ich hatte bereits versprochen, sie abends zum Essen auszuführen. »Oh, und Mrs. Tuckman ist schon bereit und wartet in Box drei.«

Ich hatte Molly schon oft gebeten, die Wartezimmer nicht als »Boxen« zu bezeichnen, aber es lohnte sich nicht, darüber einen Streit anzufangen. Ich schob die Zeitschrift in meine Postablage. Es war ein träger, regnerischer Aprilmorgen, Mrs. Tuckman war meine einzige angemeldete Patientin vor der Mittagspause.

Sie war die Frau eines bei Perihelion angestellten Ingenieurs und war schon dreimal im letzten Monat bei mir gewesen, sie klagte über Angstzustände und Erschöpfung. Die Ursache ihres Problems war nicht schwer zu erahnen: Zwei Jahre waren seit der Umhüllung des Mars vergangen, und es gingen Gerüchte über Entlassungen bei Perihelion um. Die finanzielle Situation ihres Mannes war ungewiss, und ihre eigenen Versuche, Arbeit zu finden, waren ergebnislos geblieben. Sie verbrauchte ihr Xanax mit erschreckender Geschwindigkeit und verlangte Nachschub, und zwar dringend.

»Vielleicht sollten wir ein anderes Medikament ins Auge fassen«, sagte ich.

»Ich möchte kein Antidepressivum nehmen, falls Sie das meinen.« Sie war eine kleine Frau, ihr ansonsten angenehmes Gesicht schien in einem habituellen Stirnrunzeln erstarrt. Ihr Blick flackerte unruhig durchs Sprechzimmer, verharrte eine Weile auf dem regennassen Fenster, das auf den Südrasen hinausging. »Im Ernst. Ich hab mal sechs Monate lang Paraloft genommen und bin gar nicht mehr von der Toilette runtergekommen.«

»Wann war das?«

»Bevor Sie gekommen sind. Dr. Koenig hatte es verschrieben. Da war natürlich noch alles anders, ich habe Carl kaum gesehen, so viel musste er arbeiten. Aber wenigstens sah es damals nach einer guten, festen Anstellung aus, nach etwas Dauerhaftem. Ich hätte wahrscheinlich dankbar sein sollen für das, was wir hatten. Ist das nicht in meiner, äh, Krankenakte oder wie das heißt?«

Ihre Patientengeschichte lag aufgeschlagen vor mir auf dem Schreibtisch. Dr. Koenigs Aufzeichnungen waren oft schwer zu entziffern, aber immerhin hatte er einen roten Stift benutzt, um wichtige Sachverhalte hervorzuheben: Allergien, chronische Befindlichkeiten. Die Einträge in Mrs. Tuckmans Akte waren kurz und bündig und eher kleinlich. Hier sah ich eine Notiz über Paraloft, abgesetzt (Datum nicht zu entziffern) auf Wunsch der Patientin, »Patientin klagt weiterhin über Nervosität, Zukunftsängste«. Zukunftsängste – hatten wir die nicht alle?

»Jetzt können wir nicht mal mehr auf Carls Job zählen. Mein Herz hat so geklopft letzte Nacht – ich meine, so schnell, *ungewöhnlich* schnell. Ich dachte, es wäre vielleicht, na ja, Sie wissen schon.«

»Nein, was?«

»Na ja. KVES.«

KVES – kardiovaskuläres Erschöpfungssyndrom – war in den letzten Monaten durch die Nachrichten gegangen. In Ägypten und im Sudan hatte es Tausende von Todesfällen gegeben, und zuletzt waren Fälle in Griechenland, Spanien und im Süden der USA gemeldet worden. Es war eine sich langsam entwickelnde bakterielle Infektion, ein potenzielles Problem für tropische Drittweltländer, aber mit modernen Medikamenten gut behandelbar. Mrs. Tuckman hatte von KVES nichts zu befürchten, und das sagte ich ihr.

»Es heißt, sie hätten es über uns abgeworfen.«

»Wer hat was abgeworfen, Mrs. Tuckman?«

»Diese Krankheit. Die Hypothetischen. Die haben sie über uns abgeworfen.«

»Alles, was ich gelesen habe, spricht dafür, dass KVES von Rindern übertragen wurde.« Nach wie vor war es eine Krankheit, von der überwiegend Huftiere befallen wurden, sie führte regelmäßig zu einer Dezimierung der Viehbestände in Nordafrika.

»Rinder. Hm. Aber sie würden einem das nicht unbedingt *erzählen*, nicht wahr? Ich meine, sie würden nicht hergehen und es in den Nachrichten verkünden.«

»KVES ist eine akute Erkrankung. Falls Sie sich infiziert hätten, würden Sie schon längst im Krankenhaus liegen. Ihr Puls ist normal und Ihr Kardiogramm völlig in Ordnung.«

Sie schien nicht überzeugt. Schließlich verschrieb ich ihr ein alternatives Anxiolytikum – im Grunde haargenau das Gleiche wie Xanax, nur mit einem anderen molekularen Seitenstrang –, in der Hoffnung, dass der neue Markenname, wenn schon nicht das Medikament selbst, etwas Nützliches bewirken würde. Mrs. Tuckman verließ die Praxis beschwichtigt, sie trug das Rezept in der Hand wie eine heilige Schriftrolle.

Ich fühlte mich nutzlos und ein bisschen wie ein Betrüger.

Aber mit ihrer Befindlichkeit stand Mrs. Tuckman alles andere als allein: Die ganze Welt schwebte in Angst. Was einst als unsere beste Chance auf Überleben gegolten hatte, nämlich die Terraformung und Kolonisierung des Mars, war in Ohnmacht und Ungewissheit gemündet. Womit uns keine Zukunft mehr blieb als die des Spins. Die globale Wirtschaft war ins Trudeln geraten, denn Konsumenten wie Staaten häuften Schulden auf in der Erwartung, sie nie begleichen zu müssen, während Kreditgeber Geldmittel horteten und die Zinsen in die Höhe schossen. Religiöser Fanatismus und brutale Kriminalität stiegen rasant an, hier ebenso wie im Ausland. Die Folgen waren besonders verheerend in den Ländern der Dritten Welt, wo der Zusammenbruch der Währungen und wiederholte Hungerkatastrophen zur Wiederbelebung lange schlummernder marxistischer und militant islamischer Bewegungen beitrugen.

Der psychologische Umschwung war nicht schwer zu verstehen. Ebenso die Gewalt. Viele Menschen hegen irgendeinen Groll, aber nur jemandem, der jeden Glauben an die Zukunft verloren hat, traut man zu, dass er eines Tages mit einer Maschinenpistole und einer Abschussliste bei der Arbeit aufkreuzt. Die Hypothetischen hatten, ob willentlich oder nicht, genau diese Art von tödlicher Verzweiflung ausgelöst. Die potenziellen Amokläufer waren Legion, und zu ihren Feinden gehörten Amerikaner, Briten, Kanadier, Dänen etc., oder, umgekehrt, alle Muslime, Dunkelhäutigen, nicht Englischsprachigen, alle Katholiken, Fundamentalisten, Atheisten, alle Liberalen, alle Konservativen. Für solche Leute lag das vollkommene Zeugnis moralischer Klarheit in einem Lynchmord oder einem Selbstmordattentat, einer *Fatwa* oder einem Pogrom. Und sie waren im Aufsteigen begriffen, wie Sterne über einer Totenlandschaft.

Wir lebten in gefährlichen Zeiten. Mrs. Tuckman wusste das, und alle Xanax-Bestände der Welt würden sie nicht vom Gegenteil überzeugen.

Beim Mittagessen sicherte ich mir einen Tisch im hinteren Bereich der Cafeteria, wo ich bei einer Tasse Kaffee den auf den Parkplatz prasselnden Regen beobachtete und in der Zeitschrift las, auf die mich Molly hingewiesen hatte.

Gäbe es eine Wissenschaft der Spinologie, begann der Artikel, *dann wäre Jason Lawton ihr Newton, ihr Einstein, ihr Stephen Hawking.*

Genau das, was E. D. der Presse von jeher in den Mund gelegt hatte und was Jason nur mit Grausen hörte.

Ob radiologische Untersuchungen oder Durchlässigkeitsstudien, ob reine Wissenschaft oder philosophische Debatten, es gibt kaum einen Bereich der Spin-Forschung, den seine Ideen nicht befruchtet und durchdrungen hätten. Seine Veröffentlichungen sind zahlreich und oft zitiert, seine Teilnahme verwandelt verschlafene akademische Konferenzen schlagartig in Medienereignisse. Und als stellvertretender Vorsitzender der Perihelion-Stiftung hat er starken Einfluss auf die amerikanische und weltweite Raumfahrtpolitik in der Spin-Ära genommen.

Aber bei allen mit dem Namen Jason Lawton verbundenen unzweifelhaften Erfolgen – und dem gelegentlichen Hype – sollte man nicht vergessen, dass Perihelion von seinem Vater gegründet wurde, Edward Dean (E. D.) Lawton, der nach wie vor eine herausragende Stellung im Lenkungsausschuss und als persönlicher Berater des Präsidenten einnimmt. Und auch das öffentliche Bild des Sohnes, so behauptet manch einer, ist eine Schöpfung des ebenso einflussreichen und in der Öffentlichkeit weitaus weniger bekannten älteren Lawtons.

Im Folgenden ließ sich der Artikel näher über E. D.s Werdegang aus: der gewaltige Erfolg seiner Aerostat-Telekommunikation in der Folge des Spins, seine Quasiadoption durch drei hintereinander folgende Regierungen, die Gründung der Perihelion-Stiftung.

Ursprünglich als Expertenkommission und Industrielobbygruppe konzipiert, erfand Perihelion sich schließlich gewissermaßen neu als eine Regierungsbehörde, die spinbezogene Raumfahrtprojekte entwarf und die Arbeit von Dutzenden von Universitäten, Forschungseinrichtungen und NASA-Zentren koordinierte. Der Niedergang der NASA in ihrer alten Form war gleichbedeutend mit dem Aufstieg Perihelions. Vor zehn Jahren hat man das Verhältnis dann formalisiert, und Perihelion wurde, nach einer subtilen Neustrukturierung, der NASA offiziell als beratendes Organ angegliedert. In Wirklichkeit, so die Meinung von Insidern, wurde die NASA an Perihelion angegliedert. Und während das Junggenie Jason Lawton die Presse in seinen Bann schlug, zog sein Vater weiter ungestört die Fäden.

Es folgte eine kritische Beleuchtung von E. D.s langjähriger Beziehung zur Regierung Garland, mit der Andeutung eines möglichen Skandals: gewisse technische Vorrichtungen seien zum Stückpreis von mehreren Millionen Dollar von einer kleinen Firma aus Pasadena gefertigt worden, obwohl Ball Aerospace ein kostengünstigeres Angebot gemacht habe. Inhaber der begünstigten Firma sei einer von E. D.s alten Kumpanen.

Wir befanden uns gerade mitten in einem Wahlkampf, in dessen Verlauf beide großen Parteien radikale Flügel ausgegliedert hatten. Garland, ein Reformrepublikaner, dessen Politik von dieser Zeitschrift beständig kritisiert wurde, war für zwei Amtsperioden gewählt worden, und Preston Lomax, Vizepräsident und designierter Nachfolger, führte in den letzten Umfragen deutlich vor seinem Konkurrenten. Der »Skandal« war in Wirklichkeit keiner: Balls Angebot hatte zwar niedriger gelegen, aber das von ihnen entworfene Produkt war weniger effektiv; die Ingenieure aus Pasadena hatten einfach mehr Instrumente in einem entsprechenden Nutzlastgewicht untergebracht.

Das sagte ich auch zu Molly beim Abendessen im Champs, anderthalb Kilometer von Perihelion entfernt an derselben Straße gelegen. Der Artikel brachte im Grunde nichts Neues, die Unterstellungen waren eher politisch als sachlich motiviert.

»Spielt es eine Rolle«, fragte Molly, »ob sie recht haben oder nicht? Das Entscheidende ist doch, wie sie uns behandeln. Plötzlich ist es möglich, dass ein großes Presseerzeugnis sich auf Perihelion einschießt.«

An anderer Stelle in der gleichen Ausgabe wurde das Mars-Projekt als »die größte und sinnloseste Verschwendung aller Zeiten« charakterisiert, »bezahlt nicht nur mit unvorstellbar viel Geld, sondern auch mit Menschenleben, ein Zeugnis der menschlichen Fähigkeit, aus einer globalen Katastrophe Profit zu schlagen.«

Der Autor des Kommentars war Redenschreiber für die Christian Conservative Party. »Dieses Schmierblatt gehört der CCP, Molly. Das weiß doch jeder.«

»Die wollen unseren Laden dichtmachen.«

»Das wird ihnen aber nicht gelingen. Selbst wenn Lomax die Wahl verliert. Selbst wenn sie uns auf Beobachtungsmissionen zurückstutzen – wir sind das einzige Auge, das die Nation auf den Spin werfen kann.«

»Was nicht bedeutet, dass wir nicht alle gefeuert und ersetzt werden könnten.«

»So dramatisch ist es nicht.«

Sie schien nicht überzeugt.

Ich hatte Molly als Sprechstundenhilfe von Dr. Koenig geerbt. Fast fünf Jahre lang war sie ein höflicher, tüchtiger und effizienter Bestandteil des Praxismobiliars gewesen. Unsere Unterhaltung war nicht über den üblichen Austausch freundlicher Floskeln hinausgegangen, wobei ich immerhin erfahren hatte, dass sie allein lebte, drei Jahre jünger war als ich und in einem vom Meer abgewandten Apartment in einem Haus ohne Aufzug wohnte. Da sie auf mich keinen besonders gesprächigen Eindruck machte, hatte ich angenommen, dass dieses höflich distanzierte Verhältnis in ihrem Sinne war.

Dann, an einem Donnerstagabend vor knapp einem Monat, hatte Molly, während sie ihre Sachen zusammenpackte, sich mir plötzlich zugewandt und mich gefragt, ob ich mit ihr zu Abend essen wolle. Warum? »Weil ich keine Lust mehr habe zu warten, dass Sie mich mal fragen. Also, ja oder nein?«

Ja.

Molly erwies sich als eine kluge, verschmitzte und zu Spott aufgelegte Frau, kurzum, eine angenehmere Gesellschaft, als ich gedacht hatte. Seit drei Wochen aßen wir jetzt zusammen im Champs. Uns gefiel die Speisekarte (unprätenziös) und die Atmosphäre (kollegial). Ich dachte oft, dass Molly wirklich am allerbesten in dieser Kunststofftischecke im Champs zur Geltung kam, die sie mit ihrer Anwesenheit schmückte, ja der sie sogar eine gewisse Würde verlieh. Ihr blondes Haar war lang und hing etwas schlaff in der hohen Luftfeuchtigkeit des Abends.

»Hast du die Hintergrundinfo zu dem Artikel gelesen?«, fragte sie.

»Überflogen.« In einem Hintergrundporträt hatte die Zeitschrift Jasons beruflichen Erfolg einem Privatleben gegenübergestellt, das sich entweder vollkommen im Verborgenen abspielte oder gar nicht existierte. *Bekannte sagen, seine Wohnung sei ebenso karg eingerichtet wie sein Liebesleben. Niemals hat es auch nur Gerüchte gegeben über eine Verlobte, Freundin oder sonst eine intime Bekanntschaft, welchen Geschlechts auch immer. Es drängt sich unvermeidlich das Bild eines Mannes auf, der mit seinen Ideen nicht nur verheiratet, sondern ihnen auf fast pathologische Weise ergeben ist. Und in vielerlei Hinsicht bleibt Jason Lawton, wie die Perihelion-Stiftung insgesamt, unter dem erdrückenden Einfluss seines Vaters ...*

»Wenigstens dieser Teil klingt korrekt.«

»Findest du? Zugegeben, Jason kann manchmal ein bisschen selbstbezogen wirken, aber ...«

»Er geht durch die Rezeption, als würde ich gar nicht existieren. Sicher, das ist trivial, aber es zeugt nicht gerade von großer *Wärme*. Wie läuft seine Behandlung?«

»Er ist nicht in Behandlung, Moll.« Sie hatte zwar Jasons Kranken-
blätter gesehen, aber ich hatte dort keine Einträge über seine AMS
gemacht. »Er kommt, um sich zu unterhalten.«

»Aha. Und manchmal, wenn er reinkommt, um sich zu unterhalten, humpelt er zum Gotterbarmen. Nein, du brauchst nichts zu sagen.
Aber ich bin nicht blind – nur zu deiner Information. Wie auch immer, er ist gerade in Washington, stimmt's?«

Häufiger dort als in Florida. »Jede Menge Gespräche zu führen.
Alle Welt positioniert sich für die Zeit nach der Wahl.«

»Da läuft also irgendetwas.«

»Irgendetwas läuft immer.«

»Ich meine, mit Perihelion. Die Kollegen von der Technischen Abteilung haben einige Hinweise. Weißt du, was zum Beispiel seltsam
ist? Wir haben gerade noch mal wieder 50 Hektar Fläche westlich
vom Zaun erworben. Das hab ich von Tim Chesley gehört, dem Da-
tenverarbeitungstypen in der Personalabteilung. Angeblich kommen
nächste Woche irgendwelche Landvermesser ins Haus.«

»Wozu?«

»Weiß keiner. Vielleicht expandieren wir. Oder vielleicht werden
wir in eine Mall umgewandelt.«

Das war das erste Mal, dass ich davon hörte.

»Du bist nicht auf dem Laufenden«, sagte Molly lächelnd. »Du
brauchst Kontakte. So wie mich.«

Nach dem Essen gingen wir zu Molly nach Hause, wo ich die Nacht
verbrachte.

Ich werde hier nicht die Gesten, Blicke und Berührungen beschreiben, mit denen wir unsere Intimitäten ins Werk setzten. Nicht weil
ich prüde bin, sondern weil ich offenbar keine Erinnerung mehr
daran habe. Sie ist der Zeit zum Opfer gefallen, meiner Neuerschaf-
fung. Ja sicher, mir ist die Ironie bewusst, die darin liegt. Ich kann
den Artikel zitieren, über den wir sprachen, und ich kann Ihnen
sagen, was sie im Champs gegessen hat – aber alles, was vom Sex
geblieben ist, ist ein verblasstes Erinnerungsbild: ein abgedunkeltes

Zimmer, eine feuchte Brise, in der sich die Vorhangspindeln drehten, und ihre grünen Augen vor meinem Gesicht.

Nach einem Monat war Jason wieder bei Perihelion und fegte durch die Gänge, als habe er sich Infusionen eines bisher unbekannten Aufputschmittels verabreichen lassen.

Er brachte eine Armee von Sicherheitspersonal mit, ganz in Schwarz gekleidet, niemand wusste genau, wo sie herkamen, man vermutete aber, dass sie das Finanzministerium repräsentierten. Ihnen folgten wiederum kleine Bataillone von Bürokraten und Landvermessern, die die Flure bevölkerten und sich weigerten, mit irgendjemandem aus der Belegschaft zu sprechen. Molly gab die umlaufenden Gerüchte an mich weiter: Die Anlage solle dem Erdboden gleichgemacht werden; die Anlage solle erweitert werden; wir sollten alle entlassen werden; wir sollten alle Gehaltserhöhungen bekommen. Kurzum, irgendetwas war im Busch.

Fast eine Woche lang hörte ich nichts von Jason. An einem Donnerstagnachmittag dann, als wenig Betrieb herrschte, piepte er mich in meiner Praxis an und bat mich, in den zweiten Stock zu kommen: »Ich möchte dich mit jemandem bekannt machen.«

Noch bevor ich das inzwischen schwer bewachte Treppenhaus erreichte, hatte sich mir bereits eine Eskorte bewaffneter Wärter beigesellt, die laut Abzeichen überall unbeschränkten Zugang hatten und mich nach oben zu einem Konferenzzimmer führten. Offenbar also kein beiläufiges Beisammensein, dies war eine schwerwiegende Perihelion-Angelegenheit, zu der ich gar keinen Zugang hätte haben dürfen. Offenbar hatte Jason mal wieder beschlossen, Geheimnisse mit mir zu teilen. Niemals ein ganz unzweifelhaftes Vergnügen. Ich holte tief Luft und schob mich durch die Tür.

In dem Raum befanden sich ein Mahagonitisch, ein halbes Dutzend Plüschsessel und, von mir abgesehen, zwei Männer.

Einer der Männer war Jason.

Den zweiten Mann hätte man mit einem Kind verwechseln können. Ein entsetzlich verbranntes Kind, das dringend eine Hauttransplantation benötigte – das war mein erster Eindruck. Dieses Individuum, etwa eins fünfundfünfzig groß, stand in einer Ecke des Zimmers. Es trug eine blaue Jeans und ein schlichtes weißes Baumwollshirt. Seine Schultern waren breit, die Augen groß und blutunterlaufen, und die Arme schienen ein bisschen zu lang für den verkürzten Torso.

Aber das Auffallendste an ihm war die Haut. Die Haut war ohne Glanz, aschschwarz und vollkommen haarlos. Sie war nicht faltig im herkömmlichen Sinne – nicht *lose*, wie etwa die eines Bluthundes –, sondern extrem strukturiert, runzelig wie die Schale einer Honigmelone.

Der kleine Mann kam auf mich zu und streckte die Hand aus. Eine kleine faltige Hand am Ende eines langen faltigen Arms. Ich ergriff sie zögerlich. Mumienfinger, dachte ich. Aber fleischig, dick, wie die Blätter einer Wüstenpflanze; es war, als würde man eine Hand voll Aloe vera drücken und diese drückten zurück. Das Geschöpf grinste.

»Das ist Wun«, sagte Jason.

»Was ist wund?«

Wun lachte. Seine Zahne waren groß, stumpf und makellos. »Ich kann mich immer wieder an diesem köstlichen Witz erfreuen.«

Sein voller Name lautete Wun Ngo Wen, und er kam vom Mars.

Der Mann vom Mars.

Was eigentlich eine irreführende Bezeichnung war. Die Marsianer haben eine lange literarische Geschichte, von H. G. Wells bis Kim Stanley Robinson, aber in Wirklichkeit war der Mars natürlich ein toter Planet. Bis wir das änderten. Bis wir unsere eigenen Marsianer gebaren.

Und hier stand offenbar ein lebendes Exemplar vor mir. 99,9 Prozent menschlich, wenn auch etwas seltsam gestaltet. Eine marsianische *Person*, Nachkomme – über Jahrtausende einer am Spin hängenden Zeit – der Kolonisten, die wir erst zwei Jahre zuvor auf ihre Mission geschickt hatten. Er sprach ein geradezu penibles Englisch, der Akzent klang halb nach Oxford, halb nach Neu Delhi. Er lief auf und ab. Er nahm eine Flasche Mineralwasser vom Tisch, schraubte den Verschluss ab und trank ausgiebig. Er wischte sich den Mund mit dem Unterarm ab. Kleine Tröpfchen perlten auf der zerfurchten Haut.

Ich setzte mich und versuchte ihn nicht anzustarren, während Jason mir alles erklärte.

Hier folgt, was er sagte, ein bisschen vereinfacht und mit einigen Details angereichert, die ich später erfuhr.

Der Marsianer hatte seinen Planeten verlassen, kurz bevor sich die Spinmembran um diesen gelegt hatte.

Wun Ngo Wen war Historiker und Linguist, relativ jung für marsianische Verhältnisse – fünfundfünfzig terrestrische Jahre – und körperlich gut in Schuss. Er war Gelehrter von Beruf, leistete zudem zwischen zwei Aufträgen freiwillige Arbeit für landwirtschaftliche Kooperativen und hatte gerade einen Monat am Delta des Kirioloj verbracht, in der Gegend, die wir als das Argyre-Planitia-Einschlagbecken bezeichneten und von den Marsianern die Baryalische Ebene (*Epu Baryal*) genannt wurde, als der Einsatzbefehl ihn ereilte.

Wie Tausende von anderen Männern und Frauen seines Alters und seiner Klasse, hatte Wun seine Zeugnisse den Ausschüssen überantwortet, die eine projektierte Reise zur Erde planten und koordinierten, ohne aber im Ernst damit zu rechnen, dass er dafür ausgewählt werden würde. Er war eigentlich sogar von Natur aus eher zurückhaltend und hatte sich bisher, abgesehen von Dienstreisen und Familientreffen, kaum aus seiner eigenen Präfektur herausgewagt. Er war überaus bestürzt, als sein Name aufgerufen wurde, und wäre er nicht erst kürzlich in sein Viertes Lebensalter eingetreten, hätte er sich dem Ansinnen möglicherweise verweigert. Mit Sicherheit wären doch wohl andere für diese Aufgabe besser geeignet? Aber nein, offenbar nicht; seine Begabungen und sein Lebensweg entsprächen den Anforderungen in einzigartiger Weise, versicherten die Behörden, und so regelte er seine Angelegenheiten (sofern es etwas zu regeln gab) und bestieg einen Zug zum Startkomplex in Basalt-Trocken (auf unseren Karten: Tharsis), wo er in die Aufgabe eingewiesen wurde, die Fünf Republiken auf einer diplomatischen Mission zur Erde zu repräsentieren.

Die marsianische Technologie hatte sich erst seit Kurzem dem Projekt der bemannten Raumfahrt zugewandt. In der Vergangenheit hatten die regierenden Räte darin ein ausgesprochen riskantes Abenteuer gesehen, mit dem man nur Gefahr lief, die Aufmerksamkeit der Hypothetischen zu erregen und wichtige Ressourcen zu vergeuden, denn es würde einen aufwendigen Produktionsprozess erfordern, der zudem nicht vorgesehene Substanzen in eine akribisch regulierte und sehr empfindliche Biosphäre entlassen würde. Die Marsianer waren von Natur aus Konservierende, Hortende. Ihre kleinteilige, biologisch ausgerichtete Technologie war alt und ausgereift, der industrielle Sektor jedoch schmal und durch die unbemannten Forschungsflüge zu den winzigen, völlig nutzlosen Monden des Planeten schon gehörig strapaziert.

Aber seit Jahrhunderten hatten sie die spinumhüllte Erde beobachtet und allerlei Spekulationen angestellt. Sie wussten, dass der dunkle Planet die Wiege der Menschheit war, und Teleskop-Bilder sowie die aus einem verspätet angekommenen NEP-Schiff geborgenen Daten lehrten sie, dass die umgebende Membran durchlässig war. Sie begriffen die temporale Natur des Spins, nicht aber die Mechanismen, die ihn erzeugten. Eine Reise vom Mars zur Erde, so ihre Überlegung, wäre zwar physisch möglich, aber schwierig und unpraktisch. Schließlich befand sich die Erde in einem praktisch statischen Zustand; ein in die terrestrische Dunkelheit geworfener Kundschafter würde dort für Jahrtausende festgehalten, auch wenn er, nach eigener Zeitrechnung, schon am Tag darauf wieder aufbräche.

Nun war es aber so, dass aufmerksame Astronomen kürzlich kastenartige Strukturen entdeckt hatten, die sich in aller Stille Hunderte von Kilometern über den marsianischen Polen bildeten – Artefakte der Hypothetischen, nahezu identisch mit denen, die man von der Erde her kannte. Nach einhunderttausend Jahren der Abgeschiedenheit hatte der Mars schließlich doch die Aufmerksamkeit der gesichtslosen, omnipotenten Wesen erregt, mit denen er sich das Sonnensystem teilte, und die Schlussfolgerung – dass der Mars bald eine eigene Spinmembran bekommen würde – war unausweichlich. Starke gesellschaftliche Kräfte plädierten für eine Kontaktaufnahme mit der verhüllten Erde. Die knappen Ressourcen wurden auf dieses Ziel hin konzentriert. Ein Raumschiff wurde entworfen und montiert. Und Wun Ngo Wen, ein Gelehrter, der umfassende Kenntnisse von den noch vorhandenen Bruchstücken der terrestrischen Geschichte und Sprache besaß, wurde verpflichtet, die Reise anzutreten – zu seinem Kummer.

Wun Ngo Wen fand sich, während er seinen Körper auf die Beengtheit und die Entkräftigung der langen Reise durch den Raum und die Härten der hohen Schwerkraft auf der Erde vorbereitete, mit der Wahrscheinlichkeit des eigenen Todes ab. Er hatte seine Familie fast vollständig beim Kirioloj-Hochwasser vor drei Sommern verloren – ein Grund, warum er sich überhaupt als Freiwilliger hatte registrieren lassen, und ein Grund, warum er ausgewählt worden war; für ihn war das Risiko des Todes leichter zu tragen als für die meisten anderen. Trotzdem konnte man nicht behaupten, dass er dem Tod freudig entgegensah, vielmehr hoffte er, ihm ein Schnippchen schlagen zu können. Er trainierte hart. Er machte sich mit den Feinheiten und Eigenarten seines Schiffes vertraut. Und falls die Hypothetischen den Mars tatsächlich in ihre Arme schlossen – nicht dass er sich so etwas erhofft hätte –, bedeutete das, dass sich ihm sogar die Chance auf eine Rückkehr eröffnete, und zwar nicht auf einen Planeten, der ihm in Millionen von Jahren fremd geworden war, sondern in sein vertrautes, gegen die Erosion der Zeit konserviertes Zuhause mit allen Erinnerungen und Verlusten.

Obwohl natürlich nicht mit einer Rückkehr gerechnet wurde. Wuns Schiff war auf eine Einzelfahrt ausgerichtet. Falls er tatsächlich je zum Mars zurückkehren sollte, dann nur mit Hilfe der Erdbewohner, die, so glaubte Wun jedenfalls, extrem großzügig würden sein müssen, um ihn mit einer Rückfahrkarte auszustatten.

Und so hatte er seinen, wie zu vermuten stand, letzten Blick auf den Mars – das windgepeitschte Flachland von Basalt-Trocken, *Odos on Epu-Epia* – ordentlich ausgekostet, bevor er in die Flugkammer der vergleichsweise primitiven vielstufigen Eisen-und-Keramik-Rakete eingeschlossen wurde, die ihn ins All hinaustrug.

Den Großteil der Reise verbrachte er in einem Zustand medikamentös herbeigeführter Stoffwechselträgheit, dennoch war es eine aufreibende Geduldsprobe. Die marsianische Spinmembran wurde in Stellung gebracht, während er unterwegs war, und so war Wun für den Rest des Fluges isoliert, durch die zeitliche Diskontinuität von beiden menschlichen Welten abgeschnitten: der vor ihm und der hinter ihm. Der Tod mochte schrecklich sein, aber konnte er sich wesentlich von diesem Ruhiggestelltsein unterscheiden, dieser drückenden Verwahrung in einer winzigen Maschine, die endlos durch ein unmenschliches Vakuum stürzte?

Die Stunden geistiger Klarheit nahmen ab. Er suchte Zuflucht in Tagträumen und erzwungenem Schlaf.

Sein Schiff, in vielerlei Hinsicht primitiv, aber mit ausgefeilten und halbintelligenten Steuerungsgeräten ausgestattet, verbrauchte den Großteil seiner Treibstoffreserven beim Eintritt in die hohe Umlaufbahn um die Erde. Der Planet unter ihm war ein schwarzes Nichts, sein Mond eine große Scheibe. Mikroskopische Sonden nahmen Proben aus der Erdatmosphäre, generierten rotverschobene Entfernungsmessungen, bevor sie im Spin verschwanden, gerade genug Daten, um einen Eintrittswinkel zu errechnen. Das Schiff war mit einer stattlichen Reihe von aerodynamischen Bremsen und gezielt einsetzbaren Fallschirmen ausgerüstet, und mit ein bisschen Glück würde es ihn durch die dichte und turbulente Luft zur Oberfläche des gewaltigen Planeten tragen, ohne dass er geröstet wurde oder es ihn zerschmetterte. Aber es kam eben sehr viel aufs Glück an. Zu viel, wie Wun fand. Er stieg in ein Fass mit schützendem Gel und leitete den endgültigen Abstieg ein, ganz und gar darauf gefasst zu sterben.

Als er wieder aufwachte, lag sein nur leicht verkohltes Schiff friedlich in einem Rapsfeld, umgeben von merkwürdig blassen und glatthäutigen Menschen, einige davon in einem Aufzug, den er als biologische Schutzkleidung identifizierte. Wun Ngo Wen stieg mit klopfendem Herzen aus, die Muskeln bleiern und schmerzend in der furchtbaren Schwerkraft, die Lunge bedrängt von der schweren und isolierenden Luft, und wurde in Gewahrsam genommen.

Den nächsten Monat verbrachte er in einer Plastikblase in einem Raum des zum Landwirtschaftsministerium gehörenden Zentrums für Tierkrankheiten auf Plum Island, vor der Küste von Long Island, New York, gelegen. Während dieser Zeit lernte er eine Sprache zu sprechen, die er bisher lediglich aus uralten Aufzeichnungen gekannt hatte, gewöhnte seine Lippen und die Zunge an die vielfältigen Modulationen der Vokale, verfeinerte sein Vokabular, indem er versuchte, sich grimmigen oder eingeschüchterten Fremdlingen verständlich zu machen. Es war eine schwierige Zeit. Die Erdlinge waren blasse, hoch aufgeschossene Geschöpfe, nicht annähernd das, was er sich beim Entziffern der alten Dokumente vorgestellt hatte. Viele waren bleich wie Geister und erinnerten ihn an die Glutmond-Geschichten, bei denen er sich als Kind so gegruselt hatte: Halb rechnete er immer damit, dass einer von ihnen neben seinem Bett auftauchen würde wie Huld von Phraya, um seinen Arm oder sein Bein als Tribut zu fordern. Seine Träume waren unruhig und wenig angenehm.

Glücklicherweise war er noch immer im Besitz seiner linguistischen Fertigkeiten, und nach einiger Zeit machte man ihn mit Männern und Frauen von Ansehen und Macht bekannt, die ihm weitaus freundlicher begegneten als die Leute, die ihn ursprünglich aufgegriffen hatten. Wun Ngo Wen pflegte diese nützlichen Freundschaften, bemühte sich, die gesellschaftlichen Gepflogenheiten einer alten, verwirrenden Kultur zu begreifen, und wartete geduldig auf den geeigneten Augenblick, um den Vorschlag zu unterbreiten, den er unter so großem persönlichem und öffentlichem Kostenaufwand von einer menschlichen Welt zur anderen getragen hatte.

»Jason«, sagte ich, als er an diesem Punkt seiner Erzählung angelangt war. »Stop. *Bitte.*«

Er räusperte sich. »Hast du eine Frage, Tyler?«

»Nein, keine Frage. Es ist nur … so viel zu verarbeiten.«

»Aber es ist so weit in Ordnung? Du kannst mir folgen? Ich werde diese Geschichte mehr als einmal erzählen. Ich möchte, dass sie sich flüssig anhört. Tut sie das?«

»Hört sich sehr gut an. Wem willst du sie erzählen?«

»Allen. Den Medien. Wir gehen an die Öffentlichkeit.«

»Ich möchte kein Geheimnis mehr sein«, sagte Wun Ngo Wen. »Ich bin nicht hergekommen, um mich zu verstecken. Ich habe etwas zu sagen.« Er schraubte eine weitere Mineralwasserflasche auf. »Möchten Sie etwas hiervon, Tyler Dupree? Sie sehen so aus, als könnten Sie einen Schluck gebrauchen.«

Ich nahm ihm die Flasche aus den plumpen, faltigen Fingern und trank ausgiebig. »Sind wir jetzt Wasserbrüder?«, fragte ich dann.

Wun Ngo Wen blickte verwirrt. Jason lachte laut.

VIER FOTOGRAFIEN
DES KIRIOLOJ-DELTAS

Es ist schwer, die Verrücktheit dieser Zeit wiederzugeben.

An manchen Tagen schien es fast wie eine Befreiung. Jenseits der Illusion des Himmels dehnte sich die Sonne weiter aus, Sterne verglühten oder wurden geboren, ein toter Planet war zum Leben erweckt worden und hatte eine Zivilisation hervorgebracht, die unserer eigenen gewachsen, wenn nicht gar überlegen war. In etwas näherer Umgebung wurden Regierungen gestürzt, und die an ihre Stelle traten, wurden ebenfalls zum Teufel gejagt, Religionen, Philosophien und Ideologien verwandelten sich, verschmolzen miteinander und zeugten mutierte Sprösslinge. Die alte, geordnete Welt zerbröckelte, neue Dinge sprossen in den Ruinen. Wir pflückten Liebesgrün und labten uns an seiner Säure. Molly Seagram, so meine Vermutung, liebte mich, weil ich verfügbar war. Und warum auch nicht? Der Sommer war am Schwinden und die Ernte ungewiss.

Die längst verblichene New-Kingdom-Bewegung erschien in der Rückschau sowohl vorausdeutend als auch etwas putzig, ihre schüchterne Rebellion gegen den alten kirchlichen Konsens war nur ein blasser Vorschein neuerer, verschärfter Formen der Hingabe. Überall in der westlichen Welt schossen Dionysoskulte aus dem Boden, ohne die Frömmigkeit und Heuchelei der alten NK – die letzten Endes auch nichts anderes gewesen war als ein mit Fahnen oder heiligen Symbolen drapierter Fickverein. Die menschliche Eifersucht wurde nicht verschmäht, sondern vielmehr bejaht oder sogar zelebriert: Gekränkte Liebhaber griffen zur Pistole, erklärten sich auf kurze Entfernung und hinterließen eine rote Rose auf dem Körper des Opfers. Es war die Trübsalszeit, neu inszeniert als elisabethanisches Drama.

Simon Townsend, wäre er zehn Jahre später zur Welt gekommen, hätte sich vielleicht in einer dieser Spielarten von Spiritualität à la Quentin Tarantino wiedergefunden. Doch das Scheitern von NK hatte ihn desillusioniert und ihm die Sehnsucht nach etwas Schlichterem eingeimpft. Diane rief mich noch immer von Zeit zu Zeit an – vielleicht einmal im Monat, wenn die Vorzeichen günstig waren und Simon außer Haus –, um mich auf den neuesten Stand zu bringen oder einfach von früher zu reden, in den Erinnerungen zu stochern wie in der Ofenglut und sich daran zu wärmen. Zu Hause gab es offenbar nicht allzu viel Wärme, wenn sich auch die finanzielle Situation ein wenig verbessert hatte. Simon arbeitete Vollzeit beim Jordan Tabernacle, ihrer kleinen unabhängigen Kirche, und war zuständig für Wartungsarbeiten aller Art. Diane hatte einen Bürojob, eine unregelmäßige Tätigkeit, die ihr viel Zeit ließ, unruhig in der Wohnung herumzupusseln oder in die örtliche Bibliothek zu schleichen, um Bücher zu lesen, die Simon missbilligte: zeitgenössische Romane, aktuelle Sachbücher. Jordan Tabernacle, erklärte sie, sei eine Art »Aussteiger«-Kirche, die Gemeindemitglieder würden ermuntert, den Fernseher abzuschaffen und sich von Büchern, Zeitungen und anderen kurzlebigen kulturellen Erscheinungen fernzuhalten. Anderenfalls sie Gefahr liefen, der Entrückung in einem unreinen Zustand zu begegnen.

Diane verteidigte diese Ideen nicht – nie sprach sie zu mir im Predigerton –, aber sie beugte sich ihnen, vermied es aufs Sorgfältigste, sie in Zweifel zu ziehen. Manchmal verlor ich darüber ein bisschen die Geduld. »Diane«, sagte ich eines Abends. »Glaubst du ernsthaft an dieses ganze Zeug?«

»Welches *Zeug*, Tyler?«

»Such's dir aus. Keine Bücher im Haus zu haben. Die Hypothetischen als Auslöser der Parusie. Dieser ganze Scheiß.« Ich hatte unter Umständen ein Bier zu viel getrunken.

»Simon glaubt daran.«

»Ich hab dich nicht nach Simon gefragt.«

»Simon ist gläubiger als ich, und ich beneide ihn darum. Ich weiß, wie sich das anhören muss. *Wirf diese Bücher in den Müll* – als würde er sich grässlich und arrogant aufführen. Eigentlich aber ist es ein Akt der Demut, ein Akt der Unterwerfung. Simon kann sich Gott auf eine Weise hingeben, die mir verschlossen ist.«

»Der Glückspilz.«

»Er *ist* ein Glückspilz. Du kannst es nicht sehen, aber er ist friedlich und gelassen. Er hat bei Jordan sein inneres Gleichgewicht gefunden. Er kann dem Spin ins Gesicht sehen und dabei lächeln, weil er weiß, dass er gerettet ist.«

»Was ist mit dir? Bist du nicht gerettet?«

Sie ließ ein langes Schweigen durch die Telefonleitung kriechen. »Ich wünschte, das wäre eine einfach zu beantwortende Frage. Ganz im Ernst. Ich denke immer wieder, dass es vielleicht gar nicht um meinen Glauben geht, vielleicht reicht Simons Glauben für uns beide aus. Weil er so stark ist, dass ich ein Stück weit davon getragen werde. Er ist wirklich sehr geduldig mit mir. Das Einzige, worum wir uns streiten, ist die Kinderfrage. Simon würde gern Kinder haben. Die Kirche ermuntert dazu. Und ich kann das verstehen, aber solange das Geld so knapp ist und – na ja – die Welt so ist, wie sie ist ...«

»Das ist keine Entscheidung, die man unter Druck treffen sollte.«

»Ich wollte nicht andeuten, dass er mich unter Druck setzt. Leg es in Gottes Hände, sagt er. Leg es in Gottes Hände, und es wird gut werden.«

»Aber du bist zu klug, um das zu glauben.«

»Bin ich das? O Tyler, ich hoffe nicht. Ich hoffe wirklich, dass ich das nicht bin.«

Molly hingegen hatte keine Verwendung für »diesen ganzen Gott-Mist«, wie sie es nannte. Jeder ist seines Glückes Schmied, war ihre Philosophie. Vor allem, wenn die Welt in die Binsen gehe und keiner von uns älter als fünfzig werden würde. »Ich habe nicht die Absicht, bis dahin auf den Knien herumzurutschen.«

Sie war von Natur aus zäh. Sie kam aus einer Familie von Milch-bauern, die einen zehnjährigen Rechtsstreit geführt hatte wegen eines Projekts zur Ölförderung aus Teersand, das an ihr Land grenzte und es langsam vergiftete. Im Rahmen einer außergerichtlichen Einigung tauschten sie am Ende ihr Land gegen eine Abfindung, die groß genug war, um für einen sorgenfreien Ruhestand und eine anständige Ausbildung der Tochter aufzukommen. Trotzdem war es eine dieser Erfahrungen, so Molly, bei denen »selbst ein Engelsarsch Ausschlag kriegen würde«.

Was die gesellschaftlichen Entwicklungen betraf, konnte sie kaum etwas überraschen. Eines Abends saßen wir vor dem Fernseher und sahen einen Bericht über die Unruhen in Stockholm: Eine aus Kabel-jaufischern und religiösen Fanatikern zusammengesetzte Menge warf Fenster ein und setzte Autos in Brand; Polizeihubschrauber beschossen den Mob mit klebrigem Gel, bis große Teile von Gamla Stan aussahen wie etwas, was ein Godzilla mit Tuberkulose ausge-hustet haben könnte. Ich machte eine alberne Bemerkung darüber, wie schlecht sich die Leute benehmen würden, wenn sie Angst hät-ten, und Molly sagte: »Na komm, Tyler, hast du ernsthaft Verständ-nis für diese Arschlöcher?«

»Das hab ich nicht gesagt, Moll.«

»Wegen des Spins kriegen sie grünes Licht, ihr Parlamentsgebäude in Schutt und Asche zu legen. Warum? Weil sie *Angst haben*?«

»Es ist keine Entschuldigung. Es ist ein Motiv. Sie haben keine Zukunft. Sie glauben, sie haben nicht mehr lange zu leben.«

»Tja, willkommen im Klub. Wie originell. Sie müssen sterben, du musst sterben, ich muss sterben – wann wäre es je anders gewesen?«

»Nun, früher hatten wir den Trost zu wissen, dass die menschliche Spezies auch ohne uns fortbestehen würde.«

»Aber Spezies sind auch sterblich. Geändert hat sich nur, dass dieses Ereignis nicht mehr in ferner nebliger Zukunft liegt. Gut möglich, dass wir alle zusammen in ein paar Jahren auf irgendeine spektakuläre Weise sterben werden – aber selbst das ist nur eine *Möglichkeit*. Könnte auch sein, dass die Hypothetischen uns noch ein bisschen länger leben lassen. Aus welchen Gründen auch immer.«

»Und das macht dir keine Angst?«

»Doch, natürlich. Das alles macht mir Angst. Aber das ist kein Grund, auf die Straße zu gehen und Leute umzubringen.« Sie deutete auf den Fernseher – jemand hatte eine Granate auf den Riksdag abgefeuert. »Das ist so überwältigend *dumm*. Es bewirkt gar nichts. Ein reines Abreagieren der Hormone. Auf dem Niveau von Affen.«

»Du kannst nicht so tun, als würde es dich nicht berühren.«

Sie überraschte mich dadurch, dass sie lachte. »Nein, das ist *dein* Stil, nicht meiner.«

»Ach ja?«

Sie wandte sich ab, kam dann aber wieder und sah mich fast trotzig an. »*Du* tust doch immer so cool, was den Spin angeht. Genau wie du cool tust, wenn es um die Lawtons geht. Sie benutzen dich, sie ignorieren dich, und du lächelst, als sei das die natürliche Ordnung der Dinge.« Sie wartete auf eine Reaktion. Ich war zu störrisch, ihr damit zu dienen. »Ich finde einfach, dass es bessere Möglichkeiten gibt, sich ins Ende der Welt zu ergeben.«

Sie wollte aber nicht sagen, was für Möglichkeiten das waren.

Jeder, der bei Perihelion arbeitete, hatte bei der Einstellung eine Verschwiegenheitsverpflichtung unterzeichnet, und wir alle waren einer gründlichen Überprüfung durch das Heimatschutzministerium unterzogen worden. Wir waren diskret und sahen ein, dass Interna welcher Art auch immer nicht nach draußen sickern durften. Indiskretionen konnten parlamentarische Ausschüsse beunruhigen, mächtige Freunde in Verlegenheit bringen, Geldgeber abschrecken.

Aber jetzt hatten wir einen Marsianer im Gebäude – weite Teile des Nordflügels waren in eine vorübergehende Unterkunft für Wun Ngo Wen und seine Helfer umgewandelt worden –, und das war ein nur schwer zu hütendes Geheimnis.

Viel länger konnte es jedenfalls nicht mehr gewahrt werden. Als Wun in Florida eintraf, waren etliche Angehörige der Washingtoner Elite und einige ausländische Staatsoberhäupter bereits über ihn informiert. Das Außenministerium hatte ihm ad hoc vollen rechtlichen Status gewährt und beabsichtigte, ihn zum geeigneten Zeitpunkt auf internationaler Ebene vorzustellen. Seine Helfer waren schon dabei, ihn für den unvermeidlichen Medienaufruhr zu trainieren.

Das alles hätte anders gehandhabt werden können und vielleicht sogar sollen. Man hätte ihn den Vereinten Nationen überantworten und seine Anwesenheit sofort bekannt machen können. Die Regierung Garland musste mit scharfem Protest rechnen, weil sie ihn versteckt gehalten hatte. Die Christlich-Konservative Partei streute bereits Andeutungen, wonach »die Regierung über das Ergebnis des Terraformungprojekts mehr weiß, als sie zu erkennen gibt«, in der Hoffnung, damit den Präsidenten aus der Reserve zu locken oder Lomax, seinen designierten Nachfolger, der Kritik auszuliefern. Kritik würde es unvermeidlich geben, aber Wun hatte seinen Wunsch bekundet, nicht zum Wahlkampfthema zu werden. Er wolle sich der Öffentlichkeit stellen, sagte er, doch er werde damit bis zum November warten.

Wun Ngo Wens Existenz war allerdings nur das auffälligste der mit seiner Ankunft verbundenen Geheimnisse. Es gab noch andere. Und daraus entwickelte sich ein seltsamer Sommer bei Perihelion.

Jason bestellte mich im August in den Nordflügel. Ich traf ihn in seinem Büro – seinem wirklichen Büro, nicht der geschmackvoll eingerichteten Suite, in der er offizielle Gäste und die Presse begrüßte –, einem fensterlosen Würfel mit einem Schreibtisch und einem Sofa. Wie er so in Jeans und Sweatshirt auf seinem Stuhl hockte, rings um ihn Stapel wissenschaftlicher Zeitschriften, sah er aus, als sei er aus dem ganzen Durcheinander herausgewachsen wie eine hydroponische Gemüsesorte. Er schwitzte. Kein gutes Zeichen bei Jason.

»Ich verliere wieder meine Beine«, sagte er.

Ich räumte ein bisschen Platz auf dem Sofa frei, setzte mich und wartete auf nähere Einzelheiten.

»Ein paar Wochen lang habe ich kleine Anfälle gehabt. Das Übliche. Nichts, was man nicht überspielen könnte. Aber es geht nicht weg. Es wird sogar schlimmer. Vielleicht müssen wir die Medikation anpassen.«

Vielleicht. Doch eigentlich gefiel es mir nicht, was die Medikamente in letzter Zeit mit ihm angestellt hatten. Jason nahm inzwischen täglich eine Handvoll von Pillen ein: Myelinaufbauer, um den Verlust von Nervengewebe zu verlangsamen, neurologische Anreger, die dem Gehirn helfen sollten, beschädigte Regionen neu zu vernetzen, und Sekundärmedikation gegen die Nebenwirkungen der Primärmedikation. Konnten wir die Dosis erhöhen? Möglicherweise. Doch das Verfahren hatte eine Toxizitätsgrenze, die schon jetzt bedenklich nahe gerückt war. Er hatte nicht nur einiges an Gewicht verloren, auch etwas womöglich noch Wichtigeres schien vom Verlust bedroht: ein gewisses emotionales Gleichgewicht. Jason redete schneller und lächelte seltener. Während er früher vollkommen in seinem Körper zu ruhen schien, bewegte er sich nun wie eine Marionette – wenn er etwa nach einem Becher griff, schoss seine Hand übers Ziel hinaus und musste behutsam zurückgesteuert werden.

»In jedem Fall«, sagte ich, »müssen wir Dr. Malmsteins Meinung einholen.«

»Es ist völlig ausgeschlossen, dass ich lange genug weg kann, um ihn aufzusuchen. Hier hat sich einiges verändert, falls du es noch nicht bemerkt haben solltest. Können wir nicht eine telefonische Konsultation durchführen?«

»Vielleicht. Ich frage ihn.«

»Und könntest du mir inzwischen auch noch einen anderen Gefallen tun?«

»Was für einen, Jase?«

»Erkläre Wun mein Problem. Stell ein paar Bücher über das Thema für ihn zusammen.«

»Medizinische Bücher? Warum, ist er Arzt?«

»Nicht direkt, aber er hat eine Menge Informationen mitgebracht. In den biologischen Wissenschaften sind uns die Marsianer weit voraus.« Er sagte das mit einem schiefen Grinsen, das ich nicht interpretieren konnte. »Er meint, dass er vielleicht helfen kann.«

»Ist das dein Ernst?«

»Mein voller Ernst. Schau nicht so schockiert. Wirst du dich mit ihm unterhalten?«

Ein Mann von einem anderen Planeten. Ein Mann vor dem Hintergrund von einhunderttausend Jahren marsianischer Geschichte. »Nun … ja. Es wäre mir eine Ehre, mich mit ihm zu unterhalten.«

»Dann arrangiere ich das.«

»Aber sollte er über medizinische Kenntnisse verfügen, mit denen man AMS wirksam behandeln kann, dann müssen sie besseren Ärzten als mir zugänglich gemacht werden.«

»Wun hat ganze Enzyklopädien mitgebracht. Es sind bereits einige Leute dabei, sie zu durchforsten – Teile davon jedenfalls – und nach nützlichen Informationen, auch medizinischer Art, Ausschau zu halten. Das hier ist nur eine kleine Ablenkung für ihn.«

»Überrascht mich, dass er noch Zeit für kleine Ablenkungen hat.«

»Er langweilt sich häufiger, als du glaubst. Ihm fehlen einfach ein paar Freunde. Ich dachte mir, es würde ihm gefallen, sich einmal mit jemandem zu unterhalten, der ihn nicht für einen Erlöser hält. Oder für eine Bedrohung. Aber trotzdem möchte ich, dass du mit Malmstein redest.«

»Natürlich.«

»Und ruf ihn von dir zu Hause aus an. Ich traue den Telefonen hier nicht mehr.«

Er lächelte, als habe er etwas sehr Amüsantes gesagt.

In jenem Sommer ging ich hin und wieder am Strand spazieren, der von meinem Haus aus auf der anderen Seite des Highways lag.

Es war kein besonders toller Strand. Eine lange, unbebaute Landzunge schützte ihn vor Erosion und machte ihn für Surfer uninteressant. An heißen Nachmittagen begutachteten die alten Motels den Sand mit glasigen Augen, und ein paar schüchterne Touristen badeten ihre Füße in der Brandung.

Ich ging hinunter und setzte mich auf das heiße Holz eines über struppigem Gras schwebenden Laufstegs, um zuzusehen, wie sich die Wolken am östlichen Horizont versammelten, und über das nachzudenken, was Molly gesagt hatte: dass ich immer so gelassen täte, was den Spin – und die Lawtons – anging, und einen Gleichmut vor mich her trüge, der schlechterdings nicht echt sein konnte.

Ich wollte Molly Gerechtigkeit widerfahren lassen; vielleicht war das wirklich der Eindruck, den ich auf sie machte.

»Spin« war ein dummer, aber wohl unvermeidlicher Ausdruck für das, was mit der Erde geschehen war. Physikalisch gesehen lag er völlig daneben – es gab nichts, was sich schneller oder irgendwie heftiger drehte als früher –, doch als Metapher mochte er funktionieren. In Wirklichkeit war die Erde statischer als je zuvor – aber *fühlte es sich nicht so an*, als würde sie außer Kontrolle geraten? In jeder gewichtigen Hinsicht: ja. Man musste sich an irgendetwas festhalten, wenn man nicht ins Nichts trudeln wollte.

Vielleicht hielt ich mich also an den Lawtons fest, nicht nur an Jason und Diane, sondern an ihrem gesamten Universum, das Große Haus und das Kleine Haus, die verlorenen Kindheitsbindungen. Vielleicht war das der einzige Griff, den ich zu fassen kriegen konnte. Und vielleicht war das nicht unbedingt etwas Schlechtes. Wenn Molly recht hatte, dann mussten wir uns alle an irgendetwas klammern, sonst waren wir verloren. Diane hatte sich an den Glauben geklammert, Jason an die Wissenschaft.

Und ich hatte mich an Jason und Diane geklammert.

Ich verließ den Strand, als die Wolken heraufzogen; der unvermeidliche Augustnachmittagsschauer näherte sich, am östlichen Himmel tobten bereits die Blitze, der Regen begann die traurigen Pastellbalkone der Motels zu peitschen. Als ich dann nach Hause kam, war ich klatschnass, und die Kleidung brauchte Stunden, um in der feuchten Luft zu trocknen. Bis zum Einbruch der Dunkelheit war der Sturm vorbei; er hinterließ eine übel riechende, dampfende Stille.

Nach dem Essen kam Molly, und wir luden uns einen aktuellen Film herunter, eines von diesen viktorianischen Salonstücken, die sie so gern sah. Hinterher ging sie in die Küche, um uns Drinks zu mixen, während ich vom Telefon im Gästezimmer aus David Malmstein anrief. Er sagte, er würde Jason gern sehen, »so bald es sich einrichten lässt«, meinte aber, es sei in Ordnung, die Medikamentendosis ein bisschen zu erhöhen, solange Jase wie auch ich ein wachsames Auge auf eventuelle negative Reaktionen hätten.

Nach dem Gespräch verließ ich das Zimmer wieder und fand Molly im Flur, in jeder Hand ein Getränk und im Gesicht Verwirrung. »Wo warst du?«

»Hab nur mal eben telefoniert.«

»Irgendwas Wichtiges?«

»Nein.«

»Patientenkontrolle?«

»So ungefähr«, sagte ich.

Einige Tage später arrangierte Jason ein Treffen zwischen mir und Wun Ngo Wen in Wuns Unterkunft bei Perihelion.

Der marsianische Botschafter wohnte in einem Zimmer, das er, mit Hilfe von Katalogen, ganz nach seinem eigenem Geschmack eingerichtet hatte. Die Möbel waren leichtgewichtig, Rattan, niedrig gebaut; ein Flickenteppich bedeckte den Linoleumfußboden, auf einem schlichten Schreibtisch aus unbehandeltem Kieferholz stand ein Computer; es gab mehrere zum Schreibtisch passende Bücherborde. Marsianer richteten sich offenbar genauso ein wie jung verheiratete Studenten.

Ich versorgte Wun mit dem Studienmaterial, das er sich gewünscht hatte: Bücher über Ätiologie und Behandlung der multiplen Sklerose, dazu eine Reihe von Sonderdrucken der JAMA über AMS. AMS hatte nach neuerer Auffassung gar nichts mit MS zu tun; es war eine völlig andere Krankheit, eine genetische Funktionsstörung mit MS-artigen Symptomen und einem ähnlichen Verschleiß der Myelinhüllen, die das menschliche Nervengewebe schützen; erkennbar an der Schwere der Symptome, dem raschen Fortschreiten und der Resistenz gegen die Standardbehandlung. Wun erklärte, er sei mit dem beschriebenen Zustand zwar nicht vertraut, werde aber in seinen Archiven nach Informationen suchen.

Ich dankte ihm, wandte allerdings zugleich ein, dass er kein Arzt und die marsianische Physiologie überaus ungewöhnlich sei. Selbst wenn er eine geeignete Therapie finden würde – würde sie auch bei Jason wirken?

»Wir sind nicht so verschieden, wie Sie vielleicht glauben. Eine der ersten Maßnahmen, die Ihre Leute ergriffen haben, bestand darin, meine Genomsequenz zu entschlüsseln. Sie ist von Ihrer nicht zu unterscheiden.«

»Ich hatte nicht die Absicht, Sie zu kränken.«

»Ich bin nicht gekränkt. Hunderttausend Jahre sind eine lange Zeit der Separation, lang genug für das, was die Biologen als Artbildung bezeichnen. Und doch sind unsere beiden Populationen, Ihre und meine, untereinander uneingeschränkt fortpflanzungsfähig. Die auffälligen Unterschiede zwischen uns sind nur oberflächliche Anpassungen an kältere, trockenere Lebensbedingungen.« Er sprach mit einer Autorität, die seiner Statur widersprach. Seine Stimme war höher als die eines durchschnittlichen Erwachsenen, hatte jedoch nichts Jugendliches an sich; ein singender, fast femininer Tonfall, der zugleich immer staatsmännisch klang.

»Dennoch würden wir es unter Umständen mit rechtlichen Problemen zu tun bekommen, falls es um eine Therapie geht, die nicht die einschlägigen Genehmigungsverfahren durchlaufen hat.«

»Ich bin sicher, Jason wäre bereit, auf die offizielle Anerkennung zu warten. Seine Krankheit ist allerdings womöglich weniger geduldig.« Wun hob die Hand, um weiteren Einwänden zuvorzukommen. »Lassen Sie mich erst einmal lesen, was Sie mir gebracht haben. Dann sprechen wir weiter.«

Daraufhin bat er mich, noch ein wenig zu bleiben und zu plaudern. Ich fühlte mich geschmeichelt. Ungeachtet seiner fremdartigen Erscheinung hatte Wuns Präsenz etwas Beruhigendes, eine auf sein Gegenüber ausstrahlende Entspanntheit. Er lehnte sich in seinem Rattansessel zurück, ließ die Füße baumeln und hörte sich mit augenscheinlicher Faszination einen kurzen Abriss meines Lebens an. Er stellte einige Fragen über Diane – »Jason erzählt nicht viel von seiner Familie« – und über die medizinische Ausbildung – das Konzept der Sektion von Leichen war ihm neu; er zuckte zusammen, als ich den Vorgang beschrieb.

Dann, als ich ihn meinerseits über sein Leben befragte, griff er in den kleinen grauen Ranzen, den er bei sich trug, und zog eine Reihe von Ausdrucken hervor, Fotografien, die er als Digitaldateien mit auf seine Reise genommen hatte. Vier Bilder vom Mars.

»Nur vier?«

Er zuckte mit den Achseln. »Keine Zahl wäre groß genug, die Erinnerungen zu ersetzen. Und natürlich befindet sich noch viel mehr Bildmaterial in den offiziellen Archiven. Dies hier sind meine Bilder. Meine persönlichen. Möchten Sie sie sehen?«

»Ja, natürlich.«

Er reichte sie mir.

Foto 1: Ein Haus. Offensichtlich, trotz der seltsamen Techno/Retro-Architektur, eine menschliche Wohnstatt, niedrig und rund, wie das Porzellanmodell einer Grashütte. Der Himmel dahinter war strahlend türkisfarben, jedenfalls hatte der Drucker ihn so wiedergegeben. Der Horizont war seltsam nahe, aber geometrisch flach, unterteilt in immer kleiner werdende Rechtecke von Anbaufeldern. Die Feldfrucht konnte ich nicht identifizieren, doch sie war zu fleischig, als dass es Weizen oder Mais sein konnte, und zu groß für Feldsalat oder Grünkohl. Im Vordergrund standen zwei erwachsene Marsianer, Mann und Frau, mit komisch ernsten Gesichtern. Marsianische Gotik. Fehlte nur noch eine Heugabel und die Signatur von Grant Wood. »Meine Mutter und mein Vater«, sagte Wun schlicht.

Foto 2: »Ich als Kind.« Dieses Bild war verblüffend. Die faltige Haut der Marsianer entwickelt sich, wie Wun erläuterte, in der Pubertät. Im Alter von ungefähr sieben terrestrischen Jahren hatte Wun ein glattes, lächelndes Gesicht. Er sah aus wie ein normales Erdenkind, wenn man auch die ethnische Zugehörigkeit nicht so recht hätte zuordnen können – blonde Haare, kaffeebraune Haut, schmale Nase und großzügige Lippen. Das Ambiente, in dem er posierte, sah aus wie ein exzentrischer Themenpark, war jedoch, so Wun, eine marsianische Stadt. Ein Marktplatz. Läden und Lebensmittelstände, die Gebäude aus dem gleichen porzellanartigen Material wie das Farmhaus, in knalligen Primärfarben. Auf der Straße hinter ihm drängte sich der Verkehr auf zwei Rädern und zu Fuß. Nur ein schmaler Himmelsstreifen war zwischen den höchsten Gebäuden zu sehen, und auch hier war im Augenblick der Aufnahme ein Fahrzeug hindurchgefahren, dessen windrädchenartige Blätter in dem blassen Oval verschwammen.

»Sie sehen glücklich aus«, sagte ich.

»Die Stadt heißt Voy Voyud. Wir sind an diesem Tag zum Einkaufen hingefahren. Weil es Frühling war, haben meine Eltern mir erlaubt, *Murkuds* zu kaufen. Kleine Tiere, wie Frösche. Als Haustiere. In dem Beutel, den ich in der Hand halte – sehen Sie?«

Wun umklammerte einen weißen Stoffbeutel, der einige Klumpen enthielt. *Murkuds.*

»Sie leben nur fünf Wochen«, sagte er. »Aber ihre Eier sind köstlich.«

Foto 3: Bot einen Panoramablick. Im Vordergrund: noch ein marsianisches Haus, eine Frau in einem bunten Kaftan – seine Ehefrau, erläuterte Wun – und zwei glatthäutige hübsche Mädchen in sackartigen goldgelben Kleidern – seine Töchter. Das Bild war von einem erhöhten Punkt aus aufgenommen worden. Hinter dem Haus: grüne sumpfige Felder, die sich unter einem wiederum türkisfarbenen Himmel sonnten. Das Ackerland war durch erhöhte Straßen unterteilt, auf denen einige klobige Fahrzeuge unterwegs waren, und auf den Feldern stand landwirtschaftliches Gerät, schwarze, seltsam anmutige Erntemaschinen. Und am Horizont, dort wo die Straßen zusammenliefen: die Stadt, dieselbe Stadt, so Wun, wo er als Kind *Murkuds* gekauft hatte, Voy Voyud, die Hauptstadt der Provinz Kirioloj mit ihren hohen, terrassenförmig angelegten, auf die geringe Gravitation ausgerichteten Türmen.

»Sie können den größten Teil des Kiriolojdeltas auf diesem Bild sehen.« Der Fluss war ein blaues Band, das einen See speiste, dessen Farbe der des Himmels glich. Die Stadt Voy Voyud sei auf erhöhtem Grund erbaut worden, dem erodierten Rand eines Meteoritenkraters, erklärte Wun, aber für mich sah es wie eine gewöhnliche Hügelkette aus. Schwarze Punkte auf dem fernen See mochten Boote oder Lastkähne sein.

»Das ist sehr schön«, sagte ich.

»Ja.«

»Die Landschaft, aber auch Ihre Familie.«

»Ja.« Er sah mich an. »Sie sind tot.«

»Ah – das tut mir leid.«

»Vor einigen Jahren bei einer Überschwemmung ums Leben gekommen. Die letzte Fotografie, sehen Sie? Das ist der gleiche Bildausschnitt, kurz nach der Katastrophe aufgenommen.«

Ein ungewöhnlich heftiger Sturm hatte nach einer langen Trockenzeit Rekordmengen von Regen auf die Hänge der Solitary Mountains abgeladen, und der Großteil des Regenwassers war in die ausgedörrten Nebenflüsse des Kirioloj geleitet worden. Der terrageformte Mars war in mancher Hinsicht noch immer eine junge Welt, deren hydrologische Kreisläufe noch nicht stabil waren, deren Landschaften sich noch in Entwicklung befanden. In der Folge des plötzlichen extremen Regens bildeten sich Unmengen von oxidrotem Schlamm, der den Kirioloj hinunterdonnerte und wie ein flüssiger Güterzug in das landwirtschaftliche Delta einfiel.

Foto 4: Danach. Von Wuns Haus waren nur das Fundament und eine einzelne Mauer geblieben, die wie Keramikscherben aus einem wüsten Durcheinander von Schlamm und Schutt ragten. Die ferne Stadt auf dem Hügel war unangetastet geblieben, aber das fruchtbare Ackerland lag unter Schlamm begraben. Von dem glitzernd braunen

Wasser des Sees abgesehen, war dies ein in seinen jungfräulichen Zustand zurückgekehrter Mars, lebloser Regolith. Mehrere Luftfahrzeuge schwebten über der Szenerie, vermutlich auf der Suche nach Überlebenden.

»Ich hatte mit Freunden zusammen einen Tag im Vorgebirge verbracht, und bei der Rückkehr fand ich dies hier vor. Viele Menschen sind umgekommen, nicht nur meine Familie. Ich bewahre diese Fotografien auf, um mich daran zu erinnern, wo ich herkomme. Und warum ich nicht zurück kann.«

»Es muss unerträglich gewesen sein.«

»Ich habe meinen Frieden damit geschlossen, soweit das überhaupt geht. Als ich den Mars verließ, hatte man das Delta wiederhergestellt. Nicht so wie früher, natürlich. Aber fruchtbar, lebendig.«

Das schien alles zu sein, was er zu dem Thema sagen wollte.

Ich sah mir die Bilder noch einmal an und machte mir bewusst, was ich da sah: nicht irgendwelche raffinierten CGI-Effekte, sondern gewöhnliche Fotos. Fotos einer anderen Welt. Fotos vom Mars, einem Planeten, der schon lange als Objekt unserer maßlosen Fantasie diente. »Es ist nicht Burroughs, ganz bestimmt nicht Wells, vielleicht ein bisschen Bradbury ...«

Wun runzelte die Stirn. »Entschuldigung, diese Wörter sind mir nicht bekannt.«

»Das sind Schriftsteller. Romanschriftsteller, die über Ihren Planeten geschrieben haben.«

Nachdem ich ihm das erläutert hatte – dass bestimmte Schriftsteller, lange vor der tatsächlichen Terraformung, sich einen lebendigen Mars vorgestellt hatten –, war Wun völlig fasziniert. »Wäre es möglich, dass ich einige dieser Bücher lesen kann? Und wir bei Ihrem nächsten Besuch darüber sprechen?«

»Ich fühle mich geschmeichelt. Aber glauben Sie, dass Sie die Zeit erübrigen können? Sicherlich gibt es etliche Staatsoberhäupter, die sich gern mit Ihnen unterhalten würden.«

»Ganz bestimmt. Aber die können warten.«

Ich sagte ihm, dass ich mich darauf freue.

Auf der Rückfahrt machte ich mich über ein Antiquariat her, und am nächsten Morgen lieferte ich einen Packen von Taschenbüchern bei Wun ab, genauer gesagt, bei den wortkargen Männern, die sein Quartier bewachten. »Krieg der Welten«, »Die Prinzessin vom Mars«, »Die Mars-Chroniken«, »Fremder in einer fremden Welt«, »Roter Mars«.

Etliche Wochen lang hörte ich nichts mehr von ihm.

Die Bauarbeiten bei Perihelion gingen weiter. Bis Ende September hatte sich ein massives Betonfundament auf dem neuen Gelände breitgemacht, dort, wo vorher Kiefergestrüpp und einige jämmerliche Palmen gestanden hatten, und eine mächtige Takelage aus Stahlträgern und Aluminiumrohren erhob sich.

Ein weiteres Abendessen im Champs, die meisten Gäste starrten gebannt auf den plakatwandgroßen Plasmabildschirm, auf dem ein Spiel der Marlins zu sehen war, während Molly und ich uns in einer dunklen Ecke einen Vorspeisenteller teilten. Sie hatte gehört, dass in der folgenden Woche sündhaft teure Labor- und Kühlungsgeräte erwartet wurden. »Wozu brauchen wir Laborausrüstung, Ty? Bei Perihelion geht's doch um Weltraumforschung und den Spin. Ich versteh das nicht.«

»Ich habe keine Ahnung. Niemand redet darüber.«

»Du könntest ja mal Jason fragen, an einem der Nachmittage, die du im Nordflügel verbringst.«

Ich hatte ihr nicht erzählt, dass mich ein Marsianer zum regelmäßigen Gesprächspartner auserkoren hatte, sondern vorgegeben, ich würde mich mit Jase treffen. »Dazu reicht mein Sicherheitsstatus nicht.« Was für Molly natürlich erst recht galt.

»Allmählich glaube ich, dass du mir nicht traust.«

»Ich halte mich nur an die Regeln, Moll.«

»Genau. Du bist ja so ein Heiliger.«

Ohne sich vorher anzukündigen – zum Glück an einem Abend, an dem Molly nicht da war –, stand plötzlich Jason vor meiner

Tür, um über seine Medikamente zu sprechen. Ich gab weiter, was Malmstein gesagt hatte, dass es wohl okay sei, die Dosis zu erhöhen, wir aber auf Nebenwirkungen würden aufpassen müssen. Die Krankheit entwickele sich weiter, und unsere Möglichkeiten, die Symptome zu unterdrücken, würden irgendwann an ihre Grenzen stoßen. Das bedeute aber nicht, dass sein Schicksal besiegelt sei, sondern, dass er früher oder später seine Geschäfte eben auf andere Weise würde betreiben müssen – sich der Krankheit anpassen, statt sie zu unterdrücken. (Jenseits davon wartete eine weitere Schwelle, auf die ich aber nicht einging: Schwerstbehinderung und Demenz.)

»Ich verstehe«, sagte Jason. Er saß, die Beine übereinandergeschlagen, auf einem Sessel am Fenster und warf gelegentlich einen Blick auf sein darin erscheinendes Spiegelbild. »Alles, was ich brauche, sind noch ein paar Monate.«

»Ein paar Monate wofür?«

»Ein paar Monate, um E. D. Lawton zu Fall zu bringen.« Ich starrte ihn an, hielt es für einen Witz. Doch er lächelte nicht. »Muss ich das erklären?«

»Wenn du willst, dass ich es begreife, ja.«

»E. D. und ich haben divergierende Ansichten über die weitere Zukunft von Perihelion. Für ihn existiert Perhelion nur, um die Raumfahrtindustrie zu unterstützen. Das war von Anfang an das Einzige, was ihn interessierte. Er hat nie geglaubt, dass wir etwas gegen den Spin unternehmen können.« Jason zuckte mit den Achseln. »Nun, er hat mit an Sicherheit grenzender Wahrscheinlichkeit recht – in dem Sinne, dass wir ihn nicht *beseitigen* können. Aber das heißt nicht, dass wir ihn nicht verstehen könnten. Wir können natürlich keinen Krieg gegen die Hypothetischen führen, aber wir können ein wenig Guerilla-Wissenschaft betreiben. Das ist es, worum es bei Wuns Besuch geht.«

»Ich kann dir nicht ganz folgen.«

»Wun ist nicht einfach nur ein interplanetarischer Goodwill-Botschafter. Er ist mit einem Plan hierhergekommen, mit einem Vorschlag für ein gemeinsames Unternehmen, das uns einige Informationen über die Hypothetischen verschaffen könnte – woher sie kommen, was sie wollen, was sie mit den beiden Planeten anstellen. Die Reaktionen auf diese Idee sind gemischt. E. D. versucht, das Ganze zu torpedieren – er hält es für unnütz und befürchtet, dass es das politische Kapital gefährdet, das uns nach der Terraformung noch verblieben ist.«

»Und deshalb willst du ihn absägen?«

Er seufzte. »Es mag grausam klingen, aber E. D. begreift nicht, dass seine Zeit vorbei ist. Mein Vater ist genau das, was die Welt vor zwanzig Jahren gebraucht hat. Ich bewundere ihn dafür. Er hat Erstaunliches, ja Unglaubliches geleistet. Hätte E. D. den Politikern nicht Dampf gemacht, gäbe es kein Perihelion. Aber eine der Ironien des Spins liegt darin, dass sich die langfristigen Folgen von E. D. Lawtons Genie jetzt gegen ihn wenden – wenn es keinen E. D. gegeben hätte, würde Wun Ngo Wen heute nicht existieren. Das ist kein ödipaler Konflikt, der mich hier umtreibt, ich weiß genau, wer mein Vater ist und was er getan hat. Er ist in den Fluren der Macht zu Hause, Garland ist sein Golfkamerad. Großartig. Aber er ist auch ein Gefangener, ein Gefangener seiner Kurzsichtigkeit. Die Zeiten, als er noch visionär gedacht hat, sind vorbei. Er mag Wuns Plan nicht, weil er der Mars-Technologie misstraut, er mag keine Sachen, an denen er nicht selber rumbasteln kann, mag es nicht, dass die Marsianer ganz selbstverständlich über Technologien verfügen, von denen wir allenfalls eine leise Ahnung haben. Und er kann es überhaupt nicht ab, dass ich auf Wuns Seite stehe. Ich und, wie ich hinzufügen möchte, eine neue Generation von Politikern, einschließlich Preston Lomax, der wahrscheinlich nächste Präsident. Plötzlich ist E. D. umgeben von Leuten, die er nicht manipulieren kann. Jüngere Leute, die den Spin auf eine ganz andere Weise erfahren, verarbeitet haben als E. D.s Generation. Leute wie wir, Ty.«

Ich fühlte mich durchaus geschmeichelt, war aber gleichzeitig erschrocken, in dieses Pronomen mit eingeschlossen zu sein. »Du mutest dir ganz schön viel zu, Jase?«

Er sah mich scharf an. »Ich tue genau das, was E. D. mir bei-gebracht hat. Von Geburt an. Er wollte nie einen Sohn, er wollte einen Erben, einen Lehrling. Er hat diese Entscheidung lange vor dem Spin getroffen. Er wusste genau, wie intelligent ich war, und er hatte eine genaue Vorstellung davon, was ich mit dieser Intelligenz anstellen sollte. Ich habe mich darauf eingelassen, und als ich längst alt genug war, um zu begreifen, was er vorhatte, habe ich weiter mitgemacht. Und hier bin ich also, eine E.-D.-Lawton-Produktion: das aufgeweckte, gutaussehende, medienkompatible Objekt, das du vor dir siehst – ein vermarktbares Image, ein gewisser intellektueller Weitblick und keinerlei Loyalitäten, die nicht von vorn bis hinten auf Perihelion gerichtet sind. Aber da war immer eine kleine Zusatz-klausel in diesem Vertrag, auch wenn E. D. daran nicht gern erinnert wird. Wo ein Erbe ist, muss es auch eine Erbschaft geben. Woraus folgt, dass an irgendeinem Punkt mein Urteil gewichtiger wird als seins. Nun, dieser Punkt ist erreicht. Die Chance, die sich uns eröff-net, ist einfach zu kostbar, um sie ungenutzt zu lassen.«

Seine Hände, fiel mir auf, waren zu Fäusten geballt, und seine Beine zitterten. War das den starken Emotionen geschuldet oder ein Symptom seiner Krankheit? Ja, wie viel von seinem Monolog war echt und wie viel davon ein Produkt der Neurostimulanzien, die ich ihm verordnete?

»Du siehst aus, als wärst du gegen eine Wand gelaufen«, sagte Jason.

»Von was für einer marsianischen Technologie sprechen wir hier eigentlich?«

Er grinste. »Sie ist wirklich sehr clever. Quasibiologisch. Sehr klein. Molekulare autokatalytische Rückkopplungsschleifen mit ins Repro-duktionsprotokoll eingeschriebener kontingenter Programmierung.«

»Könntest du das übersetzen?«

»Kleine, winzige, künstliche Replikatoren.«

»Lebendig?«

»In gewissem Sinne ja, lebende Dinge. Künstliche lebende Dinge, die wir ins All schießen können.«

»Und was *tun* sie dann?«

Sein Grinsen wurde breiter. »Sie fressen Eis, und sie scheißen Information.«

4 × 10⁹ n. Chr.

Ich überquerte ein paar Meter festgestampfte Erde, an der in schorfigen Stücken verwitterter Asphalt hing, gelangte zu einer Böschung und rutschte, ziemlich geräuschvoll, auf der anderen Seite hinunter. Mit meinen Hartschalenkoffern, die vollgepackt waren mit Kleidung, handgeschriebenen Aufzeichnungen, Digitaldateien und marsianischen Pharmazeutika, landete ich in einem Entwässerungsgraben, Wasser, so grün wie Papayablätter und so warm wie die tropische Nacht, Wasser, das den vernarbten Mond spiegelte und nach Gülle stank.

Ich kletterte wieder hinauf, versteckte das Gepäck an einer trockenen Stelle der Böschung und kroch bis ganz nach oben, wo ich mich so hinlegte, dass man mich nicht sehen konnte, ich meinerseits aber die Straße, Ibu Inas Betonschachtelklinik und den davor geparkten schwarzen Wagen im Blick hatte.

Die Männer aus dem Auto waren durch die Hintertür eingedrungen. Sie schalteten weitere Lichter ein, wodurch gelbe Quadrate in den Fenstern mit vorgezogenen Jalousien entstanden, aber was sie in dem Gebäude anstellten, konnte ich nicht erkennen. Vermutlich durchsuchten sie es. Ich versuchte zu schätzen, wie lange sie sich drinnen aufhielten, doch offenbar hatte ich die Fähigkeit verloren, Zeit zu berechnen oder sie auch nur auf meiner Uhr abzulesen. Die Ziffern leuchteten wie ruhelose Glühwürmchen, wollten aber nicht lange genug stillstehen, dass ich mir einen Reim darauf machen konnte.

Einer der Männer kam aus der Vordertür, ging zum Auto und ließ den Motor an; der zweite Mann folgte ein paar Sekunden später und sprang auf den Beifahrersitz. Der mitternachtfarbene Wagen fuhr, nachdem er auf die Straße gesetzt hatte, ganz nah an mich heran, die Scheinwerfer strichen über die Berme. Ich duckte mich und blieb still liegen, bis das Motorengeräusch verklang.

Dann überlegte ich, was ich nun tun sollte. Eine nicht leicht zu beantwortende Frage, denn ich war müde – unglaublich müde plötzlich, zu schwach, um aufzustehen. Ich wollte zurück zur Klinik, ein Telefon auftreiben, Ina wegen der Männer im Auto warnen. Aber vielleicht würde En das ja besorgen. Ich hoffte es. Weil ich es nämlich nicht bis zur Klinik schaffen würde. Meine Beine zitterten bei jeglichem Versuch, mich in Bewegung zu setzen. Das war schon mehr als Müdigkeit, das fühlte sich wie Lähmung an.

Als ich wieder zur Klinik blickte, stieg dort Rauch aus den Abzügen im Dach, und das gelbe Licht hinter den Jalousien flackerte. Feuer.

Die Männer hatten Inas Klinik angezündet, und es gab nichts, was ich tun konnte, außer die Augen zu schließen und zu hoffen, dass ich nicht sterben würde, bevor mich hier jemand fand.

Ich erwachte vom Gestank des Rauches und von einem leisen Weinen.

Immer noch kein Tageslicht. Aber ich stellte fest, dass ich mich bewegen konnte, wenigstens ein bisschen, mit beträchtlicher Mühe und unter Schmerzen, und ich schien auch mehr oder weniger klar im Kopf zu sein. Also schob ich mich den Hang hoch, Stück für Stück.

Auf der offenen Fläche zwischen mir und der Klinik waren Autos und Leute, Scheinwerfer und Taschenlampen schnitten spastische Bögen in den Himmel. Die Klinik war nur mehr eine schwelende Ruine. Ihre Betonmauern standen noch, doch das Dach war eingestürzt und das Gebäude vom Feuer praktisch ausgeweidet worden. Ich schaffte es aufzustehen. Ich ging auf das Weinen zu.

Es war Ibu Ina, die weinte. Sie saß auf einer Asphaltinsel, die Arme um die Knie geschlungen. Einige Frauen standen um sie herum, die mir düstere, misstrauische Blicke zuwarfen, als ich näher kam. Doch als Ina mich sah, sprang sie auf und wischte sich die Augen mit dem

Hemdsärmel ab. »Tyler Dupree!« Sie rannte auf mich zu. »Ich dachte, Sie wären in den Flammen umgekommen. Verbrannt mit allem andern.«

Sie packte mich, umarmte mich, hielt mich aufrecht – meine Beine waren schon wieder weich geworden. »Die Klinik«, brachte ich heraus. »All Ihre Arbeit. Es tut mir so Leid, ich ...«

»Nein«, unterbrach sie mich. »Die Klinik ist nur ein Gebäude. Das ganze medizinische Klimbim kann man ersetzen. Sie dagegen sind einzigartig. En hat mir erzählt, wie Sie ihn weggeschickt haben, als die Brandstifter kamen. Sie haben ihm das Leben gerettet, Tyler!« Sie trat etwas zurück. »Tyler? Alles in Ordnung mit Ihnen?«

Nein, nicht so richtig. Ich blickte an Inas Schulter vorbei zum Himmel. Der Tag brach an. Die alte Sonne ging auf. Der Mount Marapi zeichnete sich vor dem indigoblauen Himmel ab. »Bin nur müde«, sagte ich und schloss die Augen. Ich fühlte, wie meine Beine nachgaben, und hörte Ina um Hilfe rufen. Dann schlafe ich eben noch ein wenig, dachte ich. Es wurden einige Tage daraus.

Aus naheliegenden Gründen konnte ich nicht im Dorf bleiben.

Ina wollte mich während des letzten Abschnitts der medikamentösen Krise pflegen und fand, dass das Dorf mir Schutz schuldete. Schließlich hatte ich Ens Leben gerettet, wie sie beharrlich versicherte, und En war nicht nur ihr Neffe, sondern auf die eine oder andere Weise mit praktisch jedem im Umkreis verwandt. Ich war ein Held. Aber ich war auch ein Magnet, der die Aufmerksamkeit böser Männer anzog, und hätte Ina sich nicht derart ins Zeug gelegt, hätten die *kepala desa* mich wohl in den nächsten Bus nach Padang gesetzt. So aber wurde ich, zusammen mit meinem Gepäck, in ein unbewohntes Holzhaus gebracht (die Besitzer waren vor einigen Monaten *rantau* gegangen), bis anderweitige Vorkehrungen getroffen werden konnten.

Die Minangkabau von Westsumatra verstanden sich bestens darauf, den Zumutungen unterdrückerischer Regimes ein Schnippchen zu schlagen. Sie hatten alles überstanden: die Heraufkunft des Islam im sechzehnten Jahrhundert, die Padri-Kriege, den holländischen Kolonialismus, Suhartos Neue Ordnung, die Nagari-Restauration und, nach dem Spin, die New Reformasi und ihre brutale Staatspolizei. Ina hatte mir dazu einige Geschichten erzählt, in der Klinik und hinterher, als ich in einem winzigen Zimmer unter den riesigen, langsam kreisenden Flügeln eines elektrischen Ventilators lag. Die Stärke der Minang, sagte sie, sei ihre Flexibilität, ihr tiefes Verständnis dafür, dass der Rest der Welt nicht so war wie ihr Zuhause und es auch nie sein würde. (Sie zitierte ein Sprichwort der Minang: »Andere Felder, andere Grashüpfer. Andere Teiche, andere Fische.«) Die Tradition des *rantau* – junge Männer zogen hinaus in die Welt und kehrten reicher oder weiser zurück – habe ein kultiviertes, weltkluges Volk aus ihnen gemacht. Die schlichten Büffelhornholzhäuser des Dorfes waren mit Aerostat-Antennen ausgerüstet, und die meisten hier lebenden Familien empfingen regelmäßig Briefe oder E-Mails von Verwandten aus Australien, Europa, Kanada, den USA.

Es war daher keine Überraschung, dass Minangkabau auch im Hafen von Padang in allen nur denkbaren Funktionen beschäftigt waren. Inas Exmann Jala war einer von vielen im Import/Export-Geschäft, der *rantau*-Expeditionen zum Bogen und darüber hinaus organisierte. »Jala ist ein Opportunist, und er kann auf kleinliche Weise gemein sein, aber er ist nicht skrupellos«, sagte Ina. »Diane hatte Glück, dass sie auf ihn gestoßen ist, oder vielleicht ist sie einfach eine sehr gute Menschenkennerin. Jedenfalls hat Jala für die New Reformasi nichts übrig.« (Sie hatte sich von ihm scheiden lassen, weil er, so Ina, in der Stadt die üble Gewohnheit entwickelt hatte, mit Frauen von zweifelhaftem Ruf zu schlafen. Er gab zu viel Geld für seine Freundinnen aus, und zweimal hatte er zwar heilbare, aber unschöne Geschlechtskrankheiten mit nach Hause gebracht. Er sei ein schlechter Ehemann, sagte sie, doch kein ausgesprochen schlechter Mensch. Er würde Diane nicht an die Behörden verraten, es sei denn, er würde verhaftet und gefoltert – aber er sei viel zu clever, um sich verhaften zu lassen.)

»Die Männer, die Ihre Klinik angezündet haben …«

»Sie müssen Diane in Padang bis zum Hotel gefolgt sein und dann den Fahrer befragt haben, der Sie hierhergebracht hat.«

»Aber warum das Gebäude niederbrennen?«

»Ich weiß es nicht, aber ich vermute, sie wollten Ihnen Angst machen, Sie hervorlocken. Und alle übrigen warnen, die auf die Idee kommen könnten, Ihnen zu helfen.«

»Wenn sie die Klinik gefunden haben, kennen sie auch Ihren Namen.«

»Aber sie werden nicht offen, mit gezückten Waffen, ins Dorf kommen. So sehr sind die Verhältnisse noch nicht ausgeartet. Ich denke, dass sie das Hafenviertel beobachten und hoffen, dass wir etwas Dummes tun.«

»Aber trotzdem, wenn Ihr Name auf der Liste steht und Sie eine neue Klinik aufbauen …«

»Aber das war nie meine Absicht.«

»Nicht?«

»Nein. Sie haben mich überzeugt, dass das *rantau gadang* für Ärzte eine sinnvolle Sache ist. Falls Sie nichts gegen ein bisschen Konkurrenz einzuwenden haben.«

»Ich verstehe nicht.«

»Ich meine, dass es eine einfache Lösung für all unsere Probleme gibt, eine, über die ich seit langem nachdenke. Das gesamte Dorf hat sie auf die eine oder andere Weise ins Auge gefasst. Viele sind bereits weggegangen. Wir sind keine große erfolgreiche Stadt wie Belubus oder Batusangkar. Das Land hier ist nicht besonders reich, und Jahr für Jahr verlieren wir mehr Leute an die Stadt oder an andere Sippen in anderen Städten oder an das *rantau gadang*, und warum auch nicht? Es ist Platz genug in der neuen Welt.«

»Sie wollen auswandern?«

»Ich, Jala, meine Schwester und ihre Schwester und meine Neffen, meine Cousins und Cousinen – alles in allem über dreißig von uns. Jala hat mehrere uneheliche Kinder, die nur zu gern sein Geschäft übernehmen würden, sobald er auf der anderen Seite ist. Sehen

Sie?« Sie lächelte. »Sie brauchen nicht dankbar zu sein. Wir sind nicht Ihre Wohltäter. Nur Mitreisende.«

Ich fragte sie mehrere Male, ob Diane in Sicherheit sei. So weit in Sicherheit, wie Jala es ermöglichen könne, erwiderte Ina. Jala hielt sie in einem kleinen Wohnraum über einem Zollhaus versteckt, bis die letzten Vorbereitungen getroffen waren. »Das Schwierigste wird sein, Sie unentdeckt zum Hafen zu bringen. Die Polizei argwöhnt, dass Sie im Hochland sind, also werden sie die Straßen beobachten und nach Ausländern Ausschau halten, vor allem nach kranken Ausländern, denn der Fahrer, der Sie zur Klinik gebracht hat, wird ihnen gesagt haben, dass es Ihnen nicht gut geht.«

»Mit dem Kranksein bin ich durch.«

Die letzte Krise hatte vor der brennenden Klinik begonnen, und sie hatte sich ausgetobt, während ich bewusstlos war. Ina sagte, es sei eine schwierige Phase gewesen, nach dem Umzug in das kleine Zimmer in dem leeren Haus hätte ich so ausdauernd gestöhnt, dass die Nachbarn sich beschwert hätten, sie habe ihren Vetter Adek bitten müssen, mich während der schlimmsten Krämpfe festzuhalten, daher rührten auch die blauen Flecke auf meinen Armen und Schultern, hätte ich die eigentlich bemerkt? Ich konnte mich an nichts erinnern. Ich wusste nur, dass ich mich mit jedem Tag kräftiger fühlte; meine Temperatur war einigermaßen normal, ich konnte gehen, ohne zu zittern.

»Und die anderen Wirkungen des Präparats? Fühlen Sie sich *anders*?«

Eine interessante Frage. »Ich weiß nicht. Bisher jedenfalls nicht.«

»Na ja, fürs Erste ist es auch egal. Wie gesagt, der Trick wird darin bestehen, Sie aus dem Hochland raus und zurück nach Padang zu bekommen. Aber das kriegen wir schon hin.«

»Wann soll es losgehen?«

»In drei oder vier Tagen. Ruhen Sie sich aus, bis es so weit ist.«

Ina war in diesen drei Tagen sehr beschäftigt, ich sah sie kaum. Es waren heiße, sonnige Tage, doch der Wind schickte lindernde Brisen durch das Haus, und ich verbrachte die Zeit mit vorsichtiger Gymnastik, mit Schreiben und Lesen – im Schlafzimmer standen einige englischsprachige Taschenbücher, unter anderem eine populäre Biografie über Jason Lawton mit dem Titel »Ein Leben für die Sterne« (ich sah im Register nach und fand meinen Namen: *Dupree, Tyler*, mit fünf Seitenhinweisen, aber ich brachte es nicht über mich, das Buch zu lesen – die Geschichten von Somerset Maugham reizten mich einfach mehr).

En kam von Zeit zu Zeit vorbei, um nach mir zu sehen und mir Sandwiches und in Flaschen abgefülltes Wasser vom *warung* seines Onkels zu bringen. Er hatte eine recht besitzergreifende Art entwickelt und versäumte es nie, sich nach meinem Befinden zu erkundigen. Er sagte, er sei »stolz, mit mir *rantau* zu machen«.

»Du auch, En? Du gehst in die neue Welt?«

Er nickte emphatisch. »Mein Vater auch, meine Mutter, mein Onkel« und ein Dutzend weitere Angehörige, deren Verwandtschaftsgrad er mit Minang-Ausdrücken bezeichnete. Seine Augen funkelten. »Vielleicht können Sie mich dort Medizin lehren.«

Vielleicht würde ich das müssen. Die Durchquerung des Bogens schloss eine traditionelle Ausbildung mehr oder weniger aus. Das war nicht gerade das Beste für En, und ich fragte mich, ob seine Eltern diesen Umstand bei ihrer Entscheidung genügend bedacht hatten.

Aber letztlich ging mich das nichts an, und es war offenkundig, wie sehr En sich auf die Reise freute. Er konnte seine Stimme kaum kontrollieren, wenn er darüber sprach, und sein strahlendes Gesicht war eine reine Freude. Er gehörte einer Generation an, die der Zukunft mit mehr Hoffnung als Furcht entgegensah – aus meiner Generation der »Grotesken« hatte niemand jemals auf diese Weise in die Zukunft hineingelächelt. Es war ein gutes, ein zutiefst menschliches Bild; es machte mich glücklich, und es machte mich traurig.

Ina kam am Abend vor der geplanten Abreise wieder zu mir, sie brachte Essen und einen Plan mit. »Der Sohn meines Vetters hat einen Schwager«, sagte sie, »der als Krankenwagenfahrer für das Spital in Batusangkar arbeitet. Er kann einen Krankenwagen aus dem Fuhrpark borgen, um Sie nach Padang zu bringen. Mindestens zwei Wagen mit Mobiltelefonen werden vor uns fahren – wenn es also eine Straßensperre gibt, müssten wir früh genug gewarnt sein.«

»Ich brauche keinen Krankenwagen.«

»Der Krankenwagen ist zur Tarnung. Sie werden hinten versteckt, ich lege meine Arztmontur an, und einer der Dorfbewohner – En bewirbt sich nachdrücklich um die Rolle – spielt den Kranken. Verstehen Sie? Wenn die Polizisten in den Wagen hineingucken, sehen sie mich und ein krankes Kind, dann sage ich ›KVES‹, und die Polizisten werden nicht sehr darauf erpicht sein, allzu gründlich weiterzusuchen. Auf diese Weise wird der amerikanische Arzt an ihnen vorbeigeschmuggelt.«

»Sie glauben, das funktioniert?«

»Ich glaube, es besteht eine gute Chance, dass es funktioniert.«

»Aber wenn Sie mit mir erwischt werden …«

»Die Polizei kann mich nicht verhaften, es sei denn, ich mache mich strafbar. Einen Ausländer aus dem Westen im Krankenwagen zu transportieren ist keine Straftat.«

»Aber einen Straftäter zu transportieren ist es vielleicht.«

»Sind Sie ein Straftäter, Pak Tyler?«

»Kommt drauf an, wie man gewisse Erlasse des Kongresses interpretiert.«

»Ich ziehe es vor, sie überhaupt nicht zu interpretieren. Machen Sie sich bitte darum keine Sorgen. Hatte ich schon erwähnt, dass die Reise um einen Tag verschoben wird?«

»Warum?«

»Eine Hochzeit. Natürlich sind Hochzeiten nicht mehr das, was sie mal waren. Das Hochzeits-*adat* ist seit dem Spin stark untergraben worden. Wie auch alles andere, seit das Geld, die Straßen und die Fastfood-Restaurants ins Hochland gekommen sind. Ich sage nicht, dass Geld grundsätzlich von Übel ist, aber es kann zerstöreri-

sche Wirkungen haben. Na, wenigstens haben wir keine Zehn-Minu-
ten-Hochzeiten wie in Las Vegas – gibt es die immer noch in Ihrem
Land?«

»Ich glaube schon.«

»Nun, bei uns geht es auch in diese Richtung. *Minang hilang, ting-
gal kerbau*. Wenigstens wird es noch ein *palaminan* geben und große
Mengen klebrigen Reis und *saluang*-Musik. Geht es Ihnen gut genug,
um daran teilzunehmen? Wenigstens für die Musik?«

»Es wäre mir eine Ehre.«

»Dann werden wir also morgen Abend singen, und am nächsten
Morgen trotzen wir dem amerikanischen Kongress. Die Hochzeit ist
auch günstig für uns. Viel Verkehr, viele Fahrzeuge auf der Straße, da
fallen wir nicht weiter auf mit unserer kleinen *rantau*-Gruppe auf dem
Weg nach Teluk Bayur.«

Ich schlief die Nacht durch, und als ich aufwachte, fühlte ich
mich so gut wie lange nicht mehr, kräftiger und irgendwie mun-
terer als gewohnt. Die morgendliche Brise war warm und trug
mannigfache Kochdüfte, das Klagegeschrei von Hähnen und flei-
ßiges Hämmern von der Dorfmitte heran, wo eine Freilichtbühne
errichtet wurde. Ich verbrachte den Tag weitgehend am Fenster,
las und beobachtete den öffentlichen Umzug, mit dem Braut und
Bräutigam zum Haus des Bräutigams geleitet wurden. Inas Dorf
war klein genug, dass eine Hochzeit alle anderen Aktivitäten zum
Stillstand brachte. Sogar die *warungs* vor Ort hatten heute geschlossen, nur die Franchisegeschäfte auf der Hauptstraße hielten
eine Notbesetzung für die Bedürfnisse der Touristen aufrecht. Am
späten Nachmittag hing der Geruch von Hühnercurry und Kokosmilch in der Luft, und En kam mit einem fertig zubereiteten Essen
vorbei.

Kurz nach Einbruch der Dunkelheit klopfte Ibu Ina, in einem
mit Stickereien versehenen Gewand und Seidenkopftuch, an die Tür
und sagte: »Es ist vorbei. Die eigentliche Hochzeit, meine ich. Jetzt
kommt nur noch das Singen und Tanzen. Haben Sie immer noch
Lust mitzukommen, Tyler?«

Ich trug die besten Sachen, die ich bei mir führte, weiße Baumwollhosen und ein weißes Hemd. Die Aussicht, in aller Öffentlichkeit gesehen zu werden, machte mich etwas nervös, aber Ina versicherte, dass keine Fremden an der Feier teilnähmen und ich in der Schar der Gäste willkommen sei.

Trotz ihrer beruhigenden Worte kam ich mir unangenehm auffällig vor, als wir gemeinsam die Straße entlang in Richtung Bühne und Musik gingen, weniger wegen meiner Körpergröße als wegen des Umstands, dass ich mich so lange in geschlossenen Räumen aufgehalten hatte. Das Haus zu verlassen war, als würde ich aus dem Wasser an die Luft kommen – plötzlich war ich von nichts Substanziellem mehr umgeben. Ina lenkte mich ab, indem sie von dem frisch getrauten Paar redete. Der Bräutigam, ein Apothekerlehrling aus Belubus, war ein junger Vetter von ihr (Ina bezeichnete jeden Verwandten, der entfernter war als Bruder, Schwester, Onkel oder Tante, als »Vetter«; das Verwandtschaftssystem der Minang kannte zwar genauere Ausdrücke, für die es jedoch keine direkten englischen Entsprechungen gab). Die Braut war eine Hiesige mit leicht anrüchiger Vergangenheit. Beide wollten gleich nach der Hochzeit *rantau* gehen. Die neue Welt lockte.

Die Musik begann mit der Abenddämmerung und würde, so Ina, bis zum Morgen andauern. Sie wurde über riesige, auf Pfählen befestigten Lautsprechern ins ganze Dorf übertragen, ihren Ausgang aber nahm sie von der erhöhten Bühne, wo die Musiker auf Strohmatten saßen, zwei männliche Instrumentalisten und zwei Sängerinnen. Die Lieder, erklärte Ina, handelten von Liebe, Ehe, Enttäuschung, Schicksal und Sex. Jede Menge Sex, gekleidet in Metaphern, an denen ein Chaucer seine helle Freude gehabt hätte. Wir saßen auf einer Bank am Rand der Feierlichkeiten. Ich zog mehr als nur einige Blicke auf mich – ein Großteil der Leute musste die Geschichte von der niedergebrannten Klinik und dem geflohenen Amerikaner gehört haben –, aber Ina achtete darauf, dass ich nicht zum Objekt allgemeinen Staunens wurde. Sie schirmte mich weitgehend ab, wobei sie mit Blick auf die jungen Leute, die sich vor der Bühne drängten, nachsichtig lächelte. »Aus dem Klagealter bin ich heraus. Mein Feld muss nicht mehr gepflügt werden, wie es in dem Lied heißt. Diese ganze Aufregung immer. Meine Güte!«

Braut und Bräutigam saßen prachtvoll gekleidet auf nachgebildeten Thronen nahe der Bühne. Ich fand, dass der Bräutigam mit seinem bleistiftdünnen Schnurrbart nicht gerade den solidesten Eindruck machte, aber nein, beharrte Ina, das Mädchen sei diejenige, auf die man ein Auge haben müsse, so unschuldig sie in ihrem blau-weißen Brokatkostüm auch wirken möge. Wir tranken Kokosmilch. Wir lächelten. Als es auf Mitternacht zuging, zogen sich die meisten Frauen zurück, bis fast nur noch Männer übrig blieben, die Jungen johlend und lachend vor der Bühne, die Älteren an Tischen sitzend, wo sie mit großem Ernst Karten spielten, die Gesichter so undurchdringlich wie altes Leder.

Ich hatte Ina die Seiten zum Lesen gegeben, auf denen ich meine erste Begegnung mit Wun Ngo Wen schilderte. »Aber das kann nicht vollkommen wirklichkeitsgetreu sein«, sagte sie, als die Musik einmal Pause machte. »Sie klingen viel zu ruhig.«

»Ich war überhaupt nicht ruhig. Ich habe nur versucht, mich nicht zum Narren zu machen.«

»Immerhin wurden Sie mit einem Mann vom Mars bekannt gemacht.« Sie sah zum Himmel hinauf, zu den Post-Spin-Sternen in ihren fragilen, weit verstreuten Konstellationen, im Lichterglanz der Hochzeitsfeier nur schwach auszumachen. »Was hatten Sie erwartet?«

»Ich vermute, etwas weniger Menschliches.«

»Ah, aber er war *sehr* menschlich.«

»Ja.«

Wun Ngo Wen war in den ländlichen Gebieten Indiens, Indonesiens und Südostasiens eine Art Kultfigur geworden. In Padang, sagte Ina, hätten viele Leute sein Bild an der Wand hängen, in einem vergoldeten Rahmen, wie ein Heiligengemälde oder ein Foto eines berühmten Mullahs. »Es war etwas so Berührendes in seinem ganzen Wesen. Eine vertraute Art zu reden, obwohl wir ihn nur in Übersetzungen hören konnten. Und als wir die Fotografien seines Planeten sahen – all die bestellten Felder –, wirkte das mehr ländlich als städtisch, mehr östlich als westlich. Die Erde wurde vom Abgesandten einer anderen Welt besucht – und er war einer von uns! So schien es uns jedenfalls. Und wie er die Amerikaner gescholten hat, das war sehr vergnüglich.«

»Das war das Letzte, was Wun im Sinn hatte – jemandem Vorwürfe zu machen.«

»Zweifellos ist die Legende der Realität vorausgeeilt. Hatten Sie nicht tausend Fragen an ihn, als Sie ihn kennen lernten?«

»Natürlich. Aber ich dachte mir, dass er diese naheliegenden Fragen seit seiner Ankunft schon hundertmal beantwortet hatte. Ich nahm an, dass er genug davon hatte.«

»Hat er sich dagegen gesträubt, von seiner Heimat zu sprechen?«

»Im Gegenteil, er hat gerne davon erzählt. Er mochte halt nur nicht so gern ausgefragt werden.«

»Meine Manieren sind nicht so geschliffen wie Ihre. Ich wäre ihm sicher mit unzähligen Fragen auf die Nerven gegangen. Angenommen, Sie hätten an jenem ersten Tag die Möglichkeit gehabt, ihn irgendetwas Beliebiges zu fragen – was wäre das gewesen?«

Das war leicht. Ich wusste genau, welche Frage ich mir bei meiner ersten Begegnung mit Wun Ngo Wen verkniffen hatte. »Ich hätte ihn über den Spin befragt. Über die Hypothetischen. Ob sein Volk etwas in Erfahrung gebracht hatte, was wir noch nicht wussten.«

»Und haben Sie später mit ihm darüber sprechen können?«

»Ja.«

»Und hatte er viel dazu zu sagen?«

»Viel, ja.«

Ich sah zur Bühne. Eine neue *saluang*-Gruppe hatte sie betreten. Einer der Musiker spielte eine *Rabab*; er schlug mit seinem Bogen gegen den Bauch des Saiteninstruments und grinste. Es folgte ein weiteres anzügliches Hochzeitslied.

»Ich fürchte, ich habe *Sie* gerade ein bisschen ausgefragt«, sagte Ina.

»Tut mir leid. Ich bin immer noch etwas erschöpft.«

»Dann sollten Sie nach Hause gehen und schlafen. Das ist eine ärztliche Anweisung. Mit ein bisschen Glück werden Sie Ibu Diane morgen wiedersehen.«

Wir gingen die laute Straße hinunter, ließen die Feierlichkeiten hinter uns. Die Musik spielte bis fünf Uhr morgens. Ich schlief trotzdem tief und fest.

Der Fahrer des Krankenwagens war ein magerer, wortkarger Mann in der weißen Uniform des Roten Halbmonds. Sein Name war Nijon. Er schüttelte mir mit übertriebener Ehrerbietung die Hand und hielt seine großen Augen auf Ibu Ina gerichtet, während er mit mir sprach. Ich fragte, ob ihn die Fahrt nach Padang unruhig mache. Ina übersetzte seine Antwort: »Er sagt, er habe schon gefährlichere Sachen aus weniger zwingenden Gründen gemacht. Er sagt, es sei ihm ein Vergnügen, einen Freund von Wun Ngo Wen kennen zu lernen. Er sagt, dass wir so schnell wie möglich aufbrechen sollten.«

Also kletterten wir in den Fond des Krankenwagens. An einer der Seitenwände befand sich ein horizontaler Stahlschrank, in dem normalerweise medizinische Ausrüstung gelagert wurde. Außerdem konnte man ihn als Sitzbank benutzen. Nijon hatte den Schrank ausgeräumt, und wir stellten fest, dass es mir möglich war, mich hineinzuzwängen, wenn ich meine Beine in den Hüften und den Knien abknickte und meinen Kopf irgendwie unter die Achsel klemmte. Der Schrank roch nach antiseptischen Mitteln und Latex und war ungefähr so bequem wie ein Affensarg, aber genau dort würde ich mich aufhalten müssen, falls wir an einem Kontrollpunkt angehalten wurden – dazu Ina auf der Bank in ihrem Arztkittel und En auf einer Tragbahre ausgestreckt, in seiner Rolle als KVES-Infizierter. Im heißen Morgenlicht erschien der Plan närrischer, als mir lieb war.

Nijon hatte kleine Keile in die Abdeckung des Schranks geklemmt, sodass ein wenig Luft darin zirkulieren konnte. Trotzdem empfand ich wenig Freude bei der Aussicht, in einen dunklen, heißen Metallkasten zu kriechen. Aber ich musste das gar nicht, jedenfalls vorerst nicht. Die Aktivitäten der Polizei, so Ina, konzentrierten sich auf die neue Schnellstraße zwischen Bukik Tinggi und Padang, und da wir in einem lockeren Konvoi mit anderen Dorfbewohnern reisten, sollten wir rechtzeitig vorgewarnt sein, bevor man uns anhielt. So saß ich also erst einmal neben Ina, während sie eine Tropfinfusion in Ens Armbeuge befestigte – ohne Nadel, nur mit Klebestreifen. En war begeistert von dem Täuschungsmanöver und probte schon mal den Husten, ein tief aus der Lunge geholtes Raucherröcheln, das bei Ina ein ebenso theatralisches Stirnrunzeln hervorrief: »Hast du etwa die Nelkenzigaretten deines Bruders gestohlen?«

En wurde rot. Er habe das lediglich im Interesse einer realistischen Darstellung gemacht, gab er zu verstehen.

»Ach ja? Pass nur auf, dass du dich nicht in ein frühes Grab schauspielerst.«

Nijon schlug die hinteren Türen zu, kletterte auf den Fahrersitz und ließ den Motor an. Unsere holprige Fahrt nach Padang begann. Ina sagte En, er solle die Augen zumachen. »Tu so, als wenn du schläfst.« Nicht lange, und sein Atem ging ruhiger, verwandelte sich schließlich in ein sanftes Schnarchen.

»Er war die ganze Nacht wach von der Musik«, erklärte Ina.

»Trotzdem wundere ich mich, dass er schlafen kann.«

»Einer der Vorzüge der Kindheit. Oder des Ersten Alters, wie die Marsianer sagen – habe ich recht?«

Ich nickte.

»Sie haben vier davon, stimmt das? Vier Altersstufen, wo wir nur drei haben?«

So war es, wie Ina natürlich sehr genau wusste. Von allen Eigenheiten des Lebens in Wun Ngo Wens Fünf Republiken war dies diejenige, die die terrestrische Öffentlichkeit am meisten fasziniert hatte.

Auf der Erde spricht man in der Regel von zwei oder drei Phasen des Lebens: Kindheit und Erwachsensein, oder Kindheit, Pubertät und Erwachsensein. In manchen Kulturkreisen wird dem hohen Alter noch ein besonderer Status zugedacht. Doch der Brauch der Marsianer war völlig anders und hing mit ihren über Jahrhunderte entwickelten Fertigkeiten in der Biochemie und Genetik zusammen. Sie teilten das Leben in vier Abschnitte ein, die durch biochemisch vermittelte Vorgänge markiert waren: Geburt bis Pubertät war Kindheit; Pubertät bis zum Ende des körperlichen Wachstums und dem Beginn des Stoffwechselgleichgewichts war Adoleszenz oder Jugend; Gleichgewicht bis Verfall, Tod oder radikaler Wandel war Erwachsensein.

Und jenseits des Erwachsenseins das fakultative, das Wahlalter: das Vierte.

Schon vor Jahrhunderten hatten marsianische Biochemiker ein Mittel ersonnen, das menschliche Leben um durchschnittlich sechzig bis siebzig Jahre zu verlängern. Aber die Entdeckung war kein reiner Segen. Der Mars war ein von radikalen Beschränkungen, vom Mangel an Wasser und Stickstoff geprägtes Ökosystem – das Ackerland, das Ibu Ina so vertraut schien, war der Triumph einer überaus avancierten und subtilen Biotechnik, und die menschliche Fortpflanzung unterlag seit Jahrhunderten einer Regulierung, die sich an Kriterien der Nachhaltigkeit orientierte. Gab man der durchschnittlichen Lebenszeit noch einmal siebzig Jahre dazu, beschwor man zwangsläufig eine Bevölkerungskrise herauf.

Auch war die Langlebigkeitsbehandlung selbst weder einfach noch angenehm. Es handelte sich um eine tiefgreifende zelluläre Rekonstruktion. Ein Cocktail aus im Labor erzeugten viralen und bakteriellen Einheiten wurde in den Körper injiziert. Maßgeschneiderte Viren nahmen eine Art System-Update vor, überarbeiteten DNA-Sequenzen, restaurierten Telomere und stellten die genetische Uhr neu, während bakterielle Phagen giftige Metalle und Plaques ausschwemmten und Schäden reparierten.

Das Immunsystem wehrte sich. Die Behandlung glich im günstigsten Fall einer sechswöchigen schweren Grippe, mit Fieber, Gelenk- und Muskelschmerzen und körperlicher Schwäche. Bestimmte

Organe verfielen in einen regenerativen Overdrive, Hautzellen starben ab und wurden in rasender Folge ersetzt, Nervengewebe bildete sich spontan und blitzschnell neu.

Es war ein schmerzhafter, erschöpfender Prozess, und mitunter traten negative Nebenwirkungen auf. Die meisten Probanden vermeldeten einen zumindest mittelfristigen Gedächtnisverlust, in einigen wenigen Fällen kam es sogar zu Demenzerscheinungen und irreversibler Amnesie. Das wiederhergestellte, neu verkabelte Gehirn war, kaum merklich, zu einem anderen Organ geworden – und sein Besitzer zu einer anderen Person.

»Sie haben den Tod bezwungen«, sagte Ina.

»Nicht ganz.«

»Allerdings sollte man meinen, dass sie, mit all ihrer Weisheit, imstande gewesen sein müssten, die Sache weniger unangenehm zu gestalten.«

Mit Sicherheit hätten sie die oberflächlichen Beschwerden des Übergangs ins Vierte Alter lindern können. Aber sie hatten sich entschieden, es nicht zu tun. Die marsianische Kultur hatte das Vierte Alter zum Teil ihrer Tradition gemacht, mit allen Konsequenzen: Der Schmerz war eine einschränkende Bedingung, eine schützende, vorbeugende Unannehmlichkeit. Nicht jeder wollte ein Vierter werden. Nicht nur, dass der Übergang schwierig war, auch hatten die Marsianer der Langlebigkeit per Gesetz einen gravierenden sozialen Preis abverlangt: Jeder marsianische Bürger hatte das Recht, sich der Behandlung zu unterziehen, kostenfrei und ohne Ansehen der Person, aber es war den Vierten verwehrt, sich fortzupflanzen – die Fortpflanzung war ein den Erwachsenen vorbehaltenes Privileg (seit zweihundert Jahren enthielt der Langlebigkeitscocktail Präparate, die eine irreversible Sterilisation für beide Geschlechter bewirkten). Als Vierter verlor man außerdem das aktive und passive Wahlrecht – niemand wünschte sich einen Planeten, der von ehrwürdigen Greisen zu eigenem Nutzen regiert wurde. Allerdings besaßen alle Fünf Republiken ein Rechtsprüfungsorgan – eine Art Supreme Court –, das *ausschließlich* von Vierten gewählt wurde.

Vierte waren mehr und gleichzeitig weniger als Erwachsene, wie auch Erwachsene mehr und gleichzeitig weniger sind als Kinder: mächtiger und stärker, aber weniger spielerisch; freier, aber eingeschränkter.

Freilich konnte ich nicht alle Codes und Totems dechiffrieren, in die die Marsianer ihre medizinische Technologie eingewickelt hatten, weder für Ina noch für mich. Anthropologen hatten sich, auf Grundlage der von Wun Ngo Wen mitgebrachten Archive, jahrelang damit beschäftigt. Bis jede weitere Forschung in dieser Richtung verboten worden war.

»Und jetzt haben wir die gleiche Technologie«, sagte Ina.

»Einige von uns. Aber ich hoffe, dass sie irgendwann allen zur Verfügung stehen wird.«

»Ich frage mich, ob wir sie genauso weise gebrauchen würden.«

»Warum nicht. Die Marsianer haben es getan, und sie sind Menschen wie wir.«

»Ich weiß. Möglich ist es, sicherlich. Aber was glauben Sie, Tyler – werden wir weise sein?«

Ich sah En an. Er schlief noch immer. Seine Augen schossen unter den geschlossenen Lidern umher wie Fische unter Wasser, seine Nasenflügel blähten sich beim Atmen, und das Rütteln des Krankenwagens ließ ihn von einer Seite zur anderen schaukeln.

»Nicht auf diesem Planeten«, sagte ich.

Fünfzehn Kilometer hinter Bukik Tinggi klopfte Nijon heftig gegen die Trennscheibe zwischen uns und dem Fahrersitz. Das war das abgesprochene Zeichen: Straßensperre voraus. Der Krankenwagen fuhr langsamer. Ina stand hastig auf, stülpte eine neongelbe Sauerstoffmaske über Ens Gesicht – der, wieder aufgewacht, den Reiz des Abenteuers jetzt doch in einem etwas anderen Licht zu betrachten schien – und legte sich selbst einen Mundschutz aus Papier an. »Machen Sie schnell«, flüsterte sie mir zu.

Also zwängte ich mich in den Ausrüstungsschrank. Der Deckel schlug gegen die Keilstücke, die ein wenig Luft ins Innere strömen ließen, ein halber Zentimeter zwischen mir und dem Erstickungstod.

Der Wagen bremste, und mein Kopf schlug heftig gegen die Schmalseite des Schranks.

»Still jetzt«, sagte Ina – ob zu mir oder zu En, wusste ich nicht genau.

Ich wartete im Dunkeln.

Minuten vergingen. Aus der Ferne ertönte ein rumpelnder Wortwechsel, unmöglich zu verstehen, selbst wenn ich die Sprache gesprochen hätte. Nijon und ein Unbekannter. Eine dünne, übellaunige, barsche Stimme. Die Stimme eines Polizisten.

Sie haben den Tod bezwungen, hatte Ina gesagt.

Nein, dachte ich.

Der Schrank heizte sich schnell auf. Schweiß schmierte mein Gesicht ein, durchnässte mein Hemd, brannte in den Augen. Ich konnte meinen Atem hören. Es kam mir vor, als könne die ganze Welt meinen Atem hören.

Nijon antwortete dem Polizisten mit respektvollem Murmeln. Der Polizist bellte daraufhin neue Fragen.

»Bleib einfach still liegen«, flüsterte Ina. En hatte mit den Füßen gegen die dünne Matratze der Rollbahre geschlagen, ein nervöser Tick. Zu viel Energie für einen KVES-Kranken.

Dann gingen die Hecktüren des Krankenwagens knarrend auf, ich roch Auspuffgase und den strengen Duft der Vegetation. Wenn ich – vorsichtig, ganz vorsichtig – meinen Kopf reckte, konnte ich einen dünnen Lichtstreifen und zwei Schatten sehen, bei denen es sich um Nijon und den Polizisten, vielleicht aber auch um Bäume oder Wolken handeln mochte.

Der Polizist wollte etwas von Ina wissen. Er sprach mit kehliger, monotoner Stimme, gelangweilt und drohend, und das machte mich wütend. Ich stellte mir vor, wie sie vor diesem bewaffneten Mann und dem, was er repräsentierte, kuschte oder zu kuschen vorgab. Um meinetwillen. Ina sprach eindrücklich, aber nicht provozierend in ihrer Muttersprache. *KVES … unverständlich … unverständlich …*

KVES. Sie spielte ihre ärztliche Autorität aus, testete die Empfänglichkeit des Polizisten, versuchte Furcht vor der Krankheit gegen die Furcht vor der staatlichen Repression zu setzen.

Die Antwort des Polizisten war schroff, offenbar wollte er den Krankenwagen durchsuchen oder ihre Papiere sehen. Ina sagte etwas Nachdrücklicheres oder Verzweifelteres. Wieder *KVES.*

Ich wollte mich schützen, aber noch mehr wollte ich Ina und En schützen. Bevor ich zuließ, dass ihnen übel mitgespielt wurde, wollte ich mich stellen. Mich stellen oder kämpfen. Kämpfen oder fliehen. Falls nötig, all die Jahre drangeben, die das marsianische Pharmazeutikum in meinen Körper gepumpt hatte. Vielleicht war das der Mut der Vierten, dieser ganz besondere Mut, von dem Wun Ngo Wen gesprochen hatte.

Sie haben den Tod bezwungen ... Nein, als Spezies, ob terrestrisch oder marsianisch, hatten wir in der langen Zeit, die uns auf beiden Planeten zur Verfügung stand, lediglich Aufschübe, Gnadenfristen bewerkstelligt. Es war nichts gewiss.

Schritte, Stiefel auf Metall. Der Polizist kletterte in den Krankenwagen. Das Fahrzeug schaukelte auf seinen Stoßdämpfern wie ein Schiff bei leichtem Seegang. Ich stützte mich gegen die Schrankabdeckung. Ina stand auf, erhob schrille Einwände.

Ich holte Luft und machte mich sprungbereit.

Plötzlich kam neuer Lärm von der Straße her. Ein anderes Fahrzeug fuhr dröhnend an uns vorbei. Dem Aufheulen seines gequälten Motors nach zu urteilen war es mit hoher Geschwindigkeit unterwegs – mit provozierender Scheiß-auf-die-Polizei-Geschwindigkeit.

Der Polizist stieß einen empörten Fluch aus. Der Krankenwagen geriet erneut ins Schaukeln.

Eilige Schritte, kurze Stille, das Zuknallen einer Tür und dann der Motor des Streifenwagens (so meine Vermutung), auf Hochtouren gebracht, knirschende Autoreifen, wütendes Kiesgestöber.

Ina hob den Deckel meines Sarkophages.

Im Gestank meines Schweißes setzte ich mich auf. »Was ist passiert?«

»Das war Aji. Aus unserem Dorf. Ein Vetter von mir. Hat die Straßensperre durchbrochen, um die Polizei abzulenken.« Sie war blass, aber erleichtert. »Er fährt wie ein Betrunkener.«

»Er hat das getan, um uns zu helfen?«

»Ja. Wir sind schließlich ein Konvoi. Andere Autos, Funktelefone, er wird gewusst haben, dass wir angehalten wurden. Er riskiert eine Geldstrafe oder eine Verwarnung, nichts Ernsteres.«

Ich atmete die Luft ein, die lieblich und kühl war, und sah En an. Er schenkte mir ein wackliges Lächeln.

»Bitte, stellen Sie mich Aji vor, wenn wir nach Padang kommen«, sagte ich. »Ich möchte ihm dafür danken, dass er den Betrunkenen gespielt hat.«

Ina verdrehte die Augen. »Unseligerweise hat Aji nicht gespielt – er *ist* betrunken. Ein ernstes Vergehen in den Augen des Propheten.«

Nijon blickte zu uns hinein, zwinkerte, schloss die Türen.

Ina legte eine Hand auf meinen Arm. »Nun, das war beängstigend.«

Ich entschuldigte mich dafür, dass ich sie das Risiko hatte auf sich nehmen lassen.

»Unsinn«, erwiderte sie. »Wir sind jetzt Freunde. Und das Risiko ist nicht so groß, wie Sie denken. Die Polizei kann schwierig sein, aber zumindest sind es Leute von hier, an gewisse Regeln gebunden – nicht wie die Männer aus Jakarta, die New Reformasi oder wie sie sich nennen, die Männer, die meine Klinik niedergebrannt haben. Und ich vermute, Sie würden, falls nötig, auch für uns Risiken eingehen. Nicht wahr, Pak Tyler?«

»Ja, das würde ich.«

Ihre Hand zitterte. Sie sah mir in die Augen. »Ich glaube Ihnen.«

Nein, wir hatten den Tod keineswegs bezwungen, nur Aufschübe erreicht – die Pille, das Pulver, die Gefäßplastik, das Vierte Alter –, hatten unserer unbeirrbaren Überzeugung gemäß gehandelt, wonach mehr Leben, und sei es nur ein klein bisschen mehr, vielleicht doch noch die Freuden oder die Weisheit abwerfen würde, die wir uns wünschten oder im bisherigen Leben vermisst hatten. Niemand, der sich einer dreifachen Bypass-OP oder einer Langlebigkeitsbehandlung unterzog, erwartete, dass er ewig leben würde. Sogar Lazarus stieg aus seinem Grab in dem Wissen, dass er ein zweites Mal sterben würde.

Aber er kam heraus. Er kam heraus und war dankbar. Auch ich war dankbar.

DIE KALTEN ORTE DES UNIVERSUMS

Nach einer späten Sitzung bei Perihelion fuhr ich freitagabends nach Hause, schloss die Wohnungstür auf und sah Molly an meinem Computer sitzen.

Der Schreibtisch im Wohnzimmer stand vor einem Fenster, von der Tür abgewandt. Molly drehte sich halb um und warf mir einen erschrockenen Blick zu. Gleichzeitig klickte sie auf ein Symbol und schloss das laufende Programm.

»Molly?«

Ich war nicht überrascht, sie hier anzutreffen. Sie verbrachte die meisten Wochenenden bei mir und besaß einen Zweitschlüssel. Aber bislang hatte sie nie ein Interesse an meinem PC gezeigt.

»Du hast nicht angerufen«, sagte sie.

Ich hatte eine Besprechung mit Vertretern jener Versicherung gehabt, die den Schutz der Perihelion-Angestellten garantierte. Man hatte mir gesagt, ich solle mich auf eine zweistündige Sitzung einrichten, doch dann stellte sich heraus, dass es nur um ein paar Neuerungen im Rechnungsverfahren ging, und als dies nach zwanzig Minuten erledigt war, fand ich, es wäre unkomplizierter, einfach gleich nach Hause zu fahren – vielleicht würde ich sogar noch vor Molly ankommen, falls sie irgendwo angehalten hatte, um Wein zu besorgen. Jedenfalls war die Wirkung von Mollys langem festem Blick, dass ich mich bemüßigt fühlte, ihr all dies erst zu erklären, bevor ich sie fragte, was sie da in meinen Dateien suche.

Sie lachte, so ein verlegenes, entschuldigendes Lachen: *Na, da hast du mich aber bei was Komischem erwischt …* Ihre rechte Hand schwebte weiter über dem Touchpad. Sie drehte sich wieder zum Bildschirm. Der Cursor wischte auf das Shutdown-Symbol zu.

»Warte«, sagte ich und ging zu ihr hinüber.

»Willst du auch noch mal ran?«

Der Cursor setzte sich auf sein Ziel. Ich legte meine Hand über Mollys. »Eigentlich würde ich gern wissen, was du da gemacht hast.«

Sie war angespannt, eine Ader pochte in der rosigen Haut direkt vor ihrem Ohr. »Hab's mir gemütlich gemacht. Ähm, ein bisschen zu gemütlich? Dachte nicht, dass du was dagegen haben würdest.«

»Wogegen, Moll?«

»Dagegen, dass ich deinen Computer benutze.«

»Wofür benutzen?«

»Nichts weiter. Nur mal angucken.«

Doch es konnte kaum das Gerät sein, auf das Molly neugierig war. Es war fünf Jahre alt, praktisch eine Antiquität – bei Perihelion war sie viel besser ausgerüstet. Und ich hatte das Programm erkannt, das sie so eilig verlassen hatte, als ich durch die Tür kam. Es war mein Haushaltsorganisator, das Programm, das ich verwendete, um Rechnungen zu bezahlen, mein Konto zu führen und meine privaten und beruflichen Kontakte zu verwalten.

»Sah irgendwie aus wie eine Tabellenkalkulation«, sagte ich.

»Ich bin nur ein bisschen rumgewandert. Dein Desktop hat mich verwirrt. Du weißt ja, jeder organisiert seine Sachen auf andere Weise. Tut mir leid, Tyler. Da war ich wohl ein bisschen unverschämt.« Sie zog ihre Hand unter meiner weg und klickte auf Shutdown. Der Desktop schrumpfte zusammen, das Belüftungsgeräusch des Prozessors erstarb mit einem klagenden Ton. Sie stand auf, strich ihre Bluse glatt. Molly strich immer irgendetwas glatt, wenn sie sich erhob, immer alles auf Vordermann bringen. »Wie wär's, wenn ich jetzt das Abendessen mache.« Sie kehrte mir den Rücken zu und ging Richtung Küche.

Ich sah zu, wie sie durch die Schwingtüren verschwand. Nachdem ich bis zehn gezählt hatte, folgte ich ihr.

Sie war dabei, Töpfe aus dem Wandregal zu ziehen. Sie drehte mir den Kopf zu, sah dann wieder weg.

»Molly«, sagte ich. »Wenn es irgendetwas gibt, was du wissen möchtest, brauchst du nur zu fragen.«

»Ach, brauch ich nur? Okay.«

»Molly …«

Sie stellte einen Topf auf die Herdplatte, mit übertriebener Vorsicht, so als sei er zerbrechlich. »Soll ich mich noch einmal entschuldigen? Na gut, Tyler. Es tut mir leid, dass ich mit deinem Computer gespielt habe, ohne dich um Erlaubnis zu fragen.«

»Ich habe keine Anschuldigungen erhoben, Molly.«

»Warum reden wir dann noch darüber? Ich meine, warum sieht es so aus, als würden wir den ganzen Rest des Abends noch darüber reden müssen?« Ihre Augen wurden feucht, ihre getönten Linsen nahmen eine noch dunklere Grünfärbung an. »Ich hab mich eben nur ein bisschen für dich interessiert.«

»Wofür interessiert, für meine Warmwasserrechnung?«

»Für dich.« Sie zog einen Stuhl unter dem Küchentisch hervor. Ein Stuhlbein verfing sich an einem Tischbein, und Molly riss den Stuhl energisch los. Sie setzte sich und verschränkte die Arme. »Ja, vielleicht sogar für so triviales Zeug.« Sie schloss die Augen, schüttelte den Kopf. »Ich sage das, und es klingt, als wäre ich irgendeine Art Stalker. Aber ja, deine Wasserrechnung, deine Zahnpastamarke, deine Schuhgröße. Ja, ich möchte das Gefühl haben, dass ich ein bisschen mehr für dich bin als dein Wochenendfick. Geb ich zu.«

»Dafür müsstest du nicht in meine Dateien gehen.«

»Hätt ich vielleicht nicht getan, wenn …«

»Wenn?«

Sie schüttelte den Kopf. »Ich will nicht mit dir streiten.«

»Manchmal ist es besser, etwas zu Ende zu bringen, was man angefangen hat.«

»Na ja, *das* zum Beispiel: Immer wenn du dich bedroht fühlst, ziehst du diese distanzierte Nummer ab. Machst einen auf sachlich, ganz kühl und analytisch, als wäre ich eine Naturdoku im Fernsehen oder so was. Die Glaswand. Die Glaswand ist *immer* da, nicht wahr? Und die ganze Welt ist auf der anderen Seite. Deshalb redest du nicht über dich selbst. Deshalb muss ich ein ganzes Jahr warten, bis du mal merkst, dass ich mehr bin als ein Stück Mobiliar. Dieser kühle Blick, der das Leben beobachtet, als wären's die Abendnachrichten, als wäre es irgendein Krieg am anderen Ende der Welt, wo die Leute alle unaussprechliche Namen haben.«

»Molly ...«

»Ist mir schon klar, dass wir alle irgendwie verkorkst sind, Tyler, hineingeworfen in dieses Leben mit dem Spin. Kein Wunder. Prätraumatische Belastungsstörung, oder wie habt ihr das noch mal genannt? Die Generation der Grotesken. Deswegen sind wir alle geschieden oder promisk oder hyperreligiös oder depressiv oder manisch oder *leidenschaftslos*. Wir alle haben eine wirklich gute Entschuldigung für unser schlechtes Benehmen, ich eingeschlossen, und wenn es diese unerschütterliche Säule kalkulierter Hilfsbereitschaft ist, die du darstellen musst, damit du über die Runden kommst, dann ist das okay, dann verstehe ich das. Aber es ist genauso okay, wenn ich mehr möchte. Nein, es ist nicht nur okay, sondern es ist sogar ein ganz natürliches Bedürfnis, wenn ich dich berühren möchte. Nicht nur mit dir vögeln. Dich berühren.« Als sie merkte, dass sie fertig war, faltete sie die Arme wieder auseinander, sah mich an, wartete auf eine Reaktion.

In Gedanken entwarf ich eine Antwortrede. Ich empfände durchaus leidenschaftlich für sie. Es mochte nicht so offensichtlich gewesen sein, aber ich hätte sie von Anfang an, seit ich zu Perihelion gekommen sei, sehr bewusst wahrgenommen. Die Konturen und Bewegungen ihres Körpers, die Art, wie sie stand oder ging, sich streckte oder gähnte, ihre pastellfarbene Kleidung und den Schmetterling, den sie an einer dünnen silbernen Kette trug. Sehr wohl hätte ich all das wahrgenommen, ihre Stimmungen und Launen und den ganzen Katalog ihres Lächelns, ihres Stirnrunzelns, ihrer Gesten. Wenn ich meine Augen schlösse, sähe ich ihr Gesicht, wenn ich schlafen ginge, sei es das, was ich vor Augen hätte. Ich liebte ihre

Oberfläche und ihre Substanz: den Salzgeschmack ihres Halses und die Modulationen ihrer Stimme, die Kurven ihrer Finger und die Worte, die diese auf meinen Körper schrieben … Ich dachte an all das und brachte es doch nicht über mich, es ihr zu sagen. Nicht dass es unbedingt gelogen gewesen wäre. Aber es war auch nicht unbedingt die Wahrheit.

Am Ende versöhnten wir uns mit unverbindlicheren Nettigkeiten, mit zwei, drei Tränen und beschwichtigenden Umarmungen, wir ließen das Thema fallen, und ich spielte den Hilfskoch, während sie eine sehr gute Pastasoße zusammenbraute. Die Spannung löste sich langsam, und als es Mitternacht war, hatten wir schon eine Stunde zu den Spätnachrichten gekuschelt (steigende Arbeitslosenzahlen, eine Wahlkampfdebatte, irgendein Krieg am anderen Ende der Welt) und waren bereit fürs Bett. Molly machte das Licht aus, bevor wir uns liebten, und das Schlafzimmer war dunkel, das Fenster offen und der Himmel vollständig leer. Sie krümmte den Rücken, als sie kam, und ihr Atem war süß und milchig. Nicht mehr vereinigt, aber noch Arm in Arm, die Hand auf dem Schenkel des anderen, redeten wir in unvollständigen Sätzen. Ich sagte: »Leidenschaft, weißt du«, und sie sagte: »Im Schlafzimmer. Gott, ja.«

Sie schlief schnell ein. Ich war nach einer Stunde immer noch wach.

Ich stieg sachte aus dem Bett, registrierte keine Veränderung in ihrer Atmung. Ich zog eine Jeans über und schlich aus dem Zimmer. In schlaflosen Nächten wie dieser half normalerweise ein Gläschen Drambuie, um die nagenden inneren Monologe abzuschalten, die beim müden Vorderhirn vom Zweifel eingereichten Petitionen. Diesmal jedoch setzte ich mich an meinen Computer und rief den Haushaltorganisator auf.

Es war nicht zu erkennen, was sich Molly angesehen hatte; soweit ich feststellen konnte, war nichts verändert. Alle Namen und Zahlen schienen unberührt. Vielleicht hatte sie hier irgendetwas gefunden, was ihr ein Gefühl größerer Nähe zu mir vermittelte. Falls es wirklich das war, was sie wollte.

Vielleicht war es aber auch eine ergebnislose Suche gewesen. Vielleicht hatte sie nicht das Geringste gefunden.

In den Wochen vor den Novemberwahlen sah ich Jason häufiger. Trotz der gesteigerten Medikation wurde seine Krankheit aktiver, was möglicherweise auf den Stress zurückzuführen war, den ihm der fortgesetzte Konflikt mit seinem Vater bereitete. (E. D. hatte angekündigt, er wolle sich Perihelion »zurückholen« – die Firma befinde sich in den Klauen einer Clique von Emporkömmlingen aus Bürokratie und Wissenschaft, die mit Wun Ngo Wen gemeinsame Sache machten. Eine leere Drohung Jasons Auffassung nach, aber potenziell Unruhe stiftend und peinlich.)

Jason achtete darauf, dass ich in seiner Nähe war, für den Fall, dass es in einem kritischen Moment nötig würde, ihm ein Antispasmodikum zu verabreichen. Ich war auch bereit, das zu tun, sofern es im Rahmen der Gesetze und des ärztlichen Berufsethos blieb. Ihn kurzfristig funktionstüchtig zu machen war das Äußerste, was die Medizin für Jason tun konnte, und so lange funktionstüchtig zu bleiben, wie es erforderlich war, um E. D. Lawton auszumanövrieren, war alles, worauf es ihm ankam.

Also verbrachte ich viel Zeit in Perihelions V.I.P.-Flügel, meist mit Jason, oft aber auch mit Wun Ngo Wen. Die Folge war, dass ich von denen, die offiziell mit dem Marsianer zu tun hatten, argwöhnisch beäugt wurde, hauptsächlich Regierungsbeamte – Vertreter des Außenministeriums, des Weißen Hauses, des Heimatschutzes, der Raumfahrtbehörde etc. – und Wissenschaftler, die die marsianischen Archive übersetzten, studierten und klassifizierten. Mein privilegierter Zugang zu Wun Ngo Wen war in den Augen dieser Leute nicht ordnungsgemäß. Ich war ein Mietling. Ein Niemand. Aber gerade deshalb zog Wun meine Gesellschaft vor. Ich hatte kein Anliegen vorzubringen. Und weil er darauf bestand, wurde ich also von Zeit zu Zeit von mürrischen Speichelleckern durch die diversen Türen geführt, die die klimatisierten Wohnräume des marsianischen Gesandten von der Hitze Floridas und der ganzen weiten Welt dahinter trennten.

Bei einer dieser Gelegenheiten traf ich ihn auf seinem Rattansessel sitzend an – jemand hatte ihm einen dazu passenden Schemel besorgt, sodass er die Füße nicht mehr baumeln lassen musste –, wie er nachdenklich den Inhalt einer reagenzglasgroßen Phiole betrachtete. Ich fragte ihn, was das sei.

»Replikatoren«, erwiderte er.

Er trug einen Anzug, der für einen stämmigen Zwölfjährigen hätte geschneidert sein können – er hatte eben erst einen Vortrag für eine Delegation des Kongresses gehalten. Obwohl seine Existenz noch nicht formell bekanntgemacht worden war, gaben sich seit einiger Zeit Besucher aus dem In- und Ausland die Klinke in die Hand. Die offizielle Erklärung des Weißen Hauses sollte kurz nach den Wahlen erfolgen, und dann würde für Wun eine turbulente Zeit anbrechen.

Mit dem nötigen Abstand beäugte ich den Glasbehälter. *Replikatoren.* Eisfresser. Saat einer anorganischen Biologie.

Wun lächelte. »Haben Sie Angst davor? Bitte, das brauchen Sie nicht. Ich versichere Ihnen, der Inhalt ist vollkommen inaktiv. Ich dachte, Jason hätte es Ihnen erklärt.«

Hatte er. Ein bisschen. Ich sagte: »Es sind mikroskopisch kleine Vorrichtungen. Halborganisch. Sie pflanzen sich unter extremen Bedingungen von Kälte und Vakuum fort.«

»Ja, das ist im Wesentlichen korrekt. Und hat Jason auch ihren Zweck erläutert?«

»Sie werden rausgeschickt, um die Galaxis zu bevölkern. Und uns Daten zu schicken.«

Wun nickte langsam, so als sei auch diese Antwort zwar im Wesentlichen korrekt, aber keineswegs befriedigend. »Das hier ist das raffinierteste Stück Technologie, das die Fünf Republiken jemals produziert haben. Wir hätten nie industrielle Aktivitäten auf einem solch erschreckenden Niveau betreiben können, wie es Ihre Leute tun – Ozeandampfer, Reisen zum Mond, riesige Städte …«

»Nach dem, was ich gesehen habe, sind Ihre Städte auch recht eindrucksvoll.«

»Weil wir sie in einem sanfteren Schwerkraftgefälle bauen. Auf der Erde würden die Türme unter ihrem eigenen Gewicht einstürzen. Was ich aber sagen wollte, ist: Dies hier, der Inhalt dieser Röhre, das ist *unser* Triumph der Technik, etwas, das so komplex, so schwer herzustellen ist, dass wir darauf sogar ein bisschen stolz sind.«

»Das glaube ich ohne Weiteres.«

»Dann kommen Sie, und staunen Sie. Haben Sie keine Angst.« Er winkte mich näher heran. Ich folgte der Aufforderung, setzte mich auf einen Sessel ihm gegenüber. Von Weitem sahen wir wohl wie zwei Freunde oder Bekannte aus, die sich ganz normal unterhielten. Aber mein Blick war starr auf die Phiole gerichtet. Er hielt sie mir hin. »Nur zu, nehmen Sie.«

Ich nahm die Röhre zwischen Daumen und Zeigefinger und hielt sie ins Licht. Der Inhalt sah wie ganz gewöhnliches Wasser aus, mit einem leicht öligen Glanz. Das war alles.

»Um es richtig würdigen zu können, müssen Sie verstehen, was Sie da eigentlich in der Hand halten. In dieser Phiole, Tyler, befinden sich etwa dreißig- oder vierzigtausend künstlich erzeugte Zellen in einer Glyzerinlösung. Jede Zelle ist eine Eichel.«

»Sie kennen Eicheln?«

»Ich hab darüber gelesen. Es ist eine gebräuchliche Metapher. Eicheln und Eichen, nicht wahr? Wenn man eine Eichel vom Boden aufhebt, hält man die Möglichkeit einer Eiche in der Hand, und zwar nicht nur eine einzelne Eiche, sondern die gesamte Nachkommenschaft dieser Eiche über Jahrhunderte hinweg. Genügend Eichenholz, um ganze Städte zu bauen. Werden Städte aus Eichenholz gebaut?«

»Nein, aber das spielt keine Rolle.«

»Was Sie da halten, ist eine Eichel. Vollkommen untätig, wie gesagt, und diese spezielle Probe ist vermutlich sogar ziemlich tot, wenn man bedenkt, wie viel Zeit sie unter terrestrischen Bedingungen verbracht hat. Wenn Sie sie analysieren, werden Sie allenfalls ein paar ungewöhnliche Substanzen finden.«

»Aber?«

»Aber wenn Sie sie in eine eisige, luftleere Umgebung bringen, eine Umgebung etwa wie die Oort'sche Wolke, dann, Tyler, erwacht sie zum Leben. Dann beginnt sie, sehr langsam, aber sehr geduldig, zu wachsen und sich fortzupflanzen.«

Die Oort'sche Wolke. Die kannte ich aus Gesprächen mit Jason und aus den Science-Fiction-Romanen, die ich noch immer gelegentlich las. Die Oort'sche Wolke war eine Ansammlung kometartiger Himmelskörper in einem Raum, der sich ungefähr von der Umlaufbahn des Pluto bis halb zum nächstgelegenen Stern erstreckte. Die kleinen Objekte waren alles andere als dicht gedrängt – sie nahmen einen unvorstellbar großen Raum ein –, aber die Summe ihrer Masse, meist in der Form von schmutzigem Eis, übertraf die Masse der Erde um ein Zwanzig- bis Dreißigfaches.

Jede Menge zu fressen, falls Eis und Staub das ist, was man gerne frisst.

Wun beugte sich vor. Seine Augen, gebettet in eine Haut aus zerknittertem Leder, waren hell. Er lächelte, was ich als ein Zeichen von Ernsthaftigkeit zu interpretieren gelernt hatte: Marsianer lächeln, wenn das, was sie sagen, von Herzen kommt.

»Das war nicht ganz unumstritten bei uns, wissen Sie. Was Sie in der Hand halten, hat die Fähigkeit, nicht nur unser Sonnensystem, sondern auch viele andere umzuwandeln. Und was dabei herauskommt, ist ungewiss. Die Replikatoren sind zwar nicht organisch im herkömmlichen Sinne, aber sie sind *lebendig*. Es sind lebende autokatalytische Rückkopplungsschleifen, die sich unter bestimmten Einflüssen verändern. Genau wie Menschen. Oder Bakterien. Oder …«

»Oder *Murkuds*.«

Er grinste. »Oder *Murkuds*.«

»Mit anderen Worten, sie können sich entwickeln.«

»Sie *werden* sich entwickeln, und zwar auf eine Weise, die wir nicht vorhersehen können. Allerdings haben wir dieser Entwicklung Grenzen gesetzt. Oder jedenfalls glaube ich das. Wie gesagt, das Thema wurde sehr kontrovers diskutiert.«

Wenn Wun über marsianische Politik sprach, stellte ich mir immer lauter faltige Männer und Frauen in pastellfarbenen Togen vor, die von einem Podium herab abstrakte Diskussionen führten. In Wirklichkeit, versicherte Wun, benahmen sich die marsianischen Parlamentarier eher wie mit Geldscheinen wedelnde Farmer bei einer Getreideauktion. Und die Kleidung – nun ja, ich versuchte erst gar nicht, mir die Kleidung bildlich vorzustellen; bei gesellschaftlichen Anlässen, so Wun, kleideten die Marsianer beiden Geschlechts sich wie die Herzkönigin in einem Kartenspiel.

Während also die Diskussionen ausdauernd und sehr engagiert geführt wurden, war der Plan selbst relativ einfach. Die Replikatoren sollten in die fernen, kalten Außenbereiche des Sonnensystems expediert werden. Ein kleiner Teil davon würde sich auf zwei oder drei der Kometenkerne niederlassen, die die Oort'sche Wolke bildeten. Dort würden sie dann anfangen, sich fortzupflanzen.

Ihre genetische Information, so Wun, war in Moleküle eingeschrieben, die instabil wurden, sobald sie höheren Temperaturen als auf den Neptunmonden ausgesetzt waren. Doch in der hyperkalten Umgebung, für die sie gemacht waren, setzten submikroskopische Fasern einen langsamen, gründlichen Stoffwechselprozess in Gang. Die Replikatoren wuchsen in einem Tempo, neben dem sich das Wachstum einer Bristlecone-Pinie vergleichsweise überstürzt ausnahm, aber sie wuchsen, assimilierten dabei organische Moleküle, formten Eis zu Zellwänden, -rippen, -sparren und -klebern.

Sobald sie, grob gerechnet, etwa zehn bis zwanzig Kubikmeter Kometenstoff verbraucht hatten, wurden ihre Verbindungen untereinander allmählich komplexer und ihr Verhalten zielgerichteter. Hoch entwickelte Anhängsel formten sich, Augen aus Eis und Kohlenstoff, um die mit Sternen übersäte Dunkelheit zu durchdringen.

So mauserte sich die Replikatorenkolonie im Laufe etwa eines Jahrzehnts zu einem hoch entwickelten Gemeinwesen, mit der Fähigkeit, elementare Daten aus seiner Umgebung aufzuzeichnen und zu senden. Es betrachtete den Himmel und fragte: Gibt es dort einen planetengroßen dunklen Körper, der den nächstgelegenen Stern umkreist?

Die Frage zu stellen und sie zu beantworten, nahm weitere Jahrzehnte in Anspruch, und zumindest anfänglich war die Antwort eine, die von vornherein feststand: Ja, zwei Welten, die diesen Stern umkreisten, waren dunkle Körper – die Erde und der Mars.

Dennoch sortierten die Replikatoren – geduldig, beharrlich, langsam – diese Daten und sandten sie an ihren Ursprungsort zurück: an uns, oder jedenfalls an unsere Empfangssatelliten.

Im Zuge ihres Alterungsprozesses gliederte sich die Replikatorenkolonie alsdann in einzelne Cluster aus einfachen Zellen auf, identifizierte einen weiteren hellen oder nahegelegenen Stern und schleuderte unter Verwendung akkumulierter, aus dem Kometenkern gewonnener flüchtiger Substanzen ihre Saat ins Sonnensystem hinaus (wobei die Zellen ein winziges Bruchstück ihrer selbst hinterließen, das als Funk-Repeater fungierte, als passiver Knoten in einem sich ausweitenden Netzwerk).

Diese Samen der zweiten Generation trieben über Jahre, Jahrzehnte, Jahrtausende im interstellaren Raum. Die meisten gingen, auf eine fruchtlose Bahn geworfen oder von Gravitationswirbeln erfasst, schließlich zugrunde. Manche, die der wenn auch schwachen Anziehungskraft der Sonne nicht entfliehen konnten, stürzten in die Oort'sche Wolke zurück und wiederholten den ganzen Prozess, stumpfsinnig, aber geduldig Eis fressend und redundante Information aufzeichnend. Wenn zwei Arten einander begegneten, tauschten sie zelluläres Material aus, glichen durch Zeit oder Strahlung verursachte Kopierfehler aus und produzierten Nachwuchs, der ihnen fast vollständig glich, aber eben nur fast.

Einige wenige jedoch erreichten den eisigen Halo eines nahen Sterns und begannen ihrerseits den Zyklus von Neuem, wobei sie diesmal neue Informationen sammelten, die sie später nach Hause schickten, als eine Eruption von Daten, einen kurzen digitalen Orgasmus. *Binärer Stern*, mochten sie sagen, *keine dunklen Planetenkörper;* oder vielleicht: *Weißer Zwerg, ein dunkler Planetenkörper.*

Und der Zyklus begann von Neuem.

Und noch einmal.

Und noch einmal, von einem Stern zum nächsten, schrittweise, Jahrhunderte über Jahrtausende, quälend langsam, aber schnell genug nach dem Zeitmaß der Galaxis – nach dem Maß, das wir aus unserer Gruft heraus an das Universum anlegen konnten. Unsere Tage umfassten Hunderttausende ihrer Jahre, in einem Jahrzehnt unserer Zeit hatten sie den Großteil des Spiralarms befallen.

Mit Lichtgeschwindigkeit von Knoten zu Knoten weitergegebene Information verbreitete sich, modifizierte Verhalten, lenkte neue Replikatoren in unerforschtes Gebiet und unterdrückte Redundanzen, sodass zentrale Knoten nicht überlastet wurden. Letzten Endes war die Galaxis so verkabelt, dass eine Art rudimentäres Denken entstand. Die Replikatoren erzeugen ein Neuronennetz, so groß wie der Nachthimmel – und dieses Netz sprach zu uns.

Gab es Risiken? Selbstverständlich gab es Risiken.

Ohne den Spin, so Wen, hätten die Marsianer einer solch arroganten Aneignung der galaktischen Ressourcen niemals ihre Zustimmung erteilt. Immerhin war dies nicht nur ein Forschungsunternehmen, es war ein *Eingriff*, eine Neuordnung der galaktischen Ökologie. Wenn es da draußen eine andere bewusstseinsbegabte Spezies gab – und die Existenz der Hypothetischen hatte diese Frage ja wohl ziemlich eindeutig beantwortet –, könnte diese die Verbreitung der Replikatoren als aggressiven Akt missverstehen. Und sie zu einem Vergeltungsschlag veranlassen.

Erst als sie die Spin-Gebilde entdeckten, die über ihren nördlichen und südlichen Polen errichtet wurden, hatten die Marsianer dieses Risiko in einem neuem Licht betrachtet.

»Der Spin bringt die Einwände zum Verstummen«, sagte Wun. »Fast jedenfalls. Wenn wir Glück haben, werden die Replikatoren uns etwas Wichtiges über die Hypothetischen mitteilen, oder wenigstens über das Ausmaß ihres Wirkens in der Galaxis. Vielleicht sind wir dann imstande, den Zweck des Spins zu erkennen. Wenn nicht, werden die Replikatoren immerhin als eine Art Warnsignal für andere intelligente Spezies dienen, die mit dem gleichen Problem konfrontiert sind. Durch sorgfältige Analyse wird ein aufmerksamer Beobachter ermitteln können, warum dieses Netzwerk errichtet wurde. Andere Zivilisationen werden sich vielleicht einklinken. Das Wissen kann ihnen helfen, sich zu schützen. Erfolgreich zu sein, wo wir gescheitert sind.«

»Sie glauben, dass wir scheitern werden?«

Wun zuckte mit den Achseln. »Sind wir nicht bereits gescheitert? Die Sonne ist inzwischen sehr alt. Es gibt nichts, dessen Dauer unbegrenzt ist. Und unter den gegebenen Umständen ist selbst ›unbegrenzt‹ keine sehr lange Zeit für uns.«

Vielleicht lag es an der Art, wie er es sagte, vorgebeugt in seinem Rattansessel, das traurige marsianische Aufrichtigkeitslächeln im Gesicht – jedenfalls empfand ich seine Worte als zutiefst schockierend.

Nicht dass sie mich überrascht hätten. Wir wussten alle, dass wir zum Untergang verdammt waren. Oder zumindest dazu, unser Leben unter einer dünnen Schale zu fristen, die das Einzige war, was uns vor einem feindseligen Sonnensystem schützte. Die Sonnenstrahlen, die den Mars bewohnbar gemacht hatten, würden die Erde zerkochen, falls die Spinmembran entfernt wurde. Und auch der Mars – in seiner eigenen dunklen Umhüllung – rutschte mit großer Geschwindigkeit aus der sogenannten bewohnbaren Zone heraus. Der Stern, der der Ursprung allen Lebens war, hatte sein blutrotes Altersstadium erreicht und würde uns töten, ohne sich groß Gedanken darüber zu machen.

Das Leben war am Rande einer instabilen Kernreaktion entstanden. So war es immer gewesen; auch vor dem Spin, als der Himmel noch klar war und ferne Sterne die Sommernächte funkeln ließen. So war es gewesen, und es hatte keine Rolle gespielt, weil das menschliche Leben kurz war – unzählige Generationen lebten und starben während eines einzigen Herzschlags der Sonne. Doch jetzt waren wir dabei, die Sonne zu überleben, und entweder würden wir als ein Haufen Asche ihren Leichnam umkreisen oder wir würden in ewiger

Nacht konserviert, eine verkapselte Kuriosität, ohne Heimat im Universum.

»Tyler? Alles in Ordnung?«

»Ja.« Ich dachte an Diane, warum auch immer. »Ein bisschen was zu verstehen, bevor der Vorhang fällt, vielleicht ist das das Äußerste, was wir uns erhoffen können.«

»Der Vorhang?«

»Bevor es zu Ende geht.«

»Ein großer Trost ist es nicht. Aber, ja, das ist vielleicht wirklich das Äußerste.«

»Ihr Volk lebt seit Jahrtausenden mit dem Spin. Und in dieser ganzen Zeit ist es Ihnen nicht gelungen, etwas über die Hypothetischen herauszufinden?«

»Nein, tut mir leid, damit kann ich nicht dienen. Auch was die physikalische Natur des Spins betrifft, können wir höchstens ein paar Spekulationen anbieten.« Welche Jason mir kürzlich zu erläutern versucht hatte: Es hatte mit Zeitquanten zu tun, war reine Mathematik und weit jenseits praktischer Anwendbarkeit, ob mit marsianischer oder mit terrestrischer Technik. »Über die Hypothetischen selbst können wir gar nichts sagen. Was sie von uns wollen könnten …« Wun zuckte mit den Achseln. »Nur weitere Spekulationen. Die Frage, die wir uns gestellt haben, lautete: Was war das Besondere an der Erde, als sie umhüllt wurde? Warum haben die Hypothetischen so lange gewartet, bis sie den Mars ›eingespint‹ haben, und warum haben sie dann diesen speziellen Moment in unserer Geschichte gewählt?«

»Und haben Sie Antworten darauf gefunden?«

Einer der Aufpasser klopfte an die Tür und öffnete sie, ein Mann mit schütterem Haar, in schwarzem Anzug. Er sprach zu Wun, sah aber mich an. »Nur zur Erinnerung, wir erwarten einen Repräsentanten der EU. In fünf Minuten.« Er hielt die Tür offen, erwartungsvoll, auffordernd. Ich erhob mich.

»Nächstes Mal«, sagte Wun.

»Recht bald, hoffe ich.«

»So schnell ich es einrichten kann.«

Es war bereits spät am Nachmittag, und ich hatte keine Termine mehr. Ich verließ das Gebäude durch den Nordausgang. Auf dem Weg zum Parkplatz blieb ich an dem Bauzaun stehen, hinter dem der Perihelion-Ergänzungskomplex hochgezogen wurde. Durch Lücken in der Sicherheitsumgrenzung konnte ich ein schlichtes Steingebäude erkennen, riesige externe Druckbehälter, durch Betonlaibungen gelegte Rohre, so dick wie Fässer. Der Boden war übersät mit gelber PTFE-Isolierung und gewundenem Kupferrohr. Ein Vorarbeiter mit weißem Schutzhelm bellte Anweisungen, und Männer mit Schubkarren, Schutzbrillen und Stahlkappenstiefeln befolgten sie.

Männer, die einen Brutkasten für eine neue Art Leben bauten. Hier würden die Replikatoren in einer Wiege aus flüssigem Helium heranwachsen, bis sie bereit waren, in die kalten Zonen des Universums hinausgeschossen zu werden – in gewissem Sinne unsere Erben, dazu bestimmt, länger zu leben und weiter zu reisen, als es dem Menschen gegeben war. Unser abschließender Dialog mit dem Universum. Es sei denn, E. D. würde sich durchsetzen und das ganze Projekt abblasen.

An diesem Wochenende machten Molly und ich einen Strandspaziergang. Es war ein wolkenloser Samstag Ende Oktober. Wir waren erst einen halben Kilometer über den mit Zigarettenkippen übersäten Sand marschiert, als wir feststellten, dass es unangenehm warm wurde. Die Sonne brannte intensiv, das Meer reflektierte ihr Licht in funkelnden kleinen Punkten, als würden Schwärme von Diamanten vor der Küste schwimmen. Molly trug Shorts, Sandalen, ein weißes Baumwoll-T-Shirt, das auf reizvolle Weise an ihr zu kleben begann, und eine Schirmmütze.

»Also, das hab ich nie begriffen.« Sie wischte sich mit dem Handgelenk über die Stirn und blieb stehen, wandte sich ihren Fußspuren im Sand zu.

»Was denn, Moll?«

»Die Sonne. Ich meine, den Sonnenschein. Dieses Licht. Es ist gefälscht, sagen alle, aber meine Güte, die *Hitze* ist verdammt echt.«

»Gefälscht ist eigentlich nicht ganz korrekt. Die Sonne, die wir sehen, ist nicht die richtige Sonne, aber dieses Licht würde von dort herkommen. Es wird von den Hypothetischen kontrolliert, die Wellenlängen werden runtergesetzt und gefiltert ...«

»Ich weiß, aber ich meine die Art, wie sie über den Himmel zieht. Sonnenaufgang, Sonnenuntergang. Wenn es nur eine Projektion ist, wie kommt es, dass es überall gleich aussieht, von Kanada aus, von Südamerika aus? Wenn die Spin-Barriere nur ein paar hundert Kilometer weit oben ist?«

Ich gab an sie weiter, was Jason mir einmal erzählt hatte: Die Pseudosonne war keine auf eine Leinwand projizierte Illusion, es war eine gesteuerte Sonnenlichtkopie, die von einer 150 Millionen Kilometer entfernten Quelle aus *durch* die Leinwand strahlte, wie ein in einem Riesenmaßstab ablaufendes Bildberechnungsprogramm.

»Verdammt aufwändiger Bühnenzauber«, sagte Molly.

»Würden sie es anders machen, wären wir alle schon vor Jahren gestorben. Die Ökologie des Planeten benötigt einen Vierundzwanzigstundentag.« Wir hatten bereits einige Arten eingebüßt, die für ihre Nahrungssuche oder Paarung auf das Mondlicht angewiesen waren.

»Aber es ist eine Lüge.«

»Wenn du es so nennen willst.«

»Ja, ich nenne es eine Lüge. Ich stehe hier mit dem Licht einer Lüge auf meinem Gesicht. Einer Lüge, von der man Hautkrebs bekommen kann. Aber ich begreife es immer noch nicht. Wahrscheinlich werden wir das erst können, wenn wir die Hypothetischen verstanden haben. Falls es dazu je kommt. Was ich bezweifle.« Eine Lüge, sagte Molly, während wir parallel zu einer alten, vom Salz weiß gewordenen Uferpromenade weitergingen, könne man nicht begreifen, wenn man das ihr zugrunde liegende Motiv nicht kenne. Dabei sah sie mich von der Seite an, die Augen von der Mütze beschattet, und in ihrem Blick lagen irgendwelche Botschaften, die ich nicht entschlüsseln konnte.

Wir verbrachten den Rest des Nachmittags in meinem klimatisierten Haus, lasen ein wenig, hörten Musik. Doch Molly war rastlos, und ich hatte noch immer nicht ganz ihren Übergriff auf meinen Computer verwunden – ein anderer nicht zu entschlüsselnder Vorgang. Ich liebte Molly. Oder wenn das, was ich für sie empfand, nicht Liebe war, dann jedenfalls eine glaubwürdige Imitation, ein überzeugender Ersatz.

Sorge machte mir, dass sie so unberechenbar war, spingeschädigt wie wir alle. Ich konnte ihr keine Geschenke machen – zwar gab es Dinge, die sie sich wünschte, aber ich erriet nie, was das sein könnte, außer sie bewunderte etwas ausdrücklich, das sie in einem Schaufenster sah. Ihre tiefsten Bedürfnisse ließ sie tief im Dunkeln, und wie die meisten verschlossenen Menschen nahm sie an, dass ich meinerseits wichtige Geheimnisse hütete.

Wir hatten zu Abend gegessen und spülten gerade ab, als das Telefon klingelte. Molly nahm ab, während ich mir die Hände trocknete. »Hallo. Nein, er ist da. Einen Moment.« Sie hielt die Hand vor die Sprechmuschel. »Jason ist dran. Willst du mit ihm sprechen? Er klingt reichlich durchgedreht.«

»Natürlich will ich mit ihm sprechen.«

Ich nahm den Hörer und wartete. Molly warf mir einen langen Blick zu, verdrehte dann die Augen und verließ die Küche. Vertraulichkeit. »Jase? Was ist los?«

»Ich brauche dich hier, Tyler.« Seine Stimme war angespannt, halb erstickt.

»Hast du ein Problem?«

»Ja, ich habe ein Scheißproblem. Und du musst kommen und es beheben.«

»So dringend ist es?«

»Würde ich dich sonst anrufen?«

»Wo bist du?«

»Zu Hause.«

»Okay. Es dauert vielleicht ein bisschen, wenn der Verkehr …«

»Hauptsache, du kommst.«

Ich sagte Molly, ich hätte noch etwas Dringendes zu erledigen. Sie lächelte – vielleicht grinste sie auch spöttisch – und sagte: »Was denn? Hat jemand einen Termin verpasst? Musst du Geburtshilfe leisten? Oder was?«

»Ich bin Arzt, Moll. Schweigepflicht.«

»Arzt zu sein heißt nicht, dass du Jason Lawtons Schoßhund spielen musst. Du musst nicht jedes Mal apportieren, wenn er das Stöckchen wirft.«

»Tut mir leid, dass ich den Abend so abbreche. Soll ich dich irgendwohin mitnehmen?«

»Nein. Ich bleibe hier, bis du zurückkommst.« Sie starrte mich dabei herausfordernd, ja streitlustig an, sie wartete nur darauf, dass ich Einspruch erhob.

Aber das tat ich nicht. Es hätte bedeutet, dass ich ihr nicht traute. Und ich traute ihr ja. Weitgehend zumindest. »Ich weiß nicht genau, wie lange es dauert.«

»Macht nichts. Ich kuschel mich aufs Sofa und mach die Glotze an. Falls dir das recht ist?«

»Solange du dich nicht langweilst.«

»Ich verspreche, dass ich mich nicht langweilen werde.«

Jasons spärlich möblierte Wohnung war dreißig Kilometer Highway-Fahrt entfernt, und auf dem Weg dorthin wurde ich um den Tatort eines Verbrechens herumgeleitet, ein fehlgeschlagener Überfall auf einen Geldtransporter, bei dem offenbar einige Touristen ums Leben gekommen waren. Der Summer ließ mich in das Gebäude ein, und als ich an Jasons Wohnungstür klopfte, rief er: »Es ist offen.«

Das große vordere Zimmer war so karg eingerichtet wie eh und je, eine Parkettwüste, in der Jason sein Beduinenlager aufgeschlagen hatte. Er lag auf dem Sofa. Die Stehlampe tauchte ihn in ein hartes, unvorteilhaftes Licht. Er war blass, die Stirn von Schweiß bedeckt. Seine Augen glitzerten.

»Ich dachte schon, du kommst nicht«, sagte er. »Dachte, deine Provinzlerfreundin würde dich vielleicht nicht weglassen.«

Ich erzählte ihm von der Polizeisperre. »Und tu mir einen Gefallen«, fügte ich hinzu. »Sprich nicht so von Molly.«

»Ich soll sie nicht als Landpomeranze aus Idaho mit Wohnwagenparksensibilität bezeichnen? Aber sicher doch. Alles, was du willst.«

»Was ist los mit dir?«

»Interessante Frage, viele denkbare Antworten. Sieh her.«

Er stand auf.

Es war ein elender, mühsamer, quälend langsamer Vorgang. Jason war immer noch groß, immer noch schlank, doch die körperliche Grazie, die ihm einst so selbstverständlich zu eigen gewesen war, hatte ihn verlassen. Als es ihm endlich gelungen war, sich in eine aufrechte Position zu bringen, zitterten seine Beine wie bei einer Gliederpuppe. Er blinzelte krampfartig. »Das ist los mit mir.« Dann brach sich, mit einer weiteren konvulsiven Bewegung, die Wut Bahn – sein emotionaler Zustand war so unberechenbar wie seine Gliedmaßen: »Sieh es dir an! S-s-scheiße, Tyler, *sieh mich an*!«

»Leg dich wieder hin, Jase. Damit ich dich untersuchen kann.« Ich hatte meinen Arztkoffer mitgebracht. Ich krempelte seinen Ärmel auf und wickelte eine Blutdruckmanschette um seinen dürren Arm. Ich spürte, wie sich der Muskel darunter zusammenzog, kaum zu kontrollieren. Der Blutdruck war hoch, und der Puls raste. »Deine Antispasmodika hast du eingenommen?«

»Natürlich hab ich die beschissenen Antispasmodika genommen.«

»Regelmäßig? Keine Doppeldosierung? Wenn du nämlich zu viel davon nimmst, schadet es eher, als dass es nützt.«

Er seufzte ungeduldig. Dann tat er etwas Überraschendes. Er griff um meinen Kopf herum, packte eine Hand voll meiner Haare und zog mich ziemlich grob herunter, bis sich unsere Gesichter ganz nah waren. Worte sprudelten aus ihm heraus, ein tobender Strom. »Werd hier jetzt nicht pedantisch, Tyler, das ist das Letzte, was ich im Moment gebrauchen kann. Vielleicht hast du das eine oder andere Problem, was meine Behandlung angeht. Aber tut mir leid, das ist jetzt nicht die Zeit, deine Scheißprinzipien hochzuhalten. Zu viel steht auf dem Spiel. E. D. wird morgen einfliegen. Er glaubt, er hätte einen Trumpf in der Hand. Er würde lieber den ganzen Laden zumachen, bevor er mich seinen Scheißthron besteigen lässt. Das kann ich nicht zulassen. Aber schau mich an – seh ich so aus, als wäre ich in der Lage, einen Vatermord zu begehen?« Sein Griff wurde fester, bis es richtig wehtat – so kräftig war er also noch –, dann ließ er los und stieß mich mit der anderen Hand weg. »*Bring mich in Ordnung!* Dafür bist du schließlich da, oder?«

Ich zog mir einen Stuhl heran, setzte mich schweigend hin und wartete, bis er auf das Sofa zurücksank, erschöpft von seinem Ausbruch. Dann holte ich eine Spritze aus meinem Koffer und zog sie mit dem Inhalt einer kleinen braunen Flasche auf.

»Was ist das?«

»Vorübergehende Linderung.« Tatsächlich war es ein harmloses Vitamin-B-Präparat, versetzt mit einem leichten Beruhigungsmittel. Jason sah die Spritze misstrauisch an, ließ sie sich aber in den Arm setzen. Ein winziger Blutstropfen trat aus dem Einstichloch. »Was ich dir sagen muss, weißt du bereits. Es gibt kein Heilmittel.«

»Kein *irdisches* Heilmittel.«

»Was soll das jetzt wieder bedeuten?«

»Du weißt, was es bedeutet.«

Er bezog sich auf Wun Ngo Wens Langlebigkeitskur. Der Wiederaufbau, hatte Wun gesagt, sei auch eine Heilkur für eine ganze Reihe genetisch bedingter Krankheiten. Die AMS-Schleife würde aus Jasons DNA herausgeschnitten, und die aggressiven Proteine, die sein Nervensystem beeinträchtigen, würden in ihre Schranken gewiesen. »Aber das würde Wochen dauern. Und außerdem kann ich es nicht verantworten, dich zum Versuchskaninchen für eine unerprobte Behandlung zu machen.«

»Unerprobt ist sie wohl kaum. Die Marsianer verwenden sie seit Jahrhunderten, und sie sind Menschen wie du und ich. Und es tut mir leid, Tyler, aber deine beruflichen Skrupel interessieren mich nicht. Sie sind schlicht und einfach nicht entscheidungsrelevant.«

»Soweit es mich betrifft, schon.«

»Dann stellt sich die Frage: Wie weit betrifft es dich? Wenn du nicht mitmachen willst, tritt beiseite.«

»Das Risiko ...«

»Es ist mein Risiko, nicht deins.« Er schloss die Augen. »Halte es nicht für Arroganz oder Eitelkeit, aber es spielt eine Rolle, ob ich lebe oder sterbe, oder ob ich auch nur geradeaus laufen kann oder meine beschissenen Konsonanten richtig rausbringe. Es spielt eine Rolle für die Welt, meine ich. Weil ich mich in einer exzeptionell wichtigen Position befinde. Nicht durch Zufall. Nicht weil ich so intelligent oder so tugendhaft bin. Ich wurde gekürt. Im Grunde genommen, Tyler, bin ich ein Artefakt, ein produzierter Gegenstand, entworfen und hergestellt von E. D. Lawton, auf die gleiche Art, wie er und dein Vater früher Tragflächen hergestellt haben. Ich mache die Arbeit, für die er mich konstruiert hat – Perihelion leiten, die menschliche Antwort auf den Spin formulieren.«

»Der Präsident sieht das womöglich anders. Vom Kongress gar nicht zu reden. Oder von der UNO.«

»O bitte, ich mache mir doch nichts vor. Das ist ja der springende Punkt. Perihelion zu leiten bedeutet, den interessierten Parteien zuzuspielen. Und zwar allen. E. D. weiß das und verhält sich entsprechend. Er hat Perihelion zu einem Dollarsegen für die Raumfahrtindustrie gemacht, und das ist ihm gelungen, indem er an den höchsten Stellen Freundschaften geschlossen und politische Bündnisse geschmiedet hat. Durch Schmeicheleien und Bittgänge, durch Lobbyarbeit und Wahlkampfunterstützung. Er hatte eine Vision, er besaß Kontakte, und er war zur rechten Zeit am rechten Ort. Er hat das Aerostat-Programm eingeführt und damit die Telekom-Industrie vor dem Spin gerettet, was ihm wiederum Zutritt zu den Kreisen der Mächtigen verschaffte – und solche Gelegenheiten versteht er zu nutzen. Ohne E. D. gäbe es keine Menschen auf dem Mars. Ohne E. D. würde ein Wun Ngo Wen nicht einmal existieren. Das wollen wir dem alten Scheißer zubilligen. Er ist ein großer Mann.«

»Aber?«

»Aber er ist ein Mann seiner Zeit. Prä-Spin. Seine Motive sind archaisch. Die Fackel ist weitergereicht. Oder wird es, wenn es nach mir geht.«

»Was heißt das?«

»E. D. glaubt immer noch, dass aus dieser ganzen Sache irgendwelche persönlichen Vorteile zu ziehen sind. Er ärgert sich über Wuns Anwesenheit, und er hasst das Replikatoren-Projekt, nicht weil er es für zu ehrgeizig hält, sondern weil es schlecht ist fürs Geschäft. Das Mars-Projekt hat Billionen von Dollar in die Raumfahrt gepumpt. Es hat E. D. reicher und mächtiger gemacht, als er sich je erträumt hätte. Sein Name ist ein Begriff. Und er hält das immer noch für wichtig. Er glaubt, es komme darauf immer noch an, so wie früher, vor dem Spin, als man Politik wie ein Spiel betreiben und um Preise zocken konnte. Aber mit Wuns Vorschlag lassen sich keine großen Profite erzielen. Die Replikatoren ins All zu schießen ist eine triviale Investition, verglichen mit der Terraformung des Mars. Das können wir mit ein paar Delta-7-Raketen und einem billigen Ionenantrieb bewerkstelligen. Eine Schleuder und ein Reagenzglas, das ist alles, was man dazu braucht.«

»Und warum ist das schlecht für E. D.?«

»Es trägt nicht viel dazu bei, eine vom Zusammenbruch bedrohte Industrie zu stützen. Seine finanzielle Basis wird ausgehöhlt. Schlimmer noch, er verschwindet aus dem Scheinwerferlicht. Plötzlich werden alle auf Wun blicken – in wenigen Wochen wird ein Medienwirbel von noch nie dagewesenen Ausmaßen losbrechen –, und Wun hat mich als Leiter dieses Projekts ausgewählt. Das aber wäre für E. D. die größte anzunehmende Katastrophe – wenn sein undankbarer Sohn gemeinsam mit einem runzeligen Marsianer sein Lebenswerk demontiert und eine Armada in den Weltraum schickt, deren Produktion weniger kostet als die eines einzigen Verkehrsflugzeugs.«

»Was schlägt er denn vor, stattdessen zu tun?«

»Er hat ein Riesenprogramm ausgearbeitet. Voll-System-Aufklärung, so nennt er es. Die Suche nach Hinweisen auf Aktivitäten der

Hypothetischen. Planetarische Geometer vom Merkur bis zum Pluto, technisch avancierte Lauschposten im interplanetarischen Raum, Fly-by-Missionen, um die Spin-Artefakte hier und über den marsianischen Polen zu erkunden.«

»Ist das so eine schlechte Idee?«

»Nun, ein paar triviale Informationen könnten dabei wohl herausspringen. Ein paar Daten zusammenkratzen und Geldmittel in die Industrie leiten, dazu ist es gedacht. Was aber E. D. nicht begreift, was seine ganze *Generation* letzten Endes nicht begreift …«

»Ja?«

»Ist, dass das Fenster sich schließt. Das menschliche Fenster. Unsere Zeit auf der Erde. Die Zeit der Erde im Universum. Sie geht zu Ende. Wir haben, glaube ich, nur mehr eine einzige realistische Möglichkeit zu begreifen, was es bedeutet – was es bedeutet *hat* –, eine menschliche Zivilisation zu errichten.« Jasons Augenlider schlossen und öffneten sich, langsam, ein-, zweimal. Die extreme Anspannung hatte sich gemildert. »Was es bedeutet, für diese seltsame Form der Auslöschung ausgewählt worden zu sein. Aber mehr noch als das. Was es bedeutet … was es bedeutet …« Er sah auf. »Was zum Teufel hast du mir gegeben, Tyler?«

»Nichts Schwerwiegendes. Ein mildes Anxiolytikum.«

»Schnelle Besserung?«

»War's nicht das, was du wolltest?«

»Vermutlich. Morgen früh muss ich vorzeigbar sein, alles andere ist zweitrangig.«

»Es ist aber keine Heilbehandlung. Was du von mir erwartest, ist so, als wolle man eine fehlerhafte elektrische Verbindung dadurch reparieren, dass man ordentlich Spannung hindurchjagt. Kurzfristig funktioniert es vielleicht sogar. Aber es ist unverlässlich und überlastet auf Dauer andere Teile des Systems. Nur zu gern würde ich dir einen guten, sauberen, symptomfreien Tag bescheren. Ich will dich nur nicht umbringen.«

»Wenn du mir den symptomfreien Tag nicht gibst, könntest du mich genauso gut umbringen.«

»Alles, was ich dir bieten kann, ist mein ärztliches Urteil.«

»Und was kann ich von deinem ärztlichen Urteil erwarten?«

»Ich denke schon, dass ich dir helfen kann. Ein bisschen. Diesmal. *Diesmal*, Jason. Aber es bleibt nicht mehr viel Spielraum. Das musst du dir klarmachen.«

»Keiner von uns hat noch viel Spielraum. Das müssen wir uns alle klarmachen.« Aber er seufzte lächelnd, als ich den Arztkoffer wieder öffnete.

Molly lag auf dem Sofa, als ich nach Hause kam, und sah sich einen vor einiger Zeit sehr erfolgreichen Film über Elfen an (vielleicht waren es auch Engel). Auf dem Bildschirm waren lauter verschwommene blaue Lichter zu sehen. Sie schaltete den Apparat aus, als ich durch die Tür kam. Ich fragte sie, ob während meiner Abwesenheit irgendetwas gewesen sei.

»Nicht viel. Du hast einen Anruf gekriegt.«

»Ach? Von wem denn?«

»Jasons Schwester. Wie heißt sie gleich, Diane. Aus Arizona.«

»Hat sie gesagt, was sie wollte?«

»Einfach nur reden. Also haben wir ein bisschen geredet.«

»Aha. Und worüber habt ihr geredet?«

Sie drehte sich halb weg, zeigte mir ihr Profil vor dem gedämpften Licht, das aus dem Schlafzimmer kam. »Über dich.«

»Irgendwas Spezielles?«

»Ja. Ich habe ihr gesagt, sie solle aufhören, dich anzurufen, denn du hättest jetzt eine neue Freundin. Ich habe ihr gesagt, dass von nun an ich deine Anrufe entgegennehmen würde.«

Ich starrte sie an.

Molly fletschte die Zähne, was offenbar als Lächeln gemeint war. »Komm schon, Tyler, du musst auch mal einen Witz vertragen. Ich habe ihr gesagt, du bist weggegangen. War das okay?«

»Weggegangen?«

»Ja. Wohin, habe ich ihr nicht gesagt. Das wusste ich ja auch nicht.«

»Hat sie gesagt, ob es was Dringendes ist?«

»Klang nicht so. Ruf doch zurück, wenn du willst. Na los – mach ruhig, ich hab nichts dagegen.«

Aber das war natürlich auch ein Test. »Das kann warten.«

»Gut.« Ihre Wangen röteten sich. »Ich hab nämlich noch etwas anderes mit dir vor.«

OPFERRITEN

Besessen von der bevorstehenden Ankunft E. D. Lawtons, hatte Jason es versäumt zu erwähnen, dass noch ein anderer Gast bei Perihelion erwartet wurde: Preston Lomax, amtierender Vizepräsident und aussichtsreichster Kandidat bei den in Kürze stattfindenden Präsidentschaftswahlen.

Es gab strenge Sicherheitsvorkehrungen an den Toren, und auf dem Dachlandeplatz des Hauptgebäudes stand ein Hubschrauber. Ich kannte diese ganze Prozedur schon von den Besuchen Präsident Garlands im letzten Monat. Der Wärter am Haupteingang, der mich immer »Doc« nannte und dessen Cholesterinwerte ich einmal im Monat überprüfte, verriet mir, dass es sich diesmal um Lomax handelte.

Ich war gerade durch die Tür der Ambulanz getreten – Molly war nicht da, eine Aushilfe namens Lucinda machte heute ihre Arbeit –, als ich auf dem Pager die Nachricht erhielt, dass ich in Jasons Büro im Vorstandsflügel benötigt wurde. Vier Sicherheitsüberprüfungen später war ich allein mit ihm. Ich hatte Sorge, dass er eine zusätzliche Medikamentendosis verlangen würde, doch nach der Behandlung von gestern Abend befand er sich in einem überzeugenden, wenn auch vorübergehenden Zustand der Remission. Er erhob sich und kam mit demonstrativ ausgestreckter, zitterfreier Hand auf mich zu. »Ich möchte dir dafür danken, Ty.«

»Keine Ursache. Aber ich muss mich wiederholen: ohne Garantie.«

»Zur Kenntnis genommen. Solange ich nur diesen Tag überstehe. E. D. ist für mittags angekündigt.«

»Gar nicht zu reden vom Vizepräsidenten.«

»Lomax ist seit heute Morgen sieben Uhr hier. Der Mann ist ein Frühaufsteher. Er hat ein paar Stunden mit unserem marsianischen Gast konferiert, und nun mache ich mit ihm den Goodwill-Rundgang. Apropos, Wun würde dich gern sprechen, falls du ein paar Minuten erübrigen kannst.«

»Wenn er nicht von nationalen Angelegenheiten in Anspruch genommen wird.« Lomax würde die Wahl in der nächsten Woche aller Voraussicht nach gewinnen, mit haushohem Vorsprung, wenn man den Umfragen trauen konnte. Jase hatte den Kontakt zu ihm schon lange vor Wuns Ankunft gepflegt – und Lomax war von Wun fasziniert. »Wird dein Vater auch an dem Rundgang teilnehmen?«

»Es gibt keine Möglichkeit, ihn davon auszuschließen, ohne die Gebote der Höflichkeit zu verletzen.«

»Siehst du da Probleme?«

»Ich sehe viele Probleme.«

»Körperlich ist aber alles in Ordnung?«

»Ich fühle mich gut. Aber du bist der Arzt. Ein paar Stunden, das ist alles, was ich brauche. Das sollte doch drin sein, oder?«

Sein Puls ging ein wenig schnell – was nicht verwunderlich war –, aber seine AMS-Symptome waren erfolgreich unterdrückt. Und eine erregende oder irgendwie verwirrende Wirkung der Medikamente war auch nicht zu erkennen, im Gegenteil schien Jason beinahe strahlend ruhig, eingeschlossen in einen kühlen, klaren Raum in den Tiefen seines Kopfes.

Also ging ich, Wun Ngo Wen meine Aufwartung zu machen. Er war allerdings nicht in seinen Wohnräumen, sondern hatte sich in die kleine Caféteria der leitenden Angestellten verdrückt, bewacht von großen Männern mit kleinen Kabeln hinterm Ohr. Er sah auf, als ich am Tresen vorbeiging, und bedeutete den Sicherheitsklonen, die schon Anstalten machten, mich aufzuhalten, sich zu entfernen.

Ich setzte mich ihm gegenüber. Er stocherte mit seiner Gabel an einem blassen Stück Lachssteak herum und lächelte abgeklärt. Er hätte einen Stuhlaufsatz gebrauchen können. Ich nahm eine krumme Haltung ein, damit wir halbwegs auf gleicher Höhe saßen.

Das Essen bekam ihm gut. Mir schien, er hatte während seines Aufenthalts bei Perihelion ein wenig zugenommen. Sein Anzug, vor ein paar Monaten maßgeschneidert, spannte inzwischen über dem Bauch. Auch seine Wangen waren voller geworden, blieben allerdings so faltig wie eh und je, sanfte Furchen in der dunklen Haut.

»Wie ich höre, hatten Sie einen Besucher«, sagte ich.

Wun nickte. »Nicht zum ersten Mal. Ich bin Präsident Garland in Washington verschiedentlich begegnet, und ich habe Vizepräsident Lomax zweimal getroffen. Man erwartet, dass die Wahlen ihn an die Macht bringen werden.«

»Aber nicht, weil er so beliebt wäre.«

»Es steht mir nicht zu, ihn als Kandidaten zu beurteilen. Aber er stellt wirklich interessante Fragen.«

»Nun, bestimmt kann er sehr liebenswürdig sein, wenn er möchte. Und sein Amt hat er auch anständig versehen. Aber über weite Strecken seiner Karriere war er der meistgehasste Mann auf dem Capitol Hill. Chef und Einpeitscher der Mehrheitsfraktion für drei aufeinander folgende Regierungen. Er ist mit allen Wassern gewaschen.«

Wun grinste. »Halten Sie mich für naiv, Tyler? Befürchten Sie, dass Vizepräsident Lomax mich ausnutzen wird?«

»Nicht unbedingt naiv …«

»Ich bin ein Neuling, zugegeben. Die feineren Nuancen der hiesigen Politik entgehen mir sicherlich. Aber ich bin ein paar Jährchen älter als Preston Lomax und habe selbst einmal ein politisches Amt bekleidet.«

»Tatsächlich?«

»Ja, drei Jahre lang«, sagte er mit spürbarem Stolz. »Ich war Landwirtschaftlicher Administrator des Eiswind-Kantons.«

»Aha.«

»Die oberste Behörde für einen Großteil des Kirioloj-Deltas. Es war nicht das Präsidentenamt der Vereinigten Staaten von Amerika, einer landwirtschaftlichen Verwaltung stehen keine Atomwaffen zur

Verfügung. Aber ich habe einen korrupten Beamten überführt, der die Gewichtsangaben in den Ernteberichten gefälscht und die Fehlmenge auf dem freien Markt verkauft hat.«

»Ah, ein abgekartetes Provisionsgeschäft?«

»Wenn das der Ausdruck dafür ist.«

»Dann sind die Fünf Republiken also nicht frei von Korruption?«

Wun blinzelte, ein Vorgang, der sich über die gesamte verschlungene Geografie seines Gesichts ausbreitete. »Nein, wie sollten sie auch? Warum lassen sich nur so viele Erdbewohner von dieser Annahme leiten? Wäre ich aus irgendeinem anderen Land der Erde hierhergekommen – aus Frankreich, China oder Texas –, würde sich niemand verblüfft zeigen, wenn er von Bestechung, Betrug oder Diebstahl hören würde.«

»Vermutlich nicht. Aber es ist nicht das Gleiche.«

»Nicht? Aber Sie arbeiten doch hier bei Perihelion. Sie müssen einigen Personen der Gründergeneration begegnet sein, so seltsam mir diese Vorstellung noch immer anmutet – den Männern und Frauen, deren entfernte Abkömmlinge wir Marsianer sind. Waren sie solch vollkommene Geschöpfe, dass Sie ihrer Nachkommenschaft zutrauen, ohne Sünde zu sein?«

»Nein, aber …«

»Und dennoch ist diese irrige Vorstellung allgemein verbreitet. Sogar in den Büchern, die Sie mir gegeben haben, die vor dem Spin geschrieben wurden.«

»Sie haben sie gelesen?«

»Ja, mit großem Interesse. Vielen Dank dafür. Aber selbst in diesen Romanen sind die Marsianer …« Er suchte nach dem richtigen Ausdruck.

»Na ja, einige von ihnen sind wohl ziemlich heiligenmäßig gezeichnet.«

»Entrückt. Weise. Scheinbar schwach. In Wirklichkeit sehr mächtig. Die Alten. Aber für uns, Tyler, sind *Sie* die Alten. Die ältere Spezies, der alte Planet. Die Ironie ist doch nicht zu übersehen.«

Ich dachte darüber nach. »Der Roman von H. G. Wells …«

»Seine Marsianer sind kaum konturiert. Sie sind auf abstrakte, undifferenzierte Weise böse. Nicht weise, sondern schlau. Aber Teufel und Engel sind eng verschwistert, wenn ich die einschlägige Folklore recht verstehe.«

»Aber die neueren Geschichten …«

»Fand ich hochinteressant, die Protagonisten waren immerhin menschlich. Aber das wahre Vergnügen bei diesen Geschichten liegt in den Landschaften, finden Sie nicht? Und selbst da handelt es sich um *transformierende* Landschaften. Hinter jeder Düne ein Schicksal.«

»Ich sehe, worauf Sie hinauswollen. Ihr seid einfach nur Menschen, nicht mehr und nicht weniger. Der Mars ist nicht das Paradies. Einverstanden. Aber das heißt nicht, dass Lomax nicht versuchen würde, Sie für seine politischen Zwecke einzuspannen.«

»Und ich versichere Ihnen, dass ich mir dieser Möglichkeit vollkommen bewusst bin. Dieser *Gewissheit*, wäre wohl korrekter. Es liegt auf der Hand, dass ich politischen Nutzen bringen soll, aber es steht in meiner Macht, mein Einverständnis zu gewähren oder zu verweigern. Zu kooperieren oder mich störrisch zu zeigen. Die Macht, das richtige Wort zu sagen.« Er lächelte erneut, seine Zähne waren allesamt perfekt und strahlend weiß. »Oder auch nicht.«

»Und welchen Zweck verfolgen *Sie*?«

Er zeigte mir seine Handteller, eine sowohl marsianische als auch terrestrische Geste. »Gar keinen. Ich bin ein Heiliger vom Mars. Aber es wäre mir eine Genugtuung, wenn die Replikatoren losgeschickt würden.«

»Um der reinen Erkenntnis willen?«

»Ja. Wenigstens ein bisschen was über den Spin zu erfahren …«

»Und die Hypothetischen zu provozieren?«

Er blinzelte wieder. »Ich hoffe doch sehr, dass die Hypothetischen, wer oder was sie auch sein mögen, dies nicht als Provokation auffassen werden.«

»Falls sie es aber doch tun …«

»Warum sollten sie?«

»Falls sie es doch tun, werden sie glauben, dass die Provokation von der Erde ausging, nicht vom Mars.«

Wun blinzelte noch ein paarmal. Dann kroch das Lächeln in sein Gesicht zurück – nachsichtig, billigend. »Sie können ja selbst überraschend zynisch sein, Dr. Dupree.«

»Wie unmarsianisch von mir.«

»Ganz recht.«

»Und hält Preston Lomax Sie für einen Engel?«

»Diese Frage kann nur er selbst beantworten. Das Letzte, was er zu mir sagte ...« Unvermittelt sprang Wun aus seiner Oxford-Redeweise heraus und lieferte eine perfekte Preston-Lomax-Imitation: »Es ist mir ein großes Vergnügen, mit Ihnen zu sprechen, Botschafter Wen. Sie sind offen und freimütig. Sehr erfrischend für ein altes Politikerschlachtross wie mich.«

Die Imitation war um so erstaunlicher, als sie von jemandem kam, der erst seit etwas über einem Jahr Englisch sprach. Ich brachte meine Bewunderung zum Ausdruck.

»Ich bin Gelehrter von Beruf. Ich habe schon als Kind Englisch gelesen. Sprechen ist natürlich noch etwas anderes, aber ich denke, ich habe eine gewisse Begabung für Sprachen. Das ist ja auch einer der Gründe, warum ich hier bin. Dürfte ich Sie noch einmal um einen Gefallen bitten, Tyler? Könnten Sie mir mehr Romane bringen?«

»Mehr Marsgeschichten kenne ich leider nicht.«

»Nein, nicht vom Mars. Egal, welche Sorte Roman. Irgendetwas, das Sie für wichtig halten, das Ihnen etwas bedeutet oder Vergnügen bereitet hat.«

»Es gibt bestimmt jede Menge Englisch-Professoren, die mit Freuden bereit wären, eine Leseliste für Sie zu erstellen.«

»Sicher. Aber ich wende mich an *Sie*.«

»Nun, ich lese zwar gern, aber ziemlich wahllos, und meistens zeitgenössische Literatur.«

»Um so besser. Ich bin häufiger allein, als Sie sich vielleicht vorstellen. Meine Wohnung ist bequem, aber ohne aufwändige Planung kann ich sie nicht verlassen. Ich kann zum Beispiel nicht einfach so ins Restaurant gehen. Ich kann mir keine Filme im Kino ansehen oder irgendeinem Verein beitreten. Ich könnte meine Aufpasser um Bücher bitten, doch gerade das möchte ich eben nicht: Literatur lesen, die von irgendeinem Komitee abgesegnet wurde. Ein ehrliches Buch dagegen ist fast so viel wert wie ein Freund.«

Das war mehr oder weniger die deutlichste Klage über seine Stellung bei Perihelion, seine Stellung in der Welt überhaupt, zu der Wun sich in meiner Gegenwart je hinreißen ließ. Tagsüber sei er eigentlich ganz zufrieden, sagte er, viel zu beschäftigt, um sich in Nostalgie zu ergehen, fasziniert von all den Merkwürdigkeiten dieser Welt, die für ihn doch immer eine fremde bleiben würde. In der Nacht jedoch, beim Einschlafen, stellte er sich manchmal vor, wie er am Ufer eines marsianischen Sees spazierenging und die Vögel beobachtete, die in Schwärmen über die Wellen segelten, und in seiner Vorstellung war es immer ein diesiger Nachmittag, das Licht getönt von Partikeln jenes uralten Staubs, der sich aus den Wüsten Noachis' erhob. In diesem Traum, dieser Vision sei er allein, sagte er, aber er wisse, dass hinter der nächsten Biegung des felsigen Ufers Leute auf ihn warteten. Es mochten Freunde oder Fremde sein, vielleicht sogar seine Familie, die er verloren hatte – er wusste nur, dass er von ihnen begrüßt werden würde, willkommen geheißen, berührt, umarmt, an die Brust gezogen. Doch es war nur ein Traum.

»Wenn ich lese«, sagte er, »höre ich das Echo dieser Stimmen.«

Ich versprach, ihm Bücher zu bringen. Erst einmal aber hatten wir etwas anderes zu tun: Der Sicherheitskordon am Eingang zur Caféteria geriet in Bewegung. Einer der Anzugträger kam herein und sagte: »Oben verlangt man nach Ihnen.«

Wun kletterte von seinem Stuhl herunter. Ich sagte, dass wir uns dann später sehen würden.

Der Sicherheitsmann wandte sich mir zu. »Sie auch. Es wird nach Ihnen beiden verlangt.«

Wir wurden in einen an Jasons Büro angrenzenden Konferenzraum geschleust, wo Jason und eine Handvoll von Perihelion-Abteilungsleitern einer Delegation gegenüberstanden, der E. D. Lawton und der mutmaßlich neue Präsident Preston Lomax angehörten. Keiner von ihnen machte einen sonderlich glücklichen Eindruck.

Ich hatte E. D. seit längerem nicht mehr gesehen. Seine Hagerkeit hatte mittlerweile etwas beinahe Krankhaftes, als würde der Lebenssaft langsam aus ihm heraussickern. Gestärkte weiße Manschetten, knochige braune Handgelenke. Sein Haar war schütter, kraftlos, aufs Geratewohl gekämmt. Aber seine Augen waren noch immer wieselflink; schon immer waren E. D.s Augen um so lebendiger gewesen, je wütender er war.

Lomax dagegen wirkte einfach nur ungeduldig. Er war zu Perihelion gekommen, um sich mit Wun fotografieren zu lassen – die Fotos sollten nach der offiziellen Bekanntgabe veröffentlicht werden – und um über das Replikator-Projekt zu sprechen, für das er sich einzusetzen beabsichtigte. E. D.s Anwesenheit war seiner Reputation geschuldet – er hatte so lange geredet, bis er an der Wahlkampfvisite des Vizepräsidenten teilnehmen durfte, und hatte offenbar mit dem Reden seither nicht mehr aufgehört.

Während des einstündigen Rundgangs durch die Anlage hatte E. D. praktisch jede Äußerung von Jasons Abteilungsleitern in Frage gestellt, offen angezweifelt oder mit Häme beziehungsweise dick aufgetragener Besorgnis kommentiert, insbesondere, als die Besuchergruppe sich im Bereich der neuen Inkubator-Labore bewegte. Jason – so berichtete mir später Jenna Wylie, die Leiterin des Kryonik-Teams – hatte jeden Ausbruch seines Vaters mit geduldigen, vermutlich wohlvorbereiteten Darlegungen gekontert. Woraufhin E. D. sich nur noch mehr in Rage redete und schließlich, Jenna zufolge, an einen »zum Wahnsinn getriebenen Lear« gemahnte, der sich über »hinterhältige Marsianer« ereiferte.

Die Schlacht war noch im Gange, als Wun und ich eintraten. E. D. stützte sich gerade auf den Konferenztisch und sagte: »Kurzum, es hat so etwas noch nie gegeben, es ist unerprobt, und es stützt sich auf eine Technologie, die wir weder verstehen noch kontrollieren können.«

Jason lächelte wie jemand, der viel zu höflich ist, um einen angesehenen, aber leicht verschrobenen Älteren zu beschämen. »Es liegt auf der Hand, dass alles, was wir tun, mit einem gewissen Risiko behaftet ist. Aber ...«

Aber jetzt waren wir gekommen. Einige von den Anwesenden hatten Wun noch nie gesehen und gaben dies deutlich zu erkennen, indem sie ihn wie eine aufgescheuchte Herde Schafe anstarrten. Lomax räusperte sich vernehmlich. »Entschuldigen Sie, aber ich müsste mich jetzt unbedingt einmal mit Jason und unseren Neuankömmlingen unterhalten – ungestört, falls das möglich ist? Dauert wirklich nur eine Minute.«

Und so begaben sich alle, die damit angesprochen waren, gehorsam nach draußen, E. D. eingeschlossen, der freilich keinen hinauskomplimentierten, sondern eher einen triumphierenden Eindruck hinterließ.

Die Türen wurden geschlossen, und die gepolsterte Stille des Konferenzsaals senkte sich wie frisch fallender Schnee. Lomax wandte sich Jason zu. »Ich weiß, Sie haben gesagt, wir würden unter Beschuss stehen. Trotzdem ...«

»Es ist ziemlich starker Tobak, das ist mir klar.«

»Es passt mir nicht, wenn E. D. uns von außen ins Zelt pinkelt. Aber er kann uns letztlich nichts anhaben, vorausgesetzt ...«

»Vorausgesetzt, seine Aussagen sind unbegründet. Ich versichere Ihnen, dass das der Fall ist.«

»Sie sagen, er ist senil.«

»So weit würde ich nicht gehen. Wenn Sie mich aber fragen, ob ich glaube, dass sein Urteil fragwürdig geworden ist, dann allerdings ist die Antwort ja.«

»Ihnen ist klar, dass diese Unterstellung in beide Richtungen geht.«

Noch nie in meinem Leben hatte ich mich in der Gegenwart eines amtierenden Präsidenten befunden. Lomax war zwar noch nicht gewählt, aber zwischen ihm und dem höchsten Amt standen nur noch reine Formalitäten. Als Vize hatte er immer ein wenig düster gewirkt, allzu nachdenklich, wie der felsige Bundesstaat Maine im Vergleich zu Garlands ausgelassenem Texas, der ideale Repräsentant bei einem Staatsbegräbnis. Im Wahlkampf hatte er gelernt, ein bisschen mehr zu lächeln, aber so richtig überzeugend kam es nicht rüber, und die politischen Karikaturisten ließen es sich nicht nehmen, das Stirnrunzeln herauszustreichen, die zwischen die Zähne geklemmte Unterlippe, so als würde er sich gerade eine üble Beschimpfung verbeißen, und die kalten Augen, so eisig wie der Winter in Cape Cod.

»Beide Richtungen? Sie beziehen sich auf E. D.s Andeutungen über meine Gesundheit?«

Lomax seufzte. »Also, offen gesagt, der Standpunkt Ihres Vaters hinsichtlich der Durchführbarkeit des Replikatoren-Projekts fällt nicht übermäßig ins Gewicht. Er ist damit in der Minderheit, und das wird voraussichtlich auch so bleiben. Aber ja, ich muss zugeben, dass das, was er heute vorgebracht hat, ein wenig beunruhigend ist.« Unvermittelt wandte er sich mir zu. »Das ist der Grund, warum Sie hier sind, Dr. Dupree.«

Auch Jason richtete seine Aufmerksamkeit auf mich. Seine Stimme klang vorsichtig, betont neutral. »Offenbar hat E. D. einige ziemlich wilde Behauptungen aufgestellt. Er sagt, ich leide an einer, was war es noch, einer aggressiven Gehirnkrankheit?«

»Einem unheilbaren neurologischen Verfall«, sagte Lomax, »der Jasons Fähigkeit beeinträchtigt, anstehende Unternehmungen hier bei Perihelion zu leiten. Was sagen Sie dazu, Dr. Dupree?«

»Nun, ich würde sagen, dass Jason recht gut für sich selbst sprechen kann.«

»Das habe ich bereits«, sagte Jason. »Ich habe dem Vizepräsidenten alles über meine MS erzählt.«

An der er in Wahrheit ja gar nicht litt. Es war ein Wink für mich. Ich räusperte mich. »Multiple Sklerose ist nicht hundertprozentig heilbar, aber wir können sehr viel mehr tun, als sie lediglich unter Kontrolle zu halten. Ein MS-Patient hat heutzutage eine Lebenserwartung wie jeder andere auch. Vielleicht hat Jason sich bislang gescheut, darüber zu sprechen, und das sein gutes Recht, aber MS ist nichts, dessen man sich zu schämen hätte.«

Jason musterte mich auf eine Weise, die ich nicht interpretieren konnte.

»Danke für die Information«, sagte Lomax trocken. »Übrigens, kennen Sie zufällig einen Dr. Malmstein? David Malmstein?«

Eine Stille folgte, in die wir blickten wie in eine weit aufgerissene Fallklappe.

»Ja«, erwiderte ich, vielleicht einen Tick zu spät.

»Dieser Dr. Malmstein ist Neurologe, nicht wahr?«

»Richtig.«

»Haben Sie ihn in der Vergangenheit konsultiert?«

»Ich konsultiere viele Spezialisten. Das gehört zu meiner Tätigkeit als Arzt.«

»E. D. zufolge haben Sie diesen Dr. Malmstein herangezogen, um Jasons, äh, schwere neurologische Störung zu behandeln.«

Womit sich der kalte Blick erklärte, den Jason auf mich richtete. Jemand hatte mit E. D. über dieses Thema gesprochen, jemand aus Jasons näherem Umfeld. Ich versuchte nicht daran zu denken, wer es gewesen sein könnte. »Das würde ich bei jedem Patienten mit einer möglichen MS-Diagnose so machen. Ich führe eine recht gute Ambulanz hier bei Perihelion, aber natürlich haben wir hier nicht die Diagnoseinstrumente, die Malmstein zur Verfügung stehen.«

Lomax, glaube ich jedenfalls, registrierte dies als eine Nichtantwort. Dennoch spielte er Jason wieder den Ball zu. »Sagt Dr. Dupree die Wahrheit?«

»Selbstverständlich.«

»Sie trauen ihm?«

»Er ist mein Arzt. Natürlich traue ich ihm.«

»Denn nichts für ungut, Jason, ich wünsche Ihnen alles Gute, aber im Grunde interessieren mich Ihre gesundheitlichen Probleme einen Dreck. Was mich interessiert, ist, ob Sie dieses Projekt bis zum Ende durchziehen können. Können Sie das?«

»Solange wir die dazu nötigen Mittel bekommen, ja. Ich werde das Meine dafür tun, Sir.«

»Und wie steht's mit Ihnen, Botschafter Wen? Haben Sie in diesem Zusammenhang irgendwelche Bedenken? Irgendwelche Sorgen oder Fragen bezüglich der Zukunft von Perihelion?«

Wun schürzte die Lippen, drei Viertel eines marsianischen Lächeln. »Nicht im Geringsten. Ich vertraue Jason Lawton voll und ganz. Ebenso vertraue ich Dr. Dupree. Er ist auch mein Arzt.«

Letztere Bemerkung nötigte sowohl Jason als auch mich, unsere Verblüffung zu verbergen, aber sie besiegelte die Vereinbarung mit Lomax. Der Vizepräsident zuckte mit den Achseln. »Na schön. Ich hoffe, Jason, Sie bleiben bei guter Gesundheit, und ich hoffe, dass der Tonfall der Fragen Sie nicht gekränkt hat, aber angesichts von E. D.s Status war ich der Ansicht, dass ich sie stellen musste.«

»Das verstehe ich. Was E. D. betrifft …«

»Machen Sie sich keine Sorgen wegen Ihrem Vater.«

»Es wäre nicht schön, ihn gedemütigt zu sehen.«

»Er wird ganz diskret ins Abseits gestellt. Wenn er allerdings an die Öffentlichkeit gehen will …« Erneutes Achselzucken. »Dann, fürchte ich, wird es sein eigener Geisteszustand sein, den man in Frage stellt.«

Jason nickte. »Natürlich hoffen wir alle, dass das nicht nötig sein wird.«

Die folgende Stunde verbrachte ich in der Praxis. Molly war heute Morgen nicht erschienen, Lucinda hatte alle Termine gemacht. Ich dankte ihr und gab ihr für den Rest des Tages frei. Ich erwog, ein paar Telefonate zu führen, zog es aber vor, mich damit nicht dem Perihelion-Netz anzuvertrauen.

Ich wartete, bis Lomax' Hubschrauber und seine Autokolonne abgedampft waren; dann räumte ich meinen Schreibtisch auf und überlegte, was ich machen wollte. Ich stellte fest, dass meine Hände leicht zitterten. Keine MS. Wut vielleicht. Empörung. Schmerz. Ich wollte es diagnostizieren, nicht erleiden. Ich wollte es ins Register des »Diagnostisch-statistischen Handbuchs« bannen.

Ich stand gerade im Rezeptionsbereich, als Jason durch die Tür kam. »Ich möchte dir dafür danken, Ty, dass du mich unterstützt hast. Das bedeutet ja wohl, dass du es nicht warst, der E. D. von Malmstein erzählt hat.«

»Das würde ich nie tun, Jase.«

»Ich glaube dir. Aber jemand hat es getan. Und damit haben wir ein Problem. Denn wie viele Personen wussten davon, dass ich bei einem Neurologen war?«

»Du, ich, Malmstein, Malmsteins Mitarbeiter …«

»Malmstein wusste nicht, dass E. D. im Dreck wühlte, und seine Mitarbeiter auch nicht. E. D. muss es aus einer anderen, einer näheren Quelle erfahren haben. Wenn ich es nicht war und du nicht …«

Molly. Er brauchte es nicht auszusprechen. »Ohne Beweise können wir sie nicht beschuldigen.«

»Das sagst du. Du bist derjenige, der mit ihr geschlafen hast. Hast du irgendwelche Unterlagen über meine Besuche bei Malmstein?«

»Nicht hier im Büro.«

»Zu Hause?«

»Ja.«

»Hast du sie ihr gezeigt?«

»Natürlich nicht.«

»Aber sie könnte ohne dein Wissen Zugang dazu gehabt haben?«

»Möglich.« Ja.

»Und jetzt ist sie nicht hier. Hat sie sich krank gemeldet?«

Ich zuckte mit den Achseln. »Sie hat sich überhaupt nicht gemeldet. Lucinda hat versucht sie zu erreichen, aber sie geht nicht ans Telefon.«

Er seufzte. »Nicht dass ich dir Vorwürfe mache, Ty, aber du musst zugeben, dass du in dieser Sache einige fragwürdige Entscheidungen getroffen hast.«

»Ich kümmere mich darum.«

»Ich weiß, dass du wütend bist. Verletzt und wütend. Ich will nicht, dass du losrennst und etwas tust, das alles nur noch schlimmer macht. Ich will, dass du dir überlegst, wie du zu diesem Projekt stehst. Wem oder was du dich letzten Endes verpflichtet fühlst.«

»Da gibt es nichts zu überlegen«, sagte ich.

Ich versuchte, Molly von meinem Auto aus zu erreichen, doch sie ging immer noch nicht ans Telefon. Es war ein warmer Tag, Rasensprinkler legten einen Dunstschleier über den flachen Gebäudekomplex. Der Geruch von nasser Erde drang ins Auto.

Ich fuhr gerade auf den Besucherparkplatz zu, da sah ich sie, wie sie Kisten in einen verbeulten weißen Mietanhänger schob, der an ihrem drei Jahre alten Ford hing. Ich setzte meinen Wagen genau davor. Als sie mich bemerkte, sagte sie etwas, das ich nicht verstehen konnte, doch die Lippenbewegung deutete stark auf »Oh, Scheiße« hin. Immerhin lief sie nicht weg, als ich aus dem Auto stieg.

»Du kannst da nicht parken«, sagte sie. »Du blockierst die Ausfahrt.«

»Willst du wegfahren?«

Molly stellte einen Karton mit der Aufschrift GESCHIRR auf den gewellten Boden des Anhängers. »Wonach sieht es denn aus?«

Sie trug braune Hosen, ein Jeanshemd und ein um die Haare geschlungenes Tuch. Ich kam näher. Sie wich drei Schritte zurück.

»Ich tu dir nichts.«

»Was willst du dann?«

»Ich will wissen, wer dich angeheuert hat.«

»Ich weiß nicht, was du meinst.«

»Warst du mit E. D. selbst in Kontakt oder lief es über einen Mittelsmann?«

»Scheiße.« Sie sah sich hektisch um. »Lass mich einfach fahren, Tyler. Was willst du von mir? Was soll das hier werden?«

»Bist du zu ihm gegangen und hast ihm ein Angebot gemacht oder hat er sich an dich gewandt? Und wann fing das alles an, Moll? Hast du mich gevögelt, um an die Information zu kommen, oder hast du mich verkauft, als wir schon zusammen waren?«

»Scher dich zum Teufel!«

»Wie viel hast du gekriegt? Ich möchte gern wissen, wie viel ich wert bin.«

»Zum Teufel mit dir. Was spielt das überhaupt für eine Rolle? Es ist nicht …«

»Erzähl mir nicht, dass es nicht um Geld ging. Ich meine, hast du hier irgendwelche *Prinzipien* verfochten oder was?«

»Geld *ist* das Prinzip.« Sie klopfte sich die Hände an der Hose ab, ein bisschen weniger ängstlich, ein bisschen aufmüpfiger.

»Was ist es denn, was du dir unbedingt kaufen willst, Moll?«

»Was ich *kaufen* will? Das einzig Wichtige, was man kaufen *kann*. Einen besseren Tod. Einen saubereren, besseren Tod. Eines Morgens wird die Sonne aufgehen und nicht mehr *aufhören* aufzugehen, bis der ganze Scheißhimmel in Flammen steht. Und tut mir leid, bis es so weit ist, möchte ich irgendwo leben, wo es nett ist. Irgendwo nur für mich. Wo ich es mir so behaglich wie möglich machen kann. Und wenn dann dieser letzte Morgen kommt, dann möchte ich ein paar teure Pharmazeutika bei mir haben, die mich über die Grenze tragen. Ich will einschlafen, bevor das große Schreien anfängt. Im Ernst, Tyler, das ist alles, das ist das Einzige in dieser Welt, was ich wirklich, wirklich möchte, und danke, vielen Dank dafür, dass du es ermöglicht hast!« Sie trug ein zorniges Stirnrunzeln zur Schau, doch es hatte sich auch eine Träne selbstständig gemacht, die ihr jetzt über die Wange rann. »Fahr bitte dein Auto weg.«

»Ein hübsches Haus und ein Fläschchen mit Pillen? Das ist dein Preis?«

»Wenn ich nicht selbst für mich sorge, wer dann?«

»Nun, das klingt jetzt lächerlich, aber ich dachte, wir beide könnten füreinander sorgen.«

»Dafür müsste ich dir vertrauen können. Und nichts für ungut – aber sieh dich an. Du gleitest durchs Leben, als würdest du auf eine Antwort oder einen Erlöser warten oder einfach nur immer in der Warteschleife bleiben wollen.«

»Molly, ich versuche hier, vernünftig mit dir zu reden.«

»Oh, das bezweifle ich nicht. Wenn Vernunft ein Messer wäre, würde ich ziemlich stark bluten. Armer vernünftiger Tyler. Aber das ist auch leicht zu durchschauen. Es ist deine Rache, nicht wahr? Dieses ganze Heilige, das du trägst wie einen Anzug, das ist deine Rache an der Welt, dafür, dass sie dich enttäuscht hat. Die Welt hat dir nicht das gegeben, was du wolltest, und du zahlst es ihr mit Mitgefühl und Aspirin heim.«

»Molly …«

»Und wage es nicht zu sagen, dass du mich liebst, denn ich weiß, dass das nicht wahr ist. Du kennst nicht mal den Unterschied zwischen verliebt *sein* und *sich so verhalten*, als sei man verliebt. Ist ja nett, dass deine Wahl auf mich gefallen ist, aber es hätte genauso gut jede andere sein können, nicht wahr? Und glaub mir, Tyler, es wäre, so oder so, eine Enttäuschung gewesen.«

Ich wandte mich ab und ging zu meinem Auto, schockiert nicht so sehr über den Verrat als über die Endgültigkeit, mit der die Intimität einer Beziehung plötzlich weggewischt war wie Kleinaktien bei einem Börsenkrach. Dann drehte ich mich doch noch einmal um. »Wie steht es denn mit dir, Molly? Ich weiß, du bist für Informationen bezahlt worden, aber war das der Grund, warum du mich gevögelt hast?«

»Ich hab dich gevögelt, weil ich einsam war.«

»Und was bist du jetzt?«

»Ich habe nie aufgehört, einsam zu sein.«

Ich stieg ins Auto und fuhr weg.

DAS TICKEN TEURER UHREN

Die Präsidentschaftswahlen rückten näher, und Jason wollte sie nutzen, um vorübergehend von der Bildfläche zu verschwinden.

»Bring mich in Ordnung«, hatte er gesagt. Er beharrte darauf, dass das möglich war. Auf unorthodoxe Weise. Auf behördlich nicht anerkannte Weise. Aber mittels einer Therapie, die eine lange und gut dokumentierte Geschichte vorweisen konnte. Und er ließ keinen Zweifel daran, dass er sich diese Therapie zunutze machen würde, ob mit meiner Unterstützung oder ohne.

Und weil Molly um ein Haar alles zerstört hätte, was ihm wichtig war – und mich noch dazu in den Trümmern hatte sitzen lassen –, erklärte ich mich bereit, ihm zu helfen. (Und musste dabei ironischerweise daran denken, was E. D. vor vielen Jahren einmal zu mir gesagt hatte: *Ich erwarte von dir, dass du auf ihn Acht gibst. Ich erwarte, dass du vernünftige Entscheidungen triffst.* War es das, was ich jetzt tat?)

In den Tagen vor der Wahl machte Wun Ngo Wen uns mit der Prozedur und den damit verbundenen Risiken vertraut. Sich mit dem Marsianer zu besprechen war nicht leicht. Das Problem dabei war weniger das ihn umgebende Sicherheitsnetz – obwohl auch das schwer genug zu überwinden war – als die unzähligen Analytiker und Spezialisten, die sich an seinen Archiven labten wie Kolibris am Nektar. Allesamt angesehene Gelehrte, vom FBI und vom Heimatschutzministerium auf Herz und Nieren überprüft, zur (jedenfalls befristeten) Geheimhaltung verpflichtet und fasziniert vom riesigen Umfang des marsianischen Wissens, das Wun mit auf die Erde gebracht hatte. Ausgedruckt belief sich das Material auf über fünfhundert jeweils tausendseitige Bände Astronomie, Biologie, Mathematik, Physik, Medizin, Geschichte und Technik, vieles davon dem terrestrischen Wissen um ein Beträchtliches voraus. Wäre der gesamte Bestand der Bibliothek von Alexandria mittels Zeitmaschine geborgen worden – der Futterstreit innerhalb der akademischen Welt hätte kaum heftiger ausfallen können.

Diese Leute standen unter dem Druck, ihre Arbeit vor der offiziellen Bekanntgabe von Wuns Anwesenheit abschließen zu müssen. Die Regierung wollte die Archive – vieles davon war in einer als englisch erkennbaren Sprache, einiges aber auch im marsianischen Wissenschaftsjargon abgefasst – wenigstens grob indexiert haben, bevor andere Staaten die Forderung nach gleichberechtigtem Zugang erhoben. Das Außenministerium plante, redigierte Kopien zu verteilen, aus denen potenziell wertvolle oder gefährliche technologische Erörterungen herausgenommen waren oder »in Zusammenfassung präsentiert« wurden, während die Originale unter strengstem Verschluss blieben.

Und so kämpften ganze Kohorten von Wissenschaftlern um Zugang zu Wun – der etwaige Lücken in den marsianischen Texten erläutern oder füllen konnte – und wachten eifersüchtig darüber, dass ihnen kein Unbefugter in die Quere kam. Mehrmals kam es vor, dass ich von hysterisch höflichen Männern und Frauen aus der »Hochenergiephysik-Gruppe« oder der »Molekularbiologie-Gruppe«, die ihre vereinbarte Viertelstunde einforderten, aus Wuns Räumen verscheucht wurde. Manchmal stellte Wun mich diesen Leuten vor, aber keiner von ihnen legte großen Wert auf meine Bekanntschaft, und die Leiterin der für die medizinischen Wissenschaften zuständigen Gruppe bekam vor Schreck beinahe Herzrasen, als der Marsianer verkündete, er habe mich zu seinem persönlichen Arzt erkoren.

Jason beschwichtigte die Wissenschaftler ein wenig, indem er erklärte, dass Wuns Kontakt zu mir Teil des »Sozialisationsprozesses« sei, der Versuch, sich an terrestrische Gepflogenheiten außerhalb der Welt von Politik oder Wissenschaft anzupassen, und ich meinerseits versprach der medizinischen Leiterin, dass ich Wun keiner ärztlichen Behandlung unterziehen würde, ohne mit ihr Rücksprache zu halten. Ein Gerücht verbreitete sich unter den Forschern, wonach ich einfach nur irgendein Zivilist war, der sich mit Schmeicheleien Zugang zu Wuns engstem Kreis verschafft hatte und einen fetten Buchvertrag zu ergattern hoffte, sobald Wuns Existenz öffentlich bekannt war. Das Gerücht entstand spontan, ohne unser Zutun, aber wir taten auch nichts, um ihm entgegenzutreten; es diente unseren Zwecken.

An die Pharmazeutika heranzukommen war dagegen leichter, als ich erwartet hatte. Wun war mit einem marsianischen Arzneimittelvorrat auf der Erde eingetroffen. Keines dieser Medikamente besaß ein terrestrisches Gegenstück, und jedes davon, behauptete Wun, könnte irgendwann einmal für ihn wichtig werden. Die medizinische Ausrüstung war nach der Landung konfisziert, ihm jedoch wieder ausgehändigt worden, nachdem er den Status eines Gesandten erlangt hatte. (Natürlich hatte die Regierung Proben entnehmen lassen, doch Wun glaubte nicht, dass eine Analyse mit den hiesigen Mitteln den Verwendungszweck auch nur einer einzigen dieser synthetischen Substanzen enthüllen würde.) Er stellte Jason also einfach einige Reagenzgläser mit reinem Arzneistoff zur Verfügung, und Jason trug diese, durch seine Stellung vor argwöhnischen Fragen geschützt, aus dem Perihelion-Gebäude heraus.

Wun instruierte mich über Dosierung, zeitliche Steuerung, Gegenindikationen und mögliche Probleme. Ich war entsetzt über die lange Liste der Risiken. Selbst auf dem Mars, so Wun, lag die Sterblichkeitsrate beim Übergang zum Vierten Alter bei keineswegs vernachlässigenswerten 0,1 Prozent, und Jasons Fall wurde durch seine AMS verkompliziert.

Ohne Behandlung jedoch fiel die Prognose für Jason noch schlechter aus. Und er würde die Sache in jedem Fall durchziehen, ob ich nun zustimmte oder nicht – der verordnende Arzt war in gewissem Sinne Wun Ngo Wen, nicht ich; meine Rolle bestand letztlich darin, das Verfahren zu überwachen und etwaige Nebenwirkungen zu behandeln. Mit diesem Gedanken beruhigte ich mein Gewissen, obwohl er vor Gericht schwerlich Bestand gehabt hätte – Wun mochte das Medikament zwar »verschreiben« haben, aber es war nicht seine Hand, die es in Jasons Körper einführen würde. Sondern meine.

Wun würde nicht einmal anwesend sein. Jason hatte für Ende November, Anfang Dezember einen dreiwöchigen Urlaub angemeldet, einem Zeitpunkt, an dem Wun bereits weltberühmt sein würde, an dem jeder seinen Namen – so ungewöhnlich er war – kennen würde. Der Marsianer würde vor den Vereinten Nationen sprechen und sich an der Gastlichkeit von Monarchen, Mullahs, Präsidenten und Premierministern erfreuen, während sich Jason schwitzend und kotzend auf den Weg der Besserung machte.

Dazu benötigten wir einen geeigneten Ort. Einen Ort, an dem er krank sein konnte, ohne aufzufallen; wo ich ihn versorgen konnte, ohne unerwünschte Aufmerksamkeit zu erregen; einen Ort aber auch, an dem man einen Rettungswagen rufen konnte, falls irgendetwas schieflief. Irgendwo, wo man sich einrichten konnte. Wo es ruhig war.

»Ich weiß den idealen Ort«, sagte Jason.

»Und wo?«

»Im Großen Haus.«

Ich lachte, doch dann merkte ich, dass es ihm ernst damit war.

Erst in der Woche nach Lomax' Besuch bei Perihelion meldete sich Diane wieder, die Woche, nachdem Molly die Stadt verlassen hatte, um die Belohnung zu empfangen, die ihr von E. D. Lawton versprochen worden war.

Sonntagnachmittag. Ich saß allein in meinem Haus. Ein sonniger Tag, doch die Jalousien waren heruntergezogen. Schon die ganze Woche über, während ich meine Zeit zwischen den regulären Behandlungen und verschwiegenen Tutorien mit Wun und Jase aufteilte, hatte ich der Leere dieses Wochenendes in die Augen gestarrt. Es ist gut, beschäftigt zu sein, sagte ich mir, denn wenn man beschäftigt ist, kann man sich in die unzähligen, aber verstehbaren Probleme des Alltags versenken, die den Schmerz verdrängen und die Reue ersticken. Das war durchaus gesund. Das war Teil der »Bewältigung«. Oder jedenfalls eine notwendige Verzögerungstaktik. Nützlich – aber nur vorübergehend wirksam. Denn früher oder später verklingt der Lärm, der Trubel verstreut sich, und du gehst nach Hause, wo die ausgebrannte Glühbirne auf dich wartet, das leere Zimmer, das ungemachte Bett.

Es war ganz schön übel. Ich war mir nicht einmal sicher, was ich empfinden, oder besser: welchem der widersprüchlichen und miteinander nicht zu vereinbarenden Schmerzzustände ich zuerst ins Auge blicken sollte. »Ohne sie bist du besser dran«, hatte Jason wiederholt gesagt, und das war immerhin ebenso zutreffend wie banal: besser dran ohne sie – aber noch besser wäre es gewesen, wenn ich aus ihr schlau geworden wäre, wenn ich hätte erkennen können, ob Molly mich benutzt oder mich dafür bestraft hatte, dass ich sie benutzte, ob meine kühle und vielleicht etwas gefälschte Liebe sich auf dem gleichen Niveau bewegte wie ihre so eisige wie lohnenswerte Absage an sie.

Dann klingelte das Telefon, gerade als ich die Laken und Decken von meinem Bett riss und für einen Besuch im Waschraum zusammenpackte, wo ihnen mit großen Mengen Waschpulver und heißem Wasser Mollys Aura ausgetrieben werden sollte. Bei so einer Tätigkeit will man eigentlich nicht gestört werden, es macht einen doch ein ganz klein bisschen verlegen. Aber es war mir einfach nicht gegeben, ein klingelndes Telefon zu ignorieren. Also ging ich ran.

»Tyler?«, sagte Diane. »Bist du allein?«

Ja, war ich.

»Gut, ich bin froh, dass ich dich endlich erwische. Ich wollte dir nämlich sagen, dass wir unsere Telefonnummer wechseln. Wir lassen uns aus dem Verzeichnis streichen. Aber für den Fall, dass du mich dringend erreichen musst ...«

Sie gab mir ihre Nummer, ich kritzelte sie auf eine Serviette. »Warum lasst ihr euch aus dem Verzeichnis streichen?« Sie und Simon hatten gerade mal einen einzigen Festnetzanschluss, was, so meine Vermutung, eine Art Buße war, so ähnlich wie Wollsachen tragen oder Vollkornprodukte essen.

»Na ja, zuletzt haben wir lauter seltsame Anrufe von E. D. bekommen. Ein paarmal hat er spät nachts angerufen und Simon Vorhaltungen gemacht. Er klang ein bisschen betrunken. E. D. hasst Simon. E. D. hat Simon von Anfang an gehasst, aber nachdem wir nach Phoenix gezogen waren, haben wir nie wieder etwas von ihm gehört. Bis jetzt. Das Schweigen hat wehgetan – aber das jetzt ist noch schlimmer.«

Dianes Telefonnummer mochte ebenfalls zu den Informationen gehört haben, die Molly aus meinem Organisationsprogramm geklaubt und an E. D. weitergegeben hatte. Das konnte ich Diane natürlich nicht sagen, ohne meinen Verschwiegenheitseid zu verletzen, ebenso wie ich nicht über Wun Ngo Wen oder eisfressende Replikatoren sprechen konnte. Ich erzählte ihr aber, dass Jason und sein Vater einen Kampf um die Kontrolle über Perihelion geführt hätten, aus dem Jason siegreich hervorgegangen sei, und vielleicht sei es das, was E. D. zu schaffen mache.

»Könnte sein«, sagte Diane. »Zumal so kurz nach der Scheidung.«

»Welcher Scheidung? Sprichst du von E. D. und Carol?«

»Hat Jason dir das nicht erzählt? E. D. wohnt seit Mai in Georgetown zur Miete. Die Verhandlungen sind noch nicht abgeschlossen, aber es sieht so aus, als würde Carol das Große Haus plus Unterhaltszahlungen bekommen und E. D. den ganzen Rest. Die Scheidung war seine Idee, nicht ihre. Was nachzuvollziehen ist: Carol bewegt sich seit Jahrzehnten an der Schwelle zum Alkoholkoma. Sie war keine gute Mutter, und sie kann E. D. auch keine besonders gute Frau gewesen sein.«

»Das heißt, du gibst ihm recht?«

»Nein. Meine Haltung zu ihm hat sich nicht verändert. Er war ein schrecklicher, gleichgültiger Vater – jedenfalls für mich. Ich mochte ihn nicht, und ihm war das völlig egal. Aber ich hatte auch nicht diesen großen Respekt vor ihm, so wie Jason. Jason sah in ihm den übermächtigen Industriekönig, den großen Macher in Washington.«

»Ist er das nicht?«

»Er ist erfolgreich und hat Einfluss, das ist wahr, aber das muss man alles relativ sehen, Ty. Es gibt zehntausend E. D. Lawtons in diesem Land. E. D. wäre auf keinen grünen Zweig gekommen, wenn sein Vater und sein Onkel ihm nicht das erste Unternehmen finanziert hätten – und zwar in der Erwartung, da bin ich mir sicher, dass es ein Abschreibungsprojekt sein würde. E. D. hat das, was er gemacht hat, gut gemacht, und als der Spin ihm Möglichkeiten eröffnete, hat er sie eiskalt genutzt, was ihm wiederum die Aufmerksamkeit einiger wirklich einflussreicher Leute sicherte. Aber im Kreise der Mächtigen blieb er letztlich immer der Neureiche. Ihm fehlte einfach der Harvard-Yale-Stallgeruch. Keine Debütantinnenbälle für mich. Wir waren die armen Kinder in der Straße. Ich meine, es war eine nette Straße, aber es gibt altes Geld und es gibt neues Geld, und wir waren definitiv neues Geld.«

»Tja, von der anderen Seite des Rasens hat es wohl ein bisschen anders ausgesehen. Wie kommt Carol denn damit zurecht?«

»Ach, Carols Medizin kommt aus der gleichen Flasche wie eh und je. Aber was ist mit dir, Tyler? Wie steht's mit dir und Molly?«

»Molly ist weg.«

»Weg wie in ›mal eben weggegangen‹ oder …«

»Richtig weg. Wir haben Schluss gemacht. Mir fällt kein beschönigender Ausdruck dafür ein.«

»Das tut mir leid.«

»Danke, aber es ist nur zum Besten. Das sagen alle.«

»Simon und ich kommen ganz gut klar.« Ich hatte nicht danach gefragt. »Die Sache mit der Kirche macht ihm zu schaffen.«

»Neue Entwicklungen in der Kirchenpolitik?«

»Jordan Tabernacle hat gewisse rechtliche Probleme. Ich kenne nicht alle Einzelheiten. Wir sind auch nicht direkt beteiligt, aber Simon nimmt es sich sehr zu Herzen. Doch dir geht's gut, bist du sicher? Du klingst ein bisschen kratzig im Hals.«

»Ich werd's überleben«, sagte ich.

Am Morgen vor der Wahl packte ich ein paar Koffer – saubere Kleidung, einige Taschenbücher, medizinische Ausrüstung – in mein Auto und holte dann Jason ab, um mit ihm die Fahrt nach Virginia anzutreten. Er hatte nach wie vor eine Schwäche für schicke Autos, doch wir mussten unauffällig reisen – deshalb mein Honda, nicht sein Porsche. Die Highways waren nicht mehr sicher für Porsches.

Die Amtszeit von Präsident Garland war eine gute Zeit für jene gewesen, deren Jahreseinkommen über einer halben Million Dollar lag, und eine schwere Zeit für alle anderen. Das konnte man leicht erkennen, wenn man unterwegs war: Entlang der Straße entfaltete sich ein Tableau aus Billigmärkten, mit Brettern vernagelten Malls, Parkplätzen, auf denen Menschen in reifenlosen Autos hausten, und Orten, die von einem Stuckey's-Laden und einer Radarfalle lebten. Von der Polizei aufgestellte Schilder verkündeten NACH EINBRUCH DER DUNKELHEIT NICHT ANHALTEN oder FÜR SCHNELLE HILFE IN NOTFÄLLEN IST EINE BESTÄTIGTE MELDUNG UNTER 911 ERFORDERLICH. Die Highwaypiraterie hatte den Verkehr von PKWs um die Hälfte reduziert, und so verbrachten wir den größten Teil der Strecke im Wind- respektive Sichtschatten langer Sattelzüge, manche davon in deutlich reparaturbedürftigem Zustand, oder tarnfarbengrüner Armeelaster, die zwischen den diversen Militärbasen pendelten.

Aber wir redeten nicht über diese Dinge. Wir redeten auch nicht über die Wahl, deren Ausgang ohnehin feststand – Lomax führte in den Umfragen haushoch vor seinen Mitbewerbern. Wir redeten nicht über eisfressende Replikatoren, nicht über Wun Ngo Wen und ganz sicher nicht über E. D. Lawton. Stattdessen redeten wir über alte Zeiten und gute Bücher, und über weite Strecken redeten wir auch gar nicht. Ich hatte die Anlage mit der schroffen, nicht unbedingt marktgängigen Sorte Jazz geladen, die Jason, wie ich wusste, gern hörte: Charlie Parker, Thelonius Monk, Sonny Rollins – Musiker, die bereits vor langer Zeit die Entfernung zwischen der Straße und den Sternen ausgelotet hatten.

Wir hielten vor dem Großen Haus, als die Dämmerung einbrach.

Es war hell erleuchtet, buttergelbe Fenster unter einem irisierend tintenblauen Himmel. Carol Lawton kam uns von der Veranda entgegen, ihr schmaler Körper in einen Strickpullover und paisleyfarbene Schals gehüllt. Dem festen, wenn auch etwas behutsamen Schritt nach zu urteilen war sie nahezu nüchtern.

Jason schälte sich vorsichtig aus dem Beifahrersitz. Er war in Remission, jedenfalls so weit symptomfrei, wie es zu diesem Zeitpunkt noch möglich war. Mit ein wenig Anstrengung konnte er den Eindruck von Normalität erzeugen. Doch überraschenderweise stellte er diese Anstrengung umgehend ein, als wir das Große Haus erreicht hatten. Er krängte durch die Eingangshalle Richtung Esszimmer. Es waren keine Bediensteten anwesend – Carol hatte alles so arrangiert, dass wir das Haus ein paar Wochen lang für uns hatten –, aber der Koch hatte noch eine kalte Fleisch- und Gemüseplatte vorbereitet für den Fall, dass wir hungrig sein würden. Jason ließ sich in einen Sessel sinken.

Carol und ich folgten ihm. Sie war seit dem Tod meiner Mutter sichtlich gealtert: Ihr Haar war inzwischen so fein und dünn, dass ihre Schädelkonturen durchschimmerten, rosig, beinahe affenartig, und als ich ihren Arm nahm, fühlte er sich an wie Zündholz unter Seide. Ihre Wangen waren eingesunken. Ihre Augen zeigten die brüchige Munterkeit einer vorübergehend trockenen Alkoholikerin. Als ich sagte, dass es schön sei, sie wiederzusehen, lächelte sie fahl. »Danke, Tyler. Ich weiß, wie schrecklich ich aussehe. Gloria Swanson in *Boulevard der Dämmerung*. Nein, noch nicht bereit für die Nahaufnahme, verbindlichsten Dank, und Sie können mich mal gern haben.« Ich hatte keine Ahnung, wovon sie redete. »Aber ich bin noch da. Wie geht's Jason?«

»Wie immer.«

»Lieb von dir, dass du Ausflüchte machst. Aber ich weiß – nun, ich will nicht sagen, dass ich alles weiß. Aber ich weiß, dass er krank ist. Und ich weiß, dass er sich von dir behandeln lassen will. Irgendeine unorthodoxe, aber wirksame Behandlung.« Sie sah mir in die Augen. »Es *ist* wirksam, nicht wahr, was immer du ihm verabreichen willst?«

Ich war zu verblüfft, um etwas anderes zu sagen als ja.

»Ich musste ihm nämlich versprechen, dass ich keine Fragen stelle. Ich nehme an, das hat seine Richtigkeit so. Jason vertraut dir. Also vertraue ich dir auch. Obwohl ich, wenn ich dich ansehe, unweigerlich das Kind sehe, das in dem Haus am anderen Ende des Rasens lebt. Aber ich sehe auch ein Kind, wenn ich Jason ansehe. Verschwundene Kinder ... Ich weiß nicht, wo ich sie verloren habe.«

In der Nacht schlief ich in einem der Gästezimmer des Großen Hauses, einem Zimmer, das ich in all den Jahren, in denen ich auf dem Grundstück lebte, nie betreten, allenfalls mal flüchtig, vom Flur aus, gesehen hatte.

Jedenfalls einen Teil der Nacht schlief ich. Den Rest der Zeit lag ich wach und versuchte, das rechtliche Risiko abzuschätzen, das ich durch mein Herkommen eingegangen war. Ich wusste nicht, gegen welche Gesetze Jason genau verstieß, wenn er marsianische Pharmazeutika aus dem Perihelion-Gelände herausschmuggelte, aber in jedem Fall war ich bereits zum Mittäter geworden.

Am nächsten Morgen überlegte Jason, wo wir die diversen Phiolen aufbewahren sollten, die Wun ihm übergeben hatte – ausreichend Stoff, um vier oder fünf Personen zu behandeln. (»Falls wir mal einen Koffer fallen lassen«, hatte er mir bei Antritt der Reise erklärt. »Redundanz.«)

»Rechnest du mit einer Durchsuchung?« Ich malte mir aus, wie Bundesbeamte in biologischen Schutzanzügen die Treppe des Großen Hauses hinaufschwärmten.

»Natürlich nicht. Aber es ist immer ratsam, möglichen Risiken vorzubeugen.« Er sah mich scharf an. Sein Auge – auch das ein Symptom der Krankheit – zuckte alle paar Sekunden nach links. »Ist dir mulmig zumute?«

Ich sagte, wir könnten die überschüssigen Präparate im Haus auf der anderen Seite des Rasens verstecken, sofern sie keine Kühlung benötigten.

»Wun zufolge sind sie unter allen Bedingungen chemisch stabil, wenn's nicht grad eine Kernexplosion ist. Aber ein Durchsuchungsbefehl für das Große Haus würde sich auf das gesamte Grundstück erstrecken.«

»Mit Durchsuchungsbefehlen kenne ich mich nicht aus. Aber ich weiß, wo die Verstecke sind.«

»Zeig sie mir.«

Also marschierten wir über den Rasen, ich vorneweg, Jason etwas unsicheren Schritts hinterdrein. Es war früher Nachmittag, Wahltag, doch auf dem Gras zwischen den beiden Häusern hätte es jeder beliebige Herbsttag sein können, in jedem beliebigen Jahr. Irgendwo in dem kleinen Wäldchen beidseits des Baches meldete sich ein Vogel zu Wort, auf einer einzelnen Note, die sich zunächst forsch entfaltete, dann aber zögerlich wurde wie ein letztlich doch nicht überzeugender Gedanke. Wir erreichten das Haus meiner Mutter, ich drehte den Schlüssel und öffnete die Tür in eine noch größere Stille hinein.

Im Haus wurde von Zeit zu Zeit Staub gewischt und geputzt, doch seit dem Tod meiner Mutter war es grundsätzlich immer verschlossen. Ich war seither nicht wieder hier gewesen, andere Angehörige gab es nicht, und Carol hatte es vorgezogen, das Gebäude in seinem Zustand zu erhalten, anstatt es umzubauen. Aber es war nicht zeitlos. Ganz und gar nicht. Die Zeit hatte sich hier eingenistet. Hatte es sich gemütlich gemacht. Das Wohnzimmer roch nach Einschließung, nach den Substanzen, die aus unbenutzten Polstern, gelbem Papier, zur Ruhe gekommenem Gewebe sickern. Im Winter, erzählte mir Carol später, wurde gerade so viel geheizt, dass die Rohre nicht einfroren, im Sommer wurden die Vorhänge zum Schutz gegen Licht und Hitze vorgezogen. Heute war es kühl, drinnen wie draußen.

Jason trat zitternd über die Schwelle. Sein Schritt war den ganzen Morgen schon unstet gewesen, weshalb er auch mich die Pharmazeutika tragen ließ (abzüglich derer, die ich für seine Behandlung beiseitegestellt hatte), gut verstaut in einer gepolsterten Lederreisetasche.

»Das ist das erste Mal, dass ich hierherkomme«, sagte er beklommen, »seit sie gestorben ist. Ist es albern zu sagen, dass sie mir fehlt?«

»Nein, ganz und gar nicht albern.«

»Erst bei ihr habe ich erfahren, dass man Leute auch freundlich behandeln kann. Alles, was es im Großen Haus an Freundlichkeit gab, kam von Belinda Dupree.«

Ich führte ihn durch die Küche zu der niedrigen Tür, hinter der es in den Keller ging. Das kleine Haus auf dem Lawton-Grundstück war im Stil eines New-England-Cottages gebaut worden – beziehungsweise so, wie man sich diesen Stil vorgestellt hatte –, daher hatte der Keller aus roh behauenem Betonstein eine so niedrige Decke, dass Jason den Kopf einziehen musste. Der Raum war gerade groß genug für einen Heizkessel, einen Wasserspeicher, eine Waschmaschine und einen Trockner. Die Luft hier war noch ein paar Grad kälter und hatte einen feuchten, mineralischen Geruch.

Ich hockte mich in die Nische hinter der Blechverkleidung des Heizkessels, eine jener staubigen Sackgassen, die selbst von professionellen Reinigungskräften ignoriert werden, und erklärte Jason, es gebe dort eine gesprungene Stelle in der Mauer, die man mit ein bisschen Nachdruck herausbrechen könne, um Zugang zu der Lücke zwischen den Holzpfeilern und der Grundmauer zu erlangen.

»Interessant.« Jason stand einen Meter hinter mir und sprach um die Ecke des Heizkessels herum. »Was hast du denn darin aufbewahrt, Tyler? Alte Ausgaben des *Gent*?«

Als ich zehn war, hatte ich hier bestimmte Spielzeuge gelagert, nicht weil ich Angst hatte, jemand würde sie stehlen, sondern weil es mir Spaß machte zu wissen, dass sie versteckt waren und nur ich sie finden konnte. Später vertraute ich dem Versteck weniger unschuldige Dinge an: mehrere abgebrochene Versuche, ein Tagebuch zu führen, Briefe an Diane, die nie abgeschickt oder auch nur beendet wurden, und – ja doch, obwohl ich es Jason gegenüber nicht zugeben wollte – Ausdrucke eines relativ zahmen Internetpornos. All diese mit Schuldgefühlen behafteten Geheimnisse waren natürlich vor langer Zeit entsorgt worden.

»Hätte eine Taschenlampe mitnehmen sollen«, sagte Jason. Die einsame Glühbirne an der Decke warf ein äußerst unzulängliches Licht in diese Spinnwebenecke.

»Auf dem Tisch neben dem Sicherungskasten war früher immer eine.« Und da war sie immer noch. Ich schob mich rückwärts aus der Lücke und ließ sie mir von Jason reichen. Sie verströmte den wässrig blassen Schein von fast leeren Batterien, funktionierte aber noch gut genug, dass ich das lose Mauerstück fand, ohne lange danach tasten zu müssen. Ich hob es heraus, schob die Reisetasche in die Lücke dahinter, setzte das Stück dann wieder an seinen Platz und wischte kreideartigen Staub über die Nahtstellen.

Als ich wieder herauskriechen wollte, ließ ich die Taschenlampe fallen, die daraufhin noch weiter in die Spinnenschatten hinter dem Heizkessel rollte. Ich zog eine Grimasse und langte danach, wobei ich mich an dem flackernden Licht orientierte. Berührte den Schaft. Berührte noch etwas anderes. Etwas Hohles, aber Stabiles. Eine Schachtel.

Ich zog sie näher heran.

»Bist du bald fertig da hinten, Ty?«

»Sekunde noch.«

Ich hielt das Licht auf die Schachtel. Es war ein Schuhkarton. Ein Schuhkarton mit einem staubigen New-Balance-Logo, über dem in fetter schwarzer Tinte gemalt stand: ANDENKEN (AUSBILDUNG).

Der Karton, der oben im Wohnzimmer fehlte, der Karton, den ich nach dem Begräbnis meiner Mutter nicht hatte finden können.

»Hast du Schwierigkeiten?«

»Nein.«

Ich konnte der Sache später noch auf den Grund gehen. Ich schob den Karton dorthin zurück, wo ich ihn gefunden hatte, und kroch aus dem Staubloch heraus. Erhob mich und klopfte meine Hände ab.

»Dann sind wir hier wohl fertig.«

»Erinnere dich für mich mit«, sagte Jason. »Falls ich es vergesse.«

Am Abend sahen wir uns dann die Wahlergebnisse auf der großen, aber ziemlich veralteten TV-Videoanlage der Lawtons an. Carol hatte ihre Kontaktlinsen verlegt, saß dicht vor dem Bildschirm, verfolgte blinzelnd das Geschehen. Ihr ganzes Leben lang hatte sie die Politik weitgehend ignoriert – »Das war immer E. D.s Zuständigkeitsbereich« –, und wir mussten sie erst einmal mit einigen der Hauptakteure bekannt machen. Doch ihr schien schon der bloße Ereignischarakter des Ganzen Spaß zu machen. Jason riss freundliche Witze, und Carol lachte pflichtschuldig, und wenn sie lachte, sah ich ein wenig von Diane in ihrem Gesicht.

Sie wurde jedoch schnell müde und war schon auf ihr Zimmer gegangen, als die Ergebnisse der einzelnen Bundesstaaten einliefen. Es gab keine Überraschungen. Lomax sackte den gesamten Nordosten sowie große Teile des Mittelwestens und Westens ein. Im Süden schnitt er weniger gut ab, doch selbst hier verteilten sich die gegnerischen Stimmen zu fast gleichen Teilen auf die Demokraten und die Christlich Konservativen. Wir räumten gerade unsere Kaffeetassen weg, als der letzte oppositionelle Kandidat seine Niederlage eingestand und dem Sieger mit grimmiger Höflichkeit gratulierte.

»Dann haben also die Guten gewonnen«, sagte ich.

Jason grinste. »Ich weiß nicht genau, ob von denen überhaupt einer kandidiert hat.«

»Ich dachte, Lomax sei gut für uns.«

»Vielleicht. Du darfst aber nicht glauben, dass ihm viel an Perihelion oder dem Replikatorenprogramm gelegen ist, außer als Mittel, den Raumfahrtetat zu begrenzen und gleichzeitig den Eindruck zu erwecken, einen großen Schritt nach vorn zu tun. Die Bundesmittel, die er auf diese Weise freimacht, werden in den Verteidigungshaushalt gepumpt. Das ist auch der Grund, warum E. D. keine richtige Anti-Lomax-Stimmung unter seinen alten Kumpeln aus der Raumfahrtindustrie erzeugen konnte. Lomax lässt Boeing oder Lockheed Martin nicht verhungern – sie sollen sich nur umorientieren.«

»Aufs Militärische.« Das Abklingen globaler Konflikte in der ersten Verwirrung nach dem Spin war längst Vergangenheit; eine militärische Aufrüstung war so gesehen vielleicht gar keine schlechte Idee.

»Wenn man glaubt, was Lomax sagt.«

»Tust du das nicht?«

»Ich fürchte, das kann ich mir nicht leisten.«

Mit dieser enigmatischen Aussage ging ich zu Bett.

Am nächsten Morgen verabreichte ich ihm die erste Injektion. Jason legte sich im Wohnzimmer auf ein Sofa. Er trug Jeans und ein Baumwollhemd, wirkte aristokratisch, aber leger, hinfällig, aber entspannt. Falls er Angst hatte, ließ er sich davon nichts anmerken. Er rollte seinen rechten Ärmel auf und legte die Ellenbeuge frei.

Ich nahm eine Spritze aus meinem Arztkoffer, befestigte eine sterile Nadel daran und füllte sie mit der klaren Flüssigkeit aus einer der Phiolen. Wun hatte den Vorgang mit mir geprobt. Die Regularien des Vierten Alters. Auf dem Mars hätte es ein stilles Zeremoniell in einer beruhigenden Umgebung gegeben – hier mussten wir mit dem Licht der Novembersonne und dem Ticken teurer Uhren vorliebnehmen.

Ich tupfte die Haut ab, bevor ich die Spritze ansetzte. »Du brauchst nicht hinzusehen.«

»Ich möchte aber. Zeig mir, wie es geht.«

Er hatte immer schon, bei allem, wissen wollen, wie es geht.

Die Injektion zeitigte keine unmittelbare Wirkung, doch um die Mittagszeit des folgenden Tages hatte Jason ein leichtes Fieber entwickelt. Es sei nicht schlimmer als eine Erkältung, sagte er, und am Nachmittag forderte er mich auf, mein Fieberthermometer und meine Blutdruckmanschette zu nehmen und – nun ja, damit sonst wohin zu gehen.

Also schlug ich meinen Kragen gegen den Regen hoch – ein nieselnder, hartnäckiger Regen, der in der Nacht begonnen hatte und schon den ganzen Tag andauerte – und ging noch einmal über den Rasen zum Haus meiner Mutter, wo ich ANDENKEN (AUSBILDUNG) aus dem Keller holte und hinauf ins Wohnzimmer trug.

Regentrübes Licht kam durch die Vorhänge. Ich machte eine Lampe an.

Meine Mutter war im Alter von sechsundfünfzig Jahren gestorben. Achtzehn Jahre lang hatte ich hier mit ihr gewohnt. Das war etwas mehr als ein Drittel ihres Lebens. Von den übrigen zwei Dritteln hatte ich nur das gesehen, was sie gewillt war mir zu zeigen. Von Bingham, ihrer Heimatstadt, hatte sie hin und wieder erzählt – ich wusste, dass sie mit ihrem Vater (einem Immobilienmakler) und ihrer Stiefmutter (die in einer Altentagesstätte arbeitete) in einem Haus am oberen Ende einer abschüssigen, von Bäumen gesäumten Straße gewohnt hatte; dass sie als Kind eine Freundin namens Monica Lee gehabt hatte; dass es dort eine überdachte Brücke gegeben hatte, einen Fluss namens Little Wyecliff und eine presbyterianische Kirche, die sie nicht mehr besucht hatte, seit sie sechzehn war, und in die sie erst zur Beerdigung ihrer Eltern zurückgekehrt war. Doch sie hatte nie von Berkeley gesprochen oder davon, was sie mit ihrem MBA anzustellen gehofft oder warum sie meinen Vater geheiratet hatte.

Ein- oder zweimal hatte sie diese Kartons vom Regal geholt, um mir den Inhalt zu zeigen, mich davon zu überzeugen, dass sie – unfassbar – schon ein Leben geführt hatte, bevor ich auf der Welt war.

Dies war der Beweis dafür, Beweisstücke A, B und C, drei Kartons mit ANDENKEN und KRIMSKRAMS. Darunter zusammengefaltete Zeugnisse echter, belegbarer Geschichte: toffeebraune Zeitungstitelseiten, die von Terroranschlägen, Kriegsausbrüchen, gewählten oder angeklagten Präsidenten kündeten. Hier fand sich auch der Tand, den ich als Kind gern in der Hand gehalten hatte: ein angelaufenes Fünfzig-Cent-Stück, geprägt im Geburtsjahr ihres Vaters (1951), vier braune und rosa Muscheln vom Strand in Cobscook Bay.

ANDENKEN (AUSBILDUNG) war für mich die unattraktivste Schachtel gewesen. Sie enthielt die Wahlkampfplakette eines offensichtlich erfolglosen demokratischen Kandidaten für irgendein hohes Amt, die ich ihrer Buntheit wegen geschätzt hatte, aber ansonsten gab es dort nur Mutters Abgangszeugnis, ein paar aus ihrem letzten Jahrbuch herausgerissene Seiten und ein Bündel von kleinen Umschlägen, für die ich mich nie interessiert hatte – oder hätte interessieren dürfen.

Jetzt öffnete ich einen dieser Umschläge und überflog den Inhalt so weit, dass ich registrieren konnte: a) es war ein Liebesbrief, und b) die Handschrift glich in keiner Weise der ordentlichen Schrift meines Vaters in den ellenlangen Briefen aus ANDENKEN (MARCUS).

Hatte meine Mutter einen Collegeverehrer gehabt? Das war eine Neuigkeit, die Marcus Dupree hätte verstören können – sie hatte ihn eine Woche nach Studienabschluss geheiratet –, ansonsten aber keinen Menschen ernsthaft schockiert hätte. Mit Sicherheit war es kein Grund, die Schachtel im Keller zu verstecken, schon gar nicht, wenn sie vorher jahrelang gut sichtbar auf dem Regal gestanden hatte.

War es überhaupt meine Mutter gewesen, die sie versteckt hatte? Ich wusste nicht, wer alles in ihrem Haus gewesen war in der Zeit zwischen ihrem Schlaganfall und meinem Eintreffen einen Tag später. Carol hatte sie gefunden, vermutlich hatten einige Bedienstete aus dem Großen Haus hinterher beim Saubermachen geholfen, und es mussten Sanitäter da gewesen sein, die sie versorgt und transportfertig gemacht hatten. Keiner von ihnen hätte einen auch nur annähernd plausiblen Grund gehabt, ANDENKEN (AUSBILDUNG) in den Keller zu tragen und in die Lücke zwischen Heizkessel und Wand zu schieben.

Und vielleicht war es auch völlig egal. Es lag schließlich kein Verbrechen vor, sondern nur ein kurioses Verschwinden und Wiederauftauchen. Konnte auch ein Poltergeist gewesen sein. Vermutlich würde ich es nie erfahren, und es war sinnlos, sich weiter damit zu beschäftigen. Alles, was sich in diesem Zimmer, in diesem Haus befand, einschließlich der Kartons, würde früher oder später verwertet, verkauft oder weggeworfen werden müssen. Ich hatte es auf die lange Bank geschoben, Carol ebenso, doch es war überfällig.

Aber bis dahin …

Bis es so weit war, stellte ich ANDENKEN (AUSBILDUNG) erst einmal zurück aufs Regal, zwischen ANDENKEN (MARCUS) und KRIMSKRAMS. Und machte das leere Zimmer damit wieder vollständig.

Die heikelste Frage, die ich Wun Ngo Wen in Bezug auf Jasons Behandlung gestellt hatte, war die nach den möglichen Wechselwirkungen des Präparats mit anderen Medikamenten. Ich konnte Jasons konventionelle Medikation nicht absetzen, ohne einen Rückfall zu provozieren. Doch ebenso beunruhigend fand ich die Vorstellung, seine tägliche Medikamentendosis mit Wuns biochemikalischer Generalüberholung zu kombinieren.

Wun versprach, dass es keine Probleme geben werde. Der Langlebigkeitscocktail sei kein Medikament, keine »Droge« im herkömmlichen Sinne, was ich in Jasons Blutkreislauf injizieren würde, entspreche eher einem Computerprogramm. Konventionelle Medikamente interagierten mit Proteinen und Zelloberflächen – Wuns Mittelchen interagierte mit der DNA selbst.

Dennoch: Es musste in eine Zelle eintreten, um sein Werk zu tun, und auf dem Weg dorthin musste es sich mit Jasons Blutchemie und Immunsystem auseinandersetzen – oder? Wun hatte erklärt, dass das alles keine Rolle spiele. Der Langlebigkeitscocktail sei so flexibel, dass er unter allen physiologischen Bedingungen – es sei denn, der Proband ist tot – arbeiten könne.

Doch das für AMS zuständige Gen war nie zum Roten Planeten gelangt und die Medikamente, die Jason einnahm, waren dort unbekannt. Und auch wenn Wun versicherte, dass meine Bedenken unbegründet waren, konnte ich nicht umhin zu bemerken, dass er dabei kaum einmal lächelte. Also versuchten wir, auf Nummer sicher zu gehen: Eine Woche vor der ersten Injektion hatte ich begonnen, Jasons AMS-Medikation zurückzufahren. Nicht abzusetzen, nur zu reduzieren.

Die Strategie schien aufgegangen zu sein. Als wir im Großen Haus eintrafen, zeigte Jason trotz der geringeren Medikamentation nur leichte Symptome, sodass wir die Behandlung optimistisch angingen.

Drei Tage später hatte er Fieberschübe, gegen die ich wenig ausrichten konnte. Am nächsten Tag war er die meiste Zeit bewusstlos. Noch einen Tag später färbte sich seine Haut rot und entwickelte Blasen. Am Abend begann er zu schreien.

Trotz des Morphiums, das ich ihm gab, schrie er immer weiter. Kein Schreien aus vollem Hals, eher ein Stöhnen, das sich periodisch zu großer Lautstärke steigerte, ein Laut, den man eher von einem kranken Hund erwarten würde als von einem Menschen. Es geschah völlig willkürlich. In Phasen der Klarheit machte er dieses Geräusch nicht und konnte sich auch nicht erinnern, es gemacht zu haben, obwohl sein Kehlkopf von der Anstrengung schmerzhaft entzündet war.

Carol vermittelte tapfer den Anschein, damit klarzukommen. In manchen Teilen des Hauses waren Jasons Klagerufe fast nicht zu hören – die hinteren Schlafzimmer, die Küche –, und dort hielt sie sich die meiste Zeit auf, las oder lauschte dem lokalen Radiosender. Doch die Belastung war offenkundig, und es dauerte nicht lange, da begann sie wieder zu trinken.

Ich sollte vielleicht nicht »begann sie« sagen. Tatsächlich hatte sie nie damit aufgehört. Aber sie hatte es immerhin auf ein Minimum beschränkt, das es ihr erlaubte zu funktionieren – in heikler Balance zwischen den Schrecken des plötzlichen Entzugs und den Lockungen eines veritablen Rausches. Dass sie überhaupt so lange durchgehalten hatte, lag in der Liebe zu ihrem Sohn begründet, wie sehr diese Liebe in den Jahren zuvor auch geschlummert haben mochte. Es waren seine Schmerzensschreie, die sie aus der Bahn warfen.

In der zweiten Woche hing Jason an einem Tropf, und ich behielt seinen steigenden Blutdruck im Auge. Er hatte einen relativ guten Tag gehabt, trotz seines erschreckenden Aussehens: schorfig überall, wo nicht das rohe Fleisch hervortrat, die Augen versunken im geschwollenen Gesicht. Er war noch geistesgegenwärtig genug gewesen zu fragen, ob Wun schon seinen ersten Fernsehauftritt gehabt hätte – noch nicht, er war für die folgende Woche vorgesehen –, aber als der Abend anbrach, war er in Bewusstlosigkeit zurückgefallen, und das Stöhnen, das ein paar Tage ausgesetzt hatte, fing wieder an, lauter als je zuvor und schmerzhaft für jeden, der es hörte.

Schmerzhaft vor allem für Carol, die in der Tür des Wohnzimmers erschien, mit Tränenspuren auf den Wangen und heller, glasiger Wut in den Augen. »Tyler«, sagte sie, »du musst dem ein Ende machen!«

»Ich tue, was ich kann. Aber er spricht nicht auf Opiate an. Vielleicht sollten wir lieber morgen darüber sprechen.«

»Kannst du ihn nicht *hören*?«

»Natürlich kann ich ihn hören.«

»Und – bedeutet das nichts? Bedeutet dieses Geräusch dir *gar nichts*? Mein Gott! Es würde ihm besser gehen, wenn er nach Mexiko zu irgendeinem Quacksalber gegangen wäre. Hast du überhaupt *irgendeine* Vorstellung, was du ihm da injiziert hast, du verdammter Kurpfuscher?«

Das Schlimme war, dass sie nur Fragen wiederholte, die ich mir selbst längst stellte. Nein, ich wusste *nicht*, was ich ihm da injiziert hatte, nicht in einem auch nur halbwegs wissenschaftlichen Sinne. Ich hatte den Versprechungen des Mannes vom Mars geglaubt, aber mit dieser Rechtfertigung durfte ich bei Carol schwerlich auf Verständnis hoffen. Die Prozedur war schwieriger, schmerzhafter, als ich mir zu erwarten gestattet hatte. Vielleicht funktionierte sie falsch. Vielleicht funktionierte sie überhaupt nicht.

Jason gab einen klagenden Heulton von sich, der in einem Seufzen ausklang. Carol hielt sich die Ohren zu. »Er *leidet*, du verdammter Quacksalber! *Sieh ihn dir an!*«

»Carol …«

»Nichts mit Carol, du Schlächter! Ich ruf einen Rettungswagen. Ich ruf die Polizei.«

Ich ging zu ihr und fasste sie an den Schultern. Sie fühlte sich zerbrechlich und doch gefährlich lebendig an, ein in die Ecke getriebenes Tier. »Hören Sie, Carol.«

»Warum? Warum sollte ich *dir* zuhören?«

»Weil Ihr Sohn sein Leben in meine Hand gegeben hat. Hören Sie zu. Ich brauche jemanden, der mir hilft. Ich muss seit Tagen ohne Schlaf auskommen. Das geht nicht mehr lange, ich brauche jemanden, der eine Weile bei ihm sitzt, jemand, der etwas von Medizin versteht und kompetente Entscheidungen treffen kann.«

»Du hättest eine Krankenschwester mitbringen sollen.«

Hätte ich, aber das war nicht möglich gewesen, und darum ging es jetzt auch nicht. »Ich habe keine Krankenschwester. Sie müssen das für mich tun.«

Sie brauchte eine Weile, bevor sie begriff, was ich gesagt hatte. Dann schnappte sie nach Luft und wich einen Schritt zurück. »Ich?«

»Sie sind immer noch approbiert, soweit ich weiß.«

»Ich habe nicht mehr praktiziert seit – sind es Jahrzehnte? Jahrzehnte …«

»Sie sollen ja keine Operation am offenen Herzen durchführen. Ich möchte nur, dass sie seinen Blutdruck und seine Temperatur im Auge behalten. Könnten Sie das tun?«

Ihre Wut wich. Sie fühlte sich geschmeichelt. Sie hatte Angst. Sie dachte darüber nach. Dann richtete sie einen stählernen Blick auf mich. »Warum sollte ich dir helfen? Warum sollte ich mich zum Komplizen bei dieser, dieser *Folter* machen?«

Ich war noch dabei, eine Antwort zu formulieren, als eine Stimme hinter mir sagte: »Oh, bitte.«

Jasons Stimme. Ein Merkmal dieser marsianischen Kur war die geistige Klarheit, die kam und ging, wie sie es grade wollte. Ich drehte mich um.

Jason verzog das Gesicht und versuchte, sich aufzusetzen. Ohne Erfolg. Aber seine Augen waren klar. »Also wirklich«, sagte er zu seiner Mutter. »Mach bitte, was Tyler sagt. Er weiß schon, was er tut, und ich weiß es auch.«

Carol starrte ihn an. »Aber ich nicht. Ich habe nicht, ich meine, ich kann nicht …« Dann wandte sie sich ab und ging leicht schwankend, eine Hand gegen die Wand gestützt, aus dem Zimmer.

Ich blieb bei Jason sitzen. Am Morgen kehrte Carol zurück – sie wirkte im doppelten Sinne ernüchtert – und bot an, mich abzulösen. Jason war in einem friedlichen Zustand und brauchte eigentlich keine Pflege, dennoch übertrug ich ihr die Aufsicht und entfernte mich, um ein wenig Schlaf nachzuholen.

Ich schlief zwölf Stunden lang. Als ich ins Wohnzimmer zurückkam, saß Carol immer noch da, hielt ihrem bewusstlosen Sohn die Hand und strich ihm mit einer Zärtlichkeit über die Stirn, die ich nie zuvor bei ihr gesehen hatte.

Die Erholungsphase begann anderthalb Wochen nach Beginn der Behandlung. Es gab keinen jähen Übergang, keinen magischen Moment. Aber die Phasen der Klarheit wurden länger, und der Blutdruck stabilisierte sich.

Am Abend, als Wun vor den Vereinten Nationen sprechen sollte, stöberte ich einen tragbaren Fernseher auf und stellte ihn neben Jason auf. Carol gesellte sich kurz vor Beginn der Übertragung zu uns.

Wun Ngo Wens Anwesenheit auf der Erde war am letzten Mittwoch offiziell verkündet worden. Sein Porträt beherrschte seit Tagen die Titelseiten, dazu gab es Livebilder, wie er, unter dem schützenden Arm des Präsidenten, über den Rasen des Weißen Hauses schritt. Das Weiße Haus hatte betont, dass Wun gekommen sei, um zu helfen, dass er aber keine Lösung für das Problem des Spins und nicht viel neues Wissen über die Hypothetischen anzubieten habe. Die Reaktion der Öffentlichkeit war entsprechend zurückhaltend gewesen.

Und nun bestieg er das Podium im Sitzungssaal des Sicherheitsrates und trat ans Rednerpult, das man an seine Größe angepasst hatte. »Aber das ist ja nur ein Winzling«, sagte Carol.

»Ein wenig Respekt, bitte«, murmelte Jason. »Er repräsentiert eine Kultur, die älter ist als alle, die es bei uns je gegeben hat.«

»Sieht eher so aus, als würde er den Verband der Schülerlotsen repräsentieren.«

In den Nahaufnahmen wurde seine Würde halbwegs wiederhergestellt. Die Kamera fixierte seine Augen und sein schwer zu fassendes Lächeln. Und als er ins Mikrophon zu sprechen begann, war seine Stimme ganz weich, ja klang fast terrestrisch.

Wun wusste – oder es war ihm von seinen Beratern deutlich gemacht worden –, wie unwahrscheinlich dieser Vorgang auf den durchschnittlichen Erdling wirken musste. (»Wahrhaftig«, hatte der Generalsekretär in seiner Einführung gesagt, »wir leben in einem Zeitalter der Wunder.«) Und so dankte er uns allen in bestem mittelatlantischem Akzent für unsere Gastfreundschaft und sprach dann wehmütig über seine Heimat und warum er sie verlassen hatte, um hierherzukommen. Er schilderte den Mars als eine fremde, aber ganz und gar menschliche Welt, einen Ort, den man gern einmal besuchen würde, wo die Leute freundlich seien und die Landschaft interessant, wenn auch die Winter, wie er eingestand, sich häufig von einer recht strengen Seite zeigten. (»Klingt wie Kanada«, sagte Carol.)

Dann kam er zum eigentlichen Thema. Alle wollten natürlich etwas über die Hypothetischen wissen. Leider aber wisse Wuns Volk wenig mehr über sie, als hier auf der Erde bekannt sei – die Hypothetischen hatten den Mars eingehüllt, als er gerade auf dem Weg zur Erde war, und die Marsianer standen dem genauso hilflos gegenüber wie wir.

Er könne keine Vermutung über die Motive der Hypothetischen äußern, diese Frage werde seit Jahrhunderten diskutiert, aber auch die größten marsianischen Denker und Gelehrten hätten sie nicht lösen können. Es sei interessant, sagte Wun, dass sowohl die Erde als auch der Mars zu einem Zeitpunkt eingeschlossen worden seien, als sie sich auf der Schwelle zu einer globalen Katastrophe befanden. »Unsere Bevölkerungszahlen nähern sich, genau wie bei Ihnen, der Grenze der Tragbarkeit. Industrie und Landwirtschaft auf der Erde sind in hohem Maße vom Öl abhängig, dessen Vorräte jedoch rapide zur Neige gehen. Auf dem Mars haben wir überhaupt kein Öl, aber wir leben von einem anderen knappen Rohstoff, dem natürlichen Stickstoff. Er treibt unseren landwirtschaftlichen Kreislauf an und setzt der Zahl der Menschen, die unser Planet ernähren kann, eine absolute Grenze. Wir sind mit diesem Problem ein bisschen besser zurechtgekommen als die Erde, doch das liegt allein darin begründet, dass wir seit Beginn unserer Zivilisation gezwungen waren, ihm ins Auge zu blicken. Beide Planeten sind mit der Möglichkeit eines ökonomischen Zusammenbruchs und damit eines verheerenden Massensterbens konfrontiert, beide Planeten wurden eingehüllt, bevor dieser Punkt erreicht war. Vielleicht haben die Hypothetischen diese Wahrheit über uns begriffen, vielleicht hat das ihre Handlungsweise beeinflusst. Aber wir haben darüber keinerlei Gewissheit. Auch wissen wir nicht, was sie von uns erwarten, falls sie denn etwas erwarten, oder wann beziehungsweise ob der Spin überhaupt jemals beendet werden wird. Wir *können* das alles nicht wissen, wenn wir nicht mehr direkte Informationen über die Hypothetischen sammeln.« Die Kamera zoomte Wun noch näher heran. »Und es gibt eine Möglichkeit, diese Informationen zu erlangen. Ich bin hierhergekommen mit einem Vorschlag, den ich mit Präsident Garland ebenso wie mit dem neugewählten Präsidenten Lomax sowie anderen Staatsoberhäuptern diskutiert habe.« In groben Zügen skizzierte er den Replikatorenplan und sagte dann: »Mit etwas Glück werden wir so erfahren, ob die Hypothetischen sich noch anderer Welten angenommen haben, wie diese Welten darauf reagiert haben und welches Schicksal der Erde letzten Endes beschieden sein mag.«

Als er begann, über die Oort'sche Wolke und »autokatalytische Rückkopplungstechnologie« zu sprechen, sah ich, wie Carols Augen glasig wurden. »Das ist doch alles nicht möglich«, sagte sie dann, nachdem Wun unter Applaus das Podium verlassen hatte und nun im Studio alle möglichen Experten seine Rede wiederkäuten. »Ist irgendetwas wahr an dem, was der Mann gesagt hat, Jason?«

»So ziemlich alles ist wahr«, erwiderte Jason ruhig. »Für das Wetter auf dem Mars kann ich mich allerdings nicht verbürgen.«

»Stehen wir wirklich am Rand einer Katastrophe?«

»Wir stehen am Rand einer Katastrophe, seit die Sterne ausgegangen sind.«

»Ich meine, wegen dem Öl und allem. Wenn der Spin nicht gekommen wäre, würden wir alle verhungern?«

»Es gibt Menschen, die *tatsächlich* verhungern. Sie müssen verhungern, weil wir nicht in der Lage sind, sieben Milliarden Menschen auf dem nordamerikanischen Wohlstandsniveau zu halten, ohne den ganzen Planeten auszuplündern und zu ruinieren. Gegen die Zahlen kann man schwer anargumentieren. Ja, es ist wahr. Falls der Spin uns nicht tötet, werden wir es früher oder später mit einem globalen Massensterben zu tun bekommen.«

»Und das hat etwas mit dem Spin selbst zu tun?«

»Vielleicht, aber das wissen weder ich noch der Marsianer mit letzter Sicherheit.«

»Du machst dich über mich lustig.«

»Nein.«

»Doch. Aber ist schon okay. Ich weiß, wie unwissend ich bin. Es ist Jahre her, seit ich zuletzt in eine Zeitung geguckt habe, es bestand immer das Risiko, darin auf das Gesicht deines Vaters zu stoßen. Und das Einzige, was ich mir in der Glotze ansehe, sind die Soaps am Nachmittag. Da gibt es keine Marsmenschen. Ich bin wohl so eine Art Rip van Winkle. Ich habe zu lange geschlafen. Und die Welt, die ich beim Aufwachen vorfinde, gefällt mir nicht besonders. Das, was an ihr nicht erschreckend ist, ist …« Sie deutete auf den Fernseher. »Ist grotesk.«

»Wir alle sind Rip van Winkle«, sagte Jason. »Wir alle warten darauf aufzuwachen.«

Carols Gemütsverfassung verbesserte sich gemeinsam mit Jasons Gesundheitszustand, und sie interessierte sich zunehmend für seine Prognose. Ich gab ihr einige grundlegende Informationen über die AMS, eine Krankheit, die noch nicht formell diagnostiziert worden war, als Carol ihren medizinischen Abschluss gemacht hatte, und umging auf diese Weise Fragen zur Behandlung selbst, ein stillschweigendes Abkommen zwischen uns, das sie als solches zu begreifen und zu akzeptieren schien. Entscheidend war, dass Jasons schwer gezeichnete Haut abheilte und die Blutproben, die ich an ein Labor in Washington schickte, eine drastische Abnahme der neuralen Plaqueproteine auswiesen.

Sie zeigte jedoch weiterhin wenig Neigung, über den Spin zu sprechen, und wirkte unglücklich, wenn Jason und ich es in ihrer Gegenwart taten. Wieder einmal musste ich an das Housman-Gedicht denken, das Diane mir vor vielen Jahren beigebracht hatte: *Das Kind hat nicht mal wahrgenommen / Wie's in den Bauch des Bär'n gekommen.*

Carol war in ihrem Leben von diversen Bären bedrängt worden, darunter einige so groß wie der Spin, andere so klein wie ein Ethanolmolekül. Ich glaube, sie hätte das Kind beneidet.

Eines Abends, wenige Tage nach Wuns UN-Auftritt, rief Diane an – auf meinem Handy, nicht auf Carols Festnetztelefon. Ich hatte mich gerade auf mein Zimmer zurückgezogen, Carol die Nachtwache übernommen. Der Regen war den ganzen November über gekommen und gegangen, jetzt war er wieder da, das Zimmerfenster ein flüssiger Spiegel aus gelbem Licht.

»Du bist im Großen Haus«, sagte Diane.

»Hast du mit Carol gesprochen?«

»Ich rufe sie einmal im Monat an, ich bin eine pflichtbewusste Tochter. Manchmal ist sie nüchtern genug, dass wir uns unterhalten können. Was ist mit Jason?«

»Das ist eine lange Geschichte. Er erholt sich. Kein Grund zur Sorge.«

»Ich mag es nicht, wenn Leute so was sagen.«

»Ich weiß. Aber es ist wahr. Es gab ein Problem, wir haben es behoben.«

»Und das ist alles, was du mir sagen kannst.«

»Fürs Erste ja. Wie sieht's bei dir und Simon aus?«

»Nicht so gut. Wir ziehen um.«

»Wohin?«

»Aus Phoenix weg jedenfalls. Raus aus der Stadt. Jordan Tabernacle ist vorübergehend geschlossen worden – ich dachte, du hättest vielleicht davon gehört.«

»Nein«, sagte ich – warum sollte ich etwas über die Finanzprobleme einer kleinen apokalyptischen Kirche im Südwesten gehört haben? –, und dann redeten wir über andere Dinge, und Diane versprach mir, mich zu informieren, sobald sie und Simon eine neue Adresse hätten. Klar, sicher doch, warum auch nicht?

Aber am Abend danach hörte ich doch etwas über Jordan Tabernacle.

Untypischerweise bestand Carol darauf, die Spätnachrichten im Fernsehen anzuschauen. Jason war zwar müde, aber geistig voll da und hatte nichts dagegen, also führten wir uns vierzig Minuten lang internationales Säbelrasseln und Prominentenprozesse zu Gemüte. Einiges war ganz interessant: Es gab Neues von Wun Ngo Wen, der sich in Belgien mit EU-Offiziellen traf, und gute Nachrichten aus Usbekistan, wo der vorgeschobene Marinestützpunkt endlich befreit worden war. Dann kam ein Sonderbeitrag über KVES und die israelische Milchindustrie. Wir sahen dramatische Bilder von gekeulten Rindern, die von Bulldozern in Massengräber geschaufelt und mit Kalk bestreut wurden. In Dutzenden Ländern, von Brasilien bis Äthiopien, war die Rinder- respektive Huftier-KVES ausgebrochen und

wurde mit allen Mitteln bekämpft. Die auf den Menschen überge-
sprungene Krankheit war mit modernen Antibiotika behandelbar,
stellte jedoch für finanzschwache Drittweltländer ein ziemliches Problem dar.

Da aber die israelischen Milchbauern verpflichtet waren, regel-
mäßige Blutuntersuchungen durchzuführen und diese zu dokumentieren, kam der Ausbruch der Krankheit dort völlig unerwartet. Schlimmer noch, bei der Ermittlung des Indexfalles – der ersten
nachgewiesenen Infektion – stieß man auf eine nicht autorisierte
Lieferung von befruchteten Eizellen aus den Vereinigten Staaten.
Diese Lieferung wurde bis zu »Wort für die Welt« zurückverfolgt,
einer Trübsals-Wohltätigkeitsorganisation mit Sitz in einem Gewerbegebiet am Rande von Cincinnati, Ohio. Warum schmuggelte WfdW
Rindereizellen nach Israel? Wie sich herausstellte, aus nicht besonders wohltätigen Gründen. Ermittler spürten den Geldern für WfdW
nach und gelangten dabei über ein Dutzend Scheinholdings zu einem
Konsortium aus Trübsals- und Dispensationalistenkirchen sowie kleineren und größeren politischen Randgruppen. Allen diesen Vereini-
gungen gemeinsam war ein Glaubensgrundsatz, der sich aus dem
4. Buch Mose herleitete, mit weiteren Andeutungen bei Matthäus
und im Timotheusbrief: dass die Geburt einer reinen roten Färse in
Israel die Wiederkunft Jesu Christi und den Beginn seiner Herrschaft
auf Erden einläuten würde.

Eine uralte Vorstellung. Einige jüdische Extremisten glaubten, die
Opferung eines roten Kalbes auf dem Tempelberg würde das Erscheinen des Messias begleiten. Es hatte in den vergangenen Jahren sogar
diverse »Rotes-Kalb-Angriffe« auf den Felsendom gegeben, und bei
einem davon war die Al-Aksa-Moschee beschädigt worden, was um
ein Haar zu einem regionalen Krieg geführt hätte. Die israelische Regierung hatte ihr Möglichstes getan, um die Bewegung zu zerschlagen, es war ihr jedoch lediglich gelungen, sie in den Untergrund zu
treiben.

Dem Bericht zufolge gab es diverse von WfdW gesponserte Milch-
farmen im Mittelwesten und Südwesten der USA, die in aller Stille

an der Herbeiführung der Apokalypse arbeiteten. Sie hatten versucht, ein reines blutrotes Kalb zu züchten, den zahlreichen enttäuschenden Färsen überlegen, die in den letzten vierzig Jahren als mögliche Kandidaten präsentiert worden waren. Diese Farmen hatten alle Fütterungsverordnungen und behördlichen Inspektionen systematisch umgangen und sogar einen aus Nogales über die Grenze eingeschleppten Ausbruch von Rinder-KVES verheimlicht. Die infizierten Eizellen produzierten Zuchttiere mit reichlich Genen für rote Fellfärbung, doch als die Kälber dann geboren wurden – auf einer mit WfdW verbundenen Milchfarm im Negev –, starben die meisten von ihnen frühzeitig an Lungenversagen. Die Kadaver wurden stillschweigend vergraben, aber es war schon zu spät: Der Erreger war auf die erwachsenen Tiere und auf einige Farmarbeiter übergesprungen.

Eine peinliche Situation für die amerikanischen Regierung. Der Landwirtschaftsminister hatte bereits einschneidende Maßnahmen angekündigt, das Heimatschutzministerium fror WfdW-Bankkonten ein und startete Hausdurchsuchungen bei apokalyptischen Spendensammlern. In den Nachrichten sah man, wie Bundesagenten kistenweise Dokumente aus Gebäuden trugen und die Türen obskurer Kirchen mit Vorhängeschlössern verriegelten.

Der Nachrichtensprecher verlas die Namen einiger betroffener Einrichtungen.

Eine davon war Jordan Tabernacle.

4×10^9 n. Chr.

Vor Padang stiegen wir aus Nijons Rettungswagen in ein Auto mit einem Minang-Fahrer um, der uns – mich, Ibu Ina und En – bei einem Speditionslager an der Küstenstraße absetzte. In einer schwarzen Kiesebene standen fünf riesige Blechdachlagerhallen zwischen kegelförmigen, von Planen abgedeckten Zementhügeln und einem verrosteten Schienentankwagen, den man buchstäblich aufs Abstellgleis geschoben hatte. Das Hauptbüro war ein niedriges Holzgebäude unter einem Schild, auf dem BAYUR FORWARDING stand.

Die Bayur-Spedition, erläuterte Ina, war eines der Unternehmen ihres Exmannes Jala, und dieser Jala war es auch, der uns gleich darauf am Empfang begrüßte. Er war ein bulliger, apfelwangiger Mann in einem kanariengelben Geschäftsanzug – er sah aus wie ein Toby-Krug, der eine Expedition in die Tropen plant. Er und Ina umarmten sich im Stil von einvernehmlich Geschiedenen, dann gab Jala mir die Hand und beehrte auch En mit einem Handschlag. Er stellte mich seiner Empfangsdame als »Palmölimporteur aus Suffolk« vor, wohl für den Fall, dass sie von den New Reformasi befragt werden würde. Dann eskortierte er uns zu seinem sieben Jahre alten BMW mit Brennstoffzellenmotor, und wir fuhren nach Süden Richtung Teluk Bayur, Jala und Ina vorn, En und ich auf der Rückbank.

In Teluk Bayur – dem großen Tiefwasserhafen südlich von Padang – hatte Jala sein ganzes Geld verdient. Vor dreißig Jahren, sagte er, sei Teluk Bayur noch ein schläfriges Sumatra-Sandschlammbecken gewesen, mit sehr bescheidenen Hafeneinrichtungen und einem übersichtlichen Umschlag von Kohle, rohem Palmöl und Düngemitteln. Doch dank des Wirtschaftsbooms in der Zeit der *Nagari*-Restauration und der Bevölkerungsexplosion in der Torbogenära besitze Teluk Bayur nun ein generalüberholtes Hafenbecken mit Kais und Liegeplätzen von Weltniveau, mit einem riesigen Lagerungskomplex und so viel modernem Schnickschnack, dass sogar Jala irgendwann die Lust verlor, all die Schlepper, Schuppen, Kräne und Auflader nach Tonnage zusammenzurechnen. »Jala ist stolz auf Teluk Bayur«, sagte Ina. »Es gibt kaum einen hohen Beamten, den er nicht bestochen hätte.«

»Aber keinen, der im Rang höher steht als General Schlüssel«, berichtigte Jala.

»Du bist zu bescheiden.«

»Ist es etwa falsch, wenn man Geld verdient? Bin ich zu erfolgreich? Ist es ein Verbrechen, etwas aus sich zu machen?«

Ina neigte den Kopf. »Das sind natürlich alles nur rhetorische Fragen.«

Ich fragte, ob wir direkt zu einem Schiff in Teluk Bayur fahren würden.

»Nicht direkt«, sagte Jala. »Ich bringe Sie zu einem sicheren Ort im Hafen. So einfach ist das nicht, dass man einfach auf ein Schiff spazieren und es sich gemütlich machen könnte.«

»Es ist gar kein Schiff da?«

»Selbstverständlich ist ein Schiff da. Die *Capetown Maru*, ein netter kleiner Frachter. Er lädt gerade Kaffee und Gewürze. Wenn die Frachträume voll sind, die Schulden beglichen und die Genehmigungen unterzeichnet, dann geht die menschliche Fracht an Bord. Diskret, wie ich hoffe.«

»Was ist mit Diane? Ist Diane in Teluk Bayur?«

»Bald«, sagte Ina mit einem bedeutungsvollen Blick auf Jala.

»Ja, bald«, erwiderte er.

Teluk Bayur mochte einst nur ein schläfriger Handelshafen gewesen sein, doch wie alle modernen Häfen war dieser inzwischen zu einer Stadt für sich geworden, einer Stadt, die nicht für Menschen gemacht war, sondern für Frachtgut. Der eigentliche Hafen war begrenzt und umzäunt, aber um diesen Kern herum hatte sich ergänzendes Gewerbe angesiedelt wie Bordelle um einen militärischen Stützpunkt: nachgeordnete Spediteure und Expediteure, LKW-Kollektive, die mit umgebauten Mehrachsern arbeiteten, undichte Öldepots. Wir ließen das alles schnell hinter uns – Jala wollte uns untergebracht wissen, bevor die Sonne unterging.

Bayur Bay selbst war ein Hufeisen aus öligem Salzwasser. Kais und Molen leckten daran wie Betonzungen. An die Küste grenzend, breitete sich das geordnete Chaos des Handels im großen Maßstab aus: die vor- und nachgeordneten Lagerhäuser und Stapelplätze, die Kräne, die sich wie riesige Gottesanbeterinnen an den Laderäumen der Containerschiffe gütlich taten. Wir hielten bei einem Wachhäuschen, und Jala reichte dem Posten irgendetwas durchs Wagenfenster – einen Passierschein, Bestechungsgeld, vielleicht beides. Der Posten winkte uns durch, Jala winkte liebenswürdig zurück und fuhr auf das Gelände innerhalb des Stahlzauns, brauste mit, wie mir schien, halsbrecherischer Geschwindigkeit an einer ganzen Reihe von CPO- und Avigas-Tanks vorbei. »Ich habe Ihnen hier eine Bleibe für die Nacht organisiert«, sagt er. »In einem der Lagerhäuser auf dem Dock E habe ich ein Büro. Da ist nur unbewehrter Beton drin, da stört Sie keiner. Morgen früh werde ich Diane Lawton dorthin bringen.«

»Und dann fahren wir ab?«

»Geduld. Sie sind nicht die Einzigen, die *rantau* machen – nur die Auffälligsten. Es könnte Komplikationen geben.«

»Welcher Art?«

»Na, die New Reformasi natürlich. Die Polizei durchkämmt das Hafengelände von Zeit zu Zeit, auf der Suche nach Illegalen und Bogenflüchtlingen. Meistens finden sie auch ein paar. Oder auch mehr als ein paar, je nachdem, wer die Hand aufgehalten hat und wie viel hineingeflossen ist. Im Moment gibt es großen Druck aus Jakarta, also wer weiß? Außerdem ist davon die Rede, dass es einen Arbeitskampf geben könnte – die Gewerkschaft der Stauer ist ausgesprochen militant. Wenn wir Glück haben, können wir ablegen, bevor der Konflikt beginnt. Sie müssen also für eine Nacht im Dunkeln auf dem Fußboden schlafen. Ina und En bringe ich fürs Erste zu den anderen Dorfbewohnern.«

»Nein«, sagte Ina bestimmt. »Ich bleibe hier bei Tyler.«

Jala sah sie an und sagte etwas auf Minang.

»Nicht lustig«, erwiderte sie. »Und auch nicht wahr.«

»Was dann? Du traust mir nicht zu, dass ich ihn sicher unterbringe?«

»Was habe ich je davon gehabt, dir zu trauen?«

Jala grinste. Seine Zähne waren tabakbraun. »Abenteuer.«

»Das kann man wohl sagen.«

Also landeten wir, Ibu Ina und ich, am Nordende eines Lagerhallenkomplexes etwas abseits der Docks, in einem trostlosen rechteckigen Raum, der einst, so Ina, als Büro des Zollaufsehers gedient hatte, bevor das Gebäude wegen anstehender Reparaturen am porösen Dach vorübergehend geschlossen worden war.

Eine Wand des Raums war ein Fenster aus drahtverstärktem Glas. Ich blickte hinab in einen tiefen, kahlen Stauraum, blass vom Betonstaub. Stützpfeiler aus Stahl ragten wie rostige Rippen aus einem schlammigen, von Pfützen übersäten Boden. Das einzige Licht kam von Sicherheitslampen, die in großen Abständen an den Wänden hingen. Insekten waren durch die Öffnungen des Gebäudes eingedrungen, schwärmten in Wolken um die vergitterten Glühbirnen, gingen ein, bildeten Haufen aus leblosen Hüllen. Es gelang Ina, eine Schreibtischlampe zum Leuchten zu bringen. Leere Pappkartons stapelten sich in einer Ecke. Ich faltete die trockensten auseinander und legte sie übereinander, um daraus zwei primitive Matratzen zu machen. Keine Decken. Aber es war eine sehr warme Nacht. Die Monsunzeit stand bevor.

»Glauben Sie, Sie können schlafen?«, fragte Ina.

»Ist nicht das Hilton, aber besser krieg ich's nicht hin.«

»Oh, das meinte ich nicht. Ich spreche vom Lärm. Können Sie bei dem Lärm schlafen?«

Teluk Bayur stellte nachts keineswegs den Betrieb ein, das Beladen und Entladen dauerte vierundzwanzig Stunden am Tag. Sehen konnten wir es nicht, aber wir konnten es hören: das Geräusch von schweren Motoren und gequältem Metall und in Abständen das Donnern tonnenschwerer Frachtcontainer in Bewegung. »Hab schon unter schlimmeren Bedingungen geschlafen«, sagte ich.

»Das bezweifle ich, aber es ist nett, dass Sie es sagen.«

Zunächst schlief keiner von uns. Stattdessen saßen wir beim Schein der Schreibtischlampe und unterhielten uns sporadisch. Ina fragte nach Jason. Ich hatte ihr einige der längeren Abschnitte zu lesen gegeben, die ich während meiner Krankheit niedergeschrieben hatte. Jasons Übergang ins Vierte Alter, sagte sie, scheine weniger schwierig gewesen zu sein als meiner. Nein, erwiderte ich, ich hätte bei dieser Schilderung nur die Bettschüsseldetails weggelassen.

»Aber seine Erinnerung? Es gab keinen Verlust? Er hat sich keine Sorgen deswegen gemacht?«

»Er hat nicht viel darüber gesprochen. Bestimmt hat er sich Sorgen gemacht.« Einmal, als er gerade aus einem seiner Fieberanfälle auftauchte, hatte er sogar verlangt, ich solle sein Leben für ihn aufzeichnen: *Schreib es für mich auf, Ty,* hatte er gesagt. *Schreib es auf, falls ich alles vergesse.*

»Aber keine Graphomanie bei ihm.«

»Nein, zu Schreibwut kommt es, wenn das Gehirn seine eigene Artikulationsfähigkeit neu zu vernetzen beginnt, aber es ist nur eines der möglichen Symptome. Die Geräusche, die er machte, waren vermutlich seine spezielle Manifestation dieses Vorgangs.«

»Das haben Sie von Wun Ngo Wen erfahren.«

Ja. Oder aus seinen medizinischen Archiven, die ich später studierte.

Ina war noch immer von dem Marsianer fasziniert. »Diese Warnung an die Vereinten Nationen, wegen Überbevölkerung und Ressourcenknappheit – hat Wun je mit Ihnen darüber gesprochen? Ich meine, in der Zeit, bevor ...«

»Ich weiß. Ja, doch, ein bisschen.«

»Was hat er gesagt?«

Das war anlässlich einer unserer Unterhaltungen über das eigentliche Ziel der Hypothetischen gewesen. Wun hatte ein Diagramm aufgezeichnet, das ich jetzt für Ina auf dem staubigen Parkettboden reproduzierte: eine senkrechte und eine waagrechte Linie, die einen Graphen definierten. Die Senkrechte stand für Bevölkerungzahlen, die Waagrechte für die Zeit. Eine gezackte Kurve kreuzte mehr oder weniger horizontal über die Graphenebene.

»Entwicklung der Bevölkerung in der Zeit«, sagte Ina. »So viel verstehe ich. Aber was genau wird gemessen?«

»Jede Tierpopulation stellt ein relativ stabiles Ökosystem dar. Seien es Füchse in Alaska oder Brüllaffen in Belize. Die Population schwankt abhängig von äußeren Faktoren – ein besonders kalter Winter etwa oder eine Zunahme von natürlichen Feinden –, aber sie ist jedenfalls kurzfristig stabil.«

Was jedoch, hatte Wun gefragt, wenn wir eine intelligente, Werkzeuge gebrauchende Spezies über einen längeren Zeitraum betrachten? Ich malte Ina den gleichen Graphen noch einmal auf, nur diesmal bewegte sich die Kurve stetig nach oben.

»Was hier geschieht«, sagte ich, »ist, dass die Population, dass die Menschen lernen, ihre Fähigkeiten weiterzugeben. Dass sie nicht nur *wissen*, wie man Feuersteine schlägt, sondern dass sie auch anderen Menschen *zeigen*, wie man es macht und wie man die Arbeit ökonomisch aufteilt. Kooperation ergibt mehr zu essen. Die Bevölkerung wächst. Mehr Menschen kooperieren noch effizienter und entwickeln neue Fertigkeiten. Ackerbau. Viehhaltung. Lesen und Schreiben – was bedeutet, dass Fertigkeiten noch besser weitergegeben und sogar vererbt werden können an spätere Generationen.«

»Also verläuft die Kurve immer steiler – bis wir in uns selbst ertrinken.«

»Nicht zwangsläufig. Es gibt andere Kräfte, die die Kurve nach rechts ziehen. Wachsender Wohlstand und technisches Können wirken zu unseren Gunsten. Wohlgenährte, in Sicherheit lebende Menschen tendieren dazu, ihre Reproduktion zu begrenzen. Technologie und eine flexible Kultur geben ihnen die Mittel dazu. Letzten Endes, meinte jedenfalls Wun, wird die Kurve sich wieder nach rechts neigen.«

Ina schien verwirrt. »Dann gibt es also gar kein Problem? Keine Hungersnot, keine Überbevölkerung?«

»Unglücklicherweise ist die Bevölkerungskurve für die Erde noch weit davon entfernt, waagrecht zu verlaufen. Und wir haben es mit einschränkenden Bedingungen zu tun.«

»Einschränkende Bedingungen?«

Noch ein Diagramm. Eine Kurve, die wie ein kursives S verlief, am höchsten Punkt waagrecht. Darüber zeichnete ich zwei parallele horizontale Linien: die eine, mit A bezeichnete, ein gutes Stück über der Trendkurve, die andere, mit B bezeichnete, schnitt die Kurve im Aufschwung.

»Was sind das für Linien?«, fragte Ina.

»Beide kennzeichnen die Erhaltungsmöglichkeit des Planeten. Wie viel Ackerland zur Verfügung steht, Treibstoff und Rohstoffe, um die Technik am Laufen zu halten, saubere Luft, sauberes Wasser. Das Diagramm zeigt den Unterschied zwischen einer erfolgreichen und einer scheiternden intelligenten Spezies. Eine Spezies, die ihre größte Zahl unterhalb des Limits erreicht, hat das Potenzial, langfristig zu überleben. Und kann sich all den Dingen zuwenden, von denen die Science-Fiction-Autoren immer geträumt haben: ins Sonnensystem, in die Galaxis expandieren, Zeit und Raum manipulieren.«

»Wie großartig.«

»Immer sachte. Die Alternative ist unerfreulicher. Eine Spezies, die an die Nachhaltigkeitsgrenzen stößt, bevor sie ihre Bevölkerungszahl stabilisiert hat, ist höchstwahrscheinlich zum Untergang verurteilt. Hungersnöte, versagende Technik und ein Planet, der von der Zivilisation so erschöpft ist, dass er sich nicht mehr regenerieren kann.«

»Verstehe. Und was sind jetzt wir? Fall A oder Fall B? Hat Wun Ihnen das gesagt?«

»Alles, was er mit Sicherheit sagen konnte, war, dass beide Planeten, die Erde wie der Mars, auf ihr jeweiliges Limit zusteuerten. Und dass die Hypothetischen intervenierten, bevor sie es überschreiten konnten.«

»Aber *warum* haben sie interveniert? Was erwarten sie von uns?«

Das war eine Frage, auf die Wuns Volk keine Antwort wusste. Genauso wenig wie wir.

Nein, das ist nicht ganz richtig: Jason Lawton hatte eine Art Antwort gefunden.

Aber ich war noch nicht bereit, darüber zu sprechen.

Ina gähnte. Ich verwischte die Zeichnungen auf dem staubigen Fußboden, und sie knipste die Schreibtischlampe aus. Die weit verstreuten Nachtlampen gaben ein erschöpftes Licht ab. Außerhalb der Lagerhalle ertönte etwa alle fünf Sekunden ein Geräusch, das wie der Schlag einer riesigen gedämpften Glocke anmutete.

»Ticktack«, sagte Ina, während sie sich auf ihrer Matratze aus schimmliger Pappe einrichtete. »Ich erinnere mich an die Zeit, als die Uhren noch tickten. Sie auch, Tyler? Diese altmodischen Uhren?«

»Meine Mutter hatte eine in der Küche.«

»Es gibt so viele Sorten Zeit. Die Zeit, nach der wir unser Leben messen. Monate und Jahre. Oder die *große* Zeit, die Zeit, die Berge wachsen und Sterne entstehen lässt. Oder all die Dinge, die zwischen zwei Herzschlägen geschehen. Es ist schwer, in all diesen Zeiten zu leben. Und leicht zu vergessen, dass man in allen lebt.«

Das metronomische Scheppern ging weiter.

Im trüben Licht konnte ich gerade noch ihr müdes Lächeln erkennen.

»Ich glaube, ein Leben ist genug für mich«, sagte sie.

Am Morgen erwachten wir vom Geräusch einer aufgerissenen Ziehharmonikatür, begleitet vom Einfall grellen Lichts. Jala rief nach uns.

Ich eilte die Treppe hinunter. Jala war schon in der Lagerhalle, Diane kam langsam hinter ihm her.

Ich trat näher und sagte ihren Namen.

Sie versuchte zu lächeln, aber sie hatte die Zähne zusammengebissen und ihr Gesicht war unnatürlich blass. Und ich bemerkte, dass sie ein zusammengefaltetes Tuch auf eine Stelle über ihrer Hüfte presste und dass sowohl das Tuch als auch ihre Baumwollbluse rot leuchteten vom Blut, das hindurchgesickert war.

VERZWEIFELTE EUPHORIE

Acht Monate nach Wun Ngo Wens Rede vor den Vereinten Nationen begannen die gekühlten Zuchtbecken im Perihelion-Labor, nutzlastfähige Mengen marsianischer Replikatoren hervorzubringen, und in Canaveral und Vandenberg wurden die Delta-7-Flotten bereit gemacht, um sie ins All zu tragen. Ungefähr um diese Zeit entstand in

Wun der dringende Wunsch, den Grand Canyon zu sehen. Auslöser für sein Interesse war eine Ausgabe der Zeitschrift *Arizona Highways* gewesen, die einer von den Biologen in seinem Quartier hatte liegen lassen.

Er zeigte sie mir einige Tage später. »Schauen Sie.« Beinahe zitternd vor Eifer, blätterte er die Seiten einer Fotoreportage über die Wiederinstandsetzung des Bright-Angel-Wanderwegs auf. Der Colorado River, der durch präkambrischen Sandstein schnitt und einzelne grüne Tümpel bildete. Ein Tourist aus Dubai auf einem Maultier. »Haben Sie schon mal davon gehört, Tyler?«

»Ob ich schon mal was vom Grand Canyon gehört habe? Ja, ich glaube, die meisten Leute haben das.«

»Er ist wirklich erstaunlich. Sehr, sehr schön.«

»Spektakulär. So heißt es. Aber ist nicht gerade der Mars für seine Schluchten berühmt?«

Er lächelte. »Sie sprechen von den Gefallenen Landen. Ihre Leute haben sie Valles Marineris genannt, als sie sie vor sechzig Jahren – vor hunderttausend Jahren – vom Weltraum aus entdeckten. Teile davon sehen diesen Fotografien tatsächlich sehr ähnlich. Aber ich bin nie dort gewesen. Und ich nehme auch nicht an, dass ich noch einmal Gelegenheit dazu haben werde. Ich glaube, ich würde stattdessen gerne den Grand Canyon besuchen.«

»Dann besuchen Sie ihn. Dies ist ein freies Land.«

Wun quittierte die Redensart – womöglich war es das erste Mal, dass er sie hörte – mit einem Blinzeln und nickte. »Ja, das mache ich. Ich werde mit Jason über die Reisemöglichkeiten sprechen. Möchten Sie nicht mitkommen?«

»Was, nach Arizona?«

»Ja, Tyler, nach Arizona, zum Grand Canyon.« Er mochte ein Vierter sein, aber in diesem Augenblick klang er eher wie ein Zehnjähriger. »Wollen Sie mit mir hinfahren?«

»Darüber muss ich nachdenken.«

Ich war noch mit Nachdenken beschäftigt, als ich einen Anruf von E. D. erhielt.

Seit Preston Lomax' Wahl zum Präsidenten war E. D. Lawton politisch unsichtbar geworden. Seine Kontakte zur Industrie bestanden zwar noch – wenn er eine Party schmiss, konnte man davon ausgehen, dass mächtige Leute auftauchten –, doch er würde nie wieder die Art von Einfluss geltend machen können, derer er sich zu Garlands Amtszeit erfreut hatte. Es gab sogar Gerüchte, dass er sich in einem Zustand psychischen Verfalls befand, eingebunkert in seine Wohnung in Georgetown, von wo aus er ehemalige politische Verbündete mit unerwünschten Anrufen behelligte. Das mochte wohl so sein, aber weder Jason noch Diane hatten in letzter Zeit von ihm gehört, daher war ich einigermaßen perplex, als ich den Hörer abnahm und seine Stimme hörte.

»Ich möchte mit dir reden«, sagte er.

Was eine durchaus interessante Aussage war von einem Mann, der Molly Seagrams sexuelle Spionageaktion finanziert, wenn nicht gar erdacht hatte. Mein erster, wahrscheinlich gesunder Impuls war, gleich wieder aufzulegen, aber als Geste erschien mir das unangemessen.

»Es geht um Jason«, fügte er hinzu.

»Dann reden Sie doch mit Jason.«

»Das kann ich nicht, Tyler. Er hört mich nicht an.«

»Wundert Sie das?«

Er seufzte. »Okay, du stehst natürlich auf seiner Seite. Aber ich will ihm ja nichts Böses. Und es ist sogar dringend. In Bezug auf sein eigenes Wohl.«

»Ich weiß nicht, was das heißen soll.«

»Und ich kann es am Scheißtelefon nicht erklären. Ich bin gerade in Florida, zwanzig Minuten von dir. Komm ins Hotel, ich geb dir einen aus und du kannst mir ins Gesicht sagen, dass ich mich verziehen soll. Bitte, Tyler. Acht Uhr, Hotelbar im Hilton, an der Fünfundneunzig. Vielleicht rettest du jemandem das Leben.«

Er legte auf, bevor ich antworten konnte.

Ich rief Jason an und erzählte ihm, was gerade passiert war.

»Wow«, sagte er. »Wenn die Gerüchte zutreffen, ist E. D. im Umgang sogar noch unangenehmer als früher. Sieh dich vor.«

»Ich hatte eigentlich nicht die Absicht hinzufahren.«

»Musst du natürlich auch nicht. Aber … vielleicht solltest du.«

»Ich hab genug von E. D.s Tricks, vielen Dank.«

»Vielleicht wär's aber besser, wenn wir wüssten, was ihn umtreibt.«

»Soll das heißen, du *willst*, dass ich mich mit ihm treffe?«

»Nur wenn du dich dabei wohl fühlst.«

»*Wohl fühlen?*«

»Es ist natürlich deine Entscheidung.«

Also setzte ich mich in mein Auto und fuhr über den Highway, vorbei an Unabhängigkeitstagbeflaggung (morgen war der 4. Juni) und fliegenden Fahnenhändlern (ohne Lizenz, jederzeit darauf gefasst, in ihren verwitterten Pick-ups das Weite suchen zu müssen), während ich in Gedanken noch einmal all die Fahr-zur-Hölle-Reden rekapitulierte, die ich mir in den vergangenen Monaten für E. D. Lawton ausgedacht hatte. Als ich beim Hilton ankam, war die Sonne hinter den Dächern verschwunden und die Uhr am Empfang zeigte 20:35.

E. D. saß in der Bar an einem Tisch, seinen Drink vor sich. Er wirkte erst überrascht, mich zu sehen. Dann aber erhob er sich, packte meinen Arm und bugsierte mich auf die Sitzbank ihm gegenüber.

»Was zu trinken?«

»So lange bleib ich nicht.«

»Trink etwas, Tyler. Es verbessert die Einstellung.«

»Hat es Ihre Einstellung verbessert? Sagen Sie einfach, was Sie wollen, E. D.«

»Oha, daran erkenne ich, ob einer wütend ist – wenn er meinen Namen ausspricht wie eine Beleidigung. Warum bist du so sauer? Wegen der Sache mit deiner Freundin und dem Arzt, wie hieß er gleich, Malmstein? Ich habe das nicht arrangiert. Ich habe nicht mal meine Einwilligung dazu gegeben. Die Leute, die für mich gearbeitet haben, waren ein wenig übereifrig. Die Sache wurde einfach in meinem Namen abgewickelt. Nur dass du's weißt.«

»Das ist eine ziemlich erbärmliche Entschuldigung für ein derartiges Verhalten.«

»Ist es wohl. Ich bekenne mich schuldig im Sinne der Anklage. Und bitte um Verzeihung. Können wir jetzt von etwas anderem sprechen?«

An diesem Punkt hätte ich einfach gehen können. Dass ich es nicht tat, lag vermutlich an der Besorgnis, ja Verzweiflung, die er verströmte. E. D. war noch immer zu jener gedankenlosen Herablassung imstande, die ihn seiner Familie so teuer gemacht hatte, aber er besaß nicht mehr die alte Selbstsicherheit. In der Stille zwischen seinen Wortausbrüchen konnte er die Hände nicht still halten, er rieb sich das Kinn, faltete eine Serviette zusammen und wieder auseinander, strich sich über die Haare. Schweigen breitete sich aus, bis er einen guten Schluck von seinem zweiten Drink genommen hatte (nein, vermutlich nicht erst der zweite – die Vertrautheit, mit der die Kellnerin ihn bedient hatte, ließ anderes vermuten).

»Du hast Einfluss auf Jason«, sagte er schließlich.

»Wenn Sie mit Jason reden wollen, warum tun Sie es nicht auf direktem Wege?«

»Weil das nicht geht. Aus naheliegenden Gründen.«

»Was soll ich ihm denn sagen?«

E. D. starrte erst mich an, dann seinen Drink. »Du sollst ihm sagen, dass er den Stecker aus dem Replikatorenprojekt ziehen muss. Buchstäblich. Den Kühlschrank abstellen. Schluss machen.«

Jetzt war es an mir, ungläubig dreinzublicken. »Es muss Ihnen doch klar sein, wie abwegig das ist.«

»Ich bin nicht blöd, Tyler.«

»Also, warum …«

»Er ist mein Sohn.«

»Wie haben Sie denn das herausgefunden?«

»Weil wir politischen Streit hatten, ist er plötzlich nicht mehr mein Sohn? Glaubst du, ich bin so oberflächlich, dass ich das nicht trennen kann? Dass ich ihn nicht liebe, nur weil ich anderer Meinung bin?«

»Ich weiß von Ihnen nur das, was ich gesehen habe.«

»Du hast gar nichts gesehen.« Er hielt kurz inne, dann sagte er: »Jason ist nur eine Marionette in den Händen von Wun Ngo Wen. Ich möchte, dass er aufwacht und begreift, was gespielt wird.«

»Sie haben ihn dazu erzogen, eine Marionette zu sein. *Ihre* Marionette. Es gefällt Ihnen nur nicht, dass jetzt jemand anders einen derartigen Einfluss auf ihn hat.«

»Blödsinn, totaler Blödsinn. Oder, na gut, wenn wir hier schon mal am Beichten sind, vielleicht ist es so, ich weiß nicht, vielleicht brauchen wir alle mal eine Familientherapie, aber darum geht's hier nicht. Es geht darum, dass alle mächtigen Leute in diesem Land auf Wun Ngo Wen und sein beschissenes Replikatorenprojekt abfahren. Aus dem offensichtlichen Grund, dass es billig ist und dem Wahlvolk einleuchtend erscheint. Wen kümmert's da, wenn es nicht funktioniert, denn alles andere funktioniert ja auch nicht, und wenn nichts funktioniert, dann ist das Ende nahe, und alle unsere Probleme erscheinen in einem anderen Licht, im Licht der roten Sonne nämlich. Stimmt's? Ist es nicht so? Sie reden es schön, sie bezeichnen es als Spiel mit offenem Ausgang, aber in Wirklichkeit ist es ein Taschenspielertrick, um das Volk bei Laune zu halten.«

»Interessante These, aber …«

»Würde ich mich hier mit dir unterhalten, wenn ich das Ganze nur für eine interessante *These* hielte? Stell mir die richtigen Fragen, wenn du anzweifelst, was ich sage.«

»Welche denn zum Beispiel?«

»Zum Beispiel: Wer genau ist eigentlich Wun Ngo Wen? Wen repräsentiert er, und was will er wirklich? Anders als er im Fernsehen glauben machen will, ist er nämlich nicht Mahatma Gandhi in der Munchkin-Version. Er ist hier, weil er etwas von uns will. Etwas, das er von Anfang an wollte.«

»Den Start der Replikatoren.«

»Offensichtlich.«

»Ist das ein Verbrechen?«

»Die bessere Frage wäre: Warum starten die Marsianer diese Aktion nicht selbst?«

»Weil sie nicht davon ausgehen können, dass sie für das gesamte Sonnensystem sprechen. Weil ein solches Projekt nicht unilateral in Angriff genommen werden kann.«

E. D. verdrehte die Augen. »Das sind die Sachen, die man halt so *sagt*, Tyler. Über Multilateralismus und Diplomatie zu sprechen erfüllt den gleichen Zweck wie ›Ich liebe dich‹ zu sagen: Man kriegt das Höschen leichter runter. Es sei denn natürlich, die Marsianer sind wirklich engelsgleiche Wesen, die vom Himmel herabgestiegen sind, um uns von allem Übel zu erlösen. Und ich nehme mal an, dass du das nicht glaubst.«

Wun hatte dies so oft von sich gewiesen, dass ich kaum widersprechen konnte.

»Ich meine, sieh dir ihre Technologie an. Diese Leute betreiben seit tausend Jahren Biotechnik. Wenn sie die Galaxie mit Nanobots bevölkern wollten, hätten sie das schon längst tun können. Also: Warum haben sie es nicht getan? *Warum?* Offensichtlich doch, weil sie Angst vor Vergeltungsmaßnahmen haben.«

»Vergeltungmaßnahmen von den Hypothetischen? Sie wissen nichts über die Hypothetischen, was wir nicht auch wissen.«

»Das behaupten sie. Braucht aber nicht zu heißen, dass sie nicht Angst vor ihnen hätten. Was uns betrifft – wir sind die Arschlöcher, die vor nicht allzu langer Zeit einen nuklearen Angriff auf die Polarartefakte unternommen haben. Ja, wir nehmen die Verantwortung auf uns, warum nicht? Herrgott, mach die Augen auf, Tyler! Das ist das klassische Täuschungsmanöver. Könnte kaum abgefeimter sein.«

»Vielleicht sind Sie aber auch nur paranoid.«

»Bin ich das? Wer bestimmt, was Paranoia in Spinzeiten heißt? Wir alle sind paranoid. Denn wir alle wissen, dass böse Mächte unser Leben kontrollieren, und schon damit entsprechen wir der *Definition* von Paranoia.«

»Ich bin ja nur praktischer Arzt. Aber intelligente Menschen sagen mir …«

»Du meinst natürlich Jason. Jason sagt, dass alles gut wird.«

»Nicht nur Jason. Die Regierung. Der größte Teil des Kongresses.«

»Aber die sind vom Rat der Eierköpfe abhängig. Und die Eierköpfe sind von alldem genauso hypnotisiert wie Jason. Willst du wissen, was deinen Freund antreibt? Furcht. Er hat Angst davor, unwissend zu sterben. *Wenn er* unwissend stirbt, dann heißt das in der Situation, in der wir uns befinden, dass *die menschliche Spezies* unwissend stirbt. Und das macht ihm eine Scheißangst, diese Vorstellung, dass eine ganze, dem Vernehmen nach intelligente Spezies aus dem Universum getilgt werden kann, ohne dass sie begreift, warum und wozu. Anstatt mir Paranoia zu bescheinigen, solltest du mal über Jasons Größenwahn nachdenken. Er hat es sich zur Lebensaufgabe gemacht, den Spin zu verstehen. Da taucht Wun auf und hält ihm ein Werkzeug hin, das diesem Zweck zu dienen scheint, und natürlich greift er zu. Das ist so, als würde man einem Pyromanen ein Streichholz hinhalten.«

»Wollen Sie wirklich, dass ich ihm das erzähle?«

»Ich ...« E. D. wirkte plötzlich verdrossen, vielleicht war aber auch sein Alkoholspiegel zu hoch gestiegen. »Ich dachte, weil er auf dich hört ...«

»Das glauben Sie nicht im Ernst.«

Er schloss kurz die Augen. »Vielleicht nicht. Ich weiß nicht. Aber ich muss es versuchen. Verstehst du das? Für mein Gewissen.« Ich war verblüfft über sein Bekenntnis, eines zu besitzen. »Lass mich offen zu dir sein. Ich habe das Gefühl, als würde ich einem Zugunglück in Zeitlupe zusehen. Die Räder schweben schon in der Luft, und der Zugführer hat es noch nicht bemerkt. Was mache ich also? Ist es zu spät, die Notbremse zu ziehen? Zu spät, ›Achtung‹ zu schreien? Vermutlich. Aber er ist mein Sohn, Tyler. Der Mann, der den Zug fährt, ist mein Sohn.«

»Er ist in keiner größeren Gefahr als wir alle.«

»Ich glaube, das stimmt nicht. Selbst wenn diese Sache gelingt, werden wir daraus nicht mehr gewinnen als abstrakte Information. Jason ist damit zufrieden, doch der Rest der Welt wird damit nicht zufrieden sein. Du kennst Preston Lomax nicht. Ich schon. Lomax wäre nur zu gern bereit, Jason einen Fehlschlag anzuhängen und ihn der Meute zum Fraß vorzuwerfen. In seiner Regierung gibt es eine Menge Leute, die Perihelion dichtmachen oder dem Militär überantworten wollen. Und das sind noch die besten Varianten, die ich hier ausmale. Im ungünstigsten Fall werden die Hypothetischen sauer und schalten den Spin ab.«

»Sie befürchten also, dass Lomax Perihelion dichtmacht?«

»Ich habe Perihelion aufgebaut – ja, ich mache mir deswegen Sorgen. Doch das ist nicht der Grund, warum ich hier bin.«

»Ich kann Jason weitergeben, was Sie gesagt haben, aber glauben Sie, dass er darauf hören wird?«

»Ich ...« Mit wässrigen Augen inspizierte er die Tischplatte. »Nein. Natürlich nicht. Aber wenn er reden möchte ... Er soll wissen, dass ich erreichbar bin. *Wenn* er reden möchte. Ich würd's ihm nicht zur Qual machen. Ehrlich.« Es war, als hätte er eine Tür geöffnet und seine ganze Einsamkeit würde hervorsprudeln.

Jason vermutete, dass E. D.s Erscheinen in Florida Teil irgendeines machiavellistischen Plans war. Beim alten E. D. wäre das vielleicht zutreffend gewesen, aber der neue E. D. erschien mir wie ein alternder, seiner Macht entkleideter Mann, der seine Pläne am Grund eines Glases fand und den es aus einem plötzlichen Schuldbewusstsein heraus hierher verschlagen hatte.

Mit sanfter Stimme fragte ich: »Haben Sie versucht, mit Diane zu sprechen?«

»Diane?« Er machte eine abwinkende Geste. »Diane hat ihre Telefonnummer geändert. Ich kann sie nicht erreichen. Außerdem hat sie sich ganz diesem beschissenen Weltuntergangskult hingegeben.«

»Es ist kein Kult. Nur eine kleine Kirche mit ein paar seltsamen Ideen. Es ist eher Simon, der sich da engagiert, nicht sie.«

»Sie ist vom Spin paralysiert. Genau wie der Rest eurer verdammten Generation. Sie hat sich kopfüber in diesen religiösen Quatsch gestürzt, als sie kaum aus der Pubertät raus war. Ich kann mich noch gut erinnern. Plötzlich kam sie an und hat beim Abendessen Thomas von Aquin zitiert. Ich wollte, dass Carol mit ihr darüber spricht. Aber Carol war nicht zu gebrauchen, typisch. Und weißt du, was ich dann gemacht habe? Ich habe ein Streitgespräch veranstaltet. Sie und Jason. Sechs Monate lang hatten sie über Gott diskutiert, also habe ich die Sache auf formelle Beine gestellt, so im Stil einer Collegedebatte, und der Trick dabei war, dass beide jeweils für die Sache argumentieren mussten, die sie *nicht* vertraten: Jason musste die Existenz Gottes verteidigen, und Diane musste den atheistischen Standpunkt einnehmen.«

Davon hatten sie mir nie erzählt. Aber ich konnte mir gut vorstellen, mit welchem Unwohlsein sie sich dieser Erziehungsmaßnahme unterzogen hatten.

»Es sollte ihr demonstrieren, wie einfältig sie war. Sie hat ihr Bestes gegeben, ich glaube, sie wollte mich beeindrucken. Sie hat im Wesentlichen das wiedergegeben, was Jason zu ihr gesagt hatte. Aber Jason ...« E. D.s Stolz war nicht zu übersehen. »Jason war brillant. Einfach unfassbar brillant. Er gab ihr jedes Argument zurück, das sie ihm je vorgesetzt hatte, und setzte dann noch eins drauf. Und er hat das Zeug nicht einfach nur nachgeplappert. Er hatte theologische Schriften gelesen, hatte sich mit der ganzen Bibelgelehrsamkeit beschäftigt. Und er hat die ganze Zeit gelächelt, so als wolle er sagen: Sieh her, ich kenne diese Argumente in- und auswendig, ich kenne sie mindestens genauso gut wie du, ich kann sie im Schlaf hersagen, und trotzdem halte ich sie für zutiefst falsch. Er war völlig unnachgiebig, und schließlich hat sie nur noch geweint. Sie hat bis zum Ende durchgehalten, aber die Tränen sind ihr nur so übers Gesicht gelaufen.«

Ich starrte ihn an.

Er fing meinen Blick auf. »Steck dir deine moralische Überheblichkeit sonst wohin, Tyler. Ich wollte ihr eine Lektion erteilen. Ich wollte, dass sie sich der Realität stellt und nicht eine von diesen spinnverrückten Autisten wird. Eure ganze Scheißgeneration ...«

»Interessiert es Sie, ob sie noch lebt?«

»Ja, natürlich.«

»Niemand hat in letzter Zeit von ihr gehört. Sie sind nicht der Einzige, der sie nicht erreichen kann. Ich habe mir überlegt, dass ich versuchen könnte, sie aufzuspüren. Was halten Sie davon?«

Doch die Kellnerin brachte einen neuen Drink, und E. D. verlor das Interesse an dem Thema, an mir, an der Welt um ihn herum. »Ja, ich möchte wissen, ob's ihr gut geht.« Er nahm seine Brille ab und reinigte die Gläser mit einer Serviette. »Ja, tu das, Tyler.«

Und so beschloss ich, mit Wun Ngo Wen nach Arizona zu fahren.

Mit Wun zu reisen war so ähnlich, als würde man einen Popstar oder einen hohen Politiker begleiten – viel Sicherheitsvorkehrungen, wenig Spontaneität, aber alles perfekt organisiert. Nach einer streng aufeinander abgestimmten Folge von Flugplatzabsperrungen, Charterflügen und Straßenkonvois landeten wir schließlich am Ausgang des Bright Angel Trails, drei Wochen vor den geplanten Replikatorenstarts, an einem Julitag, der so heiß war wie Feuerwerk und so klar wie ein Flussquell.

Wun stand dort, wo das Geländer dem Rand des Canyons folgte. Die Parkverwaltung hatte den Wanderweg und das Besucherzentrum für Touristen gesperrt und drei ihrer besten (und fotogensten) Ranger standen bereit, Wun und ein Kontingent von Bundesbeamten mit Schulterhalftern unter dem weißen Wanderoutfit auf eine Expedition in den Canyon hineinzuführen, wo man zum Übernachten Zelte aufschlagen würde.

Wun war für die Wanderung Ungestörtheit zugesagt worden, aber momentan war das Ganze noch ein einziger Zirkus. Der Parkbereich war von Übertragungswagen vollgestellt, Journalisten und Fotografen warfen sich wie verzweifelte Bittsteller in die Absperrseile, aus einem über der Canyonkante schwebenden Hubschrauber wurde gefilmt. Wun war trotzdem glücklich. Er grinste. Er saugte die Kiefernnadelluft in großen Zügen ein. Die Hitze war unerträglich, vor allem für einen Marsianer, hätte ich gedacht, doch er ließ keine Anzeichen von Erschöpfung erkennen, trotz des Schweißes, der auf seiner faltigen Haut glitzerte. Er trug ein leichtes Khakihemd, dazu passende Hosen und Wanderstiefel in Kindergröße, die er in den vergangenen Wochen schon eingelaufen hatte. Er nahm einen Schluck aus einer Aluminiumfeldflasche, bot sie dann mir an.

»Wasserbruder«, sagte er.

Ich lachte. »Behalten Sie es. Sie werden es brauchen.«

»Ich wünschte, Sie könnten mit mir zusammen nach unten steigen. Das hier ist …« Er sagte etwas in seiner eigenen Sprache. »Zu viel Kohl für einen Topf. Zu viel Schönheit für einen einzelnen Menschen.«

»Sie können sie jederzeit mit den FBI-Männern teilen.«

Er warf den Sicherheitsleuten einen bösen Blick zu. »Das kann ich leider nicht. Sie schauen, aber sie sehen nichts.«

»Ist das auch eine marsianische Redensart?«

»Klingt ganz so.«

Wun richtete noch einige liebenswürdige Abschiedsworte an die Pressemeute und den frisch eingetroffenen Gouverneur von Arizona, während ich mir eines der diversen Perihelion-Fahrzeuge auslieh und mich Richtung Phoenix aufmachte.

Niemand schritt ein, niemand folgte mir, niemand interessierte sich für mich. Ich mochte Wun Ngo Wens Leibarzt sein – einige von den Presseleuten hatten mich vielleicht sogar erkannt –, aber außerhalb von Wuns Dunstkreis war ich nicht nachrichtenrelevant. Nicht die Bohne. Ein gutes Gefühl. Ich drehte die Klimaanlage auf, bis das Wageninnere sich wie ein kanadischer Herbsttag anfühlte. Gut möglich, dass ich erlebte, was die Medien als »verzweifelte Euphorie« bezeichneten, dieses Wir-müssen-alle-sterben-aber-alles-ist-möglich-Gefühl, das seinen Höhepunkt ungefähr zu der Zeit erreichte, als Wun an die Öffentlichkeit trat. Das Ende der Welt – plus Marsianer: Was sollte angesichts dessen noch unmöglich sein? Oder auch nur *unwahrscheinlich*? Und was sollte man unter diesen Umständen noch mit einer Moral anfangen, die Anstand, Geduld und Tugend predigte, die mahnte, nicht über die Stränge zu schlagen?

E. D. hatte meine Generation beschuldigt, vom Spin paralysiert zu sein, und vielleicht war das ja auch so. Wir waren jetzt seit dreißig Jahren vom Scheinwerferlicht gebannt. Keiner von uns hatte je dieses Gefühl grundlegender Verletzlichkeit abschütteln können, diese intensive Wahrnehmung des Schwerts, das über unseren Köpfen schwebte. Dieses Gefühl trübte jedes Vergnügen, ließ selbst unsere besten und mutigsten Gesten vorläufig und unentschlossen wirken.

Aber auch die stärkste Lähmung nutzt sich irgendwann ab. Jenseits der Furcht liegt die Unbekümmertheit, jenseits der Starre der Tatendrang. Es sind allerdings nicht unbedingt gute oder besonnene Taten, die dabei herauskommen. Ich fuhr an Dutzenden von Warnschildern vorbei, die auf die Gefahr von Straßenpiraterie hinwiesen, und der Verkehrsreport im Radio vermeldete die »wegen polizeilicher Maßnahmen« gesperrten Straßen so emotionslos, als sei von Bauarbeiten die Rede. Dennoch schaffte ich es ohne Zwischenfälle bis zum Parkplatz hinter dem Jordan Tabernacle.

Der derzeitige Pfarrer war ein junger Mann mit Bürstenschnitt namens Bob Kobel, der sich am Telefon bereit erklärt hatte, mich zu empfangen. Er kam zum Auto, als ich es gerade abschloss, und führte mich ins Pfarrhaus, um mir Kaffee und Doughnuts und ein paar offene Worte anzubieten. Er sah aus wie ein ehemaliger Spitzensportler, der ein wenig rund um die Hüften geworden war, aber immer noch vom alten Teamgeist erfüllt war.

»Ich habe nachgedacht über das, was Sie gesagt haben«, sagte er. »Ich verstehe, warum Sie in Kontakt zu Diane Lawton treten wollen. Aber verstehen Sie, warum das eine unangenehme Angelegenheit für unsere Kirche ist?«

»Nicht so richtig, nein.«

»Nun, danke für Ihre Offenheit. Dann lassen Sie mich erklären. Zum Pastor dieser Gemeinde bin ich erst nach der Kälberkrise geworden, doch ich bin schon seit vielen Jahren Mitglied. Ich kenne Diane und Simon. Ich habe sie einmal als meine Freunde betrachtet.«

»Jetzt nicht mehr?«

»Ich würde gern glauben, dass wir nach wie vor Freunde sind, aber da müssten Sie sie selber fragen. Sehen Sie, Dr. Dupree, für eine relativ kleine Gemeinde haben wir eine recht kontroverse Geschichte. Das liegt vor allem daran, dass wir anfangs eine Art Bastardkirche waren, ein Haufen von Dispensationalisten, der sich mit einigen des-illusionierten New-Kingdom-Hippies zusammengetan hat. Was wir gemeinsam hatten, waren der starke Glaube daran, dass die Endzeit unmittelbar bevorsteht, und ein aufrichtiges Bedürfnis nach christlicher Gemeinschaft. Kein ganz leichter Zusammenschluss, wie Sie sich vorstellen können. Wir haben einiges an Glaubenskonflikten durchgemacht. Schismen, wenn Sie so wollen. Dogmatische Dispute, die für die Gemeinde, offen gesagt, gar nicht mehr nachzuvollziehen waren. Simon und Diane schlossen sich einer Gruppe eingefleischter Posttribulationisten an, die Jordan Tabernacle für sich beanspruchten. Daraus ergab sich eine schwierige Situation, das, was man in der säkularen Welt als Machtkampf bezeichnen würde.«

»Den sie verloren haben?«

»O nein. Sie übernahmen die Kontrolle, jedenfalls für eine Weile. Sie radikalisierten Jordan Tabernacle auf eine Weise, die viele von uns mit Unbehagen erfüllte. Dan Condon war einer von ihnen, derjenige, der uns mit diesem Netzwerk von Verrückten in Verbindung gebracht hat, die die Wiederkunft Christi mit Hilfe einer roten Kuh herbeiführen wollen. Was für eine Vermessenheit! Als würde der Herr erst noch auf ein Rinderzuchtprogramm warten, bevor er die Gläubigen versammelt.« Kobel nahm einen Schluck Kaffee.

»Ich kann zu ihrem Glauben nichts weiter sagen.«

»Sie erwähnten am Telefon, dass Diane keinen Kontakt zu ihrer Familie hat.«

»Ja.«

»Nun, vielleicht will sie es so. Ich habe ihren Vater früher oft im Fernsehen gesehen. Er machte einen ziemlich einschüchternden Eindruck.«

»Ich bin nicht hier, um sie zu entführen. Ich will mich nur davon überzeugen, dass es ihr gut geht.«

Noch ein Schluck Kaffee. Noch ein nachdenklicher Blick. »Ich würde Ihnen gern sagen können, dass es ihr gut geht. Und vermutlich ist es auch der Fall. Doch nach dem Skandal ist die ganze Gruppe hinaus in die Wildnis gezogen. Und einige von ihnen haben der Einladung, sich mit den Strafverfolgungsbehörden zu unterhalten, noch nicht Folge geleistet. Besuche sind daher nicht gern gesehen.«

»Aber nicht unmöglich?«

»Nicht unmöglich, wenn man ihnen bekannt ist. Ich bin nicht sicher, ob das für Sie gilt, Dr. Dupree. Ich könnte Ihnen den Weg erklären, doch ich bezweifle, dass sie Sie reinlassen.«

»Auch nicht, wenn Sie für mich bürgen?«

Kobel blinzelte. Er schien darüber nachzudenken. Dann lächelte er. Er nahm vom Schreibtisch hinter ihm ein Blatt Papier, auf das er eine Adresse sowie ein paar Zeilen Wegbeschreibung kritzelte. »Das ist eine gute Idee, Dr. Dupree. Sagen Sie ihnen, Pastor Bob hätte Sie geschickt. Aber seien Sie trotzdem vorsichtig.«

Pastor Bobs Wegbeschreibung führte mich zu Dan Condons Ranch, ein zweistöckiges Haus in einem dicht bewachsenen Tal etliche Stunden von der Stadt entfernt. Keine sehr eindrucksvolle Ranch allerdings, jedenfalls für meinen ungeschulten Blick. Es gab eine große Scheune, die sich, verglichen mit dem Haus, in einem äußerst reparaturbedürftigen Zustand befand, und ein paar Rinder, die auf einigen unkrautbewachsenen Streifen Grammagras weideten.

Ich hatte kaum die Bremse betätigt, da kam ein stattlicher Mann im Overall die Verandatreppe heruntergepoltert, mindestens hundert Kilo schwer, mit Vollbart und einem ganz und gar nicht erbauten Gesichtsausdruck. Ich ließ das Fenster herunter.

»Privatgrundstück, Meister.«

»Ich würde gern mit Simon und Diane sprechen.«

Er starrte mich an.

»Sie erwarten mich nicht. Aber sie wissen, wer ich bin.«

»Haben sie Sie eingeladen? Wir legen hier nämlich nicht so viel Wert auf Besucher.«

»Pastor Bob Kobel meinte, Sie würden nichts dagegen haben, wenn ich mal kurz vorbeikäme.«

»So, so. Meinte er.«

»Ich soll Ihnen sagen, ich sei im Grunde harmlos.«

»Pastor Bob, hm? Können Sie sich ausweisen?«

Ich zog meinen Personalausweis hervor. Er griff danach und verschwand wieder im Haus.

Ich wartete. Ich ließ alle Fenster herunter, damit der trockene Wind durchs Auto wehen konnte. Die Sonne stand tief genug, um die Verandapfeiler Schatten werfen zu lassen, und diese Schatten waren ein erkleckliches Stückchen länger geworden, als der Mann endlich zurückkam, mir meinen Ausweis wiedergab und sagte: »Simon und Diane werden Sie empfangen. Und tut mir leid, wenn ich ein bisschen schroff geklungen habe. Ich heiße Sorley.« Ich stieg aus dem Auto und schüttelte ihm die Hand. Sein Händedruck war von der festen Sorte. »Aaron Sorley. Die meisten nennen mich Bruder Aaron.«

Er geleitete mich durch die quietschende Fliegentür ins Haus. Trotz der Hitze ging es dort drinnen recht lebhaft zu: Ein Kind in Baumwoll-T-Shirt kam uns lachend entgegen; in der Küche kochten zwei Frauen für eine offenbar beträchtliche Anzahl von Leuten – riesige Töpfe auf dem Herd, Berge von Gemüse auf dem Schneidebrett.

»Simon und Diane teilen sich das hintere Zimmer, die Treppe rauf, die letzte Tür auf der rechten Seite. Sie können gern hochgehen.«

Ich hätte keinen Führer gebraucht. Simon erwartete mich oben auf der Treppe.

Der ehemalige Pfeifenreinigererbe sah ein bisschen abgezehrt aus. Was nicht weiter verwunderlich war, wenn man bedenkt, dass ich ihn seit der Nacht des chinesischen Angriffs auf die Polartefakte vor zwanzig Jahren nicht mehr gesehen hatte. Er mochte das Gleiche über mich denken. Sein Lächeln war noch immer bemerkenswert, breit und freigebig, ein Lächeln, mit dem er vielleicht sogar in Hollywood etwas hätte anfangen können, wenn Simon dem Mammon mehr zugetan gewesen wäre als seinem Gott. Er mochte sich nicht mit einem Händedruck begnügen – er schloss mich in seine Arme. »Willkommen! Tyler! Tyler Dupree! Ich bitte um Verzeihung, wenn Bruder Aaron ein bisschen ruppig war. Wir haben nicht oft Besuch, aber du wirst feststellen, dass wir großzügige Gastgeber sind, wenn man erst einmal da ist. Wir hätten dich schon längst eingeladen, wenn wir es auch nur für denkbar gehalten hätten, dass du die Reise auf dich nehmen könntest.«

»Das ist ein glücklicher Zufall. Ich bin in Arizona, weil …«

»Oh, ich weiß. Wir hören auch ab und zu mal die Nachrichten. Du bist zusammen mit dem schrumpligen Mann gekommen. Du bist sein Arzt.«

Er führte mich den Flur entlang zu einer cremefarbenen Tür – ihre, Simons und Dianes Tür – und öffnete sie. Das Zimmer dahinter war in einem behaglichen, wenn auch leicht zeitentrückten Stil möbliert, in der Ecke ein großes Bett mit einer gesteppten Tagesdecke über der dicken Matratze, ein Fenstervorhang aus gelbem Gingan, ein Baumwollteppich auf dem Dielenfußboden. Ein Stuhl am Fenster. Auf dem Stuhl Diane.

»Schön, dich zu sehen«, sagte sie. »Danke, dass du dir Zeit für uns genommen hast. Ich hoffe, wir haben dich nicht von deiner Arbeit weggerissen.«

»Nur so weit, wie ich weggerissen werden wollte. Wie geht es dir?«

Simon ging durchs Zimmer und stellte sich neben sie. Er legte eine Hand auf ihre Schulter und ließ sie dort.

»Uns geht's gut«, sagte sie. »Wir sind vielleicht nicht wohlhabend, aber wir kommen zurecht. Mehr kann man in diesen Zeiten wohl auch nicht erwarten. Es tut mir leid, dass wir uns nicht gemeldet haben, Tyler. Nach den Problemen bei Jordan Tabernacle ist es schwieriger geworden, der Welt außerhalb der Kirche zu trauen. Ich nehme an, du hast von der Sache gehört?«

»Ein fürchterliches Chaos«, sagte Simon. »Der Heimatschutz hat den Computer und den Fotokopierer aus dem Pfarrhaus geholt, einfach abgeholt und nie wieder zurückgegeben. Natürlich hatten wir mit dem ganzen Unsinn um die roten Färsen überhaupt nichts zu tun. Wir hatten lediglich einige Broschüren an die Gemeinde weitergegeben. Damit sie selbst entscheiden konnten, ob man sich für so eine Sache engagieren sollte. Und nur deswegen wurden wir verhört. Kannst du das fassen? Offenbar ist das schon ein Verbrechen in Preston Lomax' Amerika.«

»Niemand verhaftet worden, hoffe ich?«

»Niemand aus unserem Umfeld.«

»Aber es hat alle nervös gemacht«, sagte Diane. »Plötzlich stellt man alles in Frage, was man für selbstverständlich genommen hat. Telefonanrufe, Briefe.«

»Ich vermute, ihr müsst vorsichtig sein.«

»O ja«, sagte Diane.

»Echt vorsichtig«, sagte Simon.

Diane trug ein schlichtes Baumwollkleid mit einem Gürtel um die Taille und ein rotweiß kariertes Kopftuch, das wie ein Hijab aussah. Kein Make-up, aber sie brauchte auch keins – Diane in Sack und Asche zu kleiden war genauso aussichtslos, als würde man versuchen, einen Suchscheinwerfer unter einem Strohhut zu verbergen. Mir wurde bewusst, wie heftig es mich nach ihrem bloßen Anblick verlangt hatte. Wie unvernünftig heftig. Ich schämte mich fast für die Freude, die mir ihre Gegenwart bereitete. Zwei Jahrzehnte lang waren wir wenig mehr als alte Bekannte gewesen. Zwei Menschen, die sich einmal nähergestanden hatten. Ich hatte kein Recht auf diesen beschleunigten Puls, dieses Gefühl der Schwerelosigkeit, das sie in mir hervorrief, indem sie einfach nur auf diesem Holzstuhl saß, indem sie leicht errötend wegsah, als unsere Blicke sich trafen. Es war unrealistisch, und es war unfair – irgendjemandem gegenüber unfair, vielleicht mir, wahrscheinlich ihr. Ich hätte gar nicht herkommen dürfen.

»Und wie geht es dir?«, fragte sie. »Du arbeitest immer noch mit Jason zusammen, wie ich höre. Ich hoffe, bei ihm ist alles in Ordnung.«

»Ihm geht's ausgezeichnet. Er lässt sehr herzlich grüßen.«

Sie lächelte. »Daran zweifle ich. Das klingt so gar nicht nach Jase.«

»Er hat sich verändert.«

»Tatsächlich?«

»Es wird viel über Jason geredet«, sagte Simon, der Dianes Schulter weiter fest im Griff hatte, seine schwielige Hand zeichnete sich dunkel vor dem blassen Baumwollstoff ab. »Über Jason und den runzligen Mann, den sogenannten Marsianer.«

»Nicht nur sogenannt«, erwiderte ich. »Er ist dort geboren und aufgewachsen.«

Simon blinzelte. »Wenn du das sagst, dann muss es wohl wahr sein. Aber wie gesagt, es ist viel geredet worden. Man weiß, dass der Antichrist unter uns wandelt, das steht fest, und es könnte sein, dass er bereits berühmt ist, dass er abwartet und seinen sinnlosen Krieg plant. Und deshalb sieht man sich die Leute, die in der Öffentlichkeit stehen, sehr genau an. Ich will damit nicht sagen, dass Wun Ngo Wen der Antichrist ist, aber ich stünde nicht allein da, wenn ich es behaupten würde. Kennst du ihn gut, Tyler?«

»Wir unterhalten uns von Zeit zu Zeit. Ich glaube nicht, dass er genug Ehrgeiz besitzt, um der Antichrist zu sein.« Obwohl E. D. Lawton mir an dieser Stelle vermutlich widersprochen hätte.

»Trotzdem ist dies auch ein Punkt, der uns zur Vorsicht veranlasst. Deswegen war es auch ein Problem für Diane, den Kontakt zu ihrer Familie aufrechtzuerhalten.«

»Weil Wun Ngo Wen der Antichrist sein könnte?«

»Weil wir nicht die Aufmerksamkeit mächtiger Personen auf uns lenken wollen, so nahe am Ende der Tage.«

Ich wusste nicht, was ich darauf sagen sollte.

»Tyler ist lange unterwegs gewesen«, sagte Diane. »Er hat bestimmt Durst.«

Simons Lächeln flammte wieder auf. »Möchtest du vor dem Essen noch etwas trinken? Wir haben jede Menge Limonaden. Magst du Mountain Dew?«

»Ja, ausgezeichnet.«

Er ging aus dem Zimmer. Diane wartete, bis seine Schritte auf der Treppe zu hören waren. Dann legte sie den Kopf schief und sah mich richtig an. »Du bist weit gefahren.«

»Es gab keine andere Möglichkeit, dich zu erreichen.«

»Aber du hättest dir nicht die Mühe machen müssen. Ich bin gesund und glücklich. Das kannst du Jase mitteilen. Und natürlich auch Carol. Und E. D., falls es ihn interessiert. Ich brauche keine Kontrollbesuche.«

»Das ist auch keiner.«

»Du wolltest nur mal Hallo sagen?«

»Ja, so etwas in der Art.«

»Wir sind keinem Kult beigetreten. Ich stehe unter keinem Zwang.«

»Hab ich auch nicht behauptet.«

»Aber du hast daran gedacht, oder?«

»Ich bin froh, dass es dir gut geht.«

Sie wandte den Kopf, und das Licht der untergehenden Sonne fiel auf ihre Augen. »Entschuldige. Ich bin einfach ein wenig verblüfft, dich so plötzlich hier zu sehen. Und ich bin froh, dass du gut zurechtkommst. Du kommst doch gut zurecht, oder?«

»Nein. Ich bin paralysiert. Jedenfalls glaubt dein Vater das. Er sagt, unsere ganze Generation sei vom Spin paralysiert. Wir sind immer noch gefangen in dem Augenblick, als die Sterne ausgingen, wir haben keinen Frieden damit geschlossen.«

»Und du glaubst, dass das wahr ist?«

»Wahrer vielleicht, als irgendeiner von uns zugeben würde.« Ich sagte Dinge, die ich überhaupt nicht geplant hatte. Aber Simon würde jeden Augenblick mit seiner Dose Mountain Dew und seinem beinharten Lächeln zurückkehren, und die Gelegenheit wäre unwiderruflich vertan. »Ich sehe dich an und sehe immer noch das Mädchen auf dem Rasen vor dem Großen Haus. Vielleicht hat E. D. also recht. Fünfundzwanzig gestohlene Jahre. Sie sind ziemlich schnell vergangen.«

Diane nahm es schweigend hin. Warme Luft bewegte die Ginganvorhänge, das Zimmer wurde dunkler. Dann sagte sie: »Mach die Tür zu.«

»Würde das nicht ein bisschen ungewöhnlich aussehen?«

»Mach die Tür zu, Tyler, ich möchte nicht, dass jemand mithört.«

Also schloss ich die Tür, ganz vorsichtig, und sie erhob sich, kam zu mir, fasste mich an den Händen. Ihre Hände waren kühl. »Wir sind dem Ende der Welt zu nahe, um einander zu belügen. Es tut mir leid, dass ich nicht mehr angerufen habe, aber es sind vier Familien, die sich ein Haus und ein Telefon teilen – es ist leicht zu erkennen, wer telefoniert und wohin.«

»Simon hat es nicht erlaubt.«

»Im Gegenteil, Simon hätte es akzeptiert. Simon akzeptiert die meisten meiner Gewohnheiten und Eigenarten. Aber ich möchte ihn nicht belügen, diese Last möchte ich nicht tragen. Ich muss allerdings zugeben, dass mir unsere Gespräche fehlen, Tyler. Diese Gespräche waren wie Rettungsleinen. Als ich kein Geld hatte, als die Kirche sich gespalten hat, als ich mich ohne Grund einsam gefühlt habe ... der Klang deiner Stimme war wie eine Transfusion.«

»Warum dann damit aufhören?«

»Weil es illoyal ist. Damals. Und *jetzt*.« Sie schüttelte den Kopf, als wollte sie mir einen schwierigen, aber wichtigen Gedanken vermitteln. »Ich weiß, wie du das mit dem Spin meinst. Ich denke auch darüber nach. Manchmal tue ich so, als gäbe es eine Welt, in der der Spin nicht passiert und unser Leben anders verlaufen ist. *Unser* Leben, deins und meins.« Sie holte zitternd Luft, errötete heftig. »Und wenn ich schon nicht in dieser Welt leben kann, dachte ich, könnte ich sie wenigstens alle paar Wochen besuchen und dich anrufen, und wir könnten alte Freunde sein und uns über etwas anderes unterhalten als das Ende der Welt.«

»Das hältst du für illoyal?«

»Es *ist* illoyal. Ich habe mich in Simons Obhut begeben. Er ist mein Ehemann. Selbst wenn das keine weise Entscheidung gewesen sein sollte, so war es doch *meine* Entscheidung, und ich bin vielleicht keine so gute Christin, wie ich sein sollte, aber ich habe doch ein Bewusstsein für Pflicht und Beharrlichkeit und dafür, zu jemandem zu stehen, selbst wenn ...«

»Selbst wenn *was*, Diane?«

»Selbst wenn es wehtut. Ich glaube, keiner von uns beiden sollte weiter über das Leben nachdenken, das wir hätten haben können.«

»Ich bin nicht gekommen, um dich unglücklich zu machen.«

»Nein, aber diese Wirkung hat es.«

»Dann werde ich nicht bleiben.«

»Bleib zum Essen. Das ist ein Gebot der Höflichkeit.« Sie blickte zu Boden. »Lass mich dir noch etwas sagen, solange wir noch ungestört sind. Ich teile nicht alle von Simons Glaubensgrundsätzen. Ich kann nicht glauben, dass die Welt damit enden wird, dass die Gläubigen zum Himmel auffahren. Gott möge mir vergeben, aber das erscheint mir einfach nicht plausibel. Doch ich glaube, dass die Welt enden *wird*. Dass sie schon dabei ist zu enden. Schon angefangen hat, unser aller Leben zu beenden. Und ...«

»Diane ...«

»Nein, lass mich zu Ende sprechen. Lass mich beichten. Ich glaube, dass die Welt enden wird. Ich glaube, was Jason mir vor vielen Jahren erzählt hat – dass eines Morgens eine riesige Sonne aufgehen wird und dass dann in wenigen Stunden oder Tagen unsere Zeit auf der Erde abgelaufen ist. Und ich möchte an dem betreffenden Morgen nicht allein sein.«

»Das möchte niemand.« Außer vielleicht Molly Seagram, dachte ich. Molly, die den Film *On the Beach* mit ihrem Fläschchen voller Selbstmordpillen nachspielt. Molly und alle Leute ihresgleichen.

»Und ich *werde* nicht allein sein. Ich werde bei Simon sein. Was ich dir beichten möchte, Tyler – und wofür ich auf Vergebung hoffe –, ist, dass es, wenn ich mir diesen Tag ausmale, nicht unbedingt Simon ist, mit dem ich mich zusammen sehe.«

Die Tür ging polternd auf. Simon. Mit leeren Händen. »Jetzt steht das Essen doch schon auf dem Tisch«, sagte er. »Zusammen mit einem großen Krug Eistee für durstige Reisende. Komm mit runter, und setz dich zu uns. Es ist für alle reichlich da.«

»Danke«, erwiderte ich. »Das klingt gut.«

Die acht Erwachsenen, die das Farmhaus gemeinsam bewohnten, waren die Sorleys, Dan Condon und seine Frau, die McIsaacs und Simon und Diane. Die Sorleys hatten drei Kinder, die McIsaacs fünf, sodass wir zu siebzehnt an einem großen, auf Böcke gestellten Tisch in dem an die Küche grenzenden Zimmer saßen. Daraus resultierte ein angenehmer Lärm, der andauerte, bis »Onkel Dan« den Tischsegen ankündigte, worauf sich unverzüglich alle Hände falteten und alle Köpfe senkten.

Dan Condon war das Alpha-Männchen der Gruppe. Er war groß und ernst, fast düster, auf eine Lincoln'sche Weise hässlich. Indem er die Mahlzeit segnete, erinnerte er uns daran, dass es stets wohlgetan sei, einem Fremden Speis und Trank vorzusetzen, selbst in dem Fall, dass dieser Fremde ohne Einladung auf Besuch gekommen sei, Amen.

Nach der Art, wie die Unterhaltung geführt wurde, schloss ich, dass Bruder Aaron in der Hierarchie an zweiter Stelle stand und mit der Aufgabe betraut war, im Falle von Meinungsverschiedenheiten für klare Verhältnisse zu sorgen. Sowohl Teddy McIsaac als auch Simon ordneten sich ihm unter, hielten sich aber an Condon, wenn es um letztinstanzliche Urteile ging. War die Suppe zu salzig? »Genau richtig«, sagte Condon. Das Wetter in letzter Zeit ziemlich heiß? »Nicht sehr ungewöhnlich in dieser Gegend«, erklärte Condon.

Die Frauen sprachen kaum und hatten die Augen die meiste Zeit fest auf ihren Teller gerichtet. Condons Gattin war eine kleine, korpulente Frau mit einem verkniffenen Gesichtsausdruck. Sorleys Frau war beinahe so stattlich wie er selbst und ließ ihrem Lächeln freien Lauf, als das Essen gelobt wurde. McIsaacs Frau sah kaum älter als achtzehn aus, während er sein verdrießliches Gesicht sicherlich schon über vierzig Jahre trug. Keine der Frauen sprach mich direkt an, und keine von ihnen wurde mir mit ihrem eigenen Namen vorgestellt. Diane war ein Diamant unter diesen Zirkonen, das war augenfällig – und erklärte wohl auch ihr äußerst zurückhaltendes Benehmen.

Die Familien waren allesamt Versprengte aus der Jordan-Tabernacle-Gemeinde. Sie seien durchaus nicht die radikalsten Gemeindemitglieder, erläuterte Onkel Dan, nicht so radikal wie diese wilden Dispensationalisten, die sich letztes Jahr nach Saskatchewan abgesetzt hatten, aber sie seien auch nicht lau in ihrem Glauben, so wie Pastor Bob Kobel und seine Truppe von Kompromisslern. Die Familien seien auf die Ranch – Condons Ranch – gezogen, um einige

Meilen zwischen sich und die Versuchungen der Stadt zu legen und den letzten Aufruf in klösterlichem Frieden zu erwarten. Bisher, sagte er, sei der Plan aufgegangen.

Ansonsten konzentrierte sich die Unterhaltung auf einen Lastwagen mit ausgelaugter Batterie, eine noch nicht abgeschlossene Dachreparatur und eine drohende Klärbehälterkrise, und als die Mahlzeit beendet war, war ich genauso erleichtert wie die Kinder (Condon warf einem der Sorley-Mädchen, das allzu freudig aufgeseufzt hatte, einen äußerst strengen Blick zu).

Sobald das Geschirr abgetragen war – Frauenarbeit auf der Condon-Ranch –, verkündete Simon, dass ich mich nun verabschieden müsse.

»Macht es Ihnen nichts aus zu fahren, Dr. Dupree?«, fragte Condon. »Es gibt jetzt fast jede Nacht Raubüberfälle.«

»Ich werde die Fenster geschlossen lassen und das Gaspedal immer schön durchtreten.«

»Das ist wahrscheinlich das Beste.«

»Wenn du nichts dagegen hast, Tyler«, sagte Simon, »fahr ich noch bis zum Zaun mit dir mit. An so einem warmen Abend ist es schön, zu Fuß zurückzugehen.«

Dem konnte ich nur zustimmen.

Dann stellten sich alle zum herzlichen Abschiednehmen auf. Die Kinder wanden sich, bis ich ihnen die Hand schüttelte und sie entlassen waren. Als Diane an der Reihe war, nickte sie mir zu, schlug aber die Augen nieder, und als ich ihr die Hand gab, nahm sie sie, ohne mich anzusehen.

Simon fuhr etwa einen halben Kilometer hügelaufwärts mit und zappelte dabei wie jemand, der etwas sagen will, aber doch den Mund hält. Ich ermunterte ihn nicht. Die Abendluft war voller Düfte und relativ kühl. Ich hielt an der Stelle an, die er mir zeigte, vor einem zerbrochenen Zaun und einer Ocatillahecke. »Danke fürs Mitnehmen«, sagte er.

Als er ausstieg, verharrte er einen Moment an der offenen Tür.

»Wolltest du noch was sagen?«, fragte ich.

Er räusperte sich. »Weißt du« – die Stimme kaum lauter als der Wind –, »ich liebe Diane ebenso sehr, wie ich Gott liebe. Ich gebe zu, das klingt blasphemisch, für mich hat es jedenfalls immer so geklungen. Aber ich glaube, dass Gott sie auf die Welt gesetzt hat, damit sie meine Frau wird, und dass das ihr ganzer Daseinszweck ist. Also bin ich zu dem Schluss gekommen, dass es die zwei Seiten derselben Medaille sind: Sie zu lieben ist meine Art, Gott zu lieben. Glaubst du, dass das möglich ist, Tyler Dupree?«

Er wartete nicht auf eine Antwort, sondern machte die Tür zu und schaltete seine Taschenlampe ein. Ich beobachtete im Spiegel, wie er in die Dunkelheit und das Gezirpe der Grillen hinein verschwand.

In dieser Nacht traf ich auf keine Banditen oder Straßenräuber.

Die Abwesenheit der Sterne und des Mondes hatte die Nacht seit den frühen Jahren des Spins zu einer dunklen, gefährlichen Angelegenheit gemacht. Kriminelle hatten ausgefeilte Strategien für Überfälle aus dem Hinterhalt entwickelt. Bei Nacht zu reisen hieß, die Wahrscheinlichkeit, ausgeraubt oder ermordet zu werden, um ein Vielfaches zu erhöhen.

Es herrschte daher nicht viel Verkehr auf der Rückfahrt nach Phoenix, hauptsächlich waren Trucker in ihren gut gesicherten Riesenlastern unterwegs. Meistens war ich ganz allein auf der Straße, bohrte Lichtkeile in die Dunkelheit und lauschte dem Knirschen der Reifen und dem Rauschen des Windes. Ich kann mir nicht vorstellen, dass es ein einsameres Geräusch gibt. Vermutlich ist das der Grund, warum man Radios in die Autos einbaut.

Aber es waren keine Diebe oder Mörder auf der Straße.

Nicht in dieser Nacht.

Ich übernachtete in einem Motel außerhalb von Flagstaff und traf am nächsten Morgen am Flughafen wieder mit Wun Ngo Wen und seiner Wachmannschaft zusammen.

Während des Fluges nach Orlando war Wun ziemlich gesprächig. Er hatte die Geologie der südwestlichen Wüste studiert und war besonders angetan von einem Stein, den er auf der Rückfahrt nach Phoenix in einem Souvenirladen gekauft hatte – sein ganzer Tross hatte am Straßenrand halten und warten müssen, während er sich durch das Fossilienregal wühlte. Er zeigte mir seine Ausbeute: eine kreideartige, spiralförmige Höhlung in einem Stück Bright-Angel-Schiefer, gerade zwei, drei Zentimeter im Durchmesser. Der Abdruck eines Trilobiten, sagte er, vor zehn Millionen Jahren gestorben, geborgen aus dem steinig sandigen Ödland unter uns, das einst der Boden eines uralten Meeres gewesen war.

Er hatte noch nie ein Fossil gesehen. Es gebe keine Fossilien auf dem Mars, sagte er. Keine Fossilien im gesamten Sonnensystem, nur hier, auf der uralten Erde.

In Orlando wurden wir auf die Rückbank eines weiteren Wagens in einem weiteren Konvoi gesetzt, der uns zum Perihelion-Gelände bringen sollte. Wir fuhren bei Sonnenuntergang los, nachdem eine großflächige Durchsuchungsaktion uns eine Stunde lang aufgehalten hatte. Als wir den Highway erreichten, entschuldigte sich Wun für sein wiederholtes Gähnen. »Ich bin so viel körperliche Aktivität nicht gewöhnt.«

»Na, ich habe Sie bei Perihelion doch schon öfter auf dem Heimtrainer gesehen.«

»Ein Heimtrainer ist kein Canyon.«

»Das ist wohl wahr.«

»Ich bin erschöpft, aber glücklich. Es war eine wundervolle Expedition. Ich hoffe, Sie haben Ihre Zeit ähnlich angenehm verbracht.«

Ich erzählte ihm, dass ich Diane aufgespürt hatte und dass sie bei guter Gesundheit war.

»Das ist schön. Ich bedaure, dass ich sie nicht kennen lernen konnte. Wenn sie ihrem Bruder auch nur von ferne ähnelt, muss sie eine bemerkenswerte Person sein.«

»Das ist sie.«

»Aber der Besuch hat Ihre Hoffnungen nicht vollständig erfüllt?«

»Vielleicht hab ich mir das Falsche erhofft.« Vielleicht erhoffte ich mir schon seit langem etwas ganz und gar Falsches.

»Nun ja.« Wun gähnte wieder, die Augen halb geschlossen. »Die Frage … wie immer ist doch die Frage, wie man die Sonne anblickt, ohne geblendet zu werden.«

Ich wollte ihn fragen, wie er das meinte, aber sein Kopf war schon gegen das Sitzpolster gesunken, und ich hielt es für rücksichtsvoller, ihn schlafen zu lassen.

Unser Konvoi bestand aus fünf Autos plus einem Transportfahrzeug mit einer kleinen Einsatztruppe von Infanteristen, abgestellt für den Fall, dass es Probleme geben sollte. Der Mannschaftswagen war kastenförmig, etwa so groß wie die gepanzerten Fahrzeuge, die zum Transport von Bargeld zwischen den Regionalbanken verwendet wurden, und leicht mit einem solchen zu verwechseln.

Und tatsächlich war zufällig, etwa zehn Minuten vor uns, ein Konvoi der Firma Brink's unterwegs, der dann jedoch den Highway verließ und Richtung Palm Bay fuhr. Kundschafter, die hinter den Hauptzufahrten Posten bezogen hatten und telefonisch miteinander verbunden waren, verwechselten uns mit dem Geldtransport und wiesen uns als Zielobjekt für eine Bande von Straßenräubern aus, die weiter vorn im Hinterhalt lag.

Es waren hochprofessionelle Kriminelle. Sie hatten einen Straßenabschnitt vermint, der um ein sumpfiges Naturschutzgebiet herumführte, und verfügten über automatische Waffen und sogar Panzerabwehrraketen, und mit einem Brink's-Konvoi hätten sie kurzen Prozess gemacht: Fünf Minuten nach der ersten Erschütterung wären die Angreifer bereits weit im Moorgebiet verschwunden und würden die Beute unter sich aufteilen. Aber ihre Kundschafter hatten einen schwerwiegenden Fehler gemacht. Einen Banktransport aufs Korn zu nehmen ist eine Sache, doch sich mit fünf schwergepanzerten Fahrzeugen voller Sicherheitspersonal und einem Mannschaftswagen von Elitesoldaten anzulegen ist etwas ganz anderes.

Ich blickte durch die getönte Seitenscheibe und sah flaches grünes Wasser und kahle Zypressen vorübergleiten, als die Straßenlichter ausgingen.

Einer der Räuber hatte die unterirdischen Stromkabel gekappt. Plötzlich war die Dunkelheit richtig dunkel, eine schwarze Wand hinter dem Fenster, und ich sah nichts mehr außer meinem erschrockenen Spiegelbild. Ich sagte: »Wun …«

Aber er schlief weiter, sein faltiges Gesicht so ausdruckslos wie ein Daumenabdruck.

Dann fuhr das Führungsauto auf die Mine.

Die Erschütterung schlug wie eine Stahlfaust gegen unser Fahrzeug. Die Kolonne fuhr in gehörigem Abstand, doch wir waren trotzdem dicht genug dran, um zu sehen, wie der vordere Wagen in einer gelben Stichflamme emporschoss und brennend, mit umherfliegenden Reifen, auf den Asphalt zurückfiel.

Unser Fahrer schwenkte zur Seite und hielt an. Die Straße war blockiert. Dann gab es eine zweite Explosion am hinteren Ende des Konvois, eine weitere Mine, die den Straßenbelag brockenweise ins Sumpfgebiet schleuderte und uns jeglichen Fluchtweg abschnitt.

Wun war jetzt wach, verblüfft und ängstlich. Seine Augen waren so groß wie Monde und auch fast so hell.

In unmittelbarer Nähe knatterten Handfeuerwaffen. Ich duckte mich und zog auch Wun mit nach unten, wir saßen gekrümmt in unseren Sitzgurten und fummelten fieberhaft an den Verschlüssen. Der Fahrer zog eine Waffe irgendwo unter dem Armaturenbrett hervor und rollte sich aus der Tür hinaus. Gleichzeitig sprangen ein Dutzend Männer aus dem Mannschaftswagen hinter uns und begannen in die Dunkelheit zu feuern. Zivile Sicherheitsleute aus den anderen Fahrzeugen versuchten sich unserem Wagen zu nähern, um Wun zu schützen, wurden jedoch von heftigem Gewehrfeuer daran gehindert.

Der unerwartete Widerstand muss die Straßenräuber aus dem Konzept gebracht haben. Sie setzten jetzt schwere Waffen ein. Unter anderem eine raketengetriebene Granate, wie man mir später erzählte. Ich bekam nur mit, dass ich plötzlich taub war, unser Wagen um eine komplizierte Achse herum rotierte und die Luft geschwängert war von Rauch und Glassplittern.

Dann, ich weiß nicht wie, war ich aus der hinteren Tür heraus, das Gesicht auf den körnigen Asphalt gepresst, Blutgeschmack im Mund, und Wun war auch da, lag auf der Seite, ein oder zwei Meter von mir entfernt. Einer seiner Schuhe – die Wanderstiefel in Kindergröße, die er sich für den Canyon gekauft hatte – stand in Flammen.

Ich rief seinen Namen. Er bewegte sich schwach. Kugeln prasselten auf die Überreste des Autos hinter uns, schlugen kleine Krater in den Stahl. Mein linkes Bein war taub. Ich robbte näher heran und benutzte ein abgerissenes Stück Polsterung, um die Flammen am Schuh zu ersticken. Wun hob ächzend den Kopf.

Unsere Männer erwiderten das Feuer, Leuchtspurgeschosse fegten ins Moorgebiet zu beiden Seiten der Straße.

Wun krümmte den Rücken und kam auf die Knie. Er schien nicht zu wissen, wo er war. Er blutete aus der Nase. Die Haut auf der Stirn war aufgerissen.

»Nicht aufstehen«, krächzte ich.

Aber er versuchte weiter auf die Füße zu kommen, schleifte den verbrannten, stinkenden Stiefel über den Boden.

»Um Gottes willen«, sagte ich. Ich streckte die Hand nach ihm aus, doch irgendwie entwand er sich meinem Griff. »Um Gottes willen, *nicht aufstehen!*«

Aber schließlich schaffte er es, rappelte sich hoch und stand zitternd da, klar umrissen vor dem brennenden Autowrack. Er blickte nach unten, schien mich jetzt zu erkennen. »Tyler«, sagte er. »Was ist passiert?«

Dann fanden ihn die Kugeln.

Es gab eine Menge Leute, die Wun Ngo Wen hassten. Sie misstrauten seinen Absichten, so wie E. D. Lawton, oder verabscheuten ihn, weil sie glaubten, er sei ein Feind Gottes; weil seine Haut zufällig schwarz war; weil er für die Evolutionstheorie eintrat; weil er einen handfesten Beweis für den Spin und eine verstörende Wahrheit über das Alter des äußeren Universums verkörperte. Viele dieser Leute hatten sich verschworen, ihn zu töten; Dutzende von Morddrohungen waren in den Akten des Heimatschutzministeriums dokumentiert.

Doch es war keine Verschwörung, der er zum Opfer fiel. Es war eine Kombination aus Habgier, Verwechslung und vom Spin hervorgerufener Rücksichtslosigkeit.

Es war ein beschämend irdischer Tod.

Wuns Leichnam wurde – nach gründlicher Autopsie und Probenentnahme – eingeäschert, und er bekam ein Staatsbegräbnis mit allem, was dazugehört. Dem Trauergottesdienst in der National Cathedral in Washington wohnten Würdenträger aus allen Teilen der Welt bei. Präsident Lomax hielt eine ausführliche Rede.

Es hieß, man wolle seine Asche ins All schießen, aber dazu kam es dann doch nicht. Jason zufolge wurde die Urne vorläufig, bis zu einer Entscheidung über ihren endgültigen Verbleib, im Keller des Smithsonian Institute untergebracht.

Vermutlich steht sie dort heute noch.

VOR EINBRUCH DER DUNKELHEIT ZU HAUSE

Ich verbrachte einige Tage in einem Krankenhaus in der Nähe von Miami, genas von leichteren Verletzungen, schilderte dem FBI meine Sicht der Ereignisse und versuchte, Wuns Tod zu verarbeiten. Es war in dieser Zeit, dass ich den Entschluss fasste, Perihelion zu verlassen und eine eigene Praxis zu eröffnen.

Ich beschloss aber auch, meine Absicht erst nach dem Replikatorenstart kundzutun; ich wollte Jason nicht zu einem so heiklen Zeitpunkt damit belasten.

Im Vergleich zu den gewaltigen Anstrengungen der Terraformung stellte der Abschuss der Replikatoren geradezu eine Antiklimax dar.

Die Ergebnisse, so denn alles nach Plan verlief, würden weitaus großartiger ausfallen, aber die Unaufwändigkeit des Vorgangs – nur eine Hand voll Raketen wurde benötigt, kein cleveres Timing war erforderlich – verhinderte jede dramatische Wirkung.

Präsident Lomax ließ in dieser Sache nichts anbrennen. Trotz wütender Proteste seitens der EU, der Chinesen, Russen und Inder weigerte er sich, irgendjemand außerhalb des engsten Kreises wissenschaftlicher Mitarbeiter bei Perihelion und der NASA Einblick in die Replikatorentechnologie zu gewähren, und hatte alle entsprechenden Passagen in den veröffentlichten Editionen der marsianischen Archive streichen lassen. »Künstliche Mikroben« (Lawton-Sprech) seien eine »Hochrisiko«-Technologie, sie könnten »waffenfähig« gemacht werden (dies war zutreffend, wie selbst Wun eingeräumt hatte), die USA seien daher verpflichtet, dieses brisante Wissen in »sichere Obhut« zu nehmen, um »nanotechnische Proliferation« sowie einen neuen, tödlichen Rüstungswettlauf« zu verhindern.

Die Europäische Union hatte Beschwerde eingereicht und die UNO einen Untersuchungsausschuss eingesetzt, aber in einer Welt, in der auf vier Kontinenten lokale Konflikte brodelten, hatten Lomax' Argumente ein beträchtliches Gewicht (obwohl, wie Wun ihm hätte entgegenhalten können, die Marsianer es seit mehreren Jahrhunderten schafften, mit eben dieser Technologie zu leben – und die Marsianer waren nicht mehr und nicht weniger menschlich als ihre terrestrischen Vorfahren).

Aus all diesen Gründen lockte der spätsommerliche Raketenstart in Canaveral nur wenige Menschen an und erregte kein sehr großes Medieninteresse. Wun Ngo Wen war schließlich tot, und die Sender hatten sich mit der Berichterstattung über seine Ermordung reichlich verausgabt – die auf den Offshore-Rampen installierten vier schweren Delta-Raketen schienen da eher wie eine Fußnote zu den Begräbnisfeierlichkeiten, oder, schlimmer noch, eine Wiederaufführung: die Saatguttransporte, neu aufbereitet für eine Zeit gesunkener Erwartungen.

Aber wenn es auch nur eine kleine Show war, so war es dennoch eine Show. Lomax kam extra eingeflogen. E. D. Lawton hatte eine

Höflichkeitseinladung angenommen und sich sogar auf gutes Benehmen verpflichten lassen. Und so fuhr ich am Morgen des Starttages zusammen mit Jason zu den VIP-Logen an der östlichen Küste Cape Canaverals.

Die alten Offshore-Rampen – noch gut in Schuss, nur vom Salzwasser ein wenig rötlich verfärbt – waren dafür gebaut worden, die riesigen Trägerraketen der Saatgutära aufzunehmen, die brandneuen Deltas muteten im Vergleich dazu geradezu winzig an. Nicht dass wir auf die Entfernung nennenswerte Einzelheiten hätten erkennen können – nur vier weiße Säulen draußen im sommerlichen Dunst des Meeres, dazu das Gitterwerk der anderen Abschussrampen, die Schienenverbindungen, die im sicheren Umkreis vor Anker liegenden Begleit- und Hilfsschiffe. Es war ein klarer, heißer Morgen. Der Wind war böig – nicht stark genug, um den Start zu gefährden, aber mehr als ausreichend, um die Fahnen knattern zu lassen und das wohlfrisierte Haar von Präsidenten Lomax zu zerzausen, als er das Podium erklomm, um zu den versammelten Würdenträgern und Pressevertretern zu sprechen.

Die Rede war dankenswert kurz. Lomax beschwor das Vermächtnis Wun Ngo Wens und gab seiner tiefen Überzeugung Ausdruck, dass das Replikatorennetzwerk, das nun in die eisigen Randbereiche des Sonnensystems gepflanzt werden sollte, uns Aufschluss über die Natur und den Zweck des Spins verschaffen werde. In hehren Worten sprach er davon, dass die Menschheit ihre Spuren im Kosmos hinterlassen werde. (»Er meint die Galaxis«, flüsterte Jason, »nicht den Kosmos. Und – *unsere Spuren hinterlassen?* Wie ein Hund, der einen Hydranten anpinkelt? Irgendjemand sollte wirklich diese Reden gegenlesen.«) Abschließend zitierte der Präsident einen russischen Dichter aus dem neunzehnten Jahrhundert, F. I. Tjutschev:

Wie ein Trugbild entschwunden ist die äuß're Welt,
Und der Mensch, eine Waise, klein und hässlich,
blickt – hilflos, allein und gänzlich nackt –
ins schwarze Nichts des Weltalls, welches unermesslich.

Alles Leben, Licht – nur noch als Traum erscheinen sie,
da, plötzlich, im Schoß der tiefen Nacht,
nicht länger Rätsel, dennoch fremd, sieht er
ein schicksalhaftes Etwas, für ihn gemacht.

Dann verließ er die Bühne, und nach dem prosaischen Vorgang des Rückwärtszählens ritt die erste Rakete auf ihrer Feuersäule hinauf in den enträtselten Kosmos jenseits des Himmels. Ein schicksalhaftes Etwas. Für uns gemacht.

Während alle anderen nach oben blickten, schloss Jason die Augen und faltete die Hände im Schoß.

Zusammen mit den übrigen Gästen begaben wir uns anschließend in den Empfangsbereich, wo noch einige Pressegespräche auf uns warteten. (Jason hatte einen Zwanzigminutentermin mit einem Kabelsender, ich war für zehn Minuten gebucht. Ich war »der Arzt, der Wun Ngo Wen das Leben zu retten versuchte«, obwohl ich nichts weiter getan hatte, als seinen brennenden Schuh zu löschen und seinen Körper aus der Schusslinie zu ziehen. Ein rascher Check – Atmung, Puls – hatte keinen Zweifel daran gelassen, dass ich nichts für ihn tun konnte und es am klügsten war, den Kopf unten zu halten, bis Hilfe eintraf. Was ich auch den Reportern immer wieder erzählte, bis sie es endlich begriffen hatten, jedenfalls nicht mehr fragten.)

Präsident Lomax bewegte sich händeschüttelnd durch den Raum und wurde schließlich von seinen Beratern in Beschlag genommen und fortgezerrt. Kurz darauf lauerte E. D. Jason und mir am Büfett auf.

»Jetzt hast du also bekommen, was du wolltest«, sagte er. Der Kommentar war für Jason bestimmt, aber E. D. sah mich an. »Es lässt sich nicht mehr rückgängig machen.«

»Weshalb«, erwiderte Jason, »es sich auch nicht lohnt, noch groß darüber zu streiten.«

Wun und ich hatten Jason in den Monaten nach seiner Behandlung unter strengster Beobachtung gehalten. Er hatte sich einer ganzen Reihe neurologischer Tests unterzogen, darunter eine Serie von Magnetresonanz-Tomographien. Keiner der Tests hatte irgendeinen Defekt offenbart, die einzigen auffälligen physiologischen Veränderungen waren auf seine Gesundung von der AMS zurückzuführen. Ein blitzsauberes Gesundheitsattest also, eindeutiger, als ich es je für möglich gehalten hätte.

Und doch schien er auf subtile Weise verändert. Ich hatte Wun gefragt, ob alle Vierten einen psychologischen Wandel durchmachten. »In einem gewissen Sinne, ja«, hatte er geantwortet. Von marsianischen Vierten wurde erwartet, dass sie sich nach ihrer Behandlung anders verhielten, aber in dem Wort »Erwartung« steckte etwas Mehrdeutiges: Ja, sagte Wun, es werde »erwartet« (für wahrscheinlich gehalten), dass ein Vierter sich verändert, aber sein Umfeld, seine Freunde und Kollegen, würde diese Veränderung auch »von ihm erwarten« (ihm abverlangen).

Wie hatte Jason sich verändert? Zum einen bewegte er sich anders. Er hatte seine AMS sehr geschickt getarnt, doch nun waren sein Gang und seine Gesten wieder deutlich freier geworden. Er war der blecherne Holzfäller nach der Ölkannenbehandlung. Zwar war er noch gelegentlich missgestimmt, aber seine Launen waren nicht mehr so heftig. Er fluchte weniger – stolperte nicht mehr so leicht in eine jener emotionalen Senkgruben, in denen das einzige noch verwendbare Wort »Scheiße« hieß – und scherzte häufiger als früher.

Das alles klingt gut, und das war es auch, doch es betraf nur die Oberfläche. Andere Veränderungen schienen problematischer. Von der Leitung des Tagesgeschäfts bei Perihelion hatte er sich so weit zurückgezogen, dass sein Mitarbeiterstab ihn nur noch einmal in der Woche über die laufenden Geschäfte informierte. Er hatte begonnen, marsianische Astrophysik zu studieren, unter Umgehung, wenn nicht gar krasser Missachtung der Sicherheitsbestimmungen, und das einzige Ereignis, das seine neu erlangte Gemütsruhe durchbrach, war Wuns Tod, der ihm auf eine Weise naheging, die ich nicht recht nachvollziehen konnte.

»Dir ist klar«, sagte E. D. jetzt, »dass es das Ende von Perihelion war, was wir gerade gesehen haben.«

Das war es, in der Tat. Abgesehen von der noch zu leistenden Interpretation des Feedbacks, das wir von den Replikatoren zu erhalten hofften, war Perihelions Geschichte als zivile Raumfahrtbehörde zu Ende. Der Stellenabbau war bereits in vollem Gange, die Hälfte der technischen Mitarbeiter hatte ihre Kündigung bekommen. Das wissenschaftliche Personal schrumpfte etwas langsamer, wurde aber zusehends von Universitäten oder finanzstarken Unternehmen abgeworben.

»Dann soll es eben so sein«, gab Jason mit dem Gleichmut eines Vierten (oder einer lange unterdrückten Feindseligkeit gegen seinen Vater) zurück. »Die Arbeit, die wir zu tun hatten, ist getan.«

»Und das sagst du mir so einfach ins Gesicht.«

»Ich glaube, dass es der Wahrheit entspricht.«

»Ist es irgendwie von Bedeutung, dass ich mein Leben damit verbracht habe, das aufzubauen, was du gerade eingerissen hast?«

»Ist es von Bedeutung?« Jason überlegte. »Nein, vermutlich nicht.«

»Mein Gott, was ist nur mit dir passiert? Wenn du einen Fehler von dieser Tragweite machst …«

»Ich denke nicht, dass es ein Fehler ist.«

»… solltest du auch die Verantwortung dafür übernehmen.«

»Das habe ich meines Erachtens getan.«

»Denn wenn es schiefläuft, bist du derjenige, dem man die Schuld geben wird.«

»Das ist mir bewusst.«

»Den man der Meute zum Fraß vorwerfen wird.«

»Wenn es dazu kommt.«

»Ich kann dich nicht schützen.«

»Das konntest du nie.«

Ich fuhr mit Jason zurück zu Perihelion. Er hatte seit Neuestem ein deutsches Brennstoffzellenauto, ein Nischenfahrzeug, denn die meisten von uns benutzten immer noch die Benzinverbrenner, entwickelt von Leuten, die nicht glaubten, dass es sich noch lohnte, Rücksicht auf irgendeine Zukunft zu nehmen. Eilige Pendler überholten uns, wollten nach Einbruch der Dunkelheit zu Hause sein.

Ich teilte ihm mit, dass ich Perihelion verlassen und eine eigene Praxis eröffnen wolle.

Jason schwieg eine Weile lang, beobachtete die Straße, von deren Belag warme Luft aufstieg, als würden die Ränder der Welt in der Hitze schmelzen. Dann sagte er: »Das musst du nicht, Tyler. Perihelion wird noch ein paar Jahre lang über die Runden kommen, und ich habe genügend Einfluss, um deine Stellung zu sichern. Falls nötig, kann ich dich auch privat anstellen.«

»Aber genau das ist es ja, Jase. Es besteht keine Notwendigkeit. Ich war immer ein wenig unausgelastet bei Perihelion.«

»Du meinst, du hast dich gelangweilt?«

»Könnte ganz gut sein, sich zur Abwechslung mal etwas nützlich zu machen.«

»Du fühlst dich unnütz? Ohne dich würde ich jetzt im Rollstuhl sitzen.«

»Das ist nicht mein Verdienst, das war Wun. Ich hab nur die Spritze reingedrückt.«

»Von wegen. Du hast mich durch das ganze Martyrium geschleust. Dafür bin ich dir dankbar. Außerdem … ich brauche jemand zum Reden, jemand, der nicht versucht, mich zu kaufen oder zu verkaufen.«

»Wann haben wir unser letztes richtiges Gespräch geführt?«

»Nur weil ich damit beschäftigt war, eine gesundheitliche Krise zu überstehen, heißt das doch nicht, dass es keine mehr geben wird.«

»Du bist ein Vierter, Jase. Die nächsten fünfzig Jahre wirst du keinen Arzt mehr brauchen.«

»Und die einzigen Leute, die das von mir wissen, sind du und Carol. Was ein weiterer Grund ist, warum ich dich nicht gehen lassen möchte.« Er zögerte. »Wie wär's, wenn du dich selber der Behandlung unterziehst? Dir fünfzig zusätzliche Jahre gönnst?«

Das hätte ich wohl tun können. Aber fünfzig Jahre würden uns tief in die Heliosphäre der sich ausdehnenden Sonne tragen. Es wäre eine sinnlose Geste. »Ich wäre lieber jetzt nützlich.«

»Du bist also fest entschlossen zu gehen?«

E. D. hätte gesagt: *Bleib!* E. D. hätte gesagt: *Es ist deine Aufgabe, auf ihn aufzupassen!*

E. D. hätte so einiges gesagt.

»Ja.«

Jason packte das Lenkrad fester und starrte auf die Straße, als habe er dort etwas unendlich Trauriges gesehen. »Tja«, sagte er. »Dann kann ich nichts weiter tun, als dir alles Gute zu wünschen.«

An meinem letzten Tag bei Perihelion beorderte das technische Personal mich in einen der inzwischen nur noch selten benutzten Konferenzräume, wo mir zu Ehren eine Abschiedsparty stattfand und ich einige Geschenke erhielt, die dem Anlass – ein weiterer Abgang aus einer unaufhaltsam schwindenden Belegschaft – angemessen waren: ein Minikaktus in einem Terrakottatopf, ein Kaffeebecher mit meinem eingravierten Namen, eine Krawattennadel in Form eines Merkurstabs.

Abends dann stand Jason mit einem problematischeren Geschenk an meiner Tür.

Es war ein verschnürter Pappkarton. Als ich ihn öffnete, stieß ich auf etwa ein Pfund eng bedrucktes Papier und sechs nicht näher gekennzeichnete optische Speicherplatten.

»Was ist das?«

»Medizinisches Wissen. Du kannst es als Lehrbuch betrachten.«

»Welche Art von medizinischem Wissen?«

Er lächelte. »Aus den Archiven.«

»Den marsianischen Archiven?«

Er nickte.

»Aber das ist alles streng geheim.«

»Genau genommen, ja. Aber Lomax würde auch die Telefonnummer für den Notruf als streng geheim einstufen, wenn er der Ansicht wäre, dass er damit durchkäme. Könnte sein, dass hier Informationen zu finden sind, die Pfizer und Eli Lilly die Geschäftsgrundlage entziehen. Aber deren Interessen kann ich nicht als maßgeblich empfinden. Du vielleicht?«

»Nein, aber ...«

»Ich glaube auch nicht, dass Wun dieses Wissen hätte geheim halten wollen. Also habe ich in aller Stille Teile des Archivs nach außen gegeben, an Leute, denen ich vertraue. Du musst nichts Bestimmtes damit machen, Tyler. Sieh es dir an, oder ignorier es, hefte es ab – ganz wie du willst.«

»Toll. Danke, Jase. Ein Geschenk, für dessen Besitz ich verhaftet werden könnte.«

Ein noch breiteres Lächeln. »Ich weiß, dass du das Richtige tun wirst.«

»Was immer das sein mag.«

»Du wirst es herausfinden. Ich habe Vertrauen zu dir, Tyler. Seit der Behandlung ...«

»Ja?«

»Scheine ich alles ein bisschen klarer zu sehen.«

Er erläuterte das nicht weiter, und schließlich stellte ich den Karton zu meinem anderen Gepäck, als eine Art Souvenir. Ich war sogar versucht, das Wort ANDENKEN draufzuschreiben.

Die Replikatorentechnologie war langsam sogar im Vergleich zur Terraformung eines toten Planeten. Zwei Jahre vergingen, bevor wir so etwas wie eine erkennbare Rückmeldung von den Einheiten erhielten, die wir am Rand des Sonnensystems verstreut hatten.

Die Replikatoren waren allerdings durchaus emsig da draußen. Kaum berührt von der Schwerkraft der Sonne, taten sie das, wofür sie gemacht waren: sich Stück für Stück, Jahrhundert für Jahrhundert zu vermehren, den Anweisungen folgend, die in ihr supraleitfähiges Äquivalent einer DNA eingeschrieben waren. Mit der nötigen Zeit und einem angemessenen Vorrat an Eis und kohlenstoffhaltigen Spurenelementen würden sie irgendwann so weit sein, nach Hause

zu telefonieren. Die ersten in eine Umlaufbahn außerhalb der Spinmembran geschickten Aufklärungssatelliten fielen jedoch zur Erde
zurück, ohne ein Signal aufgenommen zu haben.

Während dieser zwei Jahre gelang es mir, einen Partner zu finden – Herbert Hakkim, ein sanftmütiger in Bengalen geborener Arzt,
der sein Praktikum ungefähr zu der Zeit abgeschlossen hatte, als Wun
den Grand Canyon besuchte –, und gemeinsam übernahmen wir die
Praxis eines Arztes in San Diego, der in den Ruhestand ging. Hakkim
war offen und freundlich im Umgang mit den Patienten, aber er hatte
praktisch kein Privatleben und schien damit auch recht zufrieden zu
sein: Außerhalb der Sprechstunden hatten wir kaum miteinander zu
tun, und ich glaube, die intimste Frage, die er mir je gestellt hat, war
die, warum ich zwei Handys mit mir herumtragen würde. (Eines aus
dem üblichen Grund; das andere, weil seine Nummer die letzte war,
die ich Diane gegeben hatte. Nicht dass es je geklingelt hätte. Auch
machte ich keinen weiteren Versuch, mit ihr in Verbindung zu treten. Aber wenn ich mich von der Nummer und dem dazugehörigen
Handy getrennt hätte, hätte sie keine Möglichkeit gehabt, mich zu
erreichen, und das erschien mir immer noch … nun, nicht richtig.)

Ich mochte meine Arbeit, und im Großen und Ganzen mochte ich
auch meine Patienten. Ich bekam mehr Schusswunden zu sehen, als
ich erwartet hatte, aber das waren jetzt die harten Jahre des Spins:
Die Kurven für Mord und Selbstmord begannen sich der Senkrechten anzunähern, und man hatte den Eindruck, dass alle unter dreißig irgendeine Art von Uniform trugen – Armee, Nationalgarde,
Heimatschutz, privater Sicherheitsdienst; es gab sogar uniformierte
Scouts, die die verunsicherten Produkte sinkender Geburtsraten
nach Hause geleiteten. Es war die Zeit, als Hollywood Massen von
extrem gewalttätigen und extrem frommen Filmen auf den Markt
warf, in denen der Spin nie ausdrücklich erwähnt wurde; denn der
Spin war – genau wie Sex in welcher Form auch immer sowie alle
Wörter, die ihn bezeichneten – von Lomax' Kulturausschuss und der
Medienkontrollbehörde FCC aus dem »Entertainment-Diskurs« verbannt worden.

Es waren auch die Jahre, in denen die Regierung eine Reihe von Gesetzen erließ, die dem Zweck dienten, die marsianischen Archive zu zensieren. Diese Archive, so der Präsident und seine Verbündeten im Kongress, enthielten überaus gefährliches Wissen, das redigiert und geschützt werden müsse. Sie der Öffentlichkeit zugänglich zu machen sei das Gleiche, als würde man »Baupläne für eine Koffer-atombombe ins Internet stellen«. Auch das anthropologische Material war davon betroffen: In der veröffentlichten Version wurde ein Vierter als »angesehener älterer Mensch« definiert. Kein Wort über medizinisch bewirkte Langlebigkeit.

Aber wer wollte schon Langlebigkeit? Das Ende der Welt rückte mit jedem Tag näher.

Falls es dafür noch eines Beweises bedurft hätte, so lieferte ihn das Flackern.

Die ersten positiven Ergebnisse aus dem Replikatorenprojekt lagen seit etwa einem halben Jahr vor, als das Flackern begann.

Den Großteil der Neuigkeiten über die Replikatoren erfuhr ich von Jason, ein paar Tage bevor sie in den Medien verbreitet wurden. An sich war es nichts Spektakuläres: Ein NASA/Perihelion-Beobach-tungssatellit hatte ein schwaches Signal aufgefangen, das von einem bekannten Planetenkörper in der Oort'schen Wolke stammte, ein gutes Stück jenseits der Umlaufbahn des Pluto – ein regelmäßiger, unko-dierter Signalton, der die bevorstehende Fertigstellung einer Replika-torenkolonie anzeigte (die bevorstehende Reife, könnte man sagen).

Was trivial anmutet – bis man sich klarmacht, was es bedeutet.

Die schlummernden Zellen einer neuartigen, von Menschenhand geformten Biologie waren auf einem Brocken staubigen Eises in den Tiefen des Weltalls gelandet. Daraufhin hatten diese Zellen einen quä-lend langsamen Stoffwechselprozess begonnen, bei dem sie die ge-ringe Hitze der fernen Sonne absorbierten, diese benutzten, um in der Nähe umherschwirrende Wasser- und Kohlenstoffmoleküle auf-zuspalten, und mit Hilfe des entstandenen Rohmaterials Duplikate ihrer selbst herstellten.

Im Laufe etlicher Jahre wuchs diese Kolonie zur Größe, sagen wir, eines Kugellagers an. Ein Astronaut, der die unfassbar lange Reise auf sich nehmen würde und genau wüsste, wo er hinzusehen hatte, würde sie als schwarzes Grübchen auf dem felsig-eisigen Regolith des Wirtskörpers erkennen. Die Kolonie aber war um ein winziges bisschen effizienter als ihr einzelliger Vorfahr. Sie begann, schneller zu wachsen und mehr Hitze zu erzeugen. Das Temperaturgefälle zwischen der Kolonie und ihrer Umgebung betrug nur ein Bruchteil eines Grad Kelvin – außer wenn Fortpflanzungsschübe latente Energie in die unmittelbare Umgebung pumpten –, aber es war stabil. Weitere Jahrtausende (oder irdische Monate) vergingen. Subprogramme im genetischen Substrat der Replikatoren, von lokalen Hitzegradienten aktiviert, modifizierten das Wachstum der Kolonie, und wie ein menschlicher Embryo produzierte die Kolonie nicht nur immer weitere, sondern nun auch spezialisierte Zellen, die Entsprechung von Herz und Lunge, Armen und Beinen. Diese besaßen Ranken, die sich in das lockere Material des Wirtskörpers zwängten, nach kohlenstoffhaltigen Molekülen gruben.

Schließlich begannen mikroskopisch kleine, aber sorgsam kalkulierte Dampfexplosionen die Rotation des Wirtsobjekts abzubremsen (geduldig, über Jahrhunderte), bis die Oberfläche der Kolonie permanent der Sonne zugekehrt war. Jetzt nahm die Differenzierung ernsthafte Formen an: Die Kolonie stieß Kohlenstoff-Kohlenstoff- sowie Kohlenstoff-Silizium-Verbindungen aus, sie bildete monomolekulare Schnurrhaare aus, um diese Verbindungen zu verketten und sich auf der Komplexitätsleiter nach oben zu hieven. Aus diesen Verbindungen heraus generierte sie lichtempfindliche Punkte – Augen – und die Fähigkeit, Hochfrequenzrauschen zu erzeugen und zu verarbeiten.

Im Laufe weiterer Jahrhunderte erweiterte und verfeinerte die Kolonie diese Fähigkeiten, bis sie mit einem regelmäßigen Zwitschern auf sich aufmerksam machte, ein Geräusch etwa, wie es ein neugeborener Sperling machte. Und dieses Geräusch hatte unser Satellit aufgefangen.

Die Medien berichteten einige Tage lang – mit Archivfotos von Wun Ngo Wen, seiner Beerdigung, des Raketenstarts – und vergaßen die Sache dann wieder. Schließlich war es lediglich die erste Phase dessen, wofür die Replikatoren konzipiert waren. Nichts Aufregendes. Eher langweilig. Es sei denn, man dachte länger als dreißig Sekunden darüber nach.

Dies war Technologie mit einem Eigenleben – ganz buchstäblich: ein Geist aus der Flasche, für immer und ewig.

Das Flackern kam ein paar Monate später.

Das Flackern war das erste Anzeichen für eine Veränderung oder Störung in der Spinmembran – wenn man die Himmelserscheinung nicht mitzählt, die dem chinesischen Raketenangriff auf die Polarartefakte gefolgt war, damals in der Frühzeit des Spins. Beide Ereignisse waren von jedem Punkt des Erdballs aus sichtbar (gewesen). Davon abgesehen, hatten sie jedoch kaum etwas gemeinsam.

Nach dem Raketenangriff schien die Spinmembran gewissermaßen ins Stottern geraten zu sein und erholte sich erst, nachdem sie Stroboskopbilder des Himmels erzeugt hatte, vervielfältigte Monde, kreisende Sterne.

Das Flackern war anders.

Ich beobachtete es vom Balkon meiner Vorstadtwohnung aus. Ein warmer Septemberabend. Einige der Nachbarn hatten sich schon draußen aufgehalten, als es begann – jetzt kamen wir alle raus. Wie schnatternde Stare hockten wir auf unseren Brüstungen.

Der Himmel war hell. Nicht von Sternen, sondern von hauchdünnen goldenen Feuerfäden, die wie Blitze über den Horizont zuckten. Die Fäden bewegten und verschoben sich auf völlig unberechenbare Weise, erloschen, flammten neu auf. Es war faszinierend und furchterregend zugleich.

Und es war ein globales, kein lokal begrenztes Ereignis. Auf der Tageslichtseite des Planeten war es nur undeutlich sichtbar, vom Sonnenlicht verschluckt oder von Wolken verdeckt. In Nord- und

Südamerika sowie in Westeuropa jedoch führte das Schauspiel am dunklen Himmel zu Panikausbrüchen. Immerhin erwarteten wir seit etlichen Jahren das Ende der Welt, und jetzt schien es so weit zu sein – zumindest sah es nach der Ouvertüre aus.

In dieser Nacht wurden allein in der Stadt, in der ich lebte, Hunderte von Selbstmorden oder Selbstmordversuchen, Dutzende von Morden oder Tötungen auf Verlangen verzeichnet. Offenbar gab es viele Menschen wie Molly Seagram, Menschen, die dem vorhergesagten Überkochen der Meere mit Hilfe von tödlichen Tabletten dieser oder jener Art entgehen wollten; die einen Vorrat angelegt hatten, der auch für Freunde und Familie reichte. Als der Himmel aufleuchtete, entschlossen sich viele von ihnen, die letzte Reise anzutreten. Etwas voreilig, wie sich herausstellte.

Das Schauspiel dauerte etwa acht Stunden. Am nächsten Morgen war ich im örtlichen Krankenhaus, um in der Notaufnahme auszuhelfen. Bis Mittag hatte ich sieben Fälle von Kohlenmonoxidvergiftung gesehen, Leute, die sich mit ihrem im Leerlauf laufenden Auto in der Garage eingeschlossen hatten. Bei den meisten konnte ich nur noch den Tod feststellen, und die Überlebenden waren kaum besser dran. Menschen, die ansonsten vollkommen gesund waren, denen man tagtäglich im Supermarkt begegnet sein mochte, würden den Rest ihres Lebens an Beatmungsgeräten zubringen, mit irreparablen Hirnschäden, Opfer eines fehlgeschlagenen Ausstiegsplans. Sehr unerfreulich. Doch die Schusswunden waren noch schlimmer. Ich konnte sie nicht behandeln, ohne an Wun Ngo Wen zu denken, wie er auf dem Highway in Florida gelegen hatte und das Blut aus den Trümmern seines Schädels gesprudelt war.

Acht Stunden. Dann war der Himmel wieder leer, und die Sonne strahlte aus ihm heraus wie die Pointe eines schlechten Witzes.

Anderthalb Jahre später geschah das Gleiche noch einmal.

»Du siehst aus wie jemand, der seinen Glauben verloren hat«, sagte Hakkim einmal zu mir.

»Oder nie einen besessen hat«, erwiderte ich.

»Ich meine nicht den Glauben an Gott. Davon scheinst du vollkommen unbelastet zu sein. Der Glaube an irgendetwas anderes. Ich weiß nicht, an was.«

Das kam mir rätselhaft vor. Ich begriff es erst nach meinem nächsten Gespräch mit Jason.

Er rief mich zu Hause an (auf meinem regulären Handy, nicht dem verwaisten Gerät, das ich wie einen untauglichen Glücksbringer mit mir herumtrug). Ich sagte: »Hallo?«, und er sagte: »Du siehst dir das bestimmt gerade im Fernsehen an.«

»Was sehe ich mir an?«

»Stell einen der Nachrichtensender ein. Bist du allein?«

Die Antwort war ja. Freiwillig. Keine Molly Seagram, die das Ende aller Tage verkomplizierte.

Der Nachrichtensender zeigte ein mehrfarbiges Diagramm, dazu ein monotoner Offkommentar. Ich stellte ihn stumm. »Was sehe ich da, Jase?«

»Eine JPL-Pressekonferenz. Es geht um den vom Orbitalempfänger aufgenommenen Datensatz.«

Replikatorendaten, mit anderen Worten. »Und?«

»Wir sind im Geschäft.« Ich konnte sein Lächeln praktisch hören.

Der Satellit hatte multiple Radioquellen geortet, die Signale aus dem äußeren Sonnensystem sendeten. Was bedeutete, dass mehr als eine Replikatorenkolonie zur Reife gelangt war. Komplexe Daten, sagte Jason. Während die Replikatorenkolonien alterten, verlangsamte sich zwar ihr Wachstum, doch ihre Funktionen wurden raffinierter. Sie richteten sich nicht mehr nur nach der Sonne aus, um ihre Energiezufuhr zu sichern – sie analysierten das Sternenlicht und errechneten Planetenumlaufbahnen und verglichen die Ergebnisse mit den in ihren genetischen Code eingeschriebenen Mustern. Nicht weniger als ein Dutzend voll ausgereifte Kolonien hatten haargenau die Daten zurückgeschickt, für deren Sammlung sie konzipiert worden waren, vier binäre Datenströme, die Folgendes verkündeten:

1. Dies ist ein Planetensystem eines Sterns mit einer Sonnenmasse von 1,0.
2. Das System besitze acht große Planetenkörper (Pluto liegt unterhalb des wahrnehmbaren Massenlimits).
3. Zwei dieser Planeten sind optisch leer, umgeben von Spinmembranen.
4. Die berichterstattenden Replikatorenkolonien haben in den Reproduktionsmodus umgeschaltet, stoßen unspezifische Samenzellen ab und expedieren sie mittels Kometendampfexplosionen in Richtung benachbarter Sterne.

Dieselbe Botschaft, so Jason, sei an Benachbarte, weniger reife Kolonien geschickt worden, die in Reaktion darauf redundante Funktionen übersprangen und ihre Energie voll und ganz auf die eigene Fortpflanzung ausrichteten.

Mit anderen Worten: Wir hatten das äußere Sonnensystem erfolgreich mit Wuns quasibiologischen Systemen infiziert.

Welche nunmehr Sporen bildeten.

»Das verrät uns aber nichts über den Spin«, sagte ich.

»Natürlich nicht. Noch nicht. Doch dieses kleine Rinnsal an Information wird in nicht allzu langer Zeit zu einem reißenden Strom werden. Bald werden wir ein Spinverzeichnis aller Sterne im Umkreis erstellen können – und irgendwann der ganzen Galaxis. Auf dieser Grundlage sollten wir imstande sein zu deduzieren, woher die Hypothetischen kommen, wo sie überall Spins installiert haben und was mit Spinwelten geschieht, wenn ihre Sterne expandieren und ausbrennen.«

»Aber damit wäre noch nichts wieder in Ordnung gebracht, oder?«

Er seufzte, als hätte ich eine äußerst dumme Frage gestellt und ihn damit schwer enttäuscht. »Nein, vermutlich nicht. Aber ist wissen nicht besser als spekulieren? Vielleicht erfahren wir, dass wir dem Untergang geweiht sind, vielleicht erfahren wir aber auch, dass uns mehr Zeit bleibt, als wir denken. Denk dran, Tyler, wir arbeiten auch noch an anderen Fronten. Wir haben uns in die theoretische

Physik aus Wuns Archiven vertieft. Wenn man die Spinmembran als ein Wurmloch darstellt, das ein Objekt umschließt, welches auf nahezu Lichtgeschwindigkeit beschleunigt …«

»Aber wir beschleunigen nicht. Wir bewegen uns nirgendwo hin.« Außer geradewegs in die Zukunft.

»Nein, aber wenn du die Rechnung durchführst, erhältst du Ergebnisse, die unseren Beobachtungen über den Spin entsprechen. Woraus wir Hinweise darauf gewinnen können, welche *Kräfte* die Hypothetischen manipulieren.«

»Aber zu welchem Zweck, Jase?«

»Es ist noch zu früh, das zu sagen. In jedem Fall glaube ich nicht an die Nutzlosigkeit von Wissen.«

»Auch wenn wir sterben?«

»Jeder muss mal sterben.«

»Ich meine, wir als Gattung.«

»Das bleibt abzuwarten. Was immer der Spin sein mag, er ist mehr als eine Art ausgefeiltes globales Euthanasieprogramm. Die Hypothetischen verfolgen irgendein Ziel.«

Vielleicht. Aber genau das, begriff ich jetzt, war der Glaube, der mich verlassen hatte. Der Glaube an die Große Rettung.

Alle Sorten und Geschmacksrichtungen der Großen Rettung. Etwa: In letzter Minute würden wir ein technisches Wundermittel ersinnen und uns in Sicherheit bringen. Oder: Die Hypothetischen waren wohltätige Wesen, die den Planeten in ein Reich des Friedens verwandeln würden. Oder: Gott würde uns alle erretten, jedenfalls die wahren Gläubigen unter uns. Oder. Oder. Oder.

Die Große Rettung. Es war eine honigsüße Lüge. Ein Rettungsboot aus Papier. Es war nicht der Spin, der meine Generation so verkrüppelt hatte. Es war die Verlockung und der Preis der Großen Rettung.

Das Flackern kehrte ein Jahr später im Winter zurück, hielt achtundvierzig Stunden an und verschwand wieder. Viele von uns begannen es für eine Art Wetterleuchten zu halten, unvorhersehbar, aber im Grunde harmlos.

Im April gab es ein Flackern, das drei Tage dauerte und die Übertragung der Aerostatsignale störte. Dies rief eine neue (kleinere) Welle von Selbstmorden beziehungsweise Selbstmordversuchen hervor – in Panik gerieten die Leute weniger durch das, was sie am Himmel sahen, als wegen des Versagens ihrer Telefone und Fernsehgeräte.

Ich hatte aufgehört, die Nachrichtensendungen zu verfolgen, aber bestimmte Ereignisse konnte man nicht ignorieren: die militärischen Rückschläge in Nordafrika und Osteuropa, der von Anhängern eines Kults durchgeführte Staatsstreich in Simbabwe, der Massensuizid in Korea. Vertreter des apokalyptischen Islams erzielten in diesem Jahr große Erfolge bei Wahlen in Algerien und Ägypten. Ein philippinischer Kult, der sich dem Andenken an Wun Ngo Wen verpflichtet hatte – der als pastoralistischer Heiliger, als agrarischer Gandhi angesehen wurde –, hatte in Manila einen Generalstreik angezettelt.

Und ich bekam weitere Anrufe von Jason. Er schickte mir ein Telefon mit irgendeinem eingebauten Verschlüsselungsteil, das uns seiner Einschätzung nach einen »ganz guten Schutz gegen Stichwortjäger« bot, was immer das heißen mochte.

»Klingt ein bisschen paranoid«, sagte ich.

»Sinnvoll paranoid, glaube ich.«

Vielleicht, sofern wir Dinge besprechen wollten, die die nationale Sicherheit berührten. Das taten wir aber nicht, jedenfalls anfangs. Stattdessen fragte mich Jason über meine Arbeit aus, mein Leben, die Musik, die ich hörte. Ich begriff, dass er versuchte, eine Gesprächssituation herzustellen, wie sie vor zwanzig oder dreißig Jahren bestanden hatte – vor Perihelion, sogar noch vor dem Spin. Er habe seine Mutter besucht, berichtete er. Sie richte ihre Tage noch immer nach der Uhr und nach der Flasche aus. Im Haus habe sich nichts geändert, Carol hätte darauf bestanden. Das Personal halte alles sauber, alles an seinem Platz. Er sagte, das Große Haus sei wie eine Zeitkapsel – als wäre es in der ersten Nacht des Spins hermetisch abgeriegelt worden. Ein bisschen gespenstisch sei das.

Ich fragte ihn, ob Diane jemals anrufe.

»Diane hat schon vor Wuns Tod aufgehört, mit Carol zu sprechen. Nein, wir haben nichts von ihr gehört.«

Dann fragte ich nach dem Replikatorenprojekt. Man hatte in letzter Zeit nichts mehr darüber gehört.

»Das JPL hält die Ergebnisse unter Verschluss.«

Ich hörte die Traurigkeit in seiner Stimme. »So schlimm?«

»Es läuft nicht nur schlecht. Jedenfalls bis vor Kurzem. Die Replikatoren haben alles getan, was Wun sich von ihnen erhoffte. Erstaunliche Dinge, Tyler, ich meine, wirklich verblüffend. Ich wünschte, ich könnte dir die Softwareverzeichnisse zeigen, die wir erstellt haben. Fast zweihunderttausend Sterne in einem Raum von Hunderten von Lichtjahren. Wir wissen inzwischen mehr über die Evolution der Sterne und Planeten, als ein Astronom aus E. D.s Generation sich je hätte vorstellen können.«

»Aber nichts über den Spin?«

»Das habe ich nicht gesagt.«

»Und, was hast du erfahren?«

»Zum einen, dass wir nicht allein sind. Im erwähnten Raumvolumen haben wir drei optisch leere Planeten etwa von der Größe der Erde gefunden, in Umlaufbahnen, die nach Erdmaßstäben bewohnbar sind oder es in der Vergangenheit waren. Der nächstgelegene umkreist den Stern Ursa Majoris 47. Der am weitesten entfernte ...«

»Die Details brauche ich nicht unbedingt.«

»Wenn wir uns das Alter der betroffenen Sterne ansehen, dann scheinen die Hypothetischen irgendwo aus der Richtung des galaktischen Mittelpunkts zu stammen. Es gibt noch andere Hinweise: Die Replikatoren haben ein paar Weiße Zwerge gefunden – ausgebrannte Sterne im Wesentlichen, aber Sterne, die vor ein paar Milliarden Jahren wie die Sonne ausgesehen haben müssen –, mit Planeten in diversen Umlaufbahnen, die die solare Ausdehnung niemals hätten überstehen dürfen.«

»Spinüberlebende?«

»Vielleicht.«

»Bewohnbare Planeten?«

»Wir haben keine rechte Möglichkeit, das herauszufinden. Aber sie sind nicht durch Spinmembrane geschützt, und ihre derzeitige stellare Umgebung ist nach unseren Maßstäben absolut lebensfeindlich.«

»Und was bedeutet das?«

»Ich weiß es nicht. Niemand weiß das. Wir dachten, wir können ergiebigere Vergleiche anstellen, je weiter das Replikatorennetzwerk expandiert. Was wir mit den Replikatoren geschaffen haben, ist ein neurales Netzwerk von unvorstellbarer Ausdehnung. Sie reden mit sich selbst, wie Neuronen es auch tun, nur tun sie es über Jahrhunderte und Lichtjahre hinweg. Es ist einfach atemberaubend schön, Tylor. Ein Netzwerk, das größer ist als alles, was die Menschheit je geschaffen hat. Es sammelt Informationen, filtert sie, speichert sie, sendet sie an uns zurück …«

»Und was ist jetzt schiefgegangen?«

Es klang, als könnte er es nur unter Schmerzen aussprechen. »Vielleicht das Alter. Alles altert, sogar sorgfältigst geschützte genetische Codes. Könnte sein, dass sie sich über unsere Vorgaben hinaus entwickeln. Oder …«

»Ja, aber was ist passiert, Jase?«

»Die Daten werden weniger. Und wir erhalten fragmentarische, widersprüchliche Informationen von den Replikatoren, die am weitesten von der Erde entfernt sind. Das kann alles Mögliche bedeuten. Sollten sie sterben, liegt es vielleicht daran, dass ein Fehler im Quellcode wirksam wird. Aber einige der seit langem bestehenden Knotenpunkte geben ebenfalls den Geist auf.«

»Irgendetwas hat es auf sie abgesehen?«

»Das wäre eine etwas voreilige Annahme. Ich hätte eine andere Erklärung anzubieten: Als wir diese Dinger in die Oort'sche Wolke geschossen haben, haben wir eine einfache interstellare Ökosphäre geschaffen – Eis, Staub und künstliches Leben. Aber was, wenn wir nicht die Ersten waren? Vielleicht ist die interstellare Ökosphäre ja gar nicht so einfach beschaffen.«

»Du meinst, es sind noch andere Arten von Replikatoren da draußen?«

»Könnte sein. Jedenfalls, wenn es so ist, konkurrieren sie um die Ressourcen, ja vielleicht benutzen sie sogar *einander* als Ressourcen. Wir dachten, wir würden unsere Replikatoren in einen leeren, sterilen Raum schicken. Aber vielleicht gibt es dort schon eine andere Spezies. Eine feindliche Spezies.«

»Du glaubst, sie werden *gefressen*?«

»Gut möglich.«

Das Flackern kehrte im Juni zurück, um nach knapp achtundvierzig Stunden wieder zu verschwinden.

Im August gab es sechsundfünfzig Stunden Flackern plus zeitweilige Telekommunikationsprobleme.

Als es Ende September wieder anfing, war niemand überrascht. Den ersten Abend verbrachte ich bei geschlossenen Jalousien, kümmerte mich nicht um den Himmel und sah mir einen Film an, den ich eine Woche zuvor heruntergeladen hatte. Einen alten Film, prä-Spin. Ich interessierte mich dabei weniger für die Handlung als für die Gesichter, die Gesichter von Menschen, die ihr Leben ohne Angst vor der Zukunft lebten. Menschen, die sich, jedenfalls hin und wieder, ohne Ironie oder Nostalgie über den Mond und die Sterne unterhielten.

Dann klingelte das Telefon.

Nicht mein reguläres Telefon und auch nicht das technisch aufgerüstete, das Jason mir geschickt hatte. Ich erkannte das aus drei Tönen zusammengesetzte Klingeln sofort wieder, obwohl ich es seit Jahren nicht mehr gehört hatte. Es klang gedämpft – ich hatte das Handy in der Tasche einer Jacke gelassen, die im Flurschrank hing.

Es klingelte noch zweimal, bevor ich es hervorgekramt hatte und mich melden konnte.

»Hallo?« Ich rechnete damit, dass es eine falsche Verbindung war. Ich hoffte, das ich Dianes Stimme hören würde. Hoffte es und hatte zugleich Angst davor.

Doch es war eine Männerstimme am anderen Ende. Simons Stimme, wie ich mit etwas Verspätung erkannte.

»Tyler? Tyler Dupree? Bist du das?«

Ich hatte in meinem Leben genug Notrufe entgegengenommen, um die Besorgnis in seiner Stimme wahrzunehmen. »Ja, ich bin's, Simon. Was ist los?«

»Ich dürfte gar nicht mit dir sprechen, aber ich weiß nicht, an wen ich mich sonst wenden soll. Ich kenne keine Ärzte hier in der Gegend. Und es geht ihr so schlecht. Sie ist krank, Tyler! Ich glaube nicht, dass es besser wird. Ich glaube, sie braucht ...«

Dann wurde die Verbindung durch das Flackern unterbrochen, und es war nur noch Rauschen in der Leitung.

4×10^9 n. Chr.

Hinter Diane kamen En und zwei Dutzend seiner Cousins und Cousinen sowie noch einmal die gleiche Anzahl von Fremden, alle unterwegs in die neue Welt. Jala trieb sie hinein, dann schob er die gewellte Stahltür des Lagerhauses zu. Gleich wurde es wieder dunkler. Diane legte einen Arm um mich, und ich führte sie zu einem halbwegs sauberen Platz unter einer der Halogenidlampen. Ibu Ina entrollte einen leeren Jutesack, auf den sie sich legen konnte.

»Der Lärm«, sagte Ina.

Diane legte sich hin und schloss die Augen, sie war sichtlich erschöpft. Ich knöpfte ihre Bluse auf und begann, mit aller Vorsicht, sie von der Wunde zu lösen. »Mein Arztkoffer ...«

»Ja, natürlich.« Ina schickte En die Treppe hinauf, damit er uns beide Taschen brachte, ihre und meine. »Der Lärm ...«

Diane zuckte zusammen, als ich den verfilzten Stoff von dem geronnenen Blut der Wunde zog, aber ich wollte ihr kein Medikament verabreichen, bevor ich nicht das Ausmaß der Verletzung gesehen hatte. »Welcher Lärm?«

»Auf den Docks müsste um diese Zeit ein gewaltiger Lärm herrschen. Aber es ist ruhig, Man hört nichts.«

Ich hob den Kopf. Ina hatte recht. Es waren keinerlei Geräusche zu hören außer den nervösen Unterhaltungen der Minang-Dorfbewohner und einem leisen Trommeln, das der Regen auf dem hohen Metalldach veranstaltete. Aber das war nicht der Augenblick, sich darüber Gedanken zu machen. »Am besten fragen Sie Jala. Vielleicht weiß er, was los ist.«

Dann wandte ich mich wieder Diane zu.

»Es ist nur äußerlich«, sagte Diane. Sie holte tief Luft, die Augen vor Schmerz zusammengekniffen. »Nur ein Kratzer. Glaub ich jedenfalls.«

»Das sieht nach einer Schusswunde aus.«

»Ja. Die Reformasi haben Jalas Unterschlupf in Padang aufgespürt. Zum Glück waren wir gerade dabei, uns aus dem Staub zu machen. *Uh!*«

Sie hatte recht. Es war nur eine Fleischwunde, die allerdings genäht werden musste. Die Kugel war durch das Gewebe knapp oberhalb des Hüftknochens gedrungen, der Einschlag hatte, wo die Haut nicht aufgerissen war, böse Prellungen verursacht, und es bestand die Möglichkeit, dass der Bluterguss sehr tief reichte, dass durch die Erschütterung eins der inneren Organe geschädigt worden war. Sie habe kein Blut im Urin gehabt, sagte sie, und sowohl Blutdruck als auch Puls bewegten sich in einem den Umständen entsprechenden Bereich.

»Ich werde dir etwas gegen die Schmerzen geben. Und das hier müssen wir zunähen.«

»Näh es zu, wenn du musst, aber ich will keine Medikamente. Wir müssen hier weg.«

»Du willst doch nicht, dass ich dich ohne Betäubung zusammenflicke.«

»Dann eben was Örtliches.«

»Wir sind hier nicht im Krankenhaus. Für eine örtliche Betäubung habe ich nichts dabei.«

»Dann näh einfach los, Tyler. Ich halte das schon aus.«

Ja, aber konnte ich es auch? Ich sah meine Hände an. Sie waren sauber – es gab fließendes Wasser im Waschraum der Lagerhalle –, und Ina half mir, die Latexhandschuhe überzustülpen, bevor ich Diane verarztete. Sauber waren sie also. Aber nicht gerade ruhig.

Ich war nie zimperlich gewesen, was meine Arbeit betraf. Schon als Medizinstudent und selbst beim Sezieren war ich imstande gewesen, das Gefühl auszuschalten, das uns den Schmerz eines anderen mitempfinden lässt, als sei es unser eigener. So zu tun, als sei die gerissene Arterie, die meiner Behandlung bedurfte, nicht mit einem lebendigen Menschen verbunden. So zu tun – und es während der erforderlichen Minuten auch wirklich zu glauben.

Doch jetzt zitterte meine Hand, und die Vorstellung, eine Nadel durch diese blutigen Fleischränder zu stoßen, erschien mir brutal, von nicht zu rechtfertigender Grausamkeit.

Diane umfasste mein Handgelenk. »Es ist eine *Vierten*sache«, sagte sie.

»Was?«

»Du hast das Gefühl, die Kugel hätte dich getroffen statt mich. Stimmt's?«

Ich nickte erstaunt.

»Das ist typisch für Vierte. Ich glaube, es soll uns zu besseren Menschen machen. Aber du bist immer noch Arzt. Du musst da durch.«

»Falls ich es nicht kann, übergebe ich an Ina.«

Aber irgendwie ging es. Ich konnte es, und ich tat es.

Nach einiger Zeit kehrte Ina von ihrer Besprechung mit Jala zurück. »Heute sollten Arbeitskampfmaßnahmen stattfinden. Die Polizei und die Reformasi stehen vor den Toren und beabsichtigen, den Hafen unter ihre Kontrolle zu bringen. Man rechnet mit Zusammenstößen.« Sie sah Diane an. »Wie sieht's aus bei Ihnen, meine Liebe?«

»Ich bin in guten Händen«, flüsterte Diane mit brüchiger Stimme.

Ina begutachtete meine Arbeit. »Kompetent«, erklärte sie.

»Danke«, erwiderte ich.

»Wenn man die Umstände bedenkt. Aber hört zu, ihr beiden. Wir müssen dringend weg. Das Einzige, was im Moment zwischen uns und dem Gefängnis steht, ist der Arbeiteraufstand. Wir müssen umgehend auf die *Capetown Maru*.«

»Die Polizei sucht nach uns?«

»Ich glaube, nicht nach Ihnen speziell. Jakarta hat irgendeine Art von Vereinbarung mit den Amerikanern getroffen, das Emigrationsgewerbe zu bekämpfen. Als wurden die Docks immer mal wieder durchsucht, hier und anderswo, unter viel öffentlichem Getöse, damit die Leute vom US-Konsulat auch ordentlich beeindruckt sind. Natürlich ist das nicht von Dauer. Es geht zu viel Geld durch zu viele Hände, als dass das Geschäft ernsthaft unterdrückt werden würde. Aber für den äußeren Schein gibt es nichts Besseres, als wenn uniformierte Polizei ein paar Menschen aus den Laderäumen von Frachtschiffen zerrt.«

»Sie sind zu Jalas Unterschlupf gekommen«, sagte Diane.

»Ja, sie wissen über Sie und Dr. Dupree Bescheid, sie würden Sie auch gern in Gewahrsam nehmen, aber das ist nicht der Grund, warum dort draußen Polizei steht. Es laufen nach wie vor Schiffe aus dem Hafen aus, doch nicht mehr lange. Die Gewerkschaft ist ziemlich stark hier in Teluk Bayur. Sie werden kämpfen.«

Jala rief etwas von der Tür her, Worte, die ich nicht verstand.

»Jetzt müssen wir wirklich los«, sagte Ina.

»Helfen Sie mir, eine Trage für Diane zu machen.«

Diane versuchte sich aufzusetzen. »Ich kann gehen.«

»Nein«, sagte Ina. »In diesem Punkt muss ich Tyler recht geben. Bewegen Sie sich möglichst nicht.«

Wir legten weitere vernähte Jutestücke übereinander und bildeten daraus eine Art Hängematte. Ich nahm das eine Ende, und Ina wies einen der stämmigeren Minang-Männer an, am anderen Ende anzupacken.

»Beeilung jetzt!«, rief Jala und winkte uns in den Regen hinaus.

Monsunzeit. War dies ein Monsun? Der Morgen sah aus wie die Abenddämmerung. Wolken zogen wie nasse Wollknäuel über das graue Wasser von Teluk Bayur, schnitten die Türme und Radarschirme der großen Doppelrumpftanker ab. Die Luft war heiß und roch übel. Der Regen durchnässte uns schon in der kurzen Zeit, die wir brauchten, Diane in den wartenden Wagen zu laden. Jala hatte für seine Emigrantentruppe einen kleinen Konvoi organisiert: drei Autos und ein paar kleine Transporter mit offenem Verdeck und harten Gummireifen.

Die *Capetown Maru* hatte am Ende eines hohen Betonpiers festgemacht, etwa einen halben Kilometer entfernt. In entgegengesetzter Richtung – reihenweise Lagerhallen, aufgetürmte Industriewaren und fette rotweiße Avigas-Behälter lagen dazwischen – hatte sich eine dichte Menge von Dockarbeitern am Tor versammelt. Über das Trommeln des Regens hinweg konnte ich jemanden durch ein Megaphon sprechen hören. Dann Geräusche, die wie Schüsse klangen.

»Steigen Sie ein.« Jala drängte mich auf den Rücksitz des Autos, wo sich Diane über ihre Wunde beugte, als würde sie beten. »Schnell, schnell.« Er klemmte sich hinters Steuer.

Ich warf einen letzten Blick auf die vom Regen verwischte Menschenmenge. Ein Gegenstand von der Größe eines Footballs stieg über ihr auf, zog Spiralen von weißem Rauch hinter sich her. Tränengas.

Der Wagen schoss vorwärts.

»Das da ist nicht nur Polizei«, sagte Jala, als wir auf den schmalen Streifen des Kais bogen. »Die Polizei würde sich nicht so töricht anstellen. Das sind New Reformasi. Schlägertypen, die sie in den Slums von Jakarta von der Straße weg engagiert und in Regierungsuniformen gesteckt haben.«

Uniformen und Gewehre. Und noch mehr Tränengas, aufgerührte Wolken, die im regnerischen Dunst verschwammen. Die Menge begann sich an den Rändern aufzulösen.

Ein fernes Krachen ertönte, und ein Feuerball stieg ein paar Meter hoch in den Himmel.

Jala sah es im Rückspiegel. »Mein Gott, wie idiotisch! Da muss jemand auf ein Ölfass gefeuert haben. Die Docks ...«

Sirenen heulten über das Wasser, während wir den Kai entlangfuhren. Die Menschenmenge war inzwischen in Panik geraten. Jetzt konnte ich die Polizisten sehen, die in einer Linie durch das Tor drängten. Einige von ihnen trugen schwere Waffen und Masken mit schwarzen Schnauzen. Ein Feuerwehrwagen rollte aus einem Schuppen und fuhr kreischend auf das Tor zu.

Wir fuhren über eine Reihe von Rampen und hielten dort, wo der Pier sich auf einer Höhe mit dem Hauptdeck der *Capetown Maru* befand, ein alter, unter Billigflagge fahrender Frachter, weiß und rostorange gestrichen. Eine stählerne Gangway war zwischen Hauptdeck und Pier ausgelegt worden, und die ersten Minang hatten sie bereits bestiegen.

Jala sprang aus dem Auto, und als ich Diane auf den Kai bugsiert hatte – auf ihren eigenen Füßen, an mich gelehnt, die Jutebahre hatten wir zurückgelassen –, war er bereits in eine hitzige, auf Englisch geführte Diskussion mit einem Mann am Ende der Gangway verwickelt: der Kapitän oder Steuermann des Schiffes vielleicht, jedenfalls jemand, der mit entsprechender Autorität ausgestattet war, ein untersetzter Mann mit einem Sikh-Turban und zusammengebissenen Zähnen.

»Es war schon vor Monaten vereinbart«, sagte Jala.

»... aber dieses Wetter ...«

»... bei *jedem* Wetter ...«

»... ohne Genehmigung der Hafenbehörde ...«

»... ja, aber es ist keine Hafenbehörde da ... Sehen Sie!«

Es sollte eine rhetorische Geste sein. Doch Jalas ausladende Handbewegung richtete sich gerade in dem Moment auf die Benzin- und Gasbunker nahe des Haupttors, als einer der großen Behälter explodierte.

Ich sah es nicht. Die Erschütterung drückte mich in den Beton, und ich fühlte die Hitze im Nacken. Der Krach war gewaltig. Ich rollte mich auf den Rücken, das Dröhnen noch in den Ohren. Das Avigas, dachte ich. Oder was immer hier gelagert wurde. Benzol. Kerosin. Heizöl oder sogar rohes Palmöl. Das Feuer musste sich ausgebreitet haben, oder die schlecht ausgebildeten Polizisten hatten in die falsche Richtung geschossen. Ich drehte den Kopf und fand Diane neben mir, mehr verwirrt als ängstlich. Ich dachte: Ich kann den Regen gar nicht hören. Aber da war ein anderes, erschreckenderes Geräusch: das Klirren herabstürzender Metallsplitter. Brennend schlugen sie auf den Pier und das Deck der *Capetown Maru*.

»Kopf einziehen«, rief Jala mit gurgelnder Stimme, wie unter Wasser. »Alle Mann runter mit den Köpfen!«

Ich versuchte Diane mit meinem Körper abzudecken. Brennendes Metall fiel etliche Sekunden lang wie Hagel um uns herum zu Boden oder klatschte in das dunkle Wasser hinter dem Schiff. Dann hörte es plötzlich auf. Nur noch der Regen fiel, sanft wie Flüstern.

Wir rappelten uns hoch. Jala war schon wieder dabei, Leute auf die Gangway zu schieben, wobei er ängstliche Blicke zurück auf die Flammen warf. »Das muss nicht der Letzte gewesen sein! Kommt an Bord, los, los!« Er lotste die Dorfbewohner an der *Capetown*-Mannschaft vorbei, die damit beschäftigt war, Brände an Deck zu löschen und die Leinen zu werfen.

Rauch trieb auf uns zu, verdeckte die Sicht auf das Geschehen an Land. Ich zog Diane mit mir. Sie zuckte bei jedem Schritt zusammen, und Blut aus ihrer Wunde sickerte in den Verband. Wir waren die Letzten auf der Gangway. Einige Matrosen schickten sich schon an, die Metallkonstruktion hinter uns einzuziehen, die Hände an den Winden, die Augen auf die Feuersäulen im Hafen gerichtet.

Die Maschinen der *Capetown Maru* dröhnten unter Deck. Jala sah mich und lief herbei, um Dianes anderen Arm zu nehmen. Diane registrierte seine Anwesenheit. »Sind wir sicher?«, fragte sie.

»Nicht bevor wir aus dem Hafen raus sind.«

Auf dem grüngrauen Wasser ertönten Hörner und Pfeifen. Jegliches Schiff, dem das möglich war, setzte sich jetzt in Bewegung. Jala blickte zum Kai zurück und erstarrte. »Ihr Gepäck.«

Es war auf einen der kleinen Transporter geladen worden. Zwei ramponierte Hartschalenkoffer voller Papiere, Pharmazeutika und digitaler Speichermedien. Sie lagen noch da, einsam und verlassen.

»Fahrt die Gangway wieder aus«, rief Jala den Matrosen zu.

Sie blinzelten ihn an, waren sich nicht sicher, ob er hier irgendetwas zu bestimmen hatte. Der Erste Offizier war schon zur Brücke gegangen. Jala warf sich in die Brust und reif etwas Heftiges in einer Sprache, die ich nicht kannte. Die Matrosen zuckten mit den Achseln und ließen die Gangway auf den Kai zurückkrasseln.

Die Schiffsmotoren liefen warm, gaben einen satten Ton von sich.

Ich rannte über die Gangway, das gewellte Aluminium dröhnte unter meinen Füßen. Ich schnappte mir die Koffer, warf einen letzten Blick zurück: Etwa ein Dutzend uniformierter New Reformasi kam auf die *Capetown Maru* zugelaufen. »Legt ab«, rief Jala, als kommandiere er das Schiff. »Schnell, legt ab!«

Die Gangway wurde eingezogen. Ich warf das Gepäck an Bord und sprang hinterher. Erreichte das Deck, bevor sich das Schiff in Bewegung setzte.

Dann explodierte ein weiterer Avigas-Tank, und wir wurden von der Erschütterung zu Boden geworfen.

VON TRÄUMEN UMZINGELT

Die nächtlichen Schlachten zwischen Straßenpiraten und kalifornischer Polizei machten das Reisen zu einer ohnehin beschwerlichen Angelegenheit. Durch das Flackern jedoch wurde alles noch schlimmer. Offizielle Stellen warnten dringend vor jedem nicht unbedingt nötigen Reiseverkehr während der Flackerphasen, aber das hielt die Leute nicht von dem Versuch ab, Familie oder Freunde zu erreichen, und in manchen Fällen auch nicht davon, einfach ins Auto zu steigen und zu fahren, bis ihnen das Benzin oder die Lebenszeit ausging. Ich packte in aller Eile einige Koffer, in die ich alles hineinstopfte, was ich nicht zurücklassen wollte, einschließlich des Archivmaterials, das mir Jason gegeben hatte.

An diesem Abend staute sich der Verkehr auf dem Alvarado Freeway, und auch auf der I-8 ging es kaum schneller voran. Ich hatte jede Menge Zeit, über die Absurdität meines Vorhabens nachzudenken. Hals über Kopf loszufahren, um die Frau eines anderen Mannes zu retten, eine Frau, die mir einmal mehr bedeutet hatte, als gut für mich war. Wenn ich die Augen schloss und mir Diane Lawton vorzustellen versuchte, dann bekam ich kein zusammenhängendes Bild mehr zusammen, nur eine verwischte Montage einzelner Momente und Gesten. Diane, wie sie sich mit einer Hand die Haare zurückstreicht und sich ins Fell von St. Augustine, ihrem Hund, vergräbt. Diane, wie sie für ihren Bruder ein Internetlink in den Geräteschuppen schmuggelt, wo die auseinander gebauten Teile eines Rasenmähers auf dem Boden liegen. Diane im Schatten einer Weide, wie sie viktorianische Lyrik liest und über eine Textstelle lächelt, die ich nicht verstanden habe: *Wo der Sommer reift zu jeder Stunde* oder *Das Kind hat nicht mal wahrgenommen ...*

Ich war an El Centro vorbei, als das Radio »erhebliche« Polizeiaktivitäten westlich von Yuma meldete und der Verkehr sich an der Staatsgrenze auf mindestens fünf Kilometern staute. Ich beschloss, keine lange Verzögerung zu riskieren, und bog auf eine kleinere Verbindungsstraße mit der Absicht, die I-10 anzusteuern, die die Staatsgrenze in der Nähe von Blythe querte.

Die Straße war weniger voll, aber immer noch recht belebt. Das Flackern ließ die Welt irgendwie auf den Kopf gestellt erscheinen, oben dunkler als unten. Gelegentlich zuckte eine besonders dicke Lichtader vom nördlichen zum südlichen Horizont, als würde sich in der Spinmembran ein Riss auftun, als würden sich Bruchstücke des dahinter liegenden Universums hindurchbrennen.

Ich dachte an das Telefon in meiner Tasche, Dianes Telefon, die Nummer, die Simon angerufen hatte. Es hatte keine Rückrufnummer angezeigt, und die Ranch – falls sie sich überhaupt noch auf der Ranch aufhielten – war nicht im Telefonverzeichnis registriert. Ich wollte, dass es noch einmal klingelte. Wollte es – und hatte doch auch Angst davor.

Der Verkehr nahm wieder zu, als die Straße sich dem Highway bei Palo Verde näherte. Es war inzwischen nach Mitternacht, und ich schaffte bestenfalls fünfzig Kilometer pro Stunde. Ich dachte an Schlaf. Ich brauchte Schlaf. Kam zu dem Schluss, dass es wahrscheinlich besser wäre, heute nicht mehr weiterzufahren, erst mal zu schlafen, dem Verkehr Zeit zu geben, sich aufzulösen. Aber ich wollte nicht im Auto übernachten. Die wenigen geparkten Autos, die ich gesehen hatte, waren von ihren Besitzern verlassen und dann geplündert worden, die aufgebrochenen Kofferraumklappen wie vor Schreck aufgerissene Münder.

Südlich einer kleinen Stadt namens Ripley sah ich, kurz im Scheinwerferlicht aufblitzend, ein verblichenes Schild mit der Aufschrift MOTEL und dahinter eine zweispurige, kaum befestigte Straße, die sich vom Highway entfernte. Ich bog ab. Fünf Minuten später stand ich vor einem umzäunten Gelände, auf dem sich ein Motel befand, oder auch ein ehemaliges Motel, ein zweistöckiges Gebäude, hufeisenförmig um einen Swimmingpool herumgezogen, der im Licht des flackernden Himmels leer aussah. Ich drückte auf den Klingelknopf.

Das Tor war ferngesteuert und mit einer handtellergroßen, auf einem hohen Mast befestigten Videokamera ausgestattet, die jetzt herumschwenkte, um mich in Augenschein zu nehmen, während ein auf Autofensterhöhe angebrachter Lautsprecher rauschend zum Leben erwachte. Von irgendwoher, aus dem Empfang des Motels oder sonstwo, konnte ich ein paar Takte Musik hören. Keine programmierte Musik, einfach Musik, die im Hintergrund lief. Dann eine Stimme. Schroff, metallisch, unfreundlich. »Wir nehmen heute Abend keine Gäste.«

Ich ließ ein paar Augenblicke vergehen, dann klingelte ich noch einmal.

Die Stimme kehrte zurück. »Welchen Teil haben Sie eben nicht verstanden?«

»Ich kann bar bezahlen«, sagte ich, »falls das ein Kriterium ist. Und ich werde mich auch nicht über den Preis beschweren.«

»Wir haben geschlossen, tut mir leid, Kollege.«

»Okay … hören Sie, ich kann im Auto schlafen, aber wär's möglich, dass ich auf das Gelände fahre, um ein bisschen Schutz zu haben? Vielleicht, dass ich hinter dem Gebäude parke, wo ich von der Straße aus nicht gesehen werden kann?«

Längere Pause. Ich hörte eine Trompete, die eine Snaredrum vor sich herjagte. Der Song klang vertraut.

»Tut mir leid. Heute nicht. Fahren Sie bitte weiter.«

Stille. Minuten vergingen. Eine Grille sägte in der kleinen Oase aus Palmen und Feinkies vor dem Motel. Noch einmal drückte ich auf die Klingel.

Der Besitzer war schnell wieder da. »Ich kann Ihnen eins sagen, Mister, wir sind bewaffnet und werden langsam sauer. Es wäre besser, wenn Sie sich einfach wieder auf den Weg machten.«

»Harlem Air Shaft«, sagte ich.

»Wie bitte?«

»Der Song, der bei Ihnen läuft. Ellington, oder? Harlem Air Shaft. Klingt nach seiner 50er-Jahre-Band.«

Noch einmal eine ziemlich lange Pause, während der der Lautsprecher eingeschaltet blieb. Ich war mir ziemlich sicher, dass ich richtig lag, obwohl ich diese Ellington-Nummer seit Jahren nicht mehr gehört hatte.

Dann hörte die Musik auf, ihr dünner Faden mitten im Takt gekappt. »Außer Ihnen noch jemand im Auto?«

Ich ließ das Fenster hinunter und schaltete die Innenbeleuchtung ein. Die Kamera machte einen Schwenk, richtete sich dann wieder auf mich.

»Na schön. Sagen Sie mir, wer in diesem Stück die Trompete spielt, und ich mach das Tor auf.«

Trompete? Wenn ich an Ellingtons 50er-Jahre-Truppe dachte, fiel mir Paul Gonsalvez ein, aber Gonsalvez spielte Saxophon. Es hatte eine ganze Handvoll von Trompetern gegeben. Cat Anderson? Willie Cook? Es war zu lange her.

»Ray Nance«, sagte ich.

»Falsch. Clark Terry. Aber Sie können trotzdem reinkommen.«

Der Besitzer kam mir entgegen, als ich vor der Eingangstür hielt. Ein hochgewachsener Mann, etwa vierzig, in Jeans und einem über der Hose getragenen karierten Hemd. Er nahm mich sorgfältig in Augenschein. »Nichts für ungut«, sagte er, »aber beim ersten Mal, als das passiert ist …« Er deutete zum Himmel, auf das Flackern, das seine Haut gelblich färbte und den Stuckwänden einen blässlich ockerfarbenen Anstrich verlieh. »Nun, als sie die Grenze bei Blythe zumachten, haben die Leute hier bei mir um Zimmer gekämpft. Ich meine, buchstäblich gekämpft. Ein paar Typen haben mich mit Waffen bedroht, genau da, wo Sie jetzt stehen. Was ich in der Nacht an Geld eingenommen hatte, musste ich doppelt wieder ausgeben für Reparaturen. Die Leute haben in ihren Zimmern gesoffen, rumgekotzt, alles kaputt gemacht. Auf der I-10 drüben war's noch schlimmer – den Nachtportier vom Days Inn haben sie erstochen. Danach habe ich dann sofort den Sicherheitszaun installiert. Wenn jetzt das Flackern wieder anfängt, schalte ich einfach das ZIMMER FREI-Schild ab und mach den Laden dicht, bis es vorbei ist.«

»Und legen Duke auf.«

Er lächelte. Wir gingen nach drinnen, damit ich mich eintragen konnte. »Duke«, sagte er, »oder Pops oder Diz. Miles, wenn ich in der richtigen Stimmung bin. Nichts, was später als 1965 ist.« Der Empfang war ein schummrig beleuchteter, unspezifisch tapezierter Raum, ausgestattet mit allerlei alten Westernmotiven, und durch die Tür zum Allerheiligsten des Besitzers – es sah so aus, als würde er dort wohnen – wehte nach wie vor Musik heraus. Er inspizierte die Kreditkarte, die ich ihm gegeben hatte.

»Dr. Dupree.« Er gab mir die Hand. »Ich bin Allen Fulton. Sind Sie Richtung Arizona unterwegs?«

Ich sagte, dass es mich vor der Grenze von der Interstate vertrieben hatte.

»Ich weiß nicht, ob es Ihnen auf der I-10 besser ergehen wird. In einer Nacht wie dieser scheinen alle Leute aus Los Angeles nach Osten zu wollen. Als wäre das Flackern so etwas wie ein Erdbeben oder eine Flutwelle.«

»Werde sicher bald weiterfahren.«

Er reichte mir einen Schlüssel. »Schlafen Sie erst mal ein bisschen. Ein Rat, der nie verkehrt ist.«

»Ist das mit der Karte in Ordnung? Falls Sie lieber Bargeld möchten …«

»Die Karte ist so gut wie Bargeld, solange die Welt nicht untergeht. Und wenn sie das tut, werde ich keine Zeit mehr haben, mich zu ärgern.«

Er lachte. Ich versuchte zu lächeln.

Zehn Minuten später lag ich vollständig bekleidet auf einem harten Bett in einem Zimmer, das nach Antiseptika in verschiedenen Duftnoten sowie einer zu feucht eingestellten Klimaanlage roch, und fragte mich, ob ich nicht doch hätte weiterfahren sollen. Ich legte das Handy auf den Nachttisch, schloss die Augen und schlief sofort ein.

Und erwachte wieder. Nach weniger als einer Stunde. Aufgeschreckt, ohne zu wissen, wovon.

Ich setzte mich auf und sah mich im Zimmer um, glich die verschiedenen Grauschattierungen mit meiner Erinnerung ab. Schließlich richtete sich meine Aufmerksamkeit auf das fahle Rechteck des Fensters, in dem, bevor ich eingeschlafen war, noch das Licht pulsiert hatte.

Das Flackern hatte aufgehört.

Was dem Schlaf eigentlich hätte förderlich sein müssen, aber ich wusste – wie man eben derlei Dinge weiß –, dass ich nicht mehr würde schlafen können. Ich trank eine Tasse Kaffee, den ich in der kleinen, zum Zimmer gehörenden Maschine kochte. Eine halbe Stunde später sah ich wieder auf die Uhr. Viertel vor zwei. Tiefste Nacht. Die Zone verlorengegangener Objektivität. Ich konnte genauso gut unter die Dusche springen und mich wieder auf den Weg machen.

Ich zog mich an und ging so leise wie möglich zum Empfang, mit der Absicht, den Schlüssel einfach in den Briefkasten zu werfen, doch Fulton war ebenfalls noch wach, das Licht des Fernsehers schimmerte aus seinem Zimmer. Er streckte den Kopf heraus, als er mich an der Tür rumoren hörte.

Er machte einen etwas merkwürdigen Eindruck. Betrunken vielleicht oder stoned. Er blinzelte ein paarmal, bevor er mich erkannte. »Dr. Dupree«, sagte er.

»Tut mir leid, dass ich Sie schon wieder aufscheuche. Ich finde keine Ruhe und fahre lieber weiter. Trotzdem vielen Dank für Ihre Gastfreundschaft.«

»Erklärungen sind nicht nötig. Ich wünsche Ihnen was. Wollen hoffen, dass Sie vor Sonnenaufgang noch irgendwo hinkommen.«

»Das hoffe ich auch.«

»Also, ich seh's mir einfach im Fernsehen an.«

»Im Fernsehen?« Plötzlich war ich mir nicht mehr sicher, wovon eigentlich die Rede war.

»Hab den Ton runtergedreht, will Jody nicht aufwecken. Hatte ich Jody erwähnt? Meine Tochter. Sie ist zehn. Ihre Mutter lebt in La Jolla mit einem Möbelhandwerker zusammen. Die Sommer verbringt Jody bei mir. Hier draußen in der Wüste. Was für ein Schicksal, wie?«

»Nun ja …«

»Aber ich will sie nicht wecken.« Fulton wirkte plötzlich ernüchtert. »Ist das falsch von mir? Sie einfach schlafen zu lassen währenddessen? Vielleicht sollte ich sie doch aufwecken. Wenn ich's mir recht überlege: Sie hat sie ja nie gesehen. Sie ist erst zehn. Kennt sie überhaupt nicht. Schätze, das ist ihre letzte Chance.«

»Äh, tut mir leid, aber ich weiß nicht, wovon …«

»Sie sind jetzt allerdings anders. Nicht so, wie ich sie in Erinnerung habe. Nicht dass ich mich je besonders gut ausgekannt hätte – aber früher, wenn man abends oft draußen war, hat man sie doch zwangsläufig ein bisschen kennen gelernt.«

»Was kennen gelernt?«

Er blinzelte. »Die Sterne.«

Wir gingen hinaus, stellten uns neben den Swimmingpool und blickten auf den Himmel.

Der Pool hatte schon lange kein Wasser mehr gesehen. Staub und Sand bildeten Dünen auf dem Grund, an den Wänden hatte sich jemand mit lila Graffiti verewigt. Wind ließ ein Metallschild – KEINE BADEAUFSICHT – gegen die Zaunverstrebungen klappern. Der Wind war warm und kam aus Osten.

Die Sterne.

»Sehen Sie?«, sagte Fulton. »Ganz anders. Ich kann keines von den alten Sternbildern erkennen. Alles sieht irgendwie so … verstreut aus.«

Mehrere Milliarden Jahre können so etwas bewirken. Alles altert, sogar der Himmel, alles strebt einem Höchstmaß an Entropie, Unordnung, Zufälligkeit entgegen. Unsere Galaxis war in den vergangenen drei Milliarden Jahren von unsichtbaren Kräften mächtig durcheinander gewirbelt worden, ja hatte sich mit einer kleineren Satellitengalaxis – M41 in den alten Katalogen – vermischt, sodass die Sterne nun in ganz und gar nichtssagender Anordnung am Himmel verteilt waren.

»Alles klar mit Ihnen, Dr. Dupree? Vielleicht wollen Sie sich lieber hinsetzen.«

Zu betäubt, um zu stehen, ja. Ich setzte mich auf den gummierten Beton, ließ die Füße in den leeren Pool baumeln und blickte immerfort nach oben. Nie zuvor hatte ich etwas so Schönes oder so Furchterregendes gesehen.

»Nur noch wenige Stunden bis Sonnenaufgang«, murmelte Fulton.

Ja, hier. Weiter östlich, irgendwo über dem Atlantik, musste die Sonne bereits über den Rand des Horizonts gestiegen sein. Ich wollte ihn danach fragen, aber da ertönte eine piepsige Stimme aus dem Schatten nahe beim Eingang.

»Dad? Ich hab dich reden hören.« Jody, die Tochter. Sie kam zögernd näher. Sie trug einen weißen Pyjama und war in ein Paar

Schuhe geschlüpft, ohne sie zuzubinden. Sie hatte ein breites Gesicht – schlicht, aber hübsch – und schläfrige Augen.

»Komm her, mein Schatz«, sagte Fulton. »Setz dich auf meine Schultern und sieh dir den Himmel an.«

Sie kletterte, immer noch verwirrt, an ihm hoch, und Fulton hob sie, die Hände um ihre Fußknöchel gelegt, der glitzernden Dunkelheit entgegen.

»Sieh nur, Jodie«, sagte er und lächelte ungeachtet der Tränen, die ihm über das Gesicht liefen. »Wie weit man heute Nacht sehen kann. Heute kann man praktisch bis ans Ende der Welt sehen.«

Ich ging wieder rein, um zu sehen, was es im Fernsehen an Nachrichten gab. Das Flackern hatte vor etwa einer Stunde aufgehört. Es war einfach verschwunden, zusammen mit der Spinmembran. Der Spin war so still zu Ende gegangen, wie er begonnen hatte, ohne Fanfare, überhaupt ohne Geräusch, abgesehen von einem atmosphärischen Rauschen von der Sonnenseite des Planeten her.

Die Sonne.

Drei Milliarden und ein paar zerquetschte Jahre älter geworden. Ich versuchte mich daran zu erinnern, was Jason mir über ihren Zustand erzählt hatte. Tödlich, keine Frage. Das Bild von überkochenden Meeren war in den Medien lang und breit ausgemalt worden – aber hatten wir diesen Punkt schon erreicht? War bis Mittag alles vorbei, oder blieb noch Zeit bis zum Ende der Woche?

Spielte das überhaupt eine Rolle?

Ich schaltete den kleinen Videoschirm in meinem Zimmer an und stieß auf eine Liveübertragung aus New York. Es hatte keine größere Panik gegeben – zu viele Leute schliefen noch oder hatten auf die morgendliche Fahrt zur Arbeit verzichtet, nachdem sie aufgewacht waren, die Sterne erblickt und die naheliegenden Schlüsse daraus gezogen hatten. Das Nachrichtenteam hatte, wie in einem Fiebertraum heroischen Journalismus, auf dem Dach eines Gebäudes auf Staten Island eine Kamera aufgebaut. Das Licht war trübe, der östliche Himmel hellte sich auf, doch es war noch nichts zu sehen.

Seit dem Ende des Flackerns, wurde mitgeteilt, sei keine Verbindung nach Europa zustande gekommen, was auf elektrostatische Interferenzen zurückzuführen sein könnte – vielleicht hatte das ungefilterte Sonnenlicht alle von den Aerostaten übermittelten Signale geschluckt. Es war noch zu früh, um allzu unheilvolle Schlüsse zu ziehen. »Da wir noch keine offiziellen Reaktionen haben«, sagte der Moderator, »ist der beste Rat, den wir Ihnen geben können, wie immer der, zu Hause vor den Geräten zu bleiben und abzuwarten, bis sich die Lage geklärt hat.«

»Gerade heute«, ergänzte seine Komoderatorin, »werden alle Leute möglichst bei ihren Familien bleiben wollen.«

Ich saß auf der Bettkante meines Motelzimmers und sah weiter zu.

Bis die Sonne aufging.

Die Kamera fing sie zunächst als eine karmesinrote Wolkenschicht ein, die über den öligen Horizont des Atlantiks strich. Dann kam ein glühender Rand, und Filter schoben sich vors Objektiv, um das grelle Licht abzudämpfen.

Ihr Umfang war schwer abzuschätzen, aber sie stieg auf – nicht ganz rot, eher ein rötliches Orange, sofern dies nicht Resultat von Kameramanipulationen war –, bis sie über dem Meer, über Queens und Manhattan schwebte, zu groß eigentlich, um als Himmelskörper durchzugehen, eher wie ein gewaltiger, mit bernsteinfarbenem Licht gefüllter Ballon.

Ich wartete auf weitere Kommentare, doch das Bild blieb stumm, bis zu einem Studio im mittleren Westen, dem Ausweichhauptquartier des Senders, umgeschaltet wurde und jemand ins Bild kam, der zu schlecht zurechtgemacht war, als dass es sich um einen regulären Moderator handeln konnte, und der völlig sinnlose Warnungen von sich gab. Ich schaltete den Apparat aus.

Und trug mein Gepäck zum Auto.

Fulton und Jody kamen aus dem Büro, um mich zu verabschieden. Plötzlich waren sie alte Freunde, denen es leidtat, dass ich gehen musste. Jody sah ziemlich ängstlich aus. »Sie hat mit ihrer Mama gesprochen«, sagte Fulton. »Die hatte noch nichts von den Sternen gehört.«

Ich versuchte mir das frühmorgendliche Gespräch auszumalen: Wie Jody aus der Wüste anruft und ihrer Mutter etwas mitteilt, das diese als unmittelbares Bevorstehen des Weltuntergangs begreifen muss. Wie Jodys Mutter Abschiedsworte an ihre Tochter richtet und zugleich versucht, sie nicht zu Tode zu erschrecken, sie vor der schrecklichen Wahrheit zu schützen.

Nun lehnte Jody sich gegen ihren Vater, und dieser legte zärtlich den Arm um sie. »Müssen Sie wirklich wegfahren?«, fragte sie.

Ich nickte.

»Wenn Sie wollen, können Sie nämlich hierbleiben. Hat mein Papa gesagt.«

»Mr. Dupree ist Arzt«, sagte Fulton sanft. »Vermutlich muss er einen Hausbesuch machen.«

»Das stimmt«, erwiderte ich. »Das muss ich.«

Viele Menschen benahmen sich sehr schlecht an diesem Morgen, in ihren vermeintlich letzten Stunden. Es war, als sei das Flackern nur eine Probe für das bevorstehende Ende gewesen. Wir hatten die Vorhersagen gehört: brennende Wälder, sengende Hitze, verdampfende Meere. Die Frage war nur, ob es einen Tag, eine Woche oder einen Monat dauern würde.

Und so schlugen wir Fenster ein, nahmen das, was uns gefiel, nahmen jeden Plunder, den uns das Leben vorenthalten hatte. Männer versuchten Frauen zu vergewaltigen, wobei etliche von ihnen feststellen mussten, dass der Verlust aller Hemmungen in beide Richtungen funktionierte und das vermeintliche Opfer die Fähigkeit entwickelte, seinem Widersacher ins Auge zu stechen oder in die Hoden zu treten. Alte Rechnungen wurden mit der Waffe beglichen. Die Selbstmorde waren Legion. (Ich dachte an Molly. Wenn sie nicht schon seit dem ersten Flackern tot war, dann starb sie mit Sicherheit jetzt, starb vielleicht sogar voller Befriedigung über das Aufgehen ihres Plans. Zum ersten Mal überkam mich das Bedürfnis, um sie zu weinen.)

Doch es gab auch Inseln des Anstands und Handlungen von heroischer Selbstlosigkeit. Die Interstate 10 an der Grenze nach Arizona war eine solche Insel.

Während des Flackerns war eine Abteilung der Nationalgarde an der Brücke über den Colorado River stationiert gewesen. Die Soldaten waren jedoch kurz nach dem Ende des Flackerns verschwunden, zurückbeordert vielleicht oder einfach auf ungenehmigtem Urlaub, unterwegs nach Hause, und ohne sie hätte die Brücke zu einem unpassierbaren Nadelöhr werden können.

Wurde sie aber nicht. Ein Dutzend Zivilisten, Freiwillige mit Taschenlampen oder Signalleuchten aus ihrer Notfallausrüstung, hatte die Aufgabe übernommen, den Verkehr zu regeln. Und sogar die ewig Eiligen – die Leute, die bis Sonnenaufgang noch eine weite Strecke zurücklegen wollten oder mussten, nach New Mexico, Texas oder sogar Louisiana, falls ihnen der Motor nicht vorher wegschmolz –, sogar sie schienen zu begreifen, dass das notwendig war, dass jeder Versuch, sich vorzudrängeln, aussichtslos war und es keine Alternative dazu gab, sich in Geduld zu üben. Ich weiß nicht, wie lange diese Stimmung anhielt oder was sie hatte entstehen lassen. Vielleicht war es menschliche Solidarität, vielleicht war es aber einfach auch das Wetter: Ungeachtet des aus Osten auf uns zurollenden Verhängnisses war es eine pervers *schöne* Nacht. Verstreute Sterne in einem klaren, kühlen Himmel; eine anregende Brise, die den Auspuffgestank fortwehte und so sanft durchs Autofenster strich wie die Hand einer sorgenden Mutter.

Ich erwog, mich in einem der örtlichen Krankenhäuser zu melden, meine Dienste als Arzt zur Verfügung zu stellen – im Palo Verde in Blythe, das ich einmal im Rahmen einer Konsultation besucht hatte, oder vielleicht im La Paz Regional in Parker. Aber welchem Zweck sollte das dienen? Es gab keine Heilung für das, was uns erwartete. Es gab allenfalls Linderung, Morphium, Heroin – also Mollys Strategie, aber nur, wenn die Arzneischränke nicht schon geplündert waren.

Und was Fulton zu Jody gesagt hatte, traf im Wesentlichen zu: Ich hatte einen Hausbesuch zu machen.

Eine Suche. Mit mittlerweile quichottschen Zügen. Was immer es war, das Diane zu schaffen machte, ich würde auch das nicht in Ordnung bringen können. Warum also die Reise überhaupt zu Ende bringen? Natürlich, es war eine Möglichkeit, sich vor dem Ende der Welt zu beschäftigen – tätige Hände zittern nicht, ein tätiger Verstand gerät nicht in Panik. Aber das war keine Erklärung für die Dringlichkeit, das existenzielle Bedürfnis, sie zu sehen, das mich während des Flackerns auf die Straße getrieben hatte und das jetzt eher noch stärker geworden war.

Vorbei an Blythe, vorbei an dem beunruhigenden Streifen abgedunkelter Geschäfte, vorbei an den belagerten Tankstellen – und endlich lag die Straße offen vor mir. Der dunkle Himmel, das Funkeln der Sterne.

Und das Läuten des Handys. Ich wühlte in meiner Tasche, bremste ab, während ein Laster von hinten an mir vorbeirauschte.

»Tyler.« Simons Stimme.

Bevor er weiterreden konnte, sagte ich: »Gib mir deine Nummer, bevor wir wieder unterbrochen werden. Damit ich euch erreichen kann.«

»Das darf ich nicht. Ich …«

»Von wo rufst du an?«

»Ein Handy. Wir benutzen es nur für lokale Gespräche. Im Moment hab ich es, aber Aaron trägt es auch manchmal bei sich, also …«

»Ich würde nur anrufen, wenn es absolut notwendig ist.«

»Okay, ist vermutlich auch egal.« Er gab mir die Nummer. »Hast du den Himmel gesehen, Tyler? Klar, du bist ja wach. Es ist die letzte Nacht auf Erden, nicht wahr?«

Ich dachte: Warum fragst du mich das? Simon lebte seit drei Jahrzehnten in der letzten Nacht auf Erden. Man hätte annehmen sollen, dass er es besser wüsste als ich. »Was ist mit Diane, Simon?«

»Ich möchte mich für den letzten Anruf entschuldigen. Angesichts … angesichts dessen, was jetzt kommt.«

»Wie geht es ihr?«

»Das meine ich ja. Es kommt nicht mehr darauf an.«

»Ist sie tot?«

Lange Pause. Er klang gekränkt, als er sich wieder meldete. »Nein, sie ist nicht tot.«

»Schwebt sie in der Luft und wartet auf die Entrückung oder was?«

»Es ist nicht nötig, meinen Glauben zu beleidigen.« *Meinen* Glauben, nicht *unseren* Glauben.

»Dann braucht sie vielleicht ärztliche Behandlung. Ist sie noch krank, Simon?«

»Ja, aber …«

»Auf welche Art? Was sind die Symptome?«

»Nur noch eine Stunde, dann geht die Sonne auf, Tyler. Du weißt ja, was das bedeutet.«

»Ich habe keine Ahnung, was das bedeutet. Und ich sitze gerade im Auto, ich kann vor Sonnenaufgang auf der Ranch sein.«

»Oh. Nein, das ist nicht gut. Nein, ich …«

»Warum nicht? Wenn es das Ende der Welt ist, warum soll ich dann nicht da sein?«

»Du verstehst nicht. Was jetzt geschieht, ist nicht nur das Ende der Welt. Es ist die Geburt einer neuen Welt.«

»Wie krank ist sie? Kann ich mit ihr sprechen?«

Simons Stimme begann zu zittern. Ein Mann am Rande des Zusammenbruchs. Wir befanden uns alle an diesem Rand. »Sie kann nur flüstern. Sie bekommt keine Luft. Sie ist schwach, hat stark abgenommen.«

»Wie lange geht das schon?«

»Ich weiß nicht. Ich meine, es fing allmählich an …«

»Wann wurde es offensichtlich, dass sie krank ist?«

»Vor ein paar Wochen. Oder vielleicht auch, äh, vor ein paar Monaten.«

»Ist sie irgendwie ärztlich behandelt worden?« Pause. »Simon?«

»Nein.«

»Warum nicht?«

»Es schien nicht notwendig.«

»Es schien nicht *notwendig*?«

»Pastor Dan wollte es nicht.«

Ich dachte: Und hast du Pastor Dan gesagt, dass er sich ganz gewaltig ins Knie ficken kann? »Ich hoffe, dass er sich inzwischen anders besonnen hat.«

»Nein.«

»Dann brauch ich deine Hilfe, um zu ihr zu kommen.«

»Tu das nicht, Tyler. Das nützt niemandem etwas.«

Ich war bereits dabei, nach der Abfahrt Ausschau zu halten, an die ich mich zwar nur undeutlich erinnerte, die ich aber auf der Karte markiert hatte. Eine namenlose Wüstenstraße, vom Highway runter in Richtung einer ausgetrockneten Cienaga. »Hat sie nach mir gefragt?« Stille. »Simon? Hat sie nach mir gefragt?«

»Ja.«

»Sag ihr, dass ich auf dem Weg zu ihr bin.«

»Nein, Tyler … Auf der Ranch gehen gerade ein paar problematische Dinge vor sich. Du kannst hier nicht einfach reinspazieren.«

Problematische Dinge? »Ich dachte, es würde eine neue Welt geboren.«

»Ja. In Blut geboren.«

DER MORGEN UND DER ABEND

Ich kam zu der kleinen Anhöhe, von der aus man die Condon-Ranch überblickte, und parkte so, dass der Wagen vom Haus aus nicht zu sehen war. Als ich die Scheinwerfer ausschaltete, konnte ich am östlichen Himmelsrand das erste Leuchten der aufgehenden Sonne sehen, das die neuen Sterne bereits auszulöschen begann.

Das war der Moment, in dem ich zu zittern begann.

Ich kam nicht dagegen an. Ich machte die Tür auf und fiel aus dem Auto, rappelte mich wieder hoch. Die Landschaft schälte sich aus der Dunkelheit wie ein verlorener Kontinent: braune Hügel, vernachlässigtes Weideland, das sich in Wüste zurückverwandelt hatte, der lange flache Abhang, der zum Farmhaus führte. Mesquit- und Kerzensträucher zitterten im Wind. Ich zitterte ebenfalls. Es war Furcht – nicht das etwas verkniffene Unbehagen, mit dem wir alle seit Beginn des Spins lebten, sondern eine Panik, die von den Eingeweiden ausging, sich wie eine Erkrankung der Muskeln und des Darmtrakts anfühlte. Tag der Vollstreckung für den zum Tode Verurteilten. Schinderkarren und Galgen nahten von Osten her.

Ich fragte mich, ob Diane eine ähnliche Angst ergriffen hatte. Und ob ich sie würde trösten können. Ob ich selbst noch etwas aufzubieten hatte, das zum Trost taugte.

Wieder erhob sich Wind, fegte Sand und Staub vom trockenen Grat. Vielleicht war dieser Wind ja der Vorbote der aufgedunsenen Sonne, ein Wind, der von der heißen Seite der Welt kam.

Ich hockte mich irgendwo hin, wo ich nicht gesehen zu werden hoffte, und schaffte es, immer noch zitternd, die Nummer, die Simon mir genannt hatte, in mein Handy zu tippen.

Er nahm nach zwei, drei Klingelzeichen ab. Ich presste das Handy an mein Ohr, um die Windgeräusche zu reduzieren.

»Du solltest das wirklich nicht tun«, sagte er.

»Störe ich die Entrückung?«

»Ich kann nicht reden.«

»Wo ist sie, Simon? Welcher Teil des Hauses?«

»Wo bist *du*?«

»Gleich hinter dem Hügel.« Der Himmel war jetzt heller, wurde mit jeder Sekunde heller, am westlichen Horizont zeigte er sich schon als angestoßenes Purpurrot. Ich konnte das Farmhaus deutlich sehen. Es hatte sich nicht sehr verändert in den Jahren seit meinem Besuch, nur die Scheune wirkte aufpoliert, war möglicherweise repariert und getüncht worden.

Weitaus beunruhigender fand ich allerdings die Grube, die parallel zur Scheune verlief und von locker aufgehäufter Erde bedeckt war. Eine kürzlich angelegte Abwasserleitung vielleicht. Oder ein Klärbehälter. Oder ein Massengrab.

»Ich gehe jetzt zu ihr«, sagte ich.

»Das ist unmöglich.«

»Ich nehme an, dass sie im Haus ist. Eines der Zimmer im ersten Stock. Richtig?«

»Selbst wenn du sie zu sehen kriegst …«

»Sag ihr, dass ich komme, Simon.«

Unten sah ich jetzt eine Gestalt, die sich zwischen dem Haus und der Scheune bewegte. Simon war es nicht. Auch nicht Aaron Sorley, es sei denn, Bruder Aaron hatte in der Zwischenzeit fünfzig Kilo abgenommen. Vermutlich Pastor Dan Condon. Er trug in jeder Hand einen Eimer Wasser. Er schien in Eile zu sein. Irgendetwas ging in der Scheune vor.

»Du riskierst dein Leben«, sagte Simon.

Ich lachte. Ich konnte nicht anders. Dann sagte ich: »Bist du in der Scheune oder im Haus? Condon ist in der Scheune, stimmt's? Was ist mit Sorley und McIsaac? Wie komme ich an denen vorbei?«

Ich spürte einen Druck im Nacken, wie von einer warmen Hand. Ich wandte mich um. Es war Sonnenlicht, das den Druck ausübte. Der Rand der Sonne war über den Horizont getreten. Mein Auto, der Zaun, der Fels, die dürren Umrisse der Kerzensträucher, alles warf lange violette Schatten.

»Tyler? Tyler, es gibt keinen Weg vorbei. Du musst …« Doch Simons Stimme ging in einem plötzlichen Rauschen unter. Das Licht der Sonne musste den Aerostaten, der den Anruf übertrug, erreicht und das Signal ausgelöscht haben. Instinktiv drückte ich auf die Wahlwiederholung, aber das Telefon war nicht mehr zu gebrauchen.

Ich kauerte an Ort und Stelle, bis die Sonne zu drei Vierteln aufgegangen war. Die Scheibe war riesig und rötlich orange. Sonnenflecken schwärten auf ihr wie eiternde Wunden. Hin und wieder erhoben sich Staubwolken aus der Wüste ringsum und verdeckten sie vorübergehend.

Dann erhob ich mich. Vielleicht schon tot. Vielleicht tödlich verstrahlt. Die Hitze war zu ertragen, bislang jedenfalls, doch auf zellulärer Ebene mochten üble Dinge vorgehen, vielleicht schossen Röntgenstrahlen durch die Luft wie unsichtbare Gewehrkugeln. Also stand ich auf und spazierte in aller Offenheit, unbewaffnet, über den ausgetretenen Weg auf das Farmhaus zu. Unbewaffnet und unbehelligt, jedenfalls bis ich die Holzveranda erreicht hatte und Bruder Sorley mitsamt seinen hundertdreißig Kilo durch die Fliegentür gestürmt kam und mir mit dem Kolben eines Gewehres seitlich gegen den Kopf schlug.

Bruder Sorley tötete mich nicht, womöglich, weil er nicht mit blutbefleckten Händen zur Entrückung antreten wollte. Stattdessen warf er mich in eines der Zimmer im Obergeschoss und schloss die Tür ab.

Einige Stunden vergingen, bis ich mich aufsetzen konnte, ohne dass mir übel wurde. Als das Schwindelgefühl endlich nachließ, schlurfte ich zum Fenster und ließ die gelbe Papierjalousie hoch. Von hier aus gesehen, stand die Sonne hinter dem Haus, der Hof und die Scheune waren in ein gleißendes Orange getaucht. Die Luft war brutal heiß, aber es brannte nirgendwo. Eine Katze, sichtlich desinteressiert an der Feuersbrunst am Himmel, schlappte stehendes Wasser aus einem schattigen Graben. Vermutlich würde die Katze den Sonnenuntergang noch erleben. Genau wie ich.

Ich versuchte das Fenster hochzuschieben – nicht dass ich unbedingt von hier hätte nach unten springen können –, doch die Schieber waren abmontiert, die Gegengewichte unbeweglich gemacht worden, der ganze Rahmen schon vor Jahren gewissermaßen festlackiert.

Außer dem Bett befanden sich keine Möbel im Zimmer. Und keine Werkzeuge, nur das nutzlose Handy in meiner Tasche. Die Zimmertür war aus schwerem, solidem Holz, und ich bezweifelte, dass ich die Kraft hatte, sie aufzusprengen. Diane war vielleicht nur wenige Meter entfernt, womöglich trennte uns nur eine einzige Wand. Aber ob es wirklich so war, wusste ich nicht, und es gab keine Möglichkeit, es herauszufinden.

Schon der bloße Versuch, zusammenhängende Gedanken zu fassen, rief einen tiefen, Übelkeit erregenden Schmerz an der Stelle hervor, wo der Gewehrkolben mir den Kopf aufgeschlagen hatte. Ich musste mich wieder hinlegen.

Am Nachmittag legte sich der Wind. Als ich wieder zum Fenster schwankte, konnte ich den Rand der Sonnenscheibe über dem Haus und der Scheune sehen, so groß, dass man den Eindruck hatte, sie würde beständig fallen, und so nah, dass man gerade nach ihr greifen konnte.

Die Temperatur in dem Zimmer war seit dem Morgen stetig gestiegen. Ich hatte keine Mittel, sie zu messen, aber sie musste bei 40° C liegen, mit weiterer Tendenz nach oben. Heiß, doch keine tödliche Hitze, wenigstens nicht unmittelbar tödlich. Gern hätte ich jetzt Jason bei mir gehabt, um mir das erklären zu lassen: die Thermodynamik der globalen Auslöschung. Er hätte mir ein Diagramm aufmalen und zeigen können, wo die Temperaturkurve mit der Letalitätslinie konvergierte.

Hitzeflimmern stieg von der gebackenen Erde auf. Dan Condon lief noch mehrere Male zwischen Haus und Scheune hin und her. In der scharfen Intensität des orangefarbenen Tageslichts war er leicht zu erkennen, er hatte etwas von neunzehntem Jahrhundert an sich mit seinem quadratischen Bart und dem hässlichen, pockennarbigen Gesicht: Lincoln in Jeans, langbeinig, zielstrebig. Er blickte nicht auf, nicht einmal, als ich gegen das Fenster klopfte.

Dann trommelte ich gegen die Zimmerwände, dachte, dass Diane das vielleicht hören würde. Doch ich erhielt keine Reaktion.

Dann wurde mir wieder schwindlig, und ich fiel aufs Bett zurück. Die Luft im Zimmer war schwül, mein Schweiß tränkte die Bettwäsche.

Ich schlief oder verlor das Bewusstsein.

Als ich wieder aufwachte, dachte ich für einen Moment, im Zimmer sei Feuer ausgebrochen – doch es war nur die stehende Hitze in Verbindung mit einem maßlos kitschigen Sonnenuntergang.

Ich ging zum Fenster. Die Sonne war über den westlichen Horizont gezogen und sank so rasch, dass man es mitverfolgen konnte.

Spärliche Wolken standen hoch am sich verdunkelnden Himmel, Fetzen von Feuchtigkeit, einem bereits ausgedörrten Land entzogen. Ich sah, dass jemand mein Auto den Hügel hinabgerollt und auf der linken Seite der Scheune abgestellt hatte. Und zweifellos die Schlüssel an sich genommen hatte. Nicht dass noch ausreichende Mengen Benzin im Tank gewesen wären oder man sonst mit dem Auto noch groß etwas hätte anfangen können.

Aber ich hatte den Tag überlebt. *Wir* hatten den Tag überlebt. Wir beide. Diane und ich. Und Millionen andere. Wir hatten es hier also mit der langsamen Version der Apokalypse zu tun: Sie würde uns töten, indem sie uns schonend kochte, Grad für Grad. Oder, sollte das nicht klappen, indem sie das Ökosystem der Erde ausbrannte.

Endlich verschwand die Sonne. Die Luft schien augenblicklich um zehn Grad abzukühlen. Vereinzelte Sterne lugten durch die Gazewolken.

Ich hatte lange nichts gegessen, geschweige denn getrunken. Vielleicht war es ja Condons Absicht, mich an Dehydration verrecken zu lassen. Vielleicht hatte er mich aber auch einfach vergessen. Ich hatte nicht den Hauch einer Vorstellung davon, wie Pastor Dan sich diese Ereignisse geistig zurechtlegte, ob er sich bestätigt fühlte oder schreckliche Angst hatte – oder eine Mischung aus beidem.

Das Zimmer wurde dunkel. Kein Deckenlicht, keine Lampe. Aber ich konnte ein leises Tuckern hören, wahrscheinlich ein mit Benzin betriebener Generator, und es drang Licht aus den Fenstern im Erdgeschoss und aus der Scheune.

Während ich an technischen Hilfsmitteln nichts besaß als mein Handy. Ich zog es aus der Tasche und schaltete es ein, ohne bestimmte Absicht, einfach nur, um das Phosphoreszieren des Displays zu sehen.

Dann kam mir ein anderer Gedanke.

»Simon?«

Stille.

»Simon, bist du das? Kannst du mich hören?«

Stille. Dann eine blecherne, digitalisierte Stimme: »Du hast mich beinahe zu Tode erschreckt. Ich dachte, dieses Ding würde nicht mehr funktionieren.«

»Nur bei Tageslicht nicht.«

Sonnenrauschen hatte jegliches Signal der in großer Höhe schwebenden Aerostaten geschluckt. Nun aber schirmte die Erde uns vor der Sonne ab. Vielleicht hatten die Aerostaten Schäden davongetragen – die Verbindung klang nach Niedrigfrequenz und war von Rauschen durchsetzt –, doch es reichte, um sich zu verständigen.

»Tut mir leid, was da passiert ist«, sagte Simon. »Aber ich hatte dich ja gewarnt.«

»Wo bist du? In der Scheune oder im Haus?«

Pause. »Im Haus.«

»Ich hab den ganzen Tag hinuntergesehen, aber ich habe weder Condons Frau noch Sorleys Frau oder die Kinder entdeckt. Oder die McIsaacs. Was ist mit ihnen passiert?«

»Sie sind weggefahren.«

»Bist du dir da sicher?«

»Ob ich mir sicher bin? Ja, natürlich. Diane war nicht die Einzige, die krank geworden ist. Tatsächlich war sie die Letzte. Teddy McIsaacs kleine Tochter ist als Erste krank geworden. Dann sein Sohn. Dann Teddy selbst. Als es schließlich so aussah, als wären die Kinder, na ja, also richtig ernsthaft krank, ohne dass es besser wurde, da hat er sie in seinen Pick-up gesetzt und ist weggefahren. Pastor Dans Frau ist mitgekommen.«

»Wann war das?«

»Vor ein paar Monaten. Aarons Frau und die Kinder sind kurz darauf auf eigene Faust weggegangen. Ihr Glaube hatte sie verlassen. Außerdem hatten sie Angst, sich anzustecken.«

»Du hast sie weggehen sehen? Ganz sicher?«

»Ja, warum denn nicht?«

»Die Erde neben der Scheune sieht ganz so aus, als ob man dort etwas verscharrt hätte.«

»Ach das. Tja, da hast du recht, dort ist etwas verscharrt – die Rinder.«

»Wie bitte?«

»Ein Mann namens Boswell Geller hatte eine große Ranch oben in der Sierra Bonita. Ein Freund von Jordan Tabernacle vor der Spaltung, ein Freund von Pastor Dan. Er hat rote Färsen gezüchtet, aber letztes Jahr hat das Landwirtschaftsministerium eine Untersuchung angestrengt. Gerade, als er anfing, Fortschritte zu machen. Boswell und Pastor Dan wollten alle roten Rinderarten der Welt miteinander kreuzen. Pastor Dan sagt, dass es das sei, worum es im vierten Buch Mose, Kapitel neunzehn, geht: eine reine rote Färse, die am Ende der Zeit geboren wird, hervorgegangen aus allen Arten auf der ganzen Welt, überall, wo das Evangelium gepredigt wurde. Das Opfer ist ein buchstäbliches wie ein symbolisches. Im biblischen Opfer hat die Asche die Kraft, eine besudelte Person zu reinigen, beim Untergang der Welt aber verzehrt die Sonne die Färse und ihre Asche wird verstreut in alle Himmelsrichtungen, auf dass sie die ganze Welt reinigt, sie vom Tode reinwäscht. Das geschieht jetzt gerade. Brief an die Hebräer, Kapitel neun: ›Denn wenn der Böcke und der Ochsen Blut und die Asche von der Kuh, gesprengt auf die Unreinen, sie heiligt zu der leiblichen Reinigkeit, wie viel mehr wird das Blut Christi, der sich selbst als ein Opfer ohne Fehl durch den ewigen Geist Gottes dargebracht hat, unser Gewissen reinigen von den toten Werken, zu dienen dem lebendigen Gott?‹ Und natürlich …«

»Ihr habt diese Rinder *hier* gehabt?«

»Ja, nur ein paar. Fünfzehn Zuchttiere, die herausgeschmuggelt wurden, bevor das Ministerium sie beschlagnahmen konnte.«

»Und danach sind die Leute dann krank geworden?«

»Nicht nur die Leute, die Rinder auch. Wir haben die Grube neben der Scheune ausgehoben, um sie darin zu vergraben, alle aus dem ursprünglichen Bestand, außer dreien.«

»Schwäche, unsicherer Gang, Gewichtsverlust gingen dem Tod voraus?«

»Ja, so ungefähr – woher weißt du das?«

»Die Symptome von KVES. Die Kühe waren die Überträger. Das ist es, was Diane krank macht.«

Ein langes Schweigen. Dann: »Ich darf dieses Gespräch überhaupt nicht führen.«

»Ich bin oben in dem hinteren Zimmer.«

»Ich weiß, wo du bist.«

»Dann komm und schließ die Tür auf.«

»Das kann ich nicht.«

»Warum? Wirst du beobachtet?«

»Ich kann dich nicht einfach befreien. Ich dürfte mich nicht mal mit dir unterhalten. Ich bin beschäftigt, Tyler. Ich mache Diane etwas zu essen.«

»Ist sie noch kräftig genug, um zu essen?«

»Ja … wenn ich ihr helfe.«

»Lass mich raus. Es muss ja niemand wissen.«

»Ich kann nicht.«

»Sie braucht einen Arzt.«

»Ich kann dich nicht rauslassen, selbst wenn ich wollte. Bruder Aaron hat den Schlüssel.«

Ich dachte kurz nach. »Dann lass das Telefon bei ihr, wenn du ihr das Essen bringst – dein Telefon. Du sagtest doch, dass sie mit mir sprechen will, stimmt's?«

»Sie sagt jetzt oft Sachen, die sie gar nicht meint.«

»Und du glaubst, das war hier auch der Fall?«

»Ich muss jetzt Schluss machen.«

»Lass ihr das Telefon da, Simon. Simon?«

Totenstille.

Ich ging zum Fenster, wartete. Ich sah Pastor Dan zwei leere Eimer von der Scheune zum Haus tragen und kurz darauf mit gefüllten, dampfenden zurückkehren. Wenige Minuten später ging auch Aaron Sorley zur Scheune.

Womit nur noch Simon und Diane im Haus waren. Vielleicht gab er ihr gerade etwas zu essen. Fütterte sie.

Ich verspürte ein unbändiges Verlangen, das Telefon zu benutzen, aber ich hatte beschlossen zu warten, die Dinge sich ein wenig beruhigen, die Hitze abklingen zu lassen.

Ich beobachtete die Scheune. Helles Licht drang durch die Bretterwände, als sei drinnen eine Batterie von Industrielampen installiert. Condon war den ganzen Tag lang hin- und hergelaufen. Irgendwas geschah da drinnen.

Meine Armbanduhr vermeldete gerade das Ablaufen einer weiteren Stunde, als ich, ziemlich leise, ein Geräusch hörte, das vom Schließen einer Tür herrühren mochte. Dann Schritte auf der Treppe, und gleich darauf sah ich Simon zur Scheune gehen.

Er blickte nicht nach oben. Und er kam auch nicht wieder aus der Scheune heraus. Er war dort mit Sorley und Condon, und wenn er das Telefon nach wie vor bei sich hatte, konnte ihn ein Anruf in Gefahr bringen. Nicht dass mir Simons Wohlergehen übermäßig am Herzen gelegen hätte.

Wenn er aber das Telefon bei Diane gelassen hatte, dann war jetzt die Gelegenheit da.

Ich tippte die Nummer ein.

»Ja.« Es war Diane, die antwortete. »Ja?« Ihre Stimme war atemlos, schwach.

»Diane. Ich bin's. Tyler.« Ich hatte Mühe, meinen Puls zu kontrollieren; es war, als hätte sich eine Tür in meiner Brust geöffnet.

»Tyler ... Simon sagte, du würdest vielleicht anrufen.«

Ich musste mich anstrengen, sie zu verstehen. Sie sprach vollkommen kraftlos, nur mit Hals und Zunge. Was der Ätiologie von KVES entsprach: Die Krankheit befällt zuerst die Lunge, dann das Herz, eine koordinierte Attacke von beinahe militärischer Effizienz. Vernarbtes, schaumartiges Lungengewebe gibt weniger Sauerstoff an das Blut ab; das Herz, sauerstoffunterversorgt, pumpt das Blut mit weniger Leistung; die KVES-Bakterien machen sich beide Schwächen zunutze, graben sich mit jedem mühsamen Atemzug tiefer in den Körper hinein. »Ich bin nicht weit weg, Diane. Ich bin ganz in der Nähe.«

»In der Nähe? Kann ich dich sehen?«

Ich wollte ein Loch in die Wand reißen. »Bald. Das verspreche ich. Wir müssen dich hier wegbringen. Dir Hilfe besorgen. Damit wir dich wieder gesund kriegen.«

Ich lauschte dem Geräusch weiterer quälender Atemzüge und fragte mich schon, ob sie mir noch zuhörte. Dann sagte sie: »Ich dachte, ich hätte die Sonne gesehen …«

»Es ist nicht das Ende der Welt – jedenfalls noch nicht.«

»Nicht?«

»Nein.«

»Simon …«

»Was ist mit ihm?«

»Er wird so enttäuscht sein.«

»Du hast KVES, Diane. So wie die McIsaacs, da bin ich mir ziemlich sicher. Sie waren gut beraten, sich Hilfe zu suchen. Es ist eine heilbare Krankheit.« Ich fügte nicht hinzu: bis zu einem bestimmten Punkt, solange sie noch nicht bis zum Endstadium fortgeschritten ist. »Aber wir müssen dich hier unbedingt wegbringen.«

»Du hast mir gefehlt.«

»Du hast mir auch gefehlt … Verstehst du, was ich sage, Diane?«

»Ja.«

»Bist du bereit fortzugehen?«

»Wenn der Zeitpunkt kommt …«

»Der Zeitpunkt ist ziemlich nahe. Ruh dich bis dahin aus. Aber wir werden uns dann vielleicht beeilen müssen. Verstehst du?«

»Simon … enttäuscht.«

»Du ruhst dich aus, und ich …« Ich hatte keine Gelegenheit, den Satz zu beenden. Ein Schlüssel klirrte im Türschloss. Ich klappte das Handy zu, steckte es in die Tasche.

Die Tür ging auf, und Aaron Sorley stand im Rahmen, das Gewehr in der Hand, schwer atmend, als sei er die Treppe hochgelaufen. Seine mächtige Gestalt zeichnete sich im trüben Licht des Flurs ab.

Ich wich zurück, bis meine Schultern gegen die Wand stießen.

»Bei Ihrem Führerschein ist ne Marke, wo steht, dass Sie Arzt sind«, sagte er. »Stimmt das?«

Ich nickte.

»Dann kommen Sie mit.«

Sorley führte mich die Treppe hinunter und aus der Hintertür hinaus in Richtung Scheune. Der Mond, bernsteinfarben gefleckt vom Licht der aufgetriebenen Sonne, narbenübersät und kleiner, als ich ihn in Erinnerung hatte, war über dem östlichen Horizont aufgegangen. Die Nachtluft war berauschend kühl. Ich saugte sie tief ein. Die Erleichterung hielt an, bis Sorley das Scheunentor aufriss und uns roher Tiergestank entgegenschlug, ein Schlachthausgeruch nach Exkrementen und Blut.

»Na los, gehen Sie rein«, sagte er und gab mir mit der freien Hand einen Stoß.

Das Licht kam von einer großen Halogenidbirne, die über einer offenen Viehbox hing. In einem Verschlag irgendwo weiter hinten knatterte ein Benzingenerator, es klang wie das Heulen eines Motorrads in der Ferne.

Dan Condon stand am offenen Ende des Pferchs, die Hände in einen Eimer dampfendes Wasser getaucht. Er blickte auf, als wir eintraten. Er runzelte die Stirn, sein Gesicht eine karge Landschaft unter dem grellen Licht, aber er sah weniger einschüchternd aus, als ich ihn in Erinnerung hatte. Eher kleinlaut, abgezehrt, vielleicht sogar krank, vielleicht im Frühstadium von KVES. »Macht die Tür wieder zu«, sagte er.

Aaron folgte der Aufforderung. Simon stand ein paar Schritte von Condon entfernt, warf mir kurze, nervöse Blicke zu.

»Kommen Sie her«, sagte Condon. »Wir brauchen Ihre Hilfe.«

In dem Pferch, auf einem verdreckten Strohbett, versuchte eine magere Färse ein Kalb zu gebären. Sie lag auf der Seite, ihr knochiger Rumpf ragte aus der Box heraus. Der Schwanz war mit einer Schnur an ihrem Hals festgebunden, um ihn aus dem Weg zu schaffen. Die

Fruchtblase drängte aus der Vulva heraus, und das Stroh ringsum war mit blutigem Schleim besprenkelt.

Ich sagte: »Ich bin kein Tierarzt.«

»Das weiß ich.« In Condons Augen war ein Ausdruck mühsam unterdrückter Hysterie, der Blick eines Mannes, der eine Party veranstaltet und feststellen muss, dass alles aus dem Ruder läuft – die Gäste drehen durch, die Nachbarn beschweren sich, und die Flaschen fliegen aus den Fenstern wie Mörsergranaten. »Aber wir brauchen noch jemanden zum Anpacken.«

Alles, was ich über Zuchtvieh und Tiergeburten wusste, hatte ich aus Molly Seagrams Erzählungen über das Leben auf der Farm ihrer Eltern, und keine dieser Geschichten hatte besonders erbaulich geklungen. Immerhin war Condon mit allem ausgerüstet, was meiner Erinnerung nach zur unverzichtbaren Grundausstattung gehörte: heißes Wasser, Desinfektionsmittel, Geburtshilfeketten, eine große Flasche Mineralöl, die bereits von blutigen Fingerabdrücken übersät war.

»Sie ist teils Angler«, sagte Condon, »teils eine Rote Dänische, teils eine Rote Weißrussische, und das ist nur die jüngste Linie. Aber Kreuzungen bergen das Risiko von Dystokie, das hat auch Bruder Geller immer gesagt. ›Dystokie‹ bedeutet schwere Geburt. Kreuzzuchten haben Schwierigkeiten zu kalben. Sie liegt schon fast vier Stunden in den Wehen. Wir müssen den Fötus herausziehen.« Er redete wie abwesend, mit monotoner Stimme, als würde er einen Vortrag vor einer Versammlung von Schwachsinnigen halten. Es schien völlig gleichgültig, wer ich war oder wie ich hierhergekommen war – entscheidend war, dass ich zur Verfügung stand.

»Ich brauche Wasser.«

»Da ist ein Eimer zum Waschen.«

»Nicht zum Waschen. Ich hatte seit gestern Abend nichts mehr zu trinken.«

Condon hielt inne, als müsse er diese Information erst einmal verarbeiten. Dann nickte er. »Simon, kümmere dich darum.«

Simon schien in diesem Trio der Laufbursche zu sein. Er zog den Kopf ein und murmelte: »Ich hol dir was zu trinken, Tyler, klar doch.« Sorley öffnete das Scheunentor, um ihn hinauszulassen.

Condon wandte sich wieder der Viehbox zu, wo die erschöpfte Färse schwer atmend dalag. Er schüttete sich Mineralöl über die Hände und hockte sich hin, um den Geburtskanal zu weiten, wobei sich sein Gesicht in einer Mischung aus Eifer und Widerwillen verzerrte. Kaum hatte er damit begonnen, da erschien das Kalb in einem weiteren Sturzbach aus Blut und Flüssigkeit, doch trotz der heftigen Wehen der Färse brachte es kaum den Kopf heraus. Das Kalb war zu groß. Molly hatte mir von überdimensionierten Kälbern erzählt – nicht so schlimm wie eine Steißgeburt oder eine Hüftverklemmung, aber unangenehm genug.

Es machte die Sache nicht besser, dass die Färse offenkundig krank war. Grünlicher Schleim lief ihr aus dem Mund, und auch wenn die Wehen nachließen, rang sie schwer nach Luft. Ich fragte mich, ob ich Condon darauf ansprechen sollte: Sein göttliches Kalb war offenbar auch schon infiziert.

Entweder bemerkte er es nicht, oder es war ihm egal. Condon war alles, was vom dispensationalistischen Flügel von Jordan Tabernacle übrig geblieben war, eine Kirche für sich, auf ganze zwei Gemeindemitglieder geschrumpft, Sorley und Simon, und ich konnte nur erahnen, wie robust sein Glaube gewesen sein musste, um ihn hierher, ans Ende der Welt zu tragen. »Das Kalb, das Kalb ist rot«, sagte er. »Aaron, sieh dir das Kalb an.«

Sorley, der mit seiner Flinte an der Tür postiert war, kam heran, um in den Pferch zu spähen. Das Kalb war in der Tat rot. Von Blut übergossen. Und ausgesprochen schlaff.

»Atmet es?«, fragte Sorley.

»Das kommt noch.« Condon war gedankenverloren, schien diesen Moment auszukosten, von dem seiner Überzeugung nach eine ganze – gewonnene oder verlorene – Ewigkeit abhing. »Schnell jetzt, schlingt die Ketten um die Hornschuhe.«

Sorley warf mir einen Blick zu, in dem eine eindeutige Warnung lag – *wehe, du sagst auch nur ein Wort* –, und wir taten wie befohlen, mühten uns, bis wir bis zu den Ellbogen blutig waren. Ein übergroßes Kalb zur Welt zu bringen, ist ein ziemlich brutaler Vorgang, eine groteske Hochzeit von Biologie und roher Gewalt. Man benötigt dazu mindestens zwei einigermaßen kräftige Männer. Die Geburtshilfeketten waren zum Ziehen da, und das Ziehen musste mit den Wehen der Kuh abgestimmt sein, anderenfalls bestand die Gefahr, dass wir das Tier ausweideten.

Diese Färse jedoch war äußerst geschwächt, und ihr Kalb – dessen Kopf leblos zur Seite hing – war offensichtlich eine Totgeburt. Ich sah Sorley an. Sorley sah mich an. Keiner von uns sagte ein Wort.

»Als Erstes müssen wir sie rausholen. Dann werden wir sie wiederbeleben«, erklärte Condon.

Ein kühler Luftzug kam von der Scheunentür her. Dort stand Simon mit einer Flasche Mineralwasser in der Hand. Er starrte erst uns an, dann, erschreckend blass im Gesicht, das Totgeborene. »Hab dir was zu trinken gebracht«, presste er heraus.

Die Färse brachte eine weitere schwache, wirkungslose Wehe hinter sich. Ich ließ die Kette fallen. »Trink erst mal, mein Sohn«, sagte Condon. »Danach machen wir weiter.«

»Ich muss mich sauber machen. Wenigstens die Hände.«

»Da ist sauberes heißes Wasser in den Eimern neben den Heuballen. Aber mach schnell.« Seine Augen waren zusammengepresst, verschlossen vor allen Kämpfen, die sein gesunder Menschenverstand mit seinem Glauben ausfechten mochte.

Ich spülte und desinfizierte meine Hände. Sorley behielt mich scharf im Auge. Seine eigenen Hände waren noch um die Geburtshilfeketten gespannt, sein Gewehr lehnte in Reichweite an einer Stange der Box.

Als Simon mir die Flasche reichte, neigte ich mich zu ihm und sagte: »Ich kann Diane nur helfen, wenn ich hier rauskomme. Verstehst du? Und das schaffe ich nicht ohne deine Hilfe. Wir brauchen einen Wagen mit vollem Tank, und Diane muss drinsitzen, am besten noch bevor Condon merkt, dass das Kalb tot ist.«

Simon stockte der Atem. »Ist es wirklich tot?«

»Es atmet nicht, und die Färse hält sich kaum noch am Leben.«

»Aber ist das Kalb rot? Ganz und gar rot? Ohne weiße oder schwarze Flecken?«

»Selbst wenn es ein beschissenes Feuerwehrauto wäre, Simon, würde es Diane nicht das Geringste nützen.«

Er sah mich an, als hätte ich ihm gerade mitgeteilt, sein kleiner Hund sei überfahren worden. Ich fragte mich, wann er seine überschäumende Selbstsicherheit gegen diese hilflose Verwirrung eingetauscht hatte, ob es plötzlich geschehen oder ob sie Stück für Stück aus ihm herausgerieselt war, wie Sand durch ein Stundenglas.

»Sprich mit ihr. Frag sie, ob sie bereit ist, hier wegzugehen.« Falls sie noch in der Lage war zu sprechen. Falls sie sich daran erinnerte, dass ich mit ihr gesprochen hatte.

»Ich liebe sie mehr als das Leben selbst«, murmelte Simon.

In diesem Moment rief Condon: »Wir brauchen dich wieder hier!«

Ich trank die halbe Flasche leer. Das Wasser war sauber und rein und köstlich. Simon starrte mich an, während ihm Tränen in die Augen stiegen.

Dann ging ich zurück zu Sorley und den Geburtshilfeketten, und wir zogen und zerrten im Einklang mit den Zuckungen der schwangeren Färse.

Endlich, gegen Mitternacht, hatten wir das Kalb herausgezogen, es lag auf dem Stroh, ein Knäuel von schlaffen Gliedmaßen, die blutunterlaufenen Augen leblos.

Condon stand eine Weile über dem kleinen Körper. Dann wandte er sich mir zu: »Gibt es irgendetwas, das Sie tun können?«

»Ich kann es nicht von den Toten erwecken, falls Sie das meinen.«

Sorley sah mich warnend an, als wollte er sagen: Quäl ihn nicht, es ist schon schlimm genug.

Langsam bewegte ich mich in Richtung Scheunentür. Simon war vor etwa einer Stunde verschwunden, als wir noch mit starken Blutungen kämpften, die sich über das Stroh und unsere Kleidung, unsere Arme und Hände ergossen. Durch den offenen Spalt der Tür konnte ich beim Auto – meinem Auto – Bewegungen ausmachen und ein Aufblitzen von kariertem Stoff, möglicherweise Simons Hemd. Er war da draußen mit irgendwas beschäftigt.

Sorley sah von dem toten Kalb zu Pastor Dan Condon und wieder zurück, strich sich den Bart, ohne zu merken, dass er Blut hineinrieb. »Vielleicht, wenn wir es verbrennen«, sagte er.

Condon richtete einen welken, hoffnungslos starrenden Blick auf ihn.

Plötzlich riss Simon die Scheunentüren auf und ließ einen Schwall kühler Luft herein. Wir drehten uns um. Der Mond über seinen Schultern war aufgedunsen, fremd. »Sie ist im Auto«, sagte er. »Wir können fahren.« Er sprach zu mir, sah aber unverwandt in Richtung Sorley und Condon.

Pastor Dan zuckte nur mit den Achseln – als seien derlei weltliche Dinge nicht länger relevant.

Ich sah Bruder Aaron an. Bruder Aarons Hand streckte sich nach dem Gewehr.

»Ich kann Sie nicht hindern«, sagte ich. »Aber ich gehe jetzt.«

Er hielt inne, ließ die Hand in der Luft hängen, runzelte die Stirn. Es war, als versuchte er die Abfolge von Vorgängen zu rekonstruieren, die zu dem gegenwärtigen Augenblick geführt hatten, einer aus dem anderen notwendig hervorgehend, mit unerbittlicher Logik, und doch, und doch … Seine Hand fiel schlaff hinunter. Er wandte sich Pastor Dan zu. »Ich glaube, wenn wir es trotzdem verbrennen, dann wäre das in Ordnung.«

Ich ging zur Scheunentür, blickte mich nicht um. Sorley hätte es sich anders überlegen, zum Gewehr greifen können, aber ich war nicht mehr imstande, mich dafür zu interessieren.

»Vielleicht noch verbrennen, bevor es Morgen wird«, hörte ich ihn sagen. »Bevor die Sonne wieder aufgeht.«

»Fahr du«, sagte Simon, als wir das Auto erreichten. »Es ist Benzin im Tank und ein paar Extrakanister im Kofferraum. Außerdem etwas zu essen und noch mehr Wasserflaschen. Du fährst, und ich sitz hinten, um sie zu stützen.«

Ich ließ den Wagen an und fuhr langsam den Hügel hoch, an dem Weidezaun und der mondbeschienenen Ocotilla vorbei in Richtung Highway.

SPIN

Nach einigen Kilometern, in sicherer Entfernung zur Condon-Ranch, fuhr ich an den Straßenrand und sagte zu Simon, er solle aussteigen.

»Was? Hier?«

»Ich muss Diane untersuchen. Und dafür brauche ich die Taschenlampe aus dem Kofferraum. Okay?«

Er nickte mit weit aufgerissenen Augen.

Diane hatte kein Wort gesagt, seit wir die Ranch verlassen hatten. Sie hatte einfach nur auf dem Rücksitz gelegen, den Kopf in Simons Schoß, und versucht, Luft zu bekommen. Ihr Atem war das lauteste Geräusch, das im Auto zu hören war.

Während Simon mit der Taschenlampe in der Hand wartete, entledigte ich mich meiner blutgetränkten Sachen und wusch mich so gründlich, wie ich konnte – eine Flasche Mineralwasser mit ein bisschen Benzin vermischt, um den gröbsten Dreck abzuschrubben, eine weitere Flasche zum Nachspülen. Dann zog ich eine frische Jeans und ein Sweatshirt aus meinem Gepäck an und streifte ein paar Latexhandschuhe aus dem Arztkoffer über. Eine dritte Flasche Wasser trank ich in einem Zug leer, und dann ließ ich Simon das Licht auf Diane richten, während ich sie mir ansah.

Sie war mehr oder weniger bei Bewusstsein, aber zu erschöpft, um einen zusammenhängenden Satz herauszubringen. Sie war dünner, als ich sie je gesehen hatte, fast wie eine Magersüchtige, und sie hatte gefährlich hohes Fieber. Blutdruck und Puls waren ebenfalls erhöht. Als ich ihr die Lunge abhörte, klang es, als würde ein Kind seinen Milkshake durch einen dünnen Strohhalm saugen. Es gelang mir, ihr ein bisschen Wasser und dazu ein Aspirin einzuflößen. Dann riss ich die Versiegelung einer sterilen Subkutannadel auf.

»Was ist das?«, fragte Simon.

»Ein Universalantibiotikum.« Ich tupfte Dianas Arm ab und spürte mit etwas Mühe eine Vene auf. »Du wirst auch eins brauchen.« Genau wie ich – das Blut der Färse war zweifellos mit aktiven KVES-Bakterien verseucht gewesen.

»Wird sie das von der Krankheit heilen?«

»Nein, ich fürchte nicht. Vor einem Monat vielleicht. Jetzt nicht mehr. Sie braucht ärztliche Behandlung.«

»Du bist doch Arzt.«

»Ich bin Arzt, aber ich bin kein Krankenhaus.«

»Dann können wir sie vielleicht nach Phoenix bringen.«

Ich dachte darüber nach. Alle während des Flackerns gemachten Erfahrungen sprachen dafür, dass städtische Krankenhäuser im besten Fall überlaufen waren, im schlechtesten in Schutt und Asche lagen. Ich zückte mein Handy und suchte im Adressverzeichnis nach einer halb vergessenen Nummer.

»Wen rufst du an?«

»Jemand, den ich von früher kenne.«

Er hieß Colin Hinz. Wir waren Zimmergenossen in Stony Brook gewesen und hatten den Kontakt nie ganz abreißen lassen. Als ich zuletzt von ihm gehört hatte, war er in der Leitung des St.-Joseph-Hospitals in Phoenix beschäftigt gewesen. Es war einen Versuch wert – jetzt sofort, bevor die Sonne wieder aufging und jede Telekommunikation für einen weiteren Tag lahmlegte.

Das Telefon klingelte lange, doch schließlich nahm er ab. »Wollen schwer hoffen, dass es was Wichtiges ist«, murmelte er.

Ich entschuldigte mich und erklärte ihm, ich sei etwa eine Stunde von der Stadt entfernt und hätte eine Kranke bei mir, die dringender Behandlung bedürfe – jemand, der mir sehr nahestehe.

Colin seufzte. »Ich weiß nicht, was ich dir sagen soll, Tyler. St. Joe ist in Betrieb und, wie ich gehört habe, ist auch die Mayo Clinic in Scottsdale offen, aber beide haben ganz wenig Personal. Es gibt widersprüchliche Berichte von anderen Krankenhäusern. Eine schnelle Behandlung kriegst du jedenfalls nirgendwo, und hier schon mal gar nicht. Bei uns stapeln sich die Leute: Schusswunden, Suizidversuche, Autounfälle, Herzinfarkte, die ganze Palette. Und Cops an der Tür, die verhindern, dass sie die Notaufnahme stürmen. Wie ist der Zustand deiner Patientin?«

Ich erwiderte, Diane habe KVES im fortgeschrittenen Stadium und müsse vermutlich bald beatmet werden.

»Wo zum Teufel hat sie sich KVES geholt? Nein, ist schon gut – ganz egal. Ehrlich, ich würde gern helfen, wenn ich könnte, aber unsere Krankenschwestern haben schon die ganze Nacht Parkplatztriage gemacht, und ich kann nicht versprechen, dass sie deinem Fall Priorität erteilen würden, auch nicht bei einer Empfehlung von mir. Es ist sogar ziemlich sicher, dass sie in den nächsten vierundzwanzig Stunden keinen Arzt zu sehen kriegt. Falls wir alle überhaupt noch so lange leben.«

»*Ich* bin Arzt, erinnerst du dich? Alles, was ich brauche, ist ein bisschen Ausrüstung. Ringerlösung, Beatmungsgerät, Sauerstoff …«

»Ohne hartherzig klingen zu wollen, aber wir waten hier praktisch im Blut. Und du solltest dich, angesichts dessen, was gerade passiert, vielleicht fragen, ob es sich wirklich lohnt, einen KVES-Fall im Endstadium zu versorgen. Wenn du alles hast, was du brauchst, um es ihr bequem zu machen …«

»Ich will es ihr nicht bequem machen, ich will ihr Leben retten.«

»Okay. Aber was du eben beschrieben hast, das war eine hoffnungslose Situation, es sei denn, ich hätte etwas falsch verstanden.« Im Hintergrund hörte ich Stimmen, die nach seiner Aufmerksamkeit verlangten, ein Rumoren menschlichen Elends.

»Hör zu, Colin, die Sachen zur Versorgung brauche ich dringender als ein Bett.«

»Wir können nichts von unseren Sachen entbehren. Sag mir, ob ich sonst etwas für dich tun kann. Ansonsten tut es mir leid – ich habe zu tun.«

Ich überlegte fieberhaft. »Okay. Sag mir, wo ich Ringerlösung herkriegen kann, Colin, mehr verlang ich nicht.«

»Na ja.«

»Was na ja?«

»Ich dürfte dir das gar nicht sagen, aber was soll's. St. Joe's hat ein Abkommen mit der Stadt im Rahmen des zivilen Notstandplans. Im Norden der Stadt gibt es einen Lieferanten für medizinischen Bedarf namens Novaprod.« Er gab mir die Adresse und eine grobe Wegbeschreibung. »Eine Einheit der Nationalgarde ist dort zum Schutz postiert. Das ist unsere primäre Quelle für Medikamente und Ausrüstung.«

»Lassen die mich rein?«

»Ja. Wenn ich anrufe und ihnen sage, dass du kommst, und wenn du dich ausweisen kannst.«

»Tu das für mich, Colin. Bitte.«

»Mach ich. Wenn ich eine Leitung nach draußen kriege. Die Telefone sind unzuverlässig.«

»Danke. Wenn ich mich irgendwie revanchieren kann …«

»Kannst du vielleicht. Du hast doch in der Raumfahrtindustrie gearbeitet, richtig? Perihelion?«

»In letzter Zeit nicht mehr, aber stimmt.«

»Kannst du mir sagen, wie lange das alles noch dauern wird?« Er brachte die Frage fast flüsternd vor, und plötzlich konnte ich die Müdigkeit in seiner Stimme hören. Und die uneingestandene Furcht. »Ich meine, so oder so?«

Ich erwiderte, dass ich es schlicht und einfach nicht sagen konnte – und auch bezweifelte, dass irgendjemand bei Perihelion mehr wisse als ich.

Er seufzte. »Okay. Es ist nur so bitter, weißt du, die Vorstellung, wir würden das hier alles durchmachen und dann in ein paar Tagen verbrennen, ohne erfahren zu haben, was das Ganze eigentlich soll.«

»Ich wünschte, ich könnte dir eine Antwort geben.«

Im Hintergrund rief jetzt jemand seinen Namen. »Ich wünsche mir auch vieles. Muss Schluss machen, Tyler.«

Ich dankte ihm noch einmal und legte auf.

Die Morgendämmerung war noch einige Stunden entfernt.

Simon hatte etwas abseits vom Auto gestanden, in den Sternenhimmel gestarrt und so getan, als würde er nicht zuhören. Ich winkte ihn heran. »Wir müssen weiter, Simon.«

»Hast du Hilfe für Diane finden können?«

»Sozusagen.«

Er nahm die Antwort hin, ohne nachzufragen. Doch bevor er ins Auto stieg, zupfte er mich am Ärmel und sagte: »Da … Was glaubst du, was das ist, Tyler?« Er deutete auf den westlichen Horizont, wo sich eine sanft gebogene silberne Linie durch etwa fünf Grad des Nachthimmels schwang. Es sah aus, als habe jemand ein riesiges flaches C aus der Dunkelheit gekratzt.

»Vielleicht ein Kondensationsstreifen. Ein Militärflugzeug.«

»Nachts?«

»Ich weiß nicht, was es ist, Simon. Komm, steig ein – wir haben keine Zeit zu verlieren.«

Wir kamen schneller voran, als ich gedacht hatte, und erreichten das in einem öden Industriegelände gelegene Lagerhaus für medizinischen Bedarf rechtzeitig vor Sonnenaufgang. Ich zeigte dem nervösen Nationalgardisten, der am Eingang postiert war, meinen Ausweis, worauf er mich an einen anderen Nationalgardisten und einen zivilen Angestellten weiterreichte, die mich durch die Regalgänge führten. Ich fand, was ich brauchte, und ein dritter Nationalgardist half mir, es zum Auto zu tragen. Allerdings zog er sich rasch zurück, als er Diane auf dem Rücksitz nach Atem ringen sah. »Ich wünsche Ihnen viel Glück«, sagte er mit etwas zittriger Stimme.

Ich nahm mir die Zeit, ihr einen Tropf zu basteln, wobei ich den Beutel an den Jackenhaken des Autos hängte. Ich zeigte Simon, wie man den Zufluss steuerte und dafür sorgte, dass sie den Schlauch im

Schlaf nicht einklemmte oder abriss. Sie wachte nicht einmal auf, als ich ihr die Nadel in den Arm stach.

Als wir wieder unterwegs waren, fragte Simon: »Wird sie sterben?«

Ich packte das Steuer ein wenig fester. »Nicht wenn ich es verhindern kann.«

»Wo bringen wir sie hin?«

»Nach Hause.«

»Etwa ins Haus von Carol und E. D.? Den ganzen Weg?«

»Genau.«

»Warum dorthin?«

»Weil ich ihr da helfen kann.«

»Das ist eine lange Fahrt. Ich meine, so wie die Dinge stehen.«

»Ja, das kann eine lange Fahrt werden.«

Ich drehte mich kurz um, sah, wie er ihr sanft den Kopf streichelte. Dianes Haare hingen schlaff herunter, vom Schweiß verfilzt, und Simons Hände waren blass an den Stellen, wo er das Blut abgewaschen hatte.

»Ich verdiene es nicht, mit ihr zusammen zu sein«, sagte er. »Ich weiß, dass das alles meine Schuld ist. Ich hätte die Ranch verlassen können. Ich hätte Hilfe holen können.«

Ja, dachte ich. Das hättest du.

»Aber ich glaubte an das, was wir taten. Du wirst das wahrscheinlich nicht verstehen. Es war nicht nur das rote Kalb, Tyler. Ich war überzeugt davon, dass wir am Ende belohnt würden.«

»Wofür belohnt?«

»Glauben. Beharrlichkeit. Vom ersten Moment an, als ich Diane kennen lernte, hatte ich das Gefühl, dass wir Teil von etwas Spektakulärem sein würden, auch wenn ich es noch nicht ganz begreifen konnte. Dass wir eines Tages gemeinsam vor dem Thron Gottes stehen würden – nicht weniger. ›Dies Geschlecht wird nicht vergehen, bis dass es alles geschehe.‹ *Unser* Geschlecht, *unsere* Generation, auch wenn wir anfangs einen falschen Weg einschlugen. Zugegeben, bei diesen New-Kingdom-Veranstaltungen sind Dinge passiert, die mir heute schändlich erscheinen. Trunkenheit, Lüsternheit, Lügen.

Wir haben uns davon abgewandt, was einerseits gut war, andererseits aber hatten wir das Gefühl, die Welt sei ein bisschen kleiner geworden, seitdem wir nicht mehr unter Leuten waren, die versuchten, das tausendjährige Reich Christi vorzubereiten. Es war, als hätten wir eine Familie verloren. Und ich dachte, na ja, wenn du nach dem reinsten und einfachsten Weg suchst, dann sollte dich der in die richtige Richtung führen. ›Wenn ihr beharret, werdet ihr euer Leben gewinnen.‹«

»Jordan Tabernacle.«

»Es ist nicht schwer, die Prophezeiung am Spin zu messen. Zeichen in der Sonne, im Mond und in den Sternen, heißt es bei Lukas. Erschüttert sind die Mächte des Himmels. Aber es ist nicht … es ist nicht …« Er schien den Faden zu verlieren.

»Wie sieht's da hinten mit ihrer Atmung aus?« Ich brauchte eigentlich nicht zu fragen, ich konnte jeden Atemzug hören, den sie machte – sie atmete schwer, aber regelmäßig. Ich wollte Simon nur ablenken.

»Sie kriegt Luft … Bitte, Tyler, halt an, und lass mich raus.«

Wir fuhren Richtung Osten. Es herrschte überraschend wenig Verkehr. Colin Hinz hatte mich vor möglichen Verstopfungen rund um den Flughafen gewarnt, doch die hatten wir umfahren. Hier draußen begegneten uns nur wenige Pkws, wenn auch eine ganze Reihe aufgegebener Fahrzeuge auf dem Seitenstreifen standen. »Das ist keine gute Idee.« Im Rückspiegel sah ich, wie sich Simon Tränen aus den Augen rieb. Er wirkte so verletzlich und verwirrt wie ein Zehnjähriger bei einer Beerdigung.

»Weißt du, ich hatte in meinem ganzen Leben nur zwei Wegzeichen. Gott und Diane. Und ich habe sie beide verraten. Ich habe zu lange gewartet. Es ist nett von dir, es zu leugnen, aber sie liegt im Sterben.«

»Nicht unbedingt.«

»Ich will nicht bei ihr sein mit dem Wissen, dass ich es hätte verhindern können. Ich würde lieber in der Wüste sterben. Das ist mein Ernst, Tyler. Ich will aussteigen.«

Der Himmel wurde langsam hell, ein hässliches violettes Schimmern, eher dem Lichtbogen einer defekten Neonlampe ähnlich als irgendetwas Natürlichem.

»Das ist mir egal.«

Er sah mich verblüfft an. »Was?«

»Es ist mir egal, wie du dich gerade fühlst. Ich habe dich mitgenommen, weil wir eine schwierige Reise vor uns haben und ich mich nicht um sie kümmern und gleichzeitig fahren kann. Außerdem werde ich früher oder später schlafen müssen – wenn du dich dann ans Steuer setzen könntest, müssten wir nicht anhalten, außer um zu tanken und Verpflegung zu kaufen.«

»Kommt es darauf denn an?«

»Es ist nicht gesagt, dass sie stirbt, Simon, aber sie ist so krank, wie du glaubst, und sie *wird* sterben, wenn sie keine Hilfe bekommt. Und die einzige Hilfe, die ich kenne, ist ein paar tausend Kilometer von hier entfernt.«

»Himmel und Erde vergehen. Wir werden alle sterben.«

»Für Himmel und Erde kann ich nicht sprechen, aber ich weigere mich, sie sterben zu lassen, solange ich etwas dagegen tun kann.«

»Darum beneide ich dich.«

»Was? Worum in aller Welt könntest du mich beneiden?«

»Um deinen Glauben.«

Ein gewisses Maß an Optimismus war noch möglich, aber nur nachts. Bei Tageslicht verdorrte er.

Ich fuhr ins Hiroshima der aufgehenden Sonne. Das Licht tat mir zwar vermutlich nicht besonders gut, aber ich hatte aufgehört, mir darüber Sorgen zu machen. Dass wir überhaupt den ersten Tag überlebt hatten, war ein Rätsel – ein Wunder, hätte Simon wohl gesagt. Es ermunterte mich zu einem gewissen Pragmatismus: Ich holte meine Sonnenbrille aus dem Handschuhfach und versuchte die Augen stur auf die Straße zu richten anstatt auf das orangefarbene Feuer, das aus dem Horizont emporschwebte.

Draußen wurde es immer heißer. Ebenso im Wageninneren, trotz der Klimaanlage, die ich auf Hochtouren laufen ließ, um Dianes Körpertemperatur halbwegs unter Kontrolle zu behalten. Irgendwo zwischen Albuquerque und Tucumcari wurde ich von heftiger Müdigkeit überschwemmt. Wiederholt fielen mir die Augen zu und beinahe hätte ich einen Kilometeranzeiger gerammt. Darauf fuhr ich an den Straßenrand und stellte den Motor ab. Ich sagte Simon, er solle den Tank aus den Kanistern auffüllen und sich bereit machen, das Steuer zu übernehmen. Er nickte widerstrebend.

Wir waren besser vorangekommen, als ich erwartet hatte. Es hatte wenig bis gar kein Verkehr geherrscht, womöglich weil die Leute Angst hatten, allein unterwegs zu sein. Während Simon Benzin nachfüllte, fragte ich ihn, was er zu essen mitgenommen hatte.«

»Nur was ich auf die Schnelle in der Küche gefunden habe. Ich hatte es eilig. Sieh selbst nach.«

Im Kofferraum, zwischen den eingedellten Kanistern, dem verpackten medizinischen Bedarf und einzelnen Flaschen Mineralwasser fand ich einen Pappkarton. Er enthielt drei Schachteln Cheerios, zwei Büchsen Cornedbeef und eine Flasche Pepsi light. »Jesus, Simon.«

Er zuckte zusammen; mir wurde klar, dass ich mich nicht gerade sorgfältig ausgedrückt hatte. »Das war alles, was ich finden konnte.«

Und keine Schüsseln oder Löffel. Aber ich war ebenso hungrig wie müde. Wir beschlossen, den Motor ein wenig abkühlen zu lassen. Währenddessen setzten wir uns in den Schatten des Autos, dessen Scheiben heruntergelassen waren, damit die aus der Wüste wehende Brise hindurchblasen konnte. Die Sonne stand sengend am Himmel, es war wie High Noon auf dem Merkur. Wir benutzten die Böden leerer Plastikflaschen als behelfsmäßige Tassen und aßen in lauwarmem Wasser eingeweichte Cheerios. Es sah ein bisschen aus wie Klebstoff und schmeckte auch so.

Ich besprach die nächste Reiseetappe mit Simon, erinnerte ihn daran, die Klimaanlage einzuschalten, sobald wir unterwegs waren, und bat ihn, mich zu wecken, falls sich auf der Straße irgendwelche Probleme abzeichneten.

Dann kümmerte ich mich um Diane. Der Tropf und die Antibiotika schienen ihr etwas Energie eingeflößt zu haben. Sie öffnete die Augen und flüsterte: »Tyler«, nachdem ich ihr ein bisschen Wasser eingeflößt hatte. Sie nahm ein paar Löffel voll Cheerios an, drehte dann aber den Kopf weg. Ihre Wangen waren eingefallen, die Augen teilnahmslos.

»Hab noch ein bisschen Geduld, Diane.« Ich stellte ihren Tropf neu ein, ich half ihr aufzusitzen, die Beine aus dem Auto gestreckt, während sie ein wenig bräunlichen Urin abschlug. Dann wischte ich sie ab und tauschte ihr beschmutztes Höschen gegen einen sauberen Baumwollslip aus meinem Koffer aus.

Nachdem sie versorgt war, stopfte ich eine Decke in die Lücke zwischen Vorder- und Rückbank – ein Schlafplatz für mich, wo ich sie nicht störte. Simon hatte während der ersten Etappe nur kurz geschlafen und musste ähnlich erschöpft sein wie ich – aber er war nicht mit einem Gewehr geschlagen worden. Die Stelle, an der mich Bruder Aaron erwischt hatte, war geschwollen und gab dröhnend Meldung, wenn ich mit den Fingern auch nur in die Nähe geriet.

Simon beobachtete das alles aus einigen Metern Entfernung und machte ein mürrisches, vielleicht auch eifersüchtiges Gesicht. Als ich ihn rief, zögerte er, blickte sehnsuchtsvoll über die Wüste, tief ins Herz des absoluten Nichts. Dann schlich er zum Auto zurück und setzte sich hinter das Lenkrad.

Ich quetschte mich in meine Nische. Diane schien ohne Bewusstsein, doch bevor ich einschlief, fühlte ich, wie sie meine Hand drückte.

Als ich erwachte, war es wieder dunkel, Simon hatte angehalten, um die Plätze zu tauschen. Ich kletterte aus dem Auto und streckte mich. Mir tat noch immer der Kopf weh, meine Wirbelsäule fühlte sich etwas steif an, aber ich war ausgeruhter als Simon, der nach hinten kroch und sofort einschlief.

Ich wusste nicht, wo wir waren, abgesehen davon, dass wir nach wie vor auf der I-40 Richtung Osten fuhren und das Land hier weniger ausgedörrt war: zu beiden Seiten der Straße erstreckten sich bewässerte Felder unter einem karmesinroten Mond. Ich überzeugte mich davon, dass Diane bequem lag und frei atmen konnte, und ließ alle Türen für eine Weile offen stehen, um die schlechte Luft, ein mit Blut und Benzin vermischter Krankenzimmergeruch, zu vertreiben. Dann setzte ich mich ans Steuer.

Nur wenig Sterne hingen über der Straße, und sie waren schwer zu erkennen. Ich dachte an den Mars. Befand er sich noch unter einer Spinmembran oder war er, ebenso wie die Erde, freigesetzt worden? Ich wusste nicht, wo am Himmel ich nach ihm suchen musste, und selbst wenn ich ihn fand, würde ich wohl kaum Einzelheiten erkennen können. Was ich aber sah – gar nicht übersehen konnte –, war die geheimnisvolle Silberlinie, auf die mich Simon noch in Arizona aufmerksam gemacht und die ich fälschlich für einen Kondensationsstreifen gehalten hatte. Jetzt war sie sogar noch auffälliger. Sie war vom westlichen Horizont fast bis zum Zenit gewandert, und aus der sanften Kurve war ein Oval geworden, ein abgeflachtes O.

Der Himmel, den ich über mir sah, war drei Milliarden Jahre älter als der, den ich zuletzt vom Rasen des Großen Hauses aus gesehen hatte. Man musste wohl damit rechnen, dass er alle möglichen Geheimnisse in sich trug.

Als wir wieder unterwegs waren, testete ich das Autoradio, das in der Nacht zuvor stumm geblieben war. Es war nichts Digitales zu empfangen, doch nach einigem Suchen erwischte ich einen Lokalsender auf dem FM-Band – einer von denen, die sich normalerweise ganz der Countrymusik und der Christlichkeit widmen. Jetzt allerdings wurde nur geredet. Ich erfuhr eine ganze Menge, bevor der Empfang schließlich im Rauschen unterging.

Ich erfuhr etwa, dass wir gut beraten gewesen waren, größere Städte zu meiden. Die Städte waren Katastrophengebiete – nicht auf Grund von Plünderungen und Gewalt (davon hatte es überraschend wenig gegeben), sondern wegen des völligen Zusammenbruchs der Infrastruktur. Der Aufgang der roten Sonne hatte so sehr nach dem lange vorhergesagten Tod der Erde ausgesehen, dass die meisten Leute einfach zu Hause geblieben waren, um gemeinsam mit ihren Familien zu sterben, und der städtische Betrieb weitgehend zum Erliegen kam: Polizei und Feuerwehr waren praktisch nicht mehr vorhanden, die Krankenhäuser hoffnungslos unterbesetzt.

Die vergleichsweise wenigen Leute, die sich zu erschießen versuchten oder große Mengen von Alkohol, Kokain, Oxycontin oder Amphetaminen einnahmen, verursachten in ihrer Unachtsamkeit die akutesten Probleme: sie wurden beim Autofahren bewusstlos oder ließen, während sie starben, brennende Zigaretten fallen. Wenn der Teppich dann zu glimmen begann oder die Vorhänge in Flammen aufgingen, war niemand da, um 911 zu wählen, und in vielen Fällen wäre bei der Feuerwehr auch niemand dagewesen, um den Anruf entgegenzunehmen. Kleine Feuer wurden auf diese Weise schnell zu Großbränden.

Vier große Rauchsäulen stiegen aus Oklahoma City auf, sagte der Nachrichtensprecher, und telefonischen Berichten zufolge lagen die südlichen Stadtteile von Chicago weitgehend in Schutt und Asche. Jede Großstadt im Land – sofern überhaupt Kontakt bestand – meldete wenigstens einen oder zwei außer Kontrolle geratene Brände.

Nachdem sich allerdings die Möglichkeit abgezeichnet hatte, dass die menschliche Rasse zumindest noch ein paar Tage länger überleben würde, waren wieder wesentlich mehr Notfallhelfer und kommunale Angestellte auf ihre Posten zurückgekehrt. (Die Kehrseite war, dass die Leute sich jetzt Sorgen machten, wie lange wohl ihre Vorräte reichen würden: Plünderungen von Lebensmittelgeschäften wurden zusehends zu einem Problem.) Wer keine unverzichtbaren Dienste zu leisten hatte, wurde aufgefordert, zu Hause zu bleiben – die Botschaft war vor Sonnenaufgang über Notübertragungssysteme und über jede noch funktionierende Radio- und Fernsehleitung verbreitet worden und wurde jetzt am Abend wiederholt. Was als Erklärung dafür dienen mochte, warum so wenig Verkehr herrschte. Ich hatte ein paar Militär- und Polizeipatrouillen gesehen, aber keine davon hatte uns aufgehalten, vermutlich wegen des Schildes an meinem Auto – nach dem ersten Flackern hatten die meisten Staaten, darunter auch Kalifornien, Notdienstplaketten an Ärzte ausgegeben.

Die Arbeit der Polizei war ohnehin lückenhaft. Das reguläre Militär blieb trotz mancher Desertationen mehr oder weniger intakt, doch die Einheiten der Reserve und der Nationalgarde waren arg reduziert und konnten die örtlichen Behörden nicht unterstützen. Lückenhaft war auch die Stromversorgung; die meisten Elektrizitätswerke waren unterbesetzt und kaum funktionstüchtig, sodass sich immer mehr Ausfälle über das Netz verbreiteten. Es gingen Gerüchte um, wonach die Atomkraftwerke San Onofre in Kalifornien und Pickering in Kanada kurz vor der Kernschmelze standen, aber dafür gab es bislang noch keine Bestätigung.

Der Nachrichtensprecher verlas eine Liste von Nahrungsmitteldepots und von Krankenhäusern, die ihren Betrieb aufrechterhielten (mit geschätzten Wartezeiten), sowie Erste-Hilfe-Tipps für zu Hause. Und eine vom Wetteramt ausgegebene Warnung vor längeren Aufenthalten in der Sonne. Das Sonnenlicht scheine zwar nicht unmittelbar tödlich zu sein, doch eine übermäßige UV-Belastung könne, so hieß es, zu »langfristigen Problemen« führen – und das war ebenso traurig wie komisch.

Ich empfing noch einige vereinzelte Sendungen bis zum Morgengrauen, doch bald ließ die aufsteigende Sonne alles in Rauschen untergehen.

Der Tag brach unter Wolken an. Ich musste also nicht direkt ins grelle Sonnenlicht hineinfahren, aber selbst dieser gedämpfte Sonnenaufgang war bedrückend fremdartig. Die östliche Hälfte des Himmels wurde zu einer brodelnden Suppe aus rotem Licht, auf ihre Art ebenso hypnotisch wie die Glut eines erlöschenden Lagerfeuers. Gelegentlich teilten sich die Wolken, und bernsteinfarbene Sonnenstrahlen fingerten übers Land. Um die Mittagszeit jedoch hatte sich die Bewölkung verdichtet, und bald begann es zu regnen – ein heißer, lebloser Regen, der sich über den Highway legte und die kränklichen Farben des Himmels spiegelte.

Am Morgen hatte ich den letzten Benzinkanister in den Tank gefüllt, und irgendwo zwischen Cairo und Lexington begann sich die Nadel der Benzinanzeige bedrohlich dem roten Bereich zu nähern. Ich weckte Simon und sagte ihm, dass ich die nächste Tankstelle ansteuern würde – und jede weitere, die danach kam, bis wir eine gefunden hatten, die uns Benzin verkaufte.

Die nächste Tankstelle erwies sich als ein kleines familienbetriebenes Franchise mit vier Pumpen und angeschlossenem Imbiss, etwa einen halben Kilometer abseits des Highways gelegen. Der Laden war dunkel und die Pumpen vermutlich außer Betrieb, aber ich fuhr trotzdem vor, stieg aus dem Auto und nahm den Zapfhahn vom Haken.

Ein Mann mit einer Mütze der Cincinnati Bengals auf dem Kopf und einem Schrotgewehr in der Hand erschien von der Seite des Gebäudes her. »Das wird nichts«, sagte er.

Ich steckte den Zapfhahn langsam zurück. »Sie haben keinen Strom?«

»Richtig.«

»Und kein Notaggregat?«

Er zuckte mit den Achseln und kam näher. Simon schickte sich an, aus dem Wagen zu steigen, aber ich winkte ihn zurück. Der Mann mit der Bengals-Mütze – er war ungefähr dreißig und hatte schätzungsweise dreißig Pfund Übergewicht – besah sich den auf der Rückbank installierten Infusionstropf. Dann warf er einen Blick auf das Nummernschild. Es war ein kalifornisches, was mir vermutlich keine Goodwillpunkte einbrachte, doch die Notdienstplakette war deutlich zu sehen. »Sie sind Arzt?«

»Ja. Tyler Dupree. Dr. med.«

»Verzeihen Sie, wenn ich Ihnen nicht die Hand schüttele. Ist das Ihre Frau da drin?«

Ich bejahte, weil das unkomplizierter war, als lange Erklärungen abzugeben. Simon sah mich an, erhob aber keinen Einspruch.

»Haben Sie irgendwelche Papiere, die belegen, dass Sie Arzt sind? Nichts für ungut, aber es hat in den letzten Tagen eine Menge Autodiebstähle gegeben.«

Ich zog meine Brieftasche hervor und warf sie vor ihm auf den Boden. Er hob sie auf, betrachtete das Kartenfach, fischte eine Brille aus seiner Hemdtasche, sah noch einmal genau hin. Schließlich gab er mir die Brieftasche zurück. »Tut mir leid, Dr. Dupree. Ich bin Chuck Bernelli. Wenn Sie nur Benzin brauchen, stelle ich die Pumpen an. Falls Sie mehr benötigen, kostet es mich eine Minute, den Laden zu öffnen.«

»Das Benzin brauche ich auf jeden Fall. Verpflegung wäre zwar schön, aber ich habe nicht viel Bargeld bei mir.«

»Zum Teufel damit. Für Kriminelle und Betrunkene – und daran herrscht momentan kein Mangel auf den Straßen – haben wir geschlossen, aber fürs Militär und für die Autobahnpolizei machen wir jederzeit auf. Und auch für Mediziner. Jedenfalls so lange es noch Benzin gibt. Ich hoffe, Ihrer Frau geht es nicht allzu schlecht.«

»Nicht wenn ich sie dahin bekomme, wo ich hinwill.«

»Lexington V. A.? Samaritan?«

»Ein bisschen weiter noch. Sie braucht spezielle Behandlung.«

Er blickte zum Auto. Simon hatte die Fenster heruntergelassen, damit frische Luft hineinwehte. Regen klatschte auf das staubige Fahrzeug und den öligen, von Pfützen übersäten Asphalt. Diane drehte sich im Schlaf um, begann zu husten. Bernelli runzelte die Stirn. »Dann mach ich mal die Pumpen an. Sie wollen sicher gleich weiter.«

Bevor wir wieder losfuhren, stellte er noch einige Lebensmittel für uns zusammen: ein paar Suppendosen, eine Schachtel Cracker, einen Dosenöffner. Aber er kam nicht in die Nähe des Autos.

Quälender, periodisch auftretender Husten ist ein typisches Symptom für KVES. Es mutet schon beinahe hinterhältig an, wie der Erreger seine Opfer vorerst schont, es vorzieht, sie erst einmal nicht in einer verheerenden Pneumonie zu ertränken, obwohl das dann letzten Endes doch das Mittel ist, mit dem er sie umbringt – sofern nicht schon vorher komplettes Herzversagen eintritt. Bei dem Großhändler in der Nähe von Flagstaff hatte ich mir einen Sauerstoffbehälter und eine Maske verschafft, und als der Husten Dianes Atmung zu beeinträchtigen begann – sie war am Rande der Panik, verdrehte die Augen, weil sie das Gefühl hatte, in ihrem eigenen Sputum zu ertrinken –, machte ich die Atemwege, so gut es ging, frei und hielt ihr die Sauerstoffmaske über Mund und Gesicht, während Simon fuhr.

Irgendwann wurde sie ruhiger, ihre Gesichtsfarbe normalisierte sich, und sie konnte wieder schlafen. Ich saß bei ihr, ihr fiebriger Kopf schmiegte sich an meine Schulter. Der Regen fiel unerbittlich und zwang uns, langsamer zu fahren. Jedes Mal wenn wir durch eine Senke fuhren, zog der Wagen eine schäumende Wasserwolke hinter sich her. Zum Abend hin schwand das Licht, hinterließ glimmende Kohlen am westlichen Horizont.

Es gab keinerlei Geräusche neben dem Trommeln des Regens auf dem Autodach, und ich war recht zufrieden damit, dem zuzuhören, als sich Simon plötzlich räusperte und fragte: »Bist du Atheist, Tyler?«

»Wie bitte?«

»Ich will nicht unhöflich sein, aber ich habe mich gefragt, ob du dich als Atheisten bezeichnen würdest?«

Ich wusste nicht recht, wie ich darauf antworten sollte. Simon hatte einen hilfreichen, ja unverzichtbaren Beitrag dazu geleistet, dass wir bis hierhergekommen waren. Doch er war auch jemand, der sein geistiges Kapital in einen Haufen unzurechnungsfähiger Dispensationalisten investiert hatte, deren einziger Einwand gegen das Ende der Welt darin bestand, dass es ihren detaillierten Erwartungen nicht entsprach. Ich wollte ihn nicht beleidigen, ich brauchte ihn noch – Diane brauchte ihn noch. Also sagte ich: »Spielt es denn eine Rolle, als was ich mich bezeichnen würde?«

»Ich war einfach nur neugierig.«

»Tja … Ich weiß es nicht. Schätze, das wäre meine Antwort. Ich erhebe nicht den Anspruch zu wissen, ob Gott existiert oder warum er das Universum auf diese Weise ins Schleudern gebracht hat. Tut mir leid, Simon, das ist alles, was ich an der theologischen Front zu bieten habe.«

Einige Kilometer lang schwieg er. Dann sagte er: »Vielleicht ist es das, was Diane meinte.«

»Was sie wozu meinte?«

»Wenn wir darüber sprachen. Was wir übrigens länger nicht mehr getan haben, wenn ich's mir recht überlege. Wir waren unterschiedlicher Ansicht über Pastor Dan und Jordan Tabernacle, auch vor dem Schisma schon. Ich fand, dass sie zu zynisch war. Sie sagte, ich sei zu leicht zu beeindrucken. Nun, kann schon sein. Pastor Dan besaß die Gabe, die Schrift aufzuschlagen und auf jeder Seite Erkenntnisse zu finden – solide wie ein Haus, Säulen und Grundpfeiler der Erkenntnis. Das ist wirklich eine Gabe, weißt du. Ich selber kann es nicht. So sehr ich es versuche, ich bin bis heute nicht in der Lage, die Bibel aufzuschlagen und sofort zu begreifen, was da steht.«

»Vielleicht ist es auch gar nicht so gedacht.«

»Ich wollte es aber. Ich wollte so sein wie Pastor Dan – klug und immer, na ja, mit festem Boden unter den Füßen. Diane sagte, es sei ein Teufelspakt, Dan Condon hätte Demut gegen Gewissheit getauscht. Vielleicht ist es das, was mir abging. Und vielleicht ist es das, was sie in dir sah, warum sie all die Jahre an dir festgehalten hat: deine Demut.«

»Simon, ich …«

»Schon gut. Das ist nichts, wofür du dich entschuldigen müsstest, und du brauchst es auch nicht um meinetwillen zu beschönigen. Ich weiß, dass sie dich angerufen hat, wenn sie dachte, ich schlafe, oder wenn ich außer Haus war. Ich weiß, dass ich mich glücklich schätzen darf, sie so lange bei mir gehabt zu haben.« Er drehte sich zu mir um. »Würdest du mir einen Gefallen tun? Sag ihr bitte, es täte mir leid, dass ich mich nicht besser um sie gekümmert habe, als sie krank wurde.«

»Das kannst du ihr doch selber sagen.«

Er nickte nachdenklich und fuhr tiefer in den Regen hinein. Ich sagte ihm, er solle versuchen, nützliche Informationen im Radio zu finden, jetzt, wo es wieder dunkel war. Meine Absicht war, wach zu bleiben und zuzuhören, aber ich hatte rasende Kopfschmerzen und begann alles doppelt zu sehen, und nach einer Weile schien es dann doch angenehmer, einfach die Augen zu schließen und zu schlafen.

Ich schlief fest und lange, jede Menge Kilometer blieben unter den Rädern des Autos zurück. Als ich aufwachte, war es erneut ein regnerischer Morgen. Wir parkten auf einem Rastplatz – westlich von Manassas, wie ich später erfuhr –, und eine Frau mit einem eingerissenen schwarzen Regenschirm klopfte ans Fenster.

Blinzelnd öffnete ich die Tür, worauf sie, mit achtsamen Blicken auf Diane, einen Schritt zurückwich. »Soll Ihnen von dem Mann sagen, Sie solln nich warten.«

»Wie bitte?«

»Soll Sie von ihm grüßen, und Sie solln nich auf ihn warten.«

Simon saß nicht auf dem Vordersitz. Auch zwischen den Mülltonnen, den nassen Picknicktischen und den Plastiktoiletten war er nicht zu sehen. Einige andere Wagen standen herum, die meisten im Leerlauf vor sich hintuckernd, während ihre Fahrer auf dem Klo waren. Ich registrierte Bäume, Parklandschaft, einen hügeligen Ausblick auf eine regennasse kleine Industriestadt unter einem feuerroten Himmel. »Dünner blonder Typ? Schmutziges T-Shirt?«

»Genau der. Meinte, Sie solln nicht zu lange schlafen. Dann isser losgezogen.«

»Zu Fuß?«

»Ja. Runter Richtung Fluss, nicht anner Straße lang.« Die Frau schielte wieder zu Diane hinüber. »Geht's Ihnen beiden gut?«

»Nein. Aber wir haben's nicht mehr weit. Nett, dass Sie fragen. Hat er sonst noch etwas gesagt?«

»Ja. Soll ausrichten, Gott segne Sie, und er findet von hier aus selber weiter.«

Ich versorgte Diane. Warf einen letzten Blick über den nassen Parkplatz. Dann fuhr ich weiter.

Ich musste mehrmals anhalten, um Dianes Tropf zu richten oder ihr Sauerstoff zu verabreichen. Sie öffnete die Augen überhaupt nicht mehr, und sie schlief nicht einfach nur – sie war ohne Bewusstsein. Ich mochte nicht darüber nachdenken, was das bedeutete.

Die Straßen erlaubten kein schnelles Fahren, der Regen prasselte nur so herunter, und überall gab es Hinweise auf das Chaos der letzten Tage. Ich kam an Dutzenden von ausgebrannten, an den Straßenrand geschobenen Autowracks vorbei, aus einigen stieg noch Rauch auf. Etliche Straßen waren für den zivilen Verkehr gesperrt, durften nur von Militär oder Notdienstfahrzeugen befahren werden. Mehrmals stand ich vor Straßensperren und musste kehrtmachen. Die Hitze des Tages machte die feuchte Luft fast unerträglich, am Nachmittag kam zwar ein starker Wind auf, doch auch der brachte nur wenig Erleichterung.

Zumindest war Simon erst kurz vor unserem Ziel desertiert. Ich schaffte es zum Großen Haus, solange noch Licht am Himmel war.

Der Wind war noch heftiger geworden, hatte fast Sturmstärke erreicht, und die Auffahrt der Lawtons war von Zweigen und Ästen übersät. Das Haus selbst war dunkel, jedenfalls sah es in der gelbbraunen Dämmerung so aus.

Ich ließ Diane im Auto, klopfte an die Tür. Und wartete. Klopfte noch einmal, nachdrücklich. Endlich öffnete sie sich einen Spaltbreit, und Carol Lawton spähte hinaus.

Ich konnte ihr Gesicht in der schmalen Öffnung kaum erkennen: ein blassblaues Auge, eine runzelige Wange.

»Tyler Dupree«, sagte sie. »Bist du allein?« Die Tür ging weiter auf.

»Nein. Diane ist bei mir. Und ich brauche Hilfe, um sie nach drinnen zu schaffen.«

Carol trat auf die Veranda und linste hinunter zum Auto. Als sie Diane sah, versteifte sich ihr kleiner Körper, sie zog die Schultern hoch und rang nach Luft. »Großer Gott«, flüsterte sie. »Sind denn *beide* meine Kinder zum Sterben nach Hause gekommen?«

Die ganze Nacht hindurch rüttelte der Wind am Großen Haus, ein heißer, salziger Wind, aufgerührt von dem unnatürlichen Sonnenlicht der letzten drei Tage. Ich nahm ihn sogar im Schlaf wahr: Er war da in den Momenten des Beinahe-Erwachens, er bildete den Soundtrack zu einem Dutzend unbehaglicher Träume. Und auch nach Sonnenaufgang klopfte er noch an die Fenster, als ich mich anzog und nach Carol Lawton Ausschau hielt.

Das Haus war seit Tagen ohne Strom. Der Flur im ersten Stock war vom regengefilterten Licht, das durch das Fenster am Ende des Korridors fiel, nur schwach erleuchtet. Die Eichenholztreppe führte hinunter in die Diele, wo zwei tropfnasse Erkerfenster Licht von der Farbe blasser Rosen ins Haus ließen. Ich fand Carol im Salon, sie machte sich gerade an einer antiquarischen Kaminsimsuhr zu schaffen.

»Wie geht es ihr?«, fragte ich.

Carol warf mir einen Blick zu. »Unverändert.« Sie widmete sich wieder der Uhr, die sie mit einem Messingschlüssel aufzog. »Ich war gerade bei ihr. Ich vernachlässige sie nicht, Tyler.«

»Das habe ich auch nicht angenommen. Was ist mit Jason?«

»Ich habe ihm beim Anziehen geholfen. Tagsüber geht es ihm besser. Ich weiß nicht, wie das kommt. Die Nächte machen ihm zu schaffen. Die letzte Nacht war … schwer.«

»Ich werde sie mir beide ansehen.« Ich verzichtete darauf, sie zu fragen, ob es Neuigkeiten gab, ob die FEMA oder das Weiße Haus irgendwelche neuen Direktiven ausgegeben hatten. Das wäre völlig sinnlos gewesen – Carols Universum endete an der Grenze ihres Grundstücks. »Sie sollten ein bisschen schlafen, Carol.«

»Ich bin achtundsechzig, ich schlafe nicht mehr so viel wie früher. Aber du hast recht, ich bin müde – ich sollte mich wirklich hinlegen. Sobald ich hier fertig bin. Diese Uhr verliert Zeit, wenn man sich nicht um sie kümmert. Deine Mutter hat sie früher jeden Tag gestellt, wusstest du das? Und nach ihrem Tod hat Marie sie immer aufgezogen, wenn sie hier sauber gemacht hat. Aber seit ungefähr sechs Monaten kommt Marie nicht mehr. Die Uhr ist auf Viertel nach vier stehengeblieben, sechs Monate lang. Wie in dem alten Witz: Zweimal am Tag ging sie richtig.«

»Wir sollten uns über Jason unterhalten.« Am Abend zuvor war ich zu erschöpft gewesen, um über die Grundfakten hinaus Weiteres zu erfragen: Jason war ohne vorherige Ankündigung eine Woche vor Ende des Spins eingetroffen und in der Nacht, in der die Sterne wiederkamen, erkrankt. Seine Symptome waren eine periodisch auftretende partielle Lähmung und ein gestörtes Sehvermögen, dazu Fieber. Carol hatte sich um ärztliche Hilfe bemüht, aber keinen Erfolg gehabt, also kümmerte sie sich selbst um ihn, wenn sie auch nicht imstande gewesen war, mehr zu leisten als eine einfache palliative Versorgung.

Sie befürchtete, er werde sterben. Den Rest der Welt schloss ihre Sorge nicht mit ein – Jason hatte ihr gesagt, darüber brauche sie sich keine Gedanken zu machen. Bald wird wieder alles normal sein, hatte er gesagt.

Und sie glaubte ihm. Die rote Sonne barg keine Schrecken für Carol. Die Nächte allerdings seien schlimm, sagte sie. Die Nächte ergriffen Jason wie ein böser Traum.

Zuerst sah ich bei Diane vorbei.

Carol hatte sie in einem Zimmer im Obergeschoss untergebracht – ihrem früheren Kinderzimmer, später umgewandelt in ein Gästezimmer. Ihr Zustand war stabil, und sie konnte ohne Hilfsmittel atmen. Das war jedoch kein Grund zur Beruhigung, sondern gehörte zur Ätiologie der Krankheit: Die Flut stieg an und ebbte wieder ab, und mit jedem Zyklus spülte sie ein weiteres Stück Widerstandskraft hinweg.

Ich küsste Diane auf die heiße, trockene Stirn und sagte ihr, sie solle sich ausruhen. Sie gab nicht zu erkennen, dass sie mich gehört hatte.

Dann ging ich zu Jason. Ich hatte ihm eine Frage zu stellen. Carol zufolge war er in das Große Haus zurückgekehrt, weil es einen Konflikt bei Perihelion gegeben habe. An nähere Einzelheiten konnte sie sich nicht mehr erinnern, aber es hatte wohl etwas mit Jasons Vater zu tun – »E. D. führt sich mal wieder unangenehm auf« – und auch mit »diesem kleinen schwarzen runzligen Mann, der gestorben ist – der Marsmensch«.

Der Marsmensch oder Marsianer. Von dem das Langlebigkeitsmittel stammte, das Jason zu einem Vierten gemacht hatte. Das Medikament, das ihn eigentlich hätte schützen müssen vor dem, was ihn jetzt zu töten schien.

Er war wach, als ich an die Tür klopfte und sein Zimmer betrat. Dasselbe Zimmer, das er vor dreißig Jahren bewohnt hatte. Als wir Kinder in einer ordentlichen, überschaubaren Kinderwelt gewesen waren und die Sterne auf ihrem angestammten Platz am Himmel gestanden hatten. Da war noch das helle Rechteck, wo einst ein Bild des Sonnensystems die Wand bedeckt hatte. Da war der Teppich, inzwischen dampfgereinigt und chemisch gebleicht, auf dem wir an regnerischen Tagen wie diesem Cola verschüttet und Kuchenstücke verstreut hatten.

Und da war Jason.

»Das klingt wie Tyler«, sagte er.

Er lag im Bett, bekleidet – er bestehe darauf, sich jeden Morgen anzuziehen, hatte Carol gesagt – mit Khakihosen und einem blauen Baumwollhemd. Er saß gegen die aufgeschichteten Kissen gelehnt und schien hellwach.

»Hast ja nicht viel Licht hier drin, Jase.«

»Mach die Rollos hoch, wenn du möchtest.«

Das tat ich, mit dem Effekt, dass noch mehr von dem trüben Bernsteintageslicht ins Zimmer fiel. »Was dagegen, wenn ich dich untersuche?«

»Natürlich nicht.« Er sah mich nicht an. Sofern überhaupt etwas aus seiner Kopfhaltung zu folgern war, blickte er auf einen leeren Punkt an der Wand.

»Carol sagt, du hättest Probleme mit dem Sehen.«

»Carol praktiziert das, was man in deinem Beruf als Realitätsflucht bezeichnet. Tatsächlich bin ich blind. Seit gestern Morgen.«

Ich setzte mich neben ihn auf die Bettkante. Er drehte den Kopf in meine Richtung, eine quälend langsame Bewegung. Mit einer kleinen Taschenlampe leuchtete ich in sein rechtes Auge, um die Verengung der Pupille zu beobachten.

Die Pupille verengte sich nicht. Sie glitzerte. Die Pupille in seinem Auge glitzerte, als wären ihr winzige Diamanten injiziert worden.

Jason musste mein Zurückzucken gespürt haben. »So schlimm?«, fragte er.

Ich konnte nicht sprechen.

»Ich kann keinen Spiegel benutzen, Ty. Ich bin darauf angewiesen, dass du mir sagst, was du siehst.«

»Das … ich weiß nicht, was das ist, Jason. Auf jeden Fall etwas, das ich nicht diagnostizieren kann.«

»Dann beschreib es einfach nur.«

Ich bemühte mich um professionelle Sachlichkeit. »Es sieht aus, als seien dir irgendwelche Kristalle ins Auge gewachsen. Die Sklera wirkt normal, und die Iris scheint nicht betroffen zu sein, aber die Pupille ist vollständig überlagert von Spänen oder Splittern, irgendetwas Glimmerndem. Von so etwas habe ich noch nie gehört. Ich weiß nicht, wie man es behandelt.«

Ich erhob mich vom Bett, suchte mir einen Sessel, setzte mich. Eine Zeit lang gab es keinen Laut außer dem Ticken der Nachttischuhr, einer weiteren von Carols Antiquitäten.

Schließlich holte Jason Luft und rang sich etwas ab, das er offenbar für ein beruhigendes Lächeln hielt. »Danke. Du hast recht, es ist ein Zustand, den man nicht behandeln kann. Aber dennoch werde ich deine Hilfe brauchen während, nun, während der nächsten Tage. Carol gibt sich Mühe, aber das alles übersteigt ihr Fassungsvermögen.«

»Meines auch.«

Mehr Regen trommelte gegen das Fenster. »Es ist keine ausschließlich medizinische Hilfe, die ich brauche.«

»Wenn du eine Erklärung hierfür hast …«

»Eine Teilerklärung allenfalls.«

»Dann klär mich bitte auf, Jase, denn ich krieg hier langsam ein bisschen Angst.«

Er legte den Kopf auf die Seite, lauschte irgendeinem Klang, den ich nicht gehört hatte oder nicht hören konnte. »Die Kurzversion lautet, dass mein Nervensystem Einwirkungen ausgesetzt ist, die ich nicht kontrollieren kann. Der Zustand meiner Augen ist nur eine äußerliche Manifestation davon.«

»Eine Krankheit?«

»Nein, aber das ist die Wirkung, die es hat.«

»Ist es ansteckend?«

»Im Gegenteil. Ich glaube, es ist einzigartig. Eine Krankheit, die nur ich ausbilden kann – auf diesem Planeten jedenfalls.«

»Dann hat es etwas mit der Langlebigkeitsbehandlung zu tun.«

»In gewisser Weise. Aber ich …«

»Nein, Jase, ich brauche darauf eine Antwort, bevor du irgendetwas anderes sagst. Ist dein Zustand – was immer es genau ist – eine direkte Wirkung der Substanz, die ich dir verabreicht habe?«

»Keine *direkte* Wirkung, nein. Du hast keinerlei Schuld, falls es das ist, was dich interessiert.«

»Im Moment ist es mir vollkommen gleichgültig, wer welche Schuld hat. Diane ist krank. Hat Carol dir nichts erzählt?«

»Sie sagte was von einer Grippe.«

»Das war gelogen. Es ist keine Grippe, es ist KVES im Spätstadium. Ich bin dreitausend Kilometer gefahren, mitten durch das Ende der Welt oder was immer es ist, weil sie im Sterben liegt, Jase. Und es gibt, soweit ich weiß, nur eine Möglichkeit der Heilung – und genau die hast du gerade in Frage gestellt.«

Er drehte wieder den Kopf, so als wollte er irgendeine unsichtbare Ablenkung abschütteln. »Weißt du, es gibt Aspekte des marsianischen Lebens, die Wun dir verheimlicht hat. E. D. hat das ja immer vermutet, und zu einem gewissen Grad war sein Verdacht durchaus begründet. Auf dem Mars wird eine Biotechnologie betrieben, von der wir nicht einmal träumen können. Vor einigen Jahrhunderten war das Vierte Alter genau das, was Wun dir geschildert hat: eine Langlebigkeitsmaßnahme und eine gesellschaftliche Institution. Aber seither hat es sich weiterentwickelt. Für Wuns Generation war das Vierte eher eine *Plattform*, ein biologisches Betriebssystem, das immer ausgefeiltere Anwendungen ermöglicht. Es gibt nicht nur das Vierte, es gibt 4.1, 4.2 – wenn du verstehst, was ich meine.«

»Was ich dir gegeben habe …«

»War die traditionelle Behandlung. Die Basisvier, wenn du so willst.«

»Aber?«

»Ich habe sie inzwischen ergänzt.«

»War diese Ergänzung auch etwas, das Wun vom Mars mitgebracht hat?«

»Ja, der Zweck …«

»Der Zweck spielt im Moment keine Rolle. Bist du absolut sicher, dass du nicht an den Folgen der ursprünglichen Behandlung leidest?«

»So sicher man sein kann.«

Ich stand auf.

Jason hörte, wie ich mich zur Tür bewegte. »Ich kann es erklären«, sagte er. »Und ich brauche nach wie vor deine Hilfe. Aber kümmere dich um sie, Ty, unbedingt. Ich hoffe, sie wird wieder gesund. Doch denk dran – meine Zeit ist auch begrenzt.«

Der Koffer mit den marsianischen Pharmazeutika war dort, wo ich ihn gelassen hatte, unberührt, hinter dem kaputten Wandstück im Keller des Hauses meiner Mutter. Ich trug ihn im böigen Bernsteinregen über den Rasen ins Große Haus.

Carol war in Dianes Zimmer, verabreichte ihr Sauerstoff.

»Wir müssen sparsam damit umgehen«, sagte ich, »es sei denn, Sie zaubern eine neue Flasche herbei.«

»Ihre Lippen waren ein bisschen blau.«

»Lassen Sie mal sehen.«

Sie rückte von ihrer Tochter weg. Ich schloss das Ventil und legte die Maske beiseite. Man muss vorsichtig sein mit Sauerstoff. Er ist unentbehrlich für Patienten, die an Atemnot leiden, aber zu viel davon kann die Luftbläschen in der Lunge zum Platzen bringen. Meine Befürchtung war, dass Diane, je schlechter ihr Zustand wurde, immer höhere Dosen benötigen würde, also eine Sauerstofftherapie, die man mithilfe von Beatmungsgeräten verabreicht. Einen entsprechenden Ventilator hatten wir aber nicht.

Wir hatten auch keine Möglichkeit, ihre Blutgase zu überwachen, doch sahen ihre Lippen relativ normal aus, als ich ihr die Maske vom Gesicht nahm. Ihr Atem allerdings ging schnell und flach, und obwohl sie einmal die Augen öffnete, blieb sie lethargisch und zeigte keine Reaktionen.

Carol beobachtete argwöhnisch, wie ich den staubigen Koffer öffnete und eine der marsianischen Phiolen sowie eine Injektionsspritze hervorholte. »Was ist das?«

»Das Einzige, was ihr das Leben retten kann.«

»Ja? Bist du dir da sicher, Tyler?«

Ich nickte.

»Nein, ich meine, bist du dir *wirklich* sicher? Denn das ist das Gleiche, was du auch Jason gegeben hast, nicht wahr? Als er AMS hatte.«

Es hatte keinen Sinn, es abzustreiten. »Ja.«

»Ich mag seit dreißig Jahren nicht mehr praktizieren, aber ich bin nicht vollkommen ahnungslos. Ich habe ein bisschen über AMS recherchiert, nachdem du das letzte Mal hier warst. Habe in die Fachzeitschriften geguckt. Und das Interessante ist: Die Krankheit ist unheilbar. Es gibt keine Zaubermedizin. Und selbst wenn es sie gäbe, könnte sie wohl kaum gleichzeitig ein Spezifikum gegen KVES sein. Ich muss also annehmen, dass du im Begriff bist, einen pharmazeutischen Wirkstoff zu verabreichen, der in irgendeinem Zusammenhang mit dem runzligen Mann steht, der in Florida gestorben ist.«

»Ich werde mich nicht mit Ihnen streiten, Carol. Sie haben offenbar Ihre eigenen Schlüsse gezogen.«

»Du sollst dich nicht mit mir *streiten*, du sollst mich *beruhigen*. Du sollst mir sagen, dass dieses Mittel mit Diane nicht das Gleiche anrichtet, was es mit Jason angerichtet hat.«

»Wird es nicht«, erwiderte ich, aber ich glaube, Carol wusste, dass ich den Vorbehalt unterschlug, das unausgesprochene *soweit ich es beurteilen kann.*

Sie sah mich mit festem Blick an. »Sie bedeutet dir immer noch etwas.«

»Ja.«

»Das versetzt mich immer wieder in Erstaunen. Die Beharrlichkeit der Liebe.«

Ich stach die Nadel in Dianes Vene.

Mittags war es im Haus nicht mehr nur heiß, sondern auch so feucht, dass ich fast schon damit rechnete, Moos von der Decke hängen zu sehen. Ich saß bei Diane, um bei negativen Wirkungen der Injektion sofort einschreiten zu können. Irgendwann klopfte es energisch an der Haustür. Diebe, dachte ich, Plünderer – doch als ich in die Diele kam, war Carol schon öffnen gegangen und gerade dabei, sich bei einem beleibten Mann zu bedanken, der ihr zunickte und sich zum Gehen wandte.

»Das war Emil Hardy«, sagte sie, während sie die Tür zuzog. »Erinnerst du dich an die Hardys? Ihnen gehört das kleine Kolonialstilhaus in der Bantam Hill Road. Emil hat eine Zeitung ausgedruckt.«

»Eine Zeitung?«

Sie hielt zwei zusammengeheftete Seiten Papier hoch. »Er hat einen Elektrogenerator in seiner Garage. Er hört nachts Radio und macht sich Notizen, dann druckt er eine Zusammenfassung aus und liefert sie an Häuser in der Nachbarschaft. Das hier ist die zweite Ausgabe. Er ist ein netter Mensch und meint es gut, aber ich sehe keinen Sinn darin, so etwas zu lesen.«

»Darf ich es mir ansehen?«

»Wenn du möchtest.«

Ich nahm es mit nach oben.

Emil war ein achtbarer Amateurreporter, dessen Berichte sich hauptsächlich auf Washington und Virginia bezogen – eine amtliche Liste von zu meidenden Gegenden und feuerbedingten Evakuierungen,

Versuche, die lokale Infrastruktur wieder in Gang zu bringen … Ich überflog das alles nur. Es waren einige weiter unten stehende Beiträge, die meine Aufmerksamkeit fesselten.

Der erste betraf eine Meldung, wonach Messungen der Sonnenstrahlung ergeben hätten, dass diese zwar erhöht sei, doch nicht annähernd so intensiv wie vorhergesagt. »Regierungsexperten«, hieß es da, »sind verblüfft und äußern sich vorsichtig optimistisch über die Chancen eines langfristigen Überlebens der Menschheit.« Es war keine Quelle angegeben, also konnte es sich um eine Erfindung irgendeines Kommentators handeln, um einen Versuch, weiterer Panik vorzubeugen, aber es stimmte mit meiner eigenen Erfahrung überein: Das Sonnenlicht war seltsam, aber nicht unmittelbar tödlich. Kein Wort darüber allerdings, welchen Einfluss es auf die Ernte, das Wetter oder die Umwelt allgemein haben könnte. Immerhin machten weder die mörderische Hitze noch die sintflutartigen Regenfälle einen sonderlich *normalen* Eindruck.

Noch weiter unten war ein Artikel mit der Überschrift WELTWEIT LICHTER AM HIMMEL GESICHTET. Es handelte sich um die C- oder O-förmigen Linien, die Simon in Arizona entdeckt hatte. Sie waren im Norden bis Anchorage und im Süden bis Mexico City gesichtet worden. Die Berichte aus Europa und Asien waren zwar lückenhaft und befassten sich hauptsächlich mit den unmittelbaren Auswirkungen der Krise, doch auch dort war von entsprechenden Lichtpunkten die Rede.

Diane kam vorübergehend zu sich, als ich bei ihr war.

»Tyler.« Ihre Stimme war so zart wie das Geräusch eines fallenden Blattes.

Ich nahm ihre Hand. Sie war trocken und unnatürlich warm.

»Es tut mir leid.«

»Es gibt nichts, das dir leidtun müsste.«

»Es tut mir leid, dass du mich so sehen musst.«

»Es wird besser. Es wird eine Weile dauern, aber du wirst dich erholen.«

Sie sah sich im Zimmer um, erkannte es wieder. Ihre Augen weiteten sich. »Hier bin ich.«

»Hier bist du.«

»Sag mir noch mal meinen Namen.«

»Diane«, sagte ich. »Diane. Diane.«

Diane war schwer krank, doch es war Jason, der im Sterben lag. Das erfuhr ich, als ich wieder zu ihm ging.

Er habe heute nichts gegessen, hatte mich Carol informiert. Er hatte Eiswasser durch einen Strohhalm zu sich genommen, ansonsten aber jede Flüssigkeitsaufnahme verweigert. Er konnte seinen Körper kaum noch bewegen. Als ich ihn bat, seinen Arm zu heben, tat er es mit so großer Mühe und so langsam, dass ich ihn wieder nach unten drückte. Nur seine Stimme war noch kräftig, doch er rechnete damit, auch sie früher oder später zu verlieren. »Wenn die kommende Nacht auch nur annähernd so ist wie die letzte, werde ich bei Tagesanbruch nicht mehr bei klarem Verstand sein. Ich möchte reden, solange ich es noch kann.«

»Gibt es einen bestimmten Grund, warum sich dein Zustand nachts verschlechtert?«

»Einen ganz einfachen, glaube ich. Dazu kommen wir noch. Erst möchte ich, dass du mir einen Gefallen tust. Mein Koffer lag auf der Kommode. Ist er noch dort?«

»Ja.«

»Mach ihn auf. Ich habe einen Audiorekorder eingepackt. Hol ihn bitte raus.«

Ich fand ein mattsilbernes Rechteck von der Größe eines Kartenspiels, neben einem Stapel von Manila-Umschlägen, adressiert an Personen, deren Namen ich nicht kannte. »Ist es das hier?«, fragte ich, um mich gleich darauf zu verwünschen – natürlich konnte er es nicht sehen.

»Wenn es ein Sony-Gerät ist, ja. Eine Packung mit Leerdisks müsste gleich darunter liegen.«

»Ja, ist alles hier.«

»Gut, dann unterhalten wir uns also. Bis es dunkel wird und vielleicht noch etwas länger. Und ich möchte, dass du das Gerät laufen lässt. Leg eine neue Disk ein, wenn die erste voll ist, oder eine neue Batterie, falls nötig. Kannst du das für mich tun?«

»Ja, solange ich mich nicht um Diane kümmern muss. Wann willst du anfangen?«

Er drehte den Kopf. Seine diamantgespickten Pupillen glitzerten. »Jetzt gleich wäre nicht zu früh.«

ARS MORIENDI

Die Marsianer, so Jason, entsprachen nicht unserem Bild eines einfachen, friedlichen, pastoralen Volkes; ein Bild, dem Wuns Berichte zumindest Vorschub geleistet hatten.

Es traf zu, dass sie nicht besonders kriegerisch waren – die Fünf Republiken hatten ihre politischen Differenzen vor beinahe einem Jahrtausend beigelegt –, und »pastoral« waren sie zumindest in dem Sinne, dass sie den Großteil ihrer Ressourcen landwirtschaftlich nutzten. Aber »einfach« waren sie nicht, in keiner Weise. Sie waren Meister in der Kunst der synthetischen Biologie, ihre ganze Zivilisation war darauf gegründet. Wir hatten ihnen mit biotechnischen Mitteln einen bewohnbaren Planeten gebaut, und so war es nicht verwunderlich, dass sie von Beginn an ein profundes Verständnis für die Funktion und die potenziellen Verwendungsmöglichkeiten der DNA besaßen, das sie von Generation zu Generation weiterreichten.

Wenn ihre Großtechnologie mitunter recht plump anmutete – Wuns Raumschiff etwa war fast primitiv gewesen, eine Newton'sche Kanonenkugel –, so war dies der radikalen Beschränktheit ihrer natürlichen Ressourcen geschuldet. Der Mars war eine Welt ohne Öl und Kohle, die ein fragiles, wasser- und stickstoffarmes Ökosystem trug. Eine so üppige, ja verschwenderische industrielle Basis wie die auf der Erde hätte auf Wuns Planeten niemals existieren können. Auf dem Mars war jede Anstrengung darauf gerichtet, ausreichend Nahrungsmittel für eine streng zu begrenzende Bevölkerung zu produzieren – und die Biotechnologie diente diesem Zweck ganz ausgezeichnet.

»Hat Wun dir das erzählt?«, fragte ich Jason, während der Regen ununterbrochen weiterfiel und der Nachmittag zur Neige ging.

»Er hat sich mir anvertraut, ja. Allerdings ließ sich das meiste von dem, was er erzählte, auch aus den Archiven erschließen.« Rostfarbenes Licht, das durchs Fenster fiel, spiegelte sich in Jasons blinden Augen.

»Aber es könnte auch sein, dass er gelogen hat.«

»Ich wüsste nicht, dass er je *gelogen* hätte, Tyler. Er war nur etwas knausrig mit der Wahrheit.«

Die mikroskopisch kleinen Replikatoren, die Wun zur Erde gebracht hatte, waren avancierte synthetische Biologie. Sie besaßen alle Fähigkeiten, die Wun ihnen zugeschrieben hatte. Und noch weitaus mehr: Zu den uns nicht bekannten Funktionen der Replikatoren gehörte ein verborgener zweiter Subkanal, der es ihnen ermöglichte, untereinander sowie mit ihrem Ursprungsort zu kommunizieren. Wun hatte nicht verraten, ob es sich um ein konventionelles Schmalband oder um etwas Exotischeres handelte – Letzteres, vermutete Jason –, jedenfalls erforderte es einen Empfänger, der fortgeschrittener war als alles, was wir auf der Erde bauen konnten. Es erforderte, so Wun, einen *biologischen* Empfänger. Ein modifiziertes menschliches Nervensystem.

»Du hast dich *freiwillig* zur Verfügung gestellt?«

»Hätte ich gemacht – wenn ich gefragt worden wäre. Aber Wun hat sich mir nur aus einem einzigen Grund anvertraut: weil er seit seiner Ankunft auf der Erde um sein Leben fürchtete. Er hegte keinerlei Illusionen in Bezug auf menschliche Korruptheit oder Machtpolitik. Er brauchte vor allem jemanden, dem er seinen Medikamentenbestand anvertrauen konnte für den Fall, dass ihm etwas zustoßen würde. Jemand, der dessen Möglichkeiten und Zwecke begriff. Er hat mir nie nahe gelegt, ein Empfänger zu werden. Die Modifikation funktioniert nur bei Vierten. Weißt du noch, was ich gesagt habe? Die Langlebigkeitsbehandlung ist eine Plattform, ein Sprungbrett. Sie unterstützt andere Anwendungen. Dies ist eine davon.«

»Also hast du dir das hier *mit Absicht* zugefügt?«

»Ja, ich habe mir die Substanz injiziert, nachdem er gestorben war. Es war nicht traumatisch und hatte keine unmittelbare Wirkung. Es bestand ja gar nicht die Möglichkeit, dass Nachrichten der Replikatoren die Spinmembran durchdrangen, solange diese voll funktionsfähig war. Es war eine rein *latente* Fähigkeit, die ich mir da verschaffte.«

»Warum hast du es dann gemacht?«

»Weil ich nicht in einem Zustand der Unwissenheit sterben wollte. Wir alle haben angenommen, dass wir, wenn der Spin zu Ende ist, innerhalb von Tagen oder gar Stunden sterben würden. Der einzige Sinn von Wuns Modifikation lag für mich darin, dass ich in diesen letzten Stunden in Kontakt mit einer Datenbasis treten würde, die fast so groß ist wie die Galaxis selbst. Ich würde erfahren – so weit man das als Erdling überhaupt erfahren *kann* –, wer die Hypothetischen sind und warum sie das alles mit uns angestellt haben.«

Ich dachte: *Ja und, weißt du das jetzt?* Und vielleicht wusste er es ja wirklich. Vielleicht war es das, was er noch unbedingt mitteilen wollte, bevor ihn die Fähigkeit zu sprechen verließ; vielleicht wollte er deshalb, dass ich einen Mitschnitt davon machte. »Wusste Wun, dass du so etwas tun würdest?«

»Nein, und ich bezweifle, dass er es gebilligt hätte … obwohl er dieselbe Anwendung laufen hatte.«

»Tatsächlich? Das hat man gar nicht gemerkt.«

»Konnte man auch nicht. Du musst dir eins klarmachen: Was mit mir passiert – mit meinem Körper, meinem Gehirn –, das ist nicht die Anwendung.« Er wandte mir seine blicklosen Augen zu. »Das ist eine Funktionsstörung.«

Die Replikatoren waren von der Erde aus ins äußere Sonnensystem geschickt worden, und dort, weit von der Sonne entfernt, gediehen sie prächtig. (Hatten die Hypothetischen das bemerkt, und machten sie die Erde verantwortlich für etwas, das im Grunde ein marsianisches Projekt war? War es das, was die Marsianer, wie E. D. unterstellte, von Beginn an geplant hatten? Jason äußerte sich nicht darüber – ich vermute, dass er es nicht wusste.) Nach und nach verbreiteten sich die Replikatoren zu den nächsten Sternen und darüber hinaus – weit darüber hinaus. Die Kolonien waren auf astronomische Entfernungen nicht zu sehen, aber hätte man sie auf einem Raster unserer eigenen stellaren Umgebung abgebildet, würde man sie als sich stetig ausdehnende Wolke wahrgenommen haben, als eine zeitlupenhafte Explosion künstlichen Lebens.

Die Replikatoren waren nicht unsterblich; sie lebten, vermehrten sich und starben schließlich. Was jedoch über sie hinaus Bestand hatte, war das Netzwerk, das sie bauten: ein Korallenriff von modulierten, miteinander verbundenen Knotenpunkten, in dem sich Daten ansammelten und zum Ausgangspunkt des Netzes wanderten.

»Als wir uns das letzte Mal gesprochen haben«, rief ich Jason in Erinnerung, »sagtest du, es gebe ein Problem. Du sagtest, die Replikatorenpopulation bilde sich zurück.«

»Ja, sie wurden mit etwas konfrontiert, das niemand auf der Rechnung gehabt hatte.«

»Und was?«

Er schwieg einige Zeit, wie um seine Gedanken zu sammeln. »Wir nahmen an, dass wir mit den Replikatoren etwas Neues in das Universum einführen würden, eine völlig neue Form von künstlichem Leben. Diese Annahme war naiv. Wir – die Menschen, ob auf der Erde oder auf dem Mars – waren nicht die erste intelligente Spezies, die sich in unserer Galaxis entwickelt hat. Bei Weitem nicht. Tatsächlich ist an uns nichts Ungewöhnliches, praktisch alles, was wir in unserer kurzen Geschichte getan haben, ist vorher schon getan worden, irgendwo, von irgendjemand.«

»Du willst sagen, die Replikatoren sind auf andere Replikatoren getroffen?«

»Eine Ökologie von Replikatoren. Die Sterne sind ein Dschungel, Tyler. Es gibt dort mehr Leben, als wir uns je vorgestellt haben.«

Ich versuchte mir den Prozess, den Jason beschrieb, vor Augen zu führen: Weit entfernt von der spinisolierten Erde, weit jenseits des Sonnensystems, so tief im Weltraum, dass selbst die Sonne nur ein Stern unter vielen ist, lässt sich ein Replikatorensame auf einem staubigen Eissplitter nieder und beginnt sich zu vermehren. Er setzt den gleichen Zyklus von Wachstum, Beobachtung, Kommunikation und Reproduktion in Gang, der schon unzählige Male im Verlauf der langsamen Wanderung seiner Vorfahren stattgefunden hat. Vielleicht erlangt er das Reifestadium, vielleicht beginnt er sogar kleine Datenexplosionen zu erzeugen ... doch mit einem Mal wird der Zyklus unterbrochen.

Da ist etwas, das die Anwesenheit des Replikators wahrnimmt. Und das immer hungrig ist.

Dieses räuberische Wesen (erläuterte Jason) ist ebenfalls ein halborganisches, autokatalytisches Rückkopplungssystem; es ist an sein eigenes Netzwerk angeschlossen, und dieses Netzwerk ist älter und weitaus größer als das, was die terrestrischen Replikatoren in der vergleichsweise kurzen Zeit seit ihrem Start von der Erde errichten konnten. Der Räuber ist höher entwickelt als seine Beute, seine für Nahrungssuche und Ressourcennutzung zuständigen Subroutinen haben sich über Milliarden von Jahren verfeinert. Die terrestrische Replikatorenkolonie, blind und ohne Fluchtmöglichkeit, wird aufgefressen.

»Gefressen« trägt hier allerdings eine spezielle Bedeutung: So nützlich sie ihm auch sein mögen, der Räuber will mehr als die kohlenstoffhaltigen Moleküle, aus denen die Replikatoren bestehen. Viel interessanter für ihn ist ihre *Bedeutung*, die in ihre Reproduktionsmuster eingeschriebenen Funktionen und Strategien. Von diesen übernimmt er, was ihm potenziell wertvoll erscheint, dann reorganisiert und nutzt er die Replikatorenkolonie für seine eigenen Zwecke. Die Kolonie stirbt nicht, sie wird absorbiert, ontologisch verschlungen, sie wird, zusammen mit ihren Geschwistern, einer größeren, komplexeren und sehr viel älteren interstellaren Hierarchie unterstellt.

Und sie ist weder das erste noch das letzte derartige Konstrukt, das auf diese Weise »gefressen« wird.

»Replikatorennetzwerke«, sagte Jason, »gehören zu den Dingen, deren Erzeugung sich für intelligente Zivilisationen sozusagen aufdrängt. Angesichts der Grenzen, die das Reisen bei Sublichtgeschwindigkeit der Erforschung der Galaxis setzt, begnügen sich die meisten technologischen Kulturen mit einem Netz von Von-Neumann-Maschinen – Replikatoren –, das einen steten Fluss von wissenschaftlichen Informationen erzeugt, der sich im Laufe der Zeit exponentiell ausdehnt.«

»Okay, das verstehe ich so weit. Die marsianischen Replikatoren sind nicht einzigartig. Sie sind auf etwas gestoßen, das du eine Ökologie nennst …«

»Eine Von-Neumann-Ökologie.« (Nach dem im zwanzigsten Jahrhundert lebenden Mathematiker John von Neumann, der als Erster von der Möglichkeit selbstreproduzierender Maschinen gesprochen hatte.)

»Eine Von-Neumann-Ökologie. Und von der wurden sie also absorbiert. Aber das verrät uns nichts über die Hypothetischen oder den Spin, oder.«

Jason schürzte ungeduldig die Lippen. »Die Hypothetischen *sind* die Von-Neumann-Ökologie, Tyler. Es ist ein und dasselbe.«

An diesem Punkt musste ich kurz Abstand nehmen und mir darüber klarwerden, wer das eigentlich war, der da zu mir sprach. Er sah aus wie Jason. Aber alles, was er sagte, zog seine Identität in Zweifel.

»Kommunizierst du mit dieser … Wesenheit? Jetzt, meine ich? In diesem Moment?«

»Ich weiß nicht, ob man es Kommunikation nennen kann. Kommunikation wirkt in zwei Richtungen. Das ist hier nicht der Fall, nicht in dem Sinne, den du unterstellst. Und wirkliche Kommunikation wäre auch nicht ganz so überwältigend wie das hier. Vor allem nachts –

bei Tageslicht ist der Input reduziert, vermutlich weil die Sonnen-strahlung das Signal schluckt.«

»Nachts ist das Signal stärker?«

»Vielleicht ist auch das Wort ›Signal‹ irreführend. Ein Signal ist das, was die ursprünglichen Replikatoren übermitteln sollten. Was ich empfange, kommt über die gleiche Trägerwelle und übermittelt Information, aber es ist aktiv, nicht passiv. Es versucht, das mit mir zu machen, was es mit allen anderen Knotenpunkten im Netzwerk gemacht hat. Es versucht, mein Nervensystem zu übernehmen und neu zu programmieren.«

Dann war also tatsächlich ein drittes Wesen mit im Zimmer. Ich, Jase – und die Hypothetischen, die ihn bei lebendigem Leibe auffra-ßen. »Können sie das? Dein Nervensystem umprogrammieren?«

»Nicht *erfolgreich*, nein. Für sie wirke ich wie eine beliebige Schnitt-stelle im Replikatorennetzwerk. Die Biotechnologie, die ich mir ge-spritzt habe, ist empfänglich für ihren Eingriff, doch auf andere Weise, als sie erwarten. Und weil sie mich nicht als biologisches Wesen wahrnehmen, können sie nichts anderes tun, als mich zu töten.«

»Gibt es irgendeine Möglichkeit, dieses Signal abzublocken, dich davor zu schützen?«

»Nicht dass ich wüsste. Falls die Marsianer über eine solche Tech-nik verfügen, haben sie es unterlassen, dies in ihren Archiven zu dokumentieren.«

Das Fenster in Jasons Zimmer ging nach Westen. Der rosenfarbene Schimmer, der jetzt zu uns hereindrang, kam von der unter-gehenden, hinter Wolken versteckten Sonne. »Und sie sind jetzt bei dir. Sprechen zu dir.«

»Sie. Es. Wir bräuchten ein besseres Pronomen. Die ganze Von-Neumann-Ökologie ist ein einzelnes Wesen. Es denkt seine eigenen langsamen Gedanken, macht seine eigenen Pläne. Aber viele von seinen Billionen Teilen sind ebenfalls autonome Individuen, die mit-einander wetteifern, die schneller agieren als das Netzwerk im Gan-zen und die sehr viel intelligenter sind als jedes menschliche Einzel-wesen. Die Spinnmembran zum Beispiel …«

»Die Spinmembran ist ein *Individuum*?«

»In jedem wesentlichen Sinne, ja. Seine Ziele und Zwecke empfängt es aus dem Netzwerk, aber es wertet Ereignisse aus und trifft autonome Entscheidungen. Es ist komplexer, als wir es uns im Traum hätten vorstellen können, Tyler. Wir haben angenommen, die Membran sei entweder *an* oder *aus*, wie ein Lichtschalter, wie ein binärer Kode. Aber mitnichten. Sie kennt *viele* Zustände, *viele* Zwecke. Viele Stufen der Durchlässigkeit beispielsweise. Wir wussten, dass sie ein Raumschiff passieren lassen und einen Asteroiden abwehren kann, aber sie besitzt noch weitaus subtilere Fähigkeiten. Das ist der Grund, warum wir in den letzten Tagen nicht von der Sonnenstrahlung überwältigt wurden – die Membran gewährt uns noch immer einen gewissen Schutz.«

»Ich weiß nicht, wie groß die Zahl der Todesopfer ist, Jase, aber es muss allein in dieser Stadt Tausende von Menschen geben, die Angehörige verloren haben, seit der Spin zu Ende ist. Ich würde mich doch sehr schwertun, diesen Leuten zu sagen, dass sie ›beschützt‹ werden.«

»Aber das werden sie. Die Spinmembran ist nicht Gott – sie sieht nicht den Spatzen vom Dach fallen. Doch sie kann verhindern, dass der Spatz an tödlichem ultraviolettem Licht verbrennt.«

»Und wofür das alles?«

Jason runzelte die Stirn. »Ich … bekomme es nicht recht zu fassen. Oder vielleicht kann ich es auch nicht *übersetzen* …«

Es klopfte an der Tür. Carol trat mit einem Arm voll Bettwäsche ins Zimmer.

Ich schaltete den Rekorder ab. »Saubere Laken?«

»Zum Festbinden.« Die Laken waren in Streifen geschnitten. »Wenn die Krämpfe anfangen.« Sie deutete zum Fenster, auf das schwindende Tageslicht.

»Danke«, sagte Jason sanft. »Tyler, wenn du eine Pause brauchst, wäre jetzt der richtige Zeitpunkt. Aber bleib nicht zu lange.«

Ich ging, um nach Diane zu sehen, die sich in einem entspannten Zwischenstadium befand. Sie schlief. Ich dachte über das marsianische Mittel nach, das ich ihr verabreicht hatte, die »Basisvier«, in Jasons Worten, die halbintelligenten Moleküle, die zum Kampf gegen die KVES-Bakterien in ihrem Körper antraten, winzig kleine Bataillone, ausgehoben, um sie zu reparieren und umzubauen, sofern ihr Körper noch nicht zu geschwächt war, um diese Belastungen zu überstehen.

Ich küsste sie auf die Stirn und sprach sanfte Worte, die sie vermutlich nicht hörte. Dann ging ich die Treppe hinunter und hinaus auf den Rasen des Großen Hauses.

Der Regen hatte endlich aufgehört – abrupt und vollständig –, und die Luft war so frisch wie den ganzen Tag nicht. Der Himmel war am Zenit tiefblau. Ein paar Wolkenfetzen umspielten die monströse Sonne, die sich anschickte, den westlichen Horizont zu küssen. Regentropfen standen auf jedem einzelnen Grashalm, winzige, bernsteinfarbene Perlen.

Jason hatte gesagt, dass er sterben werde. Jetzt begann ich es mir selbst einzugestehen.

Als Arzt hatte ich den Tod besser kennen gelernt, als es die meisten Leute je tun. Ich wusste, wie Menschen sterben. Ich wusste, dass das gängige Bild unserer Einstellung zum Tod – als Abfolge von Verleugnung, Wut, Hinnahme – bestenfalls eine grobe Verallgemeinerung war. Diese Emotionen mögen sich innerhalb von Sekunden entwickeln oder auch gar nicht; der Tod kann sie jederzeit übertrumpfen. Für viele Menschen stellt sich die Frage gar nicht, wie man seinem Tod begegnet – ihr Tod kommt unangekündigt, als Folge einer gerissenen Aorta oder einer falschen Entscheidung an einer vielbefahrenen Kreuzung.

Doch Jason wusste, dass er im Sterben lag. Und ich konnte es nicht fassen, dass er das mit einer so gespenstischen Gelassenheit hinnahm, bis ich begriff, dass in seinem Tod auch eine Erfüllung lag. Er stand im Begriff, dem auf die Spur zu kommen, dessen Erforschung er sein ganzes Leben gewidmet hatte: der Bedeutung des Spins und der Stellung der Menschheit darin – *seiner* Stellung darin, denn er war maßgeblich an der Ausschickung der Replikatoren beteiligt gewesen.

Es war, als habe er die Hand ausgestreckt und die Sterne berührt.

Und die Sterne hatten ihn berührt. Die Sterne brachten ihn um. Aber er starb im Zustand der Gnade.

»Wir müssen uns beeilen. Es ist fast dunkel, nicht wahr?«

»Fast.«

»Und der Regen hat aufgehört. Oder ich höre ihn jedenfalls nicht mehr.«

»Die Temperaturen sind auch runtergegangen. Möchtest du, dass ich das Fenster aufmache?«

»Ja, bitte. Den Audiorekorder, hast du ihn wieder eingeschaltet?«

»Er läuft.« Ich schob das alte Holzfenster einige Zentimeter nach oben, kühle Luft strömte in das Zimmer.

»Wir hatten über die Hypothetischen gesprochen ...«

»Ja.«

Schweigen.

»Jase? Hörst du mich?«

»Ich höre den Wind. Ich höre deine Stimme. Ich höre ...«

»Jason?«

»Tut mir leid, Ty. Ich werde im Moment abgelenkt. Ich ... *uh!*« Seine Arme und Beine zuckten heftig gegen die Leinenfesseln, die Carol über das Bett gebunden hatte. Sein Kopf bohrte sich ins Kissen. Es sah aus, als erleide er einen epileptischen Anfall, einen kurzen allerdings: Er war schon vorbei, noch bevor ich ans Bett getreten war. Er schnappte nach Luft, atmete tief ein. »Entschuldige, tut mir leid ...«

»Du musst dich nicht entschuldigen.«

»Ich kann nichts dagegen machen.«

»Ich weiß. Ist schon gut, Jase.«

»Gib ihnen keine Schuld dafür, was mit mir passiert.«

»Wem? Den Hypothetischen?«

Er versuchte zu lächeln, obwohl er offensichtlich Schmerzen hatte. »Wir sollten einen neuen Namen für sie finden, meinst du nicht? Sie sind nicht mehr so hypothetisch, wie sie mal waren. Aber mach sie nicht verantwortlich. Sie wissen nicht, was mit mir passiert. Ich befinde mich unterhalb ihrer Abstraktionsschwelle.«

»Was soll das heißen?«

Er sprach schnell und eifrig, als wäre unsere Unterhaltung eine willkommene Ablenkung von der körperlichen Qual. Vielleicht war es aber auch ein weiteres Symptom seines Zustands. »Du und ich, Tyler, wir sind Gemeinschaften von lebenden Zellen. Wenn du eine ausreichende Anzahl meiner Zellen beschädigst, dann sterbe ich, dann hast du mich ermordet. Wenn wir uns aber die Hände schütteln und ich dabei ein paar Hautzellen verliere, dann wird keiner von uns beiden den Verlust bemerken. Er bleibt unsichtbar. Wir leben auf einem gewissen Abstraktionsniveau, wir interagieren als Körper, nicht als Zellkolonien. Das Gleiche gilt für die Hypothetischen. Sie bewohnen ein größeres Universum als wir.«

»Und das gibt ihnen das Recht, Menschen zu töten?«

»Ich spreche über ihre Wahrnehmung, nicht über ihre Moral. Der Tod eines einzelnen Menschen – *mein* Tod – würde ihnen vielleicht etwas bedeuten, wenn sie ihn im richtigen Kontext wahrnehmen könnten. Aber das können sie nicht.«

»Sie haben das aber schon öfter gemacht, andere Spinwelten geschaffen – haben die Replikatoren das nicht entdeckt, bevor die Hypothetischen ihnen den Garaus machten?«

»Andere Spinwelten, ja. Viele. Das Netzwerk der Hypothetischen ist so weit gewachsen, dass es die bewohnbare Zone der Galaxis zum größten Teil umfasst. Und das ist es, was sie eben tun, wenn sie einem Planeten begegnen, der eine intelligente, Werkzeuge gebrauchende Spezies von einem gewissen Reifegrad beherbergt: Sie hüllen ihn in eine Spinmembran.«

Ich stellte mir Spinnen vor, die ihre Opfer in Seide wickeln. »Wozu?«

Die Tür ging auf. Carol war wieder da, ein Teelicht auf einer Porzellanuntertasse in der Hand. Sie stellte die Untertasse auf die Kommode und zündete die Kerze mit einem Streichholz an. Die Flamme tanzte, hatte Mühe, sich gegen die hereinwehende Brise zu behaupten.

»Um ihn zu schützen«, sagte Jason.

»Wogegen zu schützen?«

»Gegen das Altern, gegen den Tod. Technologische Kulturen sind sterblich, wie alles andere auch. Sie blühen so lange, bis sie ihre Ressourcen erschöpft haben, dann sterben sie.«

Es sei denn, sie machen es anders, dachte ich. Es sei denn, sie setzen ihre Blüte fort, indem sie sich ausdehnen, in ihr Sonnensystem, in ihre Galaxis …

Jason nahm meinen Einwand vorweg: »Für Wesen mit einer Lebensdauer wie der unsrigen ist selbst die Raumfahrt in der näheren Umgebung langsam und ineffizient. Wer weiß, vielleicht wären wir die Ausnahme von der Regel gewesen. Doch die Hypothetischen treiben sich schon sehr, sehr lange da draußen herum. Bevor sie die Spinmembran entwickelten, haben sie unzählige Zivilisationen dabei beobachtet, wie sie in ihrem eigenen Ausfluss ertrunken sind.« Er holte Luft, hustete, würgte.

Carol drehte sich zu ihm um. Die Maske der Professionalität fiel von ihr ab, und in dem Augenblick, den er brauchte, um sich wieder zu erholen, war sie einfach nur von Angst ergriffen, keine Ärztin mehr, sondern eine Mutter, deren Kind stirbt.

Jason konnte es – zum Glück – nicht sehen. Er schluckte schwer und begann langsam wieder normal zu atmen.

»Aber wozu der Spin, Jase? Er stößt uns in die Zukunft, doch er ändert überhaupt nichts.«

»Im Gegenteil«, sagte er. »Er ändert alles.«

Jasons letzte Nacht war insofern paradox, als seine Ausdrucksweise immer unbeholfener und stockender wurde, während das Wissen, das ihm zufloss, exponentiell zu wachsen schien. Ich glaube, er erfuhr in diesen wenigen Stunden mehr, als er auch nur ansatzweise mitteilen konnte, und selbst das, was er mitteilte, war überwältigend, war ungeheuerlich in dem, was es über das Schicksal der Menschheit andeutete.

Lassen wir das Trauma beiseite, das gequälte Tasten nach den richtigen Worten; was er sagte, war … Nun, es begann mit dem Satz: »Versuch es aus ihrer Warte zu betrachten.«

Ihre Warte: die der Hypothetischen.

Die Hypothetischen – ob als ein einzelner Organismus oder als Vielheit von Organismen betrachtet – hatten sich aus schlichten Von-Neumann-Apparaturen entwickelt und allmählich über unsere Galaxis verbreitet. Der Ursprung dieser ersten selbstreproduzierenden Maschinen lag im Dunkeln; ihre Nachkommen hatten keine direkte Erinnerung daran, so wenig, wie Sie oder ich uns an die menschliche Evolution »erinnern« können. Vielleicht waren sie das Produkt einer früh entstandenen biologischen Kultur, von der es keine Spuren mehr gab; vielleicht waren sie auch aus einer anderen, älteren Galaxis eingewandert. Jedenfalls gehörten die Hypothetischen von heute einem fast unvorstellbar alten Geschlecht an. Unzählige Male hatten sie mit angesehen, wie intelligente biologische Spezies sich auf Planeten wie dem unseren entwickelten und dann ausstarben. (Durch passives Übertragen organischen Materials von Stern zu Stern mögen sie sogar dazu beigetragen haben, den Prozess der Evolution in Gang zu setzen.) Und sie hatten beobachtet, wie biologische Kulturen als Nebenprodukt ihrer rasch wachsenden Komplexität primitive Von-Neumann-Netzwerke hervorbrachten – nicht ein Mal, sondern viele Male. Für die Hypothetischen sahen wir alle mehr oder weniger aus wie Replikatorenbrutstätten: seltsam, fruchtbar, fragil. Aus ihrer Warte war dieses stotternde Schwangergehen mit einfachen Von-Neumann-Netzwerken, gefolgt vom raschen ökologischen Kollaps des Ursprungsplaneten, sowohl ein Rätsel als auch eine Tragödie. Ein Rätsel, weil flüchtige Ereignisse auf einer rein biologischen Zeitskala für sie schwer zu begreifen oder auch nur wahrzunehmen waren. Eine Tragödie, weil sie die Vorläuferkulturen als gescheiterte *biologische* Netzwerke zu begreifen begonnen hatten, die – ähnlich wie sie selbst – wachsender Komplexität zustrebten, aber vorzeitig der Endlichkeit ihrer planetarischen Ökosysteme zum Opfer fielen. Für die Hypothetischen hatte der Spin also den Sinn, uns – und Dutzende von ähnlichen Zivilisationen, die zuvor und seither auf anderen Planeten entstanden waren – im Zustand unserer technologischen Blüte zu erhalten. Doch wir waren keine Museumsstücke, eingefroren zur öffentlichen Zurschaustellung – vielmehr bastelten die Hypothetischen uns ein neues Schicksal. Während sie uns in den extremen Langsammodus gestellt hatten, trugen sie die Teile eines Experiments zusammen, eines über Milliarden von Jahren konzipierten und jetzt seiner Vollendung zustrebenden Experiments: eine erweiterte biologische Umwelt zu erzeugen, in die hinein sich diese ansonsten zum Untergang verurteilten Kulturen ausdehnen konnten, in der sie sich schließlich begegnen und miteinander vermischen würden.

Ich begriff die Bedeutung dieser Formulierung nicht. »Eine erweiterte biologische Umwelt? Größer als die Erde selbst?«

Inzwischen war es dunkel. Jasons Worte wurden von krampfartigen Bewegungen und unwillkürlichen Lauten unterbrochen. Von Zeit zu Zeit überprüfte ich seinen Puls, der recht schnell ging und schwächer wurde. »Die Hypothetischen«, sagte er, »können Zeit und Raum manipulieren, den Beweis dafür sehen wir rings um uns. Aber damit, eine Zeitmembran zu erschaffen, sind ihre Möglichkeiten noch längst nicht erschöpft. Mit Hilfe von räumlichen Schleifen können sie unseren Planeten mit anderen, ähnlichen Planeten verbinden ... neuen Planeten, einige davon künstlich geschaffen, zu denen wir reisen können, direkt und ganz leicht ... über Verbindungsstücke, Brücken, was auch immer, Konstruktionen, von den Hypothetischen zusammengefügt aus der Materie toter Sterne ... Konstruktionen, die buchstäblich durch den Weltraum geschleppt wurden, geduldig, sehr geduldig, im Verlauf vieler Millionen Jahre ...«

Carol saß auf der einen Seite des Bettes, ich auf der anderen. Ich hielt Jasons Schultern fest, wenn sein Körper in Zuckungen verfiel, und sie streichelte seinen Kopf während der Phasen, in denen er nicht sprechen konnte. Seine Augen funkelten im Kerzenlicht, er starrte angestrengt ins Nichts.

»Die Spinmembran ist immer noch da, sie arbeitet, denkt, aber ihre zeitliche Funktion besteht nicht mehr, ist abgeschlossen ... Das ist es, was es mit dem Flackern auf sich hatte, eine Begleiterscheinung des allmählichen Herunterfahrens ... Und jetzt ist die Membran durchlässig, sodass etwas in die Atmosphäre eintreten kann, etwas *Großes* ...«

Später dann wurde klar, was er meinte. Doch zunächst dachte ich, er würde allmählich in den Zustand der Demenz übergehen, wäre einer Art metaphorischen Überlast erlegen, ausgelöst durch das Wort »Netzwerk«. Aber ich irrte mich.

Ars moriendi ars vivendi est: Die Kunst des Sterbens ist die Kunst des Lebens. Das hatte ich irgendwann während meines Studiums gelesen, und das fiel mir jetzt wieder ein, als ich bei ihm saß. Jason starb, wie er gelebt hatte – im heroischen Streben nach Erkenntnis. Und sein Geschenk an die Welt sollte in den Früchten dieser Erkenntnis bestehen, den nicht gehorteten, sondern frei verteilten, allen zugänglichen Früchten.

Die andere Erinnerung, die sich einstellte, während Jasons Nervensystem von den Hypothetischen umgewandelt und zerfressen wurde, ohne dass diese ahnten, dass es für ihn tödlich enden würde, ging zu jenem Nachmittag vor langer Zeit zurück, als er auf meinem Billigfahrrad den Abhang der Bantam Hill Road hinuntergerast war. Ich dachte daran, wie geschickt, mit fast balletthafter Eleganz, er das auseinanderfallende Gefährt kontrolliert hatte, bis von diesem nichts mehr blieb als Ballistik und Geschwindigkeit, der unvermeidliche Übergang von Ordnung in Chaos.

Jasons Körper – und man bedenke, dass er ein Vierter war – war eine fein eingestellte Maschine. Er starb nicht leicht. Irgendwann vor Mitternacht verlor er die Fähigkeit zu sprechen. Carol hielt seine Hand und sagte ihm, er sei sicher, er sei zu Hause. Ich weiß nicht, ob dieser Trost ihn noch erreichte in den seltsamen und verschlungenen Gefilden, die sein Bewusstsein nun betreten hatte. Ich hoffe es.

Nicht lange danach verdrehten sich seine Augen, seine Muskeln entspannten sich. Sein Körper kämpfte noch weiter, rang sich krampfhafte Atemzüge ab, fast bis in den Morgen hinein. Dann ließ ich ihn mit Carol allein, die ihm mit unendlicher Zärtlichkeit über den Kopf strich und ihm weiter zuflüsterte. Ich bemerkte nicht, dass die

Sonne, als sie aufging, nicht mehr aufgedunsen und rot war, sondern so hell und strahlend und vollkommen wie vor dem Ende des Spins.

4×10^9 n. Chr. /
EIN JEDER LANDET IRGENDWO

Ich blieb auf dem Deck, während die *Capetown Maru* dem offenen Meer zustrebte.

Nicht weniger als ein Dutzend Containerschiffe flüchteten aus Teluk Bayur und kämpften um eine günstige Position vor der Hafenausfahrt. Die meisten davon kleine Handelsschiffe mit zweifelhafter Registrierung, vermutlich unterwegs nach Port Magellan, obwohl ihre Frachtbriefe etwas ganz anderes auswiesen – Schiffe, deren Besitzer und Kapitäne viel zu verlieren hatten, wenn sie einer eingehenden Überprüfung unterzogen würden.

Ich stand neben Jala, wir hielten uns an der Reling fest und beobachteten einen mit Rost gesprenkelten Küstenfrachter, der aus einer dichten Rauchbank heraussteuerte und dabei dem Heck der *Capetown* gefährlich nahe kam. Beide Schiffe gaben Alarm, und die Deckmannschaft der *Capetown* wandte sich besorgt nach achtern. Doch der Küstenfrachter drehte ab, bevor es zum Zusammenstoß kam.

Dann verließen wir den Schutz des Hafens, setzten uns der hohen See und den wogenden Wellen aus, und ich ging nach unten in den Aufenthaltsraum, zu Ina und Diane und den anderen Emigranten. En saß mit Ina und seinen Eltern an einem Klapptisch. Mit Rücksicht auf ihre Verletzung war Diane der einzige gepolsterte Sessel überlassen worden; inzwischen hatte die Wunde aufgehört zu bluten, und es war ihr gelungen, sich trockene Sachen anzuziehen.

Eine Stunde später kam Jala herein, lenkte mit einem lauten Ruf die Aufmerksamkeit auf sich und hielt eine Rede, die Ina mir anschließend folgendermaßen übersetzte: »Wenn man alles selbstgefällige Eigenlob weglässt, dann hat Jala nur gesagt, dass er auf die

Brücke gegangen sei und mit dem Kapitän gesprochen habe. Alle Feuer an Deck seien gelöscht, und unserer Fahrt stehe nichts mehr im Wege. Der Kapitän bittet um Entschuldigung für die raue See. Nach den Vorhersagen müssten wir bis zum Abend, spätestens morgen früh aus dem Wetter heraus sein. In den nächsten paar Stunden allerdings ...« In diesem Augenblick schnitt En, der neben Ina saß, ihr auf denkbar wirkungsvolle Weise das Wort ab: indem er sich zu ihr umdrehte und sich in ihren Schoß übergab.

Zwei Nächte später gingen Diane und ich aufs Deck hinauf, um uns die Sterne anzusehen. Nachts war es dort ruhiger als zu jeder anderen Zeit. Wir suchten uns einen Platz zwischen den Zehn-Meter-Containern und den Achterdeckaufbauten, wo wir reden konnten, ohne dass jemand mithörte. Die See war ruhig, die Luft angenehm warm, und über den Schornsteinen und dem Radar der *Capetown* wimmelte es von Sternen, als hätten sie sich in der Takelage verfangen.

»Schreibst du immer noch an deinen Erinnerungen?« Diane hatte die Sammlung von Speicherkarten gesehen, die ich in meinem Gepäck aufbewahrte, zusammen mit den digitalen und pharmazeutischen Schmuggelwaren, die wir aus Montreal mitgebracht hatten. Dazu diverses vollgekritzeltes Papier, Notizhefte, lose Seiten.

»Nicht mehr so oft. Es scheint nicht mehr so dringend – das Bedürfnis, alles aufzuschreiben.«

»Oder die Angst zu vergessen.«

»Oder das.«

»Und *fühlst* du dich anders?« Sie lächelte.

Ich war ein *neuer* Vierter. Diane nicht. Ihre Wunde hatte sich inzwischen geschlossen, ohne mehr als einen Streifen gekräuselter Haut zu hinterlassen, der der Krümmung ihrer Hüfte folgte. Die Selbstheilungskräfte ihres Körpers waren mir immer noch ein bisschen unheimlich. Obwohl ich sie, so stand zu vermuten, jetzt auch besaß.

Ihre Frage war ironisch gemeint. Viele Male hatte ich Diane gefragt, ob sie sich als Vierte anders fühlen würde, und die eigentliche Frage lautete: Kam sie *mir* anders vor?

Eine befriedigende Antwort darauf hatte es nie gegeben. Natürlich war sie verändert nach ihrer »Wiederauferstehung« im Großen Haus – wer wäre das nicht gewesen? Sie hatte einen Ehemann und einen Glauben verloren und war aus langer Agonie in eine Welt erwacht, bei deren Anblick sich wohl selbst ein Buddha vor Verblüffung am Kopf gekratzt hätte.

»Der Übergang ist nur eine Tür«, sagte sie. »Eine Tür zu einem Zimmer, in dem du noch nie gewesen bist, allenfalls hast du von Zeit zu Zeit einen Blick hineingeworfen. Jetzt ist es das Zimmer, in dem du wohnst, es ist deins, es gehört dir. Es hat bestimmte Eigenschaften, die du nicht verändern kannst. Du kannst es nicht größer oder kleiner machen. Aber wie du es einrichtest, das ist dir überlassen.«

»Eine ziemlich philosophische Antwort.«

»Tut mir leid, mehr kann ich nicht anbieten.« Sie wandte ihren Blick hinauf zu den Sternen. »Sieh mal, man kann den Bogen sehen.«

Wir bezeichnen ihn als »Bogen«, weil wir eine in gewissem Sinne kurzsichtige Spezies sind. Der große Torbogen ist in Wirklichkeit ein Ring, ein Kreis mit einem Durchmesser von anderthalbtausend Kilometern, doch nur die Hälfte davon erhebt sich über den Meeresspiegel. Der Rest ist unter Wasser oder in der Erdkruste vergraben, vielleicht – so ist verschiedentlich spekuliert worden – um das subozeanische Magma als Energiequelle anzuzapfen. Aber aus unserem Ameisenblickwinkel war es in der Tat ein Bogen, dessen Scheitelpunkt ein gutes Stück über die Atmosphäre hinausreichte, und selbst seine exponierte Hälfte war vollständig sichtbar nur auf Fotos, die aus dem Weltraum aufgenommen wurden, Bilder, die in der Regel bearbeitet waren, um bestimmte Details hervorzuheben. Wenn man einen Querschnitt des Ringmaterials – der Draht, der zum Reifen gebogen wird – hätte machen können, würde sich ein Rechteck mit einer Kantenlänge von einem halben respektive anderthalb Kilometern ergeben. Gewaltig, dennoch nur ein winziger Bruchteil des Raums, den er umschloss – und von Weitem eben nicht immer leicht zu sehen.

Die Route der *Capetown Maru* verlief südlich des Ringes, parallel zu seinem Radius und fast genau unterhalb seines Scheitels. Die Sonne strahlte noch immer auf diesen Gipfelpunkt, der nicht mehr wie ein gekrümmtes U oder J erschien, sondern wie ein mildes Stirnrunzeln (ein Stirnrunzeln über das ganze Gesicht, wie Diane einmal sagte) hoch oben am Nordhimmel. Sterne rotierten an ihm vorbei wie phosphoreszierendes Plankton, das vom Bug eines Schiffes geteilt wird.

Diane lehnte ihren Kopf gegen meine Schulter. »Ich wünschte, Jason hätte das hier sehen können.«

»Ich glaube, er hat es gesehen. Nur nicht aus dieser Perspektive.«

Im Großen Haus stellten sich nach Jasons Tod drei Probleme.

Das dringlichste betraf Diane, deren körperlicher Zustand noch Tage nach der Verabreichung der marsianischen Substanz unverändert blieb. Sie schwebte am Rande des Komas und wurde periodisch von heftigem Fieber ergriffen, Phasen, in denen ihr der Puls am Hals schlug wie ein flatternder Insektenflügel. Wir hatten kaum etwas da, um sie zu versorgen, und ich hatte Mühe, sie dazu zu bewegen, wenigstens hin und wieder einen Schluck Wasser zu trinken Der einzige echte Fortschritt war das Atemgeräusch, das entspannter und weniger schleimhaltig klang – wenigstens ihre Lunge befand sich also auf dem Weg der Besserung.

Das zweite Problem teilten wir mit vielen anderen Familien im ganzen Land: Einer von uns war gestorben und musste beerdigt werden. Eine Welle des Todes – Unfall, Selbstmord, Mord – war in den letzten Tagen über die Welt hinweggespült, und kein Land der Erde war darauf vorbereitet, mit den Folgen umzugehen, außer auf die denkbar grobschlächtigste Art und Weise: Im Radio wurden Sammelstellen für Massenbegräbnisse bekannt gegeben; Kühlfahrzeuge von Fleischfabriken waren requiriert worden; es gab auch eine Nummer, die man anrufen konnte, jetzt wo das Netz wieder funktionsfähig war – jedoch Carol wollte von alldem nichts hören. Als ich das Thema anschnitt, fuhr sie empört auf: »Das werde ich nicht tun,

Tyler. Ich lasse nicht zu, dass Jason in eine Grube geworfen wird wie die Armen im Mittelalter.«

»Aber wir können ihn nicht …«

»Still. Ich habe immer noch den einen oder anderen Kontakt von früher. Lass mich ein paar Anrufe machen.«

Sie war mal eine angesehene Fachärztin gewesen und musste in den Zeiten vor dem Spin über ein großes Netzwerk von Kontakten verfügt haben, doch nach dreißig Jahren alkoholseliger Abgeschiedenheit – wen konnte sie da noch kennen? Trotzdem verbrachte sie einen ganzen Vormittag am Telefon, machte geänderte Nummern ausfindig, stellte sich neu vor, erklärte, lockte, bat inständig. Für mich klang das alles hoffnungslos. Aber fünf Stunden später fuhr ein Leichenwagen die Auffahrt hinauf, zwei erschöpfte, doch unbeirrbar freundliche und kompetente Männer kamen herein, legten Jasons Leichnam auf eine Rollbahre und beförderten ihn – zum letzten Mal – aus dem Großen Haus.

Den Rest des Tages saß Carol im Obergeschoss, hielt Dianes Hand und sang Lieder, die diese nicht hören konnte. Am Abend dann genehmigte sie sich den ersten Drink seit dem Morgen, an dem die rote Sonne aufgegangen war – eine »Instandhaltungsdosis«, so nannte sie es.

Unser drittes Problem war E. D. Lawton.

E. D. musste darüber informiert werden, dass sein Sohn gestorben war, und Carol wappnete sich dafür, auch dieser Pflicht Genüge zu tun. Sie gestand, dass sie seit einigen Jahren nur noch über Anwälte mit E. D. gesprochen und er ihr immer Angst gemacht habe, jedenfalls wenn sie nüchtern war: Er war groß, herausfordernd, einschüchternd – Carol war zart, ausweichend, schüchtern. Ihre Trauer jedoch hatte die Gewichte ein wenig verschoben.

Es dauerte Stunden, doch irgendwann gelang es ihr, ihn zu erreichen – er war in Washington, eine kurze Autofahrt entfernt – und ins Bild zu setzen. Über die Todesursache äußerte sie sich nur vage, sie erzählte ihm, Jason sei mit einer Lungenentzündung nach Hause gekommen und sein Zustand habe sich dramatisch verschlechtert, kurz nachdem der Strom ausgefallen und die Welt aus den Fugen geraten war – kein Telefon, kein Notfalldienst, keine Hoffnung.

Ich fragte sie, wie E. D. die Nachricht aufgenommen habe.

Sie zuckte mit den Achseln. »Zuerst hat er gar nichts gesagt, Schweigen ist E. D.s Art, Schmerz auszudrücken. Sein Sohn ist gestorben. Das mag ihn nicht unbedingt überrascht haben, angesichts dessen, was in den letzten Tagen geschehen ist, aber es hat ihm wehgetan – ich glaube, es hat ihm unsagbar wehgetan.«

»Haben Sie ihm gesagt, dass Diane hier ist?«

»Ich hielt es für klüger, es nicht zu tun.« Sie sah mich an. »Ich habe ihm auch nicht gesagt, dass du hier bist. Ich weiß, dass Jason und E. D. Streit hatten. Jason ist nach Hause gekommen, um vor irgendetwas zu fliehen, was bei Perihelion vorging, etwas, das ihm Angst gemacht hat. Und ich nehme an, dass es etwas mit dem marsianischen Medikament zu tun hat. Nein, Tyler, du brauchst es mir nicht zu erklären – ich will es nicht hören, würde es vermutlich auch gar nicht verstehen. Aber ich dachte, es wäre besser, wenn E. D. hier nicht ins Haus einfallen und versuchen würde, die Kontrolle zu übernehmen.«

»Er hat sich nicht nach ihr erkundigt?«

»Nein, nicht nach Diane. Eines allerdings war merkwürdig: Er hat mich gebeten, dafür zu sorgen, dass Jason … dass Jasons Leichnam konserviert wird. Er hat eine Menge Fragen dazu gestellt. Ich habe ihm gesagt, ich hätte Vorbereitungen getroffen, es werde eine Beerdigung geben, und ich würde ihn verständigen. Aber dabei wollte er es nicht belassen. Er will, dass eine Autopsie vorgenommen wird. Ich habe mich stur gestellt. Warum sollte er eine Autopsie wollen, Tyler?«

»Ich weiß es nicht.«

Aber ich machte mich daran, es herauszufinden. Ich ging in Jasons Zimmer, wo inzwischen die Laken von seinem Bett gezogen worden waren. Ich öffnete das Fenster, setzte mich in den Sessel neben der Kommode und sah mir an, was er hinterlassen hatte.

Jason hatte mich gebeten, seine Erkenntnisse über die Natur der Hypothetischen und ihre Manipulation der Erde aufzuzeichnen, jeweils eine Kopie dieser Aufzeichnung in etwa ein Dutzend wattierte, bereits adressierte und frankierte Umschläge zu stecken und diese zu verschicken, sobald die Post ihren Dienst wieder aufgenommen hatte. Zweifellos hatte er, als er wenige Tage vor Ende des Spins im Großen Haus eintraf, nicht damit gerechnet, einen solch atemberaubenden Monolog zu produzieren. Irgendetwas anderes hatte ihn verfolgt.

Ich ging die Umschläge durch. Sie waren, in Jasons Handschrift, an Personen adressiert, deren Namen ich nicht kannte. Nein, den Namen auf *einem* der Umschläge erkannte ich. Es war mein Name.

Lieber Tyler,
ich weiß, ich habe dir in der Vergangenheit manch unzumutbare Last auferlegt. Und nun bin ich, wie ich fürchte, im Begriff, dir eine weitere aufzuerlegen – und diesmal steht erheblich mehr auf dem Spiel. Es tut mir leid, falls dies allzu abrupt wirkt, aber ich bin in Eile, aus Gründen, die sich dir bald erschließen werden.

Die jüngsten Himmelserscheinungen, die die Medien als »Flackern« bezeichnen, haben bei der Regierung Lomax die Alarmglocken läuten lassen. Das Gleiche gilt für einige andere Ereignisse, die weniger öffentliche Aufmerksamkeit erregt haben. Nur ein Beispiel: Nach dem Tod von Wun Ngo Wen sind Gewebeproben seiner Organe im Zentrum für Tierkrankheiten auf Plum Island untersucht worden, derselben Einrichtung, in der er nach seiner Ankunft auf der Erde in Quarantäne gehalten wurde. So subtil die marsianische Biotechnologie sein mag – die moderne Forensik ist hartnäckig. Dabei ist deutlich geworden, dass Wuns Physiologie, insbesondere sein Nervensystem, auf weitaus radikalere Weise verändert worden war, als die in seinen Archiven beschriebene Prozedur des »Vierten Alters« vorsieht. Aus diesem und anderen Gründen haben Lomax und seine Leute E. D. aus seinem unfreiwilligen Ruhestand geholt und sind jetzt geneigt, seinen Vermutungen über Wuns Motive Gehör zu schenken.

E. D. hat die Gelegenheit genutzt, neuen Anspruch auf Perihelion zu erheben, und er verliert keine Zeit, um aus der Paranoia im Weißen Haus Kapital zu schlagen.

Für welches Vorgehen hat sich die Administration entschieden? Für das plumpe. Lomax (oder sein Beraterstab) hat den Plan gefasst, eine Razzia bei Perihelion durchzuführen und alles zu beschlagnahmen, was uns aus Wuns Besitz zur Verfügung stand, ebenso wie unsere sämtlichen Aufzeichnungen und Arbeitsnotizen.

Noch sieht E. D. den Zusammenhang zwischen meiner Genesung von der AMS und Wuns Pharmazeutika nicht, oder er behält seine Erkenntnis für sich. Jedenfalls möchte ich das glauben. Denn sollte ich in die Hände der Sicherheitsdienste fallen, würden sie als Erstes eine Blutanalyse durchführen und mich dann zu einem wissenschaftlichen Studienobjekt machen, vermutlich in Wuns alter Zelle auf Plum Island. Und ich glaube nicht, dass E. D. es dazu wirklich kommen lassen will. Sosehr er es mir auch verübeln mag, dass ich ihm Perihelion »gestohlen« und mit Wun Ngo Wen gemeinsame Sache gemacht habe – er ist immer noch mein Vater.

Aber keine Sorge. Auch wenn E. D. wieder mitmischt im Weißen Haus – ich habe ebenfalls Verbündete. Keine mit großer Macht ausgestatteten Menschen – wenn auch einige von ihnen durchaus so manches Gewicht auf die Waagschale werfen können –, sondern intelligente, anständige Leute, die gewillt sind, das Schicksal der Menschheit in einem etwas weiteren Rahmen zu begreifen. Dank ihrer wurde ich rechtzeitig vor dem Zugriff auf Perihelion gewarnt. Ich bin den Häschern durch die Finger geschlüpft. Jetzt bin auf der Flucht.

Du, Tyler, stehst lediglich unter dem Verdacht der Beihilfe – obwohl auch du in die gleiche Situation geraten könntest wie ich. Es tut mir leid. Ich weiß, ich trage Verantwortung dafür, dass du dich in dieser Lage befindest. Eines Tages werde ich dich persönlich um Verzeihung bitten. Vorläufig aber kann ich nicht mehr anbieten als einen guten Rat.

Die Datenträger, die ich dir bei deinem Abschied von Perihelion übergeben habe, enthalten streng geheime Auszüge aus Wun Ngo Wens Archiven. Kann sein, dass du sie verbrannt, vergraben oder in den Pazifik geworfen hast. Egal. Lange Jahre in der Raumfahrtplanung haben mich die Vorzüge der Redundanz gelehrt. Ich habe Wuns Informationen an Dutzende von Personen in diesem Land und in aller Welt versandt. Noch ist davon nichts ins Internet gestellt worden – so verantwortungslos ist keiner –, aber sie kursieren. Dies ist ohne Zweifel eine zutiefst unpatriotische, kriminelle Handlung. Falls ich gefasst werde, wird man mich wegen Hochverrat anklagen.

Ich bin aber nicht der Auffassung, dass Informationen dieser Art (sie enthalten etwa Beschreibungen menschlicher Modifikationen, die unter anderem – und ich sollte es wissen – schwere Krankheiten heilen können) unter Verschluss gehalten werden sollten, selbst wenn ihre Freigabe Probleme aufwirft. Lomax und sein handzahmer Kongress sind da anderer Meinung. Also verbreite ich die letzten Fragmente der Archive und mache mich aus dem Staub. Tauche unter. Du wirst vielleicht das Gleiche tun wollen. Vielleicht wirst du es sogar müssen. Jeder, der zur alten Perihelion-Truppe gehörte, jeder, der mir nahestand, kann sich früher oder später des besonderen Interesses der Bundesbehörden sicher sein.

Oder du willst – im Gegenteil – bei der nächsten FBI-Dienststelle vorsprechen und den Inhalt dieses Umschlags übergeben. Falls du das für das Beste, für das Richtige, hältst, folge deinem Gewissen – ich nehme es dir nicht übel, will allerdings auch nicht für das Ergebnis garantieren. Meine Erfahrungen mit der Regierung Lomax legen die Vermutung nahe, dass die Wahrheit in diesem Fall eher nicht befreiend sein wird.

Wie auch immer, ich bedaure, dich in diese schwierige Lage gebracht zu haben. Es ist nicht fair. Es ist zu viel verlangt von

einem Freund, und ich war stets stolz darauf, dich meinen
Freund nennen zu dürfen.

Vielleicht hatte E. D. in einem Punkt Recht: Unsere Generation
hat sich dreißig Jahre lang abgemüht, das wiederzuerlangen,
was der Spin uns in jener Oktobernacht gestohlen hat. Aber es
gelingt uns nicht. Es gibt in diesem Universum nichts, an dem wir
uns festhalten können, und es nützt auch nichts, es dennoch zu
versuchen. Wenn ich eines gelernt habe aus meiner »Viertheit«,
dann das. Wir sind so vergänglich wie Regentropfen. Wir fallen
alle, und ein jeder landet irgendwo.

Fall du, wie du magst, Tyler. Mach von den beigefügten
Dokumenten Gebrauch, wenn es erforderlich ist. Sie waren teuer,
aber sie sind absolut verlässlich. (Es ist gut, Freunde in hohen
Ämtern zu haben!)

Bei den »beigefügten Dokumenten« handelte es sich im Wesentlichen um eine Garnitur von Ersatzidentitäten: Pässe, ID-Karten des Heimatschutzministeriums, Sozialversicherungsnummern, sogar medizinische Diplome, alle mit meiner Personenbeschreibung, keines davon mit meinem richtigen Namen.

Dianes Gesundung schritt weiter voran. Der Puls stabilisierte sich, die Lunge wurde frei, nur das Fieber hielt sich noch. Das marsianische Medikament verrichtete sein Werk, regenerierte ihren Körper bis ins kleinste Detail, bearbeitete und verbesserte ihn auf subtilste Weise.

Und sie begann Fragen zu stellen – über die Sonne, über Pastor Dan, über die Reise von Arizona zum Großen Haus. Wegen der Fieberschübe blieben die Antworten, die ich ihr gab, nicht immer haften. Mehr als einmal fragte sie mich, was mit Simon sei. In klaren Momenten erzählte ich ihr von dem roten Kalb und der Rückkehr der Sterne; wenn sie groggy war, sagte ich nur, dass Simon »woanders« sei und ich mich noch eine Weile um sie kümmern würde. Keine dieser Antworten – weder die wahren noch die halb wahren – schienen sie zu befriedigen.

An manchen Tagen war sie völlig teilnahmslos, saß mit dem Gesicht zum Fenster, sah zu, wie das Sonnenlicht über die Berge und Täler der Bettdecke strich. An anderen ergriff sie eine fiebrige Unruhe. Eines Nachmittags verlangte sie Papier und Kugelschreiber – doch als ich ihr das Gewünschte brachte, schrieb sie nur einen einzigen Satz: *Bin ich nicht meines Bruders Hüterin*, den allerdings immer wieder, bis sie einen Krampf in den Fingern bekam.

»Ich hab ihr von Jason erzählt«, gestand Carol, als ich ihr das vollgeschriebene Blatt zeigte.

»Sind Sie sicher, dass das klug war?«

»Früher oder später musste sie es erfahren. Sie wird darüber hinwegkommen, Tyler. Keine Sorge. Diane wird damit fertig. Diane war schon immer stark.«

Am Morgen des Tages von Jasons Beerdigung machte ich die Umschläge fertig und warf sie auf dem Weg in die örtliche Kapelle, die Carol für die Trauerfeier reserviert hatte, in einen aufs Geratewohl ausgesuchten Briefkasten. Die Päckchen mit der Aufnahme seiner »letzten Worte« würden vielleicht ein paar Tage auf Beförderung warten müssen – der Postbetrieb kam erst allmählich wieder in Gang –, doch nach meiner Einschätzung waren sie dort sicherer als im Großen Haus.

Die »Kapelle« war ein konfessionsfreies Bestattungsinstitut an einer der Ausfallsstraßen, auf der es recht lebhaft zuging, seit die Reisebeschränkungen aufgehoben waren. Zwar hatte Jason für aufwändige Beerdigungen immer nur die Geringschätzung des Rationalisten übrig gehabt, aber Carols Auffassung von Würde verlangte nach einer Zeremonie, selbst wenn sie nur bescheiden, pro forma war. Es war ihr gelungen, eine kleine Trauergemeinde zusammenzutrommeln, größtenteils langjährige Nachbarn, die Jason als Kind gekannt und seine Karriere bruchstückhaft im Fernsehen und in der Zeitung verfolgt hatten. Es war sein verblassender Prominentenstatus, der die Bankreihen füllte.

Ich hielt eine kurze Rede (Diane hätte es natürlich besser gemacht, aber sie war noch zu krank, um teilzunehmen). Jase, sagte ich, habe sein Leben dem Streben nach Erkenntnis verschrieben, nicht hochmütig, sondern in Demut – es sei seine tiefe Überzeugung gewesen, dass Wissen nicht geschaffen, sondern entdeckt werde; es könne nicht Eigentum sein, sondern müsse weitergegeben werden, von Hand zu Hand, von Generation zu Generation. Jason habe sich in den Prozess dieser Weitergabe eingegliedert und nach wie vor sei er Teil davon, auch nach seinem Tod lebe er fort im großen Netzwerk des Wissens.

E. D. betrat die Kapelle, während ich noch auf der Kanzel stand. Er war schon halb den Gang hinunter, als er mich erkannte. Lange starrte er mich an, bevor er sich auf der nächsten freien Bank niederließ.

Er war noch hagerer, als ich ihn in Erinnerung hatte, und die verbliebenen Haare hatte er sich so kurz scheren lassen, dass sie fast unsichtbar waren. Doch er trat noch immer wie ein Mann von Macht und Einfluss auf. Er trug einen wie angegossen sitzenden Anzug. Er verschränkte die Arme und inspizierte mit herrschaftlichem Gebaren den Raum, um festzustellen, wer anwesend war. Schließlich blieb sein Blick bei Carol hängen.

Als die Zeremonie schließlich zu Ende war, erhob sich Carol und nahm tapfer die Beileidsbekundungen der in Reih und Glied antretenden und dann nach draußen strebenden Nachbarn entgegen.

Sie hatte während der letzten Tage ausgiebig geweint und zeigte sich nun entschlossen tränenlos, beinahe distanziert. E. D. trat auf sie zu, als der letzte Gast gegangen war. Sie versteifte sich, wie eine Katze, die die Anwesenheit eines überlegenen Feindes spürt.

»Carol«, sagte er und warf mir einen säuerlichen Blick zu. »Tyler.«

»Unser Sohn ist tot«, erwiderte sie.

»Deswegen bin ich hier.«

»Ich hoffe, du bist hier, um zu trauern …«

»Selbstverständlich.«

»… und nicht aus anderen Gründen. Er ist nämlich nach Hause gekommen, um vor dir zu fliehen. Ich nehme an, du weißt das.«

»Ich weiß mehr darüber, als du dir vorstellen kannst. Jason war verwirrt …«

»Jason war so manches, E. D., aber verwirrt war er nicht. Ich war bei ihm, als er starb.«

»Tatsächlich? Das ist interessant. Ich war bei ihm, als er noch lebte.«

Carol atmete heftig ein und wandte den Kopf zur Seite, als habe sie eine Ohrfeige erhalten.

»Ich war derjenige, der Jason aufgezogen hat, das weißt du so gut wie ich. Vielleicht hat dir das Leben, das ich ihm verschafft habe, nicht gefallen, jedenfalls habe ich ihm einen Weg gewiesen und ihm die Mittel verschafft, dieses Leben zu führen.«

»Ich habe ihn geboren.«

»Das ist eine physiologische Funktion, keine moralische. Alles, was Jason je besessen hat, hat er von mir. Alles, was er gelernt hat, habe ich ihn gelehrt.«

»Zum Guten und zum Schlechten.«

»Und jetzt willst du mir Vorwürfe machen, nur weil ich ein paar praktische Anliegen habe.«

»Was für praktische Anliegen?«

»Ich spreche von der Autopsie.«

»Ja, das hast du schon am Telefon gesagt. Aber das ist würdelos und überhaupt auch unmöglich.«

»Ich hatte gehofft, du würdest das ernst nehmen – offenbar ist das nicht der Fall. Aber ich brauche dein Einverständnis gar nicht. Draußen vor dem Haus warten Männer, die Anspruch auf den Leichnam erheben werden, unter Vorlage einer gerichtlichen Anordnung gemäß dem Gesetz über Notfallmaßnahmen.«

Sie machte einen Schritt von ihm weg. »So viel Macht hast du?«

»Wir haben gar keine Wahl in dieser Angelegenheit, weder du noch ich. Es wird so verfahren, ob es uns gefällt oder nicht. Und es ist doch im Grunde nur eine Formalität, es entsteht kein Schaden. Also lass uns um Gottes willen ein bisschen Würde und gegenseitigen Respekt wahren. Überlass mir den Leichnam meines Sohnes.«

»Das kann ich nicht.«

»Carol …«

»Ich kann dir seinen Leichnam nicht geben.«

»Du hörst mir nicht zu. Du hast gar keine Wahl.«

»Nein, tut mir leid, *du* hörst *mir* nicht zu. Also noch mal, E. D., ich *kann* dir seinen Leichnam nicht geben.«

Er machte den Mund auf und wieder zu. Seine Augen weiteten sich. »Was hast du getan?«

»Es gibt keinen Leichnam. Nicht mehr.« Ihre Lippen schürzten sich zu einem verschlagenen, bitteren Lächeln. »Aber seine Asche kannst du haben. Wenn du darauf bestehst.«

Ich fuhr Carol zum Großen Haus zurück, wo Emil Hardy – der sein Nachrichtenblättchen nicht mehr produzierte, seit es wieder Strom gab – Diane Gesellschaft geleistet hatte. »Wir haben uns über die alten Zeiten hier in der Nachbarschaft unterhalten«, sagte Hardy beim Abschied. »Hab die Kinder früher öfter beim Fahrradfahren beobachtet. Ach, ist das lange her. Diese Hautgeschichte, die sie hat …«

»Ist nicht ansteckend«, unterbrach ihn Carol. »Keine Sorge.«

»Allerdings ungewöhnlich.«

»Ja, ungewöhnlich ist sie. Vielen, vielen Dank, Emil.«

»Ashley und ich würden uns freuen, wenn Sie demnächst mal zum Abendessen rüberkämen.«

»Das klingt wunderbar. Richten Sie ihr meinen Dank aus.« Sie schloss die Tür und wandte sich mir zu. »Jetzt bräuchte ich einen Drink. Aber eins nach dem anderen. E. D. weiß, dass du hier bist. Du musst also woanders hin und du musst Diane mitnehmen. Kannst du das? Kannst du sie an einen sicheren Ort bringen? Wo E. D. sie nicht findet?«

»Natürlich. Aber was ist mit Ihnen?«

»Ich bin nicht in Gefahr. E. D. schickt vielleicht irgendwelche Leute her, um nach dem zu suchen, was Jason ihm seiner Meinung nach gestohlen hat. Aber er wird nichts finden – solange du nur gründlich genug bist, Tyler –, und das Haus kann er mir nicht wegnehmen. E. D. und ich – wir haben unseren Waffenstillstand schon vor langer Zeit unterzeichnet, unsere Scharmützel sind trivial. Aber *dir* kann er etwas anhaben, und er kann auch Diane schaden, selbst wenn es nicht in seiner Absicht liegt.«

»Das werde ich nicht zulassen.«

»Dann pack deine Sachen zusammen. Du hast vielleicht nicht mehr viel Zeit.«

Am Tag bevor die *Capetown Maru* den Torbogen queren sollte, ging ich aufs Deck, um den Sonnenaufgang zu beobachten. Der Bogen war weitgehend unsichtbar, beide Enden hinter dem Horizont verborgen, doch in der letzten halben Stunde vor der Dämmerung war das Scheitelstück eine messerscharfe und sanft glühende Linie am Himmel, fast direkt über unseren Köpfen. Am Vormittag war es dann hinter einem Schleier aus hohen Zirruswolken verschwunden, doch wir wiegten uns in dem Bewusstsein, dass es trotzdem da war.

Die Aussicht auf den Transit machte alle nervös – nicht nur die Passagiere, auch die Crew. Zwar gingen sie den üblichen Tätigkeiten nach, die das Schiff ihnen abverlangte, reparierten, was zu reparieren war, schmirgelten und malten, doch in ihrem Arbeitsrhythmus war etwas Hektisches, Eiliges, das am Vortag noch nicht da gewesen war. Jala kam mit einem Plastikstuhl aufs Deck und setzte sich zu mir, vom Wind geschützt durch die über zehn Meter langen Container, mit einem schmalen Ausblick aufs Meer.

»Das ist meine letzte Fahrt auf die andere Seite«, sagte er. Den Temperaturen angepasst, trug er ein weites gelbes Hemd und Jeans, das Hemd hatte er aufgeknöpft, um seine Brust in die Sonne zu halten. Er holte eine Dose Bier aus einer Kühlbox und öffnete sie. All dies, sein gesamtes Verhalten, wies ihn als säkularisierten Mann aus, als Geschäftsmann, der der Scharia der Muslime und dem Adat der Minang gleichermaßen geringschätzig begegnete. »Diesmal gibt es keine Rückkehr.« Er hatte alle Brücken hinter sich abgebrochen – buchstäblich, sollte er etwas mit den Unruhen in Teluk Bayur zu tun gehabt haben (der Ausbruch des Feuers war zu einem für unsere Flucht verdächtig günstigen Zeitpunkt erfolgt, auch wenn wir davon ziemlich in Mitleidenschaft gezogen wurden). Jahrelang hatte er Emigrantenschmuggel betrieben, weitaus lukrativer als seine legalen Import/Export-Geschäfte. Mit Menschen ließe sich mehr Geld verdienen als mit Palmöl, sagte er. Doch die Konkurrenz aus Indien und Vietnam nehme zu, und das politische Klima habe sich verschlechtert – lieber jetzt in den Ruhestand nach Port Magellan gehen, als den Rest des Lebens in einem Gefängnis der New Reformasi verbringen.

»Sie haben den Transit schon einmal mitgemacht?«

»Zweimal.«

»War es schwierig?«

Er zuckte mit den Achseln. »Glauben Sie nicht alles, was Sie hören.«

Bis zum Mittag waren etliche der übrigen Passagiere aufs Deck gekommen. Neben den Minangkabau-Dörflern war eine bunte Mischung aus Achinesen, Malaien und Thai an Bord, insgesamt waren wir etwa hundert Leute, zu viele für die vorhandenen Kabinen, doch im Laderaum waren drei Aluminiumcontainer als Schlafquartiere präpariert worden. Natürlich mit ausreichender Belüftung – dies war nicht der grauenhafte Menschenschmuggel, der einst Flüchtlinge nach Europa und Nordamerika gebracht hatte. Viele von denen, die den Bogen Tag für Tag querten, waren gewissermaßen Überlauf aus den von der UNO initiierten Umsiedlungsprogrammen und oft durchaus zahlungskräftig. Wir wurden mit Respekt behandelt von einer Mannschaft, die zum Teil schon Monate in Port Magellan zugebracht hatte und die Reize und Fallgruben des Ortes aus eigener Anschauung kannte.

Einer der Matrosen hatte einen Teil des Hauptdecks mit Netzen abgeteilt, damit eine Gruppe von Kindern Fußball spielen konnte. Hin und wieder flog der Ball über die Netze hinweg, oft genau in Jalas Schoß, was ihn jedes Mal verärgerte. Er war ein bisschen reizbar heute.

Ich fragte ihn, wann das Schiff den Transit beginnen würde.

»Bei dieser Geschwindigkeit, in ungefähr zwölf Stunden.«

»Unser letzter Tag auf Erden.«

»Machen Sie keine Witze.«

»Wörtlich gesprochen.«

»Und reden Sie nicht so laut – Seeleute sind abergläubisch.«

»Was werden Sie in Port Magellan machen?«

Er hob die Augenbrauen. »Was werde ich machen? Schöne Frauen vögeln. Und vielleicht auch ein paar hässliche. Was sonst?«

Der Fußball flog einmal mehr übers Netz. Diesmal hob ihn Jala auf und hielt ihn fest. »Verdammt noch mal, ich habe euch gewarnt. Das Spiel ist vorbei!«

Sofort drängte ein Dutzend Kinder gegen das Netz und erhob kreischend Protest. En war es schließlich, der den Mut aufbrachte, zu uns zu kommen und Jala direkt gegenüberzutreten. »Gib ihn bitte zurück«, sagte er.

»Du willst ihn wiederhaben?« Jala stand auf, herrisch und auf schwer nachvollziehbare Weise wütend. »Du willst ihn haben? Dann hol ihn dir.« Er kickte den Ball aus der Hand hoch in die Luft, ein weiter Torwartabschlag, der ihn über die Reling hinweg in die blaugrüne Unendlichkeit des Indischen Ozeans beförderte.

Erst war En verblüfft, dann machte sich Zorn auf seinem Gesicht breit. Er sagte etwas Leises, verbittert Klingendes auf Minang.

Jala lief rot an und schlug den Jungen mit der flachen Hand ins Gesicht, so heftig, dass Ens schwere Brille über das Deck polterte. »Entschuldige dich, Rotzbengel.«

En ließ sich auf ein Knie nieder, die Augen zusammengepresst. Schluchzend holte er einige Male Luft. Dann stand er wieder auf und sammelte seine Brille ein. Etwas zitternd setzte er sie auf und kam zu uns zurück mit einer, wie ich fand, erstaunlichen Würde. Er blieb genau vor Jala stehen. »Nein«, sagte er leise. »*Du* musst dich entschuldigen.«

Jala schnappte nach Luft, fluchte und hob erneut die Hand.

Ich packte sein Handgelenk mitten im Schwung.

Er sah mich verdutzt an. »Was soll das? Lassen Sie los.«

Er versuchte mir die Hand zu entreißen, doch ich hielt sie fest. »Schlagen Sie ihn nicht noch mal.«

»Ich mache, was ich will!«

»Natürlich. Aber schlagen Sie ihn nicht noch mal.«

»*Sie* – nach allem, was ich für Sie getan habe …!« Er blickte mir ins Gesicht. Und stockte.

Ich weiß nicht, was er in meinen Augen sah. Ich weiß nicht mal genau, was ich in diesem Augenblick empfand. Was immer es war, es schien ihn zu verwirren. Sein Arm erschlaffte. »Verrückter Scheißamerikaner«, sagte er kleinlaut. »Ich gehe in die Kantine.« Und an die kleine Ansammlung von Kindern und Matrosen, die uns mittlerweile umringte, gewandt, fügte er hinzu: »Wo ich hoffentlich ein bisschen *Ruhe* und *Respekt* finde!« Er stakste davon.

En starrte mich mit offenem Mund an.

»Tut mir leid, das alles«, sagte ich.

Er nickte.

»Den Ball kann ich euch allerdings nicht wiederholen.«

Er berührte seine Wange an der Stelle, wo Jala ihn erwischt hatte. »Nicht so schlimm.«

Später beim Essen, wenige Stunden vor der Querung, erzählte ich Diane von dem Vorfall. »Ich habe völlig ohne Überlegung gehandelt. Es schien einfach … naheliegend. Wie ein Reflex. Hat das etwas mit dem Viertentum zu tun?«

»Mag sein. Der Impuls, ein Opfer zu beschützen, zumal wenn es ein Kind ist, und es spontan, ohne Nachdenken zu tun – diesen Drang hab ich auch schon verspürt. Ich vermute, das ist etwas, das die Marsianer in unsere neurale Neukonstruktion eingeschrieben haben – vorausgesetzt, dass sie wirklich in der Lage sind, Gefühle derart fein zu steuern. Ich wünschte, wir hätten Wun Ngo Wen hier, damit er es uns erklärt. Oder Jason. Fühlte es sich erzwungen an?«

»Nein.«

»Oder falsch, unangemessen?«

»Nein. Ich glaube, es war genau das Richtige.«

»Aber vor der Behandlung hättest du so etwas nicht getan?«

»Vielleicht schon. Oder ich hätte es gewollt. Hätte aber wahrscheinlich so lange überlegt, bis es zu spät gewesen wäre.«

»Also bist du froh darüber.«

Nein. Einfach nur überrascht. Es sei gleichermaßen *Ich* wie marsianische Biotechnologie im Spiel gewesen, sagte Diane, und ich war geneigt, ihr zuzustimmen. Wie bei jedem anderen Übergang – von Kindheit zu Jugend, von Jugend zu Erwachsensein – bekam man es mit neuen Verpflichtungen zu tun, neuen Möglichkeiten, neuen Zweifeln.

Zum ersten Mal seit vielen Jahren war ich mir selbst wieder fremd.

Ich war fast fertig mit Packen, als Carol, ein wenig betrunken, die Treppe herunterkam, einen Schuhkarton im Arm. Der Karton trug die Aufschrift ANDENKEN (AUSBILDUNG). »Das solltest du an dich nehmen«, sagte sie. »Es gehörte deiner Mutter.«

»Wenn es Ihnen etwas bedeutet, behalten Sie's ruhig.«

»Danke, aber was ich daraus haben wollte, habe ich mir bereits genommen.«

Ich öffnete den Deckel und warf einen Blick auf den Inhalt. »Die Briefe.« Die anonymen Briefe, adressiert an Belinda Sutton, wie meine Mutter mit Mädchennamen hieß.

»Ja. Dann hast du sie also gesehen. Hast du sie mal gelesen?«

»Nein, nicht richtig. Gerade mal genug, um zu sehen, dass es Liebesbriefe waren.«

»O Gott, das klingt so süßlich. Ich würde sie eher als Huldigungen ansehen. Sie sind eigentlich ziemlich keusch, wenn man genau liest. Nicht unterschrieben. Deine Mutter hat sie bekommen, als wir noch auf der Universität waren. Sie ging damals mit deinem Vater aus, und *dem* konnte sie sie schwerlich zeigen – er hat ihr ja selbst Briefe geschrieben. Also hat sie sie mir gezeigt.«

»Sie hat nie herausgefunden, von wem sie kamen?«

»Nein, nie.«

»Sie muss doch neugierig gewesen sein.«

»Natürlich. Aber sie war inzwischen mit Marcus verlobt. Sie hatte ihn kennen gelernt, als er und E. D. ihr erstes Unternehmen gründeten – die Entwicklung und Fertigung von Höhenballons –, damals, als die Aerostaten noch ›Blauer Himmel‹-Technologie waren, wie Marcus es nannte, ein bisschen verrückt, ein bisschen idealistisch. Belinda nannte die beiden die Zeppelin-Brüder. Also waren wir wohl die Zeppelin-Schwestern, Belinda und ich. Denn zu der Zeit begann ich mit E. D. zu flirten. Weißt du, in gewisser Weise war meine ganze Ehe nichts anderes als der Versuch, mit deiner Mutter befreundet zu bleiben.«

»Die Briefe …«

»Interessant, nicht wahr, dass sie sie all die Jahre aufbewahrt hat. Irgendwann habe ich sie gefragt, warum. Warum sie nicht einfach wegwerfen? Sie erwiderte: ›Weil sie aufrichtig sind.‹ Das war ihre Art, die Person zu ehren, die sie geschrieben hatte. Der letzte Brief traf eine Woche vor ihrer Hochzeit ein. Danach keine mehr. Und ein Jahr später habe ich E. D. geheiratet. Auch als Paare waren wir unzertrennlich, hat sie dir das je erzählt? Wir sind zusammen in Urlaub gefahren, zusammen ins Kino gegangen. Belinda kam zu mir ins Krankenhaus, als die Zwillinge geboren wurden, und ich habe ihr die Tür aufgemacht, als sie *dich* zum ersten Mal nach Haus brachte. Aber das alles ging zu Ende nach Marcus' Unfall. Dein Vater war ein wundervoller Mensch, Tyler, sehr direkt, sehr witzig, der Einzige, der E. D. zum Lachen bringen konnte. Doch leider auch sehr leichtsinnig. Belinda war am Boden zerstört, als er starb. Und nicht nur seelisch. Marcus hatte den Großteil ihrer Ersparnisse durchgebracht, und von dem, was noch übrig war, musste sie die Hypothek tilgen, die auf ihrem Haus in Pasadena lag. Als also E. D. nach Osten ging und wir dieses Grundstück kauften, da lag es irgendwie nahe, ihr anzubieten, das Gästehaus zu beziehen.«

»Und den Haushalt zu führen.«

»Das war E. D.s Idee. Ich wollte sie einfach nur in der Nähe haben. Meine Ehe war nicht so erfolgreich, wie ihre es gewesen war. Eher das Gegenteil. Und sie war mehr oder weniger die einzige Freundin, die ich hatte. Die Einzige, der ich alles anvertrauen konnte. Fast alles.«

»Deswegen wollen Sie die Briefe behalten? Weil sie Teil Ihrer gemeinsamen Geschichte sind?«

Carol lächelte wie zu einem Kind, das etwas schwer von Begriff ist. »Nein, Tyler. Ich hab's doch gesagt – es sind *meine* Briefe.« Sie zwinkerte. »Nun schau nicht so fassungslos. Deine Mutter war so heterosexuell, wie eine Frau nur sein kann. Ich hatte einfach das Pech, mich in sie zu verlieben. Mich so verzweifelt in sie zu verlieben, dass ich bereit war, alles zu tun – sogar einen Mann zu heiraten, der einen etwas widerlichen Eindruck machte, schon damals –, nur um in ihrer Nähe zu bleiben. Die ganze Zeit über, Tyler, in all den Jahren, habe ich ihr nie etwas von meinen Gefühlen verraten. Nie, außer in diesen Briefen. Ich habe mich gefreut, dass sie sie aufbewahrte, auch wenn sie mir immer ein wenig gefährlich vorkamen, wie etwas Explosives oder Radioaktives, ein Zeugnis meiner Narrheit. Als deine Mutter starb – ich meine, genau an dem Tag, als sie starb –, habe ich Panik gekriegt. Ich versteckte die Schachtel. Ich dachte daran, die Briefe zu zerstören, aber ich konnte es nicht, hab's nicht fertig gebracht. Und dann, als E. D. sich von mir hat scheiden lassen, als niemand mehr getäuscht werden musste, habe ich sie einfach an mich genommen. Weil es ja *meine* Briefe sind, nicht wahr. Es waren immer meine.«

Ich wusste nicht, was ich darauf erwidern sollte.

Carol sah den Ausdruck in meinem Gesicht und legte ihre zerbrechlichen Hände auf meine Schultern. »Reg dich nicht auf. Die Welt ist voller Überraschungen. Wir sind uns und einander von Geburt an fremd – und nur selten werden wir formell vorgestellt.«

Also brachte ich vier Wochen in einem Motelzimmer in Vermont zu und versorgte Diane, während sie langsam gesundete.

Körperlich gesundete, sollte ich sagen. Das emotionale Trauma, das sie auf der Condon-Ranch und später erlitten hatte, wirkte nach, schlug sich in Erschöpfung und Introvertiertheit nieder. Sie hatte sich schon verabschiedet von einer Welt, die zu Ende zu gehen schien – und fand sich dann wider Erwarten in einer ganz anderen Welt wieder. Es stand nicht in meiner Macht, sie mit dem allen zu versöhnen. Ich erklärte, was erklärt werden musste. Ich erhob keine Forderungen und machte deutlich, dass ich keine Belohnung erwartete.

Ihr Interesse an der veränderten Welt wuchs nach und nach. Sie erkundigte sich nach der wieder in ihre angestammte Funktion eingesetzten Sonne, und ich gab an sie weiter, was mir Jason erzählt hatte: Die Spinmembran war noch da, aber die zeitliche Umhüllung beendet; sie schützte uns weiterhin, wie sie es die ganze Zeit getan hatte, indem sie die tödliche Strahlung in ein Simulakrum von Sonnenlicht umwandelte, das für das Ökosystem des Planeten verträglich war.

»Warum haben sie die Membran dann für sieben Tage abgeschaltet?«

»Sie wurde *herunter*geschaltet, nicht *ab*geschaltet. Und das haben sie gemacht, damit etwas durch die Membran hindurchkommen konnte.«

»Das Ding im Indischen Ozean.«

»Ja.«

Sie bat mich, ihr die Aufnahme von Jasons letzten Stunden vorzuspielen, und sie weinte, als sie sie hörte. Sie fragte nach seiner Asche. Hatte E. D. sie an sich genommen, oder hatte Carol sie behalten? (Keines von beidem – Carol hatte sie mir in die Hand gedrückt mit der Aufforderung, ich solle damit machen, was mir angemessen erscheine. »Die Wahrheit ist, Tyler, dass du ihn besser kanntest als ich. Jason war für mich ein Geheimnis. Der Sohn seines Vaters. Aber du warst sein Freund.«)

Wir beobachteten, wie sich die Welt wiederentdeckte. Die Massenbegräbnisse nahmen ein Ende. Die trauernden, verängstigten Überlebenden begann zu begreifen, dass der Planet seine Zukunft zurückgewonnen hatte – so merkwürdig und fremd diese Zukunft auch sein mochte. Für unsere Generation war das ein atemberaubender Umschwung, der Mantel der Auslöschung war uns von den Schultern geglitten. Was würden wir ohne ihn anfangen? Wie würden wir darauf reagieren, dass wir nicht mehr zum Tode verdammt, dass wir nur noch sterblich waren?

Wir sahen die Aufnahmen der gewaltigen Konstruktion im Indischen Ozean, die sich in die Haut des Planeten gegraben hatte. Noch immer verdampfte das Meerwasser, wo es mit den gewaltigen Säulen in Berührung kam. Der Bogen, wurde er bald genannt, oder auch der Torbogen, nicht nur seiner Form wegen, auch weil etliche auf See befindliche Schiffe in die Häfen zurückkehrten mit Berichten über verschwundene Navigationspunkte, eigenartiges Wetter, durchdrehende Kompasse und Küstenlinien, wo es gar kein Land hätte geben dürfen. Diverse Seestreitkräfte wurden in Marsch gesetzt. Jasons »Testament« gab Hinweise auf eine Erklärung der Vorgänge, doch nur wenige Menschen wussten davon – ich, Diane, das Dutzend, denen es mit der Post zugestellt worden war.

Diane begann etwas für ihre Fitness zu tun, joggte, während das Wetter herbstlich wurde, auf einem unbefestigten Weg hinter dem Motel, und kehrte mit dem Geruch nach gefallenem Laub und Holzrauch in den Haaren zurück. Ihr Appetit wuchs, ebenso wie das Speisenangebot im Coffeeshop. Es wurden wieder Nahrungsmittel geliefert, die Wirtschaft kam langsam wieder in Gang.

Wir erfuhren, dass auch der Mars vom Spin befreit war. Signale waren zwischen den beiden Planeten hin- und hergegangen, und in einer seiner Reden deutete Präsident Lomax an, dass das Raumfahrtprogramm wiederaufgelegt werden sollte, ein erster Schritt auf dem Weg zur Aufnahme ständiger Beziehungen mit »unserem Schwesterplaneten«, wie er sich ausdrückte.

Wir sprachen über die Vergangenheit. Wir sprachen über die Zukunft.

Was wir nicht taten: Wir fielen uns nicht in die Arme.

Wir kannten einander zu gut – oder nicht gut genug. Wir hatten eine Vergangenheit, aber keine Gegenwart. Und Diane machte sich große Sorgen um Simon.

»Er hat dich beinahe sterben lassen«, erinnerte ich sie.

»Nicht mit Absicht. Er ist nicht boshaft. Das weißt du.«

»Dann ist er gefährlich naiv.«

Nachdenklich schloss sie die Augen. Dann sagte sie: »Es gibt da eine Wendung, die Pastor Kobel vom Jordan Tabernacle gebrauchte: ›Sein Herz schrie nach Gott‹. Wenn es jemanden gibt, auf den das passt, dann Simon. Aber man muss den Satz verallgemeinern. ›Sein

Herz schrie‹ – ich glaube, das sind wir alle, das ist universell. Du, Simon, ich, Jason. Sogar Carol. Und auch E. D. Wenn Menschen begreifen, wie groß das Universum und wie kurz ihr Leben ist, dann schreit ihr Herz auf. Manchmal ist es ein Freudenschrei – ich glaube, das war es bei Jason, und das war es, was ich an ihm nicht verstanden habe: Er war in der Lage, Ehrfurcht zu empfinden. Doch für die meisten von uns ist es ein Schreckensschrei. Der Schrecken des Todes, der Schrecken der Sinnlosigkeit. Unsere Herzen schreien auf. Vielleicht nach Gott, vielleicht nur, um das Schweigen zu übertönen.« Sie strich sich die Haare aus der Stirn, und ich sah, dass ihr Arm, vor nicht allzu langer Zeit noch erschreckend dünn, wieder rund und kräftig geworden war. »Ich glaube, der Schrei, der sich aus Simons Herz gelöst hat, war der reinste, unverfälschteste Laut, zu dem Menschen fähig sind. Nein, er ist kein guter Menschenkenner. Ja, er ist naiv. Deshalb ist er auch von einem Glauben zum nächsten geirrt: New Kingdom, Jordan Tabernacle, die Condon-Ranch – egal was, solange es offen und freimütig war, solange es ihm vermittelte, dass die Menschen eine Bedeutung haben.«

»Und unterdessen hättest du elendig zugrunde gehen können.«

»Ich sage nicht, dass er klug ist. Ich sage, dass er nicht böse ist.«

Später wusste ich diese Art zu denken und zu argumentieren besser einzuschätzen: Diane sprach wie eine Vierte. Mit Distanz, aber doch engagiert. Vertraulich, aber objektiv. Ich kann nicht sagen, dass es mir missfiel, doch von Zeit zu Zeit ließ es mir die Nackenhärchen zu Berge stehen.

Nicht lange, nachdem ich sie für vollständig gesund erklärt hatte, teilte mir Diane mit, dass sie weggehen wolle. Ich fragte sie, was sie vorhabe.

Sie müsse Simon finden, erwiderte sie. »Einige Dinge klären«, so oder so. Schließlich wären sie immer noch verheiratet. Es war ihr wichtig herauszufinden, ob er noch am Leben sei.

Ich machte sie darauf aufmerksam, dass sie weder Geld noch eine eigene Wohnung hatte. Sie sagte, sie würde schon irgendwie über die

Runden kommen. Also gab ich ihr eine der Kreditkarten, mit denen mich Jason ausgestattet hatte, allerdings mit der Warnung verbunden, dass ich nicht dafür garantieren könne – ich hatte keine Ahnung, wer für die Deckung aufkam, wo das Limit lag und ob man sie anhand der Karte würde aufspüren können.

Sie fragte, wie sie mit mir in Verbindung treten könne.

»Ruf einfach an.« Sie hatte meine Nummer, jene über all die Jahre beibehaltene und weiterbezahlte Nummer eines Handys, das ich immer mit mir herumgetragen hatte, obwohl es sehr selten klingelte.

Dann fuhr ich sie zum nächsten Busbahnhof.

Das Handy klingelte sechs Monate später, als die Zeitungen haufenweise Artikel über »die neue Welt« produzierten und die TV-Sender erste Bilder einer felsigen, wilden Landspitze »von der anderen Seite des Torbogens« zeigten.

Inzwischen hatten Hunderte von Schiffen, große und kleine, die Überfahrt gewagt. Zum Teil waren es wissenschaftliche Expeditionen, von der UNO genehmigt, von der amerikanischen Marine eskortiert, von »eingebetteten« Reportern begleitet. Es gab aber auch viele private Charterfahrten. Und es gab Fischtrawler, die bei der Rückkehr in den Hafen einen Fang im Laderaum hatten, der bei schlechten Lichtverhältnissen als Kabeljau durchgehen konnte. Das war natürlich streng untersagt, doch bis das Verbot in Kraft getreten war, hatte sich der »Bogenkabeljau« bereits auf allen asiatischen Märkten breitgemacht. Er erwies sich als essbar und sogar nahrhaft. Was man, wie Jason gesagt hätte, als Anhaltspunkt werten durfte – als der Fisch einer DNA-Analyse unterzogen wurde, wies sein Genom auf entfernte terrestrische Abstammung hin. Die neue Welt war nicht nur gastlich, sie schien auch menschlichen Bedürfnissen gemäß ausgestattet zu sein.

»Ich habe Simon gefunden«, sagte Diane.

»Und?«

»Er lebt in einem Wohnwagenpark am Rand von Wilmington. Er verdient ein wenig Geld mit Reparaturen – Fahrräder, Toaster, solche Sachen. Ansonsten lebt er von der Wohlfahrt und besucht eine kleine Pfingstkirche.«

»Hat er sich gefreut, dich zu sehen?«

»Er wollte gar nicht wieder aufhören, sich für das zu entschuldigen, was auf der Condon-Ranch passiert ist. Er sagte, er will es wiedergutmachen. Er hat mich gefragt, ob es irgendetwas gibt, was er tun kann, um mir das Leben zu erleichtern.«

Ich umklammerte das Handy ein bisschen fester. »Was hast du ihm gesagt?«

»Dass ich mich scheiden lassen will. Er war einverstanden. Und er hat noch was gesagt – er meinte, ich hätte mich verändert, irgendetwas sei anders an mir. Er konnte es nicht genau festmachen. Aber ich glaube, es hat ihm nicht gefallen.«

Ein Hauch von Schwefel möglicherweise.

»Habe ich mich so sehr verändert, Tyler?«

»Alles verändert sich.«

Ihr nächster wichtiger Anruf kam ein Jahr später. Ich lebte inzwischen, zum Teil ermöglicht durch Jasons gefälschte Ausweispapiere, in Montreal, wartete darauf, dass mein Immigrantenstatus amtlich wurde, und hatte eine Assistentenstelle in einer Ambulanzklinik in Outremont inne.

Seit unserer letzten Unterhaltung war man der grundlegenden Dynamik des Bogens auf die Spur gekommen. Die Fakten waren verwirrend für jeden, der sich ihn als statische Maschine oder simple »Tür« vorstellte, doch wenn man ihn so betrachtete, wie Jason es getan hatte – als komplexe, mit Bewusstsein begabte Wesenheit, die fähig war, Ereignisse im Rahmen eines definierten Bereichs wahrzunehmen und zu beeinflussen –, kam man der Sache schon viel näher.

Zwei Welten waren durch den Bogen verbunden worden, aber nur für bemannte Meeresfahrzeuge, die ihn von Süden querten.

Man bedenke, was das bedeutet: Für den Wind, die Meeresströmung oder den Zugvogel war der Bogen nichts anderes als ein Paar stationärer Säulen zwischen dem Indischen Ozean und dem Golf von Bengalen; sie bewegten sich ungehindert um den Bogenbereich herum und durch ihn hindurch, ebenso wie alle Schiffe, die von Norden nach Süden kreuzten.

Wenn man dagegen per Schiff den Äquator von Süden her bei neunzig Grad östlich überquerte und zum Bogen zurückblickte – dann tat man das von einem unbekannten Meer aus, unter einem seltsamen Himmel, Lichtjahre von der Erde entfernt.

In Madras hatte ein ehrgeiziger, illegaler Kreuzfahrtveranstalter englischsprachige Plakate drucken lassen mit der Aufforderung: REISEN SIE BEQUEM ZU EINEM FREUNDLICHEN PLANETEN! Interpol machte dem ein Ende – die UNO versuchte damals noch, die Überfahrten zu regulieren –, doch die Plakate hatten es ziemlich gut getroffen. Wie konnte so etwas zugehen? Fragen Sie die Hypothetischen!

Dianes Scheidung war vollzogen, wie sie mir mitteilte, aber sie hatte weder Arbeit noch sonstige Perspektiven. »Ich dachte, wenn ich zu dir kommen könnte …« Sie klang zaghaft, überhaupt nicht wie eine Vierte – oder wie eine Vierte nach meiner Vorstellung hätte klingen sollen. »Wenn das geht, wenn dir das recht ist. Ehrlich gesagt, brauche ich ein bisschen Hilfe. Um zur Ruhe zu kommen und, na ja, das Richtige für mich zu finden.«

Also besorgte ich ihr einen Job in der Klinik und kümmerte mich um die Einwanderungsformalitäten. Im Herbst kam sie zu mir nach Montreal.

Es folgte ein überaus zaghafter Prozess der Annäherung, sehr langsam, sehr altmodisch – vielleicht ein bisschen marsianisch –, und dabei entdeckten Diane und ich einander in einem gänzlich neuen Licht. Wir steckten nicht mehr in der Zwangsjacke des Spins. Wir waren auch keine Kinder mehr, die blind nach Trost suchten. Wir verliebten uns als Erwachsene.

Es waren die Jahre, als die Weltbevölkerung ihren Höchststand von acht Milliarden erreichte. Der Großteil des Wachstums war in die aufgeblähten Megastädte geflossen: Schanghai, Jakarta, Manila, die

Küstenstädte Chinas, Lagos, Kinshasa, Nairobi, Maputo, Caracas, La Paz, Tegucigalpa – all die von Feuern beleuchteten, von Smog umhüllten Karnickelbauten dieser Welt. Es hätte ein Dutzend Torbögen gebraucht, um die Wachstumskurve umzukehren, aber die Überbevölkerung sorgte für eine stete Welle von Auswanderern, Flüchtlingen, »Pionieren«, die sich häufig in die Laderäume illegaler Schiffe gepfercht sahen und nicht selten tot oder im Sterben liegend die Küste von Port Magellan erreichten.

Port Magellan war die erste getaufte Ansiedlung in der neuen Welt. Inzwischen waren große Teile dieser Welt grob kartografiert worden, meistenteils aus der Luft. Port Magellan bildete die östliche Spitze eines Kontinents, der, wenn auch noch nicht offiziell, »Äquatoria« genannt wurde. Es gab eine zweite, sogar noch größere Landmasse – »Borea« –, die den nördlichen Pol überspannte und bis in die gemäßigte Zone des Planeten reichte. Die südlichen Meere waren von Inseln und Archipelen übersät.

Das Klima war gemäßigt, die Luft frisch, die Schwerkraft lag bei 95,5 Prozent der auf der Erde herrschenden. Beide Kontinente waren Vorratskammern, die nur darauf warteten, geöffnet zu werden – in den Meeren und Flüssen wimmelte es von Fischen. In den Slums von Douala und Kabul kursierten Geschichten, wonach man sich das Essen in Äquatoria nur von den Bäumen zu pflücken brauchte und anschließend ein Schläfchen zwischen den Wurzeln machen konnte.

Die Wirklichkeit sah natürlich ein bisschen anders aus: Port Magellan war eine von Soldaten bewachte UNO-Enklave, die rundherum gewachsenen Barackensiedlungen dagegen waren unregiert und unsicher. Die Küstenlinie jedoch war über Hunderte von Kilometern mit Fischerdörfern gesprenkelt, es wurden Touristenhotels rings um die Lagunen von Reach Bay und Aussie Harbor gebaut, und die Aussicht auf freies, fruchtbares Land lockte zahlreiche Siedler landeinwärts entlang der Flusstäler des Weißen und des Neuen Irrawaddi.

Die bedeutendste Nachricht aus der neuen Welt in jenem Jahr allerdings betraf die Entdeckung des zweiten Bogens. Er befand sich eine halbe Welt vom ersten Bogen entfernt, nahe den südlichen Ausläufern der borealischen Landmasse, und dahinter gab es eine weitere neue Welt – anfänglichen Berichten zufolge nicht ganz so einladend wie die erste, doch das lag vielleicht nur daran, dass dort gerade Regenzeit herrschte.

»Es muss noch mehr Leute wie mich geben«, sagte Diane eines Tages im fünften Jahr der Nachspinzeit. »Ich würde sie gerne kennen lernen.«

Ich hatte ihr meine Ausgabe der marsianischen Archive gegeben, eine grobe Erstübersetzung auf einer Reihe von Speicherkarten, und sie studierte sie mit der gleichen Gründlichkeit, mit der sie sich früher der viktorianischen Dichtung oder den New-Kingdom-Traktaten gewidmet hatte.

Sollte Jasons Vorgehen erfolgreich gewesen sein, ja, dann gab es sicher noch mehr Vierte auf der Erde. Aber sich als solcher zu erkennen zu geben war nichts anderes als ein Freifahrtschein in das nächstgelegene Gefängnis. Die Regierung Lomax hatte alles Marsianische zu einer Angelegenheit der nationalen Sicherheit erklärt und unter Verschluss gestellt, und die inländischen Sicherheitsdienste waren in der Wirtschaftskrise, die auf das Ende des Spins folgte, mit weitreichenden polizeilichen Befugnissen ausgestattet worden.

»Denkst du je darüber nach?«, fragte sie etwas schüchtern.

Darüber, ob auch ich ein Vierter werden wollte. Indem ich mir eine Dosis der klaren Flüssigkeit aus einer der Phiolen, die ich in einem Stahlsafe im Kleiderschrank unseres Schlafzimmers aufbewahrte, in den Arm spritzte. Natürlich hatte ich darüber nachgedacht – wir würden uns dadurch ähnlicher werden.

Aber wollte ich das? Ich war mir des Abstands, der Kluft zwischen ihrer Viertheit und meiner »profanen« Menschlichkeit durchaus bewusst, aber ich hatte keine Angst davor. In manchen Nächten, wenn ich in ihre feierlich ernsten Augen blickte, war mir dieser Abgrund sogar lieb und teuer. Denn der Abgrund ist es, der die Brücke bestimmt, und die Brücke, die wir gebaut hatten, war schön und stabil.

Sie streichelte meine Hand, fuhr mit ihren glatten Fingern über meine strukturierte Haut, ein subtiler Hinweis darauf, dass ich die Behandlung eines Tages so oder so benötigen würde, selbst wenn ich nicht besonders scharf darauf war.

»Noch nicht«, sagte ich.

»Wann?«

»Wenn ich bereit bin.«

Auf Präsident Lomax folgte Präsident Hughes und auf diesen Präsident Chaykin, doch sie waren allesamt Veteranen ein und derselben Spinzeitpolitik. Sie betrachteten die marsianische Biotechnologie als neue Atombombe, potenziell jedenfalls, und im Moment gehörte sie ganz ihnen, konnte als urheberrechtlich geschützte Drohung dienen. In seiner ersten diplomatischen Depesche an die Fünf Republiken hatte Lomax diese darum ersucht, jegliche biotechnischen Informationen aus unkodierten Übertragungen vom Mars zur Erde zu verbannen. Er hatte diese Bitte mit den Wirkungen begründet, die eine derartige Technologie in der politisch geteilten und oft gewalttätigen Welt – als Beispiel führte er den Tod Wun Ngo Wens an – entfalten könnte, und bisher hatten die Marsianer mitgespielt und seinem Wunsch entsprochen.

Doch sogar dieser zensierte Kontakt mit dem Mars hatte sein Maß an Zwietracht gesät. Die egalitäre Wirtschaftsweise der Fünf Republiken hatte Wun Ngo Wen zu einer Art Maskottchen der neuen globalen Arbeiterbewegung gemacht. Ich war reichlich schockiert, Wuns Gesicht auf Transparenten zu erblicken, die von Textilarbeiterinnen aus den asiatischen Fabrikzonen oder von Chipsockelaufsteckern aus den zentralamerikanischen *Maquiladoras* getragen wurden – aber ich bezweifle, dass es ihm missfallen hätte.

Diane reiste zu E. D.s Beerdigung in die USA, fast auf den Tag genau elf Jahre, nachdem ich sie von der Condon-Ranch befreit hatte.

Wir hatten in den Nachrichten von seinem Tod erfahren, wobei beiläufig erwähnt worden war, dass E. D.s Exfrau Carol sechs Monate vor ihm gestorben war, ein weiterer Schock für Diane. Carol hatte schon vor Jahren aufgehört, unsere Anrufe entgegenzunehmen. Zu gefährlich, sagte sie. Es reiche ihr zu wissen, dass wir in Sicherheit seien. Und es gab im Grunde auch nichts zu sagen.

Diane besuchte das Grab ihrer Mutter, während sie in Washington war. Am meisten bedrückte sie, wie sie sagte, dass Carols Leben so unvollständig gewesen sei: ein Verb ohne Objekt, ein anonymer Brief, missverstanden, weil die Unterschrift fehlte. »Es ist weniger sie, die mir fehlt, als die, die sie hätte sein können.«

Bei E. D.s Trauerfeier achtete sie sorgfältig darauf, sich nicht zu erkennen zu geben. Zu viele seiner politischen Kumpane waren anwesend, darunter der Vizepräsident und der Justizminister. Doch ihre besondere Aufmerksamkeit galt einer unbekannten Frau auf einer der hinteren Bänke, die ihrerseits immer wieder verstohlen zu Diane sah. »Ich wusste sofort, dass sie eine Vierte ist«, sagte sie später. »Ich kann gar nicht genau sagen, warum. Ihre Haltung, die alterslose Erscheinung – aber es war noch mehr, es war wie ein Signal, das zwischen uns hin- und herlief.« Als die Zeremonie beendet war, ging sie auf die Frau zu und fragte sie, auf welche Weise sie mit E. D. bekannt gewesen war.

»Ich war nicht mit ihm bekannt«, erwiderte die Frau. »Nicht im eigentlichen Sinne. Ich war eine Weile im Forschungsteam bei Perihelion, in der Zeit, als Jason Lawton dort der Leiter war. Ich heiße Sylvia Tucker.«

Der Name kam mir gleich bekannt vor, als Diane ihn nannte. Sylvia Tucker war eine der Anthropologinnen, die in Florida mit Wun Ngo Wen zusammengearbeitet hatten. Sie war freundlicher gewesen als die meisten anderen der befristet angestellten Wissenschaftler – gut möglich, dass Jason sich ihr anvertraut hatte.

»Wir haben E-Mail-Adressen ausgetauscht«, sagte Diane. »Keiner von uns hat das Wort ›Vierte‹ ausgesprochen. Aber wir *wussten* es beide, da bin ich sicher.«

Eine Korrespondenz folgte nicht daraus, doch von Zeit zu Zeit erhielt Diane digitale Presseausschnitte von Sylvia Tuckers Adresse.

Diese betrafen zum Beispiel: einen Industriechemiker aus Denver, der auf Grund einer Sicherheitsverfügung verhaftet und auf unbestimmte Zeit in Gewahrsam genommen worden war; eine geriatrische Klinik, die auf Grund eines Bundeserlasses geschlossen worden war, einen Soziologieprofessor von der University of California, der bei einem Feuer ums Leben gekommen war, es wurde Brandstiftung vermutet; und so weiter.

Ich hatte bewusst keine Liste der Adressen aufbewahrt, an die Jasons Päckchen gegangen waren, und sie auch nicht auswendig gelernt. Doch einige der Namen in den Artikeln klangen durchaus vertraut.

»Sie will uns mitteilen, dass wir gejagt werden«, sagte Diane. »Die Regierung jagt Vierte.«

Einen Monat lang diskutierten wir, was wir machen würden, wenn wir die gleiche Art von Aufmerksamkeit auf uns zögen. Wohin sollten wir fliehen, angesichts des globalen Sicherheitsapparats, den Lomax und seine Erben aufgebaut hatten?

Im Grunde gab es darauf nur eine plausible Antwort. Nur einen Ort, wo dieser Apparat nicht tätig werden konnte, wo die Überwachung vollkommen blind war. Wir machten also unsere Pläne – diese Pässe, jenes Bankkonto, diese Route über Europa nach Südasien – und legten sie beiseite, bis wir sie brauchen würden.

Dann empfing Diane eine letzte Nachricht von Sylvia Tucker, die aus nur zwei Wörtern bestand: *Haut ab.*

Und das taten wir.

Auf der letzten Etappe der Reise, beim Anflug auf Sumatra, sagte Diane: »Bist du sicher, dass du es tun willst?«

Ich hatte die Entscheidung vor einigen Tagen getroffen, während eines Zwischenaufenthalts in Amsterdam, als wir immer noch Sorge hatten, dass wir verfolgt würden, dass unsere Pässe markiert seien, dass unser Vorrat an marsianischen Pharmazeutika doch noch beschlagnahmt werden würde.

»Ja«, erwiderte ich. »Bevor wir die Überfahrt machen.«

»Ganz sicher?«

»So sicher, wie man sein kann.«

Nein, nicht sicher. Aber bereit. Bereit, das zu verlieren, was verloren gehen würde, und bereit, das anzunehmen, was zu gewinnen war.

Diane und ich mieteten uns also ein Zimmer im dritten Stock eines im Kolonialstil gehaltenen Hotels in Padang, wo wir für eine Weile unbemerkt bleiben würden. Wir alle fallen, sagte ich mir, und ein jeder landet irgendwo.

NÖRDLICH VON ÜBERALL UND NIRGENDS

Eine halbe Stunde vor der Querung des Bogens, eine Stunde nach Anbruch der Dunkelheit, trafen wir im Speiseraum der Mannschaft auf En. Einer der Matrosen hatte ihm, um ihn zu beschäftigen, einen Bogen Papier und ein paar Stifte gegeben.

Er schien erleichtert, uns zu sehen. Er sei ein bisschen besorgt wegen der Überfahrt, sagte er. Er rückte seine Brille zurecht – leicht zusammenzuckend, als sein Daumen die wunde Stelle berührte, die Jalas Schlag auf seiner Wange hinterlassen hatte – und fragte mich, wie das vor sich gehen würde.

»Ich weiß es nicht. Ich habe die Fahrt noch nie gemacht.«

»Werden wir es merken, wenn es so weit ist?«

»Von der Crew habe ich gehört, dass der Himmel dann ein bisschen seltsam wird. Und in dem Moment, wo die Querung stattfindet, wenn wir uns genau zwischen der alten und der neuen Welt befinden, springt die Kompassnadel um, von Nord auf Süd. Und auf der Brücke lassen sie die Schiffshupe ertönen. Du wirst es nicht verpassen.«

»Eine weite Reise. In kurzer Zeit.«

Wie wahr. Der Bogen – jedenfalls unsere »Seite« – war, bevor er sich aus dem Orbit herabgesenkt hatte, quer durch den interstellaren

Raum herbeigeschafft worden, vermutlich in einer Geschwindigkeit, die unter der des Lichts lag. Doch die Hypothetischen hatten Äonen von Spinzeit zur Verfügung gehabt, um den Transport über die Bühne zu bringen. Womöglich hätten sie jede Entfernung bis zu drei Milliarden Lichtjahren überbrücken können, und schon ein winziger Bruchteil dessen befand sich jenseits von allem, was unsere Sinne erfassen konnten.

»Da fragt man sich doch«, sagte Diane, »warum sie sich die ganze Mühe gemacht haben.«

»Nun, Jason zufolge …«

»Ich weiß. Die Hypothetischen wollen uns vor dem Aussterben bewahren, damit wir uns zu etwas Komplexerem entwickeln können. Aber warum wollen sie das? Was erwarten sie von uns?«

En ignorierte unseren theoretischen Exkurs. »Und wenn wir dann übergesetzt haben …«

»Dann«, sagte ich, »ist es noch eine Tagesreise bis Port Magellan.«

Diese Auskunft zauberte ihm ein Lächeln ins Gesicht.

Ich wechselte einen Blick mit Diane. Sie hatte sich En vor zwei Tagen vorgestellt, und inzwischen waren die beiden bereits befreundet. Sie hatte ihm aus einem in der Schiffsbibliothek gefundenen Buch mit englischen Kindergeschichten vorgelesen. Und sie hatte Housman für ihn zitiert: *Das Kind hat gar nicht wahrgenommen …*
»Das gefällt mir nicht«, hatte En gesagt.

Er zeigte uns seine Zeichnung: Bilder von Tieren, die er in Videofilmen aus der Ebene von Äquatoria gesehen haben musste, langhalsige Geschöpfe mit nachdenklichen Augen und tigergestreiftem Fell.

»Sie sind wunderschön«, sagte Diane.

En nickte feierlich. Wir überließen ihn seiner Arbeit und gingen wieder aufs Deck.

Der Nachthimmel war klar, und der Scheitel des Bogens jetzt genau über uns. Ein letztes Schimmern des Lichts reflektierend, wies er aus diesem Blickwinkel nicht die geringste Krümmung auf, sondern stellte eine reine euklidische Gerade dar, eine elementare Zahl [1] oder einen Buchstaben [I].

Wir standen an der Reling, so nahe zum Bug des Schiffes hin, wie es uns möglich war. Der Wind zerrte an unserer Kleidung, unseren Haaren. Die Schiffsflaggen knatterten, das Meer warf zerklüftete Spiegelbilder der Positionslampen zurück.

»Hast du sie?«, fragte Diane.

Sie meinte die winzige Phiole, die einen Teil von Jasons Asche enthielt. Wir hatten diese Zeremonie – wenn man es denn so nennen konnte – geplant, lange bevor wir Montreal verlassen hatten. Jason hatte sich nie viel aus Gedenkaktionen gemacht, aber ich glaube, diese hätte er gutgeheißen. »Hier.« Ich zog das Keramikröhrchen aus meiner Tasche.

»Er fehlt mir. Er fehlt mir immerzu.« Sie schmiegte sich an meine Schulter, und ich legte meinen Arm um sie. »Ich wünschte, ich hätte ihn als Vierten erlebt. Doch ich glaube nicht, dass es ihn sehr verändert hat.«

»Nein, gar nicht.«

»In gewisser Weise war Jason *immer* ein Vierter.«

Als wir uns dem Augenblick der Überfahrt näherten, schienen die Sterne zu verblassen, als würde etwas Gazeartiges das Schiff umhüllen. Ich öffnete das Röhrchen mit Jasons Asche. Diane legte ihre Hand auf meine.

Plötzlich drehte der Wind, und die Temperatur fiel um ein oder zwei Grad.

»Manchmal«, sagte sie, »wenn ich an die Hypothetischen denke, dann bekomme ich plötzlich Angst.«

»Wovor?«

»Dass wir ihr rotes Kalb sind. Oder das, was sich Jason von den Marsianern erhoffte. Dass sie von uns erwarten, wir würden sie vor irgendetwas retten. Etwas, vor dem sie Angst haben.«

Vielleicht war es so. Andererseits, dachte ich, werden wir das tun, was das Leben immer tut – alle Erwartungen enttäuschen.

Ich fühlte ein Zittern durch ihren Körper laufen. Über uns wurde die Bogengerade langsam blasser. Dunst legte sich über das Meer. Nur dass es kein Dunst im gewöhnlichen Sinne war – es hatte nichts mit Wetter zu tun.

Das letzte Schimmern des Bogens verschwand, ebenso der Horizont. Auf der Brücke der *Capetown Maru* musste der Kompass mit seiner Rotation begonnen haben. Der Kapitän ließ das Schiffshorn ertönen, ein brutaler Lärm, das Kreischen des empörten Raumes. Ich sah nach oben. Die Sterne wirbelten schwindelerregend umher.

»Jetzt«, rief Diane in den Lärm hinein.

Ich beugte mich über die Reling, und gemeinsam, die Hände aufeinandergelegt, drehten wir das Röhrchen um. Die Asche tanzte im Wind, glänzte wie Schnee, als sie von den Schiffslichtern erfasst wurde. Sie entschwand unseren Blicken, noch bevor sie auf das schwarze Wasser traf – aufgenommen, wie ich glauben möchte, von dem leeren Raum, den wir querten, dem zusammengefügten Ort zwischen den Sternen.

Diane lehnte sich gegen meine Brust. Der Klang des Horns pulsierte durch unser beider Körper, bis er schließlich verstummte.

Dann hob sie den Kopf. »Der Himmel«, sagte sie.

Die Sterne waren neu und fremdartig.

Am Morgen kamen wir hinauf aufs Deck, um die Luft der neuen Welt zu riechen und ihre Hitze zu spüren, wir alle miteinander: En, seine Eltern, Ibu Ina, die anderen Passagiere, sogar Jala und eine Reihe von Crewmitgliedern, die gerade keinen Dienst zu versehen hatten.

Es hätte auch die Erde sein können, der Farbe des Himmels und der Wärme der Sonnenstrahlen nach zu urteilen. Die Landspitze von Port Magellan zeichnete sich als gezackte Linie am Horizont ab, ein felsiges Vorgebirge und ein paar blasse Rauchsäulen, die zunächst senkrecht aufstiegen und dann, von höheren Winden erfasst, nach Westen abdrifteten.

Ina stellte sich zu uns an die Reling, En im Schlepptau. »Es sieht so vertraut aus«, sagte sie. »Und fühlt sich doch so anders an.«

Verschlungene Klumpen Grünzeug, dem Festland von Äquatoria durch Stürme oder Flut entrissen, schaukelten in unserem Kielwasser, riesige achtfingrige Blätter, die schlaff auf der Wasseroberfläche trieben. Der Bogen lag jetzt hinter uns, kein Tor nach außen mehr, sondern ein Tor zurück nach innen, eine ganz neue Art von Tor.

Ina sagte: »Es ist, als würde eine Geschichte zu Ende gehen und eine neue beginnen.«

En schüttelte den Kopf. »Nein.« Er lehnte sich in den Wind, als könnte er so die Zukunft ein Stück vorantreiben. »Die Geschichte beginnt erst, wenn wir landen.«

AXIS

Woraus aber das, was ist, entsteht,
darin vergeht es auch wieder mit Notwendigkeit,
denn die Dinge leisten einander
Buße und Vergeltung für ihr Unrecht
nach der Ordnung der Zeit.

Anaximander

ERSTER TEIL

Der 34. August

1

Im Sommer seines zwölften Lebensjahres – dem Sommer, in dem die Sterne vom Himmel fielen – stellte Isaac fest, dass er Ost und West mit geschlossenen Augen unterscheiden konnte.

Er lebte auf dem Kontinent Äquatoria, am Rande der großen Binnenwüste, auf dem Planeten, der der Erde von jenen unergründlichen Wesen hinzugefügt worden war, die als die Hypothetischen bezeichnet wurden. Man hatte diesem Planeten eine ganze Palette von grandios mythologischen und nüchtern wissenschaftlichen Namen verliehen, doch die meisten Leute nannten ihn, in einer der über Hundert existierenden Sprachen, einfach die Neue Welt oder schlicht Äquatoria, nach dem am stärksten besiedelten Kontinent. Derlei Dinge hatte Isaac in einer Einrichtung gelernt, die man mehr oder weniger als Schule bezeichnen konnte.

Er wohnte in einem Gebäudekomplex aus Backstein und Adobeziegeln, weit entfernt von der nächsten Stadt. Er war das einzige Kind in der Siedlung. Die Erwachsenen, bei denen er lebte, wahrten zwischen sich und der übrigen Welt eine gehörige Distanz. Sie waren anders, etwas Besonderes, auf eine Weise, über die sie nicht gern sprachen. Auch Isaac war etwas Besonderes. Das jedenfalls hatten sie ihm gesagt, immer wieder. Er wusste jedoch nicht, ob er ihnen das glauben konnte – er fühlte sich in keinster Weise wie etwas Besonderes.

Hin und wieder fragten die Erwachsenen, vor allem Dr. Dvali und Mrs. Rebka, ob Isaac sich einsam fühle. Tat er nicht: Er hatte Bücher und eine große Sammlung von Videos, mit denen er sich beschäftigen konnte. Er war Schüler und lernte in seinem eigenen Tempo –

nicht übermäßig schnell, aber stetig. In dieser Hinsicht, so Isaacs Verdacht, war er eine Enttäuschung für seine Aufsichtspersonen. Doch die Bücher, die Videos und die Lektionen gaben ihm etwas zu tun, und wenn sie nicht zur Verfügung standen, war da immer noch die Natur, die ihm eine Art stummer, gleichmütiger Freund geworden war: die Berge, die sich – grau, grün und braun – auf die trockene Ebene herabsenkten, das Wüstenhinterland, eine erstarrte Welt aus Fels und Sand. Hier wuchs wenig, denn Regen fiel nur in den ersten Monaten des Frühlings und selbst dann spärlich. In den ausgetrockneten Bachbetten behaupteten sich plumpe Pflanzen mit prosaischen Namen: Tonnengurken, Lederranken. Im Hof der Wohnanlage war ein Garten mit einheimischen Gewächsen angelegt worden: gefiederte Kakteen mit purpurroten Blumen, hochgewachsene Nimmergrüns mit netzartigen Blüten, die Feuchtigkeit aus der Luft zogen. Ein Mann namens Raj bewässerte manchmal morgens den Garten mit einer Pumpe, die tief in die Erde hinabreichte. Dann roch die Luft, noch im Umkreis von einigen Kilometern, nach mineralreichem, eisenhaltigem Wasser. An Bewässerungstagen gruben sich auch Felsmäuse unter dem Zaun hindurch und wuselten putzig über den gepflasterten Hof.

Im Frühsommer seines zwölften Jahres verliefen Isaacs Tage in sanfter Gleichförmigkeit, so wie sie es immer getan hatten, doch dieser schläfrige Friede endete, als die alte Frau eintraf.

Bemerkenswerterweise kam sie zu Fuß.

Isaac hatte die Anlage an diesem Nachmittag verlassen und war ein Stück ins Vorgebirge hinaufgeklettert, auf einen granitenen Sockel, der aus dem Hang hervorsprang wie der Bug eines Schiffes aus einem steinernen Meer. Die Sonne hatte den Fels schön aufgeheizt. Isaac, mit breitkrempigem Hut und weißem Baumwollhemd als Schutz vor dem brennenden Licht, saß unter dem Rand des Hügelkamms, wo er noch Schatten fand, und beobachtete den Horizont. Backofenglut stieg in sich kräuselnden Wellen aus der Wüste auf. Gleichsam in der Hitze schwimmend, ein Schiffbrüchiger auf einem trockenen Floß aus Stein, saß er dort und rührte sich nicht, als die Frau auftauchte. Erst war sie nur ein kleiner Punkt auf der unbefestigten Straße, die zu den fernen Orten führte, an denen Isaacs Aufsichtspersonen Nahrung und sonstige Vorräte kauften. Sie bewegte sich langsam, so schien es jedenfalls. Beinahe eine Stunde verging, bis er sie als Frau identifizieren konnte, dann als alte Frau, schließlich als eine alte Frau mit einem Rucksack, O-Beinen und einem entschlossenen, ja verbissenen Gang. Sie trug ein langes weißes Kleid und einen weißen Sonnenhut.

Die Straße führte dicht an seinem Felsen vorbei, fast direkt unterhalb davon, und Isaac, der nicht gesehen werden wollte, obwohl er nicht hätte sagen können, warum, kroch hinter einen größeren Stein, als die Frau sich näherte. Er schloss die Augen und stellte sich vor, er würde die Masse und das Gewicht der Erde unter sich spüren und die Schritte der alten Frau auf der Haut der Wüste, kitzelnd, wie ein Käfer auf dem Körper eines schlafenden Riesen. (Und noch etwas anderes, etwas tief unten in dieser Erde, ein stiller Behemoth, der sich, weit im Westen, nach langem Schlaf zu regen begann …)

Als hätte sie ihn in seinem Versteck erblickt, blieb die alte Frau unter dem Felsvorsprung stehen. Isaac merkte es daran, dass der Rhythmus ihrer schlurfenden Schritte aussetzte. Vielleicht machte sie aber auch nur eine Pause, um zwischendurch einen Schluck Wasser zu trinken. Jedenfalls sagte sie nichts, und Isaac verhielt sich seinerseits mucksmäuschenstill, etwas, was er perfekt beherrschte.

Dann setzten die Schritte wieder ein. Die Frau ging weiter und verließ die Straße schließlich an der Stelle, an der ein Pfad zu dem umzäunten Gelände abzweigte. Isaac reckte den Kopf und sah ihr nach. Das Licht des Nachmittags zog ihren Schatten neben ihr her wie eine langbeinige Karikatur. Plötzlich blieb sie erneut stehen, drehte sich um, und für einen Moment schien es, als würden sich ihre Blicke treffen, sodass Isaac sich hastig wegduckte. Erschrocken darüber, wie genau sie in seine Richtung gesehen hatte, verharrte er so lange in seinem Versteck, bis das Sonnenlicht schräg in die Bergpässe hineinfiel. Er versteckte sich sogar vor sich selbst – still wie ein Fisch in einem Tümpel der Erinnerung, der Gedanken.

Die alte Frau gelangte zum Tor und betrat das Gelände, und bevor der Himmel vollständig dunkel wurde, folgte Isaac ihr. Er fragte sich, ob man sie ihm vorstellen würde, beim Abendessen vielleicht.

Es kamen nur sehr wenige Außenstehende hierher. Und die meisten von denen, die kamen, blieben.

Nachdem Isaac gebadet und sich saubere Sachen angezogen hatte, ging er in den Speisesaal.

Hier versammelte sich jeden Abend die gesamte Gemeinschaft, alle dreißig Erwachsenen. Die Morgen- und Nachmittagsmahlzeiten waren jedem Einzelnen überlassen, konnten jederzeit eingenommen werden, sofern man gewillt war, sich selbst in der Küche zu versorgen, doch das Abendessen war eine gemeinschaftliche Angelegenheit mit stets großem Auftrieb und unvermeidlich laut.

Für gewöhnlich machte es Isaac Spaß, den Erwachsenen zuzuhören, obwohl er selten verstand, wovon die Rede war, wenn es nicht gerade um ausgesprochen Triviales ging: Wer an der Reihe war, Vorräte in der Stadt zu besorgen, wie ein Dach repariert oder ein Brunnen verbessert werden könnte. Da die Erwachsenen jedoch überwiegend Wissenschaftler und Theoretiker waren, wandte sich ihr Gespräch häufiger abstrakten Dingen zu. Beim Zuhören schnappte Isaac zwar nur wenig von den Details ihrer Arbeit auf, aber einiges von ihrem allgemeinen Gehalt: Immer wieder war von der Zeit die Rede, den Sternen und den Hypothetischen, von Technologie und Biologie, von Evolution und Transformation. Und obwohl diese Gespräche meistens um Begriffe kreisten, die ihm absolut nichts sagten, hatten sie für sein Gefühl etwas Bedeutungsschweres. Oft wurden die Diskussionen – war es angemessen, die Hypothetischen als mit Bewusstsein begabte *Wesen* zu bezeichnen, oder waren sie vielmehr ein bewusstloser *Prozess*? – sehr erregt geführt, wurden Thesen oder Grundüberzeugungen angegriffen beziehungsweise verteidigt wie ein militärisches Ziel. Es war, als würde in einem nahe gelegenen, aber unzugänglichen Raum das ganze Universum auseinandergenommen und wieder zusammengesetzt.

An diesem Abend allerdings herrschte ein eher gedämpftes Murmeln. Es gab einen Neuankömmling: die alte Frau von der Straße. Isaac warf verstohlene Blicke in ihre Richtung, während er zwischen Dr. Dvali und Mrs. Rebka Platz nahm. Sie erwiderte diese Blicke nicht, ja schien seine Anwesenheit am Tisch gar nicht wahrzunehmen. Als sich die Gelegenheit ergab, betrachtete Isaac ihr Gesicht genauer.

Sie war noch älter, als er vermutet hatte. Ihre Haut war dunkel und von Falten durchzogen. Die Augen, hell und glänzend, blickten aus knochigen Höhlen hervor. Messer und Gabel hielt sie in langen, zerbrechlich wirkenden Fingern. Die Handinnenflächen waren blass. Sie hatte die Wüstenkleidung abgelegt und Sachen angezogen, die denen der anderen Erwachsenen ähnelten: Jeans und ein blassgelbes Baumwollhemd. Sie hatte dünne, sehr kurz geschnittene Haare. Sie trug keinerlei Ringe oder Ketten. In einer Armbeuge war ein mit Pflaster befestigter Baumwolltupfer: Offenbar hatte Mrs. Rebka, die Ärztin der Gemeinschaft, ihr bereits eine Blutprobe entnommen. Das war bei allen Neuankömmlingen üblich. Isaac fragte sich, ob Mrs. Rebka wohl Mühe gehabt hatte, in diesem schmalen, sehnigen Arm eine Vene zu finden. Er fragte sich auch, welchem Zweck die Blutprobe diente und ob Mrs. Rebka das gefunden hatte, was sie suchte.

Während des Essens wurde der Neuen keine spezielle Aufmerksamkeit gewidmet. Sie nahm am Gespräch teil, doch dieses blieb an der Oberfläche, als wollte niemand irgendwelche Geheimnisse preisgeben, bevor die Fremde nicht vollständig anerkannt, aufgenommen und ihr Anliegen verstanden war. Erst als das Geschirr abgeräumt war und mehrere Kannen Kaffee auf dem langen Tisch standen, machte Dr. Dvali Isaac mit ihr bekannt.

»Isaac«, sagte er, »dies ist Sulean Moi – sie kommt von weit her, um dich kennenzulernen.«

Der Junge starrte verlegen auf die Tischplatte. Von weit her? Was hatte das zu bedeuten? Und – um *ihn* kennenzulernen?

»Hallo, Isaac«, sagte die Frau. Ihre Stimme war nicht das raue Krächzen, das er erwartet hatte. Nein, es war eine durchaus angenehme, nur leicht kratzige Stimme … und sie war, ohne dass er dies näher bestimmen konnte, irgendwie *vertraut*.

»Hallo«, erwiderte er, noch immer ihren Blick meidend.

»Bitte nenne mich Sulean.«

Er nickte vorsichtig.

»Ich hoffe, wir werden Freunde sein«, sagte Sulean.

Natürlich erzählte er ihr nicht gleich von seiner neu entdeckten Fähigkeit, die Punkte des Kompasses mit geschlossenen Augen zu unterscheiden. Davon hatte er noch niemandem erzählt, nicht einmal dem strengen Dr. Dvali oder der verständnisvolleren Mrs. Rebka. Er hatte Angst vor der Untersuchung, die darauf folgen würde.

Sulean Moi, die jetzt auf dem Gelände wohnte, machte es sich zur Gewohnheit, ihn jeden Vormittag nach dem Unterricht und vor dem Mittagessen zu besuchen. Zuerst fürchtete Isaac diese Besuche. Er war schüchtern, und Sulean Mois hohes Alter und ihre Gebrechlichkeit waren ihm einigermaßen unheimlich. Doch sie war unbeirrbar freundlich. Sie respektierte sein Schweigen, und die Fragen, die sie stellte, waren selten unangenehm oder aufdringlich.

»Gefällt dir dein Zimmer?«, fragte sie eines Tages.

Weil er am liebsten allein war, hatte man ihm ein eigenes Zimmer gegeben, eine kleine Kammer im zweiten Stock des Ostflügels des größten Gebäudes. Es hatte ein Fenster mit Blick auf die Wüste, und vor dieses Fenster hatte Isaac Schreibtisch und Stuhl gestellt, während das Bett an der hinteren Wand stand. Nachts ließ er die Fensterläden gern offen, damit der Wind seine Bettdecke, seine Haut berühren konnte. Er mochte den Geruch der Wüste.

»Ich bin in einer Wüste aufgewachsen«, erzählte Sulean. Das durch das Fenster fallende Sonnenlicht ließ ihre linke Seite erstrahlen, den Arm und die Pergamentstruktur von Wange und Ohr. Ihre Stimme war fast nur ein Flüstern.

»In dieser Wüste?«

»Nein, nicht in dieser. Aber in einer, die nicht viel anders war.«

»Warum bist du von da weggegangen?«

Sie lächelte. »Ich musste weggehen. Oder jedenfalls habe ich das gedacht.«

»Und dann bist du hierhergekommen?«

»Letzten Endes, ja.«

Weil er sie mochte und weil er sich stets bewusst war, was zwischen ihnen unausgesprochen blieb, sagte Isaac: »Ich habe nichts, was ich dir geben kann.«

»Ich erwarte nichts.«

»Die anderen tun es.«

»Tatsächlich?«

»Ja, Dr. Dvali und die anderen. Früher haben sie mir immer viele Fragen gestellt – wie ich mich fühle, was für Gedanken ich habe und was bestimmte Sachen in den Büchern bedeuten. Aber meine Antworten haben ihnen nicht gefallen.« Schließlich hatten sie aufgehört, ihm Fragen zu stellen, so wie sie auch aufgehört hatten, ihn Bluttests, psychologischen Tests und Wahrnehmungstests zu unterziehen.

»Ich bin zufrieden mit dir, so wie du bist«, sagte die alte Frau.

Er wollte ihr glauben. Aber sie war neu hier, sie war mit der Gleichmütigkeit eines sich auf einem Fels sonnenden Insekts durch die Wüste gewandert, ihre Absichten waren unklar, und Isaac zögerte noch immer, ihr seine beunruhigendsten Geheimnisse anzuvertrauen.

Alle Erwachsenen waren seine Lehrer, wenn auch einige geduldiger und zugewandter waren als andere. Mrs. Rebka lehrte ihn die Grundzüge der Biologie, Ms. Fischer die Geografie der Erde und der Neuen Welt und Mr. Nowotny erzählte ihm vom Himmel, den Sternen und dem Verhältnis von Sonnen und Planeten. Dr. Dvali unterrichtete ihn in Physik: schiefe Ebenen, das inverse Quadrat, Elektromagnetismus. Isaac erinnerte sich noch an sein Erstaunen, als er zum ersten Mal gesehen hatte, wie ein Magnet einen Löffel vom Tisch hob. Ein ganzer Planet, der alles nach unten zieht – und ein kleiner Stein, der die Kraft besitzt, diesen universellen Fluss umzukehren! Wie ging das vor sich? Er bemühte sich, Dr. Dvalis Antworten zu verstehen.

Letztes Jahr hatte Dr. Dvali ihm einen Kompass gezeigt. Der Planet, so Dr. Dvali, war ebenfalls ein Magnet – er besaß einen rotierenden Eisenkern, also Kraftlinien, einen Schild gegen aufgeladene Partikel, die von der Sonne kamen, und eine Polarität, die Nord und Süd unterschied. Isaac hatte darum gebeten, den Kompass, ein auf der Erde hergestelltes Militärmodell, ausleihen zu dürfen, und Dr. Dvali hatte ihm großzügig erlaubt, ihn zu behalten.

Später am Abend, allein in seinem Zimmer, legte Isaac den Kompass so auf seinen Schreibtisch, dass die rote Spitze der Nadel sich auf den Buchstaben N ausrichtete. Dann schloss er die Augen und drehte sich einige Male um sich selbst. Leicht schwindelig, die Augen noch immer geschlossen, fühlte er, was die Welt ihm mitteilte, erspürte seinen Platz in ihr, fand die Richtung, die seine innere Spannung linderte. Dann streckte er die rechte Hand aus und öffnete die Augen, um zu sehen, in welche Richtung er deutete.

Dieses Experiment führte er an drei aufeinander folgenden Abenden durch. Jedes Mal stellte er fest, dass er fast haargenau auf das W auf dem Kompass ausgerichtet war.

Dann wiederholte er das Ganze noch einmal. Und noch einmal. Und noch einmal.

Es war kurz vor dem alljährlichen Meteorschauer, als er sich schließlich doch entschloss, Sulean Moi diese beunruhigende Entdeckung anzuvertrauen.

Der Meteorschauer kam stets Ende August – in diesem Jahr am 34sten. (Die Monate in der Neuen Welt waren nach den terrestrischen Monaten benannt, hatten jedoch jeweils einige Tage mehr als ihre Namensvettern.) An der Ostküste von Äquatoria läutete der August den Anfang vom Ende eines milden Sommers ein: Die Boote verließen die reichhaltigen Fischgründe im Norden mit ihren letzten Fängen, um rechtzeitig nach Port Magellan zu gelangen, bevor die Herbststürme einsetzten. Hier in der Wüste bedeutete er wenig mehr als das langsame Abkühlen der Nächte. In der Wüste, so schien es Isaac, machten sich die Jahreszeiten vornehmlich nachts bemerkbar:

Die Tage waren weitgehend immer gleich, doch die Nächte im Winter konnten bitterkalt werden.

Nach und nach hatte Isaac es zugelassen, dass Sulean Moi seine Freundin wurde. Nicht dass sie über bedeutsame Dinge gesprochen oder überhaupt viel miteinander geredet hätten. Sulean schien ebenso schweigsam zu sein, wie Isaac es oft war. Aber sie begleitete ihn auf seinen Spaziergängen durch die Hügel, und sie war dabei gewandter, als man es ihr angesichts ihres Alters zugetraut hätte: Zwar ging sie langsam, doch sie konnte genauso gut klettern wie Isaac, und sie konnte auch stundenlang bewegungslos dasitzen, wenn er es tat. Sie erweckte nie den Eindruck, dass es ihr eine Pflicht war oder eine Strategie oder irgendetwas anderes als eben ihre Art, bestimmte Freuden mit ihm zu teilen, Freuden, von denen er immer geglaubt hatte, sie seien einzig und allein die seinen.

Sulean konnte den alljährlichen Meteorschauer noch nicht gesehen haben, da sie Isaac erzählt hatte, sie sei erst vor einigen Monaten in Äquatoria eingetroffen. Isaac war ein erklärter Fan dieses Ereignisses und sagte ihr, sie müsse es unbedingt von einem guten Aussichtspunkt aus erleben. Also führte er sie – mit der zögerlichen Erlaubnis von Dr. Dvali, der gewisse Vorbehalte gegen Sulean Moi zu hegen schien – am Abend des 34. zu dem flachen Fels im Vorgebirge, demselben Fels, von dem aus er sie vor einiger Zeit am in der Sonne zitternden Horizont hatte auftauchen sehen.

Im Gegensatz zu damals war es jetzt dunkel. Der Mond der Neuen Welt war kleiner und schneller als der Mond der Erde, und er hatte den Himmel bereits vollständig abgeschritten, als Sulean und Isaac an ihrem Ziel ankamen. Beide hatten sie Handlaternen zur Orientierung mit, beide trugen sie hohe Stiefel und dicke Überhosen, um sich vor den Sandbandfischen zu schützen, die sich oft auf den Felsvorsprüngen aalten, während das Gestein noch die Hitze des Tages ausatmete. Isaac suchte den Platz gründlich ab, ohne irgendwelche Fauna auszumachen. Dann ließ er sich im Schneidersitz auf dem Stein nieder. Unter einigen Mühen, doch ohne sich zu beklagen, nahm Sulean die gleiche Stellung ein. Auf ihrem Gesicht lag ein Ausdruck ruhiger Erwartung. Sie schalteten die Lampen aus und ließen sich von der Dunkelheit umfangen. Die Wüste war schwärzer als der Himmel – der Himmel war voller Sterne. Diese Sterne hatten keine offiziellen Namen außer den Katalognummern, die ihnen von den Astronomen zugewiesen worden waren. Sie waren so dicht am Himmel verteilt wie ein Insektenschwarm. Jeder Stern war eine Sonne, wie Isaac wusste, und viele von ihnen warfen ihr Licht auf unzugängliche, unerforschliche Landschaften, womöglich auf Wüsten wie diese. Es lebten Dinge zwischen diesen Sternen, wie er ebenfalls wusste. Dinge, die ein langsames, kaltes Leben lebten, in dem das Vergehen eines Jahrhunderts nicht mehr war als das Blinzeln eines fernen Auges.

»Ich weiß, warum du hierhergekommen bist«, sagte Isaac. In der Dunkelheit konnte er das Gesicht der Alten nicht sehen, was ihm die Unterhaltung erleichterte, die Ungeschicktheit der Worte linderte, die ihm wie Backsteine im Mund steckten.

»Ach ja?«

»Um mich zu studieren.«

»Nein. Nicht, um dich zu studieren. Ich studiere eher den Himmel im Allgemeinen als dich im Besonderen.«

Wie die anderen Erwachsenen in dem Komplex interessierte sie sich für die Hypothetischen – die unsichtbaren Wesen, die den Himmel und die Erde umgestaltet hatten.

»Aber wegen dem, was ich bin.«

Sie legte den Kopf zur Seite und sagte: »Nun ja, das ist richtig.«

Er erzählte ihr von seinem Richtungssinn. Zunächst etwas stockend, dann immer selbstsicherer, vertrauensvoller. Er versuchte, den Fragen vorzugreifen, die sie vielleicht stellen wollte. Wann hatte er diese Begabung zuerst bemerkt? Er wusste es nicht mehr genau, nur dass es in diesem Jahr gewesen war, vor einigen Monaten und zuerst nur ganz undeutlich: Zum Beispiel hatte er gern in der Bibliothek gearbeitet, weil sein Schreibtisch dort in die gleiche Richtung wies wie der Tisch in seinem Zimmer, obwohl es kein Fenster zum Hinausblicken gab. Im Speisesaal saß er immer auf der Seite des Tisches, die der Tür am nächsten war, selbst wenn niemand sonst anwesend war. Und er hatte sein Bett so verstellt, dass er leichter schlafen konnte, nämlich ausgerichtet auf – auf, nun ja, *was?*

Er konnte es nicht sagen. Ganz gleich, wo er war, immer gab es, wenn er still stand, eine Richtung, in die er lieber blickte als in die anderen. Es war nichts Zwanghaftes, eher ein sanftes Drängen, das man auch ignorieren konnte. Es gab eine gute Richtung, in die man blickte, und es gab weniger gute.

»Und blickst du jetzt in die gute Richtung?«, fragte Sulean.

So war es in der Tat. Es war ihm nicht bewusst gewesen, bevor sie gefragt hatte, aber es fühlte sich richtig an, auf diesem Fels zu sitzen, von den Bergen abgewandt, und in das dunkle Hinterland zu blicken.

»Westen«, sagte Sulean. »Du blickst gern nach Westen.«

»Ein bisschen nördlich von Westen.«

Da. Das Geheimnis war heraus. Es gab weiter nichts zu sagen. Er hörte in der Stille, wie Sulean Moi ihre Sitzhaltung veränderte, und fragte sich, ob es schmerzhaft war, auf hartem Stein zu sitzen, wenn man so alt war. Falls dem so war, ließ sie es sich jedenfalls nicht anmerken. Sie sah zum Himmel hinauf.

»Du hattest recht mit den fallenden Sternen«, sagte sie nach langem Schweigen. »Sie sind wirklich bezaubernd.«

Der Meteorschauer hatte begonnen.

Dr. Dvali hatte Isaac von den Meteoren erzählt, die eigentlich gar keine Sterne waren, sondern brennende Bruchstücke aus Stein oder Staub, die Überreste von Kometen, die über Jahrtausende um die Sonne der Neuen Welt gekreist waren. Doch diese Erklärung hatte Isaacs Faszination nur noch verstärkt. Es war, als könnte er in diesen vergänglichen Lichtern die Ausführung uralter Baupläne spüren, Vektoren, in Bewegung gesetzt, lange bevor sich der Planet gebildet hatte (oder von den Hypothetischen konstruiert worden war), Rhythmen, die sich über eine Lebenszeit oder mehrere oder gar die Lebenszeit einer Spezies hinweg entfalteten und verfeinerten. Funken flogen über den Zenit, von Osten nach Westen, während Isaac zufrieden dem Gemurmel der Nacht lauschte.

Bis Sulean sich plötzlich erhob und in Richtung der Berge spähte. »Sieh mal – was ist das?«, sagte sie. »Es sieht aus, als würde etwas herunterfallen.« Wie leuchtender Regen, als sei ein Sturm über die hohen Pässe der Wasserscheide gezogen – das kam manchmal vor, doch dieses Leuchten hatte nichts mit Blitzen zu tun, es war diffus und dauerhaft. »Ist das normal?«

»Nein«, erwiderte Isaac.

Nein. Das war überhaupt nicht normal.

»Dann sollten wir vielleicht zurückgehen.«

Isaac nickte unbehaglich. Er hatte keine Angst vor dem heraufziehenden Sturm – falls es denn einer war –, aber dieser trug eine Bedeutung mit sich, die er Sulean nicht erklären konnte, eine Beziehung zu dem, was still unter der Rub al-Khali lebte, dem »Leeren Viertel« im äußersten Westen, und worauf sein privater Kompass ausgerichtet war. Rasch gingen sie zum Gebäude zurück, wenn auch nicht ganz im Laufschritt, weil Isaac sich nicht sicher war, ob jemand, der so zerbrechlich wirkte wie Sulean, überhaupt rennen *konnte*. Währenddessen erschienen immer neue Wellen des seltsamen, wolkigen Lichts, das die Bergspitzen im Osten aus dem Dunkeln treten und dann wieder darin verschwinden ließ, und als sie das Tor erreichten, war der Meteorschauer von diesem neuen Phänomen vollkommen verdeckt: Eine Art Staub hatte aus dem Himmel zu fallen begonnen, und der Ausschnitt, den Isaacs Lampe aus der Dunkelheit schnitt, wurde zusehends enger. Isaac meinte, dass es sich bei dieser Substanz um Schnee handeln könnte – er hatte Schnee in Videos gesehen –, aber Sulean sagte, das sei kein Schnee, das sei mehr wie Asche. Der Geruch war streng, schwefelig.

Wie tote Sterne, dachte Isaac, die herabstürzen.

Mrs. Rebka erwartete sie am Haupteingang des Gebäudekomplexes. Sie zog Isaac mit so festem Griff ins Innere, dass es ihm wehtat. Er sah sie schockiert an, vorwurfsvoll – Mrs. Rebka hatte ihm noch nie wehgetan, keiner der Erwachsenen hatte ihm je wehgetan. Sie ignorierte seinen Blick, hielt ihn in fester Umklammerung, sagte ihm, sie habe Angst gehabt, er würde sich in dieser, dieser …

Ihr fehlten die Worte.

Im Gemeinschaftsraum lauschte Dr. Dvali einem Audio-Feed aus Port Magellan, der großen Stadt an der Ostküste von Äquatoria. Das Signal wurde von Areostaten über die Berge geleitet und erreichte sie nur mit Unterbrechungen, wie Dr. Dvali den versammelten Bewohnern berichtete, doch hatte er immerhin in Erfahrung bringen können, dass die Hafenstadt das gleiche Phänomen verzeichnete – flächendeckende Niederschläge von etwas Ascheähnlichem – und dass es dafür keine unmittelbare Erklärung gebe. In der Stadt seien einige Menschen in Panik geraten. Dann fiel die Übertragung – oder der Aerostat, der das Signal übermittelte – endgültig aus.

Auf Mrs. Rebkas Drängen hin ging Isaac auf sein Zimmer, während die Erwachsenen diskutierten. Er konnte jedoch nicht schlafen, ja konnte an Schlaf nicht einmal denken. Stattdessen saß er am Fenster, wo es nichts zu sehen gab als das tunnelartige Grau, das die Außenlampe in den Ascheregen grub, und lauschte dem Klang der Stille – einer Stille, die zu ihm zu sprechen schien, einer von Bedeutung durchdrungenen Stille.

2

Als Lise Adams am Nachmittag des 34. August zu dem kleinen, abgelegenen Flugplatz fuhr, fühlte sie sich verloren, fühlte sie sich frei.

Es war ein Gefühl, das sie nicht einmal sich selbst erklären konnte. Lag es vielleicht am Wetter? Ende August war es an der Küste von Äquatoria oft unerträglich warm, doch heute wehte ein sanfter Wind vom Meer her, und der Himmel zeigte sich in jenem Indigoblau, das sie automatisch mit der Neuen Welt assoziierte: tiefer, *echter* als die verschmierten Pastellhimmel auf der Erde. Frei, dachte sie, ja, frei: Eine Ehe lag hinter ihr, das vorläufige Scheidungsurteil war frisch ausgestellt, eine unkluge Entscheidung rückgängig gemacht ... und jetzt die Begegnung mit dem Mann, der bei diesem Rückgängigmachen eine Rolle gespielt hatte. Aber da war noch so viel mehr.

Eine von ihrer Vergangenheit abgetrennte Zukunft, eine schmerzliche Frage, die im Begriff stand, beantwortet zu werden.

Und verloren, ja, beinahe buchstäblich: Sie war erst wenige Male in dieser Gegend gewesen. Südlich von Port Magellan, wo sie sich eine Wohnung gemietet hatte, flachte die Küste zu einer Schwemmebene ab, die einigen landwirtschaftlichen Betrieben und der Leichtindustrie überlassen worden war. Zu großen Teilen aber war sie noch wild, eine Art Prärie, von fedrigen Gräsern überwachsen, Wiesen, die sich wie Wellen an den Gipfeln der Küstenkette brachen. Es dauerte nicht lange, da sah sie kleine Flugzeuge, die auf dem Arundji-Airfield starteten oder landeten. Es waren Propellermaschinen, Buschflugzeuge – für Größeres waren die Rollpisten des Arundji nicht lang genug. Die Flugzeuge, die hier aufstiegen, waren entweder das Hobby von Reichen oder der Broterwerb von Ärmeren. Wenn man einen Hangar mieten, sich als Tourist einer Exkursion auf die Gletscherpässe anschließen oder eilig nach Bone Creek oder Kubelick's Grave gelangen wollte, kam man zum Arundji-Flugplatz. Und wenn man schlau war, wandte man sich in solchen Fällen an Turk Findley, der ermäßigte Charterflüge anbot.

Lise war schon einmal mit Turk geflogen. Aber jetzt war sie nicht hier, um einen Piloten zu engagieren. Turks Name war im Zusammenhang mit dem Foto aufgetaucht, das sie im Handschuhfach ihres Wagens in einem braunem Umschlag aufbewahrte.

Sie parkte auf dem Schotterplatz vor dem Flughafen, stieg aus dem Wagen und hielt kurz inne, um den in der Nachmittagshitze summenden Insekten zu lauschen. Dann trat sie durch die Tür auf der Rückseite des überdimensionalen Blechdachschuppens, der als Abfertigungshalle diente. Turks Charterbetrieb war hinten in einer Ecke angesiedelt, im Einvernehmen mit Paul Arundji, dem Eigentümer des Flugplatzes, der dafür einen Anteil von Turks Einnahmen beanspruchte. Turk hatte ihr das einmal erzählt, damals, als sie viel Zeit zum Reden hatten.

Es gab keine Sicherheitsschleuse, die zu durchqueren war. Turk Findleys Büro war eine am nördlichen Ende des Gebäudes aufgestellte Kabine, und anstatt zu klopfen, spazierte sie einfach hinein und räusperte sich. Turk saß am Schreibtisch und füllte irgendwelche offiziellen Formulare aus – Lise konnte das blaue Logo der von der UN eingesetzten Provisorischen Regierung oben auf der Seite erkennen. Nachdem er eine letzte Unterschrift auf das Papier gesetzt hatte, sah er auf. »Lise!« Sein Grinsen war entwaffnend. Und ganz und gar echt. Keine Vorwürfe, kein Warum-hast-du-nicht-Zurückgerufen.

»Äh, bist du gerade beschäftigt?«, erwiderte sie.

»Seh ich so aus?«

»Na ja, es sieht jedenfalls so aus, als hättest du zu tun.« Sie war sich ziemlich sicher, dass er alle nicht unbedingt lebenswichtigen Angelegenheiten hintanstellen würde, um sich ihr widmen zu können – eine Möglichkeit, die sie ihm lange Zeit nicht mehr gewährt hatte. Er kam um den Schreibtisch herum und umarmte sie. Sanft, herzlich. Ihn so von Nahem zu spüren, seinen Geruch einzuatmen, machte sie etwas nervös. Turk war fünfunddreißig, acht Jahre älter als Lise und ungefähr einen Kopf größer. Sie versuchte, sich davon nicht einschüchtern zu lassen.

»Bloß Papierkram«, sagte er. »Gib mir einen Grund, ihn beiseite zu legen. Bitte.«

»Na ja …«

»Dann sag mir wenigstens, ob du geschäftlich oder zum Vergnügen hier bist.«

»Geschäftlich.«

Er nickte. »Okay. Alles klar. Nenn mir dein Reiseziel.«

»Nein, ich meine – ich bin in geschäftlichen Angelegenheiten unterwegs, die mich betreffen, aber ich will keinen Flug buchen. Es gibt da etwas, worüber ich mit dir sprechen möchte. Vielleicht beim Abendessen? Meine Einladung?«

»Ich gehe gerne mit dir essen. Aber ich lade dich ein. Allerdings kann ich mir nicht vorstellen, wie ich dir bei deinem Buch behilflich sein könnte.«

Es freute sie, dass er sich daran erinnerte, was sie ihm über ihr Buch erzählt hatte. Obwohl es gar kein Buch gab. In diesem Moment rollte ein Flugzeug zu einem Hangar in der Nähe, und der Lärm drang durch die dünnen Wände wie durch eine offene Tür. Lise betrachtete die Tasse auf Turks Schreibtisch, sah, wie die ölige Oberfläche eines offenbar schon einige Stunden alten Kaffees konzentrische Wellen warf. Als das Dröhnen nachließ, sagte sie: »Du kannst mir sogar sehr behilflich sein. Vor allem, wenn wir irgendwohin gehen könnten, wo es ruhiger ist ...«

»Klar. Ich hinterlege meine Schlüssel bei Paul.«

»Einfach so?« Sie war immer wieder erstaunt darüber, wie die Leute im Grenzland die Dinge handhabten. »Hast du keine Angst, einen Kunden zu verpassen?«

»Der Kunde kann eine Nachricht hinterlassen. Früher oder später komme ich ja wieder. Ist ohnehin nicht viel los diese Woche. Du kommst gerade zur rechten Zeit. Was hältst du vom Harley's?«

Das Harley's war eines der besseren amerikanischen Restaurants in der Stadt. »Das kannst du dir gar nicht leisten.«

»Geht auf Geschäftskosten. Übrigens habe ich auch eine Frage an *dich*. Quid pro quo.«

Was immer das bedeuten mochte. Ihr blieb nichts anderes übrig, als »okay« zu sagen. Ein Abendessen im Harley's war sowohl mehr als auch weniger, als sie erwartet hatte. Sie war zum Flugplatz gefahren, weil sie fand, dass ein persönlicher Besuch verbindlicher war als ein Anruf, da seit ihrem letzten Gespräch doch einige Zeit vergangen war. Eine Art wortlose Entschuldigung. Allerdings ließ nichts in seinem Verhalten darauf schließen, dass er sauer war über die Unterbrechung ihrer Beziehung (und es war ja auch gar keine »Beziehung« mehr, vielleicht nicht einmal eine Freundschaft). Sie beschloss, sich auf die Arbeit zu konzentrieren. Auf den eigentlichen Grund, der sie hierhergeführt hatte. Der unerklärte Verlust, durch den ihr Leben vor zwölf Jahren einen Riss erlitten hatte.

Turk hatte sein eigenes Auto am Flugplatz stehen, also verabredeten sie, sich in drei Stunden, etwa bei Sonnenuntergang, im Restaurant zu treffen.

Falls es der Verkehr erlaubte. Wachsender Wohlstand in Port Magellan bedeutete mehr Autos, und zwar nicht mehr nur die kleinen südasiatischen Nutzfahrzeuge und Motorroller, mit denen bis vor Kurzem jeder gefahren war. Im Hafenviertel herrschte dichter Verkehr, und Lise war lange Zeit zwischen zwei Mehrtonnern eingeklemmt, schließlich kam sie aber doch rechtzeitig zum Restaurant.

Der Parkplatz vor dem Harley's war voll, ungewöhnlich für einen Mittwochabend. Das Essen hier war durchaus passabel, aber wofür die Leute eigentlich zahlten, das war die Aussicht: Das Restaurant lag auf einem Hügel mit Blick auf Port Magellan. Die Stadt war aus einsichtigen Gründen an dieser Stelle angelegt worden, am größten natürlichen Hafen entlang der Küste, nicht weit entfernt von dem Bogen, der den Planeten mit der Erde verband. Doch das günstige Flachland war rasch überbaut worden, die Stadt hatte expandiert und zog sich jetzt die terrassenförmigen Hänge hinauf. Etliches war in großer Eile hochgezogen worden, ohne Rücksicht auf irgendwelche baugesetzlichen Vorgaben der Provisorischen Regierung. Das Harley's, ganz aus Naturholz und Glas errichtet, war da eine Ausnahme.

Lise wartete etwa eine halbe Stunde an der Bar, bis Turks reichlich betagter Wagen auf den Parkplatz tuckerte. Sie beobachtete durch das Fenster, wie er ausstieg und in der Dämmerung auf den Eingang zuschritt. Er war eindeutig nicht so gut angezogen wie der durchschnittliche Gast im Harley's, doch das Personal kannte ihn und hieß ihn willkommen: Er traf sich häufig mit Kunden hier, wie Lise wusste. Nachdem er sie begrüßt hatte, wurden sie von einem Kellner zu einer U-förmigen Nische am Fenster geführt. Alle anderen Fenstertische waren besetzt. »Ziemlich begehrter Laden«, sagte sie.

»Heute Abend, ja«, erwiderte er und fügte, als Lise ihn verständnislos ansah, hinzu: »Der Meteorschauer.«

Ach ja, richtig – das hatte sie ganz vergessen. Lise war seit weniger als elf Monaten (hiesiger Rechnung) in Port Magellan, sie hatte also den letztjährigen Meteorschauer verpasst. Sie wusste, dass es eine große Sache war, dass sich darum herum eine Art inoffizieller Mardi Gras entwickelt hatte, und sie konnte sich auch – aus der Zeit, die sie in ihrer Kindheit hier verbracht hatte – an den Vorgang selbst erinnern: ein Himmelsspektakel, das wie ein Uhrwerk ablief, ein perfekter Vorwand für eine Party. Doch seinen Höhepunkt erreichte der Schauer erst in der dritten Nacht. Heute war lediglich der Anfang.

»Und wir sind hier genau richtig, um zu sehen, wie es losgeht«, sagte Turk. »In einigen Stunden, wenn es ganz dunkel ist, schalten sie die Beleuchtung runter und machen die Terrassentüren auf, damit alle einen ungehinderten Ausblick haben.«

Der Himmel war tiefblau, klar wie Gletscherwasser, keinerlei Anzeichen von Meteoren, und die Stadt unterhalb des Restaurants leuchtete im Sonnenuntergang. Lise konnte die Feuer sehen, die aus den Schornsteinen der Raffinerien flackerten, die Silhouetten der Moscheen und Kirchen, die blinkenden Reklametafeln entlang der Rue Madagascar, die indische Filme, Kräuterzahnpasten (auf Farsi) und Kettenhotels anpriesen. Die Kreuzfahrtschiffe im Hafen schalteten eines nach dem anderen die Nachtbeleuchtung ein. Es war, wenn man die Augen zusammenkniff und positiv dachte, recht hübsch. Exotisch, hätte Lise früher gesagt, doch so kam es ihr jetzt nicht mehr vor.

Sie fragte Turk, wie die Geschäfte liefen.

Er zuckte mit den Achseln. »Ich zahle die Miete. Ich fliege. Ich lerne jede Menge Leute kennen. Das ist es mehr oder weniger. Ich habe keine Mission im Leben oder so etwas.«

Anders als du, schien er damit sagen zu wollen. Womit sie umstandslos bei dem Grund angelangt waren, weswegen sie mit ihm Verbindung aufgenommen hatte. Lise griff gerade nach ihrer Tasche, als der Kellner mit Eiswasser aufkreuzte. Sie hatte noch kaum einen Blick auf die Speisekarte geworfen, also bestellte sie spontan eine Paella mit hiesigen Meeresfrüchten und importiertem Safran. Turk orderte ein Steak, medium gebraten. Noch vor einigen Jahren war der Wasserbüffel das am weitesten verbreitete terrestrische Tier auf Äquatoria gewesen – jetzt konnte man problemlos frisches Rindfleisch kaufen.

Der Kellner trollte sich, und Turk sagte: »Du hättest ruhig anrufen können, weißt du.«

Nach ihrer Expedition in die Berge und einigen zögerlich eingegangenen Verabredungen hinterher hatte er sie ein paarmal angerufen. Lise hatte zuerst eifrig, dann nachlässig und schließlich, als das schlechte Gewissen einsetzte, gar nicht mehr zurückgerufen. »Ich weiß. Es tut mir leid, aber in den letzten Monaten hatte ich viel um die Ohren …«

»Ich meine heute. Du hättest nicht den ganzen Weg zum Flugplatz rausfahren müssen, nur um dich zum Abendessen zu verabreden. Du hättest anrufen können.«

»Ich dachte, wenn ich anrufe, dann wäre das, na ja, zu unpersönlich.« Er sagte nichts, also fügte sie hinzu: »Vermutlich wollte ich dich zuerst einfach mal sehen. Mich überzeugen, dass alles in Ordnung ist.«

»Andere Regeln hier draußen in der Wildnis. Mir ist das klar, Lise. Es gibt *Zuhause*-Geschichten und es gibt *Auswärts*-Geschichten. Wir waren wahrscheinlich …«

»Eine Auswärts-Geschichte?«

»Nun, ich dachte mir, dass du es so haben wolltest.«

»Das, was man haben möchte, ist nicht unbedingt das, was praktisch ist.«

»Wem sagst du das?« Er lächelte wehmütig. »Wie ist die Lage bei dir und Brian?«

»Es ist vorbei.«

»Tatsächlich?«

»Offiziell. Endlich.«

»Und das Buch, an dem du arbeitest?«

»Es sind die Recherchen, die so langsam vorangehen, nicht das Schreiben.« Sie hatte noch kein Wort geschrieben, würde nie ein Wort schreiben.

»Trotzdem ist es der Grund, warum du dich entschieden hast zu bleiben.«

In der Neuen Welt, meinte er. Sie nickte.

»Und wenn du fertig bist? Gehst du zurück in die Staaten?«

»Möglich.«

»Es ist komisch. Die Leute kommen aus allen möglichen Gründen nach Port Magellan. Einige finden Gründe zu bleiben, andere nicht. Ich glaube, man überschreitet eine gewisse Linie. Wenn man das erste Mal das Schiff verlässt, wird einem klar, dass man sich buchstäblich auf einem anderen Planeten befindet – die Luft riecht anders, das Wasser schmeckt anders, der Mond hat nicht die richtige Größe und geht zu schnell auf. Der Tag ist immer noch in zwölf Stunden eingeteilt, aber die Stunden dauern sehr lange. Nach einigen Wochen oder Monaten erleiden die Leute einen schweren Orientierungsverlust. Also packen sie ihre Sachen und fahren wieder nach Hause. Oder aber sie gewöhnen sich daran – und plötzlich fühlt sich alles ganz normal an. Dann überlegen sie es sich dreimal, bevor sie wieder zurückgehen in die Ameisenhügelstädte, die verseuchte Luft, die vergifteten Ozeane – all die Sachen, die ihnen früher ganz selbstverständlich erschienen.«

»Ist das der Grund, warum du hier bist?«

»Zum Teil, nehme ich an.«

Das Essen wurde serviert, und für eine Weile sprachen sie über nichts Bestimmtes. Der Himmel wurde dunkler, die Stadt glitzerte, der Kellner kam, um abzuräumen. Turk bestellte Kaffee. Und Lise fasste sich ein Herz und sagte: »Würdest du dir ein Foto ansehen? Bevor sie das Licht dimmen?«

»Klar. Was für ein Foto?«

»Ein Bild von einer Person, die eventuell einen Flug bei dir gechartert hat. Vor ein paar Monaten.«

»Du hast meine Passagierlisten eingesehen?«

»Nein. Ich meine, nicht *ich* … Du lässt die Listen bei der Regierung registrieren, stimmt's?«

»Worum geht's hier, Lise?«

»Ich kann es im Moment nicht erklären. Würdest du dir erst mal das Bild ansehen?«

Er runzelte die Stirn. »Zeig her.«

Lise zog den Umschlag aus der Tasche. »Aber du wolltest mich auch um einen Gefallen bitten …«

»Du zuerst.«

Sie schob den Umschlag über das Tischtuch. Er nahm das Bild heraus. Sein Gesichtsausdruck veränderte sich nicht. Nach einer Weile sagte er: »Ich nehme an, es gibt eine Geschichte zu diesem Bild.«

»Es wurde Ende letzten Jahres von einer Überwachungskamera im Hafen aufgenommen. Das Bild ist vergrößert und bearbeitet worden.«

»Du hast also auch Zugang zu Überwachungskamera-Downloads?«

»Nein, aber …«

»Dann hast du es also von jemand anders. Einem deiner Freunde im Konsulat. Brian oder einer seiner Kumpel.«

»Dazu kann ich nichts sagen.«

»Du kannst mir wenigstens sagen, warum du dich so für …« Er deutete auf das Bild. »… eine alte Dame interessierst?«

»Wie du weißt, versuche ich seit einiger Zeit, mit Leuten zu sprechen, die Verbindung zu meinem Vater hatten. Sie ist eine von ihnen. Ich würde gerne mit ihr in Kontakt treten.«

»Gibt es einen speziellen Grund dafür? Ich meine, warum gerade *diese* Frau?«

»Na ja … auch dazu kann ich nichts sagen.«

»Der Schluss, den ich daraus ziehe, ist, dass hier alle Wege zu Brian führen. Was für ein Interesse hat er an dieser Frau?«

»Brian arbeitet beim Ministerium für Genomische Sicherheit. Ich nicht.«

»Aber es gibt da jemanden, der dir den einen oder anderen Gefallen tut.«

»Turk, ich …«

»Schon gut. So genau wollen wir's gar nicht wissen, nicht wahr? Offenbar weiß also jemand, dass ich diese Person geflogen habe. Und das heißt, es ist außer dir noch jemand daran interessiert, sie zu finden.«

»Das könnte man so sehen. Aber ich bin nicht im Auftrag anderer hier. Was du irgendwelchen Konsulatsangehörigen sagen oder auch nicht sagen willst, das ist allein deine Entscheidung. Was du mir sagst, bleibt bei mir.«

Er sah sie an, als versuchte er den Wert dieser Erklärung abzuschätzen. Warum sollte er ihr trauen? Was hatte sie je getan, um sich sein Vertrauen zu verdienen, außer an einem ziemlich ungewöhnlichen Wochenende mit ihm zu schlafen?

»Ja«, sagte er schließlich. »Ich habe sie geflogen.«

»Okay. Kannst du mir irgendetwas über sie sagen? Wo sie ist, worüber sie gesprochen hat?«

Er lehnte sich zurück. Wie von ihm vorhergesagt, wurden die Lichter im Restaurant langsam abgedimmt, und die Glasfront, die den Speiseraum von der Terrasse trennte, wurde geöffnet. Der Himmel war von Sternen übersät, durch die Lichter im Hafen womöglich ein wenig verwaschen, aber trotzdem so gestochen scharf, wie Lise es in Kalifornien nie erlebt hatte. Hatte der Meteorschauer schon begonnen? Am Meridian schien es ein paarmal hell aufzublitzen.

· Turk sah nicht hin. »Ich muss darüber nachdenken.«

»Ich bitte dich nicht, irgendwelche Vertraulichkeiten zu verraten. Einfach nur …«

»Ich weiß, worum du bittest. Und es ist auch nicht zu viel verlangt. Aber ich würde trotzdem gerne darüber nachdenken, wenn du nichts dagegen hast.«

»Natürlich.« Sie konnte ihn nicht weiter drängen. »Dann sag mir, was du von mir wissen möchtest. Quid pro quo, nicht wahr?«

»Nur eine Sache, die mich neugierig macht … Vielleicht hast du etwas darüber aufgeschnappt bei den Quellen, über die du nicht reden willst. Arundji hat heute Morgen ein Memo von der Luftkontrollabteilung der Provisorischen Regierung erhalten. Ich hatte einen Flugplan für den fernen Westen eingereicht und wäre wohl schon in der Luft gewesen, als du heute Nachmittag zu mir kamst. Aber der Flug wurde nicht genehmigt. Also habe ich ein bisschen herumtelefoniert, um herauszufinden, was los ist. Sieht aus, als dürfe niemand in die Rub al-Khali fliegen.«

»Und warum?«

»Das sagen sie nicht.«

»Ist dieses Flugverbot zeitlich begrenzt?«

»Auch darauf habe ich keine Antwort bekommen.«

»Wer hat es verhängt? Und mit welcher Befugnis?«

»In den Ämtern gibt es niemanden, der einem Auskunft erteilt. Ich bin von einer Abteilung zur nächsten verwiesen worden – so ist es allen betroffenen Piloten ergangen. Ich behaupte nicht, dass es da irgendwelche dunklen Machenschaften gibt, aber wundern tut es mich doch. Warum wird die westliche Hälfte des Kontinents zur Flugverbotszone erklärt? Der reguläre Flugverkehr von und zu den Ölfeldern findet weiter statt, und dahinter gibt es nichts als Felsen und Sand. Da zieht es nur Touristen hin, Abenteurer – und solche Leute wollten mich auch chartern. Ich verstehe es nicht.«

Lise wünschte, ihm wenigstens den Hauch einer hilfreichen Information anbieten zu können, aber sie hörte zum ersten Mal von diesem Flugverbot. Es stimmte, sie besaß Kontakte im US-Konsulat, vor allem natürlich ihr Exmann. Doch die Amerikaner waren lediglich beratende Mitglieder der Provisorischen Regierung. Und Brian war noch nicht einmal Diplomat, nur ein Beamter im Ministerium für Genomische Sicherheit.

»Ich kann nicht mehr tun, als nachzufragen«, sagte sie.

»Wäre ich dir dankbar für. Also, das Geschäftliche erledigt? Jedenfalls fürs Erste?«

»Fürs Erste.«

»Was hältst du dann davon, wenn wir unseren Kaffee mit raus auf die Terrasse nehmen, solange wir dort noch ein freies Plätzchen finden?«

Vor drei Monaten hatte sie Turk engagiert, um sich über die Mohindar Range zu einem Pipeline-Außenposten namens Kubelick's Grave fliegen zu lassen. Eine rein geschäftliche Angelegenheit. Sie wollte einen alten Kollegen ihres Vaters aufspüren, einen Mann namens Dvali, doch sie kam erst gar nicht in Kubelick's Grave an: Eine Sturmbö zwang das Flugzeug zur Landung auf einem der Hochgebirgspässe. Turk setzte die Maschine auf einem namenlosen See auf, während nördlich und südlich von ihnen weiße Wolken wie Kanonenrauchschwaden zwischen den granitenen Gipfeln aufstiegen. Er machte das Flugzeug an dem steinigen Strand fest und schlug ein erstaunlich komfortables Lager unter einer Gruppe von Bäumen auf, die für Lise wie knollige Fichtenmutanten aussahen. Drei Tage lang pfiff der Wind über den Pass, und die Sicht war praktisch null. Hätte man einen Fuß vor das Segeltuchzelt gesetzt, wäre man schon nach wenigen Metern verlorengegangen. Aber Turk war ein passabler Outdoor-Überlebenskünstler, er war für Notfälle gerüstet, und ein Essen aus der Dose konnte köstlich sein, wenn man gegen die Unbilden der Natur geschützt war und einen Campingkocher sowie eine Sturmlaterne zur Verfügung hatte. Unter anderen Umständen hätte sich die Angelegenheit zu einer dreitägigen Belastungsprobe entwickeln können, doch Turk erwies sich als angenehme Gesellschaft. Sie hatte nicht die Absicht gehabt, ihn zu verführen, und glaubte, dass auch er es nicht auf sie abgesehen hatte. Die gegenseitige Anziehung kam ganz plötzlich – und war leicht zu erklären.

Sie hatten sich Geschichten erzählt und aneinander gewärmt, als der Wind kälter wurde. In diesen Momenten wäre Lise damit zufrieden gewesen, sich Turk Findley wie eine Decke umzuwickeln und den Rest der Welt für immer auszusperren. Und hätte man sie gefragt, ob sie sich hier auf etwas Ernsthafteres einließ als ein unerwartetes Abenteuer, hätte sie möglicherweise gesagt: *Ja, vielleicht.*

Sie wollte die Beziehung aufrechterhalten, als sie nach Port Magellan zurückkehrten. Doch die Hafenstadt hatte eine Art, die besten Absichten zunichtezumachen. Probleme, die im Innern eines Zelts auf einem Gebirgspass ausgesprochen leichtgewichtig schienen, erlangten hier ihre Masse und Trägheit zurück. Die Trennung von Brian war zu diesem Zeitpunkt bereits eine vollendete Tatsache, jedenfalls aus ihrer Sicht, während Brian immer mal wieder Vorstöße unternahm, es »doch noch einmal zu versuchen«, gut gemeint, wie sie annahm, aber demütigend für sie beide.

Sie erzählte ihm von Turk, und wenn damit auch Brians Versöhnungsversuchen ein Riegel vorgeschoben war, so machte sich gleichzeitig ein ganz neuartiges Schuldgefühl bemerkbar: Sie verdächtigte sich, Turk nur als Mittel zu benutzen, als eine Art emotionale Brechstange gegen Brians Bemühungen, ein erloschenes Feuer wieder anzufachen. Also hatte sie die Beziehung nach ein paar angespannten Treffen auslaufen lassen – besser, eine ohnehin schon komplizierte Situation nicht noch komplizierter zu machen.

Nun aber lag ein vorläufiges Scheidungsurteil im Handschuhfach ihres Autos – ihre Zukunft war ein leeres Blatt, und sie war sehr versucht, darauf das eine oder andere Wort zu schreiben.

Durch die Menge lief ein leises Raunen. Als Lise aufsah, zogen gerade drei gleißend weiße Linien über den Meridian. Die Meteore gingen von einem Punkt deutlich oberhalb des Horizonts aus und flogen beinahe direkt nach Osten. Weitere kamen – zwei, dann einer, dann eine spektakuläre Fünfergruppe.

Lise musste an einen Sommer in Idaho denken, als sie mit ihrem Vater nach draußen gegangen war, um die Sterne zu betrachten – sie war damals bestimmt nicht älter als zehn. Ihr Vater war in der Zeit vor dem Spin aufgewachsen, und er sprach zu ihr immer von den Sternen, »wie sie früher waren« – bevor die Hypothetischen die Erde ein paar Milliarden Jahre in die Zukunft gerissen hatten. Er vermisse die alten Sternbilder, sagte er, die alten Namen. Aber es gab Meteore in jener Nacht, Dutzende, der größte von ihnen wurde von der unsichtbaren Barriere aufgefangen, die die Erde vor der geschwollenen Sonne schützte, der kleinste verbrannte in der Atmosphäre. Sie beobachtete, wie sie über den Himmel schossen, ihre Geschwindigkeit, ihr Strahlen verschlugen ihr den Atem.

So wie jetzt auch. Das Feuerwerk Gottes. »Wow«, sagte sie etwas lahm.

Turk zog seinen Stuhl auf ihre Seite des Tisches, sodass sie beide in Richtung Meer saßen. Er machte keinerlei Annäherungsversuche, und sie rechnete auch nicht damit. Über hohe Bergpässe zu fliegen war im Vergleich zu diesem Manöver wohl ein Kinderspiel. Auch sie achtete darauf, ihm nicht zu nahe zu kommen, und doch spürte sie die

Wärme seines wenige Zentimeter entfernten Körpers. Sie trank ihren Kaffee, ohne ihn zu schmecken. Wieder gab es einen Sternenschauer. »Ob wohl irgendetwas davon bis auf den Erdboden gelangt?«, fragte sie.

»Es ist nur Staub«, erwiderte Turk. »Jedenfalls sagen das die Astronomen. Überreste eines Kometen.«

»Und was ist damit?« Lise deutete nach Osten, dorthin, wo der dunkle Himmel auf das noch dunklere Meer traf. Es sah so aus, als würde dort tatsächlich etwas herabfallen – keine Meteore, sondern helle Punkte, die in der Luft hingen wie Leuchtkugeln. Ihr auf dem Wasser sich spiegelndes Licht tauchte den Ozean in ein schlieriges Orange. »Gehört das dazu?«

Turk stand auf. Ebenso einige der anderen Gäste auf der Terrasse. Verwirrte Stille löste die fröhliche Unterhaltung ab. Hier und da begannen Telefone zu summen.

»Nein«, sagte Turk. »Das gehört nicht dazu.«

3

In den zehn Jahren, die er in der Neuen Welt lebte, hatte Turk etwas Derartiges noch nicht gesehen.

Aber in gewisser Weise war das auch wieder typisch. Die Neue Welt hatte die Angewohnheit, einen ständig daran zu erinnern, dass sie nicht die Erde war. Dass die Dinge hier ein bisschen anders liefen. Wir sind hier nicht in Kansas, wie die Amerikaner sagten, und vermutlich wurde das Gleiche auch in ein paar Dutzend anderen Sprachen gesagt: Wir sind hier nicht in der großen Steppe. Wir sind hier nicht in Kandahar. Wir sind hier nicht in Mombasa.

»Denkst du, dass es gefährlich ist?«, fragte Lise.

Einige der Gäste waren offenbar dieser Ansicht. Sie beglichen ihre Rechnungen mit kaum verhohlener Hast und eilten zu ihren Autos. Innerhalb von Minuten leerte sich das Restaurant bis auf eine Handvoll Unentwegte.

Turk sah Lisa an. »Möchtest du auch gehen?«

»Nicht wenn du nicht gehst.«

»Ich glaube nicht, dass wir woanders sicherer wären als hier. Und hier ist die Aussicht entschieden besser.«

Das Phänomen hing noch immer über dem Meer, schien allerdings stetig näher zu kommen. Es sah aus wie leuchtender Regen, eine wogende graue, lichtdurchschossene Wolke – wie ein Gewitter, das man aus sehr großer Entfernung sieht, nur dass das Leuchten nicht blitzartig kam, sondern irgendwie unterhalb der sich bauschenden Dunkelheit zu hängen schien, sie von unten glänzen ließ. Turk hatte oft genug Stürme vom Meer heranziehen sehen, und seiner Schätzung nach näherte sich dieser etwa mit Windgeschwindigkeit. Die von ihm ausgehende Helligkeit schien aus einzelnen leuchtenden oder brennenden Partikeln zusammengesetzt, so dicht wie Schnee vielleicht, aber da mochte er sich täuschen – in diesem Teil von Äquatoria schneite es nicht, und der letzte Schnee, den er, vor vielen Jahren, gesehen hatte, war an der Küste von Maine gefallen.

Seine erste Sorge war Feuer. Port Magellan war ein Pulverfass, mit zahllosen unvorschriftsmäßig gebauten, eng nebeneinander stehenden Behausungen, im Hafen gab es jede Menge Lagerhallen und Transportanlagen, und in der Bucht drängten sich die Öl- und Flüssiggastanker, die Treibstoff für die unersättliche Bevölkerung der Erde geladen hatten. Was da von Osten heranwehte, sah aus wie eine dichte Wolke von angezündeten Streichhölzern – er mochte gar nicht daran denken, was das für Folgen haben konnte.

Er sagte Lise nichts davon. Er vermutete, dass sie die weitgehend gleichen Schlüsse gezogen hatte, aber sie drängte nicht darauf, die Flucht zu ergreifen – bei der Geschwindigkeit, mit dem diese Sache heranrauschte, wäre dies ohnehin ein sinnloses Unterfangen gewesen. Allerdings wurde sie deutlich nervöser, als sich das Phänomen der Landspitze am südlichen Ende der Bucht näherte.

»Es ist nicht bis ganz nach unten hell«, sagte sie.

Die Angestellten des Harley's begannen die Terrassentische hereinzuholen – als würde damit irgendein Schutz gewährleistet – und beschworen die verbliebenen Gäste, sich nach innen zu begeben, bis man wisse, was da eigentlich vorgehe. Da die Kellner Turk aber gut kannten, ließen sie ihn unbehelligt. So blieb er noch eine Weile mit Lise draußen, um das Licht der Leuchtfeuer zu beobachten, oder was immer es war, was da auf dem fernen Wasser tanzte.

Nicht bis ganz nach unten hell … Turk erkannte, was sie meinte: Die glitzernden Vorhänge liefen, bevor sie die Wasseroberfläche erreichten, in Dunkelheit aus. Ausgebrannt vielleicht. Das war immerhin ein hoffnungsvolles Zeichen. Lise kramte ihr Telefon heraus, rief einen lokalen Nachrichtendienst auf und gab dessen Informationen an Turk weiter. Man spreche von einem »Sturm«, sagte sie, jedenfalls sehe es auf dem Radar wie ein Sturm aus, dessen Ausläufer sich Hunderte von Kilometern nach Norden und Süden erstreckten und dessen Zentrum sich auf Port Magellan ausrichtete.

Jetzt fiel der leuchtende Regen über der Landspitze und dem inneren Hafen, erhellte die Decks und Aufbauten der vor Anker liegenden Kreuzfahrtschiffe und Frachter. Dann verschwammen die Umrisse der Ladekräne, die Lichter der Hoteltürme in der Innenstadt trübten sich ein, die Souks und Märkte verschwanden, während der Regen die Hänge hinaufzog – eine Wand aus trübem Licht. Doch nichts ging in Flammen auf. Das ist schon mal gut, dachte Turk. Und dann: Es könnte allerdings giftig sein. Es könnte wer weiß was sein. »Wird langsam Zeit reinzugehen«, sagte er.

Mit Tyrell, dem Chefkellner im Harley's, hatte Turk für kurze Zeit bei den Pipelines in der Rub al-Khali gearbeitet. Nicht dass sie furchtbar eng miteinander gewesen wären, aber sie pflegten einen freundschaftlichen Umgang, und Tyrell schien erleichtert, als Turk und Lise endlich die Terrasse verließen. Er schob die Glastür zu und sagte: »Hast du irgendeine Ahnung …?«

Turk schüttelte den Kopf. »Nein, tut mir leid.«

»Ich weiß nicht, ob ich abhauen oder einfach die Show genießen soll. Ich habe meine Frau angerufen. Wir wohnen in den Flats.« Eine günstige Wohngegend einige Kilometer weiter unten an der Küste. »Dort passiert es auch, sagt sie. Es fällt irgendwelches Zeugs aufs Haus, sieht aus wie Asche.«

»Aber es brennt nichts?«

»Anscheinend nicht.«

»Könnte Vulkanasche sein«, sagte Lise. Turk bewunderte sie dafür, wie sie die Situation bewältigte. Sie war deutlich angespannt, aber nicht so ängstlich, dass sie sich keine Gedanken über das Phänomen mehr hätte machen können. »Irgendein tektonisches Ereignis weit draußen auf dem Meer …«

Tyrell nickte. »Ein Meeresvulkan oder so was.«

»Aber wenn es halbwegs in der Nähe war, hätten wir etwas spüren müssen, bevor die Asche kam – ein Erdbeben, ein Tsunami.«

»Soweit ich weiß, ist nichts dergleichen gemeldet worden«, sagte Turk.

»Asche«, sinnierte Tyrell. »Grau und pulvrig.«

Turk fragte ihn, ob es noch Kaffee in der Küche gebe. Ja, das sei keine schlechte Idee, erwiderte der Chefkellner und ging nachsehen. Es waren immer noch einige Gäste im Restaurant, auch wenn niemand mehr aß oder feierte. Sie saßen in der Nähe der Bar und unterhielten sich nervös mit dem Bedienungspersonal.

Der Kaffee kam, gut und stark, und Turk goss sich Milch in seine Tasse, als sei nichts, als würde ihnen gerade nicht der Himmel auf den Kopf fallen. Lises Telefon klingelte mehrfach, und sie musste einige gut gemeinte Anrufe abwimmeln, bevor sie schließlich die Mailbox aktivierte. Turk hatte sein Telefon in der Hemdtasche, er bekam aber keine Anrufe.

Nun fiel die Asche auf die Terrasse. Turk und Lise rückten näher ans Fenster. Grau und pulvrig. Tyrells Beschreibung traf genau zu. Turk hatte noch nie Vulkanasche gesehen, stellte sich aber vor, dass sie genau so aussehen müsste. Das Zeug legte sich auf die Holzdielen der Terrasse und schwebte gegen das Fenster. Es wirkte wie Schnee von der Farbe eines alten Wollanzugs, nur dass es hier und da glänzende Tupfen gab, Teile, die noch leuchteten, aber beim Hinsehen verblassten.

Mit weit aufgerissenen Augen drängte sich Lise gegen seine Schulter. Er dachte an ihr Wochenende in der Mohindar Range zurück, als sie wetterbedingt an dem namenlosen See gestrandet waren. Damals war sie genauso selbstbeherrscht gewesen wie jetzt, genauso im Gleichgewicht, auf alle Herausforderungen gefasst, die die Umstände mit sich bringen mochten. »Wenigstens brennt es nirgends«, sagte er.

»Nein. Aber man kann es riechen.«

Jetzt, wo sie es erwähnte, bemerkte er es auch: ein mineralischer Geruch, leicht ätzend, ein bisschen schwefelig.

»Glaubst du, dass es gefährlich ist?«, fragte Tyrell, der hinter ihnen stand.

»Wenn ja, können wir ohnehin nichts dagegen tun.«

»Außer drinnen zu bleiben«, sagte Lise. Doch da hatte Turk seine Zweifel. Auch jetzt konnte er, durch die glitzernde Asche hindurch, Verkehr auf der Rue Madagascar ausmachen, Fußgänger, die über die Gehsteige huschten, die Köpfe mit Jacken, Taschentüchern oder Zeitungen bedeckt. »Es sei denn …«

»Es sei denn was?«

»Es sei denn, das hier geht noch lange weiter. Es gibt in Port Magellan keine Dächer, die dafür gemacht sind, ein großes Gewicht zu tragen.«

»Und es ist nicht nur Staub«, sagte Tyrell.

»Bitte?«

»Na ja, seht mal.« Der Chefkellner deutete zum Fenster.

So unglaublich, ja, so absurd es schien – draußen schwebte etwas von der Gestalt eines Seesterns vorbei. Es war grau, doch mit Lichtflecken besetzt. Es musste nahezu gewichtslos sein, denn es trieb wie ein Luftballon im schwachen Wind dahin, und als es auf den Terrassenboden traf, zerbröselte es.

Turk warf Lise einen Blick zu. Sie machte große Augen, zuckte mit den Achseln.

»Hol mir mal ein Tischtuch«, sagte Turk zu Tyrell.

»Was willst du denn mit einem Tischtuch?«

»Und eine von diesen Servietten.«

»Das ist Leinen, damit darfst du keinen Quatsch machen. Da ist die Geschäftsführung sehr streng.«

»Dann ruf mir den Geschäftsführer.«

»Mr. Darnell hat heute Abend frei. Schätze, ich bin im Moment Geschäftsführer.«

»Dann hol mir bitte ein Tischtuch, Tyrell. Ich will mir das näher ansehen.«

»Sau mir bloß den Laden hier nicht ein.«

»Ich pass schon auf.«

Tyrell deckte einen der Tische ab.

»Du willst nach draußen gehen?«, fragte Lise.

»Nur kurz etwas von dem Zeug einsammeln, das da runterkommt.«

»Was, wenn es giftig ist?«

»Dann sind wir alle am Arsch.« Als er sah, wie sie zusammen-zuckte, fügte er hinzu: »Aber wenn es das wäre, wüssten wir es wohl inzwischen.«

»Was immer es ist, es kann nicht gut sein für deine Lungen.«

»Dann hilf mir mal, diese Serviette vors Gesicht zu binden.«

Neugierig sahen die verbliebenen Gäste und Kellner zu, machten aber keine Anstalten zu helfen. Turk trug das Tischtuch zur nächst-gelegenen Glastür und gab Tyrell ein Zeichen, sie aufzuschieben. Augenblicklich verstärkte sich der Geruch – er erinnerte an nasse, angesengte Tierhaare –, Turk breitete eilig das Tischtuch auf dem Holzboden aus und zog sich gleich wieder zurück.

»Und jetzt?«, fragte Tyrell.

»Jetzt lassen wir es ein paar Minuten liegen.«

Turk setzte sich wieder zu Lise, und da es vorerst nichts weiter zu tun gab, sahen sie dem Staub beim Fallen zu. Lise fragte ihn, wie er nach Hause zu kommen gedachte. Er zuckte mit den Achseln. Er wohnte einige Kilometer vom Flugplatz entfernt an der Küste, in einer Behausung, die mehr oder weniger als Wohnwagen durchging. Inzwischen lag bereits gut ein Zentimeter hoch Asche auf den Stra-ßen, und der Verkehr bewegte sich nur noch kriechend.

»Meine Wohnung ist nur ein paar Blocks von hier«, sagte sie. »Das neue Gebäude an der Rue Abbas, in der Nähe der Territorialbehörde. Das müsste einigermaßen stabil sein.«

Es war das erste Mal, dass sie ihn zu sich nach Hause einlud. Er nickte.

Doch er war nach wie vor auch neugierig. Er winkte Tyrell, der weiter Kaffee serviert hatte, und der Chefkellner schob erneut die Terrassentür auf. Turk ergriff den Rand des nun mit einer Ascheschicht belegten Tischtuchs und zog es vorsichtig, um keinerlei fragile Gebilde zu zerstören, die es aufgefangen haben mochte, nach drinnen. Tyrell schloss die Tür sofort wieder. »Uh! Das stinkt.«

Turk strich sich graue Ascheflocken vom Hemd und aus den Haaren. Dann setzte er sich auf den Boden, um die Ausbeute zu begutachten. Einige Gäste rückten ihre Stühle etwas näher heran, sie alle rümpften die Nasen angesichts des Geruchs.

»Hast du einen Bleistift oder Kugelschreiber?«, fragte Turk Lise.

Sie stöberte in ihrer Tasche und brachte einen Kugelschreiber zum Vorschein. Turk nahm ihn, um damit die auf dem Tischtuch angesammelte Staubschicht näher zu untersuchen.

»Was ist das?«, fragte Lise über seine Schulter hinweg. »Links von dir. Sieht aus wie, ich weiß nicht, eine *Eichel* …«

Turk hatte seit Jahren keine Eichel mehr gesehen; in Äquatoria wuchsen keine Eichen. Das Ding im Ascheniederschlag hatte ungefähr die Größe seines Daumens. Am einen Ende war es untertassenartig geformt, am anderen verjüngte es sich zu einer stumpfen Spitze – eine Eichel oder vielleicht auch ein winziges Ei mit Sombrero. Jedenfalls schien es aus dem gleichen Stoff zu bestehen wie die gefallene Asche. Als er es mit der Kugelschreiberspitze berührte, zerfiel es.

»Und da drüben.« Jetzt zeigte Lise auf ein Gebilde, das dem Getriebe einer alten mechanischen Uhr ähnelte. Auch das fiel bei der kleinsten Berührung in sich zusammen.

Tyrell ging in das Büro und kam mit einer Taschenlampe zurück. Er ließ den Lichtstrahl flach über das Tischtuch streichen, und nun zeigten sich eine ganze Reihe dieser Objekte – sofern man sie als »Objekte« bezeichnen konnte: die kaum noch zusammenhaltenden Überreste von Dingen, die irgendwann einmal »hergestellt« worden waren. Da waren eine Röhre von etwa einem Zentimeter Länge, vollkommen glatt, und eine weitere, ungefähr gleich groß, aber knubbelig wie das Rückgrat eines sehr kleinen Tieres, einer Maus zum Beispiel. Da waren ein sechsstacheliger Dorn; eine Scheibe mit winzigen Speichen, wie bei einem Fahrrad; ein abgeschrägter Ring. Aus einigen dieser Objekte glitzerte schwaches Restlicht.

»Alles verbrannt«, sagte Lise.

Verbrannt oder auf andere Weise zersetzt. Aber wie konnte etwas, das so vollständig eingeäschert war, auch nur halbwegs intakt bleiben, wenn es vom Himmel fiel? Woraus waren diese Dinge gemacht? In der Asche gab es noch ein paar leuchtende Flecken. Turk hielt seine Hand über einen davon.

Lise berührte ihn am Arm. »Vorsichtig.«

»Es ist nicht heiß. Nicht einmal warm.«

»Könnte, was weiß ich, radioaktiv sein.«

»Könnte.« Falls dem so war, hatten sie es mit einem weiteren Untergangsszenario zu tun. Alle, die sich draußen aufhielten, atmeten dieses Zeug ein. Alle, die sich drinnen aufhielten, würden es bald tun. Keines der Gebäude war luftdicht verschlossen, keines verfügte über eine Luftfilterung.

»Und, bist du jetzt klüger?«, fragte Tyrell.

Turk stand auf und klopfte sich die Hände ab. »Ja. Ich weiß jetzt, dass ich noch weniger weiß, als ich dachte.«

Er nahm Lises Angebot an, vorübergehend bei ihr unterzukommen. Von Tyrell liehen sie sich Küchenkleidung aus, weiße Jacken, um ihre eigenen Sachen vor der herabfallenden Asche zu schützen, dann gingen sie, so schnell sie konnten, durch die grauen Dünen auf dem Parkplatz zu Lises Auto. Die Aschewolke verdunkelte den Himmel, verdeckte den Meteorschauer, trübte das Licht der Straßenlaternen.

Lise fuhr ein chinesisches Fabrikat, kleiner als Turks Wagen, aber neuer und vermutlich zuverlässiger. Bevor sie einstiegen, schüttelten sie sich erst einmal kräftig ab.

Sie nahmen die rückwärtige Ausfahrt des Parkplatzes und bogen auf eine schmale, wenig befahrene Straße, die die Rue Madagascar mit der Rue Abbas verband. Lise steuerte den Wagen behutsam durch die Staubansammlungen, und Turk ließ sie sich aufs Fahren konzentrieren. Erst als der Verkehr etwas stockte, sagte sie: »Denkst du, dass es etwas mit dem Meteorschauer zu tun hat?«

»Es scheint mir mehr ein zufälliges Zusammentreffen zu sein. Aber wer weiß.«

»Es ist definitiv keine Vulkanasche.«

»Vermutlich nicht.«

»Es könnte von außerhalb der Atmosphäre kommen.«

»Möglich.«

»Also könnte es etwas mit den Hypothetischen zu tun haben.«

Während des Spins hatte man endlos über die Hypothetischen spekuliert, jene mysteriösen Wesenheiten, die die Erde ein paar Milliarden Jahre in die Zukunft geschleudert und einen Übergang zwischen Indischem Ozean und der Neuen Welt angelegt hatten. Ohne dass aus diesen Spekulationen, soweit Turk es beurteilen konnte, verlässliche Erkenntnisse entstanden waren.

»Mein Vater hat früher viel über die Hypothetischen gesprochen. Unter anderem hat er mal gesagt, dass wir gern vergessen, wie viel *älter* als vor dem Spin das Universum jetzt ist. Es könnte sich auf eine Weise verändert haben, die wir überhaupt nicht begreifen. In den Büchern steht, dass Kometen und Meteore Abfall sind, der vom äußeren Rand des Sonnensystems zu uns kommt – hierher, auf die Erde oder sonstwo in der Galaxis. Aber das war zu keinem Zeitpunkt mehr als eine lokal begrenzte Beobachtung, zumal eine, die vier Milliarden Jahre alt, also vermutlich überholt ist. Es gibt die Theorie, wonach die Hypothetischen keine biologischen Organismen sind, niemals waren.« Lise bog um eine Ecke, wobei die Autoreifen um Bodenhaftung kämpften. Ihr Vater war Collegeprofessor gewesen. Bevor er verschwand. »Dass es sich bei ihnen um ein System selbstreproduzierender Maschinen handelt, das in den kalten Teilen der Galaxis lebt, an den Rändern planetarischer Systeme. Mit einem extrem langsamen Stoffwechsel, der sich von Eis nährt und Information erzeugt …«

»Wie die Replikatoren, die wir während des Spins ausgeschickt haben.«

»Genau. Selbstreproduzierende Maschinen. Die aber Milliarden von Jahren der Evolution hinter sich haben.«

Waren das die Themen, über die sich Collegeprofessoren mit ihren Töchtern unterhielten? Oder redete sie nur irgendetwas, um gegen die Panik anzukämpfen? »Und was willst du damit sagen?«

»Vielleicht ist das, was jedes Jahr um diese Zeit in die Atmosphäre fällt, nicht einfach nur Kometenstaub. Vielleicht sind es …« Sie zuckte mit den Achseln.

»Tote Hypothetische«, ergänzte er.

»Na ja, klingt ein bisschen hirnverbrannt, wenn du es so ausdrückst.«

»Als Theorie ist es so gut wie alles andere. Ich will gar nicht den Skeptiker rauskehren. Aber wir haben noch nicht einmal einen Beleg dafür, dass das, was da herunterkommt, aus dem Weltraum stammt.«

»Zahnräder und Röhren aus Asche? Wo sollten sie sonst herkommen?«

»Betrachte es mal von einer anderen Seite. Dieser Planet ist erst seit drei Jahrzehnten besiedelt. Wir reden uns ein, dass hier alles erforscht und weitgehend verstanden ist. Aber das ist Unfug. Es wäre falsch, vorschnelle Schlüsse zu ziehen – egal, in welche Richtung. Selbst wenn dieses Ereignis von den Hypothetischen verursacht wurde, wäre damit noch nichts erklärt. Seit dreißig Jahren haben wir jeden Sommer einen Meteorschauer – und noch nie hat es so etwas wie das hier gegeben.« Die Scheibenwischer türmten Staub an den Rändern der Windschutzscheibe auf. Turk sah Leute auf den Gehsteigen, einige rannten, andere suchten Schutz in Hauseingängen. Aus den Fenstern spähten besorgte Gesichter. Ein Polizeiauto fuhr unter Einsatz von Blaulicht und Sirene an ihnen vorbei.

»Es könnte doch sein, dass irgendwo, wo wir es nicht sehen können, etwas Ungewöhnliches geschieht.«

»Ja, es könnte sein, dass der Himmelshund seine Flöhe abschüttelt. Es ist einfach noch zu früh, etwas zu sagen, Lise.«

Sie nickte missmutig und bog in die Parkgarage des Hauses ein, in dem sie wohnte, ein Betonturm, der aussah, als sei er direkt aus Dade County hierher transplantiert worden. Unten in der Garage gab es keinen Hinweis auf das, was draußen vor sich ging, nur ein oder zwei Staubkörner, die in der unbewegten Luft hingen.

Lise zog ihre Sicherheitskarte durch den Fahrstuhlschlitz. »Wir haben's geschafft.«

Ja, bis hierher, dachte Turk.

4

Lise fand für Turk einen Bademantel, in den er einigermaßen hineinpasste, und sagte ihm, er solle seine Kleidung in die Waschmaschine stecken für den Fall, dass der daran noch hängende Staub in irgendeiner Form giftig sei. Währenddessen sprang sie schnell unter die Dusche. Als sie ihre Haare ausspülte, sammelte sich graues Wasser um den Abfluss. Ein Vorzeichen, dachte sie, ein böses Omen: Wer weiß, vielleicht hört der Ascheregen nicht mehr auf, bis Port Magellan darunter begraben ist wie einst Pompeji. Sie blieb unter der Dusche stehen, bis das Wasser wieder klar wurde.

Zweimal flackerte das Licht, bevor sie fertig war. Das Stromnetz in Port Magellan war noch immer recht unausgereift, vermutlich gehörte nicht viel dazu, einen lokalen Transformator außer Betrieb zu setzen. Sie versuchte sich vorzustellen, was passieren würde, wenn der Sturm (falls man ihn wirklich so nennen konnte) noch einen Tag – oder zwei oder mehr – andauerte. Eine ganze Stadt in Dunkelheit geworfen. Rettungsschiffe der UN im Hafen. Soldaten, die Überlebende evakuieren … Nein, es war besser, sich das alles *nicht* vorzustellen.

Sie schlüpfte in saubere Jeans und ein Baumwollhemd, und als sie zu Turk ins Wohnzimmer kam, brannten die Lichter noch immer. Einigermaßen verlegen, aber auch gefährlich sexy, saß er dort in ihrem alten Flanellmorgenmantel. Diese unglaublich langen Beine mit der einen oder anderen Narbe aus dem Leben, das er geführt hatte, bevor er es sich zur Aufgabe gemacht hatte, Leute über die Berge zu fliegen. Er hatte ihr erzählt, dass er als Matrose auf einem Handelsschiff hier eingetroffen war und seine erste Arbeit in der Neuen Welt bei der Saudi-Aramco-Pipeline gefunden hatte. Große kräftige Hände hatte er jedenfalls, ausgiebig benutzt.

Sie bemerkte, wie er sich umsah, und führte sich die eigene Wohnung vor Augen: die breiten Fenster nach Osten, die Videoanlage, die kleine Bücher- und Mediensammlung. Welchen Eindruck hatte er wohl davon? Einen von besseren Verhältnissen vermutlich, verglichen mit dem, was er »seinen Wohnwagen« nannte, und ein bisschen zu heimatlich, zu offensichtlich ein importiertes Stück USA, obwohl die Wohnung noch ganz neu für sie war, immer noch tendenziell unbewohnt: eben der Ort, wo sie nach der Trennung von Brian ihre Sachen untergebracht hatte.

Nicht dass er derlei Gedanken zu erkennen gegeben hätte. Er verfolgte den lokalen Nachrichtensender. Es gab drei Tageszeitungen in Port Magellan, doch nur einen Nachrichtensender, beaufsichtigt von einem höflichen und auf komplexe Weise multikulturellen Beirat. Er sendete in fünfzehn Sprachen und war in jeder dieser Sprachen meist herzlich uninteressant. Aber jetzt gab es ja etwas Aufregendes zu berichten. Ein Kamerateam hatte sich in den Ascheregen begeben, während zwei Kommentatoren Warnhinweise aus den diversen Ministerien verlasen.

»Mach mal lauter«, bat Lise.

Die Kreuzung Portugal Street und Tenth war gesperrt, wodurch es einem Haufen verzweifelter Touristen verwehrt blieb, zu ihren Kreuzfahrtschiffen zurückzukehren. Der Funkverkehr war durch atmosphärische Störungen beeinträchtigt, die Kommunikation mit den Schiffen auf See immer wieder unterbrochen. Ein regierungseigenes Labor unternahm eilige Analysen der Asche, aber bislang gab es noch keine Ergebnisse. Hier und da wurden Atmungsprobleme gemeldet, doch deutete wieder nichts darauf hin, dass die Asche eine unmittelbare Gesundheitsgefährdung darstellte. Spekulationen, wonach eine Verbindung zwischen dem Ascheregen und dem alljährlichen Meteorschauer bestand, konnten derzeit nicht bestätigt werden. Die Behörden gaben allen Bürgern den Rat, Ruhe zu bewahren, Fenster und Türen geschlossen zu halten und abzuwarten.

Danach kam nichts Neues mehr. Lise benötigte keine Reporter, um zu merken, dass das Leben in der Stadt weitgehend zum Stillstand gekommen war. Die üblichen Nachtgeräusche waren verstummt, abgesehen vom gelegentlichen Sirenengeheul der Rettungsfahrzeuge.

Turk schaltete den Ton aus und sagte: »Meine Sachen müssten inzwischen sauber sein.« Er holte sein T-Shirt und die Jeans aus dem Wäschetrockner und trug sie ins Bad, um sich anzuziehen. Draußen in der Mohindar Range war er weniger verschämt gewesen. Aber das galt für sie genauso.

Lise richtete das Sofa als Bett für ihn her. »Wie wär's mit einem Schlummertrunk?«, fragte sie dann.

Er nickte.

In der Küche goss sie den Rest Weißwein in zwei Gläser. Als sie ins Wohnzimmer zurückkam, hatte Turk die Jalousien aufgemacht und spähte hinaus in die Dunkelheit. Ein auffrischender Wind trieb Asche am Fenster vorbei. Sie konnte es ein wenig riechen, den Schwefelgestank.

»Erinnert mich an Diatomeen«, sagte Turk, während er sein Glas entgegennahm.

»Wie bitte?«

»Nun, draußen im Ozean gibt's doch Plankton, nicht wahr? Mikroskopisch kleine Tiere. Sie bilden eine Hülle aus. Dann stirbt das Plankton, die Hülle sinkt ab und sammelt sich unten zu einer Art Schlick, und wenn man den aus dem Wasser holt und unter das Mikroskop legt, dann sieht man all diese Planktonskelette – Diatomeen, kleine Sterne, Stachel und so weiter.«

Lise beobachtete die vorbeischwebende Asche und dachte über Turks Analogie nach. Die Überreste einst lebender Dinge, die durch die Atmosphäre sickern. Die Hüllen toter Hypothetischer.

Für ihren Vater wäre das keine Überraschung gewesen.

Ihr Telefon klingelte wieder, und diesmal ging sie ran: Sie konnte die Außenwelt nicht auf ewig von sich fernhalten, musste beunruhigten Freunden versichern, dass mit ihr alles in Ordnung war. Für einen Moment – und nicht ohne Schuldgefühl – hoffte sie, dass der Anrufer nicht Brian war, aber natürlich war er es.

»Lise? Ich habe mir riesige Sorgen um dich gemacht. Wo bist du?«

Sie ging in die Küche, wie um einen symbolischen Abstand zwischen Brian und Turk zu schaffen. »Mir geht's gut. Ich bin zu Hause.«

»Ah, gut. Viele Leute sind es nämlich nicht.«

»Wie sieht's bei dir aus?«

»Ich bin im Konsulat. Mit etlichen Kollegen. Wir dachten, wir harren hier aus, schlafen auf Pritschen. Das Gebäude hat einen Generator, falls der Strom ausfällt. Hast du Strom?«

»Im Moment ja.«

»Das halbe Chinesenviertel liegt im Dunkeln. Die Stadt hat Probleme, Wartungsmannschaften rauszuschicken.«

»Gibt es irgendjemanden, der weiß, was eigentlich los ist?«

Brians Stimme war ein gestresstes Näseln; so klang er immer, wenn er nervös oder aufgebracht war. »Nein.«

»Oder wann es aufhören wird?«

»Nein. Aber es kann ja nicht ewig dauern.«

Das war ein netter Gedanke, doch ob er ihr – und sei es nur für heute Abend – helfen würde, da hatte Lise große Zweifel. »Okay, Brian. Danke, dass du angerufen hast. Mir geht's gut.«

Eine Pause. Er wollte noch mehr sagen. Das schien er zur Zeit ständig zu wollen. Wenn schon keine Ehe, dann wenigstens ein Gespräch.

»Sag mir Bescheid, falls du irgendwelche Probleme bekommst.«

Sie bedankte sich, legte auf, ließ das Telefon auf der Küchenplatte liegen und ging zurück ins Wohnzimmer.

»War das dein Ex?«, fragte Turk.

Er wusste von ihren Problemen mit Brian. In den Bergen, am Ufer eines vom Sturm gepeitschten Sees, hatte sie eine Reihe von Wahrheiten über sich und ihr Leben preisgegeben. Sie nickte.

»Verkompliziert meine Anwesenheit hier die Dinge?«
»Nein.«

Sie blieben noch auf und verfolgten, was immer an neuen Nachrichten auftauchte, doch um drei Uhr morgens nahm die Müdigkeit überhand, sodass Lise schließlich ins Bett wankte. Trotzdem lag sie noch für eine Weile im Dunkeln wach, unter der Baumwolldecke zusammengerollt, als könnte die sie vor dem schützen, was aus dem Himmel fiel. Es ist nicht der Jüngste Tag, sagte sie sich. Es ist nur etwas Unangenehmes, Unerwartetes.

Diatomeen, dachte sie, Muschelschalen, Hüllen, uraltes Leben – eine weitere Erinnerung daran, dass das Universum sich während des Spins radikal verändert hatte, dass die Welt, in die sie geboren worden war, nicht die war, die ihre Eltern oder Großeltern erwartet hatten. Sie erinnerte sich an ein altes Astronomiebuch ihres Großvaters, das sie als Kind fasziniert hatte. Das letzte Kapitel hatte die Überschrift *Sind wir allein?* gehabt. Was für eine naive, alberne Spekulation aus heutiger Sicht. Denn die Frage war ja beantwortet: Nein, wir sind nicht allein. Nein, wir können das Universum nie wieder als unseren Privatbesitz betrachten. Lange bevor die Evolution des Menschen begann, hat es hier Leben – oder so etwas Ähnliches wie Leben – gegeben. Wir sind auf *ihrem* Terrain, dachte sie, und weil wir sie nicht verstehen, können wir ihr Verhalten nicht vorhersagen. Selbst heute konnte niemand sagen, warum die Erde über vier Milliarden Jahre galaktischer Geschichte hinweg geschützt worden war wie eine Tulpenzwiebel, die im dunklen Keller überwintert. Oder warum im Indischen Ozean ein Seeweg zu diesem neuen Planeten angelegt worden war. Was dort draußen vor dem Fenster herabschwebte, war nur ein weiterer Beleg für die völlige Unwissenheit der Menschheit.

Sie schlief länger, als sie vorgehabt hatte. Beim Erwachen schien ihr Tageslicht in die Augen – nicht gerade Sonnenschein, aber eine mehr als willkommene Helligkeit. Turk war schon wach. Als Lise, nachdem sie sich rasch angezogen hatte, ins Wohnzimmer kam, stand er am Fenster und blickte hinaus.

»Sieht ein bisschen besser aus«, sagte sie.

»Jedenfalls nicht mehr ganz so schlimm.«

Noch immer hing glitzernder Staub in der Luft, doch er fiel nicht mehr so dicht wie am Abend zuvor, und der Himmel war relativ klar.

»In den Nachrichten«, sagte Turk, »heißt es, dass der Niederschlag – so nennen sie es – abnimmt. Die Aschewolke ist zwar noch da, bewegt sich aber landeinwärts. Was sie auf dem Radar und auf Satellitenbildern sehen können, weist darauf hin, dass die ganze Sache heute am späten Abend oder morgen früh beendet sein könnte, jedenfalls soweit es die Küste betrifft.«

Lise strich sich durch die Haare. »Gut.«

»Aber damit ist das Problem noch nicht beseitigt. Die Straßen müssen geräumt werden. Es gibt immer noch Ärger mit dem Stromnetz. Einige Dächer sind eingestürzt, hauptsächlich bei diesen Touristen-Bungalows auf der Landspitze. Allein den Hafen zu säubern wird ein Riesenprojekt werden. Die Regierung hat jede Menge Bulldozer angefordert, um die Straßen zu räumen, und sobald die Mobilität wieder einigermaßen hergestellt ist, können sie anfangen, Meerwasser zu pumpen und alles in die Bucht zu spülen. Es gibt aber allerlei Komplikationen durch Staub in den Motoren, liegengebliebene Autos und so weiter.«

»Sagen sie irgendwas zur Toxizität?«

»Die Asche besteht offenbar zum größten Teil aus Kohlenstoff, Schwefel, Silikaten und Metallen, einiges davon in ungewöhnlichen Molekülzusammensetzungen, was immer das bedeuten mag, jedenfalls zerfallen sie schnell zu einfacheren Elementen. Kurzfristig ist es nicht gefährlich, wenn man nicht gerade Asthma oder irgendwelche Emphyseme hat. Langfristig – wer weiß? Man soll immer noch möglichst drinnen bleiben, und wenn man wirklich mal raus muss, wird empfohlen, eine Gesichtsmaske zu tragen.«

»Und gibt es Vermutungen darüber, wo das alles herkommt?«

»Nun, natürlich wird wild drauflos spekuliert, wobei das meiste reiner Schwachsinn ist, aber am Geophysikalischen Institut gibt es jemanden, der die gleiche Idee hatte wie wir – dass es sich um Materie aus dem Weltraum handelt, die von den Hypothetischen modifiziert wurde.«

Mit anderen Worten: Niemand wusste irgendetwas Genaues. »Hast du geschlafen?«

»Nicht viel.«

»Was zum Frühstück gegessen?«

»Wollte deine Küche nicht in Unordnung bringen.«

»Ich bin keine große Köchin, aber ich kann Omeletts und Kaffee machen.« Er bot ihr an zu helfen, doch sie schüttelte den Kopf: »Du würdest nur im Weg stehen. Gib mir zwanzig Minuten.«

Die Küche hatte ein Fenster, sodass Lise, während die Butter in der Pfanne zischte, einen Blick auf Port Magellan werfen konnte: die große, polyglotte, kunterbunte Stadt am Rande eines neuen Kontinents, die so schnell gewachsen war – jetzt in ein unheilvolles Grau getaucht. Der Wind hatte über Nacht zugenommen. Die Asche bildete Dünen auf den leeren Straßen und rieselte aus den Kronen der Bäume, die entlang der Rue Abbas gepflanzt worden waren.

Lise streute frischen Cheddar auf das Omelett und faltete es. Ausnahmsweise brach es einmal nicht auseinander. Dann verteilte sie es auf zwei Teller und trug sie ins Wohnzimmer. Turk stand gerade in der Ecke, die sie als Büro nutzte: Schreibtisch, Tastatur, Akten, eine kleine Bibliothek aus Notizbüchern.

»Hier schreibst du also?«

»Ja.« Nein. Sie stellte die Teller auf den Couchtisch.

Turk setzte sich neben sie auf das Sofa, schlug die langen Beine übereinander und nahm seinen Teller auf den Schoß. »Gut«, sagte er, nachdem er probiert hatte.

»Danke.«

»Und dieses Buch, an dem du arbeitest. Wie geht das voran?«

Sie zuckte innerlich zusammen. Das Buch, das angebliche Buch, existierte gar nicht, war nur ein Vorwand, um ihren Aufenthalt in Äquatoria zu verlängern. Sie erzählte den Leuten, dass sie ein Buch schrieb, weil dies ein plausibles Projekt zu sein schien für eine studierte Journalistin, die eine gescheiterte Ehe zu verarbeiten hatte – ein Buch über ihren Vater, der ohne Erklärung verschwunden war, als die Familie hier lebte, vor einem Dutzend Jahren, als sie fünfzehn war. »Langsam.«

»Keine Fortschritte?«

»Ein paar Interviews, einige Gespräche mit den ehemaligen Kollegen meines Vaters an der Amerikanischen Universität.« All dies entsprach der Wahrheit. Sie hatte sich in die zerbrochene Geschichte ihrer Familie vertieft. Aber geschrieben hatte sie bisher nichts, außer sich ein paar Notizen gemacht.

»Ich erinnere mich, dass du sagtest, dein Vater habe sich für Vierte interessiert.«

»Er hat sich für alles Mögliche interessiert.« Robert Adams war im Rahmen eines Abkommens des Geophysikalischen Instituts mit der gerade flügge gewordenen Amerikanischen Universität nach Äquatoria gekommen. Er hatte ein Seminar zum Thema »Geologie der Neuen Welt« abgehalten und dafür Feldstudien weit draußen im Westen betrieben. Das Buch, an dem *er* gearbeitet hatte – ein echtes Buch –, hätte den Titel »Planet als Artefakt« getragen, eine wissenschaftliche Untersuchung der Neuen Welt als einen Ort, dessen geologische Geschichte tiefgreifend von den Hypothetischen beeinflusst wurde. Und ja, er war auch von der Gemeinschaft der Vierten fasziniert gewesen – privat, nicht beruflich.

»Die Frau auf dem Foto, das du mir gezeigt hast. Ist sie eine Vierte?«

»Könnte sein. Wahrscheinlich.« Inwieweit wollte sie sich eigentlich über diese Dinge auslassen?

»Wie kannst du das erkennen?«

»Ich habe sie schon einmal gesehen.« Lise legte die Gabel nieder und wandte sich Turk zu. »Möchtest du die ganze Geschichte hören?«

»Wenn du sie erzählen willst.«

Drei Tage nachdem er von der Universität nicht nach Hause gekommen war, einen Monat nach ihrem fünfzehnten Geburtstag, hatte Lise zum ersten Mal im Zusammenhang mit ihrem Vater das Wort »verschwunden« gehört. Die örtliche Polizei war im Haus, um den Fall mit ihrer Mutter zu besprechen. Vom Flur aus lauschte Lise der Unterhaltung in der Küche. Ihr Vater hatte wie üblich seinen Arbeitsplatz verlassen, war in die gewohnte Richtung weggefahren und dann, irgendwo zwischen der Amerikanischen Universität und ihrem gemieteten Haus in den Hügeln oberhalb von Port Magellan, »verschwunden«. Es gab keine nahe liegende Erklärung, keine stichhaltigen Hinweise.

Doch die Ermittlungen dauerten an, und Lises Mutter wurde erneut befragt, diesmal von Männern, die Anzüge statt Uniformen trugen, Männer aus dem Ministerium für Genomische Sicherheit. Mr. Adams hat Interesse an den Vierten bekundet: War dieses Interesse persönlicher Art? Hat er etwa wiederholt das Thema Langlebigkeit angeschnitten? Litt er an irgendeiner degenerativen Krankheit, die durch die marsianische Langlebigkeitsbehandlung geheilt werden konnte? Machte er sich ungewöhnlich viele Gedanken um den Tod? Hat er einen unglücklichen Eindruck gemacht?

Und Lise erinnerte sich, wie ihre Mutter am Küchentisch saß, Unmengen von rostbraunem Roiboostee in sich hineinschüttend, und immer wieder sagte: »Nein, verdammt noch mal, nein.«

Trotzdem bildete sich eine Hypothese heraus: Ein Familienvater in der Neuen Welt, häufig von seiner Familie getrennt, verführt von der Anything-goes-Atmosphäre hier am Vorposten einer neuen Zivilisation und von der Idee eines Vierten Alters, weiteren dreißig Jahren zusätzlich zu seiner normalen Lebensspanne … Lise musste zugeben, dass darin eine gewisse Logik lag. Er wäre nicht der Erste gewesen, den das Versprechen der Langlebigkeit von seiner Familie fortlockte. Drei Jahrzehnte zuvor hatte der Marsianer Wun Ngo Wen eine Technik zur Verlängerung des menschlichen Lebens mit zur Erde gebracht – eine Behandlung, die das Verhalten auch in anderer, weniger offensichtlicher Hinsicht veränderte. Von so gut wie allen Regierungen auf der Erde unter strengstes Verbot gestellt, zirkulierte diese Behandlung weiterhin in der Untergrundgemeinde der Terrestrischen Vierten.

Würde Robert Adams seine Karriere aufgeben und seine Familie verlassen, um sich dieser Gemeinde anzuschließen? Lises instinktive Antwort war dieselbe wie die ihrer Mutter: Nein. Das würde er ihnen nicht antun, *nein*, ganz gleich, wie groß die Versuchung auch sein mochte.

Doch es tauchten Hinweise auf, die geeignet waren, diesen festen Glauben zu untergraben. Ihr Vater hatte sich mit Unbekannten getroffen, außerhalb des Campus. Leute hatten ihn zu Hause aufgesucht, Personen, die in keiner Verbindung zur Universität standen, Personen, die er nicht der Familie vorgestellt und über deren Absichten er sich nur sehr vage geäußert hatte. Und die Vierten-Kulte übten einen besonderen Reiz gerade auf Akademikerkreise aus: Die Behandlung war ursprünglich von dem Wissenschaftler Jason Lawton in Umlauf gebracht worden – er gab sie an Freunde weiter, die er für vertrauenswürdig hielt –, und sie hatte sich vor allem unter Intellektuellen und Gelehrten verbreitet.

Nein, verdammt noch mal … Aber hatte Mrs. Adams eine bessere Erklärung?

Hatte sie nicht. Und Lise auch nicht.

Die Ermittlungen blieben ohne Ergebnis. Nach einem Jahr buchte Lises Mutter eine Überfahrt nach Kalifornien für sich und ihre Tochter, zwar gebeugt durch diesen Anschlag auf ihr wohlgeplantes Leben, aber nicht gebrochen. Robert Adams' Verschwinden – und die Neue Welt im Allgemeinen – wurde zu einem Thema, das man in ihrer Anwesenheit tunlichst vermied. Schweigen war besser als Spekulieren. Lise hatte diese Lektion gut gelernt. Wie ihre Mutter hatte sie ihren Schmerz und ihre Neugier auf jenen dunklen inneren Dachboden verbannt, wo die undenkbaren Gedanken aufbewahrt werden. Jedenfalls bis zu ihrer Heirat mit Brian und seiner Versetzung nach Port Magellan. Da wurden all diese Erinnerungen wieder lebendig: Die Wunde brach auf, als wäre sie nie verheilt, und ihre Neugier, stellte sie fest, war in der jahrelangen Verbannung gleichsam destilliert, war von der Neugier eines Kindes zur Wissbegierde einer Erwachsenen gereift.

Und so begann sie, die Kollegen und Freunde ihres Vaters zu be-
fragen, von denen einige noch in der Stadt lebten, und dabei kam
unweigerlich auch die Gemeinde der Vierten in der Neuen Welt zur
Sprache.

Brian bemühte sich zunächst, ihr zu helfen. Er war nicht sonderlich begeistert über ihre Ad-hoc-Ermittlung in einer Angelegenheit, die er für potenziell gefährlich hielt – und nach Lises Einschätzung war das einer der Gründe für die wachsende emotionale Entfremdung zwischen ihnen –, doch er nahm sie hin und nutzte sogar
seinen ministeriellen Einfluss, um ihren Nachforschungen auf die
Sprünge zu helfen.

Zum Beispiel bei der Frau auf dem Foto.

»Zwei Fotos eigentlich«, sagte sie zu Turk. Als sie von zu Hause
ausgezogen war, hatte Lise eine Reihe von Dingen mitgenommen,
die ihre Mutter ständig wegzuwerfen drohte, darunter eine Disk mit
Fotos aus der Zeit, als ihre Eltern in Port Magellan gelebt hatten. Einige der Bilder waren bei Fakultätsfeiern im Haus der Adams' aufgenommen worden. Lise zeigte sie alten Freunden der Familie, in
der Hoffnung, auf diese Weise die Personen zu identifizieren, die sie
nicht kannte. In den meisten Fällen gelang es ihr, doch es gab eine
Ausnahme: eine dunkelhäutige ältere Frau in Jeans, hinter einer
Gruppe von weitaus teurer gekleideten Fakultätsmitgliedern in der
Tür stehend, als sei sie unerwartet eingetroffen; sie wirkte beunruhigt, nervös.

Niemand kannte sie. Brian bot an, das Foto durch das Bilderken-
nungsprogramm des Ministeriums laufen zu lassen. Es war eine
seiner »Wohltätigkeitsbomben«, wie Lise sie nannte – Akte der
Großzügigkeit, die er ihr vor die Füße warf, um sie von dem einge-
schlagenen Pfad der Trennung wieder abzubringen –, und sie nahm
das Angebot an, jedoch mit dem unmissverständlichen Hinweis, dass
sich dadurch nichts ändern würde.

Immerhin wurden sie bei der Suche fündig. Dieselbe Frau war vor
einiger Zeit schon einmal nach Port Magellan eingereist. Auf der entsprechenden Passagierliste war sie als »Sulean Moi« eingetragen.

Der Name tauchte dann erneut in Verbindung mit Turk Findley auf. Er war der Pilot eines Charterflugs gewesen, der Sulean Moi über die Berge zur Wüstenstadt Kubelick's Grave gebracht hatte – jener Stadt, die Lise Monate zuvor zu erreichen versucht hatte, um einem anderen Hinweis zu folgen.

Turk hörte sich das alles geduldig an. Dann sagte er: »Sie war nicht sehr gesprächig. Hat bar bezahlt. Ich habe sie auf der Landebahn in Kubelick's abgesetzt, und das war's. Sie hat kein Wort über ihre Vergangenheit verloren oder darüber, warum sie nach Westen wollte. Denkst du, dass sie eine Vierte ist?«

»Sie hat sich in fünfzehn Jahren kaum verändert. Das könnte ein Hinweis darauf sein.«

»Dann ist womöglich die einfachste Erklärung die richtige. Dein Vater hat sich der illegalen Behandlung unterzogen und ein neues Leben unter neuem Namen begonnen.«

»Ja, vielleicht. Aber ich will mich nicht mit Hypothesen begnügen. Ich will wissen, was wirklich passiert ist.«

»Und wenn du die Wahrheit herausgefunden hast, was dann? Wird dadurch dein Leben besser? Vielleicht erfährst du ja etwas, das dir überhaupt nicht gefällt. Vielleicht musst du noch einmal ganz neu anfangen zu trauern.«

»Dann weiß ich aber wenigstens, worum ich trauere.«

Wie so oft, wenn sie über ihren Vater sprach, träumte sie in der folgenden Nacht von ihm.

Zunächst war es eher Erinnerung als Traum: Sie stand mit ihm auf der Veranda ihres Hauses oberhalb von Port Magellan, es war Abend, und er sprach mit ihr über die Hypothetischen.

Sie führten diese Unterhaltung auf der Veranda, weil Lises Mutter für derlei Themen nichts übrig hatte. Das war der größte Gegensatz, den Lise zwischen ihren Eltern ausmachen konnte. Beide waren Spin-Überlebende, doch waren sie mit völlig verschiedenen Einstellungen und Gefühlen aus der Krise hervorgegangen. Ihr Vater hatte sich kopfüber in das Rätsel gestürzt, ja, hatte sich in die »neue Fremdheit« des Universums geradezu verliebt. Ihre Mutter dagegen tat so, als wäre nichts gewesen – als wären der Gartenzaun und die Hausmauer so starke Dämme, dass sie den Fluten der Zeit widerstehen konnten.

Lise wusste nicht recht, auf welche Seite sie sich schlagen sollte. Sie liebte das Gefühl der Sicherheit, das ihr das von ihrer Mutter eingerichtete Heim vermittelte. Aber sie hörte auch ihrem Vater gern beim Reden zu.

In dem Traum sprach er also über die Hypothetischen, während die unbenannten äquatorianischen Sterne am Himmel erschienen. *Die Hypothetischen sind keine Personen, Lise, darüber darfst du dich nicht täuschen. Sie sind ein Netzwerk von mehr oder weniger geistlosen Maschinen, vermuten wir. Aber ist sich dieses Netzwerk seiner selbst bewusst? Hat es einen Verstand, ein Bewusstsein, so wie du und ich? Wenn ja, dann muss sich jedes Element seines Denkens über Hunderte, Tausende von Lichtjahren fortpflanzen. Es würde Zeit und Raum ganz anders auffassen als wir. Es nimmt uns vielleicht gar nicht wahr, es sei denn als flüchtiges Phänomen, und falls es uns manipuliert, dann möglicherweise auf einer ganz und gar unbewussten Ebene.*

Wie Gott, erwiderte Lise.

Ein blinder Gott, sagte ihr Vater, doch er täuschte sich, denn während sie hingerissen war von der Großartigkeit seiner Vision und gleichzeitig geborgen im mütterlichen Heim, langten die Hypothetischen im Traum mit einer stählernen Faust, die im Sternenlicht glitzerte, vom Himmel herab und rissen den Vater fort, noch bevor Lise den Mut fasste zu schreien.

5

Der Staubregen fiel noch einige Stunden weiter, machte dann allmählich einem grauen Tageslicht Platz und hörte gegen Abend ganz auf.

Die Stadt verharrte in Stille, abgesehen vom Brummen der Bagger, die unablässig die Asche wegschaufelten. Wo sie jeweils zugange waren, ließ sich an den feinen Staubwolken erkennen, die über ihnen aufstiegen, graue Säulen, die sich über Geschäfte, Baracken, Bürogebäude und Reklametafeln erhoben und dort mit Wasserdampf vermischten, wo die vom Hafen hügelaufwärts gelegten Pumpleitungen begonnen hatten, die Straßen abzuspritzen. Es hatte etwas Apokalyptisches. Doch selbst jetzt waren Leute auf der Straße, mit Masken oder Halstüchern vor den Gesichtern, durch die Verwehungen stapfend, den Schaden begutachtend, mit hilflosen Blicken und Gebärden wie Statisten in einem Katastrophenfilm. Ein Mann in einer verschmutzten Dishdasha stand eine halbe Stunde lang vor dem verschlossenen arabischen Lebensmittelladen auf der anderen Straßenseite und starrte, eine Zigarette nach der anderen rauchend, in den Himmel.

»Glaubst du, es ist vorbei?«, fragte Lise.

Eine Frage, die Turk natürlich nicht beantworten konnte. Doch es ging ihr wohl weniger um eine wirkliche Antwort als um beruhigende Worte. »Vorläufig jedenfalls.«

Sie waren beide zu aufgewühlt, um zu schlafen. Turk schaltete die Videoanlage ein, und sie machten es sich auf dem Sofa bequem. Ein Nachrichtensprecher verkündete, dass die Wolke landeinwärts gezogen sei und keine weiteren »Niederschläge« erwartet würden. Es hatte sporadische Berichte über Ascheregen aus Küstengemeinden zwischen Ayer's Point und Haixi gegeben, doch Port Magellan schien am schwersten betroffen zu sein. Was in gewisser Weise ganz gut war, dachte Turk, denn diese Massen von Partikelmaterie, die schon für die Stadt eine große Belastung darstellten, wären womöglich für das hiesige Ökosystem zur Katastrophe geworden, hätten sie die Wälder befallen, die Ernte ruiniert, den Boden vergiftet – wenn auch, wie der Nachrichtensprecher gerade verlautbarte, »den jüngsten Analysen zufolge«, nichts übermäßig Giftiges darin enthalten war. Die fossilien- oder maschinenartigen Gebilde im Ascheniederschlag erregten natürlich einige Aufmerksamkeit. Mikrofotografien des Staubs zeigten noch mehr Strukturen: Zahnräder, muschelförmige Kegel, an winzige Schneckengehäuse erinnernd, anorganische Moleküle, auf komplexe, unnatürliche Weise zusammengefügt – als wäre eine riesige Maschine im Weltraum zerfallen und nur ihre feineren Elemente hätten den feurigen Abstieg durch die Atmosphäre überlebt.

Sie hatten den ganzen Tag in der Wohnung verbracht, Turk meist am Fenster sitzend, während Lise telefonierte, der Familie zu Hause Nachrichten schickte und eine Bestandsaufnahme der Essensvorräte in der Küche machte für den Fall, dass die Stadt für längere Zeit lahmgelegt war – und im Zuge dessen hatte sich eine Art Intimität eingestellt, die Gebirgscamp-im-Unwetter-Nähe, nunmehr in die Stadt verlegt. Als sie jetzt ihren Kopf gegen seine Schulter lehnte, hob Turk die Hand, um ihr übers Haar zu streichen, zögerte dann aber.

»Ist schon in Ordnung«, sagte sie.

Ihr Haar roch frisch und irgendwie golden, und es fühlte sich wie Seide an, als er die Hand darauflegte.

»Turk, es tut mir leid …«

»Kein Grund, sich zu entschuldigen.«

»Es tut mir leid, dass ich dachte, ich bräuchte einen Vorwand, um dich zu sehen.«

»Du hast mir auch gefehlt, weißt du?«

»Es war nur so … verwirrend.«

»Ja.«

»Möchtest du ins Bett gehen?« Sie nahm seine Hand und rieb ihre Wange daran. »Ich meine …«

Er wusste, was sie meinte.

Er verbrachte diese Nacht bei ihr und auch die nächste, nicht weil er es musste – die Küstenstraße war inzwischen weitgehend geräumt –, sondern weil er es konnte.

Aber ewig bleiben konnte er nicht. Einen weiteren Vormittag vertrödelte er noch, nahm sich viel Zeit mit dem Frühstück, während Lise mal wieder telefonierte. Erstaunlich, wie viele Freunde, Bekannte, Verbindungen nach Hause sie hatte. Daneben kam er sich vergleichsweise unpopulär vor. Die einzigen Anrufe, die er an diesem Morgen tätigte, gingen an Kunden, deren Flüge verlegt oder abgesagt werden mussten – wobei er sich Absagen momentan eigentlich nicht leisten konnte –, und an einige Kumpel, Mechaniker vom Flugplatz, die sich womöglich fragten, warum er sich nicht blicken ließ. Er hatte nicht sonderlich viele gesellschaftliche Kontakte. Er hatte nicht einmal einen Hund.

Lise nahm eine lange Nachricht für ihre Mutter in den Staaten auf. Man konnte nicht direkt über den Bogen hinweg telefonieren – das Einzige, was die Hypothetischen zwischen den beiden Welten passieren ließen, waren bemannte Ozeanschiffe. Doch es gab eine Flotte kommerzieller, mit Telekommunikation ausgerüsteter Schiffe, die ständig hin- und herfuhren, um aufgezeichnete Daten zu übermitteln. So konnte man sich Videonachrichten von der Erde beziehungsweise der Neuen Welt ansehen, die nur wenige Stunden alt waren. Lises Nachricht, soweit Turk es mitbekam, war eine eindringlich vorgetragene Versicherung, dass der Ascheregen keine bleibenden Schäden angerichtet habe und es so aussehe, als würde bald alles wieder aufgeräumt sein; allerdings könne man nicht erklären, was da wirklich geschehen war, es sei doch alles sehr verwirrend … Sag bloß, dachte Turk.

Er selbst hatte Familie in Austin, Texas. Doch die hatte lange nichts mehr von ihm gehört und rechnete wohl kaum damit, dass er sich jetzt meldete.

Auf dem Bücherregal neben Lises Schreibtisch stand eine dreibändige Ausgabe der Marsianischen Archive, auch als die Marsianische Enzyklopädie bezeichnet, das wissenschaftlich-historische Kompendium, das Wun Ngo Wen vor dreißig Jahren mit auf die Erde gebracht hatte. Die blauen Schutzumschläge waren ziemlich zerfleddert. Er griff nach dem ersten Band und blätterte darin. Als Lise endlich das Telefon aus der Hand legte, fragte er: »Glaubst du an das hier?«

»Es ist keine Religion. Es ist nichts, woran man glauben muss.«

In den Jahren des Spins hatten die technologisch führenden Nationen der Erde die Ressourcen aufgebracht, um den Planeten Mars zu terraformen und zu kolonisieren. Die nützlichste Ressource war bereits von den Hypothetischen bereitgestellt worden: die Zeit. Jedes Jahr, das auf der Erde unter der Spinmembran verstrich, entsprach Tausenden von Jahren im übrigen Universum. Die biologische Transformation des Mars – von Wissenschaftlern »Ökopoiesis« genannt – war, auf der Grundlage dieser Zeitdiskrepanz, relativ leicht zu bewerkstelligen. Die menschliche Besiedlung des Roten Planeten war ein ungleich riskanteres Unterfangen.

Über Jahrtausende von der Erde isoliert, hatten die Kolonisten eine an ihre wasserarme und stickstofflose Umwelt angepasste Technologie geschaffen. Sie waren Meister der biologischen Manipulation und hegten einen grundsätzlichen Argwohn gegen überdimensionierte Bauten und Maschinen. Die Entsendung einer bemannten Expedition zur Erde war ein Akt der Verzweiflung, als es Anzeichen dafür gab, dass die Hypothetischen auch den Mars mit einer Spinmembran einhüllen würden.

Wun Ngo Wen, der sogenannte marsianische Gesandte – Turk fand ein Foto von ihm, als er in dem Band blätterte: ein kleiner, dunkelhäutiger Mann mit vielen Falten –, traf in einem der letzten Spinjahre ein. Die irdischen Regierungen hofierten ihn ausgiebig, bis deutlich wurde, dass er keine schnelle Lösung für ihre Probleme anzubieten hatte. Doch setzte Wun sich dafür ein – und wirkte bei der Realisierung mit –, auf dem Mars entwickelte quasibiologische Sonden ins äußere Sonnensystem zu schießen: selbstreproduzierende Apparaturen, deren Aufgabe es war, Informationen zurückzusenden, die ein Licht auf die Natur der Hypothetischen warfen. Und in gewisser Weise hatten sie auch Erfolg; das Netzwerk der Sonden wurde von einer bereits existierenden Ökologie selbstreproduzierender Apparaturen absorbiert, die in den Tiefen des Weltraums lebten und sozusagen den physischen »Körper« der Hypothetischen bildeten, wie manche glaubten. Turk hatte keine Meinung dazu.

Die Version der Archive, die Lise besaß, war eine autorisierte Bearbeitung, erschienen in den Vereinigten Staaten. Sie war von einem Gremium aus Wissenschaftlern und Regierungsbeamten herausgegeben worden und eingestandenermaßen unvollständig. Aber Wun hatte vor seinem Tod dafür gesorgt, dass unredigierte Ausgaben des Textes über private Kanäle verbreitet wurden, zusammen mit etwas noch Wertvollerem: marsianischen »Pharmazeutika«, darunter das Präparat, das der durchschnittlichen menschlichen Lebensspanne dreißig Jahre oder mehr hinzufügte – durch die sogenannte Vierten-Behandlung, deren Verlockungen Lises Vater offenbar erlegen war.

Angeblich gab es inzwischen eine große Anzahl von Vierten auf der Erde. Allerdings fehlten die ausgefeilten sozialen Strukturen, die das Leben ihrer marsianischen Vettern regelten. Gemäß eines UN-Abkommens, das von so gut wie allen Mitgliedsstaaten unterzeichnet worden war, war die Behandlung illegal, und die Haupttätigkeit des Ministeriums für Genomische Sicherheit in den Vereinigten Staaten bestand darin, Vierten-Kulte, sowohl echte als auch betrügerische, zu zerschlagen und den Handel mit »verbesserten« menschlichen und tierischen Genen zu kontrollieren. Das waren also die Leute, für die Lises Exmann arbeitete.

»Wir haben noch nicht viel über dieses Thema gesprochen«, sagte Lise.

»Wir haben über alles Mögliche noch nicht annähernd genug gesprochen.«

Ihr Lächeln, so flüchtig es war, erfreute ihn.

»Kennst du irgendwelche Vierten?«, fragte sie.

»Wenn ich einen sähe, würde ich ihn nicht als solchen erkennen.«

»Weißt du, hier in Port Magellan läuft es nämlich anders. In der Neuen Welt allgemein. Den Gesetzen wird nicht auf gleiche Weise Geltung verschafft wie auf der Erde.«

»Das soll sich jetzt ändern, wie ich höre.«

»Genau deswegen will ich ja auch herausfinden, wofür sich mein Vater interessiert hat, bevor das alles gelöscht wird. Es heißt, es gibt eine Untergrundbewegung von Vierten in der Stadt. Vielleicht mehr als eine.«

»Ja, das habe ich auch gehört. Ich habe vieles gehört. Nicht alles ist wahr.«

»Informationen aus zweiter Hand kann ich kriegen, so viel ich will – wichtig wäre es, wenn ich mit jemandem sprechen könnte, der direkte Erfahrungen mit der Vierten-Gemeinde hier hat.«

»Hm, das könnte ja Brian für dich arrangieren – wenn das Ministerium mal wieder einen verhaftet.« Es tat ihm sofort leid, es gesagt oder jedenfalls so schroff ausgedrückt zu haben.

Lises Gesichtsmuskeln spannten sich. »Brian und ich sind geschieden, und ich bin nicht dafür verantwortlich, was das Ministerium macht.«

»Aber er interessiert sich für dieselben Leuten wie du.«

»Aus anderen Gründen.«

»Hast du je darüber nachgedacht? Ob er dich vielleicht benutzt? Sich deine Recherchen zunutze macht?«

»Brian bekommt meine Arbeit nicht zu sehen. Niemand bekommt sie zu sehen.«

»Auch nicht, wenn er dich mit der Frau lockt, der womöglich schon dein Vater auf den Leim gegangen ist?«

»Ich bin mir nicht sicher, ob du das Recht hast …«

»Vergiss es. Ich bin nur, nun, besorgt.«

Lise war ganz offensichtlich drauf und dran, ihm mit gleicher Münze heimzuzahlen, doch dann neigte sie den Kopf zur Seite und dachte erst einmal darüber nach. Das war etwas, was Turk gleich an ihr bemerkt hatte, die Gewohnheit, eine bestimmte Situation sozusagen von außen zu betrachten, bevor sie ein Urteil fällte. »Stell keine falschen Vermutungen über mich und Brian an. Die Tatsache, dass wir miteinander reden, bedeutet nicht, dass ich ihm irgendeinen Gefallen tue.«

»Gut, dann wissen wir ja, wo wir stehen.«

Gegen Mittag war der Himmel wieder grau, doch diese Wolken waren Regenwolken, nichts Exotisches, und sie brachten einen für die Jahreszeit ungewöhnlichen Platzregen – der, wie Turk dachte, sich letzten Endes segensreich auswirken könnte: Er würde einen Teil der Asche in den Boden oder ins Meer spülen und vielleicht dazu beitragen, die Ernte zu retten, falls das noch möglich war. Der Fahrt von Port Magellan nach Süden jedoch, die er unternahm, nachdem sein Auto vom Parkplatz des Harley's abgeholt hatte, war der Regen nicht förderlich. Ein glitzernder Aschebelag machte die Straßen zu einer rutschigen Angelegenheit. Bäche und Flüsse waren lehmfarben und schäumten in ihren zu eng gewordenen Betten. Als die Straße über die Gebirgskämme führte, konnte Turk den Schlick sehen, der sich aus einem Dutzend trübbrauner Deltas ins Meer wälzte.

Er verließ die Küstenstraße an einem nicht beschilderten Schotterpfad, der zu den sogenannten New Delhi Flats führte, einer Barackensiedlung auf einem Plateau zwischen zwei Bächen, unter einem Steilhang gelegen, der mit jeder Regenzeit ein bisschen weiter abbröckelte. Die Wege zwischen den in Reihen stehenden Fertighäusern chinesischer Machart waren unbefestigt, die Schönwetterhütten waren mit Teerpappe für die Dächer und Isolierplatten, die man aus den Ramschfabriken küstenaufwärts geholt hatte, gegen raueres Klima aufgerüstet worden. Es gab keine Polizei hier, keine eigentliche Autorität außer der, die von Kirchen, Tempeln und Moscheen ins Feld geführt werden konnte. Da die Bulldozer nicht bis in die Nähe der Flats vorgedrungen waren, waren die schmalen Gassen jetzt von Schlammdünen verstopft. Allerdings hatte man die Hauptstraße weitgehend freigeschaufelt, sodass es Turk nur wenige zusätzliche Minuten kostete, um zu Tomas Ginns Haus zu gelangen – eine arsengrüne Bruchbude, zwischen zwei andere exakt gleiche gezwängt.

Er stellte das Auto ab, stapfte durch einen dünnen Schleim aus nasser Asche zur Eingangstür und klopfte. Als keine Antwort kam, klopfte er noch einmal. Ein faltenreiches Gesicht erschien hinter dem Vorhang des kleinen Fensters zur Linken, dann ging die Tür auf.

»Turk!« Tomas' Stimme klang, als hätte man sie durch Felsgrund gefiltert, eine Altmännerstimme, allerdings fester als zu der Zeit, als Turk ihn kennengelernt hatte. »Dich hätte ich nicht erwartet. Schon gar nicht mitten in diesem Tohuwabohu. Komm rein. Die Bude sieht aus wie'n Saustall, aber einen Drink kann ich dir immer noch anbieten.«

Turk trat ein. Tomas' Heim war nicht viel mehr als ein einzelner dünnwandiger Raum mit einem zerschlissenen Sofa und einem Tisch an einem Ende und einer Miniküche am anderen, das alles trüb beleuchtet. Das E-Werk von Port Magellan hatte keine Kabel in diese Gegend gelegt – Elektrizität kam allein aus einer Photovoltaik-Anlage auf dem Dach, und die war durch den Staubregen beeinträchtigt worden. Ein Aroma von Schwefel und Talk schwebte im Zimmer, doch das kam hauptsächlich von der Asche, die Turk mit eingeschleppt hatte. Auf seine Weise war Tomas ein gewissenhafter Hausmann: Der »Saustall« zeichnete sich lediglich dadurch aus, dass ein paar leere Bierflaschen auf dem schmalen Küchentresen standen.

»Setz dich doch«, sagte Tomas und nahm selbst auf einem Stuhl mit einer Delle im Sitz Platz, die seinen knochigen Hintern nachformte. Turk wählte das am wenigsten verschlissene Sitzkissen auf dem Sofa seines Freundes aus. »Kannst du das fassen, was da für eine Scheiße aus dem Himmel fällt? Ich meine, wer hat denn nach *so* was verlangt? Ich musste mir gestern den Weg freischaufeln, nur damit ich einkaufen gehen konnte.«

»Ja, kaum zu fassen«, musste Turk zugeben.

»Also, was führt dich her? Nicht nur Nachbarschaftsgeist, nehme ich mal an, bei dem Wetter. Falls man es als Wetter bezeichnen kann.«

»Möchte dir eine Frage stellen.«

»Antwort oder Gefallen?«

»Zuerst mal eine Antwort.«

»Was Ernstes?«

»Könnte sein.«

»Okay. Willst du ein Bier? Um den Staub aus dem Hals zu kriegen?«

»Keine schlechte Idee.«

Turk hatte Tomas an Bord eines uralten Tankers kennengelernt, auf dessen letzter Fahrt nach Breaker Beach.

Das Schiff, die *Kestrel*, war Turks Eintrittskarte in die Neue Welt. Er hatte als Vollmatrose zu minimalem Lohn angeheuert, die ganze Mannschaft hatte das getan, denn es war eine Reise nur in eine Richtung. Auf der Erde war ein Riesenschiff wie die *Kestrel* eine Belastung, zu alt, um den internationalen Bestimmungen zu genügen, allenfalls für den Küstenhandel noch zu gebrauchen. Sie zu verschrotten wäre jedoch zu teuer gewesen. Jenseits des Bogens, in der Neuen Welt dagegen, boomte der Markt für Alteisen und -stahl, hier stellte derselbe rostige Schiffsrumpf eine Quelle wertvollen Rohmaterials dar, ausgeschlachtet von den mit Acetylen bewaffneten Armeen thailändischer und indischer Arbeiter, die ihrem Broterwerb unbehindert von irgendwelchen Umweltschutzbestimmungen nachgingen – die professionellen Abwracker von Breaker Beach, etwa hundertfünfzig Kilometer nördlich von Port Magellan gelegen.

Turk und Tomas hatten auf dieser Reise die Messe geteilt und dabei das eine oder andere voneinander erfahren. Tomas war in Bolivien geboren, aber, wie er sagte, in Biloxi aufgewachsen und hatte dort wie auch später in New Orleans von frühester Jugend an im Hafen gearbeitet. Jahrzehntelang war er immer wieder zur See gefahren – während der turbulenten Jahre des Spins, als die US-Regierung zur »Stärkung der nationalen Sicherheit« die alte Handelsmarine wieder hatte aufleben lassen, und danach, als der Handel zwischen den beiden Seiten des Torbogens einen verstärkten Schiffsverkehr erforderlich machte.

Wie für Turk war die *Kestrel* auch für Tomas das Ticket ins gelobte Land. Beziehungsweise in das, was sich beide als gelobtes Land ausmalten. Tomas war nicht naiv: Er hatte den Bogen bereits fünfmal durchquert, hatte mehrere Monate in Port Magellan verbracht, war also mit den Schattenseiten der Stadt wohlvertraut. Er wusste, wie grausam sie Neuankömmlinge behandeln konnte. Andererseits war es ein freierer, offenerer Ort, als es ihn auf der Erde gab, eine echte Seefahrerstadt, und er wollte die letzten Jahre seines Lebens hier verbringen – mit Blick auf eine Landschaft, in die die Menschheit erst vor Kurzem ihren Fuß gesetzt hatte. (Turk hatte so ziemlich aus dem gleichen Grund angeheuert, wenn es auch seine erste Reise durch den Bogen war: Er wollte so weit von Texas wegkommen wie möglich, aus Gründen, über die er sich nicht unbedingt näher auslassen wollte.)

Das Problem mit der *Kestrel* war, dass sie, weil sie keine Zukunft hatte, schlecht gewartet worden war und kaum noch als seetüchtig bezeichnet werden konnte. Alle, die auf diese Reise gingen, waren sich dessen bewusst, vom philippinischen Kapitän bis hin zum syrischen Kombüsenjungen. Die Überfahrt wurde so zu einer riskanten Angelegenheit. Schlechtes Wetter hatte schon manches Schiff mit Kurs auf Breaker Beach versenkt, mehr als ein rostiger Kiel hatte seine letzte Ruhe unter dem Bogen der Hypothetischen gefunden.

Doch das Wetter im Indischen Ozean war beruhigend freundlich, und da es für Turk das erste Mal war, riskierte er es, den Spott seiner Schiffskameraden auf sich zu ziehen, indem er die Durchquerung unbedingt an Deck verbringen wollte. Eine Nachtfahrt durch den Bogen. Er steckte sich einen Platz hinter dem Vorderdeck ab, wo er vor Wind geschützt war, bereitete sich ein Lager aus irgendwelchen alten Lumpen, streckte sich darauf aus und sah in die Sterne. Die Sterne – über den Himmel verteilt in vier Milliarden Jahren galaktischer Evolution, die vergangen waren, während die Erde in ihrer Spinmembran steckte, und nach dreißig Jahren immer noch namenlos. Doch die einzigen Sterne, die Turk je kennengelernt hatte. Er war gerade mal fünf gewesen, als der Spin zu Ende ging. Seine Generation war in der Nachspinwelt groß geworden, vertraut mit der Vorstellung, dass man auf einem Hochseeschiff von einem Planeten zum anderen fahren konnte. Turk allerdings war, anderes als die meisten seiner Zeitgenossen, nie imstande gewesen, diese Tatsache wirklich als selbstverständlich anzunehmen. Für ihn war es noch immer ein Wunder.

Der Bogen der Hypothetischen war größer als alles, was menschliche Ingenieurs- und Baukunst je hätte bewerkstelligen können. Gemessen an Sternen und Planeten – der Ebene, auf der die Hypothetischen, wie man annahm, operierten – war es ein relativ kleines Objekt. Aber es war das größte *gemachte* Objekt, mit dem er es, so glaubte Turk, in seinem Leben zu tun bekommen würde. Er hatte es oft auf Fotos gesehen, auf Video, auf Skizzen in Schulbüchern, doch keine dieser Darstellungen wurde der Wirklichkeit gerecht.

Mit eigenen Augen hatte er den Bogen zum ersten Mal vom Hafen in Sumatra aus gesehen, wo er die *Kestrel* bestieg. Das östliche Ende war an klaren Tagen sichtbar gewesen, vor allem bei Sonnenuntergang, wenn das letzte Licht es zu einer feinen goldenen Linie polierte. Nun aber befand er sich direkt unterhalb des Scheitelpunkts – was eine völlig andere Aussicht ergab. Man hatte den Bogen mit einem Ehering von tausendfünfhundert Kilometern Durchmesser verglichen, in den Indischen Ozean versenkt, sodass die eine Hälfte im Felsgrund des Planeten steckte, während die andere über die Atmosphäre hinaus in den Weltraum ragte. Vom Deck der *Kestrel* aus konnte er keinen der beiden Punkte erkennen, an denen der Bogen ins Meer eindrang, doch er konnte seine Spitze sehen, die das letzte Licht der Sonne reflektierte, ein silbrig blauer Pinselstrich, der an seinen westlichen und östlichen Enden dunkelrot ausfranste und in der noch heißen Abendluft zitterte.

Von Nahem, sagten die Leute, wenn man so dicht an einem Bogenende vorbeifuhr, dass man ihn grüßen konnte, sah er so schlicht aus wie ein Betonpfeiler, der sich zufällig aus dem Meer erhob – nur dass dieser Pfeiler eben nicht *aufhörte*, sich zu erheben, sondern irgendwann einfach den Blicken entschwand. Doch der Bogen war kein inaktives Monument, ganz gleich, wie statisch er erscheinen mochte. Er war eine Maschine. Er kommunizierte mit einer Kopie seiner selbst – oder seiner anderen Hälfte –, die in der Neuen Welt installiert war, viele Lichtjahre entfernt. Vielleicht kreiste diese Neue Welt ja um einen der Sterne, die Turk vom Deck der *Kestrel* aus sehen konnte – ein beängstigender Gedanke. Der Bogen mochte unbelebt erscheinen, aber in Wirklichkeit regelte er den Verkehr zwischen zwei Welten. Das war seine Funktion. Wenn ein Vogel, ein entwurzelter Baum oder eine Meeresströmung unter dem Bogen durchkamen, setzten sie ihren Weg ungestört fort. Die Gewässer der Erde und die der Neuen Welt vermischten sich nie. Aber wenn ein bemanntes Hochseeschiff den Bogen durchquerte, wurde es gepackt und über eine unvorstellbare Entfernung transportiert. Allen Berichten zufolge war der Übergang so leicht, so undramatisch, dass man fast enttäuscht war, doch Turk wollte ihn trotzdem hier im Freien erleben, nicht unten im Mannschaftsquartier, wo er nicht einmal merken würde, wann es passierte, jedenfalls nicht, bevor die rituelle Schiffshupe ertönte.

Er sah auf seine Uhr. Es war fast so weit. Er wartete gespannt – als Tomas ins grelle Licht der Decklampe trat und ihm zugrinste.

»Ja, erstes Mal«, kam Turk dem unvermeidlichen Kommentar zuvor.

»Brauchst dich nicht zu rechtfertigen, Mann«, erwiderte Tomas. »Ich komm jedes Mal raus, wenn ich durchfahre. Ob bei Tag oder Nacht. Respekt erweisen oder so was in der Art.«

Wem Respekt erweisen? Den Hypothetischen? Turk fragte nicht nach.

Tomas wandte sein zerfurchtes Gesicht zum Himmel. »Da kommt er.«

Also machte sich Turk bereit – unnötigerweise – und beobachtete, wie die Sterne verblassten und um den Scheitel des Bogens wirbelten wie Spiegelungen im aufgewühlten Wasser. Dann plötzlich war Nebel rund um die *Kestrel* oder ein Dunst, der ihn an Nebel erinnerte, obwohl die Feuchtigkeit fehlte. Ein vorübergehendes Schwindelgefühl, ein Druck in den Ohren. Und dann kehrten die Sterne zurück. Doch es waren andere Sterne, dicker und heller in einem schwärzeren Himmel. Und die Luft schmeckte und roch anders. Ein Windstoß fegte um die Stahlkanten des Topdecks, wie um sich vorzustellen: warme Luft, salzig, belebend frisch. Auf der Kommandobrücke der *Kestrel* schlug in diesem Moment, wie es bei jeder Querung geschah, die Kompassnadel um, und die Schiffshupe ließ ein langgezogenes Heulen ertönen – schmerzhaft laut und dennoch fast zaghaft auf einem Meer, das erst vor kurzer Zeit mit der Menschheit Bekanntschaft gemacht hatte.

»Die Neue Welt«, sagte Turk und dachte: Das war alles? So leicht ist das?

»Äquatoria«, murmelte Tomas, den Kontinent mit dem Planeten verwechselnd wie die meisten. »Wie fühlt es sich an, ein Raumfahrer zu sein, Turk?«

Doch Turk konnte nicht antworten, denn zwei Besatzungsmitglieder, die unbemerkt übers Topdeck geschlichen waren, schütteten lachend einen Eimer Salzwasser über ihn. Ein weiterer Übergangsritus, eine Taufe für den jungfräulichen Matrosen. Er hatte – endlich – den seltsamsten Meridian der Welt überquert. Und er hatte nicht die Absicht zurückzukehren.

Tomas, der schon bei Antritt der Reise unter gewissen Altersgebrechen litt, wurde verletzt, als das Anlanden der *Kestrel* schiefflief.

Es gab keine Docks oder Kaianlagen am Breaker Beach. Turk hatte das von der Reling aus gesehen, bei seinem ersten richtigen Blick auf die Küste von Äquatoria. Wie eine Fata Morgana ragte der Kontinent aus dem Horizont, rosigfarben im Morgenlicht, wenn auch nicht unberührt von menschlicher Hand: In den drei Jahrzehnten seit Ende des Spins war der westliche Rand von Äquatoria der Wildnis entrissen und in ein Chaos aus Fischerdörfern, Holzfällercamps, primitiver Industrie, brandgerodetem Ackerland, hastig angelegten Straßen, einem Dutzend aufstrebender Orte und einer Großstadt verwandelt worden, durch die der größte Teil der Ressourcen des Hinterlands geschleust wurde. Breaker Beach, fast hundert Seemeilen nördlich von Port Magellan gelegen, war wohl der hässlichste Abschnitt an der ganzen Küste – Turk konnte das schwerlich beurteilen, aber der philippinische Frachtmeister war entschieden dieser Ansicht, und seine Begründung klang plausibel. Der breite weiße Strand, durch eine steinige Landspitze vor der Brandung geschützt, war mit Gerippen auseinandergenommener Schiffe übersät und von Rauch und Asche Tausender Feuer geschwärzt. Turk erkannte einen doppelschaligen, der *Kestrel* nicht unähnlichen Tanker, eine ganze Flotte von Küstenschiffen und sogar ein Kriegsschiff, aller Flaggen und sonstiger Erkennungszeichen entledigt. Und das waren erst kürzlich eingetroffene Exemplare, bei denen das Werk der Zerstörung noch kaum begonnen hatte – über viele weitere Kilometer hinweg war der Strand voll von Stahlskeletten, in denen das Acetylenglimmern der Schweißbrenner für die passenden Lichteffekte sorgte.

Dahinter lagen die Schrotthütten, Schmieden, Geräteschuppen und Maschinenhallen der Abwracker, hauptsächlich Inder und Malayer, die mit dieser Arbeit nachträglich ihre Passage durch den Bogen abstotterten. Weiter landeinwärts, vom Morgennebel leicht verschleiert, erstreckte sich bewaldetes Hügelland bis hin zum blaugrauen Vorgebirge.

Turk konnte während des Anlandens nicht an Deck bleiben. Die übliche Methode, ein großes Schiff am Breaker Beach abzuliefern, bestand darin, es auf die Küste zufahren und dort auf Grund laufen zu lassen. Die Abwracker besorgten dann den Rest, fielen über das Schiff her, sobald die Mannschaft evakuiert war. Die Stahlteile landeten in weiter unten an der Küste gelegenen Walzwerken, die etlichen Kilometer Kabel und Aluminiumröhren wurden en gros weiterverscherbelt und sogar die Schiffsglocke, hatte Turk gehört, fand ihre Abnehmer in den buddhistischen Tempeln vor Ort. Dies war Äquatoria – jeder noch so ausrangierte Gegenstand konnte irgendeiner Verwendung zugeführt werden. Da spielte es keine Rolle, dass das Anlanden eines so großen Schiffes wie der *Kestrel* ein brutaler, zerstörerischer Vorgang war. Keines dieser Schiffe würde je wieder auf dem Wasser schwimmen.

Turk ging also unter Deck, als das Signal erklang, und traf in der Messe auf Tomas, der ihm entgegengrinste. Er hatte Gefallen an Tomas' knochigem Grinsen gefunden – es sah ein wenig geistesgestört aus, war aber ganz und gar authentisch.

»Ende des Weges für die *Kestrel*«, sagte Tomas. »Und Ende des Weges auch für mich. Tja, jedes Huhn landet einmal auf dem Rost.«

»Wir liegen vor dem Strand in Position«, erwiderte Turk. Gleich würde der Kapitän die Schrauben rotieren lassen und das Schiff direkt an Land setzen. Die Maschinen würden im letztmöglichen Moment abgestellt werden, der Bug des Schiffes würde sich in den Sand bohren. Dann würden die Männer Strickleitern hinunterlassen und am Schiffsrumpf nach unten klettern; ihre Seesäcke würden folgen; Turk würde seine ersten Schritte im Splitt von Breaker Beach machen. Und nach einem Monat würde die *Kestrel* wenig mehr sein als eine Erinnerung und ein paar tausend Tonnen recyceltes Eisen, Aluminium und Stahl.

»Jeder Tod ist auch eine Geburt«, sagte Tomas. Er war alt genug, dass man ihm derartige Sprüche durchgehen ließ.

»Kann ich nicht beurteilen.«

»Nein? Du scheinst mir jemand zu sein, der mehr weiß, als er zeigt. Ende der *Kestrel*. Aber dein erstes Mal in der Neuen Welt. Da hast du deinen Tod – und die gleichzeitige Geburt.«

»Wenn du es sagst.«

Turk spürte, wie die betagten Maschinen der *Kestrel* zu rütteln begannen. Das Anlanden würde zwangsläufig eine heftige Angelegenheit werden. Alle losen Gegenstände auf dem Schiff waren verstaut oder mit den Rettungsbooten an Land geschickt worden. Die halbe Crew war bereits am Strand.

»Wow«, rief Tomas, als die Vibration die Stuhlbeine erfasste. »Nehmen Geschwindigkeit auf, aber hallo.«

Turk fuhr gern zur See, und es machte ihm auch nichts aus, sich unter Deck aufzuhalten, doch es gefiel ihm überhaupt nicht, in einem fensterlosen Raum zu verharren, während ein absichtlich herbeigeführtes Schiffsunglück bevorstand. »Hast du so etwas schon mal gemacht?«

»Nicht von dieser Warte aus. Aber ich war mal vor Jahren auf einem Abwrackstrand in der Nähe von Goa und hab gesehen, wie ein altes Containerschiff auf Grund gelaufen ist. War nicht viel kleiner als dieses hier. Da steckte im Grunde sogar eine Art Poesie drin. Ist die Flutlinie hochgekrochen wie eine dieser Schildkröten, wenn sie ein Ei zu legen versuchen. Ich meine, man wird sich schon irgendwie festhalten müssen, aber so richtig *brutal* ist es eigentlich nicht.« Tomas sah auf seine Uhr, die wie ein Armband um das magere Handgelenk hing. »Wird langsam Zeit, die Motoren abzustellen.«

»Das kannst du nach der Uhr bestimmen?«

»Ich hab Augen und Ohren. Ich weiß, wo wir vor Anker gelegen haben, und ich kann hören, was für eine Geschwindigkeit wir machen.«

Das klang wie eine von Tomas' Aufschneidereien, aber vielleicht war es auch wahr. Turk wischte sich die Handflächen an den Knien seiner Jeans ab. Kein Grund, nervös zu sein. Was sollte schon schiefgehen? In diesem Stadium war alles nur noch eine Frage der Ballistik.

Was dann aber doch schiefging, war – wie man ihm später sagte – die Tatsache, dass auf der Kommandobrücke der *Kestrel* der Strom ausfiel, aufgrund eines Kurzschlusses oder eines Ausfalls in den uralten Schaltkreisen, sodass der Kapitän weder die Anweisungen des Küstenlotsen hören noch seine eigenen Befehle an den Maschinenraum weitergeben konnte. Die *Kestrel* hätte im Leerlauf an Land treiben sollen, stattdessen strandete sie unter voller Kraft. Als das Schiff auf Grund lief und schwere Schlagseite nach Steuerbord bekam, wurde Turk von seinem Stuhl geschleudert. Er war noch aufmerksam genug, um zu bemerken, dass der Geschirrschrank aus Stahl sich von der nahen Wand löste und in seine Richtung kippte. Der Schrank hatte die Größe eines Sarges und war ebenso schwer, und Turk sah sich schon unter ihm begraben – als Tomas, irgendwie immer noch aufrecht stehend, den quietschenden Metallkasten an der Ecke zu fassen bekam und ihn so lange hielt, bis Turk entwischen konnte. Er taumelte gegen einen Stuhl, die *Kestrel* kam zum Stillstand, die Schiffsmotoren gingen aus. Der Rumpf des alten Tankers gab ein dumpfes, prähistorisches Ächzen von sich und verstummte dann. Gestrandet. Kein Schaden entstanden.

Außer bei Tomas, der das volle Gewicht des Schranks abbekommen und eine Schnittwunde unterhalb des linken Ellbogens davongetragen hatte, so tief, dass der Knochen zu sehen war. Er hielt den verletzten Arm im blutgetränkten Schoß und wirkte ziemlich erschrocken.

Turk band die Wunde mit einem Tuch ab und sagte seinem Freund, er solle aufhören zu fluchen und sich nicht rühren. Dann ging er Hilfe holen. Es dauerte zehn Minuten, bis er einen Offizier fand, der ihm zuhörte.

Der Schiffsarzt war bereits an Land gegangen, und in der Krankenstation gab es keine Medikamente mehr, also bekam Tomas ein paar Aspirintabletten und wurde in einer aus Seilen und einem Korb improvisierten Trage hinabgelassen. Der Kapitän der *Kestrel* weigerte sich, die Haftung für den Vorfall zu übernehmen. Er kassierte seinen Lohn vom Chef der Abwracker und bestieg noch vor Sonnenuntergang den Bus nach Port Magellan. Und so fand sich Turk in der Sorge um Tomas allein gelassen, bis er schließlich einen malayischen Schweißer, der gerade Pause machte, überreden konnte, einen richtigen Arzt zu rufen. Oder was man in diesem Teil der Neuen Welt so als Arzt bezeichnete. Eine Ärztin, eine Frau, sagte der magere Malaye in gebrochenem Englisch. Eine gute Ärztin, eine westliche Ärztin, sehr gütig zu den Abwrackern. Sie war eine Weiße, lebte aber seit Jahren in einem Minang-Fischerdorf nicht weit von hier, ein Stück die Küste hinauf.

Ihr Name, sagte er, sei Diane.

6

Turk erzählte Tomas von Lise, ein wenig jedenfalls: Wie sie sich näherkamen, als sie in den Bergen kampierten; wie sie ihm nicht mehr aus dem Sinn ging, als sie wieder in die Zivilisation zurückgekehrt waren; wie sie seine Anrufe nicht mehr erwiderte; wie sie während des Ascheregens wieder zusammenkamen.

Der alte Mann hörte von seinem zerschlissenen Sessel aus zu, nahm hin und wieder einen Schluck aus einer grünen Flasche und lächelte so friedlich, als hätte er in seinem Kopf eine Art windstillen Ort gefunden. »Klingt, als würdest du die Lady kaum kennen.«

»Ich weiß so viel von ihr, wie ich wissen muss. Bei manchen Leuten ist es leicht zu entscheiden, ob man ihnen trauen kann oder nicht.«

»Und du traust ihr?«

»Ja.«

Tomas deutete auf den Schritt seiner ausgebeulten Jeans. »Dem hier traust du. Zoll für Zoll ein Seemann.«

»So ist es hier nicht.«

»Ist es nie. Ist es aber immer doch. Und warum kommst du jetzt hier rausgefahren und erzählst mir von dieser Frau?«

»Eigentlich hatte ich gedacht, ich könnte sie dir mal vorstellen.«

»Mir? Ich bin doch nicht dein Vater.«

»Nein. Und du bist auch nicht mehr das, was du mal warst.«

»Weiß nicht, was das jetzt damit zu tun hat.«

Turk räusperte sich. »Nun ja ... sie interessiert sich für Vierte.«

»Meine Güte!« Tomas verdrehte die Augen. »*Interessiert* sich? Also willst du mich ihr vorführen? Als Ausstellungsstück A oder so was?«

»Nein. Ich möchte, dass sie mit Diane redet. Aber vorher will ich deine Meinung hören.«

Diane, die westliche Ärztin – beziehungsweise Krankenschwester, als die sie sich beharrlich bezeichnete –, kam also von ihrem etwas landeinwärts gelegenen Dorf nach Breaker Beach, um Tomas' aufgeschlitzten Arm zu verarzten. Turk war etwas misstrauisch, was sie betraf. In Äquatoria, zumal hier in dieser abgeschiedenen Gegend, gab es niemanden, der ärztliche Zulassungen überprüfte. Das war jedenfalls sein Eindruck. Wer eine Spritze und eine Flasche destilliertes Wasser besaß, konnte sich Arzt nennen, und die Abwrackerbosse freuten sich naturgemäß über jeden selbst ernannten Doktor, der gratis arbeitete, ganz egal, was dabei herauskam.

So saß Turk mit Tomas in einer leeren Hütte und wartete auf das Eintreffen dieser Frau. Er bemühte sich, Konversation zu machen, doch irgendwann schlief der ältere Mann ohnehin ein, während das Blut weiter durch den behelfsmäßigen Verband sickerte. Die Hütte war aus hiesigem Holz gebaut: runde, abgeschälte Äste, knubbelig wie Bambus, die ein flaches Blechdach stützten. Es roch nach abgestandenem Essen, Tabak und menschlichem Schweiß. Und es war heiß im Innern, auch wenn hin und wieder ein leiser Lufthauch durch die Gittertür drang.

Die Sonne ging bereits unter, als die Ärztin endlich die Holzstufen zur Hütte erklomm. Sie trug einen Kittel und weite Hosen aus einem Stoff, der in Farbe und Struktur an rohen Musselin erinnerte. Sie war keine junge Frau mehr. Ganz und gar nicht. Ihr Haar war so weiß, dass es wie durchscheinend wirkte. »Wer ist der Patient?«, fragte sie blinzelnd. »Und machen Sie bitte Licht – ich kann kaum etwas sehen.«

»Mein Name ist Turk Findley.«

»Sind Sie der Patient?«

»Nein, ich …«

»Zeigen Sie mir den Patienten.«

Er entzündete den Docht einer Öllampe und führte die Ärztin durch eine Schicht von Moskitonetzen zu der vergilbten Matratze, auf der Tomas schlief. Draußen in der Dämmerung kamen die Insektenchöre langsam in Schwung. Sie klangen völlig anders als die Insekten, die Turk von der Erde kannte, und doch bestand kein Zweifel daran, was es war. Vom Strand her war weiterhin das Hämmern der Abwracker zu hören, das Klingen von Blech, das Tuckern und Heulen der Dieselmotoren.

Tomas nahm nichts von alldem wahr. Die Ärztin – Diane – musterte den Verband um seinen Arm mit verächtlichem Blick. »Wie ist das passiert?«

Turk erzählte es ihr.

»Er hat sich also für Sie geopfert?«

»Ein Stück von seinem Arm jedenfalls.«

»Sie können wirklich froh sein, so einen Freund zu haben.«

»Wecken Sie ihn erst mal auf. Und dann sagen Sie mir, ob ich froh sein kann.«

Sie stupste Tomas an der Schulter. Er schlug die Augen auf und fing sofort an zu fluchen. Alte Flüche, kreolische Flüche. Er versuchte sich aufzusetzen, besann sich aber dann eines Besseren. Nach einer Weile richtete er seine Aufmerksamkeit auf Diane. »Und wer zum Teufel sind Sie?«

»Ich bin eine Krankenschwester. Beruhigen Sie sich. Wer hat Sie verbunden?«

»Ein Typ vom Schiff.«

»Ausgesprochen schlechte Arbeit. Lassen Sie mal sehen.«

»Na ja, ich schätze, es war das erste Mal für ihn. Er … *au!* Herrgott! Turk, ist das eine echte Krankenschwester?«

»Seien Sie nicht kindisch. Und halten Sie still. Ich kann Ihnen nicht helfen, wenn ich nicht sehen kann, was Ihnen fehlt.« Diane nahm die Wunde in Augenschein. »Nun gut. Sie haben Glück gehabt, dass keine Arterie durchtrennt ist.« Sie holte eine Spritze aus ihrer Tasche und zog sie auf. »Etwas gegen den Schmerz, bevor ich die Wunde säubere und nähe.«

Tomas machte Anstalten zu protestieren, aber das war nur Show. Er wirkte ziemlich erleichtert, als die Nadel in die Haut eindrang.

Turk trat zurück, um Diane Raum zum Arbeiten zu geben. Er fragte sich, wie es wohl war, sich sein Geld als Abwracker zu verdienen – unter einem Blechdach zu schlafen und inständig zu beten, dass man sich nicht verletzte oder ums Leben kam, bevor der Arbeitsvertrag auslief, bevor man die Abfindung erhielt, die sie einem versprochen hatten: einen Jahreslohn und einen Busfahrschein nach Port Magellan. Es gab einen offiziellen Lagerarzt, wie ihm der Abwrackerboss erklärt hatte, aber der kam nur zweimal die Woche, meistens, um irgendwelche Formulare auszufüllen. Das routinemäßige Zusammenflicken wurde hauptsächlich von Diane besorgt.

Jetzt beobachtete Turk sie bei der Arbeit, eine Silhouette, vom Licht der Lampe auf das Moskitonetz geworfen. Sie bewegte sich mit der Bedachtsamkeit eines älteren Menschen. Aber auch mit Kraft und Energie. Sie ging methodisch vor, ohne Reibungsverluste, wobei sie gelegentlich vor sich hinmurmelte. Sie mochte etwa in Tomas' Alter sein – das der Seemann je nach Situation mit sechzig oder mit siebzig Jahren angab.

Während sie mit ihm beschäftigt war, gab Tomas immer mal wieder einen trägen Fluch von sich. Es stank zunehmend nach Antiseptika, also trat Turk hinaus in die Dämmerung. Sein erster Abend in der Neuen Welt. Nicht weit entfernt wuchsen Büsche mit sechsfingrigen Blättern, die in der vom Meer kommenden Brise schaukelten. Ihre Blüten rochen nach Nelke, Zimt oder irgendeinem anderen Weihnachtsgewürz. Dahinter flackerten die Lichter und Feuer des geschäftigen Strandes wie eine brennende Zündschnur. Und dahinter wogte das Meer in blassgrüner Phosphoreszenz, und die fremden Sterne wurden zu großen langsamen Kreisen.

»Es könnte da eine Komplikation geben«, sagte Diane, als sie nach draußen kam und sich neben Turk auf die Kante des Holzpodests setzte, das den Hüttenboden einen knappen halben Meter über dem Boden schweben ließ. Das Reinigen und Schließen von Tomas' Wunde war offenbar ziemlich anstrengend gewesen, sie musste sich die Stirn mit einem Taschentuch abwischen. Ihr Akzent klang amerikanisch, fand Turk. Eine gewisse Südstaatenfärbung, Maryland vielleicht, irgendwo in diese Richtung.

Er fragte sie, was sie damit meine.

»Wenn wir Glück haben, nichts Ernstes. Aber Äquatoria ist ein völlig neuartiges Milieu, was Mikroben angeht, verstehen Sie?«

»Nun, ich mag zwar dumm sein, aber nicht ignorant.«

Sie lachte. »Ich bitte um Entschuldigung, Mr. ...?«

»Findley. Aber nennen Sie mich Turk.«

»Ihre Eltern haben Sie Turk genannt?«

»Nicht direkt. Wir haben ein paar Jahre in Istanbul gelebt, während meiner Kindheit. Einige türkische Sprachkenntnisse sind dabei abgefallen. Und ein Spitzname. Also, worauf wollen Sie nun hinaus – dass Tomas sich eine äquatorianische Krankheit einfangen könnte?«

»Es gibt keine eingeborenen Menschen auf diesem Planeten, keine Hominiden, keine Primaten, nichts, was uns auch nur entfernt ähnlich wäre. Die meisten hier verbreiteten Krankheiten können uns also nichts anhaben. Aber es gibt Bakterien und Pilze, die in feuchter, warmer Umgebung gedeihen, und eine solche Umgebung ist auch der menschliche Körper. Nichts, woran wir uns nicht anpassen könnten, Mr. Findley – Turk –, und nichts, was so gefährlich oder übertragbar wäre, dass es zurück zur Erde gelangen könnte. Trotzdem ist es nicht ratsam, mit einem angegriffenen Immunsystem in die Neue Welt zu kommen oder, wie in Mr. Ginns Fall, mit einer offenen Wunde, die von einem Idioten verbunden wurde.«

»Können Sie ihm nicht irgendein Antibiotikum geben?«

»Das habe ich. Aber die hiesigen Mikroorganismen sprechen nicht notwendigerweise auf die üblichen Pharmazeutika an. Verstehen Sie mich nicht falsch, er ist nicht krank, und aller Wahrscheinlichkeit nach wird er auch nicht krank werden, doch es besteht ein gewisses Restrisiko. Sind Sie ein enger Freund von Mr. Ginn?«

»Eigentlich nicht. Aber wie gesagt, er hat sich verletzt, als er mir helfen wollte.«

»Ich würde ihn gern einige Tage hierbehalten, unter meiner Beobachtung. Wäre das in Ordnung?«

»Von mir aus, ja. Aber es könnte schwierig sein, Tomas davon zu überzeugen. Er hat seinen eigenen Kopf.«

»Und wohin wollen Sie, wenn ich fragen darf?«

»Die Küste runter in die Stadt.«

»Haben Sie eine Adresse? Eine Nummer, unter der ich Sie erreichen kann?«

»Nein, Ma'am. Ich bin neu hier. Aber Sie können Tomas sagen, dass ich mich in der Union Hall nach ihm umsehen werde, wenn er in Port Magellan angekommen ist.«

Diane schien etwas enttäuscht. »Na gut.«

»Oder vielleicht kann ich ja Sie anrufen.«

Sie drehte sich zu ihm und sah ihn lange an. Ein eindringlicher Blick. Schließlich sagte sie: »Okay. Ich gebe Ihnen meine Nummer.« Sie fand einen Bleistift in ihrer Tasche und kritzelte die Nummer auf die Rückseite eines Fahrscheins der Buslinie.

»Sie hat dich *geprüft*«, sagte Tomas.

»Ich weiß.«

»Gute Instinkte, die Frau.«

»Ja. Das ist der springende Punkt.«

Turk suchte sich eine Unterkunft in Port Magellan, lebte eine Weile von seinen Ersparnissen und machte immer mal wieder eine Stippvisite bei der Gewerkschaft der Seeleute, um nach Tomas zu sehen. Doch der ließ sich dort nicht blicken. Worüber sich Turk zunächst keine Gedanken machte. Tomas konnte wer weiß wo sein; er konnte es sich etwa ohne Weiteres in den Kopf gesetzt haben, die Berge zu überqueren. Also aß Turk in der Union Hall zu Abend oder genehmigte sich einen Drink und dachte nicht weiter an seinen Kumpel, aber als dann ein Monat vergangen war, kramte er den Fahrschein hervor und wählte Dianes Nummer.

Er hörte eine automatische Ansage, die ihm mitteilte, die Nummer sei nicht mehr gültig.

Das machte ihn so neugierig wie besorgt. Sein Geld ging zur Neige, und er beabsichtigte, bei den Pipelines anzuheuern, doch vorher nahm er noch den Bus die Küste hinauf und wanderte dann einige Kilometer bis zum Breaker Beach. Einer der Abwrackerbosse erinnerte sich an Tomas. Er sagte Turk, sein Freund sei krank geworden, das sei zwar bedauerlich gewesen, doch sie könnten sich hier nicht um Kranke kümmern, also hätten Ibu Diane und einige Minang-Fischer den alten Mann in ihr Dorf geschafft.

Turk aß etwas in einem chinesischen Blechdach-Restaurant, dann fuhr er per Anhalter weiter am Meer entlang bis zu einer Hufeisenbucht, die in der langen äquatorianischen Dämmerung ein buntes Farbenspiel aufführte. Der Fahrer, ein Handelsvertreter einer westafrikanischen Importfirma, setzte ihn an einer unbefestigten Straße und einem Schild mit einer bogenförmigen Schrift ab, die Turk nicht lesen konnte. Minang-Dorf da runter, sagte der Mann. Turk lief einige Kilometer durch den Wald, und gerade als die Sterne hell und die Insekten lästig wurden, gelangte er zu einer Reihe von Holzhäusern mit Büffelhorntraufen und einem von Laternen beleuchteten Gemischtwarenladen, wo Männer mit Baseballcaps an Kabeltrommeltischen saßen und Kaffee tranken. Er setzte sein charmantestes Lächeln auf und fragte einen Vorbeikommenden, wie er am besten zu Doktor Dianes Ambulanz komme.

Der Passant lächelte ebenfalls, nickte und rief dann etwas zu den Tischen hinüber. Sofort kamen zwei junge muskulöse Männer herbeigelaufen und nahmen Turk in die Mitte. »Wir bringen Sie hin«, sagten sie auf Englisch, nachdem er sein Anliegen wiederholt hatte – und auch sie lächelten, doch Turk hatte das ungute Gefühl, dass man ihn gerade in Gewahrsam genommen hatte.

»Ich muss ziemlich am Arsch gewesen sein, als du mich endlich gefunden hast«, sagte Tomas.

»Kannst du dich nicht erinnern?«

»Kaum.«

»Ja. Du warst ziemlich am Arsch.«

Und tatsächlich: Turk fand Tomas ans Bett gefesselt, völlig ausgemergelt, nach Luft ringend im Hinterzimmer eines großen Holzgebäudes, das Diane als ihre »Ambulanz« bezeichnete.

Turk sah mit Entsetzen auf seinen Freund herab. »Mein Gott, was ist mit ihm passiert?«

»Beruhigen Sie sich«, sagte Ibu Diane. Ibu wurde sie von den Dorfbewohnern genannt; es schien eine Art Ehrentitel zu sein.

»Liegt er im Sterben?«

»Nein. Entgegen dem äußeren Anschein ist er dabei, sich zu erholen.«

»Und das alles von einer Schnittwunde im Arm?«

Tomas sah aus, als hätte man ihm einen Schlauch eingeführt und seine Innereien abgepumpt. Turk konnte sich nicht erinnern, je einen dünneren Menschen gesehen zu haben.

»Es ist ein bisschen komplizierter. Setzen Sie sich, ich werde es Ihnen erklären.«

Vor dem Fenster der Ambulanz, im Dorf, ging es trotz Dunkelheit recht lebhaft zu. Laternen baumelten an Regenrinnen, und man konnte den blechernen Klang irgendwelcher Musikkonserven hören. Diane machte Kaffee mittels Elektrokessel und Cafetière, das Ergebnis war wunderbar heiß und stark.

Früher habe es hier zwei richtige Ärzte gegeben, sagte sie dann. Ihr Ehemann und eine Minang-Frau, die beide vor einiger Zeit eines natürlichen Todes gestorben waren. Jetzt war nur noch sie übrig, und die einzigen medizinischen Kenntnisse, die sie besaß, waren die, die sie bei ihrer Tätigkeit als Krankenschwester erworben hatte. Es genügte, um den Ambulanzbetrieb aufrechtzuerhalten – eine unverzichtbare Einrichtung nicht nur für dieses Dorf, sondern auch für ein halbes Dutzend weiterer in der Nähe sowie für die Abwracker. Wen sie nicht behandeln konnte, überwies sie an die weiter küstenaufwärts gelegene Rote-Halbmond-Klinik oder an das Katholische Wohlfahrtshospital in Port Magellan, auch wenn das jedes Mal eine lange Reise erforderte. Was Schnittwunden, glatte Knochenbrüche oder gewöhnliche Funktionsstörungen anging, war sie durchaus kompetent. Außerdem besprach sie sich regelmäßig mit einem umherreisenden Arzt aus Port Magellan, der Verständnis für ihre Situation hatte und dafür sorgte, dass sie mit den grundlegenden Medikamenten, sterilem Verbandszeug und so weiter ausgerüstet war.

»Dann hätten Sie Tomas vielleicht doch in die Stadt schicken sollen«, sagte Turk. »Ich finde, er sieht ernsthaft krank aus.«

»Die Schnittwunde am Arm war das geringste Problem. Hat er Ihnen gesagt, dass er Krebs hatte?«

»Um Gottes willen, nein. Krebs?«

»Wir haben ihn hierhergebracht, weil sich seine Wunde entzündet hatte. Der Krebs hat sich dann in ganz simplen Bluttests gezeigt. Meine diagnostische Ausrüstung ist ziemlich bescheiden, aber ich habe einen tragbaren Bildwandler – zehn Jahre alt und funktioniert noch immer einwandfrei. Er hat die Diagnose bestätigt. Und die Prognose war sehr ernst. Krebs ist zwar keine unbehandelbare Krankheit, aber Ihr Freund ist Ärzten allzu lange aus dem Weg gegangen. Es hatten sich schon jede Menge Metastasen gebildet.«

»Dann wird er also doch sterben.«

»Nein.« Diane machte eine Pause. Erneut fixierte sie ihn mit diesem starren, ein wenig unheimlichen Blick. Turk machte keinen Versuch, ihm auszuweichen; es war wie ein Blickduell mit einer Katze. »Ich habe ihm eine unkonventionelle Behandlung angeboten.«

»Was denn? Bestrahlung oder so was?«

»Ich habe angeboten, ihn zu einem Vierten zu machen.«

Für einen Moment war Turk so verblüfft, dass ihm die Worte fehlten. Draußen spielte die Musik weiter, irgendetwas Melodieloses, Fremdartiges, auf einem Holzxylophon erzeugt und durch einen billigen Lautsprecher gejagt. Er räusperte sich. »Das können Sie tun?«

»Ich kann es. Ich habe es bereits getan.«

Turk fragte sich, in was er da hineingeraten war und wie er sich möglichst schnell wieder herausziehen konnte. »Nun, ich vermute, es ist nicht illegal hier ...«

»Da vermuten Sie falsch. Man kommt hier nur leichter damit durch. Aber wir müssen sehr diskret sein. Ein paar zusätzliche Jahrzehnte Leben – damit geht man nicht auf den Marktplatz.«

»Und warum erzählen Sie es dann mir?«

»Weil Tomas Hilfe brauchen wird, während er sich erholt. Und weil ich glaube, dass ich Ihnen trauen kann.«

»Woher wollen Sie das wissen?«

Diane verblüffte ihn mit einem Lächeln. »Sie sind hergekommen, um nach ihm zu suchen. Nennen wir's also eine begründete Vermutung. Wissen Sie, bei der Vierten-Behandlung geht es nicht nur um

Langlebigkeit. Die Marsianer waren sehr zögerlich, an der menschlichen Biologie herumzubasteln. Sie wollten auf keinen Fall so etwas wie eine Ältestenelite schaffen. Die Vierten-Behandlung gibt etwas, aber sie nimmt auch etwas. Sie gibt dreißig oder vierzig zusätzliche Lebensjahre – und ich bin ein Beispiel dafür, falls Sie es noch nicht erraten haben –, aber sie formt auch gewisse menschliche Eigenschaften um.«

»Eigenschaften?« Turk hatte seines Wissens bisher noch nie mit einem oder einer Vierten gesprochen. Und das war es ja, was diese Frau zu sein behauptete. Wie alt war sie wohl? Neunzig? Oder hundert? Er starrte sie mit großen Augen an.

»Bin ich so furchterregend?«

»Nein, Ma'am, überhaupt nicht, aber ...«

»Nicht mal ein bisschen?« Sie lächelte immer noch.

»Na ja, ich ...«

»Was ich sagen will, Turk, ist, dass ich als Vierte ein schärferes Sensorium für soziales Verhalten habe als die Mehrzahl der nicht veränderten Menschen. Ich erkenne etwa, wenn jemand lügt oder unaufrichtig ist, jedenfalls wenn ich ihm von Angesicht zu Angesicht gegenüberstehe. Ich bin nicht allwissend, ich bin nicht besonders weise, und ich kann nicht Gedanken lesen, aber man könnte sagen, dass mein Bullshit-Detektor ein paar Stufen höher eingestellt ist. Und da jede Gruppe von Vierten ständig bedroht ist – durch die Polizei oder Kriminelle oder beide –, ist das eine sehr nützliche Fähigkeit. Nein, ich kenne Sie nicht gut genug, um behaupten zu können, dass ich Ihnen traue, aber ich kann Sie deutlich genug *wahrnehmen*, um zu sagen, dass ich *gewillt* bin, Ihnen zu trauen. Verstehen Sie das?«

»Denke schon. Ich meine, ich habe überhaupt nichts gegen Vierte. Ich habe mir eigentlich nie groß Gedanken darüber gemacht.«

»Diese bequeme Unschuld ist nun vorbei. Ihr Freund wird nicht an Krebs sterben, aber er muss sich in vieler Hinsicht umstellen. Und er kann hier nicht bleiben. Kurz gesagt, ich würde ihn gern in Ihre Obhut geben.«

»Ma'am – äh, Diane –, ich habe nicht die geringste Ahnung, wie man sich um einen Kranken kümmert, geschweige denn einen Vierten.«

»Er wird nicht mehr lange krank sein. Aber er wird einen verständnisvollen Freund brauchen. Wollen Sie das für ihn sein?«

»Ich … ich bin ja bereit dazu, denke ich, aber vielleicht wäre es besser, eine andere Lösung zu finden, denn ich befinde mich in einer schwierigen Lage, finanziell und so.«

»Ich würde Sie nicht fragen, wenn mir etwas Besseres einfiele. Es war ein Segen, dass Sie zu diesem Zeitpunkt aufgetaucht sind. Wissen Sie, wenn ich nicht gewollt hätte, dass Sie mich finden, wäre es sehr viel schwieriger für Sie gewesen hierherzukommen.«

»Ich habe versucht anzurufen, aber …«

»Ich musste diese Nummer aufgeben.« Sie runzelte die Stirn, gab aber keine nähere Erklärung.

Scheiße, dachte er. »Also gut. Schätze, man schickt einen herrenlosen Hund nicht raus in den Regen.«

Ihr Lächeln kehrte zurück. »Sehen Sie, das habe ich mir auch gedacht.«

»Nehme an, du hast inzwischen das eine oder andere über Vierte gelernt«, sagte Tomas.

»Ich weiß nicht. Du bist das einzige Exemplar, das ich kenne. Und das ist nicht allzu lehrreich, um ehrlich zu sein.«

»Hat sie das tatsächlich gesagt, das mit dem Bullshit-Detektor?«

»Ja, hat sie. Und stimmt es?«

Tomas hatte sich so rasch von seiner Krankheit erholt – besser gesagt, von dem genetischen Umbau der Vierten-Behandlung –, wie von Diane prophezeit. Die psychologische Anpassung war hingegen eine andere Sache. Der alte Seemann war nach Äquatoria gekommen in dem Bewusstsein, dass er bald sterben würde, stattdessen sah er sich nun mit der Aussicht auf drei oder vier Jahrzehnte zusätzlicher Lebenszeit konfrontiert, für die er keinerlei Pläne oder gar irgendwelche Vorsätze gefasst hatte.

Rein körperlich war es wie ein Befreiungsschlag. Nach einer Woche Genesung schon konnte man Tomas für einen erheblich jüngeren Mann halten, als er war. Sein krebsartiger Gang wurde geschmeidig, sein Appetit stieg ins Grenzenlose. Für Turk war das alles so fremd, dass er nicht wusste, wie er damit umgehen sollte – es war, als hätte Tomas seinen alten Körper abgeworfen wie eine Schlange ihre Haut. »Scheiße, ich bin es doch bloß«, sagte sein Freund immer dann, wenn Turk ein allzu deutliches Unbehagen über den Unterschied zwischen dem alten und dem neuen Tomas an den Tag legte.

Tomas selbst genoss seine neu erlangte Gesundheit offensichtlich sehr. Der einzige Nachteil, sagte er, sei der, dass die Behandlung seine Tätowierungen gelöscht hat; seine halbe Lebensgeschichte sei in diesen Tätowierungen festgehalten gewesen.

»Ob es wahr ist, dass ich einen verbesserten Bullshit-Detektor habe? Nun, das liegt im Auge des Betrachters. Es ist jetzt zehn Jahre her. Was glaubst du denn?«

»Wir haben nie groß über dieses Thema gesprochen.«

»Hätte nichts dagegen gehabt, wenn's so geblieben wäre.«

»Kannst du es erkennen, wenn dich jemand anlügt?«

»Es gibt keine Pille, die einen dummen Menschen klug macht. Und ich bin kein sehr kluger Mensch. Ich bin auch kein Lügendetektor. Aber im Allgemeinen krieg ich es mit, wenn jemand versucht, mir was anzudrehen.«

»Ich glaube nämlich, dass man Lise belogen hat. Ihr Interesse an Vierten ist legitim, aber ich denke, dass sie benutzt wird. Außerdem besitzt sie Informationen, die Diane vielleicht gern hören würde.«

Tomas schwieg für eine Weile. Er leerte die Bierflasche und stellte sie auf einem Serviertisch neben dem Sessel ab. Dann sah er Turk auf eine Weise an, die an Dianes prüfenden Blick erinnerte. »Du bewegst dich hier auf schwierigem Terrain, Kumpel.«

»Ich weiß.«

»Könnte gefährlich werden.«

»Schätze, das ist es, was mir Sorgen macht.«

»Kannst du mir ein bisschen Zeit geben, darüber nachzudenken?«

»Ja, klar.«

»Okay. Ich hör mich um. Ruf mich in ein paar Tagen an.«

»Danke.«

»Bedank dich nicht zu früh. Vielleicht überleg ich's mir noch anders.«

7

Während Lise zum Konsulat fuhr, meldete das Interface in ihrem Auto neue Post.

»Von?«, fragte sie.

»Susan Adams«, erwiderte das Interface.

In letzter Zeit konnte Lise nicht an ihre Mutter denken, ohne die Schachtel mit ihren Medikamenten vor sich zu sehen, sortiert nach Tagen und Stunden, das Uhrwerk ihrer Sterblichkeit. Tabletten gegen Depression, Tabletten zur Regulierung des Cholesterinhaushalts, Tabletten zur Abwehr von Alzheimer, wofür sie eine genetische Disposition besaß.

»Vorlesen.«

Liebe Lise. Die Stimme des Interface war männlich. Es verlas den Text mit der Lebhaftigkeit eines tiefgefrorenen Fisches. *Danke für deine letzte Post. Da bin ich doch sehr beruhigt, nach dem, was ich in den Nachrichten gesehen habe.*

Das bezog sich auf den Ascheregen, der noch immer die Seitenstraßen verstopfte und Tausende von Touristen veranlasst hatte, auf ihre Kreuzfahrtschiffe zu flüchten und eine sofortige Heimfahrt zu fordern. Leute, die nach Äquatoria gekommen waren, um sich eine angenehm exotische Landschaft anzusehen, stattdessen aber in etwas ganz anderes hineingestolpert waren: *echte* Exotik, eine Fremdartigkeit, die mit menschlichen Erwartungen keine Kompromisse schloss.

Und genau so hätte ihre Mutter auch reagiert.

Ich muss nur immer wieder daran denken, wie weit weg du bist, wie unerreichbar du dich gemacht hast. Nein, ich werde nicht wieder mit diesem Thema anfangen. Und ich werde auch kein Wort über deine Trennung von Brian sagen.

Susan Adams hatte sich entschieden gegen die Scheidung ausgesprochen – ironischerweise, denn ebenso entschieden war sie damals gegen die Heirat. Sie hatte Brian anfänglich nicht gemocht, weil er für die Genomische Sicherheit arbeitete, das Ministerium, das in ihren Augen von den schweigsamen, wenig hilfsbereiten Männern repräsentiert wurde, die nach dem Verschwinden ihres Mannes um sie herumgeschlichen waren. Lise dürfe nicht eines dieser gefühllosen Monster heiraten, so ihre Ansicht. Doch Brian war nicht gefühllos, und es gelang ihm, Lises Mutter für sich einzunehmen, ihre Einwände gegen ihn Schritt für Schritt zu zerstreuen, bis er zu einer nicht nur geduldeten, sondern sogar erwünschten Größe in ihrem Leben wurde. Vor allem hatte er die oberste Regel für den Umgang mit ihr schnell begriffen: niemals über die Neue Welt, die Hypothetischen, den Spin oder das Verschwinden von Robert Adams zu sprechen. In ihrem Haus hatten diese Themen den Status einer Obszönität – was einer der Gründe dafür war, dass Lise dieses Haus unbedingt verlassen musste.

Und dann gab es reichlich Sorge und Widerstand, als Brian nach Port Magellan versetzt wurde. Als wäre die Neue Welt eine Art Geisterreich, aus dem niemand zurückkehrte, ohne Schaden an Leib und Seele genommen zu haben. Nein, nicht einmal um Brians Karriere willen sollten sie diesen Schritt ins Verderben tun … Das war natürlich nichts anderes als Realitätsverleugnung, die Flucht vor unakzeptablen Wahrheiten, eine Strategie, die ihre Mutter entwickelt hatte, um ihren nicht ausgelebten Kummer einzudämmen. Doch das war genau der Grund, warum Lise darüber so verärgert war. Sie hasste den Ort, in den ihre Mutter ihre Erinnerungen eingemauert hatte. Denn Erinnerung war alles, was von Lises Vater geblieben war – und diese Erinnerung umfasste seine maßlose Begeisterung für die Hypothetischen und für den Planeten, zu dem diese einen Zugang eröffnet hatten.

Auch der Ascheregen hätte ihn fasziniert, dachte Lise. Die in den Staub eingelassenen Zahnräder und Muscheln, Teile eines großen Puzzles ...

Ich hoffe nur, diese Vorgänge überzeugen dich davon, dass es das Beste wäre, nach Hause zu kommen. Falls es eine Frage des Geldes ist, dann lass mich ein Ticket für dich buchen. Natürlich ist Kalifornien nicht mehr das, was es einmal war, die Sommer sind heißer und die Winterstürme heftiger, als sie meiner Erinnerung nach früher waren, doch das ist mit Sicherheit nichts im Vergleich zu dem, was du momentan durchmachst.

Du hast keine Ahnung, dachte Lise, was ich durchmache. Und du willst es auch gar nicht wissen.

In der Nachmittagssonne wirkte das amerikanische Konsulat wie eine freundliche Festung jenseits eines Burggrabens aus schmiedeeisernen Zäunen. Jemand hatte einen Blumenstreifen entlang des Zauns angelegt, doch der Ascheregen war nicht sehr freundlich damit umgesprungen. Es waren ausschließlich einheimische Gewächse – man durfte keine terrestrischen Pflanzen durch den Bogen einführen, ein Verbot, das allerdings nicht übermäßig wirksam war. Die einzigen Blumen, die den Ascheüberfall überlebt hatten, waren – in der etwas derben Taxonomie der ersten Siedler – rote Hurenlippen, mit Stängeln, die an emaillierte Essstäbchen erinnerten, und Blättern, die die ramponierten Blüten wie ein viktorianischer Kragen umhüllten.

An der Eingangstür stand ein Wachmann, gleich neben einem Schild, das die Besucher aufforderte, jegliche Waffen, elektronische Geräte und sonstige unversiegelte Behälter in Verwahrung zu geben. Nichts Neues für Lise, die Brian vor der Scheidung regelmäßig in den Räumen der Genomischen Sicherheit besucht hatte. In diesem Moment erinnerte sie sich, wie sie als Teenager, in der Zeit, als ihr Vater an der Universität lehrte, häufig am Konsulat vorbeigefahren war – wie mächtig und vertraueneinflößend das Gebäude mit seiner hohen weißen Fassade gewirkt hatte.

Der Wachmann rief Brians Büro an, um sich eine Bestätigung geben zu lassen, und händigte ihr dann eine Besucherkarte aus. Mit dem Fahrstuhl fuhr sie in den vierten Stock – auf halber Höhe des Gebäudes gelegen, ein graues, fensterloses Labyrinth der Bürokratie.

Brian trat in den Flur, als sie näher kam, und hielt ihr die Tür auf, auf der MfGS 507 stand. Brian, fand Lise, war irgendwie unveränderlich: stets sorgfältig gekleidet, rank und schlank, sonnengebräunt – an den Wochenenden wanderte er gern in den Hügeln oberhalb von Port Magellan. Er lächelte kurz zur Begrüßung, doch insgesamt wirkte er heute steif und distanziert – wie eine Art Stirnrunzeln mit dem ganzen Körper, dachte sie. Was immer jetzt kommen mochte, sie versuchte darauf gefasst zu sein.

Brian stand drei Mitarbeitern vor, von denen jedoch keiner anwesend war. »Komm rein«, sagte er. »Setz dich. Wir müssen uns unterhalten. Es ist wohl am besten, wenn wir das so schnell wie möglich hinter uns bringen.«

Selbst in dieser Situation war er unbeirrbar freundlich, eine seiner Eigenschaften, die sie besonders frustrierend fand. Ihre Ehe war von Anfang an nicht gut gelaufen. Nicht unbedingt eine Katastrophe, aber eine Fehlentscheidung, der weitere Fehlentscheidungen gefolgt waren – von denen sie sich manche selbst nicht gern eingestand. Und noch schlimmer war, dass sie sich nicht in der Lage sah, ihre Unzufriedenheit auf eine Weise mitzuteilen, die Brian verstehen könnte. Brian ging jeden Sonntag in die Kirche, Brian glaubte an Anstand und Schicklichkeit, Brian verachtete die Komplexität und Unverständlichkeit der Nachspinwelt. Das war es letzten Endes, was Lise nicht ertragen konnte, das kannte sie schon zur Genüge von ihrer Mutter. Was sie sich stattdessen wünschte, war, was ihr Vater in jenen Nächten, in denen sie die Sterne beobachtet hatten, so leidenschaftlich zu vermitteln versucht hatte: Ehrfurcht oder, wenn schon nicht das, zumindest Courage.

Brian besaß – gelegentlich – Charme, er war ein durch und durch ernsthafter Mensch und auf seine Weise bereit, für das einzustehen, woran er glaubte. Aber er hatte Angst vor dem, was aus der Welt geworden war – und das konnte sie nicht akzeptieren.

Sie nahm Platz. Er zog einen zweiten Stuhl heran und setzte sich ihr gegenüber, sodass sich ihre Knie fast berührten. »Das wird jetzt vielleicht nicht die angenehmste Unterhaltung, die wir je hatten«, sagte er. »Aber sie ist zu deinem Besten, Lise. Bitte behalt das im Hinterkopf.«

Turk dachte noch immer über sein Gespräch mit Tomas nach, als er am Nachmittag am Flugplatz eintraf. Er wollte kurz sein Flugzeug inspizieren, bevor er nach Hause fuhr. Die kleine Skyrex, ein zweimotoriges Propellerflugzeug mit starren Flügeln, war fast fünf Jahre alt und musste weitaus häufiger repariert und gewartet werden als früher. Gerade erst war ein neuer Benzineinspritzer eingebaut worden, und Turk wollte mit eigenen Augen sehen, was die Mechaniker angestellt hatten. Also parkte er auf seinem üblichen Platz hinter dem Frachtgebäude und überquerte ein von Asche und Regen wollgrau gefärbtes Stück Rollfeld, doch als er zum Hangar kam, fand er die Tür mit einem Vorhängeschloss verriegelt. Hinter dem Schloss steckte ein Zettel, der ihn auffordert, bei Mike Arundji vorzusprechen.

Keine Frage, worum es hier ging: Turk war zwei Monatsmieten für den Hangarplatz schuldig und hatte zudem Rückstände bei den Wartungskosten.

Aber er verkehrte freundschaftlich mit Mike Arundji – meistens jedenfalls –, und während er zum Büro des Flughafenbesitzers ging, probte er bereits seine üblichen Entschuldigungen und Begründungen. Es war ein ritueller Tanz: die Forderung, die Entschuldigung, die symbolische Zahlung (obwohl es selbst damit knapp werden würde), ein weiterer Aufschub … Das Vorhängeschloss allerdings war ein neues Element.

Der ältere Mann sah mit einem Ausdruck tiefen Bedauerns von seinem Schreibtisch auf. »Das Schloss? Ja, tut mir leid, aber mir bleibt nichts anderes übrig. Ich muss mein Geschäft wie ein Geschäft führen.«

Turk räusperte sich. »Es liegt an der Asche. Ich habe dadurch mehrere Charterflüge verloren. Sonst hättest du dein Geld längst bekommen.«

»Ich will mich nicht mit dir über die Asche streiten. Ich frage mich nur, was ein paar Charterflüge mehr oder weniger für einen Unterschied machen? Das hier ist nicht der einzige kleine Flugplatz in der Gegend. Ich habe Konkurrenz bekommen. Früher konnte man die Sache schon mal ein bisschen locker handhaben, jedem etwas Spielraum einräumen. Schließlich waren alle Halbamateure, Unabhängige, so wie du. Jetzt aber gibt es Charterfirmen, die sich um Hangarplatz prügeln. Selbst wenn du die Bilanz ausgleichst, würde ich mit dir noch Verluste machen. Das ist schlicht Tatsache.«

»Ich kann kein Geld verdienen, wenn ich mein Flugzeug nicht fliegen kann, Mike.«

»Und ich kann kein Geld verdienen, egal, ob du fliegst oder nicht.«

»Du scheinst mir ganz gut zurechtzukommen.«

»Ich habe Löhne zu zahlen. Ich muss mich auf eine ganze Latte neuer Bestimmungen einstellen, die die Provisorische Regierung erlassen hat. Mein Finanzberater hat noch nie zu mir gesagt, dass ich gut zurechtkomme.«

Mike Arundji war ein alter Hase: Er hatte den Flugplatz eröffnet, als es südlich von Port Magellan noch nichts gegeben hatte als Fischerdörfer und Squattersiedlungen. Noch vor wenigen Jahren wäre ein Wort wie »Finanzberater« überhaupt nicht in seinem Vokabular aufgetaucht.

Das war damals das Umfeld gewesen, in dem Turk sich entschlossen hatte, die sechssitzige Skyrex zu importieren – unter haarsträubenden Kosten. Und sie hatte ihm ein bescheidenes Auskommen gesichert, jedenfalls bis vor Kurzem. »Also, was muss ich tun, um meine Maschine wieder in die Luft zu kriegen?«

Arundji rutschte auf seinem Stuhl herum. Er vermied es, Turk in die Augen zu sehen. »Komm morgen noch mal rein, dann unterhalten wir uns darüber. Wenn alle Stricke reißen, sollte es nicht schwer sein, einen Käufer zu finden.«

»*Was* zu finden?«

»Einen Käufer. Es gibt Interessenten. Verkauf das Flugzeug, bezahl deine Schulden, fang noch mal neu an. Viele Leute machen das so. Passiert laufend.«

»Nicht bei mir.«

»Weißt du, unsere Interessen sind hier gar nicht unbedingt gegensätzlich. Ich kann dir helfen, einen erstklassigen Preis zu erzielen. Ich meine, *falls es so weit kommt.* Und scheiße, Turk, du bist doch derjenige, der immer davon spricht, auf einem Forschungsschiff anzuheuern und irgendwohin zu segeln. Vielleicht ist das jetzt genau der richtige Zeitpunkt.«

»Dein Vertrauen in mich ist überwältigend.«

»Ich will nur sagen, denk drüber nach. Wir sprechen dann morgen.«

»Ich kann dir das zahlen, was ich dir schulde.«

»Ach ja? Okay. Bring mir einen gedeckten Scheck, und das Thema ist erledigt.«

Worauf Turk nichts zu erwidern wusste.

»Geh erst mal nach Hause. Du siehst müde aus.«

»Zunächst«, sagte Brian, »ich weiß, dass du mit Turk Findley zusammen warst.«

»Was zum Teufel …«

»Moment, lass mich ausreden.«

»Hast du mich etwa *beschatten* lassen?«

»Das könnte ich nicht, selbst wenn ich wollte.«

»Was dann?«

Brian schürzte die Lippen und kniff die Augen zusammen – das sollte offenbar zeigen, wie unangenehm ihm die Angelegenheit war. »Lise, hier sind andere Leute am Werk.«

Lise bemühte sich, ihre Atmung zu kontrollieren. Sie war jetzt schon wütend. Und in gewisser Weise war ihr diese Wut nicht unwillkommen, war ihr jedenfalls lieber als die Schuldgefühle, die sie normalerweise nach Begegnungen mit ihrem Exmann empfand. »Was für Leute?«

»Es geht in dieser Angelegenheit um wesentlichere Dinge. Die Natur des menschlichen Genoms, das, was wir als Menschen sind, wir alle – das wird aufs Spiel gesetzt von den Klonhändlern ebenso wie von den marsianischen Langlebigkeitskulten. Und in allen Regierungen der Welt gibt es Leute, die sich darüber sehr gründliche Gedanken machen.«

Brians Credo, das gleiche Bekenntnis, wie sich Lise erinnerte, das er einst ihrer Mutter gegenüber geäußert hatte. »Und was hat das mit mir zu tun?« Oder mit Turk.

»Du bist mit einem alten Foto zu mir gekommen, das auf einer Fakultätsfeier deines Vaters aufgenommen wurde, also habe ich es durch unsere Datenbank laufen lassen …«

»Du hast *angeboten*, es durch die Datenbank laufen zu lassen.«

»Okay, ich habe es angeboten. Wie du weißt, sind wir dabei auf eine Aufnahme der Überwachungskameras im Hafen gestoßen. Wenn man aber so eine Überprüfung vornimmt, dann dringt das zu anderen Stellen durch. Und offenbar hat das irgendwo irgendjemanden alarmiert. Jedenfalls sind hier letzte Woche plötzlich Leute aus Washington aufgetaucht …«

»MfGS-Leute?«

»Ja, MfGS-Leute. Aber ganz hohe Tiere, Leute, die auf einer Ebene arbeiten, die meilenweit über dem liegt, was wir hier machen. Leute, die ein großes Interesse daran haben, die Frau auf dem Bild zu finden. So groß, dass sie von Djakarta hier rübergesegelt kommen, um an meine Tür zu klopfen.«

Lise lehnte sich zurück und dachte kurz nach. Dann sagte sie: »Meine Mutter hat dem MfGS dasselbe Foto gezeigt, damals, als mein Vater verschwand. Da hat sich niemand deswegen auf den Kopf gestellt.«

»Das ist zehn Jahre her. Inzwischen sind neue Informationen aufgetaucht. Dasselbe Gesicht in einem anderen Kontext, mehr kann ich dazu nicht sagen.«

»Ich würde gern mit diesen Leuten sprechen. Wenn sie irgendetwas über Sulean Moi wissen …«

»Nichts, was dir im Fall deines Vaters weiterhelfen würde.«

»Wie kannst du dir da so sicher sein?«

»Du musst das in die richtige Perspektive rücken, Lise. Diese Leute haben einen wichtigen Job. Und sie meinen es bitter ernst. Ich habe mir den Mund fusselig geredet, um sie davon zu überzeugen, *nicht* mit dir zu sprechen.«

»Aber du hast ihnen meinen Namen genannt?«

»Ich habe ihnen alles erzählt, was ich über dich weiß. Anderenfalls würden sie womöglich denken, dass du verwickelt bist in – nun, in das, was sie untersuchen. Was für sie Zeitverschwendung und für dich eine große Unannehmlichkeit wäre. Ernsthaft, Lise, du musst dich in dieser Sache bedeckt halten.«

»Sie beobachten mich. Ist es das, was du mir sagen willst? Sie beobachten mich und sie wissen, dass ich mit Turk zusammen war.«

Er zuckte bei der Nennung des Namens kurz zusammen, dann nickte er. »Ja. Solche Sachen wissen sie.«

»Herrgott, Brian!«

Er hob die Hände, als wollte er sich geschlagen geben. »Alles, was ich sagen will, ist: Wenn ich diese Angelegenheit ganz sachlich betrachte – wenn ich absehe von unserer Beziehung, wie sie ist und wie ich sie gerne hätte, wenn ich mich also frage, was für dich wirklich das Beste wäre, dann lautet mein Rat: Lass es sein. Hör auf, Fragen zu stellen. Ja, überleg dir, ob du nicht vielleicht nach Hause zurückkehren solltest, nach Kalifornien.«

»Ich will aber nicht zurück nach Hause.«

»Denk darüber nach, mehr will ich gar nicht sagen. Meine Möglichkeiten, dich zu schützen, sind begrenzt.«

»Ich habe dich nie gebeten, mich zu schützen.«

»Vielleicht sprechen wir einfach noch einmal, wenn du darüber nachgedacht hast.«

Sie stand auf. »Oder vielleicht auch nicht.«

»Und vielleicht können wir dann auch über Turk Findley sprechen. Darüber, was auf dieser Ebene vor sich geht.«

Auf dieser Ebene. Armer Brian, steif wie ein Brett, sogar wenn er ihr einen Seitenhieb verpassen wollte. Sie dachte daran, sich zu verteidigen. Sie könnte sagen: *Wir waren gerade zusammen essen, als die Asche vom Himmel fiel.* Oder: *Natürlich ist er mit zu mir gekommen, was sollte er denn sonst tun, in seinem Auto schlafen?* Sie könnte lügen: *Wir sind nur Freunde.* Oder sie könnte sagen: *Ich bin mit ihm ins Bett gegangen, weil er unerschrocken und unberechenbar ist, weil seine Fingernägel nicht makellos sind und er nicht für das beschissene MfGS arbeitet.*

Sie war wütend, gedemütigt. Also sagte sie: »Das geht dich nichts mehr an, was auf dieser Ebene vor sich geht. Das musst du begreifen lernen, Brian.«

Und drehte sich um und ging.

Turk fuhr nach Hause, um sich etwas zu essen zu machen, irgendein uninspiriertes Gericht, passend zu seiner Stimmung. Er wohnte in einem der Zweizimmer-Bungalows, die an einer unzulänglich gepflasterten Straße in der Nähe von Arundjis Flugplatz standen, auf einem Steilhang mit Blick auf das Meer. Eines Tages würden diese Grundstücke richtig teuer sein, gegenwärtig waren sie nicht einmal an Kanalisation oder Stromnetz angeschlossen. Der Toiletteninhalt floss in eine Senkgrube, und Elektrizität gewann Turk aus dem Sonnenlicht sowie einem Generator im Schuppen hinter dem Haus. Jeden Sommer reparierte er die Schindeln, jeden Winter leckte es aus einer neuen Ecke.

Die Sonne ging über dem Vorgebirge im Westen unter, im Osten hatte das Meer eine tintenblaue Färbung angenommen, im Norden strebten einige verspätete Fischerboote Richtung Hafen. Die Luft war kühl, eine Brise wehte, die den noch verbliebenen Gestank der Asche wegblies.

Die Asche hatte sich in Garben rund um die Fundamente des Bungalows gesetzt. Das Dach schien der Belastung standgehalten zu haben, sein Unterschlupf war heil geblieben. Allerdings war nicht viel Essbares in den Küchenschränken zu finden. Er musste entweder Dosenbohnen essen oder einkaufen gehen. Oder Geld, das er nicht besaß, in einem Restaurant ausgeben, das er sich nicht leisten konnte.

Hab mein Flugzeug verloren, dachte er. Nein, eigentlich nicht, jedenfalls *noch* nicht; das Flugzeug war ihm lediglich entzogen worden, es war noch nicht verkauft. Auf seinem Bankkonto jedoch gab es nichts, was ihm als überzeugendes Gegenargument hätte dienen können, und so ging ihm dieses kleine Mantra durch den Kopf, seit er Mike Arundjis Büro verlassen hatte: *Hab mein Flugzeug verloren.*

Er hätte gern mit Lise gesprochen, aber er wollte seine Probleme nicht bei ihr abladen. Es kam ihm immer noch unwahrscheinlich vor, dass er mit ihr zusammen war. Ihre Beziehung war etwas, das ein wohlwollendes Schicksal ihm in den Schoß hatte fallen lassen. Dieses Schicksal hatte ihm in der Vergangenheit schon den einen oder anderen Gefallen getan, und doch war er sich nicht sicher, ob er ihm trauen konnte.

Maismehl, Kaffee, Bier …

Er beschloss, noch einmal Tomas anzurufen; vielleicht hatte er ihm nicht gut genug erklärt, was er eigentlich wollte. Es gab nicht viel, was er für Lise tun konnte, aber er konnte ihr immerhin helfen zu verstehen, warum ihr Vater zum Vierten geworden war – denn das war es wohl, vermutete Turk, was geschehen war. Und wenn es jemanden gab, der ihr das erklären – oder jedenfalls in eine halbwegs plausible Perspektive rücken – konnte, dann Tomas und, falls sein Freund ein gutes Wort für ihn einlegte, Ibu Diane, die Krankenschwester und Vierte, die bei den Minang lebte.

Er wählte Tomas' Nummer.

Niemand ging ran, und auch die Mailbox schaltete sich nicht ein. Was merkwürdig war, denn Tomas trug sein Telefon immer bei sich. Es war vermutlich sein wertvollster Besitz.

Turk überlegte, was er nun tun sollte. Er konnte sich seine Bücher und Kontoauszüge vornehmen und irgendeine finanzielle Regelung mit Mike Arundji improvisieren. Oder er konnte in die Stadt zurückfahren, Lise besuchen, falls sie ihn noch sehen wollte – vielleicht auf dem Weg bei Tomas vorbeischauen. Das Vernünftigste, dachte er, wäre wohl, zu Hause zu bleiben und sich um die Geschäfte zu kümmern.

Wenn es denn Geschäfte geben würde, um die er sich kümmern könnte.

Er löschte die Lichter und verließ das Haus.

Als Lise vom Konsulat wegfuhr, fühlte sie sich wie verbrüht. Ja, das war genau das passende Wort: verbrüht. In heißes Wasser getaucht, abgekocht. Sie fuhr über eine Stunde lang ziellos durch die Gegend, bis der Wagen die Dämmerung registrierte und die Scheinwerfer einschaltete. Der Himmel hatte sich tiefrot verfärbt, es war einer jener langen äquatorianischen Sonnenuntergänge, und er erhielt durch die noch immer in der Luft hängende feine Asche eine besonders bunte Note. Sie fuhr durch das arabische Viertel, vorbei an Souks und Kaffeehäusern unter gescheckten Markisen und farbigen Lichterketten, vor denen die Menschen sich drängten, als wollten sie nachholen, was während des Ascheregens versäumt worden war. Dann hinauf in die bessere Gegend, wo reiche Männer und Frauen aus Peking, Tokio, London oder New York sich mediterran angehauchte Paläste in Pastellfarben bauten. Mit Verspätung erst bemerkte sie, dass sie durch jene Straße fuhr, in der sie als Teenager vier Jahre lang mit ihren Eltern gewohnt hatte.

Und dort stand das Haus, in dem sie gelebt hatten, damals, als die Familie noch ganz war. Langsam fuhr sie daran vorbei. Das Haus war kleiner, als sie es in Erinnerung hatte, und offensichtlich kleiner als die Möchtegernpaläste, die ringsum entstanden waren – ein Stoffmantel inmitten von Pelzen. Sie mochte gar nicht daran denken, wie viel Miete man heutzutage dafür zahlen musste. Die weiß gestrichene Veranda war in Schatten getaucht, fremde Leute hatten sich im Haus eingerichtet.

»Hier werden wir eine Weile lang wohnen«, hatte ihre Mutter gesagt, als sie von Kalifornien hierhergezogen waren. Aber für Lise war es nie »unser Haus«, nicht einmal, wenn sie sich mit Freundinnen aus der amerikanischen Schule unterhielt. Es war »dort, wo wir wohnen«, die von ihrer Mutter bevorzugte Formulierung. Mit ihren dreizehn Jahren hatte Lise sich ein wenig gefürchtet vor all den fremden Orten, die sie im Fernsehen gesehen hatte, und Port Magellan war wie all diese fremden Orte zusammengenommen. In der ersten Zeit hatte sie sich nach Kalifornien zurückgesehnt.

Jetzt sehnte sie sich – ja, wonach?

Nach Wahrheit. Erinnerung. Das Herausfiltern der Wahrheit aus der Erinnerung.

Sie sah sich auf dieser Veranda sitzen, mit ihrem Vater ... Ja, wie gern hätte sie jetzt mit ihm dort gesessen, nicht um über Brian oder ihre Probleme zu reden, sondern um über den Ascheregen zu spekulieren, über das, was Robert Adams immer mit einem Lächeln als die *Sehr Großen Themen* bezeichnet hatte, die Geheimnisse, die jenseits dessen lagen, worüber man sich normalerweise unterhielt.

Es war dunkel, als sie schließlich nach Hause kam. Die Wohnung war noch in Unordnung, das Geschirr nicht gespült, das Bett nicht gemacht, ein wenig von Turks Aura hing noch in der Luft. Sie goss sich ein Glas Rotwein ein und versuchte über das nachzudenken, was Brian gesagt hatte. Über jene mächtigen, einflussreichen Leute und ihrem Interesse an der Frau, die ihren Vater – vielleicht – verführt hatte, seine Familie zu verlassen.

Hatte er recht mit seiner Mahnung, sie solle ihre Zelte hier abbrechen? Gab es wirklich noch irgendwelche Erkenntnisse, die sie aus den Bruchstücken des Lebens ihres Vaters gewinnen konnte?

Oder war sie womöglich einer Wahrheit auf die Spur gekommen, ohne es selbst zu ahnen, und geriet jetzt aus diesem Grund in Schwierigkeiten?

Turk kam zu dem Schluss, dass irgendetwas nicht in Ordnung war, denn Tomas ging auch beim zweiten und dritten Mal nicht ans Telefon, als er ihn vom Auto aus zu erreichen versuchte. Vielleicht hatte er ja getrunken – er trank noch immer, wenn auch selten exzessiv –, aber selbst in betrunkenem Zustand ging Tomas normalerweise immer ans Telefon.

Also bugsierte Turk sein Auto mit einiger Besorgnis durch die staubverstopften Straßen der Flats. Tomas war zwar ein Vierter, aber keineswegs unsterblich. Auch Vierte wurden irgendwann einmal alt. Vielleicht war er krank. Oder anderweitig in Schwierigkeiten. Von Zeit zu Zeit passierten unerfreuliche Dinge in den Flats. Ein paar Philippino-Gangs hatten hier ihre Basis, und es gab eine ganze Reihe von Drogenhäusern.

Turk parkte neben einer Bodega, aus der mächtig Lärm drang, und ging die letzten Meter bis zur Ecke von Tomas' Schlammstraße zu Fuß. Die Sonne war gerade erst untergegangen, etliche Leute waren noch unterwegs, aus jeder zweiten Behausung schallte Musik. Die Fenster von Tomas' Wohnwagen jedoch waren dunkel. Womöglich schlief sein Freund schon. Nein – die Tür stand einen Spalt weit offen.

Turk klopfte, bevor er eintrat, obwohl er sich des Gefühls nicht erwehren konnte, dass das eine völlig sinnlose Geste war. Keine Antwort. Er langte nach links, schaltete die Deckenbeleuchtung ein und blinzelte. Das Zimmer stand kopf. Der Tisch neben dem Sessel war umgeworfen, die Lampe lag in Scherben auf dem Fußboden. Die Luft roch nach abgestandenem Männerschweiß. Zur Sicherheit kontrollierte Turk noch das Schlafzimmer, aber auch hier keine Spur von Tomas.

Er dachte kurz nach, dann ging er zum Wohnwagen nebenan und klopfte. Eine fettleibige Frau in grauem Kittel kam an die Tür: Mrs. Goudy, seit Kurzem verwitwet. Tomas hatte sie Turk irgendwann einmal vorgestellt, so wusste er, dass sie ab und an ein Gläschen zusammen tranken. Nein, Mrs. Goudy hatte in letzter Zeit nichts von Tomas gehört, aber ihr war ein weißer Transporter aufgefallen, der vor seinem Wohnwagen parkte. War irgendwas nicht in Ordnung?

»Das will ich nicht hoffen. Wann genau haben Sie diesen Transporter gesehen, Mrs. Goudy?«

»Vor einer Stunde, vielleicht zwei.«

»Danke, Mrs. Goudy. Ich würde mir keine Sorgen machen. Wäre aber vielleicht besser, die Tür immer gut abzuschließen.«

»Was Sie nicht sagen.«

Turk ging zurück zu Tomas' Wohnwagen und sperrte ab. Wind war aufgekommen, die behelfsmäßige Straßenlaterne, die an der Ecke hing, schaukelte heftig, Schatten zuckten hin und her.

Er zog das Telefon aus der Tasche und rief Lise an, inständig hoffend, dass sie rangehen würde.

In ihrer Wohnung ließ Lise sich vom Heiminterface den Brief ihrer Mutter zu Ende vorlesen. Die Heimanlage hatte immerhin eine weibliche Stimme und konnte sogar ein wenig, wenn auch nicht überzeugend, modulieren.

Versteh mich bitte nicht falsch, Lise. Ich mache mir einfach Sorgen um dich, wie es Mütter nun mal tun. Ich muss immer daran denken, dass du ganz allein in dieser Stadt bist ...

Ganz allein. Ja. Man konnte sich darauf verlassen, dass ihre Mutter den wunden Punkt treffen würde. Allein – weil es so schwer war, anderen Leuten begreiflich zu machen, was sie hier wollte, warum es ihr so wichtig war.

... und dich in Gefahr bringst ...

Eine Gefahr, die um so realer erschien, wenn man, wie gesagt, *allein* war.

... wo du doch hier zu Hause sein könntest, in Sicherheit. Oder bei Brian, der ...

Der die gleiche verständnislose, demonstrativ tolerante Herablassung an den Tag legen würde, die aus den Worten ihrer Mutter sprach.

... mir sicherlich zustimmen würde ...

Ohne Zweifel.

... dass es keinen Sinn hat, die Vergangenheit aufzuwühlen.

Was aber, wenn ihr ganz einfach der Mut – oder die innere Abgestumpftheit fehlte, diese Vergangenheit hinter sich zu lassen? Was, wenn sie keine andere Wahl hatte, als ihr nachzugehen, bis sie ihre letzte Dividende in Form von Schmerz oder Befriedigung ausgeschüttet hatte?

»Pause«, sagte sie laut. Mehr als häppchenweise konnte sie das nicht ertragen. Nicht bei all dem, was sonst noch geschah. Nicht nachdem gerade ein fremdartiger Staub vom Himmel gekommen war. Nicht während sie vom MfGS beschattet und womöglich abgehört wurde, aus Gründen, die nicht einmal Brian erläutern wollte. Nicht wenn sie – ja, danke, Mutter, dass du mich daran erinnert hast – *allein* war.

Sie ging die übrigen eingegangenen Nachrichten durch. Durchweg Werbemüll – mit einer Ausnahme, die sich als Volltreffer erwies. Eine Mitteilung mit Anhang, zugeschickt von einem gewissen Scott Cleland, mit dem sie seit Monaten Verbindung aufzunehmen versuchte. Cleland war der einzige frühere Kollege ihres Vaters, mit dem sie noch nicht hatte sprechen können. Er war Astronom und für das Geophysikalische Institut am Observatorium auf dem Mt. Mahdi tätig. Sie hatte ihn eigentlich schon abgeschrieben, doch hier war endlich eine Antwort auf ihre Post, und sogar eine freundliche. Das Interface las sie ihr vor, mit männlicher Stimme, in Übereinstimmung mit dem angegebenen Namen.

Liebe Lise Adams: Es tut mir leid, dass ich mit so großer Verspätung auf Ihre Anfrage reagiere. Der Grund dafür liegt nicht nur in einem gewissen Zögern meinerseits, es bedurfte auch einigen Suchens, um das beigefügte Dokument zu finden, das Sie möglicherweise interessieren wird. Ich stand Dr. Adams nicht sehr nahe, aber wir haben die Arbeit des jeweils anderen sehr geschätzt. Was die Einzelheiten seines Lebens zu der betreffenden Zeit betrifft, so kann ich Ihnen, ebenso wie bei den anderen Fragen, die Sie mir gestellt haben, leider nicht weiterhelfen. Unsere Verbindung war rein beruflich. Zur Zeit seines Verschwindens hatte er jedoch, wie Sie vermutlich wissen, an einem Buch zu arbeiten begonnen, das den Titel »Planet als Artefakt« tragen sollte.

Er bat mich, die kurze Einleitung, die er dafür geschrieben hatte, zu lesen, und das habe ich getan. Ich fand jedoch keine Fehler darin und konnte auch keine wesentlichen Verbesserungen vorschlagen (abgesehen von einem eingängigeren Titel). Für den Fall, dass sich keine Kopie davon in seinen Unterlagen befand, füge ich die bei, die er mir geschickt hat. Robert Adams' Verschwinden war ein großer Verlust für uns alle an der Universität. Er hat oft mit Liebe von seiner Familie gesprochen, und ich hoffe sehr, dass Sie ein wenig Trost aus Ihren Recherchen werden gewinnen können.

Lise ließ sich das angehängte Dokument ausdrucken. Tatsächlich hatte ihr Vater keine Kopie der Einleitung bei seinen Unterlagen hinterlassen – oder falls doch, hatte ihre Mutter sie vernichtet. Susan Adams hatte alle Papiere ihres Mannes geschreddert und seine Bücher der Universität überlassen. Teil der rituellen Reinigung des Adam'schen Haushaltes.

Sie schaltete das Telefon ab, goss sich ein Glas Wein ein und setzte sich mit den sechs Seiten ausgedruckten Text hinaus auf den Balkon. Der Abend war warm, sie hatte die Asche weggefegt, und die Innenbeleuchtung warf ausreichend Licht nach draußen, sodass sie lesen konnte.

Nach kurzer Zeit holte sie sich einen Kugelschreiber aus der Wohnung und begann, bestimmte Sätze zu unterstreichen. Nicht weil sie ihr neu gewesen wären, sondern weil sie ihr so vertraut vorkamen.

Vieles veränderte sich während des Zeitabschnitts, den wir als den Spin bezeichnen, doch ist die tiefgreifendste Veränderung unter Umständen die, die am leichtesten übersehen wird. Die Erde wurde über mehr als vier Milliarden Jahre in einem Zustand der Stasis gehalten, und das bedeutet, dass wir heute in einem weiterentwickelten – komplexeren – Universum leben als dasjenige, an das wir gewöhnt waren.

Vertraut, weil dies, wenn auch in geschliffeneren Worten, die gleichen Dinge waren, von denen er gesprochen hatte, als sie auf der Veranda saßen und hinauf in die Dunkelheit blickten.

Wenn wir das Wesen der Hypothetischen wirklich verstehen wollen, müssen wir das berücksichtigen. Sie waren alt, als wir ihnen zuerst begegneten, und heute sind sie noch älter. Da wir sie nicht direkt beobachten können, müssen wir Schlussfolgerungen aus ihrem Wirken im Universum ziehen, müssen die Spuren lesen, die sie hinterlassen.

Hier war sie, die Begeisterung, die er ihr von frühester Kindheit an vermittelt hatte. Eine alle Beschränkungen ignorierende Neugier, die in krassem Gegensatz zur Vorsicht und Zaghaftigkeit ihrer Mutter stand. Es war, als könnte sie seine Stimme in den Worten hören.

Das Resultat ihres Wirkens, das uns am deutlichsten vor Augen steht, ist natürlich der Torbogen im Indischen Ozean, der die Erde mit der Neuen Welt verbindet, sowie jener Bogen, der von der Neuen Welt zu einem anderen, weniger gastlichen Planeten führt – und so geht es, jedenfalls nach unserem derzeitigen Kenntnisstand, weiter: eine Kette zunehmend lebensfeindlicher Welten, die uns aus Gründen, die wir bislang nicht verstehen, zur Verfügung gestellt wurden.

Fahr mit dem Schiff auf die andere Seite dieser Welt, hatte er zu ihr gesagt, und du wirst einen zweiten Bogen finden, und jenseits davon einen felsigen, stürmischen Planeten mit einer kaum zum Atmen geeigneten Luft. Und dahinter wiederum – zu erreichen nur mit Hochseeschiffen, die versiegelt und druckfest sind wie ein Raumschiff – eine dritte Welt, deren Atmosphäre mit Methan vergiftet ist, deren Meere ölig und säurehaltig sind.

Doch der Bogen ist nicht das einzige Artefakt, das uns vorliegt. Der Planet »nebenan«, auf dem ich diese Worte schreibe, ist ebenfalls ein Artefakt. Einiges weist darauf hin, dass er über einen Zeitraum von Millionen Jahren geschaffen oder jedenfalls modifiziert wurde, mit dem Ziel, daraus eine für den Menschen verträgliche Umwelt zu machen.

Planet als Artefakt.

Es ist viel über Sinn und Zweck dieses titanenhaften Werkes spekuliert worden. Ist die Neue Welt ein Geschenk, oder ist sie eine Falle? Sind wir wie Labormäuse in ein Labyrinth gelaufen, oder ist uns eine glückliche Zukunft eröffnet worden? Ergibt sich aus der Tatsache, dass unsere Erde weiterhin vor der tödlichen Strahlung der expandierten Sonne geschützt ist, dass die Hypothetischen ein Interesse an unserem Überleben als Spezies haben, und wenn ja, warum?

Ich kann nicht in Anspruch nehmen, auch nur auf eine einzige dieser Fragen eine Antwort gefunden zu haben, aber ich möchte dem Leser einen Überblick geben über die Arbeit, die in dieser Hinsicht bereits geleistet wurde, und ihm die Gedanken – und Gedankenspiele – jener Männer und Frauen vorstellen, die sich dieser Arbeit von Berufs wegen widmen.

Und in einem späteren Abschnitt hieß es:

Wir sind in der Situation eines Komapatienten, der aus einem langen Schlaf erwacht ist – so lang wie die Lebenszeit eines Sterns. Woran wir uns nicht mehr erinnern können, das müssen wir wiederentdecken.

Diese Sätze unterstrich Lise zweimal. Nur zu gern hätte sie sie ihrer Mutter geschickt oder auf ein Spruchband geschrieben und dieses Brian vor die Nase gehalten. Es war genau das, was sie ihnen immer hatte sagen wollen: eine Antwort auf ihr Schweigen, auf die beinahe klinisch saubere Entfernung Robert Adams' aus dem Leben seiner

Hinterbliebenen, auf den sanft besorgten Arme-Lise-Ausdruck auf ihren Gesichtern, wann immer sie es sich herausnahm, den verschwundenen Vater zu erwähnen. Es war, als wäre Robert Adams persönlich aus der Vergessenheit, aus dem Nichts herausgetreten, um ihr diese Worte zuzuflüstern: *Woran wir uns nicht mehr erinnern können, das müssen wir wiederentdecken.*

Sie hatte die Seiten beiseitegelegt und war schon auf dem Weg ins Bett, als sie noch nach ihrem Telefon sah. Drei Nachrichten waren verzeichnet, alle drei mit einem Dringlichkeitsvermerk, alle drei von Turk. Und in diesem Moment ging eine vierte ein.

ZWEITER TEIL

Die Augenrose

8

Nach dem Staubniederschlag – als der Himmel wieder klar, der Hof sauber gefegt war und die Wüste oder der Wind alles aufgenommen hatten, was noch übrig geblieben war – erreichte ein weiteres Rätsel die Gemeinschaft, zu der der zwölfjährige Isaac gehörte.

Die Asche war reichlich furchteinflößend gewesen, solange sie fiel, und war anschließend zum Gegenstand endloser Diskussionen und Spekulationen geworden. Das neue Rätsel wurde auf prosaischere Weise vorstellig – als aus der Stadt über die Berge hinweg übermittelte Nachrichtenmeldung. Auf den ersten Blick weniger erschreckend, berührte es jedoch unangenehmerweise eines von Isaacs Geheimnissen.

Er hatte gehört, wie zwei der Erwachsenen, Mr. Nowotny und Mr. Fisk, sich im Flur vor dem Speisesaal darüber unterhielten. Schon vor dem Ascheregen waren alle kommerziellen Flüge ins Ölgebiet der Rub al-Khali gestrichen oder umgeleitet worden, und jetzt gab es dazu seitens der Provisorischen Regierung und der Ölfirmen eine offizielle Erklärung: Es habe ein Erdbeben gegeben.

Das sei ein Rätsel, bemerkte Mr. Nowotny, weil es, soweit bekannt, keinerlei Verwerfungen unter diesem Teil der Rub al-Khali gebe: Es handele sich um geologisch stabilen Wüstenkraton, unverändert seit Millionen von Jahren. So tief in der Rub al-Khali hätte es daher nicht einmal eine leichte Erschütterung geben dürfen.

Doch es war der Meldung zufolge mehr als eine Erschütterung gewesen – die Ölförderung war für über eine Woche eingestellt worden, die Bohrlöcher und Pipelines hatten schwere Schäden erlitten.

»Wir wissen weniger über diesen Planeten, als wir dachten«, sagte Mr. Nowotny.

Für Isaac allerdings war das alles nicht ganz so rätselhaft. Er wusste – wenn er auch nicht sagen konnte, woher –, dass sich etwas regte unter dem trägen Sand tief in der westlichen Wüste. Er spürte das, in seinem Körper, in seinen Gedanken. Etwas regte sich, und es sprach in Worten, die er nicht verstand, und er konnte, obwohl er Hunderte von Kilometern davon entfernt war, mit geschlossenen Augen auf dieses Etwas zeigen, das erst halb aus einem Schlaf erwacht war, ein Schlaf, der so lange währte wie das Leben eines Berges.

Nach dem Ascheregen waren sie zwei Tage lang alle im Gebäude geblieben, bei geschlossenen Türen und Fenstern, bis Dr. Dvali verkündete, dass die Asche nicht schädlich sei. Auch Isaac erhielt von Mrs. Rebka die Erlaubnis, nach draußen zu gehen, jedenfalls auf den Hof, bis zu den Gärten, vorausgesetzt, dass er eine Stoffmaske trug. Zwar war der Hof gesäubert worden, doch konnten noch immer Staubreste in der Luft hängen, und sie wollte nicht, dass er irgendwelche Partikel einatmete. Er dürfe sich keiner Gefährdung aussetzen, sagte sie.

Bereitwillig trug Isaac die Maske, obwohl ihm damit um den Mund und die Nase ziemlich warm wurde. Von dem Staub waren nur klumpige Rückstände geblieben, die an den Backsteinwänden und den Holzzäunen hingen. Unter der unnachgiebigen Nachmittagssonne kniete sich Isaac neben eine kleinere Verwehung und durchsiebte die Asche mit der Hand.

Dr. Dvali zufolge enthielt sie winzige Bruchstücke von kaputten Maschinen.

Von diesen Maschinen war, soweit er sehen konnte, nicht viel übrig geblieben, doch ihm gefiel die Körnigkeit der Asche und die Art, wie sie sich in seiner Hand sammelte und wie Talk durch seine Finger glitt. Es gefiel ihm, wie sie sich zu einem flockigen Klumpen verdichtete, wenn er sie zusammendrückte, und sich in der Luft zerstreute, sobald er die Hand wieder öffnete.

Die Asche glitzerte, ja, sie leuchtete sogar. Allerdings war das nicht ganz das korrekte Wort, wie Isaac wusste. Es war nämlich nicht die Sorte Leuchten, die man *sehen* konnte, es war eine andere Art von Leuchten, auf andere Weise wahrgenommen. Niemand sonst hier verstand das, außer vielleicht Sulean Moi. Wenn er nur einen Weg finden würde, sie danach zu fragen.

Isaac hatte eine Menge Fragen, die er Sulean Moi stellen wollte. Doch seit dem Ascheregen war sie sehr beschäftigt, oft in Besprechungen mit anderen Erwachsenen, und er musste warten, bis er an der Reihe war.

Beim Abendessen fiel Isaac auf, dass die Erwachsenen, wenn sie sich über den Ascheregen unterhielten, dazu neigten, ihre Fragen an Sulean Moi zu richten. Das wunderte ihn, denn er hatte immer angenommen, dass die Erwachsenen, mit denen er zusammenlebte, mehr oder weniger allwissend seien. Jedenfalls waren sie viel klüger als gewöhnliche Menschen. Er wusste das nicht aus eigener Erfahrung – Isaac war nie irgendwelchen gewöhnlichen Menschen begegnet –, aber er hatte sie auf Video gesehen und in Büchern über sie gelesen. Gewöhnliche Menschen sprachen selten über interessante Dinge und verletzten sich oft auf brutale Weise. Hier in der Gemeinschaft gab es mitunter heftige Diskussionen, doch niemand schlug dabei über die Stränge. Alle waren weise (oder schienen es jedenfalls zu sein), alle waren ruhig und gelassen (oder gaben sich alle Mühe, diesen Eindruck zu erwecken), und alle, außer Isaac, waren alt.

Sulean Moi war ganz offensichtlich auch kein gewöhnlicher Mensch. Irgendwie wusste sie *mehr* als die anderen Erwachsenen, zu denen Isaac stets aufgeblickt hatte, und – was noch verblüffender war – sie schien sie nicht sonderlich zu mögen. Doch sie stellte sich höflich ihren Fragen.

»Natürlich hat es mit den Hypothetischen zu tun«, sagte Dr. Dvali zu Sulean Moi. »Meinen Sie nicht?«

»Es ist ein nahe liegender Schluss.« Skeptisch beäugte die alte Frau den Inhalt ihrer Schüssel. Die Erwachsenen wechselten sich regelmäßig beim Kochen ab, allerdings gab es eine Handvoll, die sich häufiger dazu bereit erklärten als die anderen. Heute Abend hatte Mr. Posell den Küchendienst übernommen. Mr. Posell war Geologe, und als Koch legte er mehr Begeisterung als Talent an den Tag. Das Gemüse in Isaacs Schüssel schmeckte nach Knoblauch, Öl und etwas furchtbar Verbranntem.

»Haben Sie irgendetwas in dieser Art schon einmal selber gesehen oder davon gehört?«, fragte Dr. Dvali.

Zwar gab es keine offizielle Hierarchie unter den Erwachsenen der Gemeinschaft, aber in der Regel war es Dr. Dvali, der die Führung übernahm, wenn wichtige Angelegenheiten zu behandeln waren, und dessen Erklärungen, sobald sie ausgesprochen waren, als letztes Wort zur Sache betrachtet wurden. Er hatte stets ein großes Interesse für Isaac gezeigt. Die Haare auf seinem Kopf waren weiß und seidenfein, die Augen groß und braun, die Brauen struppig wie wild wachsende Hecken. Isaac war ihm immer duldsam, beinahe gleichgültig begegnet, in letzter Zeit jedoch hatte er, aus Gründen, die er selbst nicht verstand, eine Abneigung gegen ihn entwickelt.

»Nicht genau in dieser Art«, erwiderte Sulean Moi. »Aber mein Volk hat etwas mehr Erfahrung mit der Nachspinwelt sammeln können als Ihres, Dr. Dvali. Von Zeit zu Zeit fallen schon einmal ungewöhnliche Dinge vom Himmel.«

Wer war »mein Volk«, und von welchem Himmel sprach sie?

»Zu den auffallendsten Lücken in den Marsianischen Archiven«, sagte Dr. Dvali, »gehört die Tatsache, dass es keinerlei Erörterung über das Wesen der Hypothetischen gibt.«

»Vielleicht gab es dazu nichts Substanzielles zu sagen.«

»Und was ist Ihre Meinung dazu, Ms. Moi.«

»Die selbstreproduzierenden Apparate, aus denen die Hypothetischen hervorgehen oder die sie ausmachen, haben viel mit lebenden Wesen gemeinsam. Sie bearbeiten ihre Umwelt. Sie bauen komplizierte Gebilde aus Stein und Eis und vielleicht sogar aus leerem Raum. Und ihre Nebenprodukte sind nicht gegen Verfallsprozesse gefeit –

sie altern, erodieren und werden systematisch ersetzt. Das würde die Abfälle im Staub erklären.«

Kaputte Maschinen sind auf uns gefallen, dachte Isaac.

»Aber die schiere Masse über so viele Quadratkilometer verteilt …«

»Ist das denn so verwunderlich? Angesichts des ungeheuren Alters der Hypothetischen kann die Tatsache, dass zersetzte Mechanismen vom Himmel fallen, doch nicht verwunderlicher sein als die, dass Ihr Garten organischen Mulch hervorbringt.«

Woher wusste Sulean Moi solche Sachen? Isaac war entschlossen, es herauszufinden.

In der Nacht wurde der starke Südwind noch heftiger. Isaac lag im Bett und hörte zu, wie das Fenster in der Verankerung klapperte. Hinter dem Glas waren die Sterne von dem feinen Sand verwischt, der aus der Ödnis der Rub al-Khali hergeweht wurde.

Alt – das Universum war alt. Es hatte viele Wunder hervorgebracht, darunter die Hypothetischen, aber nicht zuletzt auch Isaac selbst: seinen Körper, seine Gedanken.

Wer war sein Vater? Wer war seine Mutter? Seine Lehrer hatten diese Fragen nie richtig beantwortet. Dr. Dvali sagte immer: *Du bist nicht wie andere Kinder, Isaac. Du gehörst zu uns allen.* Und Mrs. Rebka sagte: *Wir sind alle deine Eltern* – obwohl es immer Mrs. Rebka war, die ihn zu Bett brachte, die sich darum kümmerte, dass er etwas zu essen bekam und sich regelmäßig wusch. Es stimmte, dass jeder in der Gemeinschaft dazu beitrug, ihn aufzuziehen, aber er hatte Dr. Dvali und Mrs. Rebka vor Augen, wenn er sich vorstellte, wie es wohl sein mochte, einen bestimmten Vater, eine bestimmte Mutter zu haben.

War das der Grund, warum er sich so anders fühlte, so distanziert von den Menschen um sich herum? Ja, aber nicht nur. Auch seine Gedanken waren anders als die der anderen Leute. Und wenn es auch viele gab, die sich um ihn kümmerten, so hatte er doch keine Freunde. Außer vielleicht Sulean Moi.

Er versuchte zu schlafen, aber es gelang ihm nicht. Es war keine gewöhnliche Ruhelosigkeit, eher wie ein Appetit auf nichts Bestimmtes, und nachdem er lange Zeit dagelegen und dem Klappern und Flüstern des Windes gelauscht hatte, zog er sich an und verließ das Zimmer.

Mitternacht war schon vorbei. Im Gebäude war alles ruhig, die Flure und Holztreppen hallten vom Geräusch seiner Schritte wider. Vermutlich war niemand mehr wach außer Dr. Taira, der Historikerin, die nachts (wie er sie hatte sagen hören) besser lesen konnte als zu jeder anderen Zeit. Dr. Taira war eine blasse, magere Frau, die am liebsten allein war, und sie bemerkte Isaac nicht, als er an ihrer Tür vorbeischlurfte. So trat er vom unteren Gemeinschaftsraum aus unbeobachtet auf den Hof.

Der kleine Mond hing über den Bergen im Osten und warf ein diffuses Licht in die staubdurchsetzte Dunkelheit. Isaac konnte genug sehen, um ein bisschen herumzugehen, jedenfalls wenn er vorsichtig war, aber er kannte die Umgebung so genau, dass er sich auch blind zurechtgefunden hätte. Seine Schuhe knirschten auf dem verwehten Splitt. Er öffnete das quietschende Zauntor und wandte sich nach Westen, ließ sich von seinen Gefühlen führen, gestattete dem Wind, seine Zweifel wegzublasen.

Es gab hier keine Wege, nur steinige Wüste und eine Reihe flacher, gewundener Hügelkämme. Der Mond richtete seinen Schatten wie einen Pfeil auf einen Punkt vor ihm. Doch auch so ging er schon in diese Richtung: Er fühlte, dass es die richtige war, so, als hätte er ein kniffliges mathematisches Problem gelöst. Er drängte den Lärm seiner Gedanken beiseite, um sich ganz auf die Geräusche zu konzentrieren, die aus der Dunkelheit kamen: seine Füße auf dem Sandpapierkiesboden, der Wind, die Laute kleiner Nachtgeschöpfe, die in der zerfurchten Landschaft nach Nahrung suchten. Er bewegte sich in einem Zustand seliger Leere.

Lange ging er so dahin. Er hätte nicht sagen können, wie lange oder wie weit er gelaufen war, als er schließlich zu der Rose kam – und aus seiner Träumerei erwachte.

War er geschlafwandelt? Der Mond, der noch über den Bergen gestanden hatte, als er von zu Hause losgegangen war, beleuchtete jetzt den flachen Horizont im Westen. Obwohl die Nacht recht kühl war, war ihm heiß, und er fühlte sich erschöpft.

Er wandte sich vom Mond ab und wieder der Rose zu, die zu seinen Füßen aus dem Wüstensand wuchs.

»Rose« war sein Wort, das, was ihm einfiel, wenn er den dicken, im trockenen Boden verwurzelten Stängel und den glasigen purpurroten Wulst betrachtete, den man im Mondschein für eine Blumenblüte halten konnte.

Aber natürlich war es keine Blume. Blumen wuchsen nicht isoliert in trockenen Wüstengegenden, und ihre Blütenblätter waren nicht aus einem Stoff gemacht, der wie roter Kristall aussah.

»Hallo«, sagte Isaac. Seine Stimme klang etwas kläglich in der Dunkelheit. »Was machst du denn hier?«

Die Rose, die sich nach Westen geneigt hatte, drehte sich zu ihm um. Da war ein Auge in der Mitte der Blüte, ein kleines Auge, schwarz wie ein Obsidian, und es betrachtete ihn mit kühlem Blick.

Es war, kaum überraschend – Isaac war jedenfalls nicht überrascht –, Sulean Moi, die ihn schließlich fand.

Ein stiller, heißer Morgen war angebrochen, und er saß auf der Erde, als wäre die Wüste eine große runde Schüssel, in die er hineingerutscht war. Er hielt den Kopf in den Händen und stützte die Ellbogen auf die Knie. Er hörte ihre schlurfenden Schritte, aber blickte nicht auf. Es war nicht nötig. Er hatte gehofft, dass sie nach ihm suchen würde.

»Isaac«, sagte sie mit trockener, aber sanfter Stimme.

Er antwortete nicht.

»Sie machen sich Sorgen um dich.«

»Tut mir leid.«

Sie legte ihre kleine Hand auf seine Schulter. »Warum gehst du so weit von zu Hause weg? Wonach hast du gesucht?«

»Ich weiß nicht.« Er deutete auf die Rose. »Aber ich habe das da gefunden.«

Sulean kniete nieder, um sie sich anzusehen – langsam, sehr langsam, ihre alten Knie knackten dabei.

Die Rose hatte im Tageslicht gelitten. Der dunkelgrüne Stängel war eingeknickt, die kristalline Knolle strahlte nicht mehr, und das Auge hatte seinen Glanz verloren. In der Nacht, dachte Isaac, war sie wie lebendig gewesen. Jetzt war sie wie tot.

Sulean betrachtete sie lange. Dann fragte sie: »Was ist das, Isaac?«

»Ich weiß nicht.«

»Ist es das, wonach du hier gesucht hast?«

»Nein. Ich glaube nicht.« Das war eine unvollständige Antwort. Die Rose, ja, aber nicht nur die Rose – etwas, wofür die Rose stand.

»Wollen wir jemandem davon erzählen, Isaac? Oder soll es ein Geheimnis bleiben?«

Er zuckte mit den Achseln.

»Wir müssen nämlich zurück, weißt du.«

»Ich weiß.« Er hatte nichts dagegen zu gehen – die Rose würde es ohnehin nicht mehr lange machen.

»Kommst du mit?«

»Ja. Wenn ich dir Fragen stellen darf.«

»Das darfst du. Ich hoffe, ich kann sie beantworten.«

Also wandten sie sich von der Augenrose ab und gingen im gemächlichen Tempo der alten Frau nach Osten. Obwohl Isaac nicht geschlafen hatte, war er nicht müde. Er war hellwach – so wach wie kaum je zuvor – und überaus neugierig.

»Wo kommst du her?«

Es gab eine kurze Unebenheit in ihrem Schrittrhythmus, und für einen Moment dachte er, dass sie vielleicht nicht antworten würde. Doch dann sagte sie: »Ich wurde auf dem Mars geboren.«

Es war nicht die Antwort, die er erwartet hatte, und er hatte das Gefühl, dass es eine Wahrheit war, die sie lieber nicht preisgegeben hätte. Mars, dachte er.

»Wie viel weißt du über die Hypothetischen?«

»Wie seltsam.« Die alte Frau lächelte und sah ihn mit einem Blick an, den er als liebevoll interpretierte. »Ich bin den ganzen Weg hierhergekommen, um dich genau das Gleiche zu fragen.«

Sie redeten bis zum Mittag, und Isaac erfuhr dabei viel Neues, als sie schließlich das Gelände der Gemeinschaft erreichten. Bevor sie durch das Tor traten, blieb er stehen und blickte zurück in die Richtung, aus der sie gekommen waren. Die Rose war dort draußen, aber nicht nur die Rose. Die Rose war – was? Ein Fragment, ein Stück von etwas viel Größerem. Etwas, das ihn brennend interessierte. Und etwas, das sich für *ihn* interessierte.

9

Turk fuhr durch einen der älteren Stadtteile, vorbei an Holzhäusern, die von chinesischen Siedlern feuerwehrrot angestrichen worden waren, und gedrungenen, drei- oder vierstöckigen Apartmenthäusern aus ockerfarbenem Sandstein, der an den Klippen oberhalb von Candle Bay abgebaut wurde. Es war spät, die Straßen waren leer, am Himmel zeichneten Sternschnuppen ihre gleißenden Linien in die Dunkelheit.

Vor einer halben Stunde hatte er Lise endlich erreicht. Er konnte das, was er zu sagen hatte, nicht am Telefon sagen, doch nach einem kurzen verdrucksten Frage-und-Antwort-Spiel schien sie begriffen zu haben, was los war. »Treffen wir uns, wo wir uns kennengelernt haben«, sagte sie. »In zwanzig Minuten.«

Wo sie sich kennengelernt hatten – das war das La Rive Gauche, eine rund um die Uhr geöffnete Grillbar, im Einkaufsviertel westlich des Hafens gelegen. Lise war dort vor sechs Monaten mit einer Gruppe von Leuten aus dem Konsulat aufgetaucht, und einer von Turks Kumpeln hatte in dieser Gruppe einen Freund entdeckt und Turk an ihren Tisch gezerrt. Lise fiel Turk auf, weil sie ohne männliche Begleitung war und etwas an sich hatte, das er bei Frauen stets auf Anhieb attraktiv fand: ein Lachen, das in richtiger Dosierung und von Herzen kam. Er hütete sich vor Frauen, die zu viel lachten, und Frauen, die gar nicht lachten, gingen ihm auf die Nerven. Lise lachte sanft, aber unverstellt, und wenn sie Witze machte, dann nie, um sich in den Vordergrund zu spielen. Außerdem gefielen ihm ihre Augen – wie sie an den Seiten nach oben schwangen, das blasse Blaugrün der Iris – und das, was sie mit den Augen machte, wohin sie ihre Blicke schweifen, wo sie sie verweilen ließ.

An diesem Abend sprach sie von ihrer Absicht, über die Berge nach Kubelick's Grave zu reisen, und Turk gab ihr seine Visitenkarte. »Ist besser, als mit dem Auto zu fahren«, sagte er. »Ernsthaft. Sie müssten über den Mahdi-Pass, und die Straße ist zu dieser Jahreszeit nicht hundertprozentig verlässlich. Es gibt zwar einen Bus, aber der ist immer überfüllt und rutscht auch öfter mal in einen Graben.«

Er fragte sie, was sie in einem Provinzkaff wie Kubelick's Grave wolle, und sie erklärte ihm, dass sie einen ehemaligen Kollegen ihres Vaters suche, einen Mann namens Dvali. Näher ließ sie sich nicht darüber aus. Und das war's dann wohl, dachte Turk – Fremde in der Nacht, zwei Schiffe, die aneinander vorbeifahren, und so weiter –, doch einige Tage später rief sie tatsächlich an und buchte einen Flug.

Er war damals nicht unbedingt auf der Suche nach einer Freundin, nicht mehr als sonst jedenfalls. Er mochte einfach die Art, wie sie lächelte, und wie es sich anfühlte, wenn er zurücklächelte, und als sie dann gezwungen waren, den so gar nicht in die Jahreszeit passenden Sturm am Ufer eines Bergsees auszusitzen, war es, als hätte ihm Gott persönlich eine Freikarte ausgestellt.

Die dann aber offenbar wieder ungültig wurde.

Im La Rive Gauche waren sämtliche Tische leer, und die Kellnerin, die Turk die Speisekarte brachte, schien alles andere als erfreut – sie hätte offenkundig lieber Feierabend gemacht.

Lise kam einige Minuten später. Turk wollte ihr unverzüglich von Tomas' Verschwinden erzählen und erörtern, was das bedeuten konnte –

nämlich dass es möglicherweise seine Verbindung zu ihr war, die für Tomas böse Folgen gehabt hatte –, aber er hatte sich die Worte noch gar nicht richtig zurechtgelegt, da berichtete sie schon von dem Treffen mit ihrem Exmann.

Turk war Brian Gately einige Male begegnet. Das war das Interessante an hafennahen Lokalen wie dem La Rive Gauche: Amerikanische Geschäftsleute saßen dort neben Matrosen der Handelsflotte, saudische Ölmanager plauderten mit chinesischen Angestellten oder Künstlern aus den Arrondissements. Brian Gately schien einer von jenen zu sein, die es nur zeitweilig hierher verschlagen hatte, ein Mann, der rund um die Welt – um zwei Welten – reisen konnte, ohne jemals den Ort, an dem er aufgewachsen war – er mochte Dubuque heißen oder sonstwie –, zu verlassen. Ein netter Kerl, solange man seine Vorurteile nicht in Frage stellte.

Nun jedoch sagte Lise, dass Brian ihr gedroht hätte. Sie beschrieb kurz, was geschehen war, und schloss: »Also, ich würde schon sagen, dass es eine Drohung war. Nicht von Brian direkt, aber er hat übermittelt, was man ihm gesagt hat, und das läuft auf eine Drohung hinaus.«

»Es sind also MfGS-Leute in der Stadt, die ein großes Interesse an Vierten haben. Vor allem an der Frau auf dem Foto.«

»Ja. Und sie wissen, wo ich war und mit wem ich gesprochen habe. Was das bedeutet, ist ziemlich offensichtlich. Es könnte sein, dass mir jemand hierhergefolgt ist. Oder vielleicht haben sie mir einen Sender ans Auto gesteckt oder so was.«

»Es könnte sogar noch schlimmer sein.«

»Schlimmer?«

»Ich habe einen Freund, den ich schon lange kenne. Er heißt Tomas Ginn. Er ist ein Vierter. Er hängt das nicht an die große Glocke, aber er macht auch keinen Hehl daraus gegenüber Leuten, denen er vertraut. Ich dachte mir, dass du dich vielleicht gerne mal mit ihm unterhalten würdest, und wollte das mit ihm absprechen. Also habe ich ihn heute Morgen besucht, und er hat versprochen, es sich zu überlegen. Aber heute Abend habe ich ihn telefonisch nicht erreicht, und als ich dann zu ihm gefahren bin, war er verschwunden. Irgendwelche Leute in einem weißen Transporter haben ihn offenbar mitgenommen.«

Lise sah Turk mit großen Augen an und schüttelte den Kopf. »Wie, sie haben ihn verhaftet?«

»Jedenfalls nicht offiziell. Nur die Provisorische Regierung kann Verhaftungen vornehmen, und die kommt nicht in Zivil und ohne Haftbefehl – davon habe ich noch nie gehört.«

»Dann wurde er also gekidnappt. Das ist ein Verbrechen, das wir melden müssen.«

»Wir sollten da sehr vorsichtig sein. Tomas' Situation ist ausgesprochen heikel. Ein Bluttest etwa würde nachweisen, dass er ein Vierter ist, und das wäre ein Grund, um ihn zurück in die Staaten zu schicken und ihn auf Dauer unter Beobachtung zu stellen oder Schlimmeres. Eine Nachbarin von ihm hat mir von den Männern im Lieferwagen erzählt, aber gegenüber einem Regierungsbeamten würde sie das nie tun. Dort, wo Tomas wohnt, verdienen die meisten Leute ihren Lebensunterhalt mit Dingen, die nach dem UN-Abkommen verboten sind, und sie siedeln auf Land, das sie gar nicht besitzen.«

»Denkst du, dass Brian etwas davon weiß?«

»Vielleicht, vielleicht auch nicht. Hört sich so an, als wäre er in der Hackordnung ziemlich weit unten angesiedelt.«

»Das Büro für Genomische Sicherheit im Konsulat ist mehr oder weniger ein Witz, verglichen mit dem, was sie zu Hause machen. Sie lassen ihre Gesichtserkennungsprogramme an den Häfen laufen und stellen hin und wieder einen Haftbefehl für einen Hundekloner oder einen Schwarzmarktgenhändler aus, aber das war's dann auch schon. Bisher jedenfalls.« Lise dachte kurz nach, dann sagte sie: »Er hat mir geraten, nach Hause zu fahren. Zurück in die Staaten.«

»Vielleicht hat er recht.«

»Du meinst, ich soll abreisen?«

»Wenn du um deine Sicherheit besorgt bist. Und vermutlich solltest du das sein.«

Sie drückte den Rücken durch. »Natürlich liegt mir meine Sicherheit am Herzen. Aber andere Dinge liegen mir auch am Herzen. Ich bin ja nicht ohne Grund hier.«

»Diese Leute meinen es offensichtlich ernst. Sie sind dir gefolgt, und es steht zu vermuten, dass es dieselben sind, die Tomas gekidnappt haben.«

»Und sie interessieren sich für die Frau auf dem Foto. Sulean Moi.«

»Könnte also sein, dass sie denken, du hättest etwas mit der Sache zu tun. Das ist die Gefahr. Das wollte Brian dir vermitteln.«

»Ich *habe* etwas damit zu tun.«

Turk hielt es für das Beste, sie nicht weiter zu drängen, zumindest nicht heute Abend. »Also gut, vielleicht musst du nicht unbedingt abreisen. Vielleicht reicht es, wenn du dich für eine Weile zurückhältst.«

»Wenn ich mich zurückhalte, kann ich meine Arbeit nicht machen.«

»Wenn du damit meinst, dass du mit Leuten, die deinen Vater kannten, sprechen und Fragen über Vierte stellen willst – nein, das kannst du, aus offensichtlichen Gründen, nicht tun. Aber es ist nichts Unehrenhaftes daran, sich still zu verhalten, bis wir genauer wissen, was hier los ist.«

»Ist es das, was du tun würdest?«

Nein, dachte Turk. Ich würde meinen Koffer packen und mit dem nächsten Bus verschwinden. Das hatte er immer so gehalten, wenn er sich bedroht gefühlt hatte. Aber es war sinnlos, so etwas jetzt zu ihr zu sagen.

War das, fragte er sich, vielleicht der Grund, warum ihr Vater verschwunden war? War ihm die Viertheit wie eine Fluchtmöglichkeit erschienen, ein Ausweg aus irgendeiner geheimen Schuld, die er nicht länger ertragen konnte? Vielleicht hatte er das Angebot der künstlichen Langlebigkeit aber auch gar nicht wahrgenommen. Vielleicht war er einfach so abgehauen. Das kam vor.

Turk zuckte mit den Achseln.

Lise sah ihn mit traurigem, intensivem Blick an. »Du denkst also, dass Brian recht hat und ich in die Staaten zurückkehren sollte.«

»Es tut mir um jede Minute leid, die wir nicht zusammen sind. Aber die Vorstellung, dass dir etwas passieren könnte, ist mir unerträglich.«

Zwei weitere Paare waren gerade hereingekommen – vermutlich Touristen, aber wer konnte das schon sagen? Jedenfalls waren sie nicht mehr ungestört. Lise langte über den Tisch und berührte Turks Hand. »Gehen wir ein bisschen spazieren.«

Alles, was wir voneinander wissen, dachte er, beruht auf einer Handvoll von Geschichten, groben Skizzen: die Kurzversion von allem. Bisher schienen sie nicht mehr gebraucht zu haben – ihre besten Gespräche waren wortlos verlaufen. Doch nun reichte das nicht mehr.

»Wo parkst du?«, fragte sie.

»Auf dem Platz um die Ecke.«

»Ich auch. Aber ich weiß nicht, ob ich mein Auto noch benutzen soll. Vielleicht haben sie mir ein Ortungsgerät angehängt.«

»Wahrscheinlicher ist, dass sie meines präpariert haben. Falls sie mir heute Morgen gefolgt sind, habe ich sie direkt zu Tomas geführt.« Und Tomas, ein alter Mann, der in den Flats von der Hand in den Mund lebte, wäre leichte Beute für sie. Ein schneller Bluttest, unter Zwang vorgenommen, würde ergeben, dass er ein Vierter war. Und dann konnte wer weiß was geschehen.

»Aber warum würden sie so etwas tun? Warum ihn kidnappen?«

»Um ihn zu verhören. Einen anderen Grund kann ich mir nicht vorstellen.«

»Sie glauben also, dass er etwas weiß.«

»Wenn sie's ernst meinen, dann haben sie ihm einen Hämoglobintest verpasst, bevor sie noch aus der Tür waren.«

»Nein. Die Genomische Sicherheit – wenn sie es ist, die dafür verantwortlich ist – arbeitet nicht so. Selbst für sie gibt es gewisse Grenzen. Man kann nicht einfach ohne Grund Leute verschleppen und sie verhören.«

»Nun, ich schätze, sie waren der Ansicht, dass sie einen Grund haben. Weißt du, was man in der Presse über die Genomische Sicherheit liest, das ist nicht unbedingt die ganze Wahrheit. Diese Behörde umfasst mehr als Brians kleine Abteilung. Wenn sie einen Klonring zerschlagen oder irgendeinem Langlebigkeitsbetrug auf die Spur kommen, dann kommt das in den Nachrichten, aber sie machen auch andere Sachen, die nicht an die Öffentlichkeit dringen.«

»Das weißt du genau?«

»Das habe ich gehört.«

»Von Vierten?«

»Na ja – von Tomas zum Beispiel.«

»Inoffizielle Entführungen. Das ist doch Wahnsinn!« Sie wandte sich ihm zu. »Ich will nicht zurück in meine Wohnung. Und ich nehme an, bei dir ist es auch nicht sicherer.«

»Außerdem habe ich nicht gestaubsaugt.« Er sah den Ansatz eines Lächelns über ihr Gesicht huschen. »Wir könnten uns ein Zimmer nehmen.«

»Das wäre keine Garantie dafür, dass sie uns nicht finden.«

»Es gibt überhaupt keine Garantie dafür, dass sie uns nicht finden. Ich glaube allerdings nicht, dass sie irgendwas Drastisches unternehmen werden, jedenfalls nicht gleich. Du bist es nicht, hinter der sie her sind, und du bist auch nicht jemand, den sie einfach mitnehmen und schikanieren können. Also, was willst du tun?«

»Ich will das tun, was ich schon vor Monaten hätte tun sollen.«

»Nämlich?«

»Avram Dvali finden.«

Sie gingen auf die Hafenlichter und das leise Scheppern der durch die Kaianlagen kreisenden Frachtcontainer zu. Die Straßen waren verlassen, der auf dem gewölbten Pflaster festgetrocknete Staub dämpfte das Geräusch ihrer Schritte.

»Du willst nach Kubelick's Grave«, sagte Turk.

»Ja. Und diesmal die ganze Strecke. Bringst du mich hin?«

»Vielleicht. Aber es gibt da jemanden, mit dem wir vorher reden sollten. Und es wären auch noch ein paar andere Dinge zu beachten, wenn es dir wirklich ernst damit ist. Sag jemandem, dem du vertraust, Bescheid, wo du bist und was los ist. Besorg dir so viel Bargeld, dass es für eine Weile reicht, und rühr danach deinen E-Kredit nicht mehr an. Solche Sachen.«

Sie schenkte ihm ein zweites flüchtiges Lächeln. »Hast du mal einen Kurs über kriminelles Verhalten absolviert?«

»Natürliche Begabung.«

»Also gut. Ich kann es mir zeitlich und finanziell leisten, für eine Weile abzutauchen. Aber du musst arbeiten, du hast eine Firma.«

»Das ist kein Problem.«

»Ich meine es ernst.«

»Ich auch.«

Und das ist der Unterschied zwischen uns, dachte Turk. Sie hatte ein Anliegen, ein Ziel: Sie wollte herausfinden, warum ihr Vater verschwunden war. Er hingegen zog sich nur die Schuhe an und marschierte los. Nicht zum ersten und aller Voraussicht nach auch nicht zum letzten Mal.

Er fragte sich, ob ihr das klar war.

10

Die hochrangigen Agenten der Genomischen Sicherheit, die vor Kurzem aus den USA eingetroffen waren, hießen Sigmund und Weil, und Brian Gately biss jedes Mal die Zähne zusammen, wenn die beiden die Räume des MfGS im Konsulat betraten.

An diesem Morgen kamen sie eine halbe Stunde, nachdem Brian seinen Dienst angetreten hatte. Er fühlte seine Backenzähne knirschen.

Sigmund war groß, düster, abweisend. Weil war fünfzehn Zentimeter kleiner und so stämmig, dass er seine Hosen vermutlich in einem Spezialgeschäft kaufen musste. Weil war imstande zu lächeln, Sigmund nicht.

Sie gingen auf Brian zu, der gerade am Wasserspender stand. »Mr. Gately«, sagte Sigmund. »Könnten wir Sie unter vier Augen sprechen?«

»Kommen Sie in mein Büro.«

Brians Büro war nicht sonderlich groß, dafür ging das Fenster auf den von einer Mauer umgebenen Garten des Konsulats hinaus. Ausgestattet war es mit einem Aktenschrank, einem Schreibtisch aus einheimischem Holz, ausreichend Speicherkapazität, um die Library of Congress mehrmals unterzubringen, und einem Plastikficus. Auf dem Schreibtisch stapelte sich die Korrespondenz zwischen der Genomischen Sicherheit und der Provisorischen Regierung, ein kleiner Nebenarm jenes Informationsflusses, der die beiden Institutionen wie ein nie versiegender, sich schlammig dahinwälzender Nil verband. Brian nahm auf seinem Stuhl Platz, Weil ließ sich in den Gästesessel fallen, während Sigmund neben der Tür stehen blieb, lauernd, wie ein Aasfresser.

Weil räusperte sich. »Sie haben mit Ihrer Exfrau gesprochen.«

»Ja. Ich habe ihr gesagt, was Sie mir aufgetragen haben.«

»Es scheint nichts genützt zu haben. Sie hat wieder Verbindung mit Turk Findley aufgenommen.«

»Und sie sind in diesem Moment zusammen«, fügte Sigmund hinzu. Er war ein Mann weniger, durchweg unangenehmer Worte. »Sie und er.«

»Tatsache ist aber auch«, sagte Weil, »dass wir sie gegenwärtig nicht orten können.«

Brian war sich nicht sicher, ob er das glauben sollte. Weil und Sigmund vertraten das *Executive Action Committee* des Ministeriums für Genomische Sicherheit. Etliches von dem, was diese Abteilung tat, war streng geheim und daher von Gerüchten und Legenden umgeben. In den USA konnte sie sich verfassungsrechtliche Ausnahmeregelungen auf den Leib schneidern, hier in Äquatoria – wo sich ihre Autorität mit der von den Vereinten Nationen eingesetzten Provisorischen Regierung überschnitt, wo konkurrierende nationale Interessen und mächtige Ölfirmen im Spiel waren – unterlag sie jedenfalls theoretisch größeren Beschränkungen.

Brian war nicht naiv. Er wusste, dass es Ränge und Ebenen in der Genomischen Sicherheit gab, zu denen er nie Zugang haben würde, einen Bereich, wo die Politik gemacht, wo die Regeln festgelegt wurden. Dennoch war er überzeugt, dass er nützliche, wenn auch wenig spektakuläre Arbeit leistete. Immer wieder flohen Kriminelle nach Äquatoria, Kriminelle, deren Vergehen in den Zuständigkeitsbereich der Genomischen Sicherheit fielen: Klonhändler, Verkäufer von gefälschten oder tödlichen Langlebigkeitspräparaten, Mitglieder radikaler Vierten-Sekten, Anbieter von »Enhancements« für Paare, die gewillt waren, für ein superbegabtes Kind tief in die Tasche zu greifen. Zwar verfolgte Brian diese Kriminellen nicht direkt, doch seine Tätigkeit – Pflege der Zusammenarbeit mit der Provisorischen Regierung, Glättung etwaiger Wogen im Falle, dass es zu bürokratischen Streitigkeiten kam – spielte eine entscheidende Rolle bei ihrer Festsetzung. Das Verhältnis zwischen einer mit polizeilichen Kompetenzen ausgestatteten, einem nationalen Konsulat zugeordneten Organisation und der von der UN gestützten lokalen Regierung war eine heikle Angelegenheit. Man musste höflich sein. Man musste sich auf gewisse Gesten verstehen, die das gemeinsame Interesse betonten. Man konnte die Leute nicht einfach vor den Kopf stoßen.

Obwohl es diese Typen offenbar doch konnten. Und das war enttäuschend, denn Brian glaubte fest an die unvollkommene, verwirrende, schmerzhaft ineffektive, mitunter korrupte, aber ganz und gar unentbehrliche Herrschaft des Gesetzes. Ohne die wir nicht mehr wären als Tiere und so weiter. In diesem Sinne hatte er stets sein Amt versehen: sauber, korrekt.

Aber nun erschienen diese Sigmunds und Weils auf der Bildfläche – der Große sauer wie ein Angostura, der Kleine ein mit Samt umwickelter Bowlingball –, um ihn daran zu erinnern, dass es gewisse Ebenen gab, auf denen sich das Gesetz je nach Bedarf zurechtschneidern ließ.

»Sie waren uns bereits eine große Hilfe, Mr. Gately«, sagte Weil.

»Das hoffe ich. Ich möchte ja helfen.«

»Sie haben uns mit den richtigen Leuten in der Provisorischen Regierung in Verbindung gebracht. Und dann natürlich die Sache mit Lise Adams. Dass Sie eine persönliche Beziehung zu dieser Frau hatten – das Wort ›unangenehm‹ reicht wohl kaum aus, um Ihre Situation zu beschreiben.«

»Danke, dass Sie's bemerkt haben«, erwiderte Brian, der genau wusste, dass er zum Besten gehalten wurde.

»Und ich kann Ihnen nur noch einmal versichern, dass wir sie nicht verhaften oder überhaupt mit ihr direkt in Kontakt treten wollen. Lise ist nicht die Zielperson.«

»Sie suchen nach der Frau auf dem Foto.«

»Richtig. Und wir wollen nicht, dass Lise uns dabei in die Quere kommt. Wir hatten gehofft, Sie könnten ihr das klarmachen.«

»Ich habe es versucht.«

»Ja, und wir wissen das durchaus zu würdigen. Aber lassen Sie mich Ihnen noch einmal genauer erklären, was hier vor sich geht. Als Ihre Bildsuche bei uns auf dem Schirm erschien, da hat es einiges Stirnrunzeln gegeben. Sie sagten, Lise hätte Ihnen erklärt, warum sie an Sulean Moi interessiert ist …«

»Moi ist mit Lises Vater gesehen worden, bevor er verschwand, und sie hatte keine Verbindung zur Universität oder den gesellschaftlichen Kreisen, in denen die Familie sonst verkehrte. Angesichts des Interesses, das Lises Vater an Vierten hatte, liegt die Schlussfolgerung nahe. Lise vermutet, dass die Frau eine Anwerberin oder etwas Ähnliches war.«

»Tatsächlich ist der Fall noch ein wenig bizarrer. Sie haben ja regelmäßig mit Vierten zu tun, in diesem Bereich kennen Sie sich aus. Aber die Langlebigkeitsbehandlung ist nur eine der medizinischen Modifikationen, die unsere marsianischen Vettern mit zur Erde gebracht haben.«

Brian nickte langsam.

»Wir sind hier einer Sache auf der Spur, Mr. Gately, die etwas größer ist als der übliche Viertenkult. Es sind nur wenig Einzelheiten bekannt, und ich bin auch kein Wissenschaftler, aber es geht dabei um den Versuch, mittels biologischer Modifikation mit den Hypothetischen zu kommunizieren.«

Wie viele Angehörige seiner Generation neigte Brian dazu, bei jeder Erwähnung der Hypothetischen – oder des Spins – zusammenzuzucken. Der Spin war zu Ende gegangen, noch bevor er in die Schule ging, und die Hypothetischen waren für ihn nicht mehr als ein abstruser Aspekt des Alltags, eine wichtige, aber sehr wolkige Abstraktion, vergleichbar mit dem Elektromagnetismus oder dem Lauf der Gezeiten. Doch wie alle anderen war er von Spin-Überlebenden erzogen und ausgebildet worden, von Leuten, die den bedeutsamsten Wendepunkt in der Geschichte der Menschheit erlebt zu haben glaubten. Und vielleicht hatten sie ja recht: Die Nachbeben des Spins – Kriege, religiöse Bewegungen und Gegenbewegungen, eine tiefe Verunsicherung, ein globaler Zynismus – bestimmten noch immer den Zustand der Welt, der Mars war ein bewohnter Planet, die Menschheit hatte Einlass in ein Labyrinth gefunden, das so groß war wie der Himmel selbst. All diese Veränderungen waren zweifellos verwirrend für jene gewesen, die sie durchlebt hatten, und sie würden noch für Jahrhunderte spürbar bleiben.

Aber sie waren auch Vorwand gewesen für den Wahn einer ganzen Generation – und dafür eine Entschuldigung zu finden fiel Brian nicht so leicht. Etliche normalerweise rational denkende Männer und Frauen hatten ein schockierendes Ausmaß an Unvernünftigkeit, gegenseitigem Misstrauen und schlichter Bösartigkeit an den Tag gelegt. Und jetzt meinten dieselben Männer und Frauen Anspruch auf den Respekt derer zu haben, die in Brians Alter oder jünger waren.

Sie hatten ihn sich nicht verdient. Wahnsinn war keine Tugend. Es fiel Brians Generation zu, Werte wie Anstand, Vertrauen, menschliches Miteinander neu zu definieren.

Die Hypothetischen waren die Ursache für den Spin. Warum sollte man mit ihnen kommunizieren wollen? Und wie konnte so etwas durch eine biologische Modifikation, und sei sie auf dem Mars entwickelt worden, bewerkstelligt werden?

»Ziel ist es«, sagte Sigmund, »das menschliche Nervensystem so zu verändern, dass es empfänglich wird für die Signale, die die

Hypothetischen verwenden, um untereinander zu kommunizieren. Letztlich erzeugt man damit einen menschlichen Vermittler. Jemanden, der zwischen unserer Gattung und dem, was die Hypothetischen darstellen, steht.«

»Und das haben sie tatsächlich gemacht?«

»Die Marsianer schweigen sich darüber aus. Es könnte versucht worden sein, auf ihrem Planeten und vielleicht mehr als einmal. Aber wir glauben, dass die betreffende Technologie, so wie die Langlebigkeitsbehandlung, von Wun Ngo Wen mit zur Erde gebracht und der Allgemeinheit zugänglich gemacht wurde.«

»Warum habe ich dann noch nichts davon gehört?«

»Weil es nichts ist, was man sich wünschen würde, nicht so wie vierzig zusätzliche Lebensjahre. Wenn unsere Informationen zutreffen, wirkt es sich bei einem erwachsenen Menschen tödlich aus. Es könnte das gewesen sein, woran Jason Lawton seinerzeit gestorben ist.«

»Wozu soll es gut sein, wenn es tödlich ist?«

»Nun, möglicherweise ist es nicht tödlich«, erwiderte Weil, »wenn das Präparat in utero verabreicht wird. Der Embryo entwickelt sich sozusagen um die Biotechnik herum, Menschliches und Nichtmenschliches wachsen zusammen.«

»Mein Gott. So etwas mit einem Kind anzustellen …«

»Dass es ganz und gar unmoralisch ist, liegt auf der Hand. Wie Sie wissen, verwenden wir im Ministerium viel Zeit und Energie dafür, uns um die Vierten Gedanken zu machen, über den Schaden, der daraus entsteht, wenn irgendwelche Fanatiker Veränderungen in der menschlichen Biologie anstreben. Das ist ein reales, nachvollziehbares Problem. Aber das hier ist etwas anderes. Es ist zutiefst … *böse*.«

»Ist es auf der Erde schon einmal gemacht worden?«

»Das ist es, was wir herauszufinden versuchen. Bisher haben wir nur sehr wenige Anhaltspunkte oder Zeugenaussagen. Aber immer taucht eine bestimmte Person auf. Viele Namen – nur ein Gesicht. Und raten Sie mal, wer das ist.«

Die Frau auf dem Foto. Die Frau, die mit Lises Vater gesehen wurde.

»Sulean Moi taucht also auf Gesichtsscans aus dem Hafen von Port Magellan auf, und als wir hier eintreffen, um die Sache zu untersuchen, stellen wir fest, dass Lise das gleiche Feld beackert, mit den ehemaligen Kollegen ihres Vaters redet und so weiter. Aus völlig legitimen Gründen, zugegeben. Sie ist neugierig, es ist eine Familienangelegenheit, und sie glaubt, dass es ihr besser gehen wird, wenn sie die Wahrheit kennt. Aber das wirft ein Problem für uns auf. Sollen wir sie stoppen? Sollen wir sie einfach weitermachen lassen, nur aus der Ferne beobachten? Oder sollen wir sie davor warnen, dass sie sich auf gefährlichem Terrain befindet?«

»Das Warnen hat nicht funktioniert«, sagte Brian.

»Also müssen wir sie uns auf andere Weise zunutze machen.«

»Zunutze machen?«

»Anstatt sie in Gewahrsam zu nehmen – eine Maßnahme, die einige meiner Vorgesetzten befürworten –, denken wir, dass die Abwarten-und-Beobachten-Strategie langfristig effektiver sein könnte. Lise hat bereits mit anderen Personen, die uns interessieren, Verbindung aufgenommen. Etwa Turk Findley.«

Turk Findley, Pilot und Rundumversager. So übel es war, dass Brian nicht in der Lage gewesen war, seine Ehe mit Lise zu retten – noch übler war es, dass sie sich mit einem so verkrachten, nutzlosen Typen eingelassen hatte. Turk Findley repräsentierte für Brian eine weitere Variante von Spin-Schäden. Ein verhaltensauffälliger Mensch. Eine ziellos vor sich hin lebende Person. Und womöglich noch Schlimmeres, wie Weil gerade andeutete.

»Wollen Sie sagen, dass eine Verbindung zwischen Turk Findley und dieser Frau, Sulean Moi, besteht? Abgesehen davon, dass sie einmal einen Flug bei ihm gebucht hat?«

»Nun, das ist jedenfalls schon einmal ein Hinweis. Aber Turk hat noch andere Kontakte, die ebenso verdächtig sind. Zu bekannten und vermuteten Vierten. Und er hat eine kriminelle Vergangenheit. Wussten Sie das? Als er die Vereinigten Staaten verließ, lag ein Haftbefehl gegen ihn vor.«

»Weswegen?«

»Es stand im Zusammenhang mit einem Lagerhallenbrand.«

»Soll das heißen, er ist ein Brandstifter?«

»Der Fall wurde nie aufgeklärt. Aber ja, möglicherweise hat er das Geschäft seines alten Herrn abgefackelt.«

»Ich dachte, sein Vater war im Ölgeschäft tätig.«

»Er war zeitweilig in der Türkei und hatte Verbindungen zu Aramco, aber den Großteil seines Geldes hat er mit Importgeschäften gemacht. Aus irgendeinem Grund gibt es böses Blut zwischen den beiden, die Lagerhalle des Alten brennt ab, Turk verlässt das Land. Ziehen Sie Ihre eigenen Schlüsse.«

Das wird ja immer schlimmer, dachte Brian. »Dann müssen wir Lise von ihm wegbekommen. Sie könnte in Gefahr sein.«

»Sie wurde da in etwas hineingezogen, dessen Tragweite sie nicht begreift. Aber wir bezweifeln, dass sie irgendeinem Zwang ausgesetzt ist, sie hat sich freiwillig mit diesem Mann zusammengetan. Es war vermutlich Turk, der ihr gesagt hat, dass sie keine Anrufe mehr entgegennehmen soll.«

»Aber Sie können sie doch aufspüren?«

»Früher oder später. Doch wir sind keine Magier, Mr. Gately, wir können sie nicht einfach aus dem Hut zaubern.«

»Dann sagen Sie mir, was ich tun kann. Wenn ich das alles vor meinem Gespräch mit ihr gewusst hätte …«

»Hätten Sie dann irgendetwas anders gemacht? Wir können derartige Informationen nicht so einfach weitergeben. Und auch Sie können das nicht. Nur dass Sie sich darüber im Klaren sind. Alles, was hier beredet wurde, ist streng geheim.«

»Selbstverständlich. Aber …«

»Wir würden uns wünschen, dass Sie weiterhin versuchen, Verbindung mit ihr aufzunehmen. Sie registriert ja Ihre Anrufe, auch wenn sie sie nicht entgegennimmt. Irgendwann bekommt sie vielleicht ein schlechtes Gewissen oder fühlt sich einsam und beschließt, mit Ihnen zu reden.«

»Und was dann?«

»Ein Hinweis auf ihren Aufenthaltsort wäre hilfreich. Noch besser wäre, wenn Sie sie überreden könnten, sich mit Ihnen zu treffen, mit oder ohne Turk.«

So sehr Brian die Vorstellung missfiel, Lise dem *Executive Action Committee* auszuliefern, war es doch besser als zuzusehen, wie sie sich immer tiefer in irgendwelche kriminellen Machenschaften verwickelte. »Ich werde tun, was ich kann.«

»Großartig.« Weil grinste. »Wir sind Ihnen sehr verbunden.«

Die beiden Männer schüttelten Brian die Hand und ließen ihn dann in seinem Büro allein. Er saß noch lange da und dachte nach.

11

Die Straßen auf dem oberen Küstenabschnitt waren noch nicht vollständig von der Asche – beziehungsweise dem zähen Schleim, der entstand, wenn sie sich mit Regen vermischte – geräumt worden, daher sahen sich Lise und Turk gezwungen, bei einem Motel zu halten und ein Zimmer zu mieten, während die erschöpften Räumkommandos der Provisorischen Regierung eine besonders heikle Serpentinenstraße freischaufelten.

Das Motel war ein an den Waldrand gestellter Flachbau, hohe Weiden beugten sich über das Gebäude wie trauernde Riesen. Es war auf die Bedürfnisse von Fernfahrern und Waldarbeitern ausgerichtet, stellte Lise fest, weniger auf die von Touristen. Sie strich mit dem Finger über die schmale Fensterbank in ihrem Zimmer und zeigte Turk die Staubspur.

»Vermutlich von letzter Woche«, sagte er. »Hier wird nicht viel Geld fürs Saubermachen ausgegeben.«

Der Staub der Götter also. Die Nachrichten waren voll von Spekulationen darüber: Fragmente von Dingen, die einst vielleicht Maschinen waren, Fragmente von Dingen, die einst vielleicht lebende Organismen waren, molekulare Gebilde von nie gesehener Komplexität …
Aus dem Nebenzimmer konnte Lise Stimmen hören, es klang wie

ein Streit auf Philippinisch. Sie zog ihr Telefon hervor, für eine weitere Dosis Lokalnachrichten.

»Denk dran …«, sagte Turk, der sie beobachtete.

»Ja, keine Anrufe machen oder entgegennehmen. Ich weiß.«

»Wir müssten das Dorf morgen um diese Zeit erreichen. Vorausgesetzt, dass die Straße über Nacht geräumt wird. Dann werden wir vielleicht mehr erfahren.«

»Du hast ja sehr großes Vertrauen in diese Frau. Wie sagtest du, heißt sie, Diane?«

»Ich würde es nicht unbedingt Vertrauen nennen. Sie muss das mit Tomas erfahren, vielleicht kann sie etwas tun, um ihm zu helfen. Und sie war lange Zeit in das hiesige Vierten-Netzwerk involviert – möglich, dass sie sogar etwas über deinen Vater weiß.«

Lise hatte Turk gefragt, wie lange er schon Kontakte zu Vierten habe. Von Kontakten könne man nicht sprechen, hatte er erwidert. Er habe dieser Frau, Diane, in der Vergangenheit den einen oder anderen Gefallen getan, und offenbar sei sie es gewesen, die Sulean Moi empfohlen hatte, Turks Charterunternehmen in Anspruch zu nehmen, um so diskret wie möglich über die Berge zu gelangen. Mehr als das wusste er nicht, hatte er nie wissen wollen.

Lise sah wieder auf die Fensterbank, auf den Staub. »Irgendwie habe ich das Gefühl, dass alles miteinander zusammenhängt. All die seltsamen Sachen, die geschehen sind – die Asche, Tomas, was immer dort im Westen vorgeht …«

In den Nachrichten gab es erste Berichte von dem Erdbeben, das die Ölförderanlagen in der Rub al-Khali vorübergehend stillgelegt hatte.

»Es muss nicht unbedingt miteinander zusammenhängen«, erwiderte Turk. »Es ist nur eben dreifachseltsam.«

»Bitte?«

»Das hat Tomas oft gesagt. Merkwürdigkeiten treten gern gehäuft auf. Zum Beispiel, als wir einmal mit einem Frachter durch die Straße von Malakka gefahren sind. Wir hatten Maschinenprobleme und mussten vor Anker gehen, um die Reparaturen durchzuführen. Am nächsten Tag dann spielte das Wetter völlig verrückt, ein Monsun, den niemand vorhergesagt hatte. Und am Tag darauf war der Himmel zwar wieder klar, aber wir mussten malayische Piraten vom Deck spülen. Sobald irgendwas Sonderbares passiert, meinte Tomas immer, kann man sich mehr oder weniger darauf verlassen, dass es bald dreifachseltsam wird.«

Wie tröstlich, dachte Lise.

In der Nacht teilten sie sich ein Bett, schliefen aber nicht miteinander. Beide waren sie müde, beide, dachte Lise, wurden sie sich immer mehr der Tatsache bewusst, dass dies kein Zelt an einem Bergsee, kein harmloses Wochenendabenteuer war. Höhere Instanzen waren alarmiert, Menschen waren zu Schaden gekommen. Und wenn sie an ihren Vater dachte, begann sie sich zu fragen, ob er womöglich in ein ähnliches Wunderland der Dreifachseltsamkeit hineingestolpert war. Vielleicht war sein Verschwinden nicht freiwillig gewesen: Vielleicht war er entführt worden, so wie Turks Freund Tomas, von unbekannten Männern in einem nicht gekennzeichneten Transporter.

Turk war eingeschlafen, kaum dass er die Matratze berührt hatte – typisch. Trotzdem war es schön, neben ihm zu liegen, seinen Körper an ihrer Seite zu spüren. Er hatte vor dem Zubettgehen geduscht, der Geruch von Seife und Männlichkeit strahlte von ihm ab wie eine wohlige Aura. Hatte Brian je so gerochen?

Nicht dass sie sich erinnern konnte. Brian hatte, von der Duftnote des Deodorants abgesehen, das er zufällig gerade benutzte, keinen speziellen Geruch. Ja, vermutlich war er sogar stolz darauf, mehr oder weniger geruchslos zu sein.

Nein, das war nicht fair. Etwas mehr war doch an Brian dran. Er glaubte fest an ein geordnetes Leben. Das machte es auch so unwahrscheinlich, dass er persönlich etwas mit der Beobachtung ihrer Aktivitäten oder Tomas' Entführung zu tun hatte. Es entsprach nicht den Buchstaben des Gesetzes. Und Brian handelte immer nach den Buchstaben des Gesetzes.

Was nicht unbedingt schlecht war. Brian würde nie ein Flugzeug über einen Berg fliegen oder sich als Matrose auf einem rostigen Handelsschiff verdingen – aber er würde auch nie ein Versprechen brechen oder einen Schwur nicht einlösen. Mit ein entscheidender Grund, warum es so schwer gewesen war, sich über die Beendigung ihrer unerquicklichen, überhastet geschlossenen Ehe zu einigen. Lise hatte Brian während ihres Journalistikstudiums an der Columbia University kennengelernt, als er gerade im New Yorker Büro des MfGS begonnen hatte. Seine Sanftheit und verständnisvolle Art hatten sie für ihn eingenommen, erst mit Verspätung hatte sie begriffen, dass Brian zwar immer *an* ihrer Seite, doch niemals ganz *auf* ihrer Seite stehen würde – dass er letztlich nur eine weitere Stimme im Chor jener war, die ihr rieten, das Buch ihrer Vergangenheit zuzuschlagen, weil in den Textlücken womöglich unerträgliche Wahrheiten verborgen waren.

Dennoch hatte er sie geliebt, auf unschuldige, beharrliche Weise. Behauptete, es immer noch zu tun. Sie öffnete die Augen und sah ihr Telefon, das schwach leuchtend auf dem Nachttisch lag. Mehrere Anrufe von Brian waren registriert. Sie hatte keinen davon entgegengenommen. Auch das war unfair. Vielleicht notwendig – sie war bereit, Turk in diesem Punkt zu glauben –, aber nicht fair. Das hatte Brian nun doch nicht verdient.

Am Morgen wurde eine Straßenspur freigegeben, sodass sie weiter Richtung Norden fahren konnten, vorbei an Bussen, die wie Zirkuswagen angemalt waren, Holzlastern und Tankwagen, bis Turk schließlich auf eine der holprigen Nebenstraßen bog, die sich durch diesen Teil des Landes zogen wie die Linien auf dem Handteller eines alten Mannes.

Und plötzlich befanden sie sich in der Wildnis. Erst hier, abseits der Städte und Farmen, der Raffinerien und Häfen, spürte Lise die Fremdartigkeit dieser Welt, die ihren Vater so fasziniert hatte. Die hoch aufragenden Bäume und das dichte, farnartige Gestrüpp – Pflanzen, deren volkstümliche Namen Lise nicht kannte, geschweige denn die offiziellen botanischen Bezeichnungen – waren angeblich mit irdischen Lebensformen verwandt, zumindest enthielt ihre DNA Anzeichen für eine terrestrische Herkunft. Der Planet war von den Hypothetischen angelegt und bepflanzt worden, vermutlich, um ihn für Menschen bewohnbar zu machen. Doch die Pläne der Hypothetischen waren, vorsichtig ausgedrückt, längerfristig angelegt. Sie rechneten in Milliarden von Jahren, die Evolution musste für sie ein wahrnehmbarer Vorgang sein.

Dagegen konnten sie Ereignisse, die so kurz waren wie ein menschliches Leben, womöglich gar nicht erfassen. Lise fand diese Vorstellung seltsam tröstlich. Sie konnte Dinge sehen und fühlen, die für die Hypothetischen eine verschwindende Flüchtigkeit besaßen: Dinge wie das Schaukeln dieser seltsamen Bäume über der Straße, wie das Sonnenlicht, das ihre Schatten auf den Waldboden streute. Das war eine Gabe, dachte sie. Unsere vergängliche Gabe.

Das Unterholz des Waldes war von einer Tierwelt bevölkert, die großteils noch nicht gelernt hatte, sich vor den Menschen zu fürchten. Sie erhaschte kurze Blicke auf einige Eselhunde, ein gestreiftes Ghoti, eine Schar von Spinnenmäusen – Namen, die meist auf irdische Tiere Bezug nahmen, obwohl die Ähnlichkeit oft nur mit viel Fantasie zu erkennen war. Nur die Stechmücken sahen genauso aus wie jene, die zu Hause immer die schattigen Plätze unsicher gemacht hatten.

Turk behielt die unbefestigte Straße im Auge. Glücklicherweise war hier nur wenig Staub gefallen, und das Blätterdach des Waldes hatte ihn weitgehend absorbiert. Wenn das Fahren schwierig wurde, schwieg er, auf gerader Strecke erkundigte er sich nach ihrem Vater. Sie hatte schon früher mit ihm darüber gesprochen, doch das war vor dem Ascheregen gewesen, vor den seltsamen Ereignissen der letzten Tage.

»Wie alt warst du genau, als dein Vater verschwand?«

»Fünfzehn.« Sehr junge fünfzehn. Naiv, zwanghaft an amerikanischen Moden festhaltend, um gegen die Welt zu protestieren, in die sie versetzt worden war. Noch mit Zahnspangen …

»Haben die Behörden es ernst genommen?«

»Wie meinst du das?«

»Nun, er wäre nicht der erste Mann, der seine Familie verlässt.«

»Nein, dazu war er nicht der Typ. Ich weiß, dass das in solchen Fällen immer gesagt wird. Aber war so engagiert in seiner Arbeit an der Universität. Wenn er ein Doppelleben geführt hat, weiß ich wirklich nicht, wo er die Zeit dafür hergenommen hat.«

»Konnte er euch denn mit seinem Gehalt über Wasser halten?«

»Wir hatten Geld von der Familie meiner Mutter.«

»Dann war es offenbar nicht so schwer, die Aufmerksamkeit der Provisorischen Regierung zu gewinnen, nachdem er verschwunden war.«

»Sie haben sogar ehemalige Interpol-Leute angeheuert, neben der eigentlichen Polizeiermittlung, aber es ist nichts dabei herausgekommen.«

»Also habt ihr Kontakt mit der Genomischen Sicherheit aufgenommen.«

»Nein. Sie haben sich an uns gewandt.«

Turk nickte nachdenklich, während er den Wagen durch eine flache Mulde manövrierte. Ein dreirädriges Motorrad kam ihnen entgegen – Ballonreifen, hoher Sitz, Gemüsekorb auf dem Gepäckträger. Der Fahrer, ein magerer Einheimischer, sah sie gleichgültig an.

»Fand das irgendjemand seltsam – dass die Genomische Sicherheit plötzlich bei euch vor der Tür stand?«

»Mein Vater forschte über Vierte in der Neuen Welt, daher waren sie längst auf ihn aufmerksam geworden. Er hatte schon einige Gespräche mit ihnen geführt.«

»Forschungen über Vierte? Zu welchem Zweck?«

»Persönliches Interesse. Letztlich war das alles Teil seiner Faszination für die Postspinwelt – die unterschiedliche Art und Weise, wie Menschen sich darauf einstellten. Und ich glaube, er war überzeugt davon, dass die Marsianer mehr über die Hypothetischen wussten, als in ihren Archiven stand. Und vielleicht ist dieses geheime Wissen von Vierten in Umlauf gebracht worden, zusammen mit dem chemischen und biologischen Zeug.«

»Aber die Leute von der Genomischen Sicherheit haben auch nichts herausgefunden.«

»Nein. Sie haben zwar noch eine Weile weiter ermittelt – behaupteten sie jedenfalls –, aber letzten Endes hatten sie auch nicht mehr Erfolg als die Provisorische Regierung. Die Schlussfolgerung, die sie offensichtlich gezogen haben, lief darauf hinaus, dass seine Forschungen sozusagen die Oberhand über ihn gewonnen haben – irgendwann sei ihm die Langlebigkeit angeboten worden, und er habe sich darauf eingelassen.«

»Okay, aber das heißt nicht, dass er verschwinden musste.«

»So läuft es aber oft. Die Leute machen die Behandlung und nehmen dann eine neue Identität an. Sonst müsste man sich auf peinliche Fragen gefasst machen, wenn die Altersgenossen nach und nach wegsterben und man selbst immer noch so aussieht wie auf College-Fotos. Die Vorstellung, ein neues Leben zu beginnen, ist für viele Leute reizvoll, vor allem, wenn sie persönliche oder finanzielle Probleme haben. Aber bei meinem Vater war es nicht so.«

»Menschen können furchtbare Angst vor dem Tod haben und es nie zu erkennen geben. Sie leben einfach damit. Doch wenn man ihnen einen Ausweg zeigt – wer weiß, wie sie dann reagieren?«

Oder wen sie alles zurücklassen würden ... Lise schwieg für eine Weile. Über das Brummen des Motors hinweg hörte sie eine Mollmelodie, die aus den oberen Regionen des Waldes herabgetrillert kam, von einem Vogel, den sie nicht identifizieren konnte. Schließlich sagte sie: »Ich bin alles andere als überzeugt davon, dass er uns einfach verlassen hat, aber ich bin auch nicht allwissend, ich weiß nicht, was in seinem Kopf vorging. Falls er die Behandlung wirklich gemacht hat – falls er irgendwo unter neuem Namen lebt –, okay, dann muss ich damit fertigwerden. Ich muss ihn nicht unbedingt wiedersehen. Ich will nur wissen, was ist. Oder jemanden finden, der es weiß.«

»Zum Beispiel die Frau auf dem Foto. Sulean Moi.«

»Die Frau, die du nach Kubelick's Grave geflogen hast. Oder diese Diane, die sie zu dir geschickt hat.«

»Keine Ahnung, wie viel Diane dir erzählen kann. Mehr als ich jedenfalls. Ich habe ganz bewusst keine Fragen gestellt. Die Vierten, die ich kennengelernt habe – es ist nicht sonderlich schwer, sie zu mögen, sie haben keinen düsteren Eindruck auf mich gemacht, und soweit ich es beurteilen kann, tun sie nichts, was uns übrige Menschen in Gefahr bringt. Im Gegensatz zu dem Unsinn, den die Genomische Sicherheit in den Nachrichten verbreitet, sind sie einfach nur Menschen.«

»Menschen, die sehr gut Geheimnisse wahren können.«

»Das stimmt.«

Kurz darauf kamen sie an einem Holzschild vorbei, auf dem der Name des Dorfes in mehreren Sprachen stand, darunter auch in einer Art Englisch: DESA NEW SARANDIB TOWN. Einen knappen Kilometer weiter trat ein magerer Jüngling, kaum älter als zwanzig, auf die Straße und deutete ihnen anzuhalten. Er beugte sich auf Turks Seite ins Fenster.

»Nach Sarandib?« Die helle Stimme des Jungen ließ ihn noch jünger erscheinen. Sein Atem roch nach Zimt.

»Ja«, erwiderte Turk.

»Aus bestimmtem Grund?«

»Ja.«

»Was für einem Grund?«

»Einem persönlichen.«

»Wollt ihr Ky kaufen? Kein guter Ort, um Ky zu kaufen.«

Ky war ein halluzinogenes Wachs, das von einer in Stöcken lebenden Insektenart produziert wurde und derzeit in den Clubs von Port Magellan der große Renner war. »Wir wollen kein Ky. Trotzdem danke.« Turk gab Gas – nicht so fest, dass er den Jungen, der schnell seinen Kopf zurückzog, verletzt hätte, aber fest genug, um sich einen wütenden Blick einzufangen. Als Lise sich nach einiger Zeit umdrehte, stand der Junge noch immer auf der Straße und sah ihnen nach. Sie fragte Turk, worum es gegangen sei.

»In letzter Zeit kommt es häufig vor, dass Städter, die durch die Provinz fahren, um ein paar Gramm abzustauben, ausgeraubt werden oder sonstwie Ärger kriegen.«

»Denkst du, dass er uns was verkaufen wollte?«

»Ich weiß nicht, was er wollte.«

Aber der Junge musste ein Telefon bei sich gehabt und irgendwo angerufen haben, denn kaum hatten sie die ersten bewohnten Hütten passiert, wurden sie von einem etwas betagten Lieferwagen, in dem zwei kräftige Männer in improvisierten Uniformen saßen, zum Anhalten genötigt. Lise blieb still sitzen, überließ Turk das Reden.

»Haben Sie hier etwas Bestimmtes zu tun?«, fragte einer der beiden.

»Wir möchten mit Ibu Diane sprechen.«

Pause. Dann: »So eine Person gibt es hier nicht.«

»Okay. Dann muss ich wohl irgendwo falsch abgebogen sein. Wenn es hier keine solche Person gibt, machen wir nur kurz Rast und essen zu Mittag, dann fahren wir weiter.«

Der Polizist – falls man ihn so bezeichnen konnte, denn diese dörflichen Polizeistationen wurden von der Provisorischen Regierung nicht anerkannt – bedachte Turk mit einem langen, säuerlichen Blick. »Haben Sie einen Namen?«

»Turk Findley.«

»Dort drüben bekommen Sie einen Tee. Mittagessen weiß ich nicht.« Er hielt einen Finger hoch. »Eine Stunde.«

Sie saßen an einem Tisch, der offenbar aus einer ausgedienten Kabelrolle gemacht war, schwitzten in der Nachmittagshitze und tranken, während die anderen Gäste des Cafés ihre Blicke mieden, Tee aus angestoßenen Keramiktassen – als sich unvermittelt der Vorhang teilte und eine Frau hereinkam.

Eine alte, sehr alte Frau. Die Haare hatten die Farbe und Struktur von Löwenzahnflaum, die Haut war so blass, dass sie in Gefahr schien zu zerreißen. Die Augen waren ungewöhnlich groß und blau, eingelassen in die harten Konturen des Gesichts. Sie kam an ihren Tisch und sagte: »Hallo, Turk.«

»Hallo, Diane.«

»Sie hätten nicht hierher zurückkommen sollen. Es ist ein ungünstiger Zeitpunkt.«

»Ich weiß. Tomas wurde verhaftet, vielleicht auch entführt.«

Die Frau zeigte keine Reaktion.

»Und wir würden Ihnen gerne ein paar Fragen stellen.«

»Nun, da ihr schon mal hier seid.« Diane nahm sich einen Stuhl.

»Machen Sie mich mit Ihrer Freundin bekannt.«

Diese Frau ist eine Vierte, dachte Lise. Vielleicht war das der Grund, warum sie diese seltsame, zerbrechliche Autorität ausstrahlte. Turk stellte sie, die Ehrenbezeichnung der Minang gebrauchend, als Ibu Diane vor. Lise nahm die spröde Hand der Frau entgegen; es war, als würde man einen kleinen, überraschend muskulösen Vogel drücken.

»Und Sie haben eine Frage für mich, Lise?«

»Zeig ihr das Bild«, sagte Turk.

Nervös stöberte Lise in ihrem Rucksack, bis sie den Umschlag fand, in dem das Bild von Sulean Moi war.

Diane öffnete den Umschlag und betrachtete lange das Foto. Dann gab sie es Lise zurück. In ihrem Blick lag etwas Trauriges.

»Also, können wir uns unterhalten?«, fragte Turk.

»Ich glaube, das müssen wir. Aber irgendwo, wo wir ungestörter sind. Kommt mit.«

Diane führte sie aus dem Café durch eine Gasse, die zwischen einem Lebensmittelladen und einem hölzernen Amtsgebäude verlief, vorbei an einer Tankstelle, deren Pumpen in Karnevalsfarben angemalt waren. Lise war, angesichts der Hitze und Dianes Alter, auf einen langsamen Spaziergang eingestellt, doch die ältere Frau schritt forsch aus, ja, nahm Lise sogar einmal an der Hand, um sie zu höherem Tempo anzustacheln. Es war eine merkwürdige Geste, Lise kam sich dabei wie ein kleines Mädchen vor.

Schließlich gelangten sie zu einem bunkerartigen Steinhaus, das von einem Schild in diversen Sprachen als MEDIZINISCHE AMBU-LANZ ausgewiesen wurde.

»Sind Sie Ärztin?«, fragte Lise.

»Nicht einmal staatlich anerkannte Krankenschwester. Aber mein Mann war Arzt. Er hat die Leute hier über Jahre versorgt, lange bevor das Rote Kreuz auftauchte. Von ihm habe ich die medizinischen Grundlagen gelernt, und als er starb, wollten die Dorfbewohner nicht, dass ich mich zurückziehe. Ich kann kleinere Verletzungen und Krankheiten versorgen, Antibiotika verabreichen, Ausschläge behandeln, Wunden verbinden. Bei schwerwiegenderen Sachen schicke ich die Leute in die Klinik. Setzen Sie sich.«

Sie saßen im Empfangsbereich von Dianes Ambulanz, der wie ein Salon wirkte, mit grün gepolsterten Korbmöbeln und Holzjalousien, die im Wind klapperten. An der Wand hing das Bild eines mit Wasserfarben gemalten Meeres.

Diane strich ihr weißes Musselinkleid glatt und sah Lise an. »Darf ich fragen, wie Sie in den Besitz dieses Fotos gelangt sind?«

»Ihr Name ist Sulean Moi.«

»Ich weiß.«

»Sie kennen sie?«

»Ich bin ihr begegnet. Ich habe ihr Turks Charterservice empfohlen.«

»Erzähl ihr von deinem Vater«, sagte Turk, und das tat Lise dann auch. Erzählte, wie sie, um mehr über sein Verschwinden zu erfahren, zurückgekehrt war, berichtete von Brian Gatelys Verbindung zur Genomischen Sicherheit, darüber, wie er den alten Schnappschuss von Sulean Moi durch die Gesichtserkennungs-Software der Behörde hatte laufen lassen, um herauszufinden, dass die Frau erst vor wenigen Monaten wieder nach Port Magellan gekommen war.

»Das muss der Auslöser gewesen sein«, unterbrach sie Diane.

»Auslöser?«

»Ihre Nachforschungen – oder die Ihres Exmannes – haben irgendjemanden in den Staaten aufmerksam werden lassen. Die Genomische Sicherheit sucht schon lange nach ihr.«

»Warum?«

»Ich werde Ihnen sagen, was ich weiß, aber würden Sie mir zunächst selbst einige Fragen beantworten?«

»Bitte.«

»Wie haben Sie Turk kennengelernt?«

»Ich habe ihn engagiert, um mich über die Berge zu fliegen. Von einem der Kollegen meines Vaters war bekannt, dass er Kubelick's Grave besucht hatte. Zu der Zeit war das die einzige Spur, die ich hatte. Also habe ich Turk angeheuert, aber leider sind wir nicht über die Berge gekommen.«

Turk hustete in die Hand. »Schlechtes Wetter.«

»Verstehe.«

»Dann, als Brian mir erzählte, dass Sulean Moi nur wenige Wochen zuvor ein kleines Flugzeug gechartert hatte …«

»Woher wusste Brian das? Oh, er hat vermutlich sämtliche Passagierlisten durchsehen lassen. Etwas in der Art.«

»Jedenfalls war es eine Spur, der ich nachgehen wollte – obwohl Brian mich beschwor, es nicht zu tun. Schon damals war er der Ansicht, dass ich mich zu tief in die Sache verwickele.«

»Während Turk natürlich völlig furchtlos war.«

»Das ist eben meine Art«, sagte Turk.

»Aber ich war noch gar nicht dazu gekommen, als der Ascheregen fiel, und dann …«

»Dann«, fuhr Turk fort, »verschwand plötzlich Tomas, und wir fanden heraus, dass Lise beschattet wird und ihr Telefon angezapft ist. Und so leid es mir tut, Diane, aber mir ist nichts anderes eingefallen, als hierherzukommen. Ich habe gehofft, Sie könnten …«

»Was? Die Dinge wieder zurechtrücken? Denken Sie, ich habe magische Kräfte?«

»Ich *dachte*, dass Sie vielleicht eine Erklärung für das alles haben. Und einen guten Rat.«

Diane nickte und klopfte sich mit dem Zeigefinger gegen das Kinn. Ihr Fuß, der in einer Sandale steckte, stampfte im selben Rhythmus auf den Holzfußboden.

»Zumindest«, sagte Lise, »könnten Sie uns erzählen, wer Sulean Moi eigentlich ist.«

Diane räusperte sich. »Nun, das Wichtigste, was man über sie wissen sollte, ist, dass sie Marsianerin ist.«

Die menschliche Zivilisation auf dem Mars war für Lises Vater eine große Enttäuschung gewesen. Das war eines der Themen, über die sie an jenen Abenden auf der Veranda gesprochen hatten, als sich der Himmel wie ein offenes Buch über ihnen erstreckte.

Damals, als Wun Ngo Wen auf der Erde eintraf, war Robert Adams noch ein junger Mann – Student an der Technischen Universität von Kalifornien –, der in Erwartung der als unausweichlich geltenden Zerstörung der Welt lebte.

Die Terraformung und die Kolonisierung des Mars war die größte Erfolgsstory der Spin-Zeit. Indem man die Ausdehnung der Sonne und das Verstreichen vieler Millionen Jahre im äußeren Sonnensystem als eine Art Zeithebel nutzte, konnte man den Mars zumindest halbwegs bewohnbar machen und dort menschliche Kolonien ansiedeln. Und während auf der Erde im Schutze der Spinmembran nur wenige Jahre verstrichen, erlebten auf dem Mars zur gleichen Zeit ganze Zivilisationen ihren Aufstieg und Niedergang.

Allein schon diese nackten Tatsachen – die in Gegenwart von Lises Mutter, deren Eltern in den Wirren des Spins zu Tode gekommen waren, unter keinen Umständen erwähnt werden durften – hatten ausgereicht, dass sich bei Lise die Nackenhaare aufrichteten. Natürlich hatte sie das alles auch in der Schule gelernt, aber ohne dass sich dabei dieses Gefühl von Ehrfurcht eingestellt hätte. In Robert Adams' privaten Abendvorträgen dagegen waren die Zahlen nicht bloße Zahlen gewesen – wenn er von *einer Million Jahren* sprach, dann konnte Lise das ferne Tosen der sich aus dem Meer erhebenden Berge hören.

Eine ungeheuer alte und ungeheuer fremdartige menschliche Zivilisation war auf dem Mars entstanden – in etwa der gleichen Zeit, die Lise auf der Erde benötigte, um zur Schule und wieder zurückzulaufen.

Doch dann war diese Zivilisation von den Hypothetischen ebenfalls von einer Hülle umgeben worden, eine Maßnahme, die den Mars mit der Erde zeitlich synchronisierte und die endete, als auch der Spin der Erde aufgehoben wurde. Zuvor hatten die Marsianer allerdings ein bemanntes Raumschiff zur Erde geschickt. Die Besatzung hatte aus einem Mann bestanden: Wun Ngo Wen, dem sogenannten marsianischen Gesandten.

»Bist du ihm je begegnet?«, fragte Lise ihren Vater mehr als einmal.

»Nein.« Wun war bei einem Raubüberfall während der übelsten Jahre des Spins getötet worden. »Aber ich habe seine Rede vor den Vereinten Nationen gesehen. Er machte einen durchaus sympathischen Eindruck.«

(Lise hatte schon in jungen Jahren historische Filmaufnahmen von Wun Ngo Wen gesehen. Damals hatte sie sich vorgestellt, ihn zum Freund zu haben: eine Art intellektueller Munchkin, nicht viel größer als sie selbst.)

Aber die Marsianer, so ihr Vater, waren von Anfang an sehr zurückhaltend mit ihren Auskünften gewesen. Sie hatten der Erde ihre Archive übergeben, ein Kompendium ihrer naturwissenschaftlichen Kenntnisse, die in einigen Bereichen weiter fortgeschritten waren als die irdische Wissenschaft. Doch darin war nur sehr wenig über Humanbiologie – wo sie die Voraussetzung für das Entstehen einer Kaste langlebiger »Vierter« geschaffen hatten – oder über die Hypothetischen zu lesen. Für Lises Vater waren das unverzeihliche Lücken. »Sie wissen seit Hunderten, wenn nicht Tausenden von Jahren, dass es die Hypothetischen gibt. Sie müssen doch *irgendetwas* über sie zu sagen haben, selbst wenn es nur Spekulationen sind.«

Als der Spin endete und Erde wie Mars in den üblichen Zeitfluss zurückkehrten, blühte für eine Weile der Funkverkehr mit dem Roten Planeten. Und es gab eine zweite Expedition zur Erde, ehrgeiziger als die erste, mit einer Gruppe von Gesandten, die in einem festungsartigen, dem alten UN-Komplex in New York angegliederten Gebäude untergebracht wurden: die marsianische Botschaft, wie es bald genannt wurde. Als ihre fünfjährige Amtszeit auslief, wurden sie mit einem terrestrischen Schiff zurück nach Hause gebracht, das von den großen Industrienationen gemeinsam gebaut worden war und von Xichang aus startete.

Eine weitere Mars-Delegation gab es nicht. Pläne, eine entsprechende terrestrische Expedition loszuschicken, scheiterten in multinationalen Verhandlungen, und auch die Marsianer waren dieser Idee nur mit wenig Begeisterung begegnet. »Ich habe den Verdacht«, sagte Lises Vater, »dass sie ein wenig schockiert von uns waren.« Der Mars war nie reich an Ressourcen gewesen, auch nach der Ecopoiesis nicht, und seine Zivilisation hatte nur mittels kollektiver Sparsamkeit überleben können. Die Erde – mit ihren riesigen, verschmutzten Wassermassen, ihrer ineffizienten Industrieproduktion, den kollabierenden Ökosystemen – musste die Besucher nachhaltig verstört haben. »Bestimmt waren sie froh, dass sie einige Millionen Kilometer zwischen sich und uns legen konnten.«

Außerdem hatten sie ihre eigene Nachspinkrise zu bewältigen. Auch auf dem Mars hatten die Hypothetischen einen Torbogen installiert: Er erhob sich über der äquatorialen Wüste und eröffnete einen Zugang zu einem ähnlich kleinen, felsigen Planeten, der bewohnbar war und um einen weit entfernten Stern kreiste.

Die Kommunikation zwischen Erde und Mars wurde nur noch der Form halber aufrechterhalten. Und es gab keine Marsianer mehr auf der Erde. Sie waren alle nach Hause gefahren, nachdem ihre Mission beendet war. Etwas anderes war Lise nie zu Ohren gekommen.

Wie also konnte Sulean Moi eine Marsianerin sein?

»Aber sie sieht nicht einmal aus wie eine Marsianerin«, sagte Lise. Marsianer waren höchstens einen Meter fünfzig groß, ihre Haut hatte tiefe Falten und Furchen. Sulean Moi dagegen, so wie sie auf dem Foto erschien, war lediglich normal klein und auch nicht übermäßig runzlig.

»Sie hat eine ganz besondere Geschichte«, erwiderte Diane. »Wie Sie sich vorstellen können. Möchten Sie etwas Kaltes zu trinken? Ich glaube, ich brauche etwas – meine Kehle ist ein wenig ausgetrocknet.«

»Ich hole etwas«, sagte Turk.

»Danke. Nun, was Sulean Moi betrifft … Ich fürchte, ich muss Ihnen erst von mir erzählen, bevor ich zu ihr komme.« Diane hielt inne, schloss kurz die Augen. »Mein Mann war Tyler Dupree. Mein Bruder Jason Lawton.«

Ein Moment verging, bevor Lise die Namen unterbringen konnte. Es waren Namen aus den Geschichtsbüchern, Namen aus der Spin-Ära. Jason Lawton war der Mann, unter dessen Leitung die Wüsten des Mars urbar gemacht worden waren; der Mann, der die Entsendung der Replikatoren initiiert hatte; der Mann, dem Wun Ngo Wen seine Sammlung marsianischer Pharmazeutika anvertraut hatte. Es war Jason Lawton gewesen, der sich der US-Regierung widersetzt und diese Präparate an eine verstreute Gruppe von Akademikern und Wissenschaftlern verteilt hatte, aus denen dann die ersten terrestrischen Vierten wurden.

Und Tyler Dupree, wenn Lise sich recht erinnerte, war Jason Lawtons Leibarzt gewesen.

»Ist das möglich?«, flüsterte sie.

»Das soll kein Versuch sein, Sie mit meinem Alter zu beeindrucken. Ich bin eine Vierte, und ich gehöre dieser Gemeinschaft seit ihrer Entstehung an. Das ist der Grund, warum Sulean Moi mich vor einigen Monaten aufgesucht hat.«

»Aber … wenn sie eine Marsianerin ist, wie ist sie dann hierhergekommen? Und warum sieht sie nicht aus wie die Marsianer?«

»Sie wurde auf dem Mars geboren, und als Kind wäre sie beinahe bei einer Flutkatastrophe ums Leben gekommen. Sie erlitt schwere Verletzungen, unter anderem waren etliche Gehirnzellen abgestorben, was sich nur durch eine radikale Rekonstruktion behandeln ließ, bei der dasselbe Präparat zur Anwendung kam, das auch lebensverlängernd wirkt. Wenn es in so jungem Alter verabreicht wird, hat es eine recht unangenehme Nebenwirkung – eine Art genetisches Rezidiv. Die Falten, die die Marsianer in der Pubertät entwickeln, hat sie nie bekommen, und sie ist über den Punkt hinaus weitergewachsen, an dem das Wachstum in der Regel aufhört. Wodurch sie fast wie ein Erdling aussah – ein evolutionärer Rückfall, wie es den Marsianern erscheinen musste. Da sie die meisten ihrer Familienangehörigen verloren hatte und von nun an als fürchterlich entstellt galt, wurde sie von einer Gemeinschaft asketischer Vierter aufgezogen. Sie haben ihr – zumindest das – eine erstklassige Ausbildung angedeihen lassen. Wohl wegen ihres Aussehens war sie von der Erde fasziniert und widmete sich einer Studienrichtung, die wir als ›Terrestrische Wissenschaften‹ bezeichnen würden – ich habe keine Ahnung, wie die Marsianer es genannt haben.«

»Eine Expertin für die Erde also.«

»Ja. Was dazu führte, dass sie zu einer der marsianischen Gesandten bestimmt wurde.«

»Aber dann müsste ihr Foto überall verbreitet worden sein.«

»Sie wurde von der Presse ferngehalten. Ihre Existenz war ein sorgfältig gehütetes Geheimnis. Es ist nicht schwer zu begreifen, warum.«

»Nun, wenn sie wie ein Erdling aussah …«

»Sie konnte sich unerkannt unter die Leute mischen. Sie hatte eine Reihe terrestrische Sprachen gelernt, mindestens drei davon perfekt.«

»Dann war sie also eine Spionin?«

»Nicht ganz. Die Marsianer wussten, dass es Vierte auf der Erde gab. Sulean Moi war eine diplomatische Vertretung für *uns*.«

Turk brachte Gläser mit Eiswasser. Lise trank gierig – jetzt hatte sie auch einen trockenen Hals.

»Als die Marsianer die Erde wieder verließen«, fuhr Diane fort, »beschloss Sulean Moi hierzubleiben. Sie tauschte den Platz mit einer Frau, einer terrestrischen Vierten, die ihr ähnlich sah. Unsere eigene geheime Botschafterin sozusagen.«

»Warum ist sie geblieben?«

»Weil sie schockiert war von dem, was sie hier vorfand. Auf dem Mars existieren die Vierten schon seit Jahrhunderten, und sie bezahlen ihre Langlebigkeit mit einer Reihe von Einschränkungen. Etwa pflanzen sie sich nicht fort und beteiligen sich nicht an der Regierung außer als Beobachter und Schlichter. Während *unsere* Vierten lediglich Gesetzlose sind – sowohl gefährdet als auch potenziell gefährlich. Sulean hoffte, dieses Chaos durch marsianische Jurisdiktion aus der Welt zu schaffen.«

»Soweit ich sehe, ist ihr das nicht gelungen.«

»Sagen wir, die Erfolge waren bescheiden. Unter den Vierten gibt es verschiedene Fraktionen. Diejenigen von uns, die mit ihren Zielen sympathisieren, haben sie in all den Jahren ermutigt und finanziell unterstützt. Andere nehmen ihr die Einmischung übel.«

»Worin hat sie sich denn eingemischt?«

»In die Bemühungen, ein menschliches Wesen zu erschaffen, das mit den Hypothetischen kommunizieren kann.«

»Ich weiß, wie grotesk das klingt«, sagte Diane Dupree mit gedämpfter Stimme. »Aber es ist wahr. Das ist es, was meinen Bruder Jason getötet hat.«

Was es Lise unmöglich machte, das Gesagte in Zweifel zu ziehen, war die absolute Ernsthaftigkeit der alten Frau. Dazu der Wind, der die Jalousien klappern ließ, die Geräusche der Dorfbewohner, die ihren Geschäften nachgingen, ein Hund, der in der Ferne ziellos herumbellte, Turk, der sein Eiswasser trank, als wäre das alles nichts Neues für ihn.

»Auf diese Weise ist Jason Lawton gestorben?« In den Geschichtsbüchern hatte Lise gelesen, dass Lawton Opfer der Anarchie in den letzten Tagen des Spins geworden war. Hunderttausende hatten damals ihr Leben in der großen Panik verloren.

»Der Prozess«, erwiderte Diane ruhig, »verläuft bei einem Erwachsenen tödlich. Ein Großteil des Nervensystems wird dabei umgebaut, geöffnet, wenn Sie so wollen, für Manipulationen durch die vernetzte Intelligenz der Hypothetischen. Es gibt … nun, eine Art von Kommunikation kann stattfinden. Doch dabei wird der Kommunizierende getötet. Theoretisch könnte die Prozedur stabiler sein, wenn sie bei einem menschlichen Fötus durchgeführt wird. Einem Kind im Mutterleib.«

»Aber das wäre …«

»Ja, nicht zu rechtfertigen. Ein furchtbares Verbrechen. Und doch ist es eine große Versuchung für eine bestimmte Fraktion in unserer Gemeinschaft. Sie sehen darin eine Möglichkeit, dem Rätsel der Hypothetischen auf die Spur zu kommen, zu verstehen, was sie von uns wollen, warum sie das alles getan haben. Und wer weiß, vielleicht ist es auch noch mehr, nicht nur Kommunikation, sondern eine Art … Kommunion. Eine Vermischung des Menschlichen mit dem Göttlichen.«

»Und die Marsianer wollen das verhindern?«

Diane senkte den Blick. »Die marsianischen Vierten waren die Ersten, die es ausprobiert haben.«

»Wie bitte? Sie haben einen menschlichen Fötus modifiziert?«

»Das Projekt ist fehlgeschlagen, das Kind hat die Pubertät nicht überlebt. Das Experiment wurde von derselben Viertengruppe durchgeführt, bei der Sulean Moi aufgewachsen ist. Sie war dabei, als das Kind starb.«

»Die Marsianer haben das erlaubt?«

»Nur ein einziges Mal. Sulean wollte verhindern, dass das Gleiche bei unseren Vierten geschieht – oder den Prozess unterbrechen, falls er schon begonnen hatte.«

Der Wind war warm, doch Lise fröstelte es. »Und? Hat er schon begonnen?«

»Die Technik und die Pharmazeutika wurden von Jason in Umlauf gebracht, zusammen mit allem anderen, was vom Mars gekommen war. Die Fähigkeit besitzen wir seit Jahrzehnten, aber es bestand kein wirkliches Interesse daran, sie auch zu gebrauchen. Außer bei einigen … Abweichlergruppen.«

»Ich dachte, die Vierten hätten eine Art eingebauter Beißhemmung«, meldete sich Turk. »Nach seiner Behandlung hat Tomas nichts Stärkeres mehr als Bier getrunken und damit aufgehört, in Kneipen Schlägereien anzuzetteln.«

»Das betrifft *offensichtliche* Aggression, nicht die Fähigkeit zur moralischen Entscheidung – oder zur Selbstverteidigung. Und in diesem Fall handelt es sich nicht unbedingt um Aggression. Es ist fürchterlich, es ist unentschuldbar, aber es ist in gewissem Sinne auch abstrakt. Derjenige, der die Nadel in die Vene einer schwangeren Freiwilligen sticht, wird dies nicht als gewalttätigen Akt wahrnehmen, vor allem dann nicht, wenn er von der Notwendigkeit seines Tuns überzeugt ist.«

»Und deshalb interessiert sich die Genomische Sicherheit so für Sulean Moi«, sagte Lise.

»Ja. Die Genomische Sicherheit und alle entsprechenden Behörden. Es sind nicht nur die Amerikaner, die die Vierten fürchten – auch in der islamischen Welt sind die Vorurteile stark. Sicher sind wir nirgends. Jahrzehntelang hat die Genomische Sicherheit versucht, jedes Stück verbotener marsianischer Biotechnologie aufzuspüren und zu beschlagnahmen. Wohl weniger, um es zu zerstören, als sich das Monopol darauf zu sichern. Es ist ihnen nicht gelungen, und es wird ihnen auch nie gelingen. Der Geist ist längst aus der Flasche. Aber bei ihren Bemühungen haben sie ein paar Dinge erfahren, sie wissen jetzt von der Existenz Sulean Mois. Und die Vorstellung, dass irgendwelche Vierte mit den Hypothetischen Kontakt aufnehmen, macht ihnen eine Heidenangst.«

»Aus den gleichen Gründen, aus denen Sie sich davor fürchten?«

»Zum Teil.« Diane trank einen Schluck Eiswasser. »Nur zum Teil.« In diesem Moment rief der Dorfmuezzin die Gläubigen zum Gebet. Die alte Frau ließ sich davon nicht stören.

»Sulean ist zuvor schon mindestens einmal in Port Magellan gewesen. Vor zwölf Jahren.«

»Ja.«

»Wegen dem, was Sie gerade gesagt haben?«

»Ja.«

»Und war sie erfolgreich? Ich meine, konnte sie … wen auch immer daran hindern, diese Sache zu machen?«

Diane sah Lise an. »Nein, sie hat keinen Erfolg gehabt.«

»Mein Vater kannte sie.«

»Sulean Moi kennt eine Menge Leute. Wie war der Name Ihres Vaters?«

»Robert Adams.« Lises Herz schlug schneller.

Diane schüttelte den Kopf. »Der Name ist mir nicht bekannt. Aber Sie sagten, Sie wollten einen seiner Kollegen in Kubelick's Grave suchen?«

»Ja, einen Mann namens Avram Dvali.«

»Avram Dvali.« Diane machte ein düsteres Gesicht.

»War Dvali ein Vierter?« Noch schneller.

»Ja, das war er. Oder ist er. Außerdem ist er, meiner Meinung nach, ein bisschen wahnsinnig.«

12

Nachdem sie Isaac zurück zum Gebäude begleitet hatte, berichtete Sulean Moi Dr. Dvali von der Blume.

Die Geschichte klang so unwahrscheinlich, dass es für notwendig erachtet wurde, eine Expedition loszuschicken, um nach dem seltsamen Objekt zu suchen. Sulean nahm nicht daran teil, gab aber eine genaue Wegbeschreibung. Dvali wählte drei Männer aus, mit denen er in einem der Gemeinschaftsfahrzeuge hinaus in die Wüste fuhr. Seine Aufregung war vorhersehbar, fand Sulean. Er war in die Hypothetischen verliebt – in seine Vorstellung von ihnen. Da konnte er dem Geschenk einer fremdartigen Blume schwerlich widerstehen.

Am späten Nachmittag waren sie wieder zurück. Die sehende Rose hatten sie zwar nicht finden können, doch die Expedition war trotzdem nicht ergebnislos geblieben: Sie waren in der Einöde auf andere ungewöhnliche Dinge gestoßen. Dvali hatte drei Proben in einem Baumwollbeutel gesammelt, die er Sulean und einigen anderen nun im Gemeinschaftsraum vorführte.

Ein Fundstück war eine schwammige grüne Scheibe, geformt wie ein Miniaturfahrradreifen, mit zweigartigen Speichen und einem an der Nabe hängenden Wurzelknoten; das zweite war eine durchsichtige Röhre mit einem Durchmesser von einem Zentimeter und einer Länge, die der von Suleans Unterarm entsprach; das dritte ein klebrig knotiger Klumpen, der einer geballten Faust ähnelte, blau mit roten Adern darin.

Nichts davon wirkte sehr gesund. Der Fahrradreifen war geschwärzt und zerkrümelte an einigen Stellen, die hohle Röhre war entlang ihrer Achse angebrochen, die Faust war sehr bleich und begann einen unguten Geruch zu verströmen.

»Sind diese Dinge mit der Asche zusammen herabgefallen?«, fragte Mrs. Rebka.

Dvali schüttelte den Kopf. »Sie waren alle verwurzelt.«

»Sie sind dort draußen gewachsen? In der Wüste?«

»Ich kann es nicht erklären. Aber ich vermute, dass sie in irgendeiner Weise mit dem Ascheregen in Verbindung stehen.« Dvali sah Sulean erwartungsvoll an.

Sie hatte nichts dazu zu sagen.

Am nächsten Morgen wollte Sulean Isaac besuchen, doch vor seiner Tür stand Mrs. Rebka, die Arme über der Brust verschränkt. »Es geht ihm nicht gut«, sagte sie.

»Ich werde nur kurz mit ihm sprechen.«

»Lassen wir ihn lieber ausruhen. Er hat Fieber. Kommen Sie, ich glaube, wir sollten uns einmal unterhalten, Ms. Moi.«

Die beiden Frauen gingen hinaus auf den Hof. Sie hielten sich im Schatten des Hauptgebäudes, setzten sich auf eine steinerne Bank mit Blick auf den Garten. Es war heiß, die Luft stand still, das Sonnenlicht fiel auf das Blumenbeet, als besitze es ein gewaltiges, unsichtbares Gewicht. Sulean wartete, bis Mrs. Rebka begann. Sie hatte damit gerechnet, dass die Frau früher oder später einen derartigen Vorstoß machen würde – unter den Erwachsenen in der Gemeinschaft war sie für Isaac das, was einer Mutter am Nächsten kam, wenn auch Isaacs Natur jede emotionale Wärme, zumindest von seiner Seite, ausschloss.

»Er ist zuvor noch nie krank gewesen«, sagte Mrs. Rebka. »Kein einziges Mal. Aber seit Sie da sind … Er ist nicht mehr derselbe. Er wandert umher, isst kaum etwas. Seit einiger Zeit liest er wie wild.

Zuerst habe ich das für eine erfreuliche Sache gehalten, aber inzwischen frage ich mich, ob es nicht nur ein weiteres Symptom ist.«

»Ein Symptom wofür?«

»Weichen Sie nicht aus.« Mrs. Rebka war eine stattliche Frau. Für Sulean waren alle Leute hier groß – sie selbst maß gerade eins sechzig –, doch Mrs. Rebka war besonders groß, und es schien in ihrer Absicht zu liegen, einschüchternd zu wirken. »Ich weiß, wer Sie sind. Wir alle hier sind uns seit Jahren über Sie im Klaren. Wir waren nicht überrascht, als Sie an unsere Tür klopften. Wir haben uns nur gewundert, dass es so lange gedauert hat. Wir haben nichts dagegen, dass Sie Isaac beobachten und sogar mit ihm kommunizieren. Die einzige Bedingung ist, dass Sie sich nicht einmischen.«

»Habe ich mich denn eingemischt?«

»Er hat sich verändert, seit Sie hier sind. Das können Sie nicht bestreiten.«

»Das hat nichts mit mir zu tun.«

»Nicht? Ich hoffe, dass Sie recht haben. Aber Sie haben so etwas schon einmal erlebt, nicht wahr? Bevor Sie zur Erde kamen.«

Sulean hatte nie ein Geheimnis daraus gemacht. Ihre Geschichte hatte sich unter den terrestrischen Vierten verbreitet – vor allem unter jenen, die, wie Dvali, von den Hypothetischen besessen waren. Sie nickte.

»Bei einem Kind wie Isaac.«

»Ja, in mancher Hinsicht wie er. Ein Junge. Er war in Isaacs Alter, als er …«

»Als er starb.«

»Ja.«

»Ist er an seiner … Eigenheit gestorben?«

Sulean antwortete nicht gleich. Es widerstrebte ihr, diese Erinnerungen wachzurufen. »Er starb in der Wüste.« Einer anderen Wüste. Der marsianischen Wüste. »Er versuchte seinen Weg zu finden, aber er hat sich verirrt.« Sie schloss die Augen. Hinter ihren Lidern war die Welt, wegen des unerträglich hellen Sonnenlichts, eine unendliche Röte. »Wissen Sie, wenn ich gekonnt hätte, hätte ich Sie aufgehalten. Aber ich kam zu spät, Sie haben sich sehr schlau verborgen gehalten. Nun bin ich genauso hilflos wie Sie, Mrs. Rebka.«

»Ich werde nicht zulassen, dass Sie ihm wehtun.«

»Niemals würde ich etwas tun, was ihm Schaden zufügt.«

»Mag sein. Aber ich glaube, dass Sie, in gewisser Weise, Angst vor ihm haben.«

»Haben Sie mich denn so sehr missverstanden? Natürlich habe ich Angst vor ihm. Sie etwa nicht?«

Mrs. Rebka antwortete nicht. Sie stand auf und ging langsam zurück ins Gebäude.

Isaac musste den ganzen Tag in seinem Zimmer bleiben, das Fieber war auch am Abend noch nicht gesunken. In der Nacht lag Sulean wach, blickte durch die sandgepeitschte Fensterscheibe hinauf zu den Sternen.

Zu den Hypothetischen, um diesen wunderbar vieldeutigen Namen zu verwenden, der ihnen schon verliehen worden war, noch bevor ihre Existenz als gesicherte Tatsache galt: die hypothetischen Wesen, die die Erde in eine Zeitfalte eingeschlossen hatten, sodass eine Million Jahre vergehen konnten, während ein Mann seinen Hund ausführte oder eine Frau sich die Haare kämmte. Sie waren ein Netzwerk von selbstreproduzierenden, in der ganzen Galaxis verbreiteten Maschinen. Sie mischten sich in die menschlichen Angelegenheiten ein, womöglich auch in die Angelegenheiten anderer auf Intelligenz basierender Zivilisationen. Man verstand nicht, aus welchem Grund sie das machten. Vielleicht aus gar keinem besonderen Grund.

Sulean blickte zu ihnen. Sie durchdrangen den Nachthimmel. Sie schlossen Welten in sich ein. Sie waren überall.

Was ließ sich sonst über sie sagen? Ein Netzwerk von so gewaltiger Größe, dass es eine ganze Galaxis umspannte, war nichts anderes als eine Naturgewalt. Man konnte nicht mit ihm verhandeln, ja, man konnte es nicht einmal ansprechen. Es interagierte mit der Menschheit über unmenschliche Zeiträume hinweg, seine Worte waren Dekaden, seine Gespräche vom Prozess der Evolution nicht zu unterscheiden.

Dachte es? Stelle es Überlegungen an, ging es mit sich zu Rate, entwickelte es Ideen und handelte es danach? War es, mit anderen Worten, ein *Wesen* oder nur ein gewaltiger, komplexer *Prozess*?

Die Marsianer hatten jahrhundertelang über diese Fragen gestritten. Als Kind hatte Sulean immer wieder zugehört, wenn die älteren Vierten diskutierten. Sie hatte keine eindeutige Antwort – die hatte niemand –, aber ihre Vermutung war, dass die Hypothetischen kein Zentrum besaßen, keine operative Intelligenz. Sie taten unvorhersehbare Dinge – doch das galt auch für die Evolution.

Die Evolution hatte ohne jede zentrale Lenkung komplexe, interdependente biologische Systeme geschaffen, und waren die selbstreproduzierenden Maschinen erst einmal auf die Galaxis losgelassen worden (vielleicht von einer längst untergegangenen Spezies, lange bevor Erde oder Mars aus dem Sternenstaub kondensiert waren), hatten sie der gleichen Logik unterlegen, der Logik der Konkurrenz und Mutation. Was mochte daraus, über Milliarden von Jahren hinweg, nicht alles entstanden sein? Maschinen von gewaltigen Dimensionen, gewaltiger Macht, halb autonom, »intelligent« in einem gewissen Sinne – der Torbogen, die Zeitfalte –, ja, all das. Aber ein zentrales, steuerndes Bewusstsein? Ein Sinn stiftender Geist? Sulean bezweifelte das. Die Hypothetischen waren nicht ein einziges Wesen – sie waren das, was geschieht, wenn die Logik der Selbstreproduktion die unendliche Leere des Weltraums ergreift.

Der Staub alter Maschinen war auf die Wüste gefallen, und aus diesem Staub waren seltsame, verkümmerte Fragmente gewachsen. Ein Rad, eine Röhre, eine Rose mit einem kohlrabenschwarzen Auge. Und Isaac interessierte sich für den Westen. Was bedeutete das? Hatte es überhaupt eine Bedeutung?

Es bedeutete, dachte Sulean, dass Isaac einer Macht geopfert wurde, die so gleichgültig war wie der Wind.

Am Morgen bekam Sulean von Mrs. Rebka die Erlaubnis, den Jungen in seinem Zimmer zu besuchen. »Sie werden sehen«, sagte sie mürrisch, »warum wir alle so besorgt sind.«

Isaac lag schlaff unter einem Knäuel Decken. Seine Augen waren geschlossen. Sulean berührte seine Stirn, fühlte das Glühen des Fiebers.

»Isaac«, seufzte sie, an den Jungen wie an sich selbst gerichtet. Seine Reglosigkeit rief zu viele Erinnerungen wach. Es hatte schon einmal so einen Jungen gegeben, schon einmal so ein Fieber, schon einmal so eine Wüste.

»Die Rose«, sagte Isaac.

Sulean erschrak. »Was?«

»Ich erinnere mich an die Rose. Und die Rose – sie erinnert sich.«

Die Augen geschlossen, so, als schliefe er noch, hob er sich in eine sitzende Position. Sein Kopf schlug gegen das hintere Brett des Bettes. Seine Haare waren schweißnass. Wie unsterblich die Menschen doch erscheinen, wenn sie gehen, laufen, springen, dachte Sulean. Und wie zerbrechlich, wenn sie das nicht mehr können.

In diesem Moment öffnete Isaac die Augen. Die Iris darin war verfärbt, als wäre ihr blasses Blau mit Goldfarbe besprenkelt worden. Er sah Sulean an und lächelte.

Und dann sagte er etwas, sagte etwas in einer Sprache, die Sulean seit Jahrzehnten nicht mehr gehört hatte. Ein marsianischer Dialekt aus der dünn besiedelten Einöde im Süden.

Er sagte: »Du bist es, große Schwester! Wo warst du die ganze Zeit?«

Von einem Augenblick zum nächsten schlief er wieder ein, und Sulean blieb zitternd im Widerhall seiner Worte zurück.

13

Am nächsten Morgen flog ein Hubschrauber dicht über das Minang-Dorf hinweg, und obwohl das durchaus harmlose Gründe haben mochte – Holz verarbeitende Unternehmen begutachteten das Gelände seit Monaten –, versetzte es die Bewohner in Unruhe und veranlasste es Ibu Diane vorzuschlagen, dass sie schnell aufbrechen sollten. Dableiben sei riskanter als fortzugehen, sagte sie.

»Wo wollen wir hin?«, fragte Lise.

»Über die Berge. Kubelick's Grave. Turk wird uns hinfliegen, nicht wahr, Turk?«

Er dachte kurz nach. »Könnte sein, dass ich eine Brechstange dafür brauche. Aber davon abgesehen, ja klar.«

»Gut. Wir fahren in einem der Dorfautos zurück in die Stadt. Irgendetwas Unverdächtiges. Der Wagen, in dem Sie gekommen sind, ist ein Risiko. Ich werde jemanden bitten, ihn zur Küste zu fahren und irgendwo stehen zu lassen.«

»Krieg ich ihn zurück, wenn das alles hier vorbei ist?«

»Das bezweifle ich.«

»Na ja, hätte ich mir denken können.«

Die Behörden hatten, wie Lise wusste, ihre Methoden, um Leute aufzuspüren, an denen sie interessiert waren. Winzige Hochfrequenzsender konnten unbemerkt an Fahrzeugen oder Kleidungsstücken angebracht werden; und es standen noch geheimnisvollere, subtilere Geräte zur Verfügung. Der Dorfbewohner, der das Auto nach Norden fuhr, nahm ihre Kleidung und sonstige Besitzstücke mit. Im Dorfladen zog sich Lise eine Bluse mit Blumenmuster und eine Musselinhose an, Turk suchte sich Jeans und ein weißes Hemd aus. Beide duschten sie in der Ambulanz. »Achten Sie besonders auf Ihre Haare«, hatte Diane sie belehrt. »Dort kann auch etwas versteckt sein.«

Als Lise schließlich in das rostbefleckte Fahrzeug stieg, das Diane für sie organisiert hatte, fühlte sie sich gereinigt, aber auch reichlich paranoid. Sie schnallte sich auf dem Beifahrersitz an, Turk setzte sich hinter das Steuer, und dann warteten sie, während Diane sich von einem Dutzend Minang verabschiedete, die sich um sie versammelt hatten.

»Ziemlich populär, die Frau«, sagte Lise.

»Sie ist in allen Dörfern an der Nordküste bekannt«, erwiderte Turk. »Meist Malayen, Tamilen und Minang, die es hierher verschlagen hat. Sie hilft, wo sie gebraucht wird. Überall wird eine Unterkunft für sie bereitgehalten, alle beschützen sie.«

»Sie wissen, dass sie eine Vierte ist?«

»Ja. Und sie ist nicht die einzige. Etliche dieser Dorfältesten sind älter, als man denken würde.«

Die Welt veränderte sich, dachte Lise, und alles Gerede über die Unantastbarkeit des menschlichen Genoms konnte diesen Wandel nicht aufhalten. Sie stellte sich vor, wie sie Brian diese Tatsache beibrachte, eine Tatsache, die er zweifellos leugnen würde. Brian war Experte darin, die Risse im Fundament seines Glaubens an das segensreiche Wirken der Genomischen Sicherheit zu übertünchen. Doch die Risse vergrößerten sich. Das Gebäude wackelte bereits.

Diane Dupree hievte sich vorsichtig in das Auto und legte den Sitzgurt an. Turk fuhr langsam los, die Dorfbewohner, die die enge Straße ganz ausfüllten, folgten ihnen noch einige Meter.

»Es gefällt ihnen nicht, dass ich weggehe«, sagte Diane. »Sie denken, dass ich vielleicht nicht wiederkomme.«

Lise schrumpfte jedes Mal zusammen, wenn ihnen ein anderes Fahrzeug begegnete, aber Turk fuhr, sobald sie auf gepflasterter Straße waren, fröhlich drauflos. Ein Baseballcap tief ins Gesicht gezogen, summte er vor sich hin, während Diane schweigend die an ihnen vorüberziehende Welt betrachtete.

Nach einer Weile wandte sich Lise zu der alten Frau um. »Erzählen Sie mir von Avram Dvali.«

»Es wäre vielleicht leichter, wenn Sie mir erst einmal sagen würden, was Sie schon wissen.«

»Nun, er hat an der Amerikanischen Universität gelehrt, aber er war ein verschlossener Typ und dort nicht besonders beliebt. Er hat seinen Job ohne Erklärung gekündigt, etwa ein Jahr, bevor mein Vater verschwand. Im Personalbüro habe ich erfahren, dass sein letzter Gehaltsscheck an eine Postfachadresse in Kubelick's Grave weitergeleitet wurde. Meine Mutter hat erzählt« – bei einer der seltenen Gelegenheiten, da Lise sie gedrängt hatte, über die Vergangenheit zu sprechen –, »dass er öfters bei uns zu Besuch war, bevor er seine Stelle aufgab. Es ist keine Adresse von ihm in Kubelick's Grave verzeichnet, aber anderswo auch nicht. Ich wollte dorthin, um herauszufinden, ob die Postfachadresse noch in Gebrauch ist oder wer sie damals gemietet hat. Viel versprochen hatte ich mir davon allerdings nicht.«

»Sie waren sehr nahe an etwas dran. Es wundert mich nicht, dass die Genomische Sicherheit Interesse an Ihnen hat.«

»Dann hatte Dvali also etwas mit einer dieser Kommunikanten-sekten zu tun.«

»Nicht nur zu tun. Es war seine. Er hat sie gegründet. Dvali hat seine Vierten-Behandlung in Neu-Delhi gemacht, einige Jahre, bevor er in die Neue Welt auswanderte. Ich habe ihn kennengelernt, kurz nachdem er von der Universität angestellt wurde. Es gibt Tausende von Vierten in der Gegend um Port Magellan – nicht mitgezählt jene, die es vorziehen, ihr verlängertes Leben in Abgeschiedenheit zu verbringen. Einige von uns sind stärker organisiert als andere. Wir halten zwar aus naheliegenden Gründen keine Versammlungen ab, aber ich bin den meisten bekannten Vierten irgendwann einmal begegnet und ich kann die verschiedenen Gruppen und Untergruppen ganz gut einordnen.«

»Dvali hatte also seine eigene Gruppe.«

»Das habe ich jedenfalls gehört. Gleichgesinnte. Nicht sehr viele.« Diane hielt kurz inne. »Wir heißen Vierte, wissen Sie, weil die Behandlung bedeutet, dass man in ein viertes Lebensalter eintritt, ein Erwachsensein jenseits des Erwachsenseins. Aber sie bietet keine Garantie für eine besondere Reife oder Weisheit. Avram Dvali hat seine Obsession in die Viertheit mitgenommen.«

»Was für eine Obsession?«

»Die Hypothetischen. Die transzendenten Kräfte des Universums. Manche Menschen hadern mit ihrem Dasein. Sie wollen erlöst werden durch etwas, das größer ist als sie selbst. Sie wollen Gott berühren. Das Paradox der Viertheit liegt darin, dass sie ein Magnet für solche Menschen ist. Wir versuchen sie unter Kontrolle zu halten, aber ...« Diane zuckte mit den Achseln. »Wir haben nicht die Mittel, die die Marsianer haben.«

»Sein Ziel war also die Erschaffung eines ...«

»Eines Kommunikanten, einer menschlichen Schnittstelle mit den Hypothetischen. Und es war ihm bitter ernst damit. Er hat seine Gruppe rekrutiert und dann sein Möglichstes getan, sie von unserer Gemeinschaft zu isolieren. Sie wurden immer geheimnistuerischer, je weiter der Prozess gedieh.«

»Und sie konnten ihn nicht aufhalten?«

»Wir haben es natürlich versucht. Dvalis Projekt war ja nicht das erste dieser Art, und in der Vergangenheit hat das Eingreifen anderer Vierter immer ausgereicht, um derartige Dinge zu unterbinden – mit Unterstützung, wenn nötig, von Sulean Moi, deren Autorität von den *meisten* Vierten nicht in Frage gestellt wird. Aber Dvali war gegen moralische Appelle immun, und als Sulean hier eintraf, waren er und seine Gruppe bereits untergetaucht. Seither hatten wir nur sehr sporadisch Kontakt mit ihnen.«

»Und Sie meinen, es gibt dort ein Kind?«

»Ja. Sein Name ist Isaac, wie ich höre. Er müsste inzwischen zwölf sein.«

»Mein Vater ist vor zwölf Jahren verschwunden. Glauben Sie, er könnte sich dieser Gruppe angeschlossen haben?«

»Nein. Nach der Beschreibung Ihres Vaters und nach dem, was ich von Dvalis Rekrutierungskriterien weiß – nein, tut mir leid.«

»Dann wusste er vielleicht irgendetwas über sie – und sie haben ihn entführt.«

»Als Vierte haben wir Hemmungen gegen solche Art von Gewalt. Es ist nicht *unmöglich*, aber es ist extrem unwahrscheinlich. Ich habe nicht einmal gerüchteweise gehört, dass Dvali zu etwas Derartigem fähig wäre. Sollte Ihrem Vater etwas in dieser Richtung zugestoßen sein, dann war es eher das Werk der Genomischen Sicherheit. Sie waren Dvali schon damals auf den Fersen.«

»Warum sollte das MfGS meinen Vater entführen?«

»Um ihn zu verhören. Vielleicht hat er sich dem widersetzt.«

»Warum sollte er sich widersetzen?«

»Das weiß ich nicht. Ich habe Ihren Vater nie kennengelernt, ich kann das nicht beurteilen.«

»Sie haben ihn also verhört und dann – was? Umgebracht?«

»Ich weiß es nicht.«

»Im MfGS«, sagte Turk, »gibt es sogenannte *Executive Action Committees*, Lise. Die schreiben sich ihre eigenen Gesetze. Das sind mit ziemlicher Sicherheit die Leute, die sich Tomas geholt haben. Er ist ein Vierter, und Vierte sind bekanntermaßen schwer zu verhören – sie können ganz schön was einstecken. Um aus einem störrischen Vierten Informationen herauszubekommen, muss man ihn auf eine Weise bearbeiten, die oft tödlich endet.«

»Du meinst, sie haben Tomas umgebracht?«

»Das vermute ich. Oder ihn in irgendein geheimes Gefängnis geschafft, um ihn dort etwas langsamer zu töten.«

Wusste Brian davon? Lise stellte sich vor, wie die MfGS-Leute im Konsulat über sie lachten, über ihre naive Suche nach der Wahrheit. Sie war auf einer dünnen Eisschicht über einen Abgrund gelaufen – beschützt nur von ihrer Unwissenheit.

Nein. Als Institution mochte die Genomische Sicherheit zu dergleichen fähig sein, Brian war das nicht. Sie kannte ihn sehr genau. Er war alles Mögliche. Aber er war kein Mörder.

So clever Ibu Diane mit der Entsorgung des Autos und der Kleidung auch verfahren war – als sie das Waldgebiet verließen und in die industrialisierten Randbezirke von Port Magellan kamen, wurde Turk doch etwas mulmig zumute. Das Meer zur Linken, das Glühen der Ölraffinerien in der Dämmerung zur Rechten, sagte er: »Da sind einige Fahrzeuge, die ich immer mal wieder im Rückspiegel sehe, seit wir auf der Hauptstraße sind. Als hätten sie sich an uns drangehängt. Könnte aber auch Einbildung sein.«

»Dann sollten wir nicht direkt zum Flugplatz fahren«, erwiderte Diane. »Am besten, wir verlassen so schnell wie möglich die Schnellstraße.«

»Ich sage nicht, dass wir verfolgt werden. Mir sind nur diese Autos aufgefallen.«

»Trotzdem. Nehmen Sie die nächste Ausfahrt. Suchen Sie eine Tankstelle oder irgendetwas, wo wir anhalten können, ohne Verdacht zu erregen.«

»Ich kenne Leute in dieser Gegend. Leute, denen ich vertraue – falls wir eine Bleibe für die Nacht brauchen.«

»Ich denke, wir sollten niemand anderen in Gefahr bringen. Außerdem bezweifle ich, dass Lise gerne Bekanntschaft mit einer Ihrer Exfreundinnen machen möchte.«

»Von Exfreundinnen war gar nicht die Rede«, brummte Turk und wurde doch ein wenig rot.

Er steuerte eine Tankstelle an, die an einen Supermarkt angeschlossen war. Dies war der Teil von Port Magellan, wo die Raffineriearbeiter wohnten, die meisten in Fertigbungalows, die während der Boomjahre hastig hochgezogen worden waren und inzwischen reichlich schäbig aussahen. Das letzte Tageslicht hatte sich verabschiedet, wurde vom orangegelben Gleißen der Straßenlaternen ersetzt.

Turk hielt nicht bei den Pumpen, sondern unter einem Regenschirmbaum. »Falls Sie das Auto stehen lassen wollen«, sagte er dann, »ein paar Straßen weiter gibt es eine Bushaltestelle. Wir könnten den Bus nach Rice Bay nehmen und zu Fuß zum Flugplatz gehen. Vor Mitternacht wären wir allerdings nicht da.«

»Vielleicht ist das das Beste«, erwiderte Diane.

»Ist mir allerdings gar nicht recht, noch ein Auto stehen zu lassen. Wer bezahlt eigentlich für diese ganze Beförderung?«

»Freunde und Freunde von Freunden. Machen Sie sich darüber keine Gedanken. Nehmen Sie nichts aus dem Auto mit.«

Lise ging in den Laden, um etwas zu essen zu kaufen – seit dem Frühstück hatten sie keine Mahlzeit mehr eingenommen –, während Turk und Diane die Nummernschilder des Autos abschraubten und entsorgten. Käse, Kräcker, Mineralwasser. Neben der Kasse lag ein Stapel Billighandys, wie man sie vorübergehend benutzt, wenn man sein eigenes gerade verloren hat, mit Vorliebe auch verwendet, hatte sie gelesen, von Drogendealern, die auf Anonymität bedacht waren.

Sie nahm eines und legte es zu den anderen Einkäufen. Dann zahlte sie und verließ den Laden, die Einkaufstasche in der einen, das Telefon in der anderen Hand.

Sie tippte Brians Privatnummer ein.

Er nahm fast augenblicklich ab. »Ja?«

Lise war vom Klang seiner Stimme kurzzeitig wie gelähmt. Sie dachte daran, wieder aufzulegen. Doch dann sagte sie: »Brian? Ich kann nicht lange reden. Ich wollte dir nur sagen, dass es mir gut geht.«

»Lise! Bitte sag mir, wo du bist.«

»Das kann ich nicht. Eine Sache aber. Es ist wichtig. Ein Mann namens Tomas Ginn – T-O-M-A-S-G-I-N-N – wurde vor einigen Tagen in Gewahrsam genommen. Vermutlich ohne Haftbefehl. Es ist möglich, dass er von der Genomischen Sicherheit festgehalten wird oder von Leuten, die behaupten, zum MfGS zu gehören. Kannst du das nachprüfen? Ich meine, findest du es in Ordnung, wenn Leute entführt werden? Falls nicht, kannst du irgendetwas tun, um diesen Mann freizubekommen?«

»Hör zu, Lise. Du weißt nicht, auf was du dich da eingelassen hast. Du bist mit Turk Findley zusammen, stimmt's? Hat er dir erzählt, dass er ein gesuchter Krimineller ist? Deswegen ist er aus den USA geflohen. Er …«

Lise sah Turk um die Ecke des Ladens kommen. Zu spät, um irgendetwas zu verbergen. Sie klappte das Handy zu. Im Neonlicht konnte sie den Zorn auf seinem Gesicht erkennen. Wortlos nahm er ihr das Handy aus der Hand und schleuderte es weg. Es segelte an einem Laternenpfahl vorbei, wie eine riesige Motte, und verschwand hinter einer Böschung.

Erschrocken sah Lise ihn an. So wütend hatte sie ihn noch nie erlebt. »Du hast wirklich keine Ahnung«, sagte er. »Keinen Begriff davon, was hier auf dem Spiel steht.«

»Turk …«

Er hörte nicht zu, sondern packte sie am Handgelenk und zog sie in Richtung Straße. Im Bemühen, sich seinem Griff zu entwinden, ließ sie die Tüte mit dem Käse und den Kräckern fallen.

»Verdammt noch mal, ich bin kein kleines Kind!«

»Dann benimm dich auch gefälligst entsprechend!«

Die Busfahrt verlief nicht gerade sehr angenehm.

Lise saß möglichst weit weg von Turk und starrte missmutig in die Nacht hinaus. Sie wollte nicht darüber nachdenken, was Turk getan oder was sie falsch gemacht oder was Brian gesagt hatte, jedenfalls nicht, bevor sie sich nicht beruhigt hatte.

Es war der letzte Bus Richtung Süden, die einzigen anderen Passagiere waren einige mürrisch dreinblickende Männer in Khakihosen und blauen Hemden, vermutlich Schichtarbeiter, die außerhalb wohnten, weil sie sich die Mieten in der Stadt nicht leisten konnten. Der Mann eine Reihe hinter ihr murmelte irgendetwas auf Farsi. Der Bus hielt an leeren Parkplätzen und geschlossenen Läden – es war eine von einsamen Männern und flackernden Lichtern bevölkerte Welt. Dann lag die Stadt hinter ihnen, und es gab nur noch die Straße und das dunkle Wogen des Meeres.

Nach einer Weile kam Diane den Gang hinunter und setzte sich neben Lise. »Turk meint, Sie sollten die Sache ernster nehmen.«

»Hat er Ihnen das gesagt?«

»Ich denke es mir.«

»Ich nehme sie ernst.«

»Das mit dem Telefon war keine gute Idee. Eigentlich kann der Anruf nicht zurückverfolgt werden, aber wer weiß, über welche technischen Möglichkeiten die Genomische Sicherheit verfügt? Es ist besser, sich da auf nichts zu verlassen.«

»Ich nehme das alles wirklich sehr ernst. Es ist nur …« Lise brachte den Satz nicht zu Ende, fand keine Worte für die plötzliche Erkenntnis, dass ein großer Teil ihres Lebens einfach unter den Rädern des Busses hinwegglitt.

Als sie schließlich eine Haltestelle in der Nähe von Arundjis Flugplatz erreichten, hatte Turk aufgehört, mit den Zähnen zu knirschen. Nun machte er einen eher belämmerten Eindruck. Er warf Lise einen entschuldigungsheischenden Blick zu, den sie jedoch ignorierte.

»Es ist fast ein Kilometer bis zum Flugplatz«, sagte er. »Bereit für eine kleine Wanderung?«

»Ja«, erwiderte Diane. Lise nickte nur.

Sie gingen eine spärlich beleuchtete Straße entlang. Lise lauschte dem Knirschen ihrer Schritte auf dem Seitenstreifen und dem Rauschen des Windes, der über baumlose, lediglich mit Büschen bewachsene Flächen fegte. Irgendwo im Gras summte ein Insekt – sie hätte es für eine Grille gehalten, wenn nicht der klagende Ton gewesen wäre: als würde ein trauriger Mensch mit dem Daumennagel immer wieder über die Zinken eines Kamms fahren.

Schließlich gelangten sie zu dem eingezäunten Gelände des Flugplatzes. An einem Hintereingang, weitab vom Haupttor, zog Turk einen Schlüssel aus der Tasche und öffnete die Drahttür. »Von hier ab solltet ihr euch möglichst unauffällig verhalten. Das Terminal macht um zehn Uhr zu, aber es sind noch Wartungsmannschaften unterwegs. Und Sicherheitsleute.«

»Hast du nicht das Recht, hier zu sein?«, fragte Lise.

»Schon. Gewissermaßen. Aber es wäre trotzdem besser, nicht allzu viel Aufmerksamkeit zu erregen.«

Sie folgten Turk zu einem Hangar, einem von Dutzenden, die hinter dem Flughafenterminal aufgereiht standen. Die riesigen Türen waren mit einer Kette verschlossen, und Turk sagte: »Das mit der Brechstange war übrigens kein Witz. Ich brauche etwas, um das hier aufzusprengen.«

»Du bist aus deinem eigenen Hangar ausgesperrt?«

»Ja, ist eine komische Geschichte.« Er entfernte sich, suchte nach einem geeigneten Werkzeug.

Lise war schweißgebadet, die Waden taten weh vom Laufen, und sie musste dringend auf die Toilette. Sie hatte keine Ersatzkleidung.

»Vergeben Sie ihm«, sagte Diane. »Es ist nicht, dass er ihnen misstrauen würde. Er hat Angst um Sie. Er …«

»Haben Sie vor, das jetzt ständig zu machen? Diese guruartigen Sprüche? Das wird nämlich langsam ganz schön lästig.«

Diane starrte Lise mit großen Augen an. Dann fing sie an zu lachen.

»Ich meine, tut mir leid, aber …«

»Nein, entschuldigen Sie sich nicht. Sie haben völlig recht. Das ist eine der Gefahren des hohen Alters – die Neigung, klug daherzureden.«

»Ich weiß, wovor Turk Angst hat. Er bricht alle Brücken hinter sich ab. Meine Brücken sind noch da. Ich habe ein Leben, in das ich zurückkehren kann.«

»Und doch – Sie sind hier.« Ein erneutes Lachen. »Sagt der Guru.«

Turk kam mit einem Stück Rundstahl zurück und stemmte es gegen den Riegel, der weniger stabil war als das daran befestigte Schloss und mit einem satten Dröhnen von der Tür absprang. Er schob die riesigen Stahltüren zur Seite und schaltete die Innenbeleuchtung ein.

Das Flugzeug stand an seinem Platz. Seine zweimotorige Skyrex. Lise erkannte sie wieder – obwohl es schien, als ob es Jahre her war.

Sie und Diane verschwanden in der Personaltoilette, während Turk die Maschine startfertig machte. Als Lise wiederkam, fand sie ihn in hitziger Diskussion mit einem Wachmann. Der Uniformierte war klein, hatte schüttere Haare, und ihm war sichtlich unwohl zumute. »Ich muss Mr. Arundji verständigen«, sagte er, »das *weißt* du, Turk.«

»Lass mir ein paar Minuten Zeit, mehr verlang ich nicht. Hab ich nicht genug Runden in den letzten Jahren ausgegeben, um mir das zu verdienen, Mann?«

»Ich sage nur, dass das hier nicht erlaubt ist.«

»Fünfzehn Minuten. Dann kannst du verständigen, wen du willst.«

»Ich habe dich informiert. Niemand kann sagen, dass ich dir das habe durchgehen lassen.«

»Niemand wird so etwas sagen.«

»Zehn Minuten, Turk.«

Der Wachmann wandte sich um und ging weg.

Früher, sagte Turk, war in Äquatoria dort ein Flugplatz, wo man eine Landebahn anlegen konnte. Eine viersitzige Propellermaschine brachte einen an Orte, zu denen man sonst nicht kam, und niemand machte sich Gedanken über Flugpläne und Passagierlisten. Doch unter dem Druck der Provisorischen Regierung und der großen kommerziellen Fluggesellschaften hatte sich das geändert. Kleinen Flugplätzen wie dem Arundji würde der Garaus gemacht, früher oder später. Schon jetzt, so Turk, war es nicht mehr unbedingt legal, nach Betriebsschluss von einem eigentlich geschlossenen Feld aus zu starten. Vermutlich kostete es ihn seine Lizenz. Aber er hatte ohnehin nichts mehr zu verlieren.

Er steuerte das Flugzeug auf eine leere Rollbahn.

Dies, dachte Lise, war Turk bei der Tätigkeit, die ihm am meisten lag: die Schuhe anziehen und sich verabschieden. Er glaubte an die erlösende Kraft ferner Horizonte – ein Glaube, den zu teilen sie sich nicht entschließen konnte.

Das Flugzeug schaukelte wie ein Drachen, als es abhob, die riesigen Propeller trieben es auf die mondbeschienenen Berge zu, der Motor schnurrte. Diane spähte aus dem Fenster. »Wie viel leiser diese Dinger doch sind als früher – oh, vor Jahren, vor Jahren«, murmelte sie.

Lise sah, wie sich die Küstenlinie nach Steuerbord neigte und der ferne Lichtfleck – Port Magellan – kleiner wurde. Sie wartete darauf, dass Turk etwas sagte, sich vielleicht sogar entschuldigte, aber er blieb stumm. Nur einmal deutete er abrupt nach oben, und als Lise hochblickte, sah sie den glühenden Schweif einer Sternschnuppe über die Berge hinweg in die westliche Wüste blitzen.

14

Das Bild, das am Morgen aus seiner Mailbox kam, traf Brian Gately völlig unvorbereitet. Es rief eine äußerst unangenehme Erinnerung wach.

Im dreizehnten Sommer seines Lebens hatte Brian Freiwilligenarbeit bei der Episkopalischen Kirche geleistet, der seine Eltern angehörten. Er war als Teenager nicht besonders fromm gewesen – dogmatische Fragen verwirrten ihn, die Bibelstunden mied er –, doch die Kirche, die Institution ebenso wie das Gebäude, in dem die Gottesdienste stattfanden, besaß eine Qualität, für die er später den Begriff »Gravitas« fand. Sie setzte den Dingen eine vernünftige Grenze. Aus diesem Grund gingen seine Eltern, die die ökonomischen und religiösen Ungewissheiten des Spins durchlebt hatten, jede Woche dorthin, aus diesem Grund sprach sie auch Brian an. Dazu kamen der Kiefernholzgeruch der neu erbauten Kapelle und das Farbenspiel, das entstand, wenn das Morgenlicht durch die Buntglasfenster fiel. Also hatte er sich für den Sommerdienst gemeldet und etliche verschlafene Tage damit verbracht, die Kapelle zu fegen, die Türen für ältere Gemeindemitglieder zu öffnen und Besorgungen für den Pastor oder den Chorleiter zu machen. Mitte August ging es dann darum, beim Aufbau der Tische für das alljährliche Picknick zu helfen.

In dem Vorort, in dem Brian lebte, gab es eine Reihe gepflegter Parks und bewaldeter Senken. Das Kirchenpicknick – eine so altehrwürdige Institution, dass schon der bloße Name eine gewisse Pferdekutschenaura verströmte – wurde im größten dieser Parks veranstaltet. Natürlich war es mehr als nur ein Picknick, nämlich – dem Handzettel im Gemeindebrief zufolge – ein »Tag familiärer Gemeinschaft«, und es waren jede Menge Familien da, mit denen man diese Gemeinschaft praktizieren konnte, drei Generationen in manchen Fällen. Brian hatte gut damit zu tun, Tischdecken auszubreiten und Kühlbehälter mit Eis und alkoholfreien Getränken durch die Gegend zu schleppen, bis die Veranstaltung Fahrt aufgenommen hatte, Hot Dogs in rauen Mengen verteilt wurden, sich Teenager, die er kaum kannte, Frisbeescheiben zuwarfen, Kleinkinder zwischen den Füßen herumkrochen – und für all das war es ein perfekter Tag, sonnig, aber nicht zu heiß, dazu ein leichter Wind, der den Grillrauch wegtrug. Schon im Alter von dreizehn wusste Brian die leicht narkotisierende Atmosphäre eines solchen Picknicks zu schätzen, eines Nachmittags, an dem die Zeit vorübergehend stehen bleibt.

Doch dann tauchten seine Kumpel Lyle und Kev auf und lockten ihn von den Erwachsenen weg. Weiter unten im Gehölz gab es einen Bach, wo man Steine werfen und Kaulquappen fangen konnte. Brian bat um eine Pause von seiner Arbeit und verschwand mit den beiden im Schatten des Waldes. Am Bach, der in einem flachen Bett über von Gletschern herangeschafftem Kies floss, fanden sie nicht nur Steine zum Werfen, sondern überraschenderweise auch eine Behausung: ein Segeltuchzelt, schief und verschmutzt, Plastiktüten, rostige Dosen (Schweinefleisch mit Bohnen, Tierfutter), leere Flaschen, ein korrodierter Einkaufswagen und schließlich, zwischen zwei Eichen, deren Wurzeln aus der Erde wuchsen und sich ineinander verschlangen wie eine Faust, ein Bündel alter Kleider – das bei genauerem Hinsehen gar kein Bündel war, sondern ein toter Mensch.

Er musste schon seit Tagen dort liegen. Er wirkte aufgedunsen – ein zerlumptes rotes Baumwollhemd spannte sich über dem gewaltigen Bauch – und zugleich geschrumpft, so als wäre etwas Wesentliches aus ihm herausgesaugt worden. Die unbedeckten Körperteile waren von Tieren angeknabbert, auf den milchig weißen Augen krochen Käfer, und als der Wind drehte, war der Geruch auf einmal so übel, dass Kev sich in das klare Wasser des Baches erbrach.

Die drei Jungen rannten zurück, um Pastor Carlysle von ihrem Fund zu erzählen, und das war dann das Ende des Picknicks. Die Polizei wurde gerufen, ein Rettungswagen kam, um den toten Obdachlosen abzutransportieren, und die nun düster gestimmte Gemeinschaft ging auseinander.

In den folgenden sechs Monaten erschienen Kev und Lyle nicht zum Gottesdienst, so als bestünde ein Zusammenhang zwischen der Kirche und dem Toten. Brian reagierte genau entgegengesetzt: Er glaubte an die schützende Kraft der Kapelle, eben weil er gesehen hatte, was jenseits davon lag.

Er hatte den Tod gesehen – und so hätte ihn dieser eigentlich nicht mehr überraschen dürfen. Trotzdem war er schockiert, als er sah, was zwanzig Jahre später aus seiner Mailbox sprang, innerhalb der geheiligten Mauern seines Büros und der sorgsam definierten, wenn auch bröckelnden Grenzen seines Erwachsenenlebens.

Zwei Tage zuvor hatte er Lises Anruf erhalten.

Es war am späten Abend. Er war gerade von einer dieser lästigen Zusammenkünfte heimgekommen, die das Konsulat regelmäßig veranstaltete: Drinks im Haus des Botschafters, Smalltalk mit den üblichen Verdächtigen. Brian trank nicht viel, aber selbst das Wenige stieg ihm zu Kopf, daher überließ er, nachdem er sich verabschiedet hatte, dem Wagen das Fahren. So wurde er zwar sehr langsam – das Auto nahm es idiotisch genau mit den Geschwindigkeitsbegrenzungen –, aber äußerst sicher zu der Wohnung gebracht, die er einmal mit Lise geteilt hatte. Er duschte, und während er sich abtrocknete und der Stille der Nacht lauschte, dachte er: Stehe ich innerhalb des Kreises oder außerhalb?

Das Telefon klingelte, als er gerade das Licht ausmachte. Er hielt sich das keilförmige Gerät ans Ohr und hörte ihre ferne Stimme.

Er versuchte sie zu warnen. Sie sprach von Dingen, die er nicht auf Anhieb verstand.

Dann wurde die Verbindung unterbrochen.

Wahrscheinlich hätte er mit dieser Sache zu Sigmund und Weil gehen sollen, doch er tat es nicht. Konnte es nicht. Es war eine persönliche Angelegenheit. Die beiden würden auch so zurechtkommen.

Am nächsten Tag saß er früh in seinem Büro, dachte an Lise, an seine gescheiterte Ehe. Dann griff er zum Telefon und rief Pieter Kirchberg an, seine Kontaktperson in der Abteilung für öffentliche Sicherheit der Provisorischen Regierung.

Kirchberg hatte ihm in der Vergangenheit schon eine Reihe kleiner Gefallen getan, und Brian hatte sich mehr als einmal dafür revanchiert. Die Ostküste von Äquatoria war, zumindest nominell, ein Protektorat der Vereinten Nationen, mit einem komplizierten Gesetzeswerk, das von internationalen Gremien erlassen und immer wieder überarbeitet wurde. Sofern es überhaupt so etwas wie eine offizielle Polizei gab, wurde sie von Interpol gestellt, doch die alltägliche Durchsetzung der Gesetze besorgten Blauhelmsoldaten. Das Ergebnis war eine Bürokratie, die mehr Akten als Gerechtigkeit hervorbrachte und deren Existenzberechtigung hauptsächlich darin lag, dass sie Konflikte zwischen unterschiedlichen nationalen Interessen verkleisterte. Um irgendetwas erledigt zu bekommen, musste man die richtigen Leute kennen, und Kirchberg war einer von den Leuten, die Brian kannte.

Nachdem Brian sich die unvermeidlichen Klagen angehört hatte – das Wetter, die aggressiven Ölkartelle, die holzköpfigen Untergebenen –, konnte er endlich zur Sache kommen: »Kann ich Ihnen einen Namen geben?«

»Genau das, was ich brauche«, brummte Kirchberg. »Noch mehr Arbeit. Was für ein Name?«

»Tomas Ginn.« Brian buchstabierte ihn.

»Und warum sind Sie an dieser Person interessiert?«

»Eine Konsulatsangelegenheit.«

»Ein amerikanischer Krimineller? Ein Baby-Verkäufer? Ein Organhändler?«

»Etwas in der Art.«

»Ich gebe ihn ein, sobald ich etwas Zeit habe. Sie schulden mir einen Drink.«

»Geht klar.«

Am darauffolgenden Morgen dann schob sich das Foto aus seinem Drucker, zusammen mit einer Notiz von Kirchberg.

Brian betrachtete das Bild und musste unwillkürlich an die Leiche denken, die er vor einem Vierteljahrhundert unweit des Kirchenpicknicks gefunden hatte, die Leiche, die zwischen den Wurzeln zweier Bäume gelegen hatte, die Augen milchig weiß verfärbt, die Haut von pietätlosen Ameisen überzogen. Sein Magen krampfte sich auf die gleiche Art zusammen wie damals.

Das Foto zeigte die zerschundene Leiche eines alten Mannes, der auf einem salzverkrusteten Felsen lag. Die Male auf dem Körper konnten Blutergüsse sein oder Zeichen von Verwesung. Unverkennbar dagegen war das Einschussloch in der Stirn.

Kirchbergs Notiz lautete: *Vor zwei Tagen in der Nähe von South Point an Land gespült. Keine Papiere, aber als Tomas Ginn identifiziert (US-Handelsmarine/DNS-Datenbank). Einer von euren?*

Mr. Ginn hatte sich offenbar über die Grenzen des Picknicks hinausbegeben. Genauso wie Lise.

Später rief er Kirchberg noch einmal an. Diesmal war der Kollege weniger zum Plaudern aufgelegt.

»Ich habe das Foto bekommen«, sagte Brian.

»Sie brauchen sich nicht zu bedanken.«

»Einer von unsern, haben Sie geschrieben. Wie ist das gemeint?«

»Besser, wenn ich dazu nichts sage.«

»Ein Amerikaner, meinen Sie?«

Keine Antwort. *Einer von euren.* Also ein Amerikaner – oder wollte Kirchberg darauf hinaus, dass Tomas Ginn zur Genomischen Sicherheit gehörte? Oder meinte er etwa: *Einer von euren Morden?*

»Gibt es sonst noch etwas?«, fragte Kirchberg. »Hier wartet nämlich jede Menge Arbeit auf mich.«

»Einen Gefallen noch«, sagte Brian. »Wenn es Ihnen nichts ausmacht. Noch einen Namen.«

DRITTER TEIL

Der Junge in der Wüste

15

Bevor er noch mehr sagen konnte – auf Marsianisch oder auf Englisch –, versank Isaac in einen tiefen Schlaf. Die Vierten kümmerten sich weiterhin darum, dass es ihm an nichts fehlte, waren aber nicht in der Lage, die Krankheit zu behandeln oder zu diagnostizieren. Seine Werte waren stabil, er schien nicht in unmittelbarer Gefahr zu schweben.

Sulean Moi saß bei dem Kind, während die Sonne auf die Wüste hinter dem Fenster brannte und Schatten auf die alkalischen Splitt warf. Zwei Tage vergingen. Dann blies ein Sturm von den Bergen her, wie es zu dieser Jahreszeit gelegentlich vorkam, eine pechschwarze Wolkenfront produzierte Blitz und Donner, aber nur wenig Regen. Bis zum Sonnenuntergang hatte sich das Unwetter wieder verzogen, und nun zeigte sich der Himmel in einem strahlenden, gereinigten Türkis. Die Luft roch frisch und würzig. Der Junge schlief immer noch.

Draußen im Ödland sahen sich dürre Pflanzen von dem kurzen Regen zum Blühen ermuntert. Und vielleicht erblühten auch andere Dinge in der großen Leere. Dinge wie Isaacs Augenrose.

Äußerlich ruhig, war Sulean doch zutiefst erschüttert.

Der Junge hatte mit Eshs Stimme gesprochen.

Sie fragte sich, ob das gemeint war, wenn religiöse Texte vom Erzittern in der Gegenwart Gottes handelten. Die Hypothetischen waren zwar keine Götter – was immer dieses seltsam elastische Wort bedeutete –, aber sie waren mächtig und undurchschaubar. Sulean glaubte nicht, dass sie über bewusste Absichten verfügten, ja selbst das Wort »sie« war vermutlich fehl am Platz, ein kruder Anthropomorphismus. Doch wenn »sie« sich manifestierten, war es eine natürliche menschliche Reaktion, den Kopf einzuziehen und sich zu verstecken – die Reaktion des Kaninchens auf den Fuchs, des Fuchses auf den Jäger.

Zweimal in einem Leben, dachte sie. Das ist die Bürde, die mir auferlegt ist: dies zweimal mitzuerleben.

Hin und wieder schlief sie ein in dem Sessel neben Isaacs Bett, während die Brust des Jungen sich im Rhythmus der Atmung hob und senkte. Oft träumte sie – so intensiv, ja heftig, wie sie es seit ihrer Kindheit nicht mehr getan hatte –, und in ihren Träumen war sie in einer anderen Wüste, wo der Horizont nahe und der Himmel von einem dunklen, durchdringenden Blau war. In dieser Wüste gab es Felsen und Sand und eine Anzahl bunter Gewächse, röhrenförmig und eckig, wie die zum Leben erwachten Halluzinationen eines Verrückten. Und dann war da noch der Junge. Nicht Isaac. Der andere Junge, der erste. Er war fragiler als Isaac, und die Haut war dunkler, doch seine Augen waren ebenfalls goldfleckig und fremdartig geworden. Erschöpft war er zusammengesunken, und obwohl Sulean in Begleitung mehrerer erwachsener Männer war, war sie die Erste, die sich ihm zu nähern wagte.

Der Junge öffnete die Augen. Sonst konnte er sich nicht bewegen – seine Arme und Beine waren von faserigen Ranken gefesselt. Die fremdartigen Gewächse hielten ihn fest, einige von ihnen hatten seinen Körper durchbohrt.

Bestimmt war er tot. Niemand konnte so etwas überleben!

Aber er öffnete die Augen. Und flüsterte: »*Sulean ...*«

Sie erwachte neben Isaacs Bett, schwitzend in der trockenen Hitze. Mrs. Rebka war ins Zimmer gekommen und starrte sie an.

»Wir wollen eine Besprechung im Gemeinschaftsraum abhalten. Es wäre schön, wenn Sie auch kämen, Ms. Moi.«

»Ja ... Ich komme.«

»Hat sich sein Zustand verändert?«

»Nein.« *Noch nicht.*

Es war kein Koma. Es war nur Schlaf, allerdings einer, der viele Tage andauerte. Isaac erwachte daraus an diesem Abend, und als er sich umsah, war er allein in seinem Zimmer.

Er fühlte sich ... anders.

Nicht nur wach, sondern wacher, als er jemals gewesen ist. Und er schien schärfer, deutlicher sehen zu können. Ihm war, als könnte er die Staubkörner in der Luft zählen, obwohl das einzige Licht im Zimmer von der Nachttischlampe kam.

Er wollte nach Westen, spürte die Kraft dessen, was dort draußen war, für das es aber kein Wort gab, kein Wort jedenfalls, das er kannte. Eine Wesenheit, die erwachte, die nach ihm verlangte, nach der er verlangte.

Und doch wollte er das Gelände nicht verlassen, nicht heute Abend. Sein erster Ausflug war ergebnislos geblieben – von der Entdeckung der Rose abgesehen –, und es hatte keinen Sinn, etwas Derartiges noch einmal zu tun. Nicht bevor er wieder bei Kräften war. Davon abgesehen, hatte er das Bedürfnis, der Beengtheit seines Zimmers zu entkommen. Frische Luft zu riechen, sie auf seiner Haut zu spüren.

Er stand auf, zog sich an und ging die Treppe hinunter, vorbei an den geschlossenen Türen des Gemeinschaftsraums, aus dem die getragenen Worte der Erwachsenen drangen. Er trat hinaus auf den Hof. Eine Wache war am Tor postiert, vermutlich um zu verhindern, dass er wieder auf Wanderschaft ging. Also blieb er auf der anderen Seite des Gebäudes, im Garten, der von Mauern umgeben war.

Die Abendluft war kühl, der Garten roch üppig. Isaac bewegte sich zwischen den Pflanzen, folgte dem Kopfsteinpfad. Die nachtblühenden Sukkulenten hatten bereits ihre Blüten herausgekehrt, prangten bunt im schwachen Mondlicht.

Andere Dinge, kleine Dinge, regten sich im Boden, dort wo Regen die Asche hingespült hatte. Isaac legte die flache Hand auf ein unbedecktes Stück Erde. Es war warm, strahlte die Hitze des Tages ab.

Über ihm leuchteten die Sterne kristallhell. Isaac sah hinauf. Es waren Symbole, die an der Schwelle zur Verständlichkeit verharrten,

Buchstaben, die Worte, Worte, die Sätze bildeten, Sätze, die er beinahe – nicht ganz – lesen konnte.

Etwas berührte seine Hand. Isaac sah wieder nach unten. Sah die Erde anschwellen, bröckeln. Ein Wurm, dachte er, aber es war kein Wurm. Es war etwas, das er noch nie zuvor gesehen hatte. Es kam langsam aus dem Erdboden heraus, wie ein vielgliedriger, fleischiger Finger. Vielleicht irgendeine Art Wurzel, doch es wuchs zu schnell, als dass es natürlicher Herkunft sein konnte. Es griff nach Isaacs Hand, als spürte es seine Wärme.

Er hatte keine Angst vor dem Ding. Nein, das stimmte nicht ganz: *Ein Teil* von ihm hatte Angst, wollte zurückweichen, in die Sicherheit seines Zimmers flüchten. Aber über diesem Teil, ihn umhüllend, machte sich ein neues Gefühl seiner Selbst bemerkbar: mutig, stark. Und diesem neuen Isaac erschien der grüne Finger nicht furchterregend, ja, nicht einmal unvertraut. Er erkannte ihn, wenn er auch seinen Namen nicht wusste.

Und er erlaubte ihm, ihn zu berühren. Langsam umschloss der grüne Finger sein Handgelenk. Isaac zog eine seltsame Kraft daraus – umgekehrt, so schien ihm, war es genauso – und er blickte wieder in den Himmel, wo die Sterne, die eigentlich Sonnen waren, hell schimmerten. Nun erschien ihm jeder Stern so vertraut wie ein Gesicht, jeder mit eigenem Gewicht, eigener Farbe, Entfernung und Identität. Bekannt, aber nicht benannt. Und wie ein Tier, das Witterung aufnimmt, wandte er sich einmal mehr nach Westen.

Zwei Dinge waren für Sulean offensichtlich, als sie den Gemeinschaftsraum betrat. Zum einen war in ihrer Abwesenheit bereits ausgiebig debattiert worden – man hatte sie hierherbestellt, um sich zu erklären, nicht um an einer Beratung teilzunehmen. Zum zweiten schlug ihr eine Atmosphäre kollektiver Bedrücktheit, fast Trauer, entgegen, als hätten diese Leute begriffen, dass ihr Leben hier zu einem Ende kam. Und so war es auch: Diese Gemeinschaft konnte nicht mehr sehr lange existieren. Sie war gegründet worden zu dem Zweck, Isaac aufzuziehen, und dieser Prozess würde bald abgeschlossen sein. So oder so.

Die Mehrzahl der Leute hier musste vor dem Spin geboren worden sein, dachte Sulean. Der Anteil jener mit akademischem Hintergrund war, wie bei den terrestrischen Vierten im Allgemeinen, sehr hoch, doch es gab auch Techniker, die für die Wartung der Kryoinkubatoren zuständig waren, es gab einen Mechaniker, einen Gärtner. Wie die marsianischen Vierten hatten auch sie sich von der Gesellschaft abgesondert. Sie waren nicht wie die Vierten, unter denen Sulean aufgewachsen war – aber sie *waren* Vierte, sie stanken geradezu nach Viertheit. So selbstgefällig, so blind für die eigene Arroganz.

Avram Dvali, das war klar, führte den Vorsitz. Er bedeutete Sulean, auf einem Stuhl im vorderen Teil des Raumes Platz zu nehmen, und sagte: »Wir hätten gern einige Auskünfte von Ihnen, Ms. Moi, bevor die Krise weiter fortschreitet.«

Sulean setzte sich. »Selbstverständlich bin ich gern behilflich. Soweit es mir möglich ist.«

Mrs. Rebka, die rechts von Dvali am Fronttisch saß, warf ihr einen skeptischen Blick zu. »Ich hoffe, dass das stimmt. Als wir vor dreizehn Jahren die Aufgabe auf uns nahmen, Isaac großzuziehen, war das nur gegen einigen Widerstand …«

»Ihn *großzuziehen* – oder ihn zu *erschaffen*?«

»… möglich. Widerstand seitens anderer Mitglieder der Vierten-Gemeinschaft. Wir handelten nach Überzeugungen, die nicht alle teilten. Wir wissen, dass wir eine Minderheit sind, eine Minderheit innerhalb einer Minderheit. Und wir wussten von Ihnen, Ms. Moi. Wussten, dass Sie uns irgendwann finden würden, und wir waren darauf vorbereitet, offen und ehrlich mit Ihnen zu sprechen. Wir respektieren Ihre Verbindung zu einer Gemeinschaft, die wesentlich älter ist als die unsrige.«

»Danke.«

»Aber wir hatten gehofft, Sie würden ebenso offen mit uns sprechen wie wir mit Ihnen.«

»Wenn Sie eine Frage haben – bitte.«

»Das Verfahren, das bei Isaac angewandt wurde, ist schon einmal ausprobiert worden?«

»Ja, das ist es.«

»Und Sie verbinden persönliche Erlebnisse damit?«

Diesmal kam die Antwort nicht so prompt. »Ja.«

»Würden Sie uns von diesen Erlebnissen erzählen?«

»Es widerstrebt mir, das zu tun. Es ist keine angenehme Erinnerung.«

»Dennoch.«

Sulean schloss die Augen. Sie wollte diese Erinnerung nicht wachrufen, sie überfiel sie ohnehin schon viel zu oft. Doch Mrs. Rebka hatte recht – die Zeit war gekommen.

Der Junge.

Der Junge in der Wüste. In der marsianischen Wüste.

Der Junge war in der südlichen Provinz Bar Kea gestorben, unweit der biologischen Forschungsstation, wo er geboren worden und sein ganzes Leben verbracht hatte.

Sulean war im selben Alter wie der Junge. Sie war zwar nicht in der Wüstenstation in Bar Kea zur Welt gekommen, aber sie konnte sich an kein anderes Zuhause erinnern. Ihr Leben vor Bar Kea war eine Geschichte, die ihr von ihren Lehrern erzählt worden war: die Geschichte von einem Mädchen, das mit seiner Familie von einer Flut des Paia-Flusses erfasst, fortgerissen und dann fünf Kilometer stromabwärts aus dem Ansaugfilter eines Dammes geborgen worden war. Die Eltern waren umgekommen, das Mädchen – diese nicht mehr in der Erinnerung vorhandene Sulean – war so schwer verletzt, dass ihr Leben nur durch einen biotechnischen Eingriff gerettet werden konnte.

Genauer gesagt, das Kind musste von Grund auf neu zusammengesetzt werden, und zwar mittels des gleichen Verfahrens, das verwendet wurde, um Leben zu verlängern und Vierte zu erschaffen.

Die Behandlung war mehr oder weniger erfolgreich. Körper und Gehirn wurden anhand von Schablonen, die in ihre DNA eingeschrieben waren, rekonstruiert. Sie hatte keine Erinnerungen an die Zeit vor dem Unfall, ihre Rettung war wie eine zweite Geburt. Sulean lernte die Welt neu kennen, so wie es ein Neugeborenes tut, erwarb ein zweites Mal die Sprache, krabbelte, bevor sie erste vorsichtige Schritte machte.

Doch die Behandlung hatte auch einen Haken, was der Grund dafür war, dass sie so selten angewendet wurde. Sie verlieh Sulean Langlebigkeit, aber unterbrach auch den natürlichen Zyklus ihres Lebens. In der Pubertät entwickelten marsianische Kinder jene tiefen Falten, die die Marsbewohner so deutlich von den Erdlingen unterschieden. Nicht Sulean: Sie blieb, nach marsianischen Maßstäben, geschlechtslos und auf bizarre Weise glatthäutig, ein Riesenbaby gewissermaßen. Wenn sie in den Spiegel sah, fühlte sie sich, selbst heute noch, unweigerlich an etwas Unfertiges erinnert, eine Larve, die sich in einem verrotteten Stumpf windet. Um sie vor Demütigungen zu schützen, wurde sie von den Vierten, die ihr das Leben gerettet hatten – den Vierten von der Wüstenstation Bar Kea –, in Obhut genommen und aufgezogen. Dort hatte sie hundert fürsorgliche, nachsichtige Eltern und die Hügellandschaft von Bar Kea als Spielplatz.

Das einzige andere Kind in der Station war der Junge, der Esh hieß. Sie hatten ihm keinen anderen Namen gegeben: nur Esh.

Esh war geschaffen worden, um mit den Hypothetischen zu kommunizieren. Sulean jedoch hatte den Eindruck, dass er noch nicht einmal in der Lage war, mit den Menschen in seiner Umgebung zu kommunizieren. Selbst mit Sulean, mit der er offensichtlich gern zusammen war, sprach er selten mehr als ein paar Worte. Esh wurde abgesondert, und sie durfte ihn nur zu genau festgelegten Zeiten sehen.

Trotzdem war sie seine Freundin. Es war ihr egal, dass das Nervensystem des Jungen empfänglich war für die obskuren Signale fremder Wesen, ebenso wie es Esh egal war, dass sie so rosa war wie ein Neugeborenes. Ihre jeweilige Einzigartigkeit machte sie einander ähnlich – und war daher unbedeutend geworden.

Die Vierten von der Wüstenstation Bar Kea förderten diese Freundschaft. Eshs Schweigsamkeit und die eher gewöhnliche Intelligenz, die er erkennen ließ, hatten sie schwer enttäuscht. Er war fleißig, aber desinteressiert. Er saß mit großen Augen in den Klassenräumen, die die Erwachsenen für ihn konzipiert hatten, und nahm eine rie-

sige Menge von Informationen auf, stand diesen Informationen jedoch gleichgültig gegenüber. Der Himmel war voller Sterne und die
Wüste war voller Sand – aber Sterne und Sand hätten, soweit es Esh
betraf, auch die Plätze tauschen können.

Am lebhaftesten war er, wenn er mit Sulean allein war. An bestimmten Tagen durften sie die Station verlassen, um die Wüste zu
erforschen. Natürlich wurden sie beaufsichtigt – einer der Erwachsenen war immer in Sichtweite –, doch verglichen mit den beengten
Räumen der Station war es die reine Freiheit. Bar Kea war staubtrocken, nur nach dem Frühlingsregen bildeten sich zuweilen Tümpel
zwischen den Felsen, und Sulean erfreute sich an den kleinen Wesen,
die dann in diesen kurzlebigen Gewässern schwammen. Winzige Fische etwa, die sich, wenn das Wasser verdunstete, in schützende Zys-
ten einschlossen, wie Samen, und zu neuem Leben erwachten, wenn
es wieder regnete. Es machte ihr Spaß, das Wasser in den aneinan-
dergelegten Händen zu halten und Esh zusehen zu lassen, wie die
Fische zwischen den Fingern hindurchrutschten.

Esh stellte nie irgendwelche Fragen, aber Sulean tat so, als würde
er es tun. In der Station war sie Schülerin, musste immer nur zuhören; wenn sie mit Esh allein war, wurde sie zur Lehrerin, er war
der stumme, gespannte Zuhörer. Oft erklärte sie ihm, was sie an dem
betreffenden Tag gelernt hatte.

Es hatten nicht immer Menschen auf dem Mars gelebt, erzählte
sie ihm einmal, während sie zwischen den staubigen, sonnenbeschienenen Felsen umherwanderten. Vor Jahrhunderten waren ihre Vorfahren von der Erde gekommen, einem Planeten, der näher an der
Sonne lag. Man konnte die Erde nicht direkt sehen, weil die Hypothetischen sie in eine Hülle gesteckt hatten – aber man wusste, dass
sie da war, weil sie einen Mond hatte, der sie umkreiste.

Sie erwähnte die Hypothetischen – von den Marsianern *Ab-ashken* genannt, ein Begriff, der sich aus den Wortstämmen für »mächtig« und »fern« zusammensetzte – zunächst nur vorsichtig, gespannt,
wie Esh darauf reagieren würde. Sie wusste, dass er zum Teil selbst
ein Hypothetischer war, und wollte ihn nicht kränken. Doch der

Name rief keine besondere Reaktion hervor, nur die übliche Ausdruckslosigkeit. Und so nahm Sulean sich die Freiheit, Vorträge zu halten, zu träumen, die Phantasie spielen zu lassen. Schon damals hatten die Hypothetischen sie fasziniert.

Sie leben zwischen den Sternen, soweit wir wissen, sagte sie dem Jungen.

Esh erwiderte darauf nichts.

Sie sind keine richtigen Lebewesen, eher Maschinen, aber sie wachsen und vermehren sich.

Sie tun Dinge ohne ersichtlichen Grund. Vor Millionen von Jahren haben sie die Erde in eine Blase gesteckt, in der die Zeit ganz langsam verging. Niemand weiß, warum.

Niemand hat je mit ihnen gesprochen, außer dir vielleicht, und niemand hat sie je gesehen. Aber von Zeit zu Zeit fallen Stücke von ihnen vom Himmel und seltsame Dinge geschehen …

Stücke von ihnen fallen vom Himmel … Diese Bemerkung sorgte für beträchtliche Bestürzung unter den Versammelten.

Dr. Dvali räusperte sich und sagte: »In den Marsianischen Archiven steht nichts von einem derartigen Ereignis.«

»Nein«, erwiderte Sulean. »Und wir haben es auch in der direkten Kommunikation mit der Erde nie erwähnt. Auch auf dem Mars ist es ein seltenes Phänomen – es geschieht vielleicht alle zwei- oder dreihundert Jahre einmal.«

»Entschuldigen Sie«, meldete sich Mrs. Rebka, »aber *was* geschieht da?«

»Die Hypothetischen existieren in einer Art Ökologie, Mrs. Rebka. Sie entstehen, gedeihen und sterben – um dann den Zyklus von Neuem zu beginnen, immer wieder.«

»Mit den Hypothetischen«, sagte Dvali, »meinen Sie ihre Maschinen.«

»Das ist womöglich keine sinnvolle Unterscheidung. Es spricht nichts für die Annahme, dass die selbstreproduzierenden Maschinen von einer anderen Instanz kontrolliert werden als ihrer eigenen vernetzten Intelligenz und ihrer eigenen, nicht berechenbaren Evolution. Ihre Abfälle zirkulieren durch das Sonnensystem und werden von Zeit zu Zeit vom Schwerefeld eines der inneren Planeten eingefangen.«

»Und warum sind solche Dinge nie auf die Erde gefallen?«

»Vor dem Spin existierte die Erde in einem sehr viel jüngeren Sonnensystem. Vor fünf Milliarden Jahren hatten sich die Hypothetischen gerade mal erst im Kuipergürtel etabliert. Falls ihre Abfälle überhaupt je in die Erdatmosphäre eintraten, dann war das ein äußerst seltenes Ereignis. Es gibt genügend Berichte über schwebende Lichter und seltsame Objekte in der Luft, die darauf hinweisen, dass es vielleicht tatsächlich hin und wieder geschehen ist, auch wenn es natürlich niemand als ein solches Ereignis erkannt hat. Als die Spinbarriere installiert war, hat sie jedes Eindringen verhindert, und auch jetzt ist die Erde noch durch eine Membran vor der exzessiven Sonnenstrahlung geschützt. Der Mars ist exponierter. Wir Marsianer sind nicht als Fremde in der neuen Zeit angekommen, Dr. Dvali. Wir wissen seit Jahrtausenden, dass die Hypothetischen existieren – und dass das Sonnensystem letztlich ihnen gehört.«

»Und die Asche, die auf uns gefallen ist« – Mrs. Rebkas Stimme vibrierte vor Feindseligkeit –, »war das das gleiche Phänomen?«

»Vermutlich. Und auch das, was in der Wüste gewachsen ist. Die Annahme liegt nahe, dass auch dieses Sonnensystem Hypothetische beherbergt. Der alljährliche Meteorschauer, das sind wohl eher ihre Abfälle als die Überreste alten Gesteins. Der Ascheregen war nur eine besonders intensive Variante, vielleicht verursacht durch irgendwelche Härtungsvorgänge kurz zuvor. Als fliege der Planet durch eine Wolke aus …«

»Aus abgestoßenen Zellen«, ergänzte Dvali.

»Ja, in gewissem Sinne. Abgestoßen, aber nicht abgestorben, nicht völlig abgestorben. Ein partieller Stoffwechsel ist weiterhin im Gange.« Daher die Augenrose, daher die anderen kurzlebigen Gewächse.

»Ihr Volk muss diese Überreste genau untersucht haben.«

»O ja. Wir haben sie sogar gezüchtet. Ein großer Teil unserer Biotechnik ist Ergebnis des Studiums dieser Dinge. Auch die Langlebigkeitsbehandlung ist indirekt aus Hypothetischen-Quellen abgeleitet. Die meisten unserer Pharmazeutika enthalten irgendein Element von Hypothetischen-Technologie. Deshalb kultivieren wir sie bei extrem niedrigen Temperaturen – um das äußere Sonnensystem zu simulieren.«

»Und der marsianische Junge … und Isaac …«

»Die Behandlung, die sie erhalten haben, basiert auf dem Rohmaterial der Hypothetischen. Sie dachten, es ist ein rein menschliches Präparat? Ein weiteres Beispiel phantastischer marsianischer Biotechnik? Nun, in gewissem Sinne ist es das. Aber es ist noch mehr. Etwas Nicht-Menschliches, Nicht-Kontrollierbares.«

»Und doch hat Wun Ngo Wen den Zellstamm zur Erde gebracht.«

»Hätte er jene uralte, weise Kultur vorgefunden, von der wir glaubten, dass sie auf der Erde existierte, hätte er sich sicherlich offen darüber geäußert. Leider hat er jedoch etwas ganz anderes vorgefunden. Viele unserer Geheimnisse hat er Jason Lawton anvertraut, der sie unüberlegt an sich selbst ausprobierte – und Lawton wiederum gab diese Geheimnisse an Personen weiter, denen *er* vertraute. Und die sich auch nicht als umsichtiger erwiesen.« Sulean war sich im Klaren darüber, dass sie ihre Zuhörer mit diesen Worten schockierte. Wun Ngo Wen, Jason Lawton – das waren Namen, die in terrestrischen Viertenkreisen mit Ehrfurcht ausgesprochen wurden. Doch letztlich waren sie auch nur Sterbliche gewesen. Empfänglich für Zweifel, Furcht, Gier.

»Trotzdem«, sagte Dvali. »Ihr Volk hätte uns einweihen können …«

»Das sind Vierten-Angelegenheiten!« Sulean war überrascht von der Heftigkeit ihrer Stimme. »Sie verstehen nicht. Es ist nicht richtig, nicht *angemessen*, sie mit den Unveränderten zu teilen. Die Unveränderten wollen das nicht wissen, es sind Dinge, über die sich die Alten Gedanken machen müssen. Indem sie die Bürde der Langlebigkeit auf sich nehmen, akzeptieren sie auch das. Ich hätte sie allerdings mit *Ihnen* geteilt, Dr. Dvali, bevor Sie mit diesem Projekt begannen. Wenn Sie sich nur nicht so gut versteckt hätten.«

Doch von den Leuten, zu denen sie sprach, alle geboren in dem Dschungel namens Erde, konnte Sulean kein Verständnis erwarten.

Sogar ihre Viertheit war anders, sie bedeutete ihnen nicht mehr als einige zusätzliche Jahre zum Atmen. Auf dem Mars wurden die Vierten von der übrigen Bevölkerung getrennt. Wenn man ins Vierte Alter eintrat, hatte man – sofern man dies nicht, wie Sulean, unter außergewöhnlichen Umständen tat – dessen Einschränkungen zu akzeptieren und weltabgeschieden zu leben. Die terrestrischen Vierten hatten versucht, einige dieser Traditionen zu übernehmen, ja, diese Gruppe hier hatte sich sogar in eine Art Wüstenasyl zurückgezogen, aber es war nicht das Gleiche … sie begriffen die damit verbundene Bürde nicht, sie waren nicht in das heilige Wissen eingeführt worden.

Es fehlte ihnen das Asketische, Mönchische der Marsianischen Vierten. Das, was Sulean an jenen, von denen sie aufgezogen wurde, so gehasst hatte. Auf dem Mars schien es, als bewegten sich die Vierten durch die unsichtbaren Gänge eines uralten Labyrinths; sie hatten jegliche Freude gegen eine staubige *gravitas* getauscht. Aber das war immer noch besser als die anarchische Unbekümmertheit auf der Erde – alle Laster der terrestrischen Menschheit, unnötig verlängert.

Offenbar spürte Dvali ihre Erregung. Er lehnte sich zurück und sagte: »Was also war mit dem Kind? Berichten Sie uns, was mit Esh geschah, Ms. Moi.«

Was mit dem Jungen geschah, war so einfach wie schrecklich. Es begann mit einem Einfall von Hypothetischen-Material aus dem äußeren Sonnensystem.

Das kam nicht ganz unerwartet, marsianische Astronomen hatten die Bewegung der Staubwolke seit Tagen verfolgt. Es herrschte allgemeine Aufregung deswegen, und Sulean erhielt, um das Schauspiel beobachten zu können, die Erlaubnis, auf eine der Brüstungen der Wüstenstation zu steigen, die im letzten Krieg vor fünfhundert Jahren als Festung gedient hatte.

Seit zwei Generationen hatte es ein solches Ereignis nicht mehr gegeben, und so war Sulean nicht die Einzige, die die Mauern erklomm. Die Station Bar Kea war so angelegt, dass sie die Omod-

Berge im Rücken hatte, während sich vor ihr die trockene südliche Ebene, wo ein Großteil des Schutts niedergehen sollte, ausbreitete, im Sternenlicht geheimnisvoll schimmernd. In dieser Nacht schossen die fallenden Sterne wie Feuerstrahlen über den Himmel. Sulean sah ihnen gebannt zu, bis sie von einer unwillkommenen Schläfrigkeit ergriffen wurde und eine der Aufsichtspersonen ihr eine Hand auf die Schulter legte, um sie zurück in ihr Zimmer zu bringen.

Auch Esh war mit auf die Brüstung gekommen, und obwohl er das grüne und goldene Leuchten des herabstürzenden Mülls genau betrachtete, zeigte er keinerlei Reaktion.

Im Bett liegend, stellte Sulean fest, dass die Müdigkeit wieder verflogen war. Also dachte sie darüber nach, was sie gesehen hatte. Die Überreste von *Ab-ashken*-Geräten, Dinge, die Eis und Gestein fraßen, die jahrtausendelang an einsamen Orten fernab der Sonne lebten, starben und in der Atmosphäre verglühten. Manchmal aber entstand daraus auch neues, merkwürdiges Leben – die Geschichtsbücher beschrieben seltsam unvollständige, seltsam mechanische Gewächse, der Witterung auf diesem Planeten schutzlos ausgesetzt. Würde so etwas wieder geschehen? Und wenn ja, würde sie es zu sehen bekommen? Die Astronomen sagten, ein großer Teil des Materials würde nicht allzu weit weg von der Station niedergehen. Sulean konnte es kaum erwarten, ein lebendes Exemplar zu sehen.

Esh offenbar auch nicht.

Am nächsten Morgen traf ihn einer der Betreuer dabei an, wie er mit dem Kopf immer wieder gegen die südliche Wand seines Zimmers stieß. Irgendetwas hatte seine gewohnte Gemütsruhe zerstört.

Sulean wollte ihn sehen – *verlangte*, ihn zu sehen –, als sie davon hörte, doch es wurde ihr verwehrt, mehrere Tage lang. Ärzte wurden bestellt, um den Jungen zu untersuchen. Er wurde von heftigen Fieberanfällen ergriffen und fiel immer wieder in tiefen Schlaf. Wenn er wach war, bettelte er darum, nach draußen gehen zu dürfen.

Er aß nichts mehr, und als Sulean endlich in sein Zimmer gelassen wurde, erkannte sie ihn kaum wieder. Zwar war Esh eher pummelig gewesen, mit vollen Wangen, kindlich für sein Alter. Jetzt war er ganz hager, und seine Augen, seltsam goldgesprenkelt, hatten sich weit in die knochigen Höhlen zurückgezogen.

Sie fragte ihn, was mit ihm sei, und er erwiderte: »Ich möchte sie sehen.«

»Wen willst du sehen?«

»Die *Ab-ashken*.«

Die dünne Stimme des Jungen ließ das Wort noch seltsamer klingen. Sulean fühlte, wie ihr ein kalter Schauer über den Rücken lief.

»Wie meinst du das, du willst sie sehen?«

»Draußen in der Wüste.«

»Aber da ist nichts.«

»Doch, die *Ab-ashken*.«

Dann begann er zu weinen, und Sulean musste das Zimmer verlassen. Die Krankenschwester folgte ihr in den Gang und sagte: »Seit Tagen bittet er darum, die Station verlassen zu dürfen. Aber das ist das erste Mal, dass er die *Ab-ashken* erwähnt.«

Waren sie wirklich dort draußen, die Hypothetischen? Zumindest ihre Überreste? Sulean richtete diese Frage an einen der Betreuer, einen gebrechlichen Mann, der Astronom gewesen war, bevor er zum Vierten wurde. Ja, sagte er, es habe einige Aktivität im Süden gegeben, und zeigte ihr eine Reihe von Luftbildern, die in den vorangegangenen Tagen aufgenommen worden waren.

Zu sehen war eine Landschaft, die sich nicht wesentlich von dem Ödland vor den Toren der Station unterschied: Sand, Staub, Gestein. An einem Hang jedoch lag eine Reihe von Objekten, die so unnatürlich, so grotesk waren, dass sie sich einer Beschreibung entzogen: bunte Röhren, silbergraue sechseckige Spiegel, gegliederte Kugeln. Vieles davon miteinander verbunden wie die Teile eines riesigen Insekts.

»Das muss es sein, wo er hinwill«, sagte Sulean.

»Vermutlich. Aber wir können es ihm nicht erlauben. Das Risiko ist zu groß. Er könnte zu Schaden kommen.«

»*Hier* kommt er auch zu Schaden. Er sieht aus, als würde er sterben.«

Der Betreuer zuckte mit den Achseln. »Die Entscheidung darüber liegt weder bei dir noch bei mir.«

Vielleicht. Aber Sulean hatte Angst um Esh. Er war ihr einziger Freund, und es war nicht richtig, dass er gegen seinen Willen festgehalten wurde. Sie stellte sich vor, wie sie sich in sein Zimmer schlich und ihn herausschmuggelte … aber die Flure der Station waren nie leer, und Esh stand unter ständiger Aufsicht.

Auch wurde es ihr nicht sehr oft erlaubt, ihn zu sehen, und das Leben erschien ihr leer ohne ihn. Immer wieder wanderte sie an seinem Zimmer vorbei und zuckte zusammen, wenn sie ihn weinen oder rufen hörte.

Die Situation blieb etliche Tage lang unverändert. Draußen in der Wüste, berichtete ihr Betreuer, waren die *Ab-ashken*-Gewächse erblüht und begannen schon wieder zu verwelken, da sie in keiner Weise an die hiesige Umgebung angepasst waren. Aber Eshs Verzweiflung wuchs dadurch nur noch mehr.

»Diese Gewächse, waren die gefährlich?«, fragte Dr. Dvali.

»Nein. Dafür lebten sie nicht lange genug.«

Wie Gewächshausblumen, dachte Sulean, die in ein falsches Klima, eine falsche Erde verpflanzt werden.

Und dann sah sie Esh zum letzten Mal.

An jenem Morgen ging sie spazieren, wo sie früher immer mit ihm gegangen war. Ihr Aufpasser hielt sich in diskreter Entfernung, er wusste, dass sie beunruhigt war und Zeit für sich brauchte.

Es war wieder ein sonniger Tag, die Felsen warfen tiefe Schatten über den Sand. Sulean wanderte ziellos herum, dachte an nichts Bestimmtes – gab sich, genauer gesagt, große Mühe, nicht an Esh zu denken –, als sie ihn plötzlich sah: wie eine Fata Morgana, im Schatten eines Felsbrockens hockend, nach Süden gewandt.

Das war ganz und gar unerklärlich. Panisch drehte sich Sulean zu ihrem Aufpasser um, doch der alte Mann ruhte sich gerade im Schatten der Südmauer aus, er hatte Esh nicht gesehen.

Langsam näherte sie sich dem Jungen, sorgsam darauf bedacht, ihn nicht zu verschrecken. Esh blickte mit traurigen Augen aus seinem Versteck.

Schließlich bückte sie sich, als würde sie ein Stück Schiefer oder einen Sandfloh untersuchen, und flüsterte: »Wie bist du rausgekommen?«

»Erzähl es niemandem.«

»Nein, natürlich nicht. Aber wie …«

»Es hat gerade niemand geguckt. Sieh mal, ich habe mir einen Kittel geklaut.« Er hob die Arme – er trug die gleißend weiße Wüstentracht einer weitaus größeren Person. »Ich bin über die nördliche Brüstung gegangen, dort, wo sie die Felswand berührt, und dann runtergeklettert.«

»Aber was tust du hier draußen? In ein paar Stunden wird es dunkel.«

»Ich tue das, was ich tun muss.«

»Du brauchst Wasser und etwas zu essen.«

»Ich komme ohne aus.«

»Nein, kommst du nicht.« Sulean gab ihm die Wasserflasche, die sie immer dabei hatte, wenn sie die Station verließ, und einen Energieriegel, den sie sich aufgespart hatte.

»Sie werden bald merken, dass ich weg bin. Verrate nicht, dass du mich gesehen hast.«

Es war das längste Gespräch, das sie beide je geführt hatten, geradezu ein Strom von Worten. »Ja, mach ich. Ich meine, mach ich nicht. Ich erzähle es niemandem.«

»Danke, Sulean.«

Eine weitere Neuheit: das erste Mal, dass er ihren Namen aussprach, vielleicht das erste Mal, dass er überhaupt einen Namen aussprach. Das war nicht nur Esh, der da vor ihr im Sand kauerte – das war Esh plus irgendetwas anderes.

Die Ab-ashken, dachte sie.

Die Hypothetischen waren in ihm, sahen durch seine veränderten Augen nach draußen.

Irgendwo in der Station begann eine Glocke zu läuten, und Suleans schläfriger Aufpasser rief nach ihr. »Lauf«, flüsterte sie dem Jungen zu.

Sie wartete nicht ab, ob er ihrem Rat folgte. Sie drehte sich um und ging, als wäre nichts geschehen, zur Station zurück, und sie sagte kein Wort, so als hätte das Schweigen, in dem Esh so viele Jahre verharrt hatte, nun auch ihre Stimme zum Verstummen gebracht.

»Er wollte also die herabgefallenen Artefakte finden – aber was dann?«, fragte Dr. Dvali.

»Ich weiß nicht. Der gleiche Instinkt oder die gleiche Programmierung, die die hypothetischen Replikatoren veranlasst, Cluster zu bilden, Informationen auszutauschen und sich zu vermehren, könnte auch bei dem Jungen gewirkt haben. Die Krise wurde durch die Nähe zu den Apparaturen verursacht.«

»So wie bei Isaac.«

»Möglicherweise.«

»Ihr Volk muss sich diese Fragen gestellt haben.«

»Ja. Aber ohne eine Antwort darauf zu finden.«

»Sie haben gesagt, dass der Junge starb.«

»Ja.«

»Erzählen Sie uns, wie.«

Muss ich das? Muss ich das alles noch einmal ertragen?

Sie musste es. An diesem wie auch an jedem anderen Tag.

Seit Stunden wurde Esh vermisst, und es war längst dunkel geworden, als Suleans Entschlossenheit schwand. Entsetzt von der Vorstellung, dass er die Nacht ganz allein draußen verbringen musste, verunsichert durch die völlige Ratlosigkeit, die die Station erfasst hatte, ging sie zu dem Mann, den sie für den Gütigsten ihrer Betreuer hielt, den Astronomielehrer, der Lochis hieß. Als dieser ihre unter Tränen hervorgestoßene Mitteilung endlich verstand, trommelte er umgehend einen Suchtrupp zusammen.

Eine Gruppe von fünf Männern und drei Frauen, alle mit den Tücken und der Geografie der Wüste vertraut, verließ die Station im Morgengrauen. Sie fuhren in einem Wagen, der von einer der wenigen großen Maschinen gezogen wurde, die die Station besaß – große

Maschinen waren auf dem ressourcenarmen Planeten ein Luxus-
artikel –, und Sulean durfte mitkommen, um ihnen zu zeigen, wo sie
Esh zuletzt gesehen hatte. Und um ihn zu überreden, zur Station zurückzukehren, so sie ihn denn finden sollten.

Aus der nächstgelegenen Stadt waren Erkundungsdrohnen und
ähnliche Gerätschaften angefordert worden, doch die würden erst
am folgenden Tag eintreffen. Bis dahin, so Lochis, wollte man sich
mit der eigenen Sehkraft und Intuition behelfen. Zum Glück hatte
Esh seine Spuren nicht verwischen können – und es war offensichtlich, dass er dem zustrebte, wo der *Ab-ashken*-Niederschlag am kon-
zentriertesten war.

Und tatsächlich: Als die Expedition einige Hügel überquerte, die in
das Becken der südlichen Wüste abfielen, erblickte Sulean eine Reihe
vertrockneter, in Zersetzung befindlicher ... *Dinge*. Das war das einzige Wort, das ihr dafür einfiel. Eine Röhre mit weiter Öffnung, gelblich weiß und doppelt so groß wie ein Mensch, erhob sich über einem
Haufen von Kugeln, Pyramiden und gesprungenen Spiegeln. All diese
Dinge waren aus dem steinigen Wüstenboden gewachsen und wieder
abgestorben. Oder beinahe abgestorben. Einige faserige Ranken, riesigen Vogelfedern ähnlich, regten sich matt inmitten dieses surrealisti-
schen Ensembles. Vielleicht war es aber auch der Wind, der sie bewegte.

Der Blick in Eshs veränderte Augen war Suleans erste Konfronta-
tion mit den Hypothetischen gewesen. Dies war die zweite. Trotz der
Hitze fröstelte es sie, schutzsuchend drängte sie sich an Lochis' mas-
sigen Körper.

»Hab keine Angst«, sagte er. »Hier ist nichts Gefährliches.«

Sie hatte gar keine Angst. Es war ein anderes Gefühl, das von ihr
Besitz ergriffen hatte: Faszination, Schrecken, eine schwindelerregende Kombination aus beidem. Vor ihr lagen Überreste der *Ab-ashken*, Fragmente von Wesen, die ganze Sterne überwuchert hatten,
Knochen und Sehnen aus dem Leib eines Gottes.

»Es ist, als könnte ich sie fühlen«, flüsterte sie.

Oder vielleicht war, was sie fühlte, ihre Zukunft – die ihr entgegen-
rauschte wie das Wasser eines über die Ufer tretenden Flusses.

»Noch einmal, Ms. Moi«, sagte Dr. Dvali. »Wie ist der Junge gestorben?«

Sulean ließ einige Augenblick verstreichen. Es war spät. Alles war ruhig. Sie glaubte, den Wüstenwind hören zu können.

»Vermutlich war er zu erschöpft, um weitergehen zu können. Wir fanden ihn schließlich in einer kleinen Senke. Er lag dort, atmete kaum. Um ihn herum ...« Sie hasste dieses Bild. Ihr ganzes Leben lang hatte es sie verfolgt.

»Ja?«

»Um ihn herum waren Dinge gewachsen. Er war umgeben von einem kleinen Wald aus Überresten der Hypothetischen. Spitze, gefährlich aussehende Dinge, Speere aus einem spröden grünen Material, offensichtlich nicht vollständig, aber dennoch beweglich – *lebendig*, wenn Sie so wollen.«

»Und diese Dinge hatten ihn ... umzingelt?«

»Vielleicht war er auch mit Absicht zu ihnen gegangen. Einige von ihnen hatten ihn ... durchbohrt. Hier.« Sulean berührte ihre Rippen, ihren Unterleib.

»Und getötet?«

»Er war noch bei Bewusstsein, als wir ihn fanden.«

Sulean riss sich von Lochis los und lief auf Esh zu. Sie achtete nicht auf die entsetzten Stimmen, die sie zurückrufen wollten.

Denn das hier war ihre Schuld. Sie hätte Esh niemals helfen dürfen, aus der Station zu entkommen. So unglücklich er auch gewesen war, dort war er immerhin sicher.

Sie empfand keine besondere Furcht vor den *Ab-ashken*-Gewächsen, die um den Körper des Jungen herumstanden wie ein Ring aus angespitzten Zaunpfählen. Sie konnte sie riechen – ein chemischer Geruch, schwefelig, streng. Die Gewächse waren nicht gesund, waren von Rissen durchzogen und an einigen Stellen von etwas Rostähnlichem verfärbt. Ihre Stängel schaukelten leicht, so als würden sie Suleans Anwesenheit wahrnehmen. Vielleicht taten sie das auch.

Auf jeden Fall nahmen sie Esh wahr. Die höchsten von ihnen hatten sich zu Halbkreisen gebogen und den Jungen mit ihren spitzen Enden durchbohrt. An drei Stellen waren sie in Brust und Unterleib eingedrungen, kleine Kreise aus getrocknetem Blut hatten sich dort gebildet. Sulean konnte nicht erkennen, ob er tot war oder noch lebte.

Doch plötzlich schlug er die Augen auf, sah sie an und – unfassbar – *lächelte.*

»Sulean«, sagte er. »Ich habe es gefunden.«

Dann schloss er die Augen wieder, zum letzten Mal.

Die Stille im Gemeinschaftsraum wurde von einem zaghaften Klopfen unterbrochen. Mrs. Rebka eilte zur Tür.

Es war Isaac, immer noch im Schlafanzug, die Hose an den Knien dreckig, ebenso die Hände, das Gesicht starr.

»Es kommt jemand«, sagte er.

16

Die Tür zu Brian Gatelys Büro öffnete sich, als gerade eine Pressemeldung auf seinem Bildschirm erschien. Weil, der stämmige MfGS-Beamte, kam herein, diesmal ohne seinen Kumpel Sigmund. Er grinste, was Brian in der jetzigen Situation als irgendwie obszön empfand.

»Haben Sie mir das geschickt?« Er deutete auf die Pressemeldung.

»Lesen Sie. Ich warte so lange.«

Brian sah den Mann an. Und sah vor seinem geistigen Auge Tomas Ginns Leiche an einem steinigen Strand. Kannte Weil das Foto? Oder hatte er den Mord gar angeordnet … Brian war versucht zu fragen. Wagte es aber nicht. Stattdessen blinzelte er und las den Bericht.

PORT MAGELLAN/REUTERS.ÄQ: Wissenschaftler des Observatoriums Mt. Mahdi veröffentlichten heute die verblüffende Mitteilung, dass der Ascheregen, der kürzlich auf die Ostküste und die Wüste im Inneren des Landes niederging, »nicht vollständig inaktiv« gewesen sei.

Es soll sich bei der Asche um Reste von Gebilden der Hypothetischen aus den entlegenen Bereichen des lokalen Sonnensystems handeln, die offensichtlich noch Anzeichen von Leben aufgewiesen haben.

Während einer gemeinsamen Pressekonferenz am Observatorium präsentierten Vertreter der Amerikanischen Universität, des Geophysikalischen Instituts der Vereinten Nationen und der Provisorischen Regierung Fotografien und Proben von »unvollständig selbstreproduzierenden quasiorganischen Objekten« der Öffentlichkeit, gefunden in den westlichen Ausläufern des Binnenbeckens.

Diese Objekte, die von einer erbsengroßen hohlen Kugel bis zu einem aus Röhren und Drähten bestehenden Ensemble von der Größe eines Menschenkopfes reichen, sind nach Auskunft der Wissenschaftler in einer planetarischen Umgebung instabil und stellen daher keine Bedrohung dar.

»Das ganze Gerede von einer Krankheit aus dem Weltraum können Sie vergessen«, erklärte Astronom Dr. Scott Cleland. »Das einfallende Material war alt und litt vermutlich schon unter starker Abnutzung, bevor es in die Atmosphäre eintrat. Der Eintritt hatte einen sterilisierenden Effekt und ließ nur wenige Elemente im Nanogrößenbereich intakt. Offenbar genug, um den Wachstumsprozess von Neuem in Gang zu setzen. Allerdings sind sie darauf angelegt, in extremer Kälte und im Vakuum zu gedeihen. In einer heißen, sauerstoffreichen Umgebung können sie nicht lange überleben.«

Auf die Frage, ob irgendwelche dieser Gebilde immer noch aktiv seien, antwortete Dr. Cleland: »Keines von denen, die wir gesammelt haben. Die weitaus größte Anzahl von aktiven Clustern fanden wir in der Rub al-Khali. Es ist unwahrscheinlich, dass Bewohner der Küstenstädte fremdartige Pflanzen in ihrem Garten finden werden.«

Da Langzeitschäden jedoch nicht vollständig ausgeschlossen werden können, wurde eine lockere Quarantäne über das Gebiet zwi-

schen den Ölfeldern und der westlichen Küstenregion verhängt. »Der Reiseverkehr wird überwacht, und wir sind in ständiger Alarmbereitschaft«, so Paul Nissom von der Territorialbehörde der Provisorischen Regierung. »Wir wollen die Neugierigen fernhalten und die Arbeit der Forscher unterstützen, die dieses wichtige Phänomen untersuchen.«

Es folgten noch einige Absätze mit weiteren Details und Kontaktnummern, doch Brian hatte das Gefühl, das Wesentliche erfasst zu haben. Er sah Weil an. »Und?«

»Spielt uns sehr schön in die Karten.«

»Inwiefern?«

»Für gewöhnlich ist die Provisorische Regierung zu nichts zu gebrauchen. Aber seit dem komischen Scheiß, der da im Westen abgeht, fangen sie endlich an, darauf zu achten, wer wohin unterwegs ist. Zum Beispiel mit dem Flugzeug.«

Es gab in Äquatoria mehr private Flugzeuge als an irgendeinem Ort auf der Erde und eine entsprechend hohe Anzahl von kleinen Flugplätzen. Jahrelang waren sie völlig unreguliert gewesen, waren zwischen entlegenen Gemeinden hin- und hergeflogen, hatten Ölgeologen in die Wüste transportiert.

»Die schlechte Nachricht ist«, fuhr Weil fort, »dass Turk Findley es geschafft hat, zu seiner Maschine zu kommen, zusammen mit Lise Adams und einer nicht identifizierten dritten Person. Sie sind letzte Nacht weggeflogen.«

Brian spürte, wie sich eine Leere in seiner Brust ausbreitete. Teils war es Eifersucht. Teils war es Angst um Lise, die sich in immer größere Schwierigkeiten brachte.

»Die *gute* Nachricht ist« – Weil zeigte sein breitestes Grinsen –, »dass wir wissen, wo sie hin sind. Wir folgen ihnen. Und wir möchten, dass Sie mitkommen.«

17

Turk hatte damit gerechnet, auf einem ihm vertrauten Flugplatz einige Kilometer außerhalb von Kubelick's Grave landen zu können. Wenn Mike Arundji den Vorfall gemeldet hatte, würde die Maschine wohl konfisziert werden. Aber das war zu verschmerzen. Doch als das Flugzeug den langen Abstieg über die westlichen Gebirgshänge Richtung Wüste begann, schlug Diane zu seiner Überraschung ein anderes Ziel vor. »Wissen Sie noch, wo Sie Sulean Moi hingebracht haben?«

»Mehr oder weniger.«

»Fliegen Sie dahin.«

Lise drehte sich zu der alten Frau um. »Sie wissen, wo sich Dvali aufhält?«

»Ich habe im Laufe der Jahre so einiges gehört. In diesem Gebiet wimmelt es nur so von kleinen religiösen Gemeinschaften. Da bleibt nichts lange geheim.«

»Aber wenn Sie wussten, wo er war …«

»Wir wussten es nicht. Nicht als es entscheidend für ihn war – in der Zeit, bevor das Kind geboren wurde.«

Also blieben sie noch eine halbe Stunde länger in der Luft. Turk nutzte die Gelegenheit. »Es tut mir leid, das mit dem Telefon in der Stadt«, sagte er zu Lise. »Du wolltest gerade deiner Mutter eine Nachricht zukommen lassen, so etwas in der Art?«

»Ja, etwas in der Art.« Sie freute sich über die Entschuldigung und wollte die Sache nicht schlimmer machen, indem sie zugab, ihren Exmann angerufen zu haben, auch wenn es dabei um den Versuch ging, Tomas Ginn aus der Gefangenschaft zu befreien. »Kann ich dich etwas fragen?«

»Nur zu.«

»Wie kommt es, dass du dein eigenes Flugzeug stehlen musst?«

»Ich schulde dem Mann, dem der Flugplatz gehört, Geld. Das Geschäft ist in letzter Zeit nicht so gut gelaufen.«

»Das hättest du mir doch sagen können.«

»Schien mir keine so geschickte Taktik, um eine reiche geschiedene Amerikanerin zu beeindrucken.«

»Reich wohl kaum.«

»Für mich sah es so aus.«

»Und wie wolltest du von den Schulden wegkommen?«

»Im schlimmsten Fall hätte ich das Flugzeug verkauft, die Schulden bezahlt, den Rest auf die Bank gebracht und mir dann einen Platz auf einem der Forschungsschiffe ergattert, die durch den Zweiten Bogen fahren.«

»Hinter dem Zweiten Bogen gibt es nichts als Felsen und schlechte Luft.«

»Dachte, das sollte ich mit eigenen Augen sehen. Entweder das oder …«

»Oder?«

»Wenn sich etwas zwischen uns beiden ergeben würde, dachte ich, würde ich in Port Magellan bleiben und mir dort einen Job suchen. Arbeit bei den Pipelines gibt es immer.«

Für einen Moment war sie verblüfft. Und erfreut.

»Nicht dass es jetzt noch darauf ankäme. Wenn wir hier fertig sind – egal, ob du etwas über deinen Vater herausfindest oder nicht –, wirst du zurück in die USA müssen. Da bist du gut aufgehoben. Du kommst aus einer angesehenen Familie, und deine Beziehungen sind gut genug, dass man dich nicht verhaften wird.«

»Und was ist mit dir?«

»Ich kann auf eigene Rechnung verschwinden.«

»Du könntest mit mir kommen.«

»Das wäre nicht sicher. Weißt du, das ist nicht die erste Klemme, in der ich stecke. Es gibt gute Gründe, warum ich nicht zurück nach Hause kann.«

Dann erzähl sie mir, dachte sie. Zwing mich nicht zu fragen. *Hat er dir erzählt, dass er ein gesuchter Krimineller ist? Deswegen ist er aus den USA geflohen …* Sie räusperte sich. »Probleme mit dem Gesetz?«

»Das möchtest du lieber nicht wissen.«

»Doch, möchte ich.«

Er flog flach über die Wüste hinweg, die vom Mond beleuchteten Gebirgsausläufer waren rechts von ihnen. »Ich habe ein Gebäude angesteckt. Das Lagerhaus meines Vaters.«

»Ich dachte, dein Vater sei im Ölgeschäft tätig gewesen.«

»War er auch, eine Weile lang. Aber er hielt sich nicht gern in Übersee auf. Als wir die Türkei verließen, ist er ins Importgeschäft meines Onkels eingestiegen. Sie haben diesen Billigkram eingeführt, der im Nahen Osten hergestellt wird, Teppichläufer, Souvenirs, solche Sachen.«

»Und warum hast du das Lagerhaus angesteckt?«

»Ich war neunzehn. Ich war sauer und wollte meinem Alten eins reinwürgen.«

»Sauer?«

Turk sah auf die Wüste, die Instrumente, überallhin, nur nicht in ihre Richtung. »Es gab da ein Mädchen, mit dem ich zusammen war. Wir hatten schon Heiratspläne, so ernst war die Sache. Aber mein alter Herr und mein Onkel waren strikt dagegen. Sie waren sehr altmodisch in, na ja, Fragen der ethnischen Zugehörigkeit.«

»Deine Freundin war keine Weiße?«

»Latino.«

»Und es war dir so wichtig, was dein Vater dachte?«

»Zu dem Zeitpunkt nicht mehr, nein. Ich habe ihn gehasst. Er war ein brutales Arschloch. Hat meine Mutter ins Grab getrieben, meiner Meinung nach. Es war mir scheißegal, was er dachte. Aber das wusste er. Also hat er kein Wort zu mir gesagt, sondern ist zur Familie meiner Freundin gegangen und hat angeboten, ihr die Gebühren für ein Jahr College zu zahlen, wenn sie sich von mir fernhält. Offenbar hielten sie das für ein gutes Geschäft. Ich habe sie nie wiedergesehen. Immerhin hatte sie ein so schlechtes Gewissen, dass sie mir einen Brief geschrieben hat, um zu erklären, was da gelaufen war.«

»Und dann hast du Rache genommen.«

»Hab mir ein paar Kanister Abbeizmittel aus der Garage geschnappt und bin damit ins Industriegebiet gefahren. Es war nach Mitternacht. Das Gebäude stand zu drei Vierteln in Flammen, als die Feuerwehr eintraf.« Turk strich sich über die Haare. »Was ich nicht wusste, war, dass sich ein Nachtwächter dort aufhielt. Er verbrachte wegen mir sechs Monate im Krankenhaus. Noch schlimmer wurde die Sache dadurch, dass mein Alter alles vertuschte, irgendwelche Deals mit der Versicherung machte. Dann spürte er mich auf und erzählte mir, dass er diesen schweren finanziellen Schaden auf sich genommen hätte, um mich vor strafrechtlicher Verfolgung zu bewahren. Weil ich zur Familie gehöre. Deswegen hätte er auch die Geschichte mit meiner Freundin durchgezogen, denn auf die Familie komme es an, ob ich das nun wahrhaben wolle oder nicht.«

»Er hat erwartet, dass du ihm *dankbar* bist?«

»So unglaublich das klingt – ja.«

»Warst du's?«

»Nein. Ich war nicht dankbar.«

Turk landete dort, wo er die Skyrex vor einigen Monaten schon einmal aufgesetzt hatte, auf einem kleinen Asphaltstreifen, der sich mitten im Nirgendwo zu befinden schien, jedoch, wie Diane versicherte, nur gut einen Kilometer von Dvalis Gemeinschaft entfernt lag.

Also stapften sie los, mit Taschenlampen in der Hand.

Sie konnten die Kommune riechen, noch bevor sie sie sahen. Sie duftete nach Wasser und Blumen, im Kontrast zum streng mineralischen Geruch der Wüste. Dann, nachdem sie einen kleinen Hügel überquert hatten, lag sie vor ihnen. Einige Lichter brannten noch: vier Häuser, ein Hof, Terracottadächer wie bei einer Hazienda. Da waren ein Garten und ein Tor aus kunstvoll geschmiedetem Eisen, hinter dem Turk einen kleinen Jungen stehen sah.

Als der Junge sie entdeckte, rannte er in das Gebäude, und kurz darauf gingen viele weitere Lichter an und etwa fünfzehn Personen versammelten sich am Tor.

»Lasst mich mit ihnen reden«, sagte Diane, ein Vorschlag, den Turk liebend gern annahm. Er blieb mit Lise und versuchte die Gruppe der Vierten näher in Augenschein zu nehmen, doch sie hatten das Licht im Rücken und waren kaum mehr als Schattenrisse.

Diane trat näher und beschirmte die Augen. »Mrs. Rebka?«

Eine Frau löste sich aus der Menge. Turk konnte von ihr nicht mehr erkennen, als dass sie etwas rundlich war und feine Haare hatte, die einen weißen Halo um ihren Kopf bildeten.

»Diane Dupree«, sagte die Frau.

»Ich fürchte, ich habe ungebetene Gäste mitgebracht.«

»Und Sie sind selber einer. Was führt Sie her, Diane?«

»Müssen Sie das wirklich noch fragen?«

»Nein, vermutlich nicht.«

»Dann weisen Sie uns ab, oder lassen Sie uns rein. Ich bin müde. Und ich bezweifle, dass wir viel Zeit zum Reden haben werden.«

Isaac wollte bleiben und die Besucher sehen – unerwartete Besucher waren in seinem Leben ein ebenso seltenes Phänomen, wie es der Ascheregen gewesen war –, doch das Fieber war zurückgekehrt und so wurde er wieder ins Bett gebracht. Schlaflos, schwitzend lag er da.

Er wusste, dass die Ranke, die im Garten aus der Erde gekommen war und seine Hand berührt hatte, ein Gerät der Hypothetischen war. Eine biologische Maschine. Unvollständig und nicht an diese Umgebung angepasst – aber als sie sein Handgelenk umfasste, fühlte es sich zutiefst richtig an. Ein Teil seines Sehnens war vorübergehend befriedigt worden.

Doch dieser Kontakt war nun vorbei, und das Sehnen war nur noch stärker geworden. Er sehnte sich nach der westlichen Wüste, so sehr. Natürlich hatte er auch Angst – Angst vor dem weiten, trockenen Land und vor dem, was er dort finden mochte, Angst vor dem Drang, der ihn mit aller Macht erfasst hatte. Aber es war ein Drang, ein Wunsch, der gestillt werden konnte. Das wusste er jetzt.

Er beobachtete die Morgendämmerung, die die Sterne vertrieb. Der Planet drehte sich der Sonne zu wie eine Blume.

Zwei der Gemeinschaftsmitglieder führten Lise und Turk in eine Art Schlafsaal, in dem mehrere Liegen aufgestellt worden waren. Das Bettzeug hatte den typischen Geruch von Wäsche, die lange unbenutzt im Schrank gelegen hatte.

Ihre Begleitpersonen, beide Frauen, waren reserviert, machten aber einen nicht unfreundlichen Eindruck. »Das Bad, falls Sie es benutzen wollen, ist hier den Gang hinunter«, sagte die Jüngere.

Lise wandte sich ihr zu. »Ich muss mit Dr. Dvali sprechen. Können Sie ihm ausrichten, dass ich um eine Unterredung bitte.«

Die Vierten wechselten einen Blick. »Morgen früh«, sagte die Jüngere.

Als sie gegangen waren, legte sich Lise auf die erstbeste Liege. Turk streckte sich auf einer anderen aus und fing fast augenblicklich an zu schnarchen.

Sie widerstand dem Drang, ihm einen Stups zu geben.

In ihrem Kopf überschlugen sich die Gedanken. Sie hatte bei einem Diebstahl mitgemacht, nahm die Gastlichkeit einer Gruppe von abweichlerischen Vierten in Anspruch, und Avram Dvali war nur wenige Zimmer entfernt. Und damit möglicherweise das Geheimnis, das ihre Familie seit so vielen Jahren quälte.

Sie stand auf, glitt auf Zehenspitzen durch das Zimmer und schlüpfte unter Turks Decke. Schmiegte sich an ihn, eine Hand auf seiner Schulter, die andere unter sein Kissen geschoben, in der Hoffnung, dass etwas von seinem Mut – oder seiner Wut – in sie hineinströmen und ihr ein wenig von ihrer Angst nehmen würde.

Diane saß mit Mrs. Rebka – Anna Rebka, deren Ehemann Joshua gestorben war, bevor sie eine Vierte wurde – in einem Raum voller Tische und Stühle, der offenbar erst kürzlich von den Mitgliedern der Gemeinschaft verlassen worden war. Halb leere Wassergläser standen noch herum. Es war spät, die Nachtluft kühlte Diane die Füße.

So haben sie sich hier also eingerichtet, dachte sie. Nicht unkomfortabel, wenn auch recht nüchtern. Es herrschte eine etwas klösterliche Atmosphäre, eine gewisse Andächtigkeit. Etwas, das ihr auf unbehagliche Weise vertraut war – sie hatte den Großteil ihrer Jugend unter äußerst religiösen Menschen verbracht.

Irgendwo versteckt, vermutlich unter der Erde, befanden sich die Niedrigtemperatur-Bioreaktoren, in denen die marsianischen »Pharmazeutika« gezüchtet und gelagert wurden. Die Brennöfen, die der Tarnung dienten, hatte sie bereits gesehen: Ein argloser Besucher würde primitive Töpfereiprodukte und erbauliche Schriften in die Hand gedrückt bekommen und keinerlei Anhaltspunkte finden für das, was hier wirklich vorging.

»Die Genomische Sicherheit«, sagte Diane, »ist in Port Magellan aktiv geworden, offenbar mit größerem Aufgebot. Und sie werden Sie über kurz oder lang aufspüren. Sie haben sich der Marsianerin an die Fersen geheftet.«

Anna Rebka bewahrte eiserne Ruhe. »Sind sie ihr nicht seit eh und je auf den Fersen?«

»Es scheint, als würden sie das jetzt besser machen als früher.«

»Wissen sie, dass sie hier ist?«

»Wenn nicht, werden sie es bald herausfinden.«

»Dadurch, dass Sie hierhergekommen sind, haben Sie sie womöglich auf unsere Spur gesetzt.«

»Die Linie zwischen Sulean Moi und Kubelick's Grave haben sie bereits gezogen. Und sie kennen Dvalis Namen. Da dürfte es ihnen nicht sehr schwerfallen, diesen Ort hier ausfindig zu machen, meinen Sie nicht?«

»Nicht sehr schwer.« Anna Rebka starrte auf die Tischplatte. »Wir haben uns stets unauffällig verhalten, aber trotzdem …«

»Trotzdem haben Sie für derartige Unwägbarkeiten vorgesorgt, nicht wahr?«

»Selbstverständlich. Wir können innerhalb weniger Stunden verschwunden sein. Falls wir dazu gezwungen sind.«

»Was ist mit dem Jungen?«

»Er ist bei uns in sicheren Händen.«

»Und wie läuft das Experiment? Haben Sie Kontakt mit den Hypothetischen? Sprechen sie schon zu Ihnen?«

Anna Rebka hob stirnrunzelnd den Kopf. »Der Junge ist krank. Verschonen Sie mich mit Ihrem Sarkasmus.«

»Haben Sie je darüber nachgedacht, was Sie hier geschaffen haben?«

»Nun, wenn es wahr ist, was Sie sagen, dann haben wir keine Zeit zu diskutieren, oder?«

»Ist es das geworden, was Sie sich erhofft haben?«

Anna Rebka erhob sich, ging zur Tür. Dort blieb sie stehen und drehte sich zu Diane um. »Nein«, sagte sie ausdruckslos. »Ist es nicht.«

Lise erwachte, als das durch das Fenster fallende Sonnenlicht ihre Wange berührte wie eine fiebrige Hand.

Sie war allein. Turk war schon aufgestanden, vermutlich um auf die Toilette zu gehen oder sich nach dem Frühstück zu erkundigen.

Sie schlüpfte in die Kleidung – Hemd und Jeans –, die die Vierten ihr zur Verfügung gestellt hatten, dachte dabei an Avram Dvali, legte sich die Fragen zurecht, die sie ihm stellen wollte. Sie musste so schnell wie möglich mit ihm sprechen, sobald sie sich gewaschen und etwas gegessen hatte. Doch plötzlich hörte sie eilige Schritte auf dem Gang, und als sie aus dem Fenster blickte, sah sie ein Dutzend Fahrzeuge, die mit Vorräten beladen wurden. Sie zog den naheliegenden Schluss: Diese Leute machten sich bereit, das Gebäude zu verlassen. Besorgt, Dvali könnte verschwunden sein, bevor sie mit ihm sprechen konnte, eilte sie hinaus und fragte die erste Vierte, die ihr begegnete, wo sie ihn finden könne.

Wahrscheinlich im Gemeinschaftsraum, erwiderte die sich in Eile befindliche Frau, den Flur hinunter und links vom Hof – es könne aber auch sein, dass er das Beladen der Fahrzeuge beaufsichtige. Schließlich trieb Lise ihn am Gartentor auf, eine Liste oder etwas Ähnliches in der Hand.

Avram Dvali. Sie musste ihn schon einmal gesehen haben, auf einer der Fakultätspartys, die ihre Eltern in Port Magellan so gerne gegeben hatten. Doch das war lange her, die Gesichter vermischten sich in ihrer Erinnerung miteinander. Kam er ihr bekannt vor? Nein. Allenfalls vage, von Fotos her. Da er sich der Vierten-Behandlung unterzogen hatte, sah er wohl mehr oder weniger genauso aus wie vor zwölf Jahren: bärtig, große Augen in einem runden Gesicht. Ein breitkrempiger Wüstenhut zierte sein Haupt, und man konnte sich ohne Weiteres vorstellen, wie er durch das Wohnzimmer der Adams schlenderte, noch so ein Professor mittleren Alters, das Glas in der einen Hand, die andere nach der Schüssel mit dem Salzgebäck ausgestreckt.

Lise atmete tief ein und ging dann entschlossen auf ihn zu.

Er blickte auf. »Miss Adams.«

Er war also vorgewarnt worden. Auch gut. Sie nickte. »Nennen Sie mich Lise.« Sie sagte das, um sein Misstrauen zu zerstreuen, nicht weil sie sich einem Mann anbiedern wollte, der zu Forschungszwecken einen Menschen geschaffen hatte und nun eingesperrt hielt.

»Diane Dupree sagte mir, Sie wollen mich sprechen. Leider ist es im Moment etwas ungünstig.«

»Ja, alle sind sehr geschäftig. Weshalb?«

»Wir verlassen das Gelände.«

»Und wo wollen Sie hin?«

»Das wird sich zeigen. Hier ist es jedenfalls nicht mehr sicher, aus Gründen, die Ihnen wohl einleuchten werden.«

»Ich bräuchte wirklich nur ein paar Minuten. Ich möchte Ihnen einige Fragen stellen über …«

»… Ihren Vater, ich weiß. Und ich würde mich sehr gerne mit Ihnen unterhalten, Miss Adams – Lise –, aber verstehen Sie, was hier los ist? Wir müssen nicht nur in äußerster Eile aufbrechen, wir müssen auch einen Großteil dessen zerstören, was wir gebaut haben. Die Bioreaktoren und ihren Inhalt, Kulturen, Dokumente – alles, was wir nicht in die Hände unserer Verfolger fallen lassen wollen.« Dvali konsultierte wieder seine Liste, während zwei Männer einen Karton zu einem der Fahrzeuge trugen, und hakte einen Posten ab. »Wenn wir so weit sind, können Sie und Ihre Freunde eine Weile bei mir mitfahren. Dann reden wir. Ihr Vater war ein mutiger Mann mit festen Prinzipien, Miss Adams. Wir waren uns zwar nicht in allen Dingen einig, aber ich habe ihn außerordentlich geschätzt.«

Das war immerhin etwas, dachte Lise.

Turk stand früh auf. Das Geräusch eiliger Schritte auf dem Gang hatte ihn geweckt, und er gab sich alle Mühe, aus dem Bett zu rollen,

ohne Lise zu stören, die irgendwann im Laufe der Nacht zu ihm gekrochen war.

Sie war halb in die Decke gewickelt und schnarchte leise. Sie war so
zart wie die Schöpfung eines gütigen Gottes. Turk fragte sich, wie sie
auf das, was er ihr erzählt hatte, wohl reagieren würde. Nicht unbedingt
der Lebenslauf, den sie sich vorgestellt hatte. Mehr als ausreichend womöglich, um sie zurück zu ihrer Familie nach Kalifornien zu treiben.

Er machte sich auf die Suche nach Diane, um seine Hilfe anzubieten, falls Hilfe vonnöten war: Jeder schien irgendetwas durch die
Gegend zu tragen, die Vierten waren offenbar drauf und dran, diese
Einrichtung zu verlassen. Doch nachdem er sie im Gemeinschaftsraum aufgestöbert hatte, teilte Diane ihm mit, dass alle Aufgaben
verteilt seien und von den Vierten akribisch erledigt würden. Also
frühstückte er erst einmal und entschied dann, dass es an der Zeit
war, Lise zu wecken.

Auf dem Weg zu ihr traf er auf den Jungen, der aus einer Tür
in den Gang spähte. Er musste dieser Halbhypothetische sein, wegen
dem Diane sich so aufregte. Turk hatte sich irgendein groteskes Hy-
bridwesen ausgemalt, doch nun stand ein normaler Zwölfjähriger
vor ihm, das Gesicht gerötet, die Augen weit aufgerissen.

»Hallo«, sagte Turk vorsichtig.

»Du bist neu«, erwiderte der Junge.

»Ja, ich bin gestern Abend angekommen. Ich heiße Turk.«

»Ich habe euch vom Garten aus gesehen. Dich und die anderen
beiden. Ich bin Isaac.«

»Hi, Isaac. Scheint so, als wären heute Morgen alle Leute hier ziemlich beschäftigt.«

»Ich nicht. Mir haben sie nichts zu tun gegeben.«

»Mir auch nicht.«

»Sie werden die Bioreaktoren sprengen.«

»Tatsächlich?«

»Ja. Weil …« Plötzlich verkrampfte sich der Junge. Seine Augen
wurden immer größer, bis Turk die kleinen Goldflecken rund um die
Iris sehen konnte.

»Hey, geht's dir nicht gut?«

Ein Flüstern: »Weil ich mich erinnere.«

Der Junge kippte zur Seite. Turk fing ihn auf und rief nach Hilfe.

»Weil ich mich erinnere.«

»Woran erinnerst du dich, Isaac?«

»An zu viel.«

18

Im Morgengrauen saß Brian Gately in einem von Port Magellans größten Flughafen aus startenden Transportflugzeug, angeschnallt auf einer Bank, neben sich Weil auf der einen und Sigmund auf der anderen Seite. Außerdem flog eine Gruppe bewaffneter Männer mit, keine Soldaten im offiziellen Sinne – sie trugen keine Abzeichen auf ihren kugelsicheren Westen. Die Innenausstattung des Flugzeugs war entfernt worden, sodass es dort ungefähr so gemütlich war wie in einer Industrielagerhalle. An dem roten Schimmer, der durch die Kabinenfenster drang, konnte Brian erkennen, dass die Sonne gleich aufgehen würde.

Weil hatte ihn in der Nacht zum Flugplatz bestellt. »Für den Fall, dass es auf Verhandlungen hinausläuft«, hatte er gesagt, »oder sonst eine Situation, in der geredet werden muss – einem Verhör zum Beispiel –, hätten wir Sie gerne als denjenigen dabei, der mit Lise Adams interagiert. Wir glauben, dass Sie sich dafür besser eignen als jemand, den sie nicht kennt.«

Er konnte sich schwerlich weigern. Er wollte nicht, dass sie von einem MfGS-Funktionär oder gar von einem dieser Söldner verhört wurde. Sie war aus den falschen Gründen am falschen Ort, doch das machte sie noch nicht zur Verbrecherin, und mit ein wenig Glück konnte Brian sie vielleicht vor einer Gefängnisstrafe bewahren. Oder Schlimmerem. Der Gedanke an das Foto von Tomas Ginn pochte in seinem Kopf wie ein Aneurysma.

»Ich helfe, soweit ich kann.«

»Danke. Wir wissen das zu schätzen. Uns ist klar, dass das nicht das ist, wofür Sie eigentlich angetreten sind.«

Nicht das, wofür er eigentlich angetreten ist … Das wurde langsam zum Witz. Er hatte bei der Genomischen Sicherheit angefangen, weil er ein Talent für die Verwaltung besaß und weil ihm ein Cousin seines Vaters, ein MfGS-Dienststellenleiter in Kansas City, einige Türen geöffnet hatte. Und weil er an die Arbeit des Ministeriums geglaubt hatte, an das Ziel, das biologische Erbe der Menschheit gegen Schwarzmarktklonen, unerlaubte Modifikationen und vom Mars importierte Biotechnologie zu verteidigen. Die meisten Länder besaßen ähnliche Behörden, den Richtlinien folgend, die von den Vereinten Nationen im Rahmen der Stuttgarter Vereinbarungen vorgegeben worden waren. Alles sauber und korrekt.

Und wenn es einige bürokratische Nischen auf Ebenen des MfGS gab, die unter Geheimhaltung standen, Bereiche, in denen politisch kaum vermittelbare Aktionen gegen die Feinde der genetischen Kontinuität des Menschen geplant und durchgeführt wurden – konnte ihn das wirklich überraschen? Diejenigen, die es wissen mussten, wussten es. Brian hatte nie zu ihnen gehört. Nichtwissen war sein bevorzugter Bewusstseinszustand, zumindest soweit es das *Executive Action Committee* betraf. Nicht alles konnte vor den Augen der Öffentlichkeit erledigt werden, darüber war er sich im Klaren.

Aber es gefiel ihm nicht. Es lag in seiner Natur, geschriebenen Regeln den Vorzug vor der Anarchie zu geben. Was jenseits dieser Regeln lag, war brutal und blutig. Was jenseits lag, das waren Sigmund und Weil, ihr erstarrtes Lächeln und ihre bewaffneten Kader. Was jenseits lag, das war die zerschundene Leiche von Tomas Ginn.

Schlingernd stieg das Flugzeug auf, um das Küstengebirge zu überqueren, das das Binnenland zur Wüste machte. »In einer Stunde werden wir da sein«, sagte Weil.

Brian war schon einmal in Kubelick's Grave gewesen, im Zuge einer Orientierungsreise, die er gleich nach seiner Ankunft in Port Magellan unternommen hatte. Es war ein aus getrockneten Luftziegeln zusammengehauenes Provinznest, das dem Überlandverkehr von den Ölfeldern der Rub al-Khali zur Küste und zurück Gelegenheit zum Auftanken gab. Weil zufolge lebte nordöstlich von Kubelick's Grave eine Gemeinschaft von fundamentalistischen Vierten, und Luftbilder, die in den vergangenen Stunden aufgenommen worden waren, zeigten Turk Findleys kleines Flugzeug in unmittelbarer Nähe.

Also würde diese Einrichtung eingenommen und gesichert werden, und die Frage war, ob das gewaltsam vonstattengehen würde. Sie hatten zwar eine große Anzahl von Waffen dabei, um ihren Forderungen Nachdruck zu verleihen, doch eigentlich standen Vierte jeglicher Gewalt fern, von derselben Technik besänftigt, die ihnen auch Langlebigkeit verlieh. Bestimmt würde kein Blutvergießen notwendig sein. Und falls doch, so würde es nicht Lise betreffen. Dafür wollte Brian sorgen. In seinen Vorsätzen zumindest war er ein mutiger Mensch.

Es ging alles sehr schnell.

Der Flugplatz von Kubelick's Grave war gerade groß genug, dass das Transportflugzeug landen konnte. Sobald es am Ende der rissigen Betonpiste zum Stehen gekommen war, öffnete sich die hintere Ladeluke und die bewaffneten Männer strömten hinaus. Ein halbes Dutzend leicht gepanzerter Fahrzeuge wartete im kupfernen Morgenlicht. Brian setzte sich mit Sigmund und Weil in einen dieser verdecklosen Wagen, die von den Einheimischen als »Rooster« bezeichnet wurden, weil sie durch die Landschaft holperten wie ein Hahn, der nicht vom Boden hochkommt. Sie fuhren ganz am Ende des Konvois, Weil am Steuer. Es war keine sehr bequeme Fahrt, Sonne und Hitze machten ihnen bereits jetzt zu schaffen. Von Kubelick's Grave war nicht mehr zu sehen als eine Tankstelle mit angeschlossener Kfz-Werkstatt, auf deren Gelände rostige Autoteile verstreut waren, darunter das Getriebe eines alten Lastwagens, das auf dem Kies lag wie das Gerippe eines Urzeitwesens. Kurz darauf hatten sie die Hauptstraße verlassen und fuhren über eine holperige Piste, die parallel zu den Bergen verlief.

Eine Stunde verging, deren Ereignislosigkeit nur durch Sigmunds heisere Stimme unterbrochen wurde, der über das Funkgerät zu kommunizieren versuchte. Das Gespräch bestand, soweit Brian es mithören konnte, fast ausschließlich aus Codewörtern und unverständlichen Anweisungen. Schließlich setzte der Konvoi über einen kleinen Bach, und dann lag das Gelände der Vierten genau vor ihnen. Während die übrigen Fahrzeuge weiter darauf zuhielten, stoppte Weil und stellte den Motor ab. In der relativen Stille begannen Brian die Ohren zu klingen.

Sigmund krächzte wieder in sein Funkgerät, irgendetwas von »zu spät« und einem »Befehl zum Abbruch«.

»Sie haben das Gelände verlassen«, sagte Weil zu Brian. »Frische Reifenspuren. Müssen gut zwei Dutzend Fahrzeuge gewesen sein.«

»Und nun?«

»Zuerst müssen wir entschärfen, was sie an Bomben zurückgelassen haben. In solchen Fällen …« Weil wurde von einem jähen Aufleuchten unterbrochen.

Brian sah zum Gelände der Vierten. Eben noch war es eine Gruppe von Häusern mit einem Hof in der Mitte gewesen. Jetzt war es eine sich ausdehnende Wolke aus Staub und Rauch.

Dann erreichte sie die Erschütterung mit einer Wucht, dass sich die Lungen aufzublähen schienen. Brian schloss die Augen. Eine zweite Schockwelle, wie der Schlag eines heißen Flügels, ging über ihn hinweg.

Als er die Augen wieder öffnete, waren die Häuser verschwunden. Er sagte sich, dass Lise sich nicht darin befunden hatte. Niemand hatte sich darin befunden.

Er wandte sich Weil zu. »Was wollten Sie gerade sagen?« Der MfGS-Agent sah ihn mit blassem Gesicht an. »Sie legen Sprengstoff, um die technischen Geräte zu zerstören und uns daran zu hindern, Proben zu entnehmen. Scheiße! Wir sind zu spät gekommen.«

»Lise …«

»Wir müssen davon ausgehen, dass sie mit den anderen mitgegangen ist.«

»Wohin?«

»Die Reifenspuren deuten darauf hin, dass sie in unterschiedliche Richtungen gefahren sind. Mit ein bisschen mehr Vorlaufzeit hätten wir Drohnen in der Luft gehabt zur Überwachung. Aber die Zeit hatten wir nicht, und außerdem sind sämtliche Drohnen nach Westen geschafft worden, um die Scheißölfelder auf Erdbebenschäden zu untersuchen.«

Ein Wagen der Einsatztruppe nach dem anderen kam nun zu ihnen zurück. Sigmund knurrte etwas in sein Funkgerät, dann schaltete er es aus und sagte zu Weil: »Das Flugzeug ist weg.«

Turk Findleys Flugzeug vermutlich. Weg. Entkommen. Sollte Brian sich darüber freuen?

»Das Flugzeug immerhin können wir verfolgen«, sagte Weil.

Und damit auch Lise.

Sie verbrachten die Nacht in einem Motel mit Ziegeldach, wo sich Brian ein Zimmer mit Sigmund und Weil teilte. Zwei Betten, eine Liege – Brian bekam die Liege.

Den ganzen Abend konnte er Sigmund beim Telefonieren zuhören; der Name *Executive Action Committee* fiel dabei mehrmals. In der Nacht – er fand keinen Schlaf, und trotz der lärmenden alten Elektroheizung fror er – fragte er sich, ob sie von Lises Anruf wussten.

Wurden seine Telefonate überwacht? Die Nummer im Display war ihm unbekannt gewesen, vermutlich hatte Lise ein Wegwerftelefon benutzt, also konnten sie den Anruf auch nicht zurückverfolgt haben. An dem Gespräch selbst war eigentlich nichts Belastendes gewesen – außer der Tatsache, dass Brian es versäumt hatte, seine Kollegen davon in Kenntnis zu setzen. Woraus man den Schluss ziehen konnte, dass er sich in einem Loyalitätskonflikt befand. Dass er womöglich kein hundertprozentig vertrauenswürdiger MfGS-Mann war.

Er wollte wütend auf Lise sein. Warum musste sie nur diesen ganzen Scheißschlamassel anrichten? Warum musste sie unbedingt das Verschwinden ihres Vaters aufklären? Wollte sie aus ihrer Familiengeschichte einen verdammten Bestseller machen?

Er wollte wütend auf sie sein, und als das nicht gelang, war er wütend auf sich selbst.

Kurz vor Sonnenaufgang trafen die ersten Berichte über Festnahmen von flüchtigen Vierten ein. Sigmund brüllte einmal mehr in sein Telefon, während Brian sich eilig anzog.

»Mindestens die Hälfte der Leute ist noch auf freiem Fuß«, sagte Weil. »Unsere Männer haben drei Fahrzeuge mit insgesamt fünfzehn Personen abgefangen. Keiner davon interessiert uns wirklich. Aber die *gute* Nachricht ...«

Brian hielt den Atem an.

»Die *gute* Nachricht ist, dass ein Flugzeug, zugelassen auf Turk Findley, auf einem kleinen Versorgungsflugplatz einige hundert Kilometer westlich von hier versucht hat aufzutanken. Mr. Findleys früherer Arbeitgeber hat die Maschine gemeldet – und der hiesige Flughafenmanager hat sie wiedererkannt. Die Provisorische Regierung war so freundlich, die Angelegenheit an uns weiterzuleiten. Unsere Leute sind hingefahren und haben den Piloten mitsamt Passagieren in Gewahrsam genommen. Ein Mann, drei Frauen. Sie weigern sich, ihre Namen zu nennen.«

»Ist Lise dabei?«

»Möglich. Das ist noch nicht bestätigt. Es könnten auch noch andere Zielpersonen darunter sein.«

»Sie ist keine Zielperson. Ich würde sie nicht als Zielperson bezeichnen.«

»Indem sie geflohen ist, hat sie sich zur Zielperson gemacht.«

Es war sinnlos, mit Weil darüber zu streiten. »Wie auch immer, kann ich sie sehen?«

»Wenn wir uns beeilen, sind wir bis Mittag da.«

Während Kubelick's Grave langsam hinter ihnen verschwand, fragte Brian, wer Kubelick eigentlich gewesen war und warum man ihn hier draußen im Ödland begraben hatte, aber niemand im Auto hatte eine Antwort darauf. Dann geriet die Gruppe von Gebäuden außer

Sicht und sie fuhren auf den rasiermesserflachen westlichen Horizont zu. Die Straße vor ihnen flirrte in der morgendlichen Hitze, als wäre sie lediglich ein Trugbild.

Die eine Hand am Steuer, drückte Sigmund mit der anderen immer wieder auf seinem Telefon herum. Er bekam keine Verbindung. Auch die Kommunikation zwischen den hintereinander herfahrenden Wagen des Konvois – ihr Auto plus drei Laster mit Soldaten – brach zwischendurch immer wieder ab. »Ein halbes Dutzend Aerostate schwebt zwischen hier und der Westküste«, brummte Weil, »und keines dieser Scheißdinger erfüllt seine Aufgabe. Können von Glück sagen, dass wir die Nachricht vom Flugplatz bekommen haben!«

Die gestörte Telefonverbindung war nicht das einzig Bemerkenswerte. Aufmerksam betrachtete Brian die Autos, die ihnen entgegenkamen – es waren nicht nur Fahrzeuge der Ölfirmen, sondern auch etliche Privatwagen, einige davon derart von Sand und Sonne verschlissen, dass sie kaum noch funktionstüchtig schienen. Fast schien es, als würde die Rub al-Khali evakuiert. Hatte es ein weiteres Erdbeben gegeben – oder stand eines bevor?

Nach etwa hundert Kilometern hielt der Konvoi auf dem Seitenstreifen an. Sie stiegen aus, und Sigmund und Weil gingen nach vorn, um mit den Militärs zu reden. Es sah mehr nach Streit als nach einem Gespräch aus, doch Brian konnte nichts verstehen. Er stand am Straßenrand und beobachtete die Landschaft. Unheimlich, dachte er, welch große Ähnlichkeit dieser Teil von Äquatoria mit Utah hatte: der gleiche staubblaue Horizont, die gleiche träge Hitze. Hatten die Hypothetischen diese Wüste etwa gezielt so angelegt? Unwahrscheinlich – die Hypothetischen, so sein Eindruck, bauten auf langfristige Entwicklungen: Pflanz einen Samen – besäe einen Planeten –, und überlass alles Weitere der Natur. Bis zur Ernte – was immer das bedeutete oder eines Tages bedeuten mochte.

Allzu viel wuchs hier draußen nicht, lediglich diese umbrafarbenen Büschel, die von den Einheimischen als Kaktusgras bezeichnet wurden, und selbst die machten auf Brian einen ziemlich ausgetrockneten Eindruck. Doch dann fiel ihm eine Stelle ins Auge, wo etwas Farbenfroheres Wurzeln geschlagen hatte. Er ging in die Hocke, um es näher zu betrachten. Es war eine rote Blume. Er war kein Botaniker, aber die Blüte wirkte in dieser Umgebung definitiv fehl am Platz. Er streckte die Hand aus, berührte sie. Die Pflanze war kalt, fleischig – und sie zuckte zusammen. Der Stängel bog sich von ihm weg, die Blume, falls es denn eine Blume *war*, senkte den Kopf.

Verdammt, was ging hier nur vor?

Er hasste diesen Scheißplaneten, seine nicht enden wollende Fremdartigkeit. Er war ein Albtraum, schien es ihm, der sich als Normalität tarnte.

Schließlich kamen sie zu dem Flugplatz: Wellblechhütten, zwei asphaltierte, rechtwinklig angeordnete Rollbahnen, einige Benzinpumpen, ein zweistöckiger Kontrollturm mit Radar auf dem Dach. Normalerweise wurde der Flugplatz von Ölfirmen genutzt, wenn Mitarbeiter in die Rub al-Khali oder wieder zurückzutransportieren waren – jetzt war nur eine einzige Maschine auf der Rollbahn zu sehen: Turk Findleys kleine, robuste, blauweiße Skyrex brütete dort in der Sonne.

Der Konvoi parkte vor dem Kontrollturm. Brian fühlte sich ein wenig schwindlig, als er ausstieg. Er hatte Angst. Angst um Lise natürlich, aber auch Angst *vor* Lise, davor, was sie ihm zu sagen haben würde – und was sie für Schlüsse ziehen würde aus der Tatsache, dass er sich in der Gesellschaft von Männern wie Sigmund und Weil befand.

Vielleicht konnte er ihr ja helfen; an diesen Gedanken klammerte er sich. Sie war in Schwierigkeiten – aber wenn sie die richtigen Sachen sagte, jede Komplizenschaft abstritt, die Verantwortung auf andere schob, sich kooperativ zeigte, wäre Brian unter Umständen in der Lage, sie vor dem Gefängnis zu bewahren. Natürlich müsste sie nach Hause zurückkehren, Äquatoria und ihr kleines journalistisches Hobby vergessen. Doch angesichts der Ereignisse in den letzten Tagen würde sie das womöglich in einem etwas milderen Licht sehen, ja vielleicht würde sie es sogar zu schätzen wissen, was er für sie tat.

Er folgte Sigmund und Weil, die an einer Reihe von Flughafenangestellten vorbei einen Flur hinunter auf ein Büro zueilten, vor dem ein Sicherheitsbeamter in staubig blauer Uniform stand.

»Die Verdächtigen sind hier drin?«, fragte Sigmund.

»Ja, alle vier.«

»Dann wollen wir sie uns mal ansehen.«

Der Beamte öffnete die Tür, Sigmund ging als Erster hinein, dann Weil und schließlich Brian. Abrupt blieben die beiden MfGS-Männer stehen, und er musste sich recken, um ihnen über die Schulter blicken zu können.

»Scheiße!«, zischte Sigmund.

In der Mitte des Raumes saßen drei Frauen und ein Mann an einem fleckigen Konferenztisch, alle mit Handschellen an einen Stuhl gefesselt.

Der Mann mochte an die sechzig sein, wahrscheinlich älter, da er ein Vierter war. Er hatte weiße Haare, dunkle Haut, er war sehr dünn – und er war *nicht* Turk Findley. Die drei Frauen waren etwa im gleichen Alter. Keine von ihnen sah wie Sulean Moi aus. Und mit Sicherheit war keine von ihnen Lise Adams.

»Lockvögel!« Weils Stimme vibrierte vor Zorn.

»Finden Sie heraus, wer sie sind und was sie wissen«, sagte Sigmund zu dem Wachmann im Flur.

Weil zog Brian mit nach draußen. »Alles in Ordnung mit Ihnen?«

»Ja … ja, mir geht's gut.«

Es ging ihm nicht gut. Er stellte sich die vier Gefangenen mit Löchern im Schädel vor, an irgendeinen Strand gespült oder in der Wüste verscharrt, die verschrumpelten Körper unter einer Erdschicht liegend – der blutige Preis für ihre Langlebigkeit.

19

Dvali fuhr bis zum Abend, immer nach Norden, und in dieser Zeit machte sich Lise ein genaueres Bild von ihm.

Er war – vor allem anderen – sehr fürsorglich gegenüber dem Kind, Isaac.

Sie saßen in einem großen Jeep, einer von denen, die mit jedem Terrain fertigwurden. Der Wagen war für sechs Personen ausgelegt, aber sie waren zu siebt – Lise, Turk, Diane, Anna Rebka, Sulean Moi, Dvali und Isaac – und mussten daher ein wenig zusammenrücken.

Turk hatte dafür plädiert, die Skyrex zu nehmen, doch Dvali und Anna Rebka konnten ihm das ausreden – ein Flugzeug wäre leichter aufzuspüren und schwerer zu verstecken als ein Auto. Sie würden die Maschine aber zur Ablenkung benutzen, sagte Dvali. Vier Mitglieder der Gemeinschaft, unter ihnen ein ausgebildeter Pilot, hätten sich bereit erklärt, damit nach Westen zu fliegen. Vermutlich würden sie aufgegriffen werden, doch sie wüssten, worauf sie sich einließen. Sie hätten keine Angst zu sterben, sollte es so weit kommen. Eine der Ironien der marsianischen Lebensverlängerung bestehe darin, dass sie zugleich die Angst vor dem Tod mildere. Ob sie denn auch etwas gegen die Angst vor Zahlungsunfähigkeit hätten, fragte Turk.

Sie verließen also das Gelände zusammen mit einem Dutzend anderer Fahrzeuge, die sich allerdings gleich in verschiedenste Richtungen zerstreuten, sei es auf vorhandenen Wegen oder mitten durch die Wüste. Sprengstoff war gelegt worden, um zu verhindern, dass die Anlage den Behörden in die Hände fiel. Sie waren schon zu weit entfernt, um die Explosion mitzuerleben, aber Lise konnte die Rauchwolke am Horizont aufsteigen sehen. »Was ist, wenn die MfGS-Agenten schon vor der Detonation eingetroffen sind?«, fragte sie Dvali.

»Sie wissen, was sie in solchen Situationen zu erwarten haben. Wenn sie das Gelände verlassen vorgefunden haben, dann musste ihnen klar gewesen sein, dass es gesprengt werden würde.«

»Trotzdem besteht die Möglichkeit ...«

Dvali zuckte mit den Achseln. »Es gibt keine hundertprozentige Sicherheit.«

»Ich dachte, Vierte wären gegen Gewalt.«

»Wir sind empfänglicher für das Leiden anderer als nicht-veränderte Menschen. Das macht uns verwundbar. Es macht uns aber nicht dumm. Und es hält uns nicht davon ab, Risiken einzugehen.«

»Auch Risiken für das Leben von Menschen?«

Sulean Moi – Diane zufolge eine entstellte Marsianerin, die für Lise aber eher wie eine dieser Apfelpuppen aus den Appalachen aussah – lächelte süffisant. »Wir sind keine Heiligen, das sollte mittlerweile klar geworden sein. Wir treffen moralische Entscheidungen – oft sind es falsche Entscheidungen.«

Eigentlich wollte Dvali die Nacht durchfahren, doch sie konnten ihn überzeugen anzuhalten und in einer Lichtung ein Lager aufzuschlagen. Kiefernwälder zogen sich über die gebirgige Wasserscheide Äquatorias. Aufgrund der Höhe regnete es hier einigermaßen regelmäßig, und es gab sogar einen Bach, aus dem sie Trinkwasser schöpfen konnten. Das Wasser kam, wie Lise vermutete, von den Gletschern in den Tälern der Hochpässe. Seine Kälte rief eine angenehme Erinnerung an jene Zeit wach, als ihr Vater – sie war damals zehn – sie zum Skifahren nach Gstaadt mitgenommen hatte. Sonnenschein auf Schnee, das Ächzen der Lifte, der die eisige Luft durchschneidende Klang von Lachen: weit weg, Jahre und Welten entfernt.

Sie half Turk, einen Eintopf aus Fleisch und Gemüse auf einem Propanherd aufzuwärmen. Er wollte unbedingt vor Einbruch der Dunkelheit das Essen fertig haben und die Herdplatte wieder abkühlen lassen, für den Fall, dass Drohnen über ihnen schwebten und nach ihrer Hitzesignatur Ausschau hielten. Dvali sagte, er glaube nicht, dass ihre Verfolger einen solchen Aufwand treiben würden, zumal derlei Überwachungsgeräte zum größten Teil für den Einsatz im Krisengebiet requiriert worden seien, doch Turk hielt es für besser, möglicherweise überflüssige Vorkehrungen zu treffen, als sich zu verraten.

Auf der Fahrt hatten sie über ihre Pläne gesprochen, das heißt Turk hatte über seine Pläne gesprochen, die Vierten waren weitaus weniger auskunftsfreudig gewesen. Turk und Lise wollten weiter nach Norden bis nach New Cumberland und von dort mit dem Bus über den Pharao-Pass zur Küste. Die Vierten würden weiterfahren bis – nun, bis wohin auch immer.

Irgendwohin, wo sie sich um den Jungen kümmern konnten, hoffte Lise. Er war ein seltsames Kind. Seine Haare waren rostrot und kurz geschnitten – vermutlich von Mrs. Rebka mit einer Küchenschere –, seine Augen standen weit auseinander, was ihm etwas Vogelartiges verlieh, und die Pupillen waren golden gesprenkelt. Er hatte den ganzen Tag nur wenig gesprochen und schien irgendwelche Beschwerden zu haben, die Lise nicht so ganz verstand: Jedes Mal wenn die Straße eine Kurve machte, reagierte er darauf entweder mit Stirnrunzeln und Stöhnen oder mit einem erleichterten Seufzen. Am späten Nachmittag hatte er Fieber bekommen – »schon wieder«, wie Mrs. Rebka sagte.

Jetzt schlief Isaac auf dem Rücksitz des Jeeps, bei offenem Fenster, sodass etwas Gebirgsluft hereinkam. Die Sonne war verschwunden, und man hatte Lise gesagt, dass es in der Nacht unangenehm kalt werden könnte. Aber sie hatten Schlafsäcke mit extrem guter Wärmeisolierung, und wenn nötig konnte auch jemand im Auto schlafen. Obwohl kaum damit zu rechnen war, dass es regnete, hatte Turk eine Plane zwischen den Bäumen aufgespannt.

Lise rührte den Eintopf um, während er Kaffee bereitete. »Das mit dem Flugzeug ist wirklich schade«, sagte sie.

»Ich hätte es ohnehin verloren.«

»Was machst du, wenn du wieder an der Küste bist?«

»Kommt darauf an.«

»Worauf?«

»Auf so einiges.« Er sah sie mit leicht zusammengekniffenen Augen wie aus großer Entfernung an. »Wahrscheinlich fahre ich wieder zur See, falls sich nichts anderes ergibt.«

»Oder wir gehen zurück in die Staaten.« Sie fragte sich, wie er das *Wir* wohl interpretieren würde. »Die Probleme, die du hattest, haben sich ja im Wesentlichen erledigt, oder?«

»Die könnten schon noch mal aktuell werden.«

»Dann machen wir eben was anderes.« Das Pronomen hing in der Luft wie eine noch unbeschädigte Piñata.

»Müssen wir wohl.«

Wir.

Sie aßen zu Abend, während es um sie herum langsam dunkel wurde. Auf einem Baumstamm in einiger Entfernung unterhielt sich Diane Dupree angeregt mit der Marsianerin Sulean Moi, Turk kaute schweigend vor sich hin, und Anna Rebka bemühte sich, Isaac zum Essen zu bringen.

Also nutzte Lise die Gelegenheit, um mit Dvali zu sprechen. Sie überließ Turk die Aufsicht über den Campingherd und setzte sich zu dem Wissenschaftler, der sie zwar missmutig, wie ein großer brauner Vogel, ansah, doch keine Einwände erhob. »Sie möchten über Ihren Vater reden?«, fragte er.

Sie nickte.

»Wir waren Freunde.« Es klang, als hätte er seine Worte einstudiert. »Wissen Sie, was ich am meisten an Ihrem Vater bewundert habe? Dass er seine Arbeit liebte ohne eine Spur von Engstirnigkeit. Er liebte sie, weil er sie in einem größeren Kontext sah. Verstehen Sie, was ich meine?«

»Nein.« Ja – aber sie wollte es von ihm hören. »Nicht genau.«

Dvali griff nach unten. »Was habe ich hier in meiner Hand?«

»Erde? Blätter? Ein paar Käfer?«

»Mutterboden, mineralische Rückstände, Schlick, zerfallende Biomasse. Bakterien, Pilzsporen – und zweifellos einige Insekten.« Er klopfte sich die Hand ab. »Wie auf der Erde, nur in den Details ein wenig variiert. Auf geologischer Ebene ist die Ähnlichkeit zwischen den beiden Planeten sogar noch augenfälliger: Granit ist Granit, Schiefer ist Schiefer, sie existieren hier nur in anderen Proportionen.

Es gibt weniger Vulkanismus als auf der Erde, die Kontinentalplatten verschieben sich in einem anderen Tempo, die Sprungschicht zwischen dem Äquator und den Polen ist weniger steil. Doch das grundlegende Charakteristikum dieser Welt ist, dass sie der Erde so *ähnlich* ist.«

»Weil die Hypothetischen sie für uns gebaut haben.«

»Vielleicht nicht direkt für uns, aber ja, sie haben sie gebaut oder jedenfalls modifiziert, und dadurch wird unser Studium dieser Welt zu einer gänzlich neuen Disziplin. Es ist nicht einfach Biologie oder Geologie, sondern vielmehr eine Art planetarischer Archäologie. Die Hypothetischen haben diese Welt beeinflusst, lange bevor Homo sapiens entstanden ist, Millionen von Jahren vor dem Spin, Millionen von Jahren, bevor der Torbogen errichtet wurde. Das verrät uns etwas über ihre Methoden – es könnte uns aber auch etwas über ihre Ziele und Zwecke verraten, sofern wir die richtigen Fragen stellen. Das war der Kontext, in dem Ihr Vater gearbeitet hat. Er hat dieses größere Bild nie aus den Augen verloren, hat das Staunen darüber nie aufgegeben.«

»Planet als Artefakt.«

»Ja, das Buch, an dem er schrieb. Haben Sie es gelesen?«

»Alles, was ich davon gesehen habe, ist die Einleitung.« Und einige wenige Notizen, die sie vor einer der verzweifelten Aufräumaktionen ihrer Mutter hatte retten können.

»Ich wünschte, er hätte es zu Ende geschrieben. Es wäre ein bedeutendes Werk geworden.«

»War es das, worüber Sie mit ihm gesprochen haben?«

»Oft, ja.«

»Aber nicht immer.«

»Nun, natürlich haben wir auch über die Marsianer gesprochen. Darüber, was sie vielleicht über die Hypothetischen wissen. Er wusste, dass ich ein Vierter bin.«

»Haben Sie es ihm gesagt?«

»Ja, ich habe ihn ins Vertrauen gezogen.«

»Und warum?«

»Weil er so offenkundig interessiert war. Weil ich ihm vertrauen konnte. Weil er das Wesen der Welt verstand.« Dvali lächelte. »Weil ich ihn mochte.«

»Und er war einverstanden damit, mit Ihrer … Viertheit?«

»Er war neugierig. Er wollte alles darüber wissen.«

»Hat er davon gesprochen, sich selbst der Behandlung zu unterziehen?«

»Ich will nicht sagen, dass er es nicht erwogen hätte. Aber er hat nie konkret danach gefragt, weder mich noch, soweit ich weiß, jemand anderen. Er liebte seine Familie, Miss Adams – das brauche ich Ihnen ja nicht zu sagen. Ich war ebenso entsetzt wie Sie, als ich von seinem Verschwinden erfuhr.«

»Haben Sie ihn auch ins Vertrauen gezogen, was Ihr Projekt betraf? Mit Isaac?«

»Als es noch im Planungsstadium war, ja – ich habe ihm davon erzählt.« Dvali trank einen Schluck Kaffee. »Er fand die Vorstellung fürchterlich.«

»Aber er hat Sie nicht angezeigt. Er hat nichts getan, um Sie aufzuhalten.«

»Nein, er hat uns nicht angezeigt, doch wir haben heftig darüber gestritten. Es hat unsere Freundschaft sehr belastet.«

»Belastet, aber nicht beendet.«

»Weil er trotz allem verstanden hat, warum die Arbeit notwendig ist. Dringend notwendig.« Dvali beugte sich näher heran, und für einen Moment befürchtete Lise, er würde ihre Hände ergreifen. Sie war sich nicht sicher, ob sie das ertragen könnte. »Die Möglichkeit eines Kontakts mit den Hypothetischen – mit dem Geist, der hinter diesem gewaltigen Netzwerk steckt – hat ihn ebenso fasziniert wie mich. Er wusste, wie bedeutsam das ist, nicht nur für unsere Generation, sondern auch für die uns Nachfolgenden, für die Menschheit insgesamt.«

»Dann müssen Sie enttäuscht gewesen sein, als er nicht kooperieren wollte.«

»Ich war nicht auf seine Kooperation angewiesen. Ich hätte gerne seine Zustimmung gehabt und war enttäuscht, als er sie mir verweigerte. Irgendwann hörten wir einfach auf, darüber zu reden – wir sprachen über andere Dinge. Und als es dann ernst wurde mit dem Projekt, habe ich Port Magellan verlassen. Ich habe Ihren Vater nie wiedergesehen.«

»Das war sechs Monate, bevor er verschwand?«

»Ja.«

»Wissen Sie etwas darüber?«

»Über sein Verschwinden? Nein. Die Genomische Sicherheit war damals in Port Magellan – unter anderem hat man nach mir gesucht, da Gerüchte über das Projekt nach außen gedrungen waren –, und als ich hörte, dass Robert Adams vermisst wird, nahm ich an, er sei vom Ministerium festgenommen und verhört worden. Aber Genaueres kann ich nicht darüber sagen.«

»Die meisten Leute, die von der Genomischen Sicherheit verhört werden, tauchen wieder auf, Dr. Dvali«, sagte Lise, obwohl sie es besser wusste.

»Nicht alle.«

»Er war kein Vierter. Warum sollten sie ihm etwas tun?« *Ihn töten –* die Worte brachte sie nicht über die Lippen.

»Er würde Widerstand geleistet haben. Aus Loyalität. Aus Prinzip.«

»Kannten Sie ihn so gut, um das sagen zu können?«

»Ich habe mich der Behandlung in Bangalore unterzogen, Miss Adams, vor zwanzig Jahren. Ich bin nicht allwissend, aber ich habe eine ganz gute Menschenkenntnis. Nicht dass Robert Adams' Charakter in irgendeiner Weise verborgen gewesen wäre.«

Er wurde ermordet. Das war von Anfang an die naheliegendste Erklärung gewesen. Robert Adams wurde ermordet, und die Männer, die dafür verantwortlich waren, würden nie vor Gericht gestellt werden. Doch innerhalb dieser Geschichte gab es noch eine andere Geschichte – die Geschichte seiner Neugier, seines Idealismus, seiner Überzeugungen.

Dvali sah Lise mitfühlend an. »Ich weiß, dass Ihnen das keine große Hilfe ist. Tut mir leid.«

Lise stand auf. Im Moment fühlte sie nichts anderes als die Kälte. »Darf ich Sie noch etwas fragen?«

»Bitte.«

»Wie lautet Ihre Rechtfertigung? Das Schicksal der Menschheit mal beiseitegelassen – wie rechtfertigen Sie sich dafür, dass Sie einem unschuldigen Kind wie Isaac das alles antun?«

Dvali drehte seinen Becher um, goss den Rest des Kaffees aus. »Ein unschuldiges Kind war Isaac nie. Er war nie etwas anderes als das, was er jetzt ist. Und ich würde mit ihm tauschen, Miss Adams, wenn ich könnte. Liebend gern.«

Sie ging zurück, trat in den Lichtkreis, in dem Turk saß und mit einem Taschenradio hantierte. Turk, ihr Avatar des Verschwindens. Turk, der sich schon aus so manchem Leben verabschiedet hatte. »Ist das Radio kaputt?«

»Über die Aerostaten kommt nichts rein. Nichts aus Port Magellan. Das Letzte, was ich gehört habe, waren Berichte von einem neuen Beben im Westen.« Er sah sie an. »Alles in Ordnung?«

»Bin nur müde.«

Sie setzte noch eine Kanne Kaffee auf, trank, und nach einiger Zeit war – so wie sie gehofft hatte – niemand mehr wach außer ihr und Sulean Moi.

Lise fürchtete sich ein wenig vor der Marsianerin, obwohl diese doch eigentlich wie die klassische alte Dame aussah, der man über die Straße half. Ihr Alter und die Entfernung, die sie zurückgelegt hatte, umgaben sie wie eine Art Aura, und es bedurfte einiger Überwindung, sich zu ihr ans glimmende Feuer zu setzen.

»Sie brauchen keine Angst zu haben«, sagte Sulean.

Lise sah die alte Frau verblüfft an. »Können Sie Gedanken lesen?«

»Ich habe in Ihrem Gesicht gelesen.«

»Eigentlich habe ich keine Angst.« Keine große jedenfalls.

Sulean lächelte, zeigte ihre kleinen weißen Zähne. »Ich an Ihrer Stelle hätte Angst – wenn man bedenkt, was Sie über mich gehört haben müssen. Ich kenne die ganzen Geschichten, die man sich erzählt. Die mürrische alte Marsianerin, Opfer einer schweren Verletzung in der Kindheit.« Sie klopfte mit dem Finger gegen ihren Kopf. »Die vermutete moralische Autorität. Diese außergewöhnliche Lebensgeschichte.«

»Und erkennen Sie sich in diesem Bild?«

»Nein, aber ich erkenne die Karikatur. Sie haben viel Zeit und Mühe investiert, um mich zu finden, Miss Adams.«

»Nennen Sie mich Lise.«

»Also gut, Lise. Haben Sie das Foto noch?«

»Nein.« Sie hatte es, auf Dianes Drängen, im Minang-Dorf weggeworfen.

»Auch gut. Nun, da wären wir also. Niemand kann uns hören. Wir können reden.«

»Als ich anfing, nach Ihnen zu suchen, hatte ich keine Ahnung ...«

»Dass mir das Unannehmlichkeiten bereiten würde? Dass ich dadurch ins Visier der Genomischen Sicherheit geraten würde? Sie brauchen sich nicht zu entschuldigen. Sie wussten, was Sie wussten, und was Sie nicht wussten, konnte wohl kaum in Ihre Überlegungen mit einfließen. Aber Sie wollen mich nach Robert Adams fragen – wie und warum er gestorben ist.«

»Sind Sie sicher, dass er tot ist?«

»Ich war nicht dabei, aber ich habe mit Leuten gesprochen, die Zeuge seiner Entführung waren, und ich kann mir nicht vorstellen, dass es anders ausgegangen ist. Wäre er in der Lage gewesen, nach Hause zurückzukommen, hätte er das getan. Es tut mir leid.«

»Es ist also wahr, dass er von der Genomischen Sicherheit entführt wurde?«

»Von einem ihrer sogenannten *Executive Action Committees*.«

»Und sie waren auf der Suche nach Dr. Dvali und seiner Gruppe.«

»Ja.«

»Genau wie Sie.«

»Stimmt. Nur aus etwas anderen Gründen.«

»Sie wollten ihn davon abhalten, Isaac zu erschaffen.«

»Ich wollte ihn davon abhalten, ein grausames und vermutlich nutzloses Experiment durchzuführen – ja.«

»Aber ist das nicht das Gleiche, was auch die Genomische Sicherheit will?«

»Nur in ihren offiziellen Verlautbarungen. Und glauben Sie mir, wenn sie die Mittel dazu hätten, würden sie geheime Labors mit ganzen Scharen von Isaacs unterhalten – an Maschinen angeschlossen, unter ständiger Bewachung.«

Lise rieb sich die Augen. Das alles war sehr verwirrend. »Wie haben Sie meinen Vater kennengelernt?«

»Nun, die erste hilfreiche Person, der ich in Äquatoria begegnete, war Diane Dupree. Es gibt keine formelle Hierarchie unter den terrestrischen Vierten, aber in jeder Vierten-Gemeinschaft findet sich eine zentrale Figur, jemand, den man immer um Rat fragen kann. Im Küstengebiet war das Diane. Ich erzählte ihr, warum ich Dvali finden wollte, und sie nannte mir Namen von Leuten, die mir dabei nützlich sein konnten – darunter nicht nur Vierte. Dvali hatte sich mit Ihrem Vater angefreundet. Und ich tat es auch.«

»Dvali sagt, mein Vater sei ein sehr vertrauenswürdiger Mensch gewesen.«

»Ihr Vater besaß einen bemerkenswerten Glauben an das Gute im Menschen. Das gereichte ihm nicht immer zum Vorteil.«

»Glauben Sie, dass Dvali ihn ausgenutzt hat?«

»Ich glaube, Ihr Vater hat lange gebraucht, um Dvali als den Menschen zu erkennen, der er ist.«

»Nämlich?«

»Ein so ehrgeiziger wie unsicherer Mann. Und ein Mann mit äußerst anpassungsfähigem Gewissen. Ihr Vater hat sich sehr dagegen gesträubt, über Dvalis Vorhaben zu sprechen, selbst mir gegenüber.«

»Aber dann hat er es doch getan?«

»Als wir uns besser kennenlernten. Zuerst haben wir viel über Kosmologie diskutiert. Das war die Methode Ihres Vaters, sich ein Urteil über andere Menschen zu bilden. Man kann viel über jemanden erfahren, hat er gesagt, wenn man weiß, wie er die Sterne betrachtet.«

»Wenn er Ihnen gesagt hat, was er wusste, warum konnten Sie Dvali dann nicht finden und ihn aufhalten?«

»Weil er so klug war, seine Pläne zu ändern, nachdem er Port Magellan verlassen hatte. Ihr Vater glaubte, Dvali würde eine Siedlung an der äußersten Westküste gründen – heute noch weitgehend eine Wildnis, abgesehen von dem einen oder anderen Fischerdorf. Das war es, was er mir erzählt hat, und bestimmt hat er das so auch der Genomischen Sicherheit gesagt, als er verhört wurde.«

»Dvali ist überzeugt, dass mein Vater sich geweigert hat, etwas zu verraten – deshalb hätten sie ihn getötet.«

»Sicher hat er Widerstand geleistet, aber ich bezweifle, dass er das durchgehalten hat, nach allem, was man über die Befragungsmethoden weiß. Ihr Vater hat mir gesagt, was er wusste, weil er der Überzeugung war, dass man Dvali aufhalten muss, und weil er glaubte, dass ich eingreifen würde, ohne der Vierten-Gemeinde Gewalt anzutun. Wenn er das Gleiche der Genomischen Sicherheit gesagt hat, dann nur unter Zwang. Aber wie auch immer, es spielte keine Rolle. Dvali war nicht an der Westküste, von Anfang an nicht. Die Genomische Sicherheit hat seine Spur verloren, und als ich endlich herausfand, wo er tatsächlich hingegangen war, war es zu spät. Isaac war eine Tatsache – er konnte nicht wieder in den Mutterschoß zurückgeschickt werden.«

Sie schwiegen. In der Stille konnte Lise das leise Knistern des Feuers hören.

»Lise«, sagte Sulean dann nach einer Weile. »Ich habe meine Eltern verloren, als ich noch ein kleines Kind war. Diane hat Ihnen das bestimmt erzählt. Ich habe meine Eltern verloren, aber schlimmer noch, ich habe meine Erinnerung an sie verloren. Es ist, als hätten sie nie existiert.«

»Das tut mir leid.«

»Ich bitte nicht um Mitgefühl. Was ich Ihnen sagen will, ist, dass ich mir irgendwann die Aufgabe gestellt habe, mich mit ihnen vertraut zu machen – zu erfahren, wer sie waren, warum sie an diesem Fluss lebten, wie es geschehen konnte, dass sie von dem Hochwasser überrascht wurden. Ich glaube, ich wollte wissen, ob ich sie lieben sollte für den Versuch, mich zu retten, oder ob ich sie hassen sollte für ihr Scheitern. Ich habe viel herausgefunden, darunter auch Schmerzhaftes, aber das einzig *Wichtige*, was ich erfahren habe, war, dass sie keine Schuld hatten. Ein sehr schwacher Trost, ich weiß, aber mehr gab es nicht, und in gewisser Weise genügte es auch. Ihr Vater hatte keine Schuld, Lise.«

»Danke.«

»Aber jetzt sollten wir versuchen zu schlafen – bevor die Sonne wieder aufgeht.«

Lise schlief weitaus besser als in den vorangegangenen Nächten, obwohl sie in einem Schlafsack lag, auf unebenem Boden, in einem fremden Wald. Doch nicht die Sonne weckte sie, sondern Turks Hand auf ihrer Schulter. Es war noch dunkel, wie sie benommen registrierte.

»Wir müssen los«, sagte er. »Mach schnell.«

»Aber wieso?«

»Es fällt wieder Asche in Port Magellan, noch mehr diesmal, und es wird nicht lange dauern, bis sie über die Berge kommt. Wir müssen hier weg.«

20

Als Isaac erwachte, sah er, wie die Wolken über die Pässe zogen, dem Auto hinterher, Wolken, die mit leuchtenden Teilchen gesprenkelt waren, Wolken wie die vom 34. August. Doch der Schmerz ließ all das in den Hintergrund treten.

Eigentlich war es gar kein Schmerz, was er fühlte, aber etwas sehr Ähnliches, eine Sensibilität, die ihm Licht und Geräusche unerträglich machte – ganz so, als würde sich die blanke Klinge der Welt in seinen Schädel bohren.

Isaac wusste über sich Bescheid. Er wusste, dass er geschaffen worden war, um mit den Hypothetischen zu kommunizieren. Und er wusste, dass er für die Erwachsenen eine Enttäuschung war. Er wusste auch noch andere Dinge. Zum Beispiel, dass der Weltraum nicht leer war: Er war von Geisterpartikeln erfüllt, deren Existenz zu kurz war, als dass sie mit der Welt der greifbaren Dinge interagieren konnten. Die Hypothetischen jedoch machen sich diese flüchtigen Teilchen nutzbar, um Information zu senden und zu empfangen. Die marsianische Biotechnik hatte Isaacs Nervensystem auf diese Signale eingestellt. Leider fügten sie sich nie zu etwas zusammen, das der Linearität von Worten entsprochen hätte. Meistens war es nicht mehr als ein Gefühl von Dringlichkeit, und manchmal – jetzt zum Beispiel – war es so etwas wie Schmerz. Und der Schmerz stand im Zusammenhang mit der sich nähernden Wolke aus Asche und Staub: Die verborgene Welt war in Aufruhr, und Isaacs Geist und Körper vibrierten mit ihr.

Er hatte bemerkt, wie er auf den Rücksitz des Wagens gehoben wurde, hatte die Stimmen seiner alten und neuen Freunde gehört. Sie sorgten sich um ihn. Sie sorgten sich um sich selbst. Er hatte gehört, wie Dr. Dvali sie alle zum Auto rief, wie die Türen zuschlugen und der Motor aufheulte. Und jetzt war er froh, dass es nicht Dr. Dvali war, der seinen Kopf hielt und ihm zuredete, sondern Mrs. Rebka, denn in letzter Zeit hatte er eine Abneigung gegen Dr. Dvali gefasst, ja, fast konnte man von Hass sprechen, doch er hatte keine Ahnung, warum.

Anna Rebka war keine Ärztin, aber sie hatte sich, wie die anderen Vierten auch, gewisse medizinische Grundkenntnisse angeeignet. Lise beobachtete, wie sie eine Spritze mit Beruhigungsmittel in den Arm des Jungen piekste. Kurz darauf begann Isaac tiefer zu atmen, seine Schreie ließen nach, wurden zu Seufzern.

Sie fuhren. Die Scheinwerfer des Jeeps schnitten Lichtsäulen in den fallenden Staub. Turk hatte das Steuer übernommen, er wollte aus dem Vorgebirge herauskommen, bevor die Straßen unpassierbar wurden. Auf Lises Frage, ob sie Isaac nicht in ein Krankenhaus bringen sollten, hatte Anna Rebka den Kopf geschüttelt und erwidert: »Es gibt nichts, was ein Krankenhaus für ihn tun könnte. Nichts, was wir nicht auch können.«

Diane Dupree beobachtete den Jungen mit sichtlicher Sorge. Auch Sulean Moi beobachtete ihn, doch ihr Gesichtsausdruck war weniger leicht zu lesen – eine Mischung aus Resignation und Angst, so schien es Lise.

Doch es war Anna Rebka, die Isaac erlaubte, seinen Kopf auf ihre Schulter zu legen, die ihn mit Worten und dem Druck ihrer Hand beruhigte, wenn ihn das Holpern des Autos aufschreckte. Sie strich ihm über die Haare und betupfte seine Stirn mit einem feuchten Tuch. Es dauerte nicht lange, da schlief er wieder ein.

Seit sie auf die Vierten getroffen waren, wollte Lise eine Frage stellen, und da gerade niemand sonst etwas zu sagen hatte – und weil ihr das Geräusch der den Staub wegschiebenden Scheibenwischer zunehmend auf die Nerven ging –, holte sie tief Luft und fragte: »Lebt Isaacs Mutter noch?«

»Ja«, erwiderte Anna Rebka.

Lise sah sie an. »Sind Sie seine Mutter?«

»Ja.«

Was siehst du, Isaac?

Als er aus dem Schlaf erwachte, den man ihm injiziert hatte, dachte Isaac über diese Frage nach.

Mrs. Rebka hatte sie gestellt, und er wollte eine Antwort formulieren, bevor der Schmerz zurückkehrte und ihm die Worte raubte. Doch die Frage war schwer zu beantworten, weil es ihm kaum gelang, überhaupt etwas zu sehen. Er nahm das Auto wahr, die Leute darin, die Asche, die jenseits der Fenster vom Himmel fiel – doch all das erschien ihm völlig unwirklich. War es schon Tag? Dann hielt das Auto an, und bevor er Mrs. Rebkas Frage beantwortete, stellte er selber eine: »Wo sind wir?«

Von vorn sagte der Mann, der Turk Findley hieß: »Eine kleine Stadt namens Bustee. Könnte sein, dass wir hier für eine Weile bleiben.«

Durch den Staubnebel konnte Isaac einige Gebäude sehen. Aber das war es nicht, was Mrs. Rebka mit ihrer Frage gemeint hatte.

»Kannst du gehen, Isaac?«

Ja, konnte er, im Moment jedenfalls, doch die Wirkung des Beruhigungsmittels ließ nach und die Klinge der Welt begann ihm bereits wieder zuzusetzen. Eine Hand auf Mrs. Rebkas Arm gelegt, stieg er aus dem Auto. Staub wehte ihm ins Gesicht; er roch nach etwas Verbranntem. Mrs. Rebka führte ihn zum nächstgelegenen Gebäude, ein Motel offenbar. Er hörte Turk sagen, er habe das letzte verfügbare Zimmer gemietet, für mehr Geld, als es wert sei, jede Menge Leute würden an diesem Abend Schutz in Bustee suchen.

Dann war er im Zimmer, lag auf einem Bett. Die Luft war weniger staubig hier, stank aber immer noch, und Mrs. Rebka kam mit einem frischen Tuch, um ihm den Schmutz aus dem Gesicht zu wischen. Erneut fragte sie mit sanfter Stimme: »Wohin blickst du, Isaac? Was *siehst* du?«

Weil er immerzu in eine bestimmte Richtung starrte – nach Westen.

Was sah er dort?

»Ein Licht.«

»Hier im Zimmer?«

Nein. »Weit weg. Weiter als der Horizont.«

»Aber du kannst es von hier aus sehen? Du kannst es durch die Wände sehen?«

Er nickte.

»Wie sieht es aus?«

Viele Worte drängten sich in Isaacs Gedanken, viele Antworten. Ein Feuer. Eine Explosion. Sonnenaufgang. Sonnenuntergang. Der Ort, wohin die Sterne fallen. Und das Ding tief in der Erde, das Bescheid weiß und sie willkommen heißt.

»Ich weiß nicht«, sagte er.

Turk war schon einmal in Bustee gewesen. Der Name, sagte er, leite sich von einem Hindi-Begriff für »Slum« her. Ein Slum war es nicht gerade, aber doch ein ziemlich schäbiger Ort am Rande der Rub al-Khali, eine Durchgangsstation auf der nördlichsten Route ins Öl-gebiet. Einige wenige Holzhäuser; ein Laden, der Reifendruckmes-ser, Landkarten, Kompasse, Sunblocker und Wegwerfhandys verkaufte; drei Tankstellen; vier Restaurants.

Vom Fenster des Motelzimmers jedoch konnte Lise nichts davon sehen. Der Ascheregen fiel herab wie ein grauer, stinkender Vor-hang. Der Strom war ausgefallen – heruntergerissene Kabel, Kurz-schlüsse in Transformatoren –, und die Reparaturen würden einige Zeit in Anspruch nehmen. Es war ein Wunder, dass sie es überhaupt bis hierher geschafft hatten. Ein Motel-Angestellter kam herein und teilte Taschenlampen aus, verbunden mit der Warnung, keine Ker-zen anzuzünden oder anderweitig mit offenem Feuer zu operieren. Die Vierten hatten jedoch ihre eigenen Lampen dabei und zu sehen gab es ohnehin nichts.

Isaac schlief – diesmal aus Erschöpfung, vermutete Lise –, und die Erwachsenen unterhielten sich. »Es könnte ein zyklisches Er-eignis sein«, sagte Dvali mit sanfter Stimme. »Die geologischen Aufzeichnungen liefern Hinweise darauf – auf diesem Gebiet hat Ihr Vater einiges an Arbeit geleistet, Miss Adams. Dünne Asche-schichten, in Intervallen von etwa zehntausend Jahren in den Fels gepresst.«

»Und was heißt das?«, fragte Turk. »Dass es alle zehntausend Jahre passiert? Alles wird unter Asche begraben?«

»Nicht alles. Und nicht überall. Die Schichten finden sich über-wiegend im äußeren Westen.«

»Muss ja ziemlich viel Asche gewesen sein, um derartige Spuren zu hinterlassen.«

»Das ist richtig.«

»Die Gebäude hier sind nämlich nicht dazu gebaut, viel mehr als ihr eigenes Gewicht zu tragen.«

Eingestürzte Dächer, die Menschen von Staub begraben … Ein kaltes Pompeji, dachte Lise. Ein erschreckender Gedanke. Und sie hatte noch einen. »Und Isaac?«, sagte sie. »Hat der Ascheregen etwas mit dem zu tun, was mit Isaac geschieht?«

Sulean Moi warf ihr einen traurigen Blick zu. »Natürlich«, erwiderte sie.

Am meisten verstand Isaac in seinen Träumen, in denen das Wissen sich in Farben und Texturen präsentierte.

In seinen Träumen entstanden Planeten und Lebensformen wie Gedanken, wurden verworfen oder prägten sich ein, entwickelten sich, wie Gedanken sich eben entwickeln. In seinen Träumen arbeitete sein Verstand so wie das Universum. Wie sollte es auch anders sein?

Worte sickerten in den Bewusstseinsstrom ein. *Zehntausend Jahre.* Der Staub war schon einmal gefallen, vor zehntausend Jahren und auch zehntausend Jahre *davor.* Riesige Gebilde besäten das All, nährten zyklische Prozesse, die sich in zahllosen Facetten zeigten, wie ein Diamant. Der Staub fiel im Westen, weil der Westen ihn zu sich rief, so wie er auch Isaac rief. Dieser Planet war nicht die Erde. Er war älter, er existierte in einem älteren Universum. Alte, sehr alte Dinge lebten in seinem Innern. Dinge, die nicht auf das Hier und Jetzt achteten, sondern in Jahrtausende umfassenden Rhythmen horchten, sprachen, pulsierten.

Er konnte ihre Stimmen hören. Einige waren ihm ganz nah. Näher als je zuvor.

Das Ächzen überlasteter Balken und Bretter dauerte die ganze Nacht hindurch an – die Motelleitung ließ mehrere Male das Dach abschaufeln –, doch schließlich ließ der Ascheregen nach, und bis zum Sonnenaufgang war die Luft mehr oder weniger klar geworden. Obwohl sie unbedingt hatte wach bleiben wollen, war Lise eingeschlafen, zusammengerollt auf einer Schaumstoffmatratze, mit dem Gestank des Staubs in der Nase und Schweißperlen im Gesicht.

Sie war die Letzte, die aufwachte. Als sie die Augen öffnete, sah sie, dass die anderen an den zwei Fenstern des Zimmers standen. Das hereinfallende Licht war weniger hell als an einem regnerischen Herbsttag, und doch war es mehr, als Lise erwartet hatte.

Sie setzte sich auf. Sie trug die Sachen von gestern, und auf ihrer Haut klebte der Dreck von gestern. Turk hatte bemerkt, dass sie sich rührte, und reichte ihr eine Flasche Wasser, aus der sie gierig trank. »Wie spät ist es?«, fragte sie.

»Etwa acht. Die Sonne ist schon vor einer ganzen Weile aufgegangen. Es fällt kein weiterer Staub mehr, aber es ist immer noch jede Menge Pulver in der Luft.«

»Wie geht es Isaac?«

»Immerhin schreit er nicht … Aber du solltest vielleicht mal einen Blick nach draußen werfen.«

Anna Rebka entfernte sich vom Fenster, um sich um Isaac zu kümmern, und machte so einen Platz für Lise frei. Zögernd sah sie also nach draußen.

Sah eine staubbedeckte Straße, dieselbe Straße, auf der sie gestern gekommen waren, ihr Auto bis an die Grenze der Belastbarkeit strapazierend. Es stand dort, wo sie es abgestellt hatten, mit Staubdünen auf der Windseite, so wie bei den schweren Lastern, die dahinter geparkt waren. Das Licht war trübe, körnig, doch immerhin konnte Lise bis zur Tankstelle sehen, die etwa hundert Meter entfernt war. Es waren keine Fußgänger auf der Straße, aber etliche Gesichter spähten aus den umliegenden Fenstern. Nichts rührte sich.

Nein – das stimmte nicht ganz.

Der *Staub* rührte sich.

In der grauen Leere der Straße bildete sich vor ihren Augen eine Art Strudel. Eine Aschewolke von der Größe eines Tisches begann sich langsam im Uhrzeigersinn zu drehen.

»Mein Gott, was ist das?«

»Sehen Sie hin«, sagte Dvali.

Turk legte ihr die Hand auf die linke Schulter. Sie griff danach. Die Asche drehte sich jetzt schneller, kräuselte sich im Zentrum des Wirbels. Lise gefiel nicht, was sie da sah. Es war unnatürlich, bedrohlich – oder vielleicht war es auch nur die Stimmung, die sie bei den anderen spürte: Sie wussten, was kommen würde, sie hatten das schon einmal gesehen …

Plötzlich explodierte der Staub – wie ein Geysir. Eine Fontäne schoss gut drei Meter in die Höhe. Lise hielt die Luft an und wich unwillkürlich zurück.

Der ausgestoßene Staub wurde vom Wind erfasst, verlor sich, und sie sah, dass der Geysir etwas zurückgelassen hatte – etwas Glänzendes.

Es sah aus wie eine Blume. Eine rubinrote Blume, mit glattem Stängel und einer Struktur, die sie an die Haut eines Neugeborenen erinnerte.

»Von allen, die wir bisher gesehen haben, ist die am dichtesten dran«, sagte Turk.

Die Blume – Lise musste unvermittelt an die Sonnenblumen im Garten ihrer Mutter in Kalifornien denken, die etwa genauso groß waren, wenn sie sich aussäten – begann sich zu biegen und zu verdrehen, einer unhörbaren, unrhythmischen Melodie folgend.

»Es gibt noch *mehr* davon?«, fragte sie.

»Gab es.«

»Was ist mit ihnen passiert?«

»Warte ab.«

Die Blume drehte den Kopf zum Motel hin, und Lise musste erneut nach Luft schnappen – denn in der Mitte der Blüte war etwas, das wie ein Auge aussah. Es war rund, glitzerte feucht und enthielt eine Art Pupille, schwarz wie ein Obsidian. Und einen schrecklichen Moment lang schien es sie direkt anzublicken.

»War es so auch auf dem Mars?«, fragte Dvali Sulean Moi.

»Der Mars ist etliche Lichtjahre entfernt. Die Dinge, die dort wuchsen, waren viel weniger aktiv, sahen ganz anders aus. Aber wenn Sie mich fragen, ob dies ein ähnliches Phänomen ist, dann muss ich sagen: ja, ist es.«

Die Blume mit dem Auge hörte abrupt auf, sich zu bewegen. Das staubbedeckte Bustee lag still da, als würde es den Atem anhalten.

Dann plötzlich begann sich etwas auf die Blume zuzubewegen. Etwas – mehrere Dinge – unter dem Staub. Krebsartige Gebilde, die nach der Blume griffen.

Und sie fraßen.

An ihrem Stängel nagten, bis sie umkippte; sich auf sie stürzten wie Piranhas auf einen Tierkadaver; und als die Fressorgie vorbei war, wieder verschwanden oder inaktiv wurden.

Es blieb nichts zurück.

»Das«, sagte Dvali, »ist der Grund, warum wir zögern, das Motel zu verlassen.«

21

Turk verbrachte den Rest des Vormittags am Fenster, um die Vielfalt der dem Staub entspringenden Lebensformen zu studieren. Kenne deinen Feind, erklärte er. Lise stand die meiste Zeit neben ihm und stellte Fragen zu den Dingen, die er gesehen hatte, bevor sie aufgewacht war. Dvali hatte das kleine Radio eingeschaltet und hörte die sporadischen Berichte aus Port Magellan ab, eine durchaus sinnvolle Beschäftigung, wie Turk fand. Sonst taten die Vierten nichts, außer zu reden. Das war eine ihrer großen Schwachstellen, dachte Turk. Sie mochten äußerst klug, ja weise sein, aber sie waren auch unverbesserliche Schwätzer.

Gerade setzten sie Sulean Moi zu, die mehr über den Ascheregen zu wissen schien, als sie willens war mitzuteilen. Anna Rebka war besonders hartnäckig. »Ihre Tabus haben hier keine Relevanz«, sagte sie. »Wir brauchen alle Informationen, die wir bekommen können. Das schulden Sie uns – zumindest dem Jungen.«

So gemäßigt das klang, war es gemessen an Vierten-Maßstäben schon beinahe eine Schlägerei.

Die Marsianerin, die eine riesige Jeans trug, in der sie beinahe wie ein Bohrturmarbeiter aussah, saß auf dem Boden, die Arme um die Knie geschlungen. »Wenn Sie eine Frage haben«, seufzte sie, »stellen Sie sie.«

»Sie sagten, der Ascheregen auf dem Mars habe sonderbare Formen von …«

»Leben hervorgerufen. Nennen Sie die Dinge ruhig beim Namen, Mrs. Rebka.«

»Leben wie das, das wir dort draußen sehen?«

»Ich erkenne weder die Blumen noch die Wesen, die sie auffressen. Insofern ist keine Ähnlichkeit vorhanden. Doch das ist wenig überraschend. Ein Wald in Ecuador sieht anders aus als ein Wald in Finnland. Dennoch sind beides Wälder.«

»Aber was für einen Zweck hat das?«

»Ich habe mich seit meiner Kindheit mit den Hypothetischen beschäftigt, mir Unmengen von gelehrten Spekulationen angehört und habe immer noch keine Ahnung, was der *Zweck* des Ganzen sein soll. Die marsianischen Ascheregen treten sporadisch auf, das Leben, das sie hervorbringen, ist vegetativ und instabil. Welche Schlussfolgerungen kann man daraus ziehen?« Sulean runzelte die Stirn. »Die Hypothetischen – was immer sie sonst sein mögen – sind keine einzelnen Wesenheiten, sondern eine Verbindung von Prozessen. Mit anderen Worten, sie sind eine Ökologie. Die Staubmanifestationen spielen entweder eine explizite Rolle in einem dieser Prozesse oder sind eine nicht intendierte Folge. Ich glaube nicht, dass sie irgendeine Art höheres Bewusstsein repräsentieren.«

»Aber wenn Ihr Volk genug Einblick hatte, um die Technik der Hypothetischen in Menschen installieren zu können …«

»Sie besitzen diese Fähigkeit auch.« Sulean sah in Isaacs Richtung.

»Weil Wun Ngo Wen sie uns mitgebracht hat.«

»Unsere Arbeit auf dem Mars war stets rein pragmatisch ausgerichtet. Wir haben aus dem Ascheregen Proben gezüchtet und ihre Fähigkeit beobachtet, auf zellulärer Ebene mit menschlichen Proteinen zu interagieren. Das schuf die Grundlage für die Manipulation der menschlichen Biologie.«

»Aber Sie haben selber zugegeben, dass es die Technologie der Hypothetischen war, mit der Sie gearbeitet haben.«

»Technologie oder Biologie – ich bin mir in diesem Fall nicht sicher, ob das eine sinnvolle Unterscheidung ist. Ja, wir haben fremdartiges Leben – oder Technologie, wenn Sie diesen Begriff bevorzugen – gezüchtet. Und wir waren in der Lage, bestimmte Anlagen für bestimmte Merkmale zu selektieren und zu manipulieren. Im Laufe der Jahrhunderte haben wir so die Technik erzeugt, die das menschliche Leben verlängert. Und auch andere. Eine der radikalsten haben Sie Isaac angedeihen lassen, während er sich noch im Mutterschoß befand. In *Ihrem* Schoß.«

Anna Rebka wurde rot.

Turk bestritt nicht, dass es bei dieser Diskussion um wichtige Dinge ging, aber das alles schien ihm doch etwas lächerlich in einem Moment, da sich in ihrer unmittelbaren Nähe Probleme auftaten. Gleich vor der Tür, genauer gesagt. War es sicher, nach draußen zu gehen? Das war die Frage, die sie eigentlich erörtern sollten. Weil sie nämlich dieses Zimmer früher oder später verlassen mussten. Weil sie hier nur sehr wenig Lebensmittel hatten.

Er lieh sich das Radio von Dvali und steckte sich die Kopfhörer ins Ohr, um die Vierten auszublenden, einmal andere Stimmen zu hören. Was er reinbekam, war eine Schmalbandangelegenheit aus Port Magellan, ein lokales Medienkollektiv verlas Empfehlungen der UN und aktualisierte Berichte. Der zweite Ascheregen war offenbar nur wenig schlimmer gewesen als der erste. Im Süden der Stadt waren einige Dächer eingestürzt, die meisten Straßen waren derzeit nicht passierbar, Menschen mit Atembeschwerden ging es nicht gut, und auch Gesunde spuckten graue Rückstände – doch das war es nicht, was den Leuten Angst machte. Was ihnen Angst machte, waren die merkwürdigen Dinge, die aus der Asche sprossen. Die Radiosprecher bezeichneten sie als »Gewächse« und berichteten, dass sie überall in der Stadt aufgetaucht seien, vor allem dort, wo die Asche besonders tief war, wo sie Verwehungen gebildet hatte. Obwohl sie nur kurze Zeit lebten und von ihrer Umgebung rasch »absorbiert« wurden, waren einige von ihnen – »Bäumen oder riesigen Pilzen ähnlich« – zu eindrucksvoller Höhe emporgeschossen.

Das Ganze hatte etwas Traumartiges – oder Albtraumartiges. Ein »riesiger rosafarbener Zylinder« blockierte eine Kreuzung in der Innenstadt. »Etwas, das Zeugen als gewaltige, stachelige Blase beschreiben, wie eine Koralle«, war aus dem Dach eines chinesischen Restaurants gesprossen. Berichte über kleine bewegliche Formen harrten noch ihrer Bestätigung.

So erschreckend all dies klang, waren die Erscheinungen doch nur dann gefährlich, wenn man sich zur falschen Zeit am falschen Ort aufhielt – wenn sie etwa auf einen drauffielen. Dennoch wurde allen Bürgern geraten, zu Hause zu bleiben und die Fenster geschlossen zu halten. Der Ascheregen hatte aufgehört, die Reinigungstrupps machten sich bereit, die Straßen zu reinigen.

Port Magellan würde sich bald wieder erholen, doch die Stadt lag auf der anderen Seite einer Gebirgskette mit gegenwärtig nicht befahrbaren Pässen. Wie alle anderen Durchfahrtsorte war auch Bustee auf die Küste angewiesen. Wie lange würde es dauern, bis die Pässe geräumt waren? Ein paar Wochen mindestens, vermutete Turk. Also würden die Nahrungsmittel knapp werden. Und was war mit dem Wasser? Wie wurden diese Wüstenansiedlungen versorgt? Man drehte den Hahn auf, aber wo war das Reservoir? War das Wasser noch trinkbar?

Zumindest hatten sie Proviant und einige Wasserflaschen im Auto, das würde für eine Weile reichen. Was Turk allerdings nicht gefiel, war, dass das Auto weit genug weg stand, dass jemand versucht sein könnte, es aufzubrechen und sich das alles unter den Nagel zu reißen. Das allerdings war ein Problem, dem er sich stellen konnte. »Ich gehe nach draußen«, sagte er.

Die anderen wandten sich ihm mit großen Augen zu. »Was soll das heißen?«, fragte Dvali.

Turk erläuterte seine Sorge. »Auch wenn sonst keiner hungrig ist, ich bin es.«

»Es ist womöglich nicht sicher.«

Turk hatte andere Leute auf der Straße gesehen, mit vor den Mund gebundenen Taschentüchern. Einer davon war keine fünf Meter von einem »Gewächs« entfernt gewesen, als dieses aus dem Staub hervorspross, aber es hatte den Mann in Ruhe gelassen. Das bestätigte, was das Radio aus Port Magellan berichtete. »Nur zum Auto und wieder zurück. Ich möchte aber, dass jemand in der Tür steht und aufpasst. Und ich brauche etwas, das ich als Mundschutz verwenden kann.«

Es gab keine weitere Diskussion. Dvali benutzte ein Taschenmesser, um ein Stück vom Bettlaken abzuschneiden, das sich Turk dann um Nase und Mund band. Anna Rebka gab ihm den Autoschlüssel, während Lise sich bereit erklärte, an der Tür Wache zu stehen.

»Bleib nicht länger draußen, als du musst«, sagte sie.

»Keine Sorge.«

Die Asche hatte der Luft einen sauren, schwefeligen Geruch verliehen. Was mochte das für die Lungen der Menschen bedeuten, überlegte Turk. Wenn der Staub fremdartige Sporen enthielt – und das schien ja nahezuliegen –, würden diese dann im feuchten Innern des menschlichen Körpers Wurzeln schlagen? Andererseits schienen sie nicht allzu viel Feuchtigkeit zu benötigen, wenn sie auf der gepflasterten Straße einer Wüstenstadt wuchsen. Zumindest hatte es keine Berichte über irgendwelche Todesfälle gegeben … Turk schüttelte diese Gedanken ab und konzentrierte sich auf die anstehende Aufgabe.

Der Parkplatz des Motels war ein Halbmond mit einem leeren Keramikbrunnen in der Mitte. Dahinter die Hauptstraße, der Highway 7, der in die Rub al-Khali führte. Auf der anderen Straßenseite eine Reihe einstöckiger Gebäude. Alles war mit Asche überzogen, die Fenster blind, die Straßen- und Werbeschilder unlesbar. Es herrschte Stille.

Ihr Jeep parkte etwa zehn Meter zu Turks Linken. Er sah zu Lise, die die Tür einen Spalt weit offen hielt, winkte ihr zu. Sie nickte. Alles klar.

Er machte lange, bedachtsame Schritte, versuchte nicht allzu viel Asche aufzuwirbeln. Seine Schuhe hinterließen detailgenaue Abdrücke.

Er erreichte das Auto. Bisher keine besonderen Vorkommnisse. Mit dem Unterarm wischte er eine Schicht Asche vom Heck, um den

Kofferraum freizumachen, wo die Lebensmittel verstaut waren. Dann steckte er den Schlüssel in das Schloss. Staubranken wehten um seine Hände herum auf.

Er hielt inne, hob das Tuch an, das seinen Mund bedeckte, und spuckte aus. Der Speichel tropfte zäh auf den mit Asche bedeckten Boden, und fast rechnete Turk damit, dass sich irgendetwas daraus erheben würde, um ihn sich zu schnappen, wie ein Fisch einen Köder.

Er öffnete den Kofferraum und griff sich eine Kühltasche mit Wasserflaschen sowie einen Karton mit Konserven – solche, die man notfalls essen konnte, ohne sie vorher aufwärmen zu müssen. Das war, zusammen mit ein paar Packungen Brot, alles, was er tragen konnte. Natürlich könnte er ins Auto steigen und es näher ans Motel fahren, aber dann …

»Turk!«

Lise. Er drehte sich um. Die Tür weit offen, stand sie nach vorn gebeugt, den Zeigefinger ausgestreckt. »Turk! Auf der Straße …«

Er sah es sofort.

Es wirkte nicht bedrohlich. Was immer es war. Es sah aus wie ein Fetzen Papier oder ein Stück Plastik, von einem Windstoß erfasst, auf Kopfhöhe über der staubbedeckten Straße schwebend. Aber es war kein Stück Papier, es war etwas ganz und gar Seltsames. In der Mitte war es glasblau gefärbt, an den Rändern rot. Und obwohl sein Flug unbeholfen wirkte, schien es sich nach irgendeinem Muster zu bewegen.

Plötzlich flatterten die vier Flügelspitzen gleichzeitig auf, hoben es ein Stück höher.

Und dann bewegte es sich auf Turk zu.

»Komm zurück!«, schrie Lise.

Ob die Dinger nun gefährlich waren oder nicht – Turk ließ alles fallen und sprintete los. Auf halbem Weg riskierte er einen Blick über die Schulter. Das Flatterding war rechts hinter ihm, etwa einen Meter, viel zu nahe. Es war größer, als es aus der Entfernung ausgesehen hatte. Und lauter: Es klang wie ein Bettlaken auf der Wäscheleine bei

Sturm. Er wusste nicht, ob es ihm etwas antun wollte, aber es war sichtlich *interessiert* an ihm. Er rannte weiter. Da die Asche hier über zehn Zentimeter hoch lag, an manchen Stellen sogar noch höher, war es, als würde man auf einem Sandstrand laufen. Oder durch einen Albtraum.

Lise hielt die Tür weit auf.

Schon konnte Turk das Ding, dessen Flügel wie Kolben auf und ab stießen, im Augenwinkel sehen. Es musste nur noch nach rechts schwenken, dann würde es ihn erwischen. Aber es behielt seinen Kurs bei, parallel zu ihm, fast so, als würde es mit ihm um die Wette laufen.

Auf die offene Tür zu …

Turk verlangsamte. Das Flatterding schoss an ihm vorbei.

»Turk!«

Er riss sich das Tuch vom Mund und holte tief Luft. Ein Fehler – sofort hatte er einen verstopften Hals. »Mach die Tür zu«, krächzte er. »Die Tür, verdammt noch mal, mach die Scheißtür zu!«

Ob Lise ihn hören konnte oder nicht, plötzlich ahnte sie, dass Gefahr drohte. Sie sprang zurück, griff gleichzeitig nach dem Türknopf, verfehlte ihn, verlor das Gleichgewicht, fiel hin. Das Flatterding, alles andere als unbeholfen nun, flog auf sie zu, als wäre es lasergesteuert. Turk begann wieder zu sprinten, doch er war zu weit weg.

Lise richtete sich halb auf und hob einen Arm, um das Ding abzuwehren. Aber es ignorierte sie, so wie es auch Turk ignoriert hatte.

Er konnte nicht sehen, was als Nächstes geschah. Er hörte einen Schrei und dann Anna Rebkas verzweifelte Stimme. Sie rief Isaacs Namen.

22

Wie betäubt saß Lise auf dem Boden, wusste nicht recht, was eigentlich geschehen war. Das fliegende Ding, von dem sie gedacht hatte, dass es Turk angreifen würde, war ins Zimmer gekommen. Und Anna Rebka hatte zu schreien begonnen …

Lise rappelte sich auf.

»Machen Sie die Tür zu!«, rief Dvali.

Nein. Noch nicht. Sie wartete auf Turk, der in einer Staubwolke herangestürmt kam. Als er im Zimmer war, schloss sie die Tür und sah sich dann panisch nach dem Wesen um. Sie musste an den Sommer denken, als sie mit ihren Eltern Urlaub in einer Hütte in den Adirondacks gemacht hatte: Eines Nachts war eine Fledermaus durch den Schornstein gekommen und war wild flatternd durch die Dunkelheit gestoben. Sie erinnerte sich an die Angst, dass sich jeden Moment etwas Heißes, Lebendiges in ihren Haaren verfangen könnte …

Aber das Flatterding war bereits gelandet.

Es hatte sich auf Isaacs Gesicht niedergelassen.

Die Vierten standen um das Bett herum, auf dem der Junge lag. Das Wesen – oder wie immer man es nennen sollte – saß auf seiner linken Wange wie ein pulsierender roter Breiumschlag. Eine Ecke bedeckte die Schläfe, eine andere Hals und Schulter. Mund und Nase blieben frei, allerdings hatte sich das Ding an Isaacs Unterlippe geheftet. Sein linkes Auge war verschwommen zu erkennen, das andere hatte er weit aufgerissen.

Anna Rebka streckte die Hand nach dem Wesen aus, doch Dvali hielt sie fest. »Nicht anfassen«, sagte er.

»Wir müssen es von ihm wegkriegen!«

»Ja. Wir brauchen etwas, womit wir es berühren können. Handschuhe, einen Stock, ein Blatt Papier …«

Turk riss den Bezug von einem Kissen und wickelte ihn sich um die rechte Hand.

Seltsam, dachte Lise, wie das Ding ihn draußen ignoriert hatte, wie es sie und die anderen Erwachsenen, allesamt leichte Angriffsziele, ignoriert hatte, nur um auf Isaac zu landen. Hatte das etwas zu bedeuten? Was immer das fliegende Ding war – und Lise hatte keinen Zweifel, dass es der Asche entsprungen war, wie die Augenblume, wie die anderen Objekte, von denen in den Meldungen aus Port Magellan die Rede war –, konnte es sein, dass es sich Isaac *ausgesucht* hatte?

Die anderen traten zurück, als Turk mit der umwickelten Hand nach dem Wesen griff. Doch dann geschah etwas Seltsames.

Das Wesen verschwand.

»Was zum Henker«, rief Turk.

Nach Luft schnappend, setzte sich Isaac plötzlich auf und hob eine Hand ans Gesicht.

Lise rieb sich die Augen. Das Flatterding hatte sich aufgelöst – so jedenfalls hatte es ausgesehen. Es hatte sich in Flüssigkeit verwandelt und war augenblicklich verdunstet. Nein – es war *versickert*, wie eine Wasserpfütze in poröser Erde. Nicht einmal eine Spur von Feuchtigkeit hatte es hinterlassen. Als wäre es direkt in Isaacs Gesicht übergegangen.

Anna Rebka legte sich neben den Jungen und hielt ihn umschlungen. Isaac, noch immer atemlos, schmiegte sich an sie, vergrub den Kopf an ihrer Schulter. Er begann zu schluchzen.

Lise griff nach Turks Hand. Sie war verschwitzt und staubig, aber unendlich beruhigend. Sie hatte nicht die geringste Vorstellung, was da eben geschehen war, sie wusste nur, was jetzt geschah: Ein zutiefst erschrockenes Kind wurde von seiner Mutter getröstet. Zum ersten Mal begann Lise in Anna Rebka mehr zu sehen als eine merkwürdige, emotional distanzierte Vierte. Für Anna Rebka war Isaac kein biologisches Experiment – er war ihr Sohn.

»Was zum Henker«, wiederholte Turk. »Ist mit dem Jungen alles in Ordnung?«

Das mussten sie abwarten. Sulean und Diane zogen sich in die Küchenecke des Motelzimmers zurück und besprachen etwas, während Dvali Isaac aus sorgsam gewahrter Distanz beobachtete. Allmählich wurde die Atmung des Jungen regelmäßiger. Schließlich löste er sich von seiner Mutter und sah sich um. Seine goldgesprenkelten Augen waren groß und feucht.

»Lassen Sie mich ihn untersuchen«, sagte Diane.

Sie war unter ihnen diejenige mit der größten medizinischen Erfahrung, also ließ Anna Rebka es zu, dass Diane sich neben den Jungen setzte, ihm den Puls maß, die Brust abklopfte – all dies eher, wie Lise vermutete, um ihn zu beruhigen, als um eine Diagnose zu stellen. Dann betrachtete die alte Frau eingehend seine linke Wange, wo das fremde Wesen ihn berührt hatte, doch es war kein Ausschlag, keinerlei Hautreizung zu erkennen. Zuletzt sah sie noch in Isaacs Augen – diese merkwürdigen Augen.

»Sind Sie ein Arzt?«, fragte der Junge mit belegter Stimme.

»Nur eine Krankenschwester. Du kannst Diane zu mir sagen.«

»Ist alles in Ordnung mit mir, Diane?«

»Ich habe den Eindruck, dass es dir ganz gut geht.«

»Was ist geschehen?«

»Das weiß ich nicht. Im Moment passieren viele seltsame Dinge. Das war eines davon. Wie fühlst du dich?«

Isaac zögerte, als müsse er erst darüber nachdenken. »Besser.«

»Hast du Angst?«

»Nein. Na ja, keine große.«

»Darf ich dich etwas fragen?«

Der Junge nickte.

»Gestern Abend hast du gesagt, du könntest durch die Wände sehen. Da wäre ein Licht. Siehst du es noch immer?«

Noch ein Nicken.

»Wo? Kannst du in die Richtung zeigen?«

Isaac tat es.

Diane wandte sich Turk zu. »Haben Sie Ihren Kompass dabei?«

Turk besaß einen mit Messing ummantelten Kompass, und er hatte sich, sehr zu Dianes Missfallen, geweigert, ihn im Dorf der Minang zurückzulassen. Er zog ihn aus der Tasche und richtete ihn entlang Isaacs Arm aus.

»Das ist nichts Neues«, sagte Anna Rebka ungeduldig. »Er zeigt immer in die gleiche Richtung. Nach Westen, ein wenig nördlich versetzt.«

»Jetzt ziemlich genau nach Westen«, erwiderte Turk. »Wenn überhaupt, dann eher nach Süden abweichend.« Er sah auf und registrierte den überraschten Ausdruck auf ihren Gesichtern. »Warum? Ist das wichtig?«

Bis zum Nachmittag hatte sich die Situation einigermaßen beruhigt. Seit Stunden war nichts mehr aus der Asche herausgewachsen. Hin und wieder gab es einige Wirbel, doch dafür konnte auch der Wind verantwortlich sein – ein böiger Wind, der die Luft trübte und graue Verwehungen gegen vertikale Flächen schichtete.

Wenige der bizarren Gewächse überdauerten den Vormittag; die meisten, wie die Blume mit dem Auge, wurden von kleineren, beweglicheren Wesen attackiert, die daraufhin ihrerseits zerfielen. Vor etwa einer Stunde hatte Lise eine Art Technicolor-Steppenläufer über die Straße wehen sehen, offenbar die Hülse von etwas, das nicht mehr lebensfähig war. Und an einem der Gebäude gegenüber vom Motel hing eine Staubsägearbeit aus spröden weißen Röhren.

Die relative Ruhe lockte die Leute aus den Häusern. Einige Fahrzeuge mit großen Rädern ratterten vorbei. Der Geschäftsführer des Motels klopfte an die Tür, um sich nach ihrem Befinden zu erkundigen. Turk erklärte, es gehe ihnen gut. Dann wagte er sich selbst noch einmal nach draußen – die Tür fest hinter ihm geschlossen, Lise am Fenster, ihre Angst so gut es ging verbergend –, um die Lebensmittel zu holen, die er beim letzten Mal fallen gelassen hatte.

Anna Rebka hielt weiter die Stellung an Isaacs Bett. Der Junge saß jetzt aufrecht, der Westwand des Zimmers zugewandt, so als würde er in Richtung seines persönlichen Mekkas beten. Das war nichts Neues bei ihm, wie Lise begriff, und doch kam es ihr zutiefst unheimlich vor. Als seine Mutter einmal kurz auf die Toilette musste, setzte sich Lise zu dem Jungen.

Er sah sie an, dann wandte er den Kopf wieder zur Wand.

»Was ist es, Isaac?«, fragte sie.

»Es lebt unter der Erde«, erwiderte der Junge.

Turk und Dvali beugten sich über eine Straßenkarte. Lise spähte Turk über die Schulter, während er mit Kugelschreiber und Lineal Linien zeichnete. »Was macht ihr da?«

»Wir triangulieren«, sagte Turk.

»Und was trianguliert ihr?«

Dvali deutete auf ein Viereck auf der Karte. »Das ist der Ort, wo Sie uns angetroffen haben, Miss Adams. Von dort sind wir losgefahren, ungefähr dreihundertfünfzig Kilometer nach Norden – hierher.« Bustee. »Auf unserem Gelände war Isaacs Obsession auf einen ganz bestimmten Punkt gerichtet, den wir hier eingezeichnet haben.« Eine lange Linie nach Westen. »Nun scheint sich sein Richtungssinn leicht verändert zu haben.« Eine weitere lange Linie, nicht ganz parallel zur ersten. Über der Wüste näherten sich die Linien langsam an und fanden schließlich ihren Schnittpunkt in der Rub al-Khali, der sandigen Hochebene, die das westliche Viertel Äquatorias bildete.

»Auf diesen Punkt zeigt er also?«

»Ja, schon den ganzen Sommer.«

»Warum? Was ist dort?«

»Soweit ich weiß, nichts.«

»Aber er will dorthin.«

»Ja.« Dvali sah an Lise vorbei zu den anderen. »Und wir werden ihn dorthin bringen.«

Anna Rebka nickte, die Augen voller Tränen.

In der Nacht konnte Lise nicht schlafen. Sie warf sich auf der Matratze hin und her, den Geräuschen lauschend, die die Übrigen machten. So viele Gebrechen die Vierten-Behandlung auch heilen mochte, was das Schnarchen betraf, war sie offenkundig wirkungslos.

Schließlich – es war lange nach Mitternacht – stand sie auf, stieg über schlafende Körper, um ins Bad zu gelangen, und spritzte sich dort lauwarmes Wasser ins Gesicht. Dann, statt sich wieder hinzulegen, trat sie ans Fenster, wo Turk in einem Sessel sitzend Wache hielt.

»Kann nicht schlafen«, flüsterte sie.

Turk blickte weiter auf die mondbeschienene Straße. Nichts geschah. Nichts deutete darauf hin, dass die sonderbaren Eruptionen aus der Asche von Neuem beginnen könnten. Nach einer Weile sagte er: »Möchtest du reden?«

»Ich will niemanden aufwecken.«

»Gehen wir zum Auto.« Er hatte den Jeep näher zum Motel gefahren, um ihn leichter im Auge behalten zu können. »Wir können uns für eine Weile reinsetzen. Ich denke, das ist jetzt sicher.«

Lise hatte das Zimmer seit ihrer Ankunft nicht verlassen, daher erschien ihr der Vorschlag reizvoll. Sie schlüpfte in Jeans und Schuhe, dann traten sie vorsichtig nach draußen.

Der Schwefelgeruch war immer noch stark. Warum roch die Asche überhaupt nach Schwefel? Die Maschinen der Hypothetischen existierten an kalten Orten, so hatte es Lise in der Schule gelernt: weit entfernte Asteroiden, die gefrorenen Monde gefrorener Planeten. Gab es dort draußen Schwefel? Sie hatte gehört, dass es auf den Monden des Jupiters Schwefel gab. Auch das Sonnensystem der Neuen Welt besaß so einen Planeten, einen kalten radioaktiven Riesen, weit von der Sonne weg.

Mit Einbruch der Nacht hatte sich der Wind gelegt. Der Himmel war diesig, doch man konnte einige Sterne sehen. Wieder musste Lise an ihren Vater denken. Die Sterne brauchen Namen, hatte er immer gesagt, also hatten sie ihnen Namen gegeben: *Der Große Blaue, Spitze des Dreiecks, Belinda, Pampelmuse, Antilope …*

Sie glitt auf die Vorderbank neben Turk.

»Wir müssen darüber reden, was nun geschehen soll«, sagte er.

Ja, das mussten sie. »Die Vierten bringen Isaac nach Westen.«

»Und was wollen sie damit erreichen?«

»Sie denken, dass er mit den Hypothetischen reden kann.«

»Wunderbar! Und was soll er sagen? Herzliche Grüße von der Menschheit? Hört bitte auf, uns mit irgendwelchem Zeug zu bewerfen?«

»Sie erhoffen sich grundlegende Erkenntnisse über sie.«

»Und du? Glaubst du das?«

»Nein. Aber *sie* tun es. Zumindest Dvali.«

»Vierte sind im Allgemeinen vernünftige Menschen, aber würdest du eine Wette abgeben auf das, was dabei herauskommt? Ich nicht.«

Es war wie Religion, dachte Lise. Man wettete nicht darauf – man suchte danach mit offenem Herzen. »Also schön, was machen wir, wenn sie in die Wüste aufbrechen?«

»Ich denke darüber nach, mit ihnen zu gehen.«

»Wie bitte?«

»Du hast doch die Karte gesehen. Der Ort, zu dem sie wollen, liegt auf drei Viertel des Weges zur Westküste. Von dort aus führt eine akzeptable Straße bis zum Meer. An der Westküste gibt es nichts außer Fischerdörfern und Forschungsstationen. Ich könnte ein Schiff nehmen, das auf der südlichen Route nach Port Magellan fährt, und wenn ich dort ankomme, wird niemand mehr nach mir suchen, die ganze Vierten-Geschichte wird vorbei sein. Ich muss mir nur einen Satz neuer Papiere besorgen.«

Lise fröstelte. Die Polster waren kalt, die Fenster beschlugen von ihrem Atem. »Ich sehe da das eine oder andere Problem.«

»Nun, da geht es mir nicht anders. Wie sieht denn deine Liste aus?«

»Einmal der Ascheregen. Selbst wenn die Straßen passierbar sind, selbst wenn du ein gutes Auto hast, du könntest trotzdem liegen bleiben – kein Benzin mehr, Probleme mit dem Motor.«

»Es ist ein Risiko, aber man kann vorsorgen, Werkzeug mitnehmen, Ersatzteile, Benzin und so weiter.«

»Dann die Vierten. Sie rechnen damit, dort draußen irgendetwas zu finden. Was, wenn sie recht haben? Denk daran, wie das fliegende Ding sich auf Isaac gestürzt hat. Vielleicht zieht er diese Wesen, die aus der Asche kommen, auf unheimliche Weise an.«

»Darüber habe ich auch schon nachgedacht. Aber bisher gibt es keine Berichte, dass jemand von diesen Dingern ernsthaft verletzt worden wäre, höchstens aus Versehen. Auch Isaac nicht. Was immer da passiert ist, es scheint seinen Zustand nicht verschlechtert zu haben.«

»Es ist auf seinem *Gesicht* gelandet, Turk. In die Haut eingesunken.«

»Er hat kein Fieber, er ist nicht kränker als vorher.«

»Du würdest nicht so reden, wenn du betroffen wärst.«

»Das ist genau der Punkt – ich bin nicht betroffen. Ganz gleich, was das für ein Ding war, es war nicht hinter *mir* her.«

»Also fahren wir einfach mit, und wenn sie mit Isaac fertig sind – was immer das heißt –, geht's weiter zur Küste? Ist das der Plan?«

Etwas verlegen erwiderte er: »Es müssen ja nicht wir beide sein. Wenn du möchtest, kannst du hierbleiben und versuchen, eine Mitfahrgelegenheit über den Pass zu bekommen, sobald die Asche weg ist. Du hast ganz andere Optionen als ich. Wäre wahrscheinlich sicherer für dich, es so zu machen, objektiv betrachtet.«

Objektiv betrachtet. Offenbar wollte Turk ihr die Möglichkeit geben, halbwegs unversehrt aus der Sache auszusteigen. In seinem Leben konnte sich das Glück jederzeit wenden, musste das Schicksal stets aufs Neue herausgefordert werden. Ihr Leben war anders, wollte er ihr zu verstehen geben, und damit hatte er natürlich recht – im Großen und Ganzen.

»Ich denk drüber nach.« Sie stieg aus dem Auto und wünschte sich, sie hätte schlafen können.

Am Morgen hatte sich in Bustee ein Zustand von Beinahe-Normalität eingestellt: Fußgänger auf der Straße, einige fahrtüchtige Autos, die in Richtung der größeren Städte im Süden aufbrachen. Gemeinsam bestaunte man die Überreste der fremdartigen Geschöpfe, soweit sie noch an Häuserfassaden hingen oder auf den Gehsteigen lagen. Das Leben hier setzt sich wieder zusammen, dachte Lise. Nur ihr eigenes, noch gründlicher durcheinandergewirbelt, wollte sich nicht so schnell zu einem neuen Ganzen fügen.

Dvali, Sulean Moi, Diane Dupree und Turk zogen los, um zu sehen, was es in den örtlichen Geschäften noch zu kaufen gab. Turk sprach sogar davon, wenn möglich, ein zweites Fahrzeug zu besorgen.

Lise blieb mit Anna Rebka und Isaac im Motelzimmer, in der Hoffnung, noch ein wenig schlafen zu können. Doch das erwies sich als schwierig, denn Isaac war wieder unruhig geworden. Nicht wegen des Dings, das ihn attackiert hatte – das schien seinem Bewusstsein so schnell entschwunden zu sein wie ein böser Traum –, sondern weil es ihn neuerlich – und immer drängender – nach Westen zog. Sie hatten ihm einige vorsichtige Fragen dazu gestellt. Was meinte er, wenn er von etwas »unter der Erde« sprach? Doch Isaac konnte das, sosehr er sich auch bemühte, nicht beantworten und wurde darüber immer verzweifelter.

Also sagten sie ihm, dass sie nach Westen fahren werden, so bald wie möglich, und schließlich nahm Isaac diesen Trost an und schlief wieder ein.

Anna Rebka erhob sich vom Bett und setzte sich in einen Sessel. Lise beobachtete sie. Sie sah etwa aus wie fünfzig. Allerdings war sie eine Vierte, und Vierte konnten jahrzehntelang »wie fünfzig« aussehen. Doch wenn Isaac ihr Kind war, konnte sie eigentlich nicht viel älter sein. Und war es nicht generell so, dass Vierte empfängnisunfähig waren? Anna Rebka musste also vor ihrer Behandlung schwanger gewesen sein.

Die naheliegende Frage war heikel, doch Lise war entschlossen, sie zu stellen, und es würde sich wohl keine bessere Gelegenheit dazu bieten. »Wie ist es gekommen? Das mit dem Jungen, meine ich. Wie ist er …«

Anna Rebka schloss kurz die Augen. Müde, traurig. »Was wollen Sie wissen, Miss Adams? Wie er umgewandelt wurde? Wie er empfangen wurde? Die Geschichte ist nicht sonderlich aufregend. Mein Mann war Dozent und wurde zeitweilig an die Amerikanische Universität versetzt. Er war kein Vierter, aber sozusagen ein Sympathisant. Er hätte die Behandlung in Betracht gezogen, wäre er nicht orthodoxer Jude gewesen – sein Glaube verbot es ihm. Daran ist er sogar gestorben. Er hatte ein Aneurysma im Gehirn, und die Vierten-Behandlung wäre die einzige Möglichkeit gewesen, sein Leben zu retten. Ich habe ihn angefleht, es zu machen, aber er weigerte sich. In meinem Kummer habe ich ihn sogar gehasst dafür. Weil …«

»Weil Sie schwanger waren.«

»Ja.«

»Wusste er das?«

»Kurz bevor ich mir wirklich ganz sicher war, ist er gestorben.«

»Und das Kind war Isaac.«

Anna Rebka wandte den Blick ab. »Zunächst war es lediglich fötales Gewebe. Ich weiß, wie brutal das klingt, aber ich konnte die Vorstellung nicht ertragen, das Kind allein aufzuziehen. Ich wollte eine Abtreibung vornehmen lassen. Dr. Dvali hat mich davon abgebracht. Er war einer der engsten Freunde meines Mannes. Er erzählte mir, wie es ist, Vierter zu sein, eine – in gewissem Sinne – bessere Sorte Mensch. Und er sprach mit mir über die Hypothetischen, ein Thema, das mich schon immer interessiert hat. Er machte mich mit anderen Mitgliedern seiner Gemeinschaft bekannt. Sie waren mir eine große Hilfe.«

»Und sie haben Sie überredet ... *es* zu tun.«

»So banal war es nicht. Man hat mich nicht bearbeitet oder so etwas. Ich *mochte* diese Leute – mehr als all die Unveränderten, die mich besuchten, sich aufdringlich mitfühlend zeigten, aber insgeheim gleichgültig waren. Die Vierten sind authentisch, sie sprechen das aus, woran sie glauben. Und eine Sache, an die Avram Dvali glaubt, ist die Möglichkeit, mit den Hypothetischen zu kommunizieren. Er hat mir behutsam nahegebracht, dass ich zu dieser sehr wichtigen Arbeit etwas beitragen könnte.«

»Also haben Sie ihm Isaac gegeben.«

»Ich habe ihm die *Möglichkeit* eines Isaac gegeben. Sonst hätte ich das Kind nie ausgetragen.« Anna Rebka atmete tief ein, es klang wie das Geräusch von Wellen an einem Strand. »Es war nicht schlimmer als die Tortur, der man sich unterziehen muss, wenn man ein Vierter werden will. Die übliche Spritze und dann, als der Prozess in Gang gesetzt war, eine intrauterine Injektion, um zu verhindern, dass der veränderte Fötus abgestoßen wird. Die meiste Zeit stand ich unter Beruhigungsmitteln, an die Schwangerschaft kann ich mich kaum noch erinnern. Nach sieben Monaten war es dann so weit.«

»Und danach?«

Ein Seufzen. »Avram beharrte darauf, dass er von der ganzen Gemeinschaft aufgezogen werden sollte, nicht von mir allein. Er sagte, es wäre besser, wenn ich keine zu enge Bindung an das Kind entwickele.«

»Besser für Sie oder besser für Isaac?«

»Für uns beide. Es war nicht sicher, ob er die Pubertät überleben würde. Isaac war – ist – ein *Experiment*, Miss Adams. Avram wollte mich vor einem weiteren Trauma bewahren. Außerdem – sosehr ich mir gewünscht habe, eine Mutter zu sein, der Junge hat eine schwierige Persönlichkeit. Schon als Baby verweigerte er jeden engeren Kontakt. Es war wirklich, als würde er zu einer neuen Spezies gehören, als hätte er irgendwie gewusst, dass er keiner von uns ist.«

»Weil Sie ihn so gemacht haben.«

»Ja. Die Verantwortung liegt ganz bei uns. Und die Schuld natürlich. Ich kann nur sagen, dass ich gehofft habe, sein Beitrag zum Verständnis des Universums würde die Umstände seiner Erschaffung wieder gutmachen.«

»Haben Sie das von sich aus geglaubt – oder sind Sie gedrängt worden, es zu glauben?«

»Danke, dass Sie mein Gewissen erleichtern wollen, Miss Adams, aber ich habe daran geglaubt. Wir alle haben daran geglaubt. Aus diesem Grunde haben wir uns ja überhaupt erst zusammengetan. Doch niemand von uns hat derart fest, ja derart *heroisch* daran geglaubt wie Avram Dvali. Wir hatten unsere Zweifel, sogar Anfälle von Reue. Es ist keine schöne Geschichte … Sie fragen sich bestimmt, wie wir so etwas nur erwägen, geschweige denn ausführen konnten. Aber die Menschen sind zu allem Möglichen fähig. Auch Vierte. Daran sollten Sie immer denken.«

Die Gruppe kam mit Proviant, Mineralwasser, Ersatzteilen und – wundersamerweise – einem zweiten Wagen zurück, einem weiteren großrädrigen Jeep, den sie zu einem »wahnwitzigen Preis«, so Turk, erstanden hatten. Die Vierten hätten mehr Geld als Verstand, sagte er.

Lise half ihm, die Vorräte in die Autos zu laden. Es bereitete ihr ein gewisses Vergnügen, das zu tun, dabei nicht an Anna Rebka, Isaac oder Dvali zu denken. Oder daran, was sie in der Rub al-Khali erwartete.

»Und, fährst du mit uns?«, fragte er sie schließlich. »Oder wartest du auf den Bus nach Port Magellan?«

Sie gab ihm keine Antwort. Er hatte keine verdient.

Denn natürlich würde sie mit ihnen fahren. In das große Unbekannte.

VIERTER TEIL

Rub al-Khali

23

Brian Gately war wohlbehalten wieder in Port Magellan angekommen, als der zweite Ascheregen einsetzte.

Auf dem Flug über den Bodhi-Pass hinab in die Küstenebene hatten Sigmund und Weil etwas Bemerkenswertes getan: Sie hatten ihre Niederlage eingestanden. Die Vierten waren in alle Winde zerstreut; der abgebrannte Gebäudekomplex hatte über die verkohlten Überreste eines im Keller versteckten Bioreaktors hinaus keine Hinweise geliefert; auch in Turk Findleys Maschine war nichts Belastendes gefunden worden; und die Gefangenen waren bloße Lockvögel, noch dazu ziemlich alt, selbst nach Maßstäben der Vierten.

»Und was nun?«, fragte Brian, während sich weit unter ihnen ein einsamer Öllaster über die Serpentinenstraße quälte. »Fahren Sie wieder nach Hause?«

»Wir tun«, sagte Weil, »was wir schon immer getan haben: Kommunikationswege beobachten, Überwachungssoftware an strategischen Punkten laufen lassen. Früher oder später stoßen wir auf etwas. Und unterdessen gibt es einen Bioreaktor weniger, um den man sich Gedanken machen muss. Wenn schon sonst nichts, dann haben wir doch wenigstens einigen Leuten ordentlich ins Handwerk gepfuscht.«

»Und dafür sind Menschen gestorben?«

»Was meinen Sie damit? Ich kann mich nicht erinnern, dass jemand gestorben wäre.«

So war er schließlich wieder in seiner Wohnung, als sich der Himmel zum zweiten Mal mit leuchtendem Maschinenabfall füllte.

Die Nachrichtensendungen verfolgte er mit einer gewissen Gleichgültigkeit. Die Sprecher benutzten Begriffe wie »fremdartig« und »nie dagewesen«, doch Brian war unbeeindruckt: Es war doch nur eine Art Himmelsfäulnis, die Überreste eines gewaltigen Zerfallsprozesses. Alles Gemachte hatte nun einmal eine begrenzte Lebensdauer. Die ägyptischen Pyramiden versanken, die römischen Aquädukte waren nur noch steinerne Ruinen – und auch die Gebilde der Hypothetischen fielen der Entropie anheim, nachdem sie über Millionen von Jahren hinweg ihrem Zweck gedient hatten.

Ihre Asche allerdings gebar Monstrositäten, von denen er einige von seinem Fenster aus sehen konnte. Fünfzig Meter die Straße hinunter, dort, wo das arabische Geschäftsviertel in ein Labyrinth aus Souks und Teehäusern mündete, schwankte eine grüne Röhre von der Größe eines Abwasserrohres im Wind, um schließlich umzustürzen und die Kreuzung zu versperren.

Brian musste an Lises letzten Anruf denken. Wo war sie jetzt wohl? Nicht einmal Sigmund und Weil hatten ihm diese Frage beantworten können. Sie war mit den Vierten geflohen. Frei, möglicherweise, in einem ihm unverständlichen Sinn des Wortes. Noch unzerbrochen. Noch nicht auf die Erde gefallen wie eine alte Maschine.

Diesmal dauerte es länger, die Asche zu beseitigen. Und die Leute begannen, Fragen zu stellen. War es nun zu Ende oder würde es wieder geschehen? Folgte es womöglich einer exponentiellen Kurve, jedes Mal stärker und sonderbarer, bis Port Magellan unter einer Masse von Objekten begraben war, die wie riesige Kinderspielsachen aussahen?

Brian wollte diese Möglichkeit ausschließen, aber … immerhin, dachte er, war das ein fremder Planet, und wie leichtgläubig waren wir anzunehmen, wir könnten uns hier einfach einrichten, als wäre es eine zweite Erde?

Als es nicht mehr länger aufzuschieben war, fuhr Brian von seiner Wohnung durch die verschmutzten Straßen zum Konsulat. Oben angekommen, ging er an seinem Büro vorbei zu dem seines unmittelbaren Vorgesetzten, Konsularrat Larry Diesenhall, ein fünfundfünfzigjähriger Karrierediplomat mit rasiertem Kopf und so fein gefärbten Augen, dass es aussah, als wären sie ihm mit Buntstiften ins Gesicht gemalt worden. Diesenhall lächelte, als Brian eintrat. »Schön, dass Sie wieder da sind, Brian.«

Wieder da. Der verlorene Sohn. Brian zog einen Umschlag aus der Jacketttasche und ließ ihn auf Diesenhalls Schreibtisch fallen.

»Was ist das?«

»Sehen Sie es sich an.«

Der Umschlag enthielt Fotos – die Fotos, die Pieter Kirchberg Brian geschickt und von denen er heute Morgen Kopien angefertigt hatte.

»Mein Gott! Was soll das sein?«

Das sind die Toten, dachte Brian. Die Toten, die bei Kirchenpicknicks und in Büros wie diesem durch Abwesenheit glänzen. Er setzte sich und erzählte von Tomas Ginn und Sigmund und Weil und der Explosion in der Wüste und den drei Vierten, die man in Turk Findleys Flugzeug gefunden hat und die vielleicht – vielleicht auch nicht – gefoltert werden, um ihnen ein Geständnis abzupressen. Mehrmals versuchte Diesenhall, ihn zu unterbrechen, doch er sprach unbeirrt weiter, wie unter einem inneren Zwang – eine Redeflut, die nicht eingedämmt werden konnte.

Als er zu Ende war, starrte sein Vorgesetzter ihn mit offenem Mund an. »Gott, Brian … Ist Ihnen klar, wie prekär Ihre Position in dieser Sache ist? Sie beschweren sich hier über Sigmund und Weil, mit denen ich aber gar nichts zu tun habe. Weder Sie noch ich sind Mitglieder des *Executive Action Committee*, und diese Leute sind uns gegenüber nicht rechenschaftspflichtig. Sie waren mit einer Frau verheiratet, die sich offenbar mit aktenkundigen Vierten eingelassen hat. Das alles hätte für Sie viel schlimmer kommen können. Es wurden Fragen über Sie gestellt. Zu Ihrer Loyalität. Und ich habe mich für Sie eingesetzt. Aber jetzt kommen Sie zu mir mit diesen Anschuldigungen und dieser …« Diesenhall deutete auf die Fotos. »… Obszönität. Was soll ich Ihrer Meinung nach tun?«

»Ich weiß nicht. Sich beschweren. Einen Bericht schreiben.«

»Tatsächlich? Wollen Sie wirklich, dass ich so etwas tue? Haben Sie eine Vorstellung, was das für uns beide bedeuten würde? Und glauben Sie, dass irgendetwas *Gutes* damit bewirkt werden würde?«

Brian dachte darüber nach. Er hatte kein Gegenargument parat. Also zog er einen zweiten Umschlag hervor und legte ihn Diesenhall hin.

»Herrgott, was ist das jetzt schon wieder?«

»Meine Kündigung.«

24

Der letzte Mensch, den sie westlich von Bustee sahen, war eine stämmige Asiatin, die gerade dabei war, ihre Sinopec-Tankstelle zu schließen. Sie hatte die Pumpen bereits abgestellt, ließ sie aber noch einmal laufen, bis die beiden Fahrzeuge aufgetankt waren. Unterdessen hielt sie Dvali mit kantonesischem Akzent einen Vortrag darüber, wie närrisch es sei, noch weiter in die Wüste zu fahren. Niemand mehr sei dort, sagte sie. Sogar die Arbeiter auf den Ölfeldern und an den Pipelines seien alle nach Osten gezogen nach dem Ascheregen. »Da draußen war es noch schlimmer.«

»Schlimmer? Inwiefern?«

»Einfach schlimmer. Und dann die Erdbeben.«

»Erdbeben?«

»Kleine Beben. Haben viel kaputt gemacht. Muss alles repariert werden, wenn es wieder sicher ist zurückzugehen. Wenn.«

»Eigentlich sind wir auf dem Weg zur Westküste, auf die andere Seite der Wüste«, sagte Turk.

»Seltsame Art, dort hinzukommen«, erwiderte die Frau.

Staub aus dem Weltraum, gemischt mit gewöhnlichem Sand, hatte sich an der sonnengebleichten Bretterwand der Tankstelle aufgeschichtet. Der Wind kam aus Süden, heiß und trocken. Eine eingepuderte Welt … Lise dachte daran, was Turk über die Westküste gesagt hatte, die andere Seite der Wüste. Sie stellte sich Wellen vor, die an den Strand schlugen, unternehmungslustige Fischkutter, Regen und Grün und den Geruch von Wasser.

Als Kontrast zu diesem von einer erbarmungslosen Sonne heimgesuchten Horizont.

Seltsame Art, dort hinzukommen – zweifellos.

Während der Fahrt beobachtete Sulean Moi, wie Avram Dvali und Anna Rebka sich gegenüber dem Jungen verhielten.

Seine Mutter, wie es zu erwarten war, legte eine große Fürsorge an den Tag. Dvali war bemüht, doch Isaac schreckte seit Neuestem vor jeder seiner Berührungen zurück. Nichtsdestotrotz zog das Kind immer wieder seine Aufmerksamkeit auf sich.

Dvali war ein Götzendiener, dachte Sulean. Er betete ein Monstrum an. Er glaubte, dass Isaac der Schlüssel – ja, wozu war? Nicht zur »Kommunikation mit den Hypothetischen« – dieses wissenschaftliche Projekt war längst begraben worden –, sondern zu einem Erkenntnissprung, zu einer Annäherung an die gewaltige Kraft, die diese Welt und andere geformt hatte. Dvali sah in Isaac ein göttliches Wesen, und er wollte den Saum seiner Gewänder berühren, um seinerseits erleuchtet zu werden.

Und sie? Was wollte sie von Isaac? Eigentlich hatte sie seine Geburt verhindern wollen. Um solchen Tragödien zuvorzukommen, hatte sie die marsianische Botschaft in New York verlassen, war zu einem unwillkommenen Gast in der Gemeinde der terrestrischen Vierten geworden. Betet nicht die Hypothetischen an, hatte sie ihnen gesagt, sie sind keine Götter. Maßt euch nicht an, den Abgrund zwischen ihnen und den Menschen überbrücken zu wollen – er kann nicht überbrückt werden. Wir wissen das. Wir haben es versucht und sind gescheitert. Und dabei haben wir etwas getan, was man nur als Verbrechen bezeichnen kann: Wir haben menschliches Leben für unsere Zwecke geschaffen. Wir haben Leid geschaffen.

Zweimal war sie einem solchen Projekt zuvorgekommen. Zwei Vierten-Kommunen, eine in Vermont, eine in Dänemark, hatten kurz davorgestanden, ein Hybridkind zu erzeugen. In beiden Fällen hatte Sulean die überwiegend konservative Vierten-Gemeinde alarmiert und das moralische Gewicht in die Waagschale geworfen, das man ihr als marsianischer Vierter zuerkannte. In beiden Fällen war es ihr gelungen, Unheil zu verhindern. Hier aber hatte sie versagt – sie war etliche Jahre zu spät gekommen.

Und doch bestand sie darauf, das Kind auf dieser Reise, die zweifellos seine letzte sein würde, zu begleiten, obwohl sie sich einfach hätte entfernen können. Übte die Möglichkeit eines Kontakts vielleicht eine ebenso große Faszination auf sie aus wie auf Dvali?

Nein, das war absurd. Eher lag der Grund darin, dass der Junge ein paar Worte in einer Sprache gesprochen hatte, die er schlechterdings nicht kennen konnte.

Das hieß: Sie blieb bei ihm, weil sie Angst vor ihm hatte.

»Nehmen Sie das ernst«, fragte Turk, »was die Frau über die Erdbeben gesagt hat?«

Er fuhr in einem Wagen mit Dvali, der am Steuer saß. Der Wind schob noch immer Schlangenspuren aus Asche über die Straße, doch der größte Teil schien verweht zu sein – oder in den Boden eingesunken, so wie das Flatterding in Isaacs Haut eingesunken war.

Noch einen Tag, dann würden sie die Ausläufer des Ölfördergebiets erreichen. Der Punkt, den sie durch Triangulation ermittelt hatten, lag einige hundert Kilometer westlich davon.

»Ich kann nicht sagen, dass ich ihr nicht glaube«, erwiderte Dvali mit ruhiger Stimme. »War etwas darüber in den Nachrichten?«

Turk hatte sich immer wieder den Kopfhörer ins Ohr gesteckt, auch wenn der Empfang äußerst schlecht war. »Keine Meldungen über Erdbeben. Aber was heißt das schon?« Zum gegenwärtigen Zeitpunkt hätte er auch Munchkins oder Dinosaurier nicht mehr ausgeschlossen. »Sie sagen, es könnte wieder passieren, ein weiterer Ascheregen. Halten Sie das für möglich?«

»Ich weiß es nicht. Niemand weiß es.«

Außer vielleicht Isaac, dachte Turk.

Für die Nacht hielten sie bei einem Motel. Vor Kurzem noch von den Fahrern der Tanklaster frequentiert, lag es nun verlassen da.

Sie brauchten nicht lange zu rätseln, warum die Anlage aufgegeben worden war. Wie Girlanden hingen die fremdartigen Gewächse vom Dach des Gebäudes, bunte, röhrenartige Dinger, die durch den eigenen Zerfallsprozess zu Spitzenmuster geworden waren. Zuvor mussten sie aber sehr schwer gewesen sein – Teile des Daches waren unter ihrem Gewicht eingestürzt. Und das war noch nicht alles: Ein filigranes Ensemble aus blauen Ranken war in das Restaurant eingedrungen, hatte alles, was sich im Eingangsbereich befand – Fußboden, Decke, Tische, Stühle, ein Servierwagen –, miteinander verknotet. Aber auch das war in Auflösung begriffen, bei der kleinsten Berührung zerfiel es zu ranzigem Pulver.

Turk machte Zimmerschlüssel ausfindig und öffnete etliche Türen, bis er so viele intakte Räume gefunden hatte, dass sie sich ein wenig Privatsphäre gönnen konnten. Turk und Lise nahmen ein Zimmer gemeinsam, Dvali hatte eines für sich, und Sulean Moi erklärte sich bereit, eine Suite mit Diane, Anna Rebka und Isaac zu teilen.

Die Marsianerin war nicht unzufrieden mit der Zimmerverteilung. Sie brachte es zwar nicht über sich, Anna Rebka zu mögen, aber sie hoffte, dass ihr ein paar Minuten allein mit dem Jungen gewährt werden würden.

Die Hoffnung wurde nicht enttäuscht. Am Abend bestellte Dvali sie alle zu einer »Gemeinschaftsversammlung« ein. Isaac konnte daran natürlich nicht teilnehmen, und Sulean bot an, so lange bei ihm zu bleiben – sie hätte zu der Diskussion ohnehin nichts beizutragen, erklärte sie.

Als die anderen das Zimmer verlassen hatten, trat Sulean an das Bett des Jungen.

Er hatte kein Fieber und konnte sich sogar immer mal wieder aufsetzen, um etwas zu trinken und zu essen. Im Auto war er sehr ruhig gewesen, so als wäre ein Teil des furchtbaren Sehnens von ihm gewichen, seit sich das Flatterding auf ihn gestürzt hatte. Dvali wollte dieses Ereignis nicht erörtern, weil er es nicht verstand, aber es war der erste direkte Kontakt des Jungen mit den Schöpfungen der Hypothetischen gewesen. Sulean fragte sich, wie es sich angefühlt haben mochte. War das Ding noch immer in seinem Körper? Hatte es sich in Fragmente aufgelöst, um durch seinen Blutkreislauf zirkulieren zu können? Und wenn ja, warum? Gab es überhaupt einen Grund – oder war es lediglich ein weiteres Glied in einer Millionen Jahre andauernden Evolution?

Nur allzu gern hätte sie Isaac danach gefragt – aber andere Dinge waren wichtiger.

Sie lächelte dem Jungen zu, und Isaac lächelte zurück. Ich bin seine Freundin, dachte sie. Seine marsianische Freundin. »Weißt du, ich kannte einmal jemanden wie dich«, sagte sie dann, »vor langer Zeit.«

»Ja, ich erinnere mich.«

Sulean spürte ein Flattern in der Brust. »Du weißt, von wem ich spreche?«

Isaac nickte feierlich, seine goldgesprenkelten Augen blickten in die Ferne. »Esh.«

»Was … was weißt du von ihm?«

Und dann erzählte der Junge die Geschichte von Eshs kurzer Kindheit in der Station Bar Kea. Und verwendete dabei wieder marsianische Worte, seltene marsianische Worte, Eshs Worte.

Sulean wurde schwindlig. »Esh«, flüsterte sie.

»Er kann dich nicht hören, Sulean.«

»Aber *du* kannst *ihn* hören?«

»Er kann nicht sprechen. Er ist tot. Das weißt du doch.«

Natürlich wusste sie das. Sie hatte seinen sterbenden Körper in den Armen gehalten. Sie war es gewesen, die ihm geholfen hatte, in die Wüste zu entkommen, zu diesem Ding, das er so verzweifelt gewollt hatte – das gleiche Ding, das auch Isaac wollte. »Aber du kannst mit seiner Stimme sprechen.«

»Weil ich mich an ihn erinnere.«

»Du *erinnerst* dich an ihn?«

»Ja, das heißt, er … ich weiß nicht, wie ich es erklären soll.«

Der Junge wurde unruhig. Sulean unterdrückte ihren Schock und rang sich ein besänftigendes Lächeln ab. »Du brauchst es nicht zu erklären. Es ist ein Rätsel. Ich verstehe es auch nicht. Erzähl mir einfach, wie es sich anfühlt.«

»Ich weiß, was ich bin, ich weiß, wofür sie mich gemacht haben. Dr. Dvali, Mrs. Rebka – sie wollen, dass ich mit den Hypothetischen spreche. Aber das kann ich nicht. Da ist etwas in mir …« Isaac deutete auf seine Rippen. »Und da draußen in der Wüste … Etwas, das sich an Millionen von Sachen erinnert, und Esh ist eine davon, aber weil er ist wie ich, ist diese Erinnerung meine Erinnerung … Ich meine …«

Sulean streichelte dem Jungen über den Kopf. Seine Haare waren feucht und sandig. »Beruhige dich.«

»Das Ding in mir erinnert sich an Esh, und ich erinnere mich an das, an das Esh sich erinnert hat. Ich sehe dich an und sehe euch beide.«

»Uns beide?«

»So wie du jetzt bist. Und so wie du damals warst.«

»Und Esh kann mich auch sehen?«

»Nein, ich habe doch gesagt, er ist tot, er kann nichts sehen. Er ist nicht hier. Aber ich weiß, was er sagen würde, wenn er hier *wäre*.«

»Und was würde er sagen, Isaac?«

»Er würde sagen …« Der Junge wechselte wieder in die marsianische Sprache, in einen Dialekt, der Sulean nach all den Jahren immer noch erschreckend vertraut war. »Er würde sagen: *Hallo, große Schwester.*«

Eshs Stimme, ohne Zweifel.

»Und er würde sagen …«

»Was?«

»Er würde sagen: *Hab keine Angst.*«

Das ist unmöglich, dachte Sulean. Sie trat vom Bett zurück, ging fast bis zur Tür – wo Avram Dvali, den sie gar nicht hatte kommen hören, stand und zuhörte, das Gesicht gerötet, zornig, eifersüchtig.

»Wie lange wissen Sie das schon?«

Dvali hatte darauf bestanden, nach draußen zu gehen, weg von den anderen, ein Stück in die Wüste hinein, die sie seit Tagen umgab. Ein gewaltiger Himmel wölbte sich über sie, und von den Werken der Menschheit war nur der schäbigste Teil zu sehen.

Esh, dachte Sulean. So weit musste sie reisen, um seine Stimme wiederzuhören. »Seit einigen Wochen.«

»Wochen! Und hatten Sie die Absicht, diese Information mit uns zu teilen?«

»Eine *Information* hat es nie gegeben. Nur eine Möglichkeit.«

»Die Möglichkeit, dass Isaac Erinnerungen mit Ihrem marsianischen Experiment teilt, diesem Esh.«

»Esh war kein Experiment. Er war ein Kind, Dr. Dvali. Und er war mein Freund.«

»Sie weichen aus.«

»Ich weiche überhaupt nicht aus. Ich habe mit Ihrer Arbeit nichts zu tun. Wäre es mir möglich gewesen, hätte ich Sie davon abgehalten.«

»Aber so ist es nun einmal nicht gekommen, und jetzt sind Sie hier. Mir scheint, Sie sollten Ihre Motive hinterfragen, Ms. Moi. Ich glaube, Sie sind aus dem gleichen Grund hier wie wir. Weil Sie Ihr ganzes Leben lang versucht haben, die Hypothetischen zu verstehen – und dabei kein Stückchen weitergekommen sind.«

Sicherlich hatten die Hypothetischen in Suleans Denken immer eine Rolle gespielt. Eine Obsession? Vielleicht, aber sie hatte ihr Urteil nie getrübt. Was nun die Frage anging, ob sie die Hypothetischen *verstand* … »Sie existieren nicht«, sagte sie.

»Wie bitte?«

»Die Hypothetischen. Sie existieren nicht, nicht in dem Sinne, wie Sie sie sich vorstellen. Was für ein Bild haben Sie von ihnen? Wesen von unendlicher Weisheit, unergründlich für unseren armseligen Verstand? Das war der Fehler, den die marsianischen Vierten gemacht haben. Lässt sich nicht jedes Risiko rechtfertigen, wenn die Aussicht besteht, sich mit Gott zu unterhalten? Aber sie existieren nicht. Es gibt nichts dort oben am Himmel, nichts außer einer gewaltigen operativen Logik, die eine Maschine mit der anderen verbindet. Diese Logik ist alt, sie ist komplex – aber sie ist kein *Bewusstsein*.«

»Wenn das so ist – mit wem haben Sie dann gerade gesprochen?«

Sulean öffnete den Mund. Und machte ihn wieder zu.

In dieser Nacht schliefen Lise und Turk miteinander; das gemeinsame Zimmer erwies sich als Aphrodisiakum. Sie sprachen nicht darüber, mussten nicht darüber sprechen: Im Kerzenlicht hatte Lise sich ausgezogen und Turk beim Ausziehen beobachtet, dann hatte sie die Kerze ausgemacht und ihn in der Dunkelheit aufgespürt. Er roch streng, so wie sie. Es spielte keine Rolle. Das hier war die Kommunikation, bei der sie immer brilliert hatten. Kurz fragte sie sich, ob das Quietschen der Bettfedern in den anderen Zimmern zu hören war. Vermutlich ja. Aber vielleicht war es ja gut für die Vierten, wenn sie es hörten. Vielleicht würde es ihnen etwas Energie verleihen.

Irgendwann schlief Turk, den Arm über ihre Rippen gelegt, ein, und sie war zufrieden damit, ihn neben sich zu spüren. Sie selbst konnte nicht schlafen. Sie dachte daran, wie weit sie gekommen waren, und ihr fiel eine Zeile ein, die sie einmal in einem Buch gelesen hatte: *Das dünne Ende des Nirgendwo, zu einer feinen Spitze abgeschliffen.*

Die Nacht war kalt. Sie schmiegte sich an Turk, suchte seine Wärme.

Sie war noch immer wach, als das Gebäude zu zittern begann.

Auch Diane Dupree lag wach in dem Zimmer, das sie mit Sulean Moi, Anna Rebka und Isaac teilte.

Sie konzentrierte sich auf das Atmen des Jungen, dachte darüber nach, wie seltsam das Leben für ihn gewesen sein musste: ohne Mutter aufgewachsen, Anna Rebka konnte kaum als eine solche bezeichnet werden, und ohne Vater, es sei denn, man wertete Dvalis lauernde Präsenz als Ausübung der Vaterrolle, gleichgültig gegenüber jeder emotionalen Zuwendung. Ein schwieriges, eigensinniges Kind.

Sie hatte Teile des am Abend geführten Gesprächs zwischen Dvali und Sulean Moi mitbekommen, und daraus hatten sich für sie einige unangenehme Fragen ergeben.

Natürlich hatte die Marsianerin recht. Dvali war kein Wissenschaftler mehr, der die Hypothetischen mit etwas unkonventionellen Methoden studierte – er befand sich auf einer Pilgerreise. Und an deren Ende erwartete er etwas Heiliges zu finden, etwas Erlösendes.

Die gleiche Sehnsucht hatte sie – vor vielen, vielen Jahren – einst an den Rand des Todes gebracht. Sie hatte sich in den Glauben ihres ersten Mannes wie in einen Mantel gewickelt, war mit ihm und einigen anderen in die Abgeschiedenheit geflohen und hatte sich dort mit einer Krankheit infiziert, an der sie beinahe gestorben wäre. Die Heilung von dieser Krankheit war zugleich ihr Übergang in den sogenannten Vierten-Zustand, dem Erwachsensein jenseits des Erwachsenseins.

Damals hatte sie geglaubt, diese Sehnsucht hinter sich gelassen zu haben. So als wäre nach der Behandlung etwas Kühles, Rationales in ihr zum Vorschein gekommen und hätte die Regie übernommen. Keine Erstürmung des Himmels mehr, sondern ein ruhiges, nützliches Leben …

Aber hatte sie sich womöglich darüber getäuscht? Wie viel hatte sie wirklich hinter sich gelassen, wie viel schleppte sie noch – unbewusst – mit sich herum? Als sich die Linien auf der Karte geschnitten hatten, Isaacs Linien, hatte Diane die Sehnsucht zum ersten Mal seit unzähligen Jahren wieder verspürt.

Und erneut, als sie hörte, dass Isaac Zugang zu den Erinnerungen eines vor langer Zeit gestorbenen Marsjungen hatte, dem er nie begegnet war.

Die Hypothetischen erinnerten sich an Esh.

Woran erinnerten sie sich noch?

Ihr Bruder Jason war bei dem Versuch gestorben, mit den Hypothetischen in Kontakt zu treten. Erinnerten sie sich *daran*? Konnten sie sich an Jason erinnern?

Und wenn sie Isaac fragte, würde er mit Jasons Stimme sprechen?

Beinahe schuldbewusst setzte sie sich auf, als das Gebäude zu zittern begann. Die Mauern des Himmels stürzen ein, dachte sie benommen.

Als es Turk endlich gelang, die Kerze anzuzünden, hatte das Wackeln bereits wieder aufgehört. Die Frau an der Tankstelle hat recht gehabt, dachte er. Erdbeben!

Er drehte sich zu Lise um. »Alles in Ordnung? Es ist nur ein leichtes Beben.«

»Versprich mir, dass wir nicht anhalten.«

Turk blinzelte. Im Kerzenlicht wirkte Lises Haut blass, gespenstisch. »Anhalten?«

»Wenn sie dort sind, wo sie hinwollen – dann *halten wir nicht an.* Wir fahren weiter bis zur Westküste. Wie du gesagt hast.«

»Natürlich. Worüber machst du dir Sorgen? Das war doch nur ein leichtes Beben. Du kommst aus Kalifornien, da musst du das doch öfter mal erlebt haben.«

»Sie sind verrückt, Turk. Sie klingen rational, aber sie bereiten sich auf diese gigantische Feier ihres Wahnsinns vor. Und ich will nichts damit zu tun haben.«

Turk ging zum Fenster – um sicherzustellen, dass nicht etwa die Sterne explodiert waren oder so etwas, denn Lise hatte recht: Der Wahnsinn war auf dem Vormarsch. Doch dort draußen erstreckte sich nur die zentraläquatorianische Wüste unter einem blassen Mond. Ein Anblick, bei dem man sich ganz winzig fühlen konnte.

Ein weiteres leichtes Beben erschütterte die nutzlose Lampe auf dem Nachttisch.

Isaac spürte das Beben, aber es weckte ihn nicht auf. Er hatte in letzter Zeit zunehmend die Fähigkeit eingebüßt, zwischen Wach- und Schlafzustand zu unterscheiden.

Unermüdlich drehte sich die Uhr der Sterne in seinem Innern. Er träumte Dinge, für die er keine Worte hatte. Es gab so vieles, wofür er keine Worte hatte. Und es gab Worte, die er kannte, aber nicht verstand: *Liebe* zum Beispiel.

Ich liebe dich, hatte Mrs. Rebka ihm zugeflüstert.

Er hatte nicht gewusst, was er darauf antworten sollte. Aber das war nicht weiter schlimm. Sie schien gar keine Antwort erwartet zu haben. *Ich liebe dich, Isaac, mein Sohn,* hatte sie geflüstert und sich dann abgewandt.

Was bedeutete das?

Was bedeutete es, wenn er die Augen schloss und die kreisenden Sterne sah oder die Feuer tief in der westlichen Wüste? Was bedeutete es, dass er aus diesem unendlichen Mosaik ausgerechnet die Stimme von Esh, einem marsianischen Jungen, aufrufen konnte? Konnte er sich an Esh erinnern, oder war da etwas, das sich *durch ihn* an Esh erinnerte?

Eines nämlich *wusste* Isaac: Das Ereignis, zu dem er bestellt worden war, zu dem all die Hypothetischen-Maschinen aus ihrer gemächlichen Bahn am Himmel abberufen worden waren, würde ein Erinnern sein.

Ein Erinnern, das größer war als die Welt selbst.

Er fühlte es kommen. Die Kruste des Planeten geriet in Bewegung, ihr Zittern stieg durch die Fundamente des Gebäudes, durch den Fußboden, die Querbalken, die Längsbalken, durch den Bettrahmen und die Matratze, und Isaac zitterte mit, von Freude erfasst, während Erinnerung und Vergessen mit Riesenschritten vorrückten, mit Schritten so groß wie Kontinente, bis er sich schließlich fragte:

Ist das jetzt Liebe?

FÜNFTER TEIL

In Gegenwart des Unaussprechlichen

25

Sie hatten gerade die Ausläufer der Ölfelder erreicht – das dünne Ende des Nirgendwo –, als der dritte und stärkste Ascheregen begann.

Im Radio hatte es Vorwarnungen gegeben. Leichte Niederschläge in Port Magellan, aber dichte Schwaden im Westen, als hätten sie dort ihr Zentrum.

Als Dvali sie von der Bedrohung in Kenntnis setzte, war diese bereits sichtbar geworden. Lise sah durch das Heckfenster, wie sich Wolken von der Farbe kochenden Schiefers am eben noch hellblauen Himmel bildeten.

»Wir müssen uns dringend irgendwo unterstellen«, hörte sie Turk sagen.

Im Südwesten konnte Turk die silberschwarzen Silhouetten des Aramco-Bohrkomplexes erkennen. Einige der Türme schienen sich zur Seite zu neigen, doch das konnte auch eine Sinnestäuschung sein. Das Gelände war ganz offensichtlich evakuiert worden, dennoch war anzunehmen, dass es weiterhin bewacht wurde.

Glücklicherweise fuhren sie in eine andere Richtung, passierten den Gewerbering, der um die Ölfelder gewachsen war: Bars, Striplokale, ein Einkaufszentrum und eine Reihe robuster Betongebäude, in denen sich Ein- und Zweizimmerwohnungen stapelten.

Turk, der mit Lise und Dvali in einem Auto saß, sah, wie der zweite Jeep auf das Einkaufszentrum zufuhr. Dvali bog ebenfalls ab. Vor dem Supermarkt kamen sie beide zum Stehen.

»Vorräte«, erläuterte Diane.

»Dafür haben wir keine Zeit«, erwiderte Dvali mit ernster Miene. »Wir müssen einen sicheren Unterschlupf finden.«

»Wie wär's mit dem Gebäude da direkt vor uns? Ihr brecht da ein oder was immer nötig ist, und wir kommen hinterher, sobald wir etwas zu essen gefunden haben.«

Dvali gefiel dieser Vorschlag offensichtlich nicht, doch ebenso offensichtlich war für Turk, dass er Hand und Fuß hatte: Die notwendigsten Dinge drohten ihnen auszugehen, und der Ascheregen würde sie womöglich auf unabsehbare Zeit von der Außenwelt abschneiden.

»Na schön, aber macht schnell«, sagte Dvali mürrisch.

Wer immer diese Arbeiterunterkünfte angelegt hatte, schien es nicht für nötig gehalten zu haben, die Anstaltsatmosphäre zu übertünchen. Umgeben waren sie von verwittertem Betonpflaster, einem leeren Parkplatz und einem eingezäunten Tennisplatz, dessen Netz traurig durchhing. Die Tür, auf die Turk zuging, war aus gelb angestrichenem Stahl, im Laufe der Jahre tausendfach misshandelt von den Stiefeln besoffener Ölarbeiter. Turk bearbeitete das Schloss mit einem Wagenheber, während sich Dvali immer wieder nervös nach dem näherrückenden Sturm umsah. Das Licht war bereits rapide am Schwinden.

Schließlich sprang die Tür auf, und sie traten ein. »Gott, das stinkt!«, sagte Lise.

Die Leute mussten in höchster Eile evakuiert worden sein. In etlichen Wohnungen – es waren eher Zellen, mit schmalen hohen Fenstern und winzigen Badezimmern – gammelten Lebensmittel vor sich hin. Nach einer Weile fanden sie drei Einheiten, zwei nebeneinander gelegen, die dritte gegenüber, in denen sich der Gestank halbwegs in Grenzen hielt. Dennoch wollte Lise die Fenster öffnen, doch Dvali sagte: »Nein. Die Asche kann jeden Augenblick kommen. Wir werden wohl mit dem Geruch leben müssen.«

Turk und Dvali entluden das Auto, und als sie fertig waren, hatte sich der Nachmittag in ein schmutziges Zwielicht verwandelt. »Wo bleiben die anderen?«, fragte Dvali.

»Soll ich sie holen?«

»Nein. Sie wissen schon, wo sie uns finden. Hoffe ich.«

Diane und Sulean Moi ließen Anna Rebka mit Isaac im Auto und machten sich auf die Suche nach Lebensmitteln. Der Supermarkt war praktisch leer geräumt, nur in einem Lagerraum ganz hinten entdeckten sie noch einige Kartons mit Konservendosen, die zwar nicht sonderlich appetitanregend aussahen, aber unter Umständen lebenswichtig werden konnten, sollte der Sturm länger andauern. Sie trugen die Kartons zum Auto, während der Himmel immer dunkler wurde. »Zwei Kisten noch«, sagte Diane schließlich mit skeptischem Blick auf die Aschewolke, »dann schauen wir, dass wir ein Dach über den Kopf bekommen.«

Das Oberlicht warf einen blassen Schimmer auf die leeren Regale, von denen einige offenbar bei dem Beben eingestürzt waren. Diane und Sulean griffen sich je einen letzten Karton und eilten zurück zum Ausgang. Unter ihren Füßen knirschte herumliegendes Glas und sonstiger Abfall.

In dem Moment, als sie herauskamen, hörten sie schon Isaacs Schreie. Diane ließ ihren Karton fallen – etliche Dosen mit Cremesuppe rollten über die Straße – und riss die hintere Wagentür auf. »Helfen Sie mir, Sulean!«

Die Schreie des Jungen wurden lediglich unterbrochen, wenn er nach Luft holte. Diane fragte sich, wie die Lungen eines Kindes nur so furchtbare Geräusche produzieren konnten. Als wäre das nicht genug, schlug und trat er auch noch um sich. Sie packte seine Handgelenke und hielt sie fest, was mehr Kraft erforderte, als sie dachte. Anna Rebka saß auf dem Fahrersitz und hantierte unbeholfen mit dem Autoschlüssel. »Er hat einfach zu schreien begonnen – ich kann ihn nicht beruhigen«, jammerte sie.

»Starten Sie das Auto!«

»Ich hab's versucht. Es geht nicht.«

In diesem Moment erreichte sie der Sturm, brach ein Tosen über sie herein, das jedes Licht auslöschte und jedes Wort erstickte.

Selbst Isaac wurde still. Diane spuckte einen Mundvoll Asche aus, dann gab sie den anderen Zeichen, sich in den Supermarkt zu flüchten.

Hatte Anna Rebka sie verstanden? Und Sulean? Offenbar ja. Sulean, kaum mehr als ein schattenhafter Umriss, half ihr, den Jungen hochzuheben und ihn in den Laden zu tragen, während Anna Rebka, die Hand auf Dianes Schulter gelegt, ihnen folgte.

Die Situation drinnen war nicht wesentlich besser. Das zerbrochene Oberlicht ließ Schwaden von Asche herein. Sie stellten Isaac auf die Beine, nahmen ihn in die Mitte und tasteten sich zum Lagerraum vor. Dort angekommen, schlossen sie die Tür hinter sich und warteten in völliger Finsternis, bis der Staub sich so weit legte, dass man wieder vernünftig atmen konnte. Diane dachte: Nach all den Jahren – war das der Ort, an dem sie sterben würde?

26

Als der Sturm losbrach, war sofort klar, dass Isaac und die Frauen irgendwo gestrandet waren.

Denn dies war kein lockerer Ascheregen mehr und auch kein astrophysikalisches Phänomen, das bis zum nächsten Morgen wieder beseitigt sein würde. Wäre etwas Derartiges in Port Magellan geschehen, hätte man die Stadt monatelang sperren müssen. Es war eine Katastrophe.

Das Schlimmste war die Dunkelheit. Obwohl ihre Taschenlampen voll aufgeladen waren, erzeugten sie doch nur einen recht kläglichen Lichtkegel.

Dvali bestand darauf, alle Stockwerke des Gebäudes zu durchkämmen, um sich davon zu überzeugen, dass die Fenster gut verschlossen waren – eine mühsame, unheimliche Aufgabe, eine ständige Erinnerung daran, wie allein und verlassen sie hier draußen waren. Und die Asche schaffte es ohnehin, nach innen zu gelangen, sich durch die Risse zu drängen. Kleine Teilchen schwebten im Strahl der Taschenlampe, der Gestank durchdrang die Luft, ihre Kleidung, ihre Körper.

Schließlich machten sie in einer Wohnung im zweiten Stock Pause, deren Fenster so gelegen waren, dass sie von dort aus die Situation draußen abschätzen konnten – falls der nächste Morgen, dachte Lise, je anbrechen, falls das Sonnenlicht sie je wieder erreichen würde. Turk öffnete eine Dose Corned Beef und servierte es auf Plastiktellern, die er in einem der Küchenschränke gefunden hatte.

Ölarbeiter lebten wie Studenten am College, so Lises Eindruck. Zornige, depressive Studenten: die leeren Flaschen, wahllos verstreut, die sich in den Ecken stapelnden Kleiderhaufen, die nackten Matratzen und zerfledderten Zeitschriften, in denen den »größten Brüsten der Welt« gehuldigt wurde.

Dvali redete über Isaac. Er redete schon seit Stunden über Isaac, hatte Lise das Gefühl, darüber, was dieses Ereignis »für seinen Status als Kommunikant« bedeuten konnte. Allmählich klang das alles mehr als nur ein bisschen wahnsinnig.

»Wenn Ihnen so viel an ihm gelegen ist«, unterbrach sie ihn nach einer Weile, »hätten Sie ihm da nicht wenigstens einen Nachnamen geben können?«

Dvali sah sie überrascht an. »Wir haben ihn gemeinschaftlich aufgezogen. Anna hat ihm den Namen Isaac gegeben, das schien ausreichend.«

»Sie hätten ihn Isaac Hypothetisch nennen können«, sagte Turk. »Nach seiner Herkunft väterlicherseits.«

»Sehr lustig«, knurrte Dvali. Immerhin hielt er jetzt den Mund.

Die Asche fiel dichter als je zuvor, ein Vorhang aus glitzerndem Grau. Mehr als in Port Magellan, dachte Lise. Mehr als in Bustee.

Sie verzichtete darauf, sich vorzustellen, was daraus alles hervorkommen mochte.

Es dauerte lange, bis sich die Luft im Lagerraum des Supermarktes gesetzt hatte. Irgendwann bemerkte Diane, dass ihre Lunge weniger schmerzte, ihr Hals weniger wund war, ihr Schwindelgefühl erträglicher wurde.

Wie viel Zeit war vergangen, seit der Sturm begonnen hatte? Zwei Stunden? Zehn? Sie konnte es nicht mit Bestimmtheit sagen. Es gab kein Sonnenlicht mehr, genauer gesagt, gab es gar kein Licht mehr. Sie hatten keine Möglichkeit gehabt, die Taschenlampen aus dem Auto mitzunehmen, und das Einzige, was sie – tastend, nach der Erinnerung – im Lagerraum gefunden hatten, waren einige Softdrinks, mit denen sie sich die Asche aus dem Mund spülen konnten. Die warme Flüssigkeit schäumte auf der Zunge, vermischte sich mit den eingeatmeten Teilchen, was furchtbar schmeckte, aber wenn man genug davon trank, konnte man zumindest wieder sprechen.

Die drei Frauen waren um Isaac versammelt, der auf dem Betonboden lag. Er hatte einige Male aus einer der Flaschen genippt, doch sein Fieber war wieder gestiegen – er strahlte eine erschreckende Hitze ab – und seit Beginn des Ascheregens hatte er nicht mehr gesprochen.

Wir sind wie die Hexen in »Macbeth«, dachte Diane, und Isaac ist unser brodelnder Kessel.

Anna Rebka streichelte ihm über die Stirn. »Isaac, kannst du mich hören?«

Seine Reaktion bestand in einem Regen der Arme und Beine und einem schwachen Murmeln, das Bestätigung ausdrücken mochte.

Diane war bewusst, dass sie hier vielleicht sterben würden, sie alle. Der Gedanke an den Tod verstörte sie nicht übermäßig, wenn sie auch den damit möglicherweise verbundenen Schmerz fürchtete. Einer der Vorzüge der Viertheit – und sie waren alle Vierte in diesem Raum, auch Isaac – lag darin, dass die Angst vor dem Sterben deutlich dämpfte. Schließlich lebte sie schon sehr lange, trug Erinnerungen an die Zeit vor dem Spin in sich, die Erde, wie sie sie als Kind, wie sie sie in ihrer letzten Nacht gesehen hatte: ein Haus, eine große Rasenfläche, der Himmel. Damals, als sie noch an Gott geglaubt hatte – einen Gott, der der Welt Sinn verleiht, indem er sie liebt.

Der Gott, der ihr heute fehlte. Vielleicht auch der Gott, den Avram Dvali beschworen hatte, als er Isaac erschuf. Sie hatte das alles schon erlebt, diese Sehnsucht nach Erlösung, hatte mit ihr gelebt, hatte sie gelebt. Diese Sehnsucht hatte ihren Bruder Jason ebenso angetrieben wie sie, und Jasons Obsession war der Dvalis sehr ähnlich gewesen – mit dem entscheidenden Unterschied, dass Jason am Ende nicht ein Kind, sondern sich selbst geopfert hatte.

Isaacs Atmung ging nun regelmäßiger, und sein Körper kühlte etwas ab. Diane fragte sich, wie er wohl auf den Ascheregen reagieren würde. Die Verbindung lief offenbar über die Maschinen der Hypothetischen, die halb lebendigen Dinge, die aus dem niedergegangenen Staub entstanden, ihn bewohnten. Aber was bedeutete das, welchen Sinn hatte es?

Sie musste diese Frage laut ausgesprochen haben – sie war noch immer nicht ganz klar im Kopf –, denn Sulean Moi erwiderte: »Nichts, es bedeutet nichts.« Ihre Stimme war ein raues Krächzen. »Das ist die Wahrheit, die Dvali nicht erkennen will. Die Hypothetischen sind ein Netzwerk selbstreproduzierender Maschinen, sie sind kein Bewusstsein. Sie können nicht mit Isaac sprechen, nicht auf die Weise, wie wir miteinander sprechen.«

»Das stimmt nicht«, ließ sich Anna Rebka vernehmen. »Sie selbst haben mit Esh, dem toten Jungen, gesprochen – durch Isaac. Würden Sie das nicht als Kommunikation bezeichnen?«

Die Marsianerin schwieg. Wie seltsam es doch war, diese Diskussion in vollkommener Dunkelheit zu führen, dachte Diane. Und wie typisch für Vierte. Wie hätte sie wohl vor ihrer Umwandlung auf eine derartige Situation reagiert? Vermutlich hätte die Angst sie überwältigt. Die Angst, die Klaustrophobie und das stetige Geräusch der Asche – es war so viel *mehr* als Asche –, die sich auf dem Dach niederließ und das Gebäude zum Ächzen brachte.

»Er sagte mir, dass er sich an Esh *erinnere*«, sagte Sulean schließlich. »Gedächtnis ist ebenfalls eine Eigenschaft von Maschinen. Ein modernes Telefon hat einen größeren Erinnerungsspeicher als so manches Säugetier. Ich vermute, die ersten Hypothetischen wurden ausgesandt, um Daten zu sammeln, und das tun sie immer noch, mit unendlich ausgefeilteren Methoden. Auf irgendeine Weise haben die Maschinen, die Esh töteten, Zugang zu seinem Gedächtnis erlangt.«

»Dann wird Isaac wohl dasselbe widerfahren«, erwiderte Anna Rebka, und mit diesen Worten, dachte Diane, offenbarte sie ihr Innerstes. Anna Rebka wusste, dass Isaac sterben würde, dass es kein anderes Ergebnis seiner Transaktion mit den Hypothetischen geben konnte.

»So wie *er* sich an Jason Lawton erinnert«, sagte Sulean. »Ist nicht das die Frage, die Sie bewegt, Diane?«

Diese marsianische Hexe! Aber sie hatte recht: Es war die Frage, die Diane nicht zu stellen wagte. »Vielleicht möchte ich es lieber nicht wissen.«

»Dvali würde es auch nicht zulassen. Aber Dvali ist nicht hier … Isaac!«

»Tun Sie es nicht«, sagte Anna Rebka.

»Isaac, kannst du mich hören?«

Anna Rebka protestierte erneut, doch dann erklang Isaacs Stimme, schwach, ein Flüstern: »Ja.«

»Erinnerst du dich an Jason Lawton?«

Bitte nicht, dachte Diane.

Der Junge flüsterte: »Ja.«

»Und was würde er sagen, wenn er hier wäre?«

Isaac räusperte sich, ein feuchtes, froschartiges Geräusch.

»Er würde sagen: *Hallo, Diane.* Er würde sagen …«

»Nicht weiter«, flehte Diane. »Bitte.«

»Er würde sagen: *Sei vorsichtig, Diane.* Denn es wird jetzt geschehen.«

Was wird geschehen? Doch es war keine Zeit mehr, diese Frage zu stellen, denn tief unter ihnen erhob sich etwas, erschütterte das Gebäude, ließ den Fußboden schaukeln, erstickte alle Gedanken.

27

Nur Isaac sah, was geschah, weil nur Isaac Augen hatte, die es sehen konnten.

Er konnte vieles sehen, und das wenigste davon hatte er Mrs. Rebka oder Sulean Moi mitgeteilt, seinen zwei besten Freunden.

Zum Beispiel konnte er sich selber sehen. In der Dunkelheit des Lagerraums sah er sich deutlicher als je zuvor. Nicht seinen Körper, sondern den silbernen Strang der Wesenheit in seinem Innern. Sie teilte sich sein Nervensystem mit ihm, verzierte seine Wirbelsäule mit leuchtenden Mustern aus zarten Fasern und Fäden. Hätten die anderen ihn so sehen können, sie wären vermutlich entsetzt gewesen. Ein Teil von Isaac, der menschliche Teil, war ebenfalls entsetzt. Doch dieser Teil zog sich immer weiter zurück, und ihm wurde widersprochen von einem anderen Teil, der der Ansicht war, er sei wunderschön; er sehe aus wie Elektrizität; er sehe aus wie ein Feuerwerk.

Die Frauen – Mrs. Rebka, Sulean Moi, Diane – konnte er auch sehen. Er vermutete, dass die Vierten-Behandlung das verursachte, dass sie sie mit einem Hauch – wirklich nur einem Hauch – von Hypothetischen-Leben infiziert hatte. Es war, als wären sie schwache Lampen im Nebel, während Isaac ein hell leuchtender Suchscheinwerfer war.

Und er konnte noch mehr sehen, durch die Wände.

Er sah den Ascheregen. Für seine Augen war es ein Sternensturm, jedes einzelne Element scharf umrissen und zugleich alles miteinander verschmelzend. Hell, ja, aber auch durchsichtig: Er konnte *hindurch* sehen – Richtung Westen.

Die Maschinen der Hypothetischen fielen nicht beliebig herab, sie konzentrierten sich auf den Ort, an dem sich etwas sehr Altes aus der Erde erhob. Es hatte sich in seinem Schlaf geregt wie ein träger Behemoth, und der Erdboden war erzittert, die Bohrtürme waren umgestürzt, die Pumpen und Pipelines waren zerbrochen. Immer wieder hatte es sich geregt, während immer mehr Asche fiel.

Auch jetzt regte es sich, mit aller Macht. Diesmal erzitterte die Erde nicht nur, sie geriet in Aufruhr, und auch wenn der menschliche Teil von Isaac blind war in der Dunkelheit, konnte er das Ächzen des Steins und das Krachen der einstürzenden Wände hören. Er spürte einen Ansturm fauliger Luft, das Atmen wurde wieder mühselig und schmerzhaft.

Doch all das spielte keine Rolle für jenen Teil von ihm, der sehen konnte.

Das ist eine Maschine, dachte er, während er sah, wie sich die riesige Struktur fast zweihundert Kilometer weiter westlich aus der Wüste stemmte. Eine Maschine, ja, aber sie war auch lebendig – das eine schloss das andere nicht aus. Die Stimme in ihm, die einst Jason Lawtons Stimme gewesen war, sagte: Eine lebende Zelle ist eine aus Protein gemachte Maschine; was da vom Himmel fällt, was sich da aus der Erde erhebt, ist Leben mit anderen Mitteln.

Die Struktur ähnelte dem Torbogen – oder den Bildern von diesem Bogen, die Isaac gesehen hatte. Es war ein gewaltiger Halbring, der aus dem gleichen Stoff bestand wie die Asche, verdichtet und anders angeordnet, auf eine Weise, die gegen Naturgesetze verstieß, für die Isaac keinen Namen hatte, die Jason Lawtons Gedächtnis aber mit Begriffen wie »starke Kraft« und »schwache Kraft« verband. Er war wunderschön, ein Regenbogen, der in zahllosen unbenannten Farben funkelte. Es war ein Bogen, der zum Durchqueren gedacht war – doch er führte nicht zu einem anderen Planeten.

Eben jetzt wurde er durchquert. Aus der vollkommenen Schwärze in seinem Inneren, wo selbst Isaac nichts mehr sehen konnte, stiegen leuchtende Wolken zu den Sternen auf.

Der Gedanke an Jason ließ Diane nicht los, auch nicht nach ihrer Verletzung.

Das Erdbeben war in einer schnellen Abfolge heftiger Stöße verlaufen, so viel hatte sie noch begriffen, und sie war auch imstande gewesen, ihre Furcht, zumindest in den ersten Augenblicken, zu unterdrücken. Dann war das Gebäude eingestürzt.

Das jedenfalls war ihre instinktive Schlussfolgerung gewesen, als sie einen heftigen Schlag gegen die rechte Schulter und den Hals gespürt hatte, gefolgt von Benommenheit oder sogar einer kurzen Bewusstlosigkeit, und das gefolgt von Schmerz, Übelkeit, Atembeschwerden. Sie schnappte nach Luft. Ein wenig strömte in ihre Lunge, aber nicht genug, nicht annähernd genug.

»Liegen Sie still!« Die Stimme war ein kehliges Krächzen. Anna Rebka? Nein, Sulean Moi. Diane wollte antworten, konnte aber nicht – ihre Lunge tat nichts anderes, als sich zusammenzukrampfen. Sie versuchte, sich auf die Seite zu drehen, um sich, wenn sie sich übergeben musste, nicht selbst zu beschmutzen.

Dabei stellte sie fest, dass die linke Seite ihres Körpers taub war.

»Ein Teil der Decke ist auf Sie gefallen«, sagte Sulean.

Diane würgte. Es kam nichts heraus, wofür sie dankbar war. Und die Erdstöße hatten aufgehört, das war gut. Sie versuchte, ihre Verletzungen abzuschätzen, doch sie konnte im Moment nicht klar genug denken, nicht solange ihr Körper so verzweifelt um Luft kämpfte. Sie hatte Schmerzen. Und Angst. Keine Angst vor dem Tod, im Gegenteil: Das hier, das war der Grund, warum Menschen den Tod *wählten* – um diesem Schmerz, diesem Leiden ein Ende zu machen.

Sie dachte wieder an Jason – warum hatte sie an Jason gedacht? – und dann an Tyler, ihren verstorbenen Mann. Und dann wurden selbst diese Gedanken zu schwer und sie verlor wieder das Bewusstsein.

Isaac sah, dass Diane schwer verletzt war. Ihr Leuchten war zu einer flackernden Kerze geworden.

Aber es fiel nicht leicht, darauf richtig zu achten. Er war gebannt von der Landschaft ringsum. Gebannt, weil er ein Teil von ihr war, weil er zu dieser Landschaft *wurde* … Doch das konnte warten. Jetzt, da sich im Westen der neue Bogen gebildet hatte – aus Granit, Magma, Gedächtnis –, gab es eine Pause. Im Umkreis von etlichen Kilometern begann die Asche in ein neues Stadium ihres Stoffwechsels zu treten. Das würde einige Zeit dauern. Isaac konnte es sich leisten, geduldig zu sein.

Er überraschte Sulean Moi und Mrs. Rebka damit, dass er über die herabgestürzten Balken kroch, über Bruchstücke von Wänden, zerbröselten Isolierschaum und verstreutes Aluminium, bis zu der Stelle, wo Diane Dupree lag. Seine Lunge rasselte, und im Mund hatte er einen fauligen Geschmack, aber wenigstens konnte er atmen, was Diane offenbar nicht möglich war. Als er dann die Hand nach ihr ausstreckte, stellte er fest, dass die Trümmer sie auch am Kopf verletzt hatten. Er wollte ihr übers Haar streichen, so wie Mrs. Rebka es bei ihm machte, wenn er krank war, doch die Stelle über Dianes linkem Ohr gab bei der Berührung nach, und als er die Hand wegzog, war sie ganz klebrig.

Tyler Dupree war vor zwei Jahren an einem Augusttag gestorben, dem langen äquatorianischen August.

Sie waren einen der gewundenen Bergkämme vor der Küste hinaufgewandert, einzig zu dem Zweck, dort oben zu sitzen und zu sehen, wie der Wald zum Meer hinabfiel wie ein dunkelgrünes Baumwolltuch.

Beide waren sie nicht mehr jung, beide hatten sie ihr Leben als Vierte beinahe ausgeschöpft. In letzter Zeit klagte Tyler häufig über Müdigkeit, aber er behandelte weiterhin seine Patienten, die jungen Männer, die als Abwracker arbeiteten, und die Minang aus dem Dorf, in dem sie sich niedergelassen hatten. An diesem Tag hatte er erklärt, dass er sich gut fühle, und darauf beharrt, die lange Wanderung zu unternehmen – er hatte sie als »das Urlaubähnlichste, was ich in absehbarer Zeit bekommen werde«, bezeichnet. Also war Diane mit ihm gegangen, hatte sich am Schatten unter den Bäumen und an den strahlenden Wiesen erfreut und war wachsam gewesen, hatte ihn genau im Auge behalten.

Die Vierten hatten einen so robusten wie fein ausbalancierten Stoffwechsel. Man konnte ihm einiges zumuten, doch wie alles Körperliche erreichte er irgendwann einen Punkt, wo es nicht weiterging. Das Alter konnte nicht unendlich hinausgeschoben werden, weil die Behandlung selbst alterte. Wenn Lebensfunktionen von Vierten nachließen, dann meistens auf breiter Front.

So war es auch bei Tyler.

Vielleicht hatte er damals gewusst, dass es so weit war, hatte deswegen auf der Wanderung bestanden.

Sie kamen an einen Platz, den er liebte, aber nur selten Zeit hatte zu besuchen, einen Streifen aus Granit und Berggras. Sie breiteten eine Decke aus, und Diane öffnete den Rucksack und holte die Köstlichkeiten hervor, die sie für diese Gelegenheit aufbewahrt hatte: australischen Wein, Brot aus Port Magellan, Roastbeef – alles Dinge, die den Essgewohnheiten der Minang, an die sie sich angepasst hatten, fremd waren. Doch Tyler hatte keinen Hunger. Er legte sich auf den Rücken, bettete seinen Kopf auf ein Stück Moos. Er war dünn geworden, dachte sie, seine Haut war blass, er sah beinahe elfenhaft aus.

»Ich glaube, ich werde ein wenig schlafen«, sagte er. Und in diesem Moment, in der Augustsonne, umgeben vom Geruch der Felsen, des Wassers, der schwarzen Erde, wurde ihr klar, dass er sterben würde.

Ein Teil von ihr wollte ihn retten, wollte ihn den Berg hinuntertragen, so wie er sie einst, als sie todkrank gewesen war, durch ganz Amerika getragen hatte. Aber es gab keine Heilung – die Vierten-Behandlung konnte man nur einmal machen.

Sie kniete sich hin und streichelte seinen Kopf. Sie sagte: »Brauchst du irgendetwas?« Und er sagte: »Ich bin hier vollkommen zufrieden.«

Also legte sie sich neben ihn und hielt ihn in den Armen, während der Nachmittag verstrich. Dann, als es Zeit war, nach Hause zu gehen, erhob sich Diane.

Ich bin hier vollkommen zufrieden.

Aber war das jetzt Jason bei ihr in der Dunkelheit? Ihr Bruder, der vor vielen, vielen Jahren gestorben war? Nein, es war der seltsame Junge, Isaac, er klang nur nach Jason …

»Ich kann mich an dich erinnern, Diane. Wenn es das ist, was du willst, dann kann ich es tun.«

Sie begriff, was er ihr anbot. Die Hypothetischen erinnerten sich an Jason, so wie sie, aber das lange, langsame Gedächtnis der Hypothetischen war weniger vergänglich, es hatte über Millionen von Jahren Bestand. Wollte sie zu ihm gehen?

Sie holte Luft, gerade genug, um ein einziges Wort hervorzupressen: »Nein.«

28

Turk schlief, als das Erdbeben begann. Sie hatten Matratzen auf dem Fußboden ausgebreitet und sich schlafen gelegt, und irgendwann in der Nacht war Lise neben Turk aufgetaucht, beide in der streng riechenden Kleidung, die sie seit Tagen trugen, doch das spielte keine Rolle. Sie schmiegte sich an ihn, ihr Atem wärmte seinen Nacken. Dann schwankte der Fußboden wie etwas Lebendiges, und die Luft war von einem infernalischen Tosen erfüllt, in dem Lises Schreie beinahe untergingen. Irgendwie gelang es Turk, sich umzudrehen und sie zu halten – sie hielten sich gegenseitig –, während der Lärm zu einem Crescendo anstieg und die Fenster auf den Boden krachten.

Sie hielten einander, bis es aufhörte. Wie lange das war, konnte Turk nicht sagen. Eine mittlere Ewigkeit. Ihm dröhnten die Ohren, sein Körper fühlte sich wundgerieben an. Er schnappte nach Luft und fragte Lise, ob es ihr gut gehe, und sie schnappte nach Luft und sagte: »Glaube schon.« Dann rief Turk nach Dvali. »Mein Bein hat etwas abgekriegt«, kam die Antwort. »Ansonsten ist alles in Ordnung.«

Das Dröhnen und der Schwindel hielten an, auch als das Beben längst vorbei war. Turk löste sich von Lise, tastete sich durch das Durcheinander auf dem Fußboden, bis er schließlich die Taschenlampe aufspürte, die zur Wand gerollt war. In ihrer Lichtsäule erschienen Staubkörner und Trümmerteile. Lise kauerte auf der Matratze, bleich wie ein Gespenst, Dvali, ebenso blass, saß in einer Ecke, an die Wand gelehnt. Sein linkes Bein blutete, doch es schien nicht allzu schlimm zu sein.

»Und was machen wir jetzt?«, fragte Lise.

»Bis zum Morgen warten und hoffen, dass es nicht wieder losgeht«, erwiderte Dvali.

Falls der Morgen je kam, dachte Turk. Falls je wieder so etwas wie Sonnenlicht diese gottverlassene Einöde erreichte.

Lise rappelte sich auf. »Ich behellige euch ja nur ungern mit solchen Banalitäten, aber ich muss mal. Und zwar dringend.«

Turk richtete die Lampe auf das Bad. »Die Toilette scheint noch heil zu sein. Aber die Tür ist rausgesprungen.«

»Dann schaut woanders hin.« Lise zog die Decke um sich, und Turk dachte, dass alles viel einfacher wäre, wenn er sie nicht so sehr lieben würde.

»Da kommt Licht durchs Fenster«, sagte Lise etwa eine Stunde später. Turk stieg vorsichtig über die Glasscherben und warf einen Blick nach draußen.

Der Ascheregen hatte aufgehört, so viel stand fest. Hätte es weiter solche Niederschläge gegeben wie gestern, wären sie daran erstickt. Jetzt hatte er den Eindruck, dass die Luft frischer roch, weniger schwefelig, aber vielleicht hatte er sich inzwischen einfach nur daran gewöhnt.

Das Licht, von dem Lise gesprochen hatte, war kein Hirngespinst – das wurde klar, als er die Taschenlampe ausschaltete. Allerdings war es noch zu früh für die Morgendämmerung, und dieses Licht kam auch nicht vom Himmel. Es kam von unten.

Von den Straßen, von den Gebäuden, aus der Wüste – von überall, wo Asche gefallen war.

Als er noch zur See gefahren war, hatte Turk manchmal das Kielwasser des Schiffes leuchten sehen, von den biolumineszenten Algen, die sie aufgewühlt hatten. Das war ihm immer ein wenig unheimlich gewesen – doch was hier geschah, war noch viel seltsamer. Die Wüste – oder die interplanetarische Asche, die sich auf sie gelegt hatte – leuchtete in phosphoreszierenden Farben: edelsteinrot, glasig gelb, glitzernd blau. Und diese Farben veränderten sich ständig. Wie ein Polarlicht.

»Was ist das?«, flüsterte Lise.

Dvalis Gesicht spiegelte die Farben wider. »Ich glaube«, sagte er, »dass wir gerade in das Antlitz der Hypothetischen blicken.«

»Und was machen sie da?«

Diese Frage konnte auch Dvali nicht beantworten.

Als der Morgen anbrach, wurde deutlich, wie viel Glück sie gehabt hatten. Der Nordflügel des Gebäudes war eingestürzt. Wenn wir nach links gegangen wären, dachte Turk, wären wir jetzt darunter begraben.

Sobald es hell genug war, um sich zu orientieren, machten sie sich auf den Weg nach unten. »Wir müssen Isaac finden«, sagte Dvali.

Aber Turk war sich nicht ganz schlüssig, wie sie dabei vorgehen sollten. Denn im Licht des Tages wurde noch etwas anderes deutlich: Die Situation draußen hatte sich völlig verändert.

Wo vorher Wüste gewesen war, war jetzt Wald.

Oder so etwas Ähnliches wie Wald.

Das Wichtigste sei, dass sie Isaac und die anderen finden, wiederholte Dvali immer wieder, während er die Treppe hinunterhumpelte. Wobei »die anderen«, vermutete Lise, lediglich eine Fußnote in seinen Gedanken darstellten. Für Dvali gab es nur Isaac – Isaac und die Hypothetischen.

Wie sie allerdings zum Einkaufszentrum gelangen sollten, wo sie den Jungen und die Frauen zurückgelassen hatten, war eine offene Frage. Beim Blick nach draußen hatte Lise eine veränderte Landschaft vorgefunden, hatte etwas gesehen, das sie als Blätterdach von Bäumen bezeichnet hätte – wenn Bäume aus glänzenden Röhren und funkelnden Bällen bestehen würden.

Und noch einmal stellte sie die gleiche unsinnige Frage: »Was geschieht hier?«

»Das werden wir noch herausfinden«, erwiderte Dvali.

Wenn die Vergangenheit der Maßstab war, dachte Turk, dann würden die Gewächse der Hypothetischen kein Interesse an Menschen zeigen – mit Ausnahme von Isaac, der allerdings nur zum Teil ein Mensch war.

Aber galt das noch immer?

Er öffnete die Tür einen Spalt breit und riskierte einen Blick nach draußen.

Kühle Luft berührte sein Gesicht. Der Schwefelgestank war verschwunden. Auch die Asche war verschwunden. Sie hatte sich in einen Technicolor-Wald verwandelt. Verglichen damit waren die Gewächse in Bustee Osterglocken gewesen. Das hier war Sommer. Das hier war der Garten Eden der Hypothetischen.

Es war ein Wald aus acht bis zehn Meter hohen Stängeln, die statt Blättern kugelförmige Früchte trugen, mehrfarbig waren, aber überwiegend blaustichig, und so dicht beieinanderstanden, dass man, um hindurchzugehen, sich seitwärts drehen musste. Auch die Kugeln, ganz unterschiedlich groß, drängten sich aneinander, sanft nachgebend, wo sie sich berührten, und bildeten so eine nahezu feste Masse. Das Sonnenlicht schimmerte in allen Regenbogenfarben durch sie hindurch.

Zaghaft machte Turk ein, zwei Schritte. Die Stämme der Bäume – ebenso hätte man sie auch als Laternenmasten bezeichnen können – wurzelten in der Erde; wo Beton gewesen war, hatten sie ihn aufgebrochen. Turk konnte in keine Richtung weit genug sehen, um sich wirklich orientieren zu können – nach vierzig bis fünfzig Metern verschwamm alles in einem blauen Schimmer. Um das Einkaufszentrum zu finden, müssten sie wohl auf den Kompass zurückgreifen.

»Wovon leben sie?«, fragte Lise mit gedämpfter Stimme. »Es gibt hier kein Wasser.«

»Vielleicht mehr als an den Orten, wo sie normalerweise wachsen«, erwiderte Turk.

»Oder sie verwenden irgendeinen katalytischen Prozess, der kein Wasser benötigt«, sagte Dvali. »Eine völlig andere Art von Stoffwechsel. Sie müssen sich über eine Milliarde Jahre in einer Umgebung entwickelt haben, die wesentlich unwirtlicher ist als diese hier.«

Eine Milliarde Jahre Evolution. Wenn das stimmte, dachte Turk, dann waren diese Dinger – als Spezies, wenn dieser Ausdruck angemessen war – älter als die Menschheit.

Schweigend gingen sie durch den Wald der Hypothetischen. Sie spürten keinen Wind, aber irgendwo musste einer wehen, denn die irisierenden Kugeln über ihnen stießen immer wieder gegeneinander und erzeugten dabei ein sanftes Geräusch, wie wenn man mit einem Gummischlegel auf ein Holzxylofon schlägt. Weiter unten gab es ebenfalls Bewegung: Dünne blaue Röhren schlängelten sich zwischen den Bäumen, vollführten peitschenartige Bewegungen, die so schnell und wuchtig waren, dass man ihnen besser aus dem Weg ging. Und zweimal sah Turk papierene Objekte über ihren Köpfen flattern, die nach einer Weile mit den Kugeln verschmolzen – Variationen jenes Dings, das in Bustee Isaac attackiert hatte.

Lise war dicht hinter ihm. Jedes Mal wenn etwas knackte, hörte er, wie sie den Atem einzog. Er wandte sich zu ihr um. »Tut mir leid, dass ich dich in diese Sache mit reingezogen habe.«

Sie sah ihn erstaunt an. »Glaubst du im Ernst, dass du irgendwie verantwortlich bist für das, was hier passiert ist?«

»Zumindest habe ich dich auf diese bescheuerte Reise nach Westen mitgeschleppt.«

»Das war meine eigene Entscheidung.«

Trotzdem, dachte Turk. Sie war seinetwegen hier. Vor seinem geistigen Auge erschienen all die verlorenen, verlassenen Geliebten, die zu Feinden gewordenen, die verletzten oder zu Tode gekommenen Freunde seines Lebens. Die Spur der Verwüstung, der Pfad der Tränen. Das wollte er Lise ersparen, wollte sie nicht aus einem Leben reißen, das sinnvollere Perspektiven bot, als nächtelang im Cockpit eines Flugzeugs, monatelang unter Deck eines stinkenden Frachters, jahrelang im Käfig des eigenen Kopfes eingeschlossen zu sein.

Er würde sie aus diesem Dschungel führen, dachte er, und dann, wenn er den Mut – oder die Brutalität – aufbrachte, würde er sie verlassen.

Es ist Kommunikation, dachte Avram Dvali.

Kein Zweifel. Sie waren von den Hypothetischen umgeben, einem Teil des Netzwerks, aus dem ihre Intelligenz bestand. Das alles sei nur ein Prozess, behauptete die Marsianerin, nichts anderes als das Blühen einer Blume, Evolution … Sie hatte unrecht, das fühlte er. Zwar verstand er nicht, wie diese Organismen wachsen konnten, welche Nährstoffe sie aus der verdorrten Erde zogen, aber dass es Kommunikation zwischen ihnen gab, dessen war er sich sicher. Sie waren nicht zufällig gewachsen, sondern auf ein Signal hin.

Er hatte das Dach des Waldes genau studiert. Die in Trauben hängenden Kugeln wechselten ständig die Farbe, und es schien, als ob die jeweilige Farbe einer Kugel von den Veränderungen ihrer unmittelbaren Nachbarn beeinflusst wurde, wodurch sich die Muster durch den Wald bewegten wie ein Schwarm Vögel. Es war Kommunikation – so wie die Zellen im menschlichen Gehirn miteinander kommunizierten und dadurch Bewusstsein erzeugten. Womöglich spazierte er also gerade durch die physische Manifestation eines Gedankens – eines Gedankens, den er niemals verstehen würde.

Aber vielleicht würde Isaac ihn verstehen. Falls er noch am Leben war. Und falls er Sinn und Zweck des Geschenks begriff, das Avram Dvali ihm gemacht hatte.

29

Es war warm in dem Lagerraum, und wenn sich auch der Staub größtenteils gelegt hatte – von den Trümmern gleichsam absorbiert worden war –, kam doch keine frische Luft herein. Früher oder später, dachte Sulean Moi, würde das problematisch werden – denn da war nun auch noch die Leiche von Diane Dupree.

Ein weiteres Mal suchte die Marsianerin alle zugänglichen Ränder des Raums ab, tastete nach einem Hoffnungszeichen – einem Luftzug oder einem lockeren Schutthaufen. Ein weiteres Mal fand sie nichts.

Inzwischen hielt sie es für durchaus möglich, dass sie hier auf diesem fürchterlichen Planeten sterben würde. Heimgesucht von Eshs Geist. Heimgesucht von den Hypothetischen.

An die sie gar nicht glaubte, jedenfalls nicht in dem Sinne, wie Avram Dvali an sie glaubte. Die Hypothetischen waren ein im All entstandenes Netzwerk selbstreplizierender Maschinen. Eine vor langer Zeit ausgestorbene Zivilisation musste diese Maschinen einst ausgesät haben, ja womöglich war das auch mehr als einmal geschehen, eine mehrfache Genesis über viele Millionen von Jahren hinweg. Wie auch immer, sobald die Selbstreplikation erst einmal begonnen hatte, nahm der Prozess der Evolution seinen Lauf – und ebenso wie die organische Evolution brachte er seltsame komplexe Strukturen hervor. Selbst offenkundig »gebaute« Vorrichtungen wie die Spin-Barriere, die die Erde umgeben hatte, oder die Torbögen, die weit voneinander entfernte Planeten verbanden, waren letzten Endes nicht intelligenter als biologische Konstruktionen wie ein Korallenriff oder ein Termitenhügel.

Die Regelmäßigkeit des Ascheregens und die nicht lebensfähigen Produkte, die er hervorbrachte, waren ebenfalls Beweis dafür. Was man Esh – und Isaac – eingepflanzt hatte, war nicht mehr als eine Empfänglichkeit für fremdartige Tropismen. Esh konnte gar kein »Kommunikant« sein – weil es niemanden gab, mit dem er hätte kommunizieren können.

Die Evolution schuf Bewusstsein, und Sulean hielt es durchaus für möglich, dass die lange interstellare Evolution der Hypothetischen Maschinen-Bewusstsein geschaffen hatte, örtlich und zeitlich begrenzt. Aber dieses Bewusstsein, so es denn existierte, war ein Nebenprodukt, nicht der Prozess an sich. Es war nicht »die Hypothetischen«.

Allein die Tatsache, dass Isaac sich an Esh erinnerte, der viele Jahre vor Isaacs Geburt gestorben war, ließ sie weiterhin staunen. Wenn Esh zu einer Erinnerung in der vernetzten Ökologie der Hypothetischen geworden war, konnte dann eine derartige Erinnerung so etwas wie einen Willen besitzen? Und wer war der Erinnerer?

»Sulean …«

Das war Anna Rebka, die nicht von Isaacs Seite wich. Ihre Stimme kam wie aus unendlicher Entfernung.

»Ja?«

»Hören Sie das?«

Sulean lauschte. Ein Scharren. Dann das Klopfen von etwas Festem auf Stein. Gefolgt von weiterem Scharren und Kratzen.

»Sie graben uns aus. Avram und die anderen – sie wissen, dass wir hier sind.«

Klopfen. Kratzen. Klopfen … Ja, vielleicht, dachte Sulean.

Doch plötzlich sagte Isaac: »Nein, Mrs. Rebka. Das sind nicht die anderen, die reinwollen. Das sind überhaupt keine Leute. Das sind *sie*.«

Sulean wandte sich in seine Richtung. »Weißt du wirklich, was da vorgeht, Isaac?«

»Ja. Ich kann sie sehen.«

»Die Hypothetischen?«

Eine kurze Pause, dann: »So könnte man sie nennen.«

»Dann erkläre es mir bitte, Isaac. Sag mir, was geschieht.«

Für einen weiteren Augenblick war nichts zu hören als das Klopfen und Kratzen an den Wänden des eingestürzten Gebäudes.

Und dann begann Isaac zu sprechen.

30

Indem er sich an den zerbröselten Überresten der Gehsteige und Pflaster orientierte, führte sie Turk durch den bizarren Wald, der noch vor Kurzem eine Ölarbeiter-Siedlung gewesen war. Fand schließlich den Parkplatz des Einkaufszentrums – weiße Linien, aufgerissene Teerdecke –, von wo aus es nur noch ein kurzer Weg zu dem Gebäudekomplex war, in dem sie Diane Dupree, Sulean Moi, Anna Rebka und Isaac zurückgelassen hatten.

Nur dass dieser Gebäudekomplex nicht mehr da war. Der Wald hatte ihn erobert, hatte sich die Betonstruktur einverleibt, hatte Böschungen aus zerbrochenen Fliesen, Wandfaserplatten, Holz und Aluminiumteilen gebildet und Haine aus wurzelumrankten Stahlträgern.

»Versuchen wir, zur Südseite zu kommen«, sagte Turk. Wo der Supermarkt war – oder gewesen war. »Vielleicht steht dort noch etwas.«

Der verwunschene Wald, dachte Lise. Wenn es je einen gegeben hat, dann hier.

Unversehens murmelte sie einen Satz aus einer Geschichte vor sich hin, die ihr ihr Vater vorgelesen hatte, als sie klein war. Die Geschichte war längst vergessen, nur dieser eine Satz nicht: *Und sie traten in den dunklen Wald.*

Sie traten in den dunklen Wald … aus Bäumen, in denen Vögel saßen, die aussahen wie eingerissene Papierbögen. Den Wald, aus dem sie – ein anderer Erinnerungsfetzen aus derselben Geschichte – *entkommen mussten*, doch das war leichter gesagt als getan. Denn hier gab es Wölfe oder Schlimmeres, und die Nacht würde bald anbrechen, und sie kannte den Weg nach draußen nicht. Sie wünschte sich, sie könnte unter der Bettdecke hervorkommen und die Hand ihres Vaters halten. Wünschte es sich so sehr …

Sie schalt sich, diesmal mit den Worten ihrer Mutter: Sei nicht albern, Lise! Reiß dich zusammen, Mädchen!

Beinahe wäre sie achtlos an einem mit Putz übersäten Haufen Metall vorbeigelaufen, hätte Turk sie nicht darauf aufmerksam gemacht: das Auto, das Anna Rebka gefahren hatte. Aus dem Boden war ein Baumstamm hervorgeschossen und hatte das Fahrzeug umgekippt. Nun war es nicht mehr zu gebrauchen – doch auch ein unbeschädigtes Auto wäre in diesem Wald nutzlos gewesen. Wenn wir hier wegkommen wollen, dachte Lise, müssen wir zu Fuß gehen. Eine ziemlich erschreckende Aussicht.

Zumindest war das Auto leer – Isaac und die Frauen konnten also noch am Leben sein.

»Wir müssten jetzt in der Nähe des Supermarkts sein«, sagte Turk, worauf Dvali einige Meter vorauseilte, bis zu einer Stelle, von der aus man auf die Überreste der Schaufensterfront blicken konnte.

Das Beben hatte diesen Teil des Einkaufszentrums nicht verschont, und sollten die anderen hier Schutz gesucht haben, so stand es mit ihren Überlebenschancen nicht zum Besten. Das war so offensichtlich, dass es nicht ausgesprochen werden musste.

»Lasst uns erst mal auf die andere Seite gehen«, sagte Turk. »Sieht aus, als wäre das Gebäude dort etwas weniger beschädigt.«

Mit hängenden Schultern blieb Dvali noch für einen Moment am Rand des Trümmerfeldes stehen, und zum ersten Mal empfand Lise eine gewisse Sympathie für ihn. Die ganze Nacht, den ganzen Morgen über hatte sie sich vorgestellt, dass Isaac und die Frauen irgendwo sicher untergekommen wären, die Gruppe bald wieder zusammen sein würde und sie und Turk zu einem sicheren Hafen weiterreisen könnten, selbst wenn die durchgeknallten Vierten darauf bestanden, hier in diesem Irrenhaus zu bleiben. Das war ihr Best-Case-Szenario.

Jetzt sah es allerdings so aus, als würde die Geschichte anders enden, als gäbe es keine Möglichkeit, aus dem dunklen Wald zu entkommen.

Die Rückseite des Supermarkts wirkte auf den ersten Blick tatsächlich intakter als die Vorderseite, doch das lag nur daran, dass die Verladeplätze dem Erdbeben weitgehend standgehalten hatten. Ansonsten standen sie wie zuvor vor einem Trümmerfeld. Dvali schien gegen Tränen ankämpfen zu müssen.

Nach einer Weile wandte sich Turk um, hob die Hand und sagte leise: »Horcht.«

Lise stand ganz still. Sie hörte das Flattern aus dem Wald, den Wind, die gedämpfte Musik der leuchtenden Kugeln. Doch da war noch etwas anderes.

Ein Kratzen. Ein Graben.

»Das müssen sie sein«, rief Dvali. »Sie sind am Leben!«

»Wir wollen keine voreiligen Schlüsse ziehen«, entgegnete Turk. »Kommt mit.«

Dvali war Vierter genug, um seinen neu entfachten Optimismus zu zügeln. Sie gingen los, Turk vorneweg, dem Geräusch folgend. Das Graben und Kratzen wurde immer deutlicher, doch irgendetwas stimmte nicht an dem Geräusch, es klang irgendwie nicht *menschlich* ...

Dann sahen sie es. Eine dichte Hecke jener Gewächse, die Dvali als »Augenrosen« bezeichnet hatte, die blütenblättrigen Augen auf den Schutt gerichtet. Und einen dicken, sich bewegenden Teppich aus Baumwurzeln, einige von ihnen scharf zugespitzt, andere zu Spachtelklingen abgeflacht. Es war diese Wurzelmasse, die das Graben besorgte. Das Szenario hatte etwas ganz und gar Surreales, zumal der Schutt nicht nur Beton, Stahl und Plastik enthielt, sondern auch Cornflakes-Packungen, Milchtüten und Konserven. Sie beobachteten, wie sich eine tintenblaue Ranke um eine Suppendose wickelte, sie hochhob – damit die nächstplatzierte Augenrose sie unter die Lupe nehmen konnte –, dann einem anderen Fangarm übergab, der sie seinerseits weiterreichte – bis die Dose schließlich auf einem Haufen bereits weggeräumten Mülls landete.

Das Ganze war ein so bizarr methodischer Vorgang, dass Lise Lust hatte laut loszulachen. Stattdessen sah sie einfach nur hin, ewig lange, wie es ihr schien. Sollten die Augenrosen ihre Anwesenheit bemerkt haben, ließen sie es in keiner Weise erkennen. Das geduldige Graben ging weiter und immer weiter.

Lise musste einen Schrei unterdrücken, als Turk ihr plötzlich die Hand auf die Schulter legte. »Wir sollten hier weg«, flüsterte er. Das schien ihr eine ausgezeichnete Idee zu sein.

Ging die Sonne bereits unter? Lise hatte irgendwo ihre Uhr verloren. Der Gedanke an die bevorstehende Nacht jedenfalls ließ sie frösteln.

Sobald sie wieder zu sprechen wagten – immer noch flüsternd, als könnten die Augenrosen mithören, und vielleicht konnten sie das ja auch –, sagte Turk zu Dvali: »Tut mir leid, dass es nicht unsere Leute waren, die wir gehört haben.«

Der Wissenschaftler sah sie mit glänzenden Augen an. »Aber begreifen Sie nicht, was das bedeutet? Sie müssen noch am Leben sein – zumindest Isaac!«

Es war Isaac, an dem die Hypothetischen interessiert waren. Die Gewächse mochten, ob einzeln oder kollektiv, nicht vernunftbegabt sein – doch sie wussten, dass etwas, das zu ihnen gehörte, durch Stein und Geröll von ihnen getrennt war.

Sie wollten Isaac. Aber was würden sie mit ihm machen, wenn sie ihn gefunden hatten?

»Wir können nur warten«, sagte Dvali. »Warten, bis der Junge da rauskommt.«

Um seinem Schicksal entgegenzusehen, dachte Lise.

31

In der Dunkelheit hatte Isaac Mühe, sich an dem festzuhalten, was von ihm noch übrig war.

Jenseits der Trümmer konnte er den leuchtenden Wald sehen, eine Landschaft aus Lichtern, und mitten darin das wunderschöne Gebilde, das aus dem Sand der Wüste hervorgebrochen war und das das Gedächtnis von Jason Lawton als »temporalen Torbogen« bezeichnete. Nach zehntausend Jahren der Inaktivität, eingeschlossen unter der Erde, hatte es ihn vom westlichsten Punkt des Kompasses gerufen, hatte es seine Ketten abgeworfen, sich ins Freie gewühlt, war zu ungeheurer Größe emporgewachsen, und wenn er, Isaac, nur durch diese Wände gelangen könnte, so würde er zu ihm gehen.

»Isaac …«

Die Stimme der marsianischen Frau drang wie aus großer Entfernung zu ihm. Er ignorierte sie.

Er sah den temporalen Torbogen, und er sah auch andere Dinge. Etwa den leblosen Körper von Diane Dupree. Sie war tot, nur der nichtmenschliche Teil in ihr, ihre Viertheit, gab noch schwache Lebenszeichen von sich, mühte sich, den Körper zu reparieren, was natürlich nicht möglich war. Ihr Licht flackerte wie eine Kerze, die bis auf den Docht heruntergebrannt war. Der Teil von Isaac, der Jason Lawton war, trauerte um sie.

Die Erinnerungen, die zu Jason und Esh gehörten, hatten ein Eigenleben in Isaacs Bewusstsein angenommen, sodass Isaac fürchtete, sich in ihnen zu verlieren. *Ich erinnere mich,* dachte er, aber die Erinnerungen waren grenzenlos und nur Bruchteile davon waren seine. Selbst das Wort »ich« hatte sich in mehrere Bedeutungen aufgeteilt. *Ich lebte auf dem Mars. Ich lebte auf der Erde. Ich lebe in Äquatoria.* Alle diese Aussagen waren korrekt.

Und er wollte diese konkurrierenden Erinnerungen auch nicht unterdrücken – weil sie ihn nicht nur ängstigten, sondern auch trösteten. Wer würde ihn in den Strudel des temporalen Torbogens begleiten, wenn nicht Jason und Esh?

»Isaac, weißt du, was geschieht?«

Ja, zum Teil wenigstens.

»Dann« – er registrierte, dass es die Stimme Sulean Mois war, Eshs Freundin, Isaacs Freundin – »erklär es mir bitte.«

Er kroch auf sie zu, tastete nach ihrer Hand und sagte mit Jasons Stimme: »Es ist eine in die Jahreszeiten der Hypothetischen eingebettete Schleife.« *Jahreszeiten* – er spürte die Angemessenheit des Wortes: zyklische Bewegungen, Ebbe und Flut im Ozean des Lebens dieser Galaxis. »In einem … reifen Sonnensystem, wenn man so will, vergrößern die Hypothetischen ihre Masse, akkumulieren Information, vermehren sich, bis sich an einem bestimmten Punkt die ältesten Exemplare einer Art Sporenbildung unterziehen. Sie produzieren kompakte Ausstoßungen, die Staub- oder Aschewolken ähneln. Und diese Wolken folgen langen elliptischen Kreisbahnen, die die Bahnen von Planeten schneiden …«

»So wie hier.«

Ja, hier, auf diesem felsigen Planeten, bewohnbar gemacht für die potenzielle Zivilisation, mit der er dann schließlich verbunden worden war …

»Sie kennen uns also?«

Die Frage verwirrte Isaac, doch die Erinnerung Jason Lawtons schien sie zu verstehen. »Die Informationsverarbeitung läuft über Lichtjahre und Jahrhunderte, aber einige biologische Zivilisationen überleben lange genug, um von ihrem Raster erfasst zu werden. Und biologische Zivilisationen sind nützlich, weil sie neues Maschinenleben erzeugen, das verstanden werden kann, absorbiert werden kann. Und sie erzeugen noch etwas, das die Netzwerke interessiert.«

»Nämlich?«

»Ruinen«, sagte die Erinnerung Jason Lawtons. »Sie erzeugen Ruinen.«

Draußen, hinter den für das menschliche Auge undurchdringlichen Mauern aus Beton und Schutt, arbeitete das Ballett der Erinnerung mit erhöhter Geschwindigkeit.

Erinnerung, erklärte er Sulean Moi, war das, was hier geschah. Über Zehntausende von Jahren gesammeltes Wissen wurde in den Kugeln verdichtet, die das Dach des Waldes bildeten. Information, die geordnet und dann durch den temporalen Torbogen weitergeleitet werden sollte: Information über die Umlaufbahnen und klimatischen Bedingungen lokaler Himmelskörper, über die Flugbahnen eisiger Kometen, aus denen die Hypothetischen ihre Masse gezogen hatten und weiter ziehen würden, über die Signale, die aus anderen Teilen der Galaxis empfangen und beantwortet worden waren …

»Warum *Erinnerung*? Zu welchem Zweck? Was ist das, das sich erinnert?«

Was sich erinnerte, das war das Ding, das er nicht sehen konnte, obwohl er doch so vieles sah. Nicht einmal Jason Lawton konnte die Frage beantworten, die Sulean Moi gestellt hatte. Was hier geschah, war nur ein triviales Ereignis im Netzwerk, im Bewusstsein des … *mein Gott, Diane, ist es wirklich da draußen zwischen den Sternen herangewachsen, das, woran du damals so sehr geglaubt hast?*

»Isaac! Kannst du mich hören?«

Er stürzte zurück in den Abgrund seiner eigenen Gedanken.

Weil Isaac sich an Jason erinnerte, erinnerte sich Jason auch an Isaac. Jasons Verständnis der Welt hatte sich über Isaacs Erfahrungen gelegt – und daraus entstand eine Art doppeltes Sehen, das äußerst unangenehm war.

Es zeigte Isaacs Leben wie in einem Zerrspiegel. Zum Beispiel Mrs. Rebka. Sie war jemand, der ihm nahestand, dem er vertraute. Aber wenn Jason diese gleichen Erinnerungen betrachtete, wurde sie plötzlich kalt, distanziert, alles andere als eine Mutter. Für Isaac existierte sie in einer jedem Urteil entzogenen Sphäre; für Jason hatte sie sich eines fundamentalen Verbrechens schuldig gemacht.

Ähnlich seine Erinnerungen an Dr. Dvali, dem Gott, der Isaacs Welt definiert hatte – und den Jason als besessenes Monster wahrnahm.

Isaac wollte diese Leute nicht hassen, und selbst der Teil von ihm, der Jason Lawton war, brachte noch etwas Sympathie für Mrs. Rebka auf. Sie hatte Isaac geliebt, so sehr sie auch versucht hatte, es zu verbergen, und ein wenig beschämt begriff Isaac, wie schwierig es gewesen war, ihn zu lieben. Er war nicht klug genug gewesen, ihren Schmerz wahrzunehmen.

Jetzt nahm er ihn wahr. Sie hatte seit über einer Stunde nicht mehr gesprochen, und als er zu ihr ging und sich neben sie setzte, als er sie ansah mit seinen Hypothetischen-Augen, erkannte er, warum.

Sie war nicht verschont geblieben vom Einsturz des Gebäudes. Sie war verletzt – so schwer, dass selbst ihre Viertheit den Schaden nicht reparieren konnte. Sie hatte innere Blutungen. Eine kupferartige Aura hatte sich um sie gebildet. Sie flüsterte seinen Namen. Ihre Stimme war leiser als das Graben und Scharren der Hypothetischen – das in den vergangenen Stunden immer lauter geworden war.

»Ich kann dich mitnehmen«, sagte er.

Seine Mutter nickte.

Dann plötzlich wehte frische Luft herein, und die Dunkelheit wurde vom Licht des fremdartigen Waldes vertrieben.

32

»Wir sollten versuchen uns zu orientieren, bevor es dunkel wird«, sagte Lise.

Sie hatten gerade damit begonnen, einen provisorischen Unterschlupf im Windschatten eines Verladeplatzes zu bauen, nahe – aber nicht zu nahe – bei den grabenden Bäumen.

»Ja, du hast recht, das sollten wir«, erwiderte Turk. Er bat Dvali, alle unbeschädigten Konserven einzusammeln, die er in dem Schutt finden konnte, während er und Lise »kundschaften« gingen. Dvali starrte ihn misstrauisch an – als Vierter war er vermutlich imstande, derartige Halbwahrheiten zu durchschauen –, nickte dann aber.

Also gingen Turk und Lise am Rande des eingestürzten Einkaufszentrums entlang, und sobald sie außer Hörweite waren, fragte er: »Orientieren?«

Sie gestand, dass sie sich hauptsächlich von Dvali hatte entfernen wollen, wenigstens für kurze Zeit. »Außerdem dachte ich, dass wir vielleicht einen Blick über diese Bäume werfen könnten.«

»Und wie willst du das anstellen?«

Sie zeigte es ihm. Auf der Südseite des Einkaufszentrums war ein Karree von Außenwänden stehen geblieben, und an einer davon befand sich eine Feuerleiter. Turk nahm sie näher in Augenschein und befand, dass sie stabil genug sei, sie beide zu tragen, und ja, es sei vielleicht wirklich eine gute Idee, sich ein wenig umzusehen, solange noch Tageslicht da war, aber sie müssten vorsichtig sein. Also kletterten sie hinauf, und kurz darauf standen sie auf einer Plattform über dem Baldachin der Kugeln, im Spätnachmittagslicht, und staunten nicht schlecht über das, was sie sahen.

Es ähnelte dem, was Lise am Morgen von den Wohnungen der Ölarbeiter aus gesehen hatte, doch nun erstreckte es sich in alle Richtungen, auch nach Westen – Isaacs Richtung, dachte sie mit einem Schwindelgefühl –, wo etwas Ungeheuerliches aus dem Boden gewachsen war.

Auch die Überreste der menschlichen Bauwerke waren leicht auszumachen. Die lange Linie des eingestürzten Einkaufszentrums zog sich durch den Waldkörper wie ein verunglückter Eisenbahnzug, das Gebäude, in dem sie die letzte Nacht verbracht hatten, ragte zwischen den Bäumen hervor wie der Bug eines auf Grund gelaufenen Schiffs, und weiter hinten konnte sie die Silhouetten von Bohrtürmen und Vorratstanks erkennen. Irgendetwas brannte auf den Ölfeldern: Der Wind kritzelte eine schwarze Rauchlinie auf den Horizont. Hypothetischen-Gewächse bedeckten die Wüste in alle Richtungen, reflektierten das Licht der untergehenden Sonne, gaben ihr eigenes ab – ein Meer aus dunklen Edelsteinen, dachte Lise. Sie überlegte, wie viel Masse diese Dinger wohl aus der Asche, dem Boden oder der Luft gezogen hatten, um derart wachsen zu können, ob womöglich das ganze Inlandbecken von Äquatoria dafür ausgehöhlt worden war. Und im Westen, schwer zu sehen gegen die blendende Sonne …

»Halt dich fest«, rief Turk, als eine Windbö die Plattform erfasste, doch Lise umklammerte das Geländer bereits so fest, dass ihr die Hände weh taten.

Im Westen hatte sich etwas Gewaltiges erhoben. Eine Art Bogen.

Lise hatte den Torbogen der Hypothetischen dreimal durchquert: zweimal als Jugendliche, die mit ihren Eltern nach Port Magellan kam und ohne ihren Vater wieder nach Hause ging, einmal als Erwachsene. Der Bogen, so Ehrfurcht gebietend er auch sein mochte, war zu groß gewesen, um als einzelnes Objekt wahrgenommen zu werden: Was man jeweils sah, war nur das nächstgelegene Ende, das sich bis in die Atmosphäre hinaufschwang, oder der Teil, der nach Einbruch der Dunkelheit weiterhin das Sonnenlicht reflektierte, als hoch über dem Meer hängender silberner Glanz.

Was Lise nun sah, war weniger gewaltig – sie konnte es mit einem Blick vollständig erfassen, ein umgedrehtes U vor der untergehenden Sonne –, doch um so bewusster wurde einem dadurch seine Größe. Es musste wohl fünfzig bis achtzig Kilometer hoch sein, hoch genug, dass ein Wolkenschleier seine Scheitelkurve umhüllen konnte. Aber gleichzeitig wirkte es zierlich, ja fast zerbrechlich. Wie konnte es sein eigenes Gewicht tragen? Und wichtiger noch: Warum war es hier? Was sollte es *bewirken*?

Ein weiterer Windstoß peitschte die Plattform, wehte Turk die verfilzten Haare in die Augen. Ihr gefiel der Gesichtsausdruck nicht, mit dem er auf das Ding im Westen starrte. Zum ersten Mal, seit sie ihn kannte, wirkte er verloren. Verloren und ein bisschen verängstigt.

»Wir sollten nicht hier oben bleiben«, sagte er.

Sie war der gleichen Ansicht. Der Anblick war zwar wunderschön, aber auch unerträglich. Sie folgte Turk nach unten.

Am Fuß der Treppe ruhten sie sich, vom Wind geschützt, aus. Eine Weile lang sagte keiner etwas.

Schließlich griff Turk in die linke Seitentasche seiner schmutzigen Jeans und zog seinen Kompass hervor, denselben Kompass mit dem verschrammten Messinggehäuse, den er an dem Tag bei sich gehabt hatte, als er sie zum ersten Mal in die Berge geflogen hatte. Er öffnete die Abdeckung und betrachtete die sanft schwingende Nadel, als müsse er ihre Ausrichtung kontrollieren und gutheißen. Dann nahm er Lises Hand und gab ihr den Kompass.

»Was soll das?«

»Ich weiß nicht, ob dieser Scheißwald irgendwo ein Ende hat, aber falls ja, wirst du vermutlich einen Kompass brauchen, um hinauszufinden.«

»Ja und? Ich gehe einfach hinter dir her. Behalte ihn.«

»Ich möchte, dass du ihn nimmst.«

»Aber …«

»Komm schon, Lise. In all der Zeit, die wir zusammen sind, was hast du da je von mir bekommen? Ich möchte dir etwas schenken. Es würde mir Freude machen. Nimm's einfach.«

Dankbar, aber mit Unbehagen schloss sie die Hand um das kalte Gehäuse.

»Ich habe über Dvali nachgedacht«, sagte Lise, als sie zum Lager zurückgingen. Sie wusste, dass sie das nicht laut aussprechen sollte, aber die vereinte Wirkung ihrer Erschöpfung, des dämmrigen Glitzerns des Waldes – der nicht gänzlich »dunkel« war, wie sie zugeben musste – und von Turks merkwürdigem Geschenk machte sie etwas leichtsinnig. »Darüber, wie er seine Kommune zusammengestellt hat. Sulean Moi sagte, es habe andere derartige Versuche gegeben, aber die seien rechtzeitig unterbunden worden. Dvali muss das gewusst haben, oder?«

»Das vermute ich.«

»Und anscheinend hat er damit nicht hinter den Berg gehalten. Er hat eine Menge Leute ins Vertrauen gezogen. Unter anderem meinen Vater.«

»Kann wohl nicht zu riskant gewesen sein, sonst hätten sie ihn erwischt.«

»Er hat seine Pläne geändert. Das ist das, was er mir erzählt hat. Ursprünglich hieß es, er würde an die Westküste gehen, aber er hat sich anders entschieden, nachdem er die Universität verlassen hat.«

»Er ist nicht dumm, Lise.«

»Ich glaube durchaus nicht, dass er dumm ist. Ich glaube, dass er lügt. Er hatte nie die Absicht, an die Westküste zu gehen. Der Westküstenplan war eine Lüge, von Anfang an.«

»Kann sein. Ist das irgendwie entscheidend?«

»Das alles war darauf angelegt, jeden in die Irre zu führen, der hinter ihm her war. Aber verstehst du, was das bedeutet? Dvali wusste, dass die Genomische Sicherheit nach ihm suchte, und er *muss* gewusst haben, dass sie sich meinen Vater schnappen würden. Er hat mir erzählt, wie prinzipienfest mein Vater war, dass er dem MfGS nie gesagt hätte, was sie wissen wollten – es sei denn, unter massivem Zwang. Dvali hätte ihn warnen können, als er erfahren hatte, dass das MfGS in Port Magellan war. Aber er wollte nicht. Mein Vater hat Dvalis Projekt aus moralischen Gründen missbilligt – also hat Dvali ihn dem MfGS auf dem Silberteller serviert.«

»Er kann nicht geahnt haben, dass dein Vater getötet werden würde.«

»Aber dass es eine Möglichkeit war. Und mit Sicherheit hat er damit gerechnet, dass er gefoltert werden würde. Wenn es kein Mord war, dann etwas eine Stufe niedriger.« Mord auf Umwegen – die einzige Art von Mord, die ein Vierter begehen konnte. Lise wusste nicht, was sie mit diesen Gedanken anfangen sollte, die wie ein Buschfeuer in ihrem Innern zu brennen begonnen hatten. Konnte sie Dvali noch einmal gegenübertreten? Sollte sie ihm sagen, was sie vermutete – oder sollte sie unschuldig tun, bis sie von hier verschwinden würden? Und was dann? Gab es Gerechtigkeit für Vierte? Diane Dupree war vielleicht in der Lage, diese Frage zu beantworten, oder Sulean Moi. Falls sie noch am Leben waren ...

»Schau«, sagte Turk. Sie waren wieder bei den Verladestationen angelangt, dort, wo die gruselige Hecke aus Augenblumen stand. »Es hat aufgehört.«

Das Graben hatte aufgehört.

33

Avram Dvali war gerade damit beschäftigt, Konservendosen aufzusammeln, als das Graben aufhörte. Entsetzt richtete er sich auf.

Sein erster Gedanke war: Der Junge ist tot. Die Bäume der Hypothetischen hatten aufgehört zu graben, weil der Junge tot war. Und für die Dauer eines langen Herzschlages war das nicht nur eine Vermutung, sondern Gewissheit.

Dann dachte er: Oder sie haben ihn gefunden.

Er ließ fallen, was er in den Händen hielt, und rannte zur Ausgrabungsstelle.

In seiner Eile wäre er beinahe in die Hecke aus Augenrosen gelaufen. Eine von ihnen drehte sich zu ihm um und betrachtete ihn, das Auge so ausdruckslos wie eine dunkle Perle. Er ignorierte sie.

Verblüfft sah er, wie viel die grabenden Bäume geschafft hatten, seit er das letzte Mal nachgesehen hatte. Eine intakte Mauer war freigelegt worden – und eine Öffnung im Schutt, die ins Innere führte.

Er drängte an den Augenrosen vorbei, schob ihre fleischigen Stängel beiseite. Irgendwo in dieser Dunkelheit musste Isaac sein, am Leben und im Zwiegespräch mit den Kräften, die Dvali gleichzeitig liebte und fürchtete, seit sie die Erde der Zeit entrissen hatten: den Hypothetischen.

Die Baumwurzeln lagen in einem regungslosen Gewirr am Eingang zu dem verschütteten Raum. Dvali zögerte. Er wusste, dass es nicht ratsam war weiterzugehen – das Gewicht der Trümmer musste gewaltig sein, tonnenschwer lagen sie auf der Decke, die von nur wenigen ächzenden Querstreben und Balken gehalten wurde –, und wusste doch gleichzeitig, dass er nicht anders konnte.

Sirenengleich pfiff der Wind durch die Ruinen.

Dvali machte einige Schritte ins Dunkle hinein und rümpfte die Nase über den Geruch, der ihm entgegenschlug. Hier war unverkennbar etwas gestorben. Das Herz wurde ihm schwer. »Isaac!«, rief er. Im trüben Licht konnte er zunächst nicht das Geringste sehen; erst als sich seine Augen daran gewöhnt hatten, begann er Umrisse zu erkennen.

Die Marsianerin, Sulean Moi. War sie tot? Nein. Sie blickte vom Fußboden aus zu ihm auf, mit einem Ausdruck des Schocks in den vom plötzlichen Tageslicht geblendeten Augen. Dann kroch sie auf Händen und Knien auf die Öffnung zu. Er wollte ihr helfen, aber seine Gedanken blieben auf Isaac fixiert. Wenn er doch nur eine Lampe gehabt hätte, eine Taschenlampe, egal was!

Der Wind heulte, Putz staubte von der Decke. Dvali biss die Zähne zusammen und ging weiter hinein.

Der nächste Körper, auf den er stieß, war der von Diane Dupree. Sie war tot, und er ging, sobald er sich von dieser Tatsache überzeugt hatte, schnell vorbei. Die Decke war niedrig, er ging gebückt. Und schließlich erblickte er Isaac – Isaac am Leben, Isaac neben Anna Rebka kniend.

Der Junge wich zurück. Seine Augen leuchteten, die goldenen Flecken auf der Iris traten deutlich hervor. Sogar seine Haut schien ein wenig zu schimmern. Er sah nicht sehr menschlich aus – er *war* ja auch kein Mensch, rief sich Dvali in Erinnerung.

Anna Rebka rührte sich nicht. »Ist sie tot?«, fragte Dvali.

»Nein«, erwiderte Isaac.

»Lass sie, Isaac!«, rief Sulean Moi vom Eingang des Lagerraums. »Lass sie liegen, und komm raus.«

Doch ihre Kehle war staubtrocken, und was als Anweisung gedacht war, kam nur als klägliche Bitte heraus.

Dvali legte seine Finger an Annas Hals, fühlte nach einem Pulsschlag, wusste, dass er keinen finden würde. Isaac täuschte sich oder leugnete eine offenkundige Tatsache. »Sie ist tot, Isaac«, sagte er sanft.

»Das ist nur ihr Körper.«

»Wie meinst du das?«

Stockend begann der Junge zu erklären.

Dieser Wind, dachte Sulean Moi, wird uns noch umbringen.

Sie sah Turk und Lise auf sich zueilen, durch eine Ansammlung fremdartiger Gewächse hindurch, einer Art Wald – ein mehr als grotesker Anblick nach all den Stunden der Blindheit im verschütteten Lagerraum. An das obere Ende dieser … sollte sie sie Bäume nennen? … war ein Baldachin aus glitzernden Kugeln befestigt. Und nahebei war eine Art Gestrüpp aus Augenrosen gewachsen.

Die Welt war auf obszöne Weise verwandelt.

Und der Wind: Wo kam er her? Seine Heftigkeit nahm mit jeder Sekunde zu. Er zog und zerrte an den Ruinen, ließ Drachen aus Trockenmauer und Teerpappe aufsteigen.

Sulean wandte sich wieder um und rief, vernehmbarer diesmal: »Isaac!«

Auf den Jungen kam es an, nicht auf den törichten Avram Dvali.

»Isaac, komm raus!«

Die Trümmer schwankten und ächzten.

Dvali begriff sofort, was der Junge ihm mitteilte. Es ging wenig über das hinaus, was er sich seit Langem vorgestellt hatte. Isaac war zu einer Verbindung mit den Hypothetischen geworden, jedoch mit einem verblüffenden Unterschied: Er hatte die Erinnerungen Anna Rebkas erworben, bevor sie gestorben war. Sie lebte in ihm. So wie das marsianische Kind Esh.

»Anna?«, flüsterte er.

Als könnte er sie in dem Jungen beschwören wie einen Geist. Aber tatsächlich: Die Augen des Jungen veränderten sich auf undefinierbare Weise, seine Mundwinkel zogen sich nach unten, und das war genau die Art, wie Anna ihn in letzter Zeit oft angesehen hatte.

Dann sagte Dvali etwas, was er nicht zu sagen beabsichtigt hatte, obwohl die Worte so logisch und unvermeidlich waren wie der letzte Schritt auf einer langen Reise: »Nimm mich mit.«

Der Junge schüttelte den Kopf.

»Nimm mich mit, Isaac. Wo immer du hingehst, nimm mich mit.«

Die Balken knirschten, als trügen sie das Gewicht der ganzen Welt.

»Nein«, erwiderte der Junge ruhig.

Und das war zum Verzweifeln. Wo er doch so nahe dran war, so nahe dran. Zum Verzweifeln auch, weil die Stimme, die sich ihm da verweigerte, wie Annas Stimme klang.

34

Lise und Turk zogen Sulean Moi von dem windgepeitschten Trümmerfeld weg.

Als sie in sicherer Entfernung waren, beugte sich Turk über die Marsianerin. »Wo sind die anderen?«

Für einen Moment schien Sulean nicht imstande zu antworten. Sie öffnete den Mund, machte ihn wieder zu. Sie stand unter Schock. »Tot«, brachte sie schließlich heraus. »Diane ist tot. Anna ist tot.«

»Was ist mit Isaac?«

»Er lebt. Dvali ist bei ihm. Warum kommen sie nicht heraus? Es ist nicht sicher.«

Turk erhob sich, um die kleine Öffnung im Schutt in Augenschein zu nehmen.

Lise hielt ihn am Arm fest. Sie wollte nicht, dass er dort hineinging. Nicht in diese schwankende Höhle.

Er riss sich los. Und dieses Gefühl – wie sich sein Arm ihrem Griff entzog – verließ sie nie. Wie die schönsten und die schlimmsten Erinnerungen wurde es unauslöschlich. Es verfolgte sie für den Rest ihres Lebens.

Sie konnte ihn nicht aufhalten. Und sie konnte sich nicht überwinden, ihm zu folgen.

Es war dunkel, und fast wäre Turk über den leblosen Körper Diane Duprees gestolpert, bevor er Isaac und Dvali bemerkte, die sich vor einer Wand aus zerbrochenem Stein gegenüberstanden. Dvali streckte die Hand nach dem Jungen aus, Isaac wich zurück, wollte sich nicht berühren lassen, und Turk konnte Dvalis flehende Stimme über dem Tosen des Windes hören, dieses Windes, der aus dem Nichts gekommen war und sich offenbar vorgenommen hatte, den ganzen Kontinent aus den Angeln zu heben.

Turk hatte heute schon so viel Seltsames gesehen, dass es für ein ganzes Leben reichte, doch nun registrierte er noch ein weiteres Wunder: Die Haut des Jungen war milchig weiß geworden und leuchtete schwach, sein Gesicht ein Kerzenglanz rund um die goldenen Augen, sein Körper eine Art Kürbislaterne, deren Rippen man unter dem zerrissenen, verdreckten Hemd sehen konnte.

»Isaac«, rief er. »Es ist alles in Ordnung. Du kannst jetzt raus.«
Isaac sah ihn dankbar an.

Dann machte der Wind ein Geräusch wie die Hupe eines monströsen Schiffes, das den Hafen verlässt, und die Decke stürzte ein.

Sulean Moi hielt Lise Adams fest in den Armen, als das Gebäude zusammensackte. Eine Lawine aus Betonstaub, aus sich auflösendem Putz wälzte sich über sie hinweg. »Bleiben Sie unten«, sagte Sulean. »Sie können ja doch nichts tun.«

Lise wehrte sich noch ein bisschen, dann wich alle Kraft aus ihr, und Sulean drückte sie an die Schulter, wiegte sie sanft hin und her. Wie ein Fanal erschien der Marsianerin dieser letzte Einsturz. Niemand konnte ihn überlebt haben.

Doch sie wurde eines Besseren belehrt.

Die Augenrosen nahmen wieder ihre feierliche Habtachtstellung ein.

»Sehen Sie nur, Lise.«

Die Bäume der Hypothetischen hatten wieder zu graben begonnen, geduldig, unverdrossen.

SECHSTER TEIL

Die Ordnung der Zeit

35

Als alles vorbei war – als von dem riesigen glitzernden Wald nichts geblieben war als einige kümmerliche, sich rasch zersetzende Stängel, als der hoch aufragende Torbogen seine Arbeit beendet und zu Staub zerfallen war, als das Wüstenbecken der Rub al-Khali sich für weitere zehntausend Jahre schlafen gelegt hatte –, kehrte Lise nach Port Magellan zurück.

Der Himmel war freundlich, und es lagen etliche Schiffe im Hafen vor Anker, nicht so viele allerdings, wie es einmal waren – oder vielleicht wieder werden würden, wenn die Ölindustrie neu aufgebaut und der Tourismus wiederbelebt sein würde.

Sie nahm sich ein Zimmer in einem Hotel. Die Genomische Sicherheit hatte das Interesse an ihr verloren, nachdem Dvalis Vierte die Bioreaktoren bei Kubelick's Grave in die Luft gesprengt hatten, doch es war nicht ausgeschlossen, dass ihr Name noch auf irgendeiner Liste stand. Daher mietete sie das Zimmer unter einem falschen Namen und dachte darüber nach, wie sie ihr Leben wieder auf die Reihe bekommen könnte. Schließlich, eine Woche, nachdem sie angekommen war – nicht auf einem Trawler, wie sie es sich vorgestellt hatte, sondern in einem Bus zusammen mit fünfzig anderen Flüchtlingen aus der Rub al-Khali –, nahm sie ihren Mut zusammen und rief Brian Gately an.

Als seine Überraschung abgeklungen war, erklärte sie sich bereit, ihn auf neutralem Boden zu treffen: im Harley's, am Nachmittag, an einem Tisch mit Blick auf die Bucht.

Sie traf früh ein, und während sie wartete, überlegte sie, was sie ihm sagen wollte, doch sie konnte sich nicht konzentrieren. Ein Kellner brachte Eiswasser und Brot an den Tisch. Auf seinem Namensschild stand MAHMUT, und sie fragte Mahmut, ob Tyrell noch in diesem Restaurant arbeitete – sie erinnerte sich an Tyrell vom Abend des ersten Ascheregens, damals, als sie sich mit Turk hier verabredet hatte, um ihm das Foto von Sulean Moi zu zeigen. Nein, Tyrell sei in die USA zurückgekehrt, sagte Mahmut. Viele Leute hatten Port Magellan verlassen, nachdem diese seltsamen Sachen vom Himmel gefallen waren. Es war immer das Gleiche, dachte Lise, und doch alles anders … Dann, als Mahmut sich entfernte, sah sie Brian durch die Tür kommen.

Er setzte sich vorsichtig lächelnd zu ihr. Brian Gately, kein Mitarbeiter des Ministeriums für Genomische Sicherheit mehr. Das war am Telefon eine seiner ersten Neuigkeiten gewesen. Ich arbeite da nicht mehr, hatte er gesagt, als würde er seine Referenzen präsentieren. Ich habe gekündigt. Er hatte nicht gesagt, warum.

»Du hast mich gerade noch rechtzeitig erwischt«, sagte er jetzt. »Nächste Woche bin ich aus der Wohnung raus. Alles, was ich im Moment besitze, sind vier gepackte Koffer und eine Fahrkarte nach Hause.«

»Du willst zurück in die Staaten?«

»Es gibt keinen Grund hierzubleiben. Ich verrate dir ein Geheimnis, Lise. Ich hasse diese Stadt. Ich hasse diesen ganzen Planeten.«

Weil er nicht mehr beim MfGS war, konnte er ihr nicht helfen. Aber andererseits konnte er ihr auch nicht schaden. Als Bedrohung war er mehr oder weniger neutralisiert. Und so überlegte sie, ob sie ihm erzählen sollte, was in der Wüste geschehen war. Denn danach würde er sie fragen. Sie war sich sicher, dass er danach fragen würde.

Festhalten, hatte Sulean Moi zu ihr gesagt, und das war es, was Lise tat, auch wenn es schien, als würde die ganze Welt ins Rutschen geraten. Ringsum wurden die fluoreszierenden Kugeln von den Bäumen gerissen und vom Wirbel des Bogens angezogen. Aus dem Wind wurde Sturm und aus dem Sturm ein Orkan, und sie klammerte sich an der Betonrampe fest, zu verängstigt, um auch nur zu schreien. Nur vage nahm sie Sulean Moi wahr, die ein Stück weiter von ihr kauerte.

Der Wind hörte einfach nicht auf, und sie verlor hin und wieder das Bewusstsein, doch irgendwie gelang es ihr trotzdem, sich festzuhalten. Immer wieder erwachte sie – nicht aus, sondern *in* einen bösen Traum. Würde diese Nacht jemals enden?

Irgendwann hörte es schließlich auf. Der Wind beruhigte sich, die Welt kam wieder ins Gleichgewicht, und Sulean Moi rief nach ihr: »Lise, sind Sie verletzt?«

Es gab tausend Möglichkeiten, diese Frage zu beantworten, aber sie konnte nicht sprechen.

Der Bogen im Westen war verschwunden, ebenso der Großteil des Waldes. Geblieben waren zerstörte Gebäude, nackte Fundamente, aufgerissenes Pflaster und die Stümpfe der Hypothetischen-Bäume.

Da war die Wüste wieder, dachte Lise. Und die unerträglichen Schmerzen von Muskelkrämpfen. Sowie der andere, unendlich tiefere Schmerz.

Einige Tage später saß sie am Rande einer öden Straße, hungrig und ausgemergelt, in dreckiger Kleidung, neben ihr Sulean Moi und ein Stück weiter ein Dutzend ebenfalls erschöpfter Männer und Frauen – hauptsächlich Männer –, die den Sturm in irgendwelchen Gebäuden oder Ölförderungsanlagen ausgesessen hatten. Sie warteten auf einen Bus, der nach Auskunft der Rettungsleute jede Stunde eintreffen musste und sie an die Nordwestküste bringen sollte. Doch Lise und Sulean hatten die Absicht, vorher, vielleicht in Bustee, auszusteigen und auf eigene Faust über die Berge zu gelangen.

Sie wandte sich der Marsianerin zu, die im Schneidersitz, das Kinn auf die Hände gestützt, dasaß. »Sind Sie durstig?«

»Nur müde«, erwiderte Sulean mit dieser alten Stimme, die Lise stets an einen kratzigen Geigenton denken ließ. »Und ich habe an Dvali gedacht.«

Avram Dvali. Tot. Unerlöst.

»Wissen Sie, Lise, er hat in so vielen Dingen unrecht gehabt. Aber was die Hypothetischen angeht, könnte er richtig gelegen haben. Ich habe geglaubt, es gebe keine Hypothetischen, das heißt keine bewusst handelnden Wesen. Es gebe nur den Prozess. Die Nadeln der Evolution, die endlos weiterstricken.«

Lise war nicht wirklich imstande, sich dafür zu interessieren, aber für Sulean war es anscheinend wichtig, und Sulean war nett zu ihr gewesen, daher sagte sie: »Ja und, stimmt das nicht? Was hier passiert ist – wollen Sie etwa sagen, das war *geplant*?«

»Nicht geplant. Es gab keinen Galaktischen Rat oder so etwas, der zusammengetreten ist, um zu beschließen, dass ein temporaler Torbogen in Äquatoria aufgestellt wird. Ich vermute, er ist im Verlauf unzähliger Millionen Jahre gewachsen, als Resultat dessen, was ihm vorausgegangen ist, wie jedes andere Ereignis der Evolution auch.«

»Dann lag Dvali also falsch.«

»Aber nur im allerwörtlichsten Sinne.« Isaac habe ihr das erklärt, sagte Sulean, als sie im Einkaufszentrum festsaßen. »Millionen von hoch entwickelten, sich reproduzierenden Maschinen sammeln und ordnen Informationen über ein bestimmtes Raumvolumen. Diese Informationen werden von Zeit zu Zeit hierhergebracht, um sie zu sichten. Und der temporale Bogen leitet sie weiter, zehntausend Jahre in die Zukunft, während gleichzeitig ein entsprechender Korpus Information aus älteren Zeiten in die Gegenwart entlassen wird, um resorbiert zu werden und das wieder herzustellen, was durch Entropie verlorengegangen ist. Es ist keine Erinnerung im passiven Sinne – es ist ein *Akt* des Erinnerns. Und Organismen erinnern sich, um ihr Verhalten zu stabilisieren – oder anzupassen.«

»Aber wenn das die Art ist, wie das Netzwerk der Hypothetischen sich erinnert, dann …«

»Dann muss es irgendeine Form von Willen besitzen, zumindest ein rudimentäres Bewusstsein seiner selbst. Also das, was Dvali sich vorgestellt hat – ein transzendentes Wesen von so gewaltigen Ausmaßen, dass selbst das Zeugnis eines menschlichen Lebens nur ein infinitesimaler Bruchteil seines kleinsten Bauelementes ist.«

Das Zeugnis eines menschlichen Lebens. Das von Esh zum Beispiel. Oder ...

»Und daraus folgt noch etwas. Etwas vielleicht noch Schrecklicheres. Denken Sie an Jason Lawton. Dadurch, dass das Netzwerk der Hypothetischen sich an ihn erinnert, hat er eine Art Existenz über den Tod hinaus erlangt. Passiv vielleicht, aber dennoch eine Existenz. Wie werden wir damit umgehen, wenn das erst einmal bekannt geworden ist? Um es ganz einfach auszudrücken: Es gibt einen Gott, und dieser Gott bewirkt Unsterblichkeit, und diese Unsterblichkeit wird von einem Medikament vermittelt – dem Medikament, das Jason Lawton genommen hat. Das ihn mit den Hypothetischen verband, bevor es ihn tötete.«

»Aber wenn es tödlich ist ...«

»Physisch tödlich, doch wenn man dadurch in *Erinnerung* bleibt, wenn man vom Tod direkt in das Bewusstsein eines sehr realen Gottes übergeht ...«

»Es wird eine große Versuchung sein.«

»Mehr als eine Versuchung. Man wird es als Fünftes Alter bezeichnen. Merken Sie sich meine Worte. Man wird es das Fünfte Alter nennen – nicht ein Erwachsensein jenseits des Erwachsenseins, sondern eine Geburt jenseits des Todes. Man wird ihm huldigen, man wird sich Kämpfe darum liefern, man wird ein Ministerium für Spirituelle Sicherheit schaffen. Und was das alles langfristig mit uns anstellen wird, daran wage ich nicht zu denken.« Die Marsianerin schloss die Augen, als wollte sie diese Vision der Zukunft ausblenden.

Lise versuchte noch immer zu verstehen, was Sulean über die Hypothetischen gesagt hatte: dass sie, wenn sie sich erinnern können, etwas sein müssen, das sich selbst wahrnehmen kann, eine Art Bewusstsein hat. Ein Bewusstsein, das sich aus unzähligen Millionen von bewusstlosen Teilen zusammensetzt. Aber war nicht das die Definition eines jeden Bewusstseins? Ihres eigenen zum Beispiel?

Die Nachmittagssonne war erbarmungslos. Lise nahm einen großen Schluck aus einer der Wasserflaschen, die die Rettungsleute ausgeteilt hatten. »Und was haben sie noch, außer einem Gedächtnis? Haben sie auch Gefühle. Oder Fantasie?«

Sulean dachte darüber nach. Dann lächelte sie, was schmerzhaft sein musste, denn ihre Lippen waren rissig und bluteten sogar an einigen Stellen. »Ich weiß nicht. Vielleicht haben wir unsere eigene Rolle zu spielen. Als Gattung, meine ich. Das Eingreifen der Hypothetischen macht etwas Unberechenbares aus uns. Würden Sie das nicht als einen Akt der Fantasie bezeichnen?«

Das Netzwerk der Hypothetischen erinnerte sich also und vielleicht träumte es auch und ließ die Menschen in seinen Träumen mitspielen. Aber konnte es Kummer und Leid empfinden? Machte es sich Gedanken über die Galaxien außerhalb seiner Grenzen? Sprach es mit ihnen und antworteten diese?

Das waren Fragen, die ihr Vater gestellt hätte.

Lises Schatten lag vor ihr wie ein dunkler Zwilling. Sie kniff die Augen zusammen und spähte in die Ferne. Dieser Fleck dort in der Wüste mochte unter Umständen der Bus sein, auf den sie warteten.

Falls es also lebte, dachte sie, folgte daraus, dass es auch sterben würde? Und wusste es, dass es sterben würde?

Und wollte es ewig leben?

Vieles von dem, was Lise mit eigenen Augen gesehen hatte – der fremdartige Wald, das Auftauchen und das Zusammenbrechen des temporalen Torbogens –, war von Drohnenkameras aufgezeichnet und nach Port Magellan übermittelt worden. Inzwischen waren die Bilder um die ganze Welt gegangen – und auch in die dichter bevölkerte Welt nebenan. In der Sprachregelung der Kommentatoren handelte es sich um »ein Hypothetischen-Ereignis, dessen Bedeutung nicht bekannt ist«. Lise erzählte Brian, dass sie in der Nähe gewesen sei, als es passierte, und von Glück reden könne, überlebt zu haben, ließ sich jedoch keine weiteren Einzelheiten entlocken. Nicht weil sie ihm misstraute, sondern weil die Erinnerung noch zu frisch, zu lebendig war, als dass sie sie in Worte fassen konnte.

Brian schien das zu akzeptieren, aber dann fragte er – so taktvoll, wie es ihm nur möglich war –, was mit Turk Findley geschehen sei. Und Lise schloss die Augen und überlegte, was sie darüber sagen konnte.

Alles, woran sie denken konnte, war der Klang seiner Stimme, wie sie aus dem Wind und der Nacht zu ihr drang.

Aus der Dunkelheit, beleuchtet nur durch den Schimmer der an den Hypothetischen-Bäumen verbliebenen Kugeln. Ihre unaufhörlich wechselnden Farben spielten über das Gesicht Sulean Mois, die sich in eine Plane gewickelt hatte und in den Schutz des Betonpiers gekrochen war. Am nächsten Morgen, nahm sich Lise das Versprechen ab, wenn der Wind sich gelegt hatte – *falls* er sich je legen würde –, sobald es möglich war, aufrecht zu stehen, würde sie graben; dort graben, wo die Bäume gruben; sie würde Turk und Isaac und sogar Dr. Dvali ausgraben. Aber es war schon so viel Zeit vergangen, seit das Gebäude eingestürzt war – mehrere Stunden –, und der Wind war immer stärker geworden, er bog die Hypothetischen-Bäume, dass sie wie reuige Sünder beim Gebet aussahen. Pfeifende Böen schossen durch die Lücken im Beton, und Lise konnte die Blechplatten singen hören, wenn sie vom Wind erfasst wurden. Die leuchtenden Kugeln klapperten auf ihren steifen Ästen, rissen sich los, wurden weggetragen. Sie sah, oder vielleicht träumte sie es auch, wie sie sich am Himmel ballten, ein Strom, eine lange Kette über den jetzt nackten Ästen der Bäume, eine leuchtende Vogelschar auf dem Zug nach Westen, angezogen vom temporalen Torbogen.

»Lise«, sagte eine Stimme hinter ihr, laut genug, dass sie sie über das Kreischen des Windes hören konnte. Es war Turks Stimme, und in ihrer Verblüffung setzte sie sich auf und versuchte sich zu ihm umzudrehen. Er war irgendwo hinter diesen Betonklötzen, trotzte dem Wind.

»Turk!«, rief sie.

»Sieh mich nicht an, Lise. Es ist besser so.«

Das machte ihr eine solche Angst, dass sie nicht hinsehen *konnte*. Sie stellte sich vor, dass er schreckliche Verletzungen erlitten hatte.

Also blickte sie zu Boden, aber das nützte nicht viel, weil sie an den Schatten erkennen konnte, dass ein Licht von der Stelle kam, wo Turk stand – womöglich von Turk selbst. Und das erschreckte sie so sehr, dass sie die Augen lieber ganz zumachte. Ganz fest zumachte. Und die Hände zu Fäusten ballte. Und ihn sprechen ließ.

»Alles in Ordnung, Lise?«, fragte Brian

»Ja«, erwiderte sie. Da stand ein Weinglas vor ihr, und Mahmut war dabei einzuschenken. Nachzuschenken. Sie schob es von sich. »Tut mir leid.«

Turk hatte einiges zu ihr gesagt.

Vertrauliche Dinge. Dinge, die sie mit ins Grab nehmen würde. Dinge, die ausschließlich für sie bestimmt waren.

Er hatte sich dafür entschuldigt, dass er sie verließ. Er hätte keine andere Wahl; es gebe nur noch eine einzige Tür, die ihm offen stehe.

Als sie ihn fragte, wo er denn hinwolle, sagte er: »Nach Westen.«

»Er ist nach Westen gegangen«, sagte sie zu Brian.

Und als sie sich schließlich zwang, den Kopf zu heben und hinzusehen, *richtig* hinzusehen, war es nicht Turk, den sie erblickte, sondern Isaac. Er war verletzt, einer seiner Arme war in die verkehrte Richtung gebogen, aber er leuchtete wie ein Vollmond. Seine Haut strahlte in ständig wechselnden Farben, so wie es die Erinnerungskugeln getan hatten. Als wäre er zu einer von ihnen geworden. Und das war er wohl auch.

Sie begriff das alles, weil Turk es ihr erklärt hatte. Turks lebloser Körper lag unter Trümmern begraben, doch seine lebendige Erinnerung war hier, in diesem zerschundenen Überbleibsel von Isaac, das die Hypothetischen-Bäume ausgegraben hatten. Und Esh war auch bei ihm, ebenso wie Jason Lawton, ebenso wie Anna Rebka.

Und Diane?

Diane, sagte er, habe lieber dableiben wollen.

Und Dvali?

Nein. Dvali nicht.

Dann überließ sich Isaacs leuchtende Hülle dem Wind, und der Wind trug ihn nach Westen.

Brian sagte irgendetwas über »dein Buch«.

»Es hat nie ein Buch gegeben.«

»Und hast du etwas über deinen Vater herausgefunden?«

»Das eine oder andere.«

»Ich habe nämlich selber ein bisschen recherchiert. Nachdem du Tomas Ginn erwähnt hattest, habe ich Erkundigungen eingezogen. Ginn ist tot. Er wurde bei einem Verhör getötet.«

Lise sagte nichts.

»Das Gleiche ist vielleicht mit deinem Vater passiert.«

»Vielleicht?«

»Nein – bestimmt.«

»Hast du Beweise dafür?«

»Ein Foto. Nicht unbedingt ein Beweis. Es ist nicht gerichtsverwertbar. Aber es ist die Wahrheit, Lise, sofern es die Wahrheit ist, nach der du suchst.«

Ein Foto von ihrem Vater – von seiner Leiche … Sie wollte es nicht sehen. »Ich weiß, was passiert ist.«

»Tatsächlich?«

Ja, sie wusste, was mit ihrem Vater geschehen war, und sie wusste sogar etwas, was Brian nicht wusste: Sie wusste, was ihn getötet hatte, und sie wusste auch, warum.

Sie hatte ihrer Mutter in Kalifornien eine entsprechende E-Mail geschickt: *Er ist nicht weggegangen. Er wurde verschleppt. Das weiß ich jetzt.*

Ihre Mutter schrieb zurück: *Dann kannst du ja nach Hause kommen.*

Aber dort bin ich doch schon, antwortete Lise, und später, als sie im Morgennebel am Hafen spazieren ging, begriff sie, dass das die Wahrheit war.

Auf dem Weg nach Port Magellan hatte Lise sich an einer Bushalte-stelle von Sulean Moi verabschiedet. Sie hatte die Marsianerin ge-fragt, ob sie allein zurechtkommen würde, doch natürlich stand es ganz außer Frage, dass sie zurechtkommen würde. Seit Jahrzehnten schlug sie sich, unterstützt von wohltätigen Vierten, so durchs Leben. Und es gebe noch einiges zu tun, sagte sie. Im Fall Isaac sei sie ge-scheitert, aber es würde weitere Kämpfe geben. Was immer das Netz-werk der Hypothetischen sein mochte – Sulean Moi war nach wie vor dagegen, dass es mit den Menschen verkehrte. »Ich möchte kein winziges Element in den Datenströmen irgendeines riesenhaften Wesens sein«, sagte sie. »Und meine Gattung soll es auch nicht sein.«

»Wohin wollen Sie jetzt also gehen?«

Die Marsianerin lächelte. »Vielleicht gehe ich nach Westen ... Wie sieht es bei Ihnen aus? Kommen *Sie* einigermaßen zurecht?«

Nein, sie würde nicht zurechtkommen. Lises Erinnerungen an die Rub al-Khali würden noch auf Monate, wenn nicht Jahre, für schweiß-getränkte Träume sorgen. Doch sie erwiderte nur achselzuckend: »Ich werde es überleben«, und das musste als aufrichtig angekom-men sein, denn die Marsianerin ergriff ihre Hand, sah ihr in die Augen und nickte feierlich.

»Ich wünschte, es wäre besser für uns gelaufen«, sagte Brian, und das war seine Art einzugestehen, dass ihre Ehe endgültig der Vergan-genheit angehörte. »Ich wünschte, vieles wäre besser gelaufen.«

Was es ihr leichter machte, ihm dankbar zu sein für alles, was er ihretwegen getan oder zu tun versucht hatte. Leichter machte, ihn als schuldlos zu betrachten.

Das Mittagessen hatte sich hingezogen. Es dämmerte bereits. Unten in der Stadt gingen nach und nach die Lichter an, die beleuch-teten Reklametafeln entlang der Rue Madagascar ebenso wie die Diodenketten, die den Souks ihren bunten Glanz verliehen. Als wäre die Stadt ein großer Organismus, der seinen ureigenen, täglich wie-derkehrenden Rhythmen folgt. Lise fragte sich, ob das alles in tau-send Jahren auch noch da sein würde – oder in zehntausend Jahren, wenn Turks Geist aus dem temporalen Torbogen spaziert kommen würde, um einen neuen Zyklus zu beginnen.

Wenn wir das Wesen der Hypothetischen wirklich verstehen wollen, müssen wir das berücksichtigen. Sie waren alt, als wir ihnen zuerst begegneten, und heute sind sie noch älter.

Brian ergriff ein letztes Mal ihre Hand, dann stand er auf und ging. Sie blieb noch ein wenig sitzen. Die kühle Luft war angenehm. Die Sterne erschienen am Himmel. Mahmut goss Kaffee aus einer silbernen Karaffe ein.

Woran wir uns nicht mehr erinnern können, das müssen wir wiederentdecken.

»Haben Sie etwas gesagt, Miss?«

»Ich sagte, es wird dunkel.«

Mahmut lächelte. »Ja, diese äquatorianischen Sonnenuntergänge. Die scheinen immer ewig zu dauern.«

VORTEX

1   SANDRA UND BOSE

Nie wieder, dachte Sandra Cole, als sie in ihrem schwülheißen Apartment aufwachte. Heute würde sie zum letzten Mal zur Arbeit fahren, um den Tag mit ausgemergelten Prostituierten zu verbringen, mit Suchtkranken in den ersten schweißtreibenden Stadien des Entzugs, mit notorischen Lügnern und Kriminellen. Ja, heute würde sie ihre Kündigung einreichen.

Sie wachte jeden Morgen mit diesem Gedanken auf. Gestern hatte sie nicht gekündigt. Und heute würde sie es auch nicht tun. Aber irgendwann … *Nie wieder.* Beim Duschen und Anziehen kostete sie die Vorstellung aus. Auch noch, als sie den ersten Kaffee trank und das rasche Frühstück aus Joghurt, Toast und Butter aß. Dann war sie so weit, dem ungeschminkten Tag ins Gesicht zu sehen. Der Tatsache, dass alles beim Alten blieb.

Gerade als sie den Aufnahmebereich der State Care passierte, meldete ein Polizist den Jungen zur Beurteilung an.

Die ganze nächste Woche über sollte der Junge in ihrer Obhut bleiben: Man hatte die Formulare bereits an die Liste ihrer morgendlichen Fälle geheftet. Er hieß Orrin Mather und war angeblich nicht gewalttätig. Tatsächlich wirkte er verängstigt: Die Augen waren geweitet und feucht, der Kopf ruckte nach links und rechts wie bei einem Vogel, der das Terrain sichert.

Sandra konnte sich nicht an den Polizisten erinnern – ein neues Gesicht offenbar. Was an sich nichts Ungewöhnliches war, denn bei der Polizei von Houston riss man sich nicht darum, Kleinkriminelle der texanischen Fürsorge zu überstellen. Dieser Beamte allerdings schien persönlich engagiert: Der Junge ging nicht auf Abstand, sondern auf Tuchfühlung, als suche er Schutz. Der Polizist ließ die Hand auf der Schulter des Jungen und sagte etwas, das Sandra nicht hören konnte, den Jungen aber sichtlich beruhigte.

Die beiden hätten kaum gegensätzlicher sein können. Der Polizist war groß, von kräftiger Statur, aber nicht dick, hatte dunkle Haut, dunkles Haar und dunkle Augen. Der Junge war deutlich kleiner und so dünn, dass er sich in dem Gefängnis-Overall verlor. Und er war bleich wie jemand, der die letzten sechs Monate in einer Höhle gehaust hatte.

Der Diensthabende an der State-Care-Aufnahme war Jack Geddes, der, wie gemunkelt wurde, nebenher noch als Rausschmeißer in einer Bar jobbte. Geddes ging nicht selten grob mit Patienten um – zu grob, fand Sandra. Als er Orrin Mathers Unruhe bemerkte, ging er gefolgt von der diensthabenden, mit Sedativa und Spritzen bewaffneten Schwester sofort auf den Jungen zu.

Der Polizist – und das war *sehr* ungewöhnlich – stellte sich unmissverständlich vor Orrin. »Das ist nicht nötig«, sagte er; seine Stimme hatte einen leichten ausländischen Akzent. »Ich kann Mr. Mather begleiten, wo immer er hin soll.«

Sandra trat vor, ein wenig verlegen, weil sie erst jetzt das Wort ergriff. Sie stellte sich vor und sagte: »Zuerst müssen wir ein Aufnahmegespräch führen, Mr. Mather. Dazu gehen wir den Flur hinunter in ein bestimmtes Zimmer. Ich stelle Ihnen ein paar Fragen und mache mir Notizen. Dann weisen wir Ihnen ein eigenes Zimmer zu. Haben Sie das verstanden?«

Orrin Mather atmete vorsichtig aus und nickte. Geddes schien ziemlich verärgert, aber er zog sich wieder hinter den Schalter zurück.

Der Polizist bedachte Sandra mit einem taxierenden Blick. »Ich bin Officer Bose«, sagte er. »Ich würde gern mit Ihnen reden, wenn Orrin versorgt ist, Dr. Cole.«

»Das kann etwas dauern.«

»Ich kann warten«, sagte Bose. »Wenn es Ihnen recht ist.«

Und das war das Ungewöhnlichste von allem.

Seit zehn Tagen schon kletterten die Temperaturen in der Stadt tagsüber über 38 Grad Celsius. Die Diagnoseabteilung der State Care war klimatisiert, oft bis zur Absurdität (Sandra hatte im Büro einen Pullover liegen), doch hier fand lediglich ein kühles Rinnsal seinen Weg durch das Deckengitter. Orrin Mather schwitzte bereits, als Sandra sich ihm gegenüber an den Tisch setzte. »Guten Morgen, Mr. Mather«, sagte sie.

Beim Klang ihrer Stimme entspannte er sich ein wenig. »Sie können ruhig Orrin sagen, Ma'am.« Er hatte blaue Augen, und die Wimpern schienen etwas zu lang für das knochige Gesicht. Ein Riss in der rechten Wange verheilte gerade und hinterließ eine Narbe. »Das tun fast alle.«

»Danke, Orrin. Ich bin Dr. Cole, und wir werden uns in den nächsten Tagen unterhalten.«

»Sie entscheiden, wer mich behält?«

»Kann man so sagen. Ich erstelle das psychiatrische Gutachten. Aber ich bin nicht hier, um über dich zu urteilen, verstehst du? Ich bin hier, um herauszufinden, wer dir am besten helfen kann.«

Orrin nickte kurz. »Sie entscheiden, ob ich in ein State-Care-Camp komme.«

»Nicht nur ich. Alle Mitarbeiter sind beteiligt, mal mehr, mal weniger.«

»Aber wir beide unterhalten uns?«

»Vorerst, ja.«

»Okay. Ich verstehe.«

Von oben blickten vier Sicherheitskameras in den Raum, aus jeder Ecke eine. Sandra hatte Aufnahmen von ihren eigenen und von anderen Sitzungen gesehen und wusste, wie sie auf den Monitoren im angrenzenden Raum wirkte: perspektivisch verkürzt, streng in ihrer blauen Bluse und dem gleichfarbigen Rock, die Kennmarke vom Hals baumelnd, wenn sie sich über den Kiefernholztisch lehnte. Die Alchemie der Überwachungsanlage würde den Jungen auf einen anonymen Befragten reduzieren ... Allerdings sollte sie aufhören, ihn als Jungen zu bezeichnen, nur weil er so jung wirkte. Der Akte nach war er neunzehn. Alt genug, um es besser zu wissen, wie Sandras Mutter immer sagte. »Du stammst aus North Carolina, Orrin, richtig?«

»So steht es vermutlich in den Papieren da.«

»Und? Haben die Papiere recht?«

»Geboren in Raleigh und dort gelebt, ja, Ma'am, mein Leben lang, bis ich nach Texas kam.«

»Darüber reden wir noch. Erst sollten wir ein paar grundlegende Dinge klären. Weißt du, warum die Polizei dich mitgenommen hat?«

Orrin senkte den Blick. »Ja.«

»Geht es etwas ausführlicher?«

»Vagabundieren.«

»So sagt es das Gesetz. Wie würdest du es nennen?«

»Weiß nicht. In einer Gasse pennen vielleicht? Und von diesen Männern verprügelt werden.«

»Verprügelt zu werden ist kein Verbrechen. Die Polizei hat dich zu deinem eigenen Schutz in Gewahrsam genommen, richtig?«

»So wird es gewesen sein. Ich habe ziemlich geblutet, als sie mich fanden. Ich habe nichts getan, um die Kerle zu provozieren. Sie waren betrunken und sind einfach über mich hergefallen. Sie wollten mir die Tasche wegnehmen, aber ich hab nicht losgelassen. Ich wünschte, die Polizei wäre ein bisschen früher aufgetaucht.«

Die Streife hatte Orrin Mather halb bewusstlos und blutend auf einem Bürgersteig im Südwesten von Houston gefunden. Keine Adresse, keine Papiere und offenbar kein Auskommen. Wegen »Vagabundierens« – man bezog sich auf Vorschriften, die in den Wirren nach dem Spin erlassen worden waren – hatte man Orrin festgenommen, um ihn näher unter die Lupe zu nehmen. Seine physischen Verletzungen waren leicht zu behandeln, aber sein Geisteszustand war eine offene Frage, der Sandra im Laufe der nächsten sieben Tage auf den Grund gehen sollte. »Du hast Familie, Orrin?«

»Nur meine Schwester Ariel. In Raleigh.«

»Und die Polizei hat sie verständigt?«

»Angeblich ja, Ma'am. Officer Bose meint, dass sie mit dem Bus unterwegs ist, um mich zu holen. Aber die dauert lange, diese Busfahrt. Ziemlich heiß um diese Jahreszeit, glaube ich. Ariel mag keine Hitze.«

Das musste sie mit Bose klären. Normalerweise, wenn ein Familienmitglied bereit war, die Verantwortung zu übernehmen, brauchte man wegen Vagabundierens die State Care nicht einzuschalten. Orrins Protokoll erwähnte keinerlei Gewalttätigkeiten seinerseits, er war sich augenscheinlich völlig im Klaren über seine Situation, und es gab keinerlei Hinweise auf irgendwelche Wahnvorstellungen – im Moment jedenfalls nicht. Obwohl er Sandra tatsächlich nicht ganz geheuer war. (Ein ziemlich unprofessioneller Gedanke, den sie für sich behalten würde.)

Sie begann mit dem Standard-Interview. Datum, Wochentag, etc. Er antwortete schnell und korrekt. Erst als sie ihn fragte, ob er Stimmen höre, zögerte Orrin. »Ich denke nein«, sagte er schließlich.

»Bist du sicher? Es ist okay, darüber zu reden. Wenn es damit ein Problem gibt, dann möchten wir dir helfen.«

Er nickte ernst. »Ich weiß. Eine schwere Frage. Ich höre keine Stimmen, Ma'am, nein, das nicht … aber ich schreibe manchmal Sachen.«

»Was für Sachen?«

»Sachen, die ich nicht immer verstehe.«

Das war der Einstieg.

Mögl. Wahnvorstellungen, geschriebene, notierte Sandra. Dann – weil es ihm sichtlich zusetzte – lächelte sie und sagte: »Gut, lassen wir's genug sein.« Eine halbe Stunde war vergangen. »Fortsetzung folgt. Jetzt lernst du erst mal das Zimmer kennen, in dem du die nächsten Tage wohnen wirst.«

»Es ist bestimmt sehr schön.«

Verglichen mit den Seitengassen der Stadt Houston mochte das wohl stimmen. »Der erste Tag in der State Care fällt vielen schwer, aber glaub mir, es ist halb so schlimm. Abendessen um sechs in der Kantine.«

Orrin wirkte leicht verunsichert. »Ist das eine Art Cafeteria?«

»Ja.«

»Darf ich fragen, ob es da laut ist? Ich mag keinen Lärm beim Essen.«

Laut? Die Patientenkantine war ein Zoo und im Allgemeinen auch entsprechend laut, obwohl das Personal für Sicherheit sorgte. *Lärmempfindlich*, notierte Sandra. »Es kann da ein bisschen laut werden, ja. Meinst du, du kommst klar damit?«

Orrin wirkte niedergeschlagen, nickte aber. »Ich glaube schon. Danke für Ihre Offenheit, ich weiß das zu schätzen.«

Noch eine verlorene Seele – nur zerbrechlicher und weniger aggressiv als die meisten. Sandra hoffte inständig, dass ihm die Woche hier mehr nutzen als schaden würde. Aber darauf wetten wollte sie nicht.

Zu ihrer Überraschung wartete draußen vor dem Zimmer der Officer, der Orrin gebracht hatte. Normalerweise lieferten sie jemanden ab und gingen wieder. Die State Care war eingerichtet worden, um in den schlimmsten Jahren des Spins die überfüllten Gefängnisse zu entlasten. Und obwohl sich die Lage vor einem Vierteljahrhundert entspannt hatte, diente die Institution immer noch als Auffangbecken für Kleinkriminelle mit psychischen Auffälligkeiten. Praktisch für die Polizei – aber nicht für den überforderten und unterbezahlten Mitarbeiterstab der State Care. Nur selten wurde noch einmal nachgefasst; soweit es die Polizei betraf, war eine Überstellung gleichbedeutend mit dem Schließen der Akte – oder mit dem Betätigen der Wasserspülung.

Boses Uniform sah wie frisch gebügelt aus, und das bei der Hitze. Er wollte wissen, welchen Eindruck sie von Orrin Mather gewonnen hatte, und weil die Mittagspause schon begonnen hatte und Sandras Nachmittag ausgebucht war, lud sie ihn ein, mit in die Kantine zu kommen – die Personal-, nicht die Patientenkantine, die Orrin ganz sicher nicht gefallen würde.

Sandra nahm wie immer ihre Montagssuppe und einen Salat und wartete auf Bose, der es ihr gleichtat. So spät, wie sie waren, hatten sie kein Problem, einen freien Tisch zu finden. »Ich möchte Orrin nicht aus den Augen verlieren«, sagte Bose.

»Höre ich da richtig?«

»Was meinen Sie?«

»Die Polizei von Houston ist im Allgemeinen nicht so anhänglich.«

»Vermutlich nicht. Aber in Orrins Fall gibt es ein paar offene Fragen.«

Ihr fiel auf, dass er »Orrin« sagte und nicht »der Häftling« oder »der Patient«; offenbar hatte Officer Bose ein persönliches Interesse an dem Fall. »Ich sehe nichts Ungewöhnliches in der Akte.«

»Sein Name taucht im Zusammenhang mit einem anderen Fall auf. Ich darf nicht ins Detail gehen, aber … hat er seine Schreiberei erwähnt?«

Sandra hob eine Augenbraue. »Ganz kurz, ja.«

»Als man ihn festnahm, hatte Orrin eine Ledertasche mit einem Dutzend linierter Hefte dabei, alle vollgeschrieben. Die hat er verteidigt, als er angegriffen wurde. Orrin ist im Grunde ein kooperativer Bursche, aber wir hatten alle Mühe, ihm die Hefte abzunehmen. Wir mussten ihm versprechen, darauf aufzupassen – er wollte sie unbedingt zurückhaben, sobald sein Fall geklärt sei.«

»Und? Hat er sie zurück?«

»Noch nicht, nein.«

»Wenn ihm die Hefte so viel bedeuten, könnten sie für meine Beurteilung aufschlussreich sein.«

»Das leuchtet mir ein, Dr. Cole. Darum unser Gespräch. Die Sache ist die: Der Inhalt dieser Hefte hängt mit einem anderen Fall zusammen, den wir bearbeiten. Ich lasse sie gerade abschreiben, aber das ist ein mühseliger Prozess – Orrins Handschrift ist nicht leicht zu entziffern.«

»Kann ich die Abschriften sehen?«

»Genau das wollte ich Ihnen vorschlagen. Aber ich muss Sie um einen Gefallen bitten. Solange Sie nicht den gesamten Text kennen, darf die Sache nicht aktenkundig werden. Okay?«

Das war ein seltsames Ersuchen, und Sandra antwortete nur zögernd. »Ich bin mir nicht sicher, was Sie unter aktenkundig verstehen. Jede wichtige Erkenntnis fließt mit in die Diagnose ein. Das ist nicht verhandelbar.«

»Sie können jede Erkenntnis berücksichtigen, solange Sie keine Textstellen kopieren oder zitieren. Nicht bevor wir bestimmte Dinge geklärt haben.«

»Officer Bose, Orrin ist ganze sieben Tage in meiner Obhut. Dann muss ich eine Empfehlung aussprechen.« Sandra fügte nicht hinzu, dass diese Empfehlung Orrin Mathers Leben drastisch verändern würde.

»Schon verstanden, und ich will mich auch nicht einmischen. Was mich interessiert, ist Ihre Bewertung. Ich wüsste gerne – inoffiziell, versteht sich –, was Sie von dem Text halten. Wie ... verlässlich er ist.«

Langsam dämmerte es Sandra. Etwas von dem, was Orrin aufgeschrieben hatte, war möglicherweise von entscheidender Bedeutung für ein anhängiges Verfahren, und Bose musste wissen, wie glaubwürdig es (oder sein Autor) war. »Falls Sie mich als Zeugin in einem Prozess ...«

»Nein, nichts dergleichen. Nur eine Rückversicherung. Alles, was nicht die Intimsphäre des Patienten verletzt oder auf andere professionelle Bedenken stößt.«

»Ich weiß nicht, was Sie ...«

»Vielleicht verstehen Sie es ein bisschen besser, wenn Sie das Dokument gelesen haben.«

Es war Boses ernster Gesichtsausdruck, der sie schließlich umstimmte. Sie war natürlich neugierig auf die Hefte und warum sie so wichtig waren für Orrin. Sollte sie allerdings etwas klinisch Relevantes entdecken, würde sie keine Skrupel haben, das Versprechen, das sie Bose gegeben hatte, zu ignorieren. Und das machte sie ihm auch unmissverständlich klar – ihre Loyalität galt in erster Linie dem Patienten.

Er war ohne Wenn und Aber einverstanden. Als er aufstand, hatte er noch nicht aufgegessen; zurück blieb ein grünes Salatbett, aus dem er systematisch alle Kirschtomaten herausgepickt hatte. »Danke, Dr. Cole. Ich weiß Ihre Hilfe zu schätzen. Sie bekommen die ersten Seiten heute Abend per E-Mail.«

Er gab ihr seine Karte vom Houston Police Department mit Telefonnummer, E-Mail-Adresse und seinem vollen Namen: Jefferson Amrit Bose. Sie murmelte den Namen vor sich hin, während sie zusah, wie er in einem Schwarm weiß gekleideter Schwestern verschwand.

Nach einem Tag voller Routine-Konsultationen fuhr Sandra unter dem flach einfallenden Licht der Sonne nach Hause.

Der Sonnenuntergang ließ sie oft an den Spin denken. Die Sonne war in den drastisch verkürzten Jahren des Spins gealtert und angeschwollen, und wenn sie am westlichen Himmel jetzt so normal aussah, war das eine ziemlich gut gemachte Illusion. Die *echte* Sonne war ein greises, aufgeblähtes Monster, das im Zentrum des Systems seinen Todeskampf focht – und was man am Horizont sah, war das, was die Hypothetischen aus der tödlichen Strahlung gemacht hatten. Seit Jahren – seit Sandra erwachsen war – war die Menschheit auf die geheimnisvolle Technik dieser fremden und stummen Wesen angewiesen.

Das harte Blau des Himmels wurde im Südosten von Wolken verdüstert, die an gläserne Korallenbänke erinnerten. 40,5 Grad Celsius in der Stadtmitte von Houston, wenn man dem Wetterbericht glaubte – nicht anders als gestern und vorgestern. In den Nachrichten ging es ausschließlich um die laufenden Starts in White Sands: Raketen impften die obere Atmosphäre mit Schwefelaerosolen, um die globale Erwärmung zu verlangsamen. Gegen *diese* drohende Apokalypse, für die sie nichts konnten, hatten die Hypothetischen keine Hilfe angeboten. Sie nahmen die Erde vor der expandierenden Sonne in Schutz, aber der Kohlendioxidgehalt der Atmosphäre schien sie nichts anzugehen; das war Sache der Menschen. Und dennoch krochen die Öltanker den Houston Ship Channel herauf, zumal das Rohöl inzwischen reichlich und billig aus der neuen Welt jenseits des Torbogens floss. Fossiler Brennstoff von zwei Planeten, um uns gar zu kochen, dachte Sandra. Das angestrengte Rauschen der Klimaanlage unterstrich ihre Heuchelei, aber sie konnte auf den kühlen Luftstrom nicht verzichten.

Seit sie ihr Medizinpraktikum an der UCSF beendet und bei der State Care angefangen hatte, hatte Sandra ihre Zeit damit verbracht, psychisch auffällige Menschen einem Test zu unterziehen, der von den meisten »normalen« Erwachsenen mühelos bestanden wurde. Kann sich der Betreffende in Zeit und Raum orientieren? Begreift der Betreffende die Folgen seines Tuns? Aber würde sie die ganze Menschheit diesem Test unterziehen, dachte Sandra, wäre das Ergebnis ziemlich ungewiss. *Der Betreffende ist verwirrt und häufig selbstzerstörerisch. Er verfolgt kurzfristige Befriedigung auf Kosten seiner Gesundheit.*

Als sie ihr Apartment in Clear Lake erreichte, war es bereits dunkel und die Temperatur um ein, zwei Grad gefallen. Sie schob ihr Abendessen in die Mikrowelle, öffnete eine Flasche Rotwein und sah nach, ob Bose inzwischen die E-Mail geschickt hatte.

Er hatte. Ein paar Seiten. Seiten, die Orrin Mather angeblich geschrieben hatte. Sie sah aber sofort, wie unwahrscheinlich das war.

Sie druckte die Seiten aus und machte es sich bequem.

Mein Name ist Turk Findley, begann das Dokument.

2 TURK

1.

Mein Name ist Turk Findley, und das habe ich erlebt, nachdem alles, was ich kannte und liebte, vergangen war. Die Geschichte beginnt in der Wüste eines Planeten, den wir Äquatoria nannten, und endet … nun, das ist schwer zu sagen.

Dies sind meine Erinnerungen. Dies ist, was geschah.

2.

Es waren an die zehntausend Jahre, die mich von meinem bisherigen Leben trennten. Das zu wissen war schrecklich, und für eine bestimmte Zeitspanne war es nahezu alles, was ich wusste.

Ich erwachte im Freien, schwindlig, nackt. Die Sonne stach aus einem leeren blauen Himmel. Ich war entsetzlich durstig. Mein Körper schmerzte, meine Zunge lag wie tot im Mund. Ich setzte mich auf und wäre dabei fast umgekippt. Ich sah alles verschwommen. Ich wusste nicht, wo ich war oder wie ich hierhergekommen war. Und ich konnte mich auch nicht daran erinnern, woher ich kam. Ich hatte nur die grässliche Gewissheit, dass beinahe zehntausend Jahre vergangen waren (aber wer hatte sie gezählt?).

Ich zwang mich, ganz stillzusitzen, mit geschlossenen Augen, bis der Schwindel nachließ. Dann hob ich den Kopf und versuchte mir einen Reim auf das zu machen, was ich sah.

Ich befand mich mitten in einer Wüste. Soweit ich das beurteilen konnte, gab es hier meilenweit niemanden außer mir, und doch war ich nicht allein: Flugmaschinen zogen über mir vorüber. Sie waren seltsam geformt, und ich fragte mich, was sie wohl in der Luft hielt, denn ich sah weder Tragflächen noch Rotoren.

Ich beschloss, sie zu ignorieren, denn ich musste so schnell wie möglich aus der Sonne – meine Haut war stark gerötet, und ich hatte keine Ahnung, wie lange ich hier schon lag.

Die Wüste bestand bis zum Horizont aus stark verdichtetem Sand, war aber mit Bruchstücken übersät, die an riesige zerbrochene Spielsachen erinnerten: ein paar Meter entfernt eine sanft gewölbte, halbe Eierschale, mindestens drei Meter hoch und mattgrün; und weiter weg andere ähnliche Formen in heiteren, aber verblassenden Farben, als wäre hier die Teegesellschaft eines Riesen verunglückt. Und weit, weit hinter allem eine Bergkette, die an einen verrußten Kieferknochen erinnerte. Es roch nach mineralischem Staub und heißem Gestein.

Ich krabbelte auf allen vieren in den Schatten der halben Eierschale, wo mich eine wohltuende Kühle umfing. Als Nächstes brauchte ich Wasser. Und dann vielleicht etwas, um mich zu bedecken. Doch die Anstrengung hatte mich wieder schwindlig gemacht. Eine der merkwürdigen Flugmaschinen schien über mir zu schweben. Ich wollte die Arme schwenken, um auf mich aufmerksam zu machen, aber meine Kräfte hatten mich verlassen, und ich verlor das Bewusstsein.

3.

Ich wachte wieder auf, als man mich gerade auf eine Art Trage hob.

Die Menschen um mich herum trugen gelbe Uniformen und Staubmasken vor Mund und Nase. Neben mir ging eine Frau. Als sich unsere Blicke trafen, sagte sie: »Bitte bleib ruhig. Ich weiß, dass du Angst hast. Wir müssen uns beeilen, aber vertrau mir, wir bringen dich an einen sicheren Ort.«

Sie trugen mich in eine der Flugmaschinen, die inzwischen gelandet waren. In einer Sprache, die mir fremd war, richtete die Frau einige Worte an ihre Begleiter. Meine Häscher (oder Retter) stellten mich auf die Füße, und ich entdeckte, dass ich stehen konnte, ohne umzufallen. Die Luke kam herunter und schnitt mir die Sicht auf Wüste und Himmel ab. Ein sanfteres Licht flutete das Innere.

Ringsherum eilten Männer und Frauen in gelben Overalls geschäftig hin und her, während ich die Frau im Auge behielt, die Englisch gesprochen hatte. »Schön langsam«, sagte sie und nahm mich beim Arm. Sie war kaum größer als eins fünfzig, und als sie die Maske abnahm, sah sie beruhigend menschlich aus. Braune Haut, leicht asiatisches Gesicht, dunkles, kurzes Haar. »Wie fühlst du dich?«

Die Antwort wäre zu lang ausgefallen, also zuckte ich nur mit den Achseln.

Wir befanden uns in einem großen Raum. Die Frau führte mich in eine Ecke, und zusammen mit einem Regal für medizinisches Gerät glitt eine bettartige Fläche aus der Wand. Die Frau forderte mich auf, mich hinzulegen. Die anderen Soldaten oder Piloten –

oder was immer sie waren – kümmerten sich nicht um uns und gingen ihrer Arbeit nach, befassten sich mit Armaturen, die in den Wänden eingelassen waren, oder verließen den Raum. Es fühlte sich an wie in einem aufsteigenden Lift; offenbar hatten wir abgehoben, obwohl nichts zu hören war als die Stimmen, die in einer Sprache redeten, die ich nicht kannte. Kein Hopser, kein Schaukeln, keine Turbulenz.

Die Frau drückte eine stumpfe Metallröhre erst auf meinen Unterarm und dann auf meinen Brustkorb, und meine Angst ebbte ab. Offensichtlich hatte sie mir ein Beruhigungsmittel verabreicht, was mir ganz recht war. Auch mein Durst war wie weggewischt. »Wie heißt du?«, fragte sie.

Ich krächzte, ich sei Turk Findley. Ich sei gebürtiger Amerikaner und habe zuletzt auf Äquatoria gelebt. Dann fragte ich, wer *sie* sei und woher *sie* komme.

Sie lächelte und sagte: »Ich heiße Treya, und der Ort, von dem ich komme, heißt Vox.«

»Sind wir dahin unterwegs?«

»Ja. Es dauert nicht mehr lange. Versuch jetzt zu schlafen.«

Also schloss ich die Augen und trug Stück für Stück zusammen, was ich über mich finden konnte.

Mein Name ist Turk Findley.

Geboren in den letzten Jahren des Spins. Mal Tagelöhner, mal Matrose, mal Pilot für Kleinflugzeuge. Auf einem Frachter kam ich durch den Torbogen nach Äquatoria und blieb ein paar Jahre in Port Magellan. Ich begegnete einer Frau namens Lise Adams, die ihren Vater suchte, was uns unter Leute brachte, die mit marsianischen Drogen experimentierten, was uns tief in die äquatorianische Wüste zu den Ölfeldern brachte zu einer Zeit, da es Asche zu regnen begann und merkwürdige Dinge aus dem Boden wuchsen. Ich liebte Lise Adams genug, um zu wissen, dass ich nicht der Richtige für sie war. Wir wurden in der Wüste getrennt. Und ich glaube, die Hypothetischen bemächtigten sich meiner. Lasen mich auf, trugen mich fort wie eine Welle ein Sandkorn. Spülten mich hierher, an diesen Strand, an diese seichte Stelle, zehntausend Jahre stromabwärts.

Dies war meine Geschichte, soweit ich sie rekonstruieren konnte.

Als ich wieder zu mir kam, hatte man mich umgebettet. Ich lag jetzt ungestört in einer Kabine der Flugmaschine. Treya, meine Wächterin oder Ärztin (ich wusste nicht, wie ich sie einordnen sollte), saß an meinem Bett und summte eine Melodie. Ich trug nun eine Hose und darüber eine Art Kittel (wer hatte mich angezogen?).

Draußen war es Nacht. Durch das schmale Fenster links von mir sah man verstreute Sterne, die sich wie leuchtende Punkte auf einer Scheibe drehten, wann immer sich die Flugmaschine in eine Kurve legte. Der kleine äquatorianische Mond saß auf dem Horizont (was bedeutete, dass ich nach wie vor auf Äquatoria war, auch wenn es sich sehr verändert hatte). Tief unten weiße Schaumkronen, die vor Phosphoreszenz glitzerten. Wir flogen übers Meer, weit und breit kein Festland.

»Was ist das für eine Melodie?«, fragte ich.

Treya schrak auf. Sie war jung, vielleicht zwanzig, fünfundzwanzig. Ihre Augen verrieten Aufmerksamkeit und Vorsicht, als hätte sie eine latente Angst vor mir. Aber sie lächelte über die Frage. »Nur ein Lied.«

Ein bekanntes Lied. Eines von diesen Klageliedern im Walzertakt, die in den Wirren nach dem Spin so beliebt gewesen waren. »Es erinnert mich an ein Lied, das ich mal kannte ...«

»*Après Nous.*«

Richtig. Ich hatte jung und einsam in einer Bar in Venezuela gesessen ... Ein schönes Lied, aber wie konnte es zehn Jahrtausende überdauern? »Woher kennst du es?«

»Wie soll ich das erklären? Ich ... bin damit aufgewachsen.«

»Wirklich? Wie alt bist du denn?«

Sie lächelte wieder. »Nicht so alt wie du, Turk Findley. Aber ich habe einige Erinnerungen. Deshalb bin ich dir zugeteilt. Ich bin nicht nur deine Krankenschwester. Ich bin dein Übersetzer, dein Wegweiser und dein Fremdenführer, wenn du so willst.«

»Dann kannst du mir vielleicht erklären …«

»Ich kann dir viel erklären, aber nicht jetzt. Du brauchst Ruhe. Soll ich dir etwas zum Einschlafen geben?«

»Ich habe lange genug geschlafen.«

»Hat es sich so angefühlt, als du bei den Hypothetischen warst – wie Schlaf?«

Die Frage verblüffte mich. Ich wusste, dass ich irgendwie »bei den Hypothetischen« gewesen war, aber richtig erinnern konnte ich mich daran nicht. Sie schien mehr darüber zu wissen als ich.

»Vielleicht kommen die Erinnerungen zurück«, sagte sie.

»Kannst du mir verraten, wovor wir weglaufen?«

Sie runzelte die Stirn. »Wie meinst du das?«

»Ihr konntet doch nicht schnell genug weg aus der Wüste.«

»Nun … diese Welt hat sich verändert, seit du aufgegriffen wurdest. Es gab Kriege. Der Planet wurde radikal entvölkert und hat sich nie wieder erholt. Eigentlich leben wir immer noch im Kriegszustand.«

Wie zur Bestätigung legte sich die Flugmaschine in eine scharfe Kurve, und Treya warf einen nervösen Blick durch das Kabinenfenster. Ein weißer Blitz löschte die Sterne aus und beleuchtete die rollenden Wogen tief unten. Ich setzte mich auf, um besser sehen zu können, und meinte am Horizont etwas auszumachen, als das grelle Licht verblasste – etwas wie einen fernen Kontinent oder (weil es nahezu eben war) ein riesiges Schiff. Dann wurde es von Dunkelheit verschluckt.

»Liegen bleiben!« Die Flugmaschine schlug jetzt einen regelrechten Haken, und Treya duckte sich in eine Sitzschale, die Bestandteil der gegenüberliegenden Wand war. Wieder Lichtblitze hinter dem Fenster. »Wir sind außer Reichweite ihrer Wasserfahrzeuge, aber ihre Flugmaschinen … Weißt du, es hat einige Zeit gedauert, bis wir dich gefunden haben. Die anderen müssten inzwischen in Sicherheit sein. Die Kabine wird dich schützen, falls das Schiff beschädigt wird, aber du musst dich hinlegen …«

Es geschah, kaum dass die Worte aus ihrem Mund waren.

Wie ich später erfuhr, hatte unsere Formation aus fünf Fluggeräten bestanden. Wir hatten die äquatorianische Wüste als Letzte verlassen, und der Angriff kam früher und entschlossener als erwartet: Die vier Begleitmaschinen, die uns eskortierten, stürzten ab, und danach waren wir wehrlos.

Ich weiß noch, dass Treya nach meiner Hand griff. Ich wollte sie fragen, was das für ein Krieg war. Ich wollte sie fragen, wer »die anderen« waren. Aber dazu blieb keine Zeit. Ihr Griff war wie ein Schraubstock, und ihre Haut war kalt. Dann erinnere ich mich nur noch an jähe Hitze und ein blendendes Licht – und daran, dass wir fielen.

4.

Eine Kombination aus programmierten Rettungsmanövern und schierem Glück trug unser Stück des zerborstenen Fluggeräts bis zur nächstgelegenen Insel von Vox.

Vox war ein Wasserfahrzeug, im weitesten Sinne ein *Schiff*, aber Vox war weit mehr als ein Schiff. Vox war ein Archipel aus schwimmenden Inseln, viel, viel größer als alles, was zu meinen Lebzeiten jemals in See gestochen war. Vox war eine Kultur und eine Nation, eine Historie und eine Religion. Seit fünfhundert Jahren befuhr das Archipel die Meere des Weltenrings – so nannte Treya die Planeten, die durch die Torbögen der Hypothetischen miteinander verbunden waren. Die Feinde des Weltenrings seien stark, erklärte sie, und sie seien ganz in der Nähe. Äquatoria war nahezu entvölkert, aber ein »Bündnis aus kortikalen Demokratien« hatte schwimmende Verfolger geschickt, die verhindern sollten, dass Vox den Torbogen erreichte, der Äquatoria mit der Erde verband. Treya glaubte nicht, dass es ihnen gelingen würde, doch die jüngste Attacke war verheerend – und unter den Verlusten war unsere Flugmaschine.

Wir hatten überlebt, weil die Kabine, in der Treya mich betreut hatte, mit raffinierten Überlebensmechanismen ausgestattet war: Aerogele, um uns vor Verletzungen zu bewahren, entfaltbare Tragflächen für den Gleitflug zu einem geeigneten Landeplatz. Wir waren auf einer der äußeren Inseln des Archipels gestrandet, die unbewohnt und weit weg von der zentralen Stadt war, die Treya Vox-Core nannte.

Vox-Core, die Nabe des Archipels, war das eigentliche Angriffsziel gewesen. Im Morgengrauen konnten wir eine Rauchsäule sehen, die sich am windwärtigen Horizont erhob. »Da«, sagte Treya heiser. »Der Rauch … Er steht über Vox-Core.«

Wir verließen die schwelende Rettungskapsel, standen im hohen Gras und sahen zu, wie die Sonne über den Horizont kletterte. »Das Netzwerk ist stumm«, sagte Treya. Mir war nicht klar, was das hieß oder woher sie es wusste. Ihr Gesicht war starr vor Traurigkeit. Unsere Flugmaschine musste ins Meer gestürzt sein, und alle an Bord waren tot, nur wir beide nicht. Ich fragte Treya, wieso ausgerechnet wir verschont worden waren.

»Nicht *wir*«, erwiderte sie. »*Du*. Die Maschine hat alles getan, um *dich* zu retten. Es ging um dich, nicht um mich.«

»Um mich? Aber wieso?«

»Wir haben jahrhundertelang auf dich gewartet. Auf dich und die anderen.«

Ich verstand nicht. Aber sie war benommen und tastete nach ihren Prellungen, also ließ ich sie in Ruhe. Man würde uns zu Hilfe kommen, sagte sie. Ihre Leute würden uns schon finden. Sie würden Luftfahrzeuge ausschicken, auch wenn Vox-Core beschädigt war. Man würde uns schon nicht der Wildnis überlassen.

Wie sich herausstellen sollte, irrte sie sich.

Die Rettungskapsel hatte das Gras ringsum verbrannt. Außen qualmte sie noch und innen war sie viel zu heiß, um auch nur vorübergehend als Behausung zu dienen. Treya und ich luden aus, was sich zu bergen lohnte. Während die Kapsel großzügig mit Arzneimitteln und medizinischem Gerät ausgestattet war (zumindest hielt ich die Sachen dafür), schien man an dem, was Treya als Lebensmittel identifizierte, gespart zu haben. Ich schnappte mir jede Packung, auf die sie zeigte, und wir stapelten alles unter einem nahen Baum (eine Art, die ich nicht wiedererkannte). Der Baum war alles, was wir im Moment als Zuflucht brauchten. Die Luft war warm, der Himmel klar.

Trotz der körperlichen Anstrengung ging es mir einigermaßen gut, viel besser als nach meinem ersten Erwachen in der Wüste. Ich war weder müde noch sonderlich besorgt, wohl dank der Medikamente, mit denen mich Treya vollgepumpt hatte. Ich fühlte mich aber auch nicht betäubt – ich war ruhig und verspürte nicht die geringste Lust, über aktuelle Bedrohungen nachzudenken. Ich sah zu, wie Treyas Schnitte und Schrammen verheilten, als sie die Verletzungen mit Salbe betupfte. Dann klebte sie sich eine blaue Glasröhre an die Innenseite des Arms, und kurz darauf machte sie einen genauso gesunden Eindruck wie ich – nur die Traurigkeit versteinerte nach wie vor ihr Gesicht.

Während die Sonne weiter über den Horizont stieg, zeigte sie uns immer mehr vom Ort unserer Landung. Es war eine herrliche Landschaft. Als ich klein war, las mir meine Mutter immer aus einer illustrierten Kinderbibel vor, und diese Insel erinnerte mich an Aquarellbilder von Eden – Eden vor dem Sündenfall. Wogende Wiesen voller Klee im Wechsel mit Dickichten aus Obstbäumen, wohin man auch blickte. Allerdings keine Lämmer und Löwen. Oder Menschen oder Straßen. Nicht einmal ein Pfad.

»Es wäre schön«, sagte ich, »wenn du mir helfen könntest, das alles ein bisschen besser zu verstehen.«

»Darauf bin ich spezialisiert – aber ohne das Netzwerk ist es nicht einfach. Wo soll ich anfangen?«

»Stell dir einfach vor, ich wäre ein völlig Fremder.«

Sie blickte in den Himmel, auf die Unheil verkündende Rauchsäule windwärts. In ihren Augen spiegelten sich die Wolken. »Gut«, sagte sie. »Ich erzähle dir alles, was ich weiß. So lange, bis man uns findet.«

Vox wurde von einer Gemeinschaft aus Frauen und Männern errichtet und bevölkert, die glaubten, es sei ihre Bestimmung, zur Erde zu reisen und mit den Hypothetischen in Verbindung zu treten.

Das war vor vier Welten und fünf Jahrhunderten, sagte Treya. Seither verfolgt Vox unerschütterlich seinen Plan. Durchquerte drei Torbögen, schloss vorübergehende Bündnisse, bekämpfte seine Gegner, integrierte neue Gemeinschaften auf neuen, künstlichen Inseln – bis zu seiner gegenwärtigen Form als Vox-Archipel.

Seine Gegner – die »kortikalen Demokratien« – waren der Auffassung, jeder Versuch, die Aufmerksamkeit der Hypothetischen zu erregen, sei nicht nur zum Scheitern verurteilt, sondern grenze an Selbstmord – und das nicht nur für Vox. Diese Meinungsverschiedenheit war zu kriegerischen Auseinandersetzungen eskaliert, und zweimal in den letzten fünfhundert Jahren hatte man Vox nahezu vernichtet. Doch die Bevölkerung von Vox hatte sich als disziplinierter und klüger als ihre Gegner erwiesen – so jedenfalls verstand ich Treya.

Als ihre atemlose Erzählung ein wenig an Tempo verlor, sagte ich: »Wie kam es dazu, dass du mich aus der Wüste geholt hast?«

»Das war von Anfang an geplant, lange bevor ich geboren wurde.«

»Und du wusstest, dass ich da war?«

»Aus Erfahrung und Beobachtung wissen wir, wie sich der ›Körper‹ der Hypothetischen erneuert. Wir haben geologische Beweise, dass sich der Zyklus alle 9875 Jahre wiederholt. Und aus historischen Aufzeichnungen war uns bekannt, dass man in der äquatorianischen Wüste bestimmte Menschen – auch dich – in den Erneuerungszyklus aufgenommen hatte. Was hineingenommen wird, wird auch wieder abgegeben. Das war fast auf die Stunde genau vorhergesagt.« In Treyas Stimme schwang Ehrfurcht. »Du warst bei den Hypothetischen. Und deshalb brauchen wir dich.«

»Mich? Wozu?«

»Der Torbogen, der Äquatoria mit der Erde verbindet, funktioniert schon seit Jahrhunderten nicht mehr. Seither ist niemand mehr auf der Erde gewesen. Aber wir glauben, dass wir den Übergang schaffen, wenn wir dich und die anderen bei uns haben. Verstehst du?«

Ich verstand es nicht. »Du sagst ›die anderen‹ – welche anderen?«

»Die, die ebenfalls in den Erneuerungszyklus aufgenommen wurden. Du warst dabei, Turk Findley. Du musst ihn gesehen haben, auch wenn du dich nicht erinnerst – den Torbogen, der aus der Wüste wuchs. Er war kleiner als die zwischen den Welten und trotzdem sehr groß.«

Ich erinnerte mich – so wie man sich bei Morgenlicht an einen Albtraum erinnert. Die Erdbeben, die der Bogen verursacht hatte, waren vernichtend gewesen. Maschinen der Hypothetischen aus dem ganzen System waren dafür zusammengezogen worden, wie giftige Asche waren sie vom Himmel gefallen. Er hatte Freunde von mir getötet. Treya nannte ihn einen »temporalen Bogen«, und offenbar spielte er eine bedeutende Rolle im Lebenszyklus der Hypothetischen, aber wir hatten das damals nicht gewusst.

Ich fröstelte – trotz der Wärme und der wohltuenden Medikamente in meinem Kreislauf.

»Er hat dich aufgegriffen«, sagte sie, »und für fast zehntausend Jahre in Stasis gehalten. Und er hat dich *kenntlich* gemacht, Turk Findley. Die Hypothetischen *kennen* dich. Daher seid ihr so wichtig – du und die anderen.«

»Wie heißen sie?«

»Ich weiß es nicht. Ich war dir zugewiesen. Wenn das Netzwerk funktionieren würde … aber es schweigt.« Treya zögerte. »Zur Zeit des Angriffs waren sie wahrscheinlich in Vox-Core. Vielleicht bist du der Einzige, der noch lebt. Also *muss* jemand kommen. Sie kommen, sobald sie können. Sie werden uns finden und nach Hause bringen.«

Das sagte sie, obwohl der Himmel blau und leer blieb.

Am Nachmittag erkundete ich die Umgebung, blieb aber in Sichtweite des Lagers, sammelte Brennmaterial für ein Feuer. Etliche Bäume auf dieser Insel des Vox-Archipels trügen genießbare Früchte, hatte Treya gesagt, also sammelte ich auch davon. Das Brennmaterial bündelte ich mit einer Schnur aus dem Rettungsschiff, und das Obst – gelbe Früchte so groß wie Paprikaschoten – steckte ich in einen Plastiksack. Es tat gut, sich nützlich zu machen. Abgesehen von dem einen oder anderen Vogelruf und dem Rascheln der Blätter hörte ich nur den Rhythmus meines Atmens und das Geräusch meiner Füße im Gras. Die offene, wogende Landschaft hätte das Gemüt beflügeln können, wäre da nicht die Rauchsäule gewesen, die nach wie vor am Horizont stand.

Als ich zum Lager zurückkam, fragte ich Treya, ob bei solchen Angriffen Nuklearwaffen eingesetzt würden und ob wir mit Fallout oder Strahlung rechnen müssten. Davon wusste sie nichts; seit den »Ersten Glaubenskriegen«, über zweihundert Jahre vor ihrer Geburt, habe es keinen thermonuklearen Angriff mehr gegeben.

»Was soll's«, sagte ich. »Wir können ohnehin nichts dagegen tun. Und es sieht aus, als ob wir den Wind auf unserer Seite hätten.« Die Rauchfahne zeigte jedenfalls nicht in unsere Richtung.

Treya legte die Stirn in Falten, beschattete ihre Augen und spähte windwärts. »Vox ist ein sich bewegendes Schiff«, sagte sie. »Wir halten uns am Heck auf – der Wind müsste den Rauch eigentlich in unsere Richtung blasen.«

»Das heißt?«

»Dass wir möglicherweise steuerlos auf dem Meer treiben.«

Ich hatte keine Ahnung, welche Konsequenzen das hatte (oder wie man sich das Steuer eines Wasserfahrzeugs von der Größe eines Kontinents vorzustellen hatte), aber es bestätigte, dass Vox-Core erhebliche Zerstörungen davongetragen hatte und wir nicht so rasch mit Hilfe rechnen konnten, wie Treya angenommen hatte. Vermutlich war sie zu dem gleichen Schluss gekommen. Sie war niedergeschlagen und wortkarg, half mir aber eine flache Mulde für das Feuer zu graben.

Wir hatten keine Uhr, um die Stunden zu zählen. Ich schlief ein wenig, als die Wirkung der Medikamente nachließ, und als ich aufwachte, berührte die Sonne den Horizont. Es war jetzt kühler. Treya zeigte mir, wie man eines der geborgenen Instrumente benutzte, um das Brennmaterial zu entzünden.

Als das Feuer knisterte, begann ich über unsere Position nachzudenken – das heißt, die Position von Vox relativ zur Küste von Äquatoria. Zu meiner Zeit war Äquatoria ein besiedelter Vorposten auf der Neuen Welt gewesen, jenem Planeten, zu dem man gelangte, wenn man mit dem Schiff von Sumatra aus durch den Torbogen der Hypothetischen fuhr, und sollte Vox unterwegs zur Erde sein, dann hatte man es auf die äquatorianische Seite des Torbogens ausgerichtet. Ich war also nicht sonderlich überrascht, als gleich nach Sonnenuntergang ein Glitzern am dämmrigen Himmel die Spitze des Bogens verriet.

Der Bogen war ein Bauwerk der Hypothetischen und entsprach folglich ihren unvorstellbaren Größenordnungen. Auf der Erde fußte er im Grund des Indischen Ozeans und schwang sich über die irdische Atmosphäre hinaus. Seine äquatorianische Entsprechung war genauso groß und möglicherweise sogar dasselbe Artefakt. Ein Bogen, zwei Welten. Lange nach Sonnenuntergang reflektierte seine Spitze immer noch das Licht: eine silbrige Spur hoch über uns. Zehntausend Jahre hatten nichts daran geändert. Treya blickte unverwandt empor und wisperte etwas in ihrer eigenen Sprache. Als sie fertig war, fragte ich sie, ob das ein Lied oder ein Gebet gewesen sei.

»Vielleicht beides. Du würdest wohl Gedicht dazu sagen.«

»Kannst du es übersetzen?«

»Es handelt von den Zyklen des Himmels, vom Leben der Hypothetischen. Das Gedicht sagt, dass es keinen Anfang und kein Ende gibt.«

»Davon weiß ich nichts.«

»Ich fürchte, du weißt vieles nicht.«

Ihr Gesicht ließ keinen Zweifel daran, wie unglücklich sie war. Ich sagte ihr, dass ich zwar nicht wisse, was mit Vox-Core passiert sei, aber dass mir ihr Verlust sehr leidtue.

Sie lächelte traurig. »Und mir tut *dein* Verlust leid.«

Hatte ich denn auch etwas verloren? Ja, sie hatte recht: Ich war unwiderrufliche zehn Jahrtausende von zu Hause entfernt. Ich hatte alles verloren, was mir bekannt und vertraut war.

Die meiste Zeit meines Lebens hatte ich versucht, eine Wand zwischen mich und meine Vergangenheit zu schieben – vergebens. Manches wird einem genommen, manches lässt man zurück, manches trägt man mit sich. Eine Welt ohne Ende.

Am nächsten Morgen gab mir Treya eine weitere Spritze aus ihrem scheinbar unerschöpflichen Vorrat an Arzneien. Mehr Trost hatte sie nicht anzubieten – ich nahm ihn dankbar entgegen.

5.

»Wenn sie Hilfe losgeschickt hätten, hätte sie mittlerweile hier sein müssen. Wir können nicht ewig warten. Wir müssen zu Fuß gehen.«

Nach Vox-Core, meinte sie. Zur brennenden Hauptstadt ihrer schwimmenden Nation.

»Geht das denn?«

»Ich denke schon.«

»Hier sind alle unsere Vorräte. Und wenn wir nahe bei der Kapsel bleiben, sind wir leichter zu finden.«

»Nein, Turk. Wir müssen in Vox-Core sein, bevor Vox durch den Torbogen fährt. Aber es ist nicht nur das. Das Netzwerk ist immer noch stumm.«

»Ist das so schlimm?«

Ich wusste inzwischen, was es bedeutete, wenn sie die Stirn derart in Falten legte: Sie suchte verzweifelt nach englischen Worten für etwas, was ich nicht kannte. »Das Netzwerk ist nicht nur eine passive Verbindung. Mein Körper und mein Verstand sind teilweise darauf angewiesen.«

»Inwiefern? Du funktionierst doch ganz gut.«

»Die Medikamente, die ich mir verabreiche, helfen. Aber die Wirkung lässt nach. Ich muss unbedingt nach Vox-Core, glaub mir.«

Sie beharrte darauf, und ich war nicht in der Position, mit ihr zu streiten. Vermutlich hatte sie recht, was die Medikamente anging: Heute früh hatte sie zweimal welche geschluckt, und es war nicht zu übersehen, dass sie ihr weniger halfen als tags zuvor. Also schnürten wir so viel Nützliches zusammen, wie wir tragen konnten, und machten uns auf den Weg.

Im Laufe des Morgens fanden wir einen gleichmäßigen Rhythmus. Es gab nichts, woraus man hätte schließen können, dass der Angriff noch im Gange war. (Der Gegner unterhalte keine Stützpunkte auf Äquatoria, sagte Treya, und der Angriff sei ein letzter verzweifelter Versuch gewesen, sie am Übergang zu hindern. Vox habe einen Vergeltungsschlag gestartet, bevor die Verteidigung zusammengebrochen sei, und der leere blaue Himmel sei vermutlich ein Zeichen dafür, dass dieser Gegenschlag seine Wirkung nicht verfehlt hatte.) Das wellige Land legte uns keine Hindernisse in den Weg, und so hielten wir auf die Rauchsäule zu, die noch immer am Horizont stand. Um Mittag erklommen wir einen kleinen Hügel, von wo wir die ganze Insel überblicken konnten: auf drei Seiten Meer und windwärts ein Buckel, der offenbar die nächste Insel in der Kette war.

Doch nichts sprang so ins Auge wie die Türme, die vor uns aus dem Wald ragten: vier fensterlose schwarze Artefakte, um die zwanzig oder dreißig Stockwerke hoch. Die Türme lagen meilenweit auseinander – um nur einen aufzusuchen, hätten wir einen beträchtlichen Umweg machen müssen. Sollte es dort aber Menschen geben, überlegte ich laut, könnten wir sie um Hilfe bitten.

»Nein!« Treya schüttelte energisch den Kopf. »Da sind keine Menschen. Die Türme sind Maschinen, keine Behausungen. Sie sammeln Strahlung aus der Umgebung und pumpen sie nach unten.«

»Nach unten?«

»In den hohlen Teil der Insel, wo die Farmen sind.«

»Eure Farmen sind unterirdisch?« Hier oben gab es eine Menge fruchtbares Land, ganz zu schweigen vom Licht der Sonne.

Nein, sagte sie. Vox sei entworfen worden, um unwirtliche oder wechselnde Umgebungen im Weltenring zu durchfahren. Alle Ringwelten seien bewohnbar, aber die Bedingungen seien von Planet zu Planet völlig andere; die Nahrungsquellen des Archipels müssten gegen wechselnde Tageslängen oder Veränderungen im Ablauf der Jahreszeiten gewappnet sein, gegen heftige Schwankungen von Temperatur, Sonnenlicht oder ultravioletter Strahlung. Auf lange Sicht sei oberirdische Landwirtschaft so unmöglich wie an Deck eines Flugzeugträgers. Der Wald sei hier zwar üppig, aber nur, weil Vox in den letzten hundert Jahren in freundlichem Klima geankert hatte. (»Was sich ändern kann, wenn wir zur Erde überwechseln.«) Ursprünglich seien diese Inseln einmal nackte Platten aus künstlichem Granit gewesen; der Mutterboden habe sich über die Jahrhunderte angesammelt und sei von den verwehten Samen zweier Nachbarwelten kolonisiert worden.

»Können wir denn dort runter? Zu den Farmen?«

»Ja. Aber es wäre nicht klug.«

»Warum? Sind die Farmer gefährlich?«

»Ohne Netzwerk? Gut möglich. Es ist schwer zu erklären, aber das Netzwerk funktioniert auch als soziale Kontrollinstanz. Bevor es nicht wieder repariert ist, sollten wir die weniger Gebildeten meiden.«

»Die Farmleute werden also zu Rüpeln, wenn man sie von der Leine lässt?«

Treya blickte mich beinahe verächtlich an. »Urteile nicht leichtfertig über Dinge, die du nicht verstehst.« Sie rückte ihr Gepäck zurecht und brach das Gespräch ab, indem sie sich ein paar Schritte Vorsprung verschaffte. Ich folgte ihr den Hügel hinunter und zurück in den schattigen Wald. Ich versuchte abzuschätzen, wie wir vorankamen, indem ich mir die relativen Positionen der schwarzen Türme merkte, wann immer wir eine offene Anhöhe überquerten, und kam zu dem Ergebnis, dass das windwärtige Ufer noch ein, zwei Tagesmärsche entfernt war.

Im Laufe des Nachmittags schlug das Wetter um. Schwere Wolken zogen auf, gefolgt von kaltem Wind und Regenschauern. Wir marschierten weiter, bis uns das Tageslicht abhandenkam. Dann suchten wir ein schützendes Wäldchen und spannten im dichten Astwerk eine wasserdichte Plane aus. Es gelang mir, ein kleines Feuer zu entfachen.

Die Nacht brach an, und wir kauerten unter der Plane. Es roch nach brennendem Holz und feuchter Erde. Treya summte vor sich hin, während ich das Essen aufwärmte. Es war dasselbe Lied, das sie in der Flugmaschine gesummt hatte, als wir noch nichts von dem Angriff geahnt hatten. Ich fragte sie noch einmal, wie es kam, dass sie ein zehntausend Jahre altes Lied kannte.

»Es gehörte zu meinem Training. Tut mir leid, ich wusste nicht, dass es dich stört.«

»Tut es nicht. Ich kenne das Lied. Ich habe es zum ersten Mal in Venezuela gehört, während ich auf meinen nächsten Putzjob auf irgendeinem Tanker wartete. Eine kleine Bar, die amerikanische Songs spielte. Wo hast du es gehört?«

Sie blickte am Feuer vorbei ins Dunkel zwischen den Baumstämmen. »Auf einem Computer in meinem Schlafzimmer«, kam es leise über ihre Lippen. »Meine Eltern waren ausgegangen, also habe ich richtig aufgedreht und getanzt.«

»Wo war das?«

»Champlain.«

»Champlain?«

»New York State. Oben an der kanadischen Grenze.«

»Champlain auf der *Erde*?«

Sie sah mich befremdet an. Dann riss sie die Augen auf und legte die Hand auf den Mund.

»Treya? Geht es dir gut?«

Offenbar nicht. Sie griff nach ihrem Rucksack, stocherte darin herum, zog den Medikamentenspender heraus und drückte ihn gegen den Unterarm. Dann, als sie wieder normal atmete, sagte sie: »Tut mir leid. Das war ein Fehler. Bitte frag mich nicht nach diesen Dingen.«

»Wenn du mir erzählst, was los ist, kann ich vielleicht helfen.«

»Nicht jetzt.« Sie rollte sich neben dem Feuer zusammen und schloss die Augen.

Als der Morgen anbrach, hatte sich der Regen in Dunst und Nebel verwandelt. Der Wind hatte sich gelegt und uns eine milde Gabe an reifen Früchten gepflückt: ein bequemes Frühstück.

Die Rauchsäule von Vox-Core war in der trüben Suppe nicht zu sehen, aber zwei der finsteren Türme waren so nahe, dass sie uns als Landmarken dienten. Bis zum Vormittag hatte sich der Nebel gelichtet, und bis Mittag hatten sich auch die Wolken verzogen. Wir hörten das Meer.

Treya war redselig, vermutlich weil sie mit irgendwelchen Medikamenten vollgepumpt war. (Sie hatte sich die Ampulle bereits zweimal an den Arm gesetzt.) Offensichtlich benutzte sie diese Mittel als Kompensation für das fehlende »Netzwerk«, was immer das bedeutete. Und genauso offensichtlich war, dass ihr Problem schlimmer wurde. Kaum hatten wir das Lager abgebrochen, begann sie zu reden. Nicht dass wir uns unterhalten hätten, nein, sie hielt einen nervösen, geistesabwesenden Monolog, den ich zu einer anderen Zeit und an einem anderen Ort für einen Kokain-Monolog gehalten hätte. Ich hörte genau hin und unterbrach sie nicht, obwohl die Hälfte davon keinerlei Sinn ergab, und immer, wenn sie für einen Augenblick verstummte, kam mir der Wind in den Bäumen lauter vor.

Sie erzählte, sie sei in einer Arbeiterfamilie im leewärtigen Viertel von Vox-Core zur Welt gekommen. Mutter und Vater seien mit einem »neuralen Interface« ausgerüstet gewesen, das sie befähigte, einige anspruchsvolle Jobs auszuführen wie »Infrastrukturen warten oder neuartige Instrumente implementieren«. Sie gehörten zwar einer niedrigeren Kaste an als die »Manager«, seien aber sehr stolz auf ihre Vielseitigkeit. Treya selbst war von Geburt an dafür ausgebildet worden, sich einer Gruppe von Therapeuten, Wissenschaftlern und Ärzten anzuschließen, deren einzige Aufgabe darin bestand, sich mit den Überlebenden zu befassen, die man in der äquatorianischen Wüste auflas. Als »Verbindungstherapeutin«, die ausschließlich mir zugedacht war (und nicht mehr über mich wusste, als man in den historischen Aufzeichnungen festgehalten hatte: Name und Geburtsdatum und die Tatsache, dass ich in einem »temporalen Torbogen« verschwunden war), musste sie eine Umgangssprache erlernen, wie man sie vor zehntausend Jahren gesprochen hatte.

Sie hatte sie über das Netzwerk gelernt. Doch dieses Netzwerk hatte ihr nicht nur die Sprache, sondern eine komplette zweite Identität vermittelt: einen Komplex an Erinnerungen, nach Dokumenten des 21. Jahrhunderts erstellt und in die interaktiven Netzknoten gespeist, die man ihr gleich nach der Geburt aufs Rückenmark gepfropft hatte. Sie nannte diese zweite Persönlichkeit eine »Impersona« – nicht nur ein Lexikon, sondern ein Leben mit all seinem Kontext an Orten und Menschen, Gedanken und Gefühlen.

Die Hauptquelle, aus der man sich bedient hatte, um Treyas Impersona zu konstruieren, war eine Frau namens Allison Pearl gewesen. Allison war kurz nach dem Spin in Champlain, New York, zur Welt gekommen. Ihr Tagebuch war als historisches Dokument erhalten geblieben, und das Netzwerk hatte daraus Treyas Impersona geschneidert. »Immer, wenn ich ein englisches Wort brauche, ist Allison zur Stelle. Sie hat Wörter geliebt. Sie hat es geliebt, sie aufzuschreiben. Wörter wie ›Orange‹. Eine Frucht, die ich nie gesehen oder geschmeckt habe. Allison liebte Orangen. Was ich von Allison bekomme, ist das Wort und das Bild, die Form und Textur und Farbe einer Orange, nicht der Geschmack oder der Geruch. Doch solche Erinnerungen sind nicht ungefährlich. Man muss auf sie aufpassen. Ohne das Netzwerk und seine neuralen Regeln bildet Allisons Persönlichkeit Metastasen. Ich versuche mich zu erinnern und stoße auf *ihre* Erinnerungen. Das ist … verwirrend. Und es wird immer schlimmer. Die Medikamente helfen zwar, aber nur eine Zeit lang …«

Das alles und noch mehr erzählte Treya, und soweit ich es beurteilen konnte, schien sie die Wahrheit zu sagen. Ja, ich glaubte ihr. Ich glaubte ihr, weil sie in dieses amerikanische Näseln verfiel und Redewendungen gebrauchte, die unmittelbar aus Allison Pearls Tagebuch hätten stammen können. Es erklärte auch das Lied, das sie fast schon zwanghaft gesummt hatte, ihre zwischenzeitliche Zerstreutheit, die Art, wie sie manchmal ins Leere blickte, den Kopf gereckt, als lausche sie einer Stimme, die ich nicht hören konnte.

»Ich weiß, diese Erinnerungen sind nicht real. Sie sind Produkte aus Netzwerklogik und uralten, aufbereiteten Daten, aber allein so darüber zu reden kommt einem merkwürdig vor, als ... als ...«

»Ja?«

Sie drehte sich um und sah mich an. Vielleicht hatte sie eben erst bemerkt, dass sie laut redete. Ich hätte sie nicht unterbrechen sollen.

»... als würde ich nicht hierher gehören. Als wäre das alles irgendeine seltsame *Zukunft*.« Sie rammte einen Absatz in die feuchte Erde. »Als ob ich hier fremd wäre. So wie du.«

Kurz vor Sonnenuntergang erreichten wir den Rand der Insel. *Rand*, nicht *Ufer*. Hier sprang einem sofort ins Auge, dass die Insel ein künstliches Konstrukt war. Der Wald wich einem nahezu senkrechten, gut hundert Meter tiefen Steilhang aus nacktem Fels. Etwa achthundert Meter entfernt war die nächste Insel des Archipels zu erkennen. »Schade, dass es keine Brücke gibt«, sagte ich.

»Gibt es«, erwiderte Treya. »Eine *Art* Brücke. Wir müssten sie eigentlich sehen können.«

Sie legte sich auf den Bauch, robbte an den Rand des Steilhangs und gab mir mit einem Wink zu verstehen, das Gleiche zu tun. Nicht dass ich Höhenangst hatte – in der Welt vor dieser Welt hatte ich meine Brötchen als Pilot verdient –, aber meine Nase über diese senkrechte Wand zu schieben gehörte wahrlich nicht zu den angenehmsten Momenten meines Lebens. »Da unten«, sagte Treya und deutete mit dem Finger. »Siehst du sie?«

Die Meerenge zwischen den Inseln lag bereits im Dunkeln. Seevögel nisteten, wo Jahrhunderte aus Wind und Regen Vertiefungen in die harten, künstlichen Fels geschnitzt hatten. Weit links war zu sehen, was sie meinte. Eine Tunnelröhre verband die Inseln, wobei nur das andere Ende an der dortigen Steilwand zu erkennen war. Die Röhre war ein salzverkrusteter, dunkler Schemen, so dunkel wie die See darunter. Schwindelgefühl und ungünstige Perspektive machten es schwer, ihre wahren Dimensionen abzuschätzen, aber ich hätte gewettet, dass darin ein Dutzend Trucks nebeneinander von einem Ende bis zum anderen hätten fahren können, ohne sich in die Quere zu kommen. Und doch gab es weder Taue, Stahlseile oder Träger – irgendwie brachte dieses Bauwerk es fertig, sich selbst zu tragen. Jede Insel im Archipel verfügte über ein eigenes Antriebssystem, das zentral, also von Vox-Core aus, gesteuert wurde; trotzdem musste die Verbindung zwischen diesen gewaltigen, schwimmenden Massen enorme Torsionskräfte hervorrufen, auch wenn der Tunnel nur einen Bruchteil davon abbekam.

»Automatische Frachtschlitten transportieren die rohe Biomasse durch den Tunnel nach Vox-Core und die Raffinade zurück zu den Farmern«, sagte Treya. »Der Tunnel ist nicht für Fußgänger gedacht, aber das soll uns nicht kümmern.«

»Wie kommen wir hinein?«

»Überhaupt nicht. Dazu müssten wir zu den unterirdischen Verladestationen. Wir müssen darüberlaufen.«

Ich sah sie skeptisch an.

»Es gibt eine Treppe in der Steilwand«, fuhr sie fort. »Man kann sie von hier aus nicht sehen. Die Stufen wurden während der Bauarbeiten aus dem Granit geschnitten und sind wahrscheinlich etwas erodiert. Das wird kein Spaziergang.«

»Aber die Oberfläche des Tunnels ist gewölbt und sieht ziemlich glitschig aus.«

»Womöglich ist sie breiter, als du denkst.«

»Oder auch nicht.«

»Wir haben keine Wahl.«

Doch für heute war es zu spät für ein so zeitraubendes Unterfangen; knapp zwei Stunden Tageslicht würden nicht reichen.

Wir zogen uns ein Stück in den Wald zurück und schlugen unser Nachtlager auf. Ich sah, wie Treya sich einen weiteren Schuss setzte. »Das Ding wird wohl nie leer?«

»Die Spritze? Sie hat ihren eigenen Metabolismus. Beim Injizieren zweigt sie ein bisschen Blut ab und benutzt es als Rohmaterial, um aktive Moleküle zu katalysieren. Körperwärme und Licht liefern die nötige Energie. Dir hat sie etwas gegen Angst gespritzt. Ich bekomme etwas anderes.«

Ich hatte es abgelehnt, weitere Medikamente zu nehmen – ich hatte beschlossen, mit meinen Ängsten zu leben. »Und woher weiß sie, was sie zusammenbrauen soll?«

Treya kräuselte die Stirn wie immer, wenn sie über etwas stolperte, wofür ihre unsichtbare Tutorin Allison Pearl keinen Begriff parat hatte. »Sie macht erst ein Blutbild und dann einen plausiblen Vorschlag. Und nein, leer wird sie nie. Man muss ihr nur Zeit lassen, sich aufzuladen. Und die hier wird allmählich müde.« Sie sah mich an. »Aber wenn du möchtest – sie ist noch okay.«

»Nein, danke. Was spritzt sie dir?«

»Eine Art … man könnte es einen kognitiven Verstärker nennen. Er hilft, zwischen realen und virtuellen Erinnerungen zu unterscheiden, die Grenzen aufrechtzuerhalten. Ein Provisorium, mehr nicht.« Treya fröstelte im Schein des Feuers. »Was ich wirklich brauche, ist das Netzwerk.«

»Erzähl mir mehr über das Netzwerk. Was soll ich mir darunter vorstellen? So etwas wie ein drahtloses Interface?«

»Ja, in gewisser Weise. Nur dass die Signale, die ich bekomme, neuronale Regler sind. Auf Vox verfügt jeder über einen interaktiven Knoten, über den wir alle miteinander verbunden sind. Das Netzwerk verhilft uns zu einem limbischen Konsens. Ich weiß nicht, warum man es noch nicht repariert hat. Selbst wenn die Transponder in Vox-Core zerstört wurden, sollte man die elementaren Funktionen inzwischen wieder im Griff haben. Es sei denn, die Prozessoren selbst sind betroffen. Aber die sind so konzipiert, dass sie außer einem direkten nuklearen Treffer praktisch alles aushalten.«

»Vielleicht ist ja genau das passiert – ein solcher Treffer?«
Anstelle einer Antwort zuckte sie traurig mit den Schultern.
»Was heißt, da drüben könnte alles verstrahlt sein.«
»Wir haben keine andere Wahl.«

Nachdem sie eingeschlafen war, setzte ich mich auf und stocherte im Feuer herum.

Ohne dämpfende Medikamente kamen langsam meine Erinnerungen zurück. Es war erst wenige Tage her, da hatte ich versucht, eine Reihe von Erdbeben zu überstehen, die der temporale Bogen erzeugt hatte, als er sich in der äquatorianischen Wüste aus seinem Schlaf erhoben hatte – und jetzt war ich hier auf Vox. So etwas, dachte ich, kann man nicht verstehen. Man kann es nur aushalten.

Ich ließ das Feuer herunterbrennen. Über mir schimmerte der Torbogen der Hypothetischen – ein Lächeln zwischen den Sternen –, und das Echo des Meeres dröhnte an den Steilwänden herauf. Ich dachte an die Menschen, die Vox-Core mit Kernwaffen angegriffen hatten, diese »kortikalen Demokratien«. Wer tat so etwas? Waren ihre Gründe wirklich so banal, wie Treya sie hinstellte?

Ich nahm mir vor, soweit das möglich war, in diesem Konflikt neutral zu bleiben. Es war nicht mein Krieg. Und ich fragte mich, ob Allison Pearl, Treyas Impersona, nicht ähnlich neutral war. Ja, vielleicht war es das, was Treya so verstörte: »Allison« und ich waren beide Schatten einer desinteressierten Vergangenheit, beide potenziell illoyal gegenüber Vox-Core.

6.

Im Morgengrauen brachen wir unser Lager ab und folgten der gekrümmten Steilwand, bis wir zu besagter »Treppe« kamen: breite Schrägen im Granit. Die Zeit hatte aus den Stufen abschüssige Simse gemacht, schwindelerregende drei Meter breite Stürze, die Flächen glitschig vor Moos und Vogelkot, und je tiefer wir kamen, umso lauter brauste das Meer. Schließlich verdeckten die hohen Steilränder der beiden benachbarten Inseln den gesamten Himmel, abgesehen von einigen schräg einfallenden Sonnenstrahlen. Wir kamen nur langsam voran und legten zwei Pausen ein, in denen Treya ihre High-Tech-Spritze konsultierte. Sie machte ein grimmiges Gesicht, doch darunter flackerte Angst. Sie blickte immer wieder über die Schulter nach oben, als fürchtete sie, man würde uns verfolgen.

Dem Einfallswinkel des Lichts nach zu urteilen war es bereits nach Mittag, als ich Treya den letzten senkrechten Sturz hinunterhalf. Das Tunneldach war tatsächlich breiter, als es von oben ausgesehen hatte, sodass wir leidlich sicher stehen konnten. Aber das Gehen auf einem Grund, der sich rechts und links abwärts wölbte, war ziemlich zermürbend. Ein Dunstschleier verbarg die etwa achthundert Meter entfernte Anschlussstelle, wo uns eine weitere riskante Kletterpartie erwartete, die wir hoffentlich vor Einbruch der Dunkelheit bewältigen würden. Hier wurde es rasch dunkel.

Um uns auf andere Gedanken zu bringen, fragte ich Treya (oder Allison Pearl), was sie über Champlain wisse.

»Ich bin mir nicht sicher, ob auf meine Antwort Verlass ist.« Sie seufzte und fuhr fort: »Champlain. Kalte Winter. Heiße Sommer. Im See von Catfish Point schwimmen. Meine Familie war fast immer pleite. Das war die Zeit nach dem Spin, als alle schwärmten, die Hypothetischen würden es ganz bestimmt gut mit uns meinen, würden uns beschützen. Ich habe das nie geglaubt. Wenn man über die Gehsteige von Champlain spaziert – weißt du, wie Beton in der Sommerhitze glitzert? Ich muss kaum älter als zehn gewesen sein, aber ich weiß noch, dass ich gedacht habe, genau so müssen wir auf die Hypothetischen wirken – nicht nur wir, sondern der ganze Planet. Wie ein Glitzern am Boden. Etwas, das man bemerkt und dann vergisst.«

»Treya redet anders über die Hypothetischen.«

Sie sah mich zornig an. »Ich *bin* Treya.« Dann, nach ein paar Schritten: »Allison hat sich geirrt. Die Hypothetischen – sie sind nicht gleichgültig. Sie sind Götter.« Sie blieb stehen, blinzelte mich an, wischte sich die Salzgischt aus den Augen. »*Du* solltest das wissen!«

Ja, vielleicht sollte ich das …

Bald darauf erreichten wir die Mitte des Tunnels, wo sich der Wind zwischen den Steilwänden zu einem tosenden Sturm verdichtete, sodass wir auf Händen und Knien krabbeln mussten, wie Ameisen, die sich im Regen an eine Wäscheleine klammerten. Ein Gespräch war ausgeschlossen. Hin und wieder drangen von unten Vibrationen an meine Handflächen – wie das Aufstöhnen von Metall unter extremer Belastung. Was brauchte es, um dieses angeschlagene Archipel auseinanderzureißen? Noch einen nuklearen Angriff? Oder einfach nur hohen Seegang und Sturm, die Schäden des ersten Angriffs vorausgesetzt? Ich stellte mir reißende Kabel vor, die so dick wie U-Bahnen waren, und Inselschiffe, die wie zerschlagene Piñatas ihren Inhalt ins Meer erbrachen. Es war kein angenehmer Gedanke. Wenn Treya nicht gewesen wäre, ich wäre umgekehrt. Aber wenn Treya nicht gewesen wäre, wäre ich erst gar nicht in diese Lage gekommen.

Endlich kamen wir in den Schatten der gegenüberliegenden Steilwand. Der Wind wurde zu einem leisen Klagen, und wir konnten wieder aufrecht gehen. Die Stufen im Granit waren wie die auf der anderen Seite: erodiert, mit Moos bewachsen, steil, nach Meer stinkend. Wir hatten vielleicht ein Dutzend erklommen, als Treya nach Luft schnappte und erstarrte.

Der Sims über uns war voller Leute.

Offenbar hatten sie uns kommen sehen und sich bis jetzt versteckt gehalten. Sie machten nicht den Eindruck eines Begrüßungskomitees.

»*Farmer*«, flüsterte Treya.

Es waren vielleicht dreißig, Männer und Frauen, und alle starrten sie uns mit grimmigen Mienen an. Etliche trugen Geräte bei sich, die durchaus Waffen sein konnten. Treya warf einen kurzen Blick zurück auf den Tunnel, aber es war inzwischen zu dunkel, um zurückzulaufen. Wir saßen in der Falle.

Treyas Finger fanden meine Hand. Sie waren ganz kalt. Ich spürte ihren Pulsschlag. »Lass mich mit ihnen reden«, sagte sie.

Ich schob sie auf den nächsten Sims, und sie half mir hoch, sodass wir auf Augenhöhe mit den Farmern waren, die uns umringten. Treya hob die Hände zu einer versöhnlichen Geste. Dann trat der Anführer vor.

Zumindest hielt ich ihn dafür. Er trug nichts an sich, was ihn als solchen gekennzeichnet hätte, doch niemand schien seine Autorität infrage zu stellen. Er hatte einen spitz zulaufenden Metallstab von der Länge eines Spazierstocks in der Hand. Wie die anderen war er ziemlich groß. Seine dunkle Haut war fein gerunzelt.

Ehe er den Mund öffnen konnte, sagte Treya etwas in ihrer Heimatsprache. Er hörte ungeduldig zu. Schließlich murmelte sie auf Englisch: »Ich habe ihm gesagt, du wärst einer der Aufgenommenen, falls ihn das überhaupt …«

Es interessierte ihn nicht. Der Mann schleuderte Treya einige Worte entgegen, und sie beugte zitternd den Kopf.

»Egal, was passiert«, flüsterte sie, »halt dich da raus.«

Dann packte der Anführer sie bei den Schultern, drückte sie auf die glitschige Stufe hinunter und gab ihr einen Schubs, sodass sie mit gespreizten Gliedern auf das Gesicht fiel. Ihre Wange schrammte über den Fels und begann zu bluten. Sie kniff vor Schmerz die Augen zu.

Ich hatte mich in meinem Leben gerade oft genug geprügelt, um zu wissen, dass es weitaus bessere Kämpfer als mich gab. Aber ich konnte nicht tatenlos zusehen. Ich hob die Fäuste – doch bevor ich dem Mann gefährlich werden konnte, packten mich seine Kameraden und zwangen mich auf die Knie.

Der Anführer setzte den Fuß auf Treyas Schulter und hielt sie so am Boden. Dann hob er seinen Metallstab und senkte ihn langsam nach unten.

Das spitze Ende berührte eine Verdickung an Treyas Wirbelsäule unterhalb des Nackens. Ihr Körper erstarrte.

Und dann stieß der Farmer kräftig zu.

Als Sandra zu Bett ging, war sie überzeugt, dass das Dokument eine Fälschung war, ein schlechter Scherz. Leider war es inzwischen zu spät, um Bose anzurufen und ihm diese Erkenntnis mitzuteilen. Andererseits – dafür, dass es ein Scherz war, war es ziemlich gut gemacht. Sie konnte nicht glauben, dass Orrin Mather, dieser schüchterne, einsilbige Bursche, den sie in der State Care befragt hatte, auch nur einen halben Satz davon selbst geschrieben hatte. Bestenfalls hatte er den Text aus irgendeinem Science-Fiction-Roman abgeschrieben und gab ihn nun als sein geistiges Eigentum aus … Aber warum nur sollte er so etwas tun?

Sie versuchte, die lästigen Fragen mit einem Schulterzucken abzutun; sie brauchte ihren Schlaf.

Bis zum Morgengrauen allerdings gelang es ihr, allenfalls drei Stunden richtig zu schlafen, was hieß, dass sie mit müden Augen und gereizt durch den Tag gehen würde. Und der würde wieder heiß werden, wie der Dunstschleier hinter dem Schlafzimmerfenster verriet – die Sorte Smog, die nur ein August in Houston zusammenbrauen konnte.

Im Auto versuchte sie, Bose über die Freisprechanlage zu erreichen, aber die Nummer schaltete prompt auf Voicemail um. Sie hinterließ Namen und Dienstnummer und fügte hinzu: »Ist es möglich, dass Sie mir die falsche Datei geschickt haben? Andernfalls sollte ich wohl besser Sie interviewen und nicht Ihren Schützling.«

Sandra arbeitete inzwischen lange genug für die Houstoner State Care, um ein Gespür für die Einrichtung zu haben: die interne Politik, den täglichen Arbeitsrhythmus. Sie spürte, wenn etwas in der Luft lag. Und an diesem Morgen lag etwas in der Luft.

Moralisch gesehen, hatte ihre Arbeit etwas Zwiespältiges. Der Kongress hatte das State-Care-System in den Wirren nach dem Spin etabliert, zu einer Zeit, da Obdachlosigkeit und psychische Erkrankungen epidemische Formen angenommen hatten. Die diesbezüglichen Gesetze waren gut gemeint gewesen, und es stimmte immer noch, dass Menschen mit einer ausgewachsenen psychischen Störung besser in der State Care aufgehoben waren als auf der Straße; die Ärzte bemühten sich aufrichtig, die pharmazeutischen Strategien waren aufeinander abgestimmt, und die Unterbringung war in der Regel sauber und gut überwacht. Doch allzu häufig wurden Menschen in die State Care abgeschoben, die dort nicht hingehörten: Kleinkriminelle, aggressive Bettler, ganz gewöhnliche, durch ökonomische Härten in chronische Verwirrtheit getriebene Menschen. Und trug man einmal den Stempel zwanghaften Handelns, war es äußerst schwer, wieder aus der State Care entlassen zu werden. Eine ganze Generation von Lokalpolitikern war dagegen zu Felde gezogen, Insassen einfach wieder »auf die Straße zu werfen«, und staatliche Resozialisierungsprogramme wurden von Aktivisten des Sankt-Florians-Prinzips torpediert. Was bedeutete, dass die Anzahl der Mündel ständig zunahm, während das Budget eingefroren blieb. Und das wiederum bedeutete, dass die Mitarbeiter unterbezahlt und die Wohnheime überbelegt waren und es regelmäßig zu »skandalösen Vorfällen« kam, die ein gefundenes Fressen für die Presse waren.

Als für die Aufnahme zuständige Ärztin hatte Sandra die Aufgabe, solche Probleme von vornherein zu vermeiden und nur die wirklich Bedürftigen aufzunehmen und die lediglich Verwirrten abzuweisen (oder an andere soziale Einrichtungen weiterzureichen). In der Theorie hörte sich das sehr einfach an: Sie brauchte nur eine Checkliste von Symptomen abzuarbeiten und eine entsprechende Empfehlung zu schreiben. Tatsächlich aber basierte ihre Arbeit zum großen Teil auf Vermutungen und führte nicht selten zu schmerzlichen Entscheidungen. Wies man zu viele Fälle ab, verärgerte man die Polizei oder die Gerichte; nahm man zu viele an, warf einem das Management erst durch die Blume und dann immer offener »Übergründlichkeit« vor, die einem den »Blick für das Wesentliche« verstelle. Noch schlimmer allerdings war, dass all diese Fälle keine Abstraktionen waren, sondern Menschen: zutiefst verletzte, erschöpfte, wütende und manchmal auch gewaltbereite Menschen; Menschen, die in der State Care allzu oft eine Art Gefängnisstrafe sahen (was man durchaus so sehen konnte).

Und so gab es eine unvermeidliche Spannung, eine Balance, die aufrechtzuerhalten war, und in der Institution selbst gab es unsichtbare Saiten, die die Schwingungen der richtigen oder falschen Töne aufnahmen. Als sie den Flügel betrat, in dem sie ihr Büro hatte, merkte Sandra, wie ihr die Schwester an der Aufnahme verstohlen nachblickte – eine Saite, die nachschwang. Entsprechend gewarnt blieb sie vor dem Fächerlabyrinth stehen, wo die Mitarbeiter ihren Papierkram und die Akten der anhängigen Fälle aufbewahrten. Die Schwester hieß Wattmore. »Wenn Sie die Mather-Akte suchen, Dr. Cole«, sagte sie, »die hat Dr. Congreve.«

»Wie bitte? Dr. Congreve hat Orrin Mathers Akte mitgenommen?«

»Habe ich das nicht eben gesagt?«

»Was will er damit?«

»Da müssen Sie ihn schon selber fragen.« Schwester Wattmore widmete sich wieder ihrem Monitor.

Sandra ging in ihr Büro und meldete einen Anruf bei Congreve an. Arthur Congreve war ihr Vorgesetzter; ihm unterstand der gesamte Aufnahmestab. Sandra mochte ihn nicht – sie fand ihn abweisend, fachlich indifferent und viel zu sehr damit beschäftigt, Statistiken zu produzieren, die die Budgetausschüsse beeindruckten. Letztes Jahr hatte man Congreve in dieses Amt befördert, und seither hatten zwei hervorragende Aufnahmeärzte lieber gekündigt, als seine absurden Aufnahmequoten zu erfüllen. Warum hatte er sich, ohne ihr etwas zu sagen, die Mather-Akte gegriffen? Sein Radar sprach gewöhnlich nicht auf irgendwelche Einzelfälle an.

Congreve hob ab. »Was gibt's, Sandra? Ich bin gerade in Trakt B, auf dem Sprung in ein Meeting. Machen wir's also schnell.«

»Schwester Wattmore sagt, Sie hätten die Mather-Akte mitgenommen.«

»Ja. Wattmore – mir war doch, als hätte ich ihre runden Äuglein aufleuchten sehen ... Tut mir leid, dass ich Sie nicht vorgewarnt habe. Es ist so, dass wir einen neuen Kollegen in der Aufnahme haben, Dr. Abe Fein – ich werde ihn bei der nächsten Personalversammlung vorstellen –, und ich dachte, ich sollte ihn für den Anfang mit einem ... nun ja, sicheren Fall betrauen. Mather ist der unstrittigste Kandidat, den wir zurzeit haben, und ich wollte den neuen Kollegen nicht gleich mit einem feindseligen Subjekt konfrontieren. Keine Sorge, Sandra, Fein bekommt keinen Freibrief.«

»Ich wusste gar nicht, dass wir einstellen.«

»Schauen Sie in Ihre Memos. Fein hat sein Praktikum am Baylor in Dallas absolviert – sehr vielversprechend. Und wie gesagt, ich lege ihn an die Kette, bis er weiß, wie hier der Hase läuft.«

»Aber ich habe bereits die Präliminarien mit Orrin Mather besprochen. Er vertraut mir ein wenig ...«

»Ich gehe davon aus, dass alles Wichtige in der Akte steht. Sonst noch etwas, Sandra? Ich will nicht unhöflich sein, aber die Leute warten auf mich.«

Sandra war klar, dass Insistieren zwecklos war. Abgesehen von seinem exzellenten Abschluss, hatte das Direktorium Congreve wegen seiner Führungsqualitäten eingestellt. In seinen Augen waren die Aufnahmeärzte nichts weiter als Hilfskräfte. »Nein«, sagte sie, »schon gut.«

»Okay. Reden wir später.«

Drohung oder Versprechen?

Sandra setzte sich an ihren Schreibtisch. Sie war natürlich enttäuscht – enttäuscht und verärgert über Congreve, weil er in ihrer Arbeit herumfuhrwerkte.

Sie ging in Gedanken noch einmal die Akte von Orrin Mather durch. Mit keinem Wort hatte sie Officer Boses Interesse an dem Fall erwähnt; sie hatte Bose Diskretion versprochen. War dieses Versprechen unter den neuen Umständen noch bindend? Ihr Berufsethos verlangte, Congreve (oder den neuen Kollegen, diesen Dr. Fein) über alles und jedes in Kenntnis zu setzen, was für die Evaluation relevant sein konnte. Aber Aufnahmeevaluationen nahmen eine ganze Woche in Anspruch, da musste sie nicht jetzt schon alles offenlegen. Zumindest nicht, bis sie besser abschätzen konnte, warum Bose an dem Fall so interessiert war und ob Orrin Mather das Dokument, das sie gelesen hatte, tatsächlich verfasst hatte. Genau diese Fragen musste sie Bose stellen, und zwar so schnell wie möglich.

Und was Orrin betraf – es sprach nichts dagegen, ihm einen freundschaftlichen Besuch abzustatten, oder? Auch wenn er nicht mehr ihr Patient war.

Nicht-gewalttätige Patienten, die auf ihre Beurteilung warteten, wurden ermutigt, sich im überwachten Aufenthaltsraum unter die Leute zu mischen, aber Orrin war nicht der gesellige Typ. Sandra ging davon aus, dass er allein auf seinem Zimmer war, was sich als richtig erwies. Mit dem Rücken zum Fenster saß er wie ein magerer Buddha auf der Matratze und starrte an die Wand. Die Zimmer waren eigentlich ganz nett, wenn man bereit war zu übersehen, was sie zu Gefängniszellen machte: die bruchsicheren Fenster, das auffällige Fehlen von Haken, Aufhängevorrichtungen und scharfen Kanten. Orrins Raum war vor Kurzem frisch gestrichen worden, um die obszönen Graffiti zu verbergen, die frühere Insassen hinterlassen hatten.

Orrin lächelte, als er sie sah. Eine treuherzige Miene, die keine Regung zurückhielt. Großer Kopf, hohe Wangenknochen, freundliche, aber zu weit geöffnete Augen. Er sah aus wie jemand, den man leicht hinters Licht führen konnte. »Hallo, Dr. Cole! Man hat mir gesagt, ich würde Sie nicht wiedersehen.«

»Ein Kollege wurde mit deinem Fall betraut. Aber wenn du willst, können wir uns unterhalten.«

»Okay. Das ist schön.«

»Ich habe gestern mit Officer Bose gesprochen. Erinnerst du dich an ihn?«

»Ja, sicher, Ma'am. Officer Bose war der einzige Polizist, der sich für mich interessierte. Er war es, der meine Schwester Ariel angerufen hat. Wissen Sie, ob sie schon in der Stadt ist?«

»Das weiß ich nicht, aber ich rede später noch mit Bose – ich kann ihn fragen.« Ohne Umschweife fügte Sandra hinzu: »Er hat die Notizbücher erwähnt, die du bei dir hattest, als die Polizei dich aufgegriffen hat.«

Orrin war weder überrascht noch verärgert, dass Sandra von den Heften wusste, auch wenn sich für einen kurzen Augenblick ein Schatten über seine sonnige Miene legte. »Officer Bose meinte, die Polizei müsste sie vorerst behalten, aber ich bekäme sie früher oder später zurück.« Er runzelte die Stirn, schob ein V unter den hohen Haaransatz. »Das stimmt doch, oder? Egal, wie hier über mich entschieden wird …«

»Wenn Officer Bose das sagt, dann wird es wohl stimmen. Sind diese Hefte wichtig für dich?«

»Ja, Ma'am, ich glaube schon.«

»Sagst du mir, was drinsteht?«

»Naja, das ist schwer zu erklären.«

»Ist es eine Geschichte?«

»Könnte man so sagen.«

»Wovon handelt die Geschichte, Orrin?«

»Ich … ich erinnere mich nicht. Deshalb hätte ich die Hefte ja so gerne wieder, damit ich mein Gedächtnis auffrischen kann. Es geht um einen bestimmten Mann und eine bestimmte Frau. Aber noch um mehr. Es geht um … man könnte sagen, um Gott. Oder zumindest die Hypothetischen.«

»Hast du diese Geschichte selbst geschrieben?«

Warum errötete Orrin? »Ich habe sie *aufgeschrieben*«, sagte er nach einer Weile. »Aber ich kann nicht beschwören, dass ich sie *geschrieben* habe, nein. Ich bin kein großer Schreiber, war ich noch nie. Ein Lehrer in der Park-Valley-Schule, damals in North Carolina, meinte, ich könnte kein Namenwort von einem Tunwort unterscheiden und würde das auch nie lernen. Vermutlich hat er recht. Ich tue mich wirklich schwer mit Worten. Außer …«

»Außer was?«

»Außer mit *diesen* Worten.«

»Verstehe«, sagte Sandra, obwohl sie nichts verstand. Sie wollte Orrin nicht zu sehr bedrängen, aber eine Frage hatte sie noch: »Dieser Turk Findley – ist er erfunden oder echt?«

Orrin bekam feuerrote Ohren. »Ich glaube nicht, dass es ihn gibt, Ma'am. Ich glaube, ich habe ihn erfunden.«

Er log, das war nicht zu übersehen. Trotzdem ließ es Sandra dabei bewenden. Sie lächelte und nickte.

Als sie aufstand, fragte Orrin sie nach dem Namen der Blumen, die vor dem Fenster seines Zimmers wuchsen.

»Die da? Das sind Paradiesvogelblumen.«

Er bekam große Augen. »Die heißen wirklich so?«

»Mm-hm.«

»Ha! Wohl weil sie wie Vögel aussehen, oder?«

Der gelbe Schnabel, der abgerundete Kopf, der kristalline Tropfen, der wie ein Auge aussah. »Ja, genau.«

»Als ob in der Blume die Idee eines Vogels ist. Nur dass sie keiner da reingetan hat. Oder Gott hat es getan.«

»Gott oder die Natur.«

»Was vielleicht auf dasselbe hinausläuft ... Naja, einen schönen Tag noch, Dr. Cole.«

»Dir auch, Orrin.«

Bose rief gegen drei Uhr nachmittags zurück. Er war schwer zu verstehen, die Sprechchöre im Hintergrund drohten immer wieder seine Stimme zu verschlucken. »Tut mir leid«, rief er. »Ich bin unten am Ship-Channel. Eine Demo von Umweltschützern. Etwa fünfzig Leute auf den Schienen, die einen Konvoi von Tankwagen blockieren.«

»Wir sollten ihnen dafür danken«, erwiderte Sandra. Sie stand voll und ganz hinter den Demonstranten, die die Einfuhr fossiler Brennstoffe durch den Torbogen der Hypothetischen stoppen wollten, um die globale Erwärmung unter fünf Grad Celsius zu halten. Die Erde hätte weiß Gott genug Kohle, sagten sie, und für Sandra gab es an dieser Erkenntnis auch nichts zu rütteln. Die Ausbeutung der riesigen Ölvorkommen unter der äquatorianischen Wüste war eine

Art Krebsgeschwür, das der Erde zwar Wohlstand, aber auch eine Verdopplung der CO_2-Emissionen bescherte. Die in den Nachwehen des Spins aufgewachsene Generation jedoch wollte billiges Gas und vor allem keine Nörgler am reich gedeckten Tisch – und die ganze Welt bezahlte die Zeche.

»Ein Aktivist, der von einem Güterzug überrollt wird«, sagte Bose, »würde uns die Arbeit nur erschweren. Sie haben das Dokument bekommen?«

»Ja.«

»Sie haben es gelesen?«

»Ja. Officer Bose, ich …«

»Meine Freunde nennen mich einfach Bose.«

»Okay. Sehen Sie, Bose, ich weiß nicht, was Sie von mir wollen. Glauben Sie wirklich, dass Orrin Mather diesen Text verfasst hat?«

»Ich weiß, es klingt abwegig. Selbst Orrin scheut sich, es zuzugeben.«

»Ja, ich habe ihn danach gefragt. Er sagt, er hat es aufgeschrieben, ist sich aber nicht sicher, ob es wirklich seine Worte sind. Als wäre ihm der Text diktiert worden. Was einiges erklären würde … Wie auch immer, was genau erwarten Sie von mir? Literaturkritik? Leider bin ich kein Science-Fiction-Fan.«

»Sie haben noch nicht alles gelesen. Ich hoffe, ich kann Ihnen heute noch mehr schicken. Was halten Sie davon, wenn wir uns morgen zum Mittagessen treffen und über die Details reden?«

War sie bereit, sich weiter mit dieser Absurdität zu befassen? Komischerweise ja, fand sie. Vielleicht aus Neugier. Vielleicht aus Mitgefühl für das scheue Kind, das sie in Orrin Mather entdeckt hatte. Und vielleicht auch, weil ihr Bose nicht unsympathisch war. Sie war einverstanden mit einem weiteren Schwung Seiten, fügte aber unwillkürlich hinzu: »Sie sollten wissen, dass es ein kleines Problem gibt. Ich musste Orrins Fall abgeben. Mein Chef hat ihn einem Trainee übergeben.«

Jetzt war es an Bose, kurz innezuhalten. Sandra lauschte den Sprechchören im Hintergrund: … *unseren Kindeskindern* … »Verdammt«, sagte Bose.

»Und ich bezweifle, dass mein Chef Sie ins Vertrauen zieht. Er ist …«

»Sie reden von Congreve? Der wird bei uns als Bürokratenarsch gehandelt.«

»Kein Kommentar.«

»Na gut. Aber Sie haben weiterhin Zugang zu Orrin?«

»Ich kann mit ihm reden, falls Sie das meinen. Aber Entscheidungsbefugnis habe ich keine mehr.«

»Was die Sache verkompliziert. Trotzdem lege ich Wert auf Ihre Meinung.«

»Noch einmal: Es wäre hilfreich, wenn ich wüsste, warum Ihnen Orrin und seine Notizen so wichtig sind.«

»Das bereden wir morgen.«

Sie einigten sich auf ein Restaurant, das nicht zu weit von der State Care entfernt lag, aber ein bisschen gehobener war als die Alternativen in der Einkaufsmall. Dann sagte Bose: »Ich muss jetzt auflegen. Danke, Dr. Cole.«

»Sandra«, erwiderte sie.

4 TREYA / ALLISON

1.

Sie wollen wissen, wie es war? Was mit Vox und danach geschah?

Hier, bitte.

Etwas zum Vergessen, denken Sie vielleicht.

Lektüre für den Wind.

Oder für die Sterne.

2.

Seit meiner Geburt heiße ich Treya mit einem fünfsilbigen Suffix, das ich hier nicht wiederholen will. Vielleicht ist es besser, mich Allison Pearl die Zweite zu nennen. Ich ging zehn Jahre mit mir schwanger, die Wehen dauerten acht Tage, und die Geburt war traumatisch. Vom ersten Tag meines Lebens an war mir klar, dass ich nicht echt war, und genauso klar war mir, dass ich daran nichts ändern konnte.

Ich wurde sieben Tage vor dem Zeitpunkt geboren, da Vox den Torbogen zur alten Erde passieren sollte. Ich wurde in die Hände rebellierender Farmer geboren – geboren, während mir das eigene Blut über den Rücken lief. Bis ich meine Sprache wiederfand, war es zum größten Teil getrocknet.

Die Farmer hatten mir mein limbisches Implantat herausgeschnitten und es anschließend zerstört. Da das neurale Interface, der Netzknoten, seit meiner Geburt dem dritten Wirbel aufgepfropft war, litt ich fürchterliche Schmerzen. Ich erwachte unter Kaskaden flüssiger Lava, die mir aus dem Nacken ins Hirn schossen, aber viel schlimmer war, was ich *nicht* fühlte – nämlich den Rest meines Körpers. Von den Schultern abwärts war ich taub. Ich litt panische Angst. Schließlich spritzten sie mir irgendein primitives Narkotikum; wohl nicht aus Mitleid, sondern weil ihnen mein Geschrei auf die Nerven ging.

Als ich das nächste Mal zur Besinnung kam, prickelte und juckte mein Körper auf beinahe unerträgliche Weise, aber das war gut so, denn es bedeutete, dass er seine Funktionen wiederaufnahm. Selbst ohne den Netzwerkknoten waren meine erweiterten Körpersysteme unablässig zugange, kaputte Nerven zusammenzuflicken und Knochenschäden zu beheben. Und das hieß, dass ich über kurz oder lang wieder sitzen, stehen und gehen können würde. Also begann ich mich stärker für meine Umgebung zu interessieren.

Ich lag ganz hinten in einem Wagen auf einem Lager aus getrockneten Pflanzen. Der Wagen bewegte sich ziemlich schnell. Ich konnte nicht über den Rand blicken, dazu war er zu hoch, aber nach oben hin war der Wagen offen. Der Himmel war mit Wolken gesprenkelt, und hin und wieder schwankte eine Baumkrone vorbei. Es gab keinen Anhaltspunkt, der mir hätte verraten können, wie viel Zeit seit meiner Gefangennahme verstrichen war, und das war die Frage, die mich am meisten quälte. Wie weit war es bis Vox-Core und wie weit bis zum Torbogen der Hypothetischen?

Mein Mund war trocken, aber meine Stimme funktionierte. »He!« und »Hallo!«, rief ich einige Male, ehe ich begriff, dass das Englisch war. Also schaltete ich auf Voxisch um: »*Vech-e! Vech-e mi!*«

Das Rufen tat schrecklich weh, und als niemand reagierte, ließ ich es bleiben.

Als der Wagen rumpelnd zum Stehen kam, wurde es bereits dunkel. Die ersten Sterne ließen sich blicken. Der Himmel war von einem Blau, das mich an das bunte Glas in der Kirche von Champlain erinnerte. Nicht dass ich ein großer Freund von Kirchen war, aber bunte Fenster habe ich immer gemocht, besonders sonntags, wenn das Licht der Morgensonne hindurch fiel. Ich hörte die Stimmen der Farmer; ihr Voxisch klang, als hätten sie einen Stein im Mund. Und ich roch ihr Essen, was eine wirkliche Qual war, weil ich bisher nichts bekommen hatte.

Schließlich erschien ein Gesicht an der Seite des Wagens. Die Haut des Mannes war wie bei allen Farmern dunkel und runzlig. Abgesehen von den lebhaften Augenbrauen war er haarlos, und die Augen waren rings um die Iris gelb. Er betrachtete mich mit unverhohlener Abneigung.

»He, du«, sagte er. »Kannst du dich aufsetzen?«

»Ich muss etwas essen.«

»Wenn du sitzen kannst, kannst du essen.«

Ich brauchte einige Minuten, um meinen erschöpften Körper in eine sitzende Position zu bugsieren. Der Farmer machte keine Anstalten zu helfen; er beobachtete mich mit einem fast klinischen Interesse. Dann, als ich mit dem Rücken an der Seitenwand des Wagens lehnte, sagte ich: »Ich habe getan, was du wolltest. Also gib mir etwas zu essen. Bitte.«

Er machte ein finsteres Gesicht und verschwand. Ich erwartete nicht, ihn wiederzusehen, aber er kam tatsächlich zurück und stellte eine Schale mit grünem Brei auf den Boden des Wagens. »Wenn du deine Hände benutzen kannst«, sagte er, »ist das für dich.« Er wandte sich ab.

»Warte!«

Er seufzte und sah mich an. »Was ist?«

»Wie heißt du?«

»Warum willst du das wissen?«

»Nur so.«

Er hieß Choi. Und seine Familie Digger. Ebene Drei, Ernte-Viertel. Ich nannte ihn insgeheim »Digger Choi«.

»Und du heißt Treya. Arbeiterin, Therapeutin im Außendienst.« Er grinste spöttisch über die Core-Titel.

»Ich heiße Allison Pearl«, hörte ich mich sagen.

»Lügen ist zwecklos. Wir haben deine Interna ausgelesen.«

»Allison«, beharrte ich. »Pearl.«

»Nenn dich, wie du willst.«

Ich streckte meine klamme Hand nach der Schale aus. Das klumpige, grüne Zeug schmeckte wie gemähtes Gras, und ich verlor jedes Mal die Hälfte, wenn ich die Hand zum Mund führte. Digger Choi blieb in der Nähe, bis ich fertig war, dann nahm er die Schale wieder an sich. Ich hatte noch Hunger, aber er verweigerte mir einen Nachschlag.

»Behandelt man so seine Gefangenen?«

»Wir machen keine Gefangenen.«

»Und was bin ich dann?«

»Eine Geisel.«

»Ihr glaubt, ich bin *so* wichtig?«

»Vielleicht. Wenn nicht, können wir dich immer noch töten.«

Da ich mich wieder bewegen konnte, gingen die Farmer auf Nummer sicher und banden mir die Arme auf den Rücken. So ließen sie mich auch die Nacht verbringen, was in mancher Hinsicht schlimmer war, als gelähmt zu sein. Am frühen Morgen dann zerrten sie mich aus dem Wagen und schleppten mich zu einem anderen, der dem ersten zum Verwechseln ähnlich sah – bis auf die Tatsache, dass sich darin Turk Findley befand.

Während der Prozedur konnte ich mir das Lager der Farmer genauer ansehen. Wir hatten die Insel betreten, auf der Vox-Core lag, auch wenn sie hier an der Peripherie wie ein Außenposten aussah, wie eine unkultivierte Wildnis. Weit und breit kein Obstbaum, der nicht geplündert war.

Es waren viele Farmer unterwegs, sehr viele. Eine ganze Armee. Ich schätzte um die tausend allein auf dieser grasbewachsenen Niederung, und ich konnte den Rauch anderer Lager sehen. Die Farmer waren mit selbst gebastelten Klingen und Teilen von Ernte- und Dreschmaschinen bewaffnet – Waffen, die angesichts einer voll vernetzten Core-Miliz ein Witz gewesen wären, aber unter den gegebenen Umständen … Wie gesagt, waren die Farmer alle dunkel und runzlig, Nachkommen der alten marsianischen Minderheit. Digger Choi bugsierte mich durch eine Gruppe seiner Kameraden, die mich böse ansahen und mit Schimpfwörtern bedachten.

Der Wagen, zu dem er mich brachte, war etwas größer als der, in dem ich zuvor gelegen hatte. Von außen betrachtet sah er wie ein Kasten auf zwei Rädern aus, aus dem vorne zwei lange Stangen ragten, sodass ihn ein Tier, ein Roboter oder ein kräftiger Farmer ziehen konnte. Primitive Technik, doch nicht so primitiv, wie es den Anschein hatte. Die Wagen der Farmer waren aus intelligentem Material gefertigt, das zufällig auftretende Stöße in Schubkraft verwandelte; sie hielten automatisch Balance und machten sich die Unebenheiten des Geländes zunutze; und sie waren als Gefängniszellen zu gebrauchen, wenn der Gefangene entsprechend gefesselt war.

Turk war es, und ich war es auch. Digger Choi klappte die hintere Wand des Wagens nach unten, stieß mich hinein und schloss gleich wieder ab. Ich rollte gegen Turk, dessen Hände ebenfalls auf den Rücken gebunden waren, und einen peinlichen Moment lang bemühten wir uns um eine Position, in der wir einander ins Gesicht sehen konnten. Turk war übel zugerichtet – er hatte sich verzweifelt gewehrt, als ihn die Farmer gepackt hatten. Die linke Wange war schwarzgrün marmoriert, das Auge darüber zugeschwollen. Er sah mich schräg und ziemlich erstaunt an. Ob er gedacht hatte, ich sei tot? Gestorben, als sie mir mein limbisches Implantat aus dem Fleisch gequetscht hatten?

Ich wollte etwas Beruhigendes sagen, wusste aber nicht, wo ich anfangen sollte. Er hatte mich als Treya aus Vox-Core kennengelernt, und das war nicht einmal falsch. In gewisser Weise war ich immer noch Treya, aber eben nur in gewisser Weise.

Ich hatte zwei Vorgeschichten. Treya hatte Allison Pearl als ihre virtuelle Mentorin beschrieben, die sie auf die amerikanische Sprache und die amerikanischen Sitten des 21. Jahrhunderts geeicht hatte. »Allison Pearl« war im gewöhnlichen Sinne des Wortes nicht real. Doch nun *war* ich Allison – voll installiert, voll funktionstüchtig. Allison hatte das Kommando übernommen; ich war (im Jargon der Manager) *psychisch ausgehärtet*.

Und außerdem hatten wir noch ganz andere Probleme.

»Du lebst«, sagte Turk.

»Da könntest du recht haben.«

Er sah mich merkwürdig an. Hätte Treya das so gesagt?

»Ich dachte, sie bringen dich um. Das ganze Blut …« Es war zu einem braunen Latz auf meinem Overall getrocknet.

»Sie haben nicht mich, sondern mein Interface getötet. Der Netzknoten sitzt auf meiner Wirbelsäule, sodass er sich mit meinem Gehirn kurzschließen kann. Auch die Farmer haben Implantate, aber sie müssen sofort abgeschaltet haben, als das Netzwerk ausfiel. Sie hassen die Netzknoten, weil sie aus ihnen nützliche Werkzeuge machen.«

»Die Farmer sind also Sklaven? Ist das jetzt ein Sklavenaufstand?«

»Nein, so einfach ist es nicht.« Als Allison Pearl hielt ich nicht viel von der voxischen Gesellschaftsstruktur, doch ich hatte eine starke Sekundärerinnerung an Treyas festgefügte Loyalität. Treya hatte keinen schlechten Charakter, auch wenn sie eine Drohne war – ich wollte nicht, dass Turk in ihr eine Art Sklavenaufseher sah. »Die Vorfahren dieser Leute wurden vor Jahrhunderten gefangen genommen. Die radikalen Bionormativen, wie sie sich nannten, gehörten zur marsianischen Minderheit und verweigerten sich der Assimilation. Also machten sie einen Deal: ihr Leben im Tausch gegen landwirtschaftliche Arbeit.« Turk bedachte mich immer noch mit besorgten Blicken – das Blut auf meiner Kleidung, meine Art zu reden –, und ich dachte, dass es das Beste sei, ihm reinen Wein einzuschenken. »Man hat mir den Knoten rausgeschnitten. Treya war Übersetzerin, richtig? Jahrelang hat sie sich ihrer Sekundärperson bedient, und manches Detail über ihre Person gelangte dabei ins Netzwerk. Wir waren ineinander verwickelt, ich und Treya, aber der Knoten stellte stets sicher, dass Treya die Kontrolle hatte. Doch nun ist der Knoten weg und ich habe das Sagen. In den letzten zehn Jahren muss sie eine Menge neuralen Boden an mich abgetreten haben. Ein schwerer Fehler aus ihrer Sicht, obwohl sie beim besten Willen nicht vorhersehen konnte, dass uns ein Mob aufsässiger Farmer das Interface herausschnippeln würde.«

»Entschuldige«, sagte Turk, »aber mit wem spreche ich noch mal?«

»Allison. Ich bin jetzt Allison Pearl.«

»Okay, Allison. Und Treya ist was? Tot?«

»Das Netzwerk kann sie jederzeit wieder inkorporieren. Zurzeit aber ist sie nur eine *Möglichkeit*.«

Turk dachte darüber nach. »Irgendwie kommt mir die Zukunft ziemlich beschissen vor.«

»Wenn du es einfach mal glauben würdest, dass ich jetzt Allison bin, dann könnten wir uns unserem eigentlichen Problem widmen – wie wir den Hals aus der Schlinge kriegen.«

»Hört sich an, als hättest du eine Idee?«

»Fest steht, dass wir sterben werden, wenn wir nicht in Sicherheit sind, bevor Vox durch den Torbogen rauscht.«

»Das schaffen wir nicht. Hast du den Himmel gesehen, bevor es hell wurde? Der Bogen steht im Zenit, eine gerade Linie quer zum Meridian. Das heißt …«

»Schon klar.« Es hieß, die Passage stand kurz bevor.

»Also: Wo sind wir in Sicherheit, Allison Pearl, und wie kommen wir dahin?«

Die Farmer hatten inzwischen gefrühstückt und ihre Sachen gepackt. Zwei Männer ergriffen die Wagenstangen und marschierten los, und Turk und ich kullerten im Wagen herum wie Erbsen in der Pfanne und konnten uns nur noch mühsam verständigen. Trotzdem sagte ich ihm, was er wissen musste, und als wir schließlich die Ruinen von Vox-Core sahen, wusste er Bescheid.

3.

Turk lernte rasch, obwohl ihn die zehntausend Jahre, die er bei den Hypothetischen verbracht hatte, nicht viel gelehrt hatten. Wie sollten sie auch? Tatsächlich war er nie richtig »bei« den Hypothetischen gewesen, auch wenn es sich eingebürgert hatte, von den Leuten, die einen temporalen Torbogen passiert hatten, so zu reden, als seien sie von unermesslichen hyperintelligenten Mächten berührt worden. Treya glaubte, er habe diese Jahre in herrlicher Gemeinschaft mit den Hypothetischen verbracht, ob er sich nun daran erinnere oder nicht, doch nun, da ich Allison Pearl war, kam mir das alles wie pseudoreligiöses Gefasel vor. Egal, welchen Torbogen zwischen den acht Welten man passierte, man war nicht mehr und nicht weniger »bei« den Hypothetischen als Turk. Die Leute, die zu meiner (Allisons) Zeit den Bogen vom Indischen Ozean nach Äquatoria passiert hatten, waren von Kräften der Hypothetischen ergriffen und durch das Weltall transportiert worden, aber das machte sie nicht zu Göttern oder gottähnlich – es machte sie zu überhaupt nichts, außer dass sie ungewöhnlich weit herumgekommen waren. Die Zeit allerdings war eine Dimension für sich. Und eine ziemlich unheimliche.

Es gab noch andere temporale Torbögen; sie gehörten zu den bekannten Konstrukten der Hypothetischen. Wir hatten geologische Belege, dass temporale Bögen etwa alle zehntausend Jahre auftauchten und wieder verschwanden. Sie waren Teil eines Feedback-Mechanismus, der Information speicherte und abgab. Und der erste temporale Bogen, der lebendige Menschen erwischt hatte, war jener, der sich in der äquatorianischen Wüste erhoben und unter anderem Turk Findley verschluckt hatte. Was hieß, dass er auch der Erste war, der seine menschliche Fracht wieder ausspucken würde – und das hatte er pünktlich vor zwei Wochen getan.

Damit war Turk einer der wenigen, der einen temporalen Torbogen lebendig verlassen hatte – aber was für ein Mist sich doch um eine so schlichte Tatsache herum anhäufen kann! Es war fester voxischer Glaube, dass die Überlebenden verwandelt sein würden – »Medien« zwischen den Menschen und jenen Mächten, die den Weltenring konstruiert hatten. Und dass sie uns durch einen defekten Torbogen zurück zur Alten Erde führen würden.

Treya hatte dieses Dogma nie infrage gestellt, vielleicht war es ja auch nicht ganz falsch. Aber wenn wir es tatsächlich zur Erde schafften, dann konnte das eher zum Problem als zu einer Lösung werden – denn nach allem, was wir wussten, war die Erde nicht mehr bewohnbar.

Als ich Turk das erzählte, fragte er, ob die Leute von Vox noch ganz dicht waren, wenn sie an einen derartigen Quatsch glaubten. Ich spürte, wie Treya in mir schluckte. »Noch ganz dicht?«, erwiderte ich. »Seit Jahrhunderten ist Vox eine funktionierende Gemeinschaft. Vox hat etliche Schlachten überstanden. Vox ist – oder war – eine limbische, vom Netzwerk regulierte Demokratie, und das ganze Zeug über die Hypothetischen und die Alte Erde ist Teil des Codes. Vielleicht ist ja was dran, wer weiß?«

»Aber Vox hat Feinde, die sich die Mühe machen, Bomben zu werfen.«

»Sie hätten uns längst plattgemacht, wenn sie noch irgendwas zum Werfen hätten.«

»Also passieren wir so oder so den Bogen?«

»Es gibt zwei Möglichkeiten. Tut sich nichts, treiben wir wehrlos auf dem äquatorianischen Ozean. Möglicherweise überrannt und besetzt von den Bionormativen, falls sie das wirklich hinkriegen.«

»Und wenn wir doch zur Erde kommen?«

»Keine Ahnung. Als der Bogen vor ungefähr tausend Jahren aufhörte zu funktionieren, war die Erde so gut wie unbewohnbar. Die Meere kippten um, riesige bakterielle Inseln entließen Unmengen von Schwefelwasserstoff in die Atmosphäre. Wir müssen uns eine Atmosphäre vorstellen, die so giftig ist, dass darin kein ungeschütztes Leben existieren kann, und deshalb wäre es eine ganz schlechte Idee, sich während und nach der Passage im Freien aufzuhalten.«

»Und wo finden wir Schutz?«

»Der einzige wirklich sichere Ort ist Vox-Core. Es kann sich hermetisch verschließen und seine Luft recyceln. Dorthin wollen die Farmer. Wenn das Netzwerk und andere Systeme ausfallen, ist der Schutz der äußeren Inseln nicht mehr gewährleistet, also wollen sie noch vor der Passage ins Innere von Vox-Core. Aber der Platz reicht nicht für jede abgelegene Gemeinde des Archipels. Sie werden kämpfen müssen.«

4.

Nach einem weiteren Tagesmarsch schlug die Farmer-Miliz erneut ein Lager auf. Digger Choi öffnete die Wagenklappe, schob zwei Schalen grünen Brei hinein und band uns die Hände los, damit wir essen konnten. Turk rieb sich Handgelenke und Beine, dann lehnte er sich an die Seitenwand und blickte über den Rand. Und sah zum ersten Mal Vox-Core.

Seine Miene war interessant – eine Mischung aus Ehrfurcht und Furcht.

Vox-Core lag zum größten Teil unter der Erde, aber das wenige, das zu sehen war, war beeindruckend genug. Die Farmer hatten ihr Lager im Windschatten einer Anhöhe aufgeschlagen, und von hier aus wirkte Vox-Core wie die Schmuckkassette eines vergesslichen Gottes. Die gut achthundert Meter hohen Schutzmauern waren die Kassette, und die Schmuckstücke waren die aberhundert facettierten Türme: die Kommunikations- und Energieknoten, die Licht sammelnden Oberflächen, die Landebuchten der Flugmaschinen, die Wohnsitze der Manager. Auf Turk musste das alles außerordentlich protzig wirken, doch ich wusste (weil Treya es gewusst hatte), dass jedes Material und jede Oberfläche einem Zweck diente: schwarze beziehungsweise weiße Fassaden zum Kühlen oder Wärmen, blaugrüne Täfelungen für die Fotosynthese, rubinrote oder rauchblaue Fensterscheiben, um bestimmte Frequenzen des sichtbaren Lichts abzublocken oder zu begünstigen. Die untergehende Sonne verlieh dem allem einen warmen, verführerischen Glanz.

Zumindest dem Teil, der nicht zerstört war. Treya war noch so präsent, dass ich ihren Schmerz spürte.

Das Steuerbord-Viertel der Stadt war zum größten Teil zerstört, und das war schlimm, denn was darunterlag, gehörte zur unentbehrlichen Infrastruktur von Vox-Core. Die Inseln des Archipels waren auf vielfache Weise miteinander verbunden, und Vox hatte in der Vergangenheit größere Zerstörungen ohne nennenswerte Ausfälle überstanden. Aber selbst das dezentralisierteste Netzwerk versagt bei zu großem Konnektivitätsschwund. Und genau das war offenbar geschehen, als die Kernwaffe den Schutzschild durchdrungen hatte. Es war, als hätte Vox einen Schlaganfall erlitten: die Zerstörung breitet sich unaufhaltsam aus, bis schließlich der ganze Organismus betroffen ist. Noch immer wehten Rauchfahnen aus der Einschlagsstelle, und in der Steuerbord-Mauer gähnte ein Loch, das ein Zugang für die Farmer hätte sein können, wenn da nicht eine Barriere aus strahlenden und immer noch schwelenden Trümmern gewesen wäre.

Treya hatte ihr ganzes Leben in dieser Stadt verbracht, und ihre Erschütterung trieb mir Tränen in die Augen.

Turk – nachdem er sich vergewissert hatte, dass Digger Choi außer Hörweite war – sagte: »Erzähl mir von den Leuten, die das getan haben.«

»Die die Stadt erbaut oder die Bombe geworfen haben?«

»Die Bombe geworfen.«

»Eine Allianz aus kortikalen Demokratien und radikalen Bionormativen. Fest entschlossen, uns nicht durch den Torbogen zu lassen, aus Angst, wir könnten damit die Aufmerksamkeit der Hypothetischen wecken und eine Art Jüngstes Gericht provozieren.«

»Und? Hältst du das für möglich?«

»Ich weiß es nicht.« Treya hätte sich mit einer solchen Frage erst gar nicht befasst – als gute voxische Bürgerin hatte sie die Güte der Hypothetischen nie angezweifelt und war überzeugt gewesen, die Menschen würden eines Tages einen wie auch immer gearteten Umgang mit ihnen pflegen. Doch als Allison konnte ich agnostisch damit umgehen.

»Früher oder später müssen wir vielleicht Farbe bekennen. Uns für eine Seite entscheiden.«

Das wäre ja ein Luxus, dachte ich, sich *selbst* entscheiden. Aber im Moment waren all diese Fragen müßig. Wir schlangen die erbsengrüne Pampe hinunter, dann standen wir auf, um einen letzten Blick zu riskieren, bevor Digger Choi zurückkam, um uns für die Nacht zu verschnüren. Der Himmel war dunkel, und hoch oben, fast schon über uns, schimmerte der Gipfel des Bogens.

Das Allertraurigste aber, so empfand ich es jedenfalls, war die Finsternis, in der Vox-Core lag. Mein ganzes Leben lang – *Treyas* Leben lang – war die Stadt im Lichterglanz erstrahlt, hatte wie durch ein riesiges, kunstvolles Sieb ihr Licht in alle Richtungen verstreut. Das Licht war ihr Pulsschlag gewesen. Und jetzt war es erloschen. Kein Funke, nichts.

Der Angriff der Farmer, wenn es denn dazu kam, musste bald stattfinden. Bis dahin gab es nichts zu tun, als in den Himmel zu blicken, wo die Position des Torbogens unmissverständlich sagte, dass wir am kritischen Punkt der Passage waren. Der Vox-Archipel war so groß, dass ein Teil bereits durch den Bogen sein musste, aber das war egal – Vox würde entweder schlagartig passieren oder gar nicht. Ein Torbogen, das galt seit Jahrhunderten als erwiesen, glich eher einem intelligenten Filter als einem wirklichen Tor. Als dieser Bogen noch funktioniert hatte, war er imstande gewesen, zwischen einem fliegenden Vogel und einem schwimmenden Boot zu unterscheiden; imstande, das Boot von der Erde nach Äquatoria zu schicken, nicht aber den Vogel. Das ist keine einfache Entscheidung; der Torbogen war imstande, Menschen und Menschenwerk zu erkennen und die zahllosen anderen Kreaturen auszusieben, die beide Planeten bewohnten (oder bewohnt hatten). Mit anderen Worten: Einen Torbogen zu passieren war kein rein mechanischer Prozess; der Torbogen mustert dich, bewertet dich, akzeptiert oder verwirft dich.

Und so würde es aller Wahrscheinlichkeit nach gar nicht zum Transit kommen. Aber ich hatte mehr Angst vor der Alternative. Noch bevor der Bogen aufgehört hatte zu funktionieren, hatte sich die Erde so sehr gewandelt, dass Turk sie nicht wiedererkennen würde. Die letzten Flüchtlinge aus den Polarstädten hatten von dramatischen Veränderungen in der chemischen Struktur der Ozeane berichtet, von Schwefelwasserstoff, der aus tödlich eutrophierten Offshore-Zonen brodelte, und von massiven Landverlusten.

Ich schloss die Augen und glitt in den Dämmerzustand, der oft mit Schlaf verwechselt wird, wenn man erschöpft, hungrig und von Schmerzen geplagt ist. Ab und an öffnete ich die Augen und sah nach Turk, der mit nach hinten gebundenen Armen im Dunkeln lag. Er hatte weiß Gott nichts von einem Abgesandten der Hypothetischen, den Treya in ihm gesehen hatte. Er war genau das, wonach er aussah: ein Fremder, ein Entwurzelter.

Er träumte offenbar, denn er stöhnte von Zeit zu Zeit.

Vielleicht träumte ich auch.

Was mich dann weckte – mitten in der Nacht –, war ein Geräusch so laut, dass es wie ein Messer durch die Finsternis schnitt. Ein kehliges Heulen, anhaltend und nicht-menschlich, aber vertraut, vertraut … Benommen, wie ich war, konnte ich es zuerst nicht einordnen, doch als ich es schließlich erkannte, spürte ich, was ich seit vielen Tagen nicht mehr gespürt hatte: Hoffnung.

Ich stieß mit dem Fuß nach Turk. Er schlug die Augen auf und rollte sich auf den Ellbogen, blinzelte.

»Hörst du das?«, sagte ich. »Das ist der Alarm. Der Warnruf, der Ruf in die Schutzräume.« Verzweifelt versuchte ich die voxischen Begriffe in altes Englisch zu übersetzen. »Die *Luftschutzsirene*!«

Der durchdringende Klagelaut kam synchron von den höchsten Vox-Core-Türmen. Ein Angriff stand bevor – natürlich stand einer bevor. Das Wichtigste aber war: Wenn Vox-Core in der Lage war, die Sirenen in Gang zu setzen, mussten zumindest die Notstromaggregate funktionieren.

Vox-Core lebte!

»Und das bedeutet?«, fragte Turk schlaftrunken.

»Eine Chance, hier rauszukommen.« Ich hievte mich auf die Knie, und dann stand ich auf, um über den Rand zu blicken. Wie zuvor lag Vox-Core in Dunkelheit – doch im nächsten Augenblick fiel aus einem der nahe gelegenen Wachtürme der Strahl eines Suchscheinwerfers, strich über das baumlose Grasland und erfasste die Farmer, die Wasser in die Glut schütteten und sich hektisch für den Kampf rüsteten. Ein zweiter und dritter Scheinwerfer, dann immer mehr: Turm um Turm, Block um Block behauptete sich Vox-Core gegen die Finsternis. Wie Glühwürmchen schwärmten kleinere Lichter aus den hoch gelegenen Aerodromen: Flugmaschinen, bewaffnet, tödlich.

»*Hier sind wir! Kommt uns holen!*«, hörte ich mich in den Lärm brüllen. Das oder etwas ähnlich Dummes. Treyas Loyalität bahnte sich ihren Weg.

Und dann fiel der tödliche Regen, und die Farmer begannen zu sterben.

5 SANDRA UND BOSE

Sandra machte kreativen Gebrauch von der Stunde, die ursprünglich für das nächste Gespräch mit Orrin vorgesehen war, und genehmigte sich gleich zwei Stunden Mittagspause. Das Restaurant, in dem sie sich verabredet hatten, war gut gefüllt mit den Angestellten des Teppich-Großhändlers auf der anderen Seite des Highways, doch sie fand noch einen etwas abgelegenen Tisch hinter einem Plastikbaum.

Hier war es still genug, um sich zu unterhalten. Bose nickte beifällig, als er auf sie zusteuerte.

Er trug keine Uniform. Jeans und weißes Hemd, das seine Gesichtsfarbe betonte, standen ihm besser, dachte Sandra. Sie fragte ihn, ob er im Dienst sei.

»Ja. Aber ich trage nicht immer Uniform. Ich arbeite auch für das Morddezernat.«

»Wirklich?«

»Das ist nicht so spektakulär, wie es sich anhört. Das Houston Police Department wurde nach dem Spin massiv umstrukturiert. Dezernate wurden ab- und aufgebaut, als wären es Legosteine. Ich bin kein Ermittler, ich mache nur Routinearbeit. Ich bin relativ neu in der Abteilung.«

»Und was hat das alles nun mit Orrin Mather zu tun?«

Er runzelte die Stirn. »Will ich gerne erklären, aber können wir erst über das Dokument reden?«

»Sie sagen *das* Dokument, nicht *Orrins* Dokument. Sie glauben also nicht, dass er es geschrieben hat?«

»Das habe ich nicht gesagt.«

»Mit anderen Worten, Sie halten sich so lange bedeckt, bis Sie meine Meinung gehört haben. Na gut, fangen wir mit dem Naheliegendsten an. Die Seiten, die Sie mir geschickt haben, scheinen eine Abenteuergeschichte zu sein, die in der Zukunft spielt. Das Vokabular geht weit über das hinaus, was ich bisher von Orrin gehört habe. Die Geschichte ist nicht besonders anspruchsvoll, zeigt aber eine Palette menschlichen Verhaltens, die nuancierter ist als alles, was Orrin in unserem kurzen Gespräch demonstriert hat. Und wenn die Texte nicht korrigiert wurden, liegen Grammatik und Interpunktion deutlich über seiner verbalen Kompetenz.«

Bose nickte. »Aber festlegen wollen Sie sich noch nicht?«

Sie überlegte. »Das stimmt.«

»Warum?«

»Aus zwei Gründen. Der eine hat mit den Umständen zu tun. Es scheint auf der Hand zu liegen, dass Orrin nicht der Autor ist, aber warum macht er ein Geheimnis daraus und warum fragen *Sie* mich nach meiner Meinung? Der zweite Grund ist fachlicher Natur. Ich habe mich mit vielen Leuten unterhalten, deren Persönlichkeit auf die eine oder andere Weise gestört war, und daraus gelernt, nie dem ersten Eindruck zu folgen. Psychopathen können charmant sein, und Paranoiker können absolut vernünftig wirken. Es ist gut möglich, dass Orrins Eigentümlichkeiten erlernte Reflexe oder sogar absichtliche Täuschung sind. Vielleicht will er, dass wir ihn für weniger intelligent halten, als er es tatsächlich ist.«

Bose setzte ein irritierend kryptisches Lächeln auf. »Gut. Ausgezeichnet. Und der Text selbst? Was halten Sie davon?«

»Wie gesagt, ich bin kein Literaturkritiker. Aus ärztlicher Sicht fällt mir allerdings auf, wie sehr es darin um Identität geht, insbesondere gemischte Identitäten. Es gibt zwei Ich-Erzähler – beziehungsweise drei, denn die junge Frau weiß ja nicht genau, wer sie wirklich ist. Und auch der männliche Erzähler hat eigentlich keine Vergangenheit. Außerdem fällt auf, wie intensiv sich die Geschichte mit den Hypothetischen befasst – es ist sogar von einer möglichen Interaktion zwischen uns und den Hypothetischen die Rede. In der Realität – wenn Leute behaupten, sie könnten mit den Hypothetischen reden – ist das ein Indikator für Schizophrenie.«

»Wollen Sie damit sagen, dass Orrin, falls er den Text geschrieben hat, schizophren sein könnte?«

»Nein, ganz und gar nicht. Ich sage nur, dass man das Dokument so lesen kann. Aus dem Bauch heraus würde ich ihn eher im autistischen Spektrum ansiedeln. Ein Grund mehr, warum ich nicht ganz ausschließen kann, dass er den Text selbst verfasst hat. Hochbegabte Autisten sind häufig eloquente und präzise Schriftsteller, während sie im sozialen Miteinander geradezu hilflos sind.«

»Okay«, sagte Bose nachdenklich. »Damit kann ich etwas anfangen.«

Das Essen kam. Bose stürzte sich auf sein Club-Sandwich, während Sandra in ihrem schlaffen Cobb Salad herumstocherte und darauf wartete, dass er irgendetwas Erhellenderes sagte als »Damit kann ich etwas anfangen«.

Nach einer Weile putzte er sich einen Klecks Mayonnaise von der Oberlippe und sah sie an. »Mir gefällt, was Sie gesagt haben. Es ergibt Sinn. Es ist nicht dieses Psychiater-Blabla.«

»Danke. Aber – quid pro quo. Sie schulden mir eine Erklärung.«

»Hier, nehmen Sie.« Er schob ihr einen braunen Briefumschlag über den Tisch. »Die Fortsetzung des Textes. Diesmal keine Abschrift, sondern eine Fotokopie des Originals. Ein bisschen schwer zu entziffern, aber vielleicht aufschlussreicher.«

Der Umschlag war bemerkenswert dick. Nicht dass Sandra die Arbeit gescheut hätte – ihre berufliche Neugier war längst geweckt –, aber sie ärgerte sich, dass er immer noch mit etwas hinter dem Berg hielt. »Danke«, sagte sie, »aber …«

»Später können wir ungestörter reden. Sagen wir, heute Abend? Können Sie heute Abend?«

»Ich kann *jetzt*. Ich bin noch nicht fertig mit Essen.«

Bose senkte die Stimme. »Das Problem ist, Sandra, dass wir beobachtet werden.«

»Wie bitte?«

»Hinter den Plastikpflanzen. Die Frau in der Nische.«

Sandra schielte hinüber und hätte beinahe laut aufgelacht. »Ach, Gott!«, flüsterte sie. »Das ist Mrs. Wattmore. Von der State Care. Eine Stationsschwester.«

»Sie ist Ihnen hierher gefolgt?«

»Sie steckt zwar überall ihre Nase rein, aber das hier ist ein Zufall, da bin ich mir sicher.«

»Nun, sie hat sich jedenfalls sehr für unsere Unterhaltung interessiert.« Zur Illustration bog er seine Ohrmuschel kurz nach vorne.

»Typisch!«

»Also – heute Abend?«

Oder wir suchen uns einen anderen Tisch, dachte Sandra. Oder reden einfach nur noch leise. Aber sie schlug nichts dergleichen vor, denn es war gut möglich, dass er lediglich einen Vorwand suchte, sie wiederzusehen, und sie war sich nicht sicher, was sie davon halten sollte. War Bose ein Kollege, ein Kollaborateur, ein potenzieller Freund, vielleicht sogar (wie Mrs. Wattmore fraglos vermutete) ein potenzieller Liebhaber? Die Situation war unübersichtlich. Was sie wiederum aufregend machte. Sandra hatte sich nicht mehr mit einem Mann eingelassen, seit sie sich von Andy Beauton getrennt hatte, ebenfalls State-Care-Arzt, dem man im letzten Jahr sang- und klanglos gekündigt hatte. Seither hatte sie sich von ihrer Arbeit auffressen lassen. »Okay«, sagte sie. »Heute Abend.« Sein Lächeln stärkte ihr Selbstvertrauen. »Aber mir bleibt noch eine Stunde Mittagspause.«

»Reden wir über etwas anderes.«

Und so erzählten sie sich ihre jeweilige Lebensgeschichte.

Bose: geboren in Bombay von einer Mutter, die unglücklich mit einem indischen Windturbinen-Ingenieur verheiratet war, dort gelebt bis zum Alter von fünf Jahren. (Was den Anflug eines Akzents und sein Benehmen erklärte, das einen Tick vornehmer war als das eines durchschnittlichen Texaners.) Mit seiner Mutter nach Houston gezogen, dort die Grundschule besucht und sich später, beflügelt von Mutters »geschärftem Sinn für Ungerechtigkeit«, für die Polizeischule qualifiziert, und das zu einer Zeit, da das Houston Police Department von Bewerbern praktisch überrannt wurde. Er sprach über sich selbst mit einem Humor, der Sandra beeindruckte, weil er für einen Polizisten untypisch war (aber vielleicht waren ihr auch nur die falschen Polizisten begegnet). Im Gegenzug lieferte sie ihm die Kurzfassung – oder eher eine sorgfältig redigierte Version – von Sandra Cole: ihre Familie in Boston, medizinische Hochschule, ihr Job in der State Care.

»Warum haben Sie diesen Beruf gewählt?«, fragte er.

»Weil ich Menschen helfen wollte.« Sie erwähnte nicht den Selbstmord ihres Vaters oder das, was ihrem Bruder Kyle zugestoßen war.

Als schließlich der Kaffee kam, wurde die Unterhaltung zu reinem Geplänkel, und als Sandra das Restaurant verließ, wusste sie immer noch nicht, ob sie dieses Treffen als professionellen Gedankenaustausch oder als erotisches Taxieren betrachten sollte. Oder was von beidem ihr lieber war. Sie fand Bose attraktiv – zumindest äußerlich. Nicht nur wegen der blauen Augen und der teakfarbenen Haut, es war die Art, wie er redete – als finde das Reden an einem stillen, soliden Ort tief in seinem Innern statt. Und er schien, falls sie das nicht überinterpretierte, genauso interessiert an ihr zu sein wie sie an ihm. Und trotzdem ... *brauchte* sie das wirklich?

Ganz zu schweigen vom unvermeidlichen Getratsche im sozial ausgehungerten Universum der State Care. Schwester Wattmore hatte eine halbe Stunde Vorsprung – Zeit genug, um zu verbreiten, dass Sandra mit einem Polizisten zu Mittag gegessen hatte. Und so erntete sie wissende Blicke und süffisantes Lächeln von den Schwestern an der Aufnahme. Pech – aber Wattmore war wie eine Naturkraft, so unaufhaltsam wie die Gezeiten. (Natürlich wurde in beide Richtungen getratscht. So wusste Sandra etwa, dass Mrs. Wattmore, eine vierundvierzigjährige Witwe, mit dreien der vier früheren Stationsleiter geschlafen hatte. »Diese Frau lebt in einem Glashaus«, hatte ihr eine andere Schwester in der Kantine anvertraut. »Wussten Sie, dass sie neulich dieselben Pausenzeiten hatte wie Dr. Congreve?«)

Sandra ging schnell in ihr Büro und schloss die Tür. Sie warf einen schuldbewussten Blick auf die Unterlagen auf ihrem Schreibtisch, die sie eigentlich noch heute bearbeiten sollte, dann schob sie sie beiseite, nahm den Umschlag, den Bose ihr mitgegeben hatte, aus der Tasche, zog das Bündel eng beschriebener Seiten heraus und begann zu lesen.

Etliche neue Fragen brannten ihr unter den Nägeln, als sie sich am Abend mit Bose traf.

Diesmal hatte er das Lokal ausgesucht, ein irischer Pub in Northside: Shepherd's Pie, Guinness und grüne Papierservietten, die mit Bildern von Harfen bedruckt waren. Er wartete bereits, als sie kam. Eine Frau saß mit ihm am Tisch.

Die Frau trug ein blau geblümtes Kleid, das in keinem besonders gutem Zustand war. Sie war mager, fast ausgezehrt, und schien nicht nur nervös, sondern auch verärgert zu sein. Als Sandra sich dem Tisch näherte, sah die Frau sie von oben bis unten an.

Bose erhob sich hektisch. »Sandra, ich möchte Sie mit Ariel Mather bekannt machen – Orrins Schwester.«

6 TURK

1.

Nachdem die Farmer uns gefangen hatten, hatte es Momente gegeben, in denen ich nicht mehr wusste, ob ich leben oder sterben wollte. Sollte es in dem Leben, das ich gelebt hatte – von jener unverzeihlichen Tat, die dazu geführt hatte, dass ich vor vielen Jahren Houston verlassen hatte, bis zu dem Moment, als ich in der äquatorianischen Wüste aufgewacht war –, irgendeinen Sinn geben, so konnte ich ihn nicht sehen. Aber jetzt meldete sich der schiere Überlebenswille. Ich sah, wie sich Schwärme voxischer Kampfmaschinen daranmachten, die rebellierenden Farmer systematisch abzuschlachten, und ich wollte nur eines: diesem Schicksal entgehen.

2.

Wir blickten über den Rand des schräg abgestellten Wagens und sahen, wie sich die Apokalypse über die baumlose Ebene rings um Vox-Core wälzte. Schon beim Aufheulen der Sirenen hatten die Farmer mit dem Rückzug begonnen. Nun, beim Anblick der Jagdmaschinen, ließen sie ihre Waffen fallen und liefen auseinander. Doch die voxischen Jäger kamen unerbittlich näher und stießen wie Raubvögel auf die Flüchtenden hinab. Die Waffe, die sie einsetzten, war mir neu: Sie schleuderten Feuerwellen, die über die Ebene rollten, um dann wie Wetterleuchten zu verschwinden und V-förmige Areale schwelenden Bodens mit verkohlten Leichen zu hinterlassen. Und jedes Mal war dabei eine Art seismisches Ausatmen zu hören, so gewaltig, dass ich es im Brustkorb spürte. Dazu heulten die Sirenen wie unaufhörlich klagende Riesen.

Kurzzeitig hatte es den Anschein, als wären wir hier in der Hanglage sicher. Dann legte sich ein Jäger in die Kurve – gerade so als meinte er uns –, und der Wind trug den Gestank von Rauch und brennendem Fleisch herauf. Die Männer, die uns bewacht hatten, nahmen Reißaus und versuchten, den nahen Wald zu erreichen, nur Digger Choi schien wie zur Salzsäule erstarrt. Unsere Blicke trafen sich. Er zitterte beinahe vor Angst. Ich zeigte ihm meine gefesselten Hände in der Hoffnung, dass er verstand, was ich meinte, und Allison schrie ihm einige Worte auf Voxisch zu.

Digger Choi kehrte uns den Rücken zu.

»Nimm uns die Fesseln ab, du feiger Hund!«, rief ich, und obwohl der »Hund« ganz sicher kein Englisch verstand, hielt er inne und drehte sich wieder um. Mit angstverzerrter Miene und finsterem Blick ging er dann zum Wagen, entriegelte die Einstiegklappe, zog sein Messer hervor und durchtrennte mit zwei hastigen Schnitten unsere Fesseln, erst Allisons, dann meine. Die Klinge verletzte mein Handgelenk, aber das war mir egal – ich hätte ihm am liebsten die Füße geküsst.

Allison murmelte etwas auf Voxisch, vielleicht ein »Danke«. Ich verstand nicht, was der Farmer erwiderte, aber ich verstand den Tonfall: Es hieß so viel wie »Fahr zur Hölle!«.

Unten in der Ebene ging das Töten weiter. Der Gestank von verschmorendem Fleisch war kaum mehr zu ertragen. Digger Choi machte Anstalten, seinen Kameraden zu folgen, blieb dann aber abrupt stehen, als ein Schatten die Lichter von Vox-Core verdeckte. Eine riesige Militärmaschine schwebte direkt über uns. Dann, urplötzlich, wurden wir in Licht gebadet, und eine Lautsprecherstimme rief unverständliche Anordnungen auf Voxisch.

»Sei ganz still«, sagte Allison und legte die Hand auf meinen Arm. »Und nicht bewegen!«

Es war die Kleidung, die uns rettete – unsere schmierigen, blutbefleckten, abgetragenen gelben Overalls.

Das Netzwerk war wieder intakt, und wäre auch das limbische Implantat von Allison intakt gewesen, hätte es die voxischen Streitkräfte auf uns aufmerksam gemacht. Aber die Farmer hatten ihren Netzknoten zerstört, und ich hatte nie einen besessen, also hätten wir eigentlich wie die anderen über die Ebene gejagt werden müssen. Wenn da nicht unsere Kleidung gewesen wäre. Mikroskopisch kleine Hochfrequenzchips im Gewebe identifizierten uns als Überlebende der äquatorianischen Bergungsaktion (zumindest als Träger der entsprechenden Kleidung), und das reichte, um uns Aufschub zu gewähren. Die Maschine setzte auf, eine Luke öffnete sich und spuckte einen Trupp Soldaten aus, die sofort einen Kreis um uns bildeten, die Waffen im Anschlag.

Digger Choi stand neben uns. Er schien zu begreifen, dass ihm nichts anders übrig blieb, als sich zu ergeben. Er fiel auf die Knie und legte die Hände hinter den Kopf – eine Geste, die auch vor zehntausend (oder zwanzigtausend) Jahren auf einem Schlachtfeld verstanden worden wäre. Die Soldaten hielten die Waffen weiter auf uns gerichtet, während Allison eine Erklärung stammelte – eine Erklärung oder eine Forderung.

Nachdem sie sich kurz beraten hatten, winkten uns die Soldaten in die Flugmaschine. »Sie bringen uns nach Vox-Core«, sagte Allison deutlich erleichtert. »Sie glauben mir nicht ohne Weiteres, aber sie wissen, dass wir keine Farmer sind.«

Und sie wussten, dass Digger Choi einer *war*. Einer der Soldaten hob die Waffe und zielte auf den Kopf des Farmers.

Ich sagte: »Ich gehe nirgendwohin, bis dieser Mann seine Waffe herunternimmt. Sag ihm das.«

Angesichts des Tötens ringsherum war der kurze Prozess, den man mit Digger Choi machen wollte, vermutlich eine Bagatelle. Doch der Mann hatte sein Leben riskiert, um uns zu befreien, auch wenn er es nur widerwillig getan hatte. Jedenfalls hatte ich keine Lust, seiner Exekution beizuwohnen.

Allison sah mich an, als hätte ich den Verstand verloren, doch dann nickte sie und übersetzte meine Worte.

Der Soldat zögerte. Ich trat vor, packte Digger Choi am Unterarm und zerrte ihn auf die Füße. Ich fühlte, wie er zitterte. »Lauf«, sagte ich zu ihm.

Allison übersetzte auch das, und Digger Choi ließ es sich nicht zweimal sagen. Er stolperte auf den Wald zu, dorthin, wo die Bäume noch nicht in Flammen standen. Die Soldaten zuckten mit den Achseln und ließen ihn laufen.

Wegen mir lebte er länger. Aber nur ein wenig.

Die Maschine trug uns über das Schlachtfeld und die Stadtmauer zu einer Landebucht auf einem der Türme von Vox-Core. Während des kurzen Fluges wurde den Soldaten wohl unsere Identität bestätigt, denn nach einer leisen Unterhaltung begegneten sie uns mit ausgesuchter Freundlichkeit. Noch ehe die Maschine aufsetzte, hatten sie uns frische Kleidung gegeben (nagelneue Overalls, diesmal in einem Blauton). Und ein Soldat, offenbar ein Arzt, bestrich die Verletzung an meinem Handgelenk, die Digger Choi mir im Eifer des Gefechts beigebracht hatte, mit einer Heilsalbe. Er wollte sich auch um die Wunde kümmern, die Allisons Netzknoten hinterlassen hatte, aber sie riss sich mürrisch von ihm los. Wir bekamen Wasser zum Trinken: sauber, kühl, herrlich.

Der Landeplatz war ein zugiges Flachdach. Wir stiegen aus, und die Soldaten eskortierten uns zu einem riesigen Fahrstuhl, doch am Eingang hielt Allison inne und stellte dem verantwortlichen Offizier eine Frage. Bei seiner Antwort bekam sie große Augen. Sie sagte wieder etwas, er antwortete knapp; der Wortwechsel klang jetzt wie eine Auseinandersetzung, die der Soldat schließlich mit einem wütenden Nicken beendete.

»Wir befinden uns gerade ziemlich genau in der Mitte der Passage«, sagte Allison zu mir. »Das Netzwerk veranschlagt noch etwa zwanzig Minuten bis zum Transit, falls er denn stattfindet. Ich bleibe hier oben, bis es passiert.«

Welchen Sinn sollte das haben? Vox würde zur Erde durchkommen oder nicht, ob wir nun hier oben auf diesem künstlichen Plateau waren oder unten, wo es bestimmt weitaus komfortabler war.

»Ich *will* es sehen, mit meinen eigenen Augen«, sagte sie mit gedämpfter Stimme. »Und du auch, habe ich ihnen gesagt. Was ich will, zählt nämlich nicht, aber du bist ein Aufgenommener – da müssen sie aufpassen.«

Also brachten sie uns zu einem verglasten Balkon unterhalb des Landeplatzes, immer noch in schwindelerregender Höhe über der Stadt, und da standen wir nun wie zwei Vogelscheuchen in unseren neuen, blauen Overalls und starrten auf den Vox-Archipel und die ferne See, die unter dem kleinen äquatorianischen Mond schimmerte. Rauch stieg aus der Ebene auf, wo die Farmer starben (oder längst gestorben waren), und trieb nach achtern. Der Himmel vor uns war sternenklar. Ein Jäger nach dem anderen kehrte zur Basis zurück.

Allison wandte sich an den nächststehenden Soldaten unserer Eskorte (sie übersetzte jeweils ihre Fragen und seine Antworten für mich). Ob er glaube, dass Vox tatsächlich zur Erde durchkomme? Ja, er sei sich sogar sicher, die Prophezeiungen hätten sich erfüllt, die Aufgenommenen seien unter uns. Was denn mit den Aufgenommenen sei, die man schon vor der Bombardierung nach Vox-Core gebracht hatte? Pech – Pech, dass die voxische Abwehr einen Flugkörper verfehlt hätte, Pech, dass die Bombe Vox-Cores Infrastruktur empfindlich getroffen hätte, und *ganz* großes Pech, dass sich die Aufgenommenen so nahe am Ground Zero befunden hätten.

Ich wusste nicht, wie viele Menschen sie in der äquatorianischen Wüste aufgelesen hatten, aber ich ging davon aus, dass der Hybridjunge Isaac Dvali, möglicherweise seine Mutter und vielleicht auch einige völlig Unbeteiligte darunter gewesen waren. Hatte das Geschoss sie alle getötet?

»Alle mit einer Ausnahme«, übersetzte Allison.

»Wer hat überlebt?«

»Der Jüngste.«

Der Junge also. Isaac.

»Aber er wurde schwer verletzt. Er schwebt in Lebensgefahr.«

»Und das genügt, um die Aufmerksamkeit der Hypothetischen zu erregen?«, fragte ich. »Du meinst, sie öffnen einen geschlossenen Torbogen und bringen uns zur Erde, nur weil sie einen verletzten Jungen und einen verwirrten Exseemann wiedererkennen?«

Allison musste die Frage nicht beantworten. Die Antwort kam aus dem Himmel – in Form eines grünen Lichts.

3.

Über dem äquatorianischen Meer war es Nacht gewesen. Auf der Erde war es Tag.

Der Übergang war genauso abrupt und genauso unspektakulär wie damals, als ich mit einem rostigen Frachter von Sumatra nach Äquatoria geschippert war. Ich kam mir plötzlich etwas schwerer vor – die Erde hat ein wenig mehr Masse als Äquatoria –, aber sonst war es, als ob man mit einem Lift nach oben fährt. Die anderen Veränderungen jedoch waren weniger subtil.

Wir blinzelten in fahles Tageslicht. Jenseits von Vox war das Meer flach und ölig bis zum Horizont. Der Himmel hatte einen unangenehmen Grünton.

»Gott, *nein*«, flüsterte Allison.

Die Soldaten glotzten mit weit aufgerissenen Augen.

»Gift«, sagte sie. »Alles Gift …«

Die Sirenen verstummten, und in der Stille standen die Soldaten mit geistesabwesenden Mienen da, als lauschten sie Stimmen, die ich nicht hören konnte – und vermutlich taten sie das auch, konsultierten das Netzwerk und ihre Vorgesetzten.

Einer von ihnen sagte etwas zu Allison. Sie übersetzte: »Wir müssen nach unten, und diesmal gibt es keine Ausnahmen. Die Stadt wird dicht gemacht.«

Bevor wir den Balkon verließen, warf ich noch einen letzten Blick auf die Ebene hinter den Stadtmauern. Die Leichen der Farmer lagen auf dem verkohltem Grasland, gebadet in grünes Tageslicht. Dazwischen einige wenige Überlebende, die von hier oben wie Schlafwandler wirkten. Ich fragte Allison, ob man sie nicht wenigstens als Gefangene in die Stadt holen könnte.

»Nein«, erwiderte sie.

»Aber wenn die Luft doch giftig ist …«

»Sei dankbar, dass sie *uns* gerettet haben.«

»Da draußen sind womöglich noch Hunderte von Menschen. Du willst sie alle sterben lassen?«

Sie nickte.

»Wer immer hier die Verantwortung trägt, kann er das mit seinem Gewissen vereinbaren?«

Sie sah mich merkwürdig an. »Vox ist eine limbische Demokratie«, sagte sie. »Hier gibt es nur ein Gewissen. Es heißt Coryphaeus. Und ihm ist es völlig egal, wie viele Farmer sterben.«

7 SANDRA UND BOSE

»Das ist Sandra Cole«, sagte Bose, »Orrins Ärztin in der State Care.«

»Nun, ich bin nicht wirklich seine Ärztin«, begann Sandra, die sich mehr als ein nur ein bisschen überrumpelt fühlte, doch Ariel Mathers Blick war so stählern und unerschütterlich, dass Sandra mitten im Satz heiser wurde. Ariel war mager, aber sie war groß; obwohl sie saß, war sie fast auf gleicher Augenhöhe mit Sandra. Sie hatte Orrins knochiges Gesicht und ähnlich glänzende braune Augen. Aber sie hatte nichts von seiner Unsicherheit – unter ihrem Blick hätte eine Katze erblinden können.

»Sie haben meinen Bruder eingesperrt?«, sagte sie.

»Nein«, krächzte Sandra, »so kann man das nicht sagen. Es wird noch geprüft, ob wir ihn in das texanische Programm für die Verwahrung erwachsener Mündel aufnehmen.«

»Was heißt das? Kann er gehen, wohin er will, oder nicht?«

Sandra setzte sich. »Nein, er kann nicht gehen, wohin er will. Noch nicht jedenfalls.«

»Immer mit der Ruhe, Ariel«, sagte Bose. »Sandra ist auf unserer Seite.«

Gab es hier Seiten? Offenbar ja – und offenbar hatte man Sandra für eine Seite rekrutiert.

Ein schüchterner Kellner stellte einen Korb mit Brötchen ab und verschwand wieder.

»Ich weiß nur eins«, sagte Ariel. »Dieser Cop hier hat mich angerufen und gesagt, dass man Orrin ins Gefängnis gesteckt hat, weil er zusammengeschlagen wurde, was in Texas anscheinend ein Verbrechen ist.«

»Er wurde in Gewahrsam genommen«, erwiderte Bose. »Zu seinem eigenen Schutz.«

»Dann eben *Gewahrsam*. Jedenfalls, ob ich kommen könnte, um ihn zu holen. Naja, er ist mein kleiner Bruder, sein ganzes Leben lang und mein halbes hab ich mich um ihn gekümmert. Klar, dass ich komme und ihn hole. Jetzt stellt sich aber raus, Orrin ist nicht im Gefängnis, sondern in der State Care. Und dafür sind Sie zuständig, Dr. Cole?«

Sandra brauchte einen Augenblick, um sich zu sammeln; unter Ariels hartem Blick strich sie gemächlich Butter auf ein Brötchen. »Ich bin Psychiaterin und arbeite für die State Care, ja. Und ja, ich habe mit Orrin gesprochen, als Officer Bose ihn zu uns brachte. Wissen Sie, was die State Care macht? Ich glaube, das läuft hier ein bisschen anders als in North Carolina.«

»Officer Bose sagt, hier werden die Verrückten weggesperrt.«

Sandra hoffte inständig, dass Bose es so *nicht* gesagt hatte. »Also, das ist so: Wenn mittellose Leute, Leute ohne festen Wohnsitz oder Einkommen, Scherereien mit der Polizei haben, können sie der State Care überstellt werden, auch wenn sie sonst nichts angestellt haben – insbesondere, wenn die Polizei glaubt, dass es für diese Leute gefährlich wäre, sie einfach wieder laufen zu lassen. Die State Care ist kein verkapptes Gefängnis, Miss Mather. Und sie ist auch keine psychiatrische Anstalt. Es gibt eine Evaluationsphase von sieben Tagen, in der wir entscheiden, ob ein Individuum Kandidat für eine dauerhafte Aufnahme ist. Nach Ablauf dieser Frist ist die fragliche Person entweder auf freiem Fuß oder hat den Status eines Mündels.« Sie war sich bewusst, dass sie Begriffe benutzte, die Ariel vermutlich nicht verstand, aber dieselben Worte benutzte die State Care in ihrer dreiseitigen Broschüre für betroffene Familien. Gab es andere Worte dafür?

»Orrin ist nicht verrückt.«

»Ich habe mit ihm gesprochen und neige dazu, Ihnen zuzustimmen. Auf jeden Fall können nicht-gewalttätige Kandidaten immer in die Obhut eines Familienmitgliedes mit festem Wohnsitz und Einkommen entlassen werden.« Sandra warf Bose einen kurzen Blick zu. »Wenn Sie belegen können, dass Sie Orrins Schwester sind – Führerschein oder Sozialversicherungsausweis reichen dafür aus –, und wenn Sie nachweislich irgendwo beschäftigt oder angestellt sind und die Formulare unterschreiben, können Sie Ihren Bruder mehr oder weniger sofort mitnehmen.«

»Dasselbe habe ich Ariel auch erklärt«, sagte Bose. »Und ich habe die State Care angerufen, um ihnen zu sagen, wir hätten die Unterlagen beisammen. Aber es gibt ein Problem. Ihr Vorgesetzter, Dr. Congreve, behauptet, Orrin wäre diesen Nachmittag gewalttätig geworden. Er hätte einen Pfleger angegriffen.«

Sandra runzelte die Stirn. »Tatsächlich? Ich weiß nichts von einem derartigen Vorfall. Sollte Orrin jemanden angegriffen haben, dann höre ich zum ersten Mal davon.«

»Das ist totaler Blödsinn«, sagte Ariel. »Wenn Sie auch nur ein bisschen mit Orrin geredet hätten, dann wüssten Sie, dass das *unmöglich* ist. Nicht Orrin. Er hat noch nie jemanden angegriffen. Schlägt er eine Fliege tot, entschuldigt er sich erst bei ihr.«

»Die Anschuldigung ist vielleicht falsch«, sagte Bose, »aber sie erschwert seine Entlassung.«

Sandra dachte kurz nach. Wie gut kannte sie Orrin wirklich, nach einer einzigen Befragung und einem einzigen Folgegespräch? »Es klingt wirklich nicht nach einem Verhalten, das ich Orrin zutrauen würde. Aber was wollen Sie damit sagen? Dass Congreve lügt? Warum sollte er so etwas tun?«

»Um Orrin dazubehalten«, sagte Ariel.

»Aber warum? So wie die Dinge liegen, sind wir unterfinanziert und überlastet. Normalerweise, wenn wir jemanden seiner Familie zurückgeben können, ist das ein Glücksfall – nicht nur für den Betreffenden. Ja, ich habe sogar den Eindruck, dass man Congreve eingestellt hat, weil das Direktorium glaubt, dass er die Zahl der Leute, die bei uns auf Staatskosten leben, reduziert.« Ob aus ethischen Motiven, steht dahin, fügte Sandra in Gedanken hinzu.

»Vielleicht«, sagte Ariel, »kriegen Sie aber auch nicht alles mit, was bei Ihnen so läuft.«

Bose räusperte sich. »Vergessen wir nicht, dass Sandra hier ist, um uns zu helfen. Sie ist unsere Chance, für Orrin das Beste herauszuholen.«

Sandra nickte. »Ich werde sehen, was ich über diesen Vorfall herausfinden kann. Ich weiß nicht, ob ich wirklich helfen kann, aber ich werde mein Bestes tun.« Sie sah Ariel an. »Haben Sie etwas dagegen, wenn ich Ihnen ein paar Fragen zu Orrin stelle? Je mehr ich über ihn weiß, umso leichter ist es für mich, die Sache voranzutreiben.«

»Ich habe Officer Bose doch schon alles gesagt.«

»Würde es Sie stören, sich zu wiederholen? Mein Interesse an Orrin ist ein wenig anders gelagert als das von Officer Bose.« Völlig anders, dachte Sandra – auch wenn sie diesen Jefferson Amrit Bose noch nicht ganz durchschaute. »Hat Orrin immer bei Ihnen gelebt?«

»Bis er in den Bus nach Houston gestiegen ist, ja.«

»Sie sind seine Schwester – was ist mit Ihren Eltern?«

»Ich und Orrin hatten verschiedene Väter, und keiner blieb da. Unsere Mutter hieß Danela Mather. Ich war sechzehn, als sie starb. Sie hat sich um uns gekümmert, so gut sie konnte, aber sie verlor schnell die Nerven. Und zum Schluss hatte sie ein Drogenproblem. Das und die falschen Männer, wenn Sie wissen, was ich meine. Danach hab *ich* mich um Orrin gekümmert.«

»Und war er pflegeleicht?«

»Ja und nein. Er brauchte nie viel Zuwendung. Orrin war immer gern allein, hat sich mit Bilderbüchern und solchen Sachen beschäftigt. Selbst als er klein war, hat er nie viel geschrien. Aber mit der Schule konnte er nichts anfangen. Er hat immer geheult, wenn Mama ihn zum Unterricht brachte, also hat sie ihn meistens zu Hause gelassen. Und er konnte sich nicht selbst ernähren. Wenn er nicht zweimal am Tag was vorgesetzt bekam, hat er einfach nichts gegessen. Ja, so war das.«

»Er war also anders als andere Kinder.«

»Er war schon anders, aber wenn Sie meinen, er wäre zurückgeblieben – nein, das stimmt nicht. Er kann schreiben und lesen. Er ist klug genug für eine Arbeit, wenn ihn nur jemand einstellen würde. Es ist eine Weile her, da hat er in Raleigh als Nachtwächter gearbeitet, und hier auch, sagt Officer Bose, bis man ihn entlassen hat.«

»Hat Orrin jemals Stimmen gehört oder Dinge gesehen, die nicht da waren?«

Ariel verschränkte die Arme und funkelte Sandra an. »Ich hab doch gerade gesagt, dass er nicht verrückt ist. Er hat einfach viel Fantasie. Das hat man schon gemerkt, als er noch klein war. Daran, wie er mit seinen Spielzeugfiguren Geschichten erfunden hat. Oder wie er vor dem Fernseher saß und auf den leeren Schirm gestarrt hat, als wäre das, was er da sah, genauso interessant wie irgendeine TV-Show. Oder wie er immer in den Himmel blickte, wo die Wolken vorbeizogen. Oder auf Fensterscheiben, wenn es draußen geregnet hat. Ist das verrückt? Ich glaube nicht.«

»Das glaube ich auch nicht.«

»Und was soll das dann? Holen Sie ihn doch einfach da raus, wo man ihn festhält.«

»Das ist nicht so einfach. Ich muss meine Kollegen davon überzeugen, dass sich Orrin nicht wieder selbst in Gefahr bringt. Was Sie mir da erzählen, ist sehr hilfreich. Das ist wohl auch der Grund, warum uns Officer Bose zusammengebracht hat. Orrin ist also nie aggressiv geworden?«

»Er würde sich bei einem Streit die Ohren zuhalten und weglaufen. Er ist alles, nur nicht gewalttätig. Er tat sich immer schwer damit, wenn Mum mit einem Mann nach Hause kam. Er hat sich dann meistens versteckt. Besonders bei Meinungsverschiedenheiten oder anderen Problemen.«

»Tut mir leid, dass ich danach fragen muss – aber war Ihre Mutter jemals aggressiv gegen Orrin?«

»Manchmal hatte sie ihre Momente, drogenbedingt, besonders gegen Ende. Ein paarmal, aber nichts Ernstes.«

»Sie erwähnten, dass Orinn gerne Geschichten erzählt hat. Hat er sie jemals aufgeschrieben? Hat er ein Tagebuch geführt?«

Die Frage schien Ariel zu überraschen. »Nein, nichts dergleichen. Er kann sauber schreiben, aber er macht es ganz selten.«

»Hatte er eine Freundin in Raleigh?«

»Er ist schüchtern in Gegenwart von Frauen – also nein.«

»Hat ihn das gequält?«

Ariel zuckte mit den Achseln.

»Okay. Danke für Ihre Geduld, Ariel. Ich glaube nicht, dass Orrin vormundschaftlich verwahrt werden muss, und was Sie gesagt haben, scheint das zu bestätigen.« Obwohl es viele andere Fragen aufwirft, dachte Sandra.

»Sie können ihn also rausholen?«

»Erst müssen wir herausfinden, was genau heute Nachmittag passiert ist. Wie es zu dem Vorfall kam, der Dr. Congreve veranlasst hat, Orrin als gewalttätig einzustufen. Aber ich werde alles tun, was in meiner Macht steht.« Sandra dachte kurz nach. »Noch eine letzte Frage. Aus welchem Grund hat Ihr Bruder Raleigh verlassen, und warum ist er ausgerechnet nach Houston gekommen?«

Ariel zögerte. Sie saß da, als hätte man ihr eine Spindel ins Rückgrat gedreht. »Er … er kann manchmal komisch sein.«

»Wie meinen Sie das?«

»Naja, die meiste Zeit wirkt Orrin zu jung für sein Alter, das haben Sie sicher bemerkt. Aber hin und wieder befällt ihn etwas … und dann wirkt er überhaupt nicht mehr jung. Es ist, als ob ein Wind durch ihn hindurchbläst, ein Wind, der von weit, weit her kommt. So hat Mama es immer beschrieben, wenn Orrin so war.«

»Und hat das etwas damit zu tun, warum er ausgerechnet nach Houston gekommen ist?«

»Er war genauso komisch zu der Zeit. Schwer zu sagen, ob er unbedingt nach Texas wollte. Er hat nie etwas in der Richtung gesagt. Als ich bei der Arbeit war, hat er sich einfach die fünfhundert Dollar aus der Küchenschublade genommen, die ich für ein neues Auto gespart hatte. Dann hat er sich von Mrs. Bostick, unserer Nachbarin, zum Busbahnhof fahren lassen. Er hat nichts bei sich gehabt, sagte Mrs. Bostick, außer einen alten Notizblock und einen Kugelschreiber. Sie hat ihn gefragt, ob er am Bahnhof mit jemandem verabredet ist, und Orrin hat den Anschein erweckt, dass es so ist. Aber als sie fort war, muss er sich einen Fahrschein gekauft haben und in den Interstate-Bus gestiegen sein. Er war schon ein paar Tage lang so komisch, ganz still ist er gewesen und hat Löcher in die Luft gestarrt.« Ariel sah Sandra nachdenklich an. »Ich hoffe, das ändert nichts an Ihrer Meinung.«

Es macht die Sache komplizierter, dachte Sandra. Aber sie schüttelte den Kopf. »Nein.«

Ariel Mather war an diesem Morgen früh in der Stadt angekommen. Bose hatte ihr erst ein Zimmer besorgt und dann mit ihr die State Care aufgesucht – vergebens, wie sich herausgestellt hatte. Ariel hatte noch nicht einmal Zeit gefunden, ihren Koffer auszupacken. Sie war müde und sagte Bose, sie brauche jetzt ihren Schlaf. »Aber vielen Dank für das Essen und Ihre Hilfe.«

»Ich muss noch einige Dinge mit Sandra besprechen«, sagte Bose. Er bat den Kellner, ein Taxi zu bestellen. »Eine Frage noch, Ariel.«

»Ja?«

»Hat Orrin Sie kontaktiert, nachdem er in Houston angekommen war?«

»Ein Anruf, um mir zu sagen, dass es ihm gut geht. Ich war so wütend, dass ich über ihn hergefallen bin. Warum hast du? Wieso bist du? Und so weiter. Da hat er aufgelegt. Ich hätte mich ohrfeigen können. Schreien bringt nichts bei ihm. Eine Woche später bekam ich einen Brief. Er würde einer geregelten Arbeit nachgehen, und ich soll ihm nicht mehr böse sein. Ich hätte ihm gerne zurückgeschrieben, aber ich hatte keine Adresse.«

»Hat er erwähnt, wo er hier in der Stadt gearbeitet hat?«

»Soweit ich mich erinnere, nein.«

»Kein Wort über ein Lagerhaus? Einen Mann namens Findley?«

»Nein. Ist das wichtig?«

»Wahrscheinlich nicht. Aber danke, Ariel.«

Bose sagte noch, er würde sie morgen anrufen und immer auf dem Laufenden halten, dann stand Ariel auf und ging mit vorgerecktem Kinn zum Ausgang des Restaurants.

»Nun?«, wandte sich Bose an Sandra. »Was denken Sie?«

Sandra schüttelte entschieden den Kopf. »Oh, nein. Bevor Sie mir nicht ein paar Fragen beantwortet haben, bekommen Sie aus mir nichts mehr heraus.«

»Ja, das ist nur fair … Hören Sie, ich habe es ziemlich weit nach Hause – wir, also ich und Ariel, sind mit dem Taxi gekommen. Würden Sie mich zu Hause absetzen?«

»Ja, das lässt sich machen. Aber wenn Sie mich verscheißern, Bose – ich schwöre Ihnen, ich lasse Sie unterwegs aussteigen.«

»Okay.«

Es stellte sich heraus, dass er in einem der neuen Wohnviertel jenseits des West Belts wohnte, ziemlich weit weg und überhaupt nicht auf ihrem Weg, aber Sandra ließ sich nichts anmerken; es verschaffte ihr Zeit, ihre Gedanken zu ordnen. Still und aufmerksam, die Hände im Schoß, saß Bose auf dem Beifahrersitz, während sie sich in den Verkehr einfädelte. Es war eine weitere unerträglich heiße Nacht. Die Klimaanlage ächzte.

»Das ist doch sicher keine normale Polizeiarbeit«, sagte Sandra nach einer Weile.

»Wie kommen Sie darauf?«

»Nun, ich bin kein Experte, aber Ihr Interesse an Orrin schien vom ersten Tag an ungewöhnlich. Und ich sah, wie Sie Ariel das Fahrgeld zugesteckt haben – brauchen Sie für so etwas denn keine Quittung? Außerdem: Müssten Sie Ariel nicht vorladen?«

»Vorladen?«

»Ja, im Film werden die Leute immer vorgeladen.«

»Ach so.«

Sandra spürte, wie sie rot wurde, aber sie ließ nicht locker. »Und noch etwas: In der State Care sprechen wir täglich mit Kandidaten, die uns vom Houston Police Department überstellt werden. Nur wenige sind so steuerbar wie Orrin, aber viele sind genauso ängstlich und auch so verletzlich wie er. Die Polizisten, die diese Fälle an die State Care überstellen – für sie ist es das Ende einer langweiligen Routine. Ihr Interesse an den Individuen, die sie abliefern, ist gleich null. Ein Polizist kümmert sich nur so lange, wie das Gesetz es verlangt. Dann kamen Sie. Sie haben sich verhalten, als machten Sie sich Sorgen um Orrin. Das müssen Sie mir erklären, bevor wir über seine Texte reden oder über meinen Eindruck von Ariel.«

»Vielleicht kann ich ihn einfach gut leiden. Und vielleicht glaube ich, dass man ihn gelinkt hat.«

»Gelinkt? Wer?«

»Ich weiß es nicht genau. Und wenn ich nicht ganz offen gewesen bin, dann weil ich Sie nicht in etwas potenziell Gefährliches hineinziehen will.«

»Ihre Ritterlichkeit in Ehren, aber Sie haben mich bereits hineingezogen.«

»Wenn wir nicht aufpassen, könnte es Sie Ihren Job kosten.«

Sandra lachte unwillkürlich auf. »Es gab keinen Tag im letzten Jahr, an dem ich nicht im Stillen gehofft habe, man würde mich feuern. Dutzende Krankenhäuser in ganz Texas haben meinen Lebenslauf vorliegen.« Das stimmte wirklich.

»Und hat sich schon jemand gemeldet?«

Nein. »Noch nicht.«

Bose blickte in die brütende Nacht. »Sie haben recht, Sandra. Es handelt sich nicht um normale Polizeiarbeit.«

Der Spin war für Polizei- und Sicherheitskräfte auf der ganzen Welt eine schwierige Zeit gewesen – insbesondere das »Finale«, als die Sterne wieder am Nachthimmel gestanden hatten und die Sonne, vier Milliarden Jahre älter als noch vor fünf Jahren, wie ein blutiges Banner der Apokalypse den Zenit gekreuzt hatte. Das Ende der Welt schien gekommen. Etliche Polizisten hatten ihren Posten verlassen, um in den letzten Stunden bei ihrer Familie zu sein, und als klar wurde, dass das Ende der Welt noch *nicht* gekommen war – dass die Hypothetischen die Strahlung auf ein erträgliches Maß herunterfilterten, was der Erde zumindest einen Aufschub gönnte –, waren viele dieser Deserteure trotz einer Generalamnestie zu Hause geblieben. Das Leben auf dem Planeten war nicht mehr dasselbe – und würde auch nicht mehr das werden, was es einmal gewesen war.

Neue Leute wurden eingestellt, manche mit unzureichender Qualifikation. Bose war dem Polizeikorps zwanzig Jahre später beigetreten, als viele dieser gering Qualifizierten bereits in leitende Positionen aufgerückt waren, und im Houston Police Department, einem Ameisenhaufen mit zahllosen internen Konflikten und Reibereien zwischen den Generationen, hatte sich seine Karriere nur im Schneckentempo entwickelt.

Das Problem, erzählte er Sandra, sei die Korruption, die noch aus der Zeit stamme, als das Verbrechen spendabel und die Tugend bettelarm gewesen sei. Und die äquatorianische Ölschwemme habe das Problem noch verschlimmert. Oberflächlich betrachtet, sei Houston eine »saubere« Stadt: Das Police Department sei ziemlich gut im Deckeln von Eigentums- und kleinen Gewaltdelikten, und sollte unter der polierten Oberfläche ein ungehemmter Strom an illegalen Waren und undokumentiertem Bargeld fließen – nun, es gehörte zu den Aufgaben des Departments, dafür zu sorgen, dass niemand zu genau hinsah.

Bose hatte es sorgfältig vermieden, dieser Schattenseite zu nahe zu kommen, hatte sich lieber für stumpfsinnige Arbeiten gemeldet, als dubiose Aufgaben zu übernehmen, hatte sogar Beförderungen ausgeschlagen. Mit dem Ergebnis, dass man ihn für »wenig kreativ«, ja sogar für dumm hielt. Aber weil er sich nie ein Urteil über Kollegen erlaubte, betrachtete man ihn zugleich als nützlich: Ein Officer, der sich mit großem Eifer auf den Kleinkram stürzte, hielt den Ambitionierten den Rücken für die wirklich lukrative Arbeit frei.

»Sie konnten also Ihre Hände in Unschuld waschen«, sagte Sandra betont sachlich.

»Ja. Bis zu einem gewissen Grad. Ich bin kein Heiliger.«

»Sie hätten zu Ihrem Vorgesetzten gehen und die Korruption aufdecken können.«

Er lächelte. »Das wäre zwecklos gewesen. In dieser Stadt gehen Geld und Macht Hand in Hand. Die Vorgesetzten sind diejenigen, die am meisten absahnen … Hier an der Kreuzung rechts. Mein Haus ist das zweite links, wo die Straßenlampe steht … Wenn Sie mehr hören wollen, kommen Sie am besten mit nach oben. Ich habe nicht viel anzubieten, aber eine Flasche Wein sollte noch irgendwo sein.« Er sah sie mit treuherzigem Blick an. »Wie gesagt, nur wenn Sie wollen.«

Sie wollte. Und das nicht nur, weil sie neugierig war. Anders gesagt: Ihre Neugier beschränkte sich nicht auf Orrin Mather und das Houston Police Department. Sie war zunehmend neugierig auf Jefferson Bose.

Auf jeden Fall war er kein Weinkenner. Er holte eine angestaubte Flasche aus dem Küchenschrank, irgendeinen Shiraz, stiefmütterlich behandelt, vermutlich ein Geschenk. Sandra sagte, dass es ein Bier auch täte. Sein Kühlschrank war voll mit Corona.

Boses Einzimmerapartment war recht traditionell möbliert und relativ sauber, als wäre es erst kürzlich gereinigt worden. Obwohl die Wohnung nur drei Stockwerke über der Straße lag, war ein Stück der Skyline von Houston zu sehen: die protzigen Türme, die in den Nach-Spin-Wirren aus dem Boden geschossen waren und sich wie riesige Pixelboards aus zufällig erleuchteten Fenstern ausnahmen.

»Das Geld ist der Motor«, sagte Bose, drückte Sandra eine gekühlte Flasche Corona in die Hand und setzte sich ihr gegenüber in einen Sessel, der schon bessere Zeiten gesehen hatte. »Geld und das Einzige, was mehr wert ist als Geld.«

»Und das wäre?«

»Leben. Langlebigkeit.«

Er meinte den Handel mit marsianischen Pharmazeutika.

Während ihres Studiums hatte Sandra mit einer Biochemie-Studentin zusammengewohnt, die von der marsianischen Langlebigkeitsbehandlung, die Wun Ngo Wen mit zur Erde gebracht hatte, geradezu besessen gewesen war – sie hatte die Befürchtung geäußert, die neurologischen Veränderungen, die die Marsianer einprogrammiert hatten, könnten die lebensverlängernde Wirkung zunichtemachen, und hatte sich nichts sehnlicher gewünscht, als dass die Regierung Proben dieses Medikaments zur Analyse freigab. Vergebens. Sandras Zimmergenossin hatte dann eine ganz und gar konventionelle Laufbahn eingeschlagen, aber ihre Intuition, was das marsianische Medikament betraf, hatte sich bewahrheitet, nachdem aus den Laboratorien des National Institute of Health illegale Proben auf den Schwarzmarkt gelangt waren.

Nach Ansicht der Marsianer sollte Langlebigkeit mit Weisheit und moralischer Verantwortung einhergehen, und dementsprechend hatten sie ihre Pharmazeutika entworfen. Das berühmte »vierte Lebensalter«, das Erwachsensein jenseits des Erwachsenseins, brachte Veränderungen im Gehirn mit sich, die die Aggressivität einschränkten und die mitmenschliche Anteilnahme förderten. Keine schlechte Idee, dachte Sandra, aber ein Ladenhüter. Die Schwarzmarkthändler hatten das biochemische Kombinationsschloss geknackt und ein marktgerechteres Produkt entwickelt, und so konnte man sich heutzutage, das nötige Geld und die entsprechenden Kontakte vorausgesetzt, zwanzig oder dreißig zusätzliche Lebensjahre kaufen – *ohne* diese lästige Anwandlung von Mitmenschlichkeit.

Das alles war natürlich illegal, aber enorm profitabel. Letzte Woche erst hatte das FBI einen Verteilerring in Boca Raton zerschlagen, der einen größeren Jahresumsatz gemacht hatte als die meisten der fünfzig größten Unternehmen des Landes, und das war nur ein Bruchteil des Marktes. Bose hatte recht: Für einige war das Leben letzten Endes genau das wert, was man dafür zahlen musste.

»Das Langlebigkeitspräparat ist nicht leicht zu kultivieren«, sagte er. »Es handelt sich dabei um einen monomolekularen Organismus. Man braucht eine genetische Samenbank, einen ordentlichen Bioreaktor und eine Menge nicht frei zugänglicher Chemikalien und Katalysatoren. Was bedeutet, dass man einen Haufen Bestechungsgeld zahlen muss.«

»Auch im Houston Police Department?«

»Das liegt nahe.«

»Und Sie haben Kenntnis davon?«

Er zuckte mit den Schultern.

»Aber da muss es doch jemanden geben, mit dem Sie reden können – das FBI, die DEA …«

»Ich fürchte, die Bundesbehörden haben im Moment alle Hände voll zu tun.«

»Na schön. Und was hat das alles nun mit Orrin Mather zu tun?«

»Es geht nicht so sehr um Orrin als um seinen Arbeitsplatz. Er ist gerade mit dem Bus angekommen, da wird er schon von einem gewissen Findley eingestellt. Findley leitet ein Lagerhaus für importierte Waren, hauptsächlich billiges Plastikzeug aus der Türkei, dem Libanon und Syrien. Die meisten seiner Angestellten sind Wanderarbeiter oder Einwanderer ohne Papiere. Er fragt nicht nach der Versicherungsnummer und bezahlt seine Leute bar auf die Hand. Er lässt Orrin die üblichen Lade- und Transport-Jobs machen. Doch der Junge entpuppt sich als ungewöhnlicher Arbeiter – das heißt, er kommt pünktlich und nüchtern zur Arbeit, ist helle genug, um Anweisungen zu folgen, beklagt sich nie, und solange er regelmäßig seinen Lohn bekommt, sieht er sich nicht nach irgendetwas anderem um. Also macht Findley ihn nach einer Weile zum Nachtwächter. In den meisten Nächten ist Orrin zwischen Mitternacht und Morgengrauen im Lagerhaus eingesperrt, bewaffnet mit einem Handy und einem Plan für seine Rundgänge. Er hat nichts weiter zu tun, als stündlich seinen Rundgang zu machen und eine bestimmte Nummer anzurufen, falls er etwas Ungewöhnliches bemerkt.«

»Eine bestimmte Nummer? Nicht die Polizei?«

»Nein, nicht die Polizei. Denn neben billigem Spielzeug und Küchenartikeln aus Plastik durchlaufen dieses Lagerhaus auch noch Chemikalien für Schwarzmarkt-Bioreaktoren.«

»Wusste Orrin davon?«

»Schwer zu sagen. Vielleicht hatte er Verdacht geschöpft. Jedenfalls hat ihn Findley vor einigen Monaten gefeuert, womöglich weil er ein bisschen zu viel mitbekommen hatte. Einige von Findleys Schwarzmarktartikeln treffen nachts ein oder werden nachts ausgeliefert, sodass Orrin sicher ein paar Transfers gesehen hat. Der Rausschmiss war ziemlich traumatisch für Orrin – vermutlich hat er gedacht, Findley hätte ihn für irgendwas bestraft.«

»Hat er darüber gesprochen?«

»Wenig, und nur widerstrebend. Er sagt, er hätte nichts falsch gemacht, er hätte eigentlich noch dortbleiben müssen.«

Sandra bat Bose um ein weiteres Bier, was ihr Zeit zum Nachdenken verschaffte. Was Bose gesagt hatte, machte alles nur noch undurchsichtiger, also beschloss sie, sich auf das zu konzentrieren, was sie wirklich verstand und worauf sie Einfluss hatte: Orrins Beurteilung durch die State Care.

Bose kam mit der Flasche zurück und stellte sie auf den von zahllosen Ringen gezeichneten Couchtisch. Er braucht dringend neue Möbel, dachte sie. Zumindest ein paar Tabletts.

»Sie glauben also, Orrin weiß etwas, das einer Schmuggelbande gefährlich werden könnte?«

Er nickte. »Das alles wäre nicht weiter schlimm, wenn Orrin nur einer von Findleys angeheuerten Herumtreibern gewesen wäre. Orrin hätte die Stadt verlassen oder andere Arbeit gefunden oder wäre sonst wohin verschwunden, Ende vom Lied. Das Dumme ist, dass Orrin, als wir ihn in Gewahrsam nahmen, uns sein Lied über die sechs Monate im Lagerhaus gesungen hat, was in gewissen Kreisen die Alarmglocken hat schrillen lassen.«

»Wovor haben die Schmuggler Angst? Dass Orrin irgendein Geheimnis lüftet?«

»Wie gesagt, haben die Bundesbehörden zu viel um die Ohren, um sich mit der Korruption im HPD zu befassen. Dennoch gibt es laufende Ermittlungen, die mit dem Langlebigkeitspräparat zu tun haben. Findley und die Leute, für die er arbeitet, sind ziemlich nervös und sehen in Orrin einen potenziellen Augenzeugen, jetzt wo sein Name und seine Vita in der Datenbank sind. Sie ahnen, worauf ich hinauswill?«

Sie nickte langsam. »Sein psychischer Zustand.«

»Genau. Wenn ihn die State Care aufnimmt, ist das so viel wie eine offizielle Erklärung seiner Unzurechnungsfähigkeit. Jede Zeugenaussage wäre damit kompromittiert.«

»Und das ist der Punkt, an dem ich ins Spiel komme.« Sandra nippte an ihrem Bier. Sie trank selten Bier – sie fand, es schmeckte wie alte Socken –, aber es war herrlich kühl, und sie begrüßte den leichten Schwips, den es hervorrief. »Nur dass ich Orrins Fall abgeben musste. Ich kann ihm nicht mehr helfen.«

»Das erwarte ich auch nicht. Ich hätte Sie lieber nicht eingeweiht, aber wie Sie sagten: quid pro quo. Und ich will nach wie vor wissen, was Sie von Orrins Texten halten.«

»Sie denken, es handelt sich dabei also um eine Art verklausulierte Aussage?«

»Ich habe nicht den leisesten Schimmer, worum es sich dabei handelt. Immerhin wird das Lagerhaus erwähnt.«

»Wirklich?«

»In einem Teil, den Sie noch nicht kennen. Nichts, womit man vor Gericht gehen könnte. Ich bin nur …« Er suchte nach dem richtigen Wort. »… von Berufs wegen neugierig.«

Das kann man wohl sagen, dachte Sandra, aber das alles ist nicht mal ein Bruchteil der Wahrheit. »Ich habe Sie beobachtet, Bose, als Sie Orrin gebracht haben. Und wissen Sie, was ich glaube? Orrin ist Ihnen in Wirklichkeit scheißegal. Als Mensch, meine ich.«

»Hm. Als ich mit ihm zur State Care kam, da kannte ich ihn schon ein wenig. Ich fand einfach, dass man ihm übel mitgespielt hat. Er ist … naja, Sie wissen ja, wie er ist.«

»Verletzlich. Einfältig.« Aber viele Leute, mit denen sich Sandra befasste, waren verletzlich und einfältig – das waren Allgemeinplätze. »Und einnehmend. Auf gespenstische Weise einnehmend.«

Bose nickte. »Wie seine Schwester gesagt hat: als ob ein Wind durch ihn hindurchbläst. Ich bin mir nicht sicher, wie sie das genau gemeint hat, aber es hört sich richtig an.«

Sandra hätte nicht sagen können, an welchem Punkt der Unterhaltung sie sich entschieden hatte, über Nacht zu bleiben. Vermutlich gab es diesen Punkt gar nicht, vermutlich funktionierte es anders. In ihrer ziemlich begrenzten Erfahrung war Intimität ein langsames Hinübergleiten, das nicht mit Worten inszeniert wurde, sondern mit Gesten: Augenkontakt, die erste Berührung (als sie ihm die Hand auf den Arm legte, um ihren Worten Gewicht zu verleihen), die Selbstverständlichkeit, mit der er sich neben sie setzte, Oberschenkel an Oberschenkel, als würden sie sich bereits eine halbe Ewigkeit kennen. Merkwürdig, dachte sie, wie unausweichlich es schien, dass sie mit ihm schlafen würde. Es gab keine Verlegenheiten des »ersten Mals«. Er war so sanft im Bett, wie sie sich das vorgestellt hatte.

Sie schlief neben ihm ein, eine Hand auf seiner Hüfte, und bemerkte es nicht, als er sich von ihr löste und aufstand. Doch sie war halb wach, als er aus dem Bad zurückkam und einen Moment lang vom bernsteinfarbenen Licht der Stadt erfasst wurde, das durchs Fenster fiel. Und sie sah die Narbe, die ihre Fingerspitzen bereits erfühlt hatten: ein bleicher Pfad, der unter dem Nabel begann und sich über den Brustkorb bis zur rechten Schulter schlängelte.

Sie hätte ihn zu gerne danach gefragt, doch als er ihren Blick bemerkte, wandte er sich hastig ab, und kurz darauf schlief sie wieder ein.

Am Morgen machte er French Toast und Kaffee für ein schnelles Frühstück. Er gab Butter in die Pfanne, schlug Eier auf – alles mit einer Zuversicht und Ruhe, die anzusehen für Sandra eine wahre Freude war.

Irgendwann in der Nacht war ihr ein Gedanke gekommen. »Du arbeitest nicht für das HPD«, sagte sie. »Und auch nicht für die Bundesbehörden. Aber du bist auch nicht allein in der Sache. Da ist jemand, für den du arbeitest, richtig?«

»Jeder arbeitet für irgendjemanden.«

»Eine NGO? Eine gemeinnützige Organisation? Ein Detektivbüro?«

»Ich denke, wir sollten darüber reden.«

8 ALLISON

1.

Nachdem der Transit geschafft war, steckten uns die Manager in zwei medizinische Versorgungsanzüge und ließen uns fast zwei Tage lang schlafen. Immer wenn ich die Augen aufschlug, schwebten die Gesichter von Schwestern oder Pflegern über mir, und immer wieder erkundigte ich mich nach Turk. Sie sagten, es gehe ihm gut und ich könne bald mit ihm reden. Mehr sagten sie nicht.

Es lag auf der Hand, warum ich die Ruhe dringend brauchte, und es war schön, angstfrei aufzuwachen, einzuschlafen, zu träumen und wieder aufzuwachen. Natürlich gab es Probleme, denen ich mich früher oder später stellen musste. Große Probleme. Aber die Medikamente, die sie mir gaben, nahmen jeglichen Druck von mir.

Meine Verletzungen waren nicht sehr schwer und hinterließen keine Spuren. Schließlich fühlte ich mich wieder fit, hatte Appetit und reagierte zum ersten Mal ungehalten – ich fragte den Pfleger (er hatte große Augen und ein eingefrorenes Lächeln), wann ich endlich mal etwas anderes als diese scheußliche Proteinpaste zu essen bekäme.

»Nach der Operation«, erwiderte er mit sanfter Stimme.

»Welcher Operation?«

»Du bekommst einen neuen Netzknoten«, sagte er in einem Tonfall, als spräche er mit einem begriffsstutzigen Kind. »Es muss schwer gewesen sein, da draußen ohne Netzknoten zu überleben. Als das Netzwerk zusammenbrach, hatten wir es alle schwer. Das ist, als ob man allein im Dunkeln steht.« Er schauderte bei dem Gedanken. »Aber du wirst noch heute repariert.«

»Nein«, stieß ich hervor.

»Wie bitte?«

»Ich will nicht operiert werden. Ich will keinen Netzknoten mehr.«

Seine Stirn kräuselte sich für einen Moment, dann setzte er wieder sein nervtötendes Lächeln auf. »In solchen Zeiten Angst zu haben ist nur natürlich. Ich kann deine Medikation anpassen – möchtest du das?«

Meine Medikation sei hervorragend, erwiderte ich und wiederholte, dass ich eine Operation ausdrücklich ablehne, was nach geltendem medizinischem Reglement mein gutes Recht sei.

»Aber das ist doch keine invasive Operation«, sagte er. »Das ist nur eine Reparatur. Ich habe deine Vita gelesen. Du bist wie alle anderen von Geburt an implantiert. Wir verändern dich nicht, Treya, wir *restaurieren* dich.«

Ich stritt heftig mit ihm und benutzte dabei Wörter, die ich besser nicht benutzt hätte: voxische und englische. Erst war er schockiert, dann nur noch still. Schließlich verließ er mit feuchten Augen und bestürzter Miene das Zimmer, und ich meinte, einen Sieg errungen oder zumindest einen Aufschub erreicht zu haben.

Zehn Minuten später jedoch rollten sie den Vorbereitungswagen herein. Das war der Augenblick, in dem ich zu schreien begann. Ich war zu schwach, um viel Lärm zu machen, aber laut genug, um in den Nachbarzimmern gehört zu werden.

Die medizinischen Hilfskräfte wollten mich gerade festschnallen, als Turk ins Zimmer platzte. Er trug ein Patientenhemd, das um die Taille geschnürt war, und sah nicht gerade einschüchternd aus – der Aufenthalt in der Wildnis hatte ziemlich an ihm gezehrt –, aber die Meds sahen die Wildheit in seinen Augen, ganz zu schweigen von seinen geballten Fäusten. Außerdem war er ein Aufgenommener, einer, den die Hypothetischen berührt hatten, und in der voxischen Theologie machte ihn das praktisch zu einem Halbgott.

So rasch wie möglich erklärte ich ihm, dass man mir wieder das limbische Implantat verpassen und Treya aus mir machen wollte.

»Sag ihnen, sie sollen damit aufhören«, knurrte er. »Sag ihnen, sie sollen ihre Scheißmesser wegstecken, oder ich sorge dafür, dass der Zorn der Hypothetischen über Vox kommt.«

Ich übersetzte nicht ohne schmückendes Beiwerk. Die Meds legten ihre chirurgischen Instrumente weg und liefen mit abgewandten Augen aus dem Raum. Aber auch das war nur ein Aufschub. Kurz darauf kam ein Mann mit grauem Overall herein, ein Administrator, ein Manager – ein Mann, den ich aus Treyas Trainingsseminaren kannte. Er war einer meiner Lehrer gewesen, aber keiner, an den ich gerne zurückdachte.

Turk war ihm offenbar bereits begegnet. »Halten Sie sich da raus, Oscar«, sagte er auf Englisch.

Der voxische Name des Administrators war lang und mit etlichen Titeln geschmückt, aber »Oscar« war eine passable Annäherung an den patrilinealen Namensteil. Oscar sprach selbstverständlich Englisch. Seine Aussprache war nicht so nuanciert wie meine – er hatte es hauptsächlich aus alten Büchern und juristischen Dokumenten gelernt –, aber es reichte aus. Außerdem war er im Gegensatz zu mir ermächtigt, im Namen der Managerklasse zu sprechen.

»Bitte beruhigen Sie sich, Mr. Findley«, sagte er mit näselnder Stimme. Oscar war klein, blass, hatte gelbes Haar und war eine Spur zu alt, um noch als jung zu gelten.

»Beruhigen? Diese Frau hier ist eine Freundin von mir, und Ihre Leute wollten sie für eine Operation vorbereiten – gegen ihren erklärten Willen. Das ist keine Kleinigkeit.«

»Die Frau, die Sie als ›eine Freundin‹ bezeichnen, wurde während des Farmeraufstands schwer verletzt. Sie waren Zeuge dieser Misshandlung, richtig? Und Sie haben versucht, es zu verhindern, richtig?«

Es war typisch, dass Oscar es mit irgendeinem legalistischen Argument versuchen würde, so wie er sich mit alten Paragrafen und Verordnungen bestens auskannte. Aber Turk ignorierte ihn und wandte sich mir zu. »Bist du okay?«

»*Noch* bin ich okay. Aber nicht mehr, wenn sie mir das Ding wieder eingesetzt haben.«

»Das ist Unsinn«, sagte Oscar. »Das weißt du sehr gut, Treya.«

»Ich heiße nicht Treya.«

»Natürlich heißt du Treya. Deine Selbstverleugnung ist symptomatisch. Du leidest an einer pathologischen kognitiven Dissoziation, die förmlich nach einer Reparatur *schreit*.«

»Hören Sie endlich auf mit dem Scheiß, Oscar«, sagte Turk. »Ich will mit Allison allein reden.«

»Es gibt keine ›Allison‹, Mr. Findley. Allison ist ein tutorielles Konstrukt, und je länger wir zulassen, dass Treya sich dieser Täuschung hingibt, umso schwieriger gestaltet sich die Behandlung.«

Treya hätte sich fraglos gefügt; ich konnte diesen devoten Impuls noch spüren. Und ich verachtete sie dafür. »Oscar«, sagte ich mit leiserer Stimme.

Er funkelte mich zornig an und wiederholte seinen voxischen Namen in voller Länge; ich war Arbeiterin und beging die Unverschämtheit, ihn mit seinem Kürzel anzusprechen.

»Oscar«, wiederholte ich. »Bist du schwerhörig? Turk hat dich gebeten, mit diesem Scheiß aufzuhören.«

Er wurde rot im Gesicht. »Ich begreife das nicht. Haben wir Sie verletzt, Mr. Findley? Haben wir Ihnen gedroht? Sind Sie mit meinen Diensten als Kontaktperson unzufrieden?«

»Sie sind nicht meine Kontaktperson«, erwiderte Turk. »Allison ist meine Kontaktperson.«

»Es *gibt* keine Allison, und diese Frau hier kann unmöglich als Kontaktperson fungieren – sie ist nicht mit dem Netzwerk verbunden. Dazu braucht sie einen intakten neuralen Knoten.«

»Sie spricht Englisch.«

»Wie eine Muttersprachlerin«, sagte ich.

»Also?«

»Aber …« Oscar hob hilflos die Hände.

»Damit erkläre ich diese Frau zu meiner Übersetzerin. Ab sofort läuft jeder Kontakt zwischen mir und Vox über sie. Und Ärzte können uns vorerst gestohlen bleiben. Keine Skalpelle, keine Medikamente. Können Sie das arrangieren?«

Oscar dachte kurz nach. Dann wandte er sich mir zu und sagte auf Voxisch: »Wenn du ein gesunder Mensch wärst, wüsstest du, dass dein Verhalten ein verräterischer Akt ist – nicht nur gegen die administrative Klasse, sondern gegen den Coryphaeus selbst.«

Das waren schwerwiegende Worte. Treya hätte gezittert. »Danke, Oscar, aber ich weiß, was ich tue«, erwiderte ich auf Voxisch.

Etwa um diese Zeit machte sich Vox auf die langsame, hoffnungslose Reise in die Antarktis.

Aus Oscar, der mit lästiger Regelmäßigkeit auftauchte, war nichts Konkretes herauszubekommen; die Schwestern und Pfleger, die nach wie vor um uns herumscharwenzelten, Essen brachten oder sich wie besorgte Eltern nach unserem Befinden erkundigten, waren da schon gesprächiger. Von ihnen erfuhr ich, dass der voxische Konsens von Jubel (»Der Transit ist gelungen, die Prophezeiungen haben sich erfüllt!«) in Bestürzung übergegangen war (»Die Erde ist eine Ruine, und die Hypothetischen behandeln uns immer noch wie Luft.«), um schließlich zur stoischen Hingabe an das Bisherige zurückzufinden

(»Die Hypothetischen werden uns nicht aufsuchen – wir müssen sie suchen.«).

Aber sie *suchen* war verdammt schwer. Drohnen schwärmten aus, um die ehemals indonesischen und südindischen Landmassen zu scannen, doch alles, was sie fanden, war eine endlose Brache. Hier gab es kein Leben – zumindest keines, das größer war als eine Mikrobe.

Die Meere waren anoxisch. Damals in Champlain hatte ich viel über die Vergiftung der Ozeane gelesen. Das ganze CO_2, das wir damals in die Luft geblasen hatten – die fossilen Kohlenstoffreserven nicht nur von einem, sondern von zwei Planeten –, war der Auslöser gewesen, obwohl es Jahrhunderte gebraucht hatte, bis wir die Folgen in ihrer ganzen Tragweite zu spüren bekamen. Die rapide Erwärmung hatte die Meere »geschichtet« und riesige Blüten sulfatreduzierender Bakterien erzeugt, die im Gegenzug Wolken aus giftigem Schwefelwasserstoff in die Atmosphäre spuckten. Man nannte das »Eutrophierung«. So etwas hatte es schon vorher gegeben, ohne menschliches Zutun – man führte so manches prähistorische Massensterben auf Phasen der Eutrophierung zurück.

Die administrative Klasse von Vox hatte die wenigen erhaltenen Aufzeichnungen der »Terrestrischen Diaspora« studiert und entschieden, das Gebiet des letzten bekannten menschlichen Habitats aufzusuchen: in der Nähe des Südpols, an der Küste des früheren Ross-Meeres. Unterdessen sollten fliegende Roboter die Lufterkundung auf Eurasien und die beiden Amerikas ausdehnen.

Als ich Turk davon erzählte, fragte er mich, wie lange denn die Reise zum Südpol dauern würde. Für ihn war Vox in erster Linie ein Archipel und erst in zweiter Linie ein hochseetüchtiges Schiff. Und obwohl Vox viel, viel größer war als alles, was Turk an Schiffen jemals gekannt oder sich vorgestellt hatte, *war* Vox tatsächlich ein Schiff, das angesichts seiner enormen Ausmaße erstaunlich wenig Tiefgang hatte und überraschend manövrierfähig war. Vielleicht zwei Monate bis zum Ross-Meer, gab ich ihm zur Antwort und versprach, bald einmal mit ihm nach unten zu gehen, um ihm die Maschinendecks zu zeigen – ein Versprechen, das ich halten wollte, aus Gründen, die ich noch für mich behielt.

Es gab vieles, das ich noch für mich behielt – aus dem einfachen Grund, weil wir keine Privatsphäre hatten. In Vox-Core hatten die Wände Ohren. Und Augen.

Nicht unbedingt, um die Menschen auszuspionieren. Alle diese Augen und Ohren, im Nanobereich eingebettet in die Oberflächen der Gebäude, speisten ihre Daten ins Netzwerk, das sie nach Anomalien durchkämmte und Alarm auslöste, wenn sich eine ungewöhnliche Situation anbahnte: eine Epidemie, ein technisches Versagen, ein Feuer oder auch nur eine gewalttätige Auseinandersetzung. Ich war allerdings davon überzeugt, dass man bei uns eine Ausnahme machte. Als Treya hatte ich gelernt, dass bei Aufgenommenen kein Wort und keine Gebärde zu trivial war, um nicht nach Hinweisen auf die Hypothetischen abgeklopft zu werden. Also wurden wir ganz sicher belauscht – und bestimmt nicht nur von technischen Systemen. Ich durfte nichts aussprechen, was nicht für Ohren der Administratoren bestimmt war, und das hieß, dass vieles unausgesprochen blieb. (Und selbst wenn die Administratoren nicht mithörten – der Coryphaeus tat es. Ich hatte viel über den Coryphaeus nachgedacht, aber ich wollte nicht, dass er davon erfuhr.)

Außerdem wollte ich, dass Turk zumindest in Grundzügen über die Beschaffenheit von Vox-Core Bescheid wusste – Kenntnisse, die sich später als durchaus nützlich erweisen konnten –, und so spielte ich in den nächsten Tagen die verständnisvolle Kontaktperson und tat, wozu man Treya ausgebildet hatte, auch wenn ich nicht mehr Treya war und nie mehr Treya sein wollte.

Ich ging mit Turk den Korridor hinunter in den Bücherraum. Dieser Raum war vor vielen Jahren für die Aufgenommenen eingerichtet worden, und er war genau das, was sein Name sagte: ein Raum, in dem ein Regal mit Büchern stand. Mit *richtigen* Büchern, wie Turk voller Bewunderung sagte. Bücher, die auf Papier gedruckt und gebunden worden waren, nagelneu und zugleich faszinierend archaisch.

Solche Bücher gab es sonst nirgends auf Vox, und sie waren nur für die Aufgenommenen bestimmt. Sie handelten vor allem von der Vergangenheit und waren von Gelehrten zusammengestellt und in einfaches Englisch (und fünf andere alte Sprachen) übertragen worden. Meiner Einschätzung nach waren es durchaus zuverlässige Texte. Turk war interessiert, aber auch ziemlich eingeschüchtert von den vielen Titeln. Ich half ihm, einige Bände auszusuchen:

»Der Kollaps des Mars und die marsianische Diaspora«
»Über Natur und Absicht der hypothetischen Entitäten«
»Der Niedergang der terrestrischen Ökologie«
»Kortikale und limbische Demokratien der Mittleren Ringwelten«

Und ein paar mehr. Genug, um ihm ein grobes Verständnis von Vox zu vermitteln und warum Vox damals im Weltenring seine Schlachten geschlagen hatte. Die Bücher, erklärte ich ihm, seien nicht so abschreckend wie ihre Titel.

»Wirklich? Was genau sind denn ›kortikale‹ und ›limbische‹ Demokratien?«

»Zwei verschiedene Möglichkeiten, Regierungsgewalt auf Konsens-Basis zu etablieren. Neurale Erweiterung und gemeinschaftsweite Netzwerke eröffnen viele Möglichkeiten, Entscheidungen herbeizuführen. Die meisten Gemeinwesen der Mittleren Ringwelten sind ›kortikale‹ Demokratien, so genannt, weil die Hirnregionen, mit denen sie interagieren, im Neokortex liegen. Diese Gemeinwesen benutzen nominal-gestützte und logisch vermittelte kollektive Argumentation, um politische Entscheidungen zu fällen.« Turk blinzelte verwirrt, ließ mich aber netterweise weiterreden. »›Limbische‹ Demokratien wie Vox funktionieren anders: Ihre Netzwerke modulieren ältere Hirnregionen, um einen emotionalen und intuitiven Konsens – im Gegensatz zu einem rein rationalen – herbeizuführen. Kurz gesagt: In kortikalen Demokratien *denken* die Bürger miteinander, in limbischen Demokratien *fühlen* sie miteinander.«

»Ich weiß nicht … Warum getrennte Wege? Warum keine ›kortikal-limbische‹ Demokratie? Das Beste von beiden Welten?«

Ja, solche Versuche hatte es gegeben. Treya hatte sie in der Schule durchgenommen. Die wenigen kortiko-limbischen Demokratien hatten eine Zeit lang gut funktioniert, ja, manche hatten sogar einen ziemlich idyllischen Eindruck gemacht. Aber sie waren äußerst instabil gewesen, waren zu einer Netzwerk-vermittelten katatonischen Endlosschleife degeneriert – eine Art Massensuizid durch glückselige Gleichgültigkeit.

Nicht dass es limbischen Demokratien viel besser erging, obwohl ich das nie ausgesprochen hätte. Limbische Demokratien hatten ihre eigene Schwäche: Sie neigten zu kollektivem Wahnsinn.

Ausgenommen die unsere natürlich. Vox war in jeder Beziehung eine Ausnahme. Zumindest hatte ich das in der Schule so gelernt.

Ich behielt also meine Sorgen für mich, in erster Linie, um Oscar nicht in die Hände zu spielen. Aber auch Turk sollte nicht den leisesten Zweifel daran haben, dass ich Allison Pearl war, Allison Pearl sein wollte und Allison Pearl bleiben würde, bis man mich festschnallen und meinem Hirnstamm einen Netzknoten aufzwingen würde.

Doch die Sache war leider nicht so einfach.

Die Frage, mit der ich morgens aufwachte und abends einschlief, hieß: Bin ich *wirklich* Allison Pearl?

Auf den ersten Blick, nein. Wie hätte ich Allison Pearl sein können? Allison Pearl hatte vor zehntausend Jahren auf der Erde gelebt – einer damals noch bewohnbaren Erde. Alles, was von ihr geblieben war, waren ein paar versprengte Gigabyte Tagebucheinträge. Der erste stammte aus ihrem zehnten und der letzte aus ihrem dreiundzwanzigsten Lebensjahr. Treya hatte all diese Notizen verinnerlicht (mit Tausenden von Details über das Leben im 21. Jahrhundert), sowohl kortikal wie limbisch: als Daten und als Identität. Sie hatte ganz bestimmt nicht geglaubt, sie sei Allison Pearl, aber sie hatte Allison wie ein Bilderbuch tief in ihrem Gehirn getragen. Das Netzwerk hatte Allison in Treyas Psyche installiert und eine hermetische Wand zwischen ihr und Treya errichtet.

Aber nicht hermetisch genug. Denn hier gab es ein Geheimnis, das ich bisher mit niemandem geteilt hatte: Noch bevor das Netzwerk zusammengebrochen war, noch bevor die aufständischen Farmer meinen Netzknoten entfernt hatten, war Allison immer wieder durchgesickert. Und Treya hatte nie etwas dagegen unternommen und sich auch nicht bei ihren Betreuern beklagt; sie hatte das stete Tröpfeln von Allison Pearl in ihr tägliches Leben für sich behalten – nicht ohne Gewissensbisse, denn Allison besaß Eigenschaften, um die Treya sie beneidete.

Treya war gehorsam; Allison war trotzig. Treya war bereit, ihre Identität mit der größeren Identität von Vox zu verschmelzen; Allison wäre eher gestorben. Treya glaubte alles, was ihr gesalbte Autoritäten erzählten; Allison misstraute prinzipiell jeder Autorität.

Doch auch das war nicht die ganze Wahrheit. Denn durch Allison hatte Treya begonnen, Skepsis, Widerstand und Auflehnung zu entdecken.

Und so blieb die Frage: Wer war ich, jetzt da die Schotten zwischen Treya und Allison geöffnet waren? War ich Allison oder war ich Treya, die Allison war?

Weder noch. Ich war etwas Drittes.

Ich war, was ich aus all den inkompatiblen Teilen machte, und ich hatte ein Anrecht auf *alle* meine Erinnerungen, die realen wie die virtuellen. Vox hatte sowohl Treya wie auch Allison kultiviert, aber nicht mit einer Vermischung gerechnet. *Scheiß auf Vox!* Da war sie, die Ketzerei, der Treya immer widerstanden und um die Allison stumm gebettelt hatte: Scheiß auf Vox, scheiß auf die verkappte Tyrannei, scheiß auf die Traumreligion, scheiß auf die fixe Idee von den Hypothetischen!

Und scheiß *besonders* auf den Wahnsinn, der Vox auf diese ruinierte Erde gebracht hat, und auf den noch größeren Wahnsinn, der sich an Bord zusammenbraute!

Scheiß auf Vox! Und preise Allison Pearl, die es möglich gemacht hat, dass du so denken kannst!

Auch wenn Oscar zugesagt hatte, die Operation abzublasen, hatte er es nicht aufgegeben, mich umzustimmen. Er versuchte es indirekt, indem er mich mit Menschen zusammenbrachte, denen ich mich nicht verweigern konnte – mit Freunden und Verwandten von Treya.

Naturgemäß waren sie auch meine Freunde und Verwandten, obwohl ich nicht die Person war, die sie gekannt hatten, und schon gar nicht die Person, die ich ihrer Ansicht nach hätte sein müssen. Und da ich kein Unmensch war, taten mir ihr Unverständnis und ihr Kummer ziemlich weh.

Eines Tages arrangierte Oscar eine Begegnung zwischen mir und meiner Mutter (Treyas Mutter). Mein Vater (mein Vox-Vater) war technischer Arbeiter gewesen und kurz nach meiner Geburt beim Zusammenbruch eines Austauschtunnels ums Leben gekommen. Ich wurde von meiner Mutter und einem Geschwader von Tanten aufgezogen, die ich alle sehr gerngehabt hatte und die mich alle sehr gerngehabt hatten. Und in mir war noch genug von Treya, um spontan die Arme auszustrecken und die Frau zu umarmen, die mich so oft getröstet hatte, und ihr in die erschrockenen Augen zu blicken, während ich ihr erklärte, nein, ihre Tochter sei nicht tot, nur verwandelt, befreit von einem zwar unsichtbaren, aber brutalen Zwang. Sie verstand es nicht. »Willst du dich nicht *nützlich* machen?«, fragte sie. »Weißt du nicht mehr, was es heißt, Teil einer Familie zu sein?«

Ich wusste es nur zu gut. Ich überging die Frage und sagte ihr, dass ich sie immer noch lieb hätte. Das war nicht gelogen, doch es tröstete sie auch nicht. Sie hatte ihre Tochter verloren – und ich war nur ein eigensinniger Golem, der sie vertreten wollte. In dem Augenblick, da ich sie meiner Zuneigung versicherte, las ich in ihrem erstarrten Gesicht, dass sie mich hasste; dass sie nicht mich liebte, sondern den Schatten, den ich längst nicht mehr warf.

Vielleicht hatte sie recht. Ich würde nie wieder die Tochter sein, die sie gekannt hatte. Ich war, was ich geworden war. Ich war, was ich war, und dieses Etwas hieß *Allison, Allison, Allison Pearl.* Das flüsterte ich vor mich hin, als sie das Zimmer längst wieder verlassen hatte.

All das wollte ich von Turk fernhalten. Er hatte selbst genug Sorgen. Zwar trug er seine stoische Komme-was-da-wolle-Attitüde zur Schau, die er sich, wie ich fand, auch verdient hatte, aber letztlich war er einsam hier: ein Fremder in einem erschreckend fremden Land. Unsere Zimmer lagen nebeneinander, und in manchen Nächten wachte ich auf und hörte ihn auf und ab gehen und vor sich hin murmeln, sich Ängsten stellen, von denen ich keine Ahnung hatte. Er musste sich wie ein Mann vorkommen, der in einem Traum gefangen war, wissend, dass alles um ihn herum Einbildung war, aber unfähig, in die Realität zurückzufinden.

Ich versuchte, meine Hoffnungen und Ängste nicht auf Turk zu projizieren, aber ich wurde den Gedanken nicht los, dass wir trotz aller Unterschiede viel gemeinsam hatten, und ertappte mich bei der Frage, ob er damals, im weit entfernten 21. Jahrhundert, womöglich Allison Pearl über den Weg gelaufen war – eine Zufallsbegegnung in einer anonymen amerikanischen Menschenmenge. Wenn jemand in Vox-Core prädestiniert war, Allison Pearl zu verstehen, dann Turk, und so überrascht es wohl nicht, dass ich in einer dieser Nächte, in der keiner von uns beiden Schlaf fand, in sein Zimmer ging, um Trost zu suchen. Zuerst redeten wir – über Dinge, über die nur wir zwei reden konnten, Dinge, die wir teilten, nicht weil, sondern *obwohl* wir vieles voneinander wussten. »Nichts in der Welt ähnelt dir so sehr wie ich«, sagte ich. »Und nichts ähnelt mir so sehr wie du.« Nach diesen Worten war es wohl unvermeidlich, dass wir miteinander schlafen würden – und dann scherte mich auch nicht mehr, was die Wände hörten oder wem sie ihre Geheimnisse ins Ohr flüsterten.

2.

Am nächsten Morgen führte ich ihn durch Vox-Core.

Er bekam natürlich nicht die ganze Stadt zu sehen, mehr einen repräsentativen Querschnitt. Über dem Boden hatte Vox-Core die Ausmaße einer mittelgroßen Stadt des 21. Jahrhunderts, darunter, im Bauch der Insel, war die Stadt weitaus größer: Würde man alle diese komplexen Räume auseinandernehmen und auf einem zwei-dimensionalen Gitter platzieren, dann wäre Vox-Core so groß wie Connecticut oder gar Kalifornien. Wir mieden die Trümmergebiete, die noch dekontaminiert wurden, und fuhren direkt nach unten. Wann immer die Transitröhre einen großzügigen Ausblick bot, legten wir eine Pause ein; so konnte Turk die Plätze, Balkons und Stufen sehen, die weiten landwirtschaftlichen Areale, die mit künstlichem Tageslicht geflutet wurden, und die Schlafkomplexe, die wie alabasterne Splitter aus den Naturparks ragten.

Schließlich fuhren wir zu den tiefsten Ebenen hinunter, den Maschinendecks. Die Maschinen, die Vox antrieben, waren gigantisch – eher Landschaften als Objekte. Ich zeigte Turk Reaktoreinheiten so groß wie eine Kleinstadt, ständig umspült von entsalztem Meerwasser; ich zeigte ihm ein schattiges Areal aus Mumetallkammern, in denen Ströme aus flüssigem Eisen von Magnetfeldern gelenkt wurden; ich zeigte ihm supraleitende Feldspulen, an denen die Feuchtigkeit als Schnee kondensierte, der von Ventilatoren weggeblasen wurde. Turk war sichtlich beeindruckt – Balsam für die Administratoren, die uns zweifellos überwachten. Auch hier unten hatten die Wände Ohren.

Aber nicht dort, wo ich dann mit ihm hinfuhr. Wir betraten die Transitröhre und fuhren an die Oberfläche, dann nahmen wir einen Außenlift am höchsten Turm von Vox, stiegen zweimal um und gelangten so auf die höchste öffentlich zugängliche Plattform der Stadt, letztlich ein Dach mit Ausblick.

Früher, als Vox die Ozeane bewohnbarer Planeten befahren hatte, war diese Plattform noch nicht von einer osmotischen Membran umgeben gewesen. Ich erklärte Turk, es handle sich um ein schützendes »Kraftfeld«, ein Begriff, mit dem er etwas anfangen konnte. »Scheint aber nicht besonders gut zu funktionieren«, sagte er. »Riecht hier draußen ein bisschen nach Schweinefarm, findest du nicht?«

Fand ich auch. Die Luft stand still, obwohl vereinzelte Wolken über den Himmel trieben, so tief, dass man meinte, sie berühren zu können. Noch bevor wir uns dem Rand näherten, packte mich ein leichter Schwindel, und beinahe wünschte ich mir meinen Netzknoten zurück: Ich vermisste seine beruhigende Gegenwart, den unsichtbaren Anker. Mir war, als würde mich jeden Moment eine Windböe davontragen.

Der Archipel bewegte sich gleichmäßig Richtung Südsüdost, vom Indischen Ozean in den Südpazifik. Das Meer war hier in allen Richtungen leicht purpurrot gefärbt, der Himmel ein fahles Ocker. Ich hasste diesen Anblick.

Turk spähte in die dunstige Ferne. »Ist der ganze Planet so?«

Ich nickte. Es war das Siechtum und schließlich der Tod dieser Ozeane gewesen, die den großen »Terrestrischen Exodus« beschleunigt hatten, der wiederum die bitteren Rivalitäten und Konflikte zwischen den Ringwelten geschürt hatte. »Und die Hypothetischen ließen es einfach geschehen. Kommt dir das nicht merkwürdig vor? Dass sie den Planeten vor der expandierenden Sonne schützen, aber nichts unternehmen, um ein Massensterben zu verhindern? Es scheint, als wären sie glücklich mit einer Erde, die ausnahmslos von Mikroben bewohnt ist. Wer soll das verstehen?«

»Dein Volk hat sich etwas anderes erhofft?«

Mein Volk? Egal. »Sie dachten, sie würden hier auf der Erde mit den Hypothetischen eins werden. Eine rein religiöse Vorstellung. Die Menschen, die Vox gegründet haben, waren ausgesprochene Fanatiker. In den Geschichtsbüchern steht es anders, aber so war es. Vox ist ein Kult. Die Glaubenssätze wurden tief im Netzwerk verankert. Ist man Teil des Netzwerks, kommt einem das alles völlig plausibel vor – so plausibel wie das, was einem der gesunde Menschenverstand sagt.«

»Aber dir nicht.«

Ja, seit Kurzem. »Auch die Farmer haben ihre Probleme damit. Sie sind keine Bürger. Sie sind zwar Teil des Netzwerks, aber nur als Ausführende, nicht als Teilnehmer.«

»Also Sklaven.«

»Könnte man sagen. Sie wurden damals auf den mittleren Ringwelten gefangen genommen. Später verweigerten sie die volle Bürgerschaft, also manipulierte man sie zur Kooperation.«

»Angeschirrt und aufs Feld geschickt.«

»Darum haben sie nicht gezögert, ihre Netzknoten zu zerstören, als das Netzwerk zusammenbrach.« Allerdings hatte man die Überlebenden – diejenigen, die auf ihrem ökologisch versiegelten Farmland im Bauch der äußeren Inseln geblieben waren – inzwischen längst wieder »angeschirrt«. Die Rebellen waren natürlich allesamt tot, einschließlich Digger Choi, der dank Turk vielleicht dreißig Minuten länger gelebt hatte (und hätte ihn der Jäger nicht erwischt, wäre er an der Luft hier gestorben).

Turk lehnte sich gegen das Sicherheitsgeländer, um besser erkennen zu können, was aus dem äußeren Bereich von Vox geworden war. Die Inseln, die nicht durch ein »Kraftfeld« gegen die Atmosphäre geschützt waren, sahen aus, als wäre dort ein grausamer, endgültiger Herbst ausgebrochen. Die Wälder waren tot, braunes Laub bedeckte den Boden, das Obst war verfault. Selbst die Äste der Bäume wirkten leprös und morsch; der Wind knickte sie einen nach dem anderen ab.

»Vox«, sagte ich, »ich meine das kollektive Vox, das limbische Vox, hat sich quasi als erlöst gesehen, als die Passage gelungen war. Aber du hast recht: Was sie gefunden haben, ist nicht das, was sie erwartet haben, und Enttäuschung macht sich breit. Darüber müssen wir dringend reden, hier oben, wo uns niemand hören kann. Wir müssen überlegen, wie wir vorgehen.«

Er starrte noch einen Moment lang auf das sterbende Land, dann wandte er sich mir zu. »Was meinst du, wie schlimm es wird?«

»Wenn sich in der Antarktis kein Tor zum Paradies auftut, dann könnte es … nun, ziemlich schlimm werden. Mit der Idee, dass sich

Vox und die Hypothetischen vereinen, steht und fällt alles. Aus keinem anderen Grund existiert Vox. Dieses Versprechen hat man uns von Geburt an mit auf den Weg gegeben – zusammen mit dem Netzknoten. Einwände waren nicht möglich und wären auch nicht toleriert worden. Aber jetzt …«

»Du hast es mit einer furchtbaren Wahrheit zu tun.«

»*Sie* haben damit zu tun. *Ich* gehöre nicht mehr dazu.«

»Ich weiß, tut mir leid.«

»In die Antarktis zu fahren ist ein Akt der Verzweiflung und schiebt nur auf, was unausweichlich ist.«

»Okay, früher oder später werden ihnen also die Augen aufgehen. Was dann? Chaos, Anarchie, Mord und Totschlag?«

Ich war noch voxisch genug, um eine Spur von Scham zu empfinden. »Es hat andere limbische Kultgemeinschaften gegeben, und als sie gescheitert sind … Es war furchtbar. Angst und Enttäuschung schaukeln sich im Netzwerk auf – bis hin zur Selbstvernichtung. Die Menschen wenden sich gegen ihre Nachbarn, ihre Familie und schließlich gegen sich selbst.« Es gab hier niemanden, der mithörte, trotzdem senkte ich die Stimme. »Anarchie oder Massensuizid. Hungersnot, wenn die Lebensmittelversorgung zusammenbricht. Und keiner kann raus. Man kann die Prophezeiungen nicht einfach anpassen oder an etwas anderes glauben – die ›Wahrheit‹ ist fester Bestandteil des Coryphaeus.«

Erste Anzeichen waren mir heute schon aufgefallen, unten in der Stadt: eine allgemeine Verdrossenheit, zu undeutlich, als dass Turk sie bemerkt hätte, aber deutlich genug für mich – wie leises Donnergrollen, das der Wind heranträgt.

»Und es gibt keine Möglichkeit, uns zu schützen?«

»Nicht wenn wir hierbleiben, nein.«

»Und wo sollen wir hin, wenn wir hier raus sind?« Er blickte wieder auf den marmorierten Horizont und den verrottenden Wald. »Das war einmal ein wunderschöner Planet.«

Ich stellte mich neben ihn – wir waren zum Kern der Sache gekommen. »Hör zu. Auf Vox gibt es Flugmaschinen, die ohne aufzutanken von Pol zu Pol fliegen können. Und weil du ein Aufgenommener bist, steht uns der Torbogen immer noch offen. Wir *können* also hier weg. Mit einem guten Plan und ein bisschen Glück schaffen wir es nach Äquatoria.«

Und dort könnten wir uns den Gegnern von Vox stellen, jenen, die Vox-Core mit Kernwaffen angegriffen hatten, weil sie nicht wollten, dass Vox die Hypothetischen provozierte. Die kortikalen Demokratien verachteten und fürchteten Vox, aber sie würden sich hoffentlich nicht weigern, zwei Flüchtlinge aufzunehmen. Vielleicht halfen sie uns ja, von Äquatoria aus eine andere Ringwelt zu erreichen, wo wir bis ans Ende unserer Tage in Frieden leben konnten.

Turk sah mich durchdringend an. »Und du kannst so ein Gerät fliegen?«

»Nein«, sagte ich. »Aber du.«

Ich erklärte ihm den Plan, den ich in den langen, schlaflosen Nächten geschmiedet hatte. Nächten, in denen Treyas Einsamkeit beinahe über Allisons Trotz gesiegt hätte, in denen sich die Grenzen von Treya und Allison berührt hatten und es mir schwergefallen war zu sagen, wer ich wirklich war. Ich glaubte an meinen Plan, aber er verlangte ein Opfer von Turk, von dem ich nicht genau wusste, ob er dazu bereit war.

Als er begriff, was ich von ihm wollte, gab er keine Antwort. Er müsse darüber nachdenken, sagte er. Ich war einverstanden. Ich sagte, wir könnten ja in ein paar Tagen wieder hier heraufkommen und unser Gespräch fortsetzen.

»Aber bis dahin«, sagte er, »muss ich noch etwas erledigen.«

»Und was?«

»Ich will den anderen Überlebenden besuchen«, sagte er. »Isaac Dvali.«

Nachdem sie Boses Wohnung verlassen hatte, musste Sandra erst noch in ihr eigenes Apartment, um sich umzuziehen. Sie kam also fast eine Stunde zu spät zur Arbeit. Nicht dass ihr das besonders unangenehm gewesen wäre, so wie die Dinge lagen: Gestern hatte man Orrin Mather eines Gewaltaktes bezichtigt – vielleicht (oder höchstwahrscheinlich, wenn stimmte, was Bose ihr erzählt hatte) weil Congreve oder jemand über ihm dafür bezahlt worden war (in bar oder mit Langlebigkeit), Orrin ja nicht zu entlassen. Während der Fahrt versuchte Sandra ihren Zorn zu bändigen, was ihr allerdings mehr schlecht als recht gelang.

Ja, sie konnte Arthur Congreve nicht ausstehen, aber dass er derart korrupt war, hätte sie nie gedacht. Congreve hatte Beziehungen zur Stadt – ein Cousin von ihm saß im Stadtrat –, und obwohl er nach Ansicht der Streifenpolizisten bei der Aufnahme allzu kritisch war, hatte der Polizeichef seit Congreves Bestallung der State Care nicht einen, sondern gleich zwei anerkennende Besuche abgestattet.

Sandra parkte direkt vor dem Gebäude und passierte eilig die elektronische Eingangskontrolle. Kaum war sie ordnungsgemäß registriert, marschierte sie schnurstracks zum Isoliertrakt.

Der Trakt sah aus wie jeder andere im Gebäude der State Care. Es gab keine feuchten, verriegelten Zellen wie in manchen Bundesgefängnissen, die Isolierstation war lediglich etwas großzügiger mit Schlössern und unzerbrechlichem Mobiliar ausgestattet als die offenen Stationen. Sie diente dazu, gewaltbereite Patienten von den weniger aggressiven zu trennen. Solche Fälle waren relativ selten: Die State Care befasste sich mit chronischer Obdachlosigkeit und nicht mit schweren Psychosen. Diese machten am wenigsten Mühe; sie erforderten keine großen Debatten, sondern wurden zügig weitergereicht.

Was immer Orrin Mather war, ein Psychopath war er nicht – darauf hätte Sandra ihren Doktortitel verwettet. Sie wollte ihn so schnell wie möglich hier rausholen und dazu brauchte sie *seine* Version der Geschichte.

Unglücklicherweise tat gerade heute Schwester Wattmore am Eingang zur Isolierstation Dienst. Sie hätte Sandra eigentlich kommentarlos hineinlassen müssen, aber sie tat es nicht. »Tut mir leid, Dr. Cole, ich habe meine Instruktionen.« Sie fuhr fort, Congreve anzupiepsen, während Sandra dastand und vor Wut kochte. Congreve kam sofort. Sein Büro lag nur ein paar Türen den Korridor hinunter, und er nahm Sandra am Arm und steuerte sie dorthin.

Er schloss die Tür hinter sich und verschränkte die Arme vor der Brust. In seinem Büro war es mindestens zwanzig Grad kühler als draußen – die Klimaanlage murmelte hinter den Lamellen stoisch vor sich hin –, und die Luft roch schal und ölig. Auf seinem Schreibtisch lagen die leeren Packungen eines Fast-Food-Frühstücks. Sandra wollte etwas sagen, aber Congreve hob die Hand: »Zuallererst sollten Sie wissen, dass ich von Ihrem unprofessionellen Verhalten enttäuscht bin.«

»Ich weiß nicht, was Sie meinen. Welches unprofessionelle Verhalten?«

»Es war ein Fehler, mit dem Patienten Orrin Mather zu sprechen, nachdem ich Dr. Fein mit dem Fall betraut hatte. Und ich muss annehmen, dass Sie das gerade wieder tun wollten.«

»Bei einem Patienten nachzufassen ist wohl kaum unprofessionell. Als ich die Erstbefragung durchführte, habe ich ihm gesagt, dass *ich* seinen Fall bearbeiten würde. Ich wollte mich nur davon überzeugen, dass er mit Fein zurechtkommt und sich nicht im Stich gelassen fühlt.«

»Ich hatte Sie von dem Fall abgezogen.«

»Abgezogen ohne triftigen Grund.«

»Ich muss meine Entscheidungen nicht vor Ihnen rechtfertigen, Dr. Cole. Sollte das Direktorium Sie in eine leitende Position berufen, dann dürfen sie mich infrage stellen – bis dahin sollten Sie die Aufgaben wahrnehmen, die ich für Sie vorgesehen habe. Das könnten Sie übrigens besser, wenn sie rechtzeitig zum Dienst erscheinen würden.«

Wann hatte sie sich das letzte Mal verspätet – vor anderthalb Jahren? Sie war zu wütend, um sich zurückzunehmen. »Diese Geschichte, dass Orrin einen Pfleger angreift …«

»Entschuldigen Sie, waren Sie Zeuge dieses Vorfalls? Wissen Sie etwas, das Sie mir nicht erzählt haben?«

»Das *kann* so nicht stimmen. Orrin würde keinem Menschen etwas zuleide tun.«

Congreve verdrehte die Augen. »Und das ist Ihnen bereits nach einem Zwanzig-Minuten-Gespräch klar geworden? Dann sind Sie eine ziemlich bemerkenswerte Diagnostikerin. Wir müssen uns glücklich schätzen, Sie zu haben.«

Sandras Wangen glühten. »Ich habe mit seiner Schwester gesprochen.«

»Ja? Wann?«

»Außerhalb meiner Dienstzeit. Aber …«

»Sie wollen damit sagen, Sie haben in Ihrer freien Zeit die Familie des Patienten zurate gezogen? Dann haben Sie doch sicher einen offiziellen Bericht geschrieben. Oder zumindest ein Memo an mich und Dr. Fein. Nein?«

»Nein«, sagte Sandra kleinlaut.

»Und Sie sehen darin kein Musterbeispiel für Unprofessionalität?«

»Das erklärt nicht …«

»Ich bitte Sie, Dr. Cole, machen Sie es nicht noch schlimmer.« Unvermittelt wurde Congreves Stimme sanfter. »Sehen Sie, ich gebe zu, dass Ihre Arbeit bis zu dieser Sache zufriedenstellend war. Also will ich die jüngsten Vorfälle als stressbedingt zu den Akten legen. Aber Sie müssen wirklich einmal in Ruhe über das alles nachdenken. Warum nehmen Sie sich nicht den Rest der Woche frei?«

»Das ist doch lächerlich.«

»Ganz und gar nicht. Ich weise Ihre Fälle neu zu. Alle. Gehen Sie nach Hause, und beruhigen Sie sich. Nehmen Sie sich mindestens eine Woche frei – länger, wenn Sie möchten. Und kommen Sie erst zurück, wenn Sie wieder einigermaßen objektiv denken können.«

Sandra gehörte zu den zuverlässigsten Mitarbeitern der State Care, und Congreve wusste das ganz genau. Offenbar wusste er aber auch, dass sie mit Officer Bose Mittagessen war. Kein Zweifel: Congreve wollte sie aus dem Weg haben, bis die Sache mit Orrin erledigt war. Wem hatte er sein Gewissen verkauft? Und wie hoch war der Preis?

Sie wollte ihm all diese Fragen stellen – auch auf die Gefahr hin, ihren Job zu verlieren –, aber dann biss sie sich doch auf die Lippen. Es ging nicht um sie oder Congreve – es ging um Orrin. Sich mit Congreve zu überwerfen, konnte Orrin nur schaden. Also nickte sie knapp und bemühte sich dabei, seinen triumphierenden Blick zu ignorieren.

»Also gut«, sagte sie mit gesenkter Stimme. Eine Woche. Wenn er darauf bestand.

Sie verließ Congreves Büro und stürmte den Gang hinunter; sie hatte immer noch ihr Passwort und ihren Ausweis, falls sie zurückkommen musste. In ihrem eigenen Büro sammelte sie einige Akten zusammen, und als sie wieder in den Korridor trat, prallte sie fast mit Jack Geddes, dem Pfleger, zusammen. »Ich soll Sie nach draußen bringen«, sagte er. Er genoss die Situation sichtlich.

Das war der Gipfel der Beleidigung. »Ich habe Congreve doch gesagt, dass ich gehe.«

»Ich soll mich davon überzeugen.«

Sandra war versucht, eine zynische Bemerkung zu machen, aber die wäre bei Jack Geddes kaum auf fruchtbaren Boden gefallen. Sie schüttelte seine Hand von ihrem Arm und zwang sich zu einem Lächeln. »Ich bin zurzeit nicht besonders beliebt bei der Geschäftsleitung.«

»Tja, davon kann ich ein Lied singen.«

»Congreve erwähnte einen Vorfall mit Orrin Mather. Soll gestern passiert sein. Kennen Sie Orrin? Hagerer Junge. Ist jetzt in der Geschlossenen.«

»Ja, den kenn ich. Und das war nicht nur ein *Vorfall*. Der Junge ist stärker, als er aussieht. Er ist auf den Ausgang zugerannt, als hätte er

Feuer am Hintern. Ich musste ihn niederringen und festhalten, bis sie ihn sediert hatten.«

»Orrin wollte flüchten?«

»Wie würden Sie das nennen? Er wich den Schwestern aus wie ein Quarterback.«

»Sie sagen also, *er* hat angefangen?«

Das musste wohl ziemlich skeptisch geklungen haben, denn Geddes blieb abrupt stehen und krempelte den rechten Ärmel seiner Uniform nach oben. Zwischen Handgelenk und Ellbogen war ein dicker Verband. »Bei allem Respekt, wonach sieht das aus, Dr. Cole? Der kleine Scheißer hat mich so gebissen, dass ich mit einem Dutzend Stichen genäht werden musste und eine verfluchte Tetanus brauchte. Geschlossene Abteilung, was? Ein Käfig wär mir lieber.«

Die Hitze schloss sich wie eine Faust um Sandra, als sie zu ihrem Wagen ging.

Bei einem solchen Klima, schoss es ihr durch den Kopf, konnte man sich nur allzu gut vorstellen, wie die anaeroben Bakterien die Tiefen des Meeres eroberten – so wie in Orrins Weltuntergangsszenarium. Draußen im Golf, hatte sie jedenfalls gehört, gab es bereits eine anoxische Tiefwasserzone, die von Sommer zu Sommer größer wurde. Vor Jahren schon war das Geschäft mit den Shrimps weitergezogen, weil hier nichts mehr zu holen war.

Der Himmel war ein düsteres Blau. Wie am Tag zuvor stahlen sich Blumenkohlwolken an den Horizont, brachten aber keine Erleichterung. Als Sandra die Wagentür öffnete, schlug ihr ein Schwall glühend heißer, nach Kunststoff stinkender Luft entgegen. Sie blieb eine Weile stehen und ließ die schwache Brise ins Wageninnere.

Als sie sich dann hinter das Steuer setzte, fiel ihr ein, dass sie gar kein Ziel hatte. Sollte sie Bose anrufen? Aber sie musste immer noch daran denken, was er ihr heute früh erzählt hatte, kurz bevor sie seine Wohnung verlassen hatte. *Ich denke, du musst das über mich wissen, ehe wir auch nur einen Schritt weiter gehen …* Nein, vor allem brauchte sie etwas Zeit zum Nachdenken.

Und so tat sie, was sie fast immer tat, wenn sie unverhofft freie Zeit und etwas auf dem Herzen hatte: Sie fuhr nach Live Oaks hinaus und besuchte ihren Bruder Kyle.

10 TURK

1.

Das Gespräch mit Allison ließ mich mit unzähligen Fragen zurück, doch die wichtigste davon war: Wie gut konnte ich lügen?

Im Laufe meines Lebens hatte ich ziemlich viele Menschen belogen, aus schlechten und aus guten Gründen. Es gab Wahrheiten über mich, die ich mit niemandem teilen wollte, und oft genug habe ich sie schöngeredet. Aber ich hatte mich deshalb nie als Lügner betrachtet. Umso bedauerlicher war es, dass ich jetzt einer werden musste: die Lüge, die ich in jedem wachen Augenblick und auch im Schlaf würde inszenieren müssen, war Dreh- und Angelpunkt unserer Zukunft.

Vox näherte sich der Antarktis bemerkenswert schnell für eine Inselgruppe, die mit Millionen von Menschen bevölkert war. Zwei weitere Male fuhr ich mit Allison auf die hohen Türme von Vox-Core, um zu besprechen, was wir unten nicht besprechen konnten, und jedes Mal bot sich das gleiche Bild: ein Ödland, das durch ein fahles Meer pflügte. Die Tage wurden länger – in diesen Breiten war gerade Sommer –, aber die Sonne umklammerte den Horizont, als habe sie Angst loszulassen. Vox war mit an Sicherheit grenzender Wahrscheinlichkeit das einzige noch bevölkerte menschliche Habitat auf der Erde. Wir sprachen nicht darüber, aber vielleicht war das Wissen um diese Wahrheit Teil dessen, was uns einander näherbrachte.

Ich machte mich inzwischen mit den Verkehrswegen und Ebenen der Stadt vertraut. Die Bewohner von Vox-Core hatten eine merkwürdige Art, öffentliche und private Räumlichkeiten zu benennen, und so prägte ich mir die Symbole ein, die Wohnhäuser von Wohnheimen und Wohnheime von Begegnungsstätten unterschieden. Ja, ich schnappte sogar ein paar Wendungen der voxischen Sprache auf, genug, um mich in den Geschäften verständlich zu machen; wollte ich allerdings etwas kaufen – etwas Essbares oder eine dieser kupfernen Halsketten, mit denen sich die voxischen Männer schmückten –, brauchte ich Oscar, um das »Entgelt« in Form von Netzwerkzeit zu entrichten. Ich ließ mir einen voxischen Kurzhaarschnitt verpassen und war danach (laut Allison) von Weitem nicht mehr von einem Einheimischen zu unterscheiden – aus der Nähe betrachtet hätte mich natürlich kein Vernetzter mit seinesgleichen verwechselt.

Aber das traf auf sie ebenso zu: Aus der Ferne besehen war Vox ein Gemeinwesen wie jedes andere, bevölkert mit Männern und Frauen, die ihrer Arbeit nachgingen und ihre Kinder aufzogen und all das taten, was Menschen üblicherweise tun. Mischte man sich jedoch unter die Leute, konnte man das Netzwerk spüren: wie ein Fließen hinter ihren Augen. Begeisterung und Enttäuschung erfassten immer alle – wie ein Wind, der durch ein Weizenfeld fährt. Und dieser unsichtbare Wind wurde von Tag zu Tag böiger und launischer.

Ich wusste nun, was Allison von mir wollte. Und ich wusste, dass es wohl unsere einzige Chance war. Trotzdem war meine Angst am schwersten zu überspielen: die Angst vor dem, was ich tun musste, und vor dem, was es mich kosten würde.

2.

Oscar dachte nicht daran, Allison zu vertrauen. Für ihn war sie eine Verräterin, daraus machte er keinen Hehl. Doch damit unser Plan funktionierte, musste er – als der für uns zuständige Administrator – einem von uns beiden vertrauen, bis zu einem gewissen Grad zumindest. Also machte ich es mir zur Aufgabe, sein Vertrauen zu gewinnen. Fragte ihn um Rat, auch wenn Allison ihre Meinung bereits hinausposaunt hatte. Suchte ihn auf und ließ mir Details aus den Geschichtsbüchern erklären, die ich las. Ich war reserviert und immer ein bisschen skeptisch, ganz wie er es erwartete. Er war seinerseits bedacht, sich bei mir einzuschmeicheln, und es brauchte nicht mehr als dann und wann ein Wort des Dankes, um ihn zuversichtlicher zu stimmen. Vermutlich glaubte er, mich zu guter Letzt doch noch für die Sache von Vox gewinnen zu können – was immer das war oder werden würde.

Oscars Vorteil in diesem unerklärtem Duell war das Netzwerk: dessen allgegenwärtige Augen und dessen gigantische Rechenkapazität. Mein Vorteil war, dass ich weder vernetzt noch überhaupt ein Einheimischer war, was mich undurchschaubar machte. Als ich verlangte, Isaac Dvali zu sehen, war Oscar überrascht, aber er willigte ein. Und als ich darauf bestand, Allison mitzunehmen, stimmte er auch dem zähneknirschend zu.

Es stellte sich heraus, dass sich Isaac nicht weit von den Räumen entfernt aufhielt, die ich mit Allison teilte. Er wurde auf einer Station zwei Korridore achtern behandelt, und Oscar brachte uns dorthin, ohne sich um die schrägen Blicke des medizinischen Personals zu scheren. Er warnte mich allerdings, dass Isaacs Verletzungen sehr schwer gewesen seien und ich womöglich schockiert sein könnte.

»Ich habe schon einiges gesehen«, sagte ich. »Ich bin nicht so leicht zu schockieren.«

Wie sich zeigte, hatte ich den Mund zu voll genommen.

Isaac wurde nicht bewacht, doch er wurde rund um die Uhr von medizinischem Personal betreut, und Oscar musste erst einige der Verantwortlichen konsultieren und beschwichtigen, ehe man uns erlaubte, das Zimmer zu betreten, in dem Isaac lag – umgeben von lauter Maschinen, die ihn am Leben hielten.

Zum ersten Mal war ich Isaac auf dem Gelände seines Vaters in der äquatorianischen Wüste begegnet. Schon damals war etwas Unheimliches von ihm ausgegangen: ein Junge, den man mit hypothetischer Nanotechnologie hybridisiert und isoliert vom Rest der Welt aufgezogen hatte. Ich habe ihn nie wirklich kennengelernt damals,

als wir zusammen im Ödland waren – ich bezweifle, dass ihn überhaupt jemand wirklich kennengelernt hat –, aber ich war freundlich zu ihm und ich glaube, er war froh darüber. Isaac, den es mehr als uns andere in den temporalen Bogen gezogen hatte, verdiente ein zweites Leben.

Aber nicht dieses Leben, dachte ich.

Ein großer Teil seines Körpers war beim Angriff auf Vox-Core zerstört worden; der Rest hatte schwere Verbrennungen davongetragen. Dass Isaac noch am Leben war, zeugte vom hohen Standard der voxischen Medizin und den Kräften der hypothetischen Biotechnologie in seinem Innern.

Allison blieb in gebührendem Abstand stehen, während Oscar und ich näher an das Nest aus Schläuchen und Leitungen herantraten. »Viele Teile mussten neu gezüchtet werden«, flüsterte er. »Das linke Bein, der linke Arm, die Lunge, die meisten inneren Organe. Vom Hirngewebe konnte nur ein Bruchteil gerettet werden.«

Isaacs Kopf steckte in einer gallertartigen Haube, die die fehlenden Teile des Schädels ergänzte. Das rechte Auge, der Kiefer und die Wangenknochen waren intakt; alles andere war eine schäumende, rötliche Masse. Haut, Knochen und Hirngewebe würden langsam wieder aufgebaut, sagte Oscar.

Ich trat noch einen Schritt näher heran, und Isaacs rechte Pupille folgte der Bewegung. Das hieß wohl, dass wirklich jemand in diesem lebenden Wrack steckte – jemand, den man nur schwer als Mensch bezeichnen konnte.

»Isaac«, sagte ich.

»Es ist unwahrscheinlich, dass er Sie hören kann«, flüsterte Oscar.

»Isaac! Ich bin es, Turk. Erinnerst du dich an mich?«

Keine Reaktion. Isaacs intaktes Auge war feucht; die andere Augenhöhle sah aus wie ein Napf randvoll mit scharlachrotem Gelee.

»Du bist ziemlich schwer verletzt«, sagte ich, »aber die kriegen dich schon wieder hin. Es braucht seine Zeit. Ich komme dich ab und zu besuchen, okay?«

Isaac öffnete den zahnlosen Mund und seufzte.

Als wir gingen, war Allison anzumerken, dass sie zornig war. Sie wartete, bis wir im Korridor waren, dann wandte sie sich an Oscar. »Ihr behandelt ihn nicht nur«, sagte sie mit bebender Stimme. »Ich habe das Interface gesehen. Ihr habt ihn vernetzt.«

»Der Junge ist etwas Besonderes«, erwiderte Oscar. »Das weißt du. Von allen Aufgenommenen ist er der Einzige, der noch vor dem temporalen Bogen mit den Hypothetischen verschränkt wurde. Er ist der vielversprechendste Vermittler zwischen Vox und den Hypothetischen. Hast du erwartet, wir würden uns auf Worte beschränken, um mit ihm zu kommunizieren? Isaac muss mit ganz Vox interagieren, nicht nur mit mir oder dir oder Mr. Findley.«

»Ihr übertragt euren ganzen Wahnsinn auf ihn.«

Oscar antwortete auf Voxisch, kurz und knapp.

Ein Sprichwort, erklärte mir Allison später. Frei übersetzt: *Die Biene darf sich nicht anmaßen, über das Bienenvolk zu urteilen.*

3.

Während wir weiter nach Süden fuhren, ließ Vox Schwärme unbemannter Flugkörper aufsteigen, um die Kontinente der Erde mit immer höherer Auflösung zu scannen. Die Drohnen, ebenso raum- wie lufttauglich, begannen ihre Mission in der obersten Schicht der Atmosphäre – ihre Kameras und Sensoren waren empfindlich genug, um die nahezu geschlossene Dunstglocke zu durchdringen.

Sie waren dafür ausgerichtet, jegliches menschliche Artefakt aufzuspüren. Erst entdeckten sie nur ausgestorbene Ruinen. Ich überredete Oscar, mir etwas von dem Material zu zeigen, das sie übermittelt hatten, aber das Video entpuppte sich als monoton und nichtssagend. Etliche der letzten Menschenstädte waren im hohen Norden erbaut worden (den ich immer noch mit Namen wie Russland, Skandinavien und Kanada verband), doch sie waren vor mehr als tausend Jahren aufgegeben worden. Was wir sahen, waren Andeutungen von

Straßen und Fundamenten – Fremdkörper in der ansonsten ungestörten Monotonie der zirkumpolaren Wüsten.

Ich hatte in den Geschichtsbüchern über den terrestrischen Exodus gelesen. »Exodus« klang, als sei die Erde systematisch evakuiert worden, aber die Wahrheit war ernüchternder: Auch die Abermillionen Menschen, die durch den Torbogen nach Äquatoria geflüchtet waren, konnten nicht darüber hinwegtäuschen, dass der weitaus größte Teil der Erdbevölkerung in einigen wenigen mörderischen Jahrhunderten schlicht und einfach krepiert war. Verhungert durch Missernten und Mangel an Ackerboden. Erstickt, als anaerobischer Flor die Ozeane erdrosselte und die Luft vergiftete. Der Schwefelwasserstoff aus den Meeren machte die Küstenebenen und Flussdeltas unfruchtbar, und einige Jahrzehnte später erlag das Hinterland dem gleichen Schicksal. Riesige Feuersbrünste wälzten sich durch die geplünderten Wälder und schickten tonnenweise Kohlenstoff in die Atmosphäre. Jahrzehnte lichtloser Kälte wurden von Jahrzehnten steigender Hitze abgelöst – das Klima begann zu oszillieren wie eine gesprungene Glocke.

Die Bombe sei schon zu meiner Zeit scharf gemacht worden, sagte Oscar. Die Menschen hätten einen Großteil des Kohlenstoffs verbrannt, und die Folgen seien schon damals schlimm genug gewesen. Aber die Entdeckung von Ölvorkommen in der äquatorianischen Wüste – leichtes, wunderbares Rohöl, mühelos gefördert und durch den Torbogen ebenso mühelos importiert – sei das Todesurteil für die Erde gewesen. Hätten wir nur unseren eigenen Kohlenstoff verbrannt, hätten wir die Folgen vielleicht überlebt, aber das CO_2 von zwei Planeten in die Atmosphäre zu blasen, habe jeden denkbaren Anpassungsmechanismus ausgehebelt.

»Dann war die Menschheit wohl ein Haufen von Dummköpfen«, sagte ich.

Oscar schüttelte den Kopf. Nein, es sei zwar traurig, aber durchaus nachvollziehbar gewesen. Zehn Milliarden Menschen ohne kortikale oder limbische Erweiterung hätten einfach nur die Maximierung ihres individuellen Wohlbefindens im Sinn gehabt; jeglichen

Gedanken an irgendwelche Langzeitwirkungen hätten sie immer wieder erfolgreich verdrängt. Kein Wunder: Sie hätten eben keinen verlässlichen Mechanismus besessen, der sie zu kollektivem Denken und Handeln befähigte. Solchen Menschen die Vernichtung der Ökosphäre in die Schuhe zu schieben sei so sinnlos, wie Wassermoleküle für einen Tsunami verantwortlich zu machen.

Schon möglich. Dennoch war es deprimierend, und ich machte keinen Hehl daraus. Wenn ich wollte, dass Oscar mir vertraute, musste ich auch Gefühle zeigen. Ein paar wenigstens.

Er sagte, ich solle lieber an die Zukunft denken. Das Sterben auf diesem Planeten gehöre der Vergangenheit an. Wenn sich die Prophezeiungen erfüllten, würde eine neue Ära beginnen: ein Zeitalter, in dem die Menschheit mit den Hypothetischen auf Augenhöhe verkehren würde. »Vieles wird sich aufklären, Mr. Findley. Wunder werden möglich, Sie werden sehen. Sie werden sich glücklich schätzen, dass Sie hier bei uns sind.«

»Glauben Sie das wirklich?«

»Aber ja.«

»Wegen einer Handvoll Prophezeiungen?«

»Wegen der Berechnungen und Schlussfolgerungen unserer Gründerväter. Diese Berechnungen waren so genau, dass sie uns über die Meere etlicher Planeten getragen haben. Und schließlich zur Erde.«

»Einem toten Planeten.«

Oscar lächelte. Er hatte ein Detail für sich behalten – wie ein Bühnenmagier, der den richtigen Moment abwartet, um eine Papierblume aus dem Ärmel zu ziehen. »Nicht ganz tot. Wir haben neues Material aus der Antarktis. Hier, sehen Sie.«

Er zeigte mir eine weitere Videosequenz. Die Drohne flog in der oberen Troposphäre, und auf den ersten Blick schienen die Aufnahmen wieder nur die typische Wüste zu zeigen – Land, das zu meiner Zeit unter Eis gelegen hatte. Es hätten Felsblöcke oder Kieselsteine sein können; der Maßstab war in Ziffern angegeben, die ich nicht lesen konnte. Doch in der Mitte des Bildes war ganz klein eine symmetrische Struktur zu erkennen, die immer deutlicher wurde, je mehr die Drohne heranzoomte. Ja, da war etwas Künstliches. Dunstverhangene Rechtecke (quadratische und nicht-quadratische) in fahlen Pastellfarben. Einige von diesen Objekten, sagte Oscar, hätten beinahe die Größe von Vox-Core. Das seien keine Ruinen oder verlassenen Gebäude, jedenfalls nicht im herkömmlichen Sinne. Jetzt sah man, dass einige der Bauwerke lange, gerade Spuren im antarktischen Sand hinterlassen hatten. Sie *bewegten* sich.

»Wir glauben, dass es sich hier um Erzeugnisse der Hypothetischen handelt«, sagte Oscar beinah salbungsvoll.

Ja, vermutlich hatte er recht. Diese Strukturen sahen nicht danach aus, als seien sie von Menschenhand geschaffen ... Plötzlich verblasste das Bild zu einem statischen Weiß. Die Sensoren der Drohne hätten versagt, erklärte Oscar. Man hätte weitere von ihnen auf dieselbe Gegend angesetzt, aber auch sie wären ausgefallen. Er interpretierte diese Ausfälle allerdings optimistisch: »Die Hypothetischen sind immer noch auf der Erde. Und sie haben die Präsenz unbemannter Vehikel bemerkt und darauf reagiert. Was bedeutet – ich halte diese Schlussfolgerung für unausweichlich –, dass sie uns beobachten.« Er setzte ein trotziges Lächeln auf. »Sie wissen, dass wir kommen, Mr. Findley. Und ich bin fest davon überzeugt, dass sie uns erwarten.«

11 SANDRA UND BOSE

Die Einrichtung, in der Sandras Bruder Kyle Cole lebte, hieß »Live Oaks Polycare Residential Complex« und lag auf dem weitläufigen Grundstück einer ehemaligen Ranch. Ganz in der Nähe gab es einen Bach – und tatsächlich einen Hain aus Lebenseichen.

Als sie die ersten Schritte unternommen hatte, um Kyle hier einweisen zu lassen, hatte sie aus lauter Neugier recherchiert, warum

Lebenseichen so hießen, wie sie hießen. Die Antwort war recht banal: Sie hießen so, weil sie immergrün waren.

Banal oder nicht, es war zu einer Art Ritual geworden, mit Kyle dorthin zu gehen, vorausgesetzt das Wetter spielte mit. Der größte Teil der Tagesschicht kannte Sandra inzwischen. »Wieder so ein brütend heißer Tag«, sagte die diensthabende Schwester und packte mit an, als Sandra ihrem Bruder aus dem Bett in den Rollstuhl half. »Aber Kyle scheint das warme Wetter zu lieben.«

»Er liebt den Schatten der Bäume.«

Das war natürlich nur eine Vermutung; Kyle hatte noch keine Vorliebe für irgendetwas zu erkennen gegeben. Er konnte nicht gehen, war inkontinent und hatte das Sprechvermögen verloren. Wenn er sich schlecht fühlte, verzog er das Gesicht und stieß dabei Laute aus, die an ein Käuzchen erinnerten. War er glücklich – oder zumindest nicht unglücklich –, zog er eine Grimasse, die Zähne und Zahnfleisch entblößte: das Lächeln eines Tieres. Die Glückslaute waren weiche, tief aus der Kehle kommende Seufzer.

Heute schien er sich über Sandra zu freuen. Er wandte ihr das Gesicht zu, während sie ihn den gepflasterten Weg hinunter und quer über den grünen Rasen zu den Lebenseichen rollte. Die Schwester hatte ihm eine Baseballkappe aufgesetzt, damit ihm die Sonne nicht in die Augen schien, doch sie drohte herunterzufallen, so sehr verdrehte er den Hals. Sandra rückte sie wieder zurecht.

Zwischen den Bäumen stand ein Picknicktisch, der allerdings eher für Besucher als für die Patienten gedacht war, von denen die wenigsten gehfähig waren. Heute war niemand außer ihnen dort. Der Schatten und die kühle Luft, die vom Bach aufzusteigen schien, machten die Hitze erträglich, beinahe angenehm. Die Eichenblätter zitterten in der sanften Brise und filterten das Licht.

Kyle war fünf Jahre älter als Sandra. Vor seinem »Unfall«, wie es die Ärzte nannten, hatte Sandra beinahe alle ihre Probleme mit ihm teilen können. Er hatte die Rolle des großen Bruders ernst genommen, auch wenn er immer wieder Witze darüber gemacht hatte. »Ich weiß keinen Rat, Sandy«, hatte er dann gesagt (er war der einzige Mensch, der sie Sandy nennen durfte). »Ich rate dir bestimmt das Falsche.« Aber er hatte ihr immer aufmerksam zugehört – und das war ihr wichtig gewesen.

Sie redete immer noch gerne mit ihm, obwohl er keine Silbe von dem verstand, was sie sagte. Seine Augen folgten ihren Mundbewegungen, vielleicht weil er den Klang ihrer Stimme mochte, und sie fragte sich, ob, ungeachtet dessen, was die Neurologen sagten, in ihm nicht doch noch Stücke von Erinnerungen trieben, ein letzter Funke von Bewusstsein glimmte.

»Weißt du, ich bin gerade etwas in Schwierigkeiten«, sagte sie.

Kyle seufzte, ein Geräusch so sanft und bedeutungslos wie das Rascheln des Laubs.

Der Spin hatte ihren Vater umgebracht und ihren Bruder zu einem hilflosen Krüppel gemacht.

Sandra hatte viele Jahre lang immer wieder über das Ereignis nachgedacht und nach einem Grund, einer Ursache gesucht. Nur zu gerne hätte sie ihren Hass auf eine bestimmte Sache oder eine bestimmte Person gerichtet. Doch in diesem Fall war das Fadenkreuz fahrig; es huschte über mögliche Ziele hinweg und weigerte sich innezuhalten. Und letztlich stand hinter all den trivialen Fakten, hinter den Millionen Zufälligkeiten nur eines: der Spin. Der Spin hatte viele Leben verändert und verstümmelt, nicht nur das ihres Bruders, nicht nur ihres.

Auf groteske Weise war er für Sandras Mutter allerdings gut gewesen. Sandras Mutter war Elektroingenieurin, deren Karriere nicht so recht vorangekommen war – bis der Spin Satellitenkommunikation obsolet machte und einen boomenden Markt für aerostatische Signalübertragung schuf. Sie wurde von einer Firma eingestellt, die dem Aerostat-Magnaten E. D. Lawton gehörte, und konstruierte ein luftgestütztes Antennen-Stabilisierungssystem, das zum industriellen Standard wurde. Sie war sehr gefragt und selten zu Hause.

Auf Sandras Vater traf das Gegenteil zu. Das anfängliche Chaos, als die Sterne vom Himmel verschwanden, löste eine globale Rezession aus, in der seine Softwarefirma unterging. Das – oder der Spin an sich, seine simple Tatsache – stürzte ihn in eine Depression, die zwar gelegentlich aufklarte, doch nie mehr ganz verschwand. »Er hat vergessen, wie man lächelt«, sagte Sandras Bruder einmal, und Sandra, damals erst zehn Jahre alt, akzeptierte traurig diese Nicht-Erklärung.

Unsere Generation hat es da leichter, dachte sie jetzt. Wir sind daran *gewöhnt*, dass die Erde von namenlosen Aliens umzingelt ist, die sogar in der Lage sind, den Zeitfluss zu manipulieren; daran, dass die menschliche Spezies für diese gottähnlichen Wesen zugleich trivial und aus irgendeinem Grund aber auch wichtig war. Wir leben damit, weil wir schon immer damit gelebt haben ... Sandra war am Ende des Spins geboren worden, als die Sterne – so versprengt und fremd sie nun anmuteten – wieder am Himmel erschienen waren. Vielleicht hatte sie ihre Existenz ja einem letzten Ausbruch von Optimismus oder Verzweiflung seitens ihrer Eltern zu verdanken: dem bejahenden Akt, ein Kind in eine Welt zu setzen, die Gefahr lief, in Anarchie zu versinken.

Für ihren Vater hatte die Rückkehr der Sterne allerdings nichts geändert. Es war, als habe tief in ihm ein Zerfallsprozess Wurzeln geschlagen, der unaufhaltsam voranschritt. Sein Zustand wurde nie thematisiert. Sandras Mutter – wenn sie zu Hause war – bemühte sich, den Eindruck von Normalität zu erzeugen, und weil ihr weder Kyle noch Sandra zu widersprechen wagten, war diese Illusion erstaunlich leicht aufrechtzuerhalten. Sandras Vater war häufig krank, er verbrachte viel Zeit im oberen Stockwerk, brauchte viel Ruhe. Das war doch nicht schwer zu verstehen, oder? Es war zwar traurig und beschwerlich, aber das Leben ging weiter. Zumindest bis Sandra eines Tages aus der Schule kam und ihren Vater und ihren Bruder in der Garage fand.

Es waren noch drei Wochen bis zu ihrem elftem Geburtstag. Sie war überrascht, dass niemand im Haus war. Kyle, der wegen einer Erkältung daheimgeblieben war, hatte seinen Laptop offen auf dem Küchentisch stehen lassen. Auf dem Bildschirm lief ein Film, etwas Lautes mit Flugzeugen und Explosionen. Sie schaltete ab. Dann hörte sie den Automotor. Aber es war nicht der Wagen, mit dem ihre Mutter zur Arbeit fuhr, sondern der andere Wagen, den ihr Vater gefahren hatte, bevor er sich im oberen Stockwerk verkrochen hatte, und der jetzt in der Garage stand.

Sie wusste, was Selbstmord war; zumindest hatte sie eine Vorstellung davon. Sie wusste auch, dass einige Leute Selbstmord begingen, indem sie sich mit einem laufenden Motor einsperrten. Kohlenmonoxidvergiftung. Und in gewisser Weise konnte sie sogar – ein Gedanke, den sie hauptsächlich in den bitteren Monaten danach hegte – die Todessehnsucht ihres Vaters verstehen. So etwas gab es. Es war wie eine Krankheit. Man machte es sich zu leicht, wenn man diese Menschen verurteilte. Aber warum nur hatte ihr Vater Kyle mit in die Garage genommen? Und warum war Kyle mitgegangen?

Sie öffnete die Verbindungstür zwischen Küche und Garage. Als ihr die Auspuffgase entgegenschlugen, lief sie panisch nach draußen und zog das Garagentor hoch, sodass frische Luft hinein- und das Gas hinauskonnte. Obwohl ihr Vater Lumpen in jede Lücke gestopft hatte, damit das Kohlenmonoxid nicht entweichen konnte, schwang das Tor beinahe widerstandslos nach oben; es war nicht einmal abgeschlossen. Dann öffnete sie die Wagentür auf der Fahrerseite, langte an ihrem Vater vorbei nach dem Zündschlüssel und stellte den Motor ab. Der Kopf ihres Vaters baumelte seitlich nach unten, das Gesicht blau angelaufen, verkrusteter Speichel auf den Lippen. Kyle saß angeschnallt auf dem Beifahrersitz. Hatte er gedacht, sie würden irgendwohin fahren? Sosehr sie an ihnen rüttelte, so laut sie schrie, keiner von beiden rührte sich.

Sie wählte die Notrufnummer und wartete vor dem Haus auf den Krankenwagen. Es dauerte eine Ewigkeit, bis er kam. Sie überlegte, ihre Mutter anzurufen, aber ihre Mutter war auf einer Messe auf Sri Lanka, und Sandra wusste nicht, wie sie sie dort erreichen sollte. Es war ein sonniger Nachmittag im Mai, der sich in dem Bostoner Vorort, in dem sie wohnten, wie Sommer anfühlte. Die Straßen waren menschenleer. Die Häuser schienen zu schlafen – die Nachbarn darin eingesperrt wie Träume, die die Häuser träumten.

Die Sanitäter nahmen Sandra mit ins Krankenhaus und besorgten ihr ein Bett. Am nächsten Morgen traf ihre Mutter aus Colombo ein. Ihr Vater war, wie sich herausstellte, längst tot gewesen, als Sandra ihn gefunden hatte. Sie hätte nichts mehr für ihn tun können. Kyles junger Organismus habe dem Gift länger Widerstand geleistet, erklärte ein Arzt. Er hatte überlebt, aber sein Gehirn war irreparabel geschädigt. Er würde nie wieder derselbe sein.

Sieben Jahre später war Sandras Mutter an Bauchspeicheldrüsenkrebs gestorben, den man zu spät erkannt hatte, um sie noch wirksam therapieren zu können. In ihrem Testament hatte sie die treuhänderische Verwaltung ihres Vermögens für Sandras Ausbildung und Kyles lebenslange Bedürfnisse verfügt. Als Sandra dann nach Houston zog, bat sie die Vermögensverwalter, für Kyle eine angemessene Unterbringung in ihrer Nähe zu suchen, wo sie ihn regelmäßig besuchen konnte. Sie entschieden sich für Live Oaks. Die Einrichtung betreute Schwerstbehinderte und galt landesweit als eine der besten ihrer Art. Sie war teuer, aber das spielte keine Rolle; das Vermögen war groß genug.

Kyle war für den Flug nach Westen in einen künstlichen Schlaf versetzt worden, und Sandra hatte es so eingerichtet, dass sie dabei war, als er aufwachte. Nichts hatte darauf hingedeutet, dass es ihm etwas ausmachte, auf einmal in einem fremden Bett zu liegen, das in einem fremden Zimmer stand.

Kyle saß in der Mittagssonne, als würde er darauf warten, dass sie zu reden begann. Doch anders als sonst fragte sich Sandra diesmal, wo sie anfangen sollte.

Sie begann mit Jefferson Bose. Wer er war und wie sehr sie ihn mochte. »Ich glaube, du würdest ihn auch gern haben. Er ist Polizist.« Sie hielt inne. »Aber er ist auch noch etwas anderes.« Sie senkte die Stimme, obwohl sonst niemand in der Nähe war. »Du hast doch immer diese Geschichten vom Mars aus der Zeit des Spins gemocht. Wie sich die menschlichen Kolonien dort in Zivilisationen verwandelten, während die Erde hinter der Spinbarriere lag. Dass sie ein viertes Lebensalter kannten und länger leben konnten, wenn sie bestimmte Pflichten und Aufgaben übernahmen. Weißt du noch? Die Geschichten, die Wun Ngo Wen erzählte, bevor er ermordet wurde? Naja, der Mars redet nicht mehr mit uns, und gewissenlose Leute haben aus diesen marsianischen Arzneien etwas Schmutziges gemacht, für das sie auf dem Schwarzmarkt eine Menge Geld bekommen. Aber es gab Menschen im Umfeld von Wun Ngo Wen, Menschen wie Jason Lawton und seine Freunde, die die marsianische Ethik ernst genommen haben. Früher habe ich Gerüchte gehört: über verschwiegene Gruppen, die die Langlebigkeitsbehandlung so praktizierten, wie die Marsianer es taten. Sie haben nicht daran herumgepfuscht und sie auch nicht verkauft, sondern sie mit anderen geteilt, und zwar so, wie die Marsianer es vorgesehen hatten. Sie sind *weise* damit umgegangen.« Inzwischen flüsterte Sandra fast. Kyles Augen folgten den Bewegungen ihrer Lippen. »Ich habe damals nicht an diese Gerüchte geglaubt. Aber jetzt denke ich, dass sie stimmten.«

Vor wenigen Stunden hatte Bose ihr gesagt, dass er nicht nur Polizist war. Dass er mit Menschen in Verbindung stand, die die Methoden der Marsianer übernommen hatten. Seine Freunde hassten den Schwarzmarkt, sagte er. Die Polizei war bestechlich, aber sie nicht, denn sie hatten die Langlebigkeitsbehandlung bereits hinter sich – die unverfälschte Version. Und was Bose tat, tat er in ihrem Interesse.

Das erzählte sie ihrem Bruder, ganz leise.

»Nun willst du wahrscheinlich wissen« – er hätte das als großer Bruder ganz bestimmt gewollt –, »ob ich ihm vertraue.«

Kyle blinzelte vor sich hin.

»Ja, ich vertraue ihm«, sagte Sandra, und es tat gut, es auszusprechen. »Was mir Sorgen macht, ist das, was ich *nicht* weiß.«

Wie etwa die Bedeutung von Orrin Mathers Science-Fiction-Geschichte. Wie der Verband um Jack Geddes' Unterarm. Wie die Narbe, die Bose zu verbergen versucht und bisher noch nicht erklärt hatte.

Für eine Weile schwieg sie. Schließlich kam eine Schwester den Weg herunter. »Höchste Zeit, den Jungen wieder ins Bett zu stecken«, sagte sie. Kyles Baseballkappe war heruntergefallen, was aber im Schatten der Bäume nicht weiter schlimm war. Sandra sah, dass sich sein Haar langsam lichtete. Die Kopfhaut zwischen den blassblonden Strähnen leuchtete babyrosa. Sie hob die Kappe auf und setzte sie ihm sanft auf den Kopf.

Er seufzte.

»Schlaf gut, Kyle«, sagte Sandra. »Ich komme bald wieder.«

Sandra hatte Psychologie studiert, um das Wesen der Verzweiflung zu begreifen, aber was sie wirklich gelernt hatte, war die Pharmakologie der Verzweiflung. Das menschliche Gehirn war leichter mit Medikamenten zu behandeln, als zu verstehen. Heutzutage gab es mehr und bessere Antidepressiva als zu Lebzeiten ihres Vaters, und das war gut so, doch die Verzweiflung selbst blieb mysteriös, aus klinischer wie persönlicher Sicht – sie war ebenso sehr eine Heimsuchung wie eine Krankheit.

Die Fahrt zurück nach Houston führte an einer Internierungseinrichtung der State Care vorbei, in der jene Patienten eingewiesen wurden, die entmündigt worden waren. Normalerweise vermied sie es hinzusehen – beim Anblick des Gebäudes bekam sie immer Gewissensbisse –, und glücklicherweise war es auch leicht zu übersehen. Der Eingang war mit einem kleinen Schild versehen; die Einrichtung selbst versteckte sich hinter einer grasbewachsenen Hügelkette (gelb und verdorrt). Vom Highway aus war kaum etwas zu erkennen – bis auf die kleinen Dächer der Wachtürme. Sie war diese Straße schon viele Male gefahren und wusste, was dahinterlag: ein riesiger, zweigeschossiger Bau, umgeben von provisorischen Behausungen, meist blecherne Wohnwagen aus Restbeständen der FEMA (der nationalen Katastrophenhilfe), das alles von einem hohen Drahtzaun umschlossen. Es war eine Gemeinschaft aus Männern (hauptsächlich) und Frauen (ein paar), die sorgfältig voneinander getrennt lebten. Und warteten. Denn das war es, was man dort tat: warten.

Auf das Ticket für ein berufliches Wiedereingliederungsprogramm; auf die winzige Chance, in ein Rehazentrum überstellt zu werden; auf Briefe von fernen, desinteressierten Verwandten; auf das Wunder eines neuen Lebens.

Es war ein Dorf aus Draht und Wellblech und chronischer Verzweiflung. Verzweiflung, die mit Medikamenten behandelt wurde – Sandra selbst hatte wahrscheinlich einige der Rezepte ausgestellt. Und manchmal reichte nicht einmal das; das größte Sicherheitsproblem, so hatte sie gehört, waren die Rauschmittel (Hasch, Schnaps, Opiate, Methamphetamin), die von außen hineingeschmuggelt wurden.

Dem texanischen Parlament lag ein Gesetz zur Teilprivatisierung derartiger Einrichtungen vor – mit der Klausel, dass eine »Arbeitstherapie« es erlauben sollte, halbwegs gesunde Insassen für Straßenarbeiten oder saisonale Farmarbeit auszuleihen, um so den öffentlichen Aufwand für ihre Pflege zu decken. Wenn das Gesetz durchkam, überlegte Sandra, würde es den letzten Rest an Idealismus zunichtemachen, der dem State-Care-Projekt noch anhaftete. Was einmal dafür gedacht war, mittellosen Menschen Beistand und Schutz zu bieten, würde zu einer verbrämten Zwangsarbeit verkommen: Sklaverei mit Haarschnitt und sauberem Hemd.

Die Wachtürme verschwanden im Rückspiegel, duckten sich hinter die gelben Hügel. Sandra musste daran denken, wie wütend sie auf Congreve gewesen war, der sie von Orrin abgezogen hatte, um eine unerwünschte Diagnose zu verhindern. Aber wie sauber waren ihre eigenen Hände? Wie viele Menschen hatte sie dieser Einrichtung hier überantwortet, nur weil sie einem bestimmten Profil im diagnostischen Handbuch entsprachen? Sie hatte sie vor der Straße bewahrt, vor Ausbeutung und Aids und Unterernährung und Drogen – genug, um ihr Gewissen zu beruhigen. Aber was hatte es diesen Menschen gebracht? *Was?*

Es war fast dunkel, als sie zu Hause ankam. Jetzt im September wurden die Tage kürzer, obwohl es heißer war als im August. Sie fuhr den Computer hoch und fand eine E-Mail von Bose im Posteingang – eine weitere Portion von Orrins Notizen.

Sie hatte gerade das Abendessen in die Mikrowelle geschoben, als das Telefon summte. Sie hob ab, erwartete Bose, aber die Stimme am anderen Ende war ihr unbekannt.

»Dr. Cole? Sandra Cole?«

»Ja?« Sie war argwöhnisch – nach allem, was bisher geschehen war.

»Ich hoffe, der Besuch bei Ihrem Bruder hat sich gelohnt.«

»Wer spricht da?«

»Jemand, der es gut mit Ihnen meint.«

Die Furcht kam aus Sandras Bauch, huschte die Wirbelsäule hinauf und sprang ihr mitten ins Herz. Das ist nicht gut, dachte sie. Aber sie legte nicht auf. Sie hörte zu.

12 TURK

1.

»Das Majestätische an ihnen«, sagte Oscar, »das beinahe *unfassbar* Majestätische an ihnen ist ihre physische Struktur. Milliarden unterschiedlichster Komponenten, verschwindend kleine bis zu gigantisch großen, über die ganze Galaxis verteilt. Dagegen ist der menschliche Körper ein Nichts, nein, noch weniger als nichts. Und trotzdem sind wir für sie von Bedeutung. Ja, in gewisser Weise sind wir ein wichtiger Bestandteil ihrer Existenz.« Er setzte das selbstgewisse Lächeln eines Mannes auf, der über eine Vision nachdachte. »Und sie wissen, dass wir hier sind. Und sie kommen uns entgegen.«

Er meinte die Hypothetischen.

Zum ersten Mal hatte Oscar mich zu sich nach Hause eingeladen. Dass er ein Zuhause oder gar eine Familie haben könnte, war mir bisher nicht in den Sinn gekommen. Er hatte beides und wohnte in einem niedrigen, hübschen Haus aus Holz und Stein, zwischen zierlichen, dünnblättrigen Bäumen, tief unten in einer der Steuerbord-etagen von Vox-Core. Von seiner Familie waren drei Frauen und zwei Kinder anwesend. Die beiden Töchter waren acht und zehn Jahre alt. Eine der Frauen war seine dauerhafte Partnerin, die beiden anderen waren entferntere Familienmitglieder – die voxische Sprache hatte ein Wort für den Verwandtschaftsgrad, aber Oscar meinte, es sei schwer ins Englische zu übersetzen, also einigten wir uns auf »Cousinen«. Wir aßen zusammen – es gab geschmorten Fisch und Gemüse –, und ich beantwortete höfliche Fragen über das 21. Jahrhundert, dann brachten die Cousinen die lärmenden Mädchen fort. Oscars Part-nerin hieß Brion (mit dem üblichen Rattenschwanz an Titeln und Ehrenbezeichnungen); sie hatte bemerkenswert sanfte Augen und leistete uns nach dem Essen noch eine Weile Gesellschaft, bevor sie sich zurückzog. Und dann, während das künstliche Tageslicht dem künstlichen Abend entgegendämmerte, erzählte mir Oscar von den Hypothetischen.

Doch es war nicht nur Geplauder, und langsam begriff ich, dass Oscar mich eingeladen hatte, um mir eine heikle Frage zu stellen oder ein Ansinnen an mich zu richten.

»Selbst wenn sie wissen, dass wir hier sind«, sagte ich, »was be-deutet das schon?«

Er berührte ein Kontrollfeld am Tisch und rief ein zweidimen-sionales Bild auf, das zwischen uns in der Luft schwebte. Eine neue Luftaufnahme von den Maschinen der Hypothetischen, während sie durch die antarktische Wüste krochen: drei gesichtslose Kästen, die von sechs kleineren Rechtecken begleitet wurden, Objekte so unver-schämt simpel wie geometrische Zeichnungen in einem Schulbuch. »Im Laufe der letzten Woche«, sagte er, »haben sie ihre Richtung ge-ändert. Ihr Weg zielt präzise auf unsere gegenwärtige Position.«

Nicht nur Oscar war sichtlich stolz auf diese (angebliche) Bestäti-gung der voxischen Prophezeiung; sein wissendes Lächeln war mir heute schon mehrmals begegnet.

»Diese Maschinen sind kreuz und quer über alle Kontinente der Erde gekrochen. Seit wir wissen, wonach wir suchen müssen, können wir ihre Spuren erkennen und analysieren. Ja, wir haben Grund zu der Annahme, dass sie sogar auf dem Meeresboden unterwegs waren – ausgeschlossen ist das nicht. Unsere Gelehrten meinen, die Hypothetischen seien dabei, die Erde zu kartografieren.«

»Warum sollten sie das tun?«

»Jede Antwort wäre spekulativ. Aber bedenken Sie, Mr. Findley, diese Maschinen sind die lokale Inkarnation eines intelligenten Systems, das buchstäblich die ganze Galaxis umspannt – und sie kommen *wegen uns*!«

Wenn dem so war, hatten sie es allerdings nicht eilig. Die Maschinen legten auf flachem Land zwei bis drei Kilometer pro Stunde zurück. Und sie waren immer noch mehr als tausend Kilometer entfernt: draußen im windgepeitschten Wilkes-Becken jenseits des transantarktischen Gebirges.

»Deshalb«, sagte Oscar, »haben wir uns entschieden, ihnen eine Expedition entgegenzuschicken.«

Er schien zu erwarten, dass ich genauso erfreut über diese Neuigkeit sein würde wie er, als wäre sein Enthusiasmus ansteckend (was er vermutlich gewesen wäre, wäre ich vernetzt gewesen). Als ich nicht reagierte, fuhr er fort: »Unsere Drohnen versagen regelmäßig, wenn sie den Maschinen zu nahe kommen. Dasselbe könnte mit bemannten Luftfahrzeugen passieren. Deshalb haben wir vor, die Expedition rechtzeitig abzusetzen und zu Fuß weiterzugehen.«

»Warum? Was versprechen Sie sich davon?«

»Auf jeden Fall passive Erkundung. Und vielleicht tut sich ja auch etwas zwischen uns und den Maschinen.«

Eine der Cousinen brachte uns Gläser mit Saft und ließ uns wieder allein. Die Abendbrise strich durch die offene Architektur des Hauses. Ein Fenster ging nach achtern, und ich sah weit hinten über der Stadt hauchzarte Regenfahnen.

»Wie auch immer«, sagte Oscar vorsichtig, »wir halten es für wünschenswert, einen Aufgenommenen dabeizuhaben.«

Es gab nur zwei Aufgenommene in Vox-Core: mich und Isaac Dvali. Isaac machte Fortschritte. Sein Kopf war erfolgreich rekonstruiert worden, und seit Neuestem konnte er sogar ein paar Schritte gehen und ein paar Worte nachsprechen. Doch für eine Expedition in die Antarktis war er noch viel zu zerbrechlich.

»Habe ich eine Wahl?«

»Selbstverständlich. Im Augenblick bitte ich Sie lediglich, darüber nachzudenken.«

Ich *musste* natürlich einwilligen – um Oscar in dem Glauben zu bestärken, Mr. Findley werde sich eines Tages zu den voxischen Prinzipien bekennen. Dass er dies für möglich hielt, war unerlässlich, wenn Allisons Plan funktionieren sollte.

Wenn es denn noch einen Plan gab. Wenn wir nicht längst vor unseren eigenen Lügen kapituliert hatten.

Tatsächlich hatte ich keine andere Heimat auf der Welt als Vox. Und Vox, wie Oscar nicht müde wurde zu betonen, würde mich liebend gerne adoptieren, sobald ich dazu bereit war. Also versuchte ich mich wie ein Mann zu benehmen, der ernsthaft über das Angebot nachdachte.

Vielleicht sollte ich es ja wirklich annehmen. Nun, da ich Vox konkret erlebte, hatte es seinen Schrecken verloren. Inzwischen wusste ich mich so zu kleiden, dass ich nicht mehr auffiel, und beherrschte zumindest die grundlegendsten Umgangsformen. Ich studierte weiterhin die Bücher, die ich bekommen hatte, und bemühte mich aus der legalistischen Prosa nachvollziehbare Episoden herauszulesen. Vox war aus einem Gemeinwesen im Meer der Ringwelt Ester hervorgegangen. Ich konnte die Gründer dieser limbischen Demokratie beim Namen nennen und die Kriege, Bündnisse, Siege und Niederlagen der letzten fünfhundert Jahre aufzählen. Und ich konnte einen Teil jener gewaltigen Collage aus Theorie und Spekulation zitieren, dem »Genpool« der voxischen Prophezeiungen. (Ist es nicht unheimlich, dass manche von uns, die wir vor zehntausend Jahren im temporalen Torbogen von Äquatoria verschwunden sind, namentlich in den Prophezeiungen vorkommen? Unsere Wiederkunft ist mit Tag und Stunde verzeichnet.)

Mit anderen Worten: Ich war dabei, mit allen mir zur Verfügung stehenden Mitteln an einer voxischen Identität zu basteln – allerdings ohne implantierten Netzknoten.

Zur selben Zeit bewegte sich Allison in die Gegenrichtung, weg von der Vergangenheit, immer tiefer in ihre Impersona hinein. Der Preis, den sie dafür zahlte, war gesellschaftliche Isolation und chronische Einsamkeit. Aber auch das diente einem Zweck: Sie wollte ihre Aufpasser glauben machen, dass sie den Bezug zur Realität verlor.

Nach meinem Besuch bei Oscar ging ich in unsere gemeinsame Wohnung zurück. Allison saß am Tisch, die Schultern nach vorne gekrümmt, und tat, was sie nun schon seit Wochen täglich verbissen tat: Sie schrieb. Mit Bleistift auf losen Blättern. Papier zu bekommen war nicht schwer gewesen; es wurde hier in kleinen Mengen für allerlei Zwecke hergestellt. Kugelschreiber oder Bleistifte waren allerdings unüblich in Vox, doch als ich Oscar das Konzept erklärt hatte, war er sofort bereit gewesen, ein paar Muster herstellen zu lassen: Graphitstäbchen in einem Carbonfasermantel – »Plastikstifte«, wie wir früher gesagt hätten.

Die eigentliche Allison Pearl war eine besessene Schreiberin gewesen, und ihre Tagebücher hatten ihre Rekonstruktion sehr erleichtert. Ich legte meine Hand auf Allisons Schulter, um mich bemerkbar zu machen. Dabei fiel mein Blick auf ihren Text. (Große, ungelenke Buchstaben: Man hatte ihr Allison Pearls Schreibzwang einprogrammiert, aber nicht ihre Schreibfertigkeit.) Vox war relativ nahe am antarktischen Kontinent vor Anker gegangen, in einem tiefen Becken, das einst unter dem Ross-Schelfeis gelegen hatte; Allison war heute auf einem der hohen Türme gewesen und schrieb auf, was sie gesehen hatte:

… die Bergkette heißt in den uralten Atlanten Queen Maud Range, graue, kahle Zahnstümpfe unter einem hässlichen Himmel, so tot wie alles andere auf diesem Planeten, grüne Wolken, die gelben Regen auf die windwärtigen Hänge kippen.

Als habe jemand ein Urteil über die Menschheit vollstreckt.
Ich weiß, dass die Menschen weitergezogen sind, und trotzdem
sieht das Gebirge wie ein Mahnmal aus: Ihr habt gelebt, als wärt
ihr Herr eures Tuns …

Sie breitete die Hand über das Geschriebene und blickte zu mir auf.

»Oscar will, dass ich ins Landesinnere gehe«, sagte ich.

Sie machte große Augen.

Ich erzählte ihr von der geplanten Expedition. Wir redeten eine Weile darüber, so wie wir neuerdings alles beredeten: immer unter dem Aspekt, dass die Wände mithörten. Allison war nicht begeistert von der Idee, brach aber auch keine Diskussion vom Zaun.

Schließlich widmete sie sich wieder ihrem Text, und ich ging mit einem meiner Bücher – *Der Kollaps des Mars und die marsianische Diaspora* – ins Schlafzimmer. Als ich es aufschlug, fiel mir ein, was Oscar über das »unfassbar Majestätische« an den Hypothetischen gesagt hatte. Sie hatten eine Kette von Planeten konstruiert, die durch Torbögen miteinander verbunden waren, und die Erde war das eine und der Mars das andere Ende der Kette; die zehn Planeten dazwischen bildeten eine durchgehende Landschaft, die das Buch eine »gestauchte interstellare Topologie« nannte. Der Mars war nie ein einladender Ort für Menschen gewesen, daran hatte unser Terraforming wenig geändert – ein Tor zu grüneren, freundlicheren Planeten war daher eine Verlockung gewesen, der die Marsianer nicht hatten widerstehen können. Aber ohne gewissenhafte Bewirtschaftung war der Mars in seinen Naturzustand zurückgefallen und wieder zu einem kalten, trockenen Planeten geworden – eine feindselige Welt mehr in einem Universum, in dem es von solchen Welten zu wimmeln schien. Die Marsianer hatten ihre Heimat verloren, wie die Erdbewohner.

Ich erinnerte mich an die Geschichten über den marsianischen Botschafter Wun Ngo Wen, der während des Spins zur Erde gekommen war. Sein Mars schien ein vernünftigerer Ort gewesen zu sein als die Erde. Die Marsianer hatten die Technologie der Hypothetischen

in bescheidenem Maße angezapft, um ihre berühmte Langlebigkeitsbehandlung zu entwickeln. Doch laut Buch hatten sie diese Behandlung und jede andere Form hypothetischer Technik letzten Endes
aufgegeben. Die meisten frühen bionormativen Philosophen seien
Marsianer gewesen. Nicht dass sie etwas gegen Biotechnik an sich
gehabt hätten – schließlich seien die ersten kortikalen Demokratien
marsianische Erfindungen gewesen –, aber sie hatten verlangt, sich
auf *menschliche* Biotechnik zu beschränken, die man durchschauen
und beherrschen könne. Das sei eine kurzsichtige und autoritäre
Doktrin gewesen, hieß es im Buch.

Ich hatte das Buch schon beiseitegelegt, als Allison ins Bett kam.
Wir schliefen immer noch zusammen, auch wenn wir seit Wochen
keinen Sex mehr gehabt hatten. Unsere unbeherrschten Momente
waren die riskantesten – weiß der Himmel, welche voreiligen Schlüsse
das Netzwerk aus unseren Liebeslauten ziehen könnte. Das Skript,
das wir für uns geschrieben hatten, war plausibler ohne leidenschaft-
liche Zwischenspiele.

Aber ich vermisste sie – und nicht nur körperlich. In dieser Nacht
wachte ich auf und hörte sie einen Mischmasch aus englischen und
voxischen Worten murmeln. Sie träumte, ihre Lider zuckten, ihr Gesicht war nass von Tränen, und als ich ihre Wange berührte, stöhnte
sie leise und drehte sich auf die andere Seite.

2.

Am Tag vor dem geplanten Start der Expedition besuchte ich Isaac
Dvali in seinem Krankenzimmer. Oscar bestand darauf mitzukommen. »Ihre Gegenwart hat immer eine messbare Wirkung auf ihn«,
erklärte er mir. »Sein Puls schlägt schneller, wenn Sie bei ihm sind.
Die elektrische Aktivität in seinem Gehirn nimmt zu und wirkt ko-
härenter.«

»Vielleicht hat er einfach nur gerne Gesellschaft.«

»Niemand sonst hat diese Wirkung auf ihn.«

»Vielleicht erkennt er mich wieder.«

»Ganz bestimmt. Auf irgendeine Art und Weise.«

Isaac hatte große Fortschritte gemacht, und so waren die lebenserhaltenden Apparaturen nach und nach entfernt worden. Außer Hörweite hielt sich immer noch ein Schwarm von Ärzten und Schwestern auf, doch er beachtete sie nicht, sondern sah mich direkt an.

Das konnte er inzwischen. Die Rekonstruktion von Kopf und Körper war fast abgeschlossen. Das Fleisch auf der linken Schädelseite war noch durchscheinend, und als er den Mund öffnete, bewegte sich das Kiefergelenk wie eine Krabbe in einem milchigen Gezeitentümpel, aber das neue linke Auge hatte seine blutunterlaufene Trübung verloren und arbeitete mit dem anderen zusammen.

Ich machte einen Schritt auf den Stuhl zu, in dem er saß. »Hey, Isaac«, sagte ich.

Hinter einem Schleier aus Kapillargefäßen tanzte sein Kiefer den Krabbentanz. »Tu…«, brachte er heraus. »Tu… Tu…«

»Ja, ich bin es. Turk.«

»*Turk!*«, schrie er fast.

Eine Ärztin flüsterte Oscar etwas zu. Er übersetzte: »Seine Motorik ist schon viel besser, aber die Impulskontrolle lässt noch zu wünschen übrig …«

»*Halt den Mund!*«, kreischte Isaac.

Der Junge war so etwas wie ein »Aufgenommener Halbhypothetischer«, was ihn fast zu einem lebenden Gott machte. Armer Oscar! Wie mochte es sein, mit einer unbeherrschten Gottheit gestraft zu sein?

»Hey, *hier* bin ich«, sagte ich. »Direkt vor dir, Isaac.«

Doch das bisschen Sprechen war schon zu viel gewesen. Seine Lider senkten sich wieder. Die Arme zitterten gegen die Gurte an.

Ich sah zu Oscar. »Muss er denn unbedingt gefesselt sein?«

Ein weiterer Wortwechsel mit den Ärzten, dann erwiderte er: »Ich fürchte, ja. Zu seiner eigenen Sicherheit. An diesem Punkt seiner Genesung könnte er sich selbst gefährden.«

»Was dagegen, wenn ich noch bleibe?«

Ich hatte die Frage an Isaac gerichtet, aber es war Oscar, der mir einen Stuhl holte. Als ich mich setzte, schweifte Isaacs Blick nervös ab, um mich gleich wiederzufinden. Schwer zu sagen, ob es Angst oder Erleichterung war, die über das bleiche Gesicht huschte.

»Du musst nicht sprechen«, erklärte ich ihm. Er zitterte gegen die Gurte an.

»Er reagiert positiv auf Ihre Stimme«, sagte einer der Ärzte.

Also legte ich los. Eine knappe Stunde redete ich mit Isaac, wobei ich seine gelegentlichen Grunzlaute als Ermutigung betrachtete. Weil ich mir nicht sicher war, was er über Vox oder unseren »Zeitsprung« wusste, redete ich genau darüber: Wie uns der temporale Bogen in der äquatorianischen Wüste aufgegriffen und wie es uns nach zehntausend Jahren nach Vox verschlagen hatte. Wir seien wieder auf der Erde, sagte ich ihm, und Vox habe hier etwas Wichtiges zu erledigen, aber die Erde sei nicht mehr dieselbe …

Ich konnte mich nicht des Eindrucks erwehren, dass es Oscar lieber gewesen wäre, ich hätte den Mund gehalten. Vielleicht hatte er gehofft, Isaac auf seine Weise und mit seinen Worten einzuführen. Doch die Ärzte waren von Isaacs Reaktionen angetan und Oscar wollte den Jungen nicht wieder provozieren.

Schließlich war es Isaac, der den Besuch beendete. Sein Blick ging erneut auf Wanderschaft, und seine Lider wurden schwer. Ich nahm das als Fingerzeig. »Du brauchst jetzt Ruhe«, sagte ich. »Ich bin für eine Weile fort, aber ich komme wieder, versprochen.«

Ich stand auf. Im selben Augenblick begann Isaac zu beben – kein einfacher Tremor, sondern ein ausgewachsener Krampf. Sein Kopf schlug hin und her, und die Augen wölbten sich gegen die papierdünnen Lider. Das Ärzteteam eilte herbei, während ich Platz machte.

»*Turk!*«, schrie Isaac. Speichel schäumte auf seinen Lippen. Dann versteifte er sich und verdrehte die Augen, bis nur noch das Weiß zu sehen war. Doch Lippen, Zunge und Kiefer bewegten sich weiter und formten präzise englische Worte: »*Majestätisch! Milliarden unterschiedlichster Komponenten, über die ganze Galaxis verteilt. Sie wissen, dass wir hier sind. Sie kommen uns entgegen.*«

Die Worte, die Oscar benutzt hatte.

Ich warf einen raschen Blick auf Oscar. Sein Gesicht war fast so bleich wie das des Jungen.

»*Turk!*«, schrie Isaac wieder.

Eine Ärztin presste eine silbrige Röhre an den Hals des Jungen. Sein Körper erschlaffte, seine Augen fielen zu, und der Chefarzt warf mir einen unmissverständlichen Blick zu: *Raus! Sofort!*

3.

Allison begleitete mich zu den Docks, die, geschützt durch eine transparente, osmotische Membran, auf einer Plattform hoch über der Stadt lagen. Ringsherum Soldaten, deren Ausrüstung sich auf dem Deck stapelte. Ockerfarbene Wolken flogen vorüber, düster im schrägen Licht der Sonne.

Sie umarmte mich zum Abschied. »Komm zurück«, sagte sie und flüsterte mir dann ins Ohr: »Bald.«

Selbst dieses eine Wort war riskant. Doch sollte das Netzwerk es gehört haben, klang es eher wie der Appell einer Frau an ihren Geliebten, der sich aus ihren Armen befreite.

Aber das meinte sie nicht. *Wir müssen bald handeln,* meinte sie, *oder wir kommen hier nicht mehr weg.*

Sie meinte: *Unser Plan kann jederzeit auffliegen.*

»Das werde ich«, flüsterte ich zurück.

Und meinte: *Ich weiß.*

Es war nach zehn, als Sandra ihn endlich erreichte. Als sie Bose erklärt hatte, was passiert war, sagte er, sie solle in der Wohnung bleiben, er würde so schnell wie möglich kommen. Keine halbe Stunde verging, als der Summer der Sicherheitsschleuse betätigt wurde. Sie öffnete und lauschte, bis sie hörte, wie der Lift in ihrem Stockwerk ankam. Sie wartete sein Klopfen ab, bevor sie entriegelte und ihn hereinließ.

Bose trug Jeans und ein weißes T-Shirt. Er entschuldigte sich, dass er nicht früher zurückgerufen hatte. Ob er Kaffee wolle – sie hatte gerade einen aufgesetzt. Er schüttelte den Kopf. »Was genau hat der Kerl gesagt? Versuch es, Wort für Wort zu rekonstruieren.«

Die Stimme hatte rau und ein bisschen nasal geklungen, sie schien einem älteren Mann zu gehören. Es war diese schleimige Vertrautheit, die Sandra sofort Angst gemacht hatte. *Jemand, der es gut mit Ihnen meint … Nein, ganz bestimmt nicht!*

»Ist es wegen Kyle? Ist er okay?«

»Er ist wie immer«, sagte die Stimme. »Hirnschaden, hab ich recht? Deshalb wird er ja für den Rest seiner Tage in diesem Gemüseschrank aufbewahrt.«

»Sagen Sie mir, wer Sie sind, oder ich lege auf.«

»Das ist Ihr gutes Recht, Dr. Cole, aber noch einmal, ich will Ihnen helfen, also immer schön der Reihe nach. Ich weiß, dass Sie heute Ihren Bruder besucht haben, und ich weiß noch ein paar andere Dinge über Sie. Ich weiß, dass Sie bei der State Care arbeiten. Ich weiß, dass Sie sich für einen Patienten namens Orrin Mather interessieren. Und Sie interessieren sich auch für Jefferson Bose.«

Sie umklammerte wortlos den Hörer.

»Nicht dass ich behaupte, Sie würden mit ihm ins Bett gehen. Aber Sie haben bereits eine Menge Zeit mit dem Burschen verbracht, wenn man bedenkt, dass Sie ihn erst vor ein paar Tagen kennengelernt haben. Wie gut kennen Sie ihn eigentlich? Vielleicht fragen Sie sich das einmal.«

Warum lege ich nicht einfach auf?, dachte sie. Oder war es besser zuzuhören? Dann konnte sie Bose sagen, was der Anrufer gewollt hatte … Sie fühlte sich überrumpelt, versuchte ihre Gedanken zu ordnen. »Wenn Sie mir drohen wollen …«

»Hören Sie zu! Ich will Ihnen *helfen*. Und Sie *brauchen* Hilfe. Sie haben ja keine Ahnung, in was Sie da hineingestolpert sind. Wie viel hat Bose Ihnen über sich erzählt, Dr. Cole? Hat er erzählt, er sei der einzige ehrbare Polizist auf der Gehaltsliste des Houston Police Departments? Er sei daran interessiert, einen Drogenring auffliegen zu lassen? Nun, ich will Ihnen ein anderes Bild von Jefferson Bose zeichnen. Es ist womöglich nicht sehr schmeichelhaft: Ein Mann mit einer schwächelnden Polizeikarriere und beschissenen Aussichten auf Beförderung. Ein Mann, der erfolglos versucht hat, das FBI für seine Theorie über verbotene Chemikalien zu interessieren, die angeblich durch einen lokalen Importeur ins Land kommen. Ein Mann, der rein gar nichts in den Händen hat, um diese Theorie zu stützen, und der gezwungen ist, einen geistig retardierten Nachtwächter als Zeugen vorzuladen. Und lassen Sie mich hinzufügen: ein Mann, der sich nicht scheut, eine State-Care-Ärztin zu verführen, um diese Vorladung durchzuboxen. Sie sollten der Wahrheit ins Gesicht sehen: Sie wurden ausgenutzt.«

»Scheren Sie sich zum Teufel!«

»Okay, Sie glauben mir nicht. Na gut. Warum sollten Sie auch? Wir könnten die ganze Nacht streiten. Aber ich habe gesagt, dass ich Ihnen helfen will. Oder Ihnen helfen will, Ihrem Bruder Kyle zu helfen, wenn Sie so wollen. Nun, ich will Officer Bose Gerechtigkeit widerfahren lassen: Er ist kein totaler Versager. Es gibt tatsächlich Leute in Houston, die in den Handel mit lebensverlängernden Medikamenten verwickelt sind. Und ja, der Handel ist illegal. Aber stellen Sie sich doch einmal die Frage – wenn Sie es nicht längst getan haben –, ob es wirklich so furchtbar schlimm ist, was diese Leute tun. Eine Behandlung, die das Leben um dreißig, vierzig Jahre verlängern kann –

was ist so verwerflich daran? Was gibt der Regierung das Recht, uns das vorzuenthalten? Weil es schlecht ist für ihre … *soziale Planung*?«

»Wenn Sie darauf aus sind …«

»Ich bitte Sie lediglich, über den Tellerrand zu blicken, Dr. Cole. Sie sind jung, Sie sind gesund, Sie brauchen die marsianische Behandlung nicht – das ist schön. Aber womöglich empfinden Sie anders, wenn die Zeit kommt, da Sie nichts mehr zu erwarten haben als ein Krankenhaus, ein Hospiz oder ein Grab. Okay, nicht jetzt und wahrscheinlich noch lange nicht. Aber irgendwann ist es so weit. Angenommen, man stellt Ihnen eine schlechte Diagnose – nicht erst in Jahren, sondern nächste Woche. Krebs, Stufe vier, man kann nichts mehr für Sie tun. Nun, das besagte Präparat verlängert nicht einfach nur das Leben. Sie leben länger, weil es in Ihnen arbeitet, weil es ständig Ausschau hält nach kranken Zellen, Tumoren und dem ganzen Unrat. Es *heilt* Ihren Krebs. Wollen Sie jetzt immer noch, dass man dieses Präparat unter Verschluss hält? Was ist Ihnen wichtiger: Ihr Leben oder die sogenannte ›Genomische Sicherheit‹?«

»Ich verstehe nicht, worauf Sie hinauswollen.«

»Ich sage, dass Sie jetzt nicht in der Situation sind, in der Sie selbst diese Behandlung brauchen. Ja, dass Sie vielleicht sogar eine unerschütterliche Verfechterin des Standpunktes ›Ich will diese Behandlung unter gar keinen Umständen‹ sind. Aber ich möchte Sie noch einmal darauf hinweisen, diese Behandlung ist ein *Heilverfahren*. Ein Heilverfahren für Krankheiten, für die es kein anderes Heilverfahren gibt.«

»Das ist absurd.«

»Im Gegenteil. Ich habe es selbst erlebt.«

»Sie sprechen von einer kriminellen Handlung.«

»Ich spreche von einem Fläschchen mit einer farblosen Flüssigkeit, nicht größer als Ihr Zeigefinger. Bedenken Sie, was dieses Fläschchen für Kyle bedeuten könnte. Sie holen Ihren Bruder aus Live Oaks heraus und verabreichen ihm die Arznei. Er wird eine Weile Fieber haben, aber nach gut zwei Wochen ist er wie neugeboren, das ganze schadhafte Hirngewebe komplett restauriert – zumindest so weit, dass Sie ihm helfen können, sein Leben zurückzugewinnen. Denken Sie an Ihre Verantwortung als Ärztin. Und als Kyles Schwester. Auch mit der besten Therapie, die für Geld zu haben ist, siecht er dahin – Sie wissen das. Was wollen Sie also tun? Lassen Sie ihn sterben? Oder tun Sie das, was andere tagtäglich aus weit egoistischeren Motiven tun? Stellen Sie sich der Frage! Es ist ein konkretes Angebot. Ich halte besagtes Fläschchen in diesem Moment in der Hand. Ich kann es Ihnen anonym und gefahrlos zustellen lassen. Nur Sie und ich wissen davon, sonst niemand. Das alles geht aber nur, wenn Sie aufhören, sich in Dr. Congreves Angelegenheiten zu mischen. Morgen früh stehen Sie auf, fahren zur Arbeit, entschuldigen sich bei Congreve und unterschreiben ein Papier, in dem Sie Orrins Fall wegen Befangenheit niederlegen.«

Trotz der Hitze, trotz der Schweißperlen, die ihr über die Wangen kullerten, fror Sandra. Die Fenstervorhänge bauschten sich und fielen wieder zurück. Am anderen Ende des Zimmers flackerte der Bildschirm in stummer Hysterie.

»Ich werde Orrin Mather nicht opfern.«

»Wer redet denn von *opfern*? Orrin geht in die State Care. Ist das so schrecklich? Sauberes Wohnen, ein bisschen Aufsicht, nicht mehr im Freien schlafen – das klingt doch ganz ordentlich. Oder glauben Sie nicht an das System, für das Sie arbeiten? Wenn die State Care eine so miese Einrichtung ist, sollten Sie vielleicht Ihre Berufswahl überdenken.«

Ja, vielleicht sollte sie das wirklich. Vielleicht hatte sie das schon. Vielleicht sollte sie sich das alles überhaupt nicht anhören. »Nennen Sie mir einen Grund, warum ich Ihnen glauben soll?«

»Weil ich mir die Mühe gemacht habe, Sie anzurufen. Bitte verstehen Sie mich nicht falsch, ich drohe Ihnen nicht. Ich will einfach nur ein Geschäft mit Ihnen machen. Leider gibt es keine Garantie – aber ist die Zukunft Ihres Bruders das Risiko nicht wert?«

»Sie sind nur eine Stimme am Telefon.«

»Gut, ich werde jetzt auflegen. Sie müssen nicht Ja oder Nein sagen, Dr. Cole. Ich möchte nur, dass Sie darüber nachdenken. Wenn Sie zu einem befriedigenden Ausgang in dieser Angelegenheit beitragen, werden Sie dafür belohnt. Belassen wir es dabei.«

»Aber ich …«

Klick.

Das alles erzählte sie Bose. Erstaunlich ruhig – oder vielleicht doch nicht so erstaunlich angesichts der zwei Gläser Wein, die sie sich eingeschenkt und leer getrunken hatte, während sie auf ihn gewartet hatte. Ihre Mutter, die in stressigen Momenten immer ein, zwei Drinks zu nehmen pflegte, hatte diese Wirkung »Dutch Courage« genannt. Sandra blickte flüchtig auf das Etikett der Weinflasche: *Napa Valley Courage*.

»Dieser verdammte Mistkerl!«, sagte Bose.

»Ja.«

»Er muss dir gefolgt sein. Und er hat seine Beziehungen spielen lassen, um herauszufinden, wen du da besucht hast … Wie hieß das noch?«

»Live Oaks Polycar Residential Complex.«

»Wo dein Bruder lebt.«

»Kyle, ja.«

»Du hast mir nicht gesagt, dass du einen Bruder hast.«

»Ja, aber verschwiegen habe ich es dir auch nicht.«

Er zog die Augenbrauen hoch. »Das habe ich auch nicht angenommen. Ist dir irgendetwas aufgefallen da draußen? Ein fremdes Gesicht, vielleicht ein Auto auf der Straße?«

»Nein. Nichts.«

»Und die Stimme?«

»Er schien mir älter zu sein. Ein bisschen heiser. Aber sonst – nein.« Sie hatte nachgesehen, ob ihr Telefon die Nummer des Anrufers gespeichert hatte. Keine Nummer. »Wieso denkt dieser Mensch eigentlich, dass es sich lohnt, mich zu bedrohen oder zu bestechen? Congreve hat mich bereits ausgebootet. Auf medizinische Entscheidungen im Fall Orrin Mather habe ich null Einfluss.«

»Du bist nach wie vor ein Risiko. Du könntest zum Beispiel vor Gericht eine Aussage über Congreves Verhalten machen. Oder du könntest mit dem, was du weißt, zu den Behörden gehen.«

»Aber ohne Orrins Zeugenaussage …«

»Ich glaube kaum, dass sich diese Leute den Kopf darüber zerbrechen, was er vor Gericht aussagen könnte. Ich glaube, sie zerbrechen sich eher den Kopf darüber, was er im Lagerhaus gesehen hat und wie das FBI auf dieses Wissen reagieren könnte – falls man Orrin frei darüber sprechen lässt. Orrin für unzurechnungsfähig zu erklären ist nur der erste Schritt. Dann wird man ihn mit Medikamenten vollpumpen und dauerhaft wegschließen. Oder für immer zum Schweigen bringen.«

»Das können sie nicht machen«, flüsterte Sandra.

»Ist er einmal interniert, ist alles möglich.«

Das stimmte. Sandra hatte die Statistiken gesehen. Letztes Jahr hatte es in der hiesigen Verwahreinrichtung sechs tätliche Angriffe gegeben (ganz zu schweigen von den Drogentoten und Selbstmorden). Statistisch gesehen waren die staatlichen Lager relativ sicher, weit sicherer jedenfalls, als auf der Straße zu leben. Aber möglich war wirklich alles. Vielleicht wurde sogar nachgeholfen …

»Wie halten wir sie also auf?«

Bose lächelte. »Immer mit der Ruhe.«

»Sag mir, was ich tun kann.«

»Gib mir Zeit zum Nachdenken.«

»Viel Zeit haben wir nicht, Bose.« Das Abschlussgespräch mit Orrin sollte am Freitag stattfinden, und Congreve konnte es jederzeit vorverlegen, wenn man ihn unter Druck setzte.

»Ich weiß. Aber es ist nach Mitternacht, und wir brauchen unseren Schlaf. Ich bleibe – einverstanden?«

»Klar.«

»Wenn du möchtest, schlaf ich auf der Couch.«

»Wag es ja nicht!«

Während sie am Küchentisch saß und zusah, wie Bose durch das Rührei pflügte, das sie ihm gemacht hatte, dachte Sandra darüber nach, was der anonyme Anrufer über Kyle gesagt hatte.

»Das Langlebigkeitspräparat«, sagte sie. »Könnte es wirklich jemandem wie meinem Bruder helfen?«

In dieser Nacht, im Dunkel des Schlafzimmers, hatte sie Bose von ihrem Vater und Kyle erzählt. Er hatte sie in die Arme genommen, und als sie zu Ende erzählt hatte, hatte er geschwiegen und nicht versucht, irgendetwas Tröstendes zu sagen; er hatte sie nur sanft auf die Stirn geküsst, weiter nichts.

»Das Präparat würde vielleicht die physischen Schäden beheben. Aber es würde nicht wieder den Menschen aus ihm machen, der er einmal war. Es würde weder seine Erinnerungen noch seine früheren Begabungen zurückbringen. Und auch nicht seine Persönlichkeit.«

Sandra dachte an die Scans von Kyles Gehirn, die ihr der Neurologe in Live Oaks gezeigt hatte: große Bereiche nekrotischen Gewebes, wie die Flügel eines schwarzen Nachtfalters. Selbst wenn diese Bereiche auf wundersame Weise repariert würden, wären sie immer noch leer. Nach der Behandlung wäre Kyle vielleicht trainierbar, ja, vielleicht würde er sogar wieder sprechen lernen – doch er würde nie wieder ganz gesund werden. (Und wenn doch, wäre er nicht mehr *Kyle*. Aber war das so schlimm?)

»Und«, fuhr Bose fort, »die Behandlung würde ihn noch in anderer Hinsicht verändern. Hat die Biotechnik einmal die Zellen infiltriert, bleibt sie dort. Für manche Leute ist diese Vorstellung der blanke Horror.«

»Weil diese Biotechnik ein Ableger der hypothetischen Technologie ist?«

»Vermutlich.«

»Wenn es nach Orrins Geschichte geht, haben die Marsianer die Behandlung am Ende abgeschafft.«

»Nun, was das angeht, ist Orrin so kompetent wie du und ich.«

»Wir wissen immer noch nicht, wo er sich das Ganze ausgedacht hat.«

»Nein.«

»Aber müssen wir es denn wissen? Es gibt nur eins, was wir tun müssen – für seine Sicherheit sorgen.«

Bose schwieg. Sandra öffnete das Küchenfenster, wollte frische Luft hereinlassen, doch die Brise, die hereinwehte, war heiß und schmeckte leicht metallisch.

Nach einer Weile sagte Bose: »Ich mache mir Sorgen. Die Sache könnte für dich sehr gefährlich werden.«

»Ja, ich mache mir auch Sorgen. Aber ich will ihm trotzdem helfen.«

»Ich habe dich da mit hineingezogen. Tut mir leid. Wenn du nicht tust, was der Anrufer vorgeschlagen hat, bist du so gut wie arbeitslos, nicht wahr?«

»Könnte man sagen.«

»Und du bist nicht die Einzige. Ich wurde gestern zu meinem Vorgesetzten gerufen. Er ließ mir die Wahl: Entweder ich halte mich aus allem raus, was in der State Care passiert, oder ich muss Waffe und Marke abgeben.«

»Du hast aber nicht vor, dich da rauszuhalten, richtig?«

»Um meine Karriere kümmere ich mich morgen. Erst müssen wir Orrin befreien. Danach kann er mit seiner Schwester untertauchen.«

»Großartig. Und wie stellen wir das an?«

Eine weitere Pause. »Du bist dir ganz sicher? Ich meine, du steckst schon tief genug in der Sache.«

»Sag mir einfach, was ich tun soll.«

»Nun, das hängt davon ab.« Er musterte sie. »Wärst du bereit zurückzugehen und dich zu entschuldigen, so als wolltest du kooperieren?«

»Ist das dein Plan?«

»Ein Teil davon.«

»Gut, angenommen, ich gehe zurück – was dann?«

»Du rufst mich an, sobald Congreve Feierabend macht. Wenn ich von dir höre, komme ich zur State Care – und dann holen wir Orrin aus der Isolierstation.«

14 TURK

1.

Die »Vorausabteilung«, wie Oscar die Expedition nannte, bestand aus fünfzig Leuten. Hauptsächlich Soldaten, aber auch sechs Bürger der Managerklasse und ein zwölfköpfiges Team aus Wissenschaftlern und Technikern. Dazu die Ausrüstung und eine Flugmaschine, die ausreichend Platz bot.

Allison hatte mir erklärt, dass ein einzelner Pilot mit Netzknotenverbindung diese Maschinen fliegen könne. Die Verbindung öffne dem Piloten sozusagen den Zugang zur Steuerung – der eigentliche Pilot sei die Flugmaschine, ein Verbund aus quasi-autonomen Subsystemen, die die Absichten des Piloten in die Tat umsetzten. Menüs und Displays erschienen auf jeder verfügbaren Oberfläche. In der Kabine gab es etliche virtuelle Fenster nach draußen – eines genau gegenüber der Bank, auf der Oscar und ich saßen.

Wir sahen nichts als eintöniges, schmutziges Grau, bis wir schließlich landeinwärts flogen und uns dem Queen-Maud-Gebirge näherten. Die höchsten Gipfel ließen noch eine Spur von Vergletscherung erkennen. Das Eis war sauber, durch Verdunstung destilliert aus der Meereskloake, und an den überschatteten Hängen erstrahlte es in klarem Blau.

Jenseits des windwärtigen Gebirgshangs stießen wir auf starke Bewölkung und Schneeschauer. Ich fragte Oscar, wie gefährlich es sei, unter solchen Umständen zu fliegen. Er sah mich an, als hätte ich etwas Lächerliches gesagt. »Wir sind so sicher wie in Abrahams Schoß«, erwiderte er.

Er war aus einem anderen Grund angespannt. Generationen hatten in der Erwartung gelebt, Vox werde eines Tages den Hypothetischen begegnen und mit ihnen verschmelzen – und nun war es an Oscars Generation, diese Prophezeiung zu erfüllen. Indem er sich der Expedition angeschlossen hatte, hatte er sich zum Wegbereiter dieser

Begegnung gemacht. Das war aus Oscars Perspektive eine wahrlich spektakuläre Fügung – ob zum Guten oder zum Schlechten, würde sich zeigen.

Wind und Schneeböen begleiteten uns bis zum vorgesehenen Landeplatz.

So wie die Antarktis jetzt aussah, wäre auf Karten aus meiner Zeit kein Verlass gewesen. Die großen Eisdecken waren schon vor Jahrhunderten weggeschmolzen, und Ross- und Weddel-Meer hatten sich zusammengetan, um die Ost-Antarktis von den riesigen Inseln vor ihrer Westküste zu trennen. Oscar erklärte, unser Landeplatz liege in einer Gegend, die in alten geologischen Befunden als Wilkes-Becken bezeichnet wurde, bei ungefähr 70 Grad südlicher Breite. Eine flache, kiesige Einöde.

Kaum hatte die Maschine aufgesetzt, rüsteten wir uns für den Ausstieg. Zogen dicke, isolierende Überkleidung an, die uns warm halten sollte, und dicht schließende Masken, die uns mit sauberer Atemluft versorgten. Die Luftschleuse blickte auf eine kahle, aber nicht unbedingt hässliche Landschaft hinaus. Die Antarktis war eine einzige Wüste, doch Wüsten haben nicht selten ihre Schönheit. Ich musste an das äquatorianische Hinterland denken oder an die Wüsten von Utah und Arizona oder an die alten Bilder vom Mars, als er noch nicht terrageformt war. Ja, das Terrain unter uns hätte in seiner steinigen Leblosigkeit gut und gerne auf diesem Mars sein können ... Das hiesige Klima, so Oscar, sei relativ trocken und kalt, aber nicht kalt genug, um eine permanente Eiskappe zu bilden. Ein spätsommerlicher Schneefall wie dieser werde bestimmt noch vor Ablauf des Tages weggeschmolzen sein. Der Schnee fiel in Schauern, wehte in Löcher und Vertiefungen und verwischte die Konturen der niedrigen, parallelen Bergrücken, die sich in der Ferne verloren.

Die Sonne, ein trüber Glutfleck hinter dichten Wolken, stand knapp über dem Horizont. Wir würden noch einige Stunden Tageslicht haben, waren aber auch bestens für die Dunkelheit gerüstet. Die Soldaten luden Hochleistungsscheinwerfer und eine Unmenge anderer Geräte auf Wagen mit großen Rädern und Allradantrieb. Dann formierten sie sich und marschierten los, die Zivilisten im Schlepptau.

Wir richteten uns nach dem Kompass. Die Maschinen der Hypothetischen waren noch außer Sichtweite. Wir waren ein gutes Stück außerhalb des Umkreises gelandet, der durch den Verlust der Drohnen bestimmt war, und niemand wusste, wie uns das Übertreten dieser Grenze bekommen würde. »Selbstverständlich vertrauen wir den Hypothetischen«, sagte Oscar. »Aber sie haben, wie andere Lebewesen auch, autonome Funktionen. Es können Dinge passieren, hinter denen kein bewusster Willensakt steht, besonders wenn man die unterschiedlichen Größenordnungen von Zeit und Raum bedenkt, in denen die Hypothetischen agieren.« Doch nichts davon schien so real und greifbar zu sein wie das Zerren des Windes an unserer Kleidung, das monotone Knirschen des Kieses unter unseren Füßen und der feine Gestank nach Schwefelwasserstoff, der durch unsere Masken kam.

Wir waren eine knappe Stunde unterwegs, als uns einer der Techniker mit Blick auf sein Messinstrument Einhalt gebot.

»Wir sind an der Gefahrengrenze«, sagte Oscar leise. Der Punkt, an dem die Drohnen versagt hatten …

Drei Soldaten gingen voraus, während der Rest nervös abwartete. Das Schneegestöber hatte sich gelichtet, und man konnte hier und da den Himmel sehen, doch das Tageslicht nahm rapide ab. Die Techniker schalteten zwei Scheinwerfer an und schwenkten sie in Richtung Vorhut.

Die drei Soldaten blieben in einer bestimmten Entfernung stehen, dann winkten sie uns weiter. Wir folgten in gebührendem Abstand, angekündigt durch zwei tanzende Lichtbalken – sollten die Hypothetischen zufällig Ausschau halten, dann waren wir nicht zu übersehen.

Aber wir waren bereits ein gutes Stück jenseits der Gefahrengrenze – und nichts war passiert.

Die Nacht brach herein, die Temperatur fiel. Wir zurrten die Kapuze unserer Spezialmontur fest um die Gesichtsmaske. Der Wind ließ nicht nach, aber das Schneegestöber hörte unversehens auf – und vor uns in der klaren Luft sahen wir schemenhaft die Maschinen der Hypothetischen. Die Techniker beeilten sich, ihre Scheinwerfer auszurichten.

Wir hatten diese Objekte »Maschinen« genannt, doch am Boden sahen sie eher wie riesige geometrische Festkörper aus. Der nächstgelegene war ein vollkommener Würfel von etwa achthundert Metern Kantenlänge, der sich im Schneckentempo bewegte. Jetzt, wo wir ihm so nahe waren, hatte ich das Gefühl, seine schwerfällige Bewegung unter meinen Füßen zu spüren, ein feiner seismischer Tremor.

Schweigend näherten wir uns dem gigantischen Objekt; die drei Soldaten der Vorhut schrumpften zu Winzlingen. Das Licht unserer Scheinwerfer kletterte die vertikale Wand empor, eine eintönige Oberfläche, die an Sandstein erinnerte. Die Regelmäßigkeit ließ unwillkürlich an ein absurd großes Gebäude denken, aber eines ohne Fenster und Türen, so rätselhaft wie eine unberührte Pyramide.

Zunächst staunten wir nur und reckten die Hälse. Dann sagte Oscar, eigentlich müsse man uns längst entdeckt haben. Doch wenn dem so war, fehlte jede sichtbare Reaktion … Nach einer Weile machte sich das wissenschaftlich-technische Team an die Arbeit. Sie setzten die Handscheinwerfer auf Stative; sie packten Sensoren und Aufnahmegeräte aus und verankerten sie im kiesigen, kalten Untergrund. Eine beständig wachsende Zahl greller Lichtbalken machte aus der nächtlichen Wüste ein Patchwork aus Hell und Dunkel.

Auf der Ebene hinter dem Würfel, über etliche Kilometer verstreut, gab es sechs ähnlich große Objekte, die zwar verschieden, aber ebenso einfach geformt waren: Zylinder, Oktogone, abgeflachte Kugeln und Kegel. Manche hatten die Farbe von Sandstein, wie der Würfel; andere waren schwarz, kobaltblau, obsidianfarben, kadmiumgelb. In jedes der Objekte hätte eine kleine Stadt gepasst, und sie alle krochen im Schneckentempo auf das ferne Gebirge zu – auf das Gebirge und das Meer.

»Und doch«, sagte Oscar atemlos, »sind diese ungeheuerlichen Objekte nur ein unbedeutender Teil des ganzen Körpers der Hypothetischen.« Das grelle Licht schnitzte Schatten in seine Maske und ließ ihn wie ein furchtsames Tier aussehen, das aus seinem Bau lugte. »Hier lauert die Sünde der Furcht.«

Und wie sie hier lauerte – hier draußen in der polaren Wüste eines Planeten, der die ersten Menschen hervorgebracht hatte und zum Massengrab weiterer Milliarden Menschen geworden war. Während das wissenschaftlich-technische Team Sensoren und Vermessungsgeräte in Betrieb nahm, ging ich ohne Oscars Erlaubnis (er trippelte hinter mir her) auf ein paar Hundert Meter an den Würfel heran.

Er war alt. Er war nicht verwittert oder rissig und hätte, nach seinem Aussehen zu urteilen, nur einen Tag oder eine Stunde alt sein können, aber er *verströmte* Alter – von ihm schien Alter auszugehen wie Kälte von einem Eisfeld. Wenige Zentimeter vor ihm verschwand der dünne Belag aus frisch gefallenem Schnee vom Boden und löste sich in Luft auf.

»Die Hypothetischen sind unendlich geduldig, Mr. Findley. Sie sind älter als die meisten Sterne am Himmel. Ihren Artefakten so nah zu sein – das ist ein heiliger Moment.«

Wir trugen alle Headsets. Ich hatte die Lautstärke heruntergedreht – die wenigen voxischen Worte, die ich gelernt hatte, halfen hier nicht viel –, aber horchte auf, als im wissenschaftlich-technischen Team plötzlich ein aufgeregtes Geschnatter losbrach. Zwei Scheinwerferstrahlen schwenkten nach oben.

Die Strahlen streuten, wie es aussah, an einer bleichen Wolke über dem Würfel. Schnee oder Nebel, dachte ich erst, aber nein – überall sonst war der Himmel klar. Die Wolke schien oben aus dem Würfel zu kommen – auch die anderen, entfernteren Objekte erzeugten ähnliche Wolken, bleiche Schleier, die sanft herunterfielen, obwohl ein Wind wehte, der sie hätte zerstreuen müssen.

Ich wich instinktiv einen Schritt zurück.

»Sehen Sie sich das an«, sagte Oscar mit gedämpfter Stimme.

Auf seinem Arm war etwas gelandet, und er betrachtete es mit Ehrfurcht und Entsetzen. Eine Schneeflocke, dachte ich zuerst. Doch bei näherem Hinsehen war es eher ein winziger kristalliner Schmetterling: zwei blasse, durchscheinende Flügel, die über einem Körper von der Größe eines Reiskorns schlugen.

Oscar hob den Arm, sodass wir es besser sehen konnten. Der geflügelte Kristall hatte keine Augen oder Segmente oder sonst irgendeine Gliederung; er war lediglich ein Kringel aus etwas Quarzähnlichem mit Beinen (wenn man so wollte), so fein wie Wimpern, mit denen er sich an Oscars Anzug klammerte. Seine Flügel schlugen gegen den Wind an. Er wirkte so harmlos wie Modeschmuck.

Die Wolke, die an den Wänden des Würfels herabfiel, bestand aus Heerscharen dieser geflügelten Kristalle – Millionen, vielleicht Milliarden von ihnen.

Und dann, an der Peripherie des Scheinwerferlichts, begann ein Soldat zu schreien.

2.

Die anderen Soldaten reagierten schnell und professionell: Sie packten ihre Handscheinwerfer und winkten die Zivilisten zurück. Sie taten dies, obwohl Hunderte oder Tausende dieser winzig kleinen, kristallinen Schmetterlinge über sie herfielen, ihnen die Sicht raubten, ihre Anzüge bedeckten.

Die Schmetterlinge ließen sich auch auf mir und Oscar nieder, aber nicht so aggressiv. Wenn ich den Arm schüttelte, ließen sie los und fielen wie betäubt zu Boden. Und wenn ich sie von Oscars Anzug streifte, geschah das Gleiche.

Dennoch rannten wir. Rannten den Weg zurück, den wir gekommen waren. Vor uns vollführten die Lichtfinger der Handscheinwerfer einen kreisenden, hektischen Tanz, und im Headset hörte ich gebellte Kommandos und Schreie, während uns die kristallinen Artefakte stumm wie Schnee umwirbelten.

Andere Mitglieder der Expedition fielen zurück; ich bemerkte es, weil ich immer wieder einen Blick über die Schulter warf. Wer stürzte, wurde augenblicklich angefallen, verschwand in einer gläsernen Verwehung, wurde zu einem bleichen Hügel, der sich anfangs noch bewegte, dann aber zur Ruhe kam – und ich begriff, dass diese Männer und Frauen starben.

Zuerst starben die Techniker. Die Soldaten trugen schwerere Monturen, aber auch sie wurden allmählich dahingerafft. Unzählige Handscheinwerfer lagen am Boden und schickten ihre Lichtstrahlen kreuz und quer über die Ebene.

Zweimal musste ich stehen bleiben und die Schmetterlinge von Oscars Anzug streifen. Ich war viel zu aufgeregt, um mich darüber zu wundern, warum ich immun gegen sie war. Oscar war es jedenfalls nicht – die feinen, aber rasiermesserscharfen Beinchen hatten seinen Schutzanzug stellenweise zerfetzt, und manche dieser Stellen waren blutig. Ich machte mir Sorgen um seine Gesichtsmaske und die Sauerstoffzufuhr und versuchte die empfindlichsten Stellen zuerst zu säubern. Eine Weile rannten wir Arm in Arm – was die Schwärme offenbar abhielt. Das panische Geschnatter und die Schreie in meinem Headset verebbten, aber die Stille, die darauf folgte, war weitaus schrecklicher. Schwer zu sagen, wie lange oder wie weit wir liefen. Wir liefen, bis wir nicht mehr konnten, bis ich nur noch ein Geräusch hörte: mein stoßartiges Keuchen. Dann spürte ich einen plötzlichen Widerstand – Oscars Arm, der mich zurückzerrte – und dachte: *Er hat es nicht geschafft, er hat es …*

Aber so war es nicht. Als ich mich nach ihm umdrehte, sah ich, dass er sauber war: kein Schmetterling auf seinem Anzug. Und obwohl ihm das Entsetzen ins Gesicht geschrieben stand, machte er einen gefassten Eindruck. »Bleiben Sie stehen«, keuchte er. »Wir sind außer Reichweite. Bleiben Sie stehen, *bitte*.«

Ich warf einen Blick zurück.

Die Scheinwerfer waren noch in Betrieb, im Scherengitter der künstlichen Beleuchtung waren die Maschinen der Hypothetischen deutlich zu sehen. Nichts Menschliches regte sich dort hinten.

Der Wind blies uns körnigen Schnee um die Füße, und über uns glitzerten die Sterne. Wir standen da und fröstelten, warteten … worauf? Auf einen Nachzügler, der es auch geschafft hatte? Einen weiteren Angriff? Aber da war nichts und niemand mehr.

Dann, in rascher Folge, erloschen die Scheinwerfer.

Dank der Signaltracker in unseren Anzügen fanden wir zur Flugmaschine zurück. Der Marsch war lang und beschwerlich gewesen, doch so erschüttert, wie wir waren, hatten wir kaum ein Wort gewechselt. In der Nähe der Maschine konnte Oscar endlich eine Verbindung mit Vox-Core herstellen und trat in einen knappen Dialog mit Managern und Militär. Die Ferntelemetrie hatte die entsprechenden Daten längst gesendet, und Vox war bereits fieberhaft mit der Analyse beschäftigt.

»Wahrscheinlich«, sagte Oscar in das Sprechgerät, »hat unser Erscheinen irgendeinen Abwehrreflex ausgelöst.«

Schon möglich. Aber ich stammte nicht aus Vox und musste nicht an die Gutmütigkeit der Hypothetischen glauben. Musste keine Ausreden suchen für ein sinnloses Massaker.

Unsere Flugmaschine ruhte auf der antarktischen Ebene wie die bizarre Hinterlassenschaft eines Gletschers. Ich fragte Oscar, ob er in der Lage sei, die Maschine nach Vox zu fliegen.

»Aber ja, ich muss ihr nur sagen, sie soll uns heimbringen.«

»Sind Sie sicher? Sie bluten.«

Er sah kurz an seiner lädierten Kleidung hinunter. »Das ist nicht so schlimm.«

Als wir die Luftschleuse passiert hatten, legte er die Montur ab. Sein Oberkörper hatte eine ganze Reihe kleiner Schnitte davongetragen, keiner besonders tief oder lebensbedrohlich. Er zeigte mir, wo die Erste-Hilfe-Ausrüstung zu finden war, und ich gab ihm etwas Blutstillendes auf die Wunden.

Einige winzige, kristalline Schmetterlinge – tot oder nur leblos – klammerten sich immer noch an seine abgelegten Sachen. Oscar leerte eine Proviantdose aus, pflückte einen der regungslosen Schmetterlinge von seiner Kleidung und ließ ihn in die Dose fallen. Ein Exemplar zur Analyse, sagte er. Dann warfen wir den Rest unserer ramponierten Sachen aus der Luftschleuse.

»Sie wurden verschont«, sagte Oscar, als wir in der Luft waren und dem programmierten Kurs nach Vox folgten.

Die Kabine, die auf dem Hinflug voll besetzt gewesen war, war nun grausam leer. Die Luft, unsere Haut, selbst die frische Kleidung stank nach Schwefelwasserstoff.

»Nein, ich …«

»Weil man Sie *erkannt* hat.«

»Was soll das heißen?«

»Dass die Hypothetischen ihresgleichen erkennen. Sie sind ein Aufgenommener.«

»Ich weiß genauso wenig wie Sie, was da passiert ist, und ich bin nicht Isaac – ich habe keine hypothetische Biotechnik in mir.«

»Mr. Findley, wollen Sie es denn immer noch nicht wahrhaben? Einen temporalen Torbogen zu passieren ist nicht dasselbe wie durch einen gewöhnlichen Torbogen zu reisen. Wir wissen das aus vielen Jahren Feldforschung. Sie wurden nicht konserviert und aufbewahrt wie Tiefkühlgemüse – aller Wahrscheinlichkeit nach wurden Sie aufgrund gespeicherter Informationen wiedererschaffen. Die Rekonstruktion mag für menschliche Augen und Instrumente makellos erscheinen. Aber die Hypothetischen erkennen Sie auf Anhieb als einen der ihren.«

Ich war zu erschöpft, um mit ihm zu streiten. Oscar klammerte sich an eine der wenigen Erwartungen, die von dieser Begegnung tatsächlich gestützt wurden: dass die Hypothetischen mich erkannt und beschützt hatten. Er glaubte, er hätte nur überlebt, weil ich an seiner Seite gewesen war und ihm geholfen hatte. Ja, er bildete sich allen Ernstes ein, ein dummer, aufsässiger Halbgott hätte ihn gerettet.

15   SANDRA UND BOSE

Sandra kam um die Mittagszeit bei der State Care an. Der Parkplatz wurde von Luftspiegelungen versilbert, und die Luft war zum Schneiden, noch schlimmer als am Tag zuvor, wenn das überhaupt möglich war. Der Wachmann in dem kleinen Kabuff am Eingang – er hieß Teddy – aalte sich in der Brise eines kleinen, hin und her pendelnden Ventilators, sprang aber hastig auf, als er Sandra erkannte. »Dr. Cole! Hi! Es tut mir leid, aber ich habe Instruktionen, Sie nicht durchzulassen …«

»Schon okay, Teddy. Rufen Sie bitte Dr. Congreve an, und sagen Sie ihm, ich würde ihn gern sprechen.«

»Ja, Ma'am.« Teddy murmelte in einen Handapparat, wartete, murmelte wieder. Dann drehte er sich zu Sandra um und lächelte. »Geht in Ordnung! Dr. Congreve ist in seinem Büro. Ich soll Ihnen ausrichten, Sie möchten auf dem kürzesten Weg zu ihm kommen.«

»Gehe nicht über *Los* und ziehe keine zweihundert Dollar ein.«

»Wie bitte?«

»Nichts. Danke, Teddy.«

»Gern geschehen! Schönen Tag noch, Dr. Cole.«

Congreve stand der Triumph ins Gesicht geschrieben, als Sandra eintrat, aber sie riss sich zusammen, schließlich hatte sie eine Rolle zu spielen – so wie damals auf der Highschool, als sie die Desdemona in *Othello* gespielt hatte. »*Mein edler Vater, ich sehe hier zwiefach geteilte Pflicht …*« Nicht dass sie großes Talent bewiesen hätte.

»Entschuldigen Sie die Störung, Dr. Congreve.«

»Ich bin überrascht, Sie zu sehen, Dr. Cole. Sollten Sie nicht den Rest der Woche freinehmen?«

»Ja. Aber ich wollte mich doch für mein Benehmen entschuldigen und dachte, ich sollte es persönlich tun.«

»Wirklich? Ein so plötzlicher Sinneswandel?«

»Ich hatte Zeit zum Nachdenken. Zeit für ein wenig Gewissenserforschung, könnte man sagen. Ich schätze meine Arbeit hier bei der State Care. Und wenn ich zurückschaue, denke ich, ich habe nicht richtig gehandelt.«

»Inwiefern?«

»Nun, ich habe meine Befugnisse überschritten. Ich hatte eine Art besitzergreifendes Interesse an Orrin Mather entwickelt und habe Ihnen vermutlich übel genommen, dass Sie den Fall einem anderen Arzt übertragen haben.«

»Ich habe Ihnen ja erklärt, warum ich das für eine gute Idee hielt.«

»Ja, Sir, jetzt sehe ich das ein.«

»Schön. Ich weiß Ihre Offenheit zu schätzen. Es ist Ihnen sicher nicht leichtgefallen. Mich würde allerdings interessieren, was Sie an diesem Patienten finden, Dr. Cole.« Congreve stellte die Fingerspitzen gegeneinander und sah sie mit forschendem Blick an.

»Ich finde ihn … ungewöhnlich. Wie soll ich es ausdrücken? Zerbrechlich? Verletzlich?«

»Alle unsere Patienten sind verletzlich. Deshalb sind sie hier. Darum brauchen sie unsere Hilfe.«

»Ich weiß.«

»Uns zu sehr mit ihnen zu identifizieren ist ein Luxus, den wir uns nicht leisten können. Das Beste, was wir den Männern und Frauen in unserer Obhut geben können, ist absolute Objektivität. Das meinte ich, als ich sagte, Ihr Verhalten sei unprofessionell. Verstehen Sie, worauf ich hinauswill?«

»Ja, Sir.«

»Und verstehen Sie jetzt, warum ich Ihnen vorgeschlagen habe, eine Auszeit zu nehmen? Wenn ein Arzt anfängt, seine eigenen Ängste auf seine Patienten zu projizieren, ist er in der Regel erschöpft oder abgelenkt.«

»Es geht mir gut, Dr. Congreve, wirklich.«

»Könnte ich das nur glauben. Gibt es vielleicht irgendetwas in Ihrem Privatleben, das Ihre Arbeit beeinflusst?«

»Nichts, womit ich nicht fertig würde.«

»Bestimmt nicht? Wenn Sie darüber reden wollen, ich höre Ihnen gerne zu.«

Gott behüte! »Danke. Nein, es ist nur …« Sie seufzte. »Ehrlich, das Wetter bringt mich um. Meine Klimaanlage ist kaputt, und ich habe seit Tagen nicht mehr richtig geschlafen. Und ja, die Arbeit ist auch ein bisschen viel gewesen.«

»Das geht uns allen so. Nun, ich bin froh, dass Sie sich mir doch noch anvertraut haben … Sind Sie wirklich fit genug, wieder an Ihre Arbeit zu gehen?«

»Ja, Sir. Absolut.«

»Ich kann nicht behaupten, dass wir Sie nicht brauchen könnten. Wie wäre es, wenn wir das Pensum für die nächsten zwei Wochen kürzen? Sie könnten zum Beispiel Dr. Fein betreuen – er kann von Ihrer Erfahrung nur profitieren.«

»Gerne.«

»Aber Finger weg vom Mather-Fall.«

Sie nickte.

»Was das angeht, weht uns der Wind ins Gesicht. Ich brauche etwas Formelles von Ihnen, aus dem hervorgeht, dass Sie die Akte freiwillig an Dr. Fein übergeben haben. Lässt sich das machen?«

Sie tat überrascht. »Ist das wirklich nötig?«

»Eine reine Formalität.«

»Wenn Sie meinen, es wäre hilfreich, setze ich natürlich so ein Schreiben auf.«

»Gut. In Ordnung, Dr. Cole, nehmen Sie den Rest des Tages frei und kommen Sie morgen früh wieder.« Er lächelte. »Aber pünktlich.«

»Ja, Sir.«

»Und vergessen wir die Querelen.«

Wohl kaum. »Danke, Sir. Eigentlich hatte ich gehofft, ich könnte den Rest des Tages in meinem Büro verbringen. Ich will keine Befragungen durchführen, aber ich muss noch vier oder fünf Fallberichte aufarbeiten.«

Congreve sah sie forschend an. »Ich denke, das geht in Ordnung.«

»Danke.«

»Keine Ursache. Ich muss sagen, ich weiß Ihre Haltung zu schätzen. Solange es dabei bleibt, sollten wir gut miteinander auskommen.«

»Das hoffe ich auch.«

Sandra ging in ihr Büro und fuhr ihren Computer hoch. Sie fühlte sich nicht wohl in ihrer Haut. Sie blickte auf die Uhr. Wenn Congreve keine Besprechung oder Vorstandssitzung hatte, war er in der Regel bis spätestens sechs aus dem Haus. Sie ging ihre Dateien durch und löschte alles Persönliche. Sie war überrascht, wie weit sie sich schon von der State Care entfernt hatte – als seien diese Jahre bereits zu einem einzigen unscharfen Bild verblasst, dem Bild auf einer antiken Postkarte.

Als sie damit fertig war – es dauerte nicht lange –, zog sie einen Ausdruck von Orrins Dokument aus ihrer Tasche und begann zu lesen. Wie üblich warf der Text mehr Fragen auf, als er beantwortete.

Um halb vier stand sie auf und streckte sich. Dann machte sie die Tür auf und erschrak: Auf der anderen Seite des Flurs saß Jack Geddes auf einem Stuhl und summte vor sich hin.

»Hey, Jack«, sagte sie. »Bewachst du jetzt die Mediziner?«

»Ich halte bloß die Augen offen.« Er grinste schief und unaufrichtig.

»Auf Anweisung von Dr. Congreve?«

Das Grinsen verschwand. »Ja, aber …«

»Verstehe. Mach dir keinen Kopf. Ich bin gleich wieder da.«

»Mir egal, was Sie tun, Dr. Cole.« Doch sein Blick folgte ihr zur Toilettentür und kurz darauf von dort wieder zur Bürotür.

Zurück im Büro nahm Sandra Notizblock und Stift zur Hand und schrieb in die oberste Zeile: FRAGEN.

Dann hielt sie inne, knabberte an dem Stift und sammelte ihre Gedanken.

Betreff: Orrin-Mather-Dokument

1. Hat Orrin das geschrieben? Und wenn nicht, wer dann?

Sie hatte eine Idee. Sie rief eine Suchfunktion auf und trug Textstellen aus dem Dokument ein. Keine brauchbaren Treffer. Was nur bewies, dass der Text, wenn er außerhalb von Orrins Schreibheften existierte, nicht ins World Wide Web gestellt worden war; ein positives Ergebnis wäre signifikant gewesen, ein negatives bewies überhaupt nichts.

2. Handelt es sich um etwas Ausgedachtes oder um eine Wahnvorstellung?

Eine Frage, die sich ohne Kontakt zu Orrin nicht beantworten ließ. Bose hatte erwähnt, dass später im Dokument etwas über das Findley-Lagerhaus stehe, was nahelegte, dass Orrin der Geschichte zumindest ein paar eigene Worte hinzugefügt hatte. Und was zur nächsten Frage führte:

3. Gibt es wirklich einen Turk Findley, und wenn ja, was hat er mit dem Findley zu tun, der das Lagerhaus betreibt?

Sie schlug im Telefonbuch von Houston und Umgebung nach und fand eine Unmenge Findleys, aber keinen zwischen Tomas und Tyrell. Auch keine T. Findleys.

4. Gibt es wirklich eine Allison Pearl?

Wenn es nach Orrins Dokument ging, hatte Allison Pearl in Champlain, New York, gelebt. Sandra kam sich ziemlich bescheuert vor, als sie ein Telefonverzeichnis von Champlain aufrief. Es gab fünf Pearls. Drei waren alleinstehend, aber kein Pearl mit A. oder Allison. Zwei waren Ehepaare, die unter dem männlichen Namen aufgeführt wurden: Mr. und Mrs. Harvey Pearl und Mr. und Mrs. Franklin W. Pearl.

Zweimal klappte sie ihr Handy auf und zu, bevor sie den Mut aufbrachte, eine der Nummern einzutippen. Idiotisch, dachte sie.

Sie hätte ebenso gut Huckleberry Finn oder Harry Potter anrufen können.

Beim vierten Klingeln hob Harvey Pearl ab. Er war freundlich, aber verwirrt. Nein, keine Allison hier. Sandra entschuldigte sich hastig und legte auf. Sie spürte, wie sie rot im Gesicht wurde.

Ein Anruf noch, dann konnte sie das Ganze vergessen.

Diesmal war es Mrs. Franklin Pearl, die abhob, eine jüngere und freundlichere Stimme. Sandra fragte kleinlaut, ob sie Allison sprechen könne.

»Äh – darf ich fragen, wer anruft?«

Sandras Puls ging schneller. »Naja, ich weiß nicht einmal, ob ich die richtige Nummer gewählt habe … Ich versuche, eine alte Freundin namens Allison Pearl ausfindig zu machen. Sie soll zuletzt in Champlain gewohnt haben, also …«

Mrs. Pearl lachte. »Ja, hier ist Champlain, und der Name stimmt auch. Aber ich bezweifle, dass Allison Ihre alte Freundin ist. Es sei denn, Sie kennen sich aus der Grundschule.«

»Wie meinen Sie das?«

»Allison ist erst zehn Jahre alt, meine Liebe. Und sie hat keine erwachsenen Freunde.«

»Ach so. Tut mir leid …«

»Sie muss allerdings ziemlich beliebt sein, die Allison, nach der Sie suchen. Vor Kurzem hat sich noch jemand nach ihr erkundigt. Ein Mann, angeblich von der Polizei in Houston.«

Ach! »Hat er seinen Namen genannt?«

»Ja, aber er will mir nicht mehr einfallen. Jedenfalls habe ich ihm dasselbe gesagt wie Ihnen: Tut mir leid, aber unsere Allison ist es nicht. Viel Glück bei Ihrer Suche.«

»Vielen Dank«, sagte Sandra.

Eine Belegschaftskonferenz – Sandra war nicht eingeladen – hielt Congreve ungewöhnlich lange im Gebäude. Dann, auf dem Weg nach draußen, klopfte er bei ihr. »Es ist nach sieben, Dr. Cole.«

»Bin auf der Zielgeraden.«

»An das Schreiben gedacht, um das ich Sie gebeten habe?«

»Ist morgen früh auf Ihrem Schreibtisch.«

»Schön.«

Sie warf einen Blick in den Flur, als er ging. Dort saß immer noch Jack Geddes, den Stuhl auf die Hinterbeine gekippt, und summte vor sich hin. Sie lauschte, bis Congreves Schritte im Korridor verklungen waren. Die State Care hatte auf Nachtschicht umgeschaltet. Die meisten aus der Tagesschicht waren fort, und die Patienten der offenen Abteilung waren aus der Kantine zurück, einige saßen im Gemeinschaftsraum und sahen fern. Unten am Haupteingang lachten ein paar Pfleger.

Sandra schloss die Tür und ging an ihren Schreibtisch zurück. Dann klappte sie ihr Handy auf und wählte Boses Nummer.

16 TURK

1.

Da sie eine Kontamination befürchteten, verordneten sie Oscar und mir eine achttägige Quarantäne. Doch weder unsere Physis noch unsere Psyche gaben Anlass zur Sorge, obwohl das noch lange kein Beweis war, denn hypothetische Nanotechnik war durchaus imstande, sich vollkommen unsichtbar zu machen. Doch wir erwiesen uns als durchweg sauber, und die Probe, die wir mitgebracht hatten – der kristalline Schmetterling in dem quasi-hermetischen Behältnis –, gab keinen Mucks von sich.

Die Nachricht über das, was im Wilkes-Becken geschehen war, verbreitete sich wie ein Lauffeuer. Die kollektive Trauer um die getöteten Soldaten, Wissenschaftler und Techniker stand den Ärzten und Oscar ins Gesicht geschrieben. Ich fragte ihn, wie es ist, eine Emotion zu empfinden, die von allen Bürgern der Stadt nicht nur geteilt, sondern noch verstärkt wurde.

»Es tut furchtbar weh«, erwiderte er. »Aber das ist immer noch besser, als allein zu sein. Nach dem Angriff, der den Coryphaeus lahmgelegt hatte, war es einfach unerträglich – so viele Tote und keine Möglichkeit, die Trauer zu teilen.«

Uralte Wörterbücher erklärten das lateinische »coryphaeus« aus dem griechischen »koryphaios« (der Chorleiter). Auf Vox bezeichnete »Coryphaeus« die Verschachtelung aus Feedbackschleifen und funktionalen Algorithmen, die den In- und Output aller neuralen Knoten regulierte. Der Coryphaeus war sozusagen das Herz des Netzwerks; Allison hatte ihn »das Parlament aus Liebe und Gewissen« getauft.

Individueller Gram – oder Schuld oder Liebe – waren fundamentale, charakteristische Bestandteile des menschlichen Lebens, zumindest waren sie das gewesen. Wir hatten sie die längste Zeit unseres Daseins als Spezies ertragen. Ich fand es interessant, diese Last auf eine Weise miteinander zu teilen, die den Schmerz linderte, und vielleicht hatte die Bereitschaft des voxischen Volkes, das Leid aller zu schultern, ja wirklich etwas Bewundernswertes. Aber der Preis für diese Erleichterung war die individuelle Freiheit.

Ich versuchte Oscar den Eindruck zu vermitteln, dass ich Anteil nahm und wissbegierig war. Auch das war Teil des Plans.

Gleich nachdem man uns aus der Quarantäne entlassen hatte, ging ich zu der Wohnung, die ich mit Allison teilte. Als die Tür aufglitt, kam sie auf mich zugelaufen und fiel mir schaudernd um den Hals.

Wir mussten uns alles verkneifen, was wir uns zu sagen hatten, und begnügten uns mit einigen befangenen verbalen Zärtlichkeiten. Wir stellten uns in der Küche eine Mahlzeit zusammen, dann griff Allison (ungeschickt, weil mithilfe einer manuellen Fernsteuerung) auf eine Videoeinspielung zu, dem hiesigen Äquivalent einer Nachrichtensendung. Die Aufnahmen der Expedition liefen in einer Endlosschleife, und zwar in Zeitlupe, sodass man meinen konnte, einem Unterwasserballett beizuwohnen. Die gläsernen Schmetterlinge fielen aus dem Nachthimmel und hefteten sich wie tödliche

Schneeflocken an die Soldaten und Zivilisten; die menschlichen Gestalten waren erst starr vor Staunen, dann zuckten und ruckten sie wie betrunkene Marionetten, während sie systematisch umgebracht wurden.

Nach zwei Zyklen bat ich Allison die Einspielung abzuschalten.

Bei Tagesanbruch hatte man eine Drohne ausgeschickt, die den Ort der Katastrophe aus sicherem Abstand aufnahm. Doch es gab keinerlei Anzeichen, dass hier etwas Ungewöhnliches passiert war: keine Leichen, keine Gerätschaften, keine kristallinen Insekten. Nichts als die gewaltigen und teilnahmslosen Maschinen der Hypothetischen, die geduldig durch die antarktische Wüste krochen.

2.

Bald, hatte Allison oben bei den Docks geflüstert – und das bedeutete, dass ich, unabhängig davon, was im Wilkes-Becken geschehen war, weiter um Oscars Vertrauen werben musste. Ich verabredete mich mit ihm auf einer Plattform, die den zerbombten Sektor von Vox-Core überblickte; ich wollte sehen, wie weit der Wiederaufbau gediehen war. Ich verließ frühzeitig die Wohnung und machte absichtlich einen Umweg.

Anfangs hatte ich Vox-Core für monolithisch gehalten, doch je besser ich die Stadt kennengelernt hatte, desto mehr war ich von dieser Ansicht abgerückt. Oscar zufolge gab es fünf Elemente voxischer Stadtarchitektur: Terrassen, Zonen, Umfriedungen, Ebenen und Stufen (wobei alle fünf Begriffe präzise definiert waren). Während ich an diesem Morgen zu Fuß und per Transfer unterwegs war, durchquerte ich drei Terrassen und eine Umfriedung und konnte von einer Brücke aus, die zwei Stufen überspannte, einen Blick auf eine Ebene werfen. Vox-Core kannte keine Jahreszeiten, nur einen künstlichen Zyklus von sechzehn Stunden Tag und acht Stunden Nacht, wobei jeder Sektor sein eigenes, veränderliches Tageslicht hatte. Ich überquerte eine Terrasse, deren Licht so diffus war, wie ich es von regnerischen Tagen kannte, und spazierte durch eine Umfriedung mit einer punktförmigen Lichtquelle so hell wie die Mittagssonne. Bei Einbruch der Nacht glitzerten die bewohnten Hänge wie getrennte Städte, während sich die bewaldeten und grasbewachsenen Ebenen schlafen legten.

Als ich den zerstörten Sektor der Stadt zum letzten Mal besucht hatte, war er ein unbegehbarer Trümmerhaufen gewesen. Inzwischen hatte man den größten Teil der Trümmer eingesammelt und recycelt oder ins Meer geworfen. Die verbliebene Strahlung hatte man, wie Oscar es nannte, »chelatiert« – eine Technik, die mir fremd war –, und der Wiederaufbau ging zügig voran. Den Hauptkrater hatte man allerdings nicht aufgefüllt, er sollte als Gedenkstätte erhalten bleiben; der Rand war bereits mit neuen Hängen und Landschaftsterrassen befestigt.

Wir trafen uns in einer Art Arbeiterkantine, die besagten Sektor überblickte. Das Essen war gut, aber die Portionen waren klein: Die Lebensmittel waren knapp geworden, seit man die Farmer dezimiert hatte.

Wir sprachen über Allison. Ich sagte, dass ich mir Sorgen um sie mache; ihre depressiven Schübe würden immer schwerer und immer dichter aufeinanderfolgen. Ich erwähnte ihre Weinkrämpfe, ihre regelmäßig wiederkehrenden, lähmenden Angstzustände.

»Das war vorauszusehen«, erwiderte Oscar. Er starrte von unserem Tisch aus über eine niedrige Wand in den Krater. Unter uns und achteraus schnitten Bauroboter Schaumgranitpfeiler für eine neue Terrasse zu. »Tatsache ist, sie ist *nicht* Allison Pearl – auch wenn ein Teil ihres Verstandes hartnäckig das Gegenteil behauptet. Und der Konflikt gefährdet ihre körperliche und seelische Gesundheit.«

»Sie will einfach nur diese Frau sein.«

»Allison Pearl ist reine Illusion, nichts als Schlussfolgerung, Synthese und Referenzdaten. Treyas Einbildung, sie sei Allison Pearl, ist ein Symptom ihres Trennungstraumas, das sie davongetragen hat, als man ihr die Verbindung zum Netzwerk geraubt hat. Ich weiß, dass Sie mit ihr sympathisieren, und ich weiß auch, warum. Sie ist ein Brückenschlag in Ihre Vergangenheit. Und genau das sollte sie ja auch sein. Das war der Hauptgrund, warum wir diese Impersona installiert haben. Aber sie ist keine Zeitreisende aus dem 21. Jahrhundert, Mr. Findley.«

»Ich weiß, aber …«

»Aber?«

»Ihre Feindseligkeit Vox gegenüber scheint ziemlich authentisch.«

Er zuckte mit den Achseln. »Man kann es ihr nicht verdenken. Die Impersona in ihren Neokortex einzupflanzen war von Anfang an umstritten, auch wenn niemand mit einem längeren Netzwerkausfall gerechnet hat. Das hat die Pflanze zum Wuchern gebracht. Aber Treya muss sich dem Problem stellen. ›Allison Pearl‹ ist instabil. Treya braucht dringend einen neuen Netzknoten.«

Ich nickte, als seien wir uns in diesem Punkt einig. Im Krater demontierten Maschinen, die aussahen wie Tausendfüßler, die Elemente einer beschädigten Umfriedung. Ich fragte Oscar, ob es sinnvoll sei, das Viertel wiederaufzubauen, wo doch die Maschinen der Hypothetischen unterwegs seien, um uns alle in die himmlische Gemeinschaft aufzunehmen.

»Niemand weiß, was die Gemeinschaft mit den Hypothetischen konkret bedeutet. Ohne Frage werden wir alle verwandelt sein – spirituell, intellektuell, physisch. Aber wer sagt, dass wir dann keine Stadt mehr brauchen?«

»Und Sie haben keine Angst davor?«

»Als Individuum sicher. Aber als Kollektiv sind wir mutiger.«

»Es tut mir leid, aber ich kann mir einfach nicht vorstellen, wie das ist – der Knoten, das Netzwerk, der Coryphaeus …«

»Wie sie funktionieren, habe ich Ihnen beschrieben.«

»Subjektiv, meine ich. Wie fühlt sich das an?«

»Wenn Sie das Implantat meinen, die Operation ist …«

»Nicht die Operation, Oscar! Wie es sich mit Drähten im Kopf lebt.«

»Aha. Nun, da sind keine Drähte. Es sind Kernspindeln aus künstlichem Nervengewebe und Opsin-Proteinen.« Er hob die Hände, um meine Einwände abzublocken. »Nein, ich habe schon verstanden. Alles, was ich dazu sagen kann, ist: Es fühlt sich überhaupt nicht an. Natürlich wurde mein Knoten schon direkt nach der Geburt implantiert, aber ich kann Ihnen schildern, wie es war, als das Netzwerk zusammenbrach, wenn Ihnen das hilft.«

Ich nickte. Die Terrasse vibrierte unter den Bauarbeiten. Die Luft roch nach Granitstaub.

»Es ist, als würde man einen Sinn verlieren. Wie eine schleichende Erblindung. Der Netzknoten erleichtert zum Beispiel die Kommunikation. Selbst in einer simplen Unterhaltung hilft uns das limbische Interface, Feinheiten wahrzunehmen und zu deuten, die uns sonst entgehen würden – immer vorausgesetzt, alle Beteiligten haben das Interface. Verzeihen Sie, wenn es verletzend klingt, aber uns kann eine Person ohne Netzknoten stumpfsinnig, ja, manchmal fast schwachsinnig vorkommen.«

»Eine Person wie ich zum Beispiel.«

Er lächelte. »Ich habe gelernt, Zugeständnisse zu machen.« Das war Oscars Humor – spitz wie ein Pfeil.

»Aber irgendwann ergibt sich doch so etwas wie ein emotionaler Konsens. Wie hab ich mir das vorzustellen?«

»›Emotional‹ ist vielleicht irreführend. Es ist viel subtiler. Zugegeben, ein rationales Urteilsvermögen besitzt der Coryphaeus nicht, aber bedenken Sie, wie sehr bei uns das Unbewusste ins Rationale hineinspielt. Treffen wir beide nicht häufig Entscheidungen auf Basis moralischer Intuition, Mr. Findley? Wir nennen das ›Gewissen‹. Gewissensentscheidungen haben wenig mit der denkenden Vernunft gemein – was nicht heißt, das Gewissen wäre unvernünftig oder unlogisch. Angenommen, Sie sehen, wie ein Mann ertrinkt, und Sie schwimmen hinaus, um ihn zu retten – überlegen Sie da lange? Machen Sie erst eine Risiko-Nutzen-Analyse? Wohl kaum. Sie identifizieren sich instinktiv mit dem Ertrinkenden und handeln, Sie fühlen seine Not, als wäre es die Ihre, und Sie wollen trotz Ihrer eigenen Ängste diese Not lindern. Und wenn Sie nicht handeln, weil Ihre eigenen Ängste Sie daran hindern, fühlen Sie sich schuldig oder haben ein schlechtes Gewissen. Das ist kein triviales Phänomen. Gewissensentscheidungen haben Regierungen gestürzt und Weltreiche erschüttert – auch zu Ihren Zeiten.«

»Und dazu brauchten wir weder Netzknoten noch Netzwerke.«

»Richtig. Aber ebenso richtig ist, dass auf das individuelle Gewissen kein Verlass ist. Ein Individuum kann sich einreden, dass das Richtige das Falsche ist. Oder es weiß wirklich nicht, was richtig oder falsch ist.«

»Wir sind beide nicht unfehlbar, Oscar.«

»Aber wenn ich mein Gewissen mit tausend und mehr anderen Gewissen abstimmen kann, wird ein Irrtum unwahrscheinlicher und Selbsttäuschung beinahe unmöglich. Das verdanken wir dem Coryphaeus.«

Er hatte mir reinen Herzens ein Lehrbuch-Argument für die limbische Demokratie geliefert. Aber meine Frage hatte er nicht beantwortet. »Ich wollte gar nicht wissen, wofür die Vernetzung gut ist. Ich wollte wissen, wie sie sich *anfühlt*.«

Er dachte kurz nach. »Nehmen Sie die aktuelle Lebensmittelrationierung. Historisch hat Rationierung immer den Schwarzhandel heraufbeschworen, Hamstern und sogar gewaltsamen Widerstand, richtig? Doch Sie finden nichts dergleichen in Vox. Nicht weil wir Heilige sind, sondern weil unser kollektives Gewissen stark genug ist, um diese Auswüchse zu verhindern. Die Summe unserer besten Instinkte – was nur ein anderer Name für den Coryphaeus ist – weiß, dass die Rationierung unumgänglich und fair ist. Und daher *empfinden* wir als Individuen, dass die Rationierung unumgänglich und fair ist.«

»Das klingt trotzdem nach Zwang.«

»So? Haben Sie jemals bei einem Nachbarn eingebrochen und ihn bestohlen?«

»Nein.«

»Haben Sie es gelassen, weil Sie *gezwungen* wurden oder weil Sie wussten, dass es falsch war? Nur Sie allein kennen die Antwort, doch ich muss annehmen, dass Sie es deshalb nicht getan haben, weil Sie sich sonst zutiefst geschämt hätten – weil Sie nicht mehr in den Spiegel hätten blicken können oder in die Augen Ihrer Mitmenschen. Nun, so würde es mir ergehen, wenn ich mich am Schwarzhandel mit Lebensmitteln beteiligen würde. Und ich bin mir absolut sicher, dass es den anderen genauso erginge.«

Er ahnte ja nicht, wie oft ich nicht mehr in den Spiegel hatte blicken können, doch es ging mir um etwas anderes: »Was, wenn der Konsens falsch ist? Das Gewissen ist nicht unfehlbar, auch wenn man es multipliziert.«

»Vielleicht nicht unfehlbar, aber verlässlicher.«

»Ich bin neu hier, Oscar, und Kritik steht mir nicht zu, aber ich war Zeuge, wie eine Unmenge Farmer bei dem Aufstand getötet wurden. Ihr habt keine Gefangenen gemacht. Ihr habt die Überlebenden ihrem Schicksal überlassen. Ist euer kollektives Gewissen damit einverstanden?«

»Diese Entscheidungen wurden getroffen, als das Netzwerk zusammengebrochen war. Wäre der Coryphaeus intakt gewesen, hätten wir uns womöglich anders verhalten.«

»Und wie steht es mit den Farmern, die ihr als Leibeigene haltet? Nach den Geschichtsbüchern macht ihr das schon seit Jahrhunderten so.«

»Ich will nicht darüber debattieren, warum wir tun, was wir schon so lange tun. Ich gebe zu, dass es sich dabei um einen Kompromiss handelt, bei dem mir nicht wohl ist. Und Sie haben natürlich recht, wir sind *nicht* moralisch unfehlbar. Das behauptet auch niemand. Aber vergleichen Sie unsere Geschichte mit der Geschichte irgendeiner anderen Nation oder Kultur – Opfer für Opfer, Ungerechtigkeit für Ungerechtigkeit. Vergleichen Sie.«

»Ich bin mir nicht sicher, ob Sie das wirklich wollen – angesichts der Tatsache, dass wir hier über einem Bombenkrater sitzen.«

»Nun, das passiert, wenn eine kortikale Republik ihrer radikalen bionormativen Ideologie huldigt. Vernunft brütet mehr Ungeheuer aus als das Gewissen, Mr. Findley.«

Schon möglich. Ich ließ ein paar Sekunden verstreichen. »Noch mal zu Allison«, sagte ich dann. »Wenn Treya sich operieren lässt, hat ihr Leiden dann ein Ende?«

»Es könnte eine Weile dauern, bis sie sich wieder akklimatisiert hat.« Oscar sah mich forschend an. »Aber die Konflikte, die ihr so zusetzen, wären aus der Welt.«

Weiße Staubfahnen stiegen aus dem Krater und strebten Filtern im künstlichen Himmel entgegen. Fernes Hämmern drang herüber. Mir war, als baute ich so systematisch an einer Täuschung wie diese Maschinen an neuen Stufen und Terrassen. Und nun arbeitete ich am zentralen Pfeiler dieser Täuschung.

»Ich will ihr helfen«, sagte ich.

Oscar nickte ermutigend.

»Das ist nicht einfach für mich. Aber ich habe nachgedacht, seit wir da draußen in der Einöde waren.«

»Ja?«

»Ich bin nicht freiwillig hier. Hätte ich gewusst, was ich jetzt weiß, hätte ich wohl eher den Ring bereist und mir die Mittleren Planeten angesehen.«

»Ich verstehe.«

»Aber das geht nicht. Ich kann nicht ungeschehen machen, was geschehen ist, und ich kann auch nicht die Zukunft ändern. Ich lebe hier – und hier werde ich sterben.«

Oscars Augen wurden schmal.

»Und ich lebe hier mit Allison. Aber ich kann nicht mitansehen, wie sie leidet.«

»Es gibt nur eine Möglichkeit …«

»Sie muss das Implantat akzeptieren.«

»Wenn jemand sie überzeugen kann, dann sind das Sie, Mr. Findley.«

»Sie sind ein Optimist, Oscar. Aber ich will es versuchen.«

Seine Miene war undurchsichtig, berechnend, der Ausdruck eines Spielers, der eine Wette überdenkt. Vorsichtig sagte er: »Wir haben ihr die Allison-Impersona verschafft, damit sie zu Ihnen eine Beziehung aufbaut. Sie sind der Grund, warum sie sich an Allison klammert. Und Sie könnten der Grund sein, warum sie Allison aufgibt.«

Unten im Krater begannen Roboter Eisenträger zu schweißen; wie Sternschnuppen stieben die Funken von ihren Fingern.

»Vielleicht mache ich ja den Anfang«, sagte ich. »Und lasse mich freiwillig operieren.«

Jetzt wurden Oscars Augen ganz weit. Und dann stahl sich ein Lächeln in sein Gesicht.

17 SANDRA UND BOSE

Bose rief sie an, während er auf den Parkplatz einbog. Sandra packte alles, was sie nicht im Büro zurücklassen wollte – unter anderem ein paar Gigabyte an Dateien und ein Foto von Kyle, als er noch gesund war – in ihre Tasche, dann verließ sie das Zimmer.

Jack Geddes saß immer noch im Flur und hielt Wache. Er stand auf, als er sie sah. »Sie machen Schluss, Dr. Cole?«

»Gute Nacht, Jack«, sagte sie nur und schlug den Weg zum Hauptfoyer ein. Er sah ihr nach und winkte, als sie um die Ecke bog – er war ohne Frage glücklich, nicht mehr den Aufpasser spielen zu müssen.

Dank Uniform und Dienstmarke konnte Bose ungehindert die Wache passieren, die an der Aufnahme postiert war. Die nächste Hürde war die diensthabende Nachtschwester vor der geschlossenen Abteilung. Sandra ging voran.

Sie kannte die Nachtschwester nicht persönlich. Sie hieß Meredith – der Nachname wollte Sandra nicht einfallen, und auf dem Namensschild stand auch nur MEREDITH – und schien Mitte fünfzig zu sein mit einer Mit-mir-ist-nicht-gut-Kirschen-essen-Miene, die ihr so auf den Leib geschrieben war, als sei sie damit zur Welt gekommen. Als sie Sandra und Bose kommen sah, trat sie hinter der Theke hervor und versperrte ihnen resolut den Weg, doch bevor sie etwas sagen konnte, händigte Bose ihr ein Standardformular aus, das er selbst ausgefüllt haben musste und das die Übergabe des Patienten an den nächsten Verwandten regelte. Meredith las stirnrunzelnd.

»Machen Sie einfach die Tür auf, Ma'am«, sagte Bose. »Es ist schon spät, und ich möchte den Gefangenen noch heute seiner Familie zuführen.«

»Gefangener mag angehen, aber er ist nicht *Ihr* Gefangener, noch nicht jedenfalls. Und ja, es ist spät – warum kommen Sie erst jetzt?«

Sandra ergriff die Initiative: »Ich glaube, wir sind uns noch nicht begegnet. Ich bin Dr. Cole. Sie haben recht, die Zeit ist ungewöhnlich, um einen Patienten abzuholen, aber bitte haben Sie Verständnis. Ich werde die Übergabe abzeichnen.«

Meredith zögerte. Es hieß, die Nachtschwestern würden ihre Abteilungen wie private Lehnsgüter führen, und es war nicht zu übersehen, dass Meredith diesen Eingriff in ihr Reich missbilligte. »Okay, Dr. Cole, aber dieser Orrin Mather unterliegt einem besonderen Protokoll, und ich kann auf seiner Karte nichts finden, was Sie als berichterstattende Ärztin ausweist. Was ich *sehr wohl* finde, ist eine Notiz von Dr. Congreve, dass Sie vor ein paar Tagen von diesem Fall abgezogen wurden.«

»Finden Sie irgendetwas auf dieser Karte, das Sie berechtigt, einer State-Care-Ärztin und einem Officer des Houston Police Departments den Zutritt zu dieser Abteilung zu verwehren? Sie stellen meine Geduld auf die Probe, Meredith.«

Mit funkelnden Augen langte Meredith nach dem Schalter, der die Tür entriegelte. Doch dann zog sie die Hand wieder zurück. »Die Übergabe eines Patienten bedarf der Zustimmung des behandelnden Arztes.«

»Ich fordere Sie lediglich auf, diese Tür zu öffnen, Meredith.«

»Dr. Congreve wird das nicht gern sehen.«

»Und *ich* sehe es nicht gern, wenn Sie uns noch länger warten lassen. Ich bin zwar nicht Dr. Congreve, aber ich schwöre Ihnen, er erfährt aus erster Hand, wie Sie sich hier aufspielen.«

Meredith zog eine zitronensaure Schnute und legte den Schalter um. »Ich werde Dr. Congreve über diesen Vorfall unterrichten.«

»Tun Sie, was Sie nicht lassen können.«

Die Tür ging auf, und Sandra folgte Bose durch den Korridor zu Orrins Zimmer. Die Beleuchtung war gedimmt, ließ den grün gekachelten Flur lang und unheimlich erscheinen. »Gut gemacht«, sagte Bose und blickte über die Schulter. »Aber sie hängt schon am Telefon.«

Nachdem Sandra ihre Personalkarte benutzt hatte, um die Tür zu Orrins Zimmer zu öffnen, stellte sich das nächste Problem. Orrin lag wie gelähmt auf seinem Bett. Sandra schüttelte ihn sanft. »Orrin«, sagte sie. »Hey! *Orrin!*«

Seine Lider hoben sich, blieben aber auf halbem Weg hängen. »Was?«, murmelte er. »Was ist denn?« Man hatte ihm offenbar starke Medikamente gegeben.

»Ich bin es, Dr. Cole.«

Orrins Blick war getrübt. Verdammte Nachtschicht, dachte Sandra. Bekamen sie hier alle die doppelte Dosis, damit Ruhe herrschte? Oder nur Orrin?

»Draußen ist es dunkel, Dr. Cole …«

»Das weiß ich, Orrin, aber du musst jetzt aufstehen. Steh auf, und komm mit, okay?«

»Officer Bose«, sagte Orrin, ohne sich zu rühren. Das Krankenhaushemd war hochgerutscht und ließ seinen dürren Hintern sehen. »Hi.«

»Hi, Orrin. Hör zu. Wir holen dich hier raus und bringen dich zu deiner Schwester Ariel. Wie findest du das?«

Es brauchte einige Sekunden, bis die Frage zu ihm durchgesickert war. Dann setzte er ein debiles Grinsen auf. »Fabelhaft. Genau das will ich, Officer. Danke … aber ich bin so müde.«

»Ich weiß.« Bose bückte sich, legte den Arm um Orrins Schultern und half ihm auf die Füße. Orrin schwankte, blieb aber stehen.

»Wir brauchen einen Rollstuhl«, sagte Sandra. Sie trat aus dem Zimmer – der Korridor lag noch verlassen da, Schwester Meredith war noch auf ihrem Posten und redete ins Telefon – und holte einen der Rollstühle aus der Abstellkammer. STATE CARE OF TEXAS/ HOUSTON AREA UNIT stand auf dem kunstledernen Rückenteil. Der Stuhl rasselte, als Sandra ihn in Orrins Zimmer schob – ein erschreckend lautes Geräusch in dieser sonst stillen Umgebung.

Bose half Orrin in den Stuhl. Sowie er saß, fielen ihm die Augen wieder zu und sein Kopf kippte vornüber. Vielleicht besser so, dachte Sandra. Sie packte die Handgriffe des Rollstuhls, und Bose ging voran.

Meredith blockierte wieder die Tür – und jetzt hatte sie Verstärkung: Jack Geddes.

»Bleiben Sie stehen«, sagte Meredith. »Ich habe mit Dr. Congreve gesprochen. Sie haben kein Recht, diesen Patienten abzuholen. Also fahren Sie Mr. Mather einfach wieder auf sein Zimmer und klären die Angelegenheit morgen früh mit dem Management.«

Bose ignorierte Meredith und richtete seine Worte an Geddes, der sich mit vorgewölbtem Brustkorb vor ihm aufgebaut hatte. »Das hier ist eine polizeiliche Maßnahme. Ich bin berechtigt, Mr. Mather mitzunehmen.«

»Sie sind zu *gar nichts* berechtigt«, sagte Meredith.

»Sie können mir jetzt aus dem Weg gehen«, sagte Bose zu Geddes, »oder ich nehme Sie wegen Behinderung polizeilicher Maßnahmen fest. Es liegt ganz bei Ihnen, Sir. Dass ich um diese Zeit hier bin, zeigt nur, wie dringend die Angelegenheit ist.«

Sandra sah vor ihrem geistigen Auge, wie Congreve den Anruf in seinem Auto entgegennahm, wendete und wieder Richtung State Care fuhr. Wie lange war er schon unterwegs gewesen? Eine halbe Stunde, fünfundvierzig Minuten? War er durchgefahren oder hatte er zwischendurch haltgemacht? Um sich keine Blöße zu geben, vermied sie es, auf die Uhr zu sehen.

Geddes blickte Bose fest in die Augen. Das klassische Wer-blinzelt-zuerst-Spiel, dachte Sandra, doch dann seufzte der Pfleger und wandte sich an Schwester Meredith. »Hat er Ihnen die Dienstmarke gezeigt? Die Papiere?«

»Ja, aber ...«

»Dann kann ich nichts machen, Ma'am.«

Geddes trat zur Seite, und Bose, die Ruhe in Person, fragte Meredith: »Benötigen Sie meine Unterschrift?«

»Wenn Sie darauf bestehen, ihn mitzunehmen, dann nur gegen Unterschrift.« Blitzartig hielt sie ihm ihr Klemmbrett hin. »Hier unten. Sie auch, Dr. Cole. Wenn Dr. Congreve kommt, ist der Teufel los. *Ich wasche meine Hände in Unschuld.*«

Bose unterschrieb, und Sandra setzte ihre etwas wacklige Unterschrift daneben. Dann schob sie Orrin schnell den Flur hinunter, während Bose mit weit ausholenden Schritten voranging. Orrin war tatsächlich wieder eingeschlafen; sein weiches, raspelndes Schnarchen mischte sich in das Rasseln des Rollstuhls.

Als sich die Haupttür zum Parkplatz hinter ihnen schloss, begann Sandras Gesicht vor Schweiß zu prickeln. Eine Wolkenbank verdeckte sämtliche Sterne.

»Was du ihr da unter die Nase gehalten hast«, sagte Sandra, »war das echt?«

»Wo denkst du hin. Das war ein Standardformular. Hab hier und da was in die Kästchen gekritzelt.«

»Legal war das nicht, oder?«

Er lächelte. »Noch eine abgebrochene Brücke.«

»Das sind schon zwei.«

Sie warf einen letzten Blick über die Schulter. Dieses Gebäude würde sie nie wieder betreten. Sie hatte keinen Job mehr, sie war frei – und das machte ihr so viel Angst, dass sie am liebsten laut aufgelacht hätte.

Sie fuhren zu dem Motel, in dem Ariel Mather wohnte. Orrin schlief auf dem Rücksitz; er hing im Sicherheitsgurt, das Krankenhaushemd hatte sich um den rechten Oberschenkel gewickelt. »Wir müssen ihm frische Sachen besorgen«, sagte Sandra.

»Ich glaube, Ariel hat ihm aus Raleigh Kleidung mitgebracht, für alle Fälle.«

Auf der Gegenfahrbahn schoss ein Wagen vorbei – vielleicht Congreve, dachte Sandra, und ein paar Augenblicke lang genoss sie die Vorstellung, wie Congreve von Jack Geddes und Schwester Meredith ins Bild gesetzt wurde.

»Ich hab ihm die Hefte mitgebracht«, sagte Bose. »Da wird er sich sicher freuen.«

»Was du geschickt hast, habe ich gelesen. Aber es gibt noch mehr, oder?«

»Ein bisschen, nicht viel.«

»Interessiert dich immer noch, was ich davon halte?«

Er sah sie seltsam an. »Mich interessiert alles, was du zu sagen hast.«

»Und denkst du immer noch, das Dokument könnte irgendetwas beweisen?«

»Naja. Wahrscheinlich hast du die relevanten Stellen noch gar nicht gelesen.«

»Aber die eigentliche Frage ist eine andere, stimmt's? Es geht darum, wie viel davon wahr ist.«

Er lachte, aber seine Hände packten das Lenkrad so fest, dass die Knöchel weiß hervortraten. »*Wahr?* Das ist nicht dein Ernst, Sandra.«

»Du weißt, was ich meine.«

»Du glaubst tatsächlich, Orrin lässt sich von Geistern aus dem Jahr 12 000 inspirieren?«

»Ich wette, du hast darüber nachgedacht. Es gibt Details, an denen man nicht vorbeikommt. Sachen, die du hättest recherchieren können. Sachen, die selbst *ich* recherchieren könnte. Allison Pearl zum Beispiel. Geboren und aufgewachsen in Champlain, New York. Ein Uninteressierter würde sich nicht fragen, ob so eine Person wirklich existiert. Aber du bist nicht uninteressiert.«

»Ich nehme das als Kompliment.«

»Wie es der Zufall will, gibt es im Telefonverzeichnis von Champlain keine Allison Pearl.«

Er lächelte nicht mehr. »Du hast nachgesehen?«

»Alles in allem nur eine Handvoll Pearls. Keine Allison, aber es gibt ein Ehepaar mit einer Tochter, die so heißt.«

»Und du hast sie angerufen?«

»Ja.«

»Haben sie gesagt, ich hätte auch angerufen?«

»Ja, aber danke, dass du es erwähnst.«

»Weil Orrin – oder wer immer das Dokument geschrieben hat – sich solche Namen nicht aus den Fingern saugt. Turk Findley, Allison Pearl. Ich habe Mrs. Pearl gefragt, ob sie Orrin Mather oder Ariel Mather kennt.«

Eine Frage, auf die Sandra nicht gekommen war. »Und?«

»Nein. Nicht die Namen und auch niemand, auf den die Beschreibung passt. Aber das schließt noch nichts aus. Orrin hätte wer weiß wo auf den Namen Allison Pearl stoßen können – vielleicht hat ihn ein Nachbar erwähnt, der zufällig ein ferner Verwandter der Familie war, keine Ahnung. Was, wenn es bloß ein Zufall war?«

»Hältst du das für wahrscheinlich?«

»Verglichen womit? Dass Orrin durch die Zeit reisen kann? Soweit ich weiß, hat er nur einen einzigen Ausflug gemacht – mit dem Greyhound-Bus von Raleigh nach Houston.«

»Also werden wir es nie erfahren?«

Bose zuckte mit den Schultern.

18 ALLISON

1.

Wie so oft in den Wochen nach der ersten Begegnung zwischen Vox und den Maschinen der Hypothetischen ertappte ich mich dabei, immer wieder leise meinen Namen zu wiederholen – *Allison Pearl, Allison Pearl* –, wobei ich mich an jede Silbe klammerte, an ihren Klang und an das Gefühl, das sie in meiner Kehle und auf meiner Zunge hervorrief.

Als Allison hatte ich einmal ein Buch über das menschliche Gehirn gelesen, daher kannte ich den Begriff »neuronale Plastizität«: die Fähigkeit des Gehirns, auf Umweltveränderungen mit Selbstveränderung zu reagieren. Neuronale Plastizität machte es mir möglich, Allison Pearl zu sein. Neuronale Plastizität machte es auch möglich, dass sich ein Gehirn aktiv mit einem limbischen Implantat vernetzte. Das Gehirn passt sich an – immer.

Als Turk mir sagte, er habe sich aus freien Stücken für die Operation entschieden, tat ich so, als würde ich aus allen Wolken fallen. Das Implantat war von vorneherein wesentlicher Bestandteil unseres Plans gewesen, aber weil das Netzwerk mithörte, war ich gezwungen, mit ihm zu streiten. Also machte ich ihm Vorhaltungen und heulte Rotz und Wasser. Es war eine reife Leistung. Reif, weil ich es zu neun Zehnteln ernst meinte. Ich bezweifelte nicht seinen Mut, aber kein Plan ist narrensicher; ich durfte nicht daran denken, was aus ihm wurde, wenn die Sache schiefging.

Shit happens, hatte die ursprüngliche Allison irgendwann in ihr Tagebuch geschrieben. Wie wahr! Zum Beispiel: An dem Tag, als Turk den Netzknoten implantiert bekam – wahrscheinlich fuhr man ihn gerade in den Operationssaal –, kam Isaac Dvali vorbei und sagte mir alles auf den Kopf zu.

Aus den zentral eingespeisten Nachrichten wusste ich, dass Isaacs Genesung erstaunlich rasch vorangeschritten war. Alle Bewohner von

Vox-Core zollten ihm jetzt atemlose Aufmerksamkeit. Weit mehr als Turk war Isaac das geworden, was sich die Gründer der Stadt von einem Aufgenommenen versprochen hatten: eine lebendige Brücke zu den Hypothetischen. Und das bedeutete, dass die versprochene Überlegenheit des Archipels zumindest plausibel blieb. Ohne Isaac war Vox nichts weiter als eine Gemeinde von Fanatikern, deren Glaube sie auf einem toten und todbringenden Planeten abgesetzt hatte; mit Isaac war es immer noch möglich zu glauben, dass Vox eine Gemeinschaft gleichgesinnter Pioniere war, die auf die Bugwelle menschlicher Vorsehung wartete.

Wenige Tage nach der Katastrophe im Wilkes-Becken war Isaac in der Lage gewesen, fließend Voxisch zu sprechen. Er brauchte auch keine Gehhilfe mehr, seine Zerbrechlichkeit wich einer bemerkenswerten Robustheit, und die rekonstruierten Schädelpartien sahen schon fast wieder normal aus. Die krächzende und schreiende Kreatur gleichen Namens gehörte der Vergangenheit an. Der neuerdings so beunruhigend wortgewandte Isaac galt als geheilt, lebte und schlief aber noch in den Behandlungsräumen. Erst kürzlich hatte er Gespräche mit Gelehrten und Managern geführt, deren Inhalt öffentlich verbreitet wurde. Darin lobte er die Bürger von Vox für ihre Hingabe und Ausdauer und drückte seine Bewunderung für die Weisheit der uralten Prophezeiungen aus. Seit Tagen reiste er wie ein Tourist durch die Stadt und wurde dabei immer wieder von neugierigen Kindern belagert, deren ebenso neugierige Eltern scheu auf Abstand blieben und sich nicht trauten, ein Wort an ihn zu richten.

Ich hatte das alles in den Nachrichten verfolgt. Vox entwickelte einen Hang zum Irrsinn, und die unterwürfige Verehrung von Isaac Dvali war nur das aktuellste Symptom. Ich sagte mir, dass es dabei nicht bleiben würde. *Erwarte das Unerwartete,* hatte Allison in ihr Tagebuch geschrieben. Nicht gerade ein origineller Gedanke, aber immer passend.

Ich hielt mich also für gut gewappnet gegen Überraschungen – und war doch bis ins Mark erschrocken, als Isaac plötzlich vor meiner Tür stand, bleich wie ein Champignon und so helläugig wie ein

Säugling. Er lächelte und sprach mich zu meiner Verblüffung nicht mit *Treya*, sondern mit *Allison* an.

Natürlich hatte ich Angst vor ihm.

Ich wusste nicht, was er wollte, und dachte mit Schrecken an die Aufmerksamkeit, die sein bloßes Hiersein erregen würde – ja, schon erregt haben musste. Irgendwo in den Fluren und Gängen lauerten seine Aufpasser. Das Netzwerk hatte uns längst ins Visier genommen.

Aber alles, was er sagte, war: »Darf ich reinkommen?«

Und ich nickte stumm und schloss die Tür hinter ihm.

Irgendwie fand ich den Mut, ihm einen Platz anzubieten, doch er blieb stehen. »Ich bleibe nicht lange«, sagte er auf Englisch. Englisch war seine Muttersprache, fiel mir ein. Unter all den Schichten aus Synthese und Rekonstruktion gab es also noch ein paar Fragmente des »alten« Isaac Dvali; eines Jungen, der in der äquatorianischen Wüste unter Menschen aufgewachsen war, deren Drang, Kontakt mit den Hypothetischen aufzunehmen, schon fast voxisches Format besessen hatte. Er war eine gespaltene und unvollständige Seele – etwas, das er mit mir und Turk gemeinsam hatte. Aber bei ihm kam hinzu, dass er – potenziell zumindest – gefährlich war.

Wenn man von seiner bleichen Haut absah, waren es seine Augen, die mir am meisten Angst machten. Sein Blick ging mir durch Mark und Bein.

»Du brauchst keine Angst zu haben«, versuchte er mich zu beruhigen.

»Das sagt sich so einfach.«

»Du warst bei mir, als es mir schlecht ging.«

»Das weißt du noch?«

Er nickte lächelnd. »Seither habe ich eine Menge über dich erfahren.«

»Über mich?«

»Aus dem Netzwerk. Ich weiß, wer und was du bist. Und ich würde mich gerne mit dir unterhalten. Ich tue dir nichts. Und ich erzähle auch niemandem von eurem Fluchtplan.«

Seit Monaten übte ich mich in der Kunst des Verstellens und Tarnens, nur um dieses eine schlichte Geheimnis zu wahren. Jetzt war es heraus, und ich war starr vor Schreck.

»Niemand kann uns hören«, sagte Isaac.

»Du irrst dich«, krächzte ich.

Er lächelte unbeirrt. »Die Sensoren in dieser Wohnung sind außer Betrieb. Und das bleiben sie, solange ich hier bin.«

»*Das* kannst du?«

»Ja. Aus eigener Kraft. Oder kraft dessen, was mir die Chirurgen eingepflanzt haben. Ich kann das Netzwerk beeinflussen, sogar den Coryphaeus.«

War das möglich?

Der Coryphaeus beherrschte alle voxischen Aktivitäten, er war eine verschachtelte Hierarchie von Quantenprozessoren, die über ganz Vox-Core verstreut waren. Selbst ein nuklearer Angriff hatte ihn nur für kurze Zeit lahmlegen können. Mir war nie in den Sinn gekommen, der Coryphaeus könne irgendwie beeinflusst werden – aber da hatte es auch noch keinen Isaac Dvali gegeben. Isaac war von Geburt an mit hypothetischer Biotechnik angereichert worden, und sein neurales Implantat war nicht einfach ein Anhängsel seines Gehirns; sein Gehirn war vielmehr rings um dieses Implantat herum neu geschaffen worden.

»Du kannst frei reden«, sagte er, »zumindest jetzt und hier.«

Das Herz schlug mir bis zum Hals. »Du kannst *wirklich* die Sensoren abschalten?«

»Ja. Oder dafür sorgen, dass das Material nicht analysiert wird.«

»Aber wenn du schon Bescheid weißt ...«

»Über eure Flucht?«, sagte er. (Ich hätte mir fast auf die Zunge gebissen.) »Ihr habt euch außerordentlich klug verhalten. Puls, Atmung, Cortisolspuren in Schweiß und Urin – alle diese Marker haben schon seit Wochen erhöhte Werte. Aber solche Werte treten auch bei emotionalem Stress auf. Um stochastische und heuristische Indikatoren zu analysieren – Dinge, *die du* oder *die du nicht* gesagt oder getan hast –, braucht der Coryphaeus viel länger. Aber letzten Endes wärt ihr aufgeflogen.« Wieder dieses Buddha-Lächeln. »Wenn ich nicht interveniert hätte.«

Ich holte tief Luft und sagte: »Aber woher weißt *du* es?«

»Der Coryphaeus fing bereits an seine Schlüsse zu ziehen. Ich habe lediglich extrapoliert. Die Details sind mir nicht klar, aber ich vermute, ihr wollt ein Luftfahrzeug stehlen und damit durch den Torbogen nach Äquatoria fliehen.«

»Tja …«

»Ich hoffe, ihr schafft es.«

»Heißt das … Was willst du damit sagen? Willst du mitkommen?«

Sein Lächeln verblasste. »Das ist nicht gut möglich. Als man mich rekonstruiert hat, wurden wichtige neurale Funktionen an entfernte Netzwerk-Prozessoren delegiert. Nur ein Teil von mir lebt in diesem Körper. *Du* verstehst das doch, oder nicht? Dass eine Person mehr als eine Natur haben kann?«

»Ja.«

»Ich kann nicht mitkommen, aber ich kann euch vielleicht helfen.«

»Helfen? Wie meinst du das?«

»Turk kann die Maschine erst fliegen, wenn sein Implantat so weit gediehen ist, dass es ihm Zugang zu den Steuerorganen verschafft. Ist der Knoten *voll* entwickelt, wird Turk nicht mehr hier wegwollen. Du verstehst, wie schmal das Fenster für eure Flucht ist?«

»Ja, nur …«

»Momentan sieht Turk sich vor die Wahl gestellt zwischen Flucht und einem Dasein als Marionette. Gewinnt der Netzknoten Einfluss auf sein Gehirn, könnte Turk sich mehr und mehr vor die Wahl zwischen Flucht und Vergebung gestellt sehen.«

Vergebung für was?

»Ich kann dich warnen, wenn dieses Fenster zu schmal wird. Und ich kann euch helfen, indem ich zur richtigen Zeit die Aufmerksamkeit des Coryphaeus ablenke. Die Details können wir später noch besprechen, aber du sollst wissen, dass du in mir einen Freund und Verbündeten hast.«

Er klang so sehr wie ein altkluges Kind, das geliebt werden will, dass ich vergaß, mich vor ihm zu fürchten. Doch als er aufstand (wann hatte er sich hingesetzt?) und zur Tür ging, wäre ich fast in Panik geraten. »Warte! Ist unsere Netzwerküberwachung jetzt immer abgeschaltet?«

»Nein. Ich bin leider nicht allmächtig. Wenn ich nicht physisch präsent bin, solltest du davon ausgehen, dass das Netzwerk mithört.«

Ich zwang mich, nahe an ihn heranzutreten. Die Haut seiner rechten Gesichtshälfte hatte das Rosa einer Muschelschale und war nahezu porenlos glatt – war unvollkommen, weil sie zu vollkommen war. Seine Augen strahlten sanft. »Eine Frage noch«, sagte ich.

»Ja?«

»Kannst du … du weißt doch, was die anderen sagen?«

»Ich weiß nicht, was du meinst.«

»Was die Prophezeiungen von dir behaupten. Kannst du mit den Hypothetischen sprechen?«

»Nein«, erwiderte er. »Noch nicht.«

Es verging keine Stunde, und Oscar stand vor der Tür – völlig aufgebracht. Er wusste, dass Isaac hier gewesen war, und war versessen darauf, von mir zu hören, was der Junge gesagt hatte, zumal sich das Netzwerk ausschwieg. Er verlangte eine Erklärung.

Als ich Treya gewesen war und zur Verbindungstherapeutin ausgebildet wurde, hatte ich Oscar so kennengelernt, wie man Lehrer eben kennenlernt. Er hatte stets ein heiteres Vertrauen in die Lauterkeit und den Sinn seiner Arbeit gehabt. Ein voxisches Sprichwort sagt: »Er steigt und fällt mit den Gezeiten«, womit jemand beschrieben wird, der den Bedürfnissen von Vox-Core nachgeht und sie wie selbstverständlich befriedigt. Jemand wie Oscar. Seit Kurzem allerdings schien dieses Vertrauen Risse zu bekommen. Dass Isaac sich mit einer unvernetzten Abtrünnigen getroffen und für eine Intimität gesorgt hatte, wie es die Routineüberwachung des Netzwerks normalerweise nicht zuließ – das sabotierte seinen ausgeprägten Sinn für Ordnung.

Ich sagte ihm, Isaac und ich hätten in Erinnerungen an das 21. Jahrhundert geschwelgt.

»Alles, was du über die Vergangenheit weißt, kann er mühelos abrufen.«

»Vielleicht war er einfach neugierig auf mich. Woher soll ich das wissen? Oder vielleicht hat er nur mal Lust auf Englisch gehabt.«

»Was hast du schon zu sagen, was ein Geschöpf wie ihn interessieren könnte – egal in welcher Sprache?«

Das war beleidigend, also benutzte ich einen Ausdruck, den Oscar womöglich noch nicht kannte: »Leck mich«, sagte ich und schloss die Tür.

2.

Der Tag verstrich. Keine Nachricht von Turk. Er hatte mich darauf vorbereitet, dass man ihn nach dem Eingriff vielleicht noch dabehalten könnte, und schon aus Angst, mein Puls oder meine hormonale Chemie könne dem Netzwerk Hinweise auf meine Verfassung geben, beschloss ich, für Ablenkung zu sorgen: Ich verließ die Wohnung und fuhr zur nächstbesten öffentlichen Terrasse, die den Marktbereich überblickte, um mir die Lichterparade des Ido-Festes anzusehen.

Vox-Core war eine Stadt der Riten und Feste. Als Treya hatte ich das geliebt. Als Allison war ich überrascht, dass ein so »eng geschnürtes« Gemeinwesen wie Vox so viel Freude am Feiern fand. Aber Vox war eine limbische Demokratie; nichts konnten wir besser als öffentliche Emotionen teilen.

Vox war auf einem Planeten namens Ester gegründet worden, fünf Welten von der alten Erde entfernt. Wir hatten das esterische Jahr von 723 Tagen beibehalten, ebenso wie die esterische Einteilung des Tages in vierundzwanzig Stunden (eine Gewohnheit so alt wie die Erde, obwohl Esters Tage und Stunden um eine Winzigkeit länger waren). Auf dem isotropen Meer, das – bis auf den Mars – alle Ringwelten miteinander verband, hatte Vox also fünf Planeten überquert. Unser Kalender kannte viele Feiertage: Mal war es die Gründung von Vox, mal eine bestimmte Prophezeiung, mal der Jahrestag einer historischen Schlacht. Das Ido-Fest erinnerte an unseren Sieg über die bionormativen Streitkräfte am Terivine-Bogen; das war die Schlacht, in der wir die Gefangenen gemacht hatten, die den Kern der späteren Farmerkaste bilden sollten.

Es war ein martialisches Fest mit Feuerwerk, Trommeln und Fackelparaden. In den allermeisten Jahren war die Feier von Frohsinn und Freigebigkeit geprägt gewesen, aber diesmal waren die Festessen rationiert und die Festivitäten hatten einen Anstrich von Hysterie. Jeder wusste, das er vielleicht das letzte Ido-Fest vor der »Erneuerung der Welt« erlebte.

Ich hätte unmöglich teilnehmen können, selbst wenn ich gewollt hätte – die Videoeinspielungen hatten einen bunten Hund aus mir gemacht. Ich verriet meine Vergangenheit, wollte nicht recht in die Geschichte der Aufgenommenen passen und erschien – weil ich nicht vernetzt war – jedem von vorneherein fragwürdig und verdächtig. Nicht dass mir von der Menge Gefahr gedroht hätte – noch nicht jedenfalls –, aber wenn ich Anschluss gesucht hätte, hätten sie mich stehen lassen und wie Luft behandelt. Also suchte ich mir ein bewaldetes Plätzchen, wo ich nicht auffiel und einen guten Blick auf das festliche Treiben hatte. Als die Nacht anbrach, füllte sich gut achthundert Meter hangabwärts der Marktplatz mit Menschen. Sie hatten Leuchtstäbe verschiedener Größe und Farbe dabei und sammelten sich hinter einem Anführer, der sie durch das Gewirr aus Marktständen führte. Im Dunkel der Nacht und aus dieser Entfernung war der Effekt spektakulär: eine glühende, bunte Schlange, die sich wand und Schlingen bildete und sich im Rhythmus der Trommeln wiegte.

Eine merkwürdige Nostalgie beschlich mich. Ich war nicht mehr Treya und wollte auch nicht mehr Treya sein, doch ich vermisste die Freude, die Treya bei solchen Anlässen empfunden hatte. *Meine* Freude. *Sie, ich, mein, ihr …* Täuschend einfache Worte, die für mich schwer zu definieren waren.

Selbst ohne Netzknoten wusste ich, wann wieder eine Woge der Erregung durch die Menge lief. Ich musste durch eine Lücke zwischen den Baumwipfeln auf einen riesigen Bildschirm sehen, um zu erkennen, was passiert war. Der Schirm zeigte eine Gruppe von Schlangentänzern, die ein Banner entrollte, und auf dem Banner war das buchstäblich glühende Porträt von Isaac Dvali zu sehen. Jubel und Applaus brandeten zu mir herauf; es klang wie prasselnder Regen.

Doch eigentlich galt der Jubel nicht Isaac. Er galt dem, wofür er stand: der Erfüllung der Prophezeiungen, dem bevorstehenden Ende aller Tage. Es war die Stimme des abdankenden Coryphaeus, der sich selbst huldigte durch Vox, seinen Leib.

Woran erkennt man kollektiven Wahnsinn? Für mich waren es solche Anzeichen: ansteckende Irrationalitäten, freundliche Gleichgültigkeit gegenüber realen Problemen (etwa die Knappheit an Getreide und tierischem Protein), der allgemeine Wirbel um die Hypothetischen nach dem Massaker in der antarktischen Wüste. Überall konnte man jetzt Bilder von diesen gigantischen Maschinen sehen, und mehr und mehr setzte sich die Überzeugung durch, dass die getöteten Soldaten und Zivilisten der Vorausabteilung nicht wirklich tot, sondern *aufgenommen* seien.

Wenn die Maschinen zu guter Letzt Vox erreichen, würden wir vermutlich allesamt auf ganz ähnliche Weise in die Gemeinschaft mit den Hypothetischen entrückt oder getötet werden; die Worte waren austauschbar. In diesem Punkt waren die Prophezeiungen immer ein bisschen undeutlich gewesen. Die Gründer hatten das Ende von Vox mit etwas verglichen, das sie *ajientei* nannten, was noch am ehesten mit »Erweiterung« übersetzt werden kann: die Diffusion des menschlichen Bewusstseins über den galaktischen Raum und die geologische Zeit, dem (vermuteten) Wirkungsbereich der Hypothetischen.

Wie auch immer, unsere Gelehrten schätzten, dass die Maschinen der Hypothetischen bei gleichbleibender Geschwindigkeit noch

Monate oder Jahre brauchen würden, um Vox zu erreichen, und so baten fromme Bürger älteren Datums bereits darum, zu den Maschinen geflogen zu werden, um noch zu Lebzeiten aufgenommen zu werden.

Sie hätten sich nicht sorgen müssen. Nur Stunden nach dem Ido-Fest erreichten uns Meldungen vom Wilkes-Becken, dass sich die Maschinen schneller bewegten. Tatsächlich beschleunigten sie, verdoppelten ihr Tempo alle paar Stunden. Im Moment war das noch nicht viel, doch wenn die Beschleunigung anhielt, würden sie eher hier sein als erwartet. *Viel* eher, sagten die Gelehrten. Binnen Wochen. Oder Tagen.

Vox stand Kopf.

19 SANDRA UND BOSE

»Wir sind noch nicht in Sicherheit«, sagte Bose, als sie rückwärts in die Parkbucht vor Ariel Mathers Motelzimmer setzten.

Das glaubte Sandra ihm aufs Wort. Sie hatte bemerkt, wie oft er in die Rückspiegel geblickt hatte, als die State Care zurückgefallen war. Er hatte vor, Ariel Mather abzuholen und sie gemeinsam mit Orrin in einem anderen Motel unterzubringen. Morgen früh dann würden seine »Freunde« die beiden an einen sicheren Ort außerhalb der Stadt bringen.

Sandra blieb bei Orrin, während Bose an die Tür von Ariels Zimmer klopfte. Eine Minute später war er zurück, gefolgt von Ariel mit ihrem verschrammten Plastikkoffer. Sie trug ausgefranste Jeans und ein schwarzes T-Shirt, auf dem UNIVERSITY OF NORTH CAROLINA stand. Wenn sie die Uni überhaupt schon mal gesehen hatte, dachte Sandra, dann höchstens von Weitem.

»Da draußen gibt es bestimmt noch Leute, die Ihren Bruder für eine Bedrohung halten«, erklärte Bose, während sich Ariel in den Rücksitz kauerte. »Wir bringen Sie in ein anderes Motel, nur für diese Nacht. Morgen lassen Sie Houston und das ganze Zeug hinter sich. Einverstanden?«

»Jaja.« Ariel wirkte zerstreut. »Ich weiß auch nichts Besseres. Was ist mit Orrin? Orrin, bist du okay? Hey, aufwachen!«

»Sie haben ihn ruhiggestellt«, sagte Sandra. »Ein paar Stunden und er ist wieder fit. Am besten Sie lassen ihn schlafen.«

»Man hat ihn unter *Drogen* gesetzt?«

»Nur ein Schlafmittel.«

»Ha! Ehrlich, ich weiß nicht, wie Sie es irgendwo aushalten, wo man unschuldige Menschen grundlos mit Drogen vollpumpt.«

»Wer sagt, dass ich es da aushalte. Ich bin gefeuert.«

Bose nahm einige Seitenstraßen, bis er sicher sein konnte, dass man ihnen nicht folgte. Schließlich hielt er an einem anonymen zweigeschossigen Motel in der Nähe des Flughafens.

Orrin war inzwischen wieder so weit auf dem Damm, dass er aus dem Wagen steigen und am Arm seiner Schwester zu ihrem gemeinsamen Zimmer schwanken konnte. Bose trug Ariels Koffer, während Sandra in der Lobby wartete.

Es war schon ziemlich spät, und ihr fehlte eine Menge Schlaf – trotzdem war sie hellwach und leicht überreizt; offenbar verarbeitete sie immer noch das Adrenalin, das sie in der State Care produziert hatte. Ariels raue Zärtlichkeit im Umgang mit Orrin ließ sie an ihren eigenen Bruder denken, der die Nacht in einer Einrichtung verbrachte, die weit freundlicher und unendlich viel teurer war als die State Care. Und sie dachte an den Anrufer, der versucht hatte, sie mit dem Langlebigkeitspräparat zu bestechen.

Zu dem auch Boses geheimnisvolle Freunde Zugang hatten – wobei es sich offenbar nicht um den kommerziellen Verschnitt handelte, sondern um das echte marsianische Präparat. Ob diese Leute bereit waren, Kyle zu helfen? Und wenn ja, zu welchem Preis?

»Das ist keine durchorganisierte Geheimgesellschaft«, hatte Bose gesagt – war das erst gestern gewesen? »Die ursprüngliche Gruppe bestand zufällig oder nicht aus Leuten, die mit Jason Lawton bekannt waren.« Jason Lawton war der Wissenschaftler, dem Wun Ngo Wen seinen Bestand an Pharmazeutika anvertraut hatte. »Diese Leute haben sich nicht unbedingt der Behandlung unterzogen, obwohl es einige taten. Sie traten vielmehr an, sich zum *Hüter* der Behandlung zu machen. Das Präparat nach ethischen Grundsätzen und – solange die Gesetze so blieben – geheim zu verteilen. Der Kreis wurde im Laufe der Jahre größer. Er ist nicht hermetisch abgeschlossen, aber wir geben uns Mühe aufeinander aufzupassen.«

Wir, hatte er gesagt.

Bose kam in die Lobby zurück und sagte: »Ich finde es nicht gut, wenn ich dich einfach zu Hause absetze. Was meinst du, wenn wir uns ein Zimmer für die Nacht nehmen?« Er lächelte. »Ein Doppelzimmer, wenn du sparen möchtest.«

»Was ist das nun – ein ökonomischer Vorschlag?«

»Nein«, sagte er, »nicht ganz.«

Die Klimaanlage war marode, aber für manche Dinge lohnte es sich einfach zu schwitzen.

Nachdem sie sich geliebt hatten – an den Fenstern das trübe Leuchten der vorbeifahrenden Autos –, ließ Sandra den Finger an Boses Narbe entlanglaufen, vom Bauch bis zur Schulter. Als er merkte, was sie machte, zuckte er zusammen, entspannte sich dann aber – womöglich weil er sich dazu zwang.

»Stört es dich, wenn ich dich danach frage?«

Er schwieg unangenehm lange. Dann setzte er sich auf und lehnte sich gegen den Kopfteil des Bettes.

»Ich war siebzehn«, sagte er. »Ich war auf Besuch bei meinem Vater in Madras. Das war, nachdem sich meine Eltern getrennt hatten. Mein Vater war technischer Berater einer Firma, die Flachwasser-Windgeneratoren installierte. Die Firma mietete ihm einen Bungalow mit Meerblick, aber die Gegend war unsicher und die Sicherheitsvorkehrungen miserabel. Eines Nachts wurde eingebrochen. Die Diebe töteten meinen Vater. Und ich – ich wollte ihn in meiner

Naivität verteidigen.« Er legte seine Hand über die ihre. »Sie hatten Messer.«

Wenn die Narbe von einem Messer stammte, dann mussten sie ihn fast ausgeweidet haben. »Das ist ja entsetzlich.«

»Ein Nachbar hörte das Geschrei und rief die Polizei. Ich verlor viel Blut – eine Weile war nicht klar, ob ich durchkommen würde. Meine Mutter kam herübergeflogen, ließ ein paar Beziehungen spielen und sorgte dafür, dass ich die richtige medizinische Versorgung bekam.«

Sandra fragte sich, ob er deshalb im Houston Police Department gelandet war: Empörung über das Verbrechen, die Polizei dein später Retter … Süd-Indien nach dem Spin: »Die ersten Jahre muss es drüben ziemlich schlimm gewesen sein.«

»Nicht schlimmer als in Houston«, sagte Bose. Aber er redete offensichtlich nicht gern darüber, also ließ sie von ihm ab und schloss die Augen.

Es war seltsam, in einem fremden Bett neben ihm aufzuwachen. Der Morgen war schon vorbei, Dieselgeruch sickerte durch die schlecht schließenden Motelfenster. Sandra setzte sich auf und gähnte. Bose schlief noch; er lag auf dem Rücken und atmete so regelmäßig wie Wellen, die sich an einem Strand brechen. Der salzige, unverkennbare Geruch nach Sex hing über dem Bett.

Am liebsten wäre sie auf unbestimmte Zeit hier liegen geblieben, und sie hätte das auch gekonnt: Sie war praktisch arbeitslos, sie musste nirgendwo erscheinen. Aber ein calvinistischer Impuls ließ sie die Uhr vom Nachttisch nehmen. Kurz nach Mittag. Der Tag halb vergeudet. Wie schrecklich.

Sie stand behutsam auf und ging unter die Dusche. Sie musste anziehen, was sie gestern angehabt hatte, auch wenn es nicht mehr frisch war.

Als sie in Jeans und Bluse aus dem Badezimmer kam, war Bose ebenfalls wach und grinste sie an. »Frühstück«, sagte er.

»Zu spät.«

»Dann Lunch. Ich habe eben Ariel angerufen. Orrin ist noch groggy, aber es geht ihm schon besser. Sie sind zum Motel-Café. Vielleicht verkrümeln wir uns irgendwo, wo es uns besser gefällt, was meinst du? Dann kommen wir hierher zurück. Wir haben für zwei Nächte gebucht, und für Orrin und Ariel kann ich heute noch eine Fahrt arrangieren.«

Ja, dachte Sandra, und dann? Wenn die Mather-Geschwister einmal heil aus der Stadt waren – was dann?

Die Hitzewelle war noch nicht gebrochen, aber die Nachrichten kündigten für den Abend Stürme an. Sandra hoffte inständig, dass die Voraussage stimmte. Der Himmel war staubig und heiß, und am südlichen Horizont schickten sich die Wolken an, den Bau ihrer Nachmittagskathedralen in höhere, kühlere Luftschichten zu verlegen.

Boses Idee, »irgendwo, wo es uns besser gefällt«, zu Mittag zu essen, verschlug sie in ein Fast-Food-Restaurant abseits des Highways. Sandra bestellte ein Sandwich und versuchte das allgegenwärtige Cowboydekor und die aggressiv gute Laune der Bedienung zu ignorieren. Bis serviert wurde, war der mittägliche Ansturm vorüber und der lagerhausgroße Speisesaal angenehm still. Bose verputzte in einer Art postkoitaler Proteinflaute, wie Sandra es sah, eine Riesenportion Steak mit Eiern. Als der Kaffee kam, sagte sie: »Wir kommen wohl nie dahinter. Ich meine, was es mit Orrins Heften auf sich hat. Wo er das ganze Zeug herhat, und warum er so daran hängt.«

»Es gibt verdammt viel, was wir vielleicht nie verstehen werden.«

»Er verkriecht sich, und wir … ja, was machen wir jetzt eigentlich? Was sagt denn dein Handy?«

»›Gib deine Marke zurück, und geh nach Hause.‹ Stimme und Text. Wenn die wüssten wohin, hätten sie mir bestimmt Pralinen geschickt.«

»Hast du irgendwelche Pläne?«

»Lang- oder kurzfristig?«

»Hm. Langfristig.«

»Seattle. Das Wetter dort ist kühl und regnerisch.«

»Aufstehen und gehen? Einfach so?«

»Was sonst?« Er setzte seine Kaffeetasse ab. »Komm doch mit.«

Sie starrte ihn an. »Herrgott, Bose! Du machst einfach den Mund auf und sagst so was …«

»Klar, was weiß ich schon von deinem Beruf. Aber meine Freunde sind auch deine Freunde. Komm nach Seattle – vielleicht können wir dir helfen, was Passendes zu finden.«

»Das ist … Ich kann nicht …«

»Was hält dich in Houston?«

Ja, was nur? Sie hatte hier keine richtigen Freunde und keine Aussicht auf eine Stelle. »Da ist vor allem Kyle.«

»Dein Bruder, okay. Aber könnte man ihn nicht in einer Einrichtung in Washington State unterbringen?«

»Weißt du, was das für ein Papierkrieg ist?«

»Ah ja, *Papierkrieg*.«

»Ich meine, unmöglich ist es nicht, aber …«

Er winkte ab. »Schon gut – war ziemlich egoistisch von mir. Es sieht eben so aus, als säßen wir hier im selben Boot. Ist nicht dein Fehler. Bis ich auftauchte, lief bei dir alles bestens.«

Nein, aber das konnte er nicht wissen. »Naja – schlecht ist die Idee nicht.« Sie fügte beinahe gegen ihren Willen hinzu: »Ich lass es mir durch den Kopf gehen.« Ja, wenn nicht jetzt, wann dann? Sie war arbeitslos und befand sich im freien Fall. Sie konnte alles riskieren und riskierte so gut wie nichts. »Warum fällt dir das so leicht? Ich bin eifersüchtig.«

»Vielleicht spiele ich einfach schon lange mit dem Gedanken.«

Nein, das war es nicht. Es hatte einen tieferen Grund, es war eine Charaktereigenschaft – er verfügte über eine innere Ruhe, dass es fast schon unheimlich war. »Du bist nicht wie andere Menschen.«

»Was soll das heißen?«

»Du weißt schon. Du willst nur nicht darüber reden.«

»Gut«, sagte er und zückte die Brieftasche, »reden wir darüber, wenn Orrin aus der Stadt ist.«

Sandra brauchte frische Sachen, also überredete sie Bose, kurz bei ihr vorbeizufahren, damit sie ein paar Dinge in ihre Reisetasche werfen konnte. Kleidung natürlich, aber auch ihren Pass und ihre Sicherungsdateien. Sie hatte keine Ahnung, wann sie zurückkommen würde. Vielleicht bald. Vielleicht nie wieder. Sie sah sich ein letztes Mal um. Das Apartment kam ihr bereits unbewohnt vor – als habe es ihre Absichten durchschaut und sich schon von ihr abgewendet.

Unten wartete Bose geduldig im Auto und ließ irgendeine blecherne Schrammelmusik laufen. Sie warf ihre Tasche auf den Rücksitz und kletterte auf den Beifahrersitz. »Ich wusste gar nicht, dass du Country magst.«

»Das ist kein Country.«

»Klingt wie ein streunender Kater, der es mit einer Fiedel treibt.«

»Ein bisschen mehr Respekt bitte. Das ist klassischer Western-Swing. Bob Wills and the Texas Playboys.«

Aufgenommen mit Blechbüchse und Bindfaden, so wie es klang. »Und das hält dich in Texas?«

»Nein, aber es ist wohl das Einzige, weswegen es mir leidtut, Texas zu verlassen.« Er klopfte im Rhythmus auf das Lenkrad, als sein Handy schnurrte. Die Freisprechfunktion zeigte die Nummer des Anrufers in der linken unteren Ecke der Windschutzscheibe. »Antwort«, sagte Bose, was den Wagen veranlasste, die Musik zu unterbrechen und die Handyverbindung durchzustellen. »Ja?«

»Ich bin es«, rief eine schrille Stimme. »Ariel Mather. Sind Sie das, Officer Bose?«

»Ja, Ariel. Was ist los?«

»Es geht um Orrin!«

»Ist er wieder munter?«

»Keine Ahnung – ich weiß nicht, wo er ist. Er ist zum Cola-Automaten und nicht mehr zurückgekommen!«

»Okay«, sagte Bose. »Bleiben Sie, wo Sie sind. Wir kommen.«

Sandra bemerkte die Veränderung: Seine Lippen wurden schmal, auch die Augen. *Du bist nicht wie andere Menschen*, hatte sie gesagt,

und so war es. Als schöpfe er aus einem tiefen Reservoir an Ruhe –
nur dass es diesmal keine Ruhe war, sondern wilde Entschlossenheit.

20 TURK

1.

Ich kam zu Bewusstsein und sah, weder wach noch schlafend, einen
Menschen in Flammen – einen Mann, der in einer brennenden Lache
tanzte und durch das Flirren der Luft zu mir herüberstarrte.

Die Vision hätte ein Albtraum sein können. Aber sie war kein
Traum. Sie war eine Erinnerung.

Das Operationsteam hatte mir das limbische Implantat vorher gezeigt. Ich glaube, sie haben mein Entsetzen für präoperative Angst gehalten.

Der Netzknoten war eine schwarze Scheibe von ein paar Zentime-
tern Durchmesser und weniger als einem Zentimeter Dicke. Sie war
übersät mit stecknadelkopfgroßen Knötchen, aus denen künstliche
Nervenfasern wachsen würden, wenn der Netzknoten eine ausreichende Blutversorgung durch die umliegenden Kapillaren gewähr-
leistete. Sowie der Knoten implantiert war, würde er Verbindung
mit dem Netzwerk aufnehmen, und binnen Tagen würden die künstlichen Nervenfasern ans Rückenmark andocken und anfangen, die
anvisierten Hirnregionen zu infiltrieren.

Die Ärzte wollten wissen, ob ich das alles verstanden hätte. Ich bejahte.

Dann der Stich einer Betäubungsspritze, ein kalter Tupfer im Ge-
nick – und ehe der Chirurg sein Skalpell ansetzte, umfing mich tiefe
Bewusstlosigkeit.

Der brennende Mann war Nachtwächter im Lagerhaus meines Vaters gewesen.

Für mich ein Fremder. Tötung ohne Vorsatz; vor Gericht wäre die Anklage wahrscheinlich von Mord auf Totschlag herabgestuft worden. Aber ich bin nie angeklagt worden.

Zweimal in meinem Leben hatte ich diese Geschichte erzählt. Das eine Mal, als ich betrunken, das andere Mal, als ich nüchtern war; das eine Mal einem Fremden, das andere Mal einer Frau, in die ich mich verliebt hatte. In beiden Fällen hatte ich nicht alles erzählt und auch nicht immer die Wahrheit. Selbst meine aufrichtigsten Geständnisse scheiterten letzten Endes an Lügen.

Die Menschen, denen ich gebeichtet hatte, waren seit zehntausend Jahren tot, aber dieser eine Tote hatte sich in meinem Gewissen verbarrikadiert, wo er nie aufgehört hatte zu brennen.

Und jetzt hatte ich den Schlüssel zu meinem Gewissen dem Coryphaeus überlassen und wusste nicht, was er damit anstellen würde.

2.

Die erste Veränderung nach der Operation bemerkte ich nicht an mir, sondern an den anderen, besonders in ihren Gesichtern.

Ich spürte die Nebenwirkungen, über die man mich aufgeklärt hatte – vorübergehender Schwindel, Appetitlosigkeit –, aber sie waren nicht der Rede wert und legten sich rasch wieder. Was mir Angst machte, war nicht das, was ich spürte, sondern das, was ich *nicht* mehr spürte – was ich vielleicht eingebüßt hatte, ohne zu wissen, dass ich es eingebüßt hatte. Ich stellte jeden unbedachten Impuls infrage, blieb tagelang für mich und redete nur das Nötigste mit Allison (die mich mit trauriger Verachtung strafte, die hoffentlich nur gespielt war). Wir wussten beide, was zu tun war; wir wussten beide, dass ich noch nicht so weit war.

Die Ärzte hatten mir »interaktives Willenstraining« verordnet: Ich sollte mich darin üben, netzknotenempfindliche Steuerelemente anzusprechen – was damit anfing, durch eine Kombination aus Berührung und Willen eine grafische Anzeige einzuschalten. Das waren genau die Fertigkeiten, die ich brauchte, um uns von hier fortzufliegen, also trainierte ich mich eine ziemlich steile Lernkurve hinauf. Oscar ließ sich von Zeit zu Zeit blicken, um meine Fortschritte zu begutachten, und bei einem seiner Besuche brachte er mir eine Auswahl an Lernspielzeug für voxische Kinder mit: Dinge, die auf meinen Befehl hin ihre Farbe wechselten oder Musik machten – nur dass sie es meistens nicht taten. Der Knoten war immer noch dabei, Schlüsselbereiche meines Gehirns zu unterwandern, war immer noch damit beschäftigt, die Aktivität in bestimmten Regionen zu erweitern oder zu dämpfen; noch nicht alle erforderlichen Feedback-Schleifen waren etabliert oder stabil genug. Oscar mahnte zur Geduld.

Als ich schließlich aufhörte, mich auf Steuerelemente zu konzentrieren, und mich nach draußen wagte, begriff ich, was der Knoten wirklich bewirkt hatte. Dutzende Male war ich in diesen Korridoren unterwegs gewesen, hatte diese Stufen und Terrassen überquert, doch plötzlich war mir, als hätte ich sie noch nie richtig gesehen. Die Gesichter der Leute, an denen ich vorüberkam, schienen sich in ihrer nonverbalen Beredsamkeit zu sonnen; auf einmal konnte ich die Gemütsverfassung von Fremden lesen, als wären wir alte Bekannte. Die Ärzte hatten mich darauf vorbereitet, aber da sie ihre Erklärungen in Ausdrücke wie »amygdalische Verlinkung« und »Überschuss an Spiegelneuronen« und »chiasmische Induktion« (Oscars Übersetzungen) fassten, hatte ich tatsächlich kaum etwas kapiert. Jetzt war die Wirkung einfach überwältigend.

Ich beschloss, auf einen der hoch gelegenen Plätze der Stadt zu fahren, weg von all den Menschen. Den vertikalen Transit von Vox zu benutzen war wie das Fahren mit einem Aufzug, nur dass der Aufzug die Größe eines U-Bahn-Wagens hatte. Die Frau mir gegenüber hielt ein kleines Kind auf dem Schoß und lächelte mich an. Es war ein Lächeln, das man einem liebenswürdigen Fremden gegenüber an den Tag legt, nur dass wir uns eigentlich nicht fremd waren – wir waren durch das Netzwerk miteinander verbunden und tauschten wortlos Befindlichkeiten aus. Ihre ruhelosen Augen und die wechselnde An- und Entspannung ihres Körpers verrieten mir, dass sie Angst vor der Zukunft hatte – vor Kurzem hatte es geheißen, die Maschinen der Hypothetischen würden sich immer schneller auf uns zubewegen –, aber sie unterwarf sich demütig jedem Schicksal, das die Propheten ihr auferlegten. Dann, als sie ihren Sohn anblickte, wurde ihr Unbehagen konkreter. Der Junge war fünf oder sechs Monate alt, und sein limbisches Implantat war noch ein kleiner rosaroter Höcker hinten an der Schädelbasis. Er sendete einfachste Bedürfnisse und absolute Abhängigkeit – und seine Mutter sträubte sich, ihn der Obhut der Hypothetischen anzuvertrauen, egal für wie wohlwollend sie diese Wesen hielt. Immer wenn sie ihren kleinen Sohn in den Armen hielt, befiel sie diese sündige Furcht.

Ich spürte die wohltuende Euphorie des Coryphaeus durch Mutter und Kind fließen – im Widerspruch zur Körpersprache der beiden. Das war zermürbend. Und natürlich spürten sie meine Reaktion so deutlich wie ich die ihre. Die Mutter runzelte die Stirn und blickte in eine andere Richtung, als hätte sie etwas höchst Ärgerliches gesehen. Das Kind krümmte sich gegen ihren Körper.

An der nächsten Haltestelle ergriff ich die Flucht.

Als mir wieder einmal das Dach auf den Kopf fiel, war es Nacht. Die Korridore waren düster und praktisch menschenleer. Ich hatte den ganzen Tag über mit Netzwerkschnittstellen gearbeitet und war todmüde. Todmüde und hellwach. An Schlaf war nicht zu denken.

Die Drohnen hatten gemeldet, dass die Maschinen der Hypothetischen das transantarktische Gebirge schneller als erwartet überquerten. Im Wilkes-Becken hatten die Maschinen wie schwerfällige feste Körper ausgesehen, doch als sie auf zerklüftetes Gelände stießen, verformten sie sich, um große Hindernisse zu überwinden. Ja, in unwegsamem Terrain schienen sie sich wie eine viskose Flüssigkeit zu bewegen, flossen konturlos Engpässe hinauf und steile Gefälle hinab. Die geschätzte Zeit für ihre Begegnung mit Vox wurde weiter nach unten korrigiert.

Die wenigen Menschen, denen ich in dieser Nacht begegnete, strotzten vor widerstreitenden Gefühlen – für mich loderten ihre Gesichter wie Fackeln –, und ich beeilte mich, an ihnen vorbeizukommen. Ich begriff allmählich, was Allison unter kollektivem Wahnsinn verstand. Es war nicht nur Euphorie, was der Coryphaeus verteilte: Angst schwelte im voxischen Kollektiv, so schwer zu ersticken wie ein Feuer in einem Kohleflöz. Ich kam an einem Wartungsmonteur vorbei, dem sie buchstäblich aus dem Gesicht strahlte, ein stacheliger Halo aus Ehrfurcht und Panik. Und ich spürte es auch, ein Druck so unterschwellig und beharrlich wie mein Herzschlag: die Sehnsucht nach einem besseren, *umfassenderen* Dasein, die mit dem Argwohn rang, das, was sich da aus der antarktischen Wüste näherte, könne nichts anderes sein als ein schneller, scheußlicher Tod.

Allison war wach, als ich wieder heimkam, und sie war nicht allein. Isaac Dvali war bei ihr.

Ich hatte bereits von seiner wundersamen Genesung gehört und von seiner Unterstützung der voxischen Prophezeiungen, die ihn zum Staatshelden machte. Sein Konterfei war allgegenwärtig in Vox-Core.

Isaac war ohne seine Aufpasser gekommen. Er lächelte Allison an, und sie lächelte mich an. »Wir können reden!«, sagte sie.

Was keinen Sinn ergab. Ich blickte Isaac an. Für mich sah er vergoldet aus, wie das mittelalterliche Porträt eines Heiligen, doch bei genauerem Hinsehen entdeckte ich Spuren des Traumas, das ihn geformt hatte. Funken in seiner Aura – er war ein Mosaik aus buntem Glas, das nur so sprühte vor Energie. Ich fragte ihn, was ihn mitten in der Nacht zu uns führe.

»Lass mich erklären«, sagte er.

Ariel Mather ging in ihrem Motelzimmer auf und ab. Sie zitterte vor Angst. Erst hatte sie darauf bestanden, draußen nach Orrin zu suchen (»Sofort!«), doch Bose hatte sie überreden können, im Zimmer zu bleiben – zumindest so lange, bis sie erzählt hatte, was passiert war. Sandra saß auf dem ungemachten Bett, hörte sorgfältig zu, sagte wenig, überließ die Bühne den beiden anderen.

Bose sah Ariel mit konzentriertem Blick an. »Ihr seid zum Lunch gegangen.«

»Naja, rüber zum Café. Wir hatten Hamburger, wenn euch das hilft.«

»Wie ging es Orrin heute Morgen?«

»Ziemlich gut, wenn man daran denkt, dass er die Nacht über unter Drogen stand.«

»Okay, er war also gut drauf. Worüber habt ihr gesprochen?«

»Über alles, was seit Raleigh passiert ist. Wie er nach Houston gekommen ist und wie ihn dieser Findley angeheuert hat. Ich wollte wissen, warum er abgehauen ist – ob ich was falsch gemacht habe, ob er in Raleigh unglücklich war. Er sagte Nein und dass es ihm leidtut, dass ich mir solche Sorgen gemacht habe. Er hat einfach das Gefühl gehabt, es gibt für ihn in Houston etwas zu erledigen.«

»Und was?«

»Hab ich ihn auch gefragt, aber er war verschlossen. Und ich hab ihn nicht bedrängt, weil ich gedacht hab, das ist jetzt erledigt. Wir fahren nach Hause – *dachte* ich.«

»Worüber habt ihr noch gesprochen?«

»Das Wetter. Die verfluchte Hitze. In Raleigh ist es auch heiß, aber in Texas … Ich weiß nicht, warum hier überhaupt jemand lebt, ehrlich. Über sonst nichts, glaube ich. Beim Essen hat er seine Hefte auf dem Schoß gehabt, Sie wissen schon, diese schäbigen Dinger, die Sie ihm gestern zurückgegeben haben.«

»Hat er irgendwas über die Hefte gesagt?«

»Heute früh hat er mir ein paar Seiten gezeigt, als ob es ihm peinlich wäre. Da kommen Worte vor, die ich ihm nie zugetraut hätte – Worte, die nicht mal *ich* kenne. Ich wollte wissen, ob er das geschrieben hat. So ähnlich, hat er gesagt. Ich fragte ihn, wie das geht: so ähnlich schreiben – *hast* du den Stift in der Hand gehabt oder hast du nicht? Er hat, sagt er. Ob noch jemand dabei war. Nein, sagt er. Dann hast du das also geschrieben, hab ich gesagt, und wozu? Es ist nur eine Geschichte, meinte er ... Aber ich bin mir da nicht so sicher, so wie er an diesen Seiten hängt. Wieso? Hat das was mit seinem Weglaufen zu tun?«

»Ich weiß es nicht. Was war nach dem Lunch?«

»Er hat sich ein bisschen Sonntagsgeld geschnorrt.«

»Sonntagsgeld?«

»Das sagen wir so, zu Hause in Raleigh. Er hat gejobbt, damit wir die Miete zahlen konnten, aber er hatte trotzdem fast immer leere Taschen, also hab ich ihm jeden Samstag ein bisschen Geld gegeben, damit er zum Laden gehen und sich was kaufen kann oder zum Schwimmbad oder zu McDonald's. Ohne Geld geht er nicht gerne vor die Tür.« Ariel blieb stehen und schüttelte den Kopf. »Ich hab ihm vierzig Dollar gegeben, um ihn bei Laune zu halten. Hab nicht damit gerechnet, dass er wieder durchbrennt. Was sind schon vierzig Dollar in einer Stadt wie Houston? Jedenfalls, nach dem Lunch sind wir hierher zurück, um auf euch zu warten. Dann sagt er, Ariel, ich brauche Kleingeld für den Cola-Automaten. Ich wollte ihm einige Münzen geben, aber er wollte nicht noch mehr Geld, sondern ging runter, um einen Schein zu wechseln. Nach zwanzig Minuten bin ich ihm nach. Er war nicht am Cola-Automaten, also bin ich in die Lobby, aber da war er auch nicht. Der Portier hat gesehen, wie er auf einen Stadtbus gewartet hat – an der Haltestelle am Highway.«

»Welche Richtung?«

»Da müssen Sie den Portier fragen.«

»War Orrin allein, oder war jemand bei ihm?«

»Der Portier hat nichts von einem anderen gesagt.«

Sandra wartete, bis Bose alles aus Ariel herausgeholt hatte, was aus ihr herauszuholen war. Dann sagte sie: »Ich habe noch ein paar Fragen, wenn das okay ist.«

Bose schien überrascht. Ariel seufzte genervt, nickte aber.

»Bei unserer letzten Unterhaltung haben Sie gesagt, Orrin sei ein lieber Junge und würde nie jemandem wehtun, zumindest nicht absichtlich. Erinnern Sie sich?«

Ariels Lippen wurden ganz schmal. »Natürlich erinnere ich mich.«

»Aber als er versucht hat, die State Care zu verlassen, hat er mit dem Pfleger gekämpft, der ihn zurückhalten wollte.«

»Das ist eine Lüge.«

»Vielleicht, aber der Pfleger trug am Tag darauf einen Verband. Er behauptet, Orrin hätte ihn gebissen.«

»Diese Leute lügen, wenn sie den Mund aufmachen. Ich dachte, Sie hätten den Job quittiert?«

»Habe ich. Ich arbeite nicht mehr für die State Care. Ich will nur Klarheit, mehr nicht.«

Ariel ging wieder auf und ab. »Wir machen alle unsere Fehler, Dr. Cole. Ich hab Ihnen gesagt, dass Orrin ein lieber Kerl ist, und das ist die Wahrheit. Vielleicht hab ich in unserem letzten Gespräch ein bisschen übertrieben, aber Sie haben zu den Leuten gehört, die ihn eingesperrt haben – ich wollte nicht, dass alles noch schlimmer wird.«

»Übertrieben? Inwiefern?«

»Als Halbwüchsiger hatte Orrin ein paar Zusammenstöße. Er ist nicht schnell aus der Ruhe zu bringen, Dr. Cole, und er hasst körperliche Auseinandersetzungen, aber das heißt nicht, dass er noch nie eine hatte. Früher haben ihn die Nachbarskinder oft geärgert. Haben ihn verspottet und so. Meistens ist Orrin weggelaufen, aber es kam vor, dass er die Geduld verlor.«

Sandra und Bose wechselten einen Blick. Bose sagte: »Wie oft ist so etwas passiert, Ariel?«

»Ich weiß nicht. Vielleicht ein- oder zweimal im Jahr, als er noch jünger war.«

»Kam es vor, dass er verletzt wurde? Hat *er* jemanden verletzt?«

»Nicht dass ich wüsste …«

»Ariel, jedes Detail kann uns helfen, Ihren Bruder wiederzufinden.«

»Wie denn?« Pause. »Na gut. Einmal, da hat er den Lewisson-Jungen so hart getroffen, dass der über dem Auge genäht werden musste. Die anderen Male waren es nur Raufereien. Vielleicht mal ein blaues Auge. Manchmal hat Orrin den Kürzeren gezogen, manchmal nicht.« Wieder Pause. »Danach hat er immer ein schlechtes Gewissen gehabt.«

»Gut«, sagte Bose. »Noch irgendetwas, worüber Orrin heute Morgen gesprochen hat? Denken Sie nach. Irgendetwas – und wenn es Ihnen noch so nebensächlich erscheint.«

»Nein. Nur über das Wetter. Im Café hat er sich für den Wetterbericht interessiert. Für kommende Nacht wird heftiger Regen erwartet, und das hat ihn ziemlich aufgeregt. ›Ich glaube, es ist heute Nacht‹, hat er gesagt. ›Heute Nacht ist die Nacht.‹«

»Was könnte er damit gemeint haben?«

»Naja, Unwetter fand er immer schon spannend. Donner und das alles.«

Bose überredete Ariel, auf dem Zimmer zu bleiben – »sonst muss ich euch am Ende beide suchen«. Und Ariel hatte sich inzwischen so weit beruhigt, dass sie Einsicht zeigte.

»Aber Sie rufen mich an, sobald Sie etwas wissen, ja?«

»Ich rufe Sie auf jeden Fall an – ob wir etwas wissen oder nicht.«

Unten in der Lobby unterhielt sich Bose einige Minuten mit dem Portier. Orrin habe auf den Bus in die Innenstadt gewartet, sagte der Mann. Nein, er habe ihn nicht einsteigen, ihn nur da draußen warten sehen. Haut und Knochen, der Junge, verschlissene Jeans und ein gelbes T-Shirt in der Sonne am Straßenrand. »Ein Fall für den Hitzschlag, wenn Sie mich fragen. Diese Busse kommen nur alle fünfundvierzig Minuten.«

»Was machen wir jetzt?«, fragte Sandra, als Bose wieder bei ihr war.

»Kommt drauf an. Vielleicht willst du hier bei Ariel bleiben?«

»Oder auch nicht.«

»Mir fallen ein paar Orte ein, wo wir suchen könnten.«

»Du weißt, wo er hin ist?«

»Ich habe ein paar Ideen, mehr nicht.«

22 ALLISON

Isaac Dvali beschrieb, wie er die Netzwerk-Überwachung ausgetrickst hatte. Turk saß hellwach da, schwieg, beobachtete Isaac, beobachtete mich.

»Es stimmt«, sagte ich, als Isaac fertig war, und erzählte Turk den Rest. Dass ich vor Tagen mit Isaac gesprochen hatte, dass Isaac über unseren Plan Bescheid wusste und dass (momentan wenigstens) das Netzwerk kein Wort von dem mitbekam, was wir redeten.

Ich war nicht sicher, ob er mir glaubte, bis er aufstand und durchs Zimmer kam und wir einander offen in die Augen sahen – zum ersten Mal, seit wir begonnen hatten, unsere Flucht zu planen. Dann lagen wir uns in den Armen und versuchten uns alles zu sagen, was wir auf dem Herzen hatten – und was dabei herauskam, war ein glücklich-trauriges Gestammel. Aber Worte waren nicht so wichtig; es reichte schon, ihn im Arm zu haben, ohne sich verstellen zu müssen. Dann berührte meine Hand den Knoten in seinem Nacken: Haut wie Papier, darunter ein fleischiger Höcker. Er zuckte zusammen, und wir lösten uns voneinander.

Turk wandte sich an Isaac. »Danke!«

»Keine Ursache.«

»Aber so ganz verstehe ich das noch nicht. Ich kenne den Isaac Dvali von damals, und wenn man bedenkt, was passiert ist, siehst du ihm sehr ähnlich. Ich weiß, dass man dich aus Isaacs Körper neu aufgebaut hat. Da steckt also eine ganze Menge Vox in dir. Ja, du hörst dich, ehrlich gesagt, nicht an wie mein Isaac aus der äquatorianischen Wüste.«

»Ich *bin* nicht mehr der Isaac, den du gekannt hast. Es gibt kein Wort für das, was ich bin.«

Turk besah ihn mit vernetzter Gründlichkeit, las die unsichtbaren Symptome. »Versteh mich nicht falsch, Isaac. Aber warum bist du hier? Was willst du?«

Isaacs Lächeln erlosch, und ein kaltes Licht trat in seine Augen, ein Licht, das selbst ich bemerkte. »Was *ich* will? Hat das jemals gezählt? Als ich ein Fötus war und hypothetische Biotechnologie injiziert bekam? Als mich der temporale Bogen in den Zyklus geschleust hat? Als man mich wiederbelebt hat, obwohl man mich hätte begraben müssen? Was *ich* wollte, danach hat nie jemand gefragt, und daran hat sich bis heute nichts geändert. An meinen neuralen Funktionen sind Netzwerk-Prozessoren beteiligt. Ich bin an Vox gekettet, ich kann ohne Vox nicht existieren, und Vox droht von etwas vertilgt zu werden, das über unseren Horizont geht.« Er rang um Fassung. »Die Hypothetischen scheren sich den Teufel um etwas, das so lächerlich kurz ist wie ein menschliches Leben. Was sie interessiert, ist einzig und allein der Coryphaeus. Wenn ihre Maschinen Vox erreichen, werden sie den Coryphaeus absorbieren und Vox-Core in seine Einzelteile zerlegen. Niemand wird überleben.«

»Woher weißt du das?«, fragte ich.

»Auch wenn ich nicht mit ihnen reden kann – ich bin nicht der, für den mich Oscar hält –, so kann ich sie doch ticken hören, draußen im Dunklen. Nicht ihre Gedanken – aber ihre *Gelüste*.« Isaacs Gesicht erschlaffte, und er machte die Augen zu – vielleicht lauschte er. Dann schüttelte er den Kopf und sah Turk an. »Du warst da, als ich Schmerzen hatte. Nicht, weil du dachtest, ich wäre ein Gott. Nicht, weil du mich benutzen konntest. Nicht wie die Ärzte, die wie Aaskrähen an mir herumpickten.«

»Das ist nicht der Rede wert«, sagte Turk.

»Wenn ihr euch davonmachen wollt, ihr könnt auf mich zählen. Das ist auch nicht der Rede wert.«

»Und was ist mit dir?«, fragte ich.

Die Spur eines Lächelns kehrte in sein Gesicht zurück – ein bitteres Lächeln. »Sollte ich nicht fortkönnen, kann ich mich vielleicht verstecken. Ich arbeite daran, mir eine Zuflucht innerhalb des Netzwerks zu schaffen. Nicht für meinen Körper, sondern für mein *Ich*. Es ist den Versuch wert. Aber die Hypothetischen sind sehr mächtig. Und der Coryphaeus ... der Coryphaeus hat endgültig den Verstand verloren.«

Der Coryphaeus – den Verstand verloren?

Als Treya hatte ich nur selten über den Coryphaeus nachgedacht. Wie übrigens die meisten von uns. Der Coryphaeus war eine Abstraktion, ein Etikett für die Prozessoren, die still und unsichtbar zwischen Netzwerk und Netzknoten vermittelten. Unsere Lehrer hatten uns das anhand einer Grafik erklärt:

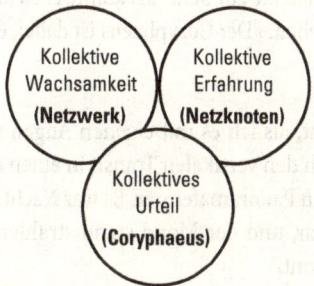

Und mehr wollten und brauchten wir nicht zu wissen. Das System war stabil, es schützte und erhielt sich selbst und hatte fünfhundert Jahre lang einwandfrei funktioniert. Und jetzt sollte der Coryphaeus auf einmal *den Verstand verloren haben*?

Das Problem waren die voxischen Prophezeiungen. Die Gründer hatten sie als unveränderliche Dogmen in den Coryphaeus eingeschrieben – fest verankerte Wahrheiten, die weder debattiert noch revidiert werden durften. Das hatte so lange keine Bedeutung, wie eine Vereinigung mit den Hypothetischen in weiter Ferne gelegen hatte. Doch nun stand die »Entrückung« unmittelbar bevor. Die Prophezeiungen waren bereits mit der Wirklichkeit kollidiert, und der naheliegende Schluss, sie könnten sich geirrt haben, war etwas, das der Coryphaeus erst gar nicht in Betracht ziehen durfte. Dieser Konflikt spielte sich in den Überwachungs- und Infrastruktursystemen ab, die unser Leben bestimmten; er spielte sich in den limbischen Schnittstellen und privaten Emotionen aller Vernetzten ab.

»Das Schlimmste dabei ist«, sagte Isaac, »dass wir nicht wissen, was mit uns geschieht. Am wahrscheinlichsten ist eine asymptotische Neigung zu selbstzerstörerischem Verhalten in den organischen und anorganischen Teilen des Systems. Es passiert bereits – früher, als ich gedacht habe.«

Ich fragte nach und bereute es sofort.

»Das Ende von Vox ist nur noch eine Frage von Tagen«, sagte Isaac. »Wozu noch Vorräte anlegen. Oder Menschen ernähren, die ungehorsam sind.« Er blickte zur Seite, als könne er es nicht ertragen, uns in die Augen zu sehen. »Der Coryphaeus ist dabei, die restlichen Farmer zu töten.«

Ich glaubte es erst, als ich es mit eigenen Augen sah. Sobald Isaac fort war, nahm ich den vertikalen Transit in einen der hohen Türme und suchte mir ein Panoramafenster. Es war Nacht, der Himmel war ungewöhnlich klar, und der Mond stand strahlend hell über dem nördlichen Horizont.

Die Farmer hatten in den Hohlräumen der äußeren Inseln gelebt. Vor der Rebellion waren es dreißigtausend gewesen – danach nur noch halb so viele.

Jetzt lebte dort vermutlich niemand mehr.

Die äußeren Inseln versanken im Meer; der Coryphaeus hatte ihre Verbindungen zur zentralen Insel gekappt und ihre alten Zugangswege für das Meer geöffnet. Farmer, die womöglich in die höchsten Ränge ihrer Kavernen geklettert und dort dem anfänglichen Fluten der Inseln entgangen waren, starben, während ich zusah. Violette Schaumberge wallten auf, dort, wo das Ross-Meer die Inseln in die Tiefe zog. Geysire schossen aus zerreißenden Transittunneln und ihren Anschlussstellen, triefende Klippen aus salzverkrustetem Granit bäumten sich auf, bevor sie in der giftigen Brühe versanken – und alles, was an die Inseln erinnerte, waren ölige Rückstände und das treibende Astwerk ihrer toten Wälder.

Ich stand fast eine Stunde dort oben, so schockiert, dass ich nicht einmal weinen konnte.

23 SANDRA UND BOSE

Sie fuhren an dem Haus vorbei, in dem Orrin anfangs gewohnt hatte. Es war ein fünfstöckiges Mietshaus ohne Fahrstuhl in einem Stadtteil, durch den man nur mit verriegelten Türen fuhr. Das Haus schien die Augen zuzumachen vor der dumpfen Gleichgültigkeit der hitzeflirrenden Straße; in der Türöffnung lagen kaputte Spritzen. In einem der Zimmer dort oben, dachte Sandra, musste Orrin an den langen Nachmittagen, bevor er zur Nachtschicht fuhr, geduldig diese Hefte vollgeschrieben haben, Seite um Seite, Tag für Tag. »Du meinst, er ist hierher zurückgekommen?«

»Nein«, sagte Bose. »Aber ich weiß nicht, wie gut Orrin sich im Rest der Stadt auskennt. Er hat vierzig Dollar in der Tasche, und ich bezweifle, ob er jemals einem Taxi gewunken hat. Er benutzt öffentliche Verkehrsmittel und wird bei der Route bleiben, die er kennt.«

»Route wohin?«

»Zum Findley-Lagerhaus.«

Also folgten sie der Busroute zum Lagerhaus, flimmernden, verstopften Straßen unter dunklen Gewitterwolken. Der Nachmittag näherte sich dem Abend, als Bose in ein Viertel mit zahllosen flachen Industriebauten einbog, die hinter leblosen, gelben Rasenflächen lagen. Kleine Manufakturen und regionale Zwischenhändler, die offenbar von der Hand in den Mund lebten.

Bose parkte an einer Ecktankstelle mit angeschlossenem Coffeeshop. »Noch weit bis zum Lagerhaus?«, fragte Sandra.

»Nur noch ein Katzensprung.«

Er schlug vor, erstmal einen Kaffee zu trinken. Das Lokal, wenn es denn den Namen verdiente, bot ein Dutzend Tische, alle unbesetzt. Die Fensterbänke waren staubig, und das grüne Linoleum schälte sich von den Wänden. Immerhin funktionierte die Klimaanlage. »Vielleicht solltest du etwas essen«, sagte Bose. »Kann sein, dass wir hier eine Weile bleiben.« Schließlich ging sie mit Muffin und Kaffee zu einem Ecktisch. Von dort aus konnte sie die Straße sehen, die lange Zeile anonymer Gebäude auf der anderen Seite und den bedrohlichen Himmel. War eines von den Gebäuden das gesuchte Lagerhaus?

Bose schüttelte den Kopf. »Das Lagerhaus ist um die Ecke und ein paar Straßen weiter, aber die nächstgelegene Haltestelle ist genau da hinten – siehst du?«

Ein rostiges Halteschild an einem dünnen Pfosten, eine Betonbank mit uralten Graffiti. »Ja.«

»Wenn er mit dem Bus kommt, steigt er hier aus.«

»Wir bleiben also einfach hier sitzen und warten?«

»*Du* bleibst hier sitzen. Ich sehe mich mal in der Gegend um, falls er vor uns hier war, was ich bezweifle. Er kommt nicht vor Einbruch der Dunkelheit, du wirst sehen.«

»Intuition?«

»Bist du mit dem Dokument durch?«

»Noch nicht ganz.«

»Hast du es dabei?«

»Ja, einen Ausdruck. In der Tasche.«

»Warum liest du nicht den Rest, und später reden wir darüber?«

Sie las, während Bose seine Rundfahrt machte, und war auf den letzten Seiten, als er zurückkam. Er parkte hinter dem Müllcontainer, wo der Wagen von der Straße aus schwer auszumachen war – aus Klugheit oder Paranoia, dachte sie.

»Fündig geworden?«, fragte sie, als er durch die Tür kam.

»Nada.« Er bestellte sich Kaffee und ein Sandwich, und sie hörte, wie er die Bedienung hinter dem Tresen fragte: »Was dagegen, wenn wir hier noch eine Weile sitzen?«

»Bleiben Sie, solange Sie wollen«, sagte die Frau. »Mittags ist der Laden voll, nach drei haben wir nur noch Laufkundschaft. Machen Sie es sich bequem. Solange Sie ab und zu etwas bestellen.«

»Sie können sich was extra verdienen, wenn Sie immer frisch aufbrühen.«

»Am Tresen dürfen wir kein Trinkgeld nehmen.«

»Ich sag's auch nicht weiter.«

Die Frau lächelte. »Sieht nach Regen aus. Gute Zeit, um drinnen zu sein.«

Sandra sah zu, wie die ersten dicken Tropfen an das große Fenster klatschten und das Wasser die Scheibe hinunterschlierte. Der Regen spritzte vom dampfenden Asphalt zurück, und ein feuchter, lauwarmer Duft sickerte durch die Türritzen.

Bose pellte die Frischhaltefolie von seinem Sandwich. »Hast du zu Ende gelesen?«

»Fast.«

»Und verstehst du jetzt, warum ich glaube, dass er hierherkommt?«

Sie nickte zögernd. »Orrin – oder sagen wir lieber, der Verfasser des Textes – weiß offensichtlich ein paar Dinge über die Findley-Familie. Ob sie stimmen oder nicht, ist eine andere Frage.«

»Was stimmt, beschäftigt mich weniger als das, was in Orrins Kopf vorgeht. ›Heute Nacht ist die Nacht‹, hat er zu Ariel gesagt.«

»Er hat noch etwas zu erledigen. Denkt er zumindest.«

»Richtig. Er rechnet aber nicht damit, dass Findley und seine Leute in höchster Alarmbereitschaft sind. Rings um das Lagerhaus warten die Autos einer privaten Sicherheitsfirma.«

»Brinks?«

»Nein, nicht Brinks. Diese Burschen machen keine Werbung.«

Sandra führte ihr Frösteln auf die plötzliche Luftfeuchtigkeit zurück.

Draußen im Regen hielt ein Stadtbus. Rings um einen verstopften Gully hatte sich eine Lache gebildet, und die Busräder bespritzten drei unbeeindruckte Arbeiter, die an der Haltestelle warteten. Sie stiegen ein. Niemand stieg aus. Der Bus fuhr weiter.

»Und wenn ihm nun etwas zugestoßen ist?«, sagte sie.

»Er kommt, wir bringen ihn zu seiner Schwester und sehen zu, dass sie die Stadt verlassen. Das ist der Plan. Wenn wir ihn verpassen, haben wir Pech.«

Der Wind wurde stärker. An der ganzen Straße gab es einen einzigen Baum – ein dünnes Bäumchen, das sich im Wind bückte wie ein Greis bei dem Versuch, etwas vom Boden aufzuheben. Die Fensterscheiben des Lokals zitterten.

Sandras Gedanken kehrten zu Boses Narbe zurück und zum Tod seines Vaters. »Diese Diebe, die in den Bungalow deines Vaters eingebrochen sind«, sagte sie.

Er machte ein verblüfftes Gesicht. »Was ist mit ihnen?«

»Was haben sie gesucht?«

»Warum willst du das wissen?«

»Ich bin einfach neugierig.« Das ist mein gutes Recht, dachte sie.

Schweigen. Dann: »Du hast es erraten. Sie waren hinter den Medikamenten her.«

»Hinter welchen Medikamenten?«

»Tu nicht so. Den marsianischen natürlich.«

»Denn dein Vater war nicht bloß Ingenieur – er hatte mit Vierten zu tun.«

»Er verachtete die Menschen, die nur an Langlebigkeit interessiert waren. Er konnte das Wort nicht ausstehen. Er sagte immer, es sei nicht die Langlebigkeit, die zählt, sondern die Reife.«

»Und deine Mutter wusste Bescheid?«

»Meine Mutter hatte ihn rekrutiert.«

»Verstehe. Deine Wunde …«

»Was ist damit?«

»Zu jedem Medizinstudium gehört ein Kurs in Anatomie. Eine Messerklinge, die länger als ein Zoll ist, hätte größere Organe verletzt.

Normalerweise eine tödliche Wunde, vor allem wenn man auf Hilfe warten muss.«

Sie war so sehr an Boses unverwüstliche Ruhe gewöhnt, dass sie erschrak, als er ihr nicht in die Augen sehen wollte. »Es war die Entscheidung meiner Mutter«, sagte er schließlich.

Der Verdacht war Sandra letzte Nacht gekommen, und trotzdem fühlte es sich wie ein Schock an. »Dich der marsianischen Behandlung zu unterziehen?«

»Sie war verzweifelt. Ich hätte sonst nicht überlebt. Es war eine höchst umstrittene Entscheidung. Ich selbst hatte keine Wahl – ich lag im Koma.«

Zelltechnik, von den Marsianern aus Proben hypothetischer Rückstände entwickelt, in Bioreaktoren gezüchtet und in seinen schwer verletzten Körper injiziert, um ihn von innen heraus zu reparieren, was sie auch jetzt noch tat ... Sandra rief sich in Erinnerung, was er vor Kurzem erst gesagt hatte: *Hat die Biotechnik einmal die Zellen infiltriert, bleibt sie dort. Für manche Leute ist diese Vorstellung der blanke Horror.*

Der Körper, den sie berührt hatte, war nicht mehr nur menschlich ...

»Deshalb dein so starkes Interesse an Findleys Importgeschäft.«

»Findley und die Leute, für die er arbeitet, verfälschen etwas, was vielleicht von eminenter Bedeutung für die Zukunft ist. Sie sind schlimmer als gewöhnliche Kriminelle. Sie schrecken nicht vor einem Mord zurück – und zwar nicht um ein bisschen länger zu leben, was ja noch nachvollziehbar wäre, nein, wegen des Privilegs, das Präparat zu verkaufen.«

»Wie die Leute, die deinen Vater auf dem Gewissen haben.«

»Genau die.«

Eine Regenböe rüttelte am Fenster. Die Straßenbeleuchtung schaltete sich ein, aufgereihte bernsteingelbe Halos. Bose langte über den Tisch, um nach Sandras Hand zu fassen, aber sie zog sie instinktiv weg.

1.

Vor unserer geplanten Flucht erhielten wir noch einmal Besuch von Isaac Dvali. Wie zuvor schirmte er uns gegen die Netzwerksensoren ab; ich fragte mich allerdings, ob nicht mindestens ein Sensorium nach wie vor in Betrieb war – mein Netzknoten. Wenn der Coryphaeus wissen wollte, was hier vorging, brauchte er doch nur durch meine Augen zu blicken …

»Mach nicht den Fehler, den Coryphaeus zu personalisieren«, entkräftete Isaac meinen Argwohn. »Was du ihm unterstellst, kann er nicht leisten.«

»Trotzdem … er ist in meinem Kopf.«

»Aber nicht, um dich auszuspionieren. Wachsamkeit ist eine Netzwerkfunktion. Der Coryphaeus wird versuchen, deine Emotionen und deine unbewussten Überzeugungen zu beeinflussen, aber dein Netzknoten verfügt noch nicht über die volle Konnektivität. Momentan kann dich der Coryphaeus nur auf dem Umweg über andere Vernetzte manipulieren. Wenn er mit dir sprechen will, muss er die Stimme eines anderen benutzen.«

»Und du meinst, das wird er tun? Mit mir sprechen?«

»Er wird alles tun, was in seiner Macht steht, um dich umzustimmen.«

Wir besprachen die letzten Details. Die Flugmaschinen-Docks lagen auf einer der oberen Stadtstufen, und Allison und ich würden uns getrennt dorthin begeben. Um mit nur einer Tankfüllung den Indischen Ozean zu erreichen und durch den Torbogen zu fliegen, brauchten wir eine der größeren Maschinen. Wachposten waren keine zu überlisten – in einer fest vernetzten Gemeinschaft gab es kaum Bedarf für Wachmannschaften –, aber da waren natürlich Zivilisten und Techniker, die zum Problem werden konnten – vor allem wenn der Coryphaeus herausbekam, was wir vorhatten. Einmal an Bord der Maschine, würde ich versuchen, sie ins Freie zu steuern; wenn uns das gelang, sollte es möglich sein, die Maschine (und meinen Netzknoten) gegen alle Signale aus Vox-Core zu isolieren.

In der kritischen Phase würde Isaac dafür sorgen, dass der Coryphaeus nicht auf uns aufmerksam wurde. Wir wussten nicht, ob sein Einfluss stark genug war, um unsere Flucht zu erzwingen, doch mit seiner Hilfe standen unsere Chancen zumindest etwas besser.

Schließlich stand Isaac auf. An der Tür zögerte er – halb zerbrechliches Kind, halb leuchtendes Monster (was Allison nicht sehen konnte) – und erkundigte sich beinahe wehmütig, ob wir noch Fragen hätten. Ich verneinte. Auch Allison schüttelte den Kopf.

»Seid vorsichtig«, sagte er und sah mich nachdenklich an. »Je tiefer sich der Netzknoten einnistet, umso besser weiß der Coryphaeus über dich Bescheid. Ja, in gewisser Weise verhandelt er bereits mit dir, und früher oder später macht er dir ein verlockendes Angebot. Es auszuschlagen könnte dir schwerfallen.«

In den verbleibenden Stunden übte ich mit Oscars Netzwerkspielzeug, vergewisserte mich, dass ich in neun von zehn Fällen die gewollte Reaktion hervorrief. Bei den vernetzten Steuerelementen in der Wohnung (Videoeinspielungen, Klimaanlage usw.) legte ich bereits eine schlafwandlerische Sicherheit an den Tag. Natürlich war eine Militärmaschine ein weitaus komplexeres Gerät, aber letztlich verlangte sie nicht mehr von einem Piloten als eine verlässliche Absichtserklärung. Und die traute ich mir inzwischen zu.

Ich schlief ein paar Stunden, während Allison die Videoeinspielungen im Auge behielt. Die Ermordung der Farmer hatte sie traurig und argwöhnisch gemacht. Die Nachrichten berichteten von kleineren Gewaltausbrüchen in Vox-Core: Eine Frau hatte sich aus dem Fenster einer Wohnstufe gestürzt; ein Mann hatte seine kleine Tochter mit dem Küchenmesser erstochen. Wellen emotionaler Konflikte griffen so schnell um sich, dass es dem Coryphaeus kaum noch gelang, sie zu identifizieren und zu glätten. Und dann war da noch etwas anderes. Allison rüttelte mich wach. »Das musst du dir ansehen«, sagte sie.

Ich folgte ihr ins Wohnzimmer. Es waren aktuelle Luftaufnahmen der Drohnen. Zu Beginn der Sequenz krochen die Maschinen der Hypothetischen durch ein trockenes Gletschertal auf die Ross-Meer-Küste zu. Sie waren uns wieder ein Stück näher gekommen. Der Blickwinkel änderte sich unmerklich, während die Drohne immer wieder über die Gefahrengrenze hinauskreiste. Was an den Aufnahmen sollte so ungewöhnlich sein? Dann passierte es. Urplötzlich begannen die hypothetischen Strukturen ihre Form zu verlieren und sich aufzulösen, und mit einem Mal gab es da, wo eben noch die Maschinen gewesen waren, nur noch einen dichten grauen Nebel. Die Kamera zoomte heran, bis der Nebel den ganzen Schirm ausfüllte – jetzt kein Nebel mehr, sondern ein körniger Schwarm aus kleinen Objekten. Ich nutzte meine neuen Fähigkeiten und legte ein metrisches Netz über das Bild. Es zeigte sich, dass die Objekte alle gleich groß waren; die längste Ausdehnung lag bei wenig mehr als einem Zentimeter.

Was nur bestätigte, was ich bereits wusste: Es handelte sich um die gleichen kristallinen Schmetterlinge, die im Wilkes-Becken über uns hergefallen waren – nur dass es hier und jetzt viel, viel mehr waren. Die Maschinen mussten ihre gesamte Masse in diese Winzlinge umgewandelt haben.

Der Schwarm bewegte sich wie eine Pfeilspitze in Richtung Küste.

»Sie kommen«, sagte Allison. Und ihr Blick sagte: *Wir dürfen nicht mehr warten!*

2.

Allison hatte eine Route ausgearbeitet, die dicht bewohnte Viertel mied, und sie verließ die Wohnung, bevor die Korridorbeleuchtung in vollem Tageslicht erstrahlte. Ich sollte einige Minuten später folgen und einen gewissen Abstand zu ihr einhalten, um jeden Verdacht, den der Coryphaeus womöglich geschöpft hatte, im Keim zu ersticken.

Doch kaum war Allison fort, schlug die Tür Alarm. Ich öffnete, und draußen stand ein nervös lächelnder Oscar. »Kann ich hereinkommen?« Hätte ich Nein sagen sollen?

Damals auf der Erde – der Erde, auf der ich aufgewachsen war – hatte ich von Fischen gehört, die unter Wasser leuchteten: Biolumineszenz nannte man das. Daran erinnerte mich Oscars Gesicht, so wie es mir meine erweiterte Wahrnehmung zeigte: ein sanftes euphorisches Glühen, gestört durch Blitze von Müdigkeit und unterdrücktem Zweifel und, ganz zuunterst, einem indigoblau pulsierenden Verdacht.

Für seine Wahrnehmung war ich natürlich mindestens so transparent. Wir lasen Stimmungen, Verfassungen, Befindlichkeiten – keine Gedanken, aber er konnte mich trotzdem bei einer Lüge ertappen. Ich konnte nur hoffen, dass ein emotionaler Aufruhr, den ich nicht verbergen konnte, wie eine natürliche Reaktion auf die allgegenwärtige Krise aussah.

»Ist Treya hier?«

»Nein. Ich weiß nicht, wann sie zurückkommt.«

»Schade. Ich wollte eine Einladung aussprechen – für Sie beide. Bitte kommen Sie zu uns, Mr. Findley. Kommen Sie, und bringen Sie Treya mit. Meine Familie ist auch anwesend.« Er strahlte eine helle, aber diffuse Offenheit aus, so wie ein Holzofen sein Infrarot abstrahlt. »Fünfhundert Jahre Geschichte erreichen ihren Höhepunkt. Sie sollten nicht allein sein, wenn es so weit ist.«

»Das ist nett von Ihnen, Oscar – aber nein, danke.«

Er sah mich durchdringend an. »Zu schade, dass Sie sich nicht eher entschließen konnten, dem Netzwerk beizutreten. Sie sind schon sehr weit, aber Sie begreifen noch nicht, welches Glück Sie haben, welches Glück wir alle haben, dass wir diesen historischen Moment erleben dürfen.«

»Doch, ich begreife es«, sagte ich. »Und ich weiß Ihr Angebot zu schätzen. Aber ich möchte diesem Moment lieber allein ins Auge sehen.«

Das war eine Lüge. Schlimmer noch, es war ein Fehler: Er *wusste*, dass es gelogen war. Er sagte: »Können wir reden, nur kurz?«

Also bat ich ihn Platz zu nehmen. Während er noch seine Gedanken ordnete, wurde mir bewusst, dass ich ihm (oder dem Coryphaeus) keine ausgemachte Unwahrheit auftischen konnte; es zu versuchen war pure Dummheit gewesen. Am besten, ich sagte die reine – allerdings unvollständige – Wahrheit.

»In der Führungsklasse wurde über Sie gesprochen, Mr. Findley«, sagte er schließlich. »Einige von uns haben Fragen aufgeworfen. Als Sie sich der Operation unterwarfen, sind diese Stimmen verstummt. Jetzt, da uns nur noch Stunden vom entscheidenden Moment trennen, werden sie wieder laut. Aber inzwischen empfinde ich wie ein Freund für Sie.« (Er glaubte, was er sagte.) »Und als Ihr Freund war es mir eine Freude zuzusehen, wie Sie sich mehr und mehr an Vox orientiert haben. Sie sind fast am Ziel. Es ist zum Greifen nahe. Aber Sie zögern, beinahe so, als hätten Sie Angst vor uns.« Er schob sein Kinn nach vorne. »Haben Sie Angst vor uns?«

Die Wahrheit. »Ja.«

»Vox ist nicht nur ein Gemeinwesen. Vox ist eine Seinsweise. Fühlen Sie das?«

Er unterschied zwischen *Verstehen* und *Fühlen*, zwischen der Tatsache und meiner Erfahrung der Tatsache. »Ja, ich kann es fühlen.« Auch das stimmte. Ich fühlte es, weil in meinem Kopf etwas geschah. Die Ärzte hatten mir das erklärt. Es gibt eine Hirnregion namens »medialer präfrontaler Kortex«, die streng genommen nicht zum limbischen System gehört – diese Region reguliert das moralische Urteilsvermögen und wird als letzte vom Netzknoten infiltriert und manipuliert. »Es fühlt sich an wie ... wie wenn man in einer Winternacht auf der Veranda steht. Drinnen im Haus sind Menschen, sie gehören gewissermaßen zur Familie ...«

Das gefiel Oscar. Er strahlte und lächelte.

»Aber man wird den Gedanken nicht los, dass, wenn man durch die Tür ins Haus geht, man nicht willkommen ist. Weil sie einen bis aufs Mark durchschauen.«

»Und was sehen diese Menschen?«

»Wie anders ich bin. Wie fremd. Wie hässlich. Wie abscheulich.«

»Sie kommen aus einer anderen Zeit, Mr. Findley. Daran ist nichts Ungewöhnliches.«

»Sie irren sich, Oscar.«

»So? Das können Sie erst beurteilen, wenn Sie sich zu erkennen geben.«

»Und wenn ich nicht erkannt sein will?«

»Was immer Sie uns verheimlichen, ich verspreche Ihnen, es wird uns nichts ausmachen.«

»Ich will damit sagen, Oscar, dass ich eine Schuld auf mich geladen habe.«

»Niemand ist ohne Schuld.«

»Ich bin ein Mörder«, sagte ich.

Und auch das stimmte.

Der brennende Mann in seiner Aura aus blauem Feuer.

Ich habe ihn getötet, weil ich wütend war; weil ich gedemütigt war; vielleicht auch nur, weil unmittelbar nach einer rekordverdächtigen Hitzewelle ein Unwetter durch Houston getobt war. Aber vielleicht ist es auch zwecklos, nach einem Grund zu suchen.

In der Dunkelheit, während öliger Regen von den Dächern strömte und in rasendem Tempo durch die Gosse schoss, ging ich durch eine verwaiste Seitenstraße, in der Hand eine Plastiktasche mit einem Kanister Methanol, in der Jacke eine in Plastikfolie gewickelte Schachtel Streichhölzer und zur Sicherheit ein angeblich wasserdichtes Butanfeuerzeug.

Ich war achtzehn, wohnte noch bei meinen Eltern am Stadtrand von Houston und war mit dem Bus gekommen. Ich war dreimal umgestiegen; im letzten Bus saßen nur noch ein paar verdrossen aussehende Nachtarbeiter, und ich konnte nur hoffen, dass sie mich für einen weiteren durchnässten und schlecht gelaunten armen Teufel hielten. Der Bus kurvte durch einen Industriepark, der so aussah, wie ich mir einen Gefängnishof vorstellte. Ich stieg als Einziger aus und blieb einen Moment lang an der Haltestelle stehen. Der Bus dröhnte um die Ecke und hinterließ dunkle Dieselschwaden, dann lag die Straße verlassen da. Das Lagerhaus, in dem mein Vater seine kriminellen Geschäfte abwickelte, war ein paar Blocks weiter.

Ich wusste nicht viel über seine Machenschaften, außer dass meine Eltern seit Menschengedenken darüber stritten. Ich hatte sechs Jahre meiner Kindheit in Istanbul verbracht (weshalb meine Freunde mich Turk nannten). In Istanbul wie in Houston wohnten wir in einer ziemlich guten Gegend, während mein Vater in weniger erfreulichen Vierteln arbeitete. Meine Mutter war von Hause aus Louisiana-Baptistin und hatte sich nie an die Moscheen und Burkas gewöhnen können, auch wenn Istanbul eine Weltstadt war und wir in einem westlich orientierten Bezirk lebten. Eine Zeit lang hielt ich das für den Grund für die häufigen Streitereien, doch sie fanden auch kein Ende, als wir wieder in die Staaten zogen. Obwohl sie sich bemühten, alles »Böse« von mir fernzuhalten, begriff ich schließlich, dass es nicht die exotischen Arbeitszeiten oder die Auslandsaufenthalte meines Vaters waren, die meine Mutter so aufregten – es war seine Arbeit.

Ihre Scham und ihr Unbehagen drückten sich in Kleinigkeiten aus. Zum Beispiel nahm sie keinen Anruf entgegen, wenn ihr die Nummer nicht bekannt war. Wir besuchten nur selten Verwandte und bekamen nie Besuch von ihnen. Meine Mutter wurde mit den Jahren still, missmutig und einsam. Als Teenager verbrachte ich immer mehr Zeit außer Haus – eigentlich so viel wie möglich. Besser die Straße als die zugezogenen Vorhänge und geflüsterten Unterhaltungen.

Vielleicht klingt das alles schlimmer, als es war. Uns ging es doch gut. Wir hatten Geld; ich besuchte eine ordentliche Schule. So mysteriös die Geschäfte meines Vaters waren, er hatte Erfolg damit. Ich bekam Auseinandersetzungen am Telefon mit, bei denen er sich grundsätzlich durchsetzte. Manchmal besuchten ihn Männer in frisch gebügelten Anzügen, und ich hörte sie ausgesucht freundlich und ehrerbietig mit ihm sprechen. Ja, hin und wieder fragte ich mich, ob mein Vater ein Verbrecher war, doch die Vorstellung schien absurd. Vielleicht ignorierte er irgendwelche trivialen Bestimmungen, umging Steuern oder Einfuhrzölle, und ich wusste aus Fernsehen und Internet, dass so ein Verhalten sympathisch, ja, wenn man es ins rechte Licht rückte, sogar heroisch sein konnte. Die Zeit des Spins hatte uns gelehrt: Wenn die Ordnung zusammenbricht, musst du sehen, wo du bleibst.

Ich liebte meinen Vater. Jedenfalls redete ich mir das ein. Später erst kollidierte ich mit seiner Verachtung für ethische Normen, mit seinem pathologischen Bedürfnis über andere zu bestimmen.

Der strömende Regen war eine gute Deckung. Das Lagerhaus meines Vaters war älter als der Spin, es stammte aus dem 20. Jahrhundert, ein Ziegelsteinbau mit kleinen, hoch gelegenen Fenstern aus grünem Bleiglas. Die Vorderfront blickte auf diese trostlose Straße, während die eigentliche Arbeit hinten stattfand, wo die Verladerampen waren. Mein Vater hatte mich zweimal mitgenommen – gegen die Einwände meiner Mutter –, um mir einen zensierten Einblick zu verschaffen; vielleicht hoffte er, mich eines fernen Tages als Junior-Partner gewinnen zu können. Und vor nur zwei Tagen hatte ich diese Gegend auf eigene Faust ausgekundschaftet. Und einen Plan geschmiedet.

Ein schmaler Durchgang zwischen zwei benachbarten Gebäuden führte zur Gasse hinter dem Lagerhaus. Vor langer Zeit hatte ein Bahngleis diese Lagerhäuser bedient. Der Schienenstrang war zugepflastert worden, doch der Asphalt war an mehreren Stellen aufgeplatzt und die Reflexe der Straßenlaternen spielten auf den nassen Gleisen. Durch das laute Prasseln des Regens hörte ich das Schwappen der brennbaren Flüssigkeit.

Im vorigen Jahr hatte ich mich in ein Mädchen namens Latisha Philips verliebt – verliebt, so wie sich ein Siebzehnjähriger eben verliebt, tölpelhaft, rückhaltlos. Latisha war um einiges größer als ich und so bezaubernd hübsch, dass ich morgens mit der Angst aufwachte, sie könne kapieren, dass sie etwas Besseres verdient hatte als einen Turk Findley. Denn intelligent war sie auch. Wären die Stipendienprogramme nicht im Zuge der Post-Spin-Sparauflagen zusammengestrichen worden, hätte sie sich bestimmt für ein Ivy-League-College qualifiziert.

Sie wollte Meeresbiologin werden. Sie wollte die Versauerung der Ozeane verhindern und nahm an lokalen Protesten gegen das Versprühen von Schwefelaerosolen teil.

Ihre Familie war weder besonders reich noch arm. Sie wohnten außerhalb der geschlossenen Wohnanlage, in der wir ein Haus hatten. Ich glaube, sie wohnten zur Miete. Ich sagte meinen Eltern nichts von Latisha, weil ich wusste, mein Vater würde gegen sie sein. Es hatte ärmliche Findleys in Texas und Louisiana gegeben, als diese Staaten noch nicht zur USA gehört hatten, und von dort hatte mein Vater einen ekelhaften Rassismus geerbt, den er hinter höflichen Umgangsformen zu verbergen wusste. Istanbul war ihm in dieser Hinsicht besonders schwergefallen, aber auch in Houston gab es jede Menge, über das sich herziehen ließ. War er zu Hause, fiel all die gespielte Toleranz von ihm ab; die Menschheit werde bastardisiert, tönte er, und er wusste genau, wer daran schuld war. Keine Ahnung, ob meine Mutter diese Ansichten teilte. Wenn ja, so redete sie zumindest nie darüber; wir hatten eine gewisse Routine entwickelt, seine Tiraden zu ignorieren, selbst wenn wir ihnen »zuhörten«.

Sein Rassismus war bösartig, aber – so dachte ich – im Grunde ein zahnloser Tiger. Trotzdem hatte ich keine Eile, ihm Latisha vorzustellen, die nun mal schwarz war. Ich war schon bei ihrer Familie zu Besuch gewesen. Ihr Vater war Apotheker; ihre Mutter war vor zwanzig Jahren aus der Dominikanischen Republik nach Houston gezogen und arbeitete bei Walmart. Sie waren mir mit vorsichtiger, aber aufrichtiger Herzlichkeit begegnet.

Ich folgte der alten Trasse, bis ich vor den Verladerampen meines Vaters stand. Auch wenn ich zu dieser Uhrzeit mit niemandem rechnete, kauerte ich mich erst mal in eine dunkle Nische zwischen zwei gedrungenen Betonpfeilern. Das Lagerhaus war abgeschlossen. Zwar gab es manchmal außerplanmäßige Geschäfte, um die sich mein Vater kümmern musste, doch heute war er zum Abendessen zu Hause gewesen und saß jetzt vermutlich auf dem Sofa, hatte einen Drink in der Hand und sah schlecht gelaunt einen 24-Stunden-Nachrichten-Kanal. Es schüttete ohne Ende, und ich war nass bis auf die Haut.

Und ich fror, obwohl es am Tag brütend heiß gewesen war – der Regen kam offenbar aus höheren, kälteren Regionen. Eine halbe Stunde lang wartete ich und ließ das Lagerhaus nicht aus den Augen. Aus früheren Erkundungsgängen hatte ich messerscharf geschlossen, dass hier nach Mitternacht niemand mehr war – bis auf den Nachtwächter, einen ausgemergelten Herumtreiber, den mein Vater irgendwo in der Stadt aufgegabelt hatte. Indem ich die Fenster beobachtet hatte, hatte ich sogar seine festen Gewohnheiten ermittelt: Er machte jede Stunde einen fünfzehnminütigen Rundgang durch das gesamte Lagerhaus und verbrachte den Rest der Zeit in einem Kabuff mit einem drahtverstärkten Mattglasfenster. Das Flackern dahinter ließ auf einen Videomonitor schließen.

Ich hatte gewusst, dass mein Vater ein Problem sein würde, aber es war mir ernst mit Latisha. Wir hatten schon übers Heiraten gesprochen. Und übers »Durchbrennen«. Über ein Arrangement, das meinen Vater so lange außen vor ließ, bis er nichts mehr daran ändern konnte. Nicht dass wir uns auf ein bestimmtes Datum festgelegt hätten, denn Latisha hatte ein Recht auf die bestmögliche Ausbildung. Aber wir waren entschlossen. Dachte ich zumindest.

So fest entschlossen, dass ich mich am Küchentisch meiner Mutter anvertraut hatte. Sie hatte zugehört, sich dann zurückgelehnt und gesagt: »Ich weiß nicht mehr, was richtig oder falsch ist, wenn ich es denn jemals gewusst habe. Aber wenn du das vorhast, ist es das Beste, du ziehst aus.« Und dann hatte sie gesagt: »Ich möchte Latisha eines Tages kennenlernen. Wenn das irgendwie möglich ist. Bis dahin erfährt dein Vater nichts von mir.«

Sie meinte das ernst. Doch im Laufe des Sommers musste trotzdem irgendetwas seinen Verdacht erregt haben: eine ungelöschte E-Mail, ein Telefonat, das er mitangehört hatte … Mich hat er nicht gefragt, aber meine Mutter – und sie muss schwach geworden sein und ihm alles erzählt haben.

Mein Vater war ein Mann der Tat. Ich hatte keine Ahnung, dass er etwas unternommen hatte, bis meine Anrufe und E-Mails nur noch auf taube Ohren stießen. Ich ging zu ihr nach Hause, aber ihre Eltern wollten nicht, dass ich mit ihr redete; sie hätte sich entschieden, die Beziehung zu mir zu beenden. Nun, vielleicht war es so, aber ich wollte es aus ihrem Mund hören. Ich behielt das Haus im Auge, doch Latisha blieb so gut wie unsichtbar, abgesehen von ein paar Spaziergängen, die sie in Begleitung ihrer Mutter machte.

Über eine Bekannte von ihr ließ ich ihr eine Nachricht mit meiner neuen IP-Adresse zukommen (ich hatte sie heimlich geändert). In der darauf folgenden Nacht wartete ich auf eine Antwort. Sie kam. Und sie war unmissverständlich.

Tut mir leid, turk. dein vater und mein vater haben geredet. dein vater hat gesagt: wenn er mein college zahlt, dann sollen wir schluss machen. scheiß geschäft, aber meine eltern bestehen darauf, einzige chance für gute schule & so, nicht gerade stolz einen fanatiker zu melken usw. fahrt zur hölle, würd ich sagen, aber was für ein leben sollen wir haben pleite und jung & wenn ich dich auch liebe — wann werden wir uns hassen für das, was uns die liebe kostet? nur ich bin schuld. ich weiß, ich habe eine wahl & ich mache bestimmt das falsche, aber es ist mein leben & ich muss an die zukunft denken. ich weine jetzt, bitte schreib nicht mehr.

Es war dieser dreckige Ziegelbau, der unser Haus, unseren Pool, meine Klamotten und die Zerstörung meines Glücks finanzierte. Dieses Lagerhaus und die fragwürdigen Geschäfte, die mein Vater darin abwickelte, waren schuld am Unglück meiner Mutter und an meiner eigenen totalen Demütigung und Erniedrigung. Und so kam der Gedanke, dieses Gebäude niederzubrennen, wie eine Offenbarung daher. Es ging um Rache, ja, aber auch um eine Art Reinigung. Ich hatte gelesen, dass man auf dem Schlachtfeld Wunden ausbrannte, um Blutungen zu stillen. Nun, ich blutete – und dieses Gebäude war meine Wunde.

Regenwasser gurgelte in den Gully zu meinen Füßen und ließ Papierfetzen, Zigarettenkippen und ein benutztes Kondom stranden, das so bleich und schlaff war wie eine tote Qualle. Der Nachtwächter machte seine Runden, hinter den hoch gelegenen Fenstern schwankte der Schein seiner Taschenlampe. Als er (wie ich überschlug) auf der anderen Seite des Gebäudes war, lief ich zu den Verladerampen und war mit zwei Sätzen die Stufen zum Hintereingang hinauf. Neben der olivfarbenen Stahltür war ein Doppelschloss; man brauchte einen physischen Schlüssel, um das numerische Tastenfeld freizulegen. Den Schlüssel hatte ich aus der obersten Schreibtischschublade im Arbeitszimmer meines Vaters, und den Zugangscode kannte ich noch vom letzten Mal, als wir zusammen hier gewesen waren (sein Geburtsjahr – lächerlich).

Welchen Teil von Latishas Studiengebühren er auch übernehmen wollte, für ihn war es einfach ein Geschäft. Mein Vater hatte nie mit seinem Vermögen geprotzt, aber ich hatte lange genug mit ihm unter einem Dach gelebt, um die versteckten Anspielungen mitzubekommen: Anspielungen auf Offshore-Holdings und Steuerprüfungen, die von teuren Anwälten frühzeitig beendet worden waren. Er hätte mich zweimal nach Yale schicken können, wenn ich auch nur die geringste Neigung zum Lernen gezeigt hätte. In das Lagerhaus dagegen hatte er praktisch nichts investiert. Der Korridor war mit gelbem Lack überpinselt, am Boden lag ockerfarbenes Linoleum, an der Decke hingen Leuchtstoffröhren voller Fliegen. Die Tür auf der rechten Seite führte ins Depot und zum Versand, die Treppe links zu den oberen Büros.

Mein Plan war, hier im Korridor das Methanol auszukippen, es anzuzünden, am Hintereingang den Alarm auszulösen (um den Nachtwächter zu warnen) und Fersengeld zu geben. Ob man das Feuer rasch unter Kontrolle bekam, ob es sich ausbreitete, ob der Schaden groß war oder nicht der Rede wert, ob man mich erwischte und bestrafte oder ob ich die Stadt verlassen und meinen Namen ändern musste – das alles war mir ziemlich egal. Was zählte, war mein Zorn, meine Erniedrigung. Also holte ich den Kanister aus der Plastiktasche, stellte ihn auf den Boden, schraubte den Verschluss ab und stieß ihn um.

Der Boden musste sich über die Jahre gewellt haben, denn die Lache floss, kleine Pfützen hinterlassend, den Korridor hinunter. Es schien weit mehr zu sein, als ein Zwei-Gallonen-Kanister fassen konnte. Meine Augen tränten von dem scharfen Geruch.

Ich zog die Zündhölzer aus der Jacke und wickelte sie aus der schützenden Folie. Die Schachtel war trocken, aber meine Hand war feucht und erst das dritte Streichholz flammte auf. Ich fragte mich, ob nicht schon die Dämpfe brennbar waren, ob ich nicht das Opfer meiner eigenen Rache werden würde. Na, wenn schon!

In dem Moment, als ich das brennende Streichholz warf, ging rechts die Tür auf und der Nachtwächter kam in den Korridor.

Vielleicht gab es hier irgendwo eine Überwachungskamera. Oder ich hatte beim Hereinkommen ein Alarmsignal ausgelöst. Oder er hatte seinen Posten verlassen, um Pinkeln zu gehen. Jedenfalls stand er plötzlich im Flur, ein paar Meter von mir entfernt, und starrte mich an. Er war ungemein hager, trug Jeans und ein durchgeschwitztes Hemd. Sein Schädel war groß, eckig und kurz geschoren. Er war vielleicht ein bisschen älter als ich. Die Augen traten ihm förmlich aus dem Kopf, so verblüfft war er. Ein Rinnsal leicht entzündlicher Flüssigkeit gabelte sich an seinen alten braunen Schuhen.

Er machte den Mund auf, um etwas zu sagen. Doch das Streichholz war schon unterwegs, flog durch die Luft, hinterließ eine gekräuselte Rauchfahne. Ich hatte Zeit, einen einzigen erschrockenen Schritt zurückzutreten. Der Nachtwächter gaffte nur. Ich glaube nicht, dass er begriff, was gleich passieren würde.

Die Flammen waren blau und liefen über die Oberfläche der Flüssigkeit und um den Rand seiner Schuhe. Dann entzündete sich die kritische Grenze zwischen Dampf und Luft, und ein gewaltiger, glühend heißer Atemstoß riss mich beinahe von den Füßen. Ich warf mich herum und rannte durch die Stahltür in den strömenden Regen. Die Türöffnung war ein Vorhang aus Flammen und Rauch, ein halb durchsichtiger Vorhang – sodass ich den Nachtwächter dahinter brennen sah. Ich sah, wie er laufen wollte, aber seine Füße gehorchten ihm nicht mehr. Er schien kurz zu tanzen, bevor er in die lodernde Flüssigkeit stürzte. Der trockene Fußbodenbelag brannte wie Zunder.

Ich dachte an Allison, die unterwegs zu den Docks war. Vielleicht war sie schon dort und wartete. Wartete auf mich, während der Rest von Vox auf ein Ticket in den Himmel wartete.

»Sie müssen die Last nicht alleine tragen«, sagte Oscar. Er hörte sich so nachsichtig und unerschütterlich an wie vor langer Zeit der Pastor in der First Baptist Church. »Wir werden sie mit Ihnen teilen, Mr. Findley. Der Coryphaeus wird sie mit Ihnen teilen, sobald Ihr Interface komplett ist.«

Das limbische Implantat tat seine Arbeit; ich war ernsthaft versucht, Oscars »rettende Hand« zu ergreifen, eben so wie damals in der First Baptist Church, als ich noch ein Kind war und meine abgedroschenen »Sünden« beichtete. Leg deine Last ab, junger Mann, leg sie deinem Erlöser vor die Füße. Schon als Kind begriff ich, warum so viele weinende Seelen zum Altar pilgerten. Der Coryphaeus kannte mich, er kannte meine Worte und Werke. Meine Sünden waren auch seine Sünden.

Oscar betrachtete mich eingehend. »Aber Sie sind noch nicht bereit, diesen letzten Schritt zu tun. Bedingungslose Vergebung durch Menschen wie Ihresgleichen … Sie wollen Vergebung, aber Sie wollen Sie nicht annehmen.«

Eine Vergebung, die so lange anhielt, wie die Hypothetischen brauchten, um hier aufzukreuzen … Oder lag ich schon wieder falsch? Vielleicht wurde Vox ja wirklich erlöst, vielleicht lebte Vox bis in alle Ewigkeit. Da war etwas in meinem Kopf, das sich genau *daran* festhielt. »Vielleicht gibt es Sünden, die man nicht vergeben sollte«, sagte ich.

»Der Mann, den Sie getötet haben, ist seit zehntausend Jahren tot. Sich an eine einzige tragische Fehleinschätzung zu klammern ist unnütz und sinnlos.«

»Ich rede nicht unbedingt von *meiner* Sünde.«

»Ach, von wessen Sünde denn?«

»Das war mehr als Mord, Oscar. Der Tod so vieler Farmer. Das war ein Genozid.«

Was immer Oscar in meinem Gesicht sah, es ließ ihn zusammenzucken. Er funkelte plötzlich vor Ungewissheit. »Die Hypothetischen hätten sie niemals zu sich aufgenommen. Ihr Tod war praktisch unvermeidlich.«

»Diese Menschen waren nur hier, weil Vox sie zu Sklaven gemacht und mit hierhergebracht hat.«

»*Notwendigkeit* brachte sie hierher.«

»Jemand hat darüber entschieden.«

»Wir alle haben darüber entschieden, wenn Sie so wollen.«

»Und ihr alle habt euch vergeben, nehme ich an.«

»Der *Coryphaeus* hat uns vergeben. Der Coryphaeus ist unser Gewissen.«

»Ich will Ihnen nicht zu nahe treten, Oscar, aber kommt Ihnen gar nicht der Gedanke, ein Gewissen, das Massenmord rechtfertigt, könnte defekt sein?«

Er starrte mich zornig an. Dann zuckte er mit den Schultern. »Sie leben noch nicht lange mit Ihrem Netzknoten, Mr. Findley. Bald werden Sie uns verstehen.«

Und genau *das* machte mir Angst …

»Doch nichts davon ist jetzt mehr wichtig«, sagte er. »Kommen Sie einfach mit.«

Ich *wollte* mitgehen. Mein ganzes Erwachsenenleben hatte unter dem Schein eines brennenden Menschen gestanden. Ich sehnte mich danach, dem Coryphaeus meine Sünden vor die Füße zu legen. Und sollte ich es mit Vergessen oder Tod bezahlen, so wäre es doch nur späte Gerechtigkeit. Ich könnte reinen Herzens sterben.

Verdiente ich das? Reinen Herzens zu sterben?

»Ich bin lieber bei Allison«, sagte ich. »Wenn es so weit ist.«

»Warum ist sie dann nicht hier? Ich weiß, Sie fühlen sich für Treya verantwortlich, aber sie ist geistig verwirrt, ein leeres Gefäß. Selbst ihre Zuneigung ist künstlich. Sie sind jetzt vernetzt – erkennen Sie das nicht?«

Was ich erkannte, ging ihn nichts an. »Gehen Sie, Oscar«, sagte ich. »Gehen Sie zu Ihrer Familie.«

Er wollte protestieren, doch dann machte er den Mund wieder zu und nickte resignierend. Vielleicht sah er, wie sehr ich ihn beneidete, und ging taktvoll darüber hinweg. Er stand auf. »Nun dann. Auf Wiedersehen, Mr. Findley.«

Die Tür schloss sich hinter ihm. Ich wartete, bis ich sicher sein konnte, dass er nicht mehr in der Nähe war. Es war höchste Zeit zu gehen. Aber warum tat ich mir das an? Warum ließ ich den Dingen nicht einfach ihren Lauf? Wie dumm und überheblich war das doch, was sie da vorhatten. Eine Verunglimpfung von Millionen Menschen, die hier gestorben waren, und von Millionen mehr, deren frohe Erwartung hinter meinen Augen brannte.

Ich sah mich ein letztes Mal um. Ich dachte an Allison, die auf mich wartete. Dann machte ich mich auf den Weg.

25 SANDRA UND BOSE

Bevor Bose noch etwas sagen und Sandra einen klaren Gedanken fassen konnte, hielt drüben wieder ein Bus. Sie drehte den Kopf zum Fenster.

Im grellen Bernsteingelb der Straßenlaterne wirkte der nass glänzende Bus wie eine Halluzination. Niemand stieg ein. Zwei Männer stiegen aus. Zwei Schichtarbeiter mit ihrem Henkelmann. Der Bus fuhr weiter, und die beiden marschierten los – nicht zum Findley-Lagerhaus.

»Es ist schon spät«, sagte Sandra. Sie wollte noch nicht darüber nachdenken, was Bose eben zugegeben hatte, und Bose schien bereit, das Thema ruhen zu lassen. »Was, wenn er nicht kommt?«

»Er kommt schon noch.«

»Wegen dem, was er geschrieben hat?«

»Ja. Was immer diese Hefte sonst noch sind, ich glaube, Orrin hält sie für etwas Prophetisches. Zum Beispiel die Stelle, wo Turk Findley das Lagerhaus anzündet – für Orrin ist das nicht etwas, das passiert *ist*, sondern etwas, das noch passiert. Er will das Resultat ändern.«

»Er muss ein paar Dinge über die Findleys wissen – wenn die Hefte recht haben.«

»Einige Daten waren leicht zu recherchieren. Findley verbrachte tatsächlich ein paar Jahre in Istanbul. Er hat einen achtzehnjährigen Sohn. Und an der Highschool, die der Junge absolviert hat, hat sich im selben Jahr eine Latisha Philips eingeschrieben.«

»Hast du mit ihr gesprochen?«

»Nein. Was hätte ich sagen sollen? Sie hat mit alldem nichts zu tun.«

»Oder mit dem Sohn?« Dessen Spitzname vermutlich Turk war.

»Ziemlich schwierig, ohne den Alten zu warnen.«

»Orrin könnte also mit dem Jungen gesprochen haben, oder er hat etwas aufgeschnappt und sich im wahrsten Sinne des Wortes einen Reim darauf gemacht.«

»Klingt logisch, ja. Orrin ist kein Hellseher.«

»Immerhin hat er das Unwetter vorausgesagt«, sagte Sandra. Der Regen flaute sporadisch ab, um immer wieder wolkenbruchartig zurückzukehren, als hätte sich der Golf von Mexiko über die Stadt gehängt und würde sich nach und nach der Schwerkraft überlassen.

»Aber bei anderen Details lag er falsch. Das Dokument sagt zum Beispiel, im Lagerhaus sei nur der Nachtwächter gewesen und sonst niemand. Das stimmt nicht, nicht wenn heute die besagte Nacht ist. Und dann war Orrin auch deswegen so aufgebracht über den Rauswurf, weil er gedacht hat, *er* wäre der fragliche Nachtwächter.«

»Er hat seinen eigenen Tod vorausgesagt?«

»Gewissermaßen. Aber nicht, weil er sterben will. Ich halte Orrin überhaupt nicht für suizidgefährdet. Ich denke, er kommt hierher, um zu verhindern, was er vorausgesehen hat – ob *er* nun das Opfer ist oder ein anderer.«

Bose skizzierte ihr das Szenario: Orrin, der im Findley-Lagerhaus arbeitet, deckt irgendwie den Plan des Juniors auf, das Lagerhaus abzufackeln, und baut dieses Wissen in seine laufende Fantasiegeschichte ein. Letztere ist das Werk eines nicht ganz einfachen jungen Mannes, der intelligenter ist, als es alle anderen einschließlich seiner Schwester annehmen, aber dessen Zugriff auf die Realität bestenfalls experimenteller Natur ist. Unerwartet gefeuert und dann eingesperrt in der State Care, gerät Orrin in Panik: Er glaubt, dass der Zeitpunkt der geplanten Brandstiftung bevorsteht und dass er es verhindern kann, wenn er nur freikommt. (Weshalb er, dachte Sandra, bei seinem unglücklichen Fluchtversuch Jack Geddes gebissen hat.) Nachdem sie beide ihn befreit haben, leiht er sich von Ariel Geld und macht sich auf den Weg, um Turk Findley daran zu hindern, einen unverzeihlichen Fehler zu begehen.

Sandra dachte darüber nach. »Deine Chronologie geht nicht ganz auf. Als Orrin gefeuert wird, kann er noch nichts von den romantischen Problemen des Juniors wissen.«

»Wir wissen nicht, woher er seine Erkenntnisse hat. Vielleicht hat er sie aus zweiter Hand. Vielleicht war er mit jemandem aus dem Lagerhaus in Kontakt. Relevant sind vor allem die jüngsten Textpassagen, und wir haben keine Ahnung, wann sie geschrieben wurden.«

»Was kümmert er sich überhaupt um einen Turk Findley, der den Laden seines Vaters in Brand stecken will? Orrin hat seinen Job längst verloren – Arbeit, für die er nicht mal den Mindestlohn bekam, von der er sich gerade mal die Miete für ein lausiges Zimmer leisten konnte.«

»Das weiß ich auch nicht. Vor Kurzem dachte ich noch, *du* könntest mir weiterhelfen.«

Aber sie hatte keine Antworten. »Was, wenn wir völlig auf dem Holzweg sind? Wenn es eine Erklärung gibt, die … die so verrückt ist, dass wir nicht draufkommen?«

»Dann sitzen wir hier und tun, was wir tun.«

Die Frau hinter dem Tresen, die Bose zum Bleiben ermuntert hatte, machte Feierabend. Sandra sah gerade noch, wie sie in ihrem klapprigen blauen Honda davonfuhr. Sie wurde von einem jungen Kerl abgelöst, der Ausschlag im Gesicht und einen nervösen Tick hatte. Der Manager steckte hin und wieder den Kopf aus seinem Büro und beäugte sie, bis Bose aufstand und etwas Beschwichtigendes sagte. Er bestellte zwei Donuts, die unberührt blieben.

Der nächste Bus kam fahrplanmäßig. Der Regen fiel immer noch in Sturzbächen, überflutete den Rinnstein, spülte den dünnen Ölfilm vom Asphalt. Diesmal stiegen vier Leute aus – erneut Schichtarbeiter, dachte Sandra. Orrin Mather war nicht dabei. Drei liefen nach links und suchten Schutz. Einer ging unbekümmert nach rechts; er schien sich nichts aus dem Regen zu machen.

Sandra wandte sich vom Fenster ab und bemerkte, dass Bose nach wie vor angestrengt durch die Scheibe starrte. »Was ist?«

»Der junge Kerl. Der da allein geht.«

Jung, ja. Ein schlacksiger junger Mann im schwarzen Poncho – er hatte etwas Klobiges in einer Plastiktasche dabei.

»Verdammt«, sagte Bose.

Jetzt fiel es ihr wie Schuppen von den Augen. »Du meinst, das ist Findleys Sohn? Du meinst, das ist Turk Findley?« Der Junge erreichte die Straßenecke und ging nach Süden, Richtung Lagerhaus. »Was machen wir jetzt?«

Bose stieß den Stuhl zurück. »Bleib hier. Leg dir das Handy zurecht. Ruf mich an, wenn du Orrin siehst. Oder sonst was, das ich wissen muss. Und rühr dich nicht vom Fleck, bis ich mich melde.«

»Bose!«

»Ich liebe dich«, sagte er leise und zum ersten Mal.

Noch bevor sie den Mund zubekam, war er aus der Tür. Sie blickte ihm durch das Fenster nach. Ohne sich um die Sintflut zu scheren, querte er den Parkplatz des Lokals und folgte dem Zaun parallel zur Straße.

Der Bursche hinter dem Tresen musste ihre verdatterte Miene bemerkt haben. »Ma'am?«, fragte er. »Möchten Sie vielleicht einen Kaffee oder sonst etwas?«

»Verrückt«, sagte sie laut.

»Ma'am?«

»Nicht Sie.«

26 ALLISON

1.

Ich wartete zwischen den Militärmaschinen hoch oben über der Stadt.

Ich hatte eine verschlungene Route zu den Docks gewählt: die Steuerbord-Terrassen hinauf und durch die schattigen Korridore der Parklandschaft, in denen sich die kleine Treya so gut ausgekannt hatte. Jeder Garten, jeder Torweg weckte Erinnerungen – *ihre* Erinnerungen. Es fiel schwer, nicht zu trauern. Vox lag im Sterben, und ich konnte nichts dagegen tun – konnte nichts für meine einstigen Freunde oder für meine Familie tun, die mich verstoßen hatte, oder für die Stadt, die ich geliebt hatte. Ich konnte nur meine Erinnerungen und Befürchtungen an einen Ort mitnehmen, der sicherer war und von dem uns noch Welten trennten.

Der Militärflughafen lag auf einer weitläufigen, offenen Terrasse und war durch ein unsichtbares elektrostatisches Dach gegen die toxische Atmosphäre geschützt. Die Maschinen und ihre Docks standen wie Pflanzen in schier endlosen parallelen Reihen, eine riesige schimmernde Hightechplantage. Weit und breit kein Wartungs- und

Flugpersonal, alle waren jetzt zu Hause bei ihren Angehörigen. Meine Schritte klangen wie Tropfen in einer großen Höhle.

Ich fand einen unverdächtigen Platz am Fuß eines Lichtmastes, setzte mich auf eine Strebe und wartete. Unangenehm viel Zeit verstrich. Wo blieb Turk? War er aufgehalten worden? Hatte er sich anders entschieden? Der Netzknoten hatte mittlerweile bestimmt die Hirnregionen infiltriert, die für Liebe und Loyalität, Bedürfnisse und Wünsche zuständig waren, und mit jedem Atemzug wurde das neurale Netzwerk subtiler und effizienter. Im Hallraum des »medialen präfrontalen Kortex« sang der Coryphaeus seinen leisen, verlockenden Refrain.

Was, wenn Turk nicht kam? Die Frage war schnell beantwortet: Ich würde hier sterben. Aller Wahrscheinlichkeit nach würden die Maschinen der Hypothetischen mit Vox-Core genauso verfahren wie mit unserer Vorausabteilung draußen auf der antarktischen Ebene. Sie würden alles und jeden skelettieren und vertilgen. Ich spürte unkontrollierbare Angst in mir aufsteigen. Nicht die Angst zu sterben, sondern die typisch voxische Angst, *allein* zu sterben ...

Dann hörte ich in einiger Entfernung die Tür eines Lifts aufgleiten. Ich duckte mich und wartete, bis ich sicher sein konnte, dass es Turk war. Er trat nicht gerade mit Elan, vielleicht sogar widerwillig, aus der Kabine. Er sah hohlwangig und abgespannt aus. Ich rief seinen Namen und lief auf ihn zu.

Da Vox eine friedliche Gesellschaft war, eine Gesellschaft ohne Verbrechen, gab es über die normale Wachsamkeit des Netzwerks hinaus keine weiteren internen Sicherheitssysteme. Aber Vox hatte viele Kriege mit externen Mächten geführt, vor allem mit den bionormativen Staaten der älteren Ringwelten. Unsere Luftflotte war also traditionsgemäß eine Luftwaffe – und Waffen mussten gesichert werden.

Ich suchte eine voluminöse, aber nur leicht bewaffnete Maschine aus, wie sie normalerweise dem Transport von schweren Waffen oder Truppen dienten. Die Einstiegluke war ein netzwerkgesteuertes Interface von der Art, mit der Turk sich gerade erst vertraut gemacht hatte. Wäre ich Treya gewesen, hätte ich sie mühelos öffnen können; ich hätte lediglich meine Hand auf die vorgezeichnete Kontaktfläche legen und die entsprechende Option in meinem Kopf wählen müssen. Als Allison jedoch hatte ich nur Zugriff auf die allereinfachste voxische Hard- und Software, und das Problem war, dass Turk ein Anfänger war, dem es offensichtlich noch schwerfiel, sich auf seine Absichten zu konzentrieren. Vielleicht war er sich in diesem entscheidenden Augenblick auch nicht mehr sicher, was er überhaupt wollte. Ein langer, atemloser Moment verging; dann glitt die Luke auf.

Wir stiegen in den Transporter, der mit zwinkernden Kontrollleuchten zum Leben erwachte. Ich vergewisserte mich schnell, dass die Maschine betankt und auch sonst voll bevorratet war. Die Stasekammern waren aufgefüllt; es fehlte an nichts. Und da waren keine akustischen oder optischen Warnsignale, was bedeutete, dass wir startbereit waren. Turk setzte sich in den vorderen Abschnitt. Die Maschine konnte von jeder Kontaktfläche aus geflogen werden, und man brauchte keinen Sichtkontakt, um zu wissen, wohin man flog. Aber Turk war in seinem früheren Leben ein Pilot gewesen, der nur Hand- und Sichtflug gekannt hatte. Nachdem er ein Interface etabliert hatte, erzeugte er ein virtuelles Fenster in der Bugwand, sodass er die Illusion hatte, in einem altmodischen Cockpit zu sitzen. Plötzlich konnte ich vor uns die Ausdehnung der offenen Terrasse sehen und fühlte mich merkwürdig schutzlos.

Doch wenn es ihm half … Ich setzte mich neben ihn, beobachtete das Flugdeck und wartete auf Anzeichen, dass man uns bemerkt hatte. Da waren sie. Gelbe Lichter, die über den Liftkuppeln zu blinken begannen. Wir bekamen Gesellschaft. Es wunderte mich, dass es so lange gedauert hatte, aber das hatten wir vermutlich Isaacs Ablenkungsmanövern zu verdanken. »Wir müssen los«, sagte ich, »jetzt!« Die Steuerung konnte von außen nicht übernommen werden – glaubte ich zumindest –, aber wenn man uns in der Luft verfolgte, konnte man uns theoretisch zur Landung zwingen oder abschießen.

Die Maschine tat keinen Mucks. »Verdammt, das Menü rutscht immer weg«, sagte Turk mit zusammengebissenen Zähnen. Er visua lisierte ein Display, das ich nicht sehen konnte. Schweißperlen traten ihm auf die Stirn.

»Du hast doch mit den Schnittstellen trainiert. Wir müssen einfach nur *nach oben*.«

Draußen glitt die nächstgelegene Lifttür auf und spuckte einen Trupp Soldaten aus.

»Jetzt oder nie, Turk!«

Er sah mich hilflos an.

»Ich will hier nicht sterben!«

Er nickte. Dann schloss er die Augen und schluckte schwer.

Jäh fiel die Terrasse unter uns zurück.

2.

Die Maschine stieß durch die elektrostatische Barriere in den düsteren Himmel hinauf, und plötzlich war Vox zu einem dunklen Flecken auf der Oberfläche des Ross-Meeres geschrumpft. Was wie ein Riff aussah, waren die mutwillig versenkten Farminseln. Wir stiegen mit schwindelerregender Geschwindigkeit, bis das Meer im Dunst versank, stiegen, bis wir über einem Wolkenfeld schwebten, das sich in alle Himmelsrichtungen erstreckte.

Turk schaffte es, anhand bordeigener Protokolle unser Ziel zu bestimmen und alle von Vox kommenden Signale auszublenden. Letzteres machte ihn natürlich taub für die Aktivitäten des Coryphaeus – er schauderte einmal, dann schüttelte er den Kopf, als wollte er etwas über Bord werfen. Er wies die Maschine an, uns auf etwaige Verfolger aufmerksam zu machen (die vermutlich dank Isaac ausblieben), dann rückte er – ausgelaugt und blass, wie er war – von den Armaturen ab. Die Wolken unter uns wirkten wie eine unerschlossene Gebirgswelt.

Er sah mich aus schmalen Augen an. Ich kannte das Gefühl – wusste, wie Treya sich gefühlt hatte, als das Netzwerk zusammengebrochen war. Als hätte die Welt ihre Farben und ihren Sinn verloren.

»Versprich mir eines«, sagte er.

»Was?«

»Das Ding, das sie mir eingesetzt haben – wenn wir ankommen, wo wir hinwollen, schneid es mir aus dem Leib.«

Ich versprach es ihm.

Wenn wir ankommen, wo wir hinwollen … Darüber hatten wir nicht viel reden können.

In Vox-Core hatte ich eine Menge Zeit damit verbracht, Material aus den Archiven zu sichten (manuelle Schnittstellen waren frustrierend langsam) und die historischen Schilderungen zu lesen, die man für Turk vorbereitet hatte. Ich hatte gelernt, dass Vox jahrhundertelang von missgünstigen kortikalen Demokratien verfolgt worden war. Doch ohne den patriotischen Beifall des Coryphaeus schienen diese ach so vertrauten Geschichten ihre Selbstverständlichkeit zu verlieren. Die Gründer von Vox hatten zu den Aktivisten eines radikalen Glaubenssystems gehört, die wegen ihrer Experimente mit verbotener hypothetischer Biotechnologie von der bionormativen Mehrheit der Ringwelten geächtet worden waren. Als Antwort hatten sie ihr eigenes geschlossenes Gemeinwesen geschaffen, eine limbische Demokratie mit integrierter Metaphysik.

Anfangs schien Vox nur ein klein wenig exzentrischer zu sein als die vielen anderen künstlichen Inselstaaten, die in den Ozeanen von Ester wuchsen und gediehen. Die Gründer hatten ihre Experimente mit hypothetischer Biotechnologie eingestellt und durch den Glauben an eine letztendliche Vereinigung von Menschen und Hypothetischen ersetzt, weshalb sie jeden heilig sprachen, der jemals mit den Hypothetischen in Berührung gekommen war – darunter Jason Lawton aus der Frühzeit der Spin-Ära und ungezählte Anhänger der Langlebigkeit, uralte marsianische Vierte und die mutigen Seelen, die temporalen Bögen begegnet waren.

Die bionormative Mehrheit war der ewige Schurke in der voxischen Geschichte. Nicht lange nach den Tragödien von Hyum und Loi hatte Ester die limbisch-neuralen Kollektive verboten, und Vox war gezwungen gewesen, den Anker zu lichten und sich auf die jahrhundertelange Pilgerreise zur Erde zu machen. Und noch heute blühten auf den meisten Ringwelten – vor allem auf Ester und Wolkenhafen – die kortikalen Demokratien. *Wenn wir ankommen, wo wir hinwollen –* meinte langfristig eine dieser prosperierenden, friedfertigen Ringwelten zwischen Erde und Mars.

Wir flogen nach Norden, und die Sonne war schon untergegangen, als ich diesen Gedanken nachhing. Turk aß lustlos von den Vorräten, sein Blick pendelte zwischen dem trostlosen Mond über uns und den giftigen Wolken unter uns. »Wir haben diesen Planeten gründlich versaut, was?«, sagte er nach einer Weile.

»Wen meinst du mit ›wir‹?«

»Die Menschen allgemein, aber besonders meine Generation.«

Tatsächlich: Das virtuelle Bugfenster bot ein üppiges Zeugnis menschlichen Versagens. Die Wolken waren seltsam schön, aber den Widerschein des Mondes färbten sie giftgrün. »Mag sein«, sagte ich. »Aber das ist noch nicht die ganze Geschichte. Wie viele Menschen lebten damals auf der Erde? Sechs, sieben Milliarden?«

»Etwa.«

»Aber wir leben nicht mehr nur auf der Erde. Wir leben auf allen Ringwelten. Weißt du, wie viele Menschen im Weltenring leben? Fast *fünfzig* Milliarden. Und die sauen nicht herum wie die alte Erdbevölkerung. Das sind fünfzig Milliarden Menschen, die in einer verträglichen Beziehung zu ihrer Umwelt leben – fünfzig Milliarden einigermaßen glückliche Menschenwesen. Unsere Spezies ist keine Fehlentwicklung. Wir sind eine Erfolgsgeschichte.«

»Und davor ist Vox davongelaufen? Vor einer Erfolgsgeschichte?«

»Naja, Vox … Vox ist nicht vor den Mittleren Ringwelten davongelaufen. Vox ist zu den Hypothetischen gelaufen.«

»Es waren aber nicht die Hypothetischen, die Vox-Core mit Nuklearwaffen angegriffen haben.«

»Diese Ringwelten sind kein Paradies. Menschen bleiben Menschen – gierig und kurzsichtig. Aber sie haben dazugelernt.«

»Indem sie ihre Köpfe verdrahten?« Seine Hand strich über den Knoten in seinem Nacken.

»Das stimmt so nicht«, sagte ich. Aber es war nicht das Konzept der kortikalen Demokratie, das ihm zu schaffen machte. »Was ist passiert, Turk? Ich meine, als ich auf dich gewartet habe, oben auf dem Flugdeck?«

»Nichts … nichts Wichtiges.«

Ich brauchte nicht vernetzt zu sein, um zu merken, dass er log. »Willst du darüber reden?«

»Nicht jetzt«, sagte er. »Vielleicht wenn wir ankommen, wo wir hinwollen.«

Wir waren noch einige Stunden vom Indischen Ozean entfernt, als der Transporter Alarm schlug.

Ich hatte schon geschlafen. Turk hatte darauf bestanden, im Bugabteil Wache zu halten – er misstraute der Maschine –, aber ich war zu erschöpft gewesen, um ihm Gesellschaft zu leisten. Also hatte ich mich auf eine Pritsche gelegt und die Augen zugemacht – und als ich sie wieder aufmachte, bimmelte der Alarm.

Ich stürzte nach vorne. Turk hatte sich mit dem Interface kurzgeschlossen, und seine frustrierte Miene sagte mir, dass er ein Problem hatte. Das virtuelle Bugfenster war noch da; der Mond war untergegangen; der Himmel war finster bis auf den Gipfel des Torbogens, der jetzt beinahe im Zenit stand und ein rötliches Glühen reflektierte, das in wenigen Stunden unser Sonnenaufgang sein würde.

Ich legte ihm die Hand auf die Schulter. Er blickte auf und sagte: »Ich habe ein Warndisplay, das ich nicht verstehe.«

»Okay. Kannst du es auf die Wand werfen, damit ich es auch sehe?«

Er konnte. Das Display sprang in den virtuellen Nachthimmel. Eine Radarsignatur mit Kursverfolgung. »Die Maschine sieht etwas, aber ich kann Entfernung und Bahn nicht lesen«, sagte Turk.

Machte man Jagd auf uns? Nein: Das vom Radar entdeckte Objekt befand sich in großer Höhe und im Nordosten. »Die Maschine hat sich bemerkbar gemacht, weil dieser Luftraum eigentlich leer sein müsste«, sagte ich. »Was es auch ist, es scheint nicht auf einem gesteuerten Kurs zu sein. Die Bahn ist ballistisch.«

Mit anderen Worten: Das Objekt *fiel*. Wahrscheinlich ein natürliches Phänomen, Weltraumschrott aus dem Orbit. Doch dann schlug die Maschine erneut Alarm, und zwei weitere Objekte sprangen ins Display.

Nach einer Stunde hatten wir fünf dieser fallenden Objekte entdeckt; alle fünf bewegten sich von Osten nach Westen und mehr oder weniger parallel zum Äquator. Sie kamen unserem geplanten Kurs so nahe, dass Turk den Transporter kreisen ließ, um uns Zeit zu geben, der Sache auf den Grund zu gehen. Nach etwa zwanzig Minuten schlug die Maschine erneut Alarm. Dem Display nach zu urteilen, hatte das Radar ein noch größeres Objekt entdeckt, vielleicht groß genug, um es mit bloßem Auge sehen zu können. Turk wies die Maschine an, das Fenster auf den entsprechenden Himmelsquadranten zu richten.

Wir spähten in die Finsternis hinaus. Einige Sterne ertranken bereits im ersten Schimmer der Morgendämmerung.

»*Da*«, sagte Turk.

Eine Handbreit über der Wolkendecke näherte sich das Objekt dem Horizont, sein Widerschein huschte durch das Wolkengebirge; es war so hell wie brennender Phosphor und hinterließ eine rasch verglühende Leuchtspur. Als es verschwand, kehrte schlagartig die Dunkelheit zurück – dann ein kurzer, greller Lichtblitz hinter dem Horizont: der Aufschlag.

»Die Maschine soll die Flugbahn berechnen«, sagte ich. »Mal sehen, wo das Ding herkommt.«

Leicht gesagt – Größe und Masse des Objekts konnte man nur grob schätzen. Aber unsere Flugmaschine berechnete einen Kegel möglicher Bahnen, ordnete ihn den Objekten zu und schob die wahrscheinlichen Flugbahnen übereinander. Das Resultat war nicht wirklich überzeugend, doch Turk fiel dasselbe auf wie mir: Die wahrscheinlichsten Flugbahnen schnitten sich am Torbogen der Hypothetischen.

»Verstehst *du* das?«, fragte Turk.

Ich verstand es nicht. Aber die Sonne stieg, und »unser« Bein des Torbogens würde bald zu sehen sein. Turk richtete das Bugfenster aus.

Der Torbogen der Hypothetischen war das größte Artefakt, das jemals den Erdboden berührt hatte. Sein Gipfel überragte die Atmosphäre, und seine Basis steckte tief im Erdmantel. Er thronte über dem Indischen Ozean, und was wir von ihm zu sehen bekamen, sah aus wie ein eingewebter Silberfaden im gelben Tuch der Morgendämmerung.

»Scharfstellen auf den Gipfel des Bogens und vergrößern«, wies ich Turk an.

Er kämpfte mit dem Interface, schaffte es dann aber. Da er das Display als Fenster angelegt hatte, sah es aus, als würden wir uns mit irrwitziger Geschwindigkeit dem oberen Teil des Bogens nähern. Das Bild waberte, wurde durch die dazwischenliegende Atmosphäre verzerrt, dann wurde der eindimensionale Faden zum Band. Dieses »Band« war in Wirklichkeit viele Kilometer breit.

Die besten Aufnahmen des Bogens hatten zu keiner Zeit auch nur die geringste Unvollkommenheit festgestellt – doch nun zeigten sich erste Schäden. Die sanft gerundeten Kanten waren abgesplittert.

»Und noch mal das Zehnfache«, sagte ich; viel mehr gab die Optik eines Transporters nicht her.

Wieder ein schwindelerregender Satz nach vorne. Das Bild krümmte und wand sich unter den Korrektur-Algorithmen.

Und ich vergaß auszuatmen. Der Bogen zeigte nicht nur kleinere Unvollkommenheiten, sondern Sprünge und Risse. Ja, ganze Stücke waren herausgebrochen.

Das war es also, was vom Himmel fiel: Stücke aus dem Torbogen – so groß wie kleine Inseln, so schnell wie Sternschnuppen. Wie lodernde Riesenfackeln stürzten sie durch die Atmosphäre und verschwendeten ihre enorme Bewegungsenergie an die toten Meere und Kontinente der Erde.

Das war unmöglich! Aber dann erlebten wir, wie es wieder geschah. Ein dunkler Riss tat sich auf, verbreitete sich, wurde länger, kreuzte einen anderen – und plötzlich löste sich ein Stück des Bogens heraus und fiel. Es bewegte sich mit der schwerfälligen Anmut seiner eigenen Trägheit – ja, es schien, als müsste es öfter als seine

Vorgänger um den Planeten herumfallen, bevor es durch die Reibung mit der Atmosphäre Feuer fing und endgültig abstürzte.

Ich sah Turk an, er sah mich an. Worte waren überflüssig. Wir wussten beide, was das bedeutete – das Tor nach Äquatoria hatte sich für immer geschlossen. Es bedeutete, dass unser Plan gescheitert war.

27 SANDRA UND BOSE

Gebückt folgte Bose einer geschlossenen Reihe von Hecken und hoffte, dass der Regen ihm half, unentdeckt zu bleiben. Der Junge mit der Plastiktasche – vermutlich Turk – folgte mit großen Schritten dem Gehsteig und war ihm um einen halben Block voraus. Noch ein paar Meter und der Junge würde in Sichtweite eines der Security-Autos sein, die Bose bei seiner Rundfahrt gesehen hatte, ein anonymer grauer Wagen, in dem zwei mürrische und zweifellos bewaffnete Typen saßen.

Der Wagen fiel dem Jungen auf. Bose erkannte das an einem unmerklichen Zögern. Sonst ließ sich der Junge nichts anmerken; er ging weiter, mit gesenktem Kopf und triefendem Poncho. Ging einfach an dem Wagen vorbei. Die beiden Männer sahen ihm mit einer synchronen Kopfbewegung hinterher.

Eine Wendung nach links hätte den Jungen direkt zum Vordereingang des Findley-Lagerhauses gebracht, doch er ging weiter. Bose nutzte die Gelegenheit, quer durch den Hinterhof eines Industriegebäudes zu laufen, das ihn gegen das Security-Auto deckte, ihm allerdings auch den Blick auf den Jungen verwehrte. Als würden sich lauter schroffe Hände um ihn reißen, so wuchtig traf ihn der Regen. Seine Schuhe waren quietschnass. An der nächsten Ecke konnte er den Jungen wieder sehen, der noch immer in dieselbe Richtung ging und schon ein gutes Stück am Lagerhaus vorbei war. *Geh einfach weiter*, dachte Bose. *Nimm den nächsten Bus. Mach es mir leicht.*

Aber der Junge bog links ab. Er hatte sein Ziel nicht aus den Augen verloren.

Die Beschreibung in Orrins Text legte nahe, dass es sich bei dem Jungen um Turk Findley handelte. Also versuchte Bose sich in Findley junior hineinzuversetzen. Was nicht leicht war. Bose hatte seinen Vater verehrt; Vatermord – auch symbolischer Vatermord – lag ihm so fern, wie es ferner nicht ging.

Aber er wusste sehr gut, was Zorn und Ohnmacht waren. Beides kannte er aus jener Nacht in Madras, als die Diebe in das Haus seines Vaters eingebrochen waren. Auf Geheiß seines Vaters hatte er sich unter dem Schreibtisch versteckt, das Herz hatte ihm bis zum Hals geschlagen, er hatte kaum zu atmen gewagt. »Ich mach das schon«, hatte sein Vater gesagt, und Bose hatte ihm geglaubt. Er war erst aus seinem Versteck gekommen, als er den Schrei seines Vaters gehört hatte. Dann hatte er ebenfalls geschrien.

Sein Vater hatte sich selbst keiner Vierten-Behandlung unterzogen, obwohl er vielen dazu verholfen hatte. In der Mitte des Lebens stehend, war er noch nicht bereit gewesen, die Verantwortungen und Verpflichtungen der Langlebigkeit auf sich zu nehmen. Boses Mutter war nicht so zögerlich gewesen: Sie hatte die Behandlung für ihren Sohn arrangiert, um zu verhindern, dass er seinen Verletzungen erlag. Bose war eigentlich viel zu jung für die Behandlung gewesen, aber wenn es um Leben und Tod ging, machte die marsianische Ethik eine Ausnahme. Typischerweise hatte seine Mutter zuerst die Behandlung in die Wege geleitet und ihre Kollegen erst später um ihr Einverständnis gebeten. Bose war ihr nie so dankbar gewesen, wie er es zweifellos hätte sein müssen; oft, wenn sich die quälende Erinnerung an den nächtlichen Überfall in Madras einstellte, kam ihm der Gedanke, dass es doch gar nicht so schlimm gewesen wäre, hätte sie ihn einfach sterben lassen.

Der Junge legte ein gleichbleibendes Tempo vor und ging an einem zweiten Security-Auto vorbei. Die Peripherie des Lagerhauses wurde noch besser bewacht, als Bose es Stunden zuvor beobachtet hatte.

Warum dieser Aufwand? Vermutlich weil Findley senior erfahren hatte, dass Orrin aus der State Care geflohen war. Wahrscheinlich hatte er Angst, das FBI könnte mit einem Durchsuchungsbefehl hier auftauchen.

Bose hoffte, dass Turk einfach aufgab und nach Hause ging; andernfalls würde er ihn abfangen müssen. Die Zeit lief ihm davon; eigentlich war er ja wegen Orrin Mather hier. Er ging etwas schneller, mied Straßenlaternen, hielt sich an schmale Seitengassen.

Als er Turk das nächste Mal zu Gesicht bekam, stand der Junge nur zehn-, fünfzehn Meter von ihm entfernt. Sie befanden sich einige Blocks südlich des Lagerhauses; es war keine Security zu sehen. Bose duckte sich, als der Junge die Straße hinauf- und hinunterblickte und nichts sah als verschlossene Türen, schäbige Gehsteige und endlosen Regen. Der Junge war sichtlich nervös, er ließ die schwere Plastiktasche von einer Hand in die andere wandern. Bose war drauf und dran sich zu zeigen, entweder um ihn zur Rede zu stellen oder um ihn zu verscheuchen, als der Junge sich plötzlich nach links wandte und – die Tasche umarmend – im Laufschritt zwischen zwei düsteren Gebäuden verschwand.

Verdammt, dachte Bose. Er ging Turk schnell, aber vorsichtig nach, in der Hoffnung, dass der Junge nicht bemerkt wurde und man sie nicht zum Abschuss freigab.

Aber Turk war schnell und, zumindest im taktischen Sinne, auch klug. Er wusste, dass es hier unzählige Gassen und Durchgänge gab, von denen viele schlecht beleuchtet waren, und schaffte es unentdeckt in die Straße, die vorne am Lagerhaus vorbeiführte. Diese Straße wurde gut bewacht, doch Turk schlich sich zwischen zwei geparkte Autos, huschte in einer besonders heftigen Regenböe über die freie Fläche und lief in eine Gasse. Er wollte nicht von vorne ins Lagerhaus, mutmaßte Bose, er wollte nach hinten zu den Verladerampen. So wie in Orrins Geschichte.

Bose folgte ihm und kam sich dabei vor wie auf dem Präsentierteller. Er rief sich ins Bewusstsein, dass er den Jungen lediglich daran hindern wollte, einen Riesenfehler zu machen und sich oder jemand anderem Schaden zuzufügen. Aber jeder Annäherungsversuch konnte ins Auge gehen. Was, wenn Turk im ersten Schreck irgendeine unverzeihliche Dummheit machte? Trotzdem – er musste ihn aufhalten.

Bose war unbewaffnet, hatte dafür aber anderes zu bieten: Im Gegensatz zu den verschnittenen Langlebigkeitspräparaten auf dem Schwarzmarkt hatten die marsianischen Originale den Vorteil, dass sie gewisse neurologische Funktionen unterdrückten beziehungsweise optimierten. Zum Beispiel unterdrückten sie spontane Aggressionen – Bose war, was man »langmütig« nannte – und optimierten das Einfühlungsvermögen. Außerdem verbesserten sie die visuelle Wahrnehmung und die Reaktionszeit, was Bose auf der Polizeischule den Ruf eines erstklassigen Scharfschützen eingebracht hatte.

Turk folgte der Gasse bis zu der Stelle, wo sie auf die Straße hinter dem Lagerhaus stieß. Er kauerte sich hin, fast unsichtbar in seinem schwarzen Poncho, und steckte zwei-, dreimal blitzschnell den Kopf heraus, um sich zu überzeugen, dass die Luft rein war. Bose nutzte die Gelegenheit, um aufzuholen.

Jetzt oder nie. »Hey«, rief er gerade so laut, um das Prasseln des Regens zu übertönen.

Der Junge sprang auf und wirbelte herum.

Bose streckte ihm die Handflächen hin. »Ich bin unbewaffnet«, sagte er, ein paar Schritte näher kommend. »Und ich bin keiner von denen.«

»Wer sind Sie dann?« Turk hielt den Methanolkanister so in der rechten Hand, als wolle er ausholen und damit zuschlagen.

»Ich war mal Polizist. Du bist doch Turk Findley, oder? Der Sohn des Besitzers.« Keine Reaktion. Bose nahm das als ein Ja. »Ich will nur eins. Dass wir kehrtmachen und abhauen. Was du vorhast, funktioniert nicht. Nicht heute Nacht.«

Das Wasser lief dem Jungen aus dem triefnassen schwarzen Haar in den Kragen des Ponchos. Durch den Regen sah er Bose an. Dann sagte er mit flacher Stimme: »Hinter Ihnen.«

»Was?«

»Die sind hinter Ihnen.«

Der Junge kauerte sich hastig hin, und Bose tat es ihm nach. Dann riskierte er einen Blick über die Schulter. Zwei Männer kamen die schmale Gasse herauf. Der Regen ließ sie wie Zombies aussehen. Bis jetzt hatten sie weder Bose noch Turk gesehen, was hauptsächlich der leichten Krümmung der Gasse zu verdanken war. Aber wenn sie nicht umdrehten oder auf der Stelle erblindeten …

»Hier lang«, sagte Turk.

Bose hatte keine Wahl – er folgte dem Jungen um die Ecke und auf die Straße hinter dem Lagerhaus, wo man sie mit tödlicher Sicherheit erwischen würde … aber da war eine Lücke zwischen einem grünen Müllcontainer und dem Sims einer Rampe, gerade so groß, dass sie sich beide hineinzwängen konnten. Während er Turk nachlief, versuchte Bose sich einen Überblick zu verschaffen. Die Laderampen des Findley-Lagerhauses lagen einen halben Block links von ihm. Drei Autos parkten auf der Straße, und an der einen Rampe stand ein weißer Van. Die Rolltür über der Rampe war geöffnet und schickte ein Rechteck aus Licht in den Regen. Bose prägte sich die Szene ein, überschlug relative Entfernungen und mögliche Fluchtwege, dann kauerte er sich neben Turk. Der Junge zitterte wie ein nasser Hund.

Die zwei Security-Leute traten aus der Gasse hinaus. Als sie am Müllcontainer vorbeikamen, sah Bose aus dem Augenwinkel ihre gelben Regenjacken. Die Männer gingen zur Laderampe. Der weiße Van erklärte, was im Lagerhaus passierte, schoss es Bose durch den Kopf: Findley war nervös geworden und schaffte die verbotene Ware weg. Hinten im Van stapelten sich vom Boden bis zur Decke die Kartons – wahrscheinlich libanesische oder syrische Chemikalien, die für Schwarzmarkt-Bioreaktoren bestimmt waren.

Um besser sehen zu können, legte sich Bose auf den Bauch. Der Asphalt roch wie ein ölverseuchtes Tier, er war nass, aber noch warm von der Hitze des Tages. Bose robbte aus dem Versteck und spähte am Container vorbei.

Der Mann, der das Einladen beaufsichtigte, war mittleren Alters, sah besorgt drein und leuchtete mit einer Taschenlampe. Bose erkannte ihn; es war Turks Vater.

»Dein Vater ist hier«, flüsterte er.

Schweigen. Dann sagte der Junge: »Sie kennen meinen Vater?«

»Ich weiß, wie er aussieht.«

»Wollen Sie ihn verhaften?«

»Das würde ich gerne. Ich bin aber nicht mehr bei der Polizei. Wie soll ich ihn da verhaften?«

»Warum sind Sie dann hier?«

»Ich helfe einem Freund. Und du?«

Keine Antwort.

Bose wollte schon vorschlagen, denselben Weg zurückzugehen, den sie gekommen waren – so gefährlich das auch war –, als ein viertes Auto neben dem Van hielt. Der Fahrer stieg aus, kletterte auf die Betonrampe und ging auf Findley zu, der ihn fragend ansah. Der Fahrer sagte etwas, wobei er die Straße hinunterzeigte. Plötzlich klatschte Findley in die Hände und wurde so laut, dass seine Worte den Regen übertönten – die Arbeiter sollten schneller machen und die Absperrung wegräumen.

Bose sah auf die Uhr. Der nächste Bus war schon vor Minuten angekommen. *Orrin.* Ja, wahrscheinlich hatte einer von den Gorillas Orrin Mather erkannt und vorsorglich den Boss informiert.

Findley stieg mit einem Security-Mann in den Wagen. Dann fuhren sie die Straße hinunter. Bose sah, wie Turk in das rasch vergehende Muster blinzelte, das die Reifen auf dem nassen Asphalt hinterließen – er schien zu wissen, dass gerade sein Vater vorbeifuhr. Der Zorn, der ihn hierhergetrieben hatte, war zum großen Teil in Verwirrung umgeschlagen.

Dann Schritte auf dem Pflaster hinter ihnen. Die Aufpasser wurden ins Lagerhaus beordert.

»Wir müssen hier weg«, sagte Bose. »Am besten wäre irgendeine Art Ablenkungsmanöver.«

Der Junge hob den Kopf. »Ein Ablenkungsmanöver? Wie meinen Sie das?«

»Du hast nicht zufällig etwas Brennbares dabei?«

Wir hätten noch Tage so weiterfliegen können, ohne dass der Treib-stoff knapp geworden wäre, aber einfach nur Kreise zu ziehen, war sinnlos. Turk entdeckte ein kleines, schroffes Eiland abseits der Südflanke des einstigen indonesischen Archipels und landete dort. Es lag weit genug weg, um außer Reichweite der abstürzen-den Fragmente des Torbogens zu sein, und war hoch genug, um uns vor den dadurch verursachten Tsunamis zu schützen. Der Trans-porter hatte auf einem einigermaßen sanften Gefälle aufgesetzt. Die Insel war so verlassen und verseucht wie jeder andere Ort auf dem Planeten; im Südwesten konnten wir den Ozean sehen. Wir hätten aussteigen und uns draußen umsehen können – es gab Atemmasken und Schutzmonturen in den Spinden –, aber wozu hätten wir das tun sollen? Draußen stürmte es ununterbro-chen, womöglich eine Folge der gewaltigen Einschläge weiter nörd-lich.

Wir diskutierten die Möglichkeit, dass der Torbogen noch funk-tionieren könnte – dass er selbst im rudimentären Zustand noch in der Lage sein könnte, Turk wiederzuerkennen und uns nach Äqua-toria zu bringen. Das war allerdings nur Wunschdenken; jeglicher Annäherungsversuch wäre viel zu riskant gewesen. Kurz darauf re-gistrierte die Maschine zwei weitere Fragmente, die aus dem Orbit stürzten. Die Wolkendecke verbarg sie, aber die Aufschläge verur-sachten eine Druckwelle, die selbst unsere etliche Hundert Kilo-meter entfernte Flugmaschine erbeben ließ. Eine Stunde später wich das Meer vom Ufer des Eilands zurück, legte tote Korallen und schwar-zen Sand frei, um dann mit einer Wucht zurückzuschwappen, die alles Leben vernichtet hätte, das ihm in den Weg gekommen wäre – nur dass es längst vernichtet war.

Ich stellte zur Debatte, dass wir einfach nach Vox zurückkehren könnten. Zumal die Maschine genau das automatisch tun würde, so-bald der Treibstoffvorrat ein bestimmtes Limit unterschritt.

»Und wenn es Vox nicht mehr gibt?«, sagte Turk. Die Maschinen der Hypothetischen mussten inzwischen dort angekommen sein.

Vielleicht. Wahrscheinlich. Aber wir hatten ja keine Ahnung, warum der Torbogen zerfiel – womöglich erging es den Maschinen der Hypothetischen genauso, vielleicht zerfielen sie an der Küste des Ross-Meeres zu Staub. Wenn Vox noch intakt war, könnte es bestimmt genügend Protein aus der bakteriellen Flora des Meeres fischen, um eine kleine Population zu ernähren.

»Dann wird bis aufs Blut um die Ressourcen gekämpft«, gab Turk zu bedenken. »Und sollten *alle* hypothetischen Mechanismen zusammenbrechen, dann ist das alles ohnehin nur Zeitverschwendung.«

Er hatte natürlich recht. Es gab *eine* Errungenschaft hypothetischer Technologie, die wir alle längst für selbstverständlich hielten: die immaterielle Barriere, die uns vor der expandierenden, alternden Sonne schützte. Sollte diese Barriere auch zusammenbrechen, würden die Meere überkochen, würde sich die Atmosphäre ins All verflüchtigen und Vox in einer Wolke aus überhitzten Molekülen enden.

Dennoch war ich für eine Rückkehr nach Vox-Core. Wenn ich schon auf diesem Planeten sterben musste, dann dort, wo ich – als Treya – geboren worden war.

In dieser Nacht wurden wir Zeuge des bisher größten Einschlags. Der Transporter warnte uns vor einem großen, herabstürzenden Objekt, und Turk richtete das Fenster auf den nordwestlichen Himmelsquadranten. Ein verschwommener roter Fleck huschte durch die dichte Wolkendecke, gefolgt von einem Sonnenuntergangsglühen am Horizont. Diesmal war eine besonders heftige Druckwelle zu erwarten, sodass wir die Maschine anwiesen, die Ankerseile in den Fels zu schießen.

Die Druckwelle erreichte uns als Wand aus Sturm und heißem Regen. Unsere Maschine war druckdicht und gut verankert, dennoch zerrte sie heftig an den Stahlseilen – es hörte sich an, als würde die Erde vor Schmerzen stöhnen.

Als der Sturm ein wenig nachließ, legte ich mich schlafen. In dieser Nacht träumte ich von Champlain – Allisons Champlain. Ich ging durch Allisons Straßen, bummelte durch Allisons Mall, redete mit Allisons Eltern. Alles war so real und vertraut, und doch fand es in einer Welt ohne Farbe und Konsistenz statt. Allisons Mutter servierte Geflügelpastete und gebackene Bohnen, und ich war Allison und liebte Geflügelpastete, aber das Essen, das sie mir vorsetzte, war undeutlich, war wie eine Skizze und schmeckte nach gar nichts.

Weil es keine echten Erinnerungen waren. Es waren Worte aus den Tagebüchern einer längst Verstorbenen. Ich hatte eine Menge über mich gelernt, über mich und die Welt, indem ich mich als Allison ausgab, doch in Wahrheit hatte ich nie aufgehört, Treya zu sein. Oscar hatte recht: Allison war nur das Werkzeug, mit dem ich Treya aus den Klauen von Vox befreit hatte. Was immer das jetzt noch wert war.

Ich kletterte aus meiner Koje und ging nach vorne. Turk war noch wach und hielt Ausschau. Der Sturm tobte noch immer, aber nicht mehr ganz so blindwütig. Die Sensoren sagten, dass der Regen, der den Transporter peitschte, so heiß wie Dampf war.

Ich erzählte Turk von meinem Traum und was er bedeutete. Dass ich es leid war, so zu tun, als wäre ich Allison. Dass ich keinen Namen mehr hatte, der zu mir passte. Dass ich auf einem menschenleeren Planeten sterben würde und niemand je wissen würde, wer ich gewesen bin.

»Ich weiß, wer du bist«, sagte er.

Wir saßen auf einer Bank gegenüber der Fensterwand. Er hatte den Arm um meine Schulter gelegt und hielt mich, bis ich mich beruhigt hatte.

Und dann erzählte er mir, was vor unserer Flucht in Vox-Core geschehen war. Dass er mit Oscar gesprochen hatte und durch Oscar mit dem Coryphaeus. Dass er etwas von sich preisgegeben hatte.

»Was?« Ich glaubte die Antwort zu kennen. Ich dachte an etwas, dem er auswich, seit wir ihn aus der äquatorianischen Wüste geborgen hatten – jene erschreckende und zwangsläufige Wahrheit über seine Person.

Doch er erzählte mir etwas ganz anderes. Er erzählte mir, wie er jemanden getötet hatte, damals auf der lebendigen Erde, als er noch keine zwanzig gewesen war. Er sprach hölzern und gehemmt, mit abgewandtem Gesicht und geballten Fäusten. Ich hörte ihm geduldig zu.

Vielleicht wollte er gar nicht, dass ich etwas dazu sagte. Vielleicht hätte ich ihm mehr geholfen, wenn ich den Mund gehalten hätte. Aber unsere Zukunft schien wie abgeschnitten, und ich wollte nicht, dass etwas so Wichtiges unausgesprochen blieb.

Und so, nachdem er sich alles von der Seele geredet hatte, sagte ich: »Darf ich dir auch etwas erzählen?«

»Natürlich.«

»Eine Allison-Geschichte. Sie ist auch damals auf der alten Erde passiert. Sonst hat sie aber nichts mit deiner Geschichte gemein. Es geht um etwas, das sie lange mit sich herumgetragen hat.«

Er nickte, wartete.

»Allisons Vater war als junger Mann Soldat gewesen. In den Jahren vor dem Spin hatte er in Übersee gedient. Er war vierzig, als Allison geboren wurde. An ihrem zehnten Geburtstag machte er ihr ein Geschenk – ein Ölbild in einem billigen Holzrahmen. Sie war enttäuscht, als sie es auspackte. Wie kam er nur darauf, sie könne sich ein amateurhaftes Porträt einer Frau wünschen, die ein Baby im Arm hielt? Doch dann sagte er ihr, fast verschämt, dass er es vor ein paar Jahren nachts in seinem Arbeitszimmer selbst gemalt hatte. Die Frau sei ihre Mutter, und das Kind sei sie selbst. Allison war verwirrt, weil sie bei ihrem Vater nie eine künstlerische Ader bemerkt hatte – er führte ein Schuhgeschäft in einem Einkaufszentrum, und sie hatte ihn nie über Literatur oder Kunst sprechen hören. Aber er sagte, sie sei das Beste, was ihm je passiert sei, und er habe dieses Gefühl irgendwie festhalten wollen und deshalb dieses Bild gemalt. Jetzt solle sie es haben. Allison fand, dass es doch ein ganz schönes Geschenk war, ja, vielleicht das schönste, das sie jemals bekommen hatte. Acht Jahre später erkrankte ihr Vater an Lungenkrebs – kein Wunder: Er hatte eine Packung Zigaretten pro Tag geraucht und schon als Zwölfjähriger damit angefangen. Ein paar Monate lang versuchte er sich nichts anmerken zu lassen. Aber er wurde immer schwächer und verbrachte schließlich die meiste Zeit im Bett. Als es Allisons Mutter zu schwerfiel, ihn zu versorgen – zu füttern, zu waschen, zu wickeln –, musste er in ein Hospiz, und diesmal, begriff Allison, würde er nicht mehr nach Hause kommen. Er wurde palliativ versorgt, was im Grunde eine Art Sterbehilfe war. Sie gaben ihm Schmerzmittel, jeden Tag mehr, aber er blieb klar bei Verstand, obwohl er viel weinte und die Ärzte meinten, er sei ›emotional labil‹. Und eines Tages, als Allison zu Besuch war, bat er sie, ihm das Bild zu bringen. Er wollte es sehen, sich die alten Zeiten ins Gedächtnis rufen. Aber das ging nicht – sie hatte das Bild nicht mehr. Anfangs hatte sie es sich über das Bett gehängt, doch irgendwann war es ihr peinlich geworden – es kam ihr laienhaft und sentimental vor, und sie wollte nicht, dass ihre Freunde es sahen. Also stellte sie es in den Schrank. Falls es ihrem Vater aufgefallen war, hatte er jedenfalls nie etwas gesagt. Dann eines Tages, als sie ihr Zimmer ausmistete, legte sie das Bild zu den Puppen und Spielsachen und dem ganzen Kinderkram, den sie nie mehr anrühren würde, und trug den Karton als Spende zum Goodwill Store. Sie brachte es aber nicht fertig, ihm die Wahrheit zu sagen, vor allem nicht, als er ausgezehrt vor ihr in seinem Sterbebett lag. Also nickte sie und sagte, sie würde das Bild beim nächsten Mal mitbringen. Zu Hause durchwühlte sie wieder besseres Wissen ihren Schrank, als erwarte sie, das Bild doch noch zu finden. Sie fragte sogar im Secondhandladen nach, aber das Bild war längst verkauft oder recycelt worden. Als sie ihn das nächste Mal besuchte, war er enttäuscht, und sie redete sich heraus und versprach, es am nächsten Tag mitzubringen, eine Lüge, für die sie sich einmal mehr schämte. Und so kam sie jeden Tag zu ihm, und jeden Tag war er schwächer und verängstigter, und jeden Tag fragte er nach dem Bild, und jeden Tag versprach sie, es am nächsten Tag mitzubringen. Er starb natürlich, ohne es gesehen zu haben.«

Bis auf das Stöhnen der Stahlseile war es ganz still. Die Fragmente des Bogens kamen in immer kürzeren Abständen herunter, die Radardaten rollten wie leuchtend blaue Regentropfen über das Display. Turk schwieg eine Zeit lang. Schließlich sagte er: »Das ist Allisons Problem – nicht deines. Sie hat damit gelebt und ist damit gestorben. Du brauchst dich nicht damit herumzuschlagen.«

»Nicht mehr, als du dich mit einem uralten Mord herumschlagen musst.«

»Siehst du nicht den Unterschied?«

Er hatte die Pointe der Geschichte nicht verstanden. Also stieß ich ihn mit der Nase drauf: »Überleg mal. Dieser temporale Bogen in der äquatorianischen Wüste. Der ist nicht wie die Bögen, die die Planeten miteinander verbinden – temporale Bögen sind nie für Menschen gedacht gewesen. Sie sind so etwas wie Langzeitspeicher der Hypothetischen. Sie bewahren Informationen, indem sie sie duplizieren. Die Hypothetischen haben dich *gespeichert* und sich an dich *erinnert* und dich *wiedererschaffen*. Und das bedeutet, dass der wirkliche Turk Findley so mausetot ist wie die wirkliche Allison Pearl. Du bist eine gelungene Reproduktion, aber geboren bist du in einer Wüste mit den Erinnerungen eines anderen, und du bist genauso wenig verantwortlich für die Sünden dieses Mannes wie ich für Allisons Sünden.«

Turk starrte mich an. Für einen Moment sah er fast gewaltbereit aus; und für einen Moment hatte ich Angst vor ihm.

Dann stand er auf und ging nach achtern, verschwand in den Schatten, ließ mich mit dem Unwetter allein.

Im Laufe der nächsten Tage wurden die Einschläge seltener, und schließlich registrierte das Radar nur noch einen Wirbel aus Staub und kleineren Bruchstücken über der Atmosphäre. Aus dem Indischen Ozean ragten zwei zerklüftete Stümpfe. Jetzt war die Erde völlig isoliert – so allein im Universum, wie sie es in den Jahrmillionen vor dem Spin gewesen war.

Turk und ich kamen nicht mehr auf das heikle Gespräch in jener Nacht zurück. Stattdessen fanden wir Trost in schlichten Worten und der Wärme des anderen. Womöglich waren wir falsche, nichtauthentische Wesen, aber wir verstanden uns. Und wir taten so, als würde die Zeit stillstehen.

Tat sie aber nicht. Die Vorräte schrumpften. Und als wir unseren Aufenthalt auf dem felsigen Eiland nicht länger hinauszögern konnten, warf Turk die Vertäuung ab und hievte uns über die höchsten Wolken – wo wir die Sterne sehen konnten.

Ich wollte weiter. Ich wollte dahin, wohin uns der Transporter nicht bringen konnte. Ich wollte hinaus zu diesen fernen Sonnen und Planeten, wollte mit Riesenschritten von Stern zu Stern ziehen, so wie es die Hypothetischen taten.

Aber das war unmöglich. Wir konnten nicht einmal nach Hause. Wir hatten kein Zuhause. Wir hatten nur Vox, wenn es Vox noch gab. Also flogen wir nach Süden, die Morgendämmerung steuerbord und die Ruine der Zukunft hinter uns und vor uns nichts als Fremde – und eine vage Hoffnung.

29 SANDRA UND BOSE

Sandra saß am Fenster des Lokals und wartete auf Bose. Die Minuten tickten vorüber wie die Waggons eines endlosen Zuges. Fünfzehn Minuten. Dann dreißig. Dann vierzig. Was machen wir hier nur?, dachte sie. Das Unwetter schien neue Kräfte zu sammeln, ehe es wieder losschlug. Das war der Ausgleich für die wochenlange, unbarmherzige Hitze – eine schreckliche, karmische Bilanz wurde hier gezogen.

Auf der anderen Straßenseite hielt ein Bus. Verschnaufte kurz, räusperte sich, um sich gleich wieder in die peitschende Nacht zu bohren. Auf den ersten Blick schien niemand ausgestiegen zu sein, doch dann machte Sandra eine Gestalt aus, die außerhalb des Lichtscheins der Straßenlaterne stand. Ein gelbes Hemd mit kurzen Ärmeln, das wie eine Farbschicht am Körper klebte. Man konnte die Rippen zählen. Es war Orrin.

Ohne nachzudenken, sprang sie auf und rannte aus dem Lokal; »*Ma'am? Ma'am?*«, rief der Junge hinter dem Tresen perplex.

»Dr. Cole«, sagte Orrin, als sie fast bei ihm war. Er schien nicht besonders überrascht, aber seine Miene war düster. »Ich habe mich verirrt. Ich wollte viel eher kommen. Sie wissen bestimmt, dass ich Turk Findley aufhalten will.« Seine Unterlippe zitterte. »Ich glaube, ich komme zu spät.«

»Nein, Orrin, hör zu, alles ist gut.« Sie war bis auf die Haut durchnässt und schlug die Arme um sich, um nicht zu zittern. »Turk ist auch hier ausgestiegen, ein, zwei Busse früher, aber Officer Bose ist ihm nachgelaufen.«

Orrin blinzelte. »Officer Bose ist bei ihm?«

»Officer Bose wird nicht zulassen, dass er Feuer legt.«

»Sind Sie sicher?«

»Ganz bestimmt. Er muss jeden Moment zurück sein.«

Es war nicht zu übersehen, dass ihm ein Stein vom Herzen fiel. »Vielen Dank, dass Sie gekommen sind!« Das Prasseln des Regens drohte seine Worte zu verschlucken. »Sie haben sicher gelesen, was ich aufgeschrieben habe.«

Sandra nickte.

»Es passiert nicht so, wie es passiert ist. Aber das kann man auch nicht verlangen.«

»Wie meinst du das?«

»Es geht nicht um einen bestimmten Pfad«, sagte er feierlich. »Es geht um die Summe aller Pfade.«

Sandra wollte ihn fragen, wovon er da redete, aber nicht hier draußen im strömenden Regen. »Komm, Orrin, wir gehen rüber. Wir warten dahinten auf Bose. Es dauert nicht lange.«

»Ja. Ich könnte einen Kaffee vertragen«, sagte Orrin.

Sandra drehte sich um, wich aber zurück, bevor sie den Fuß auf die Straße setzen konnte. Ein Wagen hielt an und versperrte ihr den Weg. Das Beifahrerfenster glitt herunter, und Sandra sah zwei Männer. Der Mann auf dem Beifahrersitz war mittleren Alters, er lächelte mit zusammengepressten Lippen. Der Fahrer hatte eine Pistole, die Hand mit der Waffe lag locker auf seinem Oberschenkel.

»Hallo, Dr. Cole«, sagte der Beifahrer. »Hallo, Orrin.«

Sandra erkannte die Stimme. Sie war wie betäubt. Sie wollte weglaufen, aber sie konnte den Blick nicht von dem Wagen abwenden. Sie stand da wie angewurzelt.

»Hallo, Mr. Findley«, sagte Orrin traurig.

»Tut mir leid, dich hier anzutreffen, Orrin. Das gefällt uns beiden nicht. Warum steigst du nicht mit Dr. Cole hinten ein, dann können wir reden.«

Der Fahrer ließ den Motor laufen, fuhr aber nicht los. Sandra hoffte inständig, dass er es nicht tun würde. Solange sie diese hässliche Straße sah, die Haltestelle, das Lokal auf der anderen Seite mit seinem warmen Licht, konnte sie darauf hoffen, mit heiler Haut davonzukommen. Aber sobald sich der Wagen in Bewegung setzte, würde er sie aus der vertrauten Welt in jenes finstere Land tragen, wo unsägliche Dinge geschahen.

Sie wusste über das finstere Land Bescheid. Wie oft hatte sie Kandidaten befragt, die regelmäßig verprügelt, missbraucht, verlassen oder erniedrigt worden waren. Sie waren Flüchtlinge aus diesem Land, und durch ihre Augen hatte sie die Weite und Leere seiner Geografie zu spüren bekommen.

Findley sah über die Schulter, sein Gesicht war zerfurcht und pockennarbig, seine Augen täuschend mild. »Einer von euch fehlt«, sagte er. »Wo steckt Officer Bose, Dr. Cole?«

Sie hätte nicht einmal antworten können, wenn sie es gewollt hätte, so trocken war ihr Mund. Alles ertrank im Regen, und sie konnte nicht einmal spucken.

»Ich höre«, sagte Findley ungeduldig.

»Ich weiß es nicht«, brachte sie heraus.

»Wie bitte?«

»Er ist nicht bei mir. Ich weiß nicht, wo er ist.«

Findley seufzte. »Sie hätten mein Angebot annehmen sollen, Dr. Cole. Es war völlig ernst gemeint. Ein zweites Leben für Ihren Bruder im Tausch gegen nichts Wichtiges. Die Sache hatte keinen Haken. Das Angebot war großzügig. Sie waren dumm.« Er hielt inne. »Da drüben auf der anderen Seite, hinter dem Container, steht sein Wagen. Also wo ist Bose, Dr. Cole?«

Sie schüttelte den Kopf.

Der Fahrer drehte sich zu ihr um. Er sah nicht aus wie ein Verbrecher. Sein Gesicht war nicht unsympathisch. Er sah aus wie ein Highschool-Englischlehrer nach einem harten Arbeitstag.

Er zeigte ihr die Waffe. Sie kannte sich mit Waffen nicht aus. Eine Pistole, ein Revolver? Es war, als wollte er sagen: Das ist die Quelle meiner Macht über dich. Als würde er Wert darauf legen, dass sie das verstand. Und dann schlug er mit dem Knauf zu.

Der Schlag glitt auf ihrem Wangenknochen ab und lockerte einen Zahn. Blitzartig durchzuckte sie ein Schmerz. Sie kniff die Augen zu und spürte, wie ihr die Tränen kamen.

»Nein, lassen Sie sie«, rief Orrin.

»Da siehst du, was du alles anrichtest, Orrin«, fuhr Findley ihn an. »Und warum? Was habe ich dir getan? Habe ich dich nicht von der Straße geholt und dir eine Arbeit verschafft?«

»Ich kann nichts dafür, Mr. Findley.«

»Wer dann? Spuck's aus.«

»Ihr Sohn.«

Der Fahrer hebelte den Sitz zurück, damit er Orrin erreichen konnte, aber Findley gebot ihm Einhalt. Sandra blinzelte durch einen Vorhang aus Tränen und hielt eine Hand vor den blutenden Mund. Alles sah wässrig aus, als würde es hereinregnen.

»Was meinst du damit?«, fragte Findley.

»Ihr Sohn hasst Sie«, sagte Orrin ausdruckslos.

Findley lief rot an. »Mein *Sohn*? Was weißt du über meine Familie?«

»Das mit seiner Freundin Latisha hätten Sie nicht tun sollen. Das wird er Ihnen nie verzeihen.«

»Mit wem hast du darüber geredet?«

Orrin schloss den Mund und sah zur Seite. Sandra duckte sich, wartete auf den unausweichlichen Schlag.

Aber der Fahrer blickte an ihr vorbei die Straße hinunter. »Da kommt er, Mr. Findley«, sagte er.

Sandra riskierte einen Blick. Ein weißer Van näherte sich. Sie hatte keine Ahnung, was es damit auf sich hatte, aber Findley schien zufrieden. Er winkte, als der Van vorbeifuhr. »Also schön«, sagte er. »Wir können genauso gut fahren.«

Ins finstere Land …

»Eine letzte Gelegenheit, Dr. Cole«, wandte er sich an sie. »Wo ist Bose?«

Sandra starrte auf den fürchterlich grinsenden Fahrer.

Orrin sah dem Van hinterher. »Mr. Findley?«

»Schon wieder etwas ausgedacht, Orrin?«

»Mr. Findley, ich glaube, der Van dort brennt.«

Gelbe Flammen schlugen aus den hinteren Türen des Wagens. Auch Rauch, der im Regen allerdings kaum zu erkennen war. Der Fahrer des Vans hatte anscheinend noch nichts bemerkt.

Dann zündete etwas mit einem tiefen, dumpfen Knall. Die Heck-türen flogen auf und versorgten das Inferno mit Sauerstoff. Der Van machte einen Schlenker und prallte mit den Rädern gegen die Bord-steinkante. Vorne stürzten zwei Männer heraus, blickten entsetzt zurück und flohen in die Dunkelheit.

Findley und sein Fahrer saßen noch mit halb offenem Mund da, als Boses Wagen vom Parkplatz auf die Straße schoss. Findley sah ihn zuerst. »Los! Geben Sie Gas!«, brüllte er, aber Bose stieg direkt vor ihnen auf die Bremse und schnitt ihnen so den Weg ab. Der Gorilla setzte zurück – nur um die hintere Stoßstange mit der Betonbank der Haltestelle zu verkeilen. Verzweifelt hob er die Pistole und suchte nach einem Ziel. Findley brüllte herum; niemand hörte ihm zu.

Sandra sah, wie Orrin sich nach vorne warf und den rechten Arm des Fahrers packte. Orrin, der keiner Fliege etwas zuleide tat – es sei denn, er wurde provoziert. Er hatte den Lauf der Waffe nach oben gedrückt, als sie losging. Die Kugel riss ein Loch in die Wagendecke, das feinen Sprühregen hereinließ. Findley stieß seine Tür auf und warf sich nach draußen. Sandra wollte das Gleiche tun, konnte sich aber nicht bewegen: Ihr war, als würde sich das gesamte Universum um sie drehen. Ihr Körper war wie Blei, und es pfiff in ihren Ohren.

Sie wollte Orrin helfen, der ein Knie in den Rücken des Fahrersitzes drückte und sich mühte, den Arm des Schützen nach hinten zu ziehen. Die Pistole bewegte sich wie eine Klapperschlange, die ein Opfer suchte. Orrin ächzte und verdoppelte seine Anstrengungen, umklammerte den Arm und stemmte sich mit beiden Füßen ab. Wieder löste sich ein Schuss.

Dann riss Bose die Fahrertür auf. Er bewegte sich wie im Zeitraffer. (Die Reflexe eines Vierten?) Langte hinein, packte den Arm mit der Waffe, gerade als Orrin entkräftet losließ und zurückfiel. Steckte sich die Waffe in den Gürtel und zerrte den Gorilla aus dem Auto. Der Mann kauerte, das rechte Handgelenk umklammernd, die Zähne entblößt, wie ein verängstigtes Tier in einer großen Pfütze, starrte Bose und die Waffe an, warf sich herum und rannte. Bose ließ ihn laufen.

Der lodernde Van überstrahlte alle anderen Lichtquellen und warf lange und hektische Schatten über die regennasse Straße. Sandras Blick fiel auf Orrin, der kraftlos im Rücksitz hing. Er sah auf und zuckte vor Schmerz zusammen. »Es geht mir gut, Dr. Cole«, sagte er. Aber es ging ihm nicht gut. Der zweite Schuss hatte seine Schulter gestreift. Sandra besah sich die Wunde, als hätte man sie aus diesem Hexenkessel zurück in ihr Medizinpraktikum gebeamt. Die Wunde blutete, aber es war nicht allzu schlimm. Sie half Orrin aus Findleys in Boses Wagen. Als sie sich aufrichtete, nahm Bose sie beim Arm, damit sie ruhig hielt, und untersuchte ihr Gesicht. »Sieht schlimmer aus, als es ist«, sagte sie und spuckte ein Blutgerinnsel auf den nassen Gehsteig.

»Wir müssen hier weg«, sagte Bose.

Findley stand am Bordstein und blickte über die Straße.

Dort drüben stand Turk, sein Sohn, und Sandra meinte zu sehen, wie Wellen an Mutmaßung und Bestürzung Findleys Bewusstsein erschütterten.

»Er weiß, was Sie tun«, sagte sie mit fester Stimme, wobei ihr der lose Zahn und die anschwellende Backe im Weg waren. »Er weiß alles darüber, Mr. Findley.«

Findley blickte sie an, Wut und Verwirrung flackerten in seinem Gesicht.

Sandra ignorierte ihn und sah zu Turk. Der Junge zog sich die Kapuze des Ponchos über den Kopf und wandte sich von seinem Vater ab – eine Geste der Verachtung. Es zog ihn fort von hier, das war deutlich zu spüren. Es war seine Körpersprache, wie er die Schultern hochzog und sein Kreuz durchdrückte. In Orrins Geschichte hatte es sich anders zugetragen – und doch irgendwie genau so. Turk suchte *sein* finsteres Land auf – aber ein anderes, als Orrin Mather ihm zugedacht hatte.

Findley sah seinen Sohn diesen langen Weg antreten. »Warte«, rief er kleinlaut.

Turk hörte ihm nicht zu. Er ging am Fenster des Lokals vorbei, das sich im nassen, orange wabernden Asphalt spiegelte. Dann bog er um eine Ecke. Findley starrte noch in den Regen, als nichts mehr von seinem Sohn zu sehen war.

Sandra glitt auf den Rücksitz von Boses Wagen und suchte nach etwas, womit sie Orrins Wunde verbinden konnte. Bose holte das Erste-Hilfe-Etui aus dem Handschuhfach und reichte ihr eine Mullbinde nach hinten.

Die Wunde hatte stärker geblutet, als sie gedacht hatte, aber ein paar Stiche würden genügen, um sie zu schließen. Das traute sie sich noch zu, falls es Bose zu riskant war, eine Ambulanz aufzusuchen. »Halt das fest«, wies sie Orrin an und legte seine freie Hand auf den Mull. »Geht das so?«

Er nickte. »Danke«, sagte er mit seltsam ruhiger Stimme.

Dann fuhr Bose an dem brennenden Van vorbei und bog ein paar düstere Seitenstraßen weiter zum Highway ab. Der Highway war wie ausgestorben, und der Niederschlag so dicht wie Nebel – eine einzige regengepeitschte Dunkelheit. Bose fuhr mit gleichbleibender Geschwindigkeit auf die Stadt zu, von der nichts zu sehen war.

30 TURK

Als wir nach Vox flogen, spielte der Himmel verrückt. Die Außentemperatur stieg so stark, dass die akustischen Sensoren des Transporters periodisch Alarm schlugen. Die Morgendämmerung war viel zu hell, und als die Sonne aufging, sah sie aufgebläht aus – aufgebläht und bedrohlich. Aber es war nicht die Sonne, die sich verändert hatte; verändert hatte sich die schützende Barriere rings um die Erde.

Während der ersten unruhigen Jahre nach dem Ende des Spins hatten die Menschen spekuliert, was wohl geschehen würde, wenn die Hypothetischen die Barriere wieder entfernten. Die Antwort war so entsetzlich, dass sie undenkbar war. Und was immer sie für Absichten hatten, wie undurchschaubar ihre Motive waren, die Hypothetischen waren offenbar fest entschlossen gewesen, menschliches Leben zu erhalten; also hatten wir uns der Illusion von Normalität hingegeben und allmählich vergessen, dass diese Illusion alles andere als normal war – was vermutlich genau ihren Erwartungen entsprach.

Aber ich weiß noch, was die Astrophysiker gesagt hatten. Während des Spins war die Sonne um fast vier Milliarden Jahre gealtert. Und Sonnen dehnen sich aus, wenn sie altern, und verschlingen ihre Planeten. Ohne das kontinuierliche Eingreifen der Hypothetischen würde sich die Atmosphäre der Erde verflüchtigen, die Meere würden verdunsten wie Regenpfützen an einem Julinachmittag, der Gesteinsmantel würde anfangen sich zu verflüssigen.

Und nun war es so weit. Die Barriere war gefallen.

Die Strahlung bestimmte bereits das Wetter. Wir flogen nach Süden Richtung Antarktis, flogen in der unteren Stratosphäre, wichen Gewitterfronten aus, die wie schwarze, flüssige Gebirge emporbrodelten. Und als wir uns Vox näherten – als wir in böige Winde und strömenden Regen tauchten –, informierte uns der Transporter, dass er an die Grenze seiner Leistungsfähigkeit stieß. Noch höhere Anforderungen bedeuteten Flugunfähigkeit.

»Schneid ihn mir raus«, sagte ich zu Allison.

Wir befanden uns im vorderen Teil der Maschine und sahen zu, wie die Welt unterging. Allison verzog angewidert das Gesicht.

»*Bitte!*«, bedrängte ich sie. »Du hast gesagt, die Maschine kann auch ohne meine Hilfe nach Vox zurückfliegen.«

»Ja, aber …«

»Dann schneid mir bitte den Knoten raus.«

Sie dachte nach. »Ich weiß nicht, ob ich das kann. Ich habe doch keine sterilen …«

»Mach es unsteril«, fiel ich ihr ins Wort. »Du hast es mir versprochen.«

Sie sah mich trotzig an, dann senkte sie den Kopf und nickte.

Der Mann, den ich getötet hatte, war ganz sicher kein Unschuldslamm. Und mein Vater, dessen Vergehen durch meine Tat ans Licht kamen, erst recht nicht.

Der Mann, den ich getötet hatte, war ein Herumtreiber namens Orrin Mather gewesen, der zwischen Raleigh und Biloxi ein halbes Dutzend Spirituosenläden ausgeraubt hatte, bevor er von meinem Vater angeheuert worden war. Bei all seinen Überfällen hatte er mit der Waffe gedroht und in drei Fällen sogar abgedrückt. Keines seiner Opfern starb, aber ein Mann blieb von der Hüfte abwärts gelähmt. Das alles weiß ich aus dem Prozess gegen meinen Vater.

Mein Vater hat vielleicht nicht gewusst, dass der Mann, den er einstellte, ein Verbrecher war, aber überrascht hätte es ihn bestimmt nicht. Er hatte nämlich die Gewohnheit, seine Leute aus der Gruppe von Schwarzarbeitern zu rekrutieren, die sich regelmäßig um den Busbahnhof von Houston sammelte. Er zahlte bar und verlangte lediglich, dass sie den Mund hielten. Erfuhr er vom zweifelhaften Einwanderungsstatus eines Mannes oder von dessen Strafregister, dann nutzte er sein Wissen, um sich die Loyalität des Betreffenden zu sichern. Im Allgemeinen stellte er solche Leute als Lagerarbeiter ein und »beförderte« sie in sensiblere Positionen, wenn sie eine akzeptable Kombination aus Nüchternheit und Servilität an den Tag legten. Nicht anders war es mit Orrin Mather.

Ich wurde für mein Verbrechen nie verhaftet. Das Feuer ließ sich zwar zweifelsfrei auf Brandstiftung zurückführen, aber es gab keine Zeugen. Die Nachforschungen im Lagerhaus förderten dann Vorräte an hochsensiblen Substanzen zu Tage: chemische Verbindungen, die aus dem Mittleren Osten stammten und an einen Drogenring geliefert werden sollten, dessen Drahtzieher in New Mexico saßen. Als mein Vater in Untersuchungshaft kam, war ich längst abgereist; als er verurteilt wurde, war ich einfacher Seemann in der kürzlich erst wiederbelebten US-Handelsmarine und schrubbte das Deck eines Frachters, der nach Venezuela fuhr. Mein Vater wurde in drei Anklagepunkten für schuldig befunden, unter anderem wegen Verabredung zum unerlaubten Handel, und wurde nach fünf von den zehn Jahren, zu denen er verurteilt war, entlassen. Ich erfuhr das alles aus den Nachrichtensendungen. Ich hatte keinen Kontakt mehr zu meiner Familie.

Aber wenn Allison recht hatte, war das alles nicht mir, sondern einem anderen widerfahren – dem ursprünglichen und eigentlichen Turk Findley, dem längst gelöschten Muster, nach dem ich rekonstruiert worden war.

Und vielleicht stimmte es ja. Ja, vielleicht wollte ich, dass es stimmte.

Aber wenn ich nicht der Mann war, der das Feuer gelegt hatte, der Mann, dessen Leben von dieser Tat geprägt worden war, der Mann, der seine Schuld aus der alten in eine neue Welt mitgenommen hatte, wenn ich nicht der von Selbstzweifeln geplagte Mann war, der jedes Vergnügen bereut hatte, der Mann, den ein verqueres Pflichtgefühl tief in die Ölfelder von Äquatoria geführt hatte – wenn ich nicht dieser Mann war, wer war ich dann?

Allison holte den Medizinkoffer nach vorne und nahm den Eingriff »unter freiem Himmel« vor. Ohne den Kopf zu bewegen, konnte ich stahlwollgraue Wolken sehen, die sich an der Vorderkante des Transporters brachen. »Halt still«, sagte sie.

Sie schnitt tief und schnell. Mein Blut besudelte ihre Hände und verklebte mein Haar. Die Schmerzen waren kaum zu ertragen, trotz der diversen Gele, die sie mir in die Wunde schmierte. Aber sie tötete das limbische Implantat und entfernte alle Teile, die sie erreichen konnte.

Später, als sich der Transporter auf Vox einpeilte, hatte er mit so heftigen Turbulenzen zu kämpfen, dass ich spürte, wie das Deck unter uns vibrierte. Aufgrund fest installierter Protokolle hatte die Maschine bereits versucht, von Vox-Core Landeinstruktionen zu bekommen. Hatte Vox-Core sich gemeldet? Ich fragte Allison.

»Kurz«, sagte sie.

»Irgendwelche Lebenszeichen?«

»Nur von Isaac.«

Die Wolken rissen auf, und wir sahen gut hundert Meter unter uns Vox-Core. Die Schäden waren unübersehbar – die Oberflächen von Wänden und Türmen wirkten erodiert, fast geschmolzen –, doch der größte Teil der Stadt war intakt. Unsere Maschine schlingerte auf den nächsten Turm zu und landete zusammen mit einem Schwall toxischer Luft auf einer offenen Parkbucht.

Sowie die Außenluft wieder atembar war, half Allison mir zur Luke.

Isaac erwartete uns schon. Er hatte deutliche Fußspuren auf dem Deck hinterlassen, das mit einem mehligen Belag überzogen war. Der Staub, sagte er, sei das Einzige, was von den Maschinen der Hypothetischen übrig sei. Sie waren gekommen, um Vox zu fressen, zu zerlegen und zu katalogisieren, Molekül um Molekül, und er hatte ihre prozessualen Protokolle geknackt, indem er aus der Tiefe des Coryphaeus hochexplosiven Code gesendet hatte. Aber er war zu langsam gewesen.

»Die Menschen waren zuerst an der Reihe«, sagte er.

Niemand lebte mehr. Niemand außer uns drei blutbefleckten Zeugen des Untergangs. Wir fuhren in die uralte Stadt hinunter, um zu warten.

31 SANDRA

Sandra erzählte Kyle von dem Heim am Stadtrand von Seattle. Es würde ihm bestimmt gefallen, es sei dort nicht viel anders als in Live Oaks. Gute Ärzte. Große Zimmer. Ganz viel grüner Rasen und auch ein bisschen Wald, dieser grüne, nasse Wald der Westküste. Und nicht so heiß wie hier.

Obwohl auch Houston an diesem Morgen angenehm kühl war. Sie hatte Kyle aus seinem Zimmer in den Hain am Bach gerollt. Der Himmel war blau. Es wehte eine sanfte Brise. Die Lebenseichen steckten die Köpfe zusammen.

Kyle sah mager aus. Die Ärzte hatten gesagt, sie seien dabei, seine Ernährung umzustellen, um ein kleineres, aber hartnäckiges Verdauungsproblem zu lösen. Doch heute war Kyle mild gestimmt; er bedachte das Wetter oder Sandras Anwesenheit oder den Klang ihrer Stimme oder gar nichts davon mit einem Seufzen.

Kyles Vermögensverwalter hatten ihrem Umzugsplan zögernd zugestimmt und standen nun mit dem Heim in Seattle in Verhandlung. Und was sie selbst betraf … Bose war geduldig gewesen und hatte sie ermutigt, aber es war eben ein völlig neues Leben, auf das sie sich einließ. Doch das bisherige war ein für alle Mal zu Ende.

Für Bose war es nicht anders. Das Feuer im Findley-Lagerhaus war inzwischen Gegenstand der Bundesermittlungen, die sich mit dem Drogenring befassten, den Findley bedient hatte. Das FBI hatte

Bose als »Person von Interesse« vorgeladen, was bedeutete, dass er eine Zeit lang untertauchen musste, aber das war kein Problem: Seine Freunde wussten, wie man jemanden unsichtbar machte. Er hatte Sandra gebeten mitzugehen, ohne Vorbedingungen, als Freundin oder Partnerin. Seine Freunde würden ihr helfen, Arbeit zu finden.

Sie hatte einige von ihnen kennengelernt, einige von den Menschen, die die Langlebigkeitsbehandlung im Sinne der Marsianer praktizierten, zuerst das Paar mittleren Alters, das Orrin und Ariel aus Houston weggebracht hatte, und später noch andere in Seattle.

Es schienen grundanständige Menschen zu sein, die zu ihren Überzeugungen standen. Die einzige Rettung für diese überhitzte und gleichgültige Welt sahen sie in einer neuen Art, Mensch zu sein, und die Vierten-Behandlung sei ein Schritt in diese Richtung. Behaupteten sie jedenfalls. Schwer zu sagen, ob sie falschlagen oder nur naiv waren.

Und dann war da Bose, der viel zu früh und nicht freiwillig zum Vierten geworden war. Das eine oder andere, was sie an ihm mochte, verdankte sich wahrscheinlich dieser Behandlung: seine innere Ruhe, seine Großzügigkeit, sein Sinn für Gerechtigkeit. Aber das meiste an Bose war einfach nur – Bose. Sie hatte sich in ihn verliebt und nicht in seine Chemie oder sein Nervenkostüm.

Er hatte ihr jedoch klipp und klar zu verstehen gegeben, dass eine Vierten-Behandlung für Kyle nicht infrage kam. Bose hatte sie nur bekommen, weil sein Leben anders nicht zu retten gewesen war, und Kyle war vor allem deshalb ungeeignet, weil ihn die Behandlung nicht wirklich heilen würde. Sie würde aus ihm ein Kleinkind im gesunden Körper eines Mannes machen, und das vermutlich für immer. Eine Behandlung konnten Boses Freunde – nach noch so vielen Gesprächen und ethischen Debatten – einfach nicht gutheißen.

Kyle sackte in sich zusammen, den Kopf zur Seite geneigt, die Augen auf die schwankenden Baumkronen gerichtet.

»Ich habe gestern einen Brief von Orrin Mather bekommen.« Boses Freunde hatten sich, wie zu erwarten, während der Ermittlungen nach dem Feuer großzügig gezeigt und Orrin und seiner Schwester eine Bleibe besorgt, wo sich weder Polizei noch Kriminelle blicken ließen. »Er arbeitet halbtags in einer Gärtnerei. Seine Schulter heilt prima, schreibt er. Er wünscht mir und Officer Bose alles Gute. Und er sagt, es macht ihm nichts aus, dass ich seine Hefte lese.«

(*Ich hätte es Ihnen erlaubt,* hatte Orrin geschrieben, *wenn Sie mich gefragt hätten,* und sie hatte den Vorwurf akzeptiert.)

»Er sagt, ich hätte alles gelesen, was er jemals geschrieben hat, bis auf ein paar Seiten, die erst in Laramie fertig wurden. Er hat sie mitgeschickt. Hier, siehst du – ich habe sie mitgebracht.«

(*Sie können diese Seiten behalten,* hatte Orrin geschrieben. *Ich brauche sie nicht mehr. Ich glaube, ich habe das jetzt hinter mir. Vielleicht verstehen Sie das alles ja.*)

Sie lauschte auf den Bach, der durch den Hain murmelte. Heute war das Wasser flach und glasklar. Vermutlich würde es irgendwann in den Golf fließen – oder verdunsten, um als Regen auf ein Kornfeld in Iowa zu fallen oder als Schnee auf eine Stadt irgendwo im Norden.

Die Summe aller Pfade, dachte Sandra.

Dann nahm sie die Seiten, die Orrin mitgeschickt hatte, und begann laut zu lesen.

32 ISAAC / ORRIN / DIE SUMME ALLER PFADE

Mein Name ist Isaac Dvali, und das ist nach dem Ende der Welt geschehen.

Am Ende gehörte Vox mir. Seine Bevölkerung (die ich gehasst hatte) war tot (was ich bedauerte), und außer mir lebten nur noch Turk Findley und die Impersona Allison Pearl.

Wollen Sie mir vorwerfen, dass ich Vox gehasst habe?

Diese Menschen haben mich wieder zum Leben erweckt, als ich nur einen Wunsch hatte – den Wunsch zu sterben. Sie glaubten, ich sei mehr als nur ein Mensch, als ich in Wahrheit weniger als ein Mensch war. Sie haben mir nur Schmerzen und Verwirrung beschert.

Ich sei bei den Hypothetischen gewesen, behaupteten sie, »berührt« hätten mich die Hypothetischen; aber das stimmte nicht. Weil es die Hypothetischen (wie Vox sie sich vorstellte) einfach nicht gab.

Mein Vater hat mich so gemacht, dass ich die Gespräche der Hypothetischen hören konnte, ihr Flüstern und Raunen zwischen den Sternen und Planeten. Und mit der Zeit begriff ich, dass die Hypothetischen ein *Prozess* waren, eine Ökologie, kein Organismus. Das hätte ich meinen Peinigern erklären können – aber sie hätten sich mit Händen und Füßen dagegen gesträubt, und nichts wäre erreicht gewesen.

Die Hypothetischen waren bereits Jahrmilliarden alt, als sie zum ersten Mal in die Menschheitsgeschichte eingriffen.

Sie waren aus den ersten Zivilisationen der Galaxis hervorgegangen, lange bevor die Erde und ihre Sonne aus dem interstellaren Staub entstanden waren. Wie die ersten Weizentriebe im Frühling waren diese Protozivilisationen empfindlich, verletzlich und einsam. Keine von ihnen überlebte die Erschöpfung und den ökologischen Kollaps ihrer Wirtsplaneten.

Doch bevor sie starben, schickten sie Flotten sich selbst reproduzierender Maschinen in den interstellaren Raum. Sie waren konstruiert, um die nächsten Sterne zu erforschen und alle Daten, derer sie habhaft wurden, nach Hause zu schicken – was sie selbst dann noch beharrlich und zuverlässig taten, als ihre Erbauer längst nicht mehr existierten. Sie zogen von Stern zu Stern, konkurrierten um seltene, schwere Elemente, tauschten Verhaltensmuster und Bruchteile von Betriebscode aus, veränderten und optimierten sich. Sie waren in gewisser Hinsicht intelligent, aber sie hatten nie so etwas wie Bewusstsein entwickelt und würden es auch in Zukunft nicht tun.

Was da in die Leere und zu den Sternoasen der Milchstraße geschickt worden war, war die unerbittliche Logik von Reproduktion und natürlicher Auslese. Und was folgte, war Parasitismus, Plünderung, Symbiose, gegenseitige Abhängigkeit – Chaos, Komplexität, Leben.

Ich hasste die Bevölkerung von Vox – die ich kollektiv hassen durfte, weil sie sich wie ein Kollektiv verhielt. Ich hasste sie für ihren limbisch verankerten Aberglauben und weil sie mich aus dem Nichts des Todes in die Qualen meines Leibes zurückgeholt hatte. Nicht hassen konnte ich dagegen Turk Findley und die Frau, die entschlossen war, Allison Pearl zu sein.

Turk und Allison waren gebrochene und unvollkommene Individuen – wie ich. So wie ich waren sie durch den Willen von Vox geschaffen oder herzitiert worden. Und so wie ich waren sie am Ende doch nicht das, was Vox erwartet hatte.

Zum ersten Mal war ich Turk in der äquatorianischen Wüste begegnet, noch bevor er oder ich in den temporalen Bogen geriet. Aus Dummheit oder Wut (jedenfalls nicht nur versehentlich) hatte Turk als Halbstarker einen Menschen getötet und zugelassen, dass sein ganzes Leben von dieser ungesühnten Schuld geprägt wurde. Seine besten Taten wurden zu Sühneakten. Wo er versagte, betrachtete er es als Strafe. Er sehnte sich nach Vergebung und rückte sie gleichzeitig in unerreichbare Ferne. Und er war entsetzt, als ihm der Coryphaeus diese Vergebung anbot. Sie anzunehmen hätte den Menschen verhöhnt, den Turk auf dem Gewissen hatte (und der Orrin Mather hieß). Und die Bevölkerung von Vox hätte sich, indem sie diese ganzen Gefühle in ihre limbische Kollektivität aufgenommen hätte, in Turks Augen zum Monster gemacht.

Mit Allison verhielt es sich anders. Diese Frau war auf Vox geboren, und ihre Impersona hatte sie einen Blick über die Grenzen und Beschränkungen ihres Lebens hinaus werfen lassen. Und indem sie diese Impersona zu ihrer Person gemacht hatte, hatte sie sich vom Coryphaeus befreit. Diese Befreiung hatte sie Familie, Freunde und Religion gekostet.

Ein Tausch, den ich nur zu gut verstand.

Ich wollte, dass diese beiden Menschen überlebten. Darum habe ich ihre Flucht unterstützt. Obwohl ich schon damals meine Zweifel hatte, ob sie es heil durch den sterbenden Bogen schaffen würden. Immerhin half ich ihnen, ein bisschen länger zu leben – je nachdem, wie man die Zeit misst.

Länger als ein Jahrtausend hatten die Maschinen der Hypothetischen die Oberfläche der Erde durchkämmt und die Relikte unserer Zivilisation zerlegt und gedeutet und gespeichert.

Dahinter steckte keine Absicht, kein Gedanke. Es war schlichtes *Verhalten*, das sich im Laufe der Zeit entwickelt hatte – so wie die Fotosynthese. Die gigantischen Objekte, denen Turk in der antarktischen Ebene begegnet war, hatten einen ungeheuren Schatz an Daten gesammelt. Die materiellen Ressourcen unseres Planeten – seltene, durch menschliche Aktivität prozessierte Elemente, die sich in den Ruinen unserer Städte konzentriert hatten – waren bereits geborgen und in den interplanetaren Raum verfrachtet worden, wo sich die raumfahrenden Teile der hypothetischen Ökologie daran gütlich taten. Die Hypothetischen waren so gut wie fertig mit der Erde.

Doch ihre Sensoren (orbitale Formationen von komplex vernetzten Geräten, die nicht größer als ein Staubkorn waren) hatten den schwimmenden Archipel im selben Moment entdeckt, als er aus dem Torbogen gekommen war, und gleich mehrere bodengestützte Maschinen darauf angesetzt. Was die voxischen Prophezeiungen als Apotheose betrachteten, war lediglich die Suchaktion nach der letzten Beere in einem kahl gepflückten Gestrüpp.

Nicht lange, nachdem Turk und Allison geflohen waren, trafen die Hypothetischen als Wolke insektengroßer Zerleger hier ein. Sie hatten scharfe Mundwerkzeuge und sonderten komplexe Katalysatoren ab, die die chemischen Verbindungen knackten. Wie Rauch drangen sie durch die schmelzenden Mauern, gefolgt von der toxischen Außenluft. Giftige Böen zogen durch die Korridore und Gänge von

Vox-Core. Im Grunde eine Gnade, denn die meisten Menschen erstickten, bevor sie bei lebendigem Leib vertilgt werden konnten.

Hätte ich sie retten können?

Ich hasste das Volk von Vox, weil es mich so unbarmherzig wiedererweckt hatte, aber ein solches Schicksal wünscht man seinem schlimmsten Feind nicht. Und so tat ich, was in meiner Macht stand, um die Menschen zu schützen – aber das Resultat war gleich null.

Ich kann froh sein, dass es mir gelang, meine eigene Haut zu retten.

Prinzipiell konnte ich ja nicht verloren gehen. Wie Turk hatte ich den temporalen Bogen passiert. Zehn Jahrtausende hatte ich im Gedächtnis der Hypothetischen geschlummert, und dann hatten sie mich in der äquatorianischen Wüste wiedererschaffen – weil das die Funktion der temporalen Bögen war: bestimmte Strukturen hoher Informationsdichte zuverlässig zu rekonstruieren, sodass die darin enthaltenen Daten benutzt werden konnten, um Fehler zu korrigieren, die sich in die lokalen Systeme eingeschlichen hatten. Ein homöostatischer Mechanismus, weiter nichts.

Die Zerleger würden mich nicht berühren, weil ich als »nützlich« markiert war. Doch auch dieser Schutz war wertlos, wenn sich Vox in seine Moleküle auflöste. Ich musste also einen Weg finden, die Maschinen zu steuern.

Meine Chance war der Coryphaeus. Die Prozessoren, die ihn ausmachten, waren bestens geschützt, ja, selbst die nukleare Detonation, die das Netzwerk lahmgelegt hatte, hatte lediglich ihr Interface mit der physischen Welt beschädigt. Die Zerleger würden zwar auch die Prozessoren vertilgen, aber erst, wenn der größte Teil von Vox-Core erledigt war. Mein Bewusstsein war bereits zu einem guten Teil in diesen Prozessoren zu Hause, und die gleichen Marker, die meinen Körper vor den Zerlegern schützten, würden vielleicht auch die Hardware des Coryphaeus schützen oder könnten dort zur Geltung gebracht werden – lauter Gedanken, die mir durch den Kopf gingen.

Als die Menge der Lebenden signifikant abnahm, brach das Netzwerk natürlich zusammen, und diese schreckliche Situation nutzte ich aus. Mithilfe der brachliegenden Prozessoren analysierte ich den protokollarischen Funkverkehr zwischen den Maschinen der Hypothetischen, verlinkte diese Protokolle und ihre Sender mit den tief verschachtelten Feedbackkreisen des Coryphaeus und gewann so einen begrenzten Einfluss.

Und dann, als Vox menschenleer war, wurde der Dirigent zum Chor. Ich war der Coryphaeus.

Nachdem ich die prozessuale Logik der Zerleger einmal entschlüsselt hatte, konnte ich sie mit falschen Erkennungssignalen füttern. Sofort ließen sie davon ab, die Stadt zu zerstören. Ich benutzte raffiniertere und mächtigere Befehle, um sie zu deaktivieren. Sie verloren ihre organisierende Kohäsion und zerfielen zu Staub.

Aber für die Menschen war es zu spät – und beinahe zu spät war es für die oberen Stadtetagen, die zu Skeletten aus Trägern und zernagter Verkleidung geworden waren. Mithilfe von Robotern und zweckentfremdeten Zerlegerschwärmen gelang es mir, die inneren Bereiche von Vox-Core abzudichten und die relativ geringen Schäden an den Motorblöcken zu reparieren. Und ich ließ die Zerleger alle menschlichen Überbleibsel tilgen.

Schließlich setzte ich die öffentliche Beleuchtung instand – die Korridore und Stadtstufen machten den Eindruck, als wären sie nie bewohnt gewesen –, und die Luftumwälzung fischte auch den letzten hypothetischen Staub aus der Stadt.

Bald entdeckte ich, was ich noch alles konnte.

Während ich auf Turk und Allison wartete – während ich auf ihre Rückkehr hoffte –, erkundete ich das neuerdings durchlässige Grenzland zwischen Coryphaeus und Hypothetischen. Nicht lange, und ich zapfte Systeme an, die größer waren als die Erde. Alle hypothetischen Objekte waren in verschachtelten Hierarchien miteinander verbunden – von winzigen Zerlegern bis zu ganzen Herden von Archivmaschinen im translunaren Orbit, Energie fördernden Mechanismen in der Heliosphäre, Signalwandlern im äußeren Sonnensystem, Wandlern im Orbit naher Sterne. Das alles konnte ich jetzt wahrnehmen und beeinflussen.

Ich dachte mir Filter aus, um diese Informationsflut vernünftig zu portionieren, und machte die Geheimnisse der Hypothetischen so handlich, dass ich damit umgehen konnte. Wobei ich selbst an Größe zunahm.

Mein materieller Leib kam mir bald überflüssig vor, und ich spielte mit dem Gedanken, ihn sterben zu lassen. Doch ich brauchte ihn noch, um mit Turk und Allison zu interagieren, wenn sie zurückkamen. Aber was sie hier vorfanden, würden sie nur schwer verarbeiten können, und was ich als Nächstes vorhatte, würde ich nur schwer erklären können.

Im Laufe ihrer Abermilliarden Jahre währenden Evolution hatten die Hypothetischen gelernt, etwas zu nutzen, das sie selbst nicht hatten: *Handlungsfähigkeit.*

Handlungsfähigkeit – oder die Fähigkeit, bestimmte Absichten in die Tat umzusetzen – war nur sporadisch in der Galaxis entstanden, hauptsächlich in den Hochökologien biologisch aktiver Planeten. Spezies mit Handlungsfähigkeit lebten selten länger als sie benötigten, um ihre planetare Ökologie zugrunde zu richten. Sie waren – kosmisch gesehen – nicht mehr als Eintagsfliegen.

Aber genau so eine Spezies hatte die sich selbst reproduzierenden Maschinen gebaut, aus denen die Hypothetischen hervorgegangen waren. Und diese Blüten organischen Bewusstseins erwiesen sich als extrem nützlich: Sie erzeugten ungewöhnliche Information; sie konzentrierten wertvolle Ressourcen in ihren Ruinen und schickten immer wieder neue Wellen von Replikatoren auf die Reise, die abgeerntet oder absorbiert werden konnten.

Und so begannen die Hypothetischen organische Zivilisationen zu kultivieren.

Dahinter steckte keine Handlungsfähigkeit, sondern nur blinde Habgier. Die Entwicklung der Hypothetischen schlug Wege ein, die Ausbeutung organischen Bewusstseins zu maximieren. In der Früh-

zeit der Milchstraße hatte eine organische Zivilisation Zwillings-
bögen errichtet, um den gerade noch bewohnbaren Planeten einer
benachbarten Sonne zu kolonisieren; die Spezies ging bald darauf
zugrunde, aber ihre Technologie wurde von den Hypothetischen
analysiert und übernommen. Auf ähnliche Weise lernten die Hypothetischen, Energie aus stellaren Kernen und Gravitationsgradienten
zu gewinnen, atomare und molekulare Verbindungen zu manipulieren oder den Informationsaustausch über Hunderte von Lichtjahren
zu regeln und zu stabilisieren. Und schließlich fanden sie Wege, das
Ende nützlicher Spezies hinauszuschieben. Wenn ein produktiver
Mutterplanet in einer Zeitverzerrung »hing«, während ein Bogen-
system installiert wurde – so wie es der Erde während des Spins
ergangen war –, konnten seine Ressourcen verzehnfacht werden;
seine organische Zivilisation griff auf andere Planeten über, schlug
dort Wurzeln, durchlief Epochen des Verfalls und der Expansion und
brachte mit der Verlässlichkeit einer Eier legenden Henne neue und
verwertbare Technologien hervor.

Solche organischen Spezies blieben natürlich sterblich und starben
irgendwann. Wie alle biologischen Spezies. Doch die Ausbeute an
Ruinen nahm exponentiell zu.

Allison und Turk erreichten Vox-Core in den Stürmen, die dem Zusammenbruch des Torbogens und der Demontage der Systeme folgten, die diesen Planeten über so viele Jahre vor seiner sterbenden Sonne
geschützt hatten.

Ich nahm die beiden in Empfang und schilderte ihnen, was sich
zugetragen hatte. Ich sagte, ich könne sie sogar vor der Agonie dieses
überalterten Planeten schützen – so mächtig sei ich geworden, und das
in so kurzer Zeit.

Doch sie konnten das Sterben, das hier stattgefunden hatte, nicht
fassen. Tagelang streiften sie durch die verwaisten Korridore der
Stadt. Die Räume, in denen sie gewohnt hatten, waren dem Angriff
der Zerleger zum Opfer gefallen. Sie hätten sich irgendeine von zig-
tausend verwaisten Wohnungen nehmen können, aber alles, was die

Toten hinterlassen hatten, schlug Allison aufs Gemüt: herumliegende Sachen, die Gedecke auf den Tischen, die Kinderzimmer ohne Kinder. Die Stadt sei voller Geister, sagte sie.

Also baute ich ihnen mithilfe der Roboter eine neue Bleibe. Ich wählte einen Platz auf einer bewaldeten Stadtstufe, abseits der öffentlichen Korridore und nur über einen Fußweg erreichbar. Das künstliche Sonnenlicht der Stufe war hell und überzeugend, ihre Lufttemperatur durchweg angenehm, ihre durchschnittliche Luftfeuchtigkeit niedrig. Jeden Morgen und jeden Abend erzeugte das Recyclingsystem sanfte Brisen, und jeden fünften Tag fiel Regen.

Sie willigten ein, dort zu leben, bis sie ein besseres Zuhause finden würden.

Ich glaubte durchaus, dass es dieses bessere Zuhause gab, wenn auch nicht auf Vox und sicher nicht auf der Erde. Doch die Aufgabe, Vox-Core gegen eine zunehmend aggressive Umwelt zu verteidigen, nahm fast meine ganze Aufmerksamkeit in Anspruch.

Am Äquator kochten die Meere. Zyklone irrten über die leblosen Kontinente, und die Atmosphäre sättigte sich mit überhitztem Wasserdampf. Monsterwellen drohten das, was noch von Vox übrig war, auf das felsige, antarktische Schelf zu werfen. Und es würde noch schlimmer kommen.

Ich war gezwungen, hypothetische Technik zum Einsatz zu bringen, was bedeutete, dass ich meine virtuellen Tentakel ausstrecken musste. Ich rief eine kleine Flotte von Nanogeräten aus dem Orbit – Varianten der Zerleger, die anfänglich über uns hergefallen waren – und ließ Vox-Core mit einer schützenden Hülle umgeben. Kochend heiße Wellen donnerten über den felsigen Teil der Insel und brachen sich an den zerklüfteten Türmen, doch die Stadt selbst hielt stand. Ein solches Gleichgewicht zu bewahren verschlang Gigajoules an Energie, die direkt aus dem Kern der Sonne kamen.

Dennoch war das alles lediglich ein Provisorium. Nicht lange, und wir würden die Erde endgültig verlassen müssen. Ich war guter Dinge, dass ich das bewerkstelligen konnte, obwohl es dazu einer noch größeren Entfremdung zwischen mir und meinem sterblichen Körper bedurfte.

Es kam jetzt häufiger vor, dass ich durch die Passagen von Vox-Core wanderte und angesichts meines Spiegelbildes in einer gläsernen Oberfläche erschrak – angesichts dieser Collage aus Blut, Knochen und Gewebe samt der Narben, die meine unfreiwillige Rekonstruktion hinterlassen hatte, ganz zu schweigen von den subtileren Narben der unsichtbaren Verletzungen.

Mein Vater hatte mich zu dem gemacht, was ich war, weil er geglaubt hatte, es läge in der Macht der Hypothetischen, die Menschheit von der Geißel des Todes zu befreien. Und auch die voxische Religion war letztlich nichts anderes gewesen als eine programmierte limbische Rebellion gegen die Tyrannei des Grabes.

Und jetzt war der Stein beiseitegewälzt – und enthüllte den mickrigen Propheten eines geistlosen Gottes. Wie enttäuscht wäre mein Vater gewesen!

»Ich kann den Fluss der Zeit steuern«, erklärte ich Turk und Allison. »Lokal, meine ich.«

Obwohl sie meine Freunde waren, hatten sie Angst vor mir. Ich konnte sie sehr gut verstehen.

Ich war zu Besuch bei ihnen. Das Haus war so schön, wie ich es geplant hatte. Die Bäume hinter den Fenstern waren groß und anmutig. Die Luft, die durch die Fallgitter flüsterte, duftete nach Leben. Sie ließen mich an ihrem Tisch Platz nehmen, Allison bot mir Früchte aus einer Schüssel an, Turk goss mir ein Glas Wasser ein. Ich sei zu dünn, meinte Allison. Gut möglich, ich hatte in der letzten Zeit tatsächlich nichts mehr gegessen.

Ich erzählte ihnen von der Welt dort draußen. Die aufgeblähte Sonne verjagte allmählich die Atmosphäre. Bald würde die Erdkruste zu schmelzen beginnen und Vox auf einem Meer aus flüssiger Lava schwimmen.

»Aber du kannst uns schützen«, wiederholte Turk, was ich ihm vor Wochen gesagt hatte. »Richtig?«

»Ich denke ja, aber hierzubleiben halte ich für sinnlos.«

»Und wohin könnten wir?«

Das Sonnensystem war nicht völlig unbewohnbar. Die Jupiter- und Saturnmonde waren relativ warm und stabil. Vox hätte beliebig lange auf den blaugrauen Meeren von Europa kreuzen können, unter einer Atmosphäre, die nicht giftiger war als die irdische.

»Zum Mars«, sagte Allison plötzlich. »Wenn du recht hast, ich meine, wenn wir uns wirklich zwischen den Planeten bewegen können … auf dem Mars ist ein Torbogen …«

»Nicht mehr.« Die Hypothetischen hatten den Mars so lange beschützt, wie es dort Menschen gab. Aber die letzten einheimischen Marsianer waren vor Jahrhunderten gestorben und ihre Ruinen waren penibel durchkämmt worden; in den letzten Jahrzehnten hatte man den Torbogen zerfallen und einstürzen lassen. (Ich bezog mein Wissen aus dem Datenpool der Hypothetischen, der mir zum zweiten Gedächtnis geworden war.) Der Mars war also keine Option.

»Hast du nicht gesagt, Vox-Core kann wie eine Art Raumschiff funktionieren? Wie weit können wir denn fliegen, wie schnell sind wir?«

»Fast so weit wir wollen, aber nur mit einem sehr kleinen Bruchteil der Lichtgeschwindigkeit.«

Allison brauchte nicht zu erklären, was ihr durch den Kopf ging. Die Planeten, die den Weltenring bildeten, waren durch Torbögen verbunden, aber durch riesige Entfernungen getrennt. Schon zu Turks Zeiten hatten die Astronomen einige dieser Distanzen berechnet. Die nächste menschliche Welt war mehr als hundert Lichtjahre von der Erde entfernt; sie zu erreichen, würde mehrere Lebensspannen dauern.

»Aber ich kann den Fluss der Zeit so ändern, dass uns die Zeit viel kürzer vorkommt«, sagte ich. »Wie einige Hundert subjektive Tage.«

»Aber es wäre nicht mehr derselbe Weltenring, wenn wir ankommen.«

»Nein. Es wären Tausende von Jahren vergangen. Unmöglich vorauszusehen, was uns erwartet.«

Sie blickte in den Wald hinaus. Künstliches Sonnenlicht griff mit hellen, unscharfen Fingern durch die Bäume. Der künstliche Himmel über der Stadtstufe war kobaltblau. Es gab weder Vögel noch Insekten. Kein Geräusch bis auf das Rascheln der Blätter.

Nach einer Weile wandte sie sich Turk zu. Er nickte. »Gut«, sagte sie. »Bring uns nach Hause.«

Ich ließ meinen physischen Körper schlafen, während ich eine Kugel definierte, die Vox-Core und jenes Stück Insel umfasste, ohne das die Stadt nicht existieren konnte. Die Kugel beschrieb die Grenzfläche zwischen uns und dem äußeren Universum. Die Raumzeit umfasste uns in einer neuartigen, komplexen Geometrie, dann schossen wir wie eine gigantische Kanonenkugel weg von der sterbenden Erde – obwohl wir nichts davon spürten: Unsere Gravitation bezogen wir aus einer geschickten Modifikation der lokalen Raumkrümmung. Einige Stunden später kreuzten wir bereits die Umlaufbahnen von Uranus und Neptun.

Turk und Allison zeigten sich wissbegierig. Ich hätte ihnen zu gerne gezeigt, wo wir waren – unmittelbar, meine ich –, doch es war unmöglich, aus dem Inneren der Kugel nach außen zu blicken; das äußere Universum wäre für menschliche Augen eine buchstäblich blendende Kaskade blau verschobener Energie gewesen, in der selbst die längsten elektromagnetischen Wellen todbringend komprimiert waren. Aber ich konnte in regelmäßigen Abständen Stichproben dieser Kaskade nehmen und sie auf sichtbare Wellenlängen herunterrechnen, um eine Serie repräsentativer Bilder zu erstellen. Ich kompilierte die Sequenz und zeigte sie den beiden in ihrem Haus. Sie waren tief beeindruckt, aber alles andere als glücklich. Die Sonne ein glimmender Funke in der Schwärze des Alls, die Erde unsichtbar am Rand der Heliosphäre. Sterne zogen vorüber, weil Vox-Core träge rotierte – eine Restbewegung, die ich nicht korrigiert hatte. »Ich fühle mich so einsam«, sagte Allison leise.

Auf Außenstehende hätten wir paradox gewirkt: ein Ereignishorizont ohne Schwarzes Loch, eine lichtlose Blase, aus der nichts entwich als gelegentlich ein Hauch von Strahlung.

Tatsächlich war die Barriere, die uns umschloss, viel komplexer als ein natürlicher Ereignishorizont. Es gab kein menschliches Vokabular, um zu beschreiben, wie sie funktionierte, auch wenn ich Turk zur Antwort gab, es handle sich bei der Kugel sowohl um eine Barriere als auch um einen Schlauch, durch den ich in Kontakt mit den Hypothetischen blieb. Und weil für uns die Jahre zu Sekunden wurden, bekam ich ein Gefühl für die uralten Rhythmen galaktischer Ökologie: die Leerstellen aufgegebener oder sterbender Sterne, die strahlenden, von den Hypothetischen gehegten und gepflegten Weltenringe (von denen uns nur einer vertraut war), die fieberhafte Aktivität, die neugeborene Sterne und debütierende, biologisch aktive Planeten umgab.

Dies alles geschah ohne Seele, ohne *Handlungsfähigkeit*, es folgte nur dem blinden Impuls von Reproduktion und Auslese, so schön, aber auch so trostlos wie die Wüste. Die Ökologie der Hypothetischen würde unerbittlich weiterschäumen, bis jedes schwere Element abgefischt, jede erreichbare Energiequelle erschöpft war. Wenn der letzte Stern erlosch, würden die Maschinen der Hypothetischen die Gravitationsquellen uralter Singularitäten abbauen. Und wenn diese Singularitäten verschwanden und das Universum dunkel und leer war … nun, dann würden vermutlich auch die Hypothetischen sterben. Und das, ohne sich zu beschweren. Niemand würde um sie trauern, und niemand würde erben, was sie hinterließen.

Ich vergaß immer öfter, mich um die Bedürfnisse meines organischen Körpers zu kümmern. Ich lebte in den Quantenprozessoren im Herzen von Vox-Core und zunehmend auch in der Wolke aus hypothetischen Nanomaschinen, in deren Mitte wir durchs All fielen.

Ich kam nicht umhin, mich der Frage zu stellen, was aus mir werden würde, wenn sich Turk und Allison eines Tages von mir trennten.

Allisons Namensschwester hatte zweifellos einen Hang zum Schreiben gehabt. Schwer zu sagen, ob Allison ihn geerbt oder sich zu eigen gemacht hatte. Ich entdeckte jedenfalls, dass sie alles, was sie zwischen der äquatorianischen Wüste und der voxischen Apokalypse erlebt hatte, in gestochener Druckschrift auf blütenweißes Papier schrieb. Als ich sie fragte, für wen sie das alles aufschrieb, zuckte sie mit den Schultern. »Ich weiß es nicht«, sagte sie. »Für mich vermutlich. Oder als Flaschenpost.«

Spielte sie auf Vox-Core an? Eine Flasche, weitab vom Ufer auf den Wellen treibend, das Glas grün gebrannt vom Licht der tausend Sonnen, und in ihr die Botschaft von Fleisch und Blut?

Ich redete ihr zu weiterzuschreiben, und ich lernte jede Seite auswendig, die sie mir zeigte – das heißt, ich speicherte sie in jedem Speicher ab, der mir zur Verfügung stand, nicht nur in meinem sterblichen Gehirn, auch in den Prozessoren des Coryphaeus und den archivierenden Entitäten der Wolke, die uns begleitete. Eines fernen Tages würden diese Worte vielleicht das Einzige sein, was von Allison übrig war.

Ich schlug Turk vor, das Gleiche zu tun wie Allison, aber er sah keinen Sinn darin. Also begnügte ich mich mit Gesprächen. Ich schickte meinen sterblichen Leib in ihr Haus, und wir saßen zusammen und unterhielten uns, manchmal stundenlang. Ich wusste natürlich, was der Coryphaeus über Turk in Erfahrung gebracht hatte, also auch das, was er Oscar über den Mann erzählt hatte, der im Lagerhaus verbrannt war – sodass Turk bedenkenlos reden konnte.

»Ich versuchte herauszufinden, wer dieser Orrin Mather gewesen war«, erzählte Turk. »Er war von Geburt an nicht ganz richtig im Kopf. Er lebte bei seiner älteren Schwester in North Carolina. War ständig in Prügeleien verwickelt, trank und ging schließlich von zu Hause fort, Richtung Westen. Er überfiel ein paar Läden, um an Geld zu kommen, und einmal schoss er einen Menschen krankenhausreif. Er war kein Heiliger – weiß Gott nicht. Aber nichts davon wusste ich, als passierte, was passiert ist. Er war einfach nur jemand, der von

Anfang an schlechte Karten gehabt hatte. Andere Umstände – anderer Mensch.«

Was natürlich auf jeden von uns zutraf.

Ich versprach Turk, alles, was er über Orrin Mather und Vox-Core aufschreiben würde, sicher zu bewahren – zusammen mit Allisons Erinnerungen –, so lange jedenfalls, wie Vox und die hypothetische Ökologie existierten.

»Und wozu der ganze Aufwand?«

»Für dich und mich und Allison.«

Er sagte, er würde darüber nachdenken.

Diese beiden Menschen, Allison und Turk, waren meine Freunde. Sie waren die einzigen richtigen Freunde, die ich jemals gehabt hatte, und es tat mir weh, sie zurückzulassen. Ich wollte etwas von ihnen behalten – etwas, das ich immer bei mir tragen konnte.

Die hypothetische Ökologie war ein Wald, üppig und unbeseelt – aber nicht unbewohnt. Man könnte sagen, dass es darin spukte.

Den Verdacht hegte ich schon lange. Ich war nicht der erste Mensch, der auf das Gedächtnis der Hypothetischen zugriff, auch wenn mein Fall einzigartig war. In den Jahren, bevor die bionormative Bewegung solche Experimente unterdrückte, hatten die Marsianer sporadisch dasselbe versucht. Der erste Mensch auf der Erde, dem der Zugang gelungen war, war Jason Lawton gewesen: Er hatte seinen eigenen Tod überlebt, indem er ungenutzten Arbeitsspeicher der Hypothetischen besiedelt hatte – und vielleicht lebte er dort noch immer. Aber seine Handlungsfähigkeit war äußerst eingeschränkt gewesen – oder war es noch. (Ist das nicht die perfekte Definition für ein Phänomen, das man landläufig *Gespenst* nennt?)

Und vor uns hatten auch viele nichtmenschliche Zivilisationen den Weg in den Wald gefunden, jede auf ihre Weise. Sie überdauerten dort, lange nachdem sich ihre physische Repräsentanz aufgelöst hatte. Ich konnte sie nur ahnen, so gut tarnten sie ihre Aktivität; sie taten alles, um nicht von den hypothetischen Wirtsnetzen identifiziert und gelöscht zu werden. Sie existierten als Cluster operativer

Information – als virtuelle Welten innerhalb der Daten sammelnden Protokolle des galaktischen Ökosystems.

Ich spürte ihre Anwesenheit, konnte aber nicht viel mehr ausmachen. Der Inhalt ihrer Cluster war fraktal aufgeteilt und undurchdringlich komplex. Doch es gab dort echte Handlungsfähigkeit – nicht nur Bewusstsein, sondern wohlüberlegte Aktivität, die es auf externe Systeme abgesehen hatte.

Also war ich nicht allein. Auch wenn diese virtuellen Aliens so gut abgeschottet waren, dass ich keine Chance sah, sie zu kontaktieren; auch wenn sie so alt und fremdartig waren, dass ich wahrscheinlich nichts von dem verstanden hätte, was sie mir anvertraut hätten – ich war nicht allein.

Seit unserer ersten Unterhaltung war fast ein Jahr vergangen, als Turk mir kommentarlos einen Stoß Papier übergab: seine Erlebnisse auf Vox. *(Mein Name ist Turk Findley, und das habe ich erlebt, nachdem alles, was ich kannte und liebte, vergangen war …)* Ich bedankte mich mit angemessenem Ernst und verlor kein Wort mehr darüber.

Wir näherten uns einer Sonne, um die ein Planet des Weltenrings kreiste. Ich verlangsamte Vox-Core, indem ich unsere kinetische Energie in die Energiequellen des Systems lud (die Temperatur des Sterns stieg nur unmerklich an), und fuhr den Zeitunterschied zwischen uns und dem externen Universum rapide herunter. Als wir die Umlaufbahn des äußersten Planeten passierten, zeigte ich Turk und Allison eine Momentaufnahme: die Sonne mit einer noch kaum wahrnehmbaren Scheibe, knapp an einem kalten Gasriesen vorbeigesehen, der seine Bahn weit außerhalb der bewohnbaren Zone zog. Tief in diesem Sonnensystem, aber noch zu weit weg, um mehr als ein punktgroßer Reflex zu sein, kreiste der Planet, den seine menschlichen Bewohner in einem Dutzend Sprachen »Wolkenhafen« nannten (oder genannt hatten).

Wolkenhafen war eine Wasserwelt, durchzogen von tektonisch gewachsenen Inselketten. Auf ihren natürlichen und später auch künstlichen Archipelen hatte eine gutartige und relativ friedliche menschliche Gemeinschaft gelebt. Vorherrschende Regierungsform war die kortikale Demokratie gewesen; daneben hatte es einige Niederlassungen radikal bionormativer Marsianer gegeben. Doch seither waren Jahrtausende vergangen. Es war zu erwarten, dass sich manches – oder alles – geändert hatte.

Allison erkundigte sich mit leiser Stimme nach dem Status quo von Wolkenhafen.

Ich hatte natürlich nach Streusignalen gefischt. Vergebens. Entweder gab es keine, oder ich konnte sie nicht als solche identifizieren. Doch das konnte auch heißen, dass die ansässige Zivilisation hochgradig verlustarme Kommunikationstechniken benutzte. Auf jeden Fall waren die Hypothetischen hier noch am Werk; die vereisten Asteroiden am Rande des Systems wimmelten nur so von fortpflanzungsfreudigen Maschinen.

Ich war bei Allison und Turk, als die Zeitversetzung zwischen Vox-Core und der Außenwelt gegen null lief. Ich hatte die Wand ihres größten Zimmers zu einem Bildschirm gemacht – er war bis zu diesem Zeitpunkt blind gewesen und füllte sich nun mit Sternen. Wir blickten durch ein riesiges Fenster in den Weltraum hinaus.

Wolkenhafen trieb ins Blickfeld, wurde herangezoomt; wir waren noch immer Lichtminuten entfernt.

»Wunderschön«, sagte Allison, die noch nie eine Welt wie diese von außen gesehen hatte – Vox hatte nie großes Interesse an der Raumfahrt gehabt. Aber selbst verwöhnte Augen wären von Wolkenhafen begeistert gewesen: eine kobaltblau und türkisfarben verwirbelte Sichel mit einem weißen Eismond knapp über dem sonnenbeschienenen Horizont.

»Erinnert mich an die Erde, wie sie einmal war«, sagte Turk. Er sah mich an, als erwarte er eine Erwiderung. Als ich schwieg, sagte er: »Isaac? Alles in Ordnung?«

Aber ich konnte nicht antworten.

Nein, ich war nicht in Ordnung. Mein Körper war taub; mein Verstand voller unerklärlicher Lichter und Bewegung. Ich versuchte aufzustehen und kippte um. Bevor meine Sinne schwanden, hörte ich das

Geheul einer fernen Sirene – die alte, autonome Luftschutzsirene tief unter der Stadt warnte vor einer Invasion, die ich nicht mehr sehen konnte.

Die Menschen von Wolkenhafen hatten uns entdeckt. Die Raum-zeitverwerfung rings um unsere temporale Blase, die sich Energie schwitzend in ihr System hineinbremste, hatte nicht zu übersehende Tscherenkow-Impulse gesendet. Und so waren sie gekommen, um sich ein Urteil zu bilden.

Wir hätten feindselig sein können. Eine normale hypothetische Maschine sah nicht nur anders aus, sie benahm sich auch anders – in den Jahrtausenden, seit Vox-Core die Erde verlassen hatte, hatte man viel dazugelernt, auch über die Natur der Hypothetischen. So-bald wir unsere temporale Barriere fallen ließen, sperrten sie uns die lokalen Energiequellen und unterwanderten unsere Prozessoren mit fein abgestimmten Unterdrückungsprotokollen. Mit dem Resultat, dass der Coryphaeus einschlief. Und da ein Großteil meines Ichs im Coryphaeus verankert war, verlor ich schlagartig das Bewusstsein.

Später konnte ich rekonstruieren, was ich verpasst hatte: Mit Men-schen bemannte Raumfahrzeuge schwärmten durch die nicht mehr vorhandene Barriere und dockten in Vox-Core an. Ungehindert be-traten diese Menschen die Stadt und fanden Turk und Allison, die ihnen – nachdem linguistische Probleme ausgeräumt waren – erklä-ren konnten, wer sie waren und woher sie kamen. Sie beteuerten, ich sei harmlos, und verlangten, dass man mich aus dem Koma weckte. Die Menschen von Wolkenhafen dagegen wollten erst sichergehen, dass ich auch wirklich harmlos war.

Es war eine unglückliche Begegnung, aber bis ich wieder zu mir kam, hatte sie einen mehr oder weniger freundlichen Charakter an-genommen. Ich erwachte in einem bequemen Bett in einem Kran-kenzimmer in Vox-Core – in meinem sterblichen Körper, versteht sich. Meine mentalen Funktionen waren völlig wiederhergestellt. Eine Frau betrat das Zimmer, stellte sich als Repräsentantin der »Verbun-denen Gemeinden von Wolkenhafen« vor und entschuldigte sich für die Art und Weise, wie man mich behandelt hatte. Sie war groß und dunkelhäutig und hatte große, weit auseinanderliegende Augen. Ich erkundigte mich nach Turk und Allison.

»Sie warten draußen auf Sie«, sagte sie.

»Sie kommen von weit her und suchen ein Zuhause. Können sie auf Wolkenhafen bleiben?«

Sie lächelte. »Ich bin sicher, die beiden werden sich bei uns wohlfühlen. Wenn Sie mehr über unsere Welt wissen möchten, ich habe Ihrem externen Gedächtnis Archivmaterial über jede Gemeinde zur Verfügung gestellt. Beurteilen Sie selbst, was wir für Menschen sind.«

Ein Wimpernschlag, und ich hatte Zugang zu dem Material. Ich war einigermaßen zufrieden, behielt es aber für mich.

»Sie kommen selbst von weit her, Isaac Dvali«, sagte sie. »Warum wollen Sie nicht auch bleiben?«

»Danke für das Angebot«, sagte ich. »Aber nein.«

Sie zog eine krause Stirn. »Sie sind ein einmaliges Individuum.«

»Zu einmalig, um diese Stadt zu verlassen.« Und dann rekapitulierte ich, was sie längst wusste: dass ich ohne Vox-Core nur ein sabberndes Häufchen Elend war, weil ein viel zu großer Teil meines Bewusstseins in den Prozessoren des Coryphaeus lag.

»Wir könnten das Problem angehen«, sagte sie zuversichtlich. Die Menschheit habe einiges über die Natur der Hypothetischen gelernt. Die Gemeinden von Wolkenhafen seien dabei, im Arbeitsspeicher der lokalen hypothetischen Netzwerke virtuelle Kolonien einzurichten, und die Kolonisten gehörten vornehmlich zu den Älteren und Gebrechlichen, die nichts lieber täten, als ihre physischen Körper aufzugeben – ob das nichts für mich sei.

»Ich bin ganz glücklich hier.«

»So ganz allein?«

»Allein, ja.«

»Begreifen Sie, zu was Sie sich da verurteilen? Zu Isolationshaft auf Ewigkeit – oder bis Ihr Ich erodiert und chaotisch wird.«

»Dagegen kann ich Vorsorge treffen.«

Ich wusste genau, dass sie mir das nicht abnahm. »Was wollen Sie überhaupt tun? Bis ans Ende aller Zeiten durch die Galaxis treiben?«

Wie eine Flasche im Meer.

»Vor langer Zeit«, sagte ich, »besaß mein Vater eine Bibliothek aus richtigen Büchern. Ein Autor, den ich damals las, hieß Rabelais. Als Rabelais im Sterben lag, sagte er: *Je m'en vais chercher un grand peut-être. – Ich gehe auf die Suche nach einem großen Vielleicht.*«

»Aber er fand nichts weiter als den Tod.«

Ich lächelte. »*Peut-être.*«

Sie lächelte zurück, obwohl ich ihr vermutlich leidtat.

Ich sagte den beiden Lebewohl. Allison bekniete mich, ich solle doch das Angebot der Botschafterin annehmen und bleiben, leibhaftig oder nicht. Sie weinte, als ich mich weigerte, doch ich ließ mich nicht erweichen. Ich wollte keine andere Inkarnation. Auch diese hatte ich nicht gewollt.

Turk blieb noch, als Allison aus dem Zimmer ging. »Warum ausgerechnet wir, Isaac?«, sagte er. »Ich frage mich manchmal, was dahintersteckt, dass ausgerechnet uns das alles passiert. Es kommt mir alles so seltsam vor. So etwas passiert doch anderen nicht, oder?«

»Eher nicht«, erwiderte ich. Aber da stecke nichts dahinter. Alles habe so oder anders geschehen können. »Es gibt unzählige Möglichkeiten. Dass wir es sind, ist reiner Zufall.«

»Meinst du, du findest am Ende eine Antwort? Etwas, das dem Ganzen einen Sinn gibt?«

»Ich weiß es nicht.« *Peut-être.* »Alle fallen. Alle landen irgendwo.«

»Du hast eine lange Reise vor dir.«

»Sie wird mir nicht so vorkommen. Ich reise mit wenig Gepäck.«

»Jeder trägt das Seine«, sagte Turk Findley.

Ich sperrte die Stadt in ihre Blase aus Zeit und borgte mir Sonnenlicht zur Beschleunigung. Vox-Core schwang sich über die Umlaufbahn des äußersten Planeten in die interstellare Leere hinaus und ließ Wolkenhafen weit, weit hinter sich. Aus meiner Sicht dauerte das einen Wimpernschlag; während die Uhren der Stadt um eine Sekunde vorrückten, verging »draußen« ein Jahrhundert.

Ich hatte kein Ziel. Die willkürlichen Annäherungsversuche massiver Sterne zerrten an den Vektoren meiner Flugbahn, die bald dem Weg eines Betrunkenen glich. Ich griff nur noch ein, um Hindernissen auszuweichen.

Im sterblichen Körper von Isaac Dvali streifte ich ziellos durch die Stadtstufen und Passagen von Vox-Core. Die Stadt folgte ihrem täglichen Rhythmus, regulierte ihre Atmosphäre, pflegte ihre menschenleeren Parks und Gärten. Ich kam an Wartungsrobotern vorbei, die durch öffentliche Passagen rollten – Stahlmönche, die zur Frühhandacht eilten. Sie waren humanoid, hatten aber keinerlei moralische Kompetenz, sodass ich dem unvernünftigen Drang, sie anzusprechen, widerstand.

Den Zyklus von Tag und Nacht beizubehalten war ein sinnloser Anachronismus, aber mein physischer Körper verlangte danach. Tagsüber genoss ich das künstliche Sonnenlicht, abends las ich uralte Bücher, die ich mir aus den voxischen Archiven kopierte, oder zum wiederholten Mal die handgeschriebenen Memoiren, die Turk und Allison mir überlassen hatten.

Nachts, wenn mein Körper schlief, dehnte ich mein Bewusstsein auf ganz Vox-Core aus. Ich modellierte die alternde Galaxis und markierte meinen Aufenthaltsort. Ich zapfte Rinnsale von Information an, die aus dem unendlich komplexen Geflecht der hypothetischen Ökologie sickerten. Sterne, die eben noch jung gewesen waren, verheizten ihren nuklearen Brennstoff und verwelkten zu gärender Glut – Braunen Zwergen, Neutronensternen und Singularitäten in ihren bodenlosen Gräbern. Verglichen mit dem Zeitfluss im äußeren Universum, war mein Bewusstsein träge. Vermutlich hätten mich so die Hypothetischen gesehen, wenn sie ein einendes Bewusstsein gehabt hätten.

Signale, die sich mit Lichtgeschwindigkeit fortpflanzten, eilten so rasch von Stern zu Stern, wie in meinem sterblichen Hirn die

Neuronen miteinander kommunizierten. Allmählich nahm ich die Galaxis als Ganzes wahr, nicht nur als eine Ansammlung stellarer Oasen, die Lichtjahre voneinander entfernt waren. Hypothetische Netzwerke durchsetzten sie wie Hyphenpilze einen faulenden Baumstamm. Mit meinen Nachtaugen sah ich diese Aktivität als buntes Geflecht aus farbigen Lichtfäden, das eine komplexe und für menschliche Augen unsichtbare galaktische Struktur verriet. Blühende Weltenringe traten hervor wie geschlossene Ketten von Kohlenstoffatomen in einem organischen Molekül. Uralte, abgestorbene Ringe schimmerten wie bleiche Gespenster, während die Maschinen der Hypothetischen, die sich daran angelagert hatten, aus Mangel an Ressourcen eingingen oder sich in nahe gelegene stellare Brutstätten retteten.

Die Galaxis lebte und pulsierte vor Erschöpfung und Erneuerung. Neue Technologien und Energiequellen wurden entdeckt, ausgebeutet, miteinander geteilt.

Und während das Universum alterte und sich ausdehnte, näherten sich andere Galaxien unaufhaltsam den Grenzen der Wahrnehmbarkeit. Aber selbst diese vagen, fernen Strukturen zeigten ein verborgenes Eigenleben; Streusignale legten nahe, dass sie ihre ureigenen hypothetischen Netzwerke entwickelt hatten. Sie sangen wie unverständliche Stimmen aus der Finsternis, die immer leiser wurden.

Es war unausweichlich, dass ich meinen sterblichen Körper eines Tages aufgeben und nur noch in den Coryphaeus-Prozessoren und in der hypothetischen Nano-Wolke rings um Vox-Core leben würde. Aber ich wollte mich auch weiterhin physisch in der Stadt bewegen können. Und so – während mein biologischer Körper in einem selbst induzierten Koma lag und verhungern durfte – besorgte ich mir einen langlebigen Ersatz: einen humanoiden Roboter, den ich zum Träger meines Bewusstseins machte. Als das erledigt war, sammelte ich mit meinen anorganischen Armen meine leblose organische Hülle ein und trug sie zu einer Recyclinganlage, um die wertvollen Proteine in die geschlossenen biochemischen Schleifen von Vox-Core zu speisen. Ich empfand keine Reue und keine Trauer, wozu auch? Ich war, was ich geworden war. Das verderbliche Fleisch, in dem die Botschaft meines Ichs zu den Sternen gereist war, die alte somatische, von Haut umschlossene Galaxis verfütterte ich nur zu gerne an die Wälder der Stadt.

Vox-Core war jedoch kein völlig autarkes System. Ich musste in Sternnebeln nach Spurenelementen fischen, um zu ersetzen, was nicht recycelt werden konnte. Auf lange Sicht war die Stadt natürlich so sterblich wie jede baryonische Materie, daran änderte auch ihre temporale Schutzmauer nichts. Es war nur eine Frage der Zeit.

Ich liebäugelte mit dem Ende.

Vox-Core trat in einen lang gezogenen elliptischen Orbit um den galaktischen Kern. Ich teilte mein Bewusstsein in winzige Momente der Wahrnehmung ein, die durch lange passive Perioden getrennt waren, sodass die erlebte Zeit rascher verging, selbst in der temporalen Blase, die Vox-Core umschloss.

Entropie – in Form zerbrochener chemischer Verbindungen, irreparabler Systemfehler oder radioaktiven Zerfalls – nagte an den lebenswichtigen Organen der Stadt. Trockenfäule und Dürre dünnten die Wälder aus, und Schutt häufte sich auf den Gehwegen. Wartungsroboter blieben liegen, weil sie ihrerseits nicht gewartet wurden. Die Regulatoren der Atmosphäre – die Lungen der Stadt – rangen nach Luft und versagten ihren Dienst. Für Menschen wäre die Luft von Vox-Core tödlich gewesen, aber die Stadt war menschenleer.

Die Quantenprozessoren des Coryphaeus funktionierten weiter, die Bauweise war überredundant. Aber auch das hielt nicht ewig.

Das Universum kühlte ab. Die stellaren Brutstätten der Galaxis, die Staub- und Gaskonzentrationen, aus denen die Sterne hervorgegangen waren, hatten sich so sehr ausgedehnt, dass sie nicht mehr schwanger wurden. Alte Sterne flackerten und starben und wurden nicht ersetzt. Die Ökologie der Hypothetischen zog sich aus dieser um sich greifenden Finsternis in den dichten Kern der Galaxis zurück und gewann ihre Energie aus den Gravitationsgradienten massiver Schwarzer Löcher.

Und noch etwas widerfuhr der hypothetischen Ökologie, als sie Zuflucht am noch schlagenden Herzen der Galaxis suchte: Ihre informationsverarbeitenden Mechanismen wurden von handlungsfähigen Spezies zweckentfremdet, die so ihren organischen Tod überdauern wollten. Diese virtuellen Ableger wuchsen, trafen aufeinander und taten sich manchmal sogar zusammen. (Auch die menschliche Spezies brachte solch einen Ausreißer hervor, selbst wenn ihre virtuellen Nachkommen beim besten Willen nicht »menschlich« genannt werden konnten.)

Postmortale Bewusstseinspools begannen in Form einer kollektiven Willensbildung zu kooperieren – es entstand eine Art Lichtjahre überspannende kortikale Demokratie. Die sterbende Galaxis begann zu denken. Ihre Gedanken ließen sich nicht versprachlichen, auch wenn mein größeres Ich sie zumindest annäherungsweise verstand.

In meinem Roboterkörper machte ich einen letzten Rundgang durch die Ruinen von Vox-Core, über mir die eingestürzten Skelette der Türme, die weiten Stadtstufen finster, hier und da eine flackernde Beleuchtung. Vox-Core hatte die Meere etlicher Welten befahren und fuhr jetzt auf dem größten aller Meere, doch bald würde ich die Stadt verlassen. Ich hatte bereits angefangen, meine Erinnerungen und meine Identität auf die hypothetische Nano-Wolke zu übertragen, die wiederum mit den restlichen hypothetischen Netzwerken verlinkt war; ihr Energiebedarf wurde von den Dynamos uralter Singularitäten gedeckt.

Doch auch diese letzte Bastion von Ordnung und Bedeutung war dem Untergang geweiht. Schon bald würde dieselbe Phantomenergie, die das Universum aufgepustet hatte, die Materie selbst auflösen und nichts als einen Staub aus freien subatomaren Partikeln hinterlassen. Dann, so glaubte ich, war die Finsternis absolut. Dann konnte ich endlich schlafen.

Noch aber zog die Stadt ihre Bahn. Vakuum überwand die müden Abwehrmechanismen. Die sich entleerende Stadt ergab sich in ihr Schicksal. Ohne induzierte Gravitation verlor sich ihr Inventar nach und nach durch Spalten und Löcher ins All.

Und weit draußen dehnte ich mich auf beunruhigende Weise aus.

Das hypothetische Netzwerk wurde dichter und komplexer, während seine virtuellen Gemeinwesen eine ungeheure Rechenkapazität auf das Problem des Überlebens verwendeten. Gravitationsanomalien ließen auf die Existenz von Megastrukturen schließen, die größer waren als der Ereignishorizont des Universums: flache Gradienten gespenstischer Energie, die eventuell als Medium dienen konnte, um organisierte Intelligenz aus der entropischen Wüste zu evakuieren. Aber wie und unter welchen Opfern?

Ich beteiligte mich nicht an diesen Debatten; mein inzwischen völlig körperloses Bewusstsein konnte ihnen einfach nicht folgen. Die Argumente widersetzten sich jeder Verbalisierung – die Einleitung nur eines Gedankens hätte Tausende von Büchern gefüllt, unzählige Dolmetscher erfordert und ein Vokabular, das es nie gegeben hatte.

Die dreidimensionale Makrostruktur des Universums stand unmittelbar vor ihrem endgültigen Zusammenbruch. Aber zusammenbrechend enthüllte sie noch neue Horizonte. Verborgene Dimensionen der Raumzeit entrollten sich, als der Quantenschaum neue Partikel und Kräfte hervorbrachte. Die totale Finsternis, auf die ich gehofft hatte, trat nicht ein. Die Entität, die das hypothetische Netzwerk gewesen war – und mit der ich unentwirrbar verbunden war –, dehnte sich exponentiell aus.

Aber ich kann die Gefilde nicht beschreiben, die wir betraten. Wir mussten neue Sinne erfinden, um sie wahrzunehmen, neue Denkarten, um sie zu erfassen.

Wir tauchten in einem vieldimensionalen, fraktalen Raum auf und entdeckten, dass wir dort nicht allein waren. Vieldimensionale Strukturen bedienten Entitäten, die unsere vierdimensionale Raumzeit subsummiert hatten. So alt wir auch waren, diese Entitäten waren älter. So groß wir geworden waren, sie waren größer. Wir bewegten uns unter ihnen, ohne dass sie Notiz von uns nahmen. Ignorierten sie uns, oder bemerkten sie uns einfach nicht?

Von meinem neuen Standpunkt aus konnte ich das Universum, das ich bewohnt hatte, in seiner Gänze sehen. Eine vierdimensionale Kugel in einer Wolke aus alternativen Zuständen – die Summe aller möglichen Quantenbahnen vom Urknall bis zum Zerfall der Materie. Die Realität – wie wir sie gekannt oder gefolgert hatten – war nur die wahrscheinlichste aller möglichen Bahnen gewesen; es gab zahllose andere Bahnen, die auf ihre Weise auch real waren: ein weites, aber endliches Spektrum von Pfaden, die nicht begangen wurden, ein gespenstischer Wald an Quantenalternativen, die Küsten eines unbekannten Meeres.

Eine Botschaft in eine Flasche zu stecken, dann die Flasche zu verkorken und ins Meer zu werfen, ist ein quichottscher Akt und umwerfend menschlich. Was würden Sie auf die Reise schicken? Eine mathematische Gleichung? Ein Bekenntnis? Ein Gedicht?

Das ist mein Bekenntnis. Das ist mein Gedicht.

Tief in dieser Wolke ungelebter Realitäten waren ungelebte Leben, verschwindend winzig, begraben unter Äonen und Lichtjahrhunderten, unwirklich nur, weil sie nie inszeniert oder beobachtet wurden. Und ich begriff, dass es in meiner Macht lag, sie zu verwirklichen – ich brauchte sie nur zu berühren. Die Folge eines solchen Eingriffs wäre ein neuer, unüberschaubarer Nebenfluss der Zeit, der nicht die alte Realität überspülen, sondern nebenherfließen würde. Der Preis wäre mein eigenes Bewusstsein.

Ich könnte niemals diese vierdimensionale Raumzeit betreten. Jeder Eingriff von mir würde eine neue Realität erzeugen – auf Kosten meiner Fortdauer.

Unentrinnbar ist nicht der Tod, sondern die Veränderung. Veränderung ist die einzige bleibende Realität. Das Metaversum entwickelt sich, fraktal und unaufhörlich. Heilige werden zu Sündern, Sünder werden zu Heiligen. Der Staub wird zu Menschen, Menschen werden zu Göttern, Götter werden zu Staub.

Ich wünschte, ich hätte diesen Gedanken mit Turk Findley teilen können.

Ich hätte in meine eigene potenzielle Geschichte eingreifen können, aber wozu? Meine letzte Tat sollte ein Geschenk werden, auch wenn ich die Konsequenzen dieses Geschenks nicht überblicken konnte.

Tief im verspiegelten Korridor ungeschehener Ereignisse, in einem Motelzimmer am Rand von Raleigh, North Carolina, stellt eine Frau als Gegenleistung für ein braunes Plastikfläschchen mit einem Gramm Methamphetamin (wie sie glaubt) ihren Körper zur Verfügung. Der Mann ist ein Bauarbeiter auf dem Weg nach Kalifornien, wo ihm sein Cousin, ein Bauunternehmer, einen Job angeboten hat. Er trägt kein Kondom, als er in die Frau eindringt, und sofort nach dem vollzogenem Geschlechtsakt macht er sich aus dem Staub. Die Methamphetamin-Probe, die er ihr gibt, als er das Zimmer mietet, ist echt, aber das Fläschchen, das er auf der Anrichte zurücklässt, enthält nur Puderzucker.

Orrin Mathers Existenz steht vom Augenblick seiner unrühmlichen Empfängnis an unter einem denkbar schlechten Stern. Seine magersüchtige Mutter bringt ihn vorzeitig zur Welt. Sein winziger Körper erleidet die Schmerzen einer Entziehungskur. Er überlebt, aber die Unterernährung seiner Mutter und ihre mehrfache Sucht haben ihren Tribut gefordert. Orrin wird nie so planen und handeln können, wie andere es tun. Er wird allzu oft überrascht sein – meist unangenehm –, welche Folgen sein Handeln hat.

Ich kann keinen perfekten Menschen aus ihm machen. Das liegt nicht in meiner Macht. Ich kann ihm nur Worte geben. Und indem ich diese Worte in das Kleinhirn eines Kindes schreibe, löse ich mich selbst auf und verwirkliche eine Schattenwelt.

Er liegt schlafend auf einer Matratze am Boden eines gemieteten Wohnwagens. Seine Schwester Ariel sitzt gut einen Meter entfernt auf einem Plastikstuhl, isst trockene Getreideflocken aus einer Porzellanschüssel und sieht fern. Den Ton hat sie leise gestellt. Im Traum spaziert Orrin über einen Strand, obwohl er Strände nur aus Filmen kennt. Er sieht etwas in der Brandung – eine Flasche, das Grün verblasst von Zeit und Sonne und Salzwasser. Er hebt sie auf. Die Flasche ist fest verschlossen, aber irgendwie geht sie auf, als er sie berührt.

Papier fällt heraus und entfaltet sich in seiner Hand. Orrin hat noch nicht lesen gelernt, aber er kann die Worte auf wundersame Weise verstehen. Er liest sie alle, Seite um Seite. Was er da liest, wird er nie mehr vergessen.

Mein Name ist Turk Findley, liest er.

Und: *Mein Name ist Allison Pearl.*

Und: *Mein Name ist Isaac Dvali.*

Mein Name ist Isaac Dvali, und

ich kann das nicht mehr schreiben.

Mein Name ist Orrin Mather. Ja, das ist mein Name.

Mein Name ist Orrin Mather, und ich arbeite in einer Gärtnerei in Laramie, Wyoming.

In dem Gewächshaus gibt es Wege zwischen den Pflanzen und den Saatbeeten, damit man von einer Stelle zu anderen gehen kann. Auch damit man an den Pflanzen arbeiten kann, ohne draufzutreten. Diese Wege sind alle miteinander verbunden. Man kann so herum und andersherum gehen. Alles hat denselben Anfang und dasselbe Ende. Obwohl man nie an zwei Stellen auf einmal stehen kann.

Ich glaube, ich bin mit diesen Träumen oder Erinnerungen von Turk Findley und Allison Pearl und Isaac Dvali geboren worden. Als ich jünger war, haben sie mich sehr gestört. Sie überkamen mich wie Visionen. Wie ein Wind bliesen sie durch mich hindurch, wie meine Schwester Ariel gerne sagt.

Deshalb bin ich so plötzlich mit dem Bus nach Houston gefahren. Deshalb habe ich meine Träume in diese Hefte geschrieben.

In Houston lief es nicht so, wie ich gedacht hatte. (Sie wissen das, Dr. Cole, Sie sind der einzige Mensch, der diese Seiten liest – oder Sie zeigen sie Officer Bose, was mir recht ist.) Ich habe einen anderen Weg eingeschlagen als in meinen Träumen. Ich habe zum Beispiel nie jemanden überfallen. Das hätte gut sein können. Ich war manchmal richtig hungrig und böse. Aber immer wenn mir danach war, jemandem wehzutun, musste ich an Turk Findley und den brennenden Mann denken (das war ich!) und wie schlimm es sein muss, so etwas mit sich herumzutragen.

Ich arbeite hauptsächlich nachts im Gewächshaus, aber die großen Lampen brennen auch tagsüber. Das Gewächshaus ist wie ein Haus, wo es immer Mittag an einem sonnigen Tag ist. Ich habe die Feuchtigkeit in der Luft so gern und den Geruch von wachsenden Dingen, auch den scharfen Geruch der Düngemittel. Erinnern Sie sich noch an die Blumen draußen vor meinem Zimmer in der State Care, Dr. Cole? Sie sagten, sie heißen Paradiesvogelblumen. Sie sehen aus wie das eine, sind aber etwas anderes. Aber sie haben es sich nicht ausgesucht, dass sie so aussehen. Die Zeit und die Natur haben das aus ihnen gemacht.

In dem Gewächshaus, wo ich arbeite, züchten wir solche Blumen nicht. Aber ich weiß noch, wie schön sie waren. Sie sehen wirklich wie Vögel aus, nicht wahr?

Ich glaube nicht, dass ich Ihnen noch einmal schreiben werde, Dr. Cole. Bitte verstehen Sie das nicht falsch. Ich will das alles einfach nur hinter mir lassen.

Die Leute, mit denen mich Officer Bose bekannt gemacht hat, sind richtig nett zu uns gewesen. Sie haben mir diesen Job besorgt und einen Platz, wo Ariel und ich bleiben können. Es sind gute Menschen, auch wenn das, was sie tun, nicht erlaubt ist. Sie sind keine Verbrecher – sie glauben einfach, sie könnten eine bessere Art zu leben erfinden.

Wer weiß, vielleicht haben sie ja Erfolg damit. Und wenn sie Erfolg haben, dann wird die Erde vielleicht doch nicht so trostlos und giftig wie in den Träumen, die ich aufgeschrieben habe. Ich hoffe, dass es so kommt.

Ich weiß es natürlich nicht. Aber Sie können diesen Menschen vertrauen, Dr. Cole.

Ich weiß, dass Sie Officer Bose vertrauen. Er hat mir geholfen, als er das nicht musste. Er ist ein guter Mensch, glaube ich.

Ich danke ihm – und ich danke Ihnen aus demselben Grund.

Mehr habe ich nicht zu sagen. Gleich muss ich zur Arbeit.

Rechnen Sie nicht damit, noch etwas von mir zu hören.

Aber ich soll Ihnen noch Grüße von Ariel ausrichten. Und Ihnen sagen, dass Houston eine wahre Gluthölle ist.